Владимир
Галактионович
Короленко

ИСТОРИЯ МОЕГО СОВРЕМЕННИКА

I

[俄]符拉季米尔·加拉克齐昂诺维奇·柯罗连科
——
著

我的同时代人的故事

丰子恺　丰一吟
——
译

上海译文出版社

图书在版编目(CIP)数据

我的同时代人的故事：3 册／(俄罗斯) 符拉季米尔·加拉克齐昂诺维奇·柯罗连科著；丰子恺，丰一吟译. —上海：上海译文出版社，2018.8
ISBN 978-7-5327-7909-3

Ⅰ. ①我… Ⅱ. ①符… ②丰… ③丰… Ⅲ. ①长篇小说—俄罗斯—近代 Ⅳ. ①I512.45

中国版本图书馆 CIP 数据核字(2018)第 170715 号

Владимнр Галактионович Короленко
История моего современника

本书根据《Собрание Сочинений》ГОСЛИТИЗДАТ 1954 年版译出

我的同时代人的故事
История моего современника

符拉季米尔·加拉克齐昂
诺维奇·柯罗连科　著
丰子恺　丰一吟　译

出版统筹　赵武平
责任编辑　缪伶超
装帧设计　尚燕平

上海译文出版社有限公司出版、发行
网址：www.yiwen.com.cn
200001　上海福建中路 193 号
昆山市亭林印刷有限责任公司印刷

开本 890×1240　1/32　印张 38.75　插页 9　字数 835,000
2020 年 2 月第 1 版　2020 年 2 月第 1 次印刷

ISBN 978-7-5327-7909-3/I·4868
定价：198.00 元(全 3 册)

译者前记

柯罗连科是诞生于一百多年前的一位俄罗斯古典文学作家，是一位英勇地反抗沙皇专制而热诚地保护人民利益的文学战士。他的生活很多样；他的著作很丰富，其中有几个短篇曾经译为中文，但是他这部篇幅最大的长篇自传小说《我的同时代人的故事》还是初次介绍到中国来。现在我们把他的生涯、著作及此书的内容略述如下。

符拉季米尔·加拉克齐昂诺维奇·柯罗连科于一八五三年七月二十七日生于乌克兰沃伦省的日托米尔城，于一九二一年十二月二十五日死于波尔塔瓦。他的童年时代在乌克兰度过。他的父亲是一位生活俭朴而心地公正的县法官，家里从来不曾拥有世袭的领地和农奴，全靠自己的微薄的薪俸来维持生活。柯罗连科最初在本乡私办的学馆里读书，后来转入日托米尔中学。十三岁上随父亲迁居到罗夫诺城，一八七一年夏天在罗夫诺的实科中学毕业。他曾经希望将来做语文学家，想学习语言学、文学史和文学理论。但是因为当时的学制规定，实科中学毕业生不能进大学，只能进高等技术学校。因此他只得到彼得堡去进了工艺专科学校，在那里读了三年书。这时候他的父亲已经逝世，家庭经济困难，他的学生生活非常艰苦。他曾经一面求学，一面当校对员，替出版社画地图，为植物图解着色，借以维持生活。一八七四年，他从彼得堡转莫斯科，进了彼得农林学院，学自然科学。彼得农林学院是当时很进步的学校，教授中有优秀的俄罗斯学者季米梁节夫，学生中颇多思想进步的青年。柯罗连科在这里接近许多革命青年，参加生气蓬勃的社会生活。他曾经加入秘密的学生集团，在会议上热烈地讨论祖国俄罗斯的未来。沙皇的官吏们企图由警察局严密监视彼得农林学院的学生生活，柯罗连科和许多同学一齐起来反对。他代表学生向校长递呈书面抗议。因此当局就把他逮捕，开除学籍，并且逐出莫斯科。后来他又曾在彼得堡进矿山学院，但也没有毕业。这期间警察当局严密地监视这个“不良分子”的一举一动，常常把他逮捕。终于在一八七九年夏天，无故地把他流放到维亚特卡省的边区。他在那里度过了漫长的五年。一八八一年三月一日，亚历山大二世被民意党人刺死。三世登位，命令一部分流放犯宣誓，表示效忠新皇。柯罗连科也在其内，但他拒绝宣誓。因此又被流放到西伯利亚。一八八一年十二月，他被押送到雅库茨克省的阿姆加村。他在这地方住了三年，夏天做农作，冬天替人缝制皮靴，借以糊口。同时他在各方面采集材料，从事小说创作。一八八五年流放期满，准许离开阿姆加。他就迁居到下诺夫哥罗德城，在这里居住了十一年。这期间的生活较为安定。这是他的文学事业和社会活动的最盛期。九十年代中期，他来到彼得堡，想住在这全国文学生活的中心地。但住得不久，因为他喜爱内地生活，终于离开彼得堡，卜居于幽静的绿色的波尔塔瓦，就在这里终老，享年六十九岁。

柯罗连科少年时代就有锐敏的观察力和深刻的思想。入专科学校后即从事文学工作，流放期中还是不断地创作。他常常在流放的旅途上和牢狱中作简要的札记，后来根据这些札记写成作品。他的第一批用西伯利亚题材写成的短篇小说和随笔，都是这样地产生的。他初次发表作品是在一八七八年。他最初出版的书就受到契诃夫的热烈赞赏。车尔尼雪夫斯基长年流放归来，看见文坛上出现了柯罗连科，曾经说：“这是一个大天才，这是屠格涅夫一类的天才。”他的文学活动的最盛期是十九世纪八十年代的后半期。他的最初的成功作品是短篇小说《马加尔的梦》。这作品使这青年作家获得了进步作家地位。在他的四十年的文学活动中，卓绝的作品不下数十种。其中文艺随笔有《严寒》《奇女子》《在阴暗的日子里》《奇物》《嬉闹的河》。短篇小说除《马加尔的梦》之外，有《萨哈连岛上的人》《阿特-达凡》《瞬间》，以及富有诗意的波列谢传说《林啸》。中篇小说有《在坏伙伴中》《盲音乐家》《哑口无言》。长篇有自传小说《我的同时代人的故事》。

柯罗连科的作品都取材于俄罗斯现实生活。他常常在夏天背着行囊，徘徊于俄罗斯各地的乡村中，到处采访材料。他曾经航行于伏尔加河、多瑙河等处。他到过克里米亚、高加索、南乌拉尔。每次返家，一定带回许多札记及速写图。他又曾经到外国旅行：罗马尼亚、瑞典、英国、法国。一八九三年夏天他到芝加哥去参观国际博览会。他以为海洋的彼岸是一个自由幸福的民主国家，然而到了美国完全失望。他在那边看到了资产阶级现实生活中的黑暗的一面，曾经在日记和书牍中愤慨地叙述美国报章杂志的卖淫式作风、失业者的众多、对黑人的虐待，以及惨杀印第安人等情况。美国的特务曾经被沙皇政府收买，不断地监视这位俄罗斯作家的一举一动。地方报纸歪曲地报道他的言论和意图。后来他侥幸地安然回到祖国。柯罗连科认为祖国最宝贵的优点，是劳动人民的爱自由和刚勇。他少年时代曾经受到俄罗斯伟大的革命民主主义批评家别林斯基、车尔尼雪夫斯基、杜勃罗留波夫等人的作品的影响，所以他的爱国主义和这些人有直接的关联。他认为他的爱国主义的责任便是同反动势力作斗争，同阻碍俄罗斯向前发展的一切恶势力作斗争。他曾经说：“我只要手头有笔，就不知道怜悯。”他的政论文章获得全国的热烈的响应，人们称他为“俄罗斯的良心”。伟大的俄罗斯无产阶级作家高尔基极口称赞他的创作的社会意义和艺术价值，曾经把一八八六至一八九六年称为“柯罗连科时代”。柯罗连科不是革命作家，他没有看到斗争的革命道路，他对于阶级斗争的规律没有明确的概念，他的目的只是要“唤醒社会和人民中间的公民意识”。但他对于专制政体的英勇的反抗，他的竭力避免民粹派的虚伪理论，以及他的社会意识的真实性，在十九世纪末和二十世纪初的俄罗斯生活中起了特别巨大的作用。所以列宁在一九〇七年说：柯罗连科是“进步作家”。苏联的评论家都确认他是“民主作家”，说他的作品中最强烈地表现民主倾向的，是他对资本家和地主的统治权的抨击，和他的坚持为人类自由而斗争。他初次认真地注意到“下层社会”的人，注意到住在俄罗斯最荒僻的、无人管的角落里的西伯利亚农人。柯罗连科能够通过他们的由受苦和被剥削所造成的表面的愚昧而看出这些人民的长处和美点。柯罗连科一向热心地主张文学应该有社会意义，坚决反对艺术中的资产阶级的客观论。他称文学为“生活的镜子”，他说：“除了反映生活以外，文学又须破坏旧的，而从它的废墟中创造出新的。文学一方面拒绝，一方面要求。艺术和文学帮助人类从过去向未来进行，好比一个人的两只脚载他离开寒冷而黑暗的地方，走向光明而温暖的地方去。”

上面已经说过柯罗连科的文学思想和作风。现在再就他最后作的、巨幅长篇自传小说《我的同时代人的故事》略述如下：

一九〇六年一月，《现代纪事》杂志上最初登出了《我的同时代人的故事》开头的几章。三年之后，这部作品的第一卷的单行本出版。《我的同时代人的故事》共分四卷。柯罗连科于一九〇五年开始写作此书，前后经过十七年，中间常常间断，第四卷没有写完，他就逝世了。所以这部书终于是未完成的。全书中所叙述的，是他的童年时代、中学生时代、专科学生时代、维亚特卡边区流放时代、雅库茨克省流放时代的生活，即从十九世纪五十年代中叶至八十年代中叶的情况。书中的主角是作者自己。这是一部自传小说。为甚么称为“我的同时代人的故事”呢？因为在这书中，他向读者显明地表示他是十九世纪六七十年代俄罗斯民主主义青年的典型人物，而在他的形象中所表现出的特性，不仅是他自己一人所独有，而是当时其他许多俄罗斯进步人士所共有的。因此作者把这书称为“我的同时代人的故事”。

《我的同时代人的故事》无论在篇幅上或艺术技巧上说来，都是柯罗连科的首要作品。而全书四卷之中，第一卷最为完美，最富有艺术价值。从第二卷开始，叙述的笔调就显著地变更；尤其是第三、四卷，渐渐减少艺术性的描述风格，而偏重于单纯的回忆记录。他在一九二〇年所写的一封信里说：“记事家和艺术家在我心中做斗争。结果我宁愿做记事家……”但是这第一卷并无浓烈的“记事家”作风，而是一个鲜明的艺术品。这是俄罗斯知识分子整个时代的历史。其中最优秀的部分，是十九世纪五六十年代俄罗斯现实社会的生动的描写。例如在加尔诺路格的乡村中，退职上尉（柯罗连科的姨夫，是一个残酷无情的农奴主）如何在隆冬用冷水浇农奴卡罗尔，乌良尼茨基老爷如何虐待农奴孩子玛美利克等，都是很动人的描写。关于波兰起义和农奴解放，在这第一卷里占有很多的篇幅。其中活跃地写出波兰爱国者的壮烈，形式的解放，强迫农奴进城去参加庆典的可笑与可恶。还有中学校里专制、体罚、禁闭等种种非人道的措施，以及中学校教师中可笑、可恶、可尊、可敬的种种类型，革命民主主义思想对中学生的巨大影响，都描写得非常活跃。然而这些都是事实，并无夸张或虚构。柯罗连科曾经说：“我在这部书里力求描写完善的历史真实，往往为此而牺牲艺术真实的美的或鲜明的特征。”又说：“这里完全没有我在现实中不曾遇见过的、不曾经历过的、不曾感觉到的、不曾看到的东西。”总之，这是包含极多的历史材料的一册史诗或一幅历史图。

柯罗连科的作品现今在苏联已经广泛流行。他的书大都刊印过数千百版，被翻译为苏联各种语言。他的作品具有丰富的内容、崇高的思想、完美的艺术形式，是俄罗斯古典文学中主要的一部分。

目　录

第二卷

第三卷

第四卷

第一卷

著者序言

在这部书里，我打算把过去半世纪中的一连串情景回忆起来，并且使它们复活起来，描写它们起初怎样反映在一个儿童的心中，后来怎样反映在一个青年的心中，再后来怎样反映在一个成人的心中。我的童年时代和少年时代正值农奴解放时期。我的生涯的中段是在黑暗的反动时期度过，——起初是政府的反动时期，后来是社会的反动时期，——并且在斗争的初期运动中度过。我那时代人曾经有一种理想，并且为此而做斗争，他们所理想的，现在我看到有许多已经汹涌澎湃地闯入生活舞台上来了。我想，我流放时期中的许多插话，以及当时那环境中的人们的许多事件、交游、思想和感情，在现在仍不失却其最生动的现实意义。我但愿它们在将来也还有意义。我们的生活由于新和旧的尖锐冲突而波动着，震栗着；我现在就希望阐明这斗争中的某些要素，即使是一部分也好。

但是我首先要让读者注意在我心中发生并成长起来的意识的初期活动。我知道，在预告着即将来临的暴风雨的、现代的轰轰烈烈声中，我要集中注意在这些遥远的回忆上，一定是很困难的；但是我不能想象这困难将达到什么程度。

我所写的不是我的时代的历史，而只是这时代中一个人的生活的历史；并且我希望读者预先要认识反映这时代的那个三棱镜……

而这只有在顺次的叙述中方才可能。童年时代和少年时代便是这第一卷的内容。

还有一点要说明。这些记录不是传记，因为我并不特别注重传记材料的完整；这也不是自白，因为我既不相信公开自白的可能性，也不相信其效用；这又不是肖像，因为画自己的肖像，要保证肖似是很困难的。这些记录中所反映的一切和现实不同，其不同之处就在于它只是反映；何况这反映显然是不完全的。其中常常更浓厚地——如果可以这样说的话——反映出所选定的主题，因此虽然全是事实，却往往比现实更为动人，更有趣味，而且也许更纯净。

我在这部书里力求描写完善的历史真实，往往为此而牺牲艺术真实的美的或鲜明的特征。这里完全没有我在现实中不曾遇见过的、不曾经历过的、不曾感觉到的、不曾看到的东西。然而我还要重复说一句：我并不打算描写自己的肖像。在这里，读者只能看到“我的同时代人的故事”中的特点；我对这同时代人比对我这时代中一切其他的人更加熟悉……①

---

① 这篇序文是在1905年末写的，附在《我的同时代人的故事》最初几章前面，这最初几章于1906年发表在《现代纪事》的一月号中。——原编者注

第一章　童年时代

1
生活的最初印象

我记得我很小时候的事，可是我最初的印象已经支离破碎，仿佛在苍茫的虚空和烟雾中闪闪发光的许多小岛一般。

这些回忆中最早的一次，是火灾的强烈的视觉印象。我那时还不满两岁①，但是我现在还能够十分清楚地想见院子里仓房屋顶上的火焰、在夜间异样地被照亮着的石造大屋的墙壁和它的映着火焰的窗子。我记得我被裹得暖暖的，由一个人抱着，挤在台阶上站着的一群人中间。我记不清这一群是哪些人，只记得有母亲在内，同时还记得父亲跛着脚，拄着拐杖，正从院子对面石造房屋的扶梯上走上去，在我看来他好像是在走进火里去。但是这并不使我害怕。我所最注目的，是像火把一般在院子里闪闪发光的消防队员的头盔，以及大门口的一只消防水桶和跑进大门来的一个中学生，他的一条腿较短，装着一个很高的后跟。我似乎既不感到恐怖，又不感到畏惧，我没有懂得这现象的利害关系。我有生以来还是第一次看到这么多的火、消防队员的头盔和一条腿较短的中学生，于是我就在暗夜的深沉的背景上仔细地观察这一切东西。我记不起那时候的声音，我觉得整个情景只是默默地浮现在记忆中，但见深红色火焰的飘摇的反光。

以后我又回想起一些极琐屑的情状：我被人抱在手里，他们哄我不要哭，或者逗我玩笑。我似乎记得我开始学步时的情况，然而很模糊……我小时候头长得很大，跌跤的时候我常常把头撞在地上。有一次我在扶梯上跌了一跤。我觉得很痛，就放声大哭，直到父亲用一种特殊的方法来安慰我，方才停止。他用手杖来打扶梯磴，这使得我很满意。我当时大概还在拜物教时代，因此能在木板中想象出凶恶的敌意。现在父亲为了我打它，而它竟不能逃跑……用这些话来表达我当时的感觉，当然是很笨拙的，然而我清楚地记得那块板和它挨打时的那种驯服的表情。

后来这种同样的感觉曾经在更复杂的形式之下反复过一次。我那时候已经稍微大些了。有一个特别明亮而暖和的月夜。这是我一生中所记得的第一个黄昏。我的父母亲出门去了，我的兄弟们大概都睡了，保姆到厨房里去了，只有我和一个仆人在一起，他有一个很难听的绰号叫做戆头老。穿堂通向院子的门开着，在月光照亮的远处某地方，有车轮在石板路上滚动的声音传进门里来。车轮滚动的声音也是第一次作为一种特殊现象浮现在我的意识中，而且我也是第一次这么长久地睡不着……我很害怕，大概是因为白天讲过贼的缘故。我觉得我们的院子在月光之下显得很奇怪，在开开的门里一定会从院子里走进“贼”来。我仿佛知道贼是一个人，但同时又觉得他不完全是一个人，而是一个具有人形的神秘的东西，单是他的突然出现就会给我危害。因此我突然大声地哭起来。

我真不知道是根据什么逻辑，仆人戆头老又把父亲的手杖拿来，

---

① 符拉季米尔·加拉克齐昂诺维奇·柯罗连科于1853年7月15日（旧历）生在沃伦省日托米尔。——原编者注

带我到台阶上，我就在那里——也许是联想到了以前的同类的事件——重重地敲打扶梯磴。这一次又使得我很满意；我的胆怯完全消失了，我竟不用戆头老陪伴，独自大胆地又到门外去了两次；我热中于我的特殊的勇武气概，又在扶梯上敲打那想象的“贼”。第二天早上，我热心地讲给母亲听：昨天她不在家的时候，我们家里来了一个“贼”，我和戆头老把他狠狠地打了一顿。母亲和颜悦色地对我表示信任。其实我知道并没有“贼”，而且知道母亲也明白这一点。但是我在这时候很喜欢母亲，因为她不反对我。如果否认了这个想象的东西，我一定会感到痛苦。我对于这个想象的东西起初很害怕，后来在奇怪的月光之下，在我的手杖和扶梯磴之间确实地“感到”了它。这并不是视觉的幻像，却是由战胜恐怖而来的一种狂喜……

我的记忆中还有一个“小岛”，这便是到基希涅夫去探望祖父[①]时的旅途情况……在这旅途中我记得渡河（好像是普卢特河）时的光景，那时候我们的马车被载在木筏上了，平稳地摇荡着，离开了河岸，或许是河岸离开了马车，——这一点我那时还分不清楚。同时渡过河去的还有一队兵士，我记得他们两三个一群地乘在方形的小木筏上；军队这样地渡河，似乎是不大有的……我好奇地对他们看，他们也看我们的马车，并且说了些我所听不懂的话……这些兵士的渡河似乎和塞瓦斯托波尔战争有关[②]……

就在这一天的傍晚，刚刚渡过河，我初次体验到了剧烈的失望和屈辱……宽敞的旅行马车内部很黑暗。我被一个人抱着坐在前面，忽然我注意到了父亲坐着的那个角落里有一点微红的光，一会儿旺盛了，一会儿熄灭了。我笑起来，就向这方向扑过去。母亲说了些

① 是作者的祖父，叫做阿法纳西·雅科夫列维奇·柯罗连科。他生于1787年，大约在1860年死于别萨拉比亚，曾在关税局供职。他的妻子是波兰人，叫做叶娃·玛尔斯卡雅。——原编者注

② 这是1853年至1856年的东方战争，或称克里米亚战争。——原编者注

警诫的话，但是我很想仔细看看这个有趣的物件或生命，因此就哭起来。于是父亲就把那个可爱地隐藏在灰底下的小红星移近我来。我把右手的食指伸向它去；有一会儿我捉摸不到它，但是后来它忽然发出亮光，猛烈地咬我一口，我突然被烫伤了。我觉得就印象的强烈说来，现在唯有把它比作给毒蛇——例如隐藏在花丛中的毒蛇——猛烈而突然地咬了一口。在我看来这火是有意这样狡狯而恶毒的。过了两三年之后，我记起了这件事，就跑到母亲那里，把这事讲给她听，并且哭起来。这又是屈辱的眼泪……

第一次洗澡也唤起了我同样的失望。河水使我发生魅惑的印象：绿油油的微波钻到浴场的墙壁底下去，它们发出闪光，映射出碧空的碎块和仿佛破碎了的浴场的明亮的断片，这光景在我觉得很新鲜，很奇怪而且很美丽。我觉得这一切都很愉快、生动、蓬勃、动人而可亲，我就恳求母亲赶快把我带到水里去。忽然，一种想不到的剧烈的感觉，既不像冷，又不像烫……我大声地哭起来，就在母亲的手里挣扎，使得她几乎抱不住我。我这次洗澡终于没有成功。当母亲带着我所不了解的一种快感在水里哗啦哗啦地游泳的时候，我坐在凳子上，鼓起了脸，望着那照旧诱惑地映射出天空和浴场的碎块的狡狯的波浪，在那里生气……跟谁生气呢？大概是跟河水生气。

这些是我最初的失望：我怀着无知的信任向自然迎过去，它却用本能的冷酷来回答我，这在我觉得是故意的敌视……

在那些初期的感觉中还有这样的一种，即我初次意识到自然现象，觉得它是脱离了世界而孤立着的，仿佛是一种独特而十分完整的、具有它的基本特性的现象。这便是关于初次在松林中散步的回忆。在这里，树梢的绵延不断的喧嚣声完全魅惑了我，于是我就呆若木鸡地站定在路上。谁也没有注意到这一点，和我同来的那些人都往前走了。道路在我前面几丈的地方陡峭地下降，我眺望着：我们那伙人怎样在道路折断的地方逐渐消失，起初脚不见了，后来身体不见了，最后头不见了。我怀着恐怖的感觉，眼看着根利赫舅舅[1]——我母亲的兄弟中个子最高的一个——的雪白的帽子最后消失了，终于只剩下我一个人……我似乎觉得“独自在林中”实在是可怕的，然而我仿佛着了魔，既不能行动，又不能叫喊，只是倾听着树林的低啸声、轰鸣声、含糊的话声和叹声，这些声音融合而成为一个悠长、深沉、延绵不绝而含有意义的和音，在这和音中可以同时听到许多活的巨人齐声喧噪和个别叫喊，赭红色树干发出摇摆声和轻微的吱吱声……这一切像袭击过来的巨浪一般侵入我的心中……我不再感觉到自己孤立在尘寰之外，而且这种心情非常强烈，当他们觉察到我而舅舅回来找我的时候，我竟兀自站在原地方，并不答应……我看见穿着淡色服装、戴着草帽、向我走近来的舅舅，仿佛在梦里看见一个不相识的陌生人……

后来，特别是在疲倦的时候，这瞬间也常常出现在我的心头，犹如深沉而又生动的安宁境地的最初形态……大自然用它的无尽藏而不可解的神秘来亲昵地逗引正在生活初期的儿童，仿佛允许他在无止境的某处获得知识的奥义和悟解的幸福……

然而，用我们的言词来表达我们的感觉，是多么笨拙……在人的心里，也有像大自然的语声一般不可解的许多话语，这些话语是不能用笨拙的言词来表达的……这正是心灵和大自然合一的地方……

……

这一切都是半意识存在的零星的、个别的印象，除了个人的感觉之外，仿佛是毫无联系的。其中最后一次印象是迁居到新房子

---

① 即根利赫·约瑟福维奇·斯库列维奇，是一个法律家，一个预审推事（即《夜晚》这篇小说中的“根利赫舅舅”）。他死于七十年代初期。——原编者注

里……这其实不能称为迁居（因为迁居这件事我已经记不起来，正像记不起老房子一样），而也只能说是从“新屋”、从“新院子和新花园”所得的第一个印象。这一切在我看来是一个新世界，但是很奇怪：后来这回忆在我记忆中消失了。过了几年之后我才记起它来，而当我记起它的时候，甚至感到惊奇，因为在那时我似乎觉得我们是一向住在这房子里的，而且觉得世界上是根本没有任何大变化的。我童年时代数年间的印象的主要背景，是一种无意识的信念，即相信我周围的一切都是十分完整而永远不变的。假使我对造物有明确的概念，我那时也许会说：我的父亲（我记得他的时候他就是一个跛子）是生来手里拿拐杖的；外祖母生来是个外祖母；我的母亲一向是一个有淡黄发辫和淡蓝眼睛的美貌女子；甚至房子后面的仓房也生来是歪斜而屋顶上有绿苔的。这是生命力的徐缓而稳步的生长，它带着我和环境世界一起平稳地进行，而那个广大无边的世界的彼岸，那个可以瞧见人群活动的地方，我那时并没有看到……我自己似乎永远是一个头很大的男孩子，而哥哥①总是比我

---

① 即尤里安·加拉克齐昂诺维奇·柯罗连科。他生于 1851 年 2 月 16 日，死于 1904 年 11 月 25 日。他起初在日托米尔的中学校，后来在罗夫诺的中学校念书，但是没有毕业。七十年代的中期，他迁居到彼得堡，在那里从事校对工作。他和民粹运动的参加者相识，并且曾经为他们效劳。1879 年 3 月 4 日，他和他的两个弟弟一同被捕，被拘禁在立陶宛要塞中；但同年 5 月 11 日就被释放，逗留在彼得堡，受警察局秘密监视。后来他住在莫斯科，多年当《俄罗斯公报》的校对，并且替该报的莫斯科记事栏写短评。尤里安·加拉克齐昂诺维奇秉有文学才能。他在早期青年时代就热中于作诗、翻译和新闻记者工作（见本卷第二十九节《我的哥哥成了作家》）。他和符拉季米尔·加拉克齐昂诺维奇合译了密什雷的作品 L'oiseau（《鸟》，1878 年彼得堡韦尔纳茨基出版）。符拉季米尔·加拉克齐昂诺维奇重视哥哥的文学才能，后来竭力鼓励他从事更正式的文学工作。符拉季米尔·加拉克齐昂诺维奇在 1886 年给哥哥的一封信里说：“我有一个问题：为什么你不把文学列入自己的事业中……”“我永远不能忘记，使我走上这条路的最初的思想推动力，我是从你那里获得的；你很久就在我之前朝这方向走；我清楚地记得，你的某些思想、你在热烈的‘哈拉路格’争论中所发表的论见，曾经在我心中引起一连串的新观念。你的文学才能是无可疑议的，我认为现在还可以利用它们。”但是尤里安·加拉克齐昂诺维奇早就放弃他的文学兴趣，不再从事于此了。——原编者注

高些，弟弟[1]总是比我矮些……这种相互关系应该是永远保持着的……我们有时说“我们将来长大了”，或者说“我们将来死了”，但是这些都是蠢话，是空洞的，没有生动的内容……

有一天早晨，我的弟弟（他睡觉和起身都比我早）走到我的床前来，用特殊的语气对我说：

“赶快起来……我带你去看!”

“看什么?”

“你就会看见的。快些，我不等你了。”

他又跑到院子里去了，好像一个不愿浪费时间的、一本正经的人的样子。我连忙穿好衣服，跟着他走出去。原来有几个我们所不认识的农人把我们的正门台阶完全拆毁了。台阶只剩下一堆木板和各种腐烂的木料，正门高高地挂在地面上，样子很奇怪。最触目的是门底下张开着一个很深的窟窿，里面都是破损的灰泥、黑黝黝的木料和桩子……这印象很强烈，带有几分病态，而尤其使人惊骇。弟弟对这光景深感兴味，一动不动地站着，眼睛跟着木工们的每一个动作而转移。我就和他一起默默地观察，不

---

① 即伊拉利昂·加拉克齐昂诺维奇·柯罗连科（他在家庭里的绰号叫做“胡椒”或“胡椒儿”）。他生于1854年10月21日，死于1915年11月25日；起初进罗夫诺的实科中学，后来进彼得堡的建筑学校。他在青年时代从事校对工作。他准备“深入民间”，为此学习钳工手艺。1879年他和符拉季米尔·加拉克齐昂诺维奇同时被捕，并放逐到维亚特卡省的格拉佐夫地方，在那里待满了五年的行政流放。他住在格拉佐夫的时候操钳工业，在和朋友合办的一个工场里工作（关于此事，见《我的同时代人的故事》第二卷《在格拉佐夫时的生活》一章）。1884年末流放回来，他住在下诺夫哥罗德，在轮船码头当账房。后来当北方保险公司的监察员，因这工作的关系，游历了许多地方。有一次住在阿斯特拉罕，他认识了车尔尼雪夫斯基，曾经帮助他编制他所译的韦柏的《世界通史》的索引。符·加·柯罗连科是通过伊拉利昂·加拉克齐昂诺维奇的介绍而认识车尔尼雪夫斯基的。他也曾经住在西伯利亚，在那里和那些政治流放犯有许多联系。他的晚年在高加索格连吉克附近的詹霍泰地方度过。符拉季米尔·加拉克齐昂诺维奇在很小的时候就和弟弟伊拉利昂特别亲近；后来他努力把他弟弟的形象反映在他为童年时代回忆而作的两篇小说中——即《夜晚》和《奇物》。——原编者注

久妹妹[①]也来看了。我们这样地站了很久，一句话也不说，一动也不动。过了三四天，新的台阶在旧台阶的地方造成了；我确实地感觉到，我们的房子的面貌完全改变了。新台阶显然是“凑上去的”，而原来的旧台阶却仿佛是我们那所堂皇而完整的房子的有机部分，正像人的鼻子或者眉毛一样。

主要的是心中留下了“内幕”的第一印象，并且初次看到，在这刨光的、油漆的表面之下，原来隐藏着潮湿腐烂的木桩和空洞的窟窿……

2
我的父亲[②]

据家庭传说，我们的一族出自密尔戈罗德的一位哥萨克上校[③]，这位上校曾经从波兰国王受得纹章贵族级位。我的祖父死后，父亲去

---

① 符·加·柯罗连科有两个妹妹。大的一个叫做玛利亚·加拉克齐昂诺夫娜（符拉季米尔·加拉克齐昂诺维奇称她为“玛欣卡” ［玛利亚的小名是玛仙卡（Ма́шенька），符拉季米尔故意称她为“玛欣卡”（Маши́нка），按原文有“小机器”的意思。——译者注］），生于1856年10月7日，死于1917年4月8日。她在莫斯科的叶卡捷琳娜学院毕业，后来在彼得堡的产科训练班学习。她和军事外科医学院的学生尼古拉·亚历山大罗维奇·洛希卡辽夫结婚，1879年跟着他被流放到克拉斯诺雅尔斯克。流放回来以后，洛希卡辽夫一家曾经在下诺夫哥罗德住过几年。

符·加·柯罗连科的第二个妹妹叫做爱薇里娜·加拉克齐昂诺夫娜，生于1861年1月20日，死于1905年9月。她起初进中学，后来毕业于彼得堡的产科训练班。当1879年柯罗连科一家几乎全被流放的时候，爱薇里娜·加拉克齐昂诺夫娜生活困难，便做校对工作（这是柯罗连科家惯做的工作）；1882年她和她的同事米哈伊尔·叶菲莫维奇·尼基青结了婚。——原编者注

② 即加拉克齐昂·阿法纳西耶维奇·柯罗连科。他在1810年12月26日生于波多尔斯克省的列齐契夫城，1868年7月31日死于罗夫诺城。符拉季米尔·加拉克齐昂诺维奇在《在坏伙伴中》这部小说里法官的形象中表现着他父亲的某些特点。——原编者注

③ 在柯罗连科氏的家谱中保存着一宗古代文献的副本，从这里面可以知道，这里所说的密尔戈罗德的哥萨克上校叫做伊凡·柯罗尔，生在十七世纪。——原编者注

送葬，带回来一个精巧的图章，上面雕着一只大船，船头和船尾上各有一个狗头，中间有一个锯齿形的塔。有一次我们孩子们问这是什么，父亲回答说：这是我们的“纹章”，我们有权利把它盖在信件上，别人就没有这权利。这东西的波兰语名称很奇怪，叫“Korabl i Lodzia”[①]，但是这有什么意义，父亲自己也不能给我们解释；也许根本是没有什么意义的……可是另外有一种纹章，它的名称就比较容易懂，叫做“pchła na bęnbenku hopki tnie”[②]，并且较有意义，因为哥萨克人和波兰小贵族在出征的时候被跳蚤咬得厉害……父亲就拿起铅笔，在纸上敏捷地描出在鼓上跳舞的跳蚤的样子，并且在跳蚤的周围描一个盾牌、一把剑和所有的纹章装饰。他画得很好，我们都笑了。这样，父亲在我们对我家的贵族“宝器”的第一观念上就添上了讥讽的意味，我觉得他这是故意的。据父亲说，我的曾祖父是军团的文牍员，祖父是俄罗斯官吏，同父亲一样。他们似乎从来不曾有过农奴和土地……父亲从来不打算恢复他的世袭贵族的权利，他死了之后，我们成了“七等文官的后裔”，享有无土地的贵族官吏的权利，但是和贵族阶层全无实际联系，而且似乎和任何别的阶层都没有实际联系。

父亲的姿态十分清楚地保留在我的记忆中：他是一个中等身材的人，身体略微肥胖。他是那时代的官吏，所以胡须剃得很光；他的容貌很秀丽：鹰鼻，褐色大眼睛，上嘴唇的线纹弯曲得很厉害[③]。据说他年轻的时候很像拿破仑一世，尤其是戴拿破仑式三角官帽的时候。但是我很难想象一个跛脚的拿破仑，因为父亲常常拄着拐杖走路，左脚略微有些拖曳的样子……

---

① 波兰语，约柜和大船。——译者注

② 波兰语，跳蚤在鼓上跳舞。——原注

③ 加拉克齐昂·阿法纳西耶维奇的肖像一张也没有；据家庭传说，他是从来不拍照的。——原编者注

他的脸上经常有一种隐藏的悲哀和忧虑的表情，很难得豁然开朗。有时他叫我们都到他的书房里去，让我们玩耍，爬到他身上去；他画画给我们看，讲笑话和故事给我们听。大概这个人心里贮藏着大量的愉快和欢笑，他的教训也取半幽默的形式，在这种时候我们很喜欢他。然而这些笑颜一年一年地少起来，天生的愉快越来越甚地被阴郁和忧虑所侵蚀了。直到后来他只能勉强顾到我们的教养，在我们略懂人事的时候，我们和父亲之间已经没有任何内心联系了……他终于没有充分地被我们孩子们所理解，就此与世长辞了。只是过了多年，当我的无思无虑的青年时代过去了之后，我尽我所能地收集了关于他的生活的种种材料，这个命运坎坷的人的形象才复活在我的心头——比以前更加可亲，更加熟悉了。

他是官吏，因此他的生活的史实记载在履历表里。他生于一八一〇年，一八二六年开始当文牍员……一八六八年以七等文官的官衔逝世……这是一块简陋的十字布，然而在这上面绣着全部人生的纹样……这里有希望、期待、幸福的闪光、失望……在发黄了的文件里有一份文件，其实后来是毫无用处的，但是父亲当作纪念品保存它。这是瓦西尔契科夫公爵①任命父亲为日托米尔城的县法官时写给他的一封半公文式的信。瓦西尔契科夫公爵的信上写着："此法院因有市政局参加，其所处理事件范围较广，因而较为重要；为此需要主席一位，务求其能深谙任务，而为司法奠定妥善之基础。"② 公爵根据这标准而选定了我的父亲。在信的末了，这位"显宦"十分关怀地体谅这清贫的官吏，顾念他这有家眷的人迁职有很多不方便，但同时又指出，这新的任命能为他展开广大的前程，因

① 是基辅、沃伦、波多尔斯克的总督，在职时期为1852—1862年。——原编者注

② 市政局是一种司法行政机关，商界和小市民阶层中所发生的一切刑事和民事案件都归这种机关的法院管辖。瓦西尔契科夫公爵当总督的时候，除基辅以外西南区一切城市的市政局都和县法院联合在一起。——原编者注

此要求他尽早到任……最后的几行是发信人亲笔附加的，语气非常客气。这虽然是一种简陋的、早被遗忘了的、未成功的改革，然而总算是一种革新；这位显赫的贵人像当时所有的贵人一样顽固而暴戾，然而还没有“丧尽天良”，因此他召唤这个清贫的官吏来共事，他认为这是一个可以做新事业的新人……

这是……一八四九年的事，父亲就在省城里担任了县法官的职务。二十年之后，他就以这职位死在一个荒僻的小县城里……

这样，他在职场上显然是一个失意的人……

在我看来，这无疑是由于他具有堂吉诃德的热情之故。

世人不很重视独特行为，他们不了解它，因此很不放心……在父亲服务的每一个新地方，都会演出同样的一套花样：城里各界人士的代表都“照老规矩”带着礼物来拜访父亲。父亲起初很客气地辞谢。第二天代表们带着更多的礼物又来拜访，这回父亲对付他们的态度就粗暴起来；第三次他竟毫不客气地用拐杖把“代表们”赶出去；那些人就带着惊骇的表情挤在门口……后来，人们认识了父亲的行为，就都对他怀着深切的敬意。从小商人起直到省府首长，大家都承认，没有一种力量可以使这法官违背良心和法律；然而……他们又认为，假使这法官能够接受适度的“谢意”，那么在他们看来就更容易理解，更普通，而且“更近人情”……

在我已经很懂事了的时候，发生了这类事件中很鲜明的一个例子。县法院里有一件讼事，是一个富裕的地主叶某伯爵同一个贫穷的亲戚——似乎是他的寡嫂——打官司。这地主是一个豪绅，交际极广，家产宏富，势力很大，他就大肆应用他这些手腕。那寡妇“按贫民权”来打官司，没有缴印花税，大家都预言她要失败，因为这案件毕竟是很纠葛的，而且法院方面受着压迫。在案件结束之前，那个伯爵亲自到我们家里来：他那辆有纹章的马车曾经两三次停在我们的简陋的小屋面前，一个穿制服的瘦长的亲随矗立在我们的歪斜了的台阶上。最初两次伯爵的态度很威严，然而很谨慎，父亲只是冷淡而严正地撇开他的话头。但是到了第三次，他大概直接提出了。父亲勃然大怒，用一些很不客气的话来把这贵族骂了一顿，并且敲击着拐杖。伯爵满面通红，大为愤怒，带着威胁的态度离开父亲，立刻钻进自己的马车里去了……

那寡妇也来拜访父亲，虽然父亲并不特别喜欢这种访问。这个被压迫而懦怯的穷妇人穿着丧服，哭丧着脸，走到我母亲那里，对她讲了些话，哭起来。这个可怜的人总觉得她还应该向法官诉说些话；这大概都是些不必要的空话，父亲只是对她挥挥手，说出他在这种时候惯说的一句话：

“唉！病人请教庸医[①]……一切都照法律办……”

这官司被那寡妇打赢了，并且大家都知道，她的胜诉全仗父亲的铁面无私……参议院不知怎的意外迅速地批准了这判决，于是这个贫寒的寡妇立刻变成了一个最富裕的女地主，不但在县里，而且恐怕在省里也是最富裕的。

当她再一次来到我们家里的时候，是坐着马车来的，大家都很难辨认出她是从前那个贫寒的请愿者。她的丧服期满了，她竟仿佛年轻了些，满面是欢乐和幸福的光彩。父亲很殷勤地接见她，怀着我们对于受到我们许多恩惠的人通常发生的那种好感。但是在她请求“密谈”之后，她也立刻红着脸、淌着眼泪从书房里走出来。这个善良的女人知道，她的境况的变更全仗这位贫穷的跛子的铁面无私，或者竟有赖于他在公务上的一种英勇行为……但是她毫无办法用实物来对他表示感谢……

这使她悲伤，甚至感到委屈。第二天她来到我们家里，这时候

① 此句照原文是“病人请教助医”，意思是说：助医医道浅薄，病人向他请教，不能得益。此谚语表示对方所说的是废话。现在为容易了解起见，把“助医”改为“庸医”。——译者注

父亲办公去了，母亲偶然出门去了，她带来了各种衣料和物品，堆满了客堂里的家具。她又叫我的妹妹过来，送给她一个大洋娃娃，这洋娃娃穿得很漂亮，有一双淡蓝色的大眼睛，让它躺下来睡觉的时候，它的眼睛会闭拢来……

母亲回来看见了这许多礼物，大吃一惊。当父亲从法院回来的时候，我们家里发生了一种骚乱状况，这是我所记得的最激烈的骚乱状况之一。父亲骂那寡妇，把衣料丢在地上，埋怨母亲，直到门口出现了一辆车子，所有的礼物都被堆在车子上送回去了的时候，他才安静下来。

然而这时候发生了意外的困难。轮到要退回洋娃娃的时候，妹妹坚决地抗议，她的抗议异常动人，因此父亲几次试图未遂，终于让了步，虽然很不满意。

“为了你们，我终于贪污受贿。”他忿怒地说着，走进自己的房间去。

那时候大家都把这看作一种无理的古怪行为。

“喂，请你说说看，哪一个会从感谢受到害处，”有一个“不受贿赂”的心地善良的陪审官对他说，“你想，案件已经结束了，那个人知道一切全仗你，就怀着感谢的心来拜访……可是你几乎把她当作狗……为什么呢?”

我几乎确信，父亲从来没有从直接的利害观点来判断这问题。我猜想，他为人在世，怀着很大的，而且也许是当时不很普通的期望。但是生活在卑鄙龌龊的环境里挤得他动弹不得。他就珍视他这种特性，像珍视最后的圣地一样；这种特性不但使他卓异于那群出名的“贪污受贿之徒”，又使他在当时合乎中庸之道的善良人物环境中出类拔萃……他越是由于家庭日渐增大而生活困难起来，就越是坚决不移地维护他这种精神上的独立和骄傲……

他有一个特性，后来我觉得是一种心理上的哑谜。那时候四周凝集着（正像烂泥沼一般凝集着）普遍的贪污舞弊。父亲所服务的那个法院里的“官吏们”，无疑地都东取西攫，不但接受谢礼，又接受公开的“外快”。我记得，有一个“德高望重”的绅士，他是我家很熟悉的一个灵敏而机警的人，有一次在我家的晚会上，他在稠人广众中有声有色地叙述他怎样帮助一个走私的犹太人逃避责任，救出了被扣留的大宗货物……走私的人允许使这个初出茅庐的小官吏致富，但是……他执行了他的请求，他却不履行诺言……他被约定夜间在某处静僻的地方会面，以便结账；他就在那地方等到了天亮……我很清楚地记得关于这一夜的生动的描写；那官吏等候那犹太人，仿佛“情郎等候情妇”。他仔细地倾听夜间的声音，热情地起来迎接每一次沙沙声……所有在场的人都凝神地听他描写这出贿赂剧中从希望到失望的经过……等到大家知道这官吏受了骗的时候，这戏剧就以哄堂大笑来结束；然而在这笑声中可以听出对犹太人的愤慨和对受骗者的同情。父亲那时也在场，我清楚地记得这样的情景：一张被蜡烛照亮的纸牌桌子，周围坐着四个玩牌的人。其中有我的父亲，他对面坐着那个走私故事中的主角，这人每次打出牌来的时候都要说些俏皮话。父亲愉快地笑着……

他对付环境中的人一般地说来很宽大，只有对于他所直接影响的那一小部分人，才严防他们舞弊。我记得有几次他从法院回家来，非常懊恼。有一次，母亲惶恐而同情地看着他那颓丧的脸，给他端上一盘汤，他试喝一下，喝了两三调羹，就把盘子推开了。

“我喝不下。”他说。

“案件结束了吗？”母亲低声问。

“是的……判苦役刑……”

“天哪！”母亲吃惊地说，“那么你怎么办呢？”

“唉！病人请教庸医，”父亲激怒地回答，“我！我！……我有什么办法！”

可是后来他又用较柔和的声音说：

“我已经尽了我的力……法律昭彰。”

这一天他没有吃午饭，也没有照常睡午觉，却老是在书房里走来走去，用拐杖敲着地板。过了两小时光景，母亲叫我到书房里去看看，他有没有睡着，如果没有睡，就叫他来喝茶。我走去一看，看见他跪在床面前。他在圣像面前虔诚地祷告，他的略有些胖的身子全部在那里发抖……他悲戚地哭着。

但是我确信，这是为怜悯“法律牺牲者”而流的眼泪，而不是一个法律执行者的痛心的悔过。在这种时候，他的良心常常是泰然自若的；现在我想起了这一点，我就明白了那时代的正人君子的心情和我们这时代的人的心情之间的基本差别。他认为他只有对自己个人的行为才有责任。为社会的不平而发生的辛辣的罪恶之感，他完全没有认识到。上帝、沙皇和法律，在他看来高高在上，是批评所达不到的。上帝是全能而正直的，但是世间还有许多得意的恶徒和受苦的善人。这属于最高主宰的神秘的范畴——没有话可说。沙皇和法律，也是人间的裁判所达不到的；如果间或在应用法律的时候良心违反了怜悯和同情，那么这也是天然的不幸，不属于任何原则问题。有的人死于伤寒病，有的人死于法律。这是命苦！法官的责任，是奉行法律，务求它一旦宣布之后就正确地应用。如果连这一点也做不到，如果受贿的官僚为趋奉权势而枉法，那么父亲身为法官，就要在裁判的范围之内用他能力所及的一切方法来和他们斗争。假使这样做会吃苦，他情愿吃苦，但是这宗案件里他亲手所写的批语，一定是完全公正的。这样一来，案件会越出了县法院的范围而上诉到参议院，也许到更高的机关。如果参议院同意他的判断，他就替正确的方面真心地高兴。如果参议员们也被权势和金钱所收买，那么这是他们的良心问题，他们总有一天会为此而得到报应，不是在沙皇面前，就是在上帝面前……法律可能不正确，而这又属于沙皇对上帝的责任；他做法官的，对此也没有责任，这就好比有时雷从高高的天上打下来，打死了一个无辜的孩子……

是的，这是一种完整的信念，是良心的安宁。这种人的内部基础是不为分析所动摇的；那时代的正人君子不懂得个人对“万物公理”的责任感所产生的那种深刻的心绪不宁……我不知道现在是否还有一个官员心中存在着那么不可侵犯而充分的完整性。我想是没有的了。这样想法的时代一去不复返了，我们这辈人的自觉的青年时代已经充满着对共同责任的伤心的、苦痛的，然而有创造性的意识了……父亲很早就去世，假使他寿长些，那么我们这些富有批评精神的青年无疑地将不止一次听到他那常说的定理：

“病人请教庸医!”

而那个高高在上的、发号施令的、即他所谓应该超乎批评之外的东西，正是一个尊严的庸医。

这种冲突到底怎样解决，到现在还是一个谜；我每逢想起这一点，常常感觉到一种悲哀的遗憾……

3
父亲和母亲

在我所知道的、父亲的全部生活中，笼罩着一种深切的悲哀和忏悔，这是有原因的……

他年轻时候很漂亮，在对女性的交际上获得很大的成功。他显然曾经把青春的、也许是非凡的力量的过剩部分都消磨在这方面的种种企图和事件上，这种生活继续了三十年之久。他亲身的实际经验使他对女性的德行深深地感到不可信任；因此，他要结婚的时候，就想出一种特殊的办法，借以保持家庭的安宁……

他那时候在沃伦省罗夫诺县当警察局长，那地方住着一个中等的波兰小贵族[①]，是别人的领地的租户。关于这个人，大家都知道他有一时曾经是符伯爵家的一块大领地的合法所有者和实际管理者。老伯爵病重了，这时候他那个在波兰王国的近卫军中服务的儿子正为了某事故而受到军事裁判。老伯爵恐怕丧失权利，领地被别人所得，就把他所熟悉的那个波兰小贵族叫来，取得了他的同意，立了一张对他有利的遗嘱。此后老伯爵就死了，他的儿子被流放到高加索去当兵，而这位波兰小贵族就变成了大领地的合法所有者……过了几年，那个青年伯爵因为在跟高加索人战斗的时候表现了奋不顾身的勇气，就被赦罪，放还故乡，于是那位波兰小贵族就邀请街坊邻居，当他们面前像一个普通的管家一样把领地的极正确的账目和他在管理期间积攒起来的一笔巨款交了出来。那个青年贵族拥抱他，称他为恩人，立誓永远和他亲爱；但是他很快就忘记了一切誓言，对他恩人的家庭有了一种不诚实而卤莽的侵犯行为。外祖父把这贵公子侮辱了一场，就离开了他，变成了一个乞丐，因为在他管理领地的整个时期中，他没有"擅自"替自己规定薪水的数目。关于这一点，那个大地主在和他吵架之后根本就不去想它了……

这就是关于我外祖父的家庭传说。

他的家庭人口很多（四个女儿和两个儿子[②]）。其中一个女儿还是少女，十三岁，完全是一个小姑娘，穿短衣服，玩洋娃娃。父亲

---

① 即符·加·柯罗连科的外祖父，叫做约瑟夫·卡齐米罗维奇·斯库列维奇（1798—1853）。他青年时代当骠骑兵，退休时的职衔是陆军中尉。——原编者注

② 第一个女儿卡罗里娜（1819—1894）是嫁给屠采维奇的。第二个女儿爱薇里娜（即叶娃），是作者的母亲，于1833年生在沃伦省罗夫诺县的斯捷潘村，于1903年4月30日死在波尔塔瓦符·加·柯罗连科家里。第三个女儿安瑞里卡生于1835年左右，死于第一次世界大战期间；她嫁给日托米尔中学的教师扎勃洛茨基（在《我的同时代人的故事》中用洛托茨基这名字）；后来她带着孩子们住在尔沃夫，有一个时期曾经在那里办一个波兰文的儿童杂志。第四个女儿伊丽莎白生于1840年，从九十年代初期起，住在符拉季米尔·加拉克齐昂诺维奇家里，于1927年死在波尔塔瓦。两个儿子是布鲁依（从事农业，死于九十年代）和根利赫（关于这人，见第9页的编者注释）。——原编者注

正选中了她。他显然是怀着无意识的利己主义，就用这样的办法来维护他未来的家庭：他预料那人家一向被公认的正直一定有传统，因此他就选定那人家的一个未成年的幼女作为妻子，他想教养她，避免她的少女娇媚的时期……外祖父反对这太早的结婚，但是由于他妻子[①]的坚持，便让步了。新娘年龄不合格的那种形式上的障碍，由于“居民十五人”的证明而消除了；于是我未来的母亲房间里的玩具就被拿出，短衣服换了结婚礼服，就举行婚礼[②]。

为生活作总结，是一件很难的事。幸福和欢乐中常常交混着不幸和悲哀，因此我现在不知道我父母的婚姻是幸福的，还是不幸的……

总之，在结婚初期，母亲是很痛苦的……

在将近结婚的时候，她是一个虚弱的女孩子，她的身体消瘦而没有充分成熟，梳着一根淡金色的大辫子，一双灰蓝色的眼睛明亮而美丽[③]。结婚后两年，她生了一个女孩子，这女孩子过了一星期就死了，这件事在她的还很幼稚的心头留下了深刻的创痕。父亲嫉妒得很厉害。他的嫉妒心表现得蛮横而粗暴：凡是有男人对他的年轻妻子看一眼，在他总觉得是不怀好意的；他的妻子在社交中听见一个笑话而发出孩子气的笑声，他便认为是不可饶恕的风骚。甚至还有更严重的情况：他出门的时候，把妻子锁闭起来，这个几近于孩子的青年女子被禁闭着，感到一种稚气的悲哀和女性的屈辱，就伤心地哭泣……

---

① 即作者的外祖母，叫做阿格尼雅·斯库列维奇（母家姓雷赫林斯卡雅），死于八十年代末期，高龄九十四岁。——原编者注

② 加拉克齐昂·阿法纳西耶维奇·柯罗连科和爱薇里娜·约瑟福夫娜·斯库列维奇的婚礼于 1847 年举行。因为新娘年纪太小，丈夫叫她在娘家再住一年。——原编者注

③ 爱薇里娜·约瑟福夫娜年轻时候的肖像没有被保留下来。所有保存的照片都是晚年的。——原编者注

结婚后三四年，父亲公出到一个县城里，在一个充满炭气的小屋里过夜。早上人们把他抬出来，他已经不省人事，只穿一件衬衫，他们就把他放在雪地上。他终于苏醒过来，然而他的半个身子麻木不仁了。他被送回到我母亲那里的时候，几乎不能动弹；虽然用尽一切方法来治疗，他终于毕生残废了……

这样，我母亲的生活一开始就碰上一个年纪比她大一倍多的人——她还不能爱这个人，因为她那时完全是个孩子；这个人一开始就折磨她，侮辱她，后来终于变成了残废……

但是我仍然不能断定她是否不幸……

在我已经有记忆的时候，由于某人的告发，这婚姻几乎解散，父亲因此极其恐怖。有几个从来不曾见过的、穿铜钮扣制服的人常常到我们家里来，父亲招待他们，请他们吃饭，晚上和他们玩纸牌。在这群正教管区监督局的官吏中，我特别清楚地记得一个秘书，这人身材矮小，穿着一件长襟制服，后襟几乎拖到地，他的脸不清不楚，使人想起一张有墨水迹的红吸墨纸。他的一双眼睛很小，炯炯发光，转动得很快。他在坐到食桌上去之前，总要在客堂里环行一周，察看其中摆设着的东西，并且用手摸摸它们。我注意到，他的尖锐的眼睛特别留心地察看的那些东西，不久就都失踪了。就中还失窃了我们家里的一件贵重物品——一个大望远镜，父亲曾经让我们在这望远镜里看过月亮……我们很可惜这个望远镜，但是父亲带着悲哀的诙谐说：这个穿长襟衣服的官吏可以使得他和妈妈离婚，去做和尚或尼姑。父亲接着又说：不结婚而且做了和尚尼姑的人，不应该有孩子，因此你们也不应该有。我们当然知道这是开玩笑，但是我们不能不感觉到：现在我们全家不知怎的都被掌握在那个穿铜钮扣制服而面孔像吸墨纸的人手里了。

这期间有一次我跑进母亲的卧室里，看见父亲和母亲都哭丧着脸。父亲弯下身子去吻她的手，她亲切地抚摸他的头，仿佛为了某事在那里安慰他，像安慰小孩子一样。我以前从来没有看见过父亲和母亲之间有这种情况，我的小小的心由于一种预感而受到压迫。

幸而这危机平安地过去了，不久，使我们恐怖的那些正教管区监督局的人就不再出现。

但是我直到现在还记得我看到父亲和母亲那么感动而彼此满怀怜爱的情况。可知那时候他们已经心心相印，并且默默地、深切地相爱了。

我所回想起的这种互相敬爱的情景，正发生在我认为世界是固定不易的那个时期。

父亲是一个虔信宗教的人，大概他把自己的不幸看作青年时代的罪恶的应得的报应。此外他又觉得孩子们也要为他的罪恶而受到报应，他们的身体一定会虚弱，而且他来不及把他们“抚养成人”。因此，他的主要操心之一是调养他自己和我们。他是一个富于幻想的人，并且相信奇效万应药，因此我们不得不忍受各种善意的治疗法，例如手上涂油，耳朵后面抽毒，吃掺着面包和盐的鱼肝油、清血的玛泰糖浆和莫利松丸药，甚至应用一个叫做彭帅特的人的针灸法，这办法是在我们身上刺一千针，用以加强血液循环。后来我们家里来了一个同种疗法①医生车尔文斯基，这人身体肥胖，手里拿一根雕着蛇形花纹的粗拐杖。这期间我的贪吃的哥哥当父母亲不在家的时候不知怎的找到了同种疗法的药箱，把里面的砒素药丸一下子吃光了。父亲起初大吃一惊，后来看见哥哥照旧很健康，于是他就……怀疑同种疗法……

此后，加涅曼·萨木艾尔②的深奥的著作就不再出现在父亲的

① 同种疗法，是用极少量的某种药品来治某种疾病；这种药品倘用了大量，就能使健康人患同样的病。——译者注

② 加涅曼·萨木艾尔（1755—1843）是德国医生，同种疗法的创始者。——原编者注

桌子上，在那地方却出现了一本封面朴素的黑色的新书。在这本书的第一页上就有一个装饰图和两句诗（波兰文）：

倘要健康活百岁，
洗澡，淋浴，喝冷水……

为了要确证这一点，装饰画里画着三个体格强壮的裸体人，其中一个人站着洗淋浴，另一个人坐在浴盆里，第三个人带着非常得意的表情把一大杯水倒进喉咙里去……

我们孩子们漠不关心地看看这个装饰图；到了第二天早晨，父亲叫人催我们起床，把我们带到他房间里去，那时候我们才懂得了这装饰图的真正的意义。父亲房间里放着一只大桶，里面盛着冷水，父亲自己先把全部手续做一遍，然后叫我们轮流走到这只桶里去，他用一个洋铁罐子舀起冰冷的水来，就从我们头上浇到脚上。这是一种很野蛮的办法，但是没有给我们带来害处；不久我们就被“锻炼”到这种地步：早上我和弟弟单穿一件衬衫，赤着脚，逃到旧马车里，在那里冷得发抖（那时候是秋天，正是早晨降霜的时期），直等到父亲出去办公才走出来。母亲每次都答应父亲，说等我们回来的时候一定忠实地给我们洗淋浴，然而……上帝当然会原谅她的吧，——有时她是欺骗父亲的……但是因为那时候我们不管什么天气，几乎完全不受监视地整天在外面玩耍，所以父亲看见我们照旧壮健而并无损害，他的猜疑不久也就消失了……

这种对“书本和科学”的信仰，是父亲性格中显著而动人的特征，虽然有时会造成意外的结果。例如，有一次他不知在什么地方买了一本小册子，这小册子的作者肯定说：把硼砂、硝石，还有一种好像是硫黄华加入在极简陋的一份普通马料里，就可以把马养得极肥。我家那时候有一对高大的阉马，父亲就拿它们来实验。那两匹可怜的马瘦弱起来，但是父亲非常相信科学方法的效果，竟完全没有注意到这一点；当母亲惊惶地指出，这两匹马恐怕要被这种科学害死了，父亲就回答说：

“病人请教庸医！在胖起来呢，你胡说八道。菲里普，在胖起来，是吗？”

“的确胖了。”那个狡猾的马夫回答……

“法官的马”以异常瘦弱和贪食驰名于全城了；它们贪婪地咬系马桩和篱笆，但是父亲只管说是会“恢复”的，直到其中一匹马毫无显著的原因而死去。我还记得父亲站在那个可怜的殉难者的尸体前面时那种惊悼而后悔的表情。他立刻吩咐用燕麦和干草来喂另一匹马，不再加那种科学的调味品；以后似乎把这匹马卖掉了……然而后来发见：这失败不仅是那种科学之故，也和马夫有关，他把本来就很少的一份燕麦换酒吃了，却让那两匹马光是吃硼砂和硝石……无论怎样，后来这种实验不再施行了……

父亲心里显然还有以前的某些计划长久地盘旋着，他努力想摆脱枯燥的官场惯例的严酷的拘束。有时他置备一架望远镜和一些天文书，有时开始研究数学，有时买些意大利文书籍，并且购办辞典……晚上，不须写公文和判决书而空闲的时候，他就读书，有时在房间里踱来踱去，深深地考虑他所读的东西。有时他把自己所想到的讲给母亲听，如果母亲不在近旁，他竟会带着动人的、儿童似的天真态度跟我们孩子中间的一个人谈话……

记得有一次，只有我和他两个人在他的书房里，他放下了书，沉思地在房间里踱了一会，突然在我面前站定了，对我说：

“哲学家告诉我们，一个人想的时候不能不用言语……人一开始想，就一定……你懂吗？头脑里一定有言语……嗯……这话你觉得怎么样？……”

他没有等我回答，就开始从这个角落走到那个角落，敲着拐杖，微微地拖着左脚，显然是在那里专心一志地体验这个心理学问题。后来又站定在我面前，对我说：

“如果这样，那么狗是不想的，因为他不懂得话……”

“松鸡懂得话。”我确信地回答。

“这算得了什么！谈不上。”

我那时候完全是一个小孩子，还没有上学，可是父亲提出问题时那种直率的态度和他的深刻的思虑感染了我。当他踱来踱去的时候，我也坐着体验自己的思想……我什么也没有体验出来，可是后来我又不止一次地努力捉摸语言的无定形的活动和模糊的形象，它们像影子一般在意识的背景上通过，没有完全表出固定的形状。

还有一次在吃饭的时候，我们大家会聚在一起，父亲说：“有些英国人提出，如果有人能发明一个新的词，他们就送他一大笔钱。”

“这有什么了不起！”哥哥自以为是地说，“我马上就可以发明。”

他就不假思索地喊出一个完全没有意思的词来。我们都笑了。

“嘿！傻瓜！”父亲说，他显然是为了哥哥对英国学者的问题的这种轻率态度而感到懊恼。但是我们都站在哥哥这一面。

“他的确是发明的，为什么说他是傻瓜呢？”

“这叫做发明！这个词是什么意思呢？”

“这个词吗？……”哥哥略觉为难，然而立刻就回答，“并没有意思，可是它是新的……”

“喏，喏，所以说你是傻瓜！一定要有意义，一定要有内容，而且不可以有另外一个意义正好相同的词……照你这样，尽管是发明的也没有用处！……那些学者不会比你们笨，他们并不是开玩笑……”

“可是，”后来他又说，“也许是可以发明的……”

又有一次，也是在吃饭的时候，他说：“有些哲学家认为上帝是没有的。”

“嗳！胡说，”母亲说，“你为什么又说这些蠢话……”

“病人请教庸医！”父亲回答，“这不是呆子说的，是有学问的人说的……”

“那么谁创造世界和人类呢？”

“有一个英国人说，人是从猴子变来的。”

“那么猴子是从哪儿来的呢？”

我们大家——包括父亲在内——都笑了。

“这当然是荒谬之谈，”父亲说，接着他又确信地、略带庄严地说：“孩子们，上帝是有的，他一切都看得见……一切都看得见。并且严重地惩罚罪恶……”

我不记得是这一次还是另一次，他带着特殊的表情说：

“圣书里说，父亲母亲如果犯了罪过，他们的子孙要受惩罚，直到第七十七代为止……这似乎有点不公正，可是……也许是我们不懂的缘故……上帝总是慈悲的。”

直到现在我才懂得，这个格言在他看来具有多么重大的意义……他恐怕我们将要为了他的罪过而受到惩罚。他的良心反抗这种不公正的惩罚，可是他的信仰要求顺从，并且使他怀着希望……

父亲的履历表里载明着，他在基希涅夫城的“非特权阶级的学馆”里受过教育……这种教育显然等于“家庭教育”。但是他几乎终生保持着精神的要求；我们孩子们就从这个诚朴的半受教育的人那里得到了一种最初的概念，这种概念是超越我当时所理解的世界范围之外的，那就是：上帝是有的，同时还有一种研究心灵本质和世界起源的科学。这种概念幼稚而简单，然而也许正是由于这种近于孩子气的天真，所以它们深深地印入我们心中，永远保留着，作为未来的思想的最初莳下的种子……

4
院子和街道

我所认为我们“永远”居住着的那所房子，坐落在一条小胡同里，这条小胡同通向一个小的广场①。有好几条路汇集到这广场上；其中两条是通向墓地的。

这两条路里面有一条叫做“公路”。在这公路上常常走着邮政马车，车子上的铃是扎住的；但是因为城市的最繁华部分到这里已经告终，所以有时邮递员们在这里停了马车，把铃放开。邮车再往前走的时候便响出铃声，这铃声越来越轻，越来越远，逐渐消失，直到那马车也越来越小，终于变成一个小点为止。这条路又长又直。两旁的房屋之间隔着围墙、空地或者陷在泥土里的茅屋；这条路的远处消失在从围墙里挂下来的重重绿叶中间。路的这边是“正教”墓地，另一边是某一所住宅的花园。从这条公路向城郊走远去的一切，都在这重重绿叶之间作最后的闪现，然后消失在渺茫无边的远方了……我和弟弟常常在我们的胡同的角上或者爬在围墙上眺望邮车、高大的犹太马车、笨拙的驿马车和农家运货马车向远处消失的光景。如果有人出殡，我们就一直在胡同角上看，直到送殡的行列走到这消失点为止。这时候那团无定形的人群仿佛又一次清楚地闪现出来。旗幡招展着，在大门和树枝底下倾侧下去，柩车横过来向着门口，于是一切都进入墓地的围墙里去了。这时候我们就知道“一切都完了”……我对于远方的最鲜明而深刻的第一印象，关联着“公路”的这种漫长的远景；也许，这种对于殡葬和死亡的联系，使

---

① 这里所指的是日托米尔地方，柯罗连科的家庭在这里住到 1866 年为止。——原编者注

这些印象更加深刻，并且促进了一种大致类似远方观念的幻想……

这条路渐渐远去，就渐渐地高起来；因此，从这条路上向市中心走近来的一切，都好像是滚下来的……我现在还记得我在很早的童年时代所体验到的一种惊讶的感觉：有一次，一小块方形的东西从这条路远处的地平线下爬下来，越来越大，越来越近，过了不久，整条路上都填满了兵士的纵队，充满了千万只脚的踏步声和震耳的乐队演奏声。兵士们都戴着没有帽檐的圆帽子，穿着短小破旧的外衣。军官们都戴着有羽饰或金属帽顶的坚实的军帽。他们的步调很整齐，在这匀称的动作中有一种严肃的气氛……

旁边的人都说，他们是从“塞瓦斯托波尔附近”的战地上回来的……

公路上还有囚犯走过，铿锵地发出手铐脚镣的声音；有一次载过一个垂头丧气的人，是去受“商场鞭刑”[①] 的……前面走着一排兵，四个鼓手敲出严肃、均匀而急速的鼓声。……鼓手们每跨一步，鼓就在他们的左腿上耸一下，鼓声继续不断地响出，照旧是匀称而可怕的……他们后面开着一辆马车，马车上耸起一只高椅子，上面坐着一个人，他的两只手被反绑在椅背上。他的光秃秃的头低低地挂下，跟着车子的震动而摇摆；他的胸前斜挂着一块板，板上写着白字……这个垂头丧气的人全身高高地浮出在人群上面，仿佛支配着这人群的急流……马车后面走着一排兵，大群的人跟着跑……广场上当然是不准我们去的，但是仆人戆头老曾经跟着人群到那里去看，后来他在厨房里津津有味地讲给我们听：在刑场上刽子手怎样把这“杀人犯”安放到“拷问台”上，怎样准备鞭子，同时好像在对他说：

---

① “商场鞭刑”是 1845 年以前在俄罗斯对囚犯施行的一种公开鞭刑，通常在商业广场举行，所以叫做“商场鞭刑”。——译者注

“你的爹娘没有把你教训好，现在我来教训你。”

后来他大喝一声：“着打!”于是整个广场上传遍了鞭子的嗖嗖声和挨打的人的凄惨的叫喊……我们那些女仆们听到这里也叫喊起来，并且划十字……

这似乎是我们城里的最后一次“商场鞭刑”……

总之，有许多有趣味的、新鲜的或者可怕的东西，从这条长而直的公路上进城或出城……

走出我们的胡同向左急转，便是另一条通墓地的路。这条路通向天主教和新教的墓地，很广阔，人烟稀少，路上没有铺砌，盖着很厚的砂。灵柩车在这条路上开动时声音很轻，纯净的黄砂没到车毂上，除此以外就很少有人走这条路。

在这条路和我们的胡同相交叉的尖角上有一个警察岗亭，里面住着一个年老的看守人（他带着一把戟，可是不久这岗位就取消了）；岗亭后面，在某人家的花园的绿荫中间，耸立着一个大“神像”，这是一个老式的波兰十字架，上面有一个顶棚，遮盖着钉在十字架上的基督像。有一个虔诚的人把这神像建立在这交叉路口，它扩展着两肩，仿佛在目送从公路上远去的人，以及柩车的马踏着黄砂悄悄地拉向“波兰墓地”去的那些人，送他们到长眠的地方。“神像”对面有一家年代久远的酒店，是一所坍损而阴暗的房子，歪斜得厉害，用大木头从街上支撑着。这里面几乎不停地拉着提琴，响着铃鼓。有时送丧的女人的响亮而尖锐的号哭声跟这种粗野的响声和醉人的叫喊声混杂在一起。

那时正是清闲的时代。

我们的院子舒适而幽静。院子和大路之间隔着两幢石造房屋，即土话所谓“石房子”。其中一幢石房子里住着我们的房东，他们的房间和家具在我看来奢华富丽到极点。大门开向胡同，上面低低地挂着老白杨树的繁茂的枝条。房东家的马车夫穿着灰色制服，样子很神气；他每次驾着车子开进大门的时候，总要低下头去，免得树枝掠下他那有带子和饰结的高帽子……

我们的旁屋位于院子深处，一面靠着石屋，另一面靠着一个茂盛的花园。这旁屋的后面还有一所小旁屋，里面住着一个军医杜达辽夫，也是从古以来就住在这里的。

我们的房东是一个波兰人，人们尊称他为“测量师老爷”[①]。他是一个年纪很老的人，高个子，体格端正（虽然略微胖些），胡须是灰色的，头发也是灰色的，剪成环形。平日他一清早就穿着蓝色的外衣在院子里走来走去，像一个热心的管家一样忙着家务。每逢星期天，他就穿上蓝色或深红色的、有折袖的、华丽的波兰外套，淡色的马褂，天鹅绒的宽裤和出角的波兰方帽，腰里束着华丽的腰带，挂着弯刀，和一个祈祷者一同到天主堂去。他的妻子（比他年轻得多）和女仆们都坐马车，驾着极漂亮的马，但是他总是步行的。他一生病，就吩咐把厨房里的暖炉生得很旺，里面铺些稻草，然后脱下衣服，爬进炉炕里。后来他满身大汗地从炉炕里走出来，喝些菩提花茶，第二天早晨照旧在院子里和马厩里忙碌奔走。

这一切我都是后来听人家说的；至于这位柯良诺夫斯基本人，我只有在他的生涯的最后几天内才十分清楚地记得。有一次他觉得身体不舒服，就照例采用那种治疗法，但是没有效用。于是他就对妻子说：

“现在我要死了……”

他的妻子请了好几位医生来看。在我们的院子里有时出现带着那条蛇的同种疗法医生车尔文斯基，有时出现一个异常肥胖的韦采霍夫斯基……这位老“测量师”对这一切奔忙都表示很怀疑，他再

---

① 这里是著者弄错了，应该是“法庭执行员”。——译者根据苏联儿童出版社版本列托夫注

三确定地说他不久要死了。

我清楚地记得那时候我正在病人的房间里。我坐在椅子旁边的地板上，玩着一串流苏，一连待了几个钟头。我现在不能明确地说出，那时我心中怀着怎样的念头，只记得有一个客人看见我坐在椅子旁边，就问我："小弟弟，你在这儿做什么?"我就一本正经地回答：

"我在看守柯良诺夫斯基公公。"

病人的肚子动起来，他惨然地微笑着，说：

"看守不了的（nie dopilnujesz)。"

的确，我没有把他看守住：此后过了两三天，老柯良诺夫斯基就威严而庄重地躺在灵柩上了。人们像星期天一样给他穿上淡黄色的马褂和蓝色的外套，把弯刀放在他身旁，把那顶有羽毛的出角波兰方帽放在他旁边的椅子上。他的脸生前是红润的，现在像他的胡须一样了……第二天，我们院子里来了许多人，拿来了旗幡；可是那辆庞大的灵柩车不能从胡同里开进来。于是有一个仆人就爬到白杨树的干子上，把一大丛低垂的树枝砍下了。当这丛树枝横在地上的时候，我对它看看，又对大门上面因此而显出来的空隙看看，心里发生一种感觉，就同看到柯良诺夫斯基的奇怪的身体时的感觉一样。我也许知道这是死，但是那时候我对于死既不觉得可怕，也不觉得可悲……我只觉得树枝带着叶异样地倒卧在地上，这是从来没有的事。而柯良诺夫斯基呢，穿好了衣服不到天主堂去，却整天躺在尸床上。

出殡之后，有一个时期院子里有人说，他们夜里看见老"测量师"像生前一样奔忙着家务。这又是他的一种奇怪的行径，因为以前他总是在白天奔走忙碌地管家务的……但是在那时候，假使我在院子里、花园里或马厩旁边遇见这位老人家，我大概不会很惊奇的，我只是想问问他，为什么自从我"不看守"他以后，他有这种奇怪而荒唐的行径……

在那几年，老式波兰服装已经不入时，或者竟可说是被禁止了。但是这位富裕而顽固的“测量师”对新习惯不肯让步，他生前和入土之后，都忠实于自己和自己的时代。我现在回想起这个特殊的、与众不同的、倏忽闪现在我眼前的人物，就发生这样的印象：这仿佛正是我母亲的祖国波兰的史迹，特殊、巩固而有独特的美，它退避到世界的一扇神秘的门里，正在这时候，我替自己打开了另一扇门，用明亮锐利的儿童眼光来目送它……

我们院子里的生活很安静，保持着向来固定的习惯。我的哥哥比我大两岁半，弟弟比我小一岁。因此我和弟弟自然比较亲近。我们起身很早，那时候两所石房子里的人都还在酣睡。只有马夫们在马厩里洗马，并且带它们到井边去。有时他们让我们牵着马缰绳，这种信任使我们觉得很兴奋。

在马夫们之后，厨娘们也起身，到仓房里去取柴。

在八点半的时候，仆人们替父亲准备一辆小马车，他就坐着去办公。这情况每天都一样，在我们看来是自然的规律；同样，在三点钟左右，母亲一定忙着准备食桌。三点钟的时候，又响出车轮子声，父亲走进屋里，厨房里就端出汤钵来……

在白天这一段时间里，我们的院子里很岑寂。马夫们没有事情可做，就躺下来睡觉；我和弟弟在院子里和花园里玩耍，从围墙上眺望胡同或公路的远景，探听新闻，互相谈论……太阳越升越高，灼热了院子里铺砌的石板，使我们这座庄园充满了一种十分萎靡的困倦和沉闷……①

我回想起了这些炎热而困疲的无聊时间内所发生的一件奇怪的事……我们的院子里跑来了一只猫，它的一条腿是受伤的。我们喂

① 关于太阳灼热的院子的午后光景以及两个孩子想出的娱乐和游戏的回忆，是《奇物》这篇小说里的材料。——原编者注

养它，它就住在我们家里了。有时在炎热的中午，我把这只猫找来，带它到后面的院子里，那儿放着我家的几个旧雪橇的车身，我就带着猫躺在一个车身里，开始抚爱它。这只猫感激地发出呼呼声，舔我的脸，看我的眼睛，似乎完全有意识地在那里报答我的好意和怜爱。这种对动物友爱的感情有好几分钟，有时甚至好几个钟头充满在我的心里……

但是后来它的腿渐渐地好起来，它吃得很饱，养得很胖，越来越健康了，它的感激心也就渐渐地消失了。以前每逢我唤它一声，它就立刻不知从哪个角落里跑到我跟前来，可是现在它看见了我，常常溜走，显然是“假装”没有看见。

有一个炎热的日子，我和弟弟吵了架，觉得特别需要这只猫的友爱，那时候它也采取这种行径。它从花园的围墙旁边走过，听见我唤它，便狡猾地想钻进围墙的隙缝里去。但是我终于把它抓住了……

这一次它很冷淡地对付我的抚爱。它的眼睛里没有以前那种互爱的表情，它找到一个机会，就想逃走。我动怒了，因为我觉得它的行为忘恩负义之极，而且我渴望着恢复我们从前的友爱关系。突然我心里闪现出一种粗暴的念头：原来它只在自己不幸而我怜爱它的时候才爱我……我就抓住了它的尾巴，把它抛过我的肩膀。

那只猫尖声地叫起来，用脚爪拼命地抓住我的背。我放了它，它像箭一般飞奔而去，我独自站着，只感觉到自己的罪过和剧烈的惭愧……此后我再要引诱它来，就很困难；当我捉住了它的时候，我就用尽种种方法来向它表示：我已经承认自己的错误，现在捉住它，只是为了要跟它讲和……以后我们之间的关系虽然十分冷淡，倒还算和睦；但是我到现在还记得：在灼热而看厌了的院子里，在困倦无聊的影响之下，我这种做作的怜爱这么奇怪地爆发……

这是毫无办法的！任何感情只有在自然的时候才有价值。同样，硬要在人类关系中恢复这种感情，其结果也大都是搔伤而已……

5
“那个世界”。 神秘的恐怖

我很难记起，什么时候我第一次听到“那个世界”这句话。这大概是因为我很早就听见人家这样说，所以我知道这句话比知道它的意义早得多。

我在很小的时候就知道，我们曾经有一个小姐姐叫做索尼雅，她已经死了，现在住在“那个世界”里，在上帝那儿。我觉得这件事有点可悲（母亲说起她，有时眼睛里涌出眼泪来），但同时又是可喜的，因为她是天使，这就是说她是幸福的。我完全不认识她，所以她这个人、她在“那个世界”里当天使的情况，在我看来只是光明而朦胧的一团，完全没有神秘性，也没有给我特殊的印象……

后来柯良诺夫斯基老爷也到“那个世界”里去了，据说他每天夜里从那儿回来。这就有点奇怪了。他跟我说过“看守不了的”，可见他仿佛躲起来了，后来却又瞒着家里的人和仆人们而偷偷地回来。这是一件不可解的事，并且有些狡诈；如果这是有意的，那么在不可解之中还有恐怖的成分……

过了两三年之后，“那个世界”又闪现到我们面前来，仿佛电光从乌云中闪现出来一样，凶恶而明显……

我们有一个熟识的、同年的小朋友，叫做斯拉维克·李索夫斯基。我不知道他的名字为什么这样[①]，但是人家都这样称呼他，而且我们也喜欢这名字，像喜欢他这个人一样。他穿着一件短上衣，露出白的衣领来，身体瘦长，和年龄不相称。当他第一次到我家来

---

① 斯拉维克不是俄罗斯人所惯用的名字，所以这样说。——译者注

的时候，起初我们觉得他这个人、他的步态、他的短小的上衣、他的白衣领和硬袖都非常可笑。但是我们初次相识之后过了半个钟头，这个瘦长的男孩子就毫无掩饰地表现出许多愉快活泼的样子来，使得我们完全入迷了。每次他来到我们家里，我们就兴高采烈地做种种异想天开的把戏，往往比我们平日的淘气厉害得多。

有一次他几乎在我家住了一整天，我们玩得特别高兴。我们爬到围墙上和屋顶上，互相丢石子，钻进别人家的花园里去，折断树木。他在一棵野梨树上刮破了自己的上衣。总之，我们闯了许多祸，因此在过后两天之内大家都还很担心，怕引起什么后患。

我们大家都觉得良心上过不去。

到了第三天，下午三点钟的时候，院子里响起了父亲的马车声之后，我们立刻就被叫进去，不是去吃饭，而是到父亲书房里去。

我们以为一定要受惩罚了，就带着颓丧的心情走进去。我们看见母亲在书房里，脸上带着惊惶的神色，眼睛里噙着眼泪。父亲的脸色很悲哀。

他看见了我们，说："孩子们，我要告诉你们一个悲哀而可怕的消息：斯拉维克昨天晚上死了。"

我记得我们听到了这消息谁也没有说一句话；我想，大人们可能以为这消息对我们孩子们完全没有什么影响。我们默默地走出书房，坐在食桌旁边了。然而我们之中没有一个人由于避免了父亲的威胁而感到高兴。我们感觉到另外一种威胁，不可思议而阴惨的……

第二天，我们被带去参加斯拉维克的葬仪。他们住在通墓地的砂路上，几乎就在墓地旁边；那时候我第一次感觉到什么叫做死……斯拉维克的身体照旧很瘦，似乎比以前更长了，他还是穿着那件有白衣领的墨绿色上衣，像柯良诺夫斯基老爷一样脸色惨白而一动不动地躺在尸床上。周围的灵烛发出黄色的火焰，空气很沉闷，充满着一种特别的气味，屋子里有轻轻的说话声和叹息声。当人们把斯拉维克和棺材一起从屋子里抬到院子里的时候，他的母亲号啕大哭起来，在扶着她的人们手里挣扎，要求他们把她和儿子一起葬在地里，因为他是由于她的罪过而死的。

晚上，在我们的厨房里仆人们低声地传述着，说斯拉维克的父母为了他刮破上衣和淘气而把他打了一顿。起初他吻他们的手，保证以后决不再犯，请求他们饶了他这一次，宁可以后再打重些，因为现在打他，他一定会死的。“可见他的灵魂是知道的。”最后他们意味深长地这样说。然而父母不相信他，终于把他打了。就在这天夜里他发起高烧来，请医生来看……第二天晚上他就死了，似乎是患“喉咙病”死的……

我们家里整天只谈着关于他死的事。母亲的样子很惊慌，她替我们担心（虽然那时候人们还不大相信“传染”），又为别人的悲哀而哭泣。似乎就在这天晚上，斯卡尔斯基老爷到我们家里来，他是父亲的好朋友，是我的教父。他的儿子一年前在基辅的军事学校里死去。他的悲哀还没有完全消失，现在又复活起来，他就把得悉儿子死耗的情况讲给我们听。他接到校长通知，说他儿子病重，他就来到基辅，可是那时候已经是晚上，来不及到军事学校里去了。他就住在附近的一个旅馆里，在开着的窗子旁边坐了很久。这天晚上暖和、明朗而沉静……他心中老是挂念着他的生病的儿子。他终于关了窗，熄灭了蜡烛……

这时候斯卡尔斯基用悲哀、沉静而坚定的声音说，他的话大致是这样：“突然，我听见有人在敲窗子……这样敲：一、二、三……我从床上起身，走近窗边……一看，并没有人，况且这窗子是在二层楼上的……我又躺下了，可是又听见：笃笃，笃笃……声音很轻，好像有人要求走进房间来。月亮很明，照亮着一切……我又起身，走近窗边，一看，下面一块玻璃上有一样东西在那里撞……很小的一团，撞着又敲着……我又走开了，忽然我的心沉下去了……我奔向窗子去，开了窗……”

“你看见什么?”父亲问。

“一只甲虫……”斯卡尔斯基悲哀而严肃地回答。

“一只甲虫?”

“是的，一只甲虫……很大，黑黑的……它离开窗子飞去了……飞向军事学校那一面。月亮很大！一切都看得见，像白天一样。我盯着这甲虫，有一会儿听见……嗡嗡嗡的声音……仿佛在呻吟。这时候钟楼上的钟敲响了。我数一下，十一点钟。”

“这有什么呢?”父亲又淡然地说，“一只甲虫飞来，就不过这样罢了。”

“慢来，”斯卡尔斯基回答，“第二天早上我到军事学校去。我问门房，怎样可以会见我的儿子。他说：‘先生，请你到停尸室里去。’……后来……人家告诉我：正是昨天晚上十一点钟死的……原来，我不放进房间里来的就是他。他的灵魂飞来告别……”

“嘿！病人请教庸医！”父亲说，“你这种是无稽之谈。你的孩子是生病死的。跟甲虫有什么关系。飞来飞去的甲虫不是很多吗?”

“不，你不要这样说……它敲的声音很特别。后来飞去的时候还呻吟呢。我看着它，我的心跟着它去了……”

父亲是一个虔信宗教的人，但是完全不迷信；他对于恐怖的故事常常作冷静的解释，有时作幽默的解释，这种解释很可以驱除我们的惊骇和恐怖。但是这一次，斯卡尔斯基讲到儿子和甲虫时的每一句话，都充满着深刻的信心，因此铭记在我的心头。我似乎觉得有人在我们的窗玻璃上敲撞……

这一天晚上我们睡得比平常略微迟些，半夜里我哭醒来。我做了一个可怕的梦，详细情形我不能十分清楚地记得，可是在许多模糊混乱的形象中我仿佛看见斯拉维克，听见他的请求、哀怨和哭声……由于深刻的同情，同时又由于恐怖，我的心紧缩了。隔壁房间里地板上点着蜡烛，听得见哥哥和弟妹们的打鼾声，风在窗外呼呼地响……我知道窗外是我们的院子、花园里的小路、林荫道尽头的旧亭子……然而一想起在这一带熟悉的地方，也许老柯良诺夫斯基和斯拉维克正在走来走去，恐怖和怜悯就刺痛了我的心……我哭起来了。

母亲是常常把我带在身边一起睡的，她听见了我的轻轻的哭声，就醒过来，开始抚慰我。我抓住了她的手，挨近去吻它。我接触到她的温暖而有生气的身体，受到她的慈爱的抚慰，便安静下来，不久就睡着了。但是即使在睡着的时候，我也感觉到在附近的地方，在关好的百叶窗外面，在黑暗的花园里，在房间的暗角落里，有一种特殊的、悲哀的、阴惨的、不可解的、警惕而可怕的东西——充满着“那个世界”的神秘生活的东西……而“那个世界”的生活不知为什么对我们的生活怀有敌意……

可知神秘的恐怖早就存在于我们童年的心灵中，而我们四周的环境当然只不过是把它更加扩大了些。我的妹妹比我小两岁半，她有一个年老的保姆，这保姆也要照看我们[①]。她是一个瘦小的人，脸上多皱纹，头上戴着一个大头巾，因此头显得很大。她知道许多可怕的故事，不过大都是关于强盗的。有一个关于母亲和女儿的故事给了我们特殊的印象。有一个强盗半夜里闯进一家人家，这人家只有一个母亲和一个女儿，他要她们拿出钱来。母亲说，钱在地窖里，便带这强盗到那里去。女儿拿着油盏走在前面，强盗跟着她，母亲走在最后。等到强盗走进地窖之后，母亲就把门关上……女儿和强盗一起被关进了里面。

以后便是一首苦难和死亡的短诗。女儿在地窖里恳求母亲开

---

① 这保姆的形象描写在《夜晚》这篇故事中。——原编者注

门……“啊，妈妈，妈妈！快开门，他要杀我了……”母亲回答她：“啊，阿囡，阿囡，我们真命苦……要是我开门，他会杀死我们两个人……”女儿又恳求：“啊，妈妈，妈妈……”在这对话中，关好的门里逐步展现出一种残暴的凌辱的光景，结果是女儿发出最后的叫声：“不要开了，妈妈，我的肚肠已经被他挖出了……”于是黑暗的地窖里一切都静寂了……

这老婆婆讲这些故事的时候自己很兴奋。白天她老是瞌睡蒙眬地拔羽毛，拔了好几大堆……可是到了晚上，在半明半暗的房间里，她就扮演这故事中的角色，用低钝的声音来模仿强盗说话，用哀哭的宣叙调来模仿母亲说话。当那女儿最后一次向母亲告别的时候，老婆婆的声音就凄惨地颤抖而消沉下去，好像的确是从紧闭的门里传出来的……

她想这样来逗我们睡觉，但是不消说，睡意像受惊的鸟一般飞走了；我们由于这种可怕的印象，都拿被蒙着头，直到深夜才睡着……

漫长的冬夜里，我们在厨房里领略到了神秘的恐怖的真正的诗趣，那时候父亲母亲都出门去做客了，我们和仆人们往往坐到很夜深。厨房里很暖和，有一种特殊的、使人感到吃饱的气味，蟑螂在墙壁上慢慢地爬，蟋蟀叫着，纺锤发出吆吆的声音，我们的厨娘“布静斯卡雅太太”把她小时候的种种事情讲给我们听，她年纪也老了，可是样子还很爽健而神气。她的父亲当年曾经“走单帮”，这就是赶货车到克里米亚去贩鱼和盐；她的母亲死得很早，所以父亲带她在身边……因此她的童年时代度送在鱼盐贩子群中，常常乘着嘎吱嘎吱的货车在草原上漂泊，有时在草原上过夜。这期间她曾经亲眼看见过许多神奇的东西。

有一次她的父亲落在队伍后面了……这夜晚像白天一样明亮（她的可怕的故事大都发生在明亮的夜晚）。月亮高高地照着，草原上每一根草都看得清楚。她在货车上睡着了，但是忽然醒过来。父亲在货车旁边走着，一边赶牛，一边咕哝着什么。这女孩子向草原上一望，看见远处峡谷上一个小树林下面有一个白色的人。“爹，”她对父亲说，“瞧，那边有一个白的人在树林下面走。”“别作声，女儿，”父亲悄悄地回答她，“快念《主之祈祷》。”她就念出她所知道的祷告词，可是那个白色的人很快地转着圈子，起初在草原的边上，后来逐渐向货车这边近起来，近起来。当这人近起来的时候，就渐渐看得清楚这是一个女人，她的眼睛闭着，她的身体越来越高，高过了树林，碰到天空了。“女儿，祷告得使劲些，”父亲要求她，“你的祷告比较有力。”他们两个人就在荒僻的草原上大声地念遍了他们所知道的一切祷告词，越念越响，越念越响……于是那个闭着眼睛的人就仿佛有人推她似的又转着圈子离开去，最后在树林底下变成了一个小小的白点。这时候已经看得见鱼盐贩子集中地的火光了……

还有一次，他们又落在队伍后面了，必须在夜间走长堤通过一片沼地，长堤的尽头是一个磨坊。这夜晚当然又是像白天一样明亮的，而且在磨坊里和池塘上，大家都知道常常有魔鬼出现……这女孩子在货车里又没有睡着，货车赶上长堤之后，她看见车子后面一旁跑着一个小东西，好像一只老鼠。“爹，”她对正在打瞌睡的父亲说，“车子后面有一只老鼠跑着呢。”父亲回头一看，立刻就划十字。“女儿，快念《主之祈祷》。”……两个人又开始祷告，而那只老鼠渐渐地大起来，起初像猫一样大，后来像狐狸一样大，后来像狼一样大，最后像小熊一样大了，小熊又变成大熊，并且还在继续大起来，当他们走完长堤，到达磨坊旁边的时候，这东西已经比磨坊的屋顶还高了。但在这时候，也是这两个旅客运气好，他们又发现鱼盐贩子的队伍在磨坊后面的草地上过夜，已经从那里传来说话声、歌声和喊声了。魔鬼看见火光和那么多受过洗礼的人，突然用后脚站起来，发出像风一般的啸声，这只熊就掉进深渊里去了……

父亲加入了队伍，请求他们让他的车子停在中央。鱼盐贩子们知道他碰到了这样的事故，认为他的要求是正当的，就把车子移开些，给他腾出一个空位来。父亲又是一个“内行人”，因此他在睡觉之前，用鞭子柄在他的车子周围画了一个圈子，替它划了十字，并且念了咒语。半夜里显然有一个人到睡着的人群中间来找寻他和他的女儿。早上，整个人群全部都混乱了，仿佛有一种无形的力量把这群人杂乱无章地搅了一番，搅得那些货车都改换了位置，这辆车子的主人忽然出现在那辆车子上，有几个人竟被抛到人群外面很远的草原上去了……

这是布静斯卡雅太太的两个最出色的故事，但是此外还有许多别的故事——关于人鱼的，关于巫女的和关于从坟墓里走出来的死人的。这些大都是过去的事。布静斯卡雅太太认为现在的人狡猾起来了，所以魔鬼也少了。然而还是有的……

有一次，正在讲这种故事的时候，母亲到厨房里来了，她注意地听完了一个故事，就说：

“喂，布静斯卡雅，你是一个老婆婆了，怎么还说这种蠢话……你怎么不怕难为情？你那些鱼盐贩子都喝醉了，就是这么一回事……”

布静斯卡雅很生气：

“我从来没有撒过谎，”她一本正经地回答，“老爷太太们自然是什么都不相信的。”

我对这件事很怀疑。这些可怕的故事的确使我们孩子们的心感到压抑，晚上我们从厨房里回来，经过走廊中间那只炉子的黑洞口的时候，常常怀着极大的恐怖，这炉子的门不知为什么从来不关好的。我们仿佛觉得这里面会突然伸出一只手来，或者是毛茸茸的，黑的，像熊掌一样，或者相反，是白的，像柯良诺夫斯基和斯拉维克的一样……有时我们走到这个洞口，就发狂似的拼命跑，跑到卧室里的时候，脸色发白，喘不过气来……母亲认为这些都是荒唐的，她这信念使我们安心下来。我现在回想起我的年轻美丽的母亲，当她在点着烟气弥漫的油盏的幽暗的厨房里，在充满着提心吊胆的恐怖的气氛中的时候，我就觉得她真是一个光明的天使，单是她的一个驱除迷信的、优越的微笑，就能驱除这些恐怖[①]。

但同时我又觉得，布静斯卡雅不是一个撒谎的人，她的故事里并没有存心捏造的地方。

因此我们越来越甚地受到“那个世界”的影响，我们觉得这里面充满着敌意和警惕……有一次哥哥在半夜里惊慌地叫起来，他说有一个鬼从隔壁的暗房间里向他走来，走近他的床前，很文雅地、讥讽似的向他鞠一个躬。

此后我们常常发生幻觉。我在几个兄弟之间大约是最神经质的，因此受到的痛苦最多。他们都很早就睡着了，我却长久地在床里翻来覆去，听见一个声息就发抖……父亲母亲出门去了的时候，尤其觉得可怕，而这种情形偏偏是很常有的。父亲在他的嫉妒心发作过去了之后，仿佛竭力要慰藉母亲，就常常带她去参加晚会，母亲在晚会上跳舞，父亲就和别人下棋……在这些晚上，女仆们都到厨房里去了，或者竟跑到邻家去了，只有一个老保姆陪着我们，而她也睡着了。我生怕一个人留在房间里，又怕通过黑暗的走廊到厨房里去，又怕躺在床里。有时我坐在屋角里的一个箱子上，注视着黑暗的房间，由于心情紧张，竟就这样睡着了。在黑暗中群集着许多模

---

① 符拉季米尔·加拉克齐昂诺维奇的年轻的母亲的形象，表现在小说《奇物》中，这篇小说是在《我的同时代人的故事》以前写的。爱薇里娜·约瑟福夫娜的个性和一部分命运也表现在《盲音乐家》里爱薇里娜的形象中。作者用自己母亲的外貌来描写这女主角，连名字也就用他母亲的；他这样描写她：“有一种性格，仿佛是预先注定来完成一段结合悲哀和关怀的恋爱因缘的；关怀别人的悲哀，仿佛是这种性格的本分和自然要求。”——原编者注

糊不清的、交互错综的形象，有时它们浮现到面前来。最常见的是一个衣服华丽的高个子的绅士，其实这个人并没有什么可怕，只不过他偷偷摸摸地在黑暗中走路而已。这个人形显然是由于眼睛疲劳而产生的，因为他总是依着弧线而移行，就像有时你眼前所看见的那种网状花纹一样，你想要仔细地看一看，它们就像滚一般立刻跑走了。这个绅士也在噩梦中出现，但是我最感到恐怖的，是在噩梦中出现的一个军官。他往往从黑暗中走出来，一时间站着不动。他的脸并不奇特，竟仿佛很漂亮，但是面貌我记不清楚，只感觉到一个苍白的印象……他站了一会儿之后，便弯下身子，向我走近来，这是最可怕的……他越走越快，后来有一阵旋风把我们两个人卷了去，于是我们就在一种特殊的骚扰声中又顺着那条滚下去的弧线而飞驰，掉在一个无底的深渊中了……

我醒来满身大汗，心怦怦地跳。房间里听得见打鼾声，但是这种惯听的声音仿佛被“那个世界”里闯进来的一种怪异的东西遮盖住了。隔壁卧室里响着钟摆声，点残的蜡烛发出爆裂声。老保姆在睡梦中叫喊着，说着呓语。她也显得异样而可怕……风吹动百叶窗，仿佛有一个活人在外面拉它。窗玻璃震响……有一个人在呼吸，无形地走来走去，眼睛模糊地张望……这个人盲目地苦恼，并且用阴惨的、盲目的痛苦来威吓人。

关于上帝，我们几乎是一生下来就听人说的，但是我们“相信”魔鬼似乎比相信上帝更早。在我们童年生活的这段痛苦的时期中，关于上帝的记忆是很模糊的。说起上帝两个字，在我们的意识深处就发生一个广大无边的、充满光明的，然而没有个性的观念。说得更确实些，我觉得上帝仿佛是遥远而巨大的一团阳光。可是阳光在夜里是不发生作用的，于是整个夜晚就被有敌意的另一个世界所掌握，这世界和黑暗一起闯进了日常生活的范围里。

这里必须说明，鬼本身在我们的观念中实在很少起作用。它自从在哥哥面前出现之后，几乎不再在我们面前出现，即使出现，也不很可怕。其中一部分原因，也许是由于在小俄罗斯[①]人和波兰人的观念中，鬼常常以一个矮小的德国人的姿态出现。但是在这里起更大的作用的，是一部皮封面的很大的古书（《山洞修道院圣徒传》[②]），这部书是父亲从基辅带来的。

这部著作里充满着极度的愚昧和迷信，但同时又充满着深刻的真挚，每一页上都画着出现在山洞里苦行者面前的大鬼和小鬼。在简陋的木版画中，这些鬼被描成矮小而可笑的半似猴子的形状，尾巴像钩子，脚像鸟脚。它们到处都被描写成淘气的样子：有时躲在洗手盆里，修道士们就在那里替它们划十字，把它们关闭起来；有时它们化作女郎的模样；有时变成猪、大壁虎、蛇或狗的形状。它们用种种诡计来打扰修道士们，可是有时修道士们也能捉住它们；那时候他们就惩罚这些鬼，要它们搬运木料，后来又异常宽宏大量，把它们释放了。我觉得这部神圣的书（后来我曾经根据它学习斯拉夫文）在我们心目中大大地降低了鬼的威名，我们虽然相信鬼是存在的，但是对它已经失去一切尊敬和恐怖了。

可怕的倒不是有尾巴、有角，甚至嘴巴里喷出火来的鬼。可怕的却是有这些鬼暧昧地、神秘地、威胁地参与着的另一个世界的感觉。每逢邻近有一个人死了，尤其是这个人“不忏悔”而“唐突地”忽然死了，我们就觉得晚上的黑暗很可怕，在这黑暗中，窗外夜风的呼啸、百叶窗的震响、花园里树木的喧噪、老保姆在梦中的叫喊，甚至带着含糊的嗡嗡声磕碰窗玻璃的一只普通的甲虫，也都可怕……

① 小俄罗斯即乌克兰。——译者注

②《圣徒传》（即“圣徒”所著述的或关于“圣徒”的书）是叙述修道院的苦行者们的生活或记述这些苦行者的说教的书籍。《山洞修道院圣徒传》是根据它的出处（基辅山洞修道院）而命名的。这是古代宗教文献最著名的纪念物之一。《圣徒传》这种书籍于 1635 年在基辅初次刊印。——原编者注

生死的神秘是可怕的；对于这神秘，我们在那时候真仿佛是异教徒。

6
星夜的祈祷

我们很早就学会两篇祷告词：《主之祈祷》和《圣母》。我的记忆力很好，我很快就机械地记熟了两种文字的念法：波兰文的和斯拉夫小俄罗斯文的；但是完全根据听觉学会，仿佛是许多音的结合。《主之祈祷》起初我是这样念的："Отче наш，ижө сына нөбесы ..."[①] 后来有一次我检查一下我的几个朋友是怎样了解这句话的。其中有一个比我大几岁的高个子青年这样念："Отче наш，иже сына не дасы。""не дасы"在小俄罗斯话里是"你不给"的意思……

有一次，父亲听了我们的完全是鹦鹉式的晨祷，就召集我们到他的书房里去，教我们这晨祷的正确的发音和意义。此后我们就不再歪曲字眼，并且懂得它们的意思了。但是这篇祷告词很呆板，不能引起想象。

有一次，父亲认为我和弟弟应该去忏悔了，就带我们到教堂去。我们站在那里参加了一次晚祷。教堂里差不多是空的，只有在几个祈祷的人中间有时发出一种小心谨慎而虔敬的轻微声音。在乌丛丛的一群忏悔者中间走出某一个人来，他跪下了，神甫用帕子遮盖了这忏悔者的头，自己郑重其事地弯下身子……于是发出轻微、严肃而动人的细语声。

我觉得害怕起来，本能地向父亲看看……他是跛子，不能长久

---

① 这一段祈祷文原来应该是"Отче наш，ижө өси на нөбеси"（大意是：我们的主啊，你在天上），作者把它念错了，里面有一个像"儿子"（сына）的字眼。——译者注

地站着，所以坐在椅子上祈祷。他脸上流露出一种特殊的表情。这表情是悲哀的，专心一志的，感伤的。悲哀多于感伤，而且还可看出一种内心的努力。他的眼睛仿佛在高高的圆屋顶底下找寻什么东西，那地方凝集着神香的灰蓝色的轻烟，烟气中还弥漫着暮天的最后的光。

他的嘴唇老是低声地反复着同一个词：

“主啊……主啊……主啊……”

他好像不能掌握了这第一个词而继续祈祷下去。他瞧见我带着不自主的惊异对他看，就略微表示懊恼而转过头去，然后费力地跪下去，几乎伏在地上，祷告了一些时候。当他重新站起来的时候，他的脸色已经安详了，嘴唇里平静地低声念着些词句，一双润湿的眼睛发出光辉，仿佛凝视着圆屋顶底下薄暗的微光下的某种东西。

后来他在家里祷告的时候，我也常常看到同样的情况。有时他把准备划十字的手举到额上，又放下来，再用力地按在额上，仿佛要把一种东西压进头脑里去，或者仿佛有一种东西妨碍他完成已经开始的祷告词。然后他划了十字，又低声地念许多遍“主啊……主啊……主啊……”，直到这祷告词顺利地念出为止。有时他不能做到这一点……他就疲劳地站起来，长久地在房间里走来走去，焦灼而悲哀。后来他又重新开始祈祷。

有一次，我不记得由于什么机缘，父亲说出了他的一条箴言：

“孩子们，祈祷的时候，必须直接对上帝说话……仿佛他就在你们面前。好比你们向我或者向母亲要求什么。”

过了些时候他又说：

“《福音书》里说：无论你向天父要求什么，只要诚心，他都会给你。如果你要山移动，山就会移动……”

他说的时候带着悲哀的沉思。他常常祷告，而且很虔诚，他的生活却受到了损害。但是这两条箴言突然在我的意识中互相融合了，就像火柴的火焰和灯芯的火焰互相融合一样。我懂得了父亲祈祷时的心情：原来他要感觉到上帝在他面前，感觉到他正是向上帝说话，而上帝听得到他。要是这样请求上帝，上帝就不能拒绝，即使你要求把山移动……

我们这里没有山，而且也不需要移动它们。然而不久我碰到了一个机会，想在另一种企图上试试我的祈祷的效力……

有一次哥哥想飞。他的想法很简单：譬如只要爬到高的围墙上，从那里跳下来，然后在空中一跳一跳地高起来。他确信，只要第一次在没有着地之前跳得起来，以后就毫无困难，他就可以一跳一跳地在空中飞行了……

他怀着这念头，用木片和纸做了两把很不像样的桨，拿在手里当作翅膀，就爬上围墙去，拍着这两个翅膀跳下来，当然，他就跌倒在地上了。他像许多发明家一样，不立刻放弃自己的念头；照他的意见，围墙还不够高。他从围墙上跳下来，还来不及缩起两只脚来跳，就已经躺倒在地上了。要再高一些，譬如从屋顶上跳下来才好……但是他的受伤的脚痛了几天，后来又因为决心不够……这理想就终于没有实现。

但是这理想深深地印入了我的想象中，有一次我就信任了它……我竟飞了。我当着哥哥弟弟和妹妹面前从仓房的屋顶上跳下来，还没有着地的时候就跳了起来，然后在空中飞行，起初接连地跳，仿佛在一架无形的梯子上步步上升，后来平稳起来，几乎像一只鸟。我在空中辗转反侧，仰卧，打圈子。起初我在院子上空飞行，后来飞远去，飞到某处的田野上面和磨坊上面。这磨坊我不认识，大概是幼年旅行时保留在记忆中的……磨坊的轮子转着，轧轧地响，溅出炫目的白泡沫和闪亮的水溺，我大胆地在这上面飞翔，在蓬勃的浪花和太阳光之间飞翔。

我醒过来，很久不愿意相信这不是真实的生活，而真实的生活却是这卧室、床铺和睡着的人的打鼾声……

我的梦中飞行重复了好几次，而且每次我都记得以前的飞行，我常常得意地对自己说：那时候只是做梦……现在我才是真正地飞行了……这种感觉很生动，很鲜明，又很多样，竟同现实一样……

最成功的飞行是飞到浪花耀目、轮声轧轧的磨坊上……但是即使我只飞到院子上面，或者飞到某一个人士济济的大厅的天花板下面，醒来的时候也感觉到非常痛心的悲哀……又是做梦！……我还是那样笨重而不幸……

我就考虑，怎样才能使这件事不是做梦……

父亲关于祈祷的解释在我心中燃起了意外的希望。如果这是真的，那么事情就很简单：只要虔诚地、真心诚意地恳求上帝给我一对翅膀……不是像哥哥用纸和木片做成的那样寒酸的，而是有羽毛的真正的翅膀，就像鸟和天使长着的那样。于是我就会飞了！

我没有把这个念头告诉任何人，连弟弟也不告诉。不知怎的我认为这应该是我和上帝之间的秘密。而且我知道，如果这可以成功的话，那么当然不会在喧嚣的白天，也不会在昏倦欲睡的正午，因为那时候从天上掉下翅膀来，会引起闲人的注意。这显然只能在晚上实现。翅膀会出现在高处，在夜空的银色的薄暗中，然后悄悄地掉落在我的脚边……以后这对翅膀如果还保留着，我当然要给弟弟妹妹用……但是这对翅膀是否可以永远保留下来，这个我不知道，连想也不大想它……

晚上很暖和，我喝过茶走到院子里的时候，到处都有明晃晃的、敞开的窗子向我张望。墙阴里门槛旁边坐着些人，但是这些对我都没有妨碍。这些敞开而里面不见人影的窗子、墙阴里的神秘的絮语声、院子里的雪白的铺石、石房子旁边高高的白杨上的树叶的萧萧声——这一切都使我体验到一种特殊的心情。我准备和另一个世界发生关系，但是并不恐怖。也许是因为这关系中含有事务性的缘故。

我在院子里走了几转之后，就开始低声地念《主之祈祷》和《圣母》这两篇祷告词，可是我觉得这还不对，这里面并没有讲到翅膀。我只是努力设法要把《主之祈祷》里的这番话讲给一个活的、有意识的人听。起初觉得很困难，我不过是一篇一篇地念祷告词，仿佛只是对某一件事的准备（我听人说过，有重大事情的时候，必须念十遍《主之祈祷》和十遍《圣母》）。……终于我觉得心绪安定了，就站定在院子的一个角里，仰望天空。

明澄的苍穹的伟大，第一次使我感到惊奇……月亮高照在石屋顶上，但是它的光辉并不使星星减色。这些星星庄严而静穆地发光，闪耀，幻化出各种色彩，整个苍穹仿佛是有生命而呼吸着的。我年纪大了些之后，视力衰弱，因此这种非凡的美现在在我心中只留下这一晚的一个鲜明的回忆。但是那时候我清楚地看见所有这些星星，识别它们的变化无穷的色彩，而主要的是用我的兴奋的童心来感受这苍穹的深邃和罗列在这神秘莫测的青空中的无数活的火球……

当我再念《主之祈祷》的时候，我的祈祷情绪使我心中涌起了一种特殊的感觉：在我面前仿佛显示出这充满火球的太空的活跃的生命，这整个生命带着无底的苍穹和无数的火球，和颜悦色地从高处眺望这个傻孩子，这孩子站在院子的暗角落里仰望着天空，向上帝请求一对翅膀……在闪闪发光的苍穹的生动的表情中，我感觉到一种默许、一种鼓励和亲爱……

我撇开了熟读的祷告词，陈述了自己的愿望——要两只翅膀，好的，真的，像鸟的或者天使的一样。永远给我也好，或者暂时给我，让我实际地向这奇妙动人的高空中飞升一次也好……用过之后，我会把这对翅膀放在原地方。关于以后的情形我没有想；我全神贯注在一个愿望上：飞到城市上空，俯瞰万家灯火，人们坐在屋子里喝茶，闲谈，完全没有想到我飞行在他们上面的明澄而神秘的青空中，正在从那里眺望他们的可怜的屋顶。

我欢喜之余，就仰望天空，等候从那里出现像羽毛一样薄薄的两片，然后越来越大，掉下一对翅膀来。天空照旧发光，呼吸着，亲切地对我看。然而天上空空如也。

于是我想，不须向天上张望，神秘现象的发生是很简捷的，翅膀自会出现在我祈祷的地方。因此我决心在院子里走来走去，再念十遍《主之祈祷》和十遍《圣母》。主要的工作既然已经做过，现在我念起祷告词来就又很机械了，我一遍又一遍地屈指计算着。后来我数错了，就把每一个祷告词再念两遍，以防万一没有足数……然而翅膀并没有在预期的地方出现……

我又在院子里走来走去，祈祷着，重新指定别的地方：在最黑暗的角落里——白杨树底下、花园的便门旁边、井边……我走遍这些角落，毫无一点恐怖，虽然这些地方都是黑暗而空洞的。

这时候院子里已经没有人，在墙阴里谈话的那些人都走了；过了一会儿，马夫们吃过晚饭，都到马厩里去睡觉了。这天晚上到我家来的那些客人也开始散去，最后的一群客人还站在台阶上谈笑了一会。后来他们也穿过院子，走出胡同去了。我家的明亮的窗子里出现了一个女仆，她把窗子一扇一扇地关好。最后，仆人戆头老出来关百叶窗。他从外面把铁栓插进去，叫一声“好!”有时那女仆没有立刻在里面把铁栓加上小的铁楔子，他就生气……然后他伸个懒腰，张大了嘴巴，长久而津津有味地打个哈欠。

我的心情颓丧了。我料想母亲立刻就会发觉我不在屋里，派人来找我，因为哥哥、弟弟和妹妹们大概已经睡了。我应该再祷告，可是……我立刻感到全身疲劳，两只脚走痛了，而主要的，我觉得我对这件事已经有点怀疑。看来是没有希望的了。

台阶上出现一个女仆，她果真来叫我去睡觉了。

“就来了，”我回答之后，又热狂地在院子里走了一遍。瞧，在那边……啊呀不是，瞧，在这里，——我脑筋中闪现出这样的想头，热狂地从这个角落奔到那个角落。

我终于大失所望，筋疲力尽地走进自己的房间里，无精打采地脱了衣服。然而睡意刚刚澄清了兴奋的头脑，我突然在床上坐起来，仿佛有人推我一把。我想，我离开院子的时候……恐怕正是院子里阒然无人，一切神秘都可能出现的时候。翅膀一定已经掉下来了。我甚至知道它掉在什么地方。无论这是多么奇怪的事，我竟仿佛看见它掉在仓房和围墙之间的一个十分龌龊的角落里。于是我就跳起身来，光穿一件衬衫，跑到走廊上。仆人们还没有睡觉。女仆们正在收拾客人走后的房间。戆头老在厨房里吃晚饭，两片厚嘴唇啪嚓啪嚓地发出很响的声音。门开着，我走到台阶上。

月亮已经落在石屋的屋顶后面，整个院子变了样，又暗又冷，一片朦胧，仿佛在打瞌睡了。天空的样子也不同了：星星照旧闪闪发光，变幻着，但是现在已经不再注意到我这个穿着一件衬衫站在后门台阶上的孩子，而仿佛在互相谈论与我毫无关系的事。我感到这样的印象：仿佛这是一个大会议，曾经在短期间讨论过我的事件，现在已经转移目标，正在讨论更加重要而神秘莫测的别的事件了……现在已经没有希望使它重新回过来注意我的事件了。这星夜开始冷酷、庄重、傲慢而严肃起来。寒风无情地吹我那双赤裸裸的脚。

我疲劳而灰心地回到房间里，跪在自己的床里念日常的祷告。我无精打采地、机械地、潦草地念……在某一个祈祷的中间，仿佛有人在我耳边低声说话，我的疲倦的脑筋里分明地出现了一句完全不相干的句子“上帝……”。这个句子的末了是孩子们通常骂人的话，就像平常我和弟弟闹意见的时候互相对骂的话。我害怕起来，哆嗦了一下。现在我显然变成了一个堕落的坏孩子。骂起上帝来了……

在这心绪混乱的状态中我沉沉地睡着了。

我记不得第二天我从这失败中作出怎样的结论。很可能并没有什么结论，只不过为了昨夜的疲劳而休息一下，就又醉心于新日子的新印象了。但是从那时候起，我也像父亲一样，开始祈祷的时候常常困苦地重复说“主啊……主啊……主啊……”，直到我的想象融合在热情的潮流中为止。这往往做不到，因为对上帝本人的生动的感觉容易消失，有时我煞费苦心，弄得额上流汗，眼睛里淌眼泪。我集中想象力，然而眼前依旧是一片模糊而无穷的空虚，不能在心中唤起任何反应。在含糊不清的祷告词里又清晰地、明显地、响亮地出现了那句渎神的句子……我想起，这是魔鬼的恶作剧。然而这念头并不使我害怕。也许反而使我高兴，因为这样，过失就从我身上卸下，转移到《圣徒传》中见过的一个淘气的小鬼身上了。我内心意识到这是我自己的过失，就感到痛苦。为了要避免这种意识，我有时努力使祈祷突然地开始，快快地结束，有时完全停止祈祷。

在我的每一次宗教热情时期中，我都要在渺茫的空虚中反复作这种痛苦的斗争……

7
乌良尼茨基和“买来的孩子”

每天早晨，在房东家石房子的地窖的边间里，在一定的时候必然发生同样的现象。起初百叶窗的铁闩震动了，有人从里面拔去了晚上锁百叶窗用的栓。铁闩就像活的一样离开了，后来掉下去，发出响亮的声音；那时候就有一只手从气窗里伸出来，把百叶窗完全打开。以后，和地面一样高的玻璃窗也开开了，里面出现一个戴睡帽的人头。

这是一个房客，一个独身的老头儿，叫做乌良尼茨基老爷。他探出他那长着西班牙式胡子和老鹰鼻子的突兀的侧面来，仿佛在装拿破仑三世的腔调，向我们的旁屋的窗子惊慌地看一眼。那时候我们的百叶窗大概都还关着。乌良尼茨基老爷看到了这光景，又缩进自己的房间里，不久，窗台上就出现了他的整个瘦小的身体，戴着睡帽，穿着有花纹的睡衣，睡衣里面露出内衣和赤脚拖鞋来。他又向周围迅速地看一眼，用睡衣的前襟遮盖了一件东西，倏忽地走到屋角后面，走向后院子去，不久就用同样的方式从那里回来。

我们知道他的惊慌的眼色主要和我们的屋子有关，因为他不愿意让我的一个阿姨看见他穿睡衣的样子，这个阿姨就是他有时陪着到礼拜堂去的那个。人们取笑阿姨，恭喜她有了求婚者；也嘲笑乌良尼茨基，用波兰话称他为“三月情郎”，又说他曾经送给阿姨装在纸袋袋里的十个烂梨子和两颗廉价的小糖。乌良尼茨基的样子在早晨的确常常是很不体面的：他的睡衣穿得又旧又破，拖鞋也穿坏了，衬衫很脏，胡须是蓬蓬松松的。

乌良尼茨基老爷钻进自己的房间里去之后，就开始打扮。这是一种长久而复杂的手续，尤其是刮胡子的过程，活像举行宗教仪式。在这时候，我们就利用习惯所造成的权利站在打开的窗子外面看，而且有时候我的妹妹也把小脸从我们后面探出来张望。乌良尼茨基对于这件事绝不反对，只是在开始刮胡子的时候预先警诫我们，叫我们乖乖的，因为在这重要关头，极小的一个差错就有威胁他的生命的危险。

我们严格地履行这协定；当乌良尼茨基老爷抓住自己的鼻尖，用舌头来顶起面颊，小心地用剃刀来刮口髭或者在咽喉附近剃胡须的时候，在这千钧一发的当口，我们竟努力屏住气息，直到他最后一次把剃刀揩干净，收拾好那套用具为止。以后他就洗脸，使劲地用毛巾来擦脖子和面颊，搽上香粉，涂上发油，捻好髭须的尖端，然后消失在屏风后面了。过了一刻钟，他从那里出来，我们几乎不认识他了：他穿着一条紫丁香色的短小的裤子、一双擦亮的皮鞋、淡色的背心和圆后襟的深蓝色礼服。他的脸也仿佛穿上了衣服：皱纹完全消失了。他以这样焕然一新的姿态出现，常常使我们感到非常强烈的印象，这一点他觉得很高兴。有时他一边扣着自己的整洁的礼服上的最后一个钮扣，一边显然很得意地看看我们，说：

"啊？唔？怎么样？好吗？"

我们和乌良尼茨基老爷的关系这时候搞得最好。我们知道他是一个"老鳏夫"，又是一个"三月情郎"；我们知道这是可笑的，尤其是后面这个名称，因为这名称使人想起三月里在屋顶上怨慕地号叫的猫。乌良尼茨基老爷对于他所认识的每一个姑娘几乎都要追求，可是到处都被拒绝。他长着山羊胡子，两条瘦小的腿上穿着短小的裤子，这样子本身也显得可笑。然而这一切都是无害于人的；至于每天早上焕然一新的过程，不但引起我们的自然的好奇心，又引起一些含有敬意的惊讶。这在我们看来每次都是一个小奇迹，后来当我初次读到奥齐利斯神①变幻的时候，我的想象中突然复活了关于乌良尼茨基的早晨蜕化的回忆。

可是后来我们和"三月情郎"的关系剧烈地恶化了……

有一天，他觉得有一件事对于他的求婚声誉颇有不便，那就是他没有仆人，因此他必须亲自打扫房间，并且必须每天用睡衣的前襟遮盖着一件神秘的东西去旅行一次。

为此，他雇用了一个男孩子彼特利克——房东家的厨娘的儿子——来侍候他。厨娘"雷玛舍夫斯卡雅太太"绰号叫做柳巴妈妈，是一个很肥胖而尖声怪气的女人。人家都说这不是一个女人，而是

---

① 奥齐利斯神是古埃及神话中水和植物的神，这神秋天死了，春天复活。——译者注

一个暴君。可是她的儿子是一个温顺的孩子，脸色苍白而有麻点，并且患着亏损的热病。乌良尼茨基像卡舍[①]一样吝啬，他和那厨娘讲定了便宜的价格，于是这个男孩子就到地窖的边间里去工作了。

这件事的结局是一场大出丑：有一天，柳巴妈妈两手撑着腰，把乌良尼茨基骂得满院子都听见，她嚷着，说她决不让自己的“小囡”受欺侮，又说教训当然是可以的，可是不应该这样……“喂，你们大家来瞧瞧：这孩子的背脊都给打伤了。”于是柳巴妈妈使劲地扯开彼特利克的衬衫，使他痛得尖声叫起来；她手里拉着的仿佛不是她的儿子，而是乌良尼茨基。

乌良尼茨基坐在自己的房间里，并不出来理睬那个愤怒的女人的叫骂；第二天早上他又出现在窗台上，衣襟底下藏着那个神秘的东西。他在穿衣服的时候向我们解释，说彼特利克是一个极坏极坏的坏孩子。他的母亲也是一个下流女人……又说她是个傻瓜，他——乌良尼茨基——“会另外找一个更好的孩子”。他怒气冲冲地重复这些话，他的山羊胡子神气活现地颤抖着。

不久他到乡下去了几天，他有一个老父亲住在乡下；当他回来的时候，后面跟着一辆货车，满满地装着各种乡下产物，货车上坐着一个十来岁的男孩子，身上穿着短上衣，面孔黑黝黝的，眼睛圆圆的，恐怖地望着陌生的环境……从这一天起，这孩子就住在乌良尼茨基的房间里，打扫，提水，拿了饭盒到馆子里去买午餐。他的名字叫做玛美尔特，小名叫做玛美利克；不久院子里的人都知道这是一个孤儿，而且是一个农奴家的孩子，这孩子也许是乌良尼茨基的父亲送给他的，也许是他自己从某一个地主那儿买来的。

我完全记不起可以“买孩子”这个概念当时在我心中曾经唤起

---

① 卡舍是俄罗斯民间神话中的一个骨瘦如柴而长生不死的、凶恶而巨富的吝啬老人。——译者注

一些儿自觉的反感或愤怒。我那时候对于生活现象的理解十分模糊。我看见人有年老的和年轻的，健康的和生病的，富的和穷的；这一切，正像我前面已经说过，在我觉得似乎是“古已有之”的。这些都只是生来如此的事实，是天然的现象。世界上有可以买卖的孩子，也是一种生来如此的事实。然而无论如何，这种情况使得这个新来的孩子变成了引人注目的对象，因为我们看到过各种各样的孩子，却从来没有见过买来的孩子。因此当时我心中终究发生了一种模模糊糊的感觉。

要结交这个买来的孩子是很困难的。即使当乌良尼茨基老爷出去办公的时候，他这个孩子也关闭在屋子里，只有在最必要的时候才走出来，例如倒垃圾，提水，拿着饭盒去买午餐。当我们有机会走近他去和他谈话的时候，他就惊慌地对我们看看，胆怯地挂下了他那双乌黑的圆眼睛，并且竭力想早些跑开，在他看来跟我们谈话仿佛是一种危险。

然而我们渐渐地接近起来了。这孩子不再低下眼睛，他停留下来，仿佛想跟我们谈话，或者微笑着从我们旁边经过。终于有一次，他在屋角上遇见了我们，把一只肮脏的桶放在地上了，我们就开始谈话。起初当然是问他“叫什么名字”，“你几岁”，“从哪儿来的”之类。这孩子也问我们叫什么名字，然后……跟我们要了一块面包。

不久我们就做了朋友。乌良尼茨基常常在一定的时间回家，像一架上了发条的机器一样，因此我们竟可以走到他房间里去，不怕他碰见我们。这时候我们才知道，我们这个每天焕然一新的邻居其实是一个很吝啬而暴虐的坏人。他没有好好地给玛美利克吃饭，只是让他舔盘子，啃面包皮，并且已经无端地把他痛打了两顿。他为了不让这孩子闲着，不让他和那些“宝贝”玩耍（我们猜想，乌良尼茨基是用这个好听的名称来指说我们），就给他一种功课，叫他拔羽毛，把他拔下来的羽毛卖给犹太人做枕头用。我们把面包送来给玛美利克，他狼吞虎咽地把它吃了。

他那双悲哀的黑眼睛的胆怯的神色、他那黝黑的脸上的忧愁的表情、他所讲的事、他抓住我们拿给他的食物时的那种贪馋相——这一切引起了我们对买来的孩子的一种强烈而深刻的同情，又引起了对他的所有者的忿恨，这种忿恨有一天早晨发泄出来了。

可怜的玛美利克犯了一次过失，上一夜他就有一种痛苦的预感：老爷一定要打他了。早上乌良尼茨基从屏风背后走出来，并不像平日一样得意扬扬，却带着一种不可捉摸的表情。他不穿礼服，两只手反剪在背后。他站定在屏风旁边，叫玛美利克，命令他拿一样东西给他。但是当这孩子胆怯地走近去的时候，乌良尼茨基立刻像猫一样迅速地抓住了他，把他的头捺下来，夹在自己的两个膝盖中间了，扯下他的短裤，空中就响出鞭子的嗖嗖声。玛美利克拼命地叫喊，挣扎。

我们家里的人性格大都是温和的，我们从来没有见过这样残酷的惩罚。我觉得，就印象的强烈而论，现在能够使我发生和那时同样的感觉的，除非是突然亲眼看见杀人。我们也在窗外叫喊，跺脚，并且骂乌良尼茨基，要求他停止鞭打玛美利克。但是乌良尼茨基反而越来越凶；他的脸相变得很难看，眼睛突出，胡须凶狠地翘起，鞭子不绝地在空中发出嗖嗖声。

我们很可能哭得神志昏迷，但是在这时候发生了一种我们所想不到的情形。乌良尼茨基家的窗台上有几盆花，他平日很热心地照料它们。最靠近我们的是他所心爱的一盆木犀草。我们的小妹妹忽然灵机一动，抓住了木犀草，把它连盆抛在地上了。花盆打破了，泥和花都掉了出来。乌良尼茨基老爷一时呆若木鸡了，后来他放了玛美利克，我们还没有提防，他的怒气冲冲的脸已经出现在窗台上了。我们搀着小妹妹逃到自己的台阶上，就在那里坐了下来，觉得我们已经进入自己的范围内，没有危险了。乌良尼茨基老爷果然在离开自己窗子不远的地方站定了，把鞭子藏在背后，开始用甜蜜的声音唤我们过去，答应给我们每人一颗糖，表示和解……可是他的狡猾太显明了，所以我们坐着不动，若无其事地看看他这种狡猾的行径……

就在这一天，也许是在这事件发生后最近的几天内，总之是一个节日，我们跟母亲和阿姨在街上走，乌良尼茨基老爷向我们迎面走来。他像平日一样穿得很华丽，他的皮鞋亮得令人眼睛发花，髭须尖头翘起，好像两根铁丝，礼服的钮扣洞里插着一朵花。我看见了他，心里有些害怕，因为我相信他一定要把我们的胡闹告诉母亲。可是我们大吃一惊：他不但不告诉，竟用手托着我们之中一个人的下巴，假意用甜蜜的声音在母亲面前称赞我们是"乖孩子"，又说他和我们非常亲爱。

这种失败的手腕首先使我们非常看轻他，其次使我们确信，乌良尼茨基为了某种原因，在母亲面前隐瞒他和我们之间所发生的冲突。这隐瞒就表示他承认自己的过失。这样一来，我们就觉得自己有充分的保障，于是我们就对乌良尼茨基开始正式的斗争。

儿童有时表现出可惊的观察力，并且能够可惊地利用它。乌良尼茨基老爷有许多怪癖：他异常吝啬，他房间里和桌子上的东西绝对不许人家挪动，他又怕锐利的器具。

有一次，当他抓住了鼻尖，用舌头顶起了面颊而专心一志地刮胡子的时候，哥哥从气窗里伸进手去拔开了窗闩，悄悄地爬进他的房间里，打开了通院子的门。他这样地替自己安排好了出路，就在房间中央跳起一种野蛮的舞蹈来。他蹦蹦跳跳，装腔作势，把脚踢得比头还高，又用粗野的声音叫："咿呀呀得儿喂……"

我们站在窗子外面，提心吊胆地等候着情况的发展。可是我们大吃一惊：这不幸的情郎竟照旧呆在原地方。他脸上一根筋肉也不动，他照旧小心地抓着鼻尖刮胡子，照旧用舌头顶起面颊。我们看见刮胡子的手续还刚刚开始，而乌良尼茨基又不打算半途中止这工作，我和弟弟就也爬到房间里，去参加这热狂的舞蹈。这是孩子们的一种疯狂行径：椅子都翻倒，衣服从衣挂上飞下来，大大小小的刷子都掉在地上。吃惊的玛美尔特莫名其妙地鼓出了一双圆眼睛，看着这般无法无天的光景……只有乌良尼茨基老爷丝毫不动声色，脖子上围着一块布，手拿着剃刀，眼睛斜看着一面小镜子……直到他像平常一样仔细地刮完了胡子，小心地把剃刀放在盒子里了，方才突如其来地离开座位，赶过去拿鞭子。哥哥一溜烟地从打开的门里跑了出去，我和弟弟两人像受惊的猫一般奔向窗口。当鞭子在我耳边发出声音的时候，我已经爬到窗台上，只觉得鞭子在我背上轻轻地掠过……

从此以后，乌良尼茨基老爷每逢刮胡子的时候，总要仔细地把窗子关好。然而窗框子已经旧了，窗闩不能紧密地插上。我们看见乌良尼茨基动手刮胡子了，就大胆地走近窗子，推动气窗，用细木条插进缝里去，把钩子拨开。我不知道是为了什么缘故，也许是为了害怕锐利的器具吧，所以乌良尼茨基一拿住剃刀，就不能半途停止，必须一口气做完这艰难的工作。当我们像强盗一般想要闯进他的圣地去的时候，他只是斜过一只眼睛来看看，他那板起的脸上显出一种惊惶的烦恼。我们拔开了窗闩，窗子就哗的一声敞开了，于是这个老情郎的房间里就开始了野蛮人的舞蹈。

有一天早上，乌良尼茨基老爷又用睡衣的前襟来遮着那件神秘的东西而出现在窗台上；后来他走近我们的台阶，似乎有点异样地注视我们的脸，开始向我们保证，说他实在非常喜欢我们，也非常喜欢他的可爱的玛美利克，他竟想替他缝一件新的有铜钮扣的蓝色上衣，又说，如果我们偶然在什么地方碰见他，要我们把这个消息告诉他，让他欢喜一下。

原来那个买来的孩子不见了。

就在这天晚上，弟弟悄悄地把我唤出房间去，带我到仓房里。仓房里很黑暗，可是弟弟大胆地向前走，然后在屋子的中央站定了，打起口哨来。起初一切都肃静，后来屋角里木柴中间有什么东西蠢动，玛美利克就从那里向我们走出来。原来他在柴堆和墙壁之间替自己布置了一块地方，形似一个洞，已经在这里住了两昼夜了。他说，住在这里“没有什么，还可以”，只是想吃东西，并且起初在夜里觉得害怕。但是他现在已经习惯了。我们告诉他，说乌良尼茨基喜欢他，要替他缝一件上衣，他听了坚决地说：

“我不去。我宁可跳井。”

从这时候起，我们有了一件秘密。每天晚上我们拿东西去给玛美利克吃，并且和他一起到院子里冷僻的角落里去散步……我们规定了各种信号和秘密活动的全部制度。这情况又继续了好几天，终于母亲注意到了我们的含意深长的窃窃私语。她向我们盘问出了全部情况，告诉了父亲。大人们参与了关于这孩子的事件，乌良尼茨基老爷竟被叫到“上头”去，到房东太太柯良诺夫斯卡雅那儿去谈判。我们院子里颇有族长制的风气，大家都认为房东太太叫房客去谈判，或者竟开导他，是很自然的事。我们严守秘密，绝不说出那隐蔽所来，因为我们曾经坚决地起誓，不把这地方告诉“世界上任何人”。因此，“上头”和乌良尼茨基订立了悔过条约之后，谈判就轮到我们身上。玛美利克终于答应让步，而乌良尼茨基的权势也受到了公论的限制。整个院子里的人都知道，柯良诺夫斯卡雅太太曾经威胁乌良尼茨基，要“驱逐他出屋”。

然而过了不久，他突然自动地迁走了。这个买来的孩子就永远消失在茫茫尘世中，他以后的命运我们不得而知了。

只有一次，我们似乎曾经遇见他——如果不是他本人，就是跟他相像的人。

有一个夏天，小胡同里出现了一个新人物。这是一个和玛美利克一样大的男孩子，也有一张黑黝黝的脸和一双乌黑的圆眼睛。但是仔细看看，无论是他的步态，无论是他的一切举动，都一点也不像我们那个谦虚而胆怯的朋友。他穿着一件新的蓝色短上衣，上面有两行圆球形的铜钮扣，一条狭小的蓝裤子，下面镶着饰带，脚上穿着一双擦得很亮的大靴子。他头上戴着一顶没有帽檐的圆帽子，完全歪戴着，像哥萨克人一样。

这个陌生人看见我们把脸钻在栅栏柱中间十分好奇地看着他，他就突然装出一些奇怪的走相来。他跨步的时候，仿佛膝盖完全不弯曲的；两只手臂拱起来，像两只弧形面包；他的头昂起，带着十分轻蔑的态度扭转来看我们；他显然是在夸耀他那套新衣服，也许是在模仿某一个穿制服的成年仆人的态度。他满面光彩，得意扬扬，并且确信我们完全被他的威势所压倒而正在妒火中烧。因此，他在马厩里做完了一件事之后，又别着两条腿，扭着腰身，从我们面前走过，后来仿佛忘记了什么东西似的又回转来，再从我们面前走过。这一切在我们看来都是侮辱，我们里面就有一个人说：

"傻瓜!"

这孩子啐了一口，回答说：

"猪猡!"

我的哥哥把声调提高一些说：

"流氓!"

但是这孩子显然懂得一切高雅的应对方式，他立刻反驳：

"我是流氓，替沙皇帮忙；你是个犯人。"

我们觉得这个陌生孩子胜利了。但是在这时候，有一个穿着后襟长大的燕尾服的成年人快步走向这孩子来。这人的步态也有些疏懈而异样，我猜想这个陌生的孩子正是模仿他的动作的：他的腿也不会弯曲，他的手臂的肘部也是拱起的。他叫这孩子，这孩子刚回过头去，他就突然辣辣地打他一个嘴巴。这孩子痛得叫起来，用手按住了面颊，那人又打他另一个面颊，对他说：

“走！叫你来干什么的？……”说着就用力地在他的脖子上推一把。

我们对这陌生孩子的一切不快之感突然消失了，却换了一种深切的怜悯。我们把这件事告诉了母亲和父亲，以为这一回他们又会像对玛美利克的事件一样出来干涉。可是父亲对我们说，这个哥萨克孩子是属于不相识的人的，他们是到我们的邻家来做客的，因此对于这件事毫无办法……

以后我们等候这孩子重新出现，打算把他当作朋友看待。但是他不走出来，不久我们最后一次看见他坐在马车的高高的驾车台上，一个高贵绅士的家属正在坐进马车里去……其中也有服装整洁华丽的孩子，但是我们最注意的是我们所认识的那个孩子。他照旧穿着那件上衣，照旧歪戴着帽子，然而已经没有以前的威势了。他仿佛竭力避免看我们；但是当那辆大马车开动的时候，他向我们转过那双黑眼睛来，这双眼睛又使我们活龙活现地想起玛美利克；他仿佛在偷偷地、亲切地向我们点头。

我们长久地目送这辆开走的马车，直到它最后一次闪现在公路的顶点上为止。坐在马车里的那些服装华丽的孩子，我觉得有一种不快而冷酷的感觉，而这个陌生的哥萨克孩子，我们虽然只跟他相骂过一场，却有一种热烈的同情和亲切之感随着他驰往渺茫的远方去了。

我还记得农奴制时代的一件事。

有一个时期，父亲有一个马车夫叫做约希姆[1]，这人身材不高大，面孔黝黑，长着颜色很淡的须髯。他有一双含蕴而和善的蓝眼睛，他吹笛吹得很好。他是一个幸运儿，院子里所有的人都喜欢他，

---

① 在柯罗连科的中篇小说《盲音乐家》中有约希姆的形象。——原编者注

我们孩子们更是常常缠着他，尤其是在黄昏，当他坐在马厩里自己的简陋的床铺上拿起笛来吹的时候。

柯良诺夫斯卡雅有一个宠爱的青年女仆，叫做玛利亚。我那时候不大懂得女性的美，只记得玛利亚有一对乌黑的浓眉毛，像画出来的一样，还有一双同样乌黑的热情的眼睛。约希姆爱上了这姑娘，她也爱上了他；可是当我母亲受了约希姆的请托去向柯良诺夫斯卡雅要求把玛利亚嫁给他的时候，这个专横的太太非常动怒，几乎哭出来，因为她和她的两个女儿都“很喜欢玛利亚”，她们把她从乡下带出来，曾经给她种种恩惠，现在她们认为她是忘恩负义……这件事拖延了大约两三个月。我们厨房里的人都说：约希姆情愿“卖身为奴”，但求她们准许他和他所爱的姑娘结婚；关于玛利亚，据说她一天天地瘦损而憔悴起来，说不定要寻短见。

有一次，我爬到了一棵高大而茂密的梨树上。在梨树下面，花园里阴暗的地方，有一条凳子，我看见玛利亚走过来坐在凳子上了。她哭起来，又像是自言自语，又像是唱歌，我听到了非常吃惊。后来约希姆来了，他又胆怯又亲昵地想抱住这女孩子的腰。她坚决地推开了他，哭得更厉害了。他就开始安慰她，说他相信他的“太太”（我的母亲）总会请得柯良诺夫斯卡雅的允许，一切都会圆满解决。可是玛利亚还是哭，她有时突然抱住了约希姆，有时又埋怨他，赶走他，说她要寻死，上吊，自刎，跳井，总之，要想尽方法来结果自己的性命。我躲在浓密的枝叶中间，怀着儿童的天真的好奇心，倾听着这种我所不能了解的热狂情怀的申诉。

后来这件事十分顺利地解决了。柯良诺夫斯卡雅虽然是一个本性专横的女人，然而很慈悲，终于答应放弃自己心爱的人，给她妆奁，并且自己出钱给她办婚事。秋天，这一对新人带着“乐司”来到我们的院子里，约希姆领着“媒婆和傧相”在院子里撒沙的平台上跳了一个哥萨克舞，这种舞蹈我从此之后一直没有再看见过。结婚以后，这对新人迁居在捷捷列夫河上自己的小屋里，我们到那里去洗澡的时候，常常到他们家里去玩。这小屋位于一个斜坡上，四周都是绿荫，到处点缀着高高的锦葵树的鲜艳的花；关于这一隅和这对幸福的夫妇的回忆，在我心中留下一个充满特殊的诗趣的光明印象。

直到后来，我才看出了这种农奴人家的安乐生活原来有一种内幕的意义和残酷的不平作为背景和基础；他们这种安乐生活在那时很可能发生完全相反的结果。

8
“要出事了”

我所写的不是我那时代的历史。我只是回顾依稀仿佛的往事，记述一连串的形象和情景，这些形象和情景自然地浮现出来，牵连并显示出许多亲切的回忆。我但求做到这一点，即清楚明白用文字来表达这种直接出自记忆的材料，竭力限制想象的矫饰……

一八五八年十月，即当我五岁的时候，年轻的沙皇亚历山大二世来到日托米尔城[①]。

城中隆重地准备接驾，在贝纳金僧团[②]的天主堂旁边的广场上，建造了一个高大的凯旋门。我们上一天去看，这个木造建筑物的高大和奇异使我吃惊，似乎和这广场很不相称。以后，我隐约地记得堆山塞海的人、震天动地的叫声和在这人海深处疾驰而过的一种看不见的东西；此后人群仿佛突然发狂，一齐拥向城中心去。大家说，

---

① 亚历山大二世那时候从外国回来，到基辅去，路过日托米尔城。——原编者注

② 贝纳金僧团是十五世纪到十九世纪间波兰的一个天主教集团，曾经进行宗教宣传，支持罗马教皇的反动政权。——译者注

沙皇经过了。

晚上的灯彩在我心中留下特别明显的印象。我记得很长的一串一串的灯集中到广场里，广场中间高高地耸立着巨大的凯旋门，像营火一般辉煌。人群在下面推移，好像许多黑的潮流，上面则是更黑的天空。某些地方时时发出“万岁”的呼声，这呼声被承接下去，加强起来，沿着街道传到远处，融成了一片鼎沸声。我紧紧地抓住一个人的裙子，被人们拥挤着，女仆好容易把我们带出了人群。母亲看见了我们很吃惊，就埋怨女仆。后来父亲穿了制服，带着宝剑，母亲穿了华丽的衣服，上车出门去了……

父亲和母亲临走时吩咐我们去睡，可是我们睡不着。我家住在一条冷僻的死胡同里，尽管如此，还是有一片模糊的隆隆声从城里传到我们这里来，一种兴奋之感侵入我们的卧室。老保姆把我们的蜡烛拿走，去放在隔壁房间里了，这时候我们似乎在百叶窗的缝隙里看得见红光。我们大家都爬到靠近窗子的一张床上，把脸贴在玻璃窗上，从这些缝隙里窥探，倾听嘈杂的声音，互相交换所得的印象。正像辉煌的凯旋门雄峙在这城市上面一样，这些印象上面也雄峙着一个重要的名称：沙皇！

哥哥在我们中间当然见识最广。他首先会唱关于这事件的一首歌：

俄罗斯沙皇，
正教徒大帝，
远游到他邦，
获得荣名归……

我们喜欢这首歌，可是它告诉我们的意义很少。哥哥又说，沙皇穿的衣服都是金的，吃饭的时候用金调羹和金盘子，而主要的是他可以“随心所欲”。他可以走进我们房间里来，要什么拿什么，没有人敢对他说一个“不”字。这还不算稀奇：他又能使任何人做将军，用宝刀杀任何人的头，或者命令别人去杀，他们就立刻杀……因为沙皇“有权柄”……

后来沙皇走了，但是他的驾临的余波长久地成为我们生活中的重要内容。

我们有一个远亲彼得伯伯，他是一个中年人，个子高高的，身体很胖，一双眼睛特别生动，面孔刮得很光，长着两绺尖头髭须。当他捻髭须尖头的时候，我们都笑出眼泪；当他说话的时候，成人们也常常哈哈大笑；总之，他是一个有名的滑稽家。沙皇来过之后，他讲了几件有趣的事给我们听。我特别清楚地记得其中的一件：在沙皇即将来到的时候，警察看见横街里有一头牛。岗警向它赶过去，它怕得要死，等到喊“万岁!”的时候，这头牛完全发疯了，它冲向人群，用两只角来把人们撞开。它就用这方法来替自己开辟了一条路，通到留给沙皇走的空路上；当它闯到这地方的时候，正好沙皇的马车驶过。这头牛紧跟着车子奔跑，堂皇地跑到了省长公馆门口，它后面跟着两个跑得气喘而且吓得要死的哨兵。

这故事给我异样的印象……讲沙皇突然讲到一头牛……晚上我们在儿童室里讲起这件事，大家猜想这两个可怜的哨兵和牛的主人的命运。有人说这三个人大概都已经被杀头，我们认为这推测是很符合事实的。至于这件事好不好，是否残忍，是否正当，——这种问题我们就不想了。当时这光景像暴风雨一般奔腾澎湃，而它的中心是一个“随心所欲”的沙皇……那么两个哨兵的命运在这面前还值得什么呢？虽然这原是可怜的……

这时候大概已经有了关于农奴解放的传闻。彼得伯伯和另一个朋友有一次都表示怀疑：“沙皇本人”究竟是否能随心所欲。

“尼古拉曾经是多么威风的沙皇……在他面前什么都发抖……可

是结果怎么样?”[1]

父亲用他所惯说的那句口头禅来回答:

“病人请教庸医……他要做,就会做到……”

过了一年,两年。这种传闻越来越广了。安静的生活里仿佛有针刺进来,引起了一种混乱的恐慌,一切事件都蒙上了一种特殊的色彩。这时候发出了一个预兆:天雷打倒了“老神像”。

我曾经说起过这个神像。这是一个基督磔刑的大十字架,建立在我们邻家陀勃罗沃尔斯基老爷的花园里,位于我们的胡同和另外两条路的交叉点上,它的台基周围繁茂地长着一丛丛的金合欢、接骨木和红莓花。听说,几乎每天运往波兰墓地和新教墓地的那些死者不让这庄院的主人安眠;为了防御他们的吵扰,他就建造了这座“神像”。这是很久以前的事;后来主人自己也被从这条沙路上运往墓地去了;这“神像”被风吹雨打,发黑了,碎裂了,周身长着各种颜色的苔藓,显出古色苍然的老相……凡是曾经参加过亲友的葬仪的人,一定永远记得威严地高耸在通墓地的转角上的这个发黑的老磔刑像;附近一带地方因而得名,譬如人们说起我们,就说我们住在柯良诺夫斯基的屋子里,“老神像附近”。

有一天夜里雷雨大作。傍晚时候就阴霾四起,乌云险恶地在空中奔腾盘旋,发出闪电。天黑了之后,闪电并不停止,接连地发光,把房屋、花园里的树木和“老神像”都照得同白天一样。麻雀被这种光线所欺骗,都醒来了,发出怀疑的吱吱喳喳的叫声,加强了天空中的恐怖;我们的房子的墙壁常常在霹雳声中颤抖,雷声过去之后,窗玻璃发出轻微而凄婉的铮铮声……

我们被叫去睡觉了,可是我们睡不着,胆怯地倾听雷雨的喧嚣

---

① 尼古拉一世(1796—1855)是1825—1855年间的俄罗斯沙皇。他是农奴制赞成者的贵族阶级的代表,领导贵族阶级实行恐怖政策。后来克里米亚战争失败,农民骚动不断发生,证明了农奴制专制政体的腐朽和必遭灭亡。——译者注

声和麻雀的惊慌的叫声，向闪现着电火的青光的百叶窗缝隙里张望。到了深夜，雷雨才仿佛驯服了，霹雳声退往远方去了，只有连绵的倾盆大雨在屋顶上喧噪着……突然在很近的地方轰隆一声雷响，地面震动了……屋子里的人都恐慌起来，母亲从床上起身，他们从圣像后面拿下一枝很大的、祷祝雷神用的白蜡烛来，把它点着了。大家很久不去睡觉，怀着恐怖的心情等候神明这次特别的愤怒的平息……第二天早晨，我们起得很迟，我们听到的第一个消息，是昨夜最后的一个雷打坏了“老神像”……

我们的整个院子里和厨房里当然到处都是关于这重要事件的谈话。这件事的目击者只有住在“神像”近旁的一个岗警。他看见从天上飞下一条火蛇来，一直飞到“神像”上，“神像”全部迸出火光。后来发出可怕的爆裂声，那条火蛇飞到了一个老树桩上，“神像”就慢慢地倒在树木丛中了……

当我和哥哥弟弟们跑到胡同尽头的时候，那里已经聚集了一大群人。“神像”坍倒了。破裂了的台基还是高高地矗立在空中，被压得紊乱了的浓密的树木丛中露出磔刑像的烧焦的肩膀来。这光景充满了一种特殊的意义。被重压着的树丛有时让步了，树枝发出格格的声音，“神像”的顶端就像活的一样颤抖起来，沉下去。这时候不但我们小孩子，似乎整个人群都由于迷信的恐怖而肃静无声了……

那一年我家所雇用的马车夫叫做彼特罗，这个人年纪已经老了，无论冬夏都穿着一件羊皮外套。他的脸上全是皱纹，小髭须下面的薄嘴唇上有一种难言之痛的表情。他说话非常少，从来不参加仆人们的说长道短，嘴里老是衔着一支陶制的短烟斗，有时就用他的生茧的小指来搅拌烟斗里燃着的烟叶。我似乎记得那时候正是他望着这个坍倒的“神像”而首先说出：

“嗯……要出事了……”

从那时候起，这句话有一时成了我当时的印象的背景，也许多半是由于“神像”坍倒之后又发生了另一起同类的事件。

有一个村子里出现了妖怪……离开我们的城市大约四十俄里的地方，在一片几乎延绵不断的树林后面（不过现在这树林恐怕只剩下可怜的遗迹了），有一个村庄叫做丘德诺夫。树林里散布着岗亭和守林人的小屋，而在林中的河岸上还有许多村落。

我记不起我家仆人中的哪一个——大概是彼特罗吧——有几个亲戚住在那一带地方，他们有时来到我们的城里。大概正是他们带来了一个消息，说丘德诺夫附近有一个林区村落里，从有一个时候起，出现了幽灵……这幽灵当然是在夜晚出现的，出现在村落对面的河岸上，样子很高大，颜色雪白。巨大的头上两只眼睛里发出火光，嘴巴里喷出火焰来。这妖怪突然出现在峭壁上，站在村落对岸，恐吓所有的人，并且用阴惨的声音喊：

“唉，要出事了，唉——……”

喊过之后，眼睛里的火光熄灭了，这妖怪就不见了。

父亲那时候似乎在当预审推事，往返于县城所属的各地方；有一次他公出回家，把这件事的结局讲给我们听。据他说，有一个退伍兵经过这村落，他决心要为人民驱除这妖怪。人们拿一顿烧酒作为微薄的报酬，他就在黄昏时候渡过河去，躲在峭壁底下了。当那个长着一对火眼睛的高大的妖怪在一定的时间出现在一定的地方的时候，大家认为这个冒险的兵一定已经遭殃了。但是，第一声凶恶的咆哮响出之后，忽然发生了一种喧噪，妖怪的头里撒下一堆火花来，这妖怪就不见了；而过了一些时候，那个兵若无其事地在那里喊船了……然而他对那些惊慌的居民什么也没有说，只是告诉他们：“不会再有什么事了。”……

父亲把他自己对这桩神秘事件的解释讲给我们听。据他说，那地方有一个“二流子”——神甫的侄儿——在恐吓那些愚笨的居民；这个人踩着高跷，身上披着被单，头上戴一个盛炭火的钵，钵上开三个洞，形似眼睛和嘴巴。那个兵大概是从下面拉住了他的高跷，因此那个钵翻了下来，里面就撒出炭火来。这顽皮家伙送些钱给这个兵，叫他不要声张……

我们很喜欢这个幽默的解释，因为这解释消除了关于那个咆哮的幽灵的恐怖概念；后来我们常常请求父亲把这个故事再讲一遍给我们听。听过之后，大家总是愉快地哈哈大笑……但是这种理智的解释对于厨房里的人丝毫没有影响。厨娘布静斯卡雅和其他的人把这件事解释得还要简单，他们说这个兵和鬼魅有交往，他跟那妖怪情商，妖怪就到别处去了。

因此这件事的含义照旧有一种魔力：

"到底是要出事了……"

后来人们又纷纷议论关于"金文书"的事，这些金文书不知道是从哪里来的，出现在路上、田野里和围墙上，据说是"沙皇御笔"。农人们都相信这些金文书，可是老爷们都不相信；农人们都壮胆了，而老爷们都害怕了……后来，关于"出角神甫"的惊人的故事又哄传一时……

这故事的情节是这样：有一个农人垦地，垦出一只盛着金元的铁锅子来。他悄悄地把金元拿回家去，埋在园地里了，不告诉任何人。但是后来他耐不住了，把这秘密告诉了他的妻子，要她起誓决不泄漏出去。这女人当然拿出全副心肝来起了誓，可是她忍受不住保守秘密的痛苦。因此她跑到神甫那里，神甫替她解除了誓约之后，她就一五一十地说了出来。

这神甫原来是一个贪婪而狡猾的人。他杀了一头小牛，把它的皮剥下来，连牛角披在自己身上了，叫他的妻子用线缝一缝，然后在半夜里走到农人的小屋旁边，用牛角来敲窗子。农人向外面一看，就吓昏了。第二天夜里又是这样，只是这一次那鬼明白地说出了他的要求："还我钱来"……

农人非常害怕，到了第三夜，他预先把锅子掘出来，拿进屋子里。当那鬼又出现而提出要求的时候，农人就依照他的命令，打开窗子，把锅子的铁耳环挂在这位可怕的客人的角上了……

神甫欢天喜地地跑到自己的妻子那里，低下他的角来，对她说："把钱拿下来。"但是当神甫太太想把锅子拿下来的时候，岂知这锅子已经和牛角黏合在一起，拿不下来了。"那么把缝线剪破，连皮一起拿下来吧。"但是当神甫太太刚刚开始用剪刀来剪缝线的时候，神甫尖声怪气地叫起来，说她剪了他的筋肉。原来金钱已经熔化，粘住在锅子里了，锅子粘住在角上了，而牛皮粘住在神甫身上了……

这件事自然像其他一切奇闻一样"奏闻沙皇"。沙皇和元老们咨议，决定把这神甫带往全国各城乡游行，在各地的广场上展览，并且让所有的人走近他去，试把这锅子拿下来。因为这财宝想必是强盗或符术者所埋藏的。大概是强盗杀了人，把钱埋在地里，或者是一个"未卜仙子"念了咒语埋藏着的。如果能够碰到这财宝的真正的承受者，那么这锅子就会服从这个人而从角上被拿下来，而牛皮也就会从神甫身上褪下来。

父亲一边笑，一边把这故事讲给我们听，随后他说：只有傻瓜才相信这件事，因为这不过是一个旧时的神话；可是愚昧无知的民众相信它，有几个地方竟有人听信了"出角神甫"将要来到的谣言，聚拢来纷纷议论，警察把他们赶走。我们厨房里的人都关心这神甫的行踪，他们十分确实地传达消息，说神甫已经到过彼得堡、莫斯科、基辅，甚至到过别尔迪契夫，现在他就要到我们这里来了……

我和弟弟对于这件事半信半疑，可是现在我们有了一种新的工作。我们爬到胡同角上的围墙的高柱上，向公路的远处眺望。我们有时在身上贮备几片面包，这样一动不动地一连坐上几小时，向尘沙仆仆的远处眺望，注视着那里出现的每一个点子。有一种依依不舍的期待的惯性把我们留住在这个不舒服的地方，强烈的太阳光晒得我们头痛。有时我们想走开了，可是在公路远处地平线上的缺口里，在墓地旁边，不时地出现一些点子，这些点子近起来，大起来，却原来是一些平淡无奇的东西；可是后面又来了别种东西，我们又似乎觉得：这莫非就是大家所等待的东西！

有一次有一个人在院子里喊："来了！……"一阵骚乱，仆人们都从厨房里跑出来，女仆们和马夫们也跑出来，邻居们也从胡同里跑出来；交叉路口响着鼓声和嘈杂声。我和弟弟也跑过去……可是一看，原来是一辆高车子载着一个犯人去服刑……

这个愚蠢的传说跟"神像"的坍倒和妖怪混合起来，正好碰到人们心中发生一种期待："要出事了！"究竟要出什么事呢，大家都不知道……金文书、农民暴动、谋杀、出角神甫……总之都是异乎寻常的，惊心动魄的，见所未见的，不成样子的……有些人相信这样，另一些人相信那样，然而大家都觉得有一种新的东西将要出现在沉滞的生活中，逢到一切微小的事件都惊慌、恐怖而敏感……我小时候认为整个现实世界永远不变的那种看法在这时候已经影迹全无。相反地，我觉得不但在我们这小小的世界里，就是在院子、城市以外的一切远方，甚至在"莫斯科和彼得堡"，人们都在那里等候什么东西，并且为此而提心吊胆……

那时候在偏僻的内地还很少有报纸，传闻、谣言、臆测等种种曲解代替了报导。上头正在准备改革，未来投射出它的影子来，这影子侵入到社会和民众的深处；有一种幻像在这影子里显现出来并且活动着，怀疑变成了生活的背景。未来的重要情况不得而知，琐事却扩展成为大事件。

那时候国内正在装置电报线，路线通过我们的城市。起初运来许多一样粗细的新柱子，隔着一定的距离一堆一堆地放在街道旁。后来掘了许多地坑，其中一个地坑正好位于我们的胡同和维林大街的交叉角上……后来把柱子立在地坑里，然后由载货车运来大捆的电线。穿着崭新的电报局制服的一个官员在那里监工，工人们从梯子上爬上柱子，两只脚和一只手攀住了钉在柱子上的钩子，然后装置电线。他们装好了一个地方，就把车子推向前面，去装第二个地方；到了傍晚，空中已经横着三四根平行的电线，那些电线杆把它们带往漫长的公路的远处。工人们赶得很紧张，晚上也不停止工作。第二天早上，他们已经远在关外了；过了几天，据说电线已经装到布罗迪，和外国的电线相接通了……城里留下了一个尸体：一个工人从电线杆上掉下来，他的下巴挂在钩子上，头被钩破了……

我记得，我后来再也不曾听见过像初装时那样响亮的电线声。我特别清楚地记得一个爽朗的黄昏。那时候我们的胡同里特别沉静，城里石板路上的车轮子声也肃静了，因此这种没有听惯的声音显得更加清楚了……从“沙皇御居”的神秘的京都里由空中通过来的这些无生命的铁丝，发出绵延不断的、均匀的、神秘的声响，使人听了有些恐怖……太阳完全落山了，只有波兰墓地方面远处的屋顶之间，天空中还有一抹幽暗的红光。这时候电线似乎怕冷，叫得越来越响，空气中充满了呻吟的号泣声。

后来，大概是电线张紧了些，声音没有以前那么响了：在平常没有风的日子，电线只是微微地鸣响，仿佛喊声变成了含糊的话声。

在初装电线的那个时期，常常可以看见一些好奇的人把耳朵贴在电线杆上用心倾听。那时候电话还没有发明，人们的谣传却早就把电报说得像电话一样了：他们说有人通过了电线在谈话；而电线是通向外国的，因此自然地推想到我们的沙皇将要跟外国皇帝谈判事件。

我和弟弟也长久地站在电线杆底下。当我初次把耳朵贴在电线杆上的时候，这些千变万化的流动的声音使我吃惊。这不仅是一种均匀而浮面的金属声；似乎有一条音响的河流经过这根木头，发出复杂、模糊而动人的声音。有时在想象中的确能够听出一种像远处谈话的声音。

有一天，这种谈话终于被翻成了普通的话。我们厨房里有人带来一个消息，说退职官员波普科夫已经懂得了“电报里的谈话”。波普科夫是一个见闻非常广博的人。他不知什么缘故被撤了职，但是为了表示他过去的身份，他穿着有官衔钮扣的旧制服，而他的脚上有时穿草鞋，这标志着他现在的穷困。他身材很矮，头大得奇怪，额角长得很特别。他替人写申请书和状纸，胡乱度日。当局认为他是“恶讼棍”，禁止他干这勾当；然而他的“状纸”在一般愚民之间获得了更大的信任。因为他们认为当局禁止他写状纸，正是为了他的每一张状纸都非常有力，最高当局也对他无可奈何。然而他的生活穷困，当其他生活源泉都已断绝而到了山穷水尽的时候，他就靠装滑稽和耍把戏来维持生活。其中有一种把戏是他用额角来敲碎胡桃。

据说，就是这个由于见识太多而竟被撤职的人，能够偷听我们的沙皇和外国皇帝——多半是法国皇帝拿破仑——的秘密谈话。外国皇帝要求我们的沙皇，要他……释放一切农奴。这时候拿破仑讲话声音响亮而高傲，我们的沙皇回答他的声音温和而轻微。①

关于当前的农奴解放，我似乎第一次在这充分明了的形式中听到。丘德诺夫地方的妖怪的可怕而不可捉摸的预言“要出事了”，表明了一种明确的意义：沙皇要从地主那里夺取农奴而释放他们……

这件事是好的还是不好的呢？

如果我现在是写小说，那么我将很得意地把这个问题跟上述的两个“买来的孩子”的命运联系起来……我会这样写：我还是一个小孩子，为了同情我那个在乌良尼茨基老爷那里当奴隶的朋友，我

---

① 关于外国干涉我国农奴解放事件的传说，多年之后我又在尼日戈罗德省阿尔查马斯县听到。——原注

全心全意地呼吁改革，并且祝福这位善良的沙皇，因为他要从一切凶恶的乌良尼茨基那里救出所有的买来的孩子……这很可以表露我的年轻的心，并且会给我一个自然的机会来描写精彩的情景：在一个偏僻的县城里，有一种纯洁无瑕的儿童的感情向往着善良的沙皇和人民解放……

然而真可惜！我回顾一下从渺茫的过去中显现在我眼前的那种现实情景，我确然地感到我不得不拒绝这个精彩的主题。我实在不知道这是为了什么缘故……也许只是由于儿童过分关心直接印象，因此不能在这些印象之间建立某种广泛的联系。沙皇对一切农奴和一切地主的意图，玛美利克和另一个不知名的朋友等人的当前的命运，——这两者之间的联系，我完全记不起了，因此我当时不能感觉到即将来临的农奴解放的好处……

况且那些印象，也是混乱而模糊的。就我所记得的，我们厨房里的人并不期待什么好消息，这也许是由于他们的成分含有若干贵族性之故。厨娘是布静斯卡雅“太太”；收拾房间的女仆是胡莫娃“太太”，这女人的面貌细致而文雅，一口波兰话；至于仆人戆头老呢，如果有人把他称为农奴，他一定很生气。在我家当时的仆人之中，只有老保姆和布静斯卡雅还穿着乡下服装，头上缠着头巾，然而她们的模样也已经不是乡下的了。只有马车夫彼特罗，穿着那件永不替换的外套和那双统子翻落的笨重的靴子，样子像个真正的农奴。然而他是一个非常沉默的人，老是抽烟，吐唾沫，从来不发表一般的见解。他的脸相经常是严肃、神秘而阴郁的……

人们大都是用比较来衡量自己的地位的。我家这批人在母亲的温和的治家制度之下生活过得不坏；每天晚上，我们的厨房里炉子生得暖暖的，弥漫着肉菜汤和热面包的浓烈的香气，聚集着一群对命运相当满意的人……蟋蟀唧唧地叫着，油盏在火炉台上发出幽暗的光，纺锤嗞嗞地响，有趣的故事源源不绝而来，直到一个饱暖得昏疲了的人从凳子上站起来说：

“时候不早了……该睡觉了……”

在晚上的谈话中，也有关于地主的残暴行为的故事，然而不作结论。世界上有善良的地主和不良的地主。上帝惩罚不良的地主，有时惩罚得很严厉。但是农人也必须安分守己，因为这一切都是上帝安排的。上帝分配给这些人比较轻松的工作，使他们充分地温饱，并且在暖和的厨房里有不少的余闲……因此，降临到生活上来的那种不可知的变化，在他们觉得有些可怕。“要出事了”，但这是好的还是不好的，他们不知道。总之他们觉得不安……

然而，不仅我家厨房里的人有这样的心情。

有一天清早，我们的院子里来了一大群穿长外衣、戴羊皮帽子的农人。他们刚才从乡下赶出来，有许多人背着桦树皮编的筐子或者肩上挑着麻布袋。这群人发出轻微的嘈杂声，聚集在大房子的宽阔的扶梯旁边，在相当距离之外竟闻得出一股浓重的农人气息——汗气、柏油气和羊皮气。不久，从房东家的楼上走下两个不戴帽子的老人来，对惊慌地向他们拥集拢来的这群人讲了几句话。农人们之间发出一片轻微的、仿佛满足似的话声，后来大家都跪下来，因为女主人柯良诺夫斯卡雅由丫环们搀着出现在扶梯头顶了。这是一个体格丰伟、态度威严的夫人，有一双很生动的黑眼睛、老鹰鼻子和很显著的黑髭须。她站在扶梯头顶，高高地显出在屈膝长跪的一群人上面，左右簇拥着她的侍者，很像一个女王站在群臣中间。她对这群人说了几句恩宠的话，这群人用一阵特别欢喜感激的呼声来回答。

中午，院子里摆了几张桌子，女主人在农人们回家之前招待他们吃饭……

我从大人们的谈话中知道，这些人是柯良诺夫斯卡雅的农奴，他们从很远的斯科路波瓦村来到这里，请求女主人照旧管辖他们，他们说："我们是您的，您是我们的主人。"柯良诺夫斯卡雅是一个善良的女主人。她的农人有很多地皮，每年冬天他们几乎都可以自由地去做别的工作。他们的生活显然也比邻近的人好，因此"要出事了"使他们感到恐怖，他们希望这未来的不可知的变化不要把他们"耙平"才好。

同年夏天，柯良诺夫斯卡雅家的人带我们到他们的领地里去。这一次旅行在我的记忆中仿佛是神奇的梦境里的一种情景：这里有主人家的大房子，附近有许多农家小屋，山坡后面露出着盖草的屋顶和白色的泥墙。到了晚上，主人家的大窗子里灯烛辉煌，许多小屋则在黑暗中参差地闪耀着亲切而温和的星星灯火。这情景显得多么和平、亲睦而谐调……小屋里住着农人们，就是有一次来拆去了我们的旧台阶而重新建造的那些人，都是又聪明又有力量的人。大房子里则住着善良而亲切的主人们。吃饭的时候，柯良诺夫斯卡雅家里聚集了一些远亲和办事人，他们都是驯良、殷勤而温和的人。一切都具有一种稳定妥帖的生活的特殊痕迹，毫无一点矛盾和冲突。记得有一次，吃晚饭的时候来了一个外乡的绅士，这人穿着华丽的礼服和浆硬的衬衣，戴着金边眼镜，他那种跟这乡村的一般作风完全不同的神气使人感到刺目。谈话之中，他有一次肯定地说：农人是"畜生"，是懒虫，是醉汉，什么都不会做。柯良诺夫斯卡雅沉着地反驳，她说我们所住的这所房子，以及其中一切东西，甚至一把椅子，都是她的农人造的。城里的房子也是他们造的，一切都由一个聪明的老农来支配……试问：哪一个外国建筑家能够造得比他们的更坚牢、更美观呢？那些贫苦的亲戚和办事人都坚决地表示赞同，这位外乡绅士的意见在这种理由充足而坚定不移的信念中就仿佛无地可容了。

我也觉得柯良诺夫斯卡雅是正确的。这个陌生的乡村世界，有力量的、有本领的、性格温顺的人的世界，和平而亲睦，我觉得是善良而美丽的。每天傍晚，有许多年轻小伙子和姑娘从田里做工回来，经过主人家的花园，他们头上戴着矢车菊花冠，肩上扛着铁耙和镰刀，嘴里唱着愉快的歌曲……他们从田里割下第一束麦穗来，就郑重地把它送到主人家里。这束麦穗在戴羊皮帽的小伙子和戴矢车菊花冠的姑娘们头上摇晃。它似乎有意识地、默默地参与着这种劳动的欢乐。这叫做“始刈式”。当他们在“终刈式”上送最后一束麦穗来的时候，仪式更加隆重；这时候主人家在院子里办酒款待他们，小伙子们和姑娘们在台阶前跳舞，直到深夜，台阶上坐着主人的全体家属，个个都欢乐、仁慈而善良。后来这群人唱着歌离开主人家的灯烛辉煌的屋子，回到山坡后面许多温和的星星灯火那里去；当唱歌者各自纷纷回进小屋里去的时候，歌声就逐渐地沉静而消散，终于在村庄尽头看不见的地方完全平息了。一切都显得那么和平、美丽、完整而不可破坏……一切都使我回想起映着落日余光的农奴田园生活的一角。

然而在遥远的都城里，农奴制的命运已成悬案，城里到处是惊慌的逆料。“要出事了”，丘德诺夫的妖怪这样叫喊。千年万古的“老神像”突然坍倒了……出角神甫周游各地——也许世界末日即将来到……“要出事了，”电线里恐怖地咆哮着。我家厨房里不再讲关于幽灵的故事，每天晚上反复地谈论着：“金文书”出现了；农人们不愿再做地主家的人了；卡尔梅留克[①]已经从西伯利亚回来，他将要把各村庄里的地主统统杀光，带了农人进城去。有了这些故事之后，这县城以外的不可知的地方都显得暧昧而可怕，仿佛映着火灾的红光。像险恶的电光从乌云中闪现出一样，有时在我们儿童的心

---

① 卡尔梅留克（1784—1835）是十九世纪三十年代波多尔斯克省农奴反地主斗争中的优秀的领导者。他本来是一个农奴（生于波多尔斯克省里津县），为了“秉性不驯”，被地主派去当兵。卡尔梅留克从军队里逃走，又被流放西伯利亚；他又从西伯利亚逃走，当了他所组织的游击队的首领，攻击地主、富豪以及人民所痛恨的官僚。——原编者注

中闪现出不可名状的恐慌；然而这种恐慌很快就随着即将来临的光天化日的印象而消失了……[1]

9
《桑道米尔的福玛》和地主杰舍尔特

在这期间我读完了第一册厚书，认识了农奴制的一个显著的代表者。

我们学会念书都仿佛是不知不觉的。大人们买些波兰字母的方块字给我们，我们一边玩耍，一边学习字母。渐渐地更进一步阅读那本非读不可的《肮脏的斯交普卡》；后来我偶然得到一本很厚的小说，似乎是波兰作家柯瑞涅夫斯基写的[2]，书名叫做《桑道米尔的福玛》。我起初读这本书的时候，差不多是按照音节拼出来的，后来逐渐感到兴味，读到书的末了，我竟能很流畅地阅读了。我觉得我开始读书也许太早了，因此后来我的视力有些衰弱，而关于社会和乡村的观念却大大地扩展了。

我第一次读的这部书非常有趣：其中叙述着一个农家的男孩子的故事，他是一个孤儿，起初曾经当牧童。他偶然遇见一个教士的侄女，这姑娘和他年龄相仿，她开始教他识字，并且激起了他的求知欲。那位善良的教士请求地主释放了这个少年，他就到世间去找求知识了。这部小说中既没有神秘的冒险行为，也没有复杂的情节纠纷。作者率直、真挚而亲切地叙述：桑道米尔的福玛怎样艰苦地

---

① 在柯罗连科的文献中保存着一篇未完成的中篇小说《黎明》的原稿，这稿子是1887年写的，作者用小说体裁在其中叙述自己童年时代的回忆。柯罗连科只刊印了这篇稿子里的一章《要出事了》，标上副题“摘自未完成小说《黎明》”（见《基辅荒年赈灾集》，1892年基辅版）。——原编者注

② 《桑道米尔的福玛》不是柯瑞涅夫斯基写的，是另一个波兰作家杨·格列果罗维奇（1818—1891）写的。——原编者注

替自己打开一条生活之路；怎样被教会学校里的教师所雇佣；后来怎样获得许可而和别的学生一起读书，同时继续擦皮鞋并打扫教师的房间；那些骄傲的少爷们起初怎样嘲笑他；后来他怎样一步一步地赶上他们而在学校里以第一名毕业。他眼前有辉煌的前程，然而这位有学问的农人却回到了乡下，去当乡村教师。在这里他又碰到了他儿童时代的女朋友。这小说的结尾大概是有点多情善感的，我所记得的是慈祥幸福的光明的欢乐。

我对于这部书和当时的波兰文学，到现在还保留着感谢的回忆。在这部书里，那时候已经涌现着早期的、也许是过于天真的民粹主义潮流，这种民粹主义还没有直接涉及当时社会制度的尖锐问题，只是坚持着人类平等思想……

我曾经接连好几天坐着读这本小说，有时晚上也读，在脂油烛光底下（硬脂烛在那时候算是奢侈的）一页一页地仔细研读。我还记得，大人们不止一次地带着和蔼而蔑视的态度向我断言，说我是一点也不会了解的；我觉得很奇怪：这里有什么要了解呢？我明明能够看到作者所描写的一切：田野里的小牧童；紫丁香树丛中的教士的小屋；校舍里的长廊——在这里桑道米尔的福玛匆忙地奔走着，把擦亮的皮靴送去给教师，然后跑进教室去上课；以及那个已经长大了的姑娘，她羞答答地会见那个也已经长大了的、“有学问的”福玛——她从前的学生。

我由于读这本书而得到的对乡村的认识，当然是很幼稚而不合实际的。甚至关于柯良诺夫斯卡雅的村庄的回忆也不能使我这种认识更现实化。假使我那时一直住在农奴的杂沓的环境中，我这种认识是否能够更加确实，也很难说……不过认识得更加具体些，但是不见得更加合理、更加广泛。我甚至认为，乡村里的人倘不看看别人对他们的或多或少唯心的（并不常常是“理想的”）描写，他们也不见得能认识自己。

不论怎样，除了黑暗的、怀敌意的、行将发生不可知的风暴的乡村之外，我的想象中早就存在着另一个乡村。而虚构的福玛的形象在我看来竟是可爱而亲切的。

有一次，父亲去办公了，母亲和阿姨们及其他几个朋友一面做着某种工作，一面愉快地谈天，这时候院子里响出车轮子的轧轧声。一个阿姨向窗子里一望，用颓丧的声音说：

“杰舍尔特！……”

母亲站起身来，不知为什么匆忙地把桌子上的活计收拾了，慌张地说：

“啊呀，我的天……真糟糕……我的丈夫又不在家。”

杰舍尔特是一个地主，似乎是我们的一个远亲[1]。我们家里关于这个人有许多传说，这些传说使他的名字充满了威胁和阴郁。人们常常说起他对农奴的可怕的虐待。他有许多孩子，这些孩子分为两种，一种是他所喜欢的，另一种是他所不喜欢的。他所不喜欢的孩子住在仆人室里，如果被他撞见了，他就像踢狗一样把他们踢开。他的妻子是一个永不翻身的被压迫者，只会偷偷地哭。他有一个女儿，是一个美貌的姑娘，有一双悲哀的眼睛，但是她已经逃走了。有一个儿子自杀了……

这一切对杰舍尔特显然没有丝毫影响。他是一个彻头彻尾的农奴制拥护者，除了自己和自己的意志之外什么都不承认……他不喜欢城市，因为他在城市里感到一种束缚，使他心中怀着郁结的愤懑，时时刻刻准备迸发出来……这一点使得他所寄寓的主人家觉得特别不快，甚至可怕。

---

① 在这一章的初版中（见《现代人》杂志1906年第一期），关于杰舍尔特（在那里改称为杰格尔特）的外表有如下的描写：“这人身材很高，很瘦，脸上长着长髭须和一对阴郁的大眼睛。他的衣服宽荡荡的，好像穿在枯骨上一样；他的眉毛几乎常常蹙紧，脸上经常有一种不满意的表情，仿佛看不起某一个人，而且容易激起暴怒。”——原编者注

这一次他走下马车来，开口就断然地对母亲说：他要死了。他异常多疑，稍微有一点不舒服就大闹，弄得大家都不得安宁。他毫不客气地占据了父亲的书房，在里面呻吟，叫喊，发命令，骂人，吵得满屋子都听得见。父亲办公回来，看见他的房间里堆满了盆子、湿布、药水和药瓶，他的床上躺着一个“要死”的人，这人有时含糊地呻吟，有时大声地骂人，竟像指挥官教练军队一样……父亲耸耸肩膀，忍受了……

这个奇怪的病人住在我家的那几天，我回忆起来仿佛是一个噩梦。家里所有的人时时刻刻不能忘记：父亲的书房里躺着一个高大、可怕而“要死”的杰舍尔特。母亲听见了他的粗暴的叫喊声就发抖，拼命地跑开去。有时喊声和呻吟声静息了，就觉得更加可怕，因为从关好的门里传出威严的打鼾声来。大家都踮着脚尖走路，母亲把我们打发到院子里去……

他这场病结束得十分出人意外。有一次，父亲办公回家，带着滑稽家彼得伯伯同来。彼得伯伯跟母亲招呼的时候，眼睛里含笑，髭须翘动。

他用我们家里好几天不曾听到过的一种爽朗的声音问：

“唔，你们的病人在哪里？”

母亲惊慌地看看彼得伯伯，用恳求的声音说：

“我的天哪……你要做什么？……不要，不要，请你不要到那边去。”

父亲对这一切已经感觉厌烦，他就把门打开，两人走进书房里去。彼得伯伯毫无顾忌地走近床前，用波兰话大声地说：

“我听说你要死了！我来和你道别……”

病人呻吟起来，开始诉苦，说他胁腹刺痛，说他“胃没有了”，总之感觉很不舒服。

“唉，有什么办法，”彼得伯伯说，“我也看得出你是要死了……

大家迟早都要死的。你今天死，我明天死……去请个神甫来，叫他照一个善良的基督教徒所应有的方式作准备吧。”

杰舍尔特呻吟起来。彼得伯伯退后两步，把这病人从头到脚打量一番……

“你为什么这样看我?”杰舍尔特愁苦而抱怨地问。

“没有什么，没有什么……”彼得伯伯安慰他，然后撇开了他，一本正经地对父亲说：“我告诉你，棺材必须是……啊唷唷唷！……”

杰舍尔特听了这些话突然从床上坐起身来。

“准备马!”他喊得很响，因此他的马车夫立刻从厨房里跑出来执行他的命令。

杰舍尔特开始穿衣服，同时嚷着，说他情愿死在路上，却一刻也不愿意再留在嘲笑将死的亲戚的人家。不久杰舍尔特的马车已经停在台阶前了，他扎着绷带，裹着身子，跟谁也不告别，就坐上马车回家去。整个屋子仿佛明朗了。晚上厨房里的人说，这地主家的仆人们真倒楣，他们就讲出这地主的许多非人道的行为……

此后杰舍尔特很久不再到我们家里来，只是时时传来他在家庭里和乡村里继续作出的种种残酷行为的消息。

大概过了一年光景。“要出事了”这句话盛传了，扩展了，明确了。父亲已经在“新委员会”里工作，但是关于这种工作的实际情况还是很少谈起，谈的时候也很谨慎。

有一次，我坐在客堂里读一本书，父亲坐在一张沙发椅子里读《祖国之子》。时间大概是在午饭之后，因为父亲穿着便服和拖鞋。他在某一册新书里读到，说睡午觉是有害的，因此他勉强振作，努力要戒除这种习惯；然而有时那可恶的睡魔还是要在椅子里突然抓住他。现在也正是这样：我们的客堂里肃静无声，只是有时听到报纸的窸窣声，有时听到父亲的轻微的打鼾声。

忽然隔壁房间里传来一阵沉重而匆忙的脚步声，有一个人不好好地开门，却用力地把门冲开，门槛上出现了杰舍尔特的瘦长的身体。

他像幽灵一般出现。他的脸色苍白，髭须乱蓬蓬的，头发像刺猬，眼睛阴沉地发光。他大踏步走进房间，站定了一会，然后从这个角落到那个角落地走来走去，仿佛竭力要抑制胸中沸腾着的愤怒。

我缩紧身子坐在角落里，竭力不让他看见，但同时有一种力阻止我溜出房间去。这就是我替父亲担心，因为杰舍尔特身材高大而凶狠，跛脚的父亲在他面前显得力量薄弱而没有保障。

杰舍尔特快步地来回走了几趟之后，突然站定在房间中央，说：

“我问你！这到底是不是正当的?”

“什么?”父亲问，他的一双眼睛含着笑注视他。

杰舍尔特暴躁地闯上前来，回答说：

“呸，见你们的鬼！喂，你该知道现在到处哄传着什么事。连那些下贱坯都公然地嚷着这件事了……”

父亲老是用他那双愉快的眼睛好奇地注视他，默默地点头。

杰舍尔特又像呻吟又像咆哮地重新在房间里乱窜起来，后来突然站定了，说：

“啊……原来如此！……好，让我告诉你们……趁他们还是我的人的时候……趁你们还在那里拟订你们那种卑鄙龌龊的计划的时候……我要……我要……”

他顿住了，仿佛怒气阻碍了他说话。房间里恐怖而肃静。后来他转过身子去向着了门，但是这时候，父亲的椅子那里发出拐杖敲打油漆地板的笃笃声。杰舍尔特回过头来一看；我也不由得向父亲看看。他的脸色似乎很安详，然而我看得出他那双富有表情的大眼睛的这种光辉。他已经准备站起身来，可是重新又坐定在椅子里了，他正视着杰舍尔特的脸，显然是抑制着愤怒，用波兰语对他说：

“你听我说……你当心！……要是你……现在……敢碰一碰你村

子里的任何一个人，那么，我对天立誓，你一定会被拘押到城里。”

杰舍尔特的眼睛睁得滚圆了，好像受伤的猛禽的眼睛。这显然表示他大吃一惊。

“谁？……谁敢拘押我？”他发出嘶哑的声音，几乎透不过气来。

“你等着瞧吧，”父亲说，这时候他已经从容地拿出鼻烟盒子来。杰舍尔特又对他呆呆地看了一会，然后回转身，走出房间去了。衣服仿佛在他的瘦瘦的身子上飘荡。他连门都不碰一碰，异常肃静地溜走了……

父亲还是坐在他的椅子里。他的敞开的便衣里面那件撒满鼻烟的衬衫微微地震动。他正在发出他所常有的腹内的笑声，就像身体略胖的人的笑声一样；我用狂喜的眼光望着他，一种特别欢喜而骄矜的感情在我的幼年的心中颤动着……

母亲跑进房间来，慌张地问：

“他来做什么？已经走了吗？快告诉我：结果怎么样？”

父亲简单地把这件事的始末告诉了她，她拍着手说：

“我的老天爷！……这回可糟糕了……那些可怜的农人！……”

“他不敢，”父亲确信地说，“不比从前了……”

讲到上面所描写的情景，我回想起了一个晚上，那时我坐在我家的台阶上，望着天空，“不用言语地想”一切发生过的事件……没有可用言语表达的思想，没有综合的概念，没有明确的结论……“要出事了”这句话在我心中展开了一连串的形象……坍倒的“神像”……柯良诺夫斯卡雅的农人们，杰舍尔特的农人们……他的无可奈何的愤怒……父亲的沉着的信心。所有这一切，结果按照事情的一种奇怪的逻辑而融合起来，变成了一种有力的感觉，这种感觉非常明确而显著，直到现在还保留在我的记忆中。

不久以前，柯良诺夫斯卡雅家运来了一架装在木箱里的大钢琴。六个工人把它从货车上卸下来，卸下来的时候，箱子里面发出轰隆轰隆的声音。工人们把它搁在车子边上，正要扛到肩上去，这时候发生了一种故障。压到人身上来的这件重东西摇晃一下，几乎倒塌在他们头上了……真是千钧一发……全靠许多有力的手把它挽回了过来，于是这件笨重的家伙就顺从地听凭他们抬上扶梯去了……

就在那个静悄悄的晚上，我突然感觉到：在高高的上空，在朦胧的夜色中，在我们的院子上面，在这个城市上面，在远处的乡村上面，以及在想象得到的整个世界上面，悬挂着一件无形而庞大的重物，它正在轰隆轰隆地响，动荡着，摇摇欲坠……有一个强有力的人抓住它，掌握它，想要把它摆在一个地方。他是否成功？是否抓得住？是否拿得起，摆得上？……或者，“要出事了”这个神秘的预言是否会轰然一声地爆发在我所知道的这个世界上？……

不管怎样，那时代终于解决了它的问题。那件重物已经被安置好了，人们的坚强意志把生活移转到了新的方向……差不多过了半世纪……现在，当我写这些回忆的时候，我们的国土上面又悬挂着新时代的重大问题，又有一种东西在那里轰响并动荡，这东西已经被抬起来了，然而还没有安放好。我心中不禁又发生了一些担心的问题：力量够不够？……是否抬得起？……是否转得过来？……是否摆得稳？……哪里有善良的意志？哪里有清楚的自觉？哪里有齐心的努力和强壮的手臂？……

……

描写这时代的小说家通常都以农奴解放的大团圆来结束他的作品：人民群众欢喜若狂，馨香祷祝，满怀希望……我却一点也没有看到这种情况，也许是因为我住在城里的缘故……我只记得一个官方举办的庆祝会——也不知是为了庆祝农奴解放还是为了宣布征服高加索。为了听“宣言”，农民代表被“赶”进城来，上一天，街上就到处是粗布衣服。有许多挂着勋章的农人，还有许多农妇和小孩。

农妇和小孩的来到，是因为民间发生了一种恐怖的谣言，据说地主在沙皇那里得了势，不再解放农奴了。又说把农人赶进城来，是要用大炮来打死他们……在地主方面则相反，他们说在这时候把这么一大群人召集到城里来很不妥当。庆祝会的上一天，我们家里也谈论这件事。父亲照例挥一挥手说："病人请教庸医!"

在庆祝会那天[①]，城市中心的广场上有军队排成方阵。广场的一边有一排铜炮闪闪发光，对面站着"自由"农民的行列。他们表露出垂头丧气地顺从命运的样子；那些女人们被警察赶到兵士队伍的后面，她们有时愁眉苦脸地叹气，有时号啕大哭。读完了一篇文告之后，空炮隆隆地响起来，人群里就发出疯狂的叫声，一时秩序大乱……女人们以为已经在开始炮打农民了……

旧时代把它的悲惨的遗产的一部分留传给了新时代……

① 关于农奴"解放"的宣言，在彼得堡和莫斯科是1861年3月5日发布的，在其他的城市里则较迟——从3月7日到4月2日。在日托米尔，这宣言是3月11日发布的。——原编者注

第二章　上学——起义

10
学　馆

大约当我六岁的时候，父亲和母亲把我送进奥克拉舍夫斯卡雅太太所办的一个小小的波兰学馆里。

奥克拉舍夫斯卡雅是一个善良的女人，她从事教育是出于无奈的，因为她的丈夫遗弃了她，并且把两个女儿留给她，置之不问了。她拿她所懂得的东西来教人：我从她那里学会了法文的读音和“生字卡”，后来她要我用波兰话硬记《涅姆采维奇史诗》[①]。我很喜欢这些史诗，我的智力由于这册波兰纹章书籍中的诗歌知识而增长了。但是当这位善良的女人得陇望蜀地要我用法文教科书来学习地理的时候，我的小脑筋就坚决地反抗了。她就减少这种有益的知识的分量，减到半页，再减到四分之一页，五行，一行……然而都没有用。我对着书本，眼睛里噙着眼泪，这实验的结果，我竟连并列的两个词都记不牢了……

不久之后，我患了间日疟疾；病后我就转入“雷赫林斯基老爷”所办的一个大的学馆里，我的哥哥已经先在那里念书了。

这是我生活中一个重要的转折点……

在奥克拉舍夫斯卡雅的学馆里念书的都是小孩子，所以我在那边觉得自己是个小孩子。每天早上家里用车子送我上学，课毕之后，我坐着等候马车夫开车子来接我，或者女仆来领我。在雷赫林斯基的学馆里念书的不仅是小孩子，还有年纪很大的青年，他们有时竟会捻弄很像样的髭须了。他们之中有一部分人就在学馆[②]里念书，其余的人又进中学。因此我骄傲地感觉到，我初次变成了某个团体的一员。

接送了两三次之后，我熟悉了路头，母亲就允许我独自上学。

我清楚地记得那时候的初次独自出门。我左手拿着一束书和练习本，右手拿着一根防狗用的短短的鞭子。那时候我家已经从城中心迁居到郊区，我们的房屋的窗子朝着一片空地，这空地上常常有许多半野生的狗成群地跑着……我独自出门的时候有一种感觉，就好比猎人走进荒林时的感觉一样。我紧握着鞭子，机警地向各方面张望，以防危险。我看见一个犹太孩子跑向工艺学校里去；一个脸上很脏的鞋匠学徒赤脚走着，手里却拿着一只大靴子；一个大汉手里拿着鞭子，走在一辆载泥的车子旁边；还有一条野狗低着头跑过我身旁，——我似乎觉得他们都知道：我这个小孩子是母亲初次许可独自出门的，并且衣袋里还带着三个铜币（一个半戈比）的一大笔款子。我准备着抵抗犹太孩子和拿靴子的孩子的侵犯。只是那个大汉，我认为要抢劫我是很容易的，而那条狗可能是疯狗……然而大汉和狗都没有注意我。

我终于走到了学馆的大门口，站定了……我之所以站定，只是为了要延长充满我全身的那种特别快适而骄傲的感觉。我可以像浮

---

① 尤里安-乌尔辛·涅姆采维奇（1758—1841）是波兰的作家、诗人、政治家，是柯斯丘希科的战友。——原编者注

② 学馆是革命前俄罗斯的一种私办的教育机关，其中像学校一样教育儿童，同时又供给中学生作宿舍。——译者注

士德那样对这一分钟说："你真美呀：停留一下！"我回顾一下自己的还很短促的生涯，觉得我已经长得很大了，而且可说是已经在这世界上占有重要的地位，因为我能够独自跑过两条街和一个广场，全世界会承认我这种独立的权利了……

也许这瞬间中有一种特殊的东西，因为无论是那时候的内心感觉或外表细节都永远铭刻在我的记忆中。我心里仿佛有一个人正在从旁观察我这个站在大门口的孩子，倘用言语来传达这观察的结果，那么大致是这样：

"请看我！我就是有一天夜里抱在保姆手里看火烧的那个人；我就是在一个有月亮的晚上用拐杖敲打想象的贼的那个人；我就是烫痛了手指一回想起这件事就哭的那个人；我就是初次听到树林的喧噪声而呆若木鸡地站在林中的那个人；我就是不久以前由大人牵着手送到奥克拉舍夫斯卡雅那里去的人……而现在我竟能大胆地通过这么许多危险，走到了学馆的大门口，而且在这学馆里我已经有了'门徒'这个高贵的称号。"于是我望望四周和上面。四周是街道和房屋，上面是大门的旧横梁，横梁上有两只鸽子。一只安静地停着，另一只在横梁上走来走去，特别愉快而清楚地发出咕咕声。四周一切都清楚而愉快：房屋，街道，大门，尤其是高高的青天——天空中有白云慢慢地移行着，仿佛有人在那里轻轻地推它。

这一切都是我的，这一切都特别深刻地侵入我的心中，变成了我的财产。

我欢喜得几乎叫了出来，用力把书包一甩，就跨着和我的年龄不相称的大步走过了院子……我来到雷赫林斯基的学馆里，自己觉得仿佛是一个特别有名而重要的人物……然而我对于比我先进学馆的同学们，并不因此而失却崇高的敬仰，对老师们自不必说了……

在这学馆里谈不到实行新教育法。雷赫林斯基自己已经是一个上了年纪的人，拄着两根拐杖走路。他的头发剃得很短，头是方的；

面孔宽广而肥胖；两个肩膀由于经常拄在拐杖上，变得异常宽阔而耸起；因此他的全身显成方形，似乎很笨重[1]。有时候他坐在椅子里，把两只青筋暴露的手臂伸向前面，瞪出两只眼睛，用有力的声音叫喊："我要打断你们的骨头！……全身的骨头……"这时候我们这些小孩子就吓得魂不附体……但是这不是常有的事。这位善良的老人节省这种措施，只有万不得已时才用到它。

这里的语言教学法很特别：我在进学馆的第一天就知道，我必须一天说法国话，一天说德国话。我既不会说法国话，也不会说德国话；我一开始说波兰话，我的脖子上就出现了一根绳子，绳子上挂着一根相当粗的戒尺。这戒尺的形状好像一把狭窄的铲子，上面写着法文"la règle"（戒尺），另一面写着波兰文"dla bicia"（罚打）。吃早饭的时候，全体学生坐了五六桌，雷赫林斯基自己坐在中央一桌上，别的桌上坐着他的妻子、女儿和教师们，这时候雷赫林斯基用法国话问：

"戒尺在谁身上？"

"去吧！去吧！"同学们说着，就推我去。

我胆怯地走近中央一桌，把戒尺呈上去。

雷赫林斯基是我母亲的一个远亲，常常到我家来，跟父亲下棋，对我总是非常亲切。但是这时候他一声不响地拿起戒尺，命令我伸出手来，手掌向上，然后……过了一瞬间，我的手掌上就留下一个打红的痕迹……我小时候是神经质而爱哭的，但是身体上疼痛的时候我不大哭；这一次我也不哭，而且竟不免骄傲地想：瞧，我已经像真正的学生一样给"打手心"了……

"好，"雷赫林斯基说，"你再把戒尺拿去，去给别人。喂，你们

---

① 瓦连青·雷赫林斯基的外貌的某些特点曾经被用以描写《盲音乐家》中马克西姆舅父的形象。——原编者注

这些顽皮家伙，教教这个小孩子：拿了这戒尺去应该怎么办。要不然他就一辈子挂着了。”

的确，我把戒尺挂在身上，却不懂得应该先把它藏起来，然后把它挂到偶尔讲波兰话或俄国话的人的脖子上去……这办法有些近于鼓励暗探行为，但是照这学馆的惯例，它已经变成了一种特殊的滑稽游戏。学生们高兴地把戒尺挂来挂去，而拿了戒尺走近桌子去的人，也勇敢地接受重重的一下手心。

但是在其他一切事件上，任何暗探行为和互相告发完全是不能忍受的。凡是有一个新生去申诉或告发的时候，雷赫林斯基立刻叫出那个犯错误的人来，严格地审讯他。如果这告发是正确的，就执行惩罚：用那根戒尺来打，或者罚跪。但是在执行惩罚的时候，告发者也必须在场。有时雷赫林斯基问他：

“喂，怎么样？现在你开心了吗？”

大家都觉得，凡是有人告发一个同学，这同学所受的惩罚往往比他的过失更重。大群学生同情地看那个受罚者，而轻蔑地看那个告发者。过后有好些时候大家用山羊叫似的声音来嘲笑那个告发者，并且称呼他为“山羊”……

一般说来，这学馆里有一种特殊的风气，这一切我都很喜欢，除了数学教师巴希科夫斯基老爷以外。

这个人大约三十多岁，个子很高，身材瘦削，可是体格强壮，相貌非常漂亮。然而我那时候还不大会赏识大家公认的他的美。他那双像鸟眼睛一般又大又圆的眼睛，他那个像鹰喙一般隆起而尖锐的鼻子，我觉得都讨厌极了。他的髭须很长，是染过的，两端像线一样细；手上留着指甲，洗刷得很清洁……他的指甲很长，而且头上都是尖的……总之他这个人养尊处优，华丽奢侈，衣冠楚楚；他穿着花背心，手上戴着戒指，身上挂着有坠子的链条，在他周围散布出香油、衣浆和浓烈的烟草的气味。上课的时候，他有时用一种骨器来剔指甲，有时热心地用他的瘦长而被烟气熏黄了的手指尖来整理髭须……据说他正在找求一个富裕的情人，并且已经遭逢了好几次失败；就在这期间，我被注定着跟这“美男子”学习数学的基本知识……

这件事立刻不正常起来。我觉得这个高个子的人对身材矮小的孩子怀着不能遏制的轻视；而我和另一个同学苏林却是全学馆中身材最矮小的。我们两人不知怎的都不能从巴希科夫斯基那里学会什么，既不能学会一个“法则”，尤其不能学会一个“验算”……

巴希科夫斯基老爷的教授法是特殊的：他往往搂着一个孩子的腰，把他拉到身旁，和蔼地把左手放在他的头上。这小孩子立刻觉得有五个像针一般尖锐的指甲碰到他的短发的头皮上，数学的智慧显然是必须通过这五个指甲钻进头脑里去的。

“喂，好孩子，你懂了吗？”

在他那双凸出的大眼睛里（谁能认为这双眼睛是美的呢！）开始发出一种绿油油的闪光。我的全部注意力集中在头顶的五根“针”上了，我就低声地回答：

“懂了。”

“你讲讲看。”

我就胡乱地讲了一些。五个尖锐的指甲越来越紧地抓进我的头皮里去，我的最后一点理解力也消失了……只剩下那双讨厌的眼睛里的绿油油的闪光和头上的热辣辣的五点。此外一无所有……

“苏林，你讲给他听！”于是苏林也开始演出同样的一套。

他也把我们两人一同叫到黑板旁边去。我们顺从着命运走过去，踮起脚尖在黑板上写了一些，互相解说了几句。苏林的圆面孔上的那双温良的眼睛带着一种毫无根据的希望盯住我看，以为我会懂得什么的；我也带着同样的希望向他看。同学们都愁闷地默不作声。巴希科夫斯基得意洋洋，然而他眼睛里的闪光越来越凶恶了。他突然挺身而起，于是就有一种意外的发作降临到我们的头上。他往往从一张床铺上抓起一个大枕头，准确地向我们打过来，把我们两人打倒在地。然后他跑遍公共寝室，把所有的枕头都收集拢来堆在我们的倒楣的身子上，黑板旁边就出现了一个枕头山。

“你气闷吗？”和善的苏林问我。

“我不气闷。你呢？”

“没有什么，还可以……”

我们听见巴希科夫斯基的叫声越来越模糊了，我们准备就这样躺着直到下课。然而不久这些枕头又一个一个地各自飞回到床里去，我们的活埋就此平安无事地告终，我们又复活过来迎接新的灾难了。

有一次这个阎罗王走近我来，抓住了我的衣领，用他那只有力的手把我提到空中。

“哪里？……哪里有钉子？”他用喉头挤出来的声音说，他那双凸出的眼睛就向墙壁上扫射。

“我要把这个坏蛋挂起来！”

墙上没有钉子。于是他叫喊：

“把窗子打开！”

窗子就打开了。巴希科夫斯基面对窗子站着，开始把我的身体像钟摆一样甩来甩去，一面配合这动作的拍子而念着：

我要把你这个坏蛋
丢进捷捷列夫河里……

这是我生活中鲜明的瞬息之一。巴希科夫斯基拿来威吓我的那条河，在窗子里是望不见的；但是可以想见山的缺口那面有一个斜坡，远处还有峭立的对岸……窗外这些风景摇荡着，闪现在我的悲哀的目光面前；这时候巴希科夫斯基又用一种特别残酷而放肆的口吻来描写以后的情况，他说：母亲等候儿子……儿子不回来。她派马车夫菲里普去找。菲里普就来找少爷。少爷躺在河里，两只脚向着河岸。头浸在水里，两个鼻孔里……有两只龙虾！……我一面在空中摇荡，一面听他说；我同情这个可怜的孩子……我设想那两只龙虾的实际情况，尤其觉得可怕……

这些强烈而非常多样的感觉，变成了我和算术之间的一种牢不可破的障碍物。甚至过了若干时，巴希科夫斯基被解职（或许是他找到了情人）之后，我还是确信我只有在上帝的特别恩惠之下才能懂得除法验算，而这种恩惠我是生来就无分的……

其余的功课我都学得很好，我做一切都不须特别费力；我对这时期的回忆的主要背景是：蓬勃发展的生活的欢喜、热闹而和谐的友谊、虽然严格而并不难以遵守的校规、新鲜空气中的奔跑、高飞的皮球。

这教育制度中的最优点，是对导师们的一种特别亲近而几近于友谊的感情。上课的时候常常很肃静，只有在各个房间里讲课的教师们的声音传遍了整个学馆。然而这些青年教师也到宽广的空地上去参加我们玩皮球，或者在冬天参加击木块和打雪仗的游戏。这时候我们对老师们完全不必让步或宽容。我们可以照样用力地用皮球去打他们；把水淋淋的雪球打到导师兼法文教师许格涅特先生的脸上，也被认为是完全许可的一件乐事……

许格涅特是一个灵敏活泼的、多血质的年轻法国人，性情愉快而特别急躁。凡是他的指示，我们都绝对听从；我们很喜欢他当值，因为那时候特别愉快热闹。他也很高兴和我们在一起；洗澡的时候，每次都由他陪我们去……

我们去洗澡的时候，必须经过圣女广场的大片空地，这广场通向一所古老的圣女修道院。这修道院里有一个孤女收容所。每次当我们这群人兴高采烈地经过这地方到捷捷列夫河去洗澡或者回来的时候，总是看见许多孤女戴着完全遮住脸部的、长而白的浆硬的风帽，规规矩矩、肃静无声地排成行列在广场上兜圈子……行列前面和后面走着监督的修道尼；有一个老妇人，大概是修道院的院长，坐在凳子上织袜子或者数念珠，她不时地望望正在散步的孤女的行列，宛如老母鸡望它的一群小鸡一样。

走过这广场之后，我们就兴高采烈地跑下长满千金榆的斜坡，于是捷捷列夫河岸上就响彻了我们的叫喊声和泼水声，河里麇集着许多沉浮出没的孩子的身体。

这时候许格涅特先生脱了衣服坐在沙岸的斜坡上，用心注视着我们所有的人，有时鼓励学习游泳的小孩子，有时制止年纪较大的孩子的过分淘气。后来他命令所有的人都走出水来，这时候他自己才跳到水里。跳进水的时候，他从岸上翻几个姿势绝妙的斤斗，喷几口水，然后鼓动四肢，顺着河流向远处游去了。

有一次，当他还坐在岸上的时候，他捉弄我的哥哥和小雷赫林斯基，他们两人是最后走出水来的。岸上没有凳子，要穿靴子的时候，必须一只脚跳着，把另一只脚伸进河里去洗。许格涅特先生这一天闹得特别厉害，他们两人刚刚走出水来，他就向他们撒一把沙。他们只得再爬到水里去洗。他把这恶戏反复了好几次，同时哈哈大笑地嘲弄他们，终于使他们不得不抓住了靴子和衬衣向两旁远远地逃开去。

这一场恶戏结束之后，许格涅特先生自己逍遥自在地跳进水里去，开始像鸭子一般潜水并游泳。后来他十分气喘而疲倦了，就走上岸来；他刚要穿衬衫的时候，那两个孩子也来向他撒沙了。

许格涅特笑起来，又爬进水里去；可是后来他走出水来，刚刚走近衣服，他们就又撒沙子了。

他装出 la bonne mine[①]，可是他的脸涨红了。他站定了，简截

---

① 法语，和颜悦色。——原注

地说：

“Assez！[①] ……”

说过之后他重新穿衬衫，但是两个顽皮孩子中的一个抑制不住，又向他撒了一把沙子。

这个法国人勃然大怒。那件浆硬的衬衫飞落在沙地上；他的脸色发紫，眼睛凶狠起来了。两个顽皮孩子知道闹得太过分，就惊慌地顺着山路逃上去；许格涅特光着身子去追赶，不久这三个人就都从我们的视野中消失了。

以后所发生的事，在那阴森的修道院里一定被当作一种魔鬼作怪的事件而长久地讨论。她们首先看见山的缺口地方闪现出两个惊慌的学生，这两个学生冲过正在散步的孤女的队伍，就向修道院的菜园中间的大路飞奔而去。这两个飞奔的人所引起的一场混乱刚刚安静下来，山口突然闪出一个情急气喘而完全裸体的许格涅特。前面还望得见两个逃跑的人，这发狂的法国人就也冲过广场去……那些吃惊的修道尼划着十字，念着祈祷，连忙把她们的孤女集成一堆，像赶一群小鸡似的赶进修道院去；许格涅特向远处奔跑去了……

两个孩子在修道院的大菜园里茂密的豌豆和扁豆丛中躲藏起来。许格涅特追到栅栏旁边，方才相信再追过去是徒劳的了。同时他就像亚当犯罪之后一样，发现自己裸着身子，觉得羞耻了。两块园地之间一片广阔的空地的中央，通向园地的路径的旁边，正好有一丛美丽如画的树木，树根上繁茂地长着许多嫩枝。这可怜的法国人就躲进这里面，探出头来等待着，希望他的学生们会想到替他拿衣服来。

但是我们没有想到。这位裸体导师的突然失踪，使我们觉得为难。我们想不到他会跑得这么远；我们一边等他，一边向河里丢石

---

① 法语，够了！——原注

子，在河岸上跑来跑去……

修道院的广场上也完全安静了，生活开始进入常轨。几个年老的修道尼出现在宽广的台阶上，她们看见魔鬼作怪的痕迹全都没有了，就决定来完成这散步运动。过了几分钟，戴白风帽的孤女的行列又由庄严的圣勃利吉塔尼僧团[①]员伴着，规规矩矩地在那里兜圈子了。拿着念珠的老妇人也在她的凳子上坐得很安稳了。

这时候太阳已经西斜。那个可怜的法国人在树丛中白白地等候，不耐烦起来；他看见没有人来救他，就突然决心冒一次险：他从他的隐蔽所里跳出来，又不顾死活地冲向河边去……正当我们上山去探察的时候，忽然那个法国人在女人们的神经质的叫喊和全体的骚乱声中像暴风雨一般从我们旁边闪过，他无暇选择路径，就穿过丛林奔跑下去了。

当我们回到学馆里的时候，两个闯祸的人已经先在那里，他们惊慌地探问许格涅特在哪里，又问我们看见他神色怎么样。这法国人在快要喝晚茶的时候回来了；他的眼色很愉快，但是板起面孔。晚上，我们照例大家并坐在长桌子旁边，捂住了耳朵大声地念书。这时候声音嘈杂得不可名状，许格涅特先生严肃而干练地在桌子中间走来走去视察，防止有人淘气。

直到夜里，大家就寝而灯火熄了的时候，许格涅特所睡的“舍监床”里突然发出笑声。他坐在床上捧腹大笑，几乎滚倒在床里……

我在这学馆里求学的最后一个时期中，这个善良的法国人不知怎的不见了。据说他到某地方去应试了。后来我在中学三年级的时候，有一次学年刚开始，我突然在一个狭小的走廊上碰见一个人，这人极像许格涅特，不过已经穿着蓝色的教师制服。我和另一个也

① 圣勃利吉塔尼僧团建立于十九世纪中叶，是一个反动组织。——译者注

是从雷赫林斯基学馆转入中学的同学一起走着，我们两人都很欢喜地向这个老朋友迎上去。

“许格涅特先生！……许格涅特先生！……”

这人站定了，一本正经地把我们打量一下。我们两人狼狈而胆怯了。

“啊？……怎么？有什么事？”他问，又用冷淡的眼光向我们一瞥，这新教师就摆动着手里的一本点名册，头也不回地从走廊上跑远去了。

“不是他？”我的同学问我。可是后来我们知道这位新教师的姓氏确是许格涅特，但是这里已经是中学，是官立学校，所以愉快的许格涅特在这里也变得带官腔了。

又有一次我们在街上碰到了。我的心跳得很厉害。我以为许格涅特在中学里才严肃而倨傲，现在在街上，他一定又会像一个愉快的老朋友一般照旧和我说笑。我走近他的时候，脱下制帽，怀着期待和希望向他看看。我相信他已经认出我了。可是他的眼光在我脸上一扫，冷淡地向我点点头，就眯着眼睛转过头去了。我的心剧烈地紧缩起来，我仿佛失去了一个亲近的人……

我在雷赫林斯基学馆里念了一年书，有了很大的变化和发展。我回想起第一次独自出门的情况来，已经觉得很奇怪。我现在已经十分熟悉那块空地、所有的草丛、附近的街道和胡同、到河边去的路……

有一天晚上，母亲因为忙碌，忘记派人来接我了。我不愿意留在学馆里过夜。独自步行回家觉得可怕，但同时又觉得有一种诱惑力。我决心回去，就把书本捆扎好，走出公共寝室，这时候同学们已经就寝了。

“来接你了吗？”导师问我。

“来接我了。”我回答了一声，就像避免诱惑似的匆忙地跑到台阶上，走到院子里。

那时候是秋天，下过一场雪，然而差不多已经在白天完全融化了；只剩下几堆残雪，在有几处黑暗中隐约发白。乌云在天空中推移，院子里伸手不见五指。

我走出大门，心惊肉跳地走向那片黑暗的空地，仿佛走到海里去一样。我一边走去，一边回顾学馆的明亮的窗子，这些窗子越来越远，越来越小。我觉得在能够清楚地看见这些窗子的期间，我还在安全地带……但是后来我走到了空地的中心，那里横着一条深壕，也不知是标示这城的旧界的沟渠还是溪谷。

我觉得我在这里离开学馆和离开家里一样远近，家里的灯火已经在前面潮湿的黑暗中闪闪发光了。

忽然在我后面稍偏右的地方传来强烈而尖锐的啸声，我听到了就本能地蹲伏在地上。前面左方传来回答的哨声，我立刻猜想到这是两个人正在面对面走到一个地方去相会，这地方也是我所必须经过的。在黑暗中仿佛已经看得出模糊的人影，听得见沉重的脚步声。我迅速地俯伏在地上，爬进深壕里……

这时候又传来第三次哨声，立刻有三个人会集在空地上离开我的隐避处几丈远之处。我的心怦怦地跳起来，我生怕这三个陌生人由于这心跳声而发见了我……他们离开我那么近，我从深壕里望去，竟可以在朦胧的天空的背景上看出他们的模糊的侧影。他们谈了些话，声音轻得使人怀疑……后来他们走向空地的远处去了，我就差不多一口气跑到了家里……我的幼稚的心中又充满了一种欢乐的情绪，我觉得这“大概一定”是真正的贼了，这样看来，我已经体验过——并且十分勇敢地体验过——真正的危险了。

这恐怕是确实的，因为在我们这个荒凉地带几乎没有一夜不发生抢劫和偷窃的事件。我家的百叶窗一到晚上总是紧紧地锁闭。夜间，尤其是父亲因公出门了的时候，我们家里常常发生惊慌。

那时候大家起床，女人们手里拿着拨火棍和铁叉站在窗子旁边。等到完全肃静之后，就可清楚地听见有人在外面悄悄地试探：窗闩有没有忘记插上，是否还有百叶窗可以撬开。这时候女人们就在里面敲打窗框并且叫喊。在她们的声音里可以听出一种极度的恐怖。

11
第一出戏剧

我平生第一次看到的戏剧是一出波兰戏，并且是充满着民族历史的浪漫思想的。

在以前的几篇笔记中，读者已经可以知道我们的家庭不能称为纯粹俄罗斯的。我们住在沃伦省，即德聂伯河右岸的小俄罗斯地区，这地区比别的地方更长久地受波兰管辖。叶列米亚·维希涅威茨基公爵①的铁臂达到这地方比别处都近。在维希涅威茨、波隆奈、柯列茨、奥斯特罗格、杜布诺，以及沃伦省的一般城市甚至某些村镇里，现在还到处都有波兰巨头的城堡和修道院的废墟……这些建筑物的墙壁坍塌了，残缺的地方长着茂密的常春藤，这些常春藤还继续在那里侵蚀古旧的石块……村庄里的地主和城市里的中产阶级都是波兰人，或者至少都是讲波兰话的人。在乡村里通行着一种特殊的小俄罗斯方言，这种方言同时受到俄罗斯话和波兰话的影响。官吏（少数人）和军人都讲俄罗斯话……

同时也有三种信仰（犹太教不在内）：天主教、正教和这两者之间的合同派②，后者最为式微而受压迫。波兰人在当时把合同派认

---

① 叶列米亚·维希涅威茨基公爵（1612—1651）是波兰的巨头，鲍格丹·赫美尔茨基的敌人，是天主教的热心的传播者。——原编者注

② 同时信奉正教和天主教的一派。——译者注

为是最低级的信仰：从乌克兰来的哥萨克人和“盖达玛克人”[1] 曾经屠杀合同派的信徒，后来俄罗斯人又排斥他们，迫害他们……因此，这种由于懦弱的妥协而产生的宗教在几代人的心中扎根以后，变成了一种受迫害的宗教而要求它的承继者具有忠诚和自我牺牲的精神。我记得一个合同派的僧侣，他是一个高个子的老人，长着一脸灰白色的大胡子，他的头不住地颤动，手里拿着一根很粗的飞锡。他向我父亲深深地鞠躬，一只手碰到地，然后向他诉说了一些话，这时候他的灰白色的长须不绝地颤抖，脸上老泪纵横。他讲了些我所听不懂的话，讲到他所不愿意出卖的上帝，又讲到他们的祖先的信仰。当这老人要俯伏到地上去的时候，我的父亲带着显著的恭敬态度扶他起来，并且答应尽力替他帮忙。老人走了之后，父亲沉思地在房间里徘徊了很久，后来站定了，说出一句格言来：

“世间有一种正当的信仰……可是没有人能够知道这是哪一种信仰。祖先遗教必须遵从，即使为此忍受苦痛[2]……”

至于“沙皇和法律”关于这件事有什么表示，他这一次没有谈到；大概他认为他们和这问题是无关的。

我的母亲是天主教徒。在我童年的初期，我们家里通行波兰话，但同时我还听到两种语言：俄罗斯话和小俄罗斯话。我学第一篇祈祷词的时候用波兰话和斯拉夫话，但是常常念错，念成小俄罗斯话腔调。纯粹的俄罗斯话我是从姑母们那里听来的[3]，但是她们难得到我家来。

大概在我七岁的时候，有一次父亲和母亲在戏院里订了一个包

---

① “盖达玛克人”是十八世纪时期乌克兰的哥萨克起义者，他们为了反抗波兰统治而起义。——译者注

② 关于这一段插话，柯罗连科记录在《祖先遗教》这篇文章中（见《俄罗斯纪事》，1916 年，第九期）。——原编者注

③ 在阿法纳西·雅科夫列维奇·柯罗连科的履历表里，注明他只有一个女儿亚历山德拉和两个儿子——加拉克齐昂和尼克托波列昂。——原编者注

厢，母亲吩咐给我穿得漂亮些。我不知道是怎么一回事，只看见哥哥很生气，为了他们不带他去而带我去。

“他会在那里打瞌睡的！……他懂得什么呢？这个傻瓜！”他对母亲说。

“这倒是真的。”大人们中有人这样附和，但是我向他们保证不打瞌睡；终于大家坐在马车里开走了，这时候我觉得很幸福。

我的确没有打瞌睡。城里有一个石造的戏院，这一次一个波兰剧团把它租赁了。这剧团演出一出历史剧，剧本的作者是我所不知道的，剧名是“乌尔苏拉”，又名“西吉兹蒙德三世”……

我们走进包厢的时候，第一幕已经开场，我立刻目不转睛地望着舞台……

戏剧的内容我不大懂得。所演出的是关于西吉兹蒙德三世[①]时代宫廷中的阴谋事件，其中心人物是一个高级私娼乌尔苏拉。我记得这女人并不特别漂亮，我分明地看得出她的眼睛底下画着青色的眼圈，她脸上的粉搽得很难看，她的脖子枯瘦而青筋暴露。但是这一切在我竟全不觉得荒谬！乌尔苏拉是一个恶劣的女人，一个可爱的少女和一个漂亮的青年都为她受苦。这个下流的女阴谋家的相貌的难堪越发加深了我对她的憎恨……

舞台上绚幻灿烂，充满着靴距的叮当声和军刀的铿锵声，还有决斗、呼“万岁”、激烈的冲突和危机，——这一切都给了我强烈的印象。这出戏是好的还是不好的，我现在不能判断。我只知道剧中充满着特殊的色调，我一看就感觉到一种浪漫的历史气氛，这种气氛曾经生气蓬勃地显赫一时，然而已经退避到一个地方，也就是我亲眼看见那个最后的“老波兰人”测量师柯良诺夫斯基老爷所去的

① 西吉兹蒙德三世（1566—1632）在他的统治期间曾经发生波兰小贵族反对国王的暴动。——原编者注

地方。舞台上有一个年老的波兰贵族，身材高大，髭须雪白，他和柯良诺夫斯基非常相像，我竟好像觉得他是我的一个亲近的朋友。他所演的角色也跟他相称：他叙述永远消逝了的英勇的过去时代……他的声音里流露出深切的悲哀，我对他满怀热烈的同情……

我特别清楚地记得其中两三个场面。有一个身材高大而相貌阴险的坏蛋——乌尔苏拉的帮凶——差一点杀死了那个漂亮的青年，幸而那个像柯良诺夫斯基的老人（也许是别人，我记不清楚了）用拳头打落了他手里的军刀……明晃晃的军刀铿锵地掉在地上了。我吓得呼吸喘急起来，母亲弯下身子来对我说：

“不要怕……这不是真的……他们不过是装装样子。”

在另一幕里有兹包罗夫斯基兄弟两人，他们是哥萨克人的领导者，曾经为了国王和波兰的光荣而在鞑靼草原上作战，后来昏庸的西吉兹蒙德给他们一种不应得的侮辱，他们就在他的御座前面说了些激昂的话，结果每人都解下弯刀，表示不再用它，傲慢地把它丢在国王的脚边……这时候又发出铿锵的声音，群臣之中起了一阵恐慌和愤慨，两个庄严的哥萨克领袖骄傲地站在中央。我的童心受到感染，也燃烧起一种义侠、刚勇而无畏的情绪，虽然我还没有了解其意义……

这出戏的结局是国王逝世。他的富丽的龙床旁边聚集着军队的使者，要他委任王室的主将……这些风尘满面的、严肃的使者挤近国王身边去，为了祖国而要求他作出决定。垂死的国王的胸脯一起一伏，他痉挛地喘着气说：

“给他们委任……柯涅茨波尔斯基①……”

接着群臣就说：“国王驾崩！”大厅里响彻了热狂的叫声：“柯涅茨波尔斯基万岁！……”

---

① 斯塔尼斯拉夫·柯涅茨波尔斯基（1596—1646）是波兰主将。——原编者注

我不知道戏剧的作者在这最后的喊声里有否赋予双关的意义[①]，只觉得这喊声给整个戏剧蒙上了一阵特别悲哀的烟雾，直到现在我还能在心目中通过这悲哀的烟雾而看到这戏剧……我母亲的祖国的过去，曾经是辉煌、繁华而令人神往的，现在已经轰轰烈烈地放出了光荣的最后反照而永远消逝了。

这戏剧像烈酒一般在我脑海中灌注了一种浪漫的陶醉性。我把这出戏讲给哥哥弟弟和妹妹听了，使他们也感染了我的热烈兴趣。我们做了几把木头的刀，又把褥单当作想象的斗篷。哥哥扮作国王，庄严地坐在一只铺花被的高椅子上，或者躺在灵床上；妹妹对这一切还一点也不懂得，我们叫她坐在哥哥的脚边，扮作那个恶婆娘乌尔苏拉；我和弟弟两人挥着木刀，轻蔑地把它们丢在地上，或者用粗野的声音叫喊：

"柯涅茨波尔斯基万岁！……"

这时候如果有人揭开我童年的心来鉴别我的民族性特征，他大概会这样确定：我是十八世纪波兰贵族的幼芽，是充满着豪侠气概、英勇性格、冒险精神以及杯光剑影的浪漫的旧波兰的一个公民。

他的判断大概是正确的……

此后不久，穿波兰服装的戏剧就被禁止；又过了些时候，波兰剧在我们这带地方有很久时间一概销声绝迹。然而过去时代的浪漫主义精神已经披挂着旧波兰的服装而盘踞在我的心里了。

12
波兰起义时期

大家都知道，波兰的起义是在一八六三年初爆发的。然而暗藏

① 柯涅茨波尔斯基（Конецпольский）的意义是"波兰的结局"。——译者注

的骚动和示威早就发生了。

大约在一八六〇年，有一次父亲办公回来，态度严肃而忧虑。他和母亲商谈了一会，就把我们召集拢来，对我们说：

“孩子们，大家听我说，你们是俄罗斯人，从今天起你们应该讲俄罗斯话。”

此后，我们的“波兰化”家庭里开始通用俄罗斯话了。我们实行这改革毫不费事，也许还觉得有趣，这件事使我们觉得有点新鲜，然而引起这种改革的原因，我们是不知道的。我们那里已经听到一种传闻，是关于华沙的某些事件的，后来又是关于维尔诺的某些事件的（维尔诺在一八六一年已经有过很严肃的示威运动）。然而这一切都发生在远地方，在不可知的、差不多抽象的世界里，我们对它并不关心。我们的世界里还是一向太平无事……

雷赫林斯基学馆里主要的语言是波兰话，然而我们同学之间其实毫无一点民族的敌意。雷赫林斯基能够长久地维持互相宽容的风气。我们的学馆里有几个纯粹的大俄罗斯人，其中有苏哈诺夫兄弟两人，哥哥常常考第一……有一次，这个人——也许是另一个俄罗斯学生——发生了这样的一件事：有一个年轻的波兰人知道这个俄罗斯同学昨天受圣餐，就嘲笑正教的仪式。他用纸做了一个像杯子的东西，在它上面装腔作势了一番，最后吐一口唾液在这里面。这俄罗斯人忍耐了一会儿，但是后来伸出手来，把那个侮辱他的人打了一个耳光，打得很响，整个礼堂里都听见，雷赫林斯基也听到了。他知道了这情形，就叫两个人过来，当全体学生面前问那个波兰人：

“假使他也这样地嘲笑天主教圣餐，那你怎么办呢？”

这波兰人狼狈起来，可是后来低下头说：

“我要打他。”

“喏，所以他打你。去，你还得罚跪。”

这孩子满面通红地跪在屋角里了，而且跪得很长久。我们猜测到雷赫林斯基老先生对我们的期待。我们商量了一番之后，选出一个以苏哈诺夫为首的代表团，去请求饶赦这个犯过失的人。雷赫林斯基用严肃的态度接见了代表团，然后拄着拐杖走进礼堂里。他坐在他通常惯坐的地方了，命令犯过失的人站起来，然后叫两个对敌的人互相握手。

“好，现在事情结束了，”他说，“大家忘记了这件事吧。可是如果，”他突然凶暴地瞪出一双眼睛，把那双指头短而叉开的、青筋暴露的手伸向前面，继续说，“如果我再听到有人敢嘲笑别人的信仰……我要打断你们的骨头……全身的骨头……”

于是我们又亲睦地过日子，全不注意到民族的界限……

这期间远地方发生的事件日益炽盛，热烈的气息像阵头风一般从那里传到我们这里。我们所听到的关于华沙和维尔诺的事端、关于某些人“牺牲”的消息，越来越多了；然而大人们还是竭力希望“不要当孩子们面前谈这种事”……

有一次，父亲和母亲在雷赫林斯基家里坐到很夜深。后来我瞌睡蒙眬地听见院子里响出我们的马车声。过了一会，我由于一种特殊的感觉而完全醒过来了：父亲和母亲都还穿着衣服站在卧室里，正在热烈地争论一件事，他们显然忘记了夜深，又忘记了孩子们睡着。他们的谈话大致是这样：

“无论如何……”母亲说，“你总得同意，因为本来是有的，而且在尼古拉时代还是有的……记得这件事的人还活着呢……”

“嗯，那又怎么样，”父亲反驳道，“从前有，现在没有了。亚历山大时代是有的，尼古拉把它剥夺了……当初不该暴动[①]……”

“可是请你自己判断……难道这是正当的吗？”

“病人请教庸医！什么叫做正当，什么叫做不正当……没有人来

---

① 波兰自从1830—1831年起义以后，就被剥夺了1815年的宪法。——原编者注

问你。你们宣过誓的，还有什么话说！”

“不，听我说……”

“不，你听我说。”

“咳，让我说话呀……”

我从来没有听见他们之间有这样热烈的争论，况且在这样夜深的时候；我吃惊之余，就在床里坐起来。他们看见了我这个意想不到的听者，就都来对我讲话。

“喏，喏，让孩子说吧。”母亲说。

“好，让他说。孩子，你听我说：假定你答应母亲永远听她的话……那么你是不是应该履行这句诺言？……”

“应该。”我十分确信地回答。

“慢来，”母亲插嘴说，“现在你听我讲。你看，你身边有一件新衣服（我身边的确有一件新衣服，是我就寝的时候仔细地折叠起来放在椅子上的）。如果有一个不相识的人从外面进来把它抢了去……你要夺回来吗？……”

“我要夺回来，”我更加确信地回答。

“病人请教庸医！”父亲觉得我这审判官偏袒了对方，就愤怒地说，“他才不会还给你呢！如果他气力比你大……”

“喏，你瞧，你瞧……”母亲激烈地抢着说……“气力大就可以夺。你听这种话！你听见吗？”

“嘿，胡说！”父亲眼见得自己更理缺了，就冒起火来，“那么，如果是你自动给他的呢？……如果你答应过以后永不收回呢？难道后来可以嚷着‘还我’吗？……”

“给他的，给他的！”母亲悲哀地打断了他的话……“喂，你说：难道是你自动给他的吗？你想，要是一把刀架在脖子上……”

这时候小妹妹在梦中哭起来。他们这才想起吵醒了她，就停止争论，互相很不满意。父亲满面通红，态度激昂，拄着拐杖走进自己的房间里去了；母亲把妹妹抱在膝上，开始抚慰她。她的脸上流着眼泪……

我吃惊于这种从来未有的光景，很久睡不着……我觉得这场争论并非为了私人意见。他们吵了一次架，但是母亲的哭泣并非为了个人受屈，却是为了一种从前曾经有过而现在没有了的东西：为了她的祖国——那里曾经有戴冠冕的国王，有大将军，有华丽的服装，有兹包罗夫斯基兄弟所说的一种不可解而令人神往的“意志”，有桑道米尔的福玛念过书的学校……现在这些全都没有了。父亲的族人把它们夺了去。因为他们气力大母亲哭泣，因为这是不正当的……是欺侮他们……

下一天早晨我最初想起的是一件重要的事情。是关于新衣服的吗？……不，它像昨天一样放在原来的地方。但是有许多别的东西不在原来的地方了。我心中长出了一些新问题和新情绪的萌芽，像针刺一般。

“要出事了”这句话又以新的形式出现了……空气照旧在紧张起来。我们所认识的夫人们和小姐们现在都穿上了黑色的丧服。警察就开始追究：他们把穿黑衣服的，尤其是戴标记（心、锚和十字架）的参加示威游行的女人抓进警察局里去，并且记录她们的姓氏。另一方面，淡色的衣服被人洒镪水，在教堂里被人用小刀割破……教士们热情地说教。

一八六一年九月，城里发生了惊人的意外事件。早上，在市中心的广场上，在贝纳金僧团的天主堂旁边，在围着短篱的空地上，赶集的群众看见一个巨大的黑色的十字架，大家很惊奇；这十字架的角上镶着缟素的边，套着一个鲜花编成的花环，上面写着：“纪念华沙被难的波兰人”。这十字架有一丈多高，立在警察岗亭的旁边。

这消息风驰电掣般地传遍全城。民众汇集到十字架出现的地方来。当局无可奈何，只得把这十字架拔起来，搬到警察局里。

城里哄传着一个消息，说这十字架被关进牢狱里了。警察局门口整天聚集着成群结队的民众。妇女们在天主堂里集会，不放警察局长进来；到了下午，一群妇女全体穿着重孝，向省长公馆蜂拥前进。基辅街上省长公馆的小平屋被包围了。父亲坐着马车经过公馆门口，看见这一群妇女和那个白发的老警察局长，他站在台阶的踏步上，正在劝告她们散去。

军队开到了。这群人到傍晚还没有散去，薄暮的时候才被赶走了……这件事使城里的人感到一种爆发的印象。据说被迫害的妇女莽撞地冲进人家的院子里和大门里去，逃进店铺里去。而“十字架被捕入警察局”这件事，竟也唤起了正教徒居民的愤慨，因为他们和天主教徒向来是供奉共同的圣物的……

从这时候起，爱国热情和示威运动像洪水一般泛滥起来。城里鼓声喧天，变成了战时状态。有一天，我们这胡同里驻了一队兵。他们挨户搜查武器。我家也不例外：父亲床头的壁毡上挂着一把老式的土耳其手枪和一把弯刀。这两件东西也被搜了去……这是我第一次看到挨户搜查。这种方式我觉得严肃可怕。

这种种情况加强了群众的愤慨，当然也影响到儿童的心头……可是我当时既非俄罗斯人，又非波兰人，或者更正确地说，又是俄罗斯人，又是波兰人，因此这些影响波及我的心头，就像在狂风中飞驰的乱云的影子一般。

有一次母亲带我到天主堂里去。我以前常常跟父亲到正教堂里去，有时也跟母亲到天主堂里去。这一次我和母亲站在旁边的副祭坛上，祭器坛的附近。教堂里肃静无声，大家似乎在等待什么……一个脸色苍白，眼光热烈的青年神甫大声昂奋地用天主文喊了几声……以后，可怕的肃静笼罩了这贝纳金僧团的拉丁堂的哥特式穹隆，在这静默中响出了爱国歌的声音：“Bożе，coś Polske przez tak długiɵ wieki ...”①

在挤满人的殿堂的各个地方，起初轻轻地、参差不齐地响出几个个别的声音，这些声音像小溪一般渐渐地汇合起来……歌声越来越近，越来越强，越来越响，越来越和谐，终于在教堂的穹隆下面怒涛一般地响出了谐调的千人大合唱，而在高处，在合唱声上面，轰鸣着管风琴的沉着的咆哮声……母亲跪着，用手帕遮住了脸而哭泣。

把全体群众联合在一股像海一般广阔的狂涛中的这种号泣声，在我心中引起了极强烈的印象。我觉得有一种东西把我抓住了提高到空中，把我摇荡着，向我展示许多奇怪的幻影……

“哥萨克人来了。”附近有人这样说。这句话被用清楚的絮语声传向远处，突然受到阻绝，沉没在声音的海里了。然而这句话使我的热狂的想象力所产生的模糊的幻觉获得了确定的内容。

……哥萨克人来了！他们闯进了天主堂。神甫站在祭坛的高处，他的脚边跪着许多妇女，其中有我的母亲。哥萨克人站成一排，举枪瞄准了……但是在这时候有一个小孩子挺身跃出在祭坛的踏步上，解开他的上衣，露出胸脯来，大声地说：

“你们打死我吧……我是正教徒，可是我不愿意让人家侮辱我母亲的信仰……”

哥萨克人开枪了……烟气、火光、响声……我倒下去……我被打死了，可是……多么幸福：后来大家来握我的手，男男女女的波兰人都说：“这是法官的儿子，他的母亲是波兰人。他真是一个高贵的少年。”……

“这孩子说得对……”俄罗斯的绅士们也说，“在天主堂里不可

---

① 这是无名氏诗人所作的歌曲的第一行，这歌曲在 1863 年波兰起义的时期特别流行。这第一行的意思是“上帝，数百年来你的威严和荣誉的光芒笼罩着波兰”。——原编者注

以开枪，不可以侮辱别人的信仰……”

……

早年的阅读，看波兰戏剧，以及炽烈的爱国热情气氛中逐次发生的许多事件，——这一切显然已经把我造成了一个幼年的浪漫家。如果一切都像戏剧一样演出，这就是说，哥萨克人先对着神甫排成了一行，神甫庄严地站着，手里拿着圣杯，脚边拥着一群妇女，然后大家等我出场表演，那么我很可能会完成我的节目。然而真实生活是粗暴而紊乱的，因此在这纷纭杂沓的扰攘中，我更可能会胆怯起来，像最胆怯的市井小儿一样……

父亲知道了这次“示威运动”，很不满意。过了几天，他对母亲说：

“警察局长对我说，你的名字也被登记了……”

“叫我怎么办呢?”母亲说，“我自己并没有唱，而且也不知道要唱这歌……”

“假使你知道呢?”父亲问。

“那么……我不会带孩子去，”她回答，“我自己总不能不到天主堂里去呀。”

后来她一直采取这样的态度：她不参加热情的爱国者和“伪圣人”的骚动，但是照旧到天主堂里去，并不顾虑到有否被人注意。父亲为了她，同时又为了自己的地位而焦灼不安，然而他是一个真正的教徒，所以他承认别的宗教信仰的权利……

城里过来了一队兵。有一次传来消息，说巴什基里亚人要到我们这里来了……据说这些人很野蛮，波兰话和俄罗斯话都一句也不懂，只是喋喋地讲自己的话，并且要打人……这引起了近于迷信的恐怖。过了几天，果然街上经过一队奇怪的骑兵，他们都骑着小马，戴着尖顶帽，衣服上都镶着毛茸茸的羊皮边。他们的颧骨很高，眼睛很小，骑马姿势特别怪异。有一个人看见一群好奇的旁观者，而且其中有女人，他突然把马扭转头来，挥一下鞭子。人群中发出神经质的叫声，然而这个巴什基里亚人的黝黑的脸上露一露雪白的牙齿，他就走过去了；接着别的巴什基里亚人也在灰尘中鼓着马蹄走过，他们也笑了。我觉得奇怪：他们笑起来跟普通人一样；我又想象这些脸色黝黑的野蛮人的袭击，觉得可怕。

他们经过城里，走出西关，向波兰的方面去了；据说在波兰“已经流血”。而我们城里又来了其他的兵队……

我们的马厩里也来了三四匹哥萨克马。哥萨克人自己也住在这些马旁边；厨房里和仓房里安顿着步兵……人们对付这些租客不很客气；房东和住户都跟“宿营员”长久地争论，不愿意让出房间来，并且到某处去控诉。可是我们小孩子不久就和他们熟悉了。哥萨克人有时让我们坐在马上，带我们到河边去饮马。兵士们谦虚地让我们用布片和白粉来替他们擦制服上的钮扣；他们从连队的厨房里用提锅拿来的淡薄的菜汤，我们觉得滋味特别好。

我特别清楚地记得一个兵。这人已经年老，脸上都是皱纹，髭须灰白而刚硬，左耳朵上戴着一个耳环。他的态度冷淡而严肃。他是住在仓房里的，他把各种“军用品”挂在钉上、把枪仔细地安放在墙角里之后，就把肩膀靠在门框上，长久地、默默地、认真地看我和邻家的孩子们在院子里用木枪来玩“演习”的游戏。过了一会，他不耐烦当旁观者了，就走到我们的阵地上，拿起“枪”来，开始教我们真正的操法，他的动作清楚而有弹性，使我们吃惊。他做每一个动作的时候，似乎身体里面总有一些弹簧在那里振动而发出声音。

“我教会了你们这些波兰鬼子，你们会暴动，把我也打死。”最后他半开玩笑半愤怒地说。

过了一些时候，我们和他的关系搞得很好了。夏天的傍晚，我们和阿法纳西在他的行军床上一同消磨许多时光，后来他的床上充满了军用品的皮革气味和兵士吃的菜汤的酸味。最后他的连队开到某县城里去追击起义的兵队了。跟他分别的时候，我们觉得很不愉快，而这个老兵士显然也很不自在。为尼古拉的长期服务已经剥夺了他的终生，断绝了他的一切家庭关系，宿营地的暂时的依恋也使这个老兵士的心得到安慰……

哥萨克人中特别突出在我的记忆中的，是一个头发黑色而鬈曲的下士。他的脸上有麻点，然而这并不妨碍他的真正美男子的声望。他能够完全不需准备、像变戏法一般飞跃上马；我们看他这种表演，最为饶有趣味。有时他喝醉了，就两眼闪闪发光，喊得满院子都听见：

“嗨，你们这些波兰鬼子！你们暴动有什么用！你们等着，总有一天顿河会搅翻莫斯科母亲……搅得惊天动地……不像你们那样。”

他紧握拳头，把它高举在头上摇晃着，仿佛拳头里面已经握住了莫斯科母亲。我们的朋友——那个老兵士阿法纳西——带着责备的神气摇摇头说：

“哥萨克人都是狂徒，都是盗贼：一有机会，他们就要转念头。他们的差使也跟我们不同……是轻便差使……我们犯了事要‘穿棍阵’[①]，他们却没有什么。长官抽一下鞭子就完事了。而且打他也并不是为了偷窃。意思是说：不该让人知道！”

哥萨克兵士们听了阿法纳西这番严肃的话，只是笑笑。

有一次这个黑发美男子闯了一点祸，他们就来抓他。这时候他已经完全喝醉，他挣脱了同僚们的手，跳上他那匹没有解鞍的马，奔出院子去了。他在鞍子上摇晃得很厉害，似乎就要掉在石板路上，跌得粉身碎骨的样子。但是我们跑出大门去一看，他已经远远地奔向街道的尽头了。他像鸟一般飞向基辅关，追的人隔着一段距离在

---

① “穿棍阵”是军队里的一种刑罚：两排兵士每人手里都拿棍子，犯过失的人必须从这中间走过，这时候每个兵士都用棍子打他一下。——译者注

他后面奔跑。到了第二天早上，他又若无其事，仔细地洗刷着他那匹快马，跟那些追不上他的同僚互相揶揄起来了。

我们这带地方也有起义的党人出现了。城市生活的上面悬挂着一种不祥的阴影。我们时常听到相识的青年人中有人失踪——“到森林里”去了。波兰姑娘们常常讥讽地问那些逗留着的人：“你还在这里吗？”雷赫林斯基学馆里也有几个青年到森林里去……

有一次午饭的时候母亲对父亲说：

“斯塔西克回来了。他们叫我们今天晚上去。”

父亲吃惊地向她看看，后来问：

“三个人都回来了？”

“是的，三个人都回来了，”母亲带着沉默的悲哀回答。

“你们这些人都发疯了！”父亲愤怒地搁下羹匙说，“都发疯了，连年纪大的也这样！……”

原来这是雷赫林斯基家的三个儿子[①]，是基辅大学的学生，他们要去参加起义，现在来向家里人告别，并请求祝福。一个是医科毕业班学生，另一个似乎是三年级学生。最小的一个叫做斯塔西克，今年十八岁，去年刚刚从中学毕业。这是一个脸色红润、眼睛乌黑而有光彩的活泼的孩子，大家都喜欢他。

他们三个人在亲友之间度过了这个黄昏之后，就跪下来，老夫妇替他们祝福，夜里他们就动身了……

---

① 雷赫林斯基家的三个儿子，第一个叫做费里克斯·瓦连青诺维奇，是医科学生，波兰起义的参加者。他在被流放的路上，由于受伤而死在克拉斯诺雅尔斯克附近的驿站上。第二个叫做克萨威利·瓦连青诺维奇，他为了参加起义而被流放到涅尔琴斯克去服苦役。七十年代末，他获得了还乡的权利。他死于1904年。第三个叫做斯塔尼斯拉夫·瓦连青诺维奇（柯罗连科家里的人称他为斯塔西克。——译者注），他为了参加起义而被流放出去，和别的波兰人一同在涅尔琴斯克地区（亚历山大工厂）服苦役；后来尼·加·车尔尼雪夫斯基也被送到这地方来。当斯塔尼斯拉夫于1881年和柯罗连科在雅库茨克相见的时候，他把自己关于车尔尼雪夫斯基的回忆讲给柯罗连科听（关于这一节，见《我的同时代人的故事》第三卷《斯塔西克·雷赫林斯基及其回忆》一章）。他于1904年死在雅库茨克。——原编者注

“要是换了我，我要把这个斯塔西克打一顿，关起来。”第二天父亲愤怒地说。

“连孩子们也都为祖国去作战了，”母亲沉思地说，她的眼睛里噙着眼泪，“会发生什么事吧?”

“发生什么事呢?还不是像捉小鸡一样统统给捉去，”父亲悲哀地回答，“你们都发疯了……”

在最初一个时期，波兰人的情绪都很高涨而兴奋。他们谈到胜利，谈到沃伦省队伍的首领鲁瑞茨基[①]，又谈到拿破仑将派兵来援助。学馆里的波兰学生传说着这些新闻，这都是雷赫林斯基家的独生女玛蕾娘给他们带来的。她那双像斯塔西克一样的大眼睛里闪耀着欢喜的兴奋。我也相信波兰人这一切都会成功，然而它们在我心中所唤起的感情是很复杂的。

有一天夜里我做了一个清楚而苦痛的梦。事情仿佛是从玩“波兰人和俄罗斯人”的游戏开始的，这游戏在那时候代替了我们其他一切游戏。我们玩的时候。通常不依照民族来划分队伍，却由抽签来划分，因此俄罗斯人往往参加在波兰方面，而波兰人往往参加在俄罗斯方面。我这次在梦中参加哪一方面，现在已经记不起了；我只记得这游戏立刻变成了真的战争。有一片广阔的原野，其中蜿蜒地流着一条小河，河岸上长着芦苇。有的地方在起火，有的地方有戴尖顶帽的骑士在烟尘中奔驰，有的地方发出枪声，风把白烟吹走，仿佛兵士的射击场上一般。有人追我，我逃走了，躲在河的峭岸底下……

忽然发现躲着的并不是我，却是一排俄罗斯兵。他们恐怖而可怜地躲在峭岸下的芦苇后面，水没到膝盖上。在所有的人的前面，

---

① 艾德蒙德·鲁瑞茨基曾经当过参谋总部的上校。他从高加索被迁调到日托米尔之后，就参加波兰起义的准备工作。1863 年 4 月，鲁瑞茨基在沃伦省的一个小地方波隆奈召集了一大队起义的兵士。1863 年 5 月，鲁瑞茨基的兵队为俄罗斯军所击溃。——原编者注

最靠近我的地方，站着那个老头儿阿法纳西，他头上戴着没有帽檐的圆帽子，左耳朵上戴着一个耳环。他用庄重而略带严肃的、责备的眼光向我看看，我的心就由于痛苦和恐怖而紧缩了。在那边广阔的原野上，得胜的波兰人在烟气中奔驰着……忽然峭岸上面出现了骑着马的斯塔西克·雷赫林斯基……他那双愉快的黑眼睛炯炯发光，嘴上露出孩子气的热情的微笑。我屏住气息等待着，我觉得世界上没有比这可爱的青年更可怕的了，因为他马上就会发现躲在芦苇里的阿法纳西和兵士们……况且这些人我现在觉得很亲近，我像对亲人一样替他们担忧。我醒来的时候满身大汗，心头笃笃地跳，我想："这是因为他们是俄罗斯人，而我也是俄罗斯人。"但是我想错了。这只是因为他们都是人……不久我的同情心就转移方向了。

过了两三个星期之后，传来了关于基辅附近的一些小冲突的消息。这是一些很可怜的企图，立刻就被哥萨克兵和农民所消弭了。雷赫林斯基家里笼罩着苦闷的恐慌。有一次我们正在玛蕾娘的房间里上课（她是教小学生法语的），有人来叫她到她父亲的书房里去。她回来的时候满面通红，眼睛里带着泪痕，想继续上课。但是她突然跳起来，扑到自己的床铺上，号啕大哭了……我连忙去拿水来，可是她用手推开杯子，号啕着说：

"走开，大家走开……我什么都不要。"

不久学馆里的人都知道：她的三个兄弟曾经参加这次小接触，都被俘了去。大的一个被哥萨克兵的长枪刺伤了脖子……

老雷赫林斯基照旧出来吃早饭和午饭，照旧问"Qui a la règle?"[①] 照旧执行裁判和惩戒。他的妻子也照旧认真地料理繁冗的家务；玛蕾娘和我们上课的时候，也不再放任自己的感情；他们全家都骄傲地忍受自己的痛苦，等待着命运的新的打击。

---

① 法语，戒尺在谁身上？——原注

起义没有一处成功，拿破仑也不来，连波兰的农民们也勉强地参加这种骚动了；而别的地方在残酷地镇压起义的波兰地主。

有一次我看到一列载俘虏的车子。在载谷束用的、有高栏杆的长货车上，成群地坐着起义者，其中有几个人头上扎着绷带，手上束着吊腕带。受伤者的脸都很苍白。有一个人的绷带上透出血迹来。前面坐着几个农人，在那里赶马；还有几个押送的农人骑着马在两旁跑。城里大多数人都同情俘虏。年轻的女仆们朝着那些昂然地骑在驽马上的胜利者吐唾沫，而他们却嘲笑地抖动着额发，歪斜地掀起他们的羊皮帽子。

设在狭窄的丘德诺夫街上的监狱，不久就装满了这些囚犯；为了收容那些仅属“嫌疑的”和“罪证未确定的”囚犯，又租借了私人的房子。

开始举行“胜利庆祝会”，并执行惩罚。

有一次，一辆雇用的双马篷车开到我家门口，车子里面走出一个青年军官来，要找父亲。他穿着一套崭新的蓝军服，上面触目地显出白色的肩章。他每跨一步路，靴距发出轻微悦耳的叮当声。

“多么漂亮。”我的小妹妹说。我和弟弟也很喜欢他。但是母亲看见了他，不知为什么突然惊慌起来，连忙跑进书房去……父亲走到客堂里来的时候，这个漂亮的军官站在一幅画前面，这幅画上用油画颜料极粗率地画着一个大胡子的波兰人，这人穿着红色的上衣，腰里挂着一把军刀，手里拿着大将军的权标。

这军官鞠一个躬，靴距发出声响，然后他指着这幅画问：

“是玛捷巴①吗？”

---

① 伊凡·斯捷潘诺维奇·玛捷巴（1644—1709）是乌克兰的主将。在北方战争时期，当卡尔十二世的瑞典军队侵犯乌克兰领土的时候，他公开地背叛了彼得一世，投向瑞典人方面去了。波尔塔瓦战役（1709）之后，他跟卡尔一同逃到土耳其。——原编者注

“不，这是约尔凯夫斯基[1]。”父亲回答。

“啊——”军官拖长了声音说，仿佛表示他对玛捷巴和约尔凯夫斯基是同样地不赞许的；然后他和父亲一同到书房里去了。过了一刻钟，两个人一同走出来，坐在马车里了。母亲和阿姨们小心而恐怖地从窗子里窥视这两个离去的人。她们似乎怕父亲被逮捕了……我们觉得很奇怪，这样衣冠楚楚而漂亮可爱的人怎么会引起恐怖呢……

晚上父亲讲给我们听，说当他们的马车经过监狱的时候，那些起义者从窗子里望出来看见了，也以为是“逮捕法官”，就大声地骂这宪兵……

原来父亲是为了职务的关系去参加委员会；这个靴距发出轻快悦耳的声音的美貌的军官，正是委员会里最残暴的委员之一。和地方上有关系的其他官吏比较和善。

有一次，父亲开会回来，告诉母亲，说有一个“嫌疑犯”在会议开始之前跑来，把一封刚才收到的信丢在桌子上，绝望地说：

“我不再替自己申辩了。听凭你们怎么办吧……我的儿子去参军，被打死了……”

那时候宪兵和检察官还没有来。父亲看看其他的委员，把信交还给这个老人，打着官腔对他说：

“会议还没有开始；至于私人间的谈话，在这里是不适宜的。”

过了几分钟，宪兵进来了，然而那个老人已经控制了自己，把信藏过了。他个人的事件平安无事地结束了，他的家业免去了充公和破产。

---

① 斯塔尼斯拉夫·约尔凯夫斯基（1547—1620）是波兰的主将。当哥萨克人在纳里淮科和洛包达的率领下在乌克兰发动起义的时候，他严厉地镇压（1596）他们。1610 年他率领波兰武装干涉者的军队侵入俄罗斯。——原编者注

我们城里处死刑的人，如果我不记错的话，共有三个人。所谓绞刑宪兵[①]和在俄罗斯当军官而参加起义的人，都被判处死刑。

我只记得其中一个人。这个被处死刑的人曾经当过军官，他的姓氏仿佛是斯特罗诺夫斯基[②]。他很年轻，相貌又漂亮，是新近结婚的，他的前途光辉灿烂。他是在战地上被捉住的，这便是“法律昭彰”……我不知道父亲有没有在判决书上和其他的人一同签字，但知道对于这人的事件没有一个人感到一点悲哀。情形却相反，斯特罗诺夫斯基被判决之后，请求父亲在他处死刑之前去访问他一次。在这次见面的时候，他委托了父亲一些事，又托他向他的年轻的妻子转达最后的致意。同时他又不胜痛恨地批评他以前的军队：据说当时他主张退却了，他们却喧嚷着要求战斗；但是当树林里路上的障碍物前面出现了拿镰刀的农人和哥萨克人的时候，他的军队就“逃之夭夭”，他就被捉住了……他临死的时候怀着悲愤和遗憾，然而态度刚勇而骄傲。

当时起义的波兰贵族青年所怀抱的浪漫主义，是一种不良的军事思想。他们憧憬于已经死亡的过去和生活的阴影，而不是受到真实生活的鼓励……农民和哥萨克人的粗暴乏味的袭击，毫无一点美丽的战斗景象……而可怜的斯特罗诺夫斯基为了信仰这历史的浪漫主义，就牺牲了性命……

这是六月或七月里的晴朗的一天。从早晨起，大家就都知道，基辅关外的空地上，屠宰场的附近，已经立了一个黑柱子，掘了一个坑，因此在这一天一切都显得异乎寻常，悲哀而庄重，苦痛而严肃。正午时光，明爽的空中传来一声沉重、清晰而短促的轰响，仿

---

① 绞刑宪兵是领导波兰起义的秘密中央委员会所发的命令的执行者。委员会所认为反对起义的人，由他们去逮捕并处死刑。——原编者注

② 这人显然不是斯特罗诺夫斯基，而是彼得·霍诺夫斯基——参谋总部的军官。霍诺夫斯基曾经参加1863年波兰起义的准备工作。——原编者注

佛一团结实的东西撞进耳朵里来……随着这一声，在这明朗的日子里似乎闪现出什么东西来，好比云朵在电光里闪现出来一样……天上并没有云朵，也没有电光，只有太阳照耀着……然而还是有一种东西闪现出来，在一刹那间，明朗的白昼后面透露出一种神秘而隐晦的、平时所看不见的东西。

在这一瞬间，我们大家都显然地觉得有一个人的生命不存在了……后来据人们说，斯特罗诺夫斯基要求不包住他的眼睛，不绑住他的手。据说他这要求被答应了。又说他自己命令兵士们开枪……这时候他的母亲正在城的那一端的朋友家里。当这一声轰响传到她耳朵里的时候，她就像被砍伐一般突然跌倒了……

再说一遍：我到现在也还不知道，这是父亲在军事审判委员会的判决书上签字的呢，还是仅由军人组织的战地法庭判决的。没有人讲起这件事，也没有人重视这件事。“法律昭彰”……

13
我是什么人？

起义平息了。人们不再谈战争，而谈到屠杀和捉人了。据说农民们把捉来的波兰贵族活埋在地里，又说在日托米尔附近也有一个活埋的坟墓，哥萨克人趁里面的人还没有死的时候把它掘开来……

在波兰人之间，失望代替了热情，而民主主义似乎代替了对于“历史波兰”的辉煌和豪华的浪漫的幻想。青年们不再唱夸耀的“Jeszcze Polska nie zginęła”① 或 “Grzmią pod Stoczkiem harmaty”②，却唱起一首凄惨的民主主义歌曲来：

---

① 波兰语，波兰尚未灭亡。——原注

② 波兰语，斯托契克城郊大炮隆隆响。——原注

啊，贵族、王侯和教士们，向你们致敬，

多少同胞为祖国流血而牺牲……

那时候，有一位作家亚历山大·格罗扎[①]常常来访问父亲，这人在当时的波兰文学界上略有些声望。他曾经和一个叫做巴交尔科夫斯基的人合办一个印刷所，这印刷所被充公了。那时候时局还平静，因此印刷物就堆在父亲的屋子里，我贪婪地阅读它们。记得其中有《杨·赫利左斯托姆·巴塞克[②]年鉴》以及格罗扎的某些作品。有好几天晚上，他在我们家里朗读自己新作的诗体剧，如果我没有记错的话，这剧本的题名是"波彼尔"。剧本里所讲的是平民对骑士们和波彼尔公爵的斗争。像传说里一样，这个凶暴的公爵后来被老鼠吃掉，而平民们就把一个叫做比亚斯特的农人推戴在王位上了。关于这剧本，我说不出任何优点，但是在我的记忆中保留着这剧的几个场面和大体情调——农民们的纯朴善良和贵族骑士们的骄傲自大的对照。父亲很用心地倾听朗读，等格罗扎读完之后，他悲哀地说：

"我多么羡慕你……诗人过着特殊的生活……他能够神遨于和我们的苦难日子相去很远的别的时代……"

这是我第一次听到的关于诗的总评，而格罗扎（身材矮胖，面貌大方而平凡）则是我第一次看见的"活诗人"……现在人们已经完全忘记了这个诗人，然而他的作品在当时是真正的文学，我也兴味津津地倾听他的朗读。他读的时候非常兴奋，有时我觉得这个矮胖的人变了样子，变成了另一个魁梧、漂亮而富有趣味的人……

那时候，我第一次看到的俄罗斯文学只有《西南俄罗斯及西俄

---

① 亚历山大·格罗扎（1807—1875）是波兰作家。——原编者注

② 杨·赫利左斯托姆·巴塞克（死于1705年左右）是波兰小贵族，在十七世纪后半期曾经参加过几次战争。他是1656年到1688年之间的纪事作者。——原编者注

罗斯通报》[1]，这通报是戈沃尔斯基为了宣传俄罗斯化而刊印的。官吏们必须订阅这杂志，因此父亲的书房里的这种“通报”堆积如山；然而它的读者恐怕只有我和哥哥两人，而且我们也不是特别热心的读者。就内容而言，这杂志的态度非常偏向。所有的俄罗斯人都被描写成具有美德的英雄人物；而在波兰人中，只有背叛同胞的人才被描写为好人……这一切都使人读后感到乏味和故意撒谎。

这种文学显然全无吸引力和说服力。在生活中，一方面是雷赫林斯基家的凄惨的悲剧和斯特罗诺夫斯基的死刑，另一方面是那个身穿军装的残忍的宪兵的漂亮姿态……因此我想，如果有人能够揭开我的心来，那么他大概会看到，即使在我的生活的这个时期，在我心中占有较大的比重的，还是从我母亲的祖国的语言、文学和一般文化影响所得来的那些感情、思想和印象。

那么我究竟是什么人呢？……这个伤脑筋的、或竟是不能解决的问题，在我的脆弱的心中成了一个小小的思想斗争的中心……

那时候和我一同在学馆里念书的，有一个波兰人叫做库恰尔斯基。这是一个瘦长的男孩子，略微有点驼背，胸脯狭小，脸上有些麻点（我现在回想起来，那时候脸上有这种病态的人，一般地说来比现在多得多）。他虽然驼背而且脸上有麻点，然而具有一种天生的、特殊的优雅；他那双细小的、略带悲哀的、然而很活泼的黑眼睛，在有麻点的眼睑底下发出特别动人而温良的眼光。他的一切都使我喜欢：他的衣服整洁而又适合于他的瘦削的身材；他的步态似乎有点笨拙，然而很文雅；他的笑容很温和；他在喧哗吵闹的大群学生中显得特别沉着；他在黑板上回答问题之后，用白手帕来揩揩

---

① 《西南俄罗斯及西俄罗斯通报》是极端保守派的杂志，从 1862 年 6 月 1 日起在基辅按月发行；从 1864 年 9 月到 1871 年期间，曾经用《西俄罗斯通报》的名称在维尔诺发行。——原编者注

自己的纤细的手指，样子也很可爱。我立刻就在别的同学中间注意到他，我们像小学生一样渐渐熟悉起来，这就是说：互相帮些小忙，互相供给钢笔尖和铅笔，在课余的时候离开了其他的同学，两个人在一起散步，并且互相谈到不愿意对别人讲的许多话。有时我对他看，窥伺他的温和而沉思的微笑，也觉得愉快……至于他是波兰人而我是俄罗斯人这一点，完全没有使我们之间的儿童友谊蒙上一点阴影。

起义开始的时候，我们照旧互相亲近。他深信波兰人一定会胜利，旧波兰一定会恢复从前辉煌灿烂的旧观。有一次有一个俄罗斯学生当他面前说：俄罗斯是欧洲最大的国家。我那时候还没有知道祖国具有这个特点，我就立刻和库恰尔斯基走到地图面前，去检验这句话是否正确。我现在还记得库恰尔斯基看过地图之后说话时的坚决的信心，他说：

“这是俄罗斯地图。这是不正确的。”

有一次，我把我那个梦讲给这个朋友听，说我在梦中非常担心俄罗斯兵士和阿法纳西的命运。

“你不相信梦吗?”他问。

“不相信，”我回答，“父亲说，这是没有道理的，梦不会实现的。我也是这么想。我每天晚上做梦……”

“我却相信，”他回答，“你这个梦的意思就是说，我们一定胜利。”

不久证明了我的梦并不是这个意思，我就注意到库恰尔斯基开始回避我了。这使我感到很痛苦，况且我觉得我并没有一点对不起他……不但如此，现在他那种沉思的悲哀更加使我觉得可爱了。有一次课间休息的时候，他离开了同学们独自走在一边，我走过去对他说：

“库恰尔斯基，我问你……你大概有什么不幸吧?”

他并不停步，只是用悲哀的眼睛对我看看，回答说：

“是的，很大的不幸……”

“为什么你不告诉我？……为什么你避开我？……”

“唔……”他回答，“这跟你是不相干的……你是俄罗斯人。”

我感到委屈，就离开了他，觉得心头有些创伤。此后我每天晚上就寝和每天早上醒来的时候，总觉得库恰尔斯基的疏远使我不能了解，因而闷闷不乐。我的童心受到屈辱，使我感到痛苦。

学馆里还有一个同学，他对我的感情和我对库恰尔斯基的感情一样。他的姓氏我已经忘记，现在就叫他斯托茨基吧。他是一个身材矮小的男孩子，很伶俐，很顽皮，然而性情和善。我和库恰尔斯基散步的时候，他常常加入在内。现在他看出了我们的疏远，我就告诉他有一次我探问库恰尔斯基有什么不幸的时候他对我的回答。此后这孩子和库恰尔斯基散步了好几次，他抑制了自己的活泼，努力装出我那个旧友的沉着态度。终于他探得了他的意思，有一次散步的时候他对我说：

“他说你是俄罗斯人……你曾经在梦里哭，为了波兰人会战胜俄罗斯人；又说你……现在一定……很高兴……”

他又附带地说：显然是库恰尔斯基的亲近人之中有人被打死了，受了伤，或者被俘虏了……

这些话使我吃惊。这样看来，我失去一个好朋友，只是为了他是波兰人而我是俄罗斯人，又为了我想到阿法纳西和俄罗斯兵士会被打死的时候对他们表示同情。他怀疑我很高兴，因为现在波兰人失败了，雷赫林斯基家的费里克斯受伤了，斯塔西克被捉进牢监里，而且要到西伯利亚去了，——这种怀疑使我深深地感到委屈……我愤怒了，几乎哭起来……

“我并没有高兴，”我对斯托茨基说，“不过……既然这样……有什么办法呢。我原是俄罗斯人，他要怎么想，就让他怎么想吧……”

我不再试图接近库恰尔斯基。当我看见库恰尔斯基独自散步或者和新朋友们在一起的时候，无论我心中多么痛苦，我还是努力忍受，虽然我为了失却我的童心所需要的一种亲切可贵的慰藉而心中不免悲伤和烦闷。

然而这件事的情况忽然发生了新的变化：来了第三种民族，也向我提出了它自己的权利。

这是这样的一回事。我们有一个青年教师波兰贵族维索茨基进大学去了，或者是到外国去了。学馆里新请一个教师来替他，如果我没记错的话，他的姓氏是布特凯维奇。他是一个中等身材的青年，动作很活泼，有一双亲切愉快的黑眼睛。他的全部姿态具有我们所看不惯的许多特点。

首先引人注意的，是他的照哥萨克式那样下垂的、细长的连鬓髭须。他的头发剪成圆形。他穿着一件蓝色的哥萨克上衣，胸部袒开，里面露出绣着小俄罗斯纹样的衬衫，束着红饰带。在哥萨克上衣里面，蓝色的宽裤上束着一条彩色的腰带，裤脚管塞在上漆的软靴的靴统里。他一走进教室，就把他的灰色皮帽子丢在近旁的床上。他的哥萨克上衣的一颗钮扣上用一根彩色的细带子挂着一只皮烟袋……

上课开始的时候，他拿起点名册，大声地念学生的姓名。同时他问：“是波兰人?”“是俄罗斯人?”“是波兰人?”“是波兰人?”

后来他念到了我的姓名。

“是俄罗斯人。”我回答。

他抬起那双灵活的眼睛来向我一看，说：

“你说谎。”

我很狼狈，不知道回答什么；下课之后，布特凯维奇走近我来，把手按住我的头发，轻轻把我的头向后一推，又说：

“你不是俄罗斯人，是哥萨克人的子孙，是自由的哥萨克族……

你懂吗?”

“我，我懂的……”我回答，其实那时候我不大懂得，而且很发窘。可是“自由的哥萨克族”这个名称隐约地含有一种动人的意义。

“你等着，下次我带一本书来给你，你看了这本书，还可以懂得更多。”最后他这样说。

就在下一课上，布特凯维奇给我带来一本小册子，这好像是基辅出版的书。封面上有一个题目，如果我不记错的话，这是《丘普林纳和乔尔托符斯》[①]；扉页上画着一个死了的哥萨克人，这人头顶留着“额发”，嘴上长着浓密的髭须，张开两只强壮的手臂，躺在一个翻倒的大树桩上……

这故事里所写的是一个参加追击盖达玛克党人的哥萨克佣兵的叙述，这群党人是两个德聂伯河哥萨克人丘普林纳和乔尔托符斯所领导的。盖达玛克人袭击波兰，杀害贵族、犹太人和教士，烧毁贵族邸宅和城堡。波兰军队在哥萨克佣兵们的帮助之下把他们赶到了一个环绕着河流和泥沼的岛子上。盖达玛克人在那里作了防御工事，长久地抵抗。后来有一天夜里，那个哥萨克佣兵给波兰人指示了渡过泥沼的方法……第二天早晨，波兰军队袭击他们的防线，盖达玛克人拼命地自卫，然而终于全部覆没，最后，徒党的首领“丘普林纳和乔尔托符斯”也死在同胞哥萨克人的手里；扉页上所画的就是两个首领中的一人。这故事的结束是一个相应的教训：这个哥萨克佣兵开导他的同僚们，说他们跟同胞盖达玛克人作战是不应该的，因为盖达玛克人是为了争取自由才和波兰压迫者斗争的……

这本小册子对我并没有发生像布特凯维奇所预期的影响。这故事是一个哥萨克佣兵的叙述，但是我并不是哥萨克佣兵，而且不知

① 《丘普林纳和乔尔托符斯》——在《我的同时代人的故事》第一卷（1911 年《俄罗斯财富》再版本）的作者修改本中，柯罗连科在这地方作了一个注解，说库里希这本小册子的真正题名是《从查波罗什本营来的客人》。——原编者注

道什么叫做哥萨克佣兵。这故事的教训意义是说不应该歼灭盖达玛克人，而应该帮助他们。然而盖达玛克人现在早就没有了，波兰戏剧中能够引起我想象的明显的情景和形象也没有了。只有这篇全无趣味的故事，叙述着盖达玛克人来杀波兰贵族，而波兰贵族在“勇兵”[①] 的帮助之下歼灭了盖达玛克人……故事的叙述者自己附带说：盖达玛克人的行为是好的，而“勇兵”的行为是不好的；但是这两者与我都毫不相干。

布特凯维奇对我的启示似乎只产生了一种结果：我既然不是俄罗斯人，那么我的旧朋友库恰尔斯基就没有理由疏远我。这念头发生在我心里，然而一种委屈的骄傲不允许我首先自动提出和解。我的小朋友斯托茨基就替我去做这件事。有一次我和他在院子里散步的时候，碰到了库恰尔斯基，他照例独自走着。斯托茨基用他所习惯的猴子一般敏捷的动作抓住了他的手说：

“喂，库恰尔斯基，跟我们在一起吧。你要知道他不是俄罗斯人。布特凯维奇说他是小俄罗斯人。”

库恰尔斯基站定了一会，仿佛在踌躇，但是后来他的眼色中又照旧显出固执而悲哀的表情……

“那更坏了，”他慢慢地挣脱了自己的手，这样说，“他们把我们的人活埋在地里……”

这句简单的话打破了那个乌克兰教师的企图。后来布特凯维奇用乌克兰话对我讲“丘普林纳和乔尔托符斯”的时候，我低下头，红着脸，默默不语。

也许还有一种原因促使我表示这样的态度。我们家里的作风是很率直的。我从来没有听见父亲说话时有过一点做作的语气。母亲也是这样。大概因为这缘故，我们对于一切做作的话是很敏感的。

---

① “勇兵”是“佣兵”的讹称。——译者注

而这位新教师的整个姿态在我也许觉得很新奇，甚至很有趣味，但是……似乎有些不真实。无论城里人或乡下人，没有一个人穿他那样的服装。薄薄的哥萨克上衣，系着带子的烟袋，宽裤袋里的短烟斗，哥萨克式的连鬓髭须——这一切都好像不是真实的，不是天生的，不是自然的，而是故意的、造作的。他说话不像一般人那么单纯，而仿佛是在强调着：你们瞧，我讲乌克兰话。我觉得，如果我照他的要求也用乌克兰话（我的乌克兰话讲得很不好）来回答他，那么这一定也不是真实的，而是故意的，因此是“可耻”的。

我这态度似乎使布特凯维奇觉得有些懊恼。他把我的固执归结于“波兰化”，有一次他谈到我母亲的时候称她为“波兰婆娘”……这是他所能说的话里面最坏的一句。我一向很爱我的母亲，而现在我这种感情已经达到了崇拜的地步。我关于布特凯维奇的回忆就以这个小小的插话为止。

童年的幸福的特征——直观印象和勇往直前的明朗生活的激流——也不容许我长久停留在这些关于民族的回忆上……日子一天一天地过去，劝诱我做乌克兰人的企图并没有成功；我为这破裂的儿童友谊忍受了一场小小的痛苦，而我的“民族”问题，还是停留在不明确状态中……

这问题虽然无定形而不解决，却还是存在于我的意识的深处；到了夜里，当白昼的形形色色的印象静息了的时候，它就化作种种形象来支配我的梦境。

我特别清楚地记得这些梦之中的一个。

时候已经是清晨了。我在睡梦中听见母亲在隔壁房间里讲话，她叫人把百叶窗打开。女仆走进卧室来，拨开窗闩，然后走到院子里去开百叶窗。当房门“呀”的一声，女仆走出去之后，我又继续做尚未消散的晨梦。我在梦中看见自己变成了拿破仑。

我有了拿破仑的相貌，我穿着他的灰色礼服，戴着三角帽，挂着宝剑。我来到俄罗斯，为了要在这里做一件重要的事，并且必须保护某一个人……要做什么事，谁在等待我来保护——都模糊不清。在无定形的病态感觉的朦胧的云雾中，奔走着雷赫林斯基家的人、兵士阿法纳西、我的啼啼哭哭的母亲、斯特罗诺夫斯基的母亲……某处传来几下枪声、喊声和呻吟声……我在纷乱的惊慌和危险中很长久地走来走去，找寻我所需要的人，可是找不到。最后有人俘获了我，把我关进维尔街上的那所小屋子里，据传闻这就是有名的女郎普斯托沃托娃[①]——好比法国的起义者贞德[②]——被禁闭的地方。小屋里还很暗，但是百叶窗缝里射进白昼的明亮的光线来，门口有兵器的铿锵声。突然有许多兵闯进房间来。他们排成了一行。我面对他们站着，解开了我的衣服。突然枪声齐响，我胸口感觉到一下打击和一股温暖之气，发出射击的地方就闪出耀目的光线来……

我醒了。这时候百叶窗正好打开，太阳光射进房间里来，枪声原来就是百叶窗的铁闩落下去的声音。我竟不能相信：我这个包含找寻、失败、闯入等情节的长梦，能够全部容纳在女仆从外面开百叶窗时所需要的几秒钟之内……

我的心惊慌地跳动着，胸口还感觉到温暖和打击。这种感觉当然立刻就过去了。然而直到现在我还清楚地记得：我怀着多么纷乱的惊慌在梦中找寻我所需要的人；同时在我旁边，在混沌的梦境中，有人在哭泣，呻吟，挣扎……现在我觉得，这混沌是由三种“民族主义”结合而成，其中每一种都向我提出权利，要支配我这个无保障的心灵，并且要我执行仇视和压迫某种人的义务……

---

① 安娜·普斯托沃托娃（1838—1881）是俄罗斯陆军少将费奥菲尔·普斯托沃托夫和一个波兰女子所生的女儿。她曾经参加波兰起义。1863 年她当了起义领导者之一良格维奇的副官。——原编者注

② 贞德（1412—1431）是法国女英雄。——译者注

14
日托米尔中学

这是教育制度转变的时期。社会舆论上进行着关于“应否体罚儿童，应否教育民众”的讨论。基辅学区的督学是有名的皮罗果夫[①]。在这以前不久（一八五八年），他曾经发表许多关于教育的辉煌的论文，在这些论文中坚决地反对体罚[②]。杜勃罗留波夫[③]热烈地拥护这几篇论文，尤其是因为它们出自教育界的一位实际工作者的笔下。杜勃罗留波夫从这些论文作出结论，说在基辅学区体罚已经属于传说中的事了。然而这种希望显然是过早的。在下一年，一八五九年，皮罗果夫召开了一个“讨论会”，参加这讨论会的，除了督学及其助理之外，还有几个教授、中学校长和学监，以及几个优秀的教师。讨论会主张“逐渐改革”，主张保留体罚，只是规定了它的运用范围。皮罗果夫不但不坚持自己的意见，又为当时有名的《条例》提供了自己的理由；在这条例中，中学生所犯的各种过失都被仔细衡量过，分别项目，规定着各种程度的惩罚[④]。分项目的表格必须挂在墙上，犯过失的学生应当自己去找出他所犯的项目来。据说这样可以“促进纪律感的发展”。在必须受体罚的罪行之中，有一项是“宗教盲目信仰”。

---

① 尼古拉·伊凡诺维奇·皮罗果夫（1810—1881）是著名的学者、医生和教育家。——原编者注

② 这里所指的是皮罗果夫的论文《生活问题》，其中第一篇曾经于1856年（并非柯罗连科所说在1858年）登载在《大海集》第九期上。——原编者注

③ 尼古拉·亚历山大罗维奇·杜勃罗留波夫（1836—1861）是伟大的俄罗斯批评家、政论家、革命民主主义者。在《现代人》杂志上（1857年第五期），杜勃罗留波夫曾经用H. Л. 的笔名发表一篇论文《略谈教育》。在这篇论文中，杜勃罗留波夫拥护并发扬皮罗果夫在《生活问题》中所发表的论见。——原编者注

④《基辅学区中学生犯过及惩罚条例》登载在《教育杂志》1859年第十一期上。——原编者注

这办法是"理论和实践"的折衷，而且并无成效。这《条例》不能维持到数年之久。"时代精神"很快地驱除了体罚；但是在墨守教育旧规的地方，对体罚的原则性承认还是很配胃口的。杜勃罗留波夫针对着皮罗果夫写了一篇充满慨叹和讽刺的、激烈的论文①，用以对抗这《条例》的颁布。所有的报章杂志分成两个阵营：赞成杜勃罗留波夫的和反对杜勃罗留波夫的；而当时的"中庸自由主义"则赞成督学的主张，并且赞成逐渐改革，反对这位论者的急进要求。在这场争论中，日托米尔中学享有特殊的声望。原来在体罚的次数上，这中学远远地超过其他一切中学：在一八五八年内，六百个学生之中有三百九十个挨打。这数字是基辅第二中学的七倍，是基辅第一中学的三十五倍。诚实而守旧的教师们，以校长基钦科为首，在皮罗果夫的调查表中填上了这个动听的数字，他们显然没有预料到这数字所发生的效果。

我那时候年纪太小，不记得这一次论战在中学里发生了多少影响。中学里自有一种文学作品，大家都会背诵，是抄写在稿纸上或册子上传阅的。学生的文艺之神总是怀着讥讽的态度。我记得一篇很长的诗体文，写得似乎很不坏，其中有一段说，在日托米尔"人类教师"和"禽兽教师"不能共处。由于命运不可避免，恶魔会掠夺"人类教师"：

恶魔捉住了特罗菲莫夫，
还要捉陀勃拉萧夫……

这个无名氏作者这样说，他不惜笔墨来描写教育动物园里的教

① 即杜勃罗留波夫的论文《被体罚所毁灭的全俄罗斯的幻想》，该文用 Н-бов 的笔名登载在《现代人》杂志上（1860 年第一期）。——原编者注

师们。

但看这些充满感慨和怨恨的作品的调子，就可判断当时的学校激起了学生多么可嘉许的感情，它所培养出来的学生具有怎样的心情。

我更清楚地记得另一篇滑稽的“暗射”作品，这作品里展示着当时教育文学上的迫切问题。这就是“米纳传奇”。这篇传奇里说：“有一勇士，名曰普罗米修士①，此即学生贝维德。彼从天上盗火，此即从教室中偷书。天神宙斯②，此即校长基钦科，将彼锁于高加索峭壁上，此即罚坐于禁闭室中之凳上。猛禽鹞鹰，此即校工米纳，用铁喙，此即用鞭子，啄食其肝脏，此即打屁股。赫邱利③，此即贝维德之父，闻其号哭声……”

以后又用同样的笔调来描写一个斗争场面，这斗争是实际地发生在被罚者的父亲和学校当局之间的；学校当局的代表是喜欢施行体罚的基钦科、舍监茹拉夫斯基和米纳④。作者满怀着幸灾乐祸的心情来描写赫邱利的功勋和胜利，因为赫邱利释放了普罗米修士，使得宙斯大受损失。

在雷赫林斯基学馆里有许多中学生，因此我们大家早已看到过这种手抄的作品。我在一本册子里看到一篇无题诗，立刻把它记牢了，这篇无题诗开头的一句是这样：“我怀心事出教室”。这是杜勃罗留波夫的有名的《一个信仰新教的非基辅学区中学

---

① 普罗米修士是一个巨人，是古希腊神话中人物之一。据神话中说，普罗米修士从天上窃火，来教人类用火的方法。因此天神宙斯把他锁缚在高加索的山岩上，并且令受苦刑。每天有一只大鹞鹰飞来啄食这个违法的巨人的肝脏。——译者注

② 宙斯是希腊神话中的主神。他的名字的意思是“光明”。——译者注

③ 赫邱利是古希腊传说中最闻名的一个人物，这人气力很大，并且喜欢做善事。——译者注

④ 在这作品初发表的时候（《俄罗斯财富》1906年第五期）。米纳这名字后面括弧中写着“米尼赫”。——原编者注

生的思想》[1]。关于“路德[2]是天才还是骗子”的问题，这个可怜的中学生讲得过于随便，他由于“纪律感”，自己情愿挨打。

但此鞭打非平凡，
不似寻常打愚人；
此种鞭打甚体面，
皮罗果夫所承认。
希望为我开大会，
全体教师长争论，
只因评论及路德，
是否应该鞭我身……
……但愿督学领导者，
洞悉此中真情形；
使我躺在鞭笞下，
知他正为我伤心……

我们在学馆里念书的人，当然大家都希望进中学，因此我们早就关心到中学生从学校里带来的一切消息。我们都知道严厉的基钦科，知道几个老教师，知道舍监茹拉夫斯基，知道米纳——他的妻子在课间休息的时候请学生吃一个半戈比一件的上等点心，而他自己却请这几个学生在禁闭室里吃鞭子。虽然如此，我们还是企望着中学制服，这就好比年轻的战士为了功名而去同敌人作冒险的战

① 这是杜勃罗留波夫的一篇讽刺诗，其正确题名不是《……思想》，而是《……哀歌》，这诗篇最初刊载在《现代人》杂志1860年第三期《哨笛》栏第四号中。——原编者注

② 马丁·路德（1483—1546）是德国的宗教改革者。他严厉地批评天主教，并且和它断绝关系。他这种新的宗教运动在德国和斯堪的纳维亚诸国就被称为“路德宗”，又称“新教”。——译者注

斗……

终于在一八六三年六月底，我也穿上了有红领子和铜钮扣的制服，初次踏进中学的新校舍去上课了。

这回我上中学，绝不像以前进雷赫林斯基学馆时那样得意扬扬。我在入学考试之后患了疟疾，第一个学期差不多完全没有到校。这个巨大的“官立”学校里的生活，在我请假期间飞速地前进，因此我觉得自己很渺小，很可怜，预先就感到犯了一种过失了。所犯的过失就是：我生病，我什么也不知道，而且我很小，不像一个中学生……现在我毫无保障地去见基钦科和米纳，去体验严格的校风和受惩罚了……

我在一个嘈杂的大教室里觉得一切都陌生；可是其中有一个我所认识的旧生叫做舒莫维奇的，在我心中唤起一种特别困窘的感觉。这人年纪大约十八岁，肩膀宽阔，短小精悍，走起路来像一只小熊，目光严肃而略带阴郁。最近两三年来，他差不多每天经过我们院子门口上中学去。如果我或弟弟这时候偶然在路上碰到他，就被他的熊掌抓住，被他揉弄，捺鼻子，打耳朵，最后又被他拨转身去背向着他，用膝盖骨在背脊下面敏捷地推了开去，然后他从容地走远去了。我们每次远远地看见他来了，就躲进边门后面，然而等他经过之后，似乎有一种力量吸引我们出来。我们在他后面跑，并且叫喊：“舒莫维奇！舒莫维奇！”他回转身来，用严肃的眼光估量一下距离……

原来他在中学里待得很长久，当留级不得超过两年的学制发表的时候，他还在初级班里念书。这个勇士就变成了我的同学，我恐怖地想到，在最近一次课间休息中不知他要怎样对付我……但是他并不表示他还记得我们那种校外的关系。大概他自己对这些回忆很少感到兴趣……

我觉得自己仿佛是在森林里；第一堂课上一个年轻的博物教师

突然喊我的姓名的时候，我呆住了。我心中怦怦地跳动，我孤立无援地向左右张望。坐在我旁边的同学用肘推我一下说："去，到讲台上去。"接着他立刻大声地说：

"他没有准备。他生病。"

"生病，生病……""没有准备！"全班同学哄然齐声说。我看见有这样亲爱而团结的力量在支援我，略微觉得壮胆了。我走近讲台，站住了，低下了头。

"生病，生病，生病！……""生病……没有准备……"五十个声音在我背后哄然地齐声说着。

教师普列林原来并不可怕。这个美貌的、金发碧眼的青年问我知道些什么，我回答他说一点也不知道，他就邀我到他家里去。我回到了自己的座位上，他的亲切而认真的眼光驯服了我，使我振奋起来。

"这个不坏……是好人。"坐在我旁边的叫做克雷希塔诺维奇的同学对我说。

这时候教室门很快地敞开了。一个魁梧奇伟的人用坚定的、军人模样的步态走进教室来。"盖拉西明科校长。"邻座的同学胆怯地对我低声说。校长对教师略微打一个招呼，就翻开一本册子来，用断断续续的、狗叫一般的声音说：

"学期分数。大家听！阿勃拉莫维奇……巴兰多维奇……布雅尔斯基……瓦尔沙威尔……瓦尔沙夫斯基……"

他一连串地报出姓名、科目名称和分数来，仿佛是从袋里倒出来的。在这川流不息的报告中有时夹着短短的断语："嘉奖"，"会议决定谴责"……"警戒"，"顽劣，要受体罚"。他报过我的名字之后说："旷课太多……须用功"……他狗叫一般叫完了最后一句评语之后，就很快地收拢册子，很快地走了出去。

教室里响出一片特殊的喧噪声。后面有人哭起来。普列林脸色发红，仿佛有些狼狈，他弯下身子去看着记分册。我的邻座，那个穿窄小的制服的、很可爱的碧眼孩子，用肘推我一下，带着虽然略微担心却很自然的样子问我：

“喂……关于我他怎么说：‘警戒’还是‘顽劣，要受体罚’？”

“我没有注意到。”

“猪猡……你不担心同学的事吗？”

“可是你自己也没有注意到呀……”

“嗯，见他的鬼……像狗一样叫……”

“克雷希塔诺维奇怎么样？谁注意到？……”四周的人说，“好像是‘警戒’……”

“不是，是‘顽劣，要受体罚’……我听见的。”后面有人说。

“什么？”克雷希塔诺维奇回过头去问。

“不错的，老兄，不错的……”

我怀着同情向他看看，可是他满不在乎地摇一摇他那盖着浓密的金色额发的头，说：

“见它的鬼！你……预备补课吗？”

“不补怎么办呢？”我天真地问。

“你旷课太多。反正是赶不上的。要挨打……你看我现在完全不预备功课……我要去当电报员……”

普列林敲敲铅笔。话声静下去了……

在最近一次课间休息中，我不是自己走出去，而是一股怒潮一般的力量把我推到了院子里。我立刻像一块木片似的流转下去。我是新生。同学们都注意到这一点，他们就纷纷地来拧我，推我，打我的耳朵。打耳朵的时候必须发出像丢摔炮那样的声音，这在中学里有一个专用语叫做“吃摔炮”；有几个老学生这种技术非常高明。加之我的头发剪得很短，我的耳朵有点耸起。因此当我孤立无援地四顾彷徨的时候，我的头四周像机关枪一般噼噼啪啪地响着，直到我所认识的中学生奥尔善斯基勇猛地出来干涉了，方才停止。

奥尔善斯基是一个身躯魁梧而异常乐观的棒小伙子，他奋勇地冲将过来，立刻把我从这漩涡中拉出。他自己在这搏斗中的确也不无损失，甚至两次和敌人滚倒在草地上。后来他站起身来，向我叫喊：

“跟我跑！”

我们跑到了另一个院子里。一个瘦长个子追赶我，我逃开去，抓住了一棵小树。这棵树摇动了，发出格格的声音。追的人站定了，另一个人喊起来：“树木折断了，树木折断了！我要去告诉茹拉夫斯基！”

这时候台阶上响出钟声，所有的学生又照样迅速地冲进屋子里去。做我的保护者的奥尔善斯基牵住了我的手跑。我们跑到台阶旁边，看见一个身材矮小的校工正在打一只大钟；奥尔善斯基突然站定了，指着打钟的人对我说：

“这是米纳！”

有名的米纳原来是一个矮小结实的人，他的手臂像猴子一般长，他的脸是晒黑的，脸上异样地长着一丛颜色很淡的胡子。他的又长又直的鼻子仿佛淹没在像两片木柴一般厚实的淡白髭须中。他打好了钟，向我那个乐观的保护者看看，对他说：

“笑什么？……留心，奥尔善斯基，星期六快到了……功课大概又没有读熟吧？”

奥尔善斯基满不在乎地向这个严厉的米纳伸伸舌头，跑进走廊去了。上课之前，当大家已经坐在位置上的时候，舍监茹拉夫斯基走进教室来，他的眼睛东张西望，要找一个人，后来目光停留在我的身上，对我说：

“喂，新生，你下课以后不要走开。”

我很吃惊。同学们也都很注目。克雷希塔诺维奇拍一拍我的肩膀，对我说：

“好小子，新生！立刻吃鞭子……好极！”

我觉得自己丝毫没有犯过失，因此竟不感到恐怖。然而，我原来已经犯过失了。

“你折断了树木吗？”有一个不认识的学生从后面课桌上走过来问我。

“没有，我不过……把它弯了一下。”

“啊，对了。我听见东勃罗夫斯基向茹拉夫斯基告密……”

“折断了树木……可能挨打……”克雷希塔诺维奇又这样推测。

于是大家商量了一番。虽然皮罗果夫的惩罚表格中未必规定着折断树木一项，但是这所新建的中学里刚刚种植树木，因此毁伤树木被认为重大过失。然而大多数人的意见都袒护我，他们说：

“不得家长同意是不会打的。”

这还算是一种“缓和的”折衷办法，即征求家长的意见：体罚还是开除？关于奥尔善斯基、克雷希塔诺维奇和其他几个人，校方已经从家庭收到“听便”的通知，一切可以任意处置，不必再有其他的手续。

“东勃罗夫斯基这个人该教训教训他，”克雷希塔诺维奇说，“这已经不是第一次了。”

“对啊，是的……”另一个人胸有成竹地说。

放学之后，我和几个同学来到茹拉夫斯基那里。事情进行得很顺利。我的新同学们一致向他证明，说我还是新生，生病刚刚复元，而且树木并没有折断。在谈话的末了，不知不觉地又来了一群学生，他们似乎特别有意地出来向舍监辩解。茹拉夫斯基申斥了我一番，平安无事地放我走了。我们通过走廊的时候，看见东勃罗夫斯基从一个空教室里跳出来。他满面通红，眼睛里噙着眼泪。

克雷希塔诺维奇微笑着讲给我听，说这个人刚才吃过“刑罚”

了：放学之后，当东勃罗夫斯基正在收拾书本的时候，“老头儿”之中有一个，似乎是舒莫维奇，偷偷地从他后面走过去，用自己的风帽蒙住了他的头。然后有人把他按在课桌上，克雷希塔诺维奇从自己身上解下一根皮带来，把这“山羊”[①] 抽了十五下。完成这工作之后，动手的人就奔出教室；当东勃罗夫斯基正在挣脱那个风帽的期间，他们竭力使茹拉夫斯基注意到他们，表示他们并没有在出事地点，以便图赖罪行。

中学生的团结的“友谊集团”这样地惩罚了“叛徒”……后来我在监狱里也碰到过同样的情况。方式当然更加严酷，然而本质上是同样的。

这件事仿佛立刻把我这个新生带进了这新团体中，使我享有这团体的成员的权利。我回家的时候怀着骄傲的心情，因为我已经是一个真正的学生，全班的人都知道我，甚至为我而实行了团体司法的一种重要的措施。

“你是个好小子，一开头就表现得不坏！”克雷希塔诺维奇带着认真的庇护的态度赞许我。在他看来我所缺乏的只是进禁闭室和挨打了。

在最近的一个星期六，我看见我的朋友和保护者奥尔善斯基略微有些忧虑。我问他有什么事，他不回答；但是在课间休息中，他溜过米纳身旁的时候，似乎有点难为情而避过他注目的样子。

克雷希塔诺维奇近来每天散学的时候和我一同出校，现在他也心绪不好，在上最后一课之前他对我说：

“你知道，我……这个……今天真的要挨打了……你等我一等。”

然后他若无其事地抖一抖突出的额角上的鬈发，又说：

“不会长久的。我要求先打我……”

---

① “山羊”是指告密者。——译者注

“这个你倒……不在乎?”我怀着同情问他。

“这算得什么……老弟，我们在白教堂念书的时候，打得才狠哩……伤口烂出蛆来。回来父亲还要毒打一顿，这坏蛋，打得可真凶!”

放学以后，大群学生很快地散去了，在静得可怕的空荡荡的走廊里，只剩下一群忧郁的判定受罚的人。茹拉夫斯基手里拿着一本册子走出来，米纳蹒跚地跟在他后面。茹拉夫斯基看见了我，站定了。

“啊，新生!”他说，“你也轮到了！我不是对你说过了吗?”

“不是，我是等他的……”我回答。

“哦，等克雷希塔诺维奇！……你交的好朋友。你将来也是个宝贝……克雷希塔诺维奇，你今天十五下……”

“我，舍监先生，要请求……”

“我不能答应。你应该向会议请求的……”

“不是，我并不是这个意思……我要请求先打我……舍监先生，因为我的姑母……从基辅来了。”

“哦！原来你要早些让她高兴……唔，好，好，这是可以的……”于是，他按照册子点过名之后，就把这群留着的人带进各个教室里，然后说：“唔，那么，我们走吧，克雷希塔诺维奇同学。姑母在等你。”

于是他们三个——米纳、茹拉夫斯基和我的朋友——走向禁闭室去，好像去商量事务的人的样子。禁闭室的门开开来的时候，我看见一条宽阔的板凳、两根鞭子和米纳的助手。然后门又砰然一声关上了，仿佛把这个穿窄腰制服的漂亮的克雷希塔诺维奇吞了下去……

走廊上静得更加可怕了。我的心怦怦地跳着，在禁闭室的门外等着听喧嚣声、哀求声和叫声。然而一点声息也没有。只有可怕的沉静，在这沉静中有一种特殊的嗖嗖声。我刚刚辨别出这是什么声音，这声音就停止了，在那扇结实的门里又出现了米纳。他跨着熊一般的步子走到一个教室门口，把门开了锁，就在这时候教室里传出一阵绝望的号哭声，响得整个屋子都听见。米纳拉住赖着不肯走的奥尔善斯基的手。我这位乐观的朋友的嘴巴张大到了耳朵边，他的厚实的面颊上满是眼泪和粉笔灰，他挺直了喉咙号哭，抓住门框，后来竟想抓住光滑的墙壁……米纳却像命运一般冷静，显然毫不费力地把他拉向禁闭室去；这时候克雷希塔诺维奇已经从那里走出来，正在系他的制服里面的吊裤带。他的脸比平常略微红些，此外看不出什么。他好奇地看看挣扎着的奥尔善斯基，对我说：

“真是个傻瓜……还有什么用呢？”

他的眼睛里现出嘲笑的神气。

“现在米纳要抽他了……等一等。”他说着，拉住了我，倾听一下。

米纳带着他的牺牲者走进门里去了……过了一会儿，传出尖锐的鞭打声——呼，呼——和绝望的号哭声……

我们走到边门口的时候，奥尔善斯基像炮弹一样从走廊里飞奔出来；他掉落了书本，回头看看，一边跑，一边整理衣服。然而到了下星期一，他又欢天喜地、无忧无虑地度这整个星期……

我在指定的日子到普列林家去。我怀着胆怯而紧张的心情在干草市找到了一所有阳台和花坛的小屋子。普列林穿着淡色的夏季服装，戴着白色的草帽，正在花圃旁边做什么工作。他亲切而自然地迎接我，和我在花园里站了一会，把花指给我看，然后带我到房间里去。到了房间里，他拿了我的书，在书上作了记号，指出已经读过的地方，把它分作几部分，解释了其中较困难的地方，然后指示我怎样可以赶上同学们。

我从这位青年教师家里走出来的时候，对他几乎怀着爱慕之心；

回到家里，我就贪婪地埋头阅读书中所指出的地方。不久我在所有的功课上都赶上了同学们；下一个学期，盖拉西明科在我的姓名后面喊叫出的评语是“嘉奖”了。这样，我的朋友克雷希塔诺维奇的期望并没有实现：我没有尝到中学里的鞭子。

这时候体罚根本也已经废除，不再有鞭打的事了。然而我记得下一年还应用过一次体罚：两个中学生从家里逃出，要到美洲荒原去探险……少年人对于特殊的、超越常规的、玄妙而诱惑的东西，往往有一种不大平凡的冲动，学校当局对于这种冲动向来不能理解。这两个人的逃走轰动了全校；我们上课的时候，大家交头接耳地猜测：我们这两个逃亡者是否已经走得很远。过了三天，我们知道他们已经被捉住，被带到城里来，日夜关在禁闭室里，等候教师会议的裁判……

逃亡者中一人受过惩罚之后，垂头丧气地走进教室来，这正是上算术课的时候。讲台上坐着矮胖的谢尔比诺夫。他是一个东方类型的人，样子像一只肥胖的猛禽。这个人性情粗暴、愚蠢而严厉，教算术的时候只讲“定理”，习题的演算则让大家抄写在练习本上；全班的人都从一两个优等生那里去抄写，谢尔比诺夫打分数的时候但看练习本的整洁和笔迹的美观。他不久服务期满，就要领养老金了；他对于各种革新大为愤慨，有时在课堂上谩骂那些“写文章反对体罚的傻瓜”。当那个逃亡者走进教室来的时候，谢尔比诺夫要他在门槛旁边站了一刻钟光景，幸灾乐祸地嘲笑他，刻毒地探问他鞭打的详细情况。后来，他明知道这孩子没有准备好功课，故意要他回答问题，然后得意扬扬、从容不迫地在记分册上给他打个一分。

普列林和他相反，全不提起关于逃跑的事，他把这孩子叫到讲台上去，带着严肃的态度问他什么时候能够赶上旷去的功课；到了指定的日子，他叫他出来回答问题，然后郑重其事地给他打一个五加。

我在日托米尔中学只念了两年书，后来对这学校失了联系。只有一件事给我留下较深刻的回忆，这种回忆复杂而略带悲哀，直到现在还生动地保留在我心中。

这就是我和克雷希塔诺维奇的童年友谊。

我第一天认识他的时候，他就向我提出他那个天真的问题：他要挨打还是只受警告。从这时候起，我就对他怀着深刻的同情。我喜欢他的突出的额角、浅色的眼睛，这双眼睛有时闪耀着顽皮而愉快的光彩，有时突然暗淡，蒙上了一种我所不解的、神秘的表情；我也喜欢他的穿着窄小的旧制服的、瘦削的、宽肩膀的身体，他的沉着的自信心，以及透露在他的一切举动中的一种特殊的优越感。他比我大一岁半，可是我总觉得，关于所有的人——教师、学生、自己的父母——的事情，凡是我不懂得的，他全知道。他坚决地实行自己的计划，不准备功课，学校里的惩罚和一切制度他都极其轻视，他不喜欢谈起自己的家庭，只喜欢讲他的妹妹，有时他亲热地用市井间最粗俗的称呼来骂她。假使有人偶尔听见他讲他和女人之间的一些浪漫故事，那么他对于这个中学二年级学生的满不在乎的老面皮一定会大吃一惊。我现在回想起这些故事也还觉得惊奇。然而我在那时候似乎已经觉得这些故事是捏造的，是吹牛。

我很难判断，他是认真地讲这些故事，还是在心中讥笑我的轻信。归根结底，他的本性是良好的，不过他处身在一种困苦的环境中。有时他突然阴郁起来，独自在那里出神，他的蒙眬的眼睛里显出一种隐痛的表情……仿佛他的童心的纯洁的一面在紧压心头的一堆污物之下不由自主地悲哀起来了……

在前面所说的那次体罚之后（然而他在这一年内并没有再受体罚），我对他的态度似乎有点特殊了：我可怜他，对他感到惊奇，准备为他做些什么事……他对我产生了一种特殊的权威，这一点我们两人都感觉到。他对我态度很好，然而其中有一种说不出的、也许是没有完全意识到的成分，这就是我使他失望。我们之间的友谊是不很完满的。我也许并不反对像他那样做一个“不可救药的”学生，像他那样在茹拉夫斯基那里享有顽劣的名声，并且和朋友一同进禁闭室。然而不知怎的我不会发生这种情况。

禁闭室里我可说不久就进去过。暴躁的法国教师贝威尔每次上课的时候总要吩咐几个人下课后留下来，然而常常忘记记录在册子上。有一次他也吩咐我留下来。下课之后，我和克雷希塔诺维奇一同到走廊里去见茹拉夫斯基，才知道名单里没有我的姓名。

“可是……贝威尔先生叫我留下来。”我坚持地说。

“对的。”克雷希塔诺维奇带着庇护的态度证明。

“唔，他叫你留下来，那么你就留下吧！”茹拉夫斯基表示同意，“在那儿你还可以看见你的哥哥。”

禁闭室里已经坐着几个人，其中的确有我的哥哥。我骄傲地初次加入了这个精粹的集团，然而哥哥立刻浇了我一头冷水，轻蔑地对我说：

“傻瓜！自己硬要进来！”

我这才知道是失策了：原来一个“真正的”中学生如果能够用欺骗手段来逃过茹拉夫斯基，这才值得骄傲，而我却自动投到他的魔掌里去……

我们大家都被放出以后，克雷希塔诺维奇对我说：

“你毕竟是个棒小伙子，虽然还有点笨。明天我们做礼拜的时候逃出去玩吧。”

“到哪里去？”

“我会带你的……你去吗？”

“好的，不过总要得到母亲许可……”

“她不会知道的……你可以说到同学那里去温习功课……”

我红着脸踌躇不决。他注意地看看我，耸耸肩膀。

“你怕对母亲撒谎吗?”他带着讥讽的惊奇对我说……“我可是常常说谎的……唔，不过你对我起过誓……对朋友失信是卑鄙的。”

我对母亲说，做过礼拜之后我要到同学家去一整天；母亲答应了我。礼拜还刚刚在老教堂里开始的时候，克雷希塔诺维奇就扯了一下我的衣袖，我们悄悄地溜了出来。我心中略微受到良心责备，可是，说老实话，我对于这种半罪过的游玩也感到一种特殊的神往，因为这时候同学们还站在教堂的楼廊上，心里计算着还要唱几首赞美歌，焦灼地等候唱《天使颂》。在这时候，连街道上也似乎显得异样。

克雷希塔诺维奇跨着坚毅的步子带我走过了我们从前的住宅。我们经过老“神像”旁边，走上公路，一直向前去。克雷希塔诺维奇在一家小店铺里买了两个面包和一段香肠。他买东西和付银元时的那种坚毅的态度，也使我感到敬仰；因为我平生只有一次身上带着十五戈比，那时我在街上走路的时候，似乎觉得大家都知道我有这笔大款子，而且一定有人想抢劫我……

“你哪里来这许多钱?”当我们走出店铺的时候，我问我这个干练的同学……

“关你什么事?”他回答，“唔，我从父亲那里偷来的……”

我脸红了，不知道说什么好。我觉得克雷希塔诺维奇是“故意”这样说的。当我说出我这推测的时候，他什么也不回答，就向前走了。

我们经过正教墓地，走到公路高起来的地方，这地方我从前几乎把它看作世界的末端，曾经和弟弟等候从那里出现“出角神甫”。后来，街道和柯良诺夫斯基家的房屋都消失在斜坡后面了……路的两旁绵亘着墙垣、空地、茅屋和窑洞；我们前面像带子一般躺着一条白色的公路，路旁的电线发出嗡嗡的声响；前面烟尘弥漫的地方，有一个丛林显出蓝色，这就是我从前第一次听到松涛声的地方……

我感到恐怖而愉快。展开在我面前的世界新鲜而奇突，或者说得更正确些，是我带着新鲜而奇异的观点来看这世界。白云低低地横在地平线上，并没有房子和屋顶遮蔽着。一路上我们看见几辆鱼盐贩子的货车轧轧地开过，还有些高高的犹太马车行驶着，有几个香客带着好奇而惊讶的眼光向我们看看；每年到我们城里来贩葡萄和西瓜的克里米亚鞑靼人的一列货车开过我们身旁。这一列货车由若干辆巨大的篷车组成，很像一排车厢，每辆车子横断地隔分为两半。上半部里躺着些鞑靼小孩，下半部里装着西瓜和一箱一箱的葡萄。这些篷车是由骆驼拖着走的，到了城里，鞑靼人就把这些骆驼展览，借此赚钱。可是在这里，在旷野地方，我们可以免费观赏，看它们在公路上用柔软的脚掌啪嗒啪嗒地跨步，摇动它们的像蛇一样的脖子，轻蔑地伸出下垂的长嘴唇……

我们这样大约走了四公里路，走到了一座木桥的地方，这座木桥架在一个深邃的溪谷上面，溪谷底上有一条河。克雷希塔诺维奇就从这里走下去，一会儿我们走到了幽静可爱的卡明卡河的岸上。我们头上高高地架着那座木桥，桥上响着钝重的马蹄声，滚着货车的轮子，通过一辆铃声叮当的回头驿马车，桥栏旁边可以望见来来往往的行路人、工人和向波恰耶夫去的善男信女的侧影。

克雷希塔诺维奇走到了河流弯曲处的地峡上，我们就在荫凉的青草上躺下来；我们长久地躺着休息，向天空眺望，倾听着上面川流不息的行旅生活的扰攘声。

童年时代往往会从最苦痛的悲剧旁边无思无虑地过去，然而这并不是说它的敏感的半意识不能看到这些悲剧。我觉得我的朋友心里隐藏着一种只有他自己知道的东西……他在一路上默不作声，他的额角上显出轻微的皱纹，就像他以前问我关于体罚时那样。

后来他在草地上坐起来。他的脸色比较安定了。他向四周看看，对我说：

“不是很好吗？……”

“很好，”我回答，“你到过这里吗？”

“嗯，到过。”

“一个人？”

“一个人……以后如果你高兴，我们再一同来……你是不是有时候希望到什么地方去？……一直走，一直走，从此不回来……”

我不希望这样。到什么地方去我是喜欢的，可是我总知道应该回家，回到母亲、父亲、兄弟姊妹那里。

我不回答他，却问他：

“我问你……你为什么……这个样子？”

“什么样子？”他反问我，接着又说，“别提这个……管它的……去它的……我们还是洗澡吧。”

过了一会，我们已经兴高采烈地在河里拍水、游泳、打滚，仿佛我刚才根本没有向克雷希塔诺维奇提出他不作答复的那个问题……当我们回到城里去的时候，城郊的灯火已经在我们前面朦胧的青雾中闪闪发光了……

这一次小小的旅行鲜明地保留在我的记忆中，这也许是因为在这次旅行中我的朋友的个性给了我一个模糊而又深刻的印象。下一天他不来上课，我坐在他的空位旁边，我心中涌集着昨天的回忆和一些模糊的问题。这时候我又想到我将来长大了做什么事。在这以前，我曾经在想象中变更过若干种事业。我最初看见街头马车，闻到皮革、油漆和马汗的气味，又觉得手拿缰绳驾御马匹非常威风，我就想当马车夫。后来，我想象自己是一个十七世纪的波兰人，头上戴着插鹰毛的帽子，腰里挂着弯刀。后来我又很想做一个哥萨克人，喝醉了酒，骑着马在草原上奔驰，像我所认识的那个勇敢的顿河下士一样。现在我已经更聪明了。我想做教师。

我就想同普列林一样。我坐在讲台上，所有的儿童的心都向着我，我也熟悉他们每一个人的心，看到他们的一举一动。克雷希塔诺维奇也是学生中的一人。我知道应该对他说些什么话，应该怎样做才可以使他的眼睛不再那样悲哀，才可以使他不把父亲骂作坏蛋，不嘲笑母亲……

这一切都很生动，很清楚，很简单，只有幻想中或梦中才有这种情况。我活生生地看到这一切，竟……完全没有注意到教室里已经特别肃静，同学们都惊奇地回过头来看我，那个头皮像膝盖骨一样光秃秃的俄语老师别洛康斯基也从讲台上望着我，他叫我的名字已经叫了三次……他要我把他所说的话重说一遍，他动怒了，把我赶出教室去，命令我站在教室门外。

我走出去，一面还是继续做我那个幻想的梦。我刚刚安身在门框子里，重新沉湎于我的思想中，走廊的远处就出现了校长的高大的身体。他走过我面前的时候，站定了，用威严的眼光从高处向我扫射一下，狗叫一般喊出他那句机械的话：

“被赶出教室来了？……顽劣，要受体罚！”

他说过之后走远去了。过了一会儿他要是再碰见我，很可能已经不认识我了；然而我的记忆里终生保留着这件小小的事。那时候我的心初次展开了面对着生活不完美的问题，并且由于对美好未来的幻想而感到欣慰了；而正在这时候，那个机械人的无谓吆喝偶然落到我的心里……后来我偶尔在孤独中回顾过去，企图探求当时什么东西确定了我的生活之路。这时候在我记忆中的许多重要的事件、影响和思想感情之间，一定也出现这个情景：长长的走廊，一个小孩子靠在门框子里初次从事关于生活的理性的幻想，一个高大的穿制服的机械人说出他那句简单的套语：

“顽劣，要受体罚！……”

……

一八六六年，“国家大事”中的一个插话的余波竟也传到了我们这里。一八六六年四月四日，卡拉科左夫[①]在彼得堡谋刺亚历山大二世。同年六月，考试完毕之后，举行中学结业典礼。起初我们被召集在中学校舍里，后来排成双行被带到贵族俱乐部的大厅里。这次的结业典礼特别隆重，似乎是因为中学校想在当局和社会面前夸耀自己的一个诗人。起初由语文教师沙甫罗夫致辞，他的话我已经完全忘记了；后来台上出现一个身材短小的大头卷发的中学生。他用一种紧张的调子，带着叫喊声和强烈的重音朗诵了一篇诗，诗中所说的是“神力的救助”。这首诗傲慢而浮夸。诗的开头是一句问话，似乎是：“群众的狂澜流向何方?”后来这诗篇告诉我们说：

> 谋害沙皇的消息骇人听闻，
> 传遍了俄罗斯全境……
> 可是神力当众显灵，
> 保全了圣上的生命……

朗读完毕之后，这个诗人把自己的一卷作品呈给省长夫人；主教就在这个犹太中学生的头上吻了一下。

据我所记得的，卡拉科左夫的谋杀在那时并没有使我和我的同辈人发生任何问题。沙皇——这是一种伟大、高远的自然现象！谋杀沙皇的人也是一种自然现象。这些都很抽象，和我们的日常生活相去甚远。为此而开的庆祝会是一种官样文章的庆祝会，是装装样子的，“非真心的”——这一点我们清楚地感觉到。我们怀着讥讽的

---

① 德米特利·符拉季米罗维奇·卡拉科左夫（1840—1866）在六十年代初期是青年学生小组（“组织”）的组员，这小组是他的表兄伊舒青领导的。1866 年 4 月 4 日卡拉科左夫在彼得堡谋刺亚历山大二世，但是没有打中；同年 9 月 3 日卡拉科左夫受绞刑。——原编者注

好奇心靠在楼廊的栏杆上看：诗人瓦尔沙夫斯基怎样可笑地走近主教去亲他的手，主教又怎样把嘴唇贴到他的粗硬的鬈发的头上去。学生们的脸上有的表现出漠不关心的好奇的神情，有的表现出讥讽的神情……

这篇诗发表在中学的杂志上。这杂志被允许在省立印刷局刊印，似乎只出了两三期。省长办公厅和教师编辑部摧残了中学生的诗歌创作的逸兴，他们的诗兴就阑珊了……关于“鹞鹰米纳和普罗米修士贝维德”的叙事诗，当然不能在这本杂志上占有地盘，其他如无名氏学生诗人所作的、有时显然是尖锐讽刺的作品，也都不能发表。中学生的文艺之神到当局所准许的这本杂志上来，仿佛是做客，拘束、紧张而不自由；她在自己家里就有趣得多了。

瓦尔沙夫斯基的诗才以庄严的颂歌和对大人物的献辞开始了它的翱翔，然而终于没有得到发展。在这本中学杂志中又登载过他的另一首诗，内容已经不像前者那么堂皇，题目叫做“帽子”。这首诗里所讲的是中学生的制帽，据诗人说，这顶制帽装饰了青年们的热爱科学的鬈发的头，引吸“美人的秋波”。另一个中学生约尔丹斯基写了一篇刻毒的批评文章，逐一地反驳这位诗人同学关于诗的一切论旨。他用极坚决的笔调写着：“这位诗人确信这帽子是吸引美人的。我却要说：相反！”

有一次，这个批评家到我哥哥这里来，他读自己的那篇文章，读到“我却要说：相反”的时候，他的眼睛炯炯发光，用拳头使劲地敲打桌子……这情况有一时使我对“批评家”发生了这样的一个概念：批评家是为了某事而痛恨作者，论调和他“完全相反”的一种人。

日托米尔中学的文学活动大约就在这次论战上结束，同时诗人瓦尔沙夫斯基的名字也石沉大海了……

15
启　程

波兰起义过去之后，来了一个艰苦的“俄罗斯化”时期，这期间不断地有人告密，有人被逮捕，有人受审判，审判的已经不是起义者而是“嫌疑犯”，又常常有没收领地的事。雷赫林斯基家的三个儿子被流放到西伯利亚。两老到基辅去送别，在儿子出发以前作最后一次会面。

有一次，在老雷赫林斯基的命名日那天，他的亲戚朋友们开了一个庆祝会。在这个会上，学馆里的学生所组织的合唱团在一个教师的指挥之下，表演了一曲专为这庆祝会而作的大合唱。这合唱曲的末了是这样：

伟大的上帝在高高的天上：
你将看见儿子围绕在脚旁……

老人深为感动，流下泪来；但是在这时候幽默家彼得伯伯悲哀地摇摇头，苦笑地说：

“可是他没有脚。”

这短短的一句话在歌声静止了的时候说出，使人听了觉得粗暴而辛辣。大家为了彼得的恶作剧而愤慨，然而他原来是个预言者。不久传来了悲哀的消息：雷赫林斯基的大儿子在某一个驿站上由于创伤发作而死了，又过了些时候，他的一个同行竞争者告发了他的学馆。当局进行查办，于是我平生所知道的这所最好的学校就关门了。两老就结束了他们所热爱的事业，离开了这城市。

后来我家也不得不离开这城市。

我们省的杜布诺城里有一个县法官被打死了。这是一个皈依正教的波兰人，生来性情暴躁而凶恶。他的左右为难的地位使他的性情更加暴躁了，他就获得了阴险的名声。有一次，他从法院里回来的时候，有一个叫做波勃利克的波兰人从后面叫他。这法官回头一看，就在这瞬间波勃利克用一个尖端像斧头的棍子把他打倒。

这事件给我们的印象比谋杀沙皇强烈得多。谋杀沙皇是远在京城里的一件近于抽象的传闻，而现在这事件却是发生在我们这世界里的。大家纷纷谈论那个受难者和那个凶手。有些人认为波勃利克是个英雄，有些人认为他是个疯子。他在法庭上态度很滑稽，临刑之前要求准许他抽一支烟。

为了要使这件谋杀案子所引起的骚乱略微平静些，最高当局决定派一个众望所归而稳健的人去替代那个被打死的法官。他们选中了我的父亲。

他匆忙地准备了行装，就动身前去。假期里我们到他那里去，可是后来又回到日托米尔，因为杜布诺城里没有中学校。为此，过了几个月之后父亲请求调职，就被任命到罗夫诺县去服务。他在那里生起病来，母亲就带着妹妹到他那里去。

我们留下来，在外祖母和两位姨母[①]的监视下过了半年光景。我们对于新“政权”似乎不能立刻服从，生活过得很随便。我有优越的能力，我完全停止了温课，只是在教室里、在课间休息中迅速地学会各种功课，得到优等的分数。空闲的时候我就和哥哥弟弟出去游荡：我们愉快地结伴到河对岸去，在长满榛树的山上漫步，在磨坊的水闸下面洗澡，侵袭人家的瓜田和菜园，往往到深夜才回家。

由于这缘故，我虽然各门功课都赶得上，数学课却绝对不及格，因此第二年仍留在原级里。这时候我家已经决定迁居到罗夫诺，到

---

① 即阿格尼雅·斯库列维奇。两位姨母是指安瑞里卡和伊丽莎白。——原编者注

父亲那里去[①]。

在六月中旬[②]，一辆庞大的家庭马车，就是我们那里称为“轿马车”的，停在我们的台阶面前，满满地装载了器物。又牵来了几匹驿马。一个驿马车夫头上戴着有铜鹰的低帽子，左手上戴着号牌，爬上驾车台去……一路上现出熟悉的街道、店铺、天主堂、曾经遭雷殛的“老神像”的遗迹，以及柯良诺夫斯基家的房屋……我自己也不知道为什么缘故，这个熟悉的世界使我觉得讨厌而可恶。我一心向往新的、未曾经历的世界……车子赶上俄罗斯墓地旁的斜坡之后，驿马车夫停下来，把铃解开。我情急心焦地等候着，希望他快点重新爬上驾车台来。我似乎觉得后面会有什么东西来阻留我们。果然，有一个人手里挥着一件白的东西，从老维尔街上跑来。我的心沉下去了，然而这原来不过是一只遗忘了的纸盒。马车摇晃一下，就平稳地赶下斜坡去了……

茅屋，墙垣，窑洞。接着是那爿简陋的小店，就是克雷希塔诺维奇曾经用来路不明的钱买面包的地方……公路上有行路人、货车、犹太马车、香客……还有那座发出隆隆声的桥、我和我的朋友一同洗澡的那条河、符兰格列夫卡松林。我心中突然发生一种特别痛快的感觉。过去的一段生活，这回还是初次那么断然地划分了界线，

---

① 这一章初次发表的时候（《俄罗斯财富》1906 年第五期），这地方还有这样的一段叙述：“然而我记得这一年我们老是游荡。河对岸的山谷、岩崖和地峡，我们似乎没有一个地方不熟悉。我甚至疏远了全班同学，只跟一些像我们三兄弟一样游手好闲的人交朋友。我有时候在别人的书上匆匆地把课文看一下，就出去回答问题，班上的同学们看了都很惊奇，大家摇摇头。然而现在我回顾这一年的生活，也还不知道当时应该怎样才对：是在教室里坐上五个钟头、下午背死书好呢，还是像我们那样无牵无挂地游荡的好。甚至于……有时我觉得后者给我的好处要多得多。虽然如此，我总觉得中学远离了我，如果我再照老样做下去的话，我就赶不上同学们了。我对中学，对教师，对舍监，甚至对教室的墙壁，都发生了一种尖锐的厌恶之感。我开始了解克雷希塔诺维奇的心情。如果这时候父亲没有迁调到罗夫诺，没有决定把家眷也迁居过去，那我真不知道会发生怎样的后果。”——原编者注

② 是指 1866 年。——原编者注

现在仿佛离开我们而漂流到后面去了。

桥消失了，符兰格列夫卡松林和我一向居住的那个世界的最后境界也都向后方消失了。前面展开着一片陌生而明媚的旷野。当我们来到第一个驿站，看到红屋顶的哥特式淡黄色驿站房舍的时候，太阳还很高。

换过了马匹，签过了路条（母亲派我去做这件事，我觉得很自傲），我又爬上驾车台去……

又是道路，车铃的懒洋洋的声音，白丝带一般的公路，车轮子底下的干净的碎石子的沙沙声，隆隆作响的木桥，悠长的电线声……又是一个驿站，完全像前面那个一样，然后暮色苍茫，然后夜色沉沉，天空现出星星，磷质的云彩仿佛流泛着月光似的……母亲敲敲驾车台后面的窗子，车夫勒住了马。母亲问我冷不冷，有没有睡着，又嘱咐我当心从驾车台上掉下去。

我似乎没有睡着过，然而我觉得我们所到的地方异常新奇：前面不远的地方有一座新造的木桥，桥下流着黑黝黝的河水，两旁是树林，树梢沉沉欲睡地在深蓝的夜空中摇曳着……

我心中充满了新鲜的感觉和期望的欢喜……然而在电线的嗡嗡声中，仿佛有一种东西从讨厌的过去所在的后方沿着这条路向我追随过来，模糊的往事的种种回忆使我兴奋，使我感到亲切和神往……我回想起红日西沉的傍晚、“要出事了”这句话、关于神秘事件的种种谣传、同样的电线声，以及电线杆旁边的人群……又想起学馆……这是多么长久以前的事，那时候我多么愚笨……我回想起当年把耳朵贴在电线杆上；又曾经自傲……自傲什么呢？自傲学馆门徒的称号……现在我比起这个小孩子来，真是聪明得多了。我现在已经是一个“中学老生”，我正坐着马车到新的地方去过一种新的生活……

儿童生活中往往有这样的一瞬间：在这一瞬间中意识仿佛回顾

过去的路程，探求着自己成长的经过。这天晚上微风拂面，电线中发出模糊而仿佛含有意义的风声，这时候我又体验到了这样的一瞬间。仿佛有一种嘈杂的声音在半夜里谈论着某些事件，其中也谈论到我和我的过去。在这过去中，有几种情景在当时发生的时候显得很普通、很平淡无奇，然而真奇怪，现在我回想起来，不知怎的感觉到这是很美好的。我觉得奇怪，在这些情景实际发生的当时，为什么没有这种感觉？我当时是否也觉得这样美好呢？也许是美好的，然而不像现在回想那样……当时并没有我现在回想起这一切情景时的那种感觉，并没有那种又悲哀又愉快的特殊心情，并没有那种一去不复返的感想，并不能使这些印象变得那么优越无比而独擅其美……既然当时并没有这种情况，那么现在它们是从哪里来的呢？……

黎明时候，我记不清是在什么地方——在沃伦诺沃格勒还是在柯尔莰镇——我们在晨曦中经过一所早已停闭了的巴齐良僧团学校的废墟……黎明前的烟雾遮住了这所长长的建筑物的底层，上面一排排的空窗子显得黑洞洞的……我想象这些窗子里有几十个儿童的头，其中有我所熟悉的桑道米尔的福玛——我最初阅读的小说中的主角——的严肃的面孔……

我又觉得福玛现在似乎也变了样……从前我文化程度还很差的时候曾经煞费苦心地通过一行一行的文字来认识他的形象。对他起了爱慕之心；现在我觉得这个福玛又添了一种异样的况味……

然而前途毕竟是新鲜的，是更美好而引人入胜的……

“快到了吗？快到了吗？”我不绝地问马车夫……

第三章　在县城里——学生时代

16
罗夫诺县城

又过了一天，又是早晨。快到了吗？

马车夫用鞭子指着前面，说：

“瞧，这个小山后面就是县城。这边是一座园林，节日上常常有人到这儿来游玩……”

前面望得见一座树林，树林后面露出一所公共建筑物的红屋顶来。县城位于一片广阔的洼地上，只看见一片烟雾从下面上升……有红屋顶的建筑物原来是个监狱。当我们从它前面经过的时候，看见二层楼的窗子里有些犯人两手抓着铁栅，他们的苍白而忧郁的脸正在对我们看……后来我长大了，自己也曾经从这样的铁栅中眺望自由的街道，这时候，我常常回想起儿童时代的这个情景……有一次，我看见同样的一辆家庭马车的驾车台上，坐着像我一样的一个男孩子，他也带着同样的怜悯、同情、不由己的责备和恐怖的神情向我看……

监狱位于山坡的顶上，从这里可以望得见城市、屋顶、街道、花园和闪闪发光的宽广的池塘……我们这辆载重的马车迅速地开下坡去，停在关卡的条纹拦木前面了。一个伤兵走到车门面前，向母亲要了路条，把它拿进路的左边的一所小屋子里去了。从那里立刻走出一个高个子的绅士来，他是“掌握关权”的，身上穿着路局制服，脸上长着长长的军官式髭须。他恭敬地向母亲鞠一个躬，说：

“法官先生等着呢！”然后回过头去命令那个伤兵：“开关！”

条纹的拦木的一端在窠臼里发出格格的声音，细的一端就高高地举了起来。马车夫赶马，我们就开进了罗夫诺县城的地界。

这种“关卡”现在恐怕都不存在了，那时候却是公路上的特色；而这些关卡本身的特色，是为尼古拉服务的路局伤兵，他们在这里度着或多或少的不幸的日子……至于这些伤兵的特色，是一天到晚打瞌睡，动作懒散而笨拙。普希金曾经在一首有名的诗里指出这种特色，他预料命运将带给他怎样的结局：

> 也许瘟疫会传染到我身上，
> 也许严寒会把我冻僵，
> 也许那个动作笨拙的伤兵
> 会用拦木来把我的额角碰伤……①

这些路局伤兵自成一个阶层，他们特别喜欢哲学家风的安闲和静观的生活。现在我回想起罗夫诺城的时候，一定在其他一切印象之前首先想起那个条纹的拦木和穿着灰尘扑扑的褪色的尼古拉时代制服的伤兵的姿态。这个伤兵老是坐在拦木旁边的木桩上，他的背脊仿佛粘住在条纹柱子上。他头上戴着一顶也是褪色了的、有厚帽檐的灰褐色帽子，嘴巴张开，公路上的纠缠不清的苍蝇常常爬进这嘴巴里去……后来我们有了一件乐事，就是从柱子后面用麦秸去搔

---

① 是普希金的诗篇《旅愁》（1829 年）中的一段。——原编者注

这个睡着的人的脖子，有些更大胆的顽皮孩子竟把麦秸插进这个可怜的塞瓦斯托波尔英雄[①]的鼻孔里去。这伤兵挥一挥手，打一个喷嚏，有时跳起身来，惊慌地向监狱方面望望，因为那方面可能出现一个快递信差，站在一辆篷马车上，手里挥着一件公文，——看见了这个人是必须开放拦木，不加阻难的……但是当这个守关人看见只有一条尘埃蒙蒙的公路的时候，他又坐下来安闲地睡觉了……在这个瞌睡蒙眬的人物身上有一种象征意义——这仿佛是内地小城市的安静生活的预示……

然而当我初到的时候，我并不觉得这个人具有象征意义；我用贪婪的眼光探求着这根被举起来的条纹木头后面所显示出来的“新事物”……可是“新事物”并不特别显著。只看见些茅屋、空地、墙垣、两三条狭小的胡同，后来看见国款出纳处的二层石造建筑物……在它前面的广场上有一个载着圣母雕像的石柱。广场周围有几家旅馆，开着广阔的大门，有几个招待员从那里向我们直奔过来……后来是一条小河和一座木桥。城中心有小河和木桥，使我看了非常欢喜……

开到桥旁边，马车夫突然勒转马头，我们的马车摇晃一下，发出格格的声音，沉思似的在一个歪斜的大门口停一下，然后向一个低低的、长着青草的院子里开了下去。在这个院子里散乱无章地布置着几所房屋。其中有一所上面写着“罗夫诺县法院”。另一所房屋异样地突出，上面写着“档案室”。还有一所房屋坐落在院子的深处，上面什么字也没有写。这就是我们的新住宅，它位于池塘和小河之间的地峡上……通过敞开的边门，可以看见和菜园相连接的一片水，一只小船系在一个木埠上……桥上有一大群居民正在看我们

① 塞瓦斯托波尔防御战发生于1854—1855年，这个伤兵是从这次战役里出来的。——译者注

的马车的来到；我们的庄园地势很低，因此他们能够清楚地看见它的内部；在他们看来，"法官老爷"的家眷的迁来是一件大事。

有几个很大的池塘，通连着几条幽静的小河，展开在这片广大的洼地上，城市就布置在这些池塘的岸上。我们的庄园一面临近市街。对面有一个岛子，据传说是被俘的土耳其人用人工堆积起来的，在这上面有柳波米尔斯基公爵家①的一所半荒废了的邸宅，是旧波兰半哥特式的。这所邸宅周围环绕着高大的、金字塔形的白杨树，具有一种奇妙的古代美。池塘的左面，是中学校的宽广的二层建筑，有柱列和回廊，墙壁雪白，样子很悦目。那个阴森的"古堡"和中学的这个明朗的柱廊的倒影映在水里，仿佛照在镜子里一样。在远处，在另一个堤岸下面，有几只天鹅在游水，清楚地显出在青绿的背景上；我那时候还是第一次看见天鹅。它们都在尾巴后面拖着一条长长的光带，这些光带长久地留在沉寂不动的水面上……

每一个新地方仿佛都有一种独特的面貌，使人心中感到一种共通的、模糊的，然而又是独特的印象，其中又含有各种详情细节。我现在所看到的一切，我觉得都有点奇妙……是的，这的确是生活中新鲜而神秘的一页……同时……大约是那个古堡有一种困倦的、昏睡的、幻想一去不返的过去的奇怪感觉，这种感觉把它的阴影投射在我对珍奇景象的新鲜的期望上。池塘像死一般沉寂，其中反映出死气沉沉的古堡，古堡上面有一些空窗洞，周围环绕着一行行高大的、金字塔形的白杨，宛如睡着了的卫兵。水发霉了，近岸的地方盖着一层绿色的荇藻，处处长着飞廉②和芦苇。静止的水面发出暑气，给市街上带来一种发霉的气息和疟疾病……这一切都很近似

① 柳波米尔斯基公爵家是波兰的一个公爵世家，兴于十六世纪初期。柯罗连科的短篇小说《在坏伙伴中》基本上是记述关于罗夫诺的童年回忆的，其中有柳波米尔斯基家的古堡的描写。——原编者注

② "飞廉"是一种两年生的杂草，属于菊科，又名木禾、漏卢、伏猪。——译者注

于那些荒地、拦木旁边的那个瞌睡蒙眬的伤兵、古堡上的那些空窗……

初到那几天有一个晚上，当我们坐在食堂里喝茶的时候，池塘方面传来一种奇怪的萧萧声。

“这是古堡旁边的白杨树的响声。”母亲说。

这种绵长、深沉而略带恐怖的萧萧声，散播在这个小城市的上空，仿佛一个庄重的声音正在向淹没于平凡日子中的默默无闻的现代叙述着往昔的豪华……

现在我乐于回忆这个小城市，好比人们有时乐于回忆旧时的敌人。可是，天哪，到了我住在这城市里的最后一个时期，我多么厌恶这种像池塘里的烂泥一般黏滞而毫无生动印象的无聊生活。这种生活吮吸我的精力；它对一切实际要求置之不问，因而遏灭了我的青春才智的激发；它使我的想象沉浸在对于寂灭的过去的空洞而浪漫的无精打采的回顾中。

17
“县法院”及其作风和人物类型

那时候正值假期。中学校空着，中学生都还没有到校。父亲在这里熟人不多，因此我们初到的时候所交往的只限于同住在一个院子里的、县法院的同僚们……

这些熟人中的第一个人是档案管理员克雷查诺夫斯基老爷。

我们初到的时候他就来迎接。他从驾车台上把我抱下来，仿佛取一根鸿毛一样；然后殷勤地帮助母亲下车。这期间我从这个巨人身上闻到一阵酒气；母亲以前早就认识他，这时候显出责备的样子摇摇头。这个陌生人羞怯地把眼睛斜开去，当时我无意中注意到，他的红润的鹰鼻完全是歪斜的，他的眼睛黯淡无光……

我们很快就同他相熟了。他空闲的时候带我们一同去游玩，把城里的名胜指点给我们看，教我们驾船。我们听说——一部分听他自己说，一部分听别人说——他从前是一个富裕的地主，常常坐了漂亮的四套马车进城。后来又听人说，他的妻子跟一个军官逃走了（那时候不知怎的有许多人的妻子跟军官逃走），此后他就放纵地喝酒，把全部家产都喝光，或者是相反的：起初他把全部家产喝光，然后他的妻子跟军官逃走。不管怎样，现在他当了档案管理员，每月收入八卢布，穿着肮脏的衣服，样子又像高傲，又像颓丧，总之潦倒得很。然而他从来不屑用廉价的发油和合金链条；别的“官吏”却毫无必要地挂着这种合金链条，其实他们的衣袋里大都没有表。

他的生活像一个道地的哲学家，连一所单独的住屋都认为过分奢侈，因此住在档案室的狭窄的屋子里。这办公室里的架子上放着一束束的档案，旁边放着简陋的穿戴物、烧酒瓶和各种“物证”，琳琅满目。这里有折断的锁、被窃的茶炊、刃锋上有生锈了的血斑的斧头、一包包的日常衣服、沼地用的大型长统靴和两枝双筒猎枪。虽然这些物件上都挂着编号码而盖火漆印的标签，然而克雷查诺夫斯基老爷十分自由地处置它们：当这位档案管理员有心喝茶的时候（然而并不每天如此），卫兵就替他准备好那把茶炊；那两枝双筒枪则常常被克雷查诺夫斯基老爷带去打猎，同时他还穿上那双沼地用的长统靴，——这样，他就把各种案件的物证结合在一种用途上了。

有一次，克雷查诺夫斯基的同僚中的仇人之一为了这件事提出了卑劣的密告，可是克雷查诺夫斯基及时地防止了这次告密的后果：他自己出钱把茶炊镀了一层锡，在一支双筒枪上装了一个新扳机，法院的卫兵又用这位档案管理员自己的费用来替他在长统靴上装了一双靴底。“这虽然花钱”，——正如克雷查诺夫斯基自己得意地说，——然而那恶意的告密却失去了效力。他的工作不正常，全无定规：有时一连好几天满怀愁闷地在某处游荡，有时突然着手整理档案。这时候他总是带一瓶烧酒，把自己关闭在档案室里。档案室的格子纹小窗里到深夜还有灯光。克雷查诺夫斯基把档案分别订合，盖图章，登记在册子上，同时喝酒，直到有一天早晨，档案都订合了，酒瓶空了，而这个档案管理员又开了手脚躺在地上打眠鼾……

我们来到后不久，在二十号那天[①]，克雷查诺夫斯基请求母亲允许他带我们去游玩。

“克雷查诺夫斯基老爷？……”母亲半犹豫、半严肃地说。

“唉，法官太太，”他吻一下母亲的手，说，“难道您也……把我当作完全不中用的人吗？”

母亲同意了，我们就出发。克雷查诺夫斯基带我们在城里玩，请我们吃糖和苹果，一切都很像样，可是后来他在一所简陋的小屋旁边站定了踌躇一下。他这样犹豫地站了一会之后，对我们说：“不要紧——我马上来。”他就迅速地钻进那扇矮门里去了。他从那里走出来的时候样子略微改变了，愉快地向我们眨眨眼睛，说：

“不要对母亲说。”然后叹一口气，接着说，“这个神圣的夫人！”

天哪！他耽搁了一次之后接着又是第二次，第二次之后又是第三次，当我们走到城中心的时候，克雷查诺夫斯基老爷变得完全认不出了。他的眼睛骄傲地发光，他的颓丧的神情消失了，可是——这却是很糟糕的情形——他开始嘲弄过路人，侮辱女人，追赶犹太人……我们周围拥聚了一大群人。幸而那时候离开家里已经很近，我们就赶紧躲进院子里去。

此后克雷查诺夫斯基老爷就不见了，他不来办公，我们只有从父亲的仆人扎哈尔每天的报告中得知他的行踪。关于他的消息都不大妙。有一天克雷查诺夫斯基在台球台上把玩球的人们的球弄乱了，因此“出大乱子”。又有一天他跟岗警打架。还有一天他闯进一群同

---

① 那时候一般公家机关都在这一天发薪俸。——译者注

僚中去，把科长温采尔打了一个嘴巴。

父亲愤怒已极，他埋怨母亲袒护这个该死的东西，又要求把克雷查诺夫斯基带到他这里来，不论死活。然而这个档案管理员音信全无。

在第三天或第四天上，我和弟弟妹妹正在花园里玩，忽然看见克雷查诺夫斯基用他那双长腿从池塘跳进围墙来，他蹲在高大的草丛里面了，向我们招手。他的样子颓丧而倒楣，脸上发皱，眼睛全无光彩，鼻子更加歪斜，竟仿佛是挂着的了。

“嘘……”他说着，斜过眼睛去看一看我们的屋子上向着花园的阳台，“喂，法官老爷怎么样？很生气吗？……”

“生气。”我们回答。

“法官太太呢？……”

我们只得老实告诉他：母亲也不敢说一句袒护他的话。

“这个神圣的夫人！”克雷查诺夫斯基擦擦眼泪说，“我的亲爱的小朋友，请你们去问问她，我今天可不可以回来，是不是还要等几天？”

我们去问了，回来告诉他，说他今天最好不要来；于是这个档案管理员又用同样的方式跳过围墙去，——他去得正好，因为接着父亲就出现在阳台上了。

又过了两天。这一天正是星期日。父亲刚从教堂里回来，心情很愉快，他穿着便衣，在客堂里走来走去。当他在门边转过身子，走到对面的角落里去的时候，从门房间里突然出现档案管理员的高高的身躯。他向我们作一个富有含义的手势之后，就悄悄地跨进门槛，一动不动地站在门框旁边了。然而当父亲拄着手杖一瘸一拐地刚刚走到房间尽头的时候，档案管理员又悄悄地退回门房间里去。这样地反复了好几次。终于他下了最后的决心，划了十字，又从墙后面出现，把背脊靠在门框上了，仿佛粘住一样，就用这样的姿势待在那里了。

父亲转过身来，看见了这个犯过失的人。他在杜布诺曾经患过一次轻微的中风，母亲很担心他复发。现在父亲看见了这个犯过失的档案管理员突然出现，他的面孔、额角，甚至后颈，都涨红了，拐杖在他手里发抖。克雷查诺夫斯基可怜得像一只犯过失的狗，他走近法官面前，弯下身子去想吻他的手。父亲抓住了这个弯下身子的巨人的头发……接着就发生一种奇异的光景：法官用他的细弱的手揪住了档案管理员的刚硬的额发，一会儿把他的头按下去，一会儿又把它提起来。克雷查诺夫斯基只是尽力使他这工作少费些力，因此顺从地跟着他的手移动自己的头。当档案管理员的头被按下去的时候，他就吻法官的肚子，被提起来的时候，他就吻法官的肩膀；同时不断地对他说话，尽量使语气具有更多的说服力：

“啊！法官老爷……啊！算了！……唉，何必这样呢？这会妨碍你的健康……好，算了，好，够了……”

母亲从厨房里跑来，她一面劝慰父亲，一面努力使他的手放松克雷查诺夫斯基的头发。他放手之后，档案管理员又吻了一下父亲的肩膀，说：

“哦，这就好了……谢天谢地……现在让法官老爷安息一下吧。这种小事实在不值得放在心上……”

“滚出去！”父亲说。克雷查诺夫斯基吻了一下母亲的手，说：“神圣的夫人。”然后他高兴地出去了。我们仿佛立刻懂得：一切都结束了，克雷查诺夫斯基可以照旧工作。果然，第二天他又若无其事地在档案室里办公了。格子窗里的灯光照在院子里，直到深夜。

当时官场中的作风很率直。法院里的人怀着极大的好奇心向我们探问这一场光景的详细情形，大家哈哈大笑。我不记得有人认为这件事在他自己或在克雷查诺夫斯基是职位上的受辱。我们也都哈哈大笑。童年的心对于潜在的悲剧还不够敏感；有一次我们竟合力创作了一首幽默的诗，用公文形式把它送给克雷查诺夫斯基。这首诗开头是这样：

我是管档案的官僚，

样子漂亮身材很高……

诗中讥讽地叙述他的职务上的失败和不幸。克雷查诺夫斯基开始读这首诗，但是后来烦躁地把纸揉成一团，塞在衣袋里了，用他那双黯淡而消沉的眼睛向我们看看，只说了一句：

“你们学了些什么……蠢才……”

下一年克雷查诺夫斯基不见了。有些人说，看见他衣衫褴褛、醉态满面地出现在图尔琴的市场上。另一些人则相信一种传说，据说他得到了一笔遗产，因而过着新生活。

总之，对“县法院”的熟悉使我又一次地在更复杂的形式中看到了现象的内幕，就像我在早期童年时代看见拆毁的台阶时所体验到的一样。在日托米尔的时候，父亲每天坐着马车去“办理公事”，我们大家都觉得这“公事”是重要的、略带神秘的、有几分是命定的（这是“法网”），并且是崇高的。而在这里，这个神秘的司法殿堂设在我们的院子里……它的大门口有一个岗亭，一个雄赳赳的尼古拉时代下士办公之余就在这岗亭里替官员们修补鞋子，而且似乎又卖酒。这岗亭里发散出一种特殊的“生气”。

然而这种强烈的、扑鼻呛喉的生气在“办公室”里也不消失。有几个文牍员没有住宅，经常住在法院里。在他们的黑柜子里，除了公文之外，又藏着油污的胸衣和背心、盛着香肠片的盘子，以及其他的私人物件。“官员们”的俸禄即使当作低廉的数目来看，也是可惊的。档案管理员每月收入八卢布，已经算是幸运儿了。固定的文牍员每人每月收入三卢布，而临时雇用的文牍员只有“五兹罗提”[1]。父亲对于属下的小贪污采取不闻不问的态度，其根由显然在

[1] 波兰币名，一兹罗提合十五戈比。——译者注

此；因为如果没有居民们的“孝敬”，他们简直是要饿死的。法院里有几个得不到亲戚帮助的青年人，就安身在那个古堡的地下室里，或者竟在法院里当“永久值日员”。例如有一个略茨科夫斯基老爷就是这样的永久值日员。他的收入总共只有三卢布，他略微喝点酒，并且喜欢奢华：穿着肮脏的浆硬的胸衣，鬈曲的灰色头发上浓重地涂着香油。为了这一切需求，他就没有多余的钱来租房子。这样的穷朋友还有五六个，他们都为了极微薄的报酬来替代所有的人值日。每天晚上，在县法院的空了的办公室里点着一根蜡烛头，摆着一瓶烧酒，在一张包糖的纸上放着几个黄瓜，“值日员们”斗纸牌直到深夜……到了早晨，这个司法殿堂完全不像一个官厅了。“值日员们”没有床铺，就伸手伸脚地躺在几张桌子上打鼾，身上穿着衬裤、肮脏的衬衣和黄色的袜子。当略茨科夫斯基老爷睡眠不足、宿醉未醒、愁眉苦脸地擦着眼睛从他的公事床上起身的时候，在昨夜给他当枕头用的“公文”包皮纸上常常留下一个明显的香油迹。“二十号”之后，法院里每天晚上总有些喧嚣声。“值日员们”斗纸牌的时候有时竟打起架来。卫兵的权威弹压不倒的时候，父亲就穿着便服和拖鞋，手里带着拐杖，亲自到场。职员们四散逃走，倘是夏天，就从窗里跳出去。因为大家都知道法官动怒的时候很可能拿起拐杖来打……

只有一个房间，父亲不准任何人进去胡闹。这房间是审判室，里面有一张长桌子，上面铺着有金色流苏的绿呢，供着一个正义标[①]。凡是小职员一概不准走进里面去，钥匙由父亲自己保管。他自己走进这圣地的时候，态度总是恭敬庄严，像走进教堂里去一样；这就给别人一种榜样。开庭的时候，陪审官们也随着父亲毕恭毕敬

---

① 正义标是一个三棱形的东西，放在法院里审判室的桌子上。在这个三棱形体的三面上贴着彼得大帝的谕旨的印刷品，作为警励。这谕旨包括下面三篇：1722 年 4 月 17 日的《维护公民权利》，1724 年 1 月 21 日的《法院中言行》和 1724 年 1 月 22 日的《国法及其重要性》。——原编者注

地分别就座，他们之中有各阶层的代表。代表中有一个是犹太人拉比诺维奇。在那时候，“犹太人问题”还不听见人说起，然而也没有现在那种恶意的反犹太人运动。法院所审理的既然也有犹太人案件，那么犹太居民的代表也出席法庭，是法律所认为正当的。拉比诺维奇是一个典型的犹太人，长着特别黑的胡须和鬈发；当他穿着绣花礼服，挂着宝剑，走进“审判室”来的时候，人们认不出这就是闲坐在他的铺子里或兑换摊上的拉比诺维奇老板。这房间里的“正义标”似乎使他也罩上了一层光辉。

“正义标”仿佛是这所充满着像克雷查诺夫斯基或略茨科夫斯基那样的苦命儿的整个腐朽建筑物的生活中心。在不开庭的期间，我们偶有机会走进县法院的这块圣地，经过正义标的时候，也特别谨慎小心。我们似乎觉得这是一个神秘的圣幕。“在正义标面前”不小心地说出的话，就不比平常的话。它会引起严重的后果。

有一次，在我们来到这城里后的第一个秋天，传来一个消息，说省长要来视察了。我们在日托米尔的时候，似乎很少听见关于省长的事。在这里，他仿佛是出现在恐怖世界上的一个彗星。区警察署长们东奔西走，号召清除街道；柱子上安装好早已打破的街灯；法院里擦地板，匆忙地装订并完成公文。父亲焦灼不安。他的公事办理得很合标准，然而他觉得自己有两个弱点：他的妻子是波兰人，他自己因中风而受伤。况且省里已经流传着新省长的一句话：“我是一个健康的师父，我需要健康的助手……”他在杜布诺曾经革除过一个生病的法官……

省长来了……住在县警察局长那里……已经到过警察局，到过国款出纳处……父亲穿着一套新制服，佩着符拉季米尔[1]襟章从家里走到法院里去。母亲替他划着叛逆的波兰十字，送他上路，并且

① 符拉季米尔是帝俄时代一种勋章的名称。——译者注

派我们去观察以后的情况。我们的观察地点在菜园里的草丛中，对着“审判室”的窗子。“宪驾”还没有到，然而已经有两三个服装绚赫的官吏在那里翻阅秘书恭敬地呈上去的公文。天色渐暮。“审判室”里点起蜡烛——特别多的蜡烛。用白粉擦亮的正义标放出光辉。庄重而严肃……大门口传来马车的辚辚声。父亲和陪审官们站起身来。警察局副局长亲自把审判室的门打开，门里出现了省长的雄赳赳的姿态，就像正义标一样发出光芒。在他后面显出一些“特任官”的丰满的面庞，他们后面的门框里望得见办公室，满室是光明和恐惧，不可复识了。我们连忙跑到母亲那里去。

“喂，怎么样?”母亲慌张地问。

“进来了。跟爸爸握手……叫他坐下来。”

只听见轻松地喘一口气。

“啊，谢谢上帝……”母亲虔诚地划十字。

“谢谢上帝，”挤在我们屋子里的一群惊慌的夫人跟着她说，“啊，我们的那些人会不会有什么事？……”

我记得，在我初次看到这“视察”之后，我心里并没有怎样明显地发生批判的问题：这次暴风雨的性质是怎样的？为什么省长的随员中那几个年轻的、服装绚赫的纨绔儿态度那么放肆，而我的劳苦功高、广受尊敬的父亲却像学生应考一般站在他们面前？为什么这个傲慢的省长可以无端地破坏整个家庭，而没有一个人敢要求他说明这样做是否正当？那时候我心里并没有发生这样的问题，正像周围其他的人一样。沙皇可以随心所欲，省长靠沙皇的势力，纨绔儿靠省长的势力。因此他们也都可以“随心所欲”。总算谢天谢地，没有完全被破坏，没有完全被赶走，还有几个人平安无事。当这个彗星移向远处，而当地的人统计它这一次出现的结果的时候，方才知道大部分人的免职、调迁和降级都是意外的、无理的、偶然的，好比旋风偶然拔起了一棵树而留下了另一棵。“权势的力量”每次都表现得很显著，然而这是一种纯粹自然界的力量，由于它的性质的关系，没有人会要求它说明意义和理由。某些家庭里举行着感恩的祈祷，另一些家庭里正在哭泣，并且猜测是谁在告密，造谣中伤，诬害好人。造谣中伤的人就被认为是罪恶的。是他们招致了暴风雨……

暴风雨本身没有罪恶。照自然法则说来它是应该有的。没有权利而默然服从的人们只得低头顺受，正像顺受旋风的袭击一样①。

18
又是一个内幕

假期将要告终了。我即将参加“罗夫诺实科中学”的入学考试。

这是一个特殊的过渡期形式的学校，后来不久就取消了的。德·安·托尔斯泰②的改革——即把中学分为古典的和实科的——这时候还没有完成。我在日托米尔的时候，是到三年级才开始学习拉丁文的；但是在我之后，拉丁文从一年级就开始。罗夫诺中学则相反，已经变成实科性质。拉丁文一级一级地废除，我即将考入的三年级已经按照“实科教学大纲”施行教育，没有拉丁文，注重

---

① 作者描写罗夫诺县法院的作风时，在初版中（《俄罗斯财富》，1907年第一期）这样说：“贿赂当然盛行了：我们知道法院里各种人物用怎样的方式来‘赚外快’。有一个人把手掌伸向背后，请托者把钱放在手掌里。还有一个人必须由请托者‘不知不觉地’把钱放在桌子上，然后他装作无心地用公文把这礼物盖住，诸如此类。凡是稍有势力的官僚，都有自己的‘脾气’，这是请托者所必须懂得的……我不知道那些陪审官有多少薪俸。父亲所得的似乎是八十卢布，那时候这点钱竟可以赡养像我们那样的一个家庭了。但是父亲热爱玩纸牌，虽然来去很小，却常常赌输。他又把一部分薪水花在‘汉堡彩票’上，因此母亲常常努力节省，以求收支相抵。陪审官大都生活得比我家好；贵族监护的秘书——父亲的属下——每月收入十八卢布，家里有马和四轮马车，并且替他的妻子从华沙定购帽子和服装。”——原编者注

② 德·安·托尔斯泰（1823—1889）是1866—1880年间的教育部长。以后，从1882年直至逝世为止，他担任内务部长和宪兵团长。——原编者注

数学。

我到了罗夫诺，方才从大人们的谈话中知道：我将来毕业后不能考大学[①]，而且从今以后，数学将成为我的学科。

入学考试的时候，所有的功课我都考得很出色，然而代数坏得惊人，使得教师大伤脑筋。学监踌躇地摇摇头，对正在会客室里等待的父亲说：

“我们大概可以录取他。可是您最好送他进古典中学。”

这句话当然完全正确。然而毫无实际意义。我的父亲同别的官员一样，必须在他服务的地方教育子女。这样一来，子女们未来的教育的选择就不根据他们的“才智”，而根据我们的父亲们的职务调迁的机缘。

单从这事实上的矛盾看来，德·安·托尔斯泰的改革在当时社会的中等阶层之间已是非常难以通行的办法，并且毫无疑义，这办法使得躬逢其盛的青年一代发生了强烈的反感……

有一次，我参加考试后不久，父亲邀集几个同事和朋友来参加纸牌晚会。这几乎是父亲所允许自己做的唯一的享乐事件，他很快就选定了玩纸牌的伙伴。其中有陪审官克罗尔，他是一个长着红褐色连鬓须的严肃的德国人，由于奇特的因缘和一个俄罗斯神甫的女儿结了婚；还有肥胖的知县金勃斯基，他是这官职的最后一任，因为不久“知县”这职衔就撤消了；还有医生波果诺夫斯基，他是一个心地善良的人，下巴剃光，两旁长着长长的连鬓须（在那时候这是医生界普遍流行的打扮）；还有鲍加茨基老爷，就是每月收入十八卢布而拥有豪华的住宅的那个“贵族监护秘书”……此外还有几个质朴的普通人物，他们都热心地迷恋于玩牌，对政治和反对派完全不感兴趣。他们的夫人们和母亲坐在食堂里，谈着妇女们所特有的

① 按照革命前俄国的教育制度，大学不收实科中学的毕业生。——译者注

家常话。房间里充满了浓烈的烟味，空气很沉闷。绿呢桌子上时时发出例有的简洁的叫声：

“派司……”

“我叫……”

“七副梅花……”

“应该先出王……”

休息的时候，他们坐在摆满小菜和烧酒的茶桌旁，作普通的谈话，其中谈到学制改革。大家一致地从纯粹实际的观点上指责这种改革：由于上级的命令而到罗夫诺来服务的人的子女有什么罪过？他们都不得进大学，而大学在那时是唯一的正式高等学府。

有一个人提出一个问题：“政府”怎么可以容许这种显然不合理的措施？

父亲订阅着《祖国之子》[①]，这时候他就简要地介绍这改革的来由：国会里大多数人反对托尔斯泰的计划，但是“沙皇同意少数人”。

接着是一个短时间的沉默。他们的谈话仿佛碰到了一个高大的障碍物。

“这都是卡特科夫[②]在那里捣鬼。”有一个人轻轻地叹息着说。

“当然是他。”另一个人接着说……

“这个人做了许多危害俄罗斯的恶事……”第三个人叹一口气。

父亲并不附和那些反对学制改革的人，也不说他那句口头语“病人请教庸医”。他只是沉默不语。

过了一会儿，吃好了茶点，玩牌的伙伴回到客堂里，从那里又发出这样的叫声：

---

① 《祖国之子》是一个日报，从 1862 年到 1900 年发行于彼得堡。——原编者注

② 米·尼·卡特科夫（1818—1887）是一个反动的政论家，是革命和一切社会进步事业的凶恶的敌人，是极端反动政策的主要创导者之一。——原编者注

“派司！”

“我叫。”

“七副梅花！”

“应该先出缺一门。”

我从烟气弥漫的房间里走到阳台上。夜色明朗而清澄。我眺望映着月光的池塘和岛上的古堡。后来我坐在小船里，悄悄地离开了岸滩，划到池塘的中央。我望得见我们的房子、阳台、明亮的窗子，里面有人玩着纸牌……我不记得那时候有什么明确的思想。

在许多次“纸牌晚会”中我特别记得这一次；我因此而断定那时候我从烟气弥漫的房间里走出来，心中怀着一种新鲜的、模糊的，然而有助于长进的感觉……对于以前——像父亲所说——“哲学家们”所提出的问题“思想时可否不用言语”，现在我将完全肯定地回答：“可以。”具有明确的概念与言语的思想，好比只是植物在地面上的部分，即茎、叶、花……可是这一切的根源却埋在地下：在看不到的种子里潜伏着生长茎、叶和花的可能性。它们还没有生出来，在它们上面还摇曳着别的叶和茎，然而在地下的种子里已经为新的植物准备好一切了。

这种萌芽也许是我在这时候从“成人们”关于这种行不通的学制改革的漫不经心而完全善意的谈话中得出来的。我眼前是一片月夜的景象：沉睡的池塘、古老的城堡和高大的白杨。我心中也许蠢动着关于明天和课业开始的种种遐想，可是它们毫不留下痕迹。而在它们的下面，关于沙皇和最高政权的新概念正在开辟它的道路。

世界上存在着太阳、月亮、星辰、风云、沙皇、法律……这一切都存在着，这一切都起着各种作用，然而并无理由，只是为存在而存在，为起作用而起作用……埋怨天上的雷霆是愚蠢而无益的。埋怨沙皇也是同样愚蠢的。在这里不能有这种问题：“为什么这样而不那样？”……愚蠢的瓢虫和冲走它的流水，柯良诺夫斯基家附近的

"老神像"和摧毁它的雷殛，无知的病人和全能而雄伟的庸医——所有这些相互关系的存在都并无理由，只是存在着，从古以来就存在，并且永远存在下去……

这就是我父亲的稳定、完整而简单的世界观，这种世界观不知不觉地也渗入我的心中。据我的意见，只有这样的世界观才是"神意"专制的真正的基础；在这种观点还完全不受侵犯的时候，专制权势是很强的。在这天晚上以前，我就处在这种完整的权势之下。这种天然的、不可动摇的、任何批评所达不到的权势，从高高在上的沙皇那里很广泛地扩展开来，直到总督，也许竟直到省长……这一切都像切尔特科夫[①]的姿态一样在笼罩着恐怖的县法院审判室门口发光；这一切都喑呜叱咤，有时施恩德于人，有时使人陷入绝望，并无理由，并无根据，而只是这样做……没有原因，只是出于最高的无端的意志，对这意志不得争执，关于这意志甚至不可议论。

现在成人们的真率的谈话使这种完整的权势中起了一些动摇。我个人的命运早已注定：大学的门在我和我的数千个同辈人面前是关闭的。我觉得这是厄运，大家也都承认这是厄运。倘确是命定，倒也无可奈何。然而……这是可以没有的。国会里曾经有多数人反对这计划。沙皇可以同意多数人……那时就好了。可是他不知怎的同意了少数人……于是发生了大家所认为不合理的情形，这种情形其实是可以没有的……这种情形的发生并不是单纯地根据"因为有雷，所以有雷；因为有沙皇，所以有沙皇"的原则……不，"这都是人为的"，这是那个叫什么卡特科夫的陌生人所做的种种恶事之一。在我面前揭开了一种重大的生活现象的内幕。房子像是完整的，本来如此的；忽然来了些人，拆去了一个台阶，安上了另一个，这时候就露出霉烂的旧木桩来。这才知道房子不是生来如此的，而是人

① 切尔特科夫就是视察罗夫诺县法院的那个省长。——译者注

造的，像别的许多东西一样。现在，在关于“人间上帝”的权势的完整的概念中，出现了一个凡人卡特科夫，对这个人就可以批判和指责了……

也许，我对这新“内幕”的模糊的感觉，使这次谈话和这个月照池塘的秋夜都变得那么富有纪念性和意义，虽然我记不起“可用言语表达的思想”。

而且不仅如此，在此后很久的期间，关于天然的、不受批评的权势的观念继续存在于我的心中，在我的意识深处微微地蠢动着，仿佛一个幼虫在地下触动还活着的植物的根一样。然而从这天晚上开始，我心中已经有了最初的“政治”反感的对象。这对象就是教育部长托尔斯泰，主要的还是卡特科夫——为了这两个人的关系，我不能进大学，而且必须学习讨厌的数学[①]……

19
新中学的第一个印象

我终于被录取了。入学考试过后不久，有一个星期日的晴明的早晨，我因为空闲无事，到“自由区”的波兰墓地上去玩。这是郊区，城市到这里不知不觉地变成了乡村。有一所精小的天主堂，建立在许多茅屋的邻近、坟墓和十字架的中间。这所白色的殿堂有一种特别可亲的感觉，上面挂着声音清朗的小钟，风琴声从彩色玻璃

---

① 在初版（《俄罗斯财富》，1907 年第一期）中是这样写着的：“无论怎样，在中学毕业之前，卡特科夫和托尔斯泰这两个人就已经是我的校外的初次‘政治’仇恨的十分明确的对象。”柯罗连科对卡特科夫终生抱着极端反对的态度。这种态度特别明显地表现在他写给霍凡斯基（《萨拉托夫日报》的编辑）的信中，这人在卡特科夫逝世的时候曾经登载过一篇颂扬的讣闻。在这封信里（1887 年 8 月），柯罗连科称卡特科夫为“我们的苦难日子中的一切恶事的化身”，“酷刑的检察长”，“一切诚实而自由的言论的告密者中手段最高明的主要人物”，“思想的扼杀者”。——原编者注

里面迸发出来，飘扬在坟墓上面。风琴声停止以后，听见白桦树的低啸声和祈祷者的絮语声；教堂里容纳不下这许多祈祷者，所以他们都跪在门口。

我在墓碑中间徘徊了很久，忽然在一个丛生着野草和灌木的地方，我的视线碰到了一团异样的蓝色的东西。我走近去，看见一个身穿有铜钮扣的蓝制服的身材矮小的人。他俯伏在墓石上，正在用小刀在这上面仔细地刮什么东西；他非常专心于这工作，竟没有注意我的来到。我正在想，还是退避的好，但这时候他迅速地站起身来，挥一挥制服上的灰尘，看见了我。

“你是谁?”他用略微沙哑的高嗓子问，“啊，是新生吗?你姓什么?你得留神点儿!”

他举起一根手指向我表示威胁，然后用滑稽的步态蹒跚地走开去。这个小个子的人立刻消失在墓地的绿荫里了。

他刚刚消失，附近的墓穴后面就跑出三个中学生来。

“他跟你说些什么?”其中我已经认识的一个人克罗尔问我。另外两个人立刻俯伏到铺石上，也开始在石头上刮什么东西了。当他们完工之后，带着满意的样子站起来的时候，我好奇地看一看他们所做的工作。但见铺石上照例的三个字母 D. O. M.[①] 之后，刻着姓氏和小名（似乎是雅西·杨凯维奇），后面还有生卒年代。在上面的一条深洼里，可以看见用钉子和小刀刻出的两个波兰词：ofiara srogości（严刑的牺牲者）。

我的新同学们把这个题铭的历史讲给我听。

这是若干年前的事。中学当局“迫害”初级班里的学生杨凯维奇，有一次“为了上课不用心”而把他关进禁闭室里。这孩子说他患着病，请求放他回家，可是他们不相信他。

① Deo Optimo Maximo，意思是“托福伟大崇高的上帝”。——原注

禁闭室设在二层楼上，校舍尽头的角落里。有一条单独的狭弄堂通向这房间，弄堂门也独立地关闭着。

后来我曾经认识过这个房间，每次当校工用钥匙把门骨碌一声锁好而走开去，他的脚步声在轰响的长弄堂里消失的时候，我总是回忆起杨凯维奇，想像他这病人在这孤寂中一定非常害怕。楼下远处传来装滑车的大门的碰响，接着就有骚乱而敏捷的回声通过各个走廊，拥集在每一个屋角里。然后一切都肃静了。高高的小窗外面，丛密的花园里的栗子树喧噪着；一到傍晚，潮湿而寒冷的屋角里潜伏着的黑暗就浓密起来……

当看守人在黄昏时候来释放被禁闭的人的时候，他发见这人蜷伏在门边，不省人事了。看守人惊慌起来，连忙去请学校当局来看，他们就把这孩子抬到宿舍里，把他的母亲叫进城里来……可是杨凯维奇已经完全不认识人，只是满口胡话，惊惶叫喊，畏缩躲避，终于昏迷不醒而死……

现在的中学里，这命案的罪犯已经不在，牺牲者的同学们也已经离校了。然而这个传说一代一代地留传下来，学生们都认为刷新墓石上的铭文是自己的责任。更有意味的，舍监季佳特凯维奇——俗称季东奴斯——认为时时刮去墓石上的叛逆性的题词是自己的责任。因此那条洼越刮越深，而铭文时时被刷新，保留着学校当局某人所施的“严刑”及其“牺牲者”的纪念。

这就是“罗夫诺实科中学”给我的第一印象……

20
红黄鹦鹉

现在，虽然离开那时代已经有数十年了，我还是常常梦见自己在罗夫诺中学当学生时的情形……我耳朵边响出一阵特殊的急速的钟声，我就知道这是那个少年兵[1]出身的老校工在打钟：那口钟挂在校舍角落里的两个高柱子上，他就在那里拉动那根很长的绳子。钟声顽强而急促，仿佛喘不过气来，它飘过池塘的水面，钻进学生宿舍里。接着，木板桥上响出一阵稠密的脚步声，装滑车的挂着几块石头的边门发出吱吱声和轧轧声……脚步声像潮水一样增高起来，后来渐渐稀少了，接着就走过那个身躯高大的学监斯捷潘·雅科夫列维奇·鲁舍维奇；院子里一切都肃静了，只有我还在那里跑，或者正在走进空无一人的走廊里去，心中怀着不快的感觉，因为我已经迟到，魁梧奇伟的鲁舍维奇的严厉的眼光正在高高地注视着我。

有时我也梦见我坐在凳子上等候考试，或者等候教师叫我到黑板上去回答问题。这时候我往往因为没有准备，企图冒险而感到焦灼不安……

这些印象非常确切。这是不足为奇的。因为我在罗夫诺中学念过五年书，以前又在日托米尔中学念过两年。一年之中在教室里或教堂里的日子就算是二百五十天，每天就算上课四五小时，那么一共有八千小时左右；在这期间，有几百个青年和少年跟我一起处在几十个教师的直接权势之下。现在我觉得在这些小时中，这所肃静的中学校舍仿佛是一个巨大的共鸣器，教师的合唱在这共鸣器中把数百个未来的成年人的智慧和精神统一为一定的调子。现在我想确定这合唱中占优势的几个基本音，即使略述概况也好。

还在日托米尔，我在二年级念书的时候，我们曾经有一位图画教师，是一个老波兰人，名叫索勃凯维奇。他总是说波兰话或乌克兰话，他热爱自己的学科，认为这是教育的首要基础。有一次，他为了某事对全班学生发脾气，从讲台上抓起他的皮包来，高举在头

---

① 十九世纪初期，按照农奴制的法律，兵士的儿子从降生日起就被指定入军校受训，这种人就叫少年兵。——译者注

上，然后使劲地把它丢到地上。他两眼闪闪发光，灰色的头发竖起，怒气满面，很像打破十诫石板的摩西①。

"傻瓜！笨蛋！蠢货！"他用波兰话叫喊着，"你们要是不懂得人类的视觉美，你们那些文法和数学有什么意思！……"

这也许是粗暴而可笑的，然而我们都没有笑。这位体格雄伟的老美术家在一群无知的儿童身上旋风一般散播了他对自己的学科、对艺术的高尚意义的热烈信仰的兴奋精神……有时他走近作画的学生，用大拇指在纸上描划，说着："对啦！是这样的……看得出吗，小朋友？它这里是圆的。喏，喏……现在要画得有力，画得浓！……对啦！你看：明显了，像了！"——这时候，在他这种手势之下，仿佛有许多活的形象拥集到纸上来，只要把它们抓住就行……

还有一个人物，也是我在日托米尔看到的。这是神甫奥夫祥金……这个人全身像牛奶一样白，有一双美丽的蓝眼睛。这双眼睛里经常流露着一种温良的局促不安的情绪。有时，当我回答问题的时候，他这样地注视我的眼睛，我似乎觉得他怀着亲切的挂虑在我身上找求着什么东西，找求着一种在我和他都很必需而重要的东西。

有一次，他发心为他的学生举行斋戒礼，是和别的祈祷者分别举行的。

为此，他匆促地组织了一个学生合唱团，由神甫子弟中的两个学生担任领导，他自己在公众祈祷之后来替我们举行仪式。我们都喜欢这件事。这教堂在那时候完全为我们所有，这里面似乎特别舒适而清静。没有舍监，没有人来监视我们。

然而……学生们在一年的严格监视之后，一旦走进这个环境中，

---

① 摩西传上帝之命，创立十诫，刻在两块石板上。后来他看见百姓陷罪，便发烈怒，把两块石板扔在山下摔碎了（见《旧约·出埃及记》第三十二章第十九节）。——译者注

都放荡不拘了。大家都很愉快活泼，尤其是在合唱练习的时候，因为这时候神甫也不在场。在有一次合唱练习之后，这种心情超过了限度，晚祷中合唱团唱“圣父、圣子和圣灵”的时候，把最后两字换用了亵渎神明的字眼（“生病”）。其实这并不是真正有意亵渎神明，不过是一种顽皮的惯性罢了。同学们主要是和这个善良的神甫开玩笑，倒并不是和上帝开玩笑。祈祷完毕之后，司事说，神甫请大家不要走。我们聚集在左面的唱歌席周围。这个光线幽暗的老教堂里变得庄严、肃静而悲哀了。一会儿，奥夫祥金从祭坛里走出来，样子严肃而仿佛犯了罪过。他走近我们来，开始说：

“孩子们……我的孩子们……”

可是他不能继续说下去。他那张惨白的脸可怜地哆嗦了一下，眼睛暗淡无光，面颊上流下大滴眼泪来。

这种深切的悲哀强烈地感动了我们，比最雄辩的说教强烈得多。唱歌的人都觉得惭愧而受了感动，他们首先扑向他去，吻他的手，拉他的宽衣袖的边。接着，其他没有犯渎神罪过的人也都来围绕了这老人；我们大家都后悔：不该把这件事当作好笑、有趣。老人把两只手搭在我们的短发的头上，他的脸色渐渐明朗了……斋戒礼就在这光景的印象之下完成。奥夫祥金就在这简陋的教堂里替我们念叶夫列姆·西林忏悔祈祷词，低低的天花板下面洋溢着感动而后悔的青年合唱团的歌声，——这时候这祈祷在我心头发生强烈的效果；此后我再听到这祈祷时，永远没有这种效果了。

到了罗夫诺以后，我所听到的只有关于一个物理教师的故事。这个人大概也是一个突出的人物，因为关于他的故事一代一代地传下来。他是一个“自然哲学家”及唯物主义者。照他的意见，物理定律可以说明一切，或者应该能说明一切。他做实验的时候非常热心，仿佛每一个实验都是揭开世界秘密之幕的一个启示；他在教师室里对神甫展开热烈的论战，用地质形成时期来对抗六天的天地创造[1]……

我在日托米尔中学第一年的末了，美术教师索勃凯维奇被撤职了，因为那时候开始“俄罗斯化”运动，而他不惯于在教室里单讲俄罗斯话。这可怜的老人无论怎样努力学习，他的俄罗斯话总是“不圆”，“不明显”。而且他的整个奇特的姿态也不适合于公家的规范。奥夫祥金不久也被一个枯燥而严格的神学教师索尔斯基所代替了……最后，罗夫诺的“自然哲学家”也由于和他争论的神甫的告密而被解雇了，这神甫因此而恢复了“创世记”的权威。

这些人物无论怎样不同，他们在我的记忆中却具有共通的特点，即信仰自己的事业。他们的教条各不相同：索勃凯维奇大概认为在人类视觉美前面，物理也是同文法一样没有价值的；奥夫祥金对人类姿态的美和正确观念的美同样地漠不关心；而那个物理学家大概也准备和奥夫祥金争论六天创造世界的问题。信仰的内容各不相同，而心理是一样的。

现在我要讲的是另一类型的一个突出人物。

这是一个德文教师，是我的亲戚，叫做伊格纳齐·弗兰采维奇·洛托茨基[2]。我还没有进学馆的时候，他就从加里齐亚来到日托米尔。他有一张外国大学的文凭，因此那时候就有在我国中学当教师的权利。有一次，雷赫林斯基家有一个人当他面嘲笑外国的文凭。洛托茨基站起身来，走出房间，不知道到哪里去了；过了一会儿，他带着文凭回来，当场把文凭撕得粉碎。后来他到基辅，在那里重新通过了大学的毕业考试。

此后他获得了日托米尔中学教师的职位，并且和我的一个姨母

---

① 据《旧约·创世记》第一章开头所说，天地万物是由上帝在六天内造成的。——译者注

② 实际上是扎勃洛茨基。——原编者注

结了婚[1]。人家都说她幸福。可是过了一些时候，我们孩子们开始注意到：我们的乐天的姨母常常带着哭肿的眼睛到我家来，和母亲两个人关闭在房间里，向她诉说，并且哭泣。有时我们到她家去做客，偶然玩得很热闹，书房的门就微微地开开，门缝里出现一张刮得精光的脸，两只眼睛突出而炯炯发光。这一来已足够使我们害怕，我们立刻肃静无声，各自坐在屋角里了；姨母的脸色就变得苍白，浑身发抖……如果没有记错的话，可说那时候我是最初记住了“暴君”这个词。

然而大家都承认他是一位模范教师，并且预言他在教育行政事业上的光辉前途。他是一个典型的南斯拉夫人，这种人过了几年之后在托尔斯泰时代充满了我们的教育局，然而洛托茨基有他的优点，就是俄罗斯话讲得极好。

他的服装常常崭新，胡须剃得精光，光鲜的制服上半点灰尘也没有。他来上课的时候，一分一秒都不差，用均匀的步伐走上讲台。他在讲台上站定了，用炯炯发光的、突出而生动的眼睛向全班学生一瞥。在这一瞥之下大家就肃静无声。教师对全班学生的权威之大，恐怕无出其右了。这是一般所谓“纪律”的一种模范。学生都怕他，准备他的功课时，比准备别人的功课更加用心；开会的时候，他的声音占最大的优势。所有的“监察员”都用满意的眼光来看这个教法正确可靠的、模范的官样人物……

然而……学生们早就看出这个模范教师的弱点，替他画的讽刺漫画，比为任何人画的更多而更成功。大家都知道，他当教师六七年来没有缺过一次课。他在走廊里走路的时候，常常用同样的步态，像仙鹤一样跨着大步，躯干挺得特别直。从教室门到讲台，他常常

---

① 是指安瑞里卡·约瑟福夫娜·斯库列维奇（关于这个人，见第 21 页的编者注释）。——原编者注

跨一定数目的步子。从某一个时期起，我们注意到：如果他踏在门槛上的脚偶然弄错了一只，他就退后一步，重新矫正，好像兵士“乱了步调”时那样。他站在讲台上的时候，常常保持同样的姿态。

如果这时候有人做一个剧烈的动作，或者和邻座的人讲话，洛托茨基就伸出手来，异样地并拢两根手指——食指和小指——指一指角落，迅速地说出犯过失的人的姓氏，说的时候把最后一个音节叫得很响，并且几乎把所有的母音都略去：

“克尔钦科……符尔史夫斯基……阿勃尔姆维奇……”

这就是说：基利钦科、瓦尔沙夫斯基、阿勃拉莫维奇必须走到屋角里去……教室里就静得鸦雀无声，静得令人困疲而可怕……只是清晰明了地听到教师的断然而迅速的发问声和学生的匆忙的回答声……

总之，这有点类似模范教育上的强制劳动！……

然而在强制劳动中，人们也会作弊和钻空子。在我这个老姨夫对全班学生的模范而毫不假借的权威中，原来有显著的破绽。例如，在我入学后不久，有一次点名的时候，学生基利钦科没有到。洛托茨基念到他的姓，基利钦科的邻座人就站起身来，他显然是模仿着教师的态度，异样地挺直了身子，呆立不动，然后断然地说：

“克尔钦科……没有到。”

他模仿得那么显著而大胆，使我不由得惊奇地向洛托茨基一看。他完全没有注意，继续铿锵地喊出一个个的姓来。在肃静之中响着他的金属般的声音，同时又听见简短的回答：“到……到……到……”只是在学生们的眼睛里闪露出讥笑的神情。

又有一次，洛托茨基开始讲解形容词的变格，教室里立刻传遍了一种隐约可见的兴奋。我邻座的人用肘推我一下，用极轻微的声音对我说：“就要念‘鹦鹉’了。”洛托茨基的炯炯发光的眼睛向全班扫射一下，然而学生们早就无声无息地端坐着了。

“Der gelb-rothe Papa-gaj,[1]”洛托茨基拖长了声音说，“现在开始变格！第一格！Der gelb-rothe Pa-pagaj……第二格……Des gelb-rothen Pá-pa-gá-a-aj-én……”

在洛托茨基的声音里出现了一种特别活跃的音调。他开始扯调子，显然是欣赏着这嘹亮的节奏。念第三格的时候，全班学生用悠扬的声调来轻轻地、曲意迎合地附和着教师的声音：

“Dem … gelb … ro … then … Pá-pa-gá-a-aj-én …”

洛托茨基的脸上显出一种表情，就像一只猫被人在耳朵后面搔搔时的样子。他的头仰向后面，大鼻子对准天花板，薄嘴唇的宽阔的嘴巴张开着，仿佛哇哇地叫得正酣畅的青蛙的嘴。

念复数变格的时候，扯调子的声音就像雷鸣一般。这真像一个放诞的盛宴。几十个声音把红黄鹦鹉砍成片段，抛向上空，拉长来，摇曳着，升到最高的音，又降到最低的音……洛托茨基的声音早就听不见了，他的头仰起，靠在椅子背上，只看见触目的硬袖里一只白手用两根手指拿住一枝铅笔在空中划拍子……全班学生仿佛发狂了，他们模仿着教师，像他一样仰起了头，装腔作势，摇头摆尾，挤眉弄眼。有两三个不堪救药的顽皮学生竟跳到座位上来。

忽然……

最后一个变格的最后一个音节刚刚截然地静下来，教室里就像变戏法一样换了一副新的样子。教师照旧挺直了身子，严肃而机敏地坐在讲台上，他那双炯炯发光的眼睛像闪电一般掠过所有的座位。学生们都像石头一般凝然不动了。只有我，因为这情况突如其来，还张开着嘴向大家眺望……克雷希塔诺维奇用肘把我一推，然而已经迟了：洛托茨基极其清晰地喊出我的姓氏，用两根指头指点屋角里。

---

① 德语，红黄鹦鹉。——译者注

以后又在鸦雀无声的“秩序”中上了几课，直到洛托茨基又念到红黄鹦鹉或别的催眠的字眼的时候。学生们根据某种本能想出了一整套办法，不知不觉地驱使教师去念这种字眼。这仿佛是两种催眠术的斗争，而胜利常常属于群众方面。洛托茨基有时似乎觉得有点不妙，在扯调子以前及以后，他的眼睛带着怀疑的惊慌向各个座位扫射一下。然而极度的肃静消除了他的怀疑，可是后来全体学生又曲意奉迎地、逐渐地、不知不觉地开始扯调子，并且越来越响了……

有时玻璃门外面的走廊里闪现出舍监或学监的吃惊的脸，他们是被红黄鹦鹉的奇怪的喊声吸引过来的……但是当洛托茨基从教室回到教师室里的时候，他的态度沉着、冷静而严肃，自认为模范教师，因此没有人敢对他说起：他的教室有时像疯人院。

有一次，他的妻子仓皇地来到我母亲这里，惊慌地对她说：“洛托茨基在中学里出了事。”这大概是后来学监提出了“请教师先生加以注意”……洛托茨基勃然大怒，就像上次人家笑他那张文凭时一样，不久他就调迁到契尔尼戈夫去了……然而，那只红黄鹦鹉原来是跟他一同去的。那地方的学生也一齐本能地抓住了他的天然习惯的特点。他们就用迎合的回应来对付他上课时那种催眠状态。这定型越来越强地抓住了我的姨夫。他的步态越来越死板了；他的解释变成了固定的形式，学生们不但能预先猜测到句子和字眼，又能猜测到重音。大家都大胆而恭敬地模仿他，那只鹦鹉就叫得越来越响、越来越密了。

这只厄运的鸟终于毁灭了他的辉煌的远大前程。洛托茨基从一个中学调迁到另一个中学，终于在获得养老金前四年抛弃了他的职务……

洛托茨基显然具有一种天生的怪癖，即容易蒙受愚钝的旧习的影响。在别人看来，这种怪癖没有那么充分而明显；然而我现在一想起在这中学里所度过的无数钟点，总觉得在这些钟点的紧张的肃静中时时响出红黄鹦鹉的疯狂的叫声……

现在再讲法国人林比的教课。他的原籍是瑞士，不知怎的来到罗夫诺，在这里当了四十年教师。他没有家属。他的整个世界是课堂、学监室和离中学很近的宿舍。四十年来，他在固定的时间用机械的步态来往于中学和宿舍之间的几丈路上。在这范围之外看见林比先生，是极稀罕的事。他的俄语说得很不好。他的解释是几个刻板的公式，只因为可笑才使人记得牢。他又十分认真而坚毅，因此上文法课（他把文法和翻译分开上）实在很苦闷……

然而有时在这机械的外壳中会展出另一种生活的境界来。他喜欢讲过去的事。每一班里都有一个特殊的技师，能够开动林比，像钟表匠开动钟表一样。只要把某一根发条转动一下，这老头儿就会撇开了那本枯燥的记分册，一双小眼睛里射出晶莹油亮的闪光，开始滔滔不绝地讲故事……

他所讲的是玄妙、神秘而幻想的故事。他生在瑞士。曾经在伟大的彼斯塔洛齐[①]那里学习。彼斯塔洛齐是一个天才的教育家……林比曾经当过学校队伍的炮手……

他讲这些故事的时候声音像小孩子那么亲切，发音嚅嚅嗫嗫，常常眯着眼睛，伸直手指，把手掌向上举起。学生们都听见过这些故事（有时是从他们的父亲那里听来的），他们管自做别的工作：暗诵后面的课文，或者玩钮扣和钢笔尖。这个可怜的瑞士人却唠叨地讲个不休。他认识伟大的拿破仑。曾经在他患难之中替他效劳，引导他越过阿尔卑斯山。他们手上涂着有黏性的树胶，爬上陡峭的岩崖去。伟大的拿破仑拍拍他的肩膀说："Mon brave petit Lumpi。"意思就是说："可爱的林比，你真勇敢。"……如果故事的题材竭尽了，

① 约翰-亨利·彼斯塔洛齐（1746—1827）是有名的瑞士教育家。——原编者注

那个发起人就向他提到非洲的沙漠。林比就顺从地出发到非洲沙漠，在炎热的沙地上旅行，看到蟒蛇吞吃小牛的光景。这只倒楣的走兽的一对角顶着“这个怪物”的皮，绷紧起来，像手套里的手指一般。这对角就在观者的眼前从蟒蛇的颈子移向它的胃部。

功德无量的钟声打断了这个无穷无尽的旅行，文法就置之不问了。然而有时那个发起人来不及提供材料……林比的幻想就熄灭了……他苦闷地叹一口气，伸手去拿记分册，在剩下来的五分钟或十分钟内匆匆地问了些功课，打了几个两分。第一个倒楣的是那个“发起人”。

俄罗斯语和斯拉夫语的教师叶果罗夫身体比林比还胖。林比的样子像个圆柱形，叶果罗夫则像个球。他的头小得和身体不相称，眼睛浮肿，像两条缝，鼻子像一个不很显著的钮扣，声音是尖细的假嗓。回答他的问题必须迅速、单调而不支吾。只要开头用这音调来回答，以后就可随意乱说。叶果罗夫坐着，闭着眼睛，好像被催眠了一样；一双短短的脚挂着，身体浑圆，好像中国的菩萨像。但是只要学生支吾一下，或者改变一个音调，叶果罗夫的眼睛就睁开来，头向后仰起，他生气地用急速的语调说：

“打分数！打分数！打分数！”

叫过第三声之后，他的手做一个迅速的动作，记分册上就出现一个特殊的、叶果罗夫式的两分，样子像个问号。

“分数打过了！坐下去！”

叶果罗夫开始讲解功课的时候，走到第一张课桌前面，把肚子靠在课桌上。为此，学生先在第一张课桌上涂些粉笔灰。季佳特凯维奇常常在走廊上殷勤地揩拭叶果罗夫肚子上的白粉条子，然而他上过下一课，肚子上又带着白粉条子来了。

地理教师萨玛列维奇最像洛托茨基，不过没有他那么神气和自信。他的身体瘦长而憔悴，说话的时候声音抑扬嘹亮，又像诉苦，又像威胁。他在走廊上像洛托茨基一样跨鹤步，仿佛跨过水坑似的。他握门上的金属拉手的时候，总是把他的呢衣服的袖子拉下来衬在手掌上。他跨上讲台之后，常常像洛托茨基一样用同一个姿势站着，一只手抓住一绺头发，这绺头发生得很奇怪，矗立在咽喉旁边（他没有胡子和髭须）。教室里肃静了。空气很紧张。萨玛列维奇的细长的脖子上长着一个很大的喉结，像蛇一般在宽阔的衣领里转动，那双干枯的、胆汁的眼睛从右到左向学生们扫射。在他的眼睛和面貌的表情中含有一种无端的愤怒和苦闷。在这可怕的瞬间，随着萨玛列维奇的针刺似的眼光，教室里散布了一种死一般的麻痹空气……只要动一动，转一转身，移动一下脚，立刻就听到一个凶恶而响亮的声音：

“值日生！把他带到黑暗的禁闭室里去。”

“黑暗的”禁闭室其实是没有的，没有人带我们到那里去，我们不过是到某一个空教室里去打发时光。这是很适意的，功课没有预备好的人尤其开心；然而我们不大享用这种机会，因为被赶出去的时候是很可怕的……还有一种方法，也可以达到同样的结果：只要拉开小刀来剔剔指甲，萨玛列维奇就像一架瘦削的风车受了一阵风似的挥着两手，骂这学生为坏蛋，把他赶出教室去。

他的功课大家都准备得很好。并不是为了他的功课有趣味，却是为了回答不出时很可怕。这样说来，他作为一个教师，算是好的。当然没有人想到，实际上他用什么东西来代替了我们对于神圣的世界的知识。有一次，在地理考试之前，我做了一个奇怪的梦，现在说起来该是“象征的”梦。在一处宽广的地板上铺着一张无边无际的地图，上面有许多涂着色彩的地域、河流的曲线、城市的黑圈圈。我看看地图，记不起城市的名称，也记不起哪一个城市以木材贸易著名，哪一个城市经营羊毛和兽脂。地图的中央，在模糊的一团里，看见一个细长的脖子上长着一个头，一双锋利的眼睛盯住我看，等候我回答……茫无边际而波涛汹涌的海洋、广大而美丽的世界、人类的蓬勃而多样的事业——这一切都被一张有块、线和圈的纸的概念所偷换了……

这个憔悴的人有一种不祥而悲惨的神色。他死得很可怕。他从我们的中学里被调迁到另一个城里。他的妻子是一个善良的女人，命运把她和这个狂人结合了。她在那里获得了管理学生宿舍的职务。照理这是她个人的事，然而萨玛列维奇立刻对她施展了恶魔威势。据说每天晚上就寝之前，他带了家仆们巡视整个宿舍，探察所有的角落、桌子底下和沙发底下。然后把宿舍锁闭起来，钥匙由萨玛列维奇带去放在自己枕头底下。

有一次——这时候已经是八十年代——夜里有人在这个锁闭的堡垒外面敲门。萨玛列维奇叫仆人们用扫帚和拨火棍武装起来，走到门口。外面继续敲门，原来是……“公差”。门开开了，走进几个宪兵和警察来。他们搜查了一个学生，把他逮捕去了。

这使得萨玛列维奇大为惊骇。他有好几天目瞪口呆，有一天早晨人们发见他已经死了。原来是他自己把咽喉割断的。在他看来宪兵比剃刀还可怕……

有一个德语教师叫做克兰茨……他是一个活泼的人，身材不高大，脸上光秃秃没有胡子，枯瘦憔悴，好像神话里的仅由筋骨组成的幽灵。这个人似乎有意在开头的时候把自己的功课变得完全没有意义，可是后来终于教学生掌握了这功课。他异想天开地把全部文法变成研究词尾。

“列昂托维奇，”他叫着，故意歪曲这姓氏的读法，改变了重音的位置[①]，“说出这个名词的变格来：der Mensch[②]。”

---

① “列昂托维奇”这姓氏原来的重音是在“托”字上。——译者注

② 德语，人。——译者注

列昂托维奇站起来，开始变格，他不念这个词，而只念词尾：第一格 sch，第二格 en，第三格 en，第四格 en。复数 en，诸如此类。

如果学生弄错了，克兰茨立刻模仿他，长久地装腔作势，用各种方式来把词念得歪曲。他问前置词的时候作手势：用指头指点下面，同时突出嘴唇，学生就应该回答 unten①；把指头举向上面，同时装出表情，仿佛他的发黄的眼球正在注视飞鸟，学生就应该回答 oben②；迅速地跑到墙边，用手掌在墙壁上拍一下，学生就应该回答 an③……

"某某……这里应该是 ат 还是 ят？这里应该是 али 还是 ели？"

学生必须尽量迅速地用同样的隐语来回答。

席勒和歌德的语言被他变成了一种毫无意义的声音和滑稽脸相的混合物……而且这种滑稽态度是枯燥的，恶意的。这使人感觉到仿佛有一只活泼、刻毒而有危险性的猴子在几十个孩子面前装腔作势。在旁观者看来，这只猴子的动作和跳跃也许是好玩的。但是学生们觉得这个叫跳装腔的东西有很尖锐的脚爪和威势……直到响出下课铃为止。下课铃真像一只雄鸡的叫声，它赶走了这个噩梦中的幻像……

克兰茨在每一班里都看中几个学生，他特别喜欢折磨这几个人……一年级的被折磨者是柯路波夫斯基，他是一个小胖子，头很大，面颊很肥……克兰茨走进教室来的时候，往往蹙着眉头，并且开始嫌恶地用鼻子东嗅西嗅。大家都知道这是什么意思，柯路波夫斯基就脸色发白了。在上课的期间，他皱眉头越来越勤，终于，克兰茨对全班学生说：

"这里有什么气味，啊？你们知道德语里'发气味'叫什么？柯

---

① 德语，在下面。——译者注
② 德语，在上面。——译者注
③ 德语，在旁边、上面。——译者注

路波夫斯基！你知道德语里‘发气味’叫什么？德语里‘弄脏空气’叫什么？‘懒惰学生’叫什么？‘懒惰学生弄脏了教室里的空气’这句话怎么说？德语里‘软木塞’叫什么？‘我们用软木塞来塞住懒惰学生’这句话怎么说？……柯路波夫斯基，你懂得吗？柯路波夫斯基，走到这里来，komm her，mein lieber Kolubowski[①] 来！……”

他用滑稽的手势从衣袋里拿出一个软木塞来。可怜的小胖子脸色发白了，他不知道应该听教师的命令跑过去呢，还是应该逃避这个恶作剧。克兰茨第一次作这表演的时候，孩子们都不禁哈哈大笑。但是后来当他重复做的时候，全班学生都闷闷不乐地沉默了。终于有一次，柯路波夫斯基几乎疯狂似的跳出教室，跑到教师室里去了……他到了那里，并不叙述原由，只是破口大骂：“克兰茨不要脸，蠢才，坏蛋，流氓”……学监和教师们看见这个小家伙发脾气，大为吃惊。当年长的学生把这件事向教师说明之后，校务会议就警告克兰茨，认为他这种开玩笑是不适当的。

这件事发生以后的最初一个时期内，克兰茨到一年级来上课的时候，气得脸色发黄，竭力避免看柯路波夫斯基，不同他讲话，也不问功课。然而这情况持续得并不长久：他的恶作剧的脾气复发了，他不敢完全照样地重新表演，然而还是用鼻子在空中东嗅西嗅，皱眉头，并且叫柯路波夫斯基站起来，从讲台后面把那个软木塞给他看。

拉多米列茨基……是一个和善的老人，胡子剃得不干净，长着老鹰鼻子，说起话来像吆喝似的。他似乎从来不用中和的声音说话，然而大家一点也不怕他。他在高级班里教授逐年废止的拉丁文，在低级班里教俄文文法和斯拉夫文文法。这个人的注意力似乎一半已经丧失了，他对于眼前所发生的事，有许多都注意不到……他像谢

---

① 德语，走到这里来，我的亲爱的柯路波夫斯基。——译者注

德林所描写的检察官一样，仿佛一只眼睛是打瞌睡的。

“波果诺夫斯基！”他开始上课的时候愤怒地叫。全班学生已经约定今天不回答问题。波果诺夫斯基站起身来，用老练的口气说：

“老师，我今天功课没有预备。”

“你这木头！就给你吃根木头[1]。你要像木头一样站到下课为止！……”拉多米列茨基严厉地命令。记分册上就划上一个一分。这学生就站在墙边，两只手臂挂直，竭力模仿一根木头。

“巴甫洛夫斯基。”

“老师，我今天没有准备。”

“你也要像木头一样站到下课为止。也给你一分，你这笨家伙。”

这笨家伙也走到那堵墙壁旁边，用肩膀把波果诺夫斯基推过去些，自己就笔直地站在他的地方了。第三个人又把这两个人推过去些；这样，一排“木头”就排满了整堵墙壁，一直排到门口。在空荡荡的课桌上只剩下十来个没有问过的学生，老头儿继续和他们上课，完全忘记了其他的人。这时候第一根木头悄悄地把门开开，溜到走廊里去了。第二根、第三根也相继跟着他出去……过了几分钟，大家都已经获得自由，不必再上枯燥的课，却兴高采烈地在花园的静僻地方玩皮球了。一所波兰小教堂把他们和校舍的窗子隔开。然而季佳特凯维奇深知道拉多米列茨基上课时有这种特色，有时他出来巡查，把这些逃跑者捉回去。那时教室门开开了，被跛脚舍监赶回来的这些“木头”就狼狈地重新站在墙边了。拉多米列茨基把他那副很大的玳瑁边眼镜推到额角上，吃惊地注视这种莫名其妙的现象……

还有一个人，我不无犹豫地想把他加入在这类人物中。这就是语文教师米特罗方·亚历山大罗维奇·安德列夫斯基。就性格方面

---

① 就是打个一分的意思。——译者注

说；他比较接近于本章开头所说的那一类人物。他心中有他自己的一种迷恋——我不妨称之为他的信仰。他把全部空闲时间、全部思想和感情贡献给一篇以《伊戈尔远征记》① 为题材的洋洋无尽的论文。他在这个沉寂的城市的街道上走路的时候，心中永远关怀着《远征记》中的疑句，毫不注意到周围的情况，有时竟忘记了这一次出门的目的。如果一只套鞋陷在烂泥里了，他就舍弃了这套鞋，管自向前走去。有一次我亲眼看见：风吹起了他的风帽的角，一只角轧住在栅栏缝里了。这个可怜的语文教师正在沉思地进行的时候突然被牵住了，他就停下来，站了一会儿，想再继续前进，可是那个障碍物不让步，他就从容不迫地把风帽从颈子上解下来，让它留在栅栏上了，轻松地走他的路。

学生们都爱这个教师，对他的态度客气而温和，然而他的功课大家完全不温习。他的讲解粗率而紊乱，只有在可以从《远征记》中举例的时候，他的态度才生动起来。他的论文越写越长，但是还没有决心付印，因为其中还有几处存疑的地方，例如："Див кличет вьрху древа"，"рыща в тропу трояню"或"трубы трубят до додутки"……他绝不怀疑地认为应该读作"до додонтки"（内有带鼻音的 o）。然而读作"додонтки"也不大解释得清楚……有时他简直很有趣味，不过这种情形在上课时难得逢到。我们在街上碰到他的时候，很喜欢同他谈话。我们团团围困了安德列夫斯基，向他提出问题，有时向他发表关于"див"、"тропу трояню"和"додонтки"的最可惊的臆说。如果他对于这些觉得厌倦了，而我们还不释放他，他就从衣袋里摸出一本带有铅笔的教室手册来，看看站在他面前的人的脸，沉思而幽默地笑着说：

---

①《伊戈尔远征记》是古代俄罗斯文学的天才著作。其中叙述诺夫哥罗德-塞威尔斯基公爵伊戈尔·斯维雅托斯拉维奇远征波洛威茨人的情形。创作年代是 1187 年。——译者注

“啊，是莫恰尔斯基……我要给莫恰尔斯基在星期一的功课上打个一分。”

他就一本正经地打了个一分。他对于分数抱嘲笑而蔑视的态度，往往为了全班学生的要求，把教室里打的两分改作三分，甚至四分……但是在街路上打的一分，他比较不大肯改。

“老师，”全班学生叫着，“这些一分是你在街路上打的呀……”

“啊，”安德列夫斯基笑着说，“在街路上打的？……在街路上打又有什么关系呢。知识不一定是在教室里显示的。不学无术到处都可以看出……他那时候关于‘див’怎么说？啊？”

“老师，他是库尔斯克省人呀。”

“唔，那又怎么样呢？”

“老师，库尔斯克人身经百战，体壮力强。”

“头戴钢盔而成长，手持矛尖当食粮。”全班学生齐声接着念下去。安德列夫斯基笑容满面了……

“啊——”他带着欢喜而满意的表情说，就把一分涂掉了。

他的漫然的微笑中表现出天真烂漫的童心，也许还有一种非凡的智慧，这种智慧由于孤寂和环境的虚空而钻进了《远征记》的牛角尖里。他在我们面前的行为带有一种真率的狂气，他在我们心中并不留下深刻的痕迹，然而也从来没有一次引起过任何人一点恶劣的或敌意的感想……他的含蓄的微笑中透露出一种温和的幽默之感，他在课堂上有时也会说出中肯的批判或话语，然而关于“文学理论”，即使优良的学生也不能从他那里获得任何概念……

当然，除了像洛托茨基或萨玛列维奇等狂徒之外，在调整我们的知识和精神的教师合唱中，也有中音区的嗓子，曲调唱得多少还像样。这些人当然担任着主要的工作：他们诚恳而坚忍地把教科书中的实际知识灌输到我们头脑里来。不多一点，也不少一点……是一种活的教育录音机……

这一类型的教师中最先浮出在我脑际的，是一个特殊人物斯捷潘·伊凡诺维奇·狄斯[①]。这个人相貌并不漂亮，然而样子很聪明；阔大的牙齿损害了他的相貌，而一对深凹的褐色眼睛使它增加美观。他的服装常常是无可批评的，甚至是华丽的：他的神气很尊严；教课的时候态度安闲，并不动人，然而讲解周详，问问题严格，分数打得很公平。学生都敬重他，规规矩矩地学习他的功课；我全靠他的教导，不再把演算习题看作不可解的魔法了。在他的沉着的尊严中有一种动人的力量，我们对这个严肃的人物也许曾经感到一些向往，然而这向往被他的冷静的孤僻所拒绝了。他对我们和对他自己的功课同样地认真。在他看来功课是功课，年年相同，而我们对功课的掌握有各种不同的程度。在我们之中，在功课之中，完全没有一点东西可以照明这荒僻的城市里、静止的池塘边的生活。据说，他的心灵的主要部分，被一个丑陋男子对一个美貌妻子的爱和嫉妒的隐痛所侵蚀了。大概是因为这缘故，他的服装穿得很华丽，并且把美观的栗色胡须养成各种式样。这些情况在我们看来不大有意义，而我们在他看来也不大有意义。有一条辛酸的格言，据说是狄斯的创作，他把自己的教师经验归结在这里面。

他说："我们吃苦三年，学习三年，教课三年，折磨人三年，于是完蛋……"

我认识他的时候还在他的转变期中。他教课还十分认真，并不折磨人，然而已经开始颓废，开始喝酒了……

在这个人之后浮现在我记忆中的，是同一中音区中特色较少的各种人物。他们同心协力地、或多或少有成效地按照教学大纲驱策我们，把学程所规定的知识传授给学生。这当然是有益的。不过……这种知识营养的供给近似于喂养笼中的鹅：拼命地把吃厌了

---

① 斯捷潘·伊凡诺维奇·狄斯的真姓氏是崔斯。——原编者注

的食料塞给它吃，而这只可怜的家禽胃口有限，不肯接受所要求它吃的分量。

在教学过程和无尽的求知欲之间，联系着一根柔和、细致而生动的线索，它能使求知欲明朗起来，旺盛起来，生动起来——而现在这线索寂然不动，或者偶然难得动一动……自有见解的奇才不适合于要求教条统一的官立机构。能力高强的人纷纷离去，庸懦无能的人麇集于此，于是死气沉沉的古堡旁边瞌睡蒙眬的城市中的生活就占了上风。教师们起初梦想写论文，梦想调迁到别处去，后来结了婚，贪恋瞌睡蒙眬的甘美，在俱乐部里玩纸牌，到关外散步，说长道短，光顾温特劳勃酒店，互相勾肩搭背、踉踉跄跄地从那里走出来，或者到园林后面的小房子里去，有时老师和高级班的学生在那里碰头……

我所知道的少数优良教师之一阿甫杰夫（关于这个人，我将在后面详述），在第二学年开始的第一课上向全班学生作一个滑稽的提议：

“诸位，你们哪一位有我去年第一课的笔记？有的吗？很好。请你们考考我：现在我开始讲课，要是有和去年所讲的同样的句子，请你们指出来。”

他开始在教室里走来走去，随口说出语文学的绪论来，我们大家检查笔记。我们时时要求他停止，因为他把纲要改变次序，编成了另一套讲词。似乎只有一次有人捉出了和去年同样的句子。

“唔，这还算好。”他高兴地说。然后叹一口气，又说：“过了十年之后，我就要唱老调了。啊，诸位，诸位！你们取笑我们，却不知道实际上这是多么可悲的事。起初一切都兴高采烈！自己还学习，还找求新的思想和明朗的表现……然而一年又一年，终于停滞了，变成了刻板形式……”

教师停滞起来，至多不过变成一台录音机，用中音部嗓子来把教科书里的知识灌输到学生头脑里去，而获得平凡的成就。然而在这共同合唱中最显著地突出的，是被红黄鹦鹉啄伤了的狂徒们的尖声怪气的假嗓子和精神的不协和音。

这只厄运的、机械的鸟对于一群群地通过我们那些中学的历代青年的生活和命运，发生了怎样的影响，有谁顾虑到呢！……

……

我们的校长屡屡调换。学监则常是斯捷潘·雅科夫列维奇·鲁舍维奇，他后来被任命为校长。

这也是一个特殊的、仿佛有象征意义的人物。他的身躯魁伟而笨重，穿着宽大的制服和极宽大的裤子，是一个大模大样的官吏；他的脸仿佛是用橡树砍成的，镶着两绺灰白的官样连鬓胡子。他的声音也是洪大而笨重的，他的教育权威就扎根在声音相貌的优势上。

他通常把犯过失的学生叫到学监室里去。学生必须在他的严厉的、有催眠作用的目光之下从门槛上走到桌子边，这目光仿佛用一种压迫的、沉重而坚韧的东西包围了这个牺牲者。这人的两只脚粘住在地板上了。他觉得随意地走过去是一种罪行，而站着不走是更大的罪行。他的眼睛不知不觉地沉下去，然而总觉得近处有一张巨大的没有表情的脸、一双暗灰色的大眼睛和两绺灰白色的连鬓胡子照临着他。这时候有一种压迫身体的、不可解的，然而专横的感觉。刹那间的可怕的沉默……沉重而低钝的问话……胆怯的、否认的回答声……

突然这个巨人挺身而起，高处就狂暴地响出飓风一般的叫声。这时候鲁舍维奇大都喊出两三句听不懂的话，这些话的效果全在于这个威势逼人的大躯干和雷霆似的咆哮。最可怕的是这最初的一段时间：你觉得仿佛站在摇摇欲坠的岩石之下，不由得想伸起两只手来抱住了头，赶快逃走，或者钻进地里去。过后我们欢天喜地地奔向禁闭室，仿佛走进避难所一样……

后来，到了高级班里，学生和校长双方身躯的对比不相上下，鲁舍维奇的吓人的魔力也就消失了。后来我才知道，这个人本质上并不凶恶，而且竟是善良的。那时候，实行秘密检察和卑劣的政治搜查的“内政”在学校里还没有那么盛行，——单从这点上说，他就胜过后期的一般校长。不过他完全不是一个教师，威势逼人的魁梧奇伟是他维持秩序和纪律的唯一法宝[①]。零星不断的游击战是当时学校生活的基调。

冬天黎明时光，潮湿的晨曦中朦胧地闪耀着灯火微光的时候，长长的二层楼校舍中就出现一个跛脚的人影，他向四周张望一下，隐没在薄暗中了。季佳特凯维奇是一个不知辛苦的“猎人”……

七点钟以前，住在公共宿舍里的学生必须坐在桌子旁边预备功课。然而这难得实行，不法的睡懒觉的主要美味正在于这样的一种意识：那只猎犬季东奴斯在朝雾弥漫的某处踏着铺路的木板偷偷地走过来，有时套鞋陷入泥泞中，也许就在这时候他已经从街上向窗子里探望着……泥泞、雨雪、冬岚和风暴，都不能阻止这个不知辛苦的密探。在阴雨天气，这种罪恶的睡眠偏偏特别有力地压迫学生，因此他们就更容易被捉住……如果他从外面向宿舍里探望，看见里面秩序井然，他就失望地回去，仿佛猎人扑了个空。要是不然，他就突然出现在门口，扬扬得意，两眼发光，用亲切而满意的语气索取《宿舍日志》。如果他在附近某处黑暗地方看到了鲁舍维奇的硕大的身躯，他就像猎犬向主人暗示获物时那样得意地站定了，然后引

① 校长的真姓名是雅科夫·斯捷潘诺维奇·苏舍夫斯基。在柯罗连科的档案中有这校长的儿子谢尔盖·雅科夫列维奇写给他的一封信，从这封信里可以看出，柯罗连科曾经写信给谢尔盖，并且送他《我的同时代人的故事》的第一卷。谢尔盖写信向他道谢，说：“同时代人的故事非常有趣，使人看了不忍释手……学生们和教师们都复活在眼前，其中有几个人蒙上了新的光彩。”关于他的已经过世的父亲的形象，他这样写着：“敬爱的符拉季米尔·加拉克齐昂诺维奇，您说您关于我父亲的描写也许会引起我们的不满。不，没有什么。既然这是事实，又有什么办法呢？”——原编者注

导他到出毛病的宿舍里去……鲁舍维奇威严而阴森地走进房间，像一个黑柱子一般站定在贪睡的人的床前了……直到现在我还清楚地记得在他的顽强而严厉的眼光之下惊慌地醒来时的情况……

学生都到学校里去了之后，季佳特凯维奇走到空洞洞的宿舍里来，乱翻箱子，没收香烟盒，凡是抄出的东西，他都记录在《日志》上。吸烟，看“禁书”（指皮沙列夫、杜勃罗留波夫、涅克拉索夫的著作；至于“非法读物”，我们那时候还没有听到过），在禁止洗澡的地方洗澡，划船，在晚上七点钟以后散步——这一切都列入学生犯规的法典中。在犯规的分类中，也可以部分地看出那种狂人的作风：处理问题不根据行为的罪恶程度，而根据教师捉拿时的劳力。城里和城的四郊有许多池塘和小河，但是划船是禁止的，洗澡必须在浸亚麻的水塘里。学生当然管自划船，并且在河里或磨坊水闸下面飞沫喧噪的地方洗澡……往往在洗澡的兴头上，当我们逍遥自在地在河里潜水的时候，山坳里“警察局长浴场”旁边的高高的黑麦中突然出现一顶蓝色的制帽，季东奴斯就一瘸一拐地从小路上很快地跑下来了。我们连忙拿了衣服钻进芦苇里，好像鞑靼侵略时期的逃亡者。跛脚的舍监像母鸡一般在河岸上跑，乱叫学生的名字，使我们相信他是全都知道的，要我们出来自首。我们站在芦苇里，冻得发青，然而简直没有人出来自首……要是舍监拿到了洗澡的人的衣服，那么这人就必须出来穿了衣服，跟他到学监那里，再从学监那里转入禁闭室……处罚总是不根据过失的轻重（其实显然是很轻的），而根据捉拿时所费劳力的多少……

晚上七点钟之后走出宿舍，也是犯禁的。所以太阳落山以后，在学生们看来，这个小城市里的街道和胡同就变成了埋伏、截获、突然袭击和种种巧妙躲避的场所。特别危险的地带是连通两条并行街道——中学街和白杨街——的狭胡同。黑暗的秋夜，很容易突然碰到季东奴斯，有时更倒楣的，是碰到学监本人：他听到了我们的悄悄的脚步声，就把背脊贴在墙垣上，然后……突然在近处照出一盏龛灯……这是恐怖的瞬间，第二天早上教室里就纷纷谈论这件事……

然而我回想起这种特殊的竞技，觉得很可感谢。中学不懂得施行有趣味的教育，它不企图而且也不善于利用没有被死板的背诵和枯燥无味的上课压得透不过气的、过剩的精神力量和青春热情。假使我们的单调的生活中没有加入这种特殊竞技的插曲，我们可能会因枯寂而完全变得死气沉沉，或者变成刻板的背诵机器（有许多人已经变成了）。

然而我回想起那些长满浮萍的广大的池塘和通连各池塘的静静的小河，觉得尤其可以感谢。夏天，我们像海盗一般在这里操舟，尽量迅速地穿过水面广阔的地方，钻进芦苇里，躲在桥底下，桥上学监经过，响出沉重的脚步声，或者季佳特凯维奇一瘸一拐地走过……秋天，池塘上开始盖上了一层薄冰，从那时候起，我们就不耐烦地等候它们的冻结……直到现在，我耳朵里还听得见从岸上丢到薄冰上去的石子的抑扬而铿锵的声音……冰厚起来了……上面已经有天鹅站着（这些天鹅不久就要被收回去过冬的），然后我和哥哥穿上冰鞋，冒着陷入冰下或进禁闭室的危险而试行滑冰。我们尝试之后过了一星期，鲁舍维奇郑重其事地从岸上走到池塘上，校工萨威里用一根铁铤来检查过冰的厚薄，然后正式许可滑冰。每天午饭之后，池塘上回翔着几百个矫捷的男孩子，忽而聚拢来，忽而散开去，在兴致勃勃的忙乱和笑声、叫声中跌倒在冰上。教师们也穿着冰鞋笨拙地滑冰，他们在许多小孩子中间好像一群小鱼中的几条鲟鱼。这里面有身躯硕大的彼得罗夫，好像一座将要坍倒的宝塔；连林比也在这里，他不穿冰鞋，冻得满面发红，叙述着他们在彼斯塔洛齐的学校里滑冰时的情况。代替克兰茨的德国人格留克，连穿了冰鞋站着都老是学不会，就定做了一双底上有两条棱的冰鞋①。穿了这双冰鞋固然方便，可是转弯很困难。猛烈的风吹送他那穿着宽皮袄的小身体，把他从平滑如镜的冰面上一直推向小河那边。我们喊他，告诉他小河上是危险的；这个可怜的德国人挥着两手，他的皮袄像风帆一样敞开……一会儿他滑到了黑色的脆弱的冰上，冰喀嚓一响，就沉了下去。格留克咕咚一声掉在水里了，幸而不是水深的地方。孩子们把头巾缚拢来，大家排成一行，叫一个身体最轻的人跑向小河边，把头巾抛过去。然后一声号令，一排人唱着歌，喊着“万岁”，把湿淋淋的格留克拖到了厚冰上。

天气特别晴朗的日子，男女市民都来游玩。她——在灰色大衣里怦怦地跳着的许多心所崇拜的偶像——有时也跟着妹妹和母亲到这里来。呜呼！我那个可怜的同时代人也是她的崇拜者之一……②大家争先恐后地拿橇车来请她坐。一个最幸福的人从一群竞争者手里抢到了橇车……于是起劲地奔跑，橇车的滑木吱吱地响，冷风送来香水的幽香，她那个小小的头由于寒冷和胆怯而偎在皮手笼里。这个广大的池塘似乎太狭小了……一刹那间已经到达岸边……

天黑下来了……两个校工、舍监和学监在池塘周围巡行，把迟迟不肯散归的学生赶出滑冰场去。冰面上人迹渐渐稀少了……一大片芦苇后面升起一个月亮来，它的寒光射到古堡的边上；雪白的冰面上映出光辉，有时发出破裂声和呻吟声……还有黑黝黝的五六个人影继续在那里回翔……在岸上，在校舍旁边学监的住宅的扶梯上，出现一个高大的黑影。这是鲁舍维奇在那里探察违法的滑冰者。从

---

① 他们所用的冰鞋不是普通滑冰场用的、底上有四个小轮子的那种，而是比鞋子长得多的像刀一样的东西。底上有两条棱，容易站稳。——译者注

② 关于这童年的恋爱史，作者另写单独的一章，他没有把这一章刊印在本文中（见本书附录中的《童年时代的恋爱》）。——原编者注

学校方面走下几个黑黑的人影来，他们来围剿了。也许季佳特凯维奇已经从另一方面、岛子那面绕道而来……然而月光迷离扑朔，使人认不出谁在滑冰……我们让这些追踪者走近来，几乎环绕着我们。然而接着我们就迅速地跑向危险地带……冰上发出的声音越来越尖，向下弯的薄冰层在脚底下发出抑扬的吱吱声，近旁有黑洞洞的冰窟窿……嗞——……逃亡者一个跟着一个，保持着相当的距离，通过危险的小河，滑到了另一个池塘上……那些追踪者站定了，商量一会，大都就此撤退……他们的影子消散在寒冷的烟雾中了……平滑的池面上又听见铁在冰上滑过的轻微的吱吱声，我们继续在月光底下默默地回翔。

我早已从优等生降为中等生，并且觉得这样对我最为适宜，因为我不致为虚荣心烦恼，三分也不会使我悲伤……反之，我在这种月夜的池塘上胸间呼吸得多么畅意，在这种自由的活动中想象力运转得多么快适……月亮升起来了，窥进死气沉沉的古堡的空窗里，映出金色的飞檐，使一些模糊的影子神秘地悄悄地活动起来……有的东西蠢动着，有的东西呼吸着，有的东西活跃起来……

后来我睡得很熟，虽然功课完全没有准备……

现在，我回忆起在罗夫诺中学念书的最初两三年，自问当时最光明最健全的是什么，我只有一个回答：是大群的同学，是对学校当局的有趣的战斗，还有许多池塘……

21
家里和学校里的宗教

这还是在日托米尔时候的事。那时候我还没有进中学，有一次我家来了一个老人，他嘴上长着浓厚的、雪白的髭须，下巴剃光，身上穿着一件灰色的军装大衣。他是我母亲的姐姐的丈夫；他姓库尔采维奇，名字叫做卡齐米尔[①]，可是通常大家只称他为上尉。他是波兰人，是天主教徒，然而起初在俄罗斯军队里供职，后来转到农林部，就从那里退职，成为一个“有制服及年金之林务团二等上尉”。他的制服是军装式的，有白色的肩章，高腰身，短前襟；因此上尉穿了这件衣服，样子好像一个瘦长的中学生穿了去年的太短小的制服。而在有饰带的紧紧的衣领上，一张老相的脸绷得很紧，血气旺盛，上面长着像牛奶一样白的髭须。

在上尉来到的那一天，午饭之后，父亲衔着烟斗躺在自己床上了，上尉穿着短外衣走到他面前，开始叙述他到彼得堡去旅行的情形。那时候从偏僻的内地到首都去旅行是一件非同小可的事，而上尉又是一个谈锋很健的人。讲故事的人本身对故事的兴趣，是博得听众欢迎的主要条件；而上尉讲故事的时候总是精神抖擞。现在，父亲躺着吸烟的时候，上尉一边讲，一边在房间里走来走去，有时站定了，做手势，自己讲得兴味津津，使别人也听得兴味津津。他曾经路过维尔诺，看见那里的城门上到现在还挂着“立陶宛追击者”[②]的徽章。大家都觉得这很奇怪，因为在我们这里为了这个“标志”要进监牢的。后来他描述铁路的光景（我父亲一生没有坐过火车）。他在首都参观了一切值得参观的东西。他到过艾尔米塔什博物馆，在那里看到了圣母的画像。

“你知道，脸上流着眼泪！……是活的！”

然而给他印象最深的，是参观普尔科沃天文台。他自己也买了一架手携望远镜，但是这和天文台里的完全不同。在普尔科沃天文台的大望远镜里眺望月亮，“可以了如指掌地看见高山、深渊、溪

① 实际上是卡齐米尔·屠采维奇（1806—1878）。他和卡罗里娜·约瑟福夫娜·斯库列维奇结婚（见第21页的编者注释）。——原编者注

② “立陶宛追击者”是立陶宛的国徽。上面画着一个骑在马上奔驰的骑士。——原编者注

谷……总而言之，可以看见像我们地球一样的整个世界。你简直可以想像就要看见一个农人和一辆货车了……望过去都很小，这是因为，你知道，月亮离开我们地球有几千，几万……不，我说得不对：有几万亿英里。”

他站定在房间中央了，举起两只手，伸展开来，用以表示空间的无边无际。母亲和姨母们站在书房门口听，她们是被这个讲故事的人的高谈阔论引诱来的。我们兄弟三人也早已钻进书房的角落里，在那里屏息静听……当上尉的两只手高高地挥向天花板的时候，天花板似乎移了开去，而上尉的两只手就深入到了无边际的空间。

后来他突然停止了手势，说：

“你听我说：如果有人看到了我所见的一切，而且跟聪明人谈谈，那么……喏，总而言之，他对于许多东西，不再像从前一样盲目信仰了……”

“譬如什么呢?”父亲问。

“譬如什么？喏，就譬如：约书亚说：日头啊，你要停在基遍，月亮啊，你要止在亚雅仑谷①……可是，你知道，我们现在有了这些望远镜和别的科学，就可以清楚地知道不是太阳环绕地球，而是地球环绕太阳……”

“那又怎么样呢?”

“怎么样？那就是说，太阳不能听约书亚的话而停下来……太阳一向是停着的……既然地球还是不断地转着，那么，你知道，这句话就毫无意义……”

父亲笑起来，说：

“病人请教庸医！约书亚是不懂天文学的，就是这么回事。”

“对呀，对呀，他不懂得……我不是这么说吗？他不懂得，可是

---

① 见《圣经·旧约全书·约书亚记》第十章第十二节。——译者注

他支配宇宙……”

“支配宇宙的不是他，是上帝。上帝知道应该制止什么东西，怎样制止它……”

上尉怀疑地摇摇头……

“制止……这样庞大的东西！我决不相信！”

于是他挺身而起，须发斑白，身材魁梧，样子很动人，他又开始有声有色地描述宇宙之无穷了。他讲得出神，就一步一步地推进他的怀疑论，远远地超过了约书亚和他对亚摩利人的小冲突。

“圣书里说：‘天是我的座位[①]’……可是你到望远镜里去望望这个天……你就看见月亮上有高峰、火山、深渊……土星上围绕着火环。还有金星、火星、木星，你知道，都是星辰，都是行星……这些星都比我们的地球大……无边无际。一切都在宇宙中不断地回转。啊！你倒说说看，什么叫做座位。哪里是上，哪里是下呢？瞧，现在我站着，头向上面仰起……可是在我下面，在美洲那些地方站着的人，难道是跟我脚掌对脚掌，而头向下的吗？是这样的吗？不，他也认为是头向上的……总而言之，你倘能懂得了这一切，清楚地设想一下，那么，我告诉你，你简直会觉得这一切都在你身子里回旋流转，回——旋——流——转……”

上尉又伸起两手，仿佛以一个轴为中心而正在把宇宙旋转来；我们怀着几分恐怖，仰起了头看他施行这种危险的操作……

“咳，卡齐米尔，卡齐米尔！”母亲用责备的口气说，“多少人到过首都，而且还住在那里，可是他们还是信仰上帝。你只去过一趟，就说这种蠢话。”

“还是个老年人呢。”姨母愤慨地接着说。

“哈！信仰上帝……”上尉回答，“关于上帝我什么也没有说

---

①《圣经·旧约全书·以赛亚书》第六十六章第一节。——译者注

过……我不过说，圣书里有许多不很那个的……喏，要是你们不相信，可以问他（上尉指着父亲，父亲正在微笑着听他们争论）：我说脚掌对脚掌站着，是不是真的？”

我看看父亲，以为他会把这个翻天覆地的世界恢复原状，可是他点点头说：

“真的……”

后来他吸了两口烟，又说：

“这些都没有什么关系。每个人的上面是他自己的头顶，下面是地球的中心……而上帝到处都有：上面、下面、四周。这就是说，我们到处都可以求教上帝。卡齐米尔，我问你，你这一次有没有去看过杨？”

“去看过。”卡齐米尔回答。

“唔，怎么样，他近来好吗？”

“过得还好……他请求当禁卒。”

“唔，后来怎么样呢？”

“省长看看他，说：‘好，倒是一个出色的禁卒！’以后怎么样，还不知道。”

“唔，那么他家里的鬼安静了吗？”

“啊！哪里安静！吵得更凶了。”

上尉就把他的谈锋转向另一条路上去。杨·库尔采维奇[1]是他的亲戚，是一个军人，曾经在高加索服务。他在那里参加侵袭，被捕获了，据说受了内伤；退职以后，回到家乡，带来许多惊人的奇谈。据说彻尔克斯人把他的一个同伴钉在土屋的墙上，年轻人就拿他当作靶子，用手枪和弓长久地练习射击。杨自己每次都免于遭难，有时不免仗着神怪力量的保佑。他回到家乡以后，那些恶魔也来跟

---

① 实际上是杨·屠采维奇，是上尉的亲兄弟。——原编者注

着他：他家里的一切东西——桌子、椅子、烛台、壶瓶——都是活的，会移动，会敲响，会从这个屋角飞到那个屋角。夜里，在黑暗的房间里发出敲打声、絮语声、沙沙声、叹息声和呻吟声。常常有无形的手在黑暗里伸过来摸人的脸，毛茸茸的，像天鹅绒一样。有一次，有一个黑色的、毛发蓬松的、软绵绵的鬼怪在走廊上抱住了他的腰……

"他在黑暗里怎么看得见这个鬼怪是黑的呢？"父亲微笑着问。

"你知道，奥妙就在这里，"上尉率直地回答，"暗得伸手不见五指，可是他还是看得见是毛发蓬松的、黑的……擦起一根火柴来，什么也没有……一切都肃静无声。有一次他在地板上撒些灰……早晨灰上留着脚印，好像是一只大鸟的脚印……还有，在不久以前……"

接着他就讲一个白"鬼魂"的故事，这鬼魂从附近的墓地里来到杨的新屋子里。"不幸的游魂，你向我要什么？"杨问。鬼魂呻吟着，悄悄地走出房间去了。杨立刻穿上靴子，披上彻尔克斯上衣，拿了手枪，带了一个也到过高加索的仆人，跟着这个鬼魂走去。他们穿过一片荒地，走向墓地去。那个仆人胆怯起来，留在围墙边了，杨独自前进。鬼魂化作一道云雾，飞向坟墓，在坟墓上停留下来，像烟气一般回荡，后来像蛇一样盘成螺旋形，轰然长啸一声，钻进坟墓里去了。杨脚底下的地动荡起来，一阵旋风把他吹起，他突然发见自己躺在床上，而且是脱了衣服的……

"那个仆人呢？"父亲问。

"他睡得像死人一样，你知道。好容易把他叫醒……他一点也不记得。"

"你为什么知道你的杨不是做梦呢？"

"啊！做梦！他的靴子上沾着露水呢！……"

父亲笑了。

“卡齐米尔，你真古怪!”他说，“我刚才故意问你杨的情形。你怀疑上帝，却相信荒唐的故事……”

“嗳！不能这样说！你知道，自然界里的确有这种情况……我并不是说，这一定是鬼或者超自然的东西……也许是磁力……科学将来总会研究到……”

“磁力会向你呻吟吗?”父亲讥讽地说。

这天晚上我们家里很恐怖：哥哥醒来的时候，看见一双毛茸茸的黑手向他伸过来，他就叫起来……我也睡得不好，做了许多乱梦，醒来的时候浑身是汗……

第二天晚上，哥哥走过黑暗的客堂的时候，忽然叫起来，飞速奔向父亲的书房里。他在客堂里看见一个高大的白色的形体，正像上尉所讲的那个“鬼魂”一样。父亲叫我们跟着他去看……我们走到门槛边，向客堂里张望。微弱的反光照在地板上，在黑暗中消失了。左面的墙边站着一个高大的、白色的东西，的确像一个人的形体。

“走过去看看，这是什么?”父亲对哥哥说。哥哥刚刚向黑暗的地方走了几步，突然飞速地奔回门口，把我们推开，就逃走了。

“傻瓜!”父亲懊恼地说，“来，你们两个人去看……去!”

我们迫于父亲的命令，提心吊胆地走过去……我们两人一同战战兢兢地走过去摸到了这个哑谜的形体……原来这是一块熨斗板，是女仆放在这里忘记了归原的。

“你们看，”父亲说，“像这种可怕的事，只要不怕它，结果总是这样。”

一般地说来，父亲虽然虔信宗教，却完全不是迷信的。上帝看见一切，知道一切，安排一切。他的昭彰严明的法力支配着世界。不相信上帝是愚笨的，相信梦和一切鬼怪也是愚笨的。

此后，上尉和他的故事给我们一种混合的印象：故事是有趣味的；但是他不相信上帝，却相信鬼怪，称它为磁力，说它的脚像鸟脚。这是可笑的。

就在这期间，我又认识一个无信仰的人。我的舅舅[①]结婚了，他热爱他的年轻的妻子，生活幸福无比。他很喜欢我，蜜月里邀我到他家里去。我住在他们家里，那时候我不大懂得我舅舅生活中这事件的意义，只是无意识地感受着幸福的气氛和一种光明焕发的温柔的气氛，这种温柔在这所小小的住宅里也波及到我身上，仿佛是从金色的云雾中流出来的。这情形一直继续下去，直到我们这里来了一个新人物为止。这人是我的新舅妈的弟弟，是基辅大学的学生[②]。他的脸很白，头发是黑色的，短短的连鬓胡子修饰得很讲究。他不喜欢孩子，有一次，他不管我在场，说养孩子不如养狗。舅妈看看我，责备地向他使个眼色。

“这小孩子懂得什么。”他轻蔑地说。这时候我坐在舅妈旁边，正在专心地从碟子里喝茶，心中暗想：我什么都懂得，并不比他差；他这个人真讨厌，他的连鬓胡子好像粘在面颊上的。不久我知道：我所不喜欢的这个“叔叔”曾经在基辅解剖青蛙和人体，没有找到灵魂，因此“不信神，也不信鬼”。

总之，这两个“无信仰的”人物在我的想象中都起了作用。上尉是有趣味的，有风采的；这个未来的医士则是枯燥乏味的。这两个人都没有信仰。一个是因为看了望远镜；另一个是因为解剖了青蛙和人体……我觉得这两个原因都不够充分。

我由于这情形而回想起了一种很明确的情绪。有一次，我站在院子里，没有事做，也没有目的。我手里什么也没有。我没有戴帽子。站在太阳里稍微有点不舒服……但是我完全想得出神了。我想：

---

① 即根利赫·约瑟福维奇·斯库列维奇。——原编者注

② 这个大学生的某些特点也表现在《夜晚》这篇小说里米哈伊尔叔叔的形象中。——原编者注

将来我长大了，做了学者或医生，到过京城，我还是决不，决不会抛弃我父亲、我母亲和我自己所虔奉的信仰。

这有点像起誓。我概观了我所知道的整个小天地。这天地范围不大，我不难在这里面区别出真理和迷妄来。有信仰，就是像父亲那样心境明慧而安宁。没有信仰，则或是像上尉那样可笑，或是像那个青年医士那样枯燥乏味。关于怀疑，关于比约书亚制止宇宙运转更难以制止的那种怀疑，我那时候没有丝毫概念。它在我的小天地里没有占据任何地位。

这虔信的一瞬间永远是我的精神生活中的一个光明的岛屿。在这以前和以后的许多时间，都蒙着浓雾。只有这个岛屿远远地、却很明显地浮现着……

我乐愿上教堂，只要准许我不到大教堂里去（因为在那里学生一排排地站在学校当局的监视之下），而到附近的圣潘泰雷蒙教堂里去。在那里，我站在离开父亲不远的地方，努力抓住真正的祈祷情绪，这往往比以后在无论什么地方都容易成功。我注视着小祭坛上所进行的礼拜仪式。群众的祈祷的絮语声也感染到我身上，有一种广大的、共通的气氛抚慰着我，像一条平稳的河流一般拥着我走。我就忘记了时间……

我转入罗夫诺中学的时候也怀着这种心情。在这里，上第一堂神学课的时候，神甫克留科夫斯基就叫我到讲台上去，要我读祈祷文。我读《主之祈祷》的时候，弄错了重音，把“На небесéх”[①] 读作了“На небéсех”。

神父的脸色变得凶恶起来。

“На-а не-бéе-сех，”他用不快的颤抖声摹仿我，“На небéсех……

---

① 意思是“在天上”。——译者注

怎么会教你这样念！你妈妈是波兰人吗？[1]”

我的血涌上头来。我低下了头，不念下去了……一种无定形的感觉涌集在我的胸中，沸腾起来；但是我不能表达出这种感觉，那时候我很可能放声大哭或者跑出教室去，然而想起了同学们都同情我，就得到了支持。神甫不能使我继续念祈祷文，就放我回到座位里。我坐下之后，我的邻座克罗尔对我说：

“他总是这样，这个可恶的神甫。我父亲也是新教徒。”

回家的时候，我在路上一直默默地嘟哝着各种愤怒的话，这些话应该在当时就想出，我痛恨没有及时地想到……

神甫克留科夫斯基这个人自有他的特点和趣味。当我们已经到了高级班的时候，我有一个同学叫做沃洛德凯维奇，是一个好青年，有时喜欢谈高深的话题，有一次他含意深长地对我说：

“你知道我所听到的关于克留科夫斯基的消息吗？他曾经进过研究院，可是没有毕业……被开除了……他是服尔德信徒[2]……”

“恐怕是谣言吧。”我怀疑地说。

“不，不是谣言。他曾经写过一篇论文：《上帝有思想吗？》……”

“唔，怎么样呢？”

“你不懂得……这是非——常、非——常……”

非常什么，他没有说出来；然而这个不确定的消息不知怎的立刻联系到了我对于这个神学教师的概念。这个人长得很不漂亮。他的脸憔悴而带病容，头发稀薄而挺直，髭须和胡子都很少，眼睛细小而敏慧……有时他的讲台上放了一个女靴形状的墨水瓶，他就嫌恶地皱着眉头，把脸扭向一旁，伸出两手，仿佛在那里推开诱惑的

---

① 波兰人念“на небесех”的时候重音是在“бе”上的。——译者注

② 服尔德（1694—1778）是十八世纪法国的自由思想家、著作家，他反对教会及封建制度。——译者注

东西。他并不严厉，也不苛求，后来我没有和他冲突过。然而同时在他的声音里从来没有听见过一个含有内心感情和真诚信仰的音调，却常常可以感觉到他的熟练的、枯燥而十分冷淡的渊博。此外，他又是一个激烈的俄罗斯化拥护者，曾经反对立在交叉路口的“罗马式”十字架，反对简陋的教堂里的“非正教的”圣像，反对灌顶式的洗礼，反对“波兰化的”沃伦省神父们诚心诚意地给孩子们起的天主教名字。例如，我们班上有一个正教徒学生施巴诺夫斯基，他的学生证书里写着的名字是孔拉德。神学教师在名册里改变了他的名字，为了表示惩罚，竟不给他改为孔德拉谛，而命令他叫做孔德拉特[①]。

“施巴诺夫斯基，”他在教室里叫他，“你的名字叫什么？”

这个青年低着头，只得把他惯用的名字改说作孔德拉特。

中学校舍里有一个自用的教堂，做礼拜的时候监视得很严格。大清早，我们所有的正教徒必须集合在一个大教室里。舍监或学监到这里来点名。点过名之后，休息五分钟，这期间舍监们严格地监视着，防止有人逃回家去。然后带我们走进教堂。最矮小的人站在前面。每一班人的旁边站着一个班长，好像一排兵里的排长一样。旁边站着舍监们，仿佛连长，他们斜过眼睛来监视秩序。后面高高地站着鲁舍维奇，好像一座瞭望台。他自己只是抽空做祷告，祷告的时候他那张庞大的脸就变得温和。但是他在大部分时间都用心地督察着我们的队伍。舍监们也监视着我们；因此我有时体会到这样的一种感觉：仿佛前面、后面、两旁都有无形的线穿过我的身上，而后面还有鲁舍维奇的严厉的眼光一直盯在我的背上……冗长的祈祷就变成了炎热的沙漠中的困疲的旅行，接近祈祷末了的几次熟悉的呼声仿佛是几个绿洲……

---

① 孔德拉谛是正式的名字，孔德拉特是俗称。——译者注

铜环在金属丝上发出刺耳的叮当声。祭坛的正门关好了，幕拉上了……各排学生里面的沙沙声和轻微的动作打破了麻痹的沉寂。谢天谢地，一半已经过去了。谐调的合唱队就唱出《天使颂》。

又是沉寂，心里胡思乱想，两脚麻木不仁……又是一阵沙沙声。指挥者用音叉敲敲栏杆，把它举起来，挥动着，合唱就用熟悉的音调流畅地唱出：

“О-о-от-че на-а-ш … Иже еси на небе си и и …”接着又是迷迷糊糊的一阵，香炉的响声，缭绕的烟气，听不进去的呼声，头脑里一连串颓丧的念头……

“До-стой-но есть яко во-истину …”这曲调唱得很生动，仿佛有一种欢喜之感：“三分之二过去了”——这念头闪过学生的心中……

这就是极大部分强制祈祷者的“会晤上帝”。

这些礼拜式中，只有一个瞬间洋溢着一种特殊的、动人的祈祷诗趣，这瞬间到现在还保存在我的记忆中。这就是晚祷中唱“静静的世界”的时候（晚祷是和晨祷合并做的），尤其是在暮春和早秋的时节。夕阳西沉，它的最后的光线投射在池塘那边岛子上的高大的白杨树上……教堂的打开的窗子里飘出一缕缕芬芳的青烟，屋角里和祭坛上潜隐着神秘的阴影，蜡烛火光更加明亮了，基督像在暗蓝的微光中伸展着两手，合唱队的幽静的歌声和谐悦耳，在落日的临别的光辉中飘荡着……“静静的世界，不朽的天父的神圣光荣……”

眼见得白昼过去……清静的夜晚降临了……仿佛有一个善良而亲切的人在那里说：再过几分钟，这长久的站立就要告终了……

做过弥撒之后，不放我们回家，又把我们赶进那个教室里。以后是讲解《福音书》。又是五分钟休息，打钟。神学教师已经在教堂里换好了衣服，走上讲台来。他的第一个问题是：

“今天在《使徒行传》里读了些什么？在《福音书》里读了些什么？”

于是，出现了一种精彩的光景，我的同学们大概都还记得吧：一百五十个人刚刚从教堂里走出来，知道教师要拿这个问题来一个一个地考问他们，可是大多数人已经把《福音书》和《使徒行传》都忘光了。仿佛在教堂的门槛边有人无声无息地把这两小时里所读的和所唱的一切东西统统从你的头脑里敲了出来。被问到的人束手无策地向左右张望，用肘推推他的同学，两只脚在课桌底下踢动，广大的教室里从这头到那头传遍了细语声和探问声……一个个被叫到的人都默默无言，或者不三不四地回答些话。神甫动怒了，说些嘲骂的话，用打两分来威胁我们。

这种情形之下唯一的救星，是请这位司祭长解答某个“疑难问题”，小小的、适当的、宗教上的疑问。司祭长是博学的，乐愿解答课外的问题。他说话明白流畅，善于引用经文。他对于供给他这种谈话机会的学生怀着好感，这学期里给他打很好的分数……

但是这办法很不可靠。问题必须是纯粹形式的，是不超过这司祭长的博学范围之外的。切不可提到实际的、生动的和费脑筋的疑问。涉及俄罗斯化或教会官吏，也是危险的……这时候司祭长的脸色就不愉快起来，他很久不会忘记这个不谨慎的发问者……

最常常提出问题的，是加甫利洛·日丹诺夫。他是我的朋友，是一个漂亮的小俄罗斯人，一双天真烂漫的眼睛突出着，头发蓝黑色而鬈曲。在教堂里他读《使徒行传》。他的嗓子很悦耳，音域不广，然而很清朗；他以此自豪，常常和辅祭竞争。辅祭的嗓子是沉着的男低音，曾经很有力量，然而早已因喝酒而受损害了。他知道加甫利洛在跟他竞争，因此看不起他，常常抓住他唱结尾高音时的破嗓子而加以夸张。加甫利洛也常常在走廊上模仿他的腔调……这变成了他的习惯，因此有一次他带着《使徒行传》走到圣障前的台上，清一清嗓子要唱的时候，竟不唱他应该唱的那一部分《使徒行传》，而用“辅祭低音”来唱：

“《路加福音》……在古时……”

他突然停止了，用他那双突出的眼睛向四周望望。辅祭的毛发蓬松的头转过来向着他，带着恶意的幸灾乐祸的表情；祭坛里就发出司祭长的惶急的喊声：

“加甫利洛……你这叛徒！……你发疯了吗？”

加甫利洛就从教堂直接出发到禁闭室去了。

然而加甫利洛毕竟是一个有相当资格的“教士”，他参加合唱，司祭长对他很有好感。因此，提“疑难问题”的任务往往归他负担。

“司祭长，”他开始说，“请允许我提一个问题。我碰到了一个疑问。”

“唔，唔……有什么疑问？你说。”

“喏，司祭长，”加甫利洛在全体肃静中开始说，“似乎有这样的一段经文：‘死后对人有益的人是有福的。’”

“唔，我们假定有这样的一段，虽然你往往把经文念错。在使徒的事迹里有许多这样的情况：即使是圣者生前所用的物件，例如头巾、帕子之类，也会发生奇迹和显灵。”

于是司祭长就开始讲述关于赐福的头巾和帕子所发生的奇迹。时间过去了。加甫利洛耐心地听他讲完了之后，说：

“不是，司祭长。我不是问这个……不是问头巾……”

“那么你问什么呢？……”

“我问的是，譬如说……骨头……就是人的骨头……”

“唔，怎么样？骨头更灵验了。大家都知道先知以利沙的骨头所发生的奇迹：一个死人在墓穴里碰到了他的骨头就复活了。”

接着他就讲以利沙的骨头所发生的奇迹，并且加以说明。

“不是，司祭长，我问的也不是这个，”加甫利洛坚持地说，“有一个英国人在报纸上提议……”

“提议什么？关英国人什么事？”司祭长说，“报纸上说的是世俗的事，跟圣物无关。你还不如谈谈，今天读了些……”

“不，司祭长，有关系的!”加甫利洛急忙插嘴说，“因为：‘死后对人有益的人是有福的’……可是这个英国人……他说，多少人的骨头都徒然地抛弃了……他说，对人类毫无益处……”

司祭长的脸色立刻严肃而不愉快起来。

加甫利洛知道情形不妙……他的漂亮的、突出的眼睛越加突出，仿佛呆住了。可是要停止话头已经来不及了。

“唔，怎么样?”司祭长恶意地催促他说，“你那个英国人怎么样?让我们且不谈圣徒，来听一听报纸上英国人的话。”

“他……就是那个英国人，提议把骨头……”

“怎么样?”

“送到……工厂里去。司祭长，他说拿去制造磷之类的东西……”

司祭长脸上显出嫌恶的神气。他扭过头去，伸起两个手掌来挡住了加甫利洛这方面，完全像看到女靴形墨水瓶那时候一样。

“这是盗墓的行径!……打扰了死者的长眠!”他突然转向加甫利洛，这样说，“你认为这是疑问吗?……你也读报吗?你对这种话有同感吗?……你这叛徒，马上给我回答：今天在《使徒行传》里读了些什么?”

加甫利洛呆立不动，像一个盐柱①。

“啊……回答不出?……你不是今天自己读过的吗?关于那个英国人的事你是什么时候读到的?”

“很久以前，司祭长……我，司祭长，还是在波尔塔瓦时候读到的……”可怜的加甫利洛不小心说出了这样的话来替自己辩护。

“啊——，原来如此!在波尔塔瓦时候读的?现在你还记得?今天的《福音书》倒忘记了。瞧，你多么服从魔鬼!他用他的网来把

① 见《旧约全书·创世记》第十九章第二十六节。——译者注

你蒙住了……你等着吧，我要报告鲁舍维奇。你要在禁闭室里坐上三个钟头……在那里想想明白……你这个盗——墓——贼!”

加甫利洛困惑而悲哀地向四周望望，笨重地坐下来，仿佛沉到了深渊里……钟声响出了，然而……司祭长还要提到那个英国人，长久地在课堂上折磨他……

我只记得有一次在课堂上谈话时，我们的态度比较真诚。我们谈到了“唯一得救”的教会。有人提出一个问题：只有在希腊正教里才能得救，其他不信这宗教而崇奉祖先信仰的一切人，都注定着永远受苦，这说法是不是正确的？正教不像罗马天主教那样承认涤罪所，因此判决是不可挽回的——永远不得超生！司祭长从学院的观点上详细研究了这个问题，引证了相应的经文，但是……他的讲解没有使全班学生像通常那样静默下来（他一向认为静默就是表示同意）。我们知道，这些经文他引证和讲解得都很正确，然而我们的直觉坚决地不能服从这种“正确讲解”。我们那些相信天主教的同学们认为圣灵是出于圣父和圣子的，他们划十字的时候用整个手掌；新教徒——例如克罗尔的父亲——不承认圣像和圣者，他们根本不划十字；至于千百万民众，则从来不知道有教条……这一切都活生生地、实际地出现在想象中；我们都要保护我们的亲人，使他们不致仅仅为了教条中的一句话，为了划十字时手的形状而受永远的苦难……而异教徒不知道有基督，却也为人类牺牲性命，这是怎么一回事呢？……

一个个的问题，一次次的反驳，接连地从座位里递到讲台上。司祭长引尽了所有的经文，看见它们都不能制止反驳的潮流，就采取结束的论证。他装出一副严肃的脸相，把记分册拿过来，让我们知道他认为谈话已经结束，于是他说：

“神圣的正教这样指示我们，我们应该停止诡辩，像小孩子一样听母亲的话，虽然……”

他闭上眼睛，叹一口气，仿佛惋惜着他宣布出了严肃的断语，接着又装出一种温顺的样子说：

“虽然这是违背我们的心愿的。让我们来上课吧。”

“他自己也不相信。”克罗尔低声对我说……

我也这样想……

此后不久，有一次我和同学苏奇科夫[①]一同从教堂里走出来。他比我高一班，然而我们很亲近，常常在一起谈论各种抽象的事情。现在，我们不立刻回家，不知不觉地一同走进一条白杨夹道的冷静的街里，走到了野外。这是一个明爽的秋天。从白杨树上静悄悄地落下黄叶来，盘旋了一会儿，掉在地上。在这以前我们谈些什么，我记不得了。苏奇科夫的父亲是一个大俄罗斯官吏，母亲是英国人。他长着红褐色的头发，性情很敏感，态度有时羞涩，有时激烈，然而诚恳而认真。而且我和他在日托米尔的时候就一同念书，只是转到罗夫诺的时候他才比我高了一班。因为曾经同班，所以我们更加亲近。

我们谈到了宗教，苏奇科夫走到从田野通向河边的小路口上，突然站住了，问我：

“你相信吗？”

“相信，”我肯定地回答，“我当然相信……”

“我也相信。不过……是不是全都相信？……”

“不，”我支吾地回答，初次回顾一下自己的信仰的成分，“我相信上帝……相信基督……但是不能相信……永劫地狱。”

“我也是这样。”他又回答……

堤岸上泥土的崩溃，比这个浪潮所冲击的范围更加扩大了：这

① 符拉季米尔·尼古拉耶维奇·苏奇科夫（生于 1852 年）是柯罗连科的中学同学，后来又是他在工艺专科学校和彼得学院时的同学（见《我的同时代人的故事》第二卷）。——原编者注

怀疑本来只是异教的永劫地狱问题所引起的……而现在对于永劫地狱本身的信仰也失却了……

22
我们的风潮。总督和校长

这是早秋的炎热的一天。停滞的池塘上发出闪光和轻微的淤泥气息……倒影映入水中的沉寂的古堡回忆着死去的古昔。天鹅无精打采地游来游去，在绿色的萍藻上留下一条条的痕迹；困疲的青蛙轻轻地、瞌睡蒙眬地咯咯叫着。

校舍周围栗子树上的憔悴的绿叶热得低垂下来。院子里空空如也，白色的校舍沉默地关闭着。正在上课。

我从教室里告便出来，站在走廊上了。四周肃静。走廊的远远的两端望得见两个窗子，一个窗子被栗子树遮暗了，因此走廊中央是暗沉沉的；老头儿萨威里沉潜在这薄暗中打瞌睡。他把两手交叉在胸前，靠在教师们的皮大衣上，正对着学监室，正在等候打钟的信号。从关闭的门里传出一种模糊的吟哦声，仿佛有人在那里替死者念经。有时迸发出肥胖的叶果罗夫的尖叫声，或者地理教师萨玛列维奇的悠扬的喊声，或者拉多米列茨基的断断续续的吠声。然后又是全部肃静。学监室的门打开了，一道白光射到萨威里身上。他惊慌地醒过来，可是立刻又闭上了眼睛。在这道白光里出现了季东奴斯的异样的身体。他一瘸一拐地跨着步子，仿佛波浪上的船一般沿着黑黝黝的挂衣架飘摇在走廊的薄暗中，突然消失在教室的门框里了。只看见他的身体的一部分和滑稽地突出的燕尾服后襟。他把眼睛贴在钥匙孔上，悄悄地、兴味津津地侦察教室里的情况，同时竭力使他的矗立在额上的前发不露出在门的玻璃上。否则教室里就会惹起喧哗声、笑声和骚乱……

然而这次他没有被看见。匀称而模糊的吟哦声和叫喊声，似乎使得这静寂更加死气沉沉了。空气变得阴森，沉闷，几乎可怕。我似乎想要振奋起来，大叫一声，敲打并推翻一些东西，总之，想要造成这样的情况：要使骚乱和惊慌传遍走廊上，闯进教室门里，充满整个校舍[①]……

那时候还没有听见说起“学校政策”；也没有那种鼓动青年的“不良分子”。中学校的四周也是沉睡的静寂。两三份报纸从辽远的世界上带来一些消息，然而这些消息跟这个小城市及其趣味漠不相关，这城市的生活趣味凝集在死去的古堡和活着的白色中学校舍的周围。

古堡有它的关于过去的传说。中学也有它的传说。关于英勇时代的故事，一代一代地传下来，据说那时二年级里有胡须满面的学生，而三年级里有的竟然已经结婚了。这些无拘无束的人常常用一些异想天开的恶作剧来打破这种瞌睡蒙眬的沉寂：他们手挽着手，排成一堵墙，向警察冲过去……有一次他们把路灯柱子拔起来，从桥上丢到河里，这些路灯大概是从来不点的。又有一次，在黑夜里，他们守候着向窗中窥探的舍监，把他抓住，包住了他的眼睛，把他

---

① 在这一章的初版中（《俄罗斯财富》，1908 年第三期），作者还有这样的回忆：“后来，我已经成了大学生并且担任教课的时候，有一个善良的老妇人疑讶地告诉我，说她的刚从波尔塔瓦村来到莫斯科的一个侄儿，有一种令人不快的行为。这孩子常常突然从房间里跑到台阶上，用粗野的声音大喊好几分钟。如果人们想拉回他到房间里，他就挣扎开去，用牙齿来咬，或者蹬脚……如果不去睬他，他喊过之后就静静地回到房间里……老妇人认为这是一种神经病的初期征候，准备请医生替他诊治。正在讲这件事的时候，这孩子的毛病发作了：他匆忙地跑到台阶上，站在上面的一个踏步上了，就开始挺直了喉咙大叫，一面装模作样，挥动两手。后来安静下来，略带狼狈的样子，回到自己的房间里去了。屋子里就死一般地静寂，只听见钟摆的滴答声和通过两重窗子传进来的隐隐约约的市街嘈杂声……我突然回想起我们中学里的走廊，我似乎懂得这原因了：这是一个乡下孩子的活泼的天性被屋子里的沉寂所压迫而起的反应，这屋子里只有几盏昏暗的长明灯和两个难得活动的老婆婆……我们这个小城市实际上也仿佛是这样瞌睡蒙眬的一所屋子，这里面难得传进远方生活的声息来，而中学就仿佛是我们这些长满苔草的池塘的一个水湾。”——原编者注

绑在一架梯子上，扛出去浸在池塘里。他们从桥上把他放下去，让水浸到他的脖子边，再拉起来，这样地浸了好几次。然后唱着歌，怪声怪气地呐喊着，把这架梯子拖过夜深人静的街道，把它丢在俱乐部对面……

这些英雄现在已经没有了。现在我们年纪比较小，而且也许较为文明；可是关于英勇时代的那些传说，我们觉得很有意思，甚至仿佛富有诗趣……这些传说虽然野蛮而荒唐，然而也是用特殊的方式来打破了这种千篇一律、枯燥无味的着了魔的沉寂……

有时我们也无法无天、突如其来、荒诞不经地吵闹起来。

有一次，钟声响起，课间休息结束了。走廊上空无一人，教室里都在上课。我们班上是叶果罗夫的课，可是他没有来。究竟来不来呢？迁延了几分钟之后，我们觉得有希望：他不会来了。不用功的学生往往只在教室里和课间休息的时候预备功课（我早已属于这一类学生了），这时候大家在赶紧预备不定过去式[①]：“Бы́х，бы，бы … бы́хове，бы́ста，бы́ста … бы́хом，бы́сте，бы́ша …”可是后来大家都抛开了，既然叶果罗夫不来，念他妈的不定过去式……季佳特凯维奇常常向打开的教室门里探望……有时鲁舍维奇的高大的身子从门口走过。他们知道教室里这种情况是危险的，因此竭力使我们处在半管制状态中：不是上课，也不是放假……等候是不愉快的，难受的，刺激神经的……

我的邻座克雷希塔诺维奇也丢开了那册彼列夫列斯基文法，长久而聚精会神地在嘴巴里嚼一个纸团。后来他嚼厌了。他从嘴巴里拿出那个嚼碎的纸团来，犹豫不决地向它看看，忽然灵机一动，把它抛在对面的墙上了。那个纸团粘住在讲台上面的墙上，形成了扁扁的灰色的一大块。大家笑起来。

---

① 不定过去式（аорист）是古斯拉夫语言中动词过去式之一种。——译者注

门口出现了季佳特凯维奇。他听见了笑声，不放心地从门外向我们窥探，可是他没有看见墙上的那一块。我们觉得这很有趣味。他刚刚走开，就有好几个纸团跟着第一个飞出去，不久，教师椅子上面的墙壁上就布置了一个灰色的北斗星座。

“诸位同学，诸位同学！……你们做什么？”教室里第一个负责人值日生这样叫，可是大家都不听他。嚼烂的纸团像暴雨一般飞溅。有一个人把嚼过的纸团在墨水里浸一下。于是灰色的星里面就出现了深蓝色的星。这些星粘住在四周的墙上、天花板上，又落在圣像上……

有一个小孩子从隔壁教室里告便出来，跑过我们的门口，他向门里张望一下，高兴得眉飞色舞。他把这消息传达到自己的教室里……后来另一个学生也跑出来看……在几分钟之内，全校都知道这件事了……

后来走廊上响出沉重的脚步声。“叶果罗夫来了，叶果罗夫来了……”教室里立刻肃静无声，我们大家面面相觑……这一下会发生什么事呢？……这个胖子胳肢窝里夹着一本记分册，出现在门槛上，吃惊地退了回去……一会儿，舍监慌慌张张地跑来，向四周墙上一看，连忙跑回去……学监的庞大的身体一摇一摆地走进教室来……在课间休息的时候，这种流行病又传到了低级班里……

在这白色建筑物的生活中发生了事件。学校当局感到为难。他们就着手查办，首先当然是追究罪魁……这时候，沉闷的环境中发生了一种新的、有趣的，而且也许是严肃的气氛。大家都不肯出卖罪魁，全班学生在学校当局面前团结一致。那些没有抛纸团而甚至企图劝阻同学的人，现在也站在抛纸团的人一边。值日生被叫到学监室里去，他就不再回来。他被送进禁闭室里去了……这是第一个牺牲者……我们都敬爱他，为他而感到骄傲，并且准备步他的后尘。校方起初叫成绩优良的学生去问话……后来又叫成绩不好的学生去问。鲁舍维奇跑到教室里来，对全班学生作了一番冗长的训话。他说犯过失不能不惩罚……现在可能已经惩罚了无罪的人，而且他们还会受到更厉害的惩罚。这是不公正的。所以罪魁应该出来自首，或者全班学生应该把他们检举出来……

可是我们对于公正自有一种看法。公正就是友谊。我们在友谊中体会到一种精神，这种精神是数学、地理和不定过去式都不曾教给我们，并且不向我们要求的，这就是：自我牺牲，准备为公众的事受苦，勇敢，忠实。我们知道嚼纸团而把它抛在白墙上是愚蠢的事。所以当狄斯走进教室来，一句话也不说，用严肃而仿佛忧闷的眼光向全班学生看看的时候，我们觉得很难为情。可是保卫同学不是愚蠢的，而是善的，美的……我们每一个人都等候着轮到自己加入受难者，借此向他们表白……空气紧张、新鲜而异常。我们静候着威胁的发展，心中产生一种新的精神力量。教室里一向沉闷的空气有了起色。

这一天最后一次的钟声也蒙上了特别的音色。它正碰上查究还没有结束的时候，仿佛在说：明天再继续吧。我们跑回家去胡乱抓些东西吃了，就偷偷地去探望禁闭室。禁闭室的窗子很高，开在后院角落里的二层厢楼的墙上。有一个人悄悄地丢进一颗小石子去作为信号。被禁闭的人轮流地站在别人的背上，出现在窗口。我们觉得他们非常高贵、可爱而美丽。尤其是那个值日生：我们都只要替自己负责，只有他要替别人负责。我们每个人都想为他效劳，都想替代他。

这时候发生了一种气氛；七十年代时斯特列尔尼科夫[①]正是为了这种气氛而把不愿出卖同志的青年拉左夫斯基[②]送上绞刑台

① 斯特列尔尼科夫是一个将军、军事检察长，以 1879 至 1880 年的基辅政治运动获得地位；这政治运动的结束是把许多人处死刑，其中包括奥辛斯基和罗左夫斯基。这将军于 1882 年在敖德萨被杀。——原编者注

② 约瑟夫·伊萨科维奇·拉左夫斯基（即罗左夫斯基）是基辅大学的学生。他为了“人民意志”的宣言和其他文告，于 1880 年 2 月在基辅被捕，同年 3 月被处死刑。——原编者注

去……

有时候我们这些骚扰事件简直像群众的疯狂行动。

有一个秋雨连绵的日子。这正是午间休息的时候。窗外栗子树上已经枯萎而尚未掉落的叶子在摇曳着，横斜的雨敲打着窗玻璃。这时候不能到院子里去玩皮球，许多人不回家去吃点心，走廊上挤满了人，像巨浪一般涌来涌去。

萨玛列维奇来了。他刚刚从院子里走进来，浑身湿淋淋的，头上戴着一顶黑色羔皮帽子，身上穿着“卷毛皮”做的宽大的皮袄。他的憔悴的脸在黑色的尖顶皮帽子下面，衬着黑色的衣领，在走廊上薄暗的光线中显得特别奇怪。他嫌恶地通过嘈杂的人群中间，仿佛挤过肮脏的街道一样；他的眼睛愤怒而敏捷地张望：他正在找寻季佳特凯维奇，希望他替他开一条路。可是季佳特凯维奇不在这里。学生们看到了他，都自动地小心退避；可是他们不是立刻就看到他的，因为密集的人群推来拥去，有时完全不能自主。

突然有一个小孩子被同学追赶着从教室门里跑出来。他一直钻进人群里面，几乎把萨玛列维奇撞倒，抬起头来一看，面前有一个高大的身躯、一张憔悴的脸和一双凶恶的眼睛。他看到这出其不意的现象，一刹那间很惊慌，突然他脱口说出萨玛列维奇的绰号来：

“卷毛皮！”

这句话当着这个严厉的教师面前很响亮地说出，立刻吞没了其他一切声音。一刹那间肃静无声，后来发出狂叫声和大笑声，大家拥挤起来。整个走廊上紊乱若狂。孩子们挤向萨玛列维奇，赶过了他，站在他面前，叫着：“卷毛皮，卷毛皮！”叫过之后，又钻进人群里去。这个可怜的狂人惊慌地站在这汹涌的急流中央，转动着头，一双干瘪而冒火的眼睛闪闪发光。

舍监们听见了嘈杂声，都从学监室里跑出来，后来学监也跑出来。但是孩子们避开季佳特凯维奇，钻过另一个舍监——和善的、红头发的布托维奇——的胯下，溜过学监旁边，抓住了萨玛列维奇的皮袄，喊着："卷毛皮，卷毛皮!"同时走廊里充满了大笑声、脚步声和喧噪声。这时候往常的威势已经失去了力量。全靠那个校工想出来提早两分钟打钟，那刺耳的钟声才解救了萨玛列维奇，把他送进了学监室。

这一次校方竟不企图追究罪魁。

事情很明显，这一次没有罪魁，只不过是一种自然的爆发，我们往常的情绪的"底层"在这时候决裂了。要镇压是可以的，然而没有人能够制服人心……

对于克兰茨，也曾经有过同样出其不意的示威。这个暴君临到了倒楣的一天。他租赁一个中年寡妇的屋子，城里传播着一种流言，说我们这只枯瘦的猴子对他那个肥胖的女房东燃起了温柔的热情。这城市里经常充满着流言，因此关于他这种暧昧关系的传闻，在其他大大小小的风流事件中一向不甚显著，然而终于有一次突然地爆发出一大丑闻：克兰茨声明他要迁移到另一个寓所里；这时候那个泼辣的寡妇当中学里开校务会议的时候闯进会议室来，并且带了一个无辜的婴孩来，声言要求全体教师抚养这婴孩。

过了几天，区里来了一个电报：即速免除克兰茨教职。这个德国人就在午间休息的时候走出中学，一去不复返了。他脸色发青而凶恶，满怀怨恨，快步地在街上走，并不向两旁看；他后面跟着一群学生，正像一群狗跟着一只已经被困而还有危险性的狼。

他这样地走到了柯路波夫斯基家的住屋那里。这是一个人口众多的家庭，其中有四五个人在中学念书。他们长得都很矮小，面颊胖胖的，相貌很相像。最小的一个是克兰茨的牺牲者，大家都喜欢他。他这一天正在生病，请假在家。然而他的哥哥们跑回家去把这个好消息告诉了他，这孩子就从床上跳起来，他在窗子里看见这个暴君走过，就奔到街上。他的哥哥们跟着他跑去，于是这只被困的狼就陷入了滑稽的围阵中。柯路波夫斯基家的这个小兄弟眼睛炯炯发光，拦住了他的去路，叫着：

“啊！你这个可恶的德国人，怎么样？被赶走了？被赶走了？你还要欺侮人吗？可恶的东西，可恶的东西！……”

他的哥哥们也一边跑，一边骂。近旁的学生也参加进去；愤怒的克兰茨只管加紧脚步，走到了自己的寓所门口，一路上听到叫嚣声、呐喊声和欢呼声。幸而他的寓所不远。这个德国人走到了台阶上，回头看看，举起拳头来威吓他们；窗子里探出受他欺凌的那个苦命人的幸灾乐祸的脸来……

这一幕光景将近末了的时候，别的教师们脸色阴沉而困窘地从旁边走过。学生们不好意思看他们，然而教师们也似乎不好意思看学生们。

……

我们的骚扰只有一次可能近似于“带着政治色彩”。

这是一八六七年或一八六八年的事。大家等候着总督贝扎克[①]的来到。他将耽搁在中学街上的警察局长那里，因此警察局长的住宅变成了大家注意的中心点。附近一带好奇的居民们从围墙里、从胡同里，总之从各种有遮蔽的地方探头探脑地张望。警察局长的屋子的正对面，是寡妇萨维茨卡雅租给学生住的宿舍；这时候已经在下课以后，因此一群学生走到院子里来，想要观光迎接总督的情况。街道上气象庄重而森严，适合于这种场面。几个区警察署长一动不动地直立在台阶旁边。各处都打扫得很清洁。一切都在等候状态中。

大约在五点钟左右，一个消防员骑着一匹直冒汗气的马，从监狱方面奔腾而至；在他后面，在街道的远处，立刻出现了一辆有篷的旅行马车，照俄罗斯式驾着三匹马。马车夫敏捷地勒住马匹，当场发出

① 贝扎克是1865—1868年间西南区的总督，是俄罗斯化的热烈拥护者。——原注

一阵铃声，副警察局长和区警察署长们连忙赶上去解篷，然而……

这时候发生了一种意想不到的可怕的情形。另一面的车篷自己打开了……马车里闯出一个穿军装的短小精干的人来；在群众的恐怖和惊疑中，这位基辅军管区司令官兼西南区总督大人跨着小步子，跑过街道，走到警察局长家的台阶的对面去了……

过了片刻，事情方才明白：这位区长官的锐敏的眼睛在车篷里就已注意到站在院子里的学生们没有脱帽。他们当然立刻矫正了自己的错误，只有一个小孩子——女房东的兄弟，似乎是二年级生——突出了眼睛，张开了嘴巴向这个奇怪的总督看，他不知道他为什么两脚蹭蹬地穿过街道来……贝扎克跑进院子里，拉住了这个中学生的耳朵，把他交给跑过来的警察，对他们说：

“抓进去！……”

警察局就在旁边，于是这个吃惊的孩子立刻被关进拘留所里，这拘留所通常是禁闭酒力未醒的醉汉的……这时候这位威严的首长方才走向警察局长家里去……

关于这事件的消息顷刻之间传遍了全城。

那一天，我为了某事，放学后被留校了一会儿，回家比平常迟些，手里拿着一堆乱书。街上空空如也，只看见前面有几个穿蓝制服的人，警察正在把他们赶到街道的一端去，使他们远离警察局长的屋子。有一个地方闪现出孤零零的一个人影，他飞速地穿过街道，就不见了……我走过国款出纳处门口，转一个弯，才碰见一群中学生，约有十来个人。其中我注意到彼列佳特凯维奇家和陀玛拉茨基家的兄弟们，他们是两个有亲戚关系的波兰家庭里的人。这些人大都是超过学生年龄的，家境殷实，很不遵守校规。其中有一个不久以前被开除了。他们看见了我，就拦住了路，纷纷探问：

“他们放你通行了吗？喂，怎么样？听说萨维茨基昏过去了，是真的吗？你看见他的姐姐吗？……”

“你们讲什么？”我看看他们的激动的脸，莫名其妙地问。

“好家伙！”彼列佳特凯维奇家的哥哥嘲笑地说，“这时候你到底在哪里？”

“在禁闭室里。”

“啊！这就难怪了。原来你不知道：贝扎克拉住萨维茨基的耳朵，把他关进了拘留所……你快回去叫同学们到街上来。”

这消息像电光着火一般通过我的心头。我的记忆中活生生地出现萨维茨基的天真烂漫的姿态，戴着一顶宽帽檐的制帽，长着一双稚气的眼睛。这回忆在我心中唤起了一种剧烈的怜悯之感，还有一种阴暗的、模糊的、紊乱而恐怖的感觉。这位同学……不是在禁闭室里，而是在拘留所里，生病，没有人照顾，孤独……而且不是学监把他关进去的……这时候另有一种强大而不可抵抗的力量在我心中唤起了友谊之感，我的心不禁由于这号召而呆住了。怎么办呢？

我跑回家去，丢下了书，没有看见我的哥哥弟弟，就又飞速地奔到街上。彼列佳特凯维奇家和陀玛拉茨基家的人已经不在这里。他们大概是到什么地方去商谈了。可是广场上有一群群的学生彷徨着，他们都为了这件事而茫然不知所措。警察竟不能把他们赶出中学街去……他们用各种方式来交谈、探询并传达所发生的事件。他们有时聚拢来，有时散开去，凄凄惶惶，不知所止。有几个特别热心的人，偷偷地爬过隔壁院子的围墙，走到拘留所的窗口，看见萨维茨基躺在一条长凳上。看守人用一块黑布来盖住了他的脸……

彼列佳特凯维奇兄弟们想出一个办法来：大家成群结队地到总督那里去，向警察局长家的窗子抛石子。然而他们还没有拟订出明确的计划来，否则会发生什么结果，就很难说了。也许当时不会发生什么，我们许多青年人的心里怀着无力和憎恶的怨恨，各自纷纷回家。可能只是到了夜里，总督房间里的玻璃窗被石子击得锵锵地发响，因此给他们以镇压中学生暴动的口实……

然而这个计划还没有拟订出来，就发生了另一种情况。

就在这条街上的一所屋子里，走出校长陀尔果诺果夫来，他服装穿得很整齐，神情威严，仪表昂然，戴着三角帽，佩着宝剑。他是新近上任的，我们不大熟悉他。老实说，后来我们对他也不见得更熟悉些。他是大俄罗斯人，因此他心中没有俄罗斯化的仇恨；他为人公正无私，在学校当局和学生发生冲突时，他有时承认校方是不正确的；他的态度又很严肃。可是在我们看来，他毕竟是一个教育界的官僚，刻板而忠实的形式主义者，对自己、对教师和对学生都是严格要求的……除此以外，他似乎还意识到自己的尊严和自己所做的事业的尊严。现在我回想起在这可纪念的日子里的这个人，我就有以上的感想。

这时候，他全身充满着一种果断、严肃而沉着的神情。他显然是胸有成竹，走在一群邋遢如也的学生中间，仿佛一艘艨艟巨舰行驶在许多小船之间。他回答着学生们的鞠躬，嘴里只是说：

“你们散去吧，孩子们，散去吧。”

这时候他的神气使学生们觉得自己的确是孩子，并且信任这个沉着而严肃的人……

他这样地走进总督所住的房间里。过了三分钟光景，副警察局长陪着他从那里走出来，副警察局长手里拿着制帽，恭恭敬敬地跑在他旁边的前方，两人一同来到拘留所。副警察局长把门打开，校长就走进去看那个学生。随后，季佳特凯维奇陪着校医跑来了，另一个舍监带来了萨维茨基的姐姐，她哭丧着脸，惊慌万状……

穿教育局制服的人占据了警察局，这情况显得兴奋而庄严；跛脚的季东奴斯忙忙碌碌地在警察局里跑进跑出，这时候连他也显得亲切而善良，像自己人一样了。后来，另一个舍监，那个高个子红头发的布托维奇（这个人很和善，不过常常带几分醉意），走到门口，对大家说：“校长叫同学们大家回家去！”他这样一说，过了一会儿，警察局和警察局长公馆附近穿蓝制服的人一个也没有了……

官吏们之间传述着总督和校长这一次会谈的详细情形。当校长走进去的时候，贝扎克满面通红，好像对敌人射击了长久的大炮，他冲上前来对他说：

“你们这里怎么搞的！乱七八糟！没有礼貌！波兰人见了首长不脱帽！”

“大人，”陀尔果诺果夫冷静而坚决地说，“在别的时候，我一切都谨听尊命。现在我首先要求立刻释放我那个非法逮捕在警察局里的学生……关于这件事，我已经打电报给我的首长了……”

贝扎克惊慌失措地看看校长，就……下令立刻释放萨维茨基。

在父亲的有一次纸牌晚会中，官吏们谈到这件事。大家对陀尔果诺果夫表示同情，并且觉得有点吃惊。有些人认为他要遭殃；另一些人猜想，这个陀尔果诺果夫大概在彼得堡有“靠山”。父亲照例沉着而断然地说：

“啊，说什么呢！这个人不过是根据法律行事罢了，没有什么可说的！”

“可是要晓得，他是贝扎克！……是沙皇亲自任命的！”

“我们都是沙皇任命的，”父亲反驳[1]。

陀思妥耶夫斯基在他的《作家日记》的有一篇里，叙述着他青年时代在马路上遇见那个火速专差时所获得的印象：这个火速专差站在马车上，不停地打马车夫的耳光。马车夫狂暴地用鞭子打马，三匹马吓得要命，在大道上的条纹柱子旁边拼命奔跑。这青年认为这景象是整个专制俄罗斯的象征，也许正是这景象促使陀思妥耶夫

① 在《俄罗斯财富》（1908 年第三期）上发表时，这里还有如下的一段：“这事件似乎没有给陀尔果诺果夫带来任何恶果。他在我们学校里又留任了一个时期，记得是一年半；然后调任他处，如果我不记错的话，是调任到莫斯科，这就是说，他高升了。那时代很不开明，然而‘法律根据’的作用比后来有力得多。那时候的内务部还没有像我们现代那样压倒其他一切机关……”——原编者注

斯基站到绞首台上去等候死刑[①]……在我的记忆中，总督贝扎克这人物正是这样的一种象征。关于“天威”的完整的观念，立刻显出了一条巨大的裂缝。一方面是拉住一个受惊的小孩子的耳朵的专横暴吏，另一方面是不关权威、却能使一个平凡的校长在斗争中取得胜利的法律。

最近几十年来，“行政势力”侵犯俄罗斯学校，引起青年们汹涌的骚动，这期间有几个学校能有这样的表现呢？谁能够代替青年们为保护法律、人道和权利而显示公民的英勇气概呢？

---

① 费多尔·米哈伊洛维奇·陀思妥耶夫斯基（1821—1881）青年时代参加布塔舍维奇—彼得拉舍夫斯基的革命小组。1849 年 4 月 23 日，他和该组其他成员一同被捕，被禁闭在彼得保罗要塞中，然后和其他彼得拉舍夫斯基党人一同受军事审判委员会审判，被判定了死刑。被判罪的人于 1849 年 12 月 22 日由彼得保罗要塞被提到谢苗诺夫教场，穿上寿衣，被绑在柱子上了；宣读了死刑判决书，兵士们奉令举枪瞄准——就在这最后一刹那间宣告改变判决。陀思妥耶夫斯基的死刑改成了四年苦役刑，在鄂木斯克的牢狱中执行（关于这牢狱，他描写在《死屋手记》中），后来他被调到塞米巴拉丁斯克去当兵。——原编者注

第四章　在乡村里

23
加尔诺路格地主

在城市学生看来，到乡村去是度假期。

我们从日托米尔迁居到罗夫诺之后，才知道姨夫上尉的村庄加尔诺路格[①]离开我们的县城只有五六十公里。根据两方家庭的协定，上尉的儿子萨尼亚[②]整个学年住在我们罗夫诺的家里，而我们全家在假期中到他们那里去住。萨尼亚是一个瘦长的孩子，土头土脑，这使他变成了大家取笑的对象；他有一颗童真的心，天资较差，学业不很好。我们大家都喜欢他，然而有时很残酷地取笑他的村俗，他终生保持着这种粗俗，还保持着一种特点：仿佛生活中的矛盾在他的十分敏感的良心上无意识地留下了一个痕迹。

这村庄很特别：有些村庄的农奴制在正式废止以前就显然已经变得荒谬可笑了，这村庄便是其中之一。已故的达尼列夫斯基在一篇随笔里描写一个村庄的情景，这村庄有一个特殊的名称叫做百地主村[③]。他给这村庄取这个名称，是因为其中有近百个“地主”，人数几乎和农奴相等。要知道，这样的村庄在农奴制末期是不少的。地主阶层人数增多，破产了，他们失去了天赐的贵族特点，产生出越来越多的寄生虫、二流子和只有一两个农奴的主人来……

加尔诺路格正是这种衰败“地主”的大本营：将近农奴解放的时候，这村庄里已经只有近六十户农家，却有二十个左右的贵族地主。大约有三分之一的农奴是属于上尉一家的。

我不知道这种奇怪的“社会组织”是怎样发生的。大多是由于加尔诺路格曾经是所谓“公地”[④]，这里的“地主”是所谓“公地贵族”，就是密茨凯维支在《塔杜施先生》[⑤] 中生动地描写着的，这种贵族有他们的保护者。在上尉的庄园的地界上，在池塘边的一个小丘上，耸立着一座古老的、深色的建筑物，上面有一个尖屋顶，形状和意义都很神秘。四周像威严的警备队一般站着七颗金字塔形的白杨树，树梢都是枯焦的，从远处望来，这一团东西很像一座古式的瞭望塔。但是实际上这不过是一个仓库。在底下一层里放着一桶一桶的喀士酒、黄瓜、白菜。中央一层里堆着一格一格的谷子，顶层里是住人的房间，还筑着一个阳台。阳台上不许我们走出去，因为有崩溃的危险；有时这座堂皇的建筑物全部格格作响，仿佛要豁裂似的。然而上尉不承认这一点。他认为这仓库是很可夸耀的，它围绕着白杨树，远处都望得见，并且占据着适中的主要地位……周围一带，仿佛在它的保护之下，散布着许多草屋、花园、草地和有

---

① 实际上是罗夫诺县梅瑞里奇乡镇的哈拉路格。——原编者注

② 上尉的儿子萨尼亚，即亚历山大·卡齐米罗维奇·屠采维奇（生于 1856 年）。他在罗夫诺中学念书，可是没有毕业。1877 年，他到彼得堡的一个印刷所里当排字工人。1879 年他住在柯罗连科家里，同年 3 月 4 日和柯罗连科家所有的男人一起被捕。——原编者注

③ 这里所指的是作家格利果利·彼得罗维奇·达尼列夫斯基（1829—1890）的随笔《四十地主村》（关于议员某某的回忆）（1869）。——原编者注

④ 在波兰（在波列谢和沃伦）是指没有丈量的土地，这些土地邻接着耕地、割草场和村中其他的附属地，用自然的界限来和它们隔开。每一个村民都有占据公地的权利，公地上的清除和耕作就由他们担任。住在公地上而亲自耕作的小贵族，就称为“公地贵族”。——原编者注

⑤ 亚当·密茨凯维支（1798—1855）是波兰的大诗人。他的诗篇《塔杜施先生》作于 1832—1834 年。——原编者注

汲水机的井。在某些地方，仿佛离了群，孤零零地耸立着几棵白杨树，表示这些是“地主庄园”。其中最好的一所是上尉的家，也是盖草屋顶的。其他的庄园和农家屋子几乎没有什么分别。

据传闻，这仓库是一座富裕的地主庄园的唯一的遗迹，这地主庄园曾经是加尔诺路格小贵族的中心。上尉很看重这仓库，把它当作一种表征。他虽然是比较后起的人物，却是加尔诺路格的“地主”中最大的一个，因此他仿佛和这所古老建筑一同承继了首要地位……

从前的中心永远消失了，当地小贵族的存在意义也跟它一起消失了……

前面已经说过，上尉是一个善于讲故事的人，有时，在漫长的冬夜里，他喜欢讲述加尔诺路格过去的逸话以及它的奇特的风俗。往昔的衰颓了的贵族“威势”已经失却意义和作用，被用讽刺的形式表现出来。这村子里有两派，不断地为了某些事件而斗争，互相侵袭，打官司。这斗争的目标是一家小酒店的租赁权。每一派都认为这权利是属于自己的，每一派都提出自己的候补者，用武力来支援他。这小酒店有时简直变成了一座堡垒。洛赫玛诺维奇地主家的人设立了岗哨，用以保护把持这小酒店的杨凯尔；班凯维奇家的人向他们袭击，想叫莫希卡来代替他的位置。有时在黑夜里酣战起来。地主们率领着仆人去袭击这小酒店：打得头破血流，狗吠叫起来，女人和小孩子号哭着……

当烧酒卖完了，必须重新到城里去批发的时候，这篇加尔诺路格的《伊利亚特》[1] 就达到了最富有戏剧性的部分。杨凯尔带着一只桶，由武装部队护送着进城。去的时候一路平安无事。但是在回

---

① 《伊利亚特》是古希腊的一篇叙事诗，其中描写希腊人在小亚细亚包围特洛伊城的故事和古代英雄的功绩。这里用它来作比方，显然含有讽刺意味。——译者注

来的路上，小桥旁边的山谷里就有人埋伏着。有一次，上尉似乎亲自参加这样的远征，他十分幽默地叙述：两军酣战的时候，农人们打破了酒桶的底。两方面都忘记了敌意，大家扑过去纷纷地用帽子、勺子，甚至靴子来舀烧酒……第二天早晨，只见这些勇士并排地躺在树林里的草地上，敌我不分。

这种事情当然引起了诉讼，衙役们跑来调查，只有他们才从这些武士的冲突中获得了利益……

当我来到加尔诺路格的时候，这些英勇的风俗已经变成传说了。这里的贵族在制度改革以前已经完全衰败而穷困……据说当中有这样的一件事：由于某种复杂的家庭承继关系，两个娶亲姊妹为妻的小贵族所管领的是同一份农奴人家，而且还在争论中。这时候最不幸的当然是两家所争执的那个倒楣的目的物。为了农奴米基塔而打官司的时候，两个地主都向这农奴发命令，两方面都要求他服从。这个不幸的农人永远处在两种背道而驰的力量的影响之下。自不必说，势均力敌的两种力量把他拉到了离开两面一样远的地方：他在杨凯尔的小酒店里物色到了自己的位置……两个战斗国和一个中立国之间的地位，发展了米基塔的外交才能：有时他和一个地主缔结了同盟，跟他一起殴打另一个地主；后来他转到敌人方面，为了恢复政治势力的平衡，又赤胆忠心地敲打不久以前的同盟者。他不怕打官司，因为不管哪一家赢，哪一家输，他总归要奉行地主的命令……

当然也有这样的情况：两个地主意识到了自己的——像现在所谓——阶级利益，暂时联合起来反对米基塔。那时候要不是杨凯尔及时地收容他，他就倒楣了。

一般说来，这个处在争执中的倒楣的农人所过的生活很不像人……要是他只有一个主人，而且是“真正的”主人，在他认为是幸福。因此他不止一次地到上尉家里来，请求买了他，完全管领了他，他答应一个人做三个人的工作。他的确很能做，因此杨凯尔没有理由来抱怨他。然而要买他是不行的，因为不知道究竟谁能够卖他。至于把卖得的钱平分，两家又不同意，他们宁愿把米基塔这个人砍成两半。

“难道我一个钱也不值吗？”这个苦命人绝望地说。

“可怜的人，我并不是说你不好，”上尉回答，“你是一个很值钱的农人，可是你会引起诉讼……你还是回去吧……”

米基塔回到酒店里，喝得大醉，使得两家的主人都见他怕……

这些小贵族里年纪最大的一个叫做波果列尔斯基老爷，他是这村庄里的一部活的年鉴，记得波兰独立时代的事。他曾经在一个叫做霍列文斯基或戈连彪夫斯基的老爷的旗队里当“甲胄兵”，而且参加过贵族党①。他的年纪似乎有一百岁左右了。

我心里发生了一种奇怪的念头。我们差不多每年在报纸上读到：某某地方死了一个老头儿或老太婆，享年一百岁或一百一十岁；八年或十年前西伯利亚的报纸上报导说，死了一个一百三十六岁的移民……我们试看长着树林的山坡，就可知道即使是较小的山也比树木高大：无数的树木像军队一般驻扎在山坡上。但是如果选出百年大树来，用树的高度来测量山的高度，那么就可知道，二十棵这样的树就等于山的全部高度……世世代代的人，像山坡上的小树林一样，生长在二十个世纪的过程中——这二十个世纪就是从那一夜开始：当时天空出现彗星，木匠约瑟根据亚古士督的旨意报名上册，从拿撒勒城来到伯利恒的山洞里，为自己的家庭找到了安居之处。

自从犹太没落之后，罗马帝国分裂，陷入无数野蛮部落的手里；建立了新的帝国，进入了充满赞美歌和异教呻吟声的中世纪哥特黑

① 贵族党是波兰小贵族联盟的名称，这种联盟是维护小贵族的利益和特权的。——原编者注

暗时期；在这废墟之下又辉煌地复活了古代生活，喧嚷着宗教改革；三十年战争毁灭了几世代的人，大革命燃起了明亮的炬火，拿破仑战争的火焰蔓延在欧洲……可是你想，这一切都包含在不到二十个长寿人的生命的过程中。在这全部时间内，不乏一百二十五岁的老人，他们很可以“作为目击者”而一代一代地传达许多世纪的编年史。这种“目击者”在我们这时代以前只要更换……二十个！……

在加尔诺路格，我看到了人世树林中这种老橡树之一，这就是波果列尔斯基。他在十八世纪七十年代和八十年代的时候，就已经懂得人事了。假使我那时聪明些，而且有好奇心，那么我现在就可以根据目击者的话把一百五十年前波兰灭亡时期的事件讲给二十世纪的人们听了。

然而那时候我对这些问题不大感兴趣。

有一次，我因某事走过加尔诺路格的一个僻静地方，看见菜园的栅栏里面伫立着一个高个子的人，光秃秃的头不戴帽子，鬓边长着乳白色的鬈发。这个人的头极像一朵晒干了的罂粟花果，不过旁边保留着两片干枯的白花瓣。我走过的时候向他鞠一个躬。

老头儿用他那双失却光彩而还很灵活的眼睛向我看看，说：

“小伙子，你是哪一家的？我怎么好像没有看见过你。”

我回答他说，我是上尉的内侄，我们就谈起话来。他站在栅栏里面，又高又瘦，全身只有骨头和筋。他穿着一件很旧的有污点的黑色波兰外衣。外衣上钉着一行小钮扣，可是一半已经掉落了，外衣里面露出赤裸裸的身子来：这个可怜的老头儿只有一件衬衫，要是有一个好人替他拿去洗了，他就只好不穿衬里衣服。

“哦……上尉……我知道的……他跟一个什么人买了二十个农奴……是一个暴发户……从前的大户人家都没有了。都是一场空。你瞧……譬如说，以前有过两个地主：班凯维奇家的约瑟夫老爷和洛赫玛诺维奇家的雅库勃老爷。约瑟夫老爷有三个儿子，雅库勃老爷呢，也有三个儿子。加起来就有六个了。还有女儿……约瑟夫老爷把十五份农家赠嫁给一个女儿，搬到波道尔……这些人又生出子女来……班凯维奇家有斯塔赫、弗拉涅克、福尔土纳特、尤捷夫……”

他说出一连串的家系来，我现在所传达的当然是很随便的；后来他又谈到旧时代的事。

“唉，唉！……小伙子，我跟你说真话：有一种人，是‘列奇·波斯波里塔’① 朝代的……譬如说，骠骑兵团来袭击的时候，简直像暴风雨一样，因为他们背上长着翅膀……马会飞的，翅膀里发出风来，我告诉你，就像松林里的飓风一样……耶稣，马利亚，圣约瑟……”

这个老甲胄兵的脸直红到光秃秃的头顶上，两边的白色鬓发翘起来了，黯淡的瞳孔里射出锐利的闪光。

可是忽然他又全身萎靡不振了。

“而现在呢……唉！现在，世界上全都颠倒了。还在不久以前……大约三十年以前，就在这加尔诺路格，还有真正的贵族……农奴见了都害怕……一个不小心……啊！不得了！就要拷呀，打呀，打嘴巴呀！……我跟你说真话，有时候真可怜……因为这不像基督教徒干的……而现在呢……”

他把他的枯瘦的脖子伸到栅栏外面来，在我耳朵旁边悄悄地说：

“我在上帝和圣母面前起誓，的确，现在农民打名门贵族的嘴巴……过后怎么样呢？……嘿！一点也没有什么……这有什么话可说呢，世界末日到了！”

这时候天气很热，四周肃静无声。黄色的向日葵在菜园里摇摇

---

① “列奇·波斯波里塔”是十六世纪后半期波兰所建立的一种国家制度的名称，是一种封建农奴制的、贵族选任的君主政体。在波兰第三次被瓜分（1795）之后，“列奇·波斯波里塔”就废止了。——原编者注

摆摆。蜜蜂嗡嗡地缠绕着我们。旧栅栏的柱头上套着几个黑黝黝的土瓶，玉蜀黍的硬挺的叶子发出絮絮叨叨的声音。老头儿的眼睛表示出天真的惊讶，向四周张望一下，仿佛在问：这一带地方怎么样了？甲胄兵、霍列文斯基老爷、他的旗队、以前的贵族，都到哪儿去了？……

这个阅尽沧桑的老翁显示出一种孩子气的沉默和动人的悲哀。关于别的 nobilitatis harnolusiensis① 代表者，就不能用这样的话来形容，虽然其中也有十分鲜明的特殊人物。

有一次上尉家里遭贼偷了：有人在午夜里撬开了仓库底层的窗子，偷走了一桶油和一桶蜜。洛赫玛诺维奇老爷首先报导这失窃的消息。

洛赫玛诺维奇这个人外貌很漂亮：肩膀宽阔，腰身瘦小，长着笔直的波兰鼻子和铺满胸前的美丽的丰髯。他大概肖似他的一个带兵作战的威武的祖先……现在这种威风已经变成一种形式，没有内容了。在老波兰军人的一切品质中，他所保留的只是堂皇的风采，豪放的胃口和对山珍海味的高贵的爱好。上尉关于这个人有这样的话："洛赫玛诺维奇老爷嗅得出加尔诺路格每一家人家灶房里的气味。"他对于农人抱着显著的轻蔑态度。

"这一定是他们做的，"当邻人们听见失窃而聚拢来看的时候，他断然地说，"贵族不会干这种事。譬如我，有的不多，我所有的，都是我自己的。那些下流坯可就不知羞耻，没有良心，不怕上帝……"

农人们闷闷地默不作声，仔细察看窗子撬破的痕迹。忽然其中有一个人在窗子下面找到了一些脚印。这些脚印是长统靴的，而且右脚的后跟显然磨蚀得很厉害……农人是穿粗靴的。长统靴是地主

---

① 即加尔诺路格贵族（讽刺语）。——原编者注

穿的。他们就毫无疑虑地斜过眼睛来看这位高傲的老爷的右脚跟……在这仔细查究的期间，洛赫玛诺维奇不知不觉地溜走了……

大家喧嚷起来。“摆脱羁绊的农奴”老实不客气地叫喊，说上尉家仓库里的东西是老爷偷的，他们就蜂拥到街上去传播这消息。加尔诺路格的地主的声名一败涂地。贵族们聚集到波果列尔斯基老人家里，因为他对于名誉问题是见多识广的；共同商谈的结果，决定派一个代表团到洛赫玛诺维奇那里去。这位前任的甲胄兵当了代表团的首领，向这个“贵族弟兄”讲话……他说：你这位尊贵仁慈的贵族弟兄自己可以看到，这情况是严重的：农奴造谣毁谤加尔诺路格的全部贵族……现在，只是为了要杜灭农奴们的谣言，全体贵族请求你这位尊贵的弟兄允许他们看一看你的仓库。

洛赫玛诺维奇老爷像往前一样神气十足，坦然地表示同意。

“Pro forma[①]，好先生，pro forma，”波果列尔斯基欢喜地说，“不过是要堵住这些无知小民的嘴巴。”

搜查将近完毕，毫无结果。

“我有的不多……我所有的，都是我自己的！”洛赫玛诺维奇又说这句话。人们已经准备回去了，这时候，被容许加入在代表团里的农人之中有一个人扒开地窖角里的一堆糠秕，发见糠秕底下并排地放着两只桶……

农人们立刻把两只桶扛在肩上，得意扬扬地把这赃物送到上尉家里，一路上兴高采烈地喊着，唱着歌，嘻嘻哈哈地走去……

这对于全体地主是一个严重的打击。波果列尔斯基老爷像海狸叫一般哭起来，照上尉所说，他是在痛惜伤风败俗——periculum in mores nobilitatis harnolusiensis[②]。只有洛赫玛诺维奇自己对于这不快

① 拉丁语，只是形式而已。——原注
② 拉丁语，加尔诺路格贵族的品格一败涂地。——原注

事件满不在乎。过了两天，他又像往常一样泰然自若、神气十足地来到上尉家里。

“可敬的贵族弟兄，我的邻居，还是请您丢开了这件肮脏的事吧，”他说，“唉，事已如此了……谁都难免……邻居之间的事难道值得打官司吗?”

上尉是一个暴躁的人，然而存心忠厚，善于用幽默的态度来待人接物。何况这时候离开农奴解放似乎已经不远，觉得有团结的必要了……上尉不但原谅了这件“些微小事”，不打官司，而且以后他家每逢婚丧喜事，灶房里飘出各种香气来的时候，总有洛赫玛诺维奇这个美妙的姿态在场……

然而勉强可算是这些衰败的贵族中最著名的代表者的，是班凯维奇家兄弟两人。其中一个是“恶讼师”(从前有这样的正式名称)，另一个——真糟糕！——是一个盗马贼。

安东尼(这是讼师的名字)的外貌特别讨人喜欢。圆肥的身体，大肚子，小小的秃头，红润的鼻子和一视同仁的温良的眼睛。当他坐在椅子里，把一双胖胖的手搁在肚子上，转动着粗大的手指，微笑地望着对话者的时候，竟可把他看作安详的良心的化身。实际上他是一个可怕的匪徒。

这个讼师有一支锋利的笔，懂得法律和诉讼手续，引起普通居民迷信的恐怖。这是一个凶恶的魔法师，懂得“符咒”，能够使别人的命运落到他手里。安东尼的庄园仿佛是一个迷津。

如果别人家的——例如昆采维奇老爷家的——一只鸡走进了安东尼家的菜园里，那么他首先是扣留了这只鸡，其次是为了践踏作物而要求赔偿损失。如果相反，安东尼家的猪钻进了邻家的菜园里，那就更糟糕。可怜的昆采维奇无论怎样恭恭敬敬地把这口猪请出去，结果安东尼总说是猪的脚被打坏了，肚子受了伤，或者由于别的原因而损害了健康，于是又提出刑事和民事的诉讼。邻人都吓得发抖，往往出钱了事。

“啊！我的好先生，我要请教您，”这些不幸的人里面有一个人无可奈何地绝望地说，“我们不知道应该按照哪一条法律从菜园里赶出鹅来，按照哪一条法律赶出猪崽来，这可怎么办呢？可是他自己任意赶走别人的家畜，毫无顾忌。”

在邻人们看来，安东尼家的母鸡、火鸡和小牛都有特殊的法律保障；这个讼师常常一连好几天站在台阶上，察看自己这些财产，找求进账的源泉……

安东尼的名望远远地传播到加尔诺路格的范围之外，附近所有好诉讼的人都来求教他，好像求教这一门的教授一样。

上尉这个新地主来到加尔诺路格，不受这可怕的讼师的节制——这一点威胁他，使他的稳固的权威发生动摇。因此安东尼对于这个“尊贵仁慈的邻人”表面上保持着极好的关系，暗地里却找求着袭击的好机会……记得就在上尉迁居到加尔诺路格的第二年上，安东尼带着自己的仆人来到他的田里，收割了他的谷子。

损失并不很大，吓坏了的居民们劝上尉不要计较，不要跟这个恶霸发生纠葛。然而上尉不是一个肯让步的人。他就号召发动斗争；后来他讲到这一节，比讲到对付敌人更加起劲。当人们告诉他安东尼家的仆人正在割他的谷子的时候，狡狯的上尉竟不动声色……割谷子的人把谷子一束一束地捆好，立刻把它们载走；太阳落山的时候，这讼师得意扬扬地率领着一队货车回家，车子里满载着别人的谷子。

回家的路必须经过上尉的庄园后面。货车正好轧轧地开到谷仓大门口的时候，大门突然敞开，埋伏着的上尉和仆人们一跃而出，抓住了马和牛，把货车带到了谷仓里。他们把车子从一个大门里带进来，迅速地卸了货，就把空车子从另一个大门里放出去。这袭击来得迅雷不及掩耳，因此安东尼家的人完全没有表示抵抗。事情完成之后，上尉脱下帽子，殷勤地感谢这位好邻居的帮助，说他们辛苦了，请进去吃些点心。

这讼师当加尔诺路格全村的人面前受了打击……大家都知道这件事非同小可，因为安东尼立刻就到圣像面前去祷告，——过去他每逢事情特别严重的时候总是这样做的。

他回家之后，他的窗子里通夜有灯光照在茉莉花丛、草丛和向日葵上，从外面可以看见这个讼师在屋子里的行动：有时灵感竭尽而跪在圣像面前，有时援笔疾书……村子里的公鸡啼了，安东尼家窗子砰的一声打开，里面出现一张发红的脸，脸上还带着灵感未尽的痕迹。他手里拿着一张纸，威风凛凛地举起手来，向上尉家环绕着白杨树而有黑屋顶和旗杆的仓库方面把纸挥动几下。

有一个邻居立刻把这全部详情秘密地报告上尉。

后来上尉把这斗争中的种种戏剧性波折讲给我们听。他戴上了一副玳瑁边眼镜，把一张纸高高地举起来，有声有色地念安东尼历次的起诉文和他自己的答辩……

安东尼的文章很特殊，然而的确是一种天才的作品。文体是古风的、半俄罗斯半波兰式的，华丽而错综复杂，处处有非常奇突的句法，上尉念的时候常常被哄堂大笑所打断。只有念的人自己板起脸不笑。他显然是在宣扬敌手的艺术。的确，这里面既富有法律知识，又富有表现力，同时又有一种特殊的感动力，仿佛希望打动法官的心。作者自称为“贵族孤儿”，称对方为“冒名上尉”（我的姨夫是一个退职的二等上尉），不知为什么称他的领地为“非法得来”的，称他的工人为“无耻”的……“货车驶上归途，道经冒名上尉非法得来之庄园时，该冒名上尉统率其无耻之违法匪帮，预伏道左，突然跃出。大肆咆哮，势同截路之强徒；暗呜叱咤，实行公开之劫掠！彼等将贵族孤儿安东尼之车团团围困，马挽其辔，牛牵其轭，尽行驱入此冒名上尉之谷仓中，将车上财物全部没收。在此光天化日之下，竟有肆无忌惮之辈！温良恭俭之贵族孤儿安东尼·福尔土纳托夫·班凯维奇言念及此，不禁热泪纵横，尽沾此纸。为此申诉，务请严予审讯，依法查办！”文章的末了，他引证条例，威胁上尉，几乎要他流放出去服苦役刑，又开列失单，说这笔损失可以使他破产。

我在安东尼的这些作品中，初次认识了刀笔文体的特点，然而我的叙述当然只能约略传达出这种文体的华美。特别使人吃惊的，是其中充满悲壮的语气。这老讼师显然不能认真地希望感动法官；这不过是对美学的无条件的贡献，是一种纯粹的创作发泄。

这诉状给众人传观，大家读了又读。那时候村子里没有报纸，书几乎是找不到的，因此村子里的居民差不多全靠从这种作品中认识文章的美。大家认为这诉状写得非常锋利而雄辩，上尉要“碰钉子”了……安东尼醉心于自己文学上的成功。

上尉方面也武装起来，他不久也向朋友们宣读《林务团退职二等上尉库尔采维奇致某县法院的答辩》，答辩所为何事，列举逐条如下。

首先他声明，他这个请愿者不是冒名上尉，而是正途出身的上尉，持有合法的证明书。因为曾经参加镇压叛乱，并且身受枪伤，故屡次获得勋章。退职以后，受任林务团之职，擢升官衔，故退职时身为有制服及年金之二等上尉。由此观之，自称贵族孤儿之安东尼，其罪状不仅在于诽谤库尔采维奇，抑且大胆藐视钦定之最高名衔。

上尉用挖苦和讥讽来对抗安东尼的悲愤和巧辩。他质问：大家都知道安东尼自己的领地位于另一方面，那么这个贵族孤儿怎么会带着载谷子的货车出现在库尔采维奇的谷仓门口呢？接着上尉又刻毒地说：“众所周知，凡孤儿必手持丐囊，向慈善施主沿门乞食，今号称孤儿，手无丐囊，而满载辎重，率领人马，长驱直入他人之领地，实闻所未闻。惟安东尼·福尔土纳托夫·班凯维奇首创其例，殊为可恶，在此升平之国家，实属罪无可逭。”为此，依据法律，上尉也要求严惩安东尼。

他亲自把这答辩送到城里。出发以前，仆人们替他从箱子里拿出有肩章的军服、有饰带的裤子、有马刺的靴子和有羽饰的头盔来，掸拂灰尘。这些衣冠晾在栅栏上，给人强烈的印象，在驯良的民众看来，上尉大有胜诉的可能性。

诉讼拖延得很长久，经过多次的处理、申诉、答辩和告发。讼师的名誉一败涂地了。制胜上尉这件事，变成了他的生活任务；然而上尉像岩石一般屹立不动，用刻毒的答辩来对抗悲戚动人的诬告，因此他的文学名声越来越大了。当上尉宣读他自己的作品的时候，旁听者都拍着膝盖，哄堂大笑，同时羡慕这种非凡的“文学天才”，安东尼则由于嫉妒而垂头丧气了。

上尉和恶讼师的这场斗争大大地激动了当事人和当地社会舆论，现在报纸上最猛烈的论战，恐怕未必能这样地激动文学敌手。恶讼师的声名动摇起来，就像有些人的文学声誉受了新批评的打击一样。

结果，安东尼失去了自制力，就向上级机关控告法官，说他们对上尉一味宽大纵容，而对他这个贵族孤儿偏差不公。此外他又向各机关告发上尉的亲戚朋友和朋友的朋友。只要有一个警察局长为了别的事情经过这地方，顺便访问上尉，安东尼就控告这个警察局长。他这样做，已经不是为了想打胜官司，而是绝望地、盲目地想保障讼师的自尊心……

法院对于这件事不胜其烦，就把安东尼的诉状全部聚集起来，送到参议院。参议院对安东尼应用“恶讼师”的条例，凡恶讼师的申诉和控告，所有的法院都不许受理。这个判决对于安东尼，仿佛是一个晴天霹雳。一个管辖村镇的县警察局长奉了县法院的指令来到加尔诺路格。他召集了加尔诺路格的见证人，得意扬扬地走到安东尼家里，没收了他所有的纸张和笔墨，并且勒令这个“恶讼师”

写一张具结，保证“嗣后永不置备文房四宝”。

安东尼这一下可完了。他好比一个魔法师被夺去了妖术书，立刻变成了一个普通的凡人。现在，他的邻居中最驯良的人也用粗棍子来赶他的猪，实际地打伤它们的肢体；而他们自己的猪崽，以前被掠取在这迷津里的，现在都用武力去夺回来。这个“恶讼师”失却了法律的保障。

有一个秋天的黑夜里，上尉家的院子里一只狗叫起来，另一只狗跟着叫。工役之中有一个人醒了，然而起初一点也看不出院子里有什么特殊的动静……后来谷仓后面亮起来了。他连忙把别的工役和上尉叫醒，可是那个引起争端的谷仓已经全部着火了。

这一夜是加尔诺路格的人所永志不忘的。谷子已经收割，然而只有一小部分打成了谷粒，贮藏在仓库里。其余的谷束和草柴烧得很旺，人都不能走近去。火焰上面血色的红光里，有几只鸽子和火星一起盘旋，掉落在火焰里；仓库旁边那些高大的白杨树矗立着，仿佛刚刚从铜的溶液里铸出来的。这次放火是有计划的，因为这天晚上风正吹向仓库。然而不久风就转向，吹向田野方面去了。那所威严而老朽的屋子得以保全，只是有几棵白杨树的树梢被烧焦了，后来有很久像干枯的扫帚一般耸立在蓬勃的绿叶上面，令人想起这可怕的一夜。

上尉在这一夜急白了头发。他抓起手枪，他的妻子好容易才制止了他的疯狂的发作。而安东尼老爷早晨坐在自己的台阶上，照旧把一双手搁在圆圆的肚子上，转动着粗大的手指。在火灾开始的时候，邻人们看见他揉着眼睛，穿着衬里衣服，从自己的屋子里走出来。这样看来，罪证是没有的。然而他毫不隐讳地说，他曾经为了自己的屈辱而虔诚地祷告圣母。圣母告诉他说，他这孤儿的眼泪不会白流，迟早会报仇的……这个“贵族孤儿”说这些话的时候，一双亮晶晶的眼睛闪耀着欢喜而感动的光辉，嘴唇上显出异样的微笑，使得邻居们又开始向他深深地鞠躬了……

有一次，福星又照临到这个老讼师的头上，使他在心爱的事业上获得了成功。波兰起义的时候来到了。上尉是波兰人，然而不是十分爱国的，他又用幽默的态度来对付事件。有一次，他想跟波果列尔斯基开玩笑，就去劝说这个前任甲胄兵参加起义的党人。他对他说："起义的人缺少首领，在霍列文斯基旗队服务过的人可以领导队伍。"可怜的老头儿叹着气，后来竟哭起来，他拒绝这个劝诱者，因为他的脚已经踏不上鞍镫，他的手已经拿不动军刀；可是上尉天天到他家里去，絮絮不休地跟他讲同样的话。在有一次谈话中，他隐隐地告诉他，说"森林里"开来了许多辆满载火腿的车子。这个可怜的挨饿的老头儿忍不住了，谈话之后第二天早晨就去报了名。

上尉为了这件残酷的事，几乎受到了严重的报应。安东尼抓住了他的把柄，就去告密；他很正确地叙述这些事实，不过当然除去了其中的幽默色彩。这是非常时期，因此上尉有一段时间很吃苦。后来那个可怜的老头儿在委员会里像小孩子一般嚎啕大哭，这模样连宪兵看了也觉得可笑，他认为募集这样的一个战士除非是为了要跟这个人和这种事大开玩笑。

讼师安东尼有一个兄弟叫做福尔土纳特。他的生活方式很神秘，常常不知去向，在加尔诺路格很久看不见他的影踪。他搭交茨冈人、希腊人和"马业界"一班形迹可疑的人。有时不知从什么地方来了些名贵的、体态匀称的马，加入在加尔诺路格的马群里；不久这些马又神秘地失踪了。这时候许多人都摇头，然而……福尔土纳特老爷对一切人都和蔼可亲……

有一次他失踪了，从此不再出现在加尔诺路格。据传闻，有一天黑夜里他在某地方为了谋得别人的马，牺牲了他的贵族的头。然而确凿的消息一点也没有。

24
乡村观感

考试完毕了。我们有两个月的空闲，准备到加尔诺路格去做客。母亲、两个妹妹和哥哥要过几天乘雇佣马车出发，我、弟弟和萨尼亚三个人则由加尔诺路格派“三套车”来接。我们心焦地等候着。

“三套车”终于来了。首先，关卡方面的路上听见嘈杂声。一群嬉皮笑脸的犹太小伙子奔跑着，叫喊着，装腔作势，抛掷泥块。在这群人的中央有三匹矮小的马：一匹是灰色的母马，另一匹是老阉马，按照旧主人的姓取名为班凯维奇，还有一匹很年轻，差不多是仔马，是被驾着“以防不测”的。来接我们的时候，这匹马和其他两匹马一同套着笼头跑路。驾车台上坐着一个小伙子，戴着羊皮帽，穿着草鞋和粗布裤子……有几个嬉皮笑脸的招待员向他跑过去，请这位贵族老爷把车子开到他们那里去。当这些人吵闹得太厉害而纠缠不清的时候，这位马车夫就站起身来，挥动马鞭，像赶狗一样。这时候他的脸色非常正经而严肃。那些可敬的服劳役的马对于这种无谓的吵闹，态度也很严肃：班凯维奇只是耸耸耳朵，母马略微挥动尾巴，只有那匹年轻的仔马横过身子，高高地踢起脚来，尾巴毛散开来像个喇叭，使得那些人看了都很开心。

马车夫安托西是一个相貌异常丑陋的小伙子：他的头部上端缩小，样子很奇怪；两条腿略微有点弯曲，大腿叉得很开；鼻子好像给扭了一把，嘴唇很厚。这一切使人看了不由得要笑出来。可是他自己也仿佛要嘲笑自己。他那两片可笑的嘴唇竟仿佛表示不是他自己生得丑陋，而是模仿别人的丑陋。这似乎是由于他怀着一种深刻的讥讽，他用这种讥讽来对待他的故乡加尔诺路格和这村子里所产生的一切人物——也就是说，连他自己也包括在内。当萨尼亚跑出来迎接，感动地吻班凯维奇和母马的脸的时候，安托西讥讽而轻蔑地看看这种感情流露，同时毫无理由地用鞭子来把班凯维奇打几下。

当他第一次来到我们这里的时候，他把马牵向库房，看见了萨尼亚，就率直地对他说：

“呃，我来了。”

“嘿！倒像是我们没有看见。”父亲的仆人巴维尔嘲笑地说；他是一个青年小伙子，相貌很粗蠢，下嘴唇挂落，然而穿着礼服和肮脏的胸衣。女仆和厨娘怀疑地嗤了一声。

安托西满不在乎。他装个鬼脸，吐出了嘴唇，向巴维尔方面啪的弹一下手指，使得两个女人反而对巴维尔哈哈大笑。到了晚上，他在厨房里已经变成自己人，显然受大家欢迎了。

他这一回是初次进城，恭敬地瞻仰城里的风光。他身上带了一根鞭子，防备犹太人再来纠缠，然后整天去游览名胜古迹，抬起了头，长久地站在岛上的古堡面前。我在那里碰到他，看见这个粗蠢的人茫然若失地站在古堡门口高大的石雕骑士的台座旁边。这个小伙子的一双眼睛带着天真烂漫的惊讶的表情浏览着墙上的壁画，探察空落落的窗洞；窗洞里面神秘的薄暗中有些地方显出金色的飞檐，太阳光偶尔照出留存在墙上的山林神像和爱神像。

“从前一定有老爷们住在这里。”他看见了我，这样说。接着又异样地叹一口气，继续说：“这些才是道地的老爷……”

我觉得在他这一声叹息中，除了对道地的老爷的尊敬以外，又听得出对另一些“不道地的”老爷的谴责……

第二天早晨，天还没有亮他就喊我们起身，我们就在凉爽的清早乘车开出那个瞌睡蒙眬的伤兵把守着的关卡。

和安托西一起乘车子到加尔诺路格去，在我们看来真是一件快乐的事。我们坐在破旧而狭窄的加尔诺路格两轮马车里，当然不能说很舒服；然而整天有森林、田野、小树林和河流在我们面前闪过。

公路旁边走着到波恰耶夫去进香的一行一行的香客；有一个老犹太人背着一只袋蹒跚步行着，这是一种特殊的犹太邮政的信差（后来被禁止了）；一辆犹太马车在公路的小石子上爬行，发出沙沙的声音，车子上一档档的环子上张着一个帐幕，里面满满地装着头、肩膀、脚、羽毛褥子和枕垫……驾车台上坐着一个灵活的、神经质的犹太人，不断地挥着鞭子，扯动缰绳，摆动着头、肘和膝盖，并且拼命地叫喊着催促那些马，然而这些喊叫声对它们毫无影响。

十二点钟左右，我们的车子停下来，在一家犹太宿店里吃午饭，这时候只走了一半路程，大约三十公里。以后我们不再走公路，转进小路里去了。

安托西慷慨地把缰绳交给我们，自己坐在一旁，挂下了脚，拿出一个樱桃木烟斗和粗烟叶来抽烟，熟练地表演吐唾沫的技巧。

“打班凯维奇，打!”他发命令，有时拿起鞭子来。轻快的鞭子抽在这匹倒楣的阉马的背上。三匹马的骨瘦棱棱的背脊抖动起来，车子跑得快了些。

有时一辆地主家的小马车从小路上的一团灰尘中滚滚而来。安托西用存心批评的眼光向这辆车子一瞥，往往轻蔑地扭一扭嘴唇，大概他认为驾着的马不是道地的。可是忽然有一对套着克拉科夫马轭的灰色马像猛兽一样从林子里跑到路上来了。驾车台上坐着一个神气十足的马车夫，头上戴着插孔雀毛的帽子，腰里束着镶嵌的腰带。车厢里望得见一个地主，穿着一件防灰尘的亚麻布斗篷，他用疲倦的目光迅速地向我们一瞥。安托西连忙让路，用艳羡的眼光长久地目送着这辆车子。

“扎里兹内茨基老爷，”他恭恭敬敬地说……“这才是好马……出色的马车夫……啃——啃！……”

于是可怜的班凯维奇背上又吃鞭子，为了它不是道地的老爷家的马，为了安托西不是道地的马车夫，他载着的不是道地的少爷。

在我们的相互关系中掠过一团疑云：我们觉得安托西实在看不起我们……的确，也看不起他自己……

太阳快落山了，我们的“三套车”还在灰尘扑扑的小路上疲劳地走着，四周炎热逼人，围绕着许多牛虻。我们似乎老是走在同一个地方。不装铁蹄的马脚柔软地踏在泥土上；天色黑下来了，远远的沼地上传来鹭鸶的叫声，沿路的黑麦里有一只鹌鹑瞌睡蒙眬地叫着，蝙蝠在头上飞来飞去，突然出现，又突然消失在薄暗中。

四周渐渐地沉静、安定，仿佛悲哀起来。我们离开目的地不远了；由于一些熟悉的形迹，我们觉得已经接近加尔诺路格；除了欢喜之外，同时还有一些奇怪的感觉在灰尘扑扑的薄暗中跟着我们滚滚而来。由于天气炎热，晒了一天太阳，加之座位不舒服，因此大家觉得头晕。我们都希望早些到了明亮的房间里，喝茶，休息。可是又因为这一切即将临近，心里就发生了一种模糊不清的无定形的惊慌之感，仿佛预料着还会有一种……一种不快的印象，这印象将要跟着我们一起开进村子里，而且永远留在那里……

我们长久地默不作声。我们的两轮车钻进了树林里。安托西一句话也不说，拿起缰绳，坐到驾车台上。车子跑得更起劲了，马蹄嘚嘚地响着，有时轮子辗在树根上，发出很响的爆裂声，黑暗的树林里发出回声。

“就在这里，有一次冬天，两只狼追安托西，”萨尼亚出神地说，接着又问，“安托西，是不是？”

安托西不回答。我们看不见他的脸，然而可以想见他的脸现在很不高兴而且阴气沉沉，其原因就是为了加尔诺路格已经近了。树木疏朗起来。一条沙路通向小桥，小桥下面有一条看不见的溪水潺潺地流着。就在这地方，从前曾经有人埋伏着，袭击运一桶酒来的杨凯尔……车子开出了树林。

布满星辰的苍穹，笼罩在一片广大而黑暗的盆地上。地平线上模糊地显出一丛白杨树和黑黝黝的仓库。周围零星地散布着灯火。

多么好……又多么悲哀。我回想起了我的童年时代和柯良诺夫斯基的村子……这回忆出现在我的心灵深处，正像一朵美丽的云彩出现在明亮的晨光里一样……也是一个村子，不过完全是另一个……另一批人，另一些房屋，灯火的光似乎也不同……亲切可爱……而这里……

车子停下来，甚至向后面退了一下。在我们前面，黑暗中矗立着村庄入口处轧轧作声的“防门”的柱子。有人替我们把门开开。左边的土堆上，一家小酒店的门开着，射出灯光。里面望得见柜台和一个瘦削的酒店老板。在外面的土堡上，隐约地看见一群农人……

“安托西，原来是你？”那里传来一句问语。

“还会是谁呢？……当然是我。”

“大清早就赶出的吗？”

“太阳还没有出呢……”

“哦……夜里才赶到……”

“这些宝贝马。”安托西讪讽地回答，于是沉静的黄昏里清晰地响出轻快的鞭子声。

“有什么消息？”

“没有什么……路上碰见扎里兹内茨基老爷。他新买两匹马。真棒！马车夫穿着新外衣……”

“真是……道地的老爷……”

大家暂时沉默了一会儿。烟斗里的火发出红光。有一个农人走近车子来，向我们望望，很客气地打个招呼。可是酒店里又传来不拘礼貌的话：

“载来了吗？”

“载来了。”安托西回答。

“统统在这里了？”

“谁知道呢！也许两个掉在路上了。朋友，你们去捡吧，捡来就是你们的。”

“自己的已经够多了，自己的已经麻烦得要死……”

在这声音里听得出一种阴森森的敌意。

“嘘，嘘……嗬——！”

安托西挥动鞭子，装出“道地的”地主家马车夫的姿势，仿佛准备雄赳赳地赶向台阶去……他装个样子，表示不容易控制这三匹慓悍的马，甚至把身体仰向后面。酒店门口的人都笑起来。车子向前开动，转进了一个巷子里，就有几只狗紧跟在车子后面。在狗叫声中，在皮鞭的噼啪声中，在安托西的装腔作势中，我们的车子赶到了上尉的简朴的住宅前面……我们体会着到达的欢喜和长期空闲的预感，同时心中又发生一种模糊的意识，觉得在这两个月里我们将要变成“加尔诺路格少爷”。在我们头上，像无形的乌云投下来的影子一般铺展着这些简陋的民房对地主的普遍的观感……这就是说，对一般地主怀着本能的敌意，而对“不道地的”地主怀着轻蔑之感……

我确信，在废除农奴制的环境中长大起来的我的许多同辈，一定会在各种形式中和各种程度上回想起这种特殊而复杂的“乡村印象”……

上尉家的工役之中有一个年轻小伙子叫做伊凡，他不顾虑我们的在场，照自己的见解叙述了加尔诺路格的社会历史。一个鬼带着一筐子地主在空中飞行，把这些地主撒播在世界上。这个该死的魔鬼飞行到加尔诺路格上空，一个失措，把这些地主种子撒播得密了些。因此，这里的地主丛生起来，就像杂草丛生在母牛偶然“下肥料”的地方一样。而真正的草，即农人，完全长不出来了……

别的工役都笑起来，我们呢……听他讲。

这个伊凡是一个青年小伙子，皮肤黑黝黝的，眼睛像炭火一般发光。这双眼睛里射出一种阴森森的敌意，有时使人觉得可怕。那时候我们还不懂得这种敌意的根源，认为伊凡只是一个脾气很坏的讨厌的人……然而在他那双眼睛的阴森森的火焰里，有一种令人难忘的、无端地愤怒的、不可抵抗的表情。他仿佛会毫无原因地袭击人，用斧头来砍，用铁叉来戳。有一次，我们和工役们一起到田里去搬运谷捆，伊凡的几匹马突然拖着空车子逃跑，跑进院子里的时候只带着车身的前半部分，显出莫名其妙的恐怖，躲进了篱笆和仓房之间的狭窄的角落里。伊凡跟着它们赶来，拿起一根粗棍子，把这些吓坏了的畜生乱打一阵，癫狂乱暴，简直像发疯了。几个人好容易劝住了这个激怒的小伙子，可是那几匹马直到晚上还像生热病一样索索地抖个不停。伊凡当时对这几个工役并不表示敌意，只是推开了他们，又冲向那些“可恶的地主家畜生”。

上尉碰到有人犯了过失，往往破口大骂这个人，声音响得整个村子都听见。然而这次他一句话也不说。只是在第二天早上派人去叫伊凡来。

伊凡进来了，像往常一样阴郁，可是他的黑黝黝的脸上神色很安定。上尉拨了一会儿算盘，然后把一笔工钱交给伊凡。伊凡拿了工钱，并不关心详细的账目，默默地走了出去。显然两个人都互相了解……自从这件事发生之后，母亲有一时不许我们参加搬运谷捆。她的口实是上尉家的马很野蛮。然而我觉得不仅是为这一点。

这个伊凡也许是那个两家争执的米基塔的儿子……

上尉家里还有一个特殊人物，就是工役卡尔，或者按照波兰叫法，称为卡罗尔。这个人并不完全是一个平凡的农人，样子完全不像一个农奴。他的名字不是正教的（他似乎是合同派的人）。他的相貌清秀而瘦削。眼睛旁边的皱纹衬托出了这双眼睛的奇怪的表情：有时沉静而安宁，有时似乎锋利而辛辣。他擅长一切手艺：旋工、细木工、大木工，甚至机械工。上尉自己也有自学发明的天才，因此他们两人之间似乎联系着一种性情相近的同感。他们一同在池塘的后部建造了一架水车，轮子发出哗啦哗啦的声音，后来，粗磨的时候水力不够了，就用马来挽。他们两个人常常在一起：卡罗尔坐在木条上或者水车的联动机上，嘴里老是衔着一个烟斗，手里拿着一把小斧头。他敲着斧头，吸着烟，有时吐一口唾沫，一句话也不说，用心地听上尉讲话。上尉兴致勃勃地打着手势，发表出一种新的计划来。他是一个幻想家和发明家，因此叙述他这些计划的时候兴味津津，活龙活现，热烈兴奋。卡罗尔呢，掌握了这些计划的原则，就去实行，并且自己会矫正设计上的缺点。

在这些时候，可以把他们看作两个形影不离的好朋友。但是有的时候，上尉在背后恨恨地说：

“啊！农奴毕竟是个农奴！江山易改，本性难移。”

卡罗尔有时放量地喝起酒来，那时候他们两人就努力避免见面。

有一次，在我们第二年或第三年到这里来度假期的时候，我们听说，在农奴解放前不久，上尉在大冷的天气叫人用冷水来浇卡罗尔……

上尉是一个善良的人，然而那时候正是黎明前的非常时期，黑暗似乎还很浓重，夜的幻影正在即将来到的鸡鸣声的预感中乱窜……到处盛传着关于农奴解放的谣言，而在农民群众里面这些传闻更加模糊、歪曲而荒唐……

附近地方出现了一个盖达玛克人。自称为新卡尔梅留克。这人是附近村子里的一个农奴，他和柯尔茨镇的一个破落贵族一同出没在树林里，专门抢劫地主。过了几时，人们发见这个贵族淹死在井里，那个盖达玛克人也被他所熟悉的一个农人出卖了。人们就逮捕他，地主们（其中包括上尉）也参加在内，于是把他流放到西伯利亚……几年之间，他音信全无，忽然他又出现。那个告发他的农人正在树林里的草地上割草，忽然这个盖达玛克人出现在他面前了。这农人以为这一下可完了；可是那个盖达玛克人叫他坐在树桩上，然后……把他的胡须和头发统统剃光。他就这样放他出去给地主们报信，说新卡尔梅留克要来光顾了……

有一次，在圣诞节时，卡罗尔和另一个工役从教堂里回来，走到树林里的小路上，看见树荫里有火光。篝火旁边坐着两个武装的人。他们问这两个惊慌的工人是谁家的人，请他们喝烧酒，并且告诉他们，说地主的末日快到了。

卡罗尔和他的同伴回来之后，都绝不跟上尉谈起这件事，上尉却从别人那里得悉了。他是一个勇敢的人，威胁吓不倒他；然而卡罗尔瞒过他，在他认为是背叛，他深深地怀恨在心。他往常待农人，比别的地主待得好，所以农人们大都不把他归入他们所仇恨和轻视的地主之列。可是现在他和贵族交往得比较密，甚至原谅了放火的安东尼。

有一次卡罗尔在不相宜的时间喝了酒，而且喝得比平常长久。上尉勃然大怒，决定采用特别措施。他的院子里有一口井，上面装着汲水机和灌溉菜园用的浇水管。他叫人剥下了卡罗尔的衣服，把他放在浇水管底下的雪地上，放出一条冷水来浇他的身体……这命令被执行了，尽管上尉的妻子淌着眼泪苦苦哀求，也没有用……驯服的奴隶们就折磨这个不顺从的奴隶……

关于这件事，后来没有一个人敢向上尉提及；我知道了这件事之后，问我的表姐这是不是真的，她突然脸色发白，张大了眼睛，放低了声音说：

“真的，不过……千万说得轻些。”

这个插话在我的记忆中显得异常矛盾；有时我看见上尉在卡罗尔面前发表一种新计划，而卡罗尔用心地静听着，这时候我就自问：卡罗尔记得这件事还是忘记了？如果记得的话，他是否抱怨上尉？

或者抱怨自己？或者对谁也不抱怨，而只是心中怀着无端的苦恨？我看看这张憔悴而多皱纹的脸，看看这双光芒逼人的眼睛和仿佛由于感到酸辣而紧闭的薄嘴唇，觉得没有话可说。

可是我当然也没有分析并总结我的印象。上尉是一个和善的人……他在大冷天气用水来浇一个人……卡罗尔现在仿佛和他很亲热……然而“江山易改，本性难移”。有一种不快之感掺杂在全部乡村印象中。有时我和一群村童夜间去放牧，在暮色中骑在不备鞍子的马上兴高采烈地奔跑，确是愉快的事。睡在花园里的树木底下，倾听夜间的萧萧瑟瑟的声音，又舒服，又可怕……有时候，在夜间的大自然的絮语声中，一个沉重的苹果掉下来，沙沙地磨擦树叶，落在地上……远处有公鸡的啼声……一条狗在村子里嗥叫……一只不肯安静的或者受了惊吓的鸟从近旁飞过，匆忙而响亮地叫一声……忽然，寂静的花园里发出一种新的声响：枯枝折断的声音和树丛的喧哗声。树木不断地抖动，苹果像冰雹一般掉在地上……这是他们——村子里的人——偷偷地爬进花园里来，走近他们去是危险的。我们三个人就敲敲树干，向黑暗的丛林方面叫喊。几条狗从院子里跑来。那些模糊的人影就慢慢地消失在树丛里了……

母亲又不许我们在花园里宿夜了。谁知道他们心里怎么想……然而那些“登门”请愿、鞠躬吻手的人……那些在田里工作的人，看来样子很能干，很认真，只是沉默而不可接近……

上尉的庄园周围环绕着茂密的紫丁香丛，我们的生活就越来越和外界隔绝，渐渐局限在这范围之内了……我们和那些村民之间隔着一堵墙，我们觉得我们是一种没有自己的社交团体的人。

上尉现在和邻居们的确还和睦，加尔诺路格的“地主们”常常来访问他的好客的家。洛赫玛诺维奇虽然已经不穿波兰外衣而穿着一件普通的粗毛上衣，然而照旧威严堂皇，每逢盛会总是到场的。他来的时候，在穿堂间里咳嗽几声，向上尉鞠躬，吻女眷们的手，然后等待酒宴。他在各种欲望中特别保留着食欲，他自称能够分辨各种酒的极细微的差别。我们利用他这弱点，有时异想天开地造出一种混合物来，郑重其事地推荐给他喝。这个可怜的贵族看看酒色，尝一尝滋味，满意地喝了，并且称赞。只是有一次，我们做得过分了，请他喝啤酒、葡萄酒和酵母的混合物，他虽然也喝完了整整的一瓶，但是在问他酒味如何的时候，他回答说：

“嗯……老实对你们说：这是普通葡萄酒……好不到哪里去。”

在举行特别盛大的集会时，连那个“恶讼师”——贵族孤儿安东尼——也到上尉家里来。他的身体大大地发胖而衰弱了。晚餐的时候，他吃得异常多，吃过之后，舒适地坐在安乐椅里，把一双红润的手搁在肚子上，用一对愉快的小眼睛来观赏青年们的舞蹈和游戏，直到睡着为止。大家都知道，在这种时候，尊严的贵族往往会有不很体面的表现。那时候小伙子们嘻嘻地笑，姑娘们脸红了，这个无心无思的贵族醒过来，睁大了眼睛望望静下来的大厅，问：

“啊？……怎么一回事？”

有时也有较远的邻居地主带着家眷到这里来，但这是难得的事，而且是短暂的。他们来了，问候道好，谈谈天气，青年人听音乐，有时跳舞。吃过晚餐就各自回家，以后又是几个月不见面。彼此毫无一点共通的趣味，他们走了之后，我们又关闭在这个迷津似的庄园里了。

有一个晴朗的日子。炎热的阳光照射在圆形的花坛上、暗绿的紫丁香上、花园里的林荫道上。某地方有一只仙鹤，像不涂油的轮子一般轧轧地叫；客堂的打开的窗子里传出钢琴声来。这是表姐在那里弹奏她所会弹的不多几个曲子：《无言歌》《少女的祈祷》、奥根斯基的《波洛奈兹舞曲》和波兰或乌克兰作曲家的叙事抒情曲。弹得不坏……琴声里有时充满着无端的热情，有时充满着无定形的历史回忆，有时充满着冥想的困惫；这些声音从房间里迸出，飘荡在花上，回翔盘旋，消失在沉闷的庭园里。我怀着一种异样的、困惫的、惊恐的享乐心情欣赏这些声音。它们在我胸中引起一种感觉，这种感觉在那里找求出路，想冲出花枝和紫丁香的范围，飞到很远的地方去……想冲出去？然而不能高飞，老是盘旋在这个狭窄而炎热的环境里。我跑到花园的薄暗的角落里，在那里坐下来，任情地耽于想象……钢琴的悠扬的叮当声，由于隔着一段距离，并且被树丛所拦阻，变得很轻，我仿佛在其中听到酒杯的碰响、军刀的铿锵声和斗争的呐喊声……于是过去的浪漫的幻影又包围了我，支配了我的心灵，摇摆我，抚慰我，使我疏懒，把我带到了不可知的国土和不可知的时代……骑士，旗帜，草原大道上的烟尘……奔驰，追逐，厮杀……对谁呢？为什么呢？有什么目的呢？有什么意图呢？关于这一点，叮叮当当的琴声和灼热的想象都没有说明……而在庄园外面的地方，管自进行着我们所全然不懂的劳动生活……疏远、轻蔑和敌意，从这种生活里飘进我们的迷津里来……没有一样东西能够把这种空思冥想、任情适性的生活跟那种严肃而实际的忍苦劳动生活联系起来……

……

似乎是第三年，我们在冬天基督圣诞节期间来到加尔诺路格，到了这里，知道安托西死了。

这消息给我这样的一个印象：仿佛从农人的村子里飘到我们这里来的那种无定形的东西突然凝结起来，变成了一团乌云，从这乌云里打下一个霹雳来。

这个相貌不漂亮的小伙子的命运不是很寻常的。

“安托西也许不是一个普通人。”萨尼亚带着天真、悲哀而沉郁的态度对我们说。

安托西的出身在我们看来是一个秘密。后来我知道这秘密并不很复杂。上尉的庄园里有一时住着一个年轻的测量师，还有一个破落贵族出身的“女伴当”(比普通女仆高一等的)。测量师是个穷人，然而……这一点并不妨碍他们互相钟情，只是妨碍他们结婚。在村庄外面，高大的黑杨树丛底下，有一所民房，是老寡妇加普卡的家；安托西就诞生在这屋子里。此后测量师出门去找幸运，在他还没有找到幸运的期间，这女伴当也离开这里到某一个地方去工作了……安托西就留在加普卡家里；后来，他被送到上尉家里暂住，等候他的父母来领他回去。

然而这个年轻的测量师竟没有找到“幸运”。父母两人从此就不再见面，跟他们的孩子也不再见面……

安托西之所以出现在世界上，而且恰好出现在加尔诺路格，其简历就是这样的。然而因为成人们不愿意在我们面前披露这个“不体面的”插话的详情，所以在我们心目中由个别的情节形成了一个更富有浪漫色彩的传说。我们不知为什么有这样的想法：安托西的母亲坐了四轮马车来到加尔诺路格，经过加普卡家的时候，她正好要分娩了；有几个神秘的绅士把她从车子里扶出来，后来把她送到远地方去，把安托西留在加普卡家里，给她些赡养费，并且允许她种种条件。后来这些神秘的绅士在广大的世界里不知去向了，加普卡死了，于是上尉发善心，把这个被遗弃的孤儿带到了自己的厨房里……

大概是这么一回事：上尉决心收留这孤儿，无疑地只是出于一片善心，并没有什么打算。以后的日子仿佛是善行的一种报酬，情形自然而简单：这孩子起初在各个房间里跑来跑去，大概人们都喜欢他，拿他来取乐；后来，自然而然地，厨房变成了他的经常住处，厨房里的人顺便带领他，喂养他。他说话当然是“农奴口气”的，后来长成了一个小“农奴”，相貌丑陋，鬓发蓬松，斜着眼睛看人。那时候农奴制是农人的自然状态，因此养子安托西长大起来变成了上尉的一个农奴工役，没有人注意到。

就在这情况中我们认识了安托西。那时候我们不觉得这是可非难的或不公正的，我们认为这件事是同大地上自生自长的一切生活事实一样天然的……安托西像别的农奴一样是一个农奴工役。不过他的工钱比较便宜，上尉有时骂他私生子，骂他忘恩负义。如果可以为了这点而责备人，那么只有责备他的神秘的父母。可是在我们看来，他的父母只是两个浪漫的幻影。他们出现了，又消失了，留下了安托西……就是这么一回事……这件事发生在生活中，就像一棵树生长在树林里，后来枯萎了……

安托西自己知道不知道关于他诞生的这段“平凡的”历史呢？……可能是知道的，然而也可能在他看来这段历史并不平凡……我记得我们和他一同去搬运谷捆，车子经过加普卡的屋子的时候，他脸上的表情仿佛有些异样。这屋子空着，窗子早已用木板钉住，墙壁剥蚀而歪斜了……高大的树木在屋子上面萧萧地响，自从树底下出现了一个新生命以来，这些树木更加长得茂密而蓬勃了……安托西听到这种萧萧声，不知心中作何感想？

老实说，这个小伙子的丑陋的相貌不会使人想到他是“好出身”。也许他的种子原来是蔷薇，然而大自然玩了一个奇怪的把戏，使他长大起来变成了飞廉。只有不多的几个特点使他跟别的仆役不同：譬如说，他是一个热情的音乐家。

我的表姊妹们向家庭教师学习弹钢琴，其中有一个人弹得不坏。客堂里键盘叮当地响出，声音从打开的窗子里传出去的时候，安托西就停止了工作，有时钻进树丛里，贪婪地听赏。有时上尉不在家，和善的表姊妹们允许他走近乐器来，把他喜欢听的许多曲调弹给他听。此外，每逢星期天，小酒店里有两个小提琴和一个低音提琴演奏舞曲，小伙子们和姑娘们配合着这音乐在一块踏平的空地上跳高加索舞……安托西倾听音乐声，仔细观察乐器。

有一次，他用一把普通的刀子制造了像小提琴一样的一个粗陋的乐器，就在马厩里吱吱嘎嘎地拉奏舞曲，有时摹仿奥根斯基的《波洛奈兹舞曲》或者《少女的祈祷》。起初大家觉得这件事很稀罕，但是后来上尉认为在马厩里胡乱摹仿高尚的音乐是亵渎的事，或者他以为玩弄音乐会妨碍工作，总之有一次他大发雷霆，把这个小提琴打得粉碎。安托西又做了一个，做得比以前那个更好，从此以后，安托西和上尉之间就开始了一种特殊的战争：安托西屡次把小提琴隐藏，上尉屡次把它们找出来打破。我们一班青年人都同情安托西，大家相帮他考虑隐藏的地方，但是这也不过是一种直觉：我们设法使安托西避免上尉的愤怒，好比使他避免雷霆，并不考虑这雷霆是否正当……

还有一点，也可使人看出安托西的“不平凡出身”的影响。这就是他特别尊敬“道地的老爷”……别的加尔诺路格人也有这特点，其理由很明显：既然世界上需要“老爷”，那么必须是“道地的”。在他们那里容易过活，受他们管辖也并不那么屈辱。但在安托西，这种思想达到了崇拜的地步……也许他认为在这茫茫人世间的某地方，使他诞生而忘记了他的那两个人也变成了道地的老爷……他们会忽然想起了他……于是他也变成了“道地的”，凌驾于那些看轻他而被人看轻的不道地的加尔诺路格老爷……

他的死结束了这些梦想和这个命运……他死得也很平凡而没有意义。

安托西的外貌虽然特别丑陋，他在二十岁上却变成了一个道地的乡村情郎。他就利用他的丑陋来表现一种特殊的粗鲁的幽默。再说，女人的心很敏感，乡村里的美人大概都能通过这粗蠢的外表猜测到这个艺术家的心。无论怎样，会说笑会拉琴的安托西变成了夜游的姑娘们之间的中心人物。

有一次，他偷偷地带着小提琴走出院子去，第二天早晨勉强拖着两只脚回来。别人问他怎么一回事，他什么也不回答，只是说：

“不舒服。”这时候天气还很暖和，只是早晨已经有霜，安托西由于野性的本能，离开了仆人室，到长满浮萍的池塘的尽头去，躲在那个荒废的磨坊的阁楼里了。这地方难得有人去，幽静而荒凉。正午时光，将要冬眠的青蛙受了太阳的暖气，咯咯咯咯地叫起来，水流进水闸里来，发出单调的淙淙声。偶尔有几个同伴来问候，听见安托西在阁楼里不时地呻吟。但是当他们走近去的时候，他就不作声了，说他已经好些。

至于请医生来替一个生病的工役医疗，在那时候当然没有人想到。安托西就这样地躺在他的阁楼里，呻吟了几天几夜。有一次，打更的老头儿去探望病人，叫他几声没有答应。老头儿把这消息告诉了厨房里的人，大家立刻对安托西害怕起来。他们叫醒了上尉，成群地走到磨坊那里去。但见安托西躺在稻草上，已经不再呻吟了。他的苍白的脸上蒙着霜……

警察局长带着县医来了，他们解剖安托西的尸体。解剖开来一看，原来安托西是给人痛打，打断了肋骨而死的……据说有几个小伙子看见他获得夜游的姑娘们的欢心，而且每次都取得胜利，就妒恨起来，有一天夜里在某一个地方的栅栏底下抓住了他，用粗棍子打他一顿。然而这些凶手是谁，安托西自己和村子里的人都只字未提。

安托西死的时候没有忏悔，死了以后又被解剖，因此他们把他葬在墓地的围墙外面；黄昏的时候没有一个人敢走过磨坊旁边。每天夜里，离磨坊不远的仓库那儿传来梆子的急烈的响声。打更的老头儿诉苦，说安托西还在阁楼上呻吟，因此他用梆子来压倒这呻吟声。其实大概是夜风从那只角里传来水闸里的潺潺的水声……

在这以前，我们已经看见过不少死亡的情形。然而其中很少有使我们发生这样强烈的印象。其实……这也是理所当然。上尉早就预言过，说小提琴不会给安托西带来好结果。安托西出门去的时候很秘密……如果这件事里面有犯罪的人，那么犯罪最大而且最直接的，当然是那些不知名的小伙子，就是村子里的人……然而他们也许并不想打死他……只因天太黑，棍子太粗，落手的时候不小心……

无论怎样，在这横死事件中，有一种逼人的恐怖、阴郁，几乎近于威胁……在冬天的晚上，磨坊那里传来一种无端的恐怖。同时还有一种东西把人心吸引到那边去。磨坊的门上一个铰链脱落了，门前积着雪。阁楼上黑黑的，空空的，弥漫着恐怖的神秘和冷气……

有一次，就在这基督降临季，大人们出门去了，只剩下我们几个孩子在家里。这时候正在下雪，屋顶上、花坛上、光秃秃的紫丁香丛的枝条上、花园里的小路上都堆满了雪。傍晚时候，起了一场暴风雪，洁白的雪花蒙住了暗沉沉的窗玻璃。我们聚集在一个房间里，坐在壁炉旁边，谈起了安托西，谈到他的在我们看来半神奇的出身，谈到他的小提琴。谈话之中，隐隐地，甚至可能是无意识地感觉到某一个人的罪过和一种严重的不公正……黑夜在墙外、在花园、庄园、磨坊的上空咆哮。

忽然我们听见外面花园里有狗叫声。这些狗本来在花园里的台阶旁边躲避暴风雪，因为那地方比较安静；现在它们突然冲了出来，疯狂地向林荫道上滚滚而去。忽然吠声又肃静了……只是有一时传来暴风雪的嘶嘶声和怒号声；后来听见很近的地方有可怕的叫声，有什么东西冲到外面的门上来……这扇门关得不牢，门闩脱出了……如怨如诉的狗吠声和威严的风啸声都传进门房间里来。似乎有人闯进园子里，在我们的门上乱敲，却找不到入口……

我们面面相觑。大家脸色发白了。

“是狼，”有人说，“应该跑出去。”

跑出去是可怕的；然而我们几个小孩子拿了一盏灯，从墙上取下两枝猎枪和一枝装好子弹的老式手枪，就出去了。门房间的门开着，已经有许多雪飘进来。那些狗看见我们出来，都壮了胆，又狂吠起来，跑进林荫道去了。它们前面什么东西也没有，只看见白色的雪花在灯光里乱舞，而在一团漆黑的夜空中，某地方传来一种绵延不断的喧噪声、呼啸声、咆哮声。还听得出白杨树的阴沉可怕的呼呼声；仓库的老屋顶上的铁皮锵锵地响，仿佛有人在敲它，或者跨着匆忙沉重的脚步从它上面跑过。在这个奇怪的夜里，仿佛一切都过着一种特殊的生活：有一个巨人在暴风雪里乱窜，号哭，呼吁并且咒骂，其余的一切都在那里奔走，飞驰，逃避，埋怨，呻吟，号叫，威胁，或者吓得发抖……

那些狗又静下来，后来我们又听见它们由于恐怖而哀号，仿佛在逃避某种东西，争先恐后地乱滚乱跑。我们连忙跑进门房间里，把门紧紧地关好……我从外面得来的最后一个印象，是被灯光照亮的门外的一面墙壁……这墙壁留在外面的暴风雪中。它似乎也觉得害怕。那些狗蜷伏在门边，胆怯地哀号……

房间里照着壁炉的火光，一刹那间肃静无声。

“这是安托西……”姊妹们里有一个人放低了声音说……

这种想法是很愚蠢的，然而在这天晚上，我们大家都不很聪明。在这风雪交加的夜里，我们这个小小的庄园显得很可怜；在暴风雪的猖狂中，含有蓄意的威胁……我们并不迷信，明明知道这不过是风和雪。然而在风雪的变化多端的声音里有一种东西，在我们心中引起模糊不清的沉重的感觉……在这个庄园里曾经有一个生命生长起来而终于死亡。……这暴风雪号哭哀诉，仿佛是亡灵的呻吟声……

深夜里，大人们冒雪回家。上尉一声不响地听我们讲了这段经过情形。他是“服尔德信徒”，又是个怀疑家，然而只限于白天。到了晚上他就祷告，相信亡灵的出现，而且热心地从事关亡召鬼……

他有一个顽皮活泼的女儿，很容易在他的“催眠手法”之下“睡着”，说出许多精彩的真心话来，使得老头儿吃惊。他一次次地做着桌子敲响的玩意儿，召唤亡魂。然而他是否想召唤安托西的阴魂来同他谈谈，这就很难说了……

第二天暴风雪停息了，太阳明晃晃地照着昨夜积起来的雪堆，白色的雪块从屋顶上和树枝上掉下来……我们认为昨天晚上大概有一只狼从林子里跑出来，惊吓了那些狗。

……

25
父亲的死

有一年我们在加尔诺路格过暑假，这夏天母亲留在城里；她派人送信来叫我们大家回去，因为父亲病重。

他近年来身体一直衰弱。他久已放弃了自己的一切幻想、语文研究、哲学、兽医学和类乎此的异想天开的行为，这些行为曾经表现过他青年时代的奔放的热情。然而在他一生最后的几年里他还作了一种尝试。他一向自己刮胡子，可是因为他对于这件事日渐感到困难，就想出一种较为彻底的办法来：他弄到一把很精密的钢铁钳，把胡子一根一根地连根拔起。“我要替一切官吏造福，”他带着过去遗留下来的那种斯文的幽默动人的神情说，“每星期要刮三次胡子，这实在是一件苦事。照现在这样一次拔光，一劳永逸。”

这时候在他的面颊上可以看到拔得光秃秃的，可是不久又长出毛来。他又拔第二次，以为这样可以根绝须毛的生长，然而结果还是那样……于是他不得不承认：这个替官吏造福的计划没有成功……

他不久就可以服务期满而享受年金了。他在不满足的青年时代曾经两次弃职，现在离开服务期满就差这两三年。这使得他非常吃苦：他无论如何要挨过这几年，使家庭获得年金——现在这是他一生最后的一个任务。

他似乎把所有的余力都集中在这件事上。他在生活的道路上不再左顾右盼，连无妨大体的纸牌晚会也不举行，不干预家庭经济事务，不过问我们在中学里成绩如何。他早上一起身，就叫仆人替他洗冷水澡，默默地喝过茶，穿上制服，就走过我们的小院子，到法院里去。他在法院里总是装得使谁也看不出他的衰弱。有一次母亲为了一件要事，在办公时间派我到父亲那里去，他的样子使我看了吃惊：他庄重威严、精神抖擞地坐在他的座位上，听取报告，发出严明的命令。显然可以看出，维系法院的线索，全部紧紧地掌握在他那双纤弱的手里。不过在那时候，他的确有一个良好的助手，就是不久才派来的新陪审官波波夫，这人在服务观点上和父亲相同，性情善良，能干而正直。父亲对他尊敬而信任。

父亲一回家，立刻感到疲乏，将就吃了些饭，就躺下来睡觉。晚上又工作了一会儿，然后依据医生的忠告作室内运动，费力地拖着一双脚，拄着手杖，在房间里散步半小时。他要做满服务年限……无论如何要做满最后的几个月……这个不很平凡的人的生活力量，现在全部集中在这任务上！

犹太信差把母亲的信送到村子里来给我们的时候，我们一班少年人正玩得兴高采烈，大家立刻扫兴。就在这一天，我们坐了加尔诺路格的马车来到第一个驿站。在站上装备驿马车的期间，我和弟弟走到公路旁边的小树林里。这是一个特别明爽的秋夜，暮色不知不觉地消散了，天空中当头照着一轮明月。这又是使我终生历历不忘的一个瞬间。我觉得眼前一切自然物都充满了一种特殊的、柔和而悲哀的感觉。榛树和赤杨树的叶子瑟瑟作响，微风拂面，驿站里传来铃子系上辕杆时的叮当声。我觉得所有这些沉着的喧噪声，树林里、田野里和驿站里的嘈杂声，都各自在那里讲同一件事：生命的结束，死的庄严……

刚刚在军官学校毕业的一个表兄[①]悄悄地走近我们来，亲热地拥抱了我们两个。

“也许病会好起来。”他说。

但是我认为没有希望，一切都完结了。我由于弥漫在四周的深切的悲哀而感觉到这一点，并且觉得惊奇：怎么昨天我不感觉到这一点，今天白天我还无心无思地逍遥作乐……我初次意识到这个问题：现在叫我的病弱的母亲怎么办，叫我们怎么办？……

铃声响起来，车轮轧轧地转动，一会儿我们已经走上伸展在暗夜中的白蒙蒙的公路，向着远处黑沉沉的树林前进，这些树林和我们的前途一样模糊暗淡，然而毕竟还照亮着，像我们的青春一样……

我们到家的时候父亲还活着。我们向他问候，他已经不能说话，只是抬起眼睛来看看我们，眼光里流露出痛苦和慈爱的表情。我想对他表示，我爱他的全部生涯，我多么了解他的苦衷。因此在大家出去之后，我走到他床前，看着他的脸，握住了他的手，把嘴唇紧贴在他的手上。他的嘴唇微微地动起来，他想说些什么。我把耳朵凑上去，听到四个字：

“不要悲伤……”

---

① 符拉季米尔·卡齐米罗维奇·屠采维奇（1849—1921）是上尉屠采维奇的儿子，是一个炮手。他毕业于陆军学校和莫斯科的亚历山大罗夫军事学校。他青年时代在克朗什塔特服务；柯罗连科家的人（作者的母亲和两个妹妹）从罗夫诺搬到这里以后，曾经和他同住过一个时期。作者在克朗什塔特居住的期间（1876—1877），跟他的表兄很亲近。以后他们就很少见面了。符·卡·屠采维奇死在敖德萨。——原编者注

第二天，法官不在了。许多人来送葬，其中有不少穷人、市民和犹太人。军队里的长官派来一个乐队，灵柩就在送葬进行曲声中、旗帜当风翻飞的声音中和群众的肃然的脚步声中被送到墓地上。那个老伤兵把关卡的拦木高高地举起。许多犯人的苍白的脸从牢狱的窗子里探出来张望，他们都很熟悉穿着制服躺在棺材里的那个脸色发白的人……唱出了“永垂不朽”的歌……只听见泥土堆到棺材盖上去的声音，母亲号啕大哭，于是罗夫诺墓地上简陋的木造教堂墙脚下多了一个新坟。

母亲只得立刻负起了父亲遗留下来的家庭重荷。父亲终于没有做满服务年限，还差几个月，因此母亲不得不多方奔走，以求获得不拘多少的年金。这位法官服务三十多年，以特别廉正闻名于当时的黑暗时代，他的寡妻所获得的是大约十二卢布的孀妇抚养费。连子女的在内，每月的总数大约是十七卢布，这还是全靠两三个善人的大力斡旋，他们尊重父亲的遗念，帮助母亲出主意……母亲为了要勉力完成我们的学业，在丧事结束之后立刻东奔西走，请求准许她管理学生宿舍；从这时候起，我的病弱而孤单的母亲就用真正的巾帼英雄的力量来捍卫我们的前程……法官可以安眠在简陋的教堂墓地下的朴素的坟墓里了，因为他的妻子已经竭尽所能甚至超力地完成了他临死以前那么担忧的任务……

母亲的生活突然剧烈地变更了。她从城里的一流人物“法官夫人”一变而为有一群子女而没有财产的一个可怜的寡妇（年金过了一年才谋到）。她不得不去请求不久之前以认识她为光荣的那些人，而且以“学生宿舍管理人”的身分隶属于学校当局。的确，除了极少数特例以外，我记不起城里的居民曾经使她痛切地感到这种变迁；反之，感人的善意和帮助却是有的。

父亲的坟墓围着栅栏，长满了草。上面立着一个木质的十字架，寥寥数行的铭文极简单地记录着他的生涯：生于某年月日，曾任法官，死于某年月日……孤儿寡妇人家没有钱立石碑。我们住在这城里的期间，母亲和妹妹每年春天到坟上去献花圈。后来我们大家东分西散，各走天涯。这坟墓就变成孤零，现在也许不留痕迹了……

人生留下来的是什么呢？生涯中的过失和痛苦留下来的是什么呢？……

我那时还怀着同父亲一样的信仰，认为父亲的一生很圆满：他是一个宗教信徒，终生祈祷，恪监责任，努力帮助弱者对抗强者，并且忠实地为“法律”服务。上帝嘉许他的行为，因此他现在当然很幸福。

后来，这种单纯的信仰消散了，我的想象中只剩下一个简陋的坟墓。他曾经生活、希望、渴慕、受苦、关怀着家属的命运，抱憾而死……他的生活，他的渴望和他的“过早的”正直，现在还有什么意义呢？……

“他是一个古怪的人，”温良的居民们不止一次地这样说，“可是结果怎么样呢：撇下了穷苦的孤儿寡妇，就这样死了。”

“虔信”上帝和天理的人们也这样说。母亲和我们家里任何人对这句话从来没有丝毫怀疑。

第五章　新思潮

26
新教师

大约是我在五年级的时候，我们学校里一下子来了几个年轻的新教师，他们都是皮罗果夫当督学的时候修了中学课程，刚刚从大学毕业出来的。

最初来的一批教师里面，有一个叫做符拉季米尔·瓦西列维奇·伊格纳托维奇，是一个化学教师。他是一个青年人，刚刚从大学里出来，略微留些胡须，身材矮小，面颊红肿，戴一副金边眼镜。我们班上有几个学生，看起来比这个教师年纪大。他说话声音很尖锐，仿佛还保留着童声。他在教室里略微有些胆怯的样子，脸上常常含羞地泛着红晕。他对我们很客气，教课很热心，难得考问课业，对分数很看轻，解说功课的时候，好像教授讲演。他的声音柔和而不稳固……使人听了希望他再低一个音，说得更坚定些才好。

他的教学方式的第一个结果，是全班学生几乎停止了学习。第二个结果是学生有时对他稍微有点粗暴。这个可怜的青年对我们怀着理想的期望，却为了我们对教师粗暴无礼的普遍成规而吃了亏。然而这情况并不继续长久。有一次，全班学生喧噪起来，伊格纳托维奇的柔和的嗓子喊破了也没有用；我们中间有一个人似乎听见他称我们为一群蠢货。别的教师常常称我们为一群蠢货，有时还用更坏的名称。但是这又当别论。因为他们惯于粗暴，我们也惯于顺受。但是伊格纳托维奇自己养成我们对他取别种态度……有一个学生叫做扎鲁茨基，本质上是一个好孩子，但是容易感情用事，他在全班学生的喧噪声中站起来。

“老师，”他满面通红，昂然地高声说，“您刚才似乎在说，我们是一群蠢货……现在让我回答您，要是……要是这样的话……”

全班学生突然肃静，静得可以听见苍蝇飞过的声音。

“要是这样的话……您自己是蠢货……”

伊格纳托维奇手里拿着的玻璃瓶在蒸馏器上叮当地碰响。他满面通红，他的脸由于屈辱和愤怒而无可奈何地发抖……起初他茫然失措，但是后来用坚定的声音回答：

“我没有说这句话……你听错了……”

这句很简单的答话使得大家怔住了。教室里发出一片嘟哝声，说的是什么，一下子听不清楚；就在这时候下课铃响起来。教师跑出去了；大家围住了扎鲁茨基。他站在同学中间，只管低着头，他感觉到全班同学都不赞成他。对教师说孟浪话，一般说来是一种功劳；如果他同样地把“老教师”中的某一个——像克兰茨、萨玛列维奇、叶果罗夫等——当面称为蠢货，那么校务会议会把他开除，而同学们对他将发生热烈的同情。现在却使人觉得疑虑、难过、不快……

“老兄，你真卑鄙。”有人说。

“让他在会议上控告吧。”扎鲁茨基忧闷地说。

在这控告中，对他说来自有一种道德上的解决：这可以立刻把这个新教师归入老教师之列，并且可以证实他这次狂妄行为是应该的。

“他会控告的……”有人说。

“当然。你难道以为会放过吗?”

“不，他不会控告。”

“会控告的。”

这问题变成了这一场冲突的中心。过了两天，关于控告的消息一点也没有听到。如果已经控告过了，那么首先一定是学监鲁舍维奇叫扎鲁茨基去，照例严厉地申斥他一番，说不定在议决以前就会立刻命令他回家。我们都等候消息……会议的日子过去了……并没有控告的形迹。

又到了上化学课的时候。伊格纳托维奇来到教室里，精神有些紧张；他的脸色严肃，眼睛常常挂下，声音断断续续。他显然是在努力保持镇静，然而不敢确信能够成功。在这个青年教师的严肃的态度中显示出委屈的样子。这一堂课在苦闷而紧张的气氛中进行。

过了十分钟光景，扎鲁茨基从座位上站起来，脸色暗淡无光。这时候他肩膀上似乎负着重荷，全班同学都感觉到这重荷的压迫。

“老师……”他在全体肃静中勉力地说出。这位青年教师的眼睑在眼镜里面颤抖一下，他脸色通红了。教室里的紧张达到了极点。

“我……上次……”扎鲁茨基用含糊的声音开始说，接着突然激动地说完了这句话：“我对不起您。”

他说过之后坐下去的时候，样子仿佛又说了一句唐突的话。伊格纳托维奇的脸色明朗起来，虽然红晕泛到了耳朵根上。他坦然而从容地说：

“诸位同学，我已经说过，我没有把你们任何人称作蠢货。”

这场风波就此结束。这样的冲突这样地解决，还是第一次。这位“新教师”通过了这一场考验。我们对他很满意，对自己——几乎是无意识的——也很满意，因为我们也还是第一次不像利用“老教师”的弱点那样利用这位青年教师的弱点。这件事不久就被忘记了，然而联系新教师和全班学生的一种特殊的交感力，还是存在着。

不久伊格纳托维奇请假离校，过了两星期，带着一个年轻的妻子回来。中学的第二个院子里有一所平屋，其中一半是化学实验室。另外一半空着；里面只住着一个校工，他自称为“实验室管理员”。现在这一半由学校加以装修，作为化学教师的住宅。这一对小夫妻就安居在这里了。

伊格纳托维奇的妻子长得比他高，身材瘦削，肤色浅黑，并不特别漂亮。但是在我们看来，她有一种特殊的吸引力，说得更正确些，他们两个人共有一种吸引力；而且他们的住屋在学校的喧嚣杂沓的中心，对我们也有一种吸引力。每次课间休息的时候，成群结队的顽皮学生通过这院子，走到可以偷偷地抽烟的地方去。上课铃一响，这些人就争先恐后地跑回来，互相冲撞，大声叫喊，一路上你一拳我一脚地打来打去。有时在午间休息的时候，学生们在这院子里玩球，看见窗子里闪现出那张浅黑色的脸，就用肘推推旁边的人，指给他看。有几个年纪较大的学生甚至爱慕她，有时用望远镜从学生宿舍的二层楼上眺望隔墙院子里的实验室。有时散学之后，大群学生汹涌澎湃地冲向边门去，忽然站定了，让路给那个窈窕淑女，她穿过人群的时候温和地微笑着，向某一个人像熟人一般打招呼，这个人就认为不胜荣幸。伊格纳托维奇有时邀请某一个学生到他家里去。他的妻子也走出来，跟这个人打招呼，谈天，问长问短。这时候有一种亲切温暖的感觉，使我们这群顽皮学生不再把这个青年教师仅仅看作一架教课的机器，而又看作一个人，我们也仿佛分享了他的小小的家庭幸福的一部分。我起初不想用功学习化学这门功课，但是在第一个假期里，我就把伏尔茨化学教科书全部啃熟了；我有时带着仪器图到伊格纳托维奇家里去，我不希望玛丽亚·斯捷潘诺夫娜看见我的时候说这样的话：

“你为什么不用功学习化学？你不喜欢这门功课吗？是不是？”

和伊格纳托维奇同时来了一位“乌克兰派人种志学家”柯玛罗夫。我们不大懂得什么叫做“人种志学研究”，但觉得这是超出寻常教学范围之外的一种高级趣味。

另外还有两三个我所不认识的青年教师。学校里来了这一群新人物，我们觉得一般的情绪提高了。原来的优秀教师中有几个人过去感到孤独，现在都活跃起来了；校务会议里常常有争论和异议传到我们耳朵里来。一向由机械人和狂徒的尖锐的假嗓子支配着的中音色中音区的全体合唱里，现在出现了新的音调……

后来又来了一个人，关于这个人的回忆，我想讲得详细些。

27
韦涅明·瓦西列维奇·阿甫杰夫

我们原来的语文教师米特罗方·亚历山大罗维奇·安德列夫斯基居然结了婚，“因家庭情况关系”调任到另一个中学校去了。我们送别他的时候很惋惜，因为大家喜欢他的仁善的态度、温和的微笑、中肯的谈论和对《伊戈尔远征记》的动人的忠诚。他去后，有一个时期“语文讲座”暂缺。上课的时候来的是鲁舍维奇，他想出来利用这时间教我们朗诵法。他自己念起来声音很粗笨，含有感情和意义，带着抑扬顿挫，然而他的表情完全没有根据。他要求我们正确地模仿他的音调，可是我们觉得这样念有点“难为情”，而且是装腔作势的。况且中学里的语文课在传统上一向认为是最有趣味、最富有智慧的功课。因此我们愈加焦灼地等候新的语文教师。

有一次传来消息，说新的语文教师已经到了。他的姓氏是阿甫杰夫，是一个青年人。有一个同学已经在城里碰见过他，他把碰见时的情形讲给我们听，这时候正好又要上语文课了，我们以为这一课还是由学监来上的。但是几乎和上课铃同时，教室的门开了，门槛上出现一个陌生的教师。我们突然看到他，大家迅速地回到座位里去；他在门槛上站了一会儿，安详地看看我们，然后一边走上讲台去，一边向我们点头。这是第一次上课，所以他默默地等候值日生读通常的祈祷；然后他坐下来，翻开点名册。他的脸相略微有些阴郁，点名的时候声音似乎不满意，有时念到某一个姓氏的时候停顿一下，抬起眼睛来望望这个姓氏的所有者。点过名之后，他走下讲台来，从容不迫地沿着课桌在教室里走来走去，考虑着一件事，这件事仿佛完全无关于这时间，也完全无关于怀着好奇心注视他而研究他每一个动作的五十只眼睛。

他是一个青年人，大概比伊格纳托维奇只大三岁，然而样子比他老练而结实。他的面貌不很平凡：端正的五官，希腊风的侧形，富有表情的大眼睛，丰满的嘴唇，薄薄的口髭，小小的淡黄色胡须。这一切都很漂亮，然而不知怎的全班学生初次看到时不喜欢这相貌。还有，他穿着一条小脚管裤子和一双低跟靴子，而我们认为最正派的是宽大的哥萨克裤子和高跟靴子。在我们学校里，穿小脚管裤子的只有六七年级里的有名的摩登青年和纨绔子弟。

当这位新教师在教室里走来走去的时候，我们已经注意到了这一切，并且品评到了最后一颗扣子和蓝色燕尾服的过分宽阔的衣领。他的态度很不礼貌，仿佛眼前并没有我们全班学生。他这种行径在我们觉得很奇怪，而且有些傲慢。

他这样来来回回地走了好几次之后，忽然站定了，仿佛驱除了头脑里不相干的念头，重新注意地向全班学生看看。

“你们最近学了些什么？”他问。

我们大家互相看看。

“最近是学监先生给我们念……”

“念什么？”

“念克雷洛夫的寓言。”

这位新教师的眉毛微微地挺了一下。

“为什么?”他问。

我们觉得这问题很奇怪。关于这一点应该去问学监自己。但是有一个学生猜量着说:

“为了填补空缺的课。”

“噢! ……那么也叫你们念吗?”

“是的。”

“唔。你们里面哪一个念得最好?”

全班学生默不作声。我们都会念得很响,有几个人念得很流利,然而从来没有听见过念得好的,而学监先生的“有表情的朗诵”我们认为是做作的。

“喂,怎么样?”他耸耸肩膀,不耐烦地说,“你们为什么不开口?”

“我们都念得一样。”我懊恼地说出这句话,可是我说得太轻。教师就转向我,直截了当地问:

“你念得好吗?”

“不,”我红着脸回答,“我没有说这句话。”

“可是我问的正是这句话。”接着他就对面前放着一本寓言的一个学生说,“你念吧!”

这个学生站起来,随便翻到一个地方,就开始念。教师不满意地皱皱眉头。

“不好,”他说,“大家都是这样的吗?没有一个人念得好吗? ……唔,那么以前你们学些什么呢?”

“语文理论……米宁①编的,”有几个人回答。

---

① 尼古拉·加甫利洛维奇·米宁(死于1861年)是《俄语简明教本》和《语文理论教本》的编者。——原编者注

“什么叫做语文？”

大家不作声。

“是从‘语言’发生的……”有一个人说。

“就算是这样，那么什么叫做‘语言’呢？”

“是思想的表现。”

“不一定这样……可能说了许多话，然而毫无意味……那么什么叫做思想呢？”

大家不作声。

他装出滑稽的脸相对我们看看，说：

“每一个人想一想自己，然后告诉我：你们有人曾经在生活中思想过吗？”

这句话简直是侮辱我们。课堂里发出一片低微的嘟哝声。

“大家都……”有一个人说。

“大家都怎么样？”

“大家都会想，就是说大家都会思想。”有几个人激烈地回答。教师惹得他们生气了。

“‘会想’，”他耸一耸肩膀，模仿着说，“你们想的是：下课铃是不是就要响出？……你们还在想：这就是思想。可是你们弄错了。你们要知道：‘思想’不仅是想，思想完全是另外一回事。大家拿出笔记本来记录我的话。”

于是他慢慢地在教室里踱来踱去，开始说出最简单的定义来。起初他的眼睛里和眉毛中间的皱纹里还是显出那种阴郁的、不满意的神情。可是主题的发展显然使得他兴奋起来。他的浅黑色的脸上泛出一阵浓重的红晕。他说起话来缓慢、沉着而自在。他显然没有预先备课：他的话是临时顺口而出的，仿佛当场镕铸出来，传到我们耳朵里的时候还没有冷却。他常常站定了，停顿一会儿，找求最恰当的说法，找到了他所需要的话，又是一边讲，一边走，越讲越高兴了。记录他的话有些困难。他说话虽然很慢，却不等我们记完了再说。而我们很想把它记下来。这一课就在这样的工作中过去。下课铃响出的时候我很惊奇，怎么这一课过得这样快。

阿甫杰夫结束了这一课，拿了点名册，向我们点点头，就出去了。教室里只听见一片热烈的谈话声。印象是不满意的。

“这样的一个家伙！”有一个人说。

“同学们，对这个人要当心呢……”

“哪里访来这样的宝贝？”

“诸位，他不是侮辱我们吗？……”

就在这样的谈话中，响出了下一课的上课铃。记得走进来的是历史教师安德路斯基。这也是一个新教师，比阿甫杰夫早来几个月。他是一个青年人，中等身材，相貌聪明而刚毅。他在教室里的态度完全是教师模样，略微有点枯燥，然而倒还亲切。他的一小时功课仿佛分作不平均的两部分。在第一部分里他叫出学生来，问他问题，然后打分数。当他把笔插进墨水瓶里去蘸墨水，准备打分数的时候，他的脸上显出深思熟虑而严肃的神情。他显然是在心中仔细较量一切优劣，较量过之后，就用坚决的笔致在记分册里记下一个数目字，这时候他觉得这数目字是定得慎重而公正的。到了下课前二十分钟的时候，他才把教科书拿过来，翻开来，用一定不易的开场白来开始讲课：

“好，就这样……我们上次讲到这里。现在继续讲下去。”

于是他看着书本，诚恳、详细而枯燥地叙述这一课的内容。我们知道，他在校务会议上也这样详细地叙述他的意见。他的话常常是谦逊而坚决的。我们尊敬他的为人，诚恳地准备他的功课，然而我们觉得历史这门功课是相当枯燥的。过了一个时期，他同样诚实而公正地衡量一下自己的教学工作，给自己打一个不满意的分数，然后改变了授课的方式。

现在我像往常一样高兴地看着他那张刚毅的、方正的脸，可是在他的单调的声音后面，我仿佛听到那位新语文教师的低钝的声音，耳朵里还保留着他的尖刻的言语。“想”和“思想”……是的，的确不同……现在我懂得它们的差别了。可是他这个人总有点讨厌。以后会不会有什么花样呢？……

我偷偷地拿出笔记本来，冒着给安德路斯基注意到的危险，在课桌底下看语文课的笔记。这一次语文课真是精彩而有趣。

过了三天，从市街上传一个消息到学校里来，说有人看见这位新教师喝醉了……我听到这消息，心里有些刺痛。下一次上课的时候他没有到。有些人刻毒地说：酒还没有醒；另一些人说：在安排新居。不管怎样，总之，学监先生又拿着一本点名册来上“有表情的”朗读了，当他出现在门槛上的时候，大家心里觉得有些失望。

又过了两天，一个动人听闻的新消息像摔炮一般飞进我们的教室里来。我们班上有一个学生叫做陀玛涅维奇，是一个年纪很大的青年人，他在学校里留得很久，在小孩子里面完全像个大人。他心地善良，是一个很好的同学，然而态度骄傲，好像一个教授偶然和小孩子一同坐在课桌上了。

这一天他来到教室里的时候样子特别神气而傲慢。他带着漫不经心的态度——然而其中透露出来自傲的神情——讲给我们听，说他和这个新教师已经是“朋友”了。他们是在一种特殊情形之下熟识起来的。昨天，一个有月亮的晚上，陀玛涅维奇从朋友那里回来。他在白杨街和公路的转角上看见一位先生坐在木条堆上，身子向左右摇晃着，跟惊奇的过路人搭讪，并且唱小俄罗斯歌曲。

“我告诉你们，他的嗓子出色！”讲话的人补充说这一句，替他的新朋友带着几分骄傲。

陀玛涅维奇没有认出这位开心的先生就是新教师，从他旁边走过了，那人就叫他：

“我的学生！你跑过来！”

陀玛涅维奇走过去，认出了他，向他鞠个躬。

“你姓什么？”

陀玛涅维奇当时“实在有些胆怯”。那时候已经很迟，晚上走出宿舍来是犯禁的，而且这位新教师似乎很严格。他虽然喝醉了，也会去报告校长的。他只得硬着头皮说出了自己的姓氏。

“好极了，”教师客气地说，一面向他伸出手来，“我是韦涅明·瓦西列维奇·阿甫杰夫，是你们的语文教师。你看，现在我有点醉了。”

他说过之后哈哈大笑（“他笑得非常开心，使人听了也要发笑”），紧紧地撑住了学生的手，站起身来，要求他送他回家去，因为他还没有认识城里的路径。

“见鬼，”他笑着说，“你们这里的街道有点乱七八糟，温特劳勃的酒又很得力……我眼睛一眨，已经走出关卡了……我走回来……脚边正好有一堆木条……哈哈哈……我的头脑一向很清醒，可是那双脚醉了，见它的鬼……”

陀玛涅维奇把教师送到了池塘上面他的寓所里，一路上亲切地扶着他。阿甫杰夫在自己家里态度和蔼可亲，请他抽烟，又请他喝了一小杯红葡萄酒，然而同时又劝他决不要喝醉，并且不要爱好女色。前者是有害的，后者……不值得……

这段故事轰动了全教室。“这是怎么一回事？”我带着一种伤心而又奇怪的感觉这样想，我觉得现在我对阿甫杰夫更加没有好感了。

“喂，老兄，”有一个人作出一个实际的结论，“现在你可以一年到头不用功学语文了……”

“我何必用功学语文，”陀玛涅维奇满不在乎地回答，“他讲的课我去年就完全懂得了……老弟，我在一年级的时候就会‘思想’。”

陀玛涅维奇像往常一样略带轻蔑地瞥了我们一眼，就慢慢地走到自己的座位里去了。现在他有了一种新的优越之感：教师不见得会向小孩子们要求这样的效劳……

上课铃响出了。门打开了。阿甫杰夫走进来，逍遥自在地走向讲台去。

所有的目光都集中在教师身上，大家都知道他昨天喝醉了，陀玛涅维奇扶他回家去。但是他的漂亮的脸上看不出一点狼狈的样子。他精神焕发，眼睛炯炯发光，嘴唇上露出优雅的微笑。我现在看看这张脸，忽然又觉得一点也不讨厌，反之，他的脸相聪明而漂亮……然而……他昨天毕竟是喝醉了……阿甫杰夫翻开点名册来，开始点名了。

“瓦尔金斯基……扎包津……陀玛涅维奇。”

“到。”陀玛涅维奇回答着，懒洋洋地在座位里略微耸一耸身子。阿甫杰夫顿了一顿，一双闪闪发光的眼睛向他一看，仿佛想起了什么，然后继续点名。后来他推开点名册，双手托着头，把肘支在讲台上，问我们：

“你们上次已经把我讲的话统统记录了吗？”

“统统记录了。”

“那么当然都记住了？是不是？好……陀玛涅维奇同学。”

陀玛涅维奇这个姓氏像电光一般闪遍了全教室。许多头都转向他。可怜的陀玛涅维奇困窘而无可奈何地向周围看看，仿佛不知道发生了什么事。教室里到处发出不由自主的笑声。教师的脸很严肃。

“好，让陀玛涅维奇同学把上一课的内容讲给我们听……我们这科目的定义怎么样？大家听。”

陀玛涅维奇站起身来，低着头站了半分钟，然后慌张地说：

“老师，我……”

“怎么样？”

“今天没有预备。”

“今天没有预备？那么昨天呢？前天呢？”

“我都没有……”

“都没有预备？……不应该，陀玛涅维奇同学，不应该。上了课是必须准备的。有三天可以准备呢。你不准备，有什么确实的理由？”

陀玛涅维奇不作声。

“可惜，不过只好……”他拿起笔，翻开记分册来，“只好给你打个……一分……抱歉之至……”

他在记分册里划了一条线之后，看看那个可怜的陀玛涅维奇。我们这位老前辈非常狼狈，他受了委屈，样子很滑稽，惹得阿甫杰夫突然仰起了头，笑起来。他的笑声的确很特别，抑扬顿挫，引人发笑，并且很响亮，同时薄薄的口髭底下一排整齐的白牙齿发出美丽的闪光。我们逢到同学不幸的时候向来不笑，可是这一次陀玛涅维奇自己也笑了。他挥一挥手，坐了下去。

这一场纠葛立刻解决了。我们这才明白：昨天的事件对于学业完全没有发生什么后果，而这位教师的权威立刻稳固地确立起来。到了这第二课结束的时候，我们已经完全在他的掌握中了。他像第一次那样流畅动听地继续讲解之后，就走上讲台，把他带来的那本装帧优美的很厚的新书翻开来，对我们说：

“诸位同学，现在我们休息一下。我已经告诉过你们，什么叫做用概念来思想。现在我再告诉你们，有些人怎样用形象来思考最复杂的现象，又怎样用形象来说明它们。你们读过屠格涅夫的作品吗？”

真难为情，我们之中有许多人只知道屠格涅夫的名字。我们看的书或者用中等的价格向一个爱好图书的犹太人租来，这犹太人供给我们的是大仲马[①]、孟特邦[②]和加菩利俄[③]的破破烂烂的小说；或者从学校图书馆里借来。我们每星期一次在傍晚的时候拥进黑暗而嘈杂的走廊里，安德列夫斯基先生拿着一个蜡烛头走在前面，微弱的烛光把走廊照得神秘而不认识了；我们一边走上楼梯去，一边跟这个和善的语文教师搭讪说笑。他每次都要用好些时候找寻图书馆门的钥匙，然后喀啷一声，把大房间的门打开，房间里靠墙放着许多高大的书橱。书橱的内容非常贫乏：这里面大部分是拯救灵魂的说教书，《周末消闲》[④]，不知为什么还有《军人读物》[⑤] 和《环球旅行者》[⑥]。我们常常表示不满意，但是安德列夫斯基用说笑来劝慰我们，有时说得很尖刻，引得大家哈哈大笑。结果还是只好借李文斯东[⑦]的旅行记来读，读过之后再读库克[⑧]的旅行记，然后再读阿拉各[⑨]的旅行记、贝克将军[⑩]的旅行记。有一次我竟借了一本阿封山旅行记回家。记得这本书叫做《圣山人[⑪]书牍》；虽然我那时候怀着宗

---

① 大仲马（亚历山大·仲马）（1802—1870）是法国小说家和剧作家。他的历史小说《三侠客》《基督山恩仇记》《马各女王》等是最广泛流传的。——原编者注

② 扎维厄·德·孟特邦（1824—1902）是法国小说家。——原编者注

③ 爱米尔·加菩利俄（1832—1873）是法国作家，是许多所谓“刑事”小说的作者。——原编者注

④《周末消闲》是一种图画杂志，1863 年在彼得堡创刊，每星期发行一次。1873 年改名为《星期画报》。——原编者注

⑤《军人读物》——大概是《军人谈话》，是一册杂志，创刊于 1858 年。每年出六册，于 1867 年停刊。——原编者注

⑥《环球旅行者》是一种图画杂志，于 1867 年创刊于彼得堡，每星期发行一次，于 1878 年停刊。——原编者注

⑦ 大卫·李文斯东（1813—1873）是游览非洲的英国旅行家。他的作品就是《大卫·李文斯东非洲内地旅行及 1840 至 1856 年间南非洲重要发现记》。——原编者注

⑧ 詹姆斯·库克（1728—1779）是一个英国航海家。他的作品是《英国航海家库克船长旅行及生活记录》。——原编者注

⑨ 查克·阿拉各（1790—1855）是法国作家兼旅行家。——原编者注

⑩ 塞美尔-外特·贝克（1821—1893）是一个非洲研究者。他的第一次旅行是在 1861 至 1865 年。——原编者注

⑪ 圣山人（1814—1853）这名字在宗教文学里是指修道司祭谢尔吉（以前是维亚特卡神学校的学生，叫做谢苗恩·阿甫杰维奇·威斯宁）。他在 1845 年出家以后，就出发到阿封山，住在那里。他写了一册《谈阿封圣山致友人书》。——原编者注

教信心，然而我读了这些书牍以后，只记得一段关于暴风雨的美妙的描写和作者看到司祭长尼古拉在宗教会议上打异端者阿利耳光时的欢喜。圣山人站在一幅圣像面前，这幅圣像上描写着这场神学论战的有力的论证，他仿佛觉得“司祭长这一记耳光的回声还在这个肃静的殿堂的穹隆底下缭绕着”……

像我这样的人，看的书还算比较多——虽然是杂乱无章而偶然的——我已经看过《三侠客》《基督山恩仇记》，甚至尤金尼·许[①]的《流浪的犹太人》——虽然如此，在果戈理、屠格涅夫、陀思妥耶夫斯基、冈察洛夫和比辛姆斯基的作品中，我也只偶然读到几篇短篇小说。我那时候只是把看书当作消遣，惯把美文学看作实际上不存在的东西的引人入胜的描写。有时我把书中人物的行为和言语配合到我的生活环境中去，发见从来没有人这样说话，这样行动。我以前读过波兰作家的《桑道米尔的福玛》和其他两三部作品，这些作品给我留下了一个光明的回忆。这些作品比较接近生活。也许在不远的地方，在不很久以前，人们可能这样说话，这样行动，可是现在的人到底不是这样说话，这样行动的了……

记得有一个明亮的秋夜，我走过静静的白杨街，穿过一片空地，转进一条狭小的胡同里。路上是阴暗的，然而在菜园子那面，两片黑越越的屋顶中间升起一个月亮来，月亮上清楚地显出木叶尽脱的漆黑的枝条。我站定了，看到这种简朴而美丽的景色，不由得心中感动。我喜欢画画，不过限于被动的临摹，可是现在我热烈地希望表现这个景象，表现得也是这么简朴，两个屋顶平涂黑色，篱笆的桩头显出在月光照亮的天空上，潮湿的阴影深处似乎有许多事物沉浸在黑暗中，甚至使人感觉到不久以前下过的秋雨……

后来我的思想回到了书本上，我心中发生了一个念头：不妨就

---

① 尤金尼·许（1804—1857）是法国作家。——原编者注

描写像我这样的一个小孩子，起初住在日托米尔，后来迁居到这里，到罗夫诺；描写他所感觉到的一切，描写他周围的人，甚至描写现在这瞬间，描写他站在静僻的街路上，正在拿他此刻的精神发展状况来和过去现在的相比较。瞧，在这一片潮湿的黑暗中，杂乱地散布着许多灯火，在这些照亮的窗子里面住着许多人。现在他们正在喝茶或者吃晚饭，正在谈天，争论，说笑。他们从来不回顾自己和自然界，从来不拿我自己来和周围的一切相比较。也许在整个城里只有我一个人站在这里眺望这些灯火和阴影，只有我一个人正在想它们，只有我一个人希望描写这些自然景物和这些人，要把一切描写得真实，使每一个人各得其所。

我并不是用这些字句来想的，可是我所想的正是这些事。我心里觉得有些骄傲，又觉得很不满意。我不过想到可以像我现在所看见那样简朴而真实地描写一切，想到像我这样一个孩子的历史和他周围的人们的历史可能比基督山伯爵的历史更加富有趣味和意义。但是实际上我一点也不会做：斯塔霍尔斯基老师认为我有图画天才，但是还需要细致的“阴影描写”，后来我的阴影描写有了很大的进步，然而还不能画最简单的风景写生画①。有时我坐了我们的小船，解下缆索，划向岛子方面，把船停在水湾里的睡莲和浮萍中间了，开始描绘有许多空窗洞的古堡、高大的白杨树和长满青苔的骑士石像。我的画大受赞赏，可是我觉得这不过是一些线条、轮廓、阴影描写……这个古老的废墟没有沉重的立体感，那些空窗洞没有深度感，萧瑟的白杨树没有高大的感觉，天空没有辽远的感觉，水没有透明的感觉。我自己觉得缺乏能力，缺乏灵感，就把铅笔和画册搁

① 还不能画最简单的风景写生画——柯罗连科从来没有专门学习过图画，然而他在这方面有卓越的天才，因此后来他能够画铅笔速写。他的笔记本里到处有这种铅笔速写，同时又笔录着印象和会晤的临时记述，这些记述是他的文学创作的材料。——原编者注

在船里的坐板上了，很久一动不动地坐着，凝视着周围的情景：长脚水蚊的脚尖上带着亮晃晃的水滴，在水上跑来跑去，微微地触动了停滞着的闪闪发光的水面；疲乏的青蛙在泥沼里慢慢地懒洋洋地游动；龙虾用尾巴去搅拌混浊的水底。过了一会儿，这个沉寂的城市的沉寂的生活所引起的精神空虚开始充实起来：我眼前浮现出了过去的影子。空虚的岛子上有了居民，古堡复兴了。宽阔的平台上出现一群一群的美人，其中有一个美人手里拿着一只酒杯，一个青年骑士（也许这人就是我）骑着马登上石级，通过走廊，从美人手里接了这只酒杯……四周发出雷鸣一般的喊声、枪声、靴距声和马嘶声。

或者是另一种光景：哥萨克人和盖达玛克人袭击这个堡垒，整个岛子冒着白烟……总之，在这时候，在这个古堡的传说和谢甫琴科的《盖达玛克人》[①] 的断片（手抄本）的影响之下，旧乌克兰的浪漫主义又侵入我的心中，使我心中充满了过去哥萨克生活的幻象，这些幻象是同波兰骑士和他们的美人一样死气沉沉的……一个普通的小孩子和他邻居的生活里面，会有什么有趣味的事呢？有趣味的只是荒凉的草原、狂暴的追逐、袭击、冒险、立功，最后当然是大团圆……有一时我甚至对地理发生兴味，为的是想在我们这个平凡的时代里找寻一个可使查波罗什本营[②]复活的地点；后来听说萨迪克将军柴科夫斯基[③]也在多瑙河上、阿纳托里亚和叙利亚找寻这种

---

① 《盖达玛克人》在 1841 年初次刊印。到了 1847 年，谢甫琴科被逮捕和流放以后，他的作品就被禁止。这些作品以无数手抄本的形式秘密地流传着。——原编者注

② 查波罗什本营于 1775 年被叶卡捷琳娜二世全部歼灭。一部分哥萨克人逃到多瑙河上，在那里建立了多瑙河彼岸的本营，到 1828 年为止。——原编者注

③ 米哈伊尔·斯塔尼斯拉伏维奇·柴科夫斯基（1808—1886）是波兰作家，1830 年曾经参加波兰起义。他在 1851 年到土耳其去服役，被称为萨迪克将军，参加了 1853—1856 年的东方战争，希望靠土耳其的帮助来恢复波兰的独立。1873 年，他回到俄罗斯，游说波兰人向俄罗斯沙皇制度靠拢。他曾经替反动报纸撰稿。——原编者注

传奇的过去，我非常高兴。这些冥想徒然地灼热了我的想象，削弱了我的意志。我写生经过几次失败，只得回去，就懒洋洋地打着桨，我的小船后面拖着一条长长的水带，这水带慢慢地被浮萍、水藻和烂泥遮掩了。

我的生气蓬勃的心，努力想把“数学和文法”所没有消磨尽的剩余力量，安顿到一个地方去，因此有时在对历史的炽盛的幻想之后心中又发生对宗教的热情。这种热情也是无根据的，而且更加使人痛苦。心灵深处开始丛生出尚未意识到的怀疑，另一方面又涌起宗教功绩、精神高涨和祈祷热情的渴望。

有一次我怀着这样的心情走到学校里去。

我所走的那条路通过一个市场，这是当地的商业中心区。市场周围有许多宿店敞开着大门；市场上停着许多货车，充满着喧嚣声、求售的家禽的叫声、马嘶声、女商贩的响亮的喊声。

忽然我的视线碰到了一个站在高空中柱头上的圣母像。这是当地的一个圣物，是天主教和正教所共同的。每天晚上，一个当局派定的看守人在一盏灯里点起了蜡烛，把它从滑车上扯上去。灯火像一颗小星一般挂在黑暗的天空中，上面优雅、神秘而朦胧地显出施彩的神像。

据说，那个拥护俄罗斯化的司祭长已经提出取消这个天主教圣母像的问题……现在，这个失去时运的雕像映着晨光，倩影亭亭地站在喧嚣混乱的市场上空。这神像身上有一股力，使得我突然站定，过了一会儿，我脱下帽子，跪了下去，抬起眼睛来看着这个圣母像，划了十字。

后来我站起身，走向学校去，并不注意旁人的惊奇的眼光。

第二天，我又走过那地方，回想起了昨天的祈祷。这时候我的心情和昨天不同了，然而……仿佛有一个人在责备我：“你怕难为情，不敢祈祷，不敢承认自己的信仰，只是为了这信仰是不通行的……”我又把书放在人行道上，跪了下去……

现在市场上没有赶集的人，一个中学生跪着，更加显得触目。犹太经纪人、过路人、到国款出纳处去办公的官员们都注意我。远处铺木板的人行道上闪现出穿蓝制服的中学生。我希望他们没有注意我……

从这时候起，有一度我心里发生了一个纠缠不清的念头：我不能好好地祈祷，我没有虔诚的祈祷心情，可是“我怕难为情”这种想法又在责备我。我还是跪了下去，对自己很不满意，又不满意地站了起来。同学们开始谈论这件事，把它看作一种古怪行为。他们问我的时候我默不作声……这种空洞的思想斗争使我觉得很痛苦，而且没有成果……

这个新教师出现的时候，我正处在这种心理状态中……

阿甫杰夫讲解完毕之后，翻开那册装帧优美的新书来，开始用很自然的声调来朗读，仿佛在继续极普通的谈话：

“马尔大利·阿波洛内奇是一个矮胖的秃发老人，有二重下颏、柔软的手和很大的肚子。他非常好客，而且性情诙谐……不论冬天和夏天，他都穿着一件条子纹的棉寝衣……他的房子也是旧式造法的：在前室里，照例有喀士酒、兽脂烛和皮革的气味……”①

这是《猎人笔记》里的《两地主》。讲这话的是一个相信“新观点”的、年纪还很轻的人，他在马尔大利·阿波洛内奇家里做客。他们吃过饭之后在阳台上喝茶。黄昏时候，四周肃静。“只有风偶尔一阵阵地吹来，最后一次吹近房屋而停息了的时候，从马厩那里发出一种均匀而频频的敲打声，传到我们耳朵里。”马尔大利·阿波洛内奇刚刚把一碟子茶端到嘴巴旁边，就停止了，点点头，带着亲切

① 见人民文学出版社版丰子恺译《猎人笔记》中《两地主》一篇，下同。——译者注

的微笑开始合着那敲打声念起来：

“邱基！邱基！邱克！邱基！邱克！邱基！邱克！”

原来马厩里正在鞭打一个管理食堂的“顽皮家伙”，这人长着一脸大胡子，不久以前还穿着长裾制服伺候进餐……马尔大利·阿波洛内奇的脸色很和善。“最剧烈的愤慨，对于马尔大利·阿波洛内奇的明朗而柔和的眼光，是无法抵抗的……”讲话的人坐车子赶出村子的时候，碰见那个“顽皮家伙”：他正咬着胡桃，在街上走，问他为什么受惩罚，他率直地回答：

“这是我应得的，老爷，是我应得的。我们这里为了小事是不会受罚的……我们的主人……这样的主人是全省里找不出的……”

在鸦雀无声的肃静中，阿甫杰夫念出了最后一句：“这就是旧俄罗斯！……”然后他又用几句很简单的话来说明农奴制和“规例”的可怕，在这种规例之下，可能有这种两方面都满不在乎的情形。萨威里的下课铃初次使我们觉得突如其来而不愉快。

这一天，我从学校里获得了深刻而新鲜的印象。我仿佛被照亮了。就是这几句“简单的”话，说明了确切而率直的“真理”，立刻把我们提高在这种暗淡生活的上面，展开了这种生活的广度和深度。在这广度和深度中，许多熟悉的人物、平凡的事件和日常的光景都照上了一种特殊的光彩而突然地站起来，聚拢来，活动起来。

下课以后我回家去的时候，一路上回想起了我的姨夫上尉、加尔诺路格、“地主老爷们”、卡罗尔、安托西……从前觉得这些现象很矛盾，毫无连贯性，现在没有这种感觉了……“邱基！邱基！邱克！……你怎么啦，青年人，你怎么啦？我是个坏人，所以你这样盯住我看，是不是？……”我懂得这惊疑的话的天真的率直……上尉也不是一个坏人。他比马尔大利聪明得多，可亲得多。然而……他的确曾经在严寒天气用冷水来浇卡罗尔。卡罗尔顺受了这虐待，我却觉得愤愤不平。我的愤怒是针对“农奴制”的，现在农奴制已经过去了。可是……关于个人道德的概念和关于生活制度道德的概念毕竟已经分为两个不同部门。

从这一天起，我不再把文学仅仅看作消遣，而把它看作一种动人的、严肃的事业了。阿甫杰夫善于把这种情绪燃点起来，使它发出熊熊的火焰。他心中具有青年人的天赋的敏感，而且还有天才。他所读、所说、所做的一切，在我们看来都有特殊的意义。包括莫诺玛赫的《训子篇》[①] 和扎托奇尼克的书牍[②]的文学史从遥远的迷雾中显现出来，变得重要而富有意义，有机地具备着未来的启示。在每一课的末了，阿甫杰夫总是翻开他随身带来的一册书，给我们念一个片断、一段情节、一首诗，这些短短的余兴变成了我们的必需品。他念的时候从来不使人感到做作。开始的时候总是平平常常，而在我们不知不觉之间，阿甫杰夫的声调忽然充满热情，使我们仿佛受了一阵电击，或者转入诙谐，引起全班哄堂大笑。他念了《死魂灵》里的一段情节，我们就向往果戈理。他特别喜欢涅克拉索夫的作品，以后我再也不曾听到过这样动人的朗读。

不久阿甫杰夫和我们之间发生了纯朴而亲近的关系。他邀我们到他家里去，请我们在他的独身生活的食桌上喝茶，他的态度常常是纯朴、亲切而愉快的。他从来不使人感到做作腔和学究气。我们之中有人刚刚念过屠格涅夫、比辛姆斯基、冈察洛夫、波美洛夫斯基的小说，念过涅克拉索夫、尼基丁或谢甫琴科的诗；谈到有关这些作品的问题的时候，常常不知不觉、自然而然地夹杂着轻松的笑

---

① 符拉季米尔·莫诺玛赫（1053—1125）是基辅的大公。在他为儿子写的《训子篇》中，包括着他的治国经验和道德教训。——原编者注

② 扎托奇尼克的书牍，即《达尼尔·扎托奇尼克陈情表》，是十三世纪的一种文献。其作者（作者的生平不详）生于南彼列雅斯拉夫尔，曾经当过大公（符拉季米尔·莫诺玛赫的儿子之一）的近侍。他失宠以后，被流放远处；他上书给大公，请求赦罪，同时批评当时的社会制度，在这种制度下，人民由于公爵的僚属的压迫而受苦。这“陈情表”的揭露性使它具有宣传小册的意义。——原编者注

话……直到现在，我从阿甫杰夫家里带出来的一种特别的感觉，还像花的芬芳一般保存在心里；这是一种爱慕和尊敬的感觉，是被启发了的智慧的生气蓬勃的欢喜，以及因这欢喜而发生的感激之情……

有一次，我怀着这样的印象回家，时候是晚上九点钟左右，我突然碰到了学监，他在胡同里用龛灯明显地照亮了我的脸。一刹那间我仿佛被开水浇了一下。但是我不怕，并不预备逃避，虽然是可以逃避的，因为在我面前的黑暗中早已显出走近来的学监的栋柱一般高大的身体……记得我当时又惊奇，又懊恼，仿佛觉得在这瞬间以前我还住在一个光明的房间里，而现在突然来到了一个肮脏而黑暗的胡同里，面对着从别的世界里来的一个讨厌家伙。我脸上显然有一种使学监惊奇的表情。他把灯移近我些，留神地打量我一下，就问：

“你做什么？”

“没有什么，学监先生。”

“从哪儿来？”

“从阿甫杰夫先生那儿来。送书给他。”

“噢！”

他走了，留给我一个瞬息消逝的恍惚的印象。

我们从来不听见阿甫杰夫提及我们的“制度”或学校组织的不正常。然而他唤起我们一种很特殊的精神状态，这种精神状态用自然的对照来衬托并强调出学校生活的一般组织。这比直接的批评更加有力。

有时他又喝起酒来。有一次，他被撵出俱乐部来，因为他在那里对在场的人说了些孟浪的话——虽然说得的确很有趣。这些话引起了众人的愤怒，他们就把阿甫杰夫赶出去；可是他在这时候态度还是非常滑稽，因此干事们和公众都哈哈大笑；第二天，他的刻划描写和双关谐语就像一群鸟一般飞遍了全城……而过了几天，再开俱乐部晚会的时候，他又若无其事地出席，态度文雅、俊秀而严肃，谁也不敢提到不久以前的丑闻……在天气晴朗的日子里，“满城”的人都出去郊游，他们走到公路上，斯文一脉地在“关外”游逛，这时候阿甫杰夫一会儿参加这一群人，一会儿参加那一群人，到处人们都欢迎他，把他当作公认的宠儿。太太小姐们看到他都很兴奋：他对她们从来不忘形失礼，即使喝醉的时候也是这样；男人们都竭力忘记他的狂妄行为。

“有什么办法呢！他生来是个善于讽刺的人。”军队里的长官这样说他；于是这个内地城市里的人就把这句断语当作他所特有的专利，使这位富有趣味的教师的行为有了合法的根据。对阿甫杰夫容许的，对别的人当然不能容许。对“善于讽刺”的人说来，这仿佛是当官的。

这一切情况当然都传到中学生的耳朵里。学生们根据俱乐部里的目击者的话，传述着他的丑闻，并且兴致勃勃地模仿这个他们所喜爱的教师的尖刻话和双关语。我有时也觉得这些话很动听，很漂亮，有时我竟梦想：将来我也要在县城里做一个这样的讽刺家，使得有些人怕我，有些人爱我，而实际上大家都尊敬我，因为我自己什么人都不怕，而且用我的疏狂行为来搅动这沉闷的寂寥。然而我想起了阿甫杰夫“被撵出俱乐部”，而且许多人可以公然称他为醉汉，心里总觉得不以为然。

有一次他给我读一册比辛姆斯基[1]的作品。这位作家有一篇中篇小说，比较不大受到批评界的注意，而且是一般读者所遗忘了的。

---

① 阿列克塞·费奥菲拉克托维奇·比辛姆斯基（1820—1881）是小说家和剧作家。他的作品中描写十九世纪中叶俄罗斯的内地生活，反映了外省地主的精神空虚与堕落。但在他六十年代的作品中，他对俄罗斯的革命民主主义运动却表示了敌意。——译者注

书名叫做《巴特曼诺夫先生》，里面描写一个阔绰、漂亮、古怪、尖刻而不拘礼节的人。他从首都来到一个小省城里，迷惑了全城的人，他公然地看轻他们，对省城里的豪绅说孟浪话，表演种种滑稽的恶作剧。有一个才貌双全的女子爱上了他。他似乎也爱她，然而他们终于永远离异，因为巴特曼诺夫先生厌恶合法的结婚和义务的爱……

当我读到巴特曼诺夫在某地方——似乎是在戏院的包厢里——对他的情妇作最后声明的时候，我呆然失神了。看到巴特曼诺夫的面貌，我想象中就出现阿甫杰夫那张特殊的脸，和他的文雅的微笑、逗人发笑的笑声、有时辛辣而大都温良的机智。正像巴特曼诺夫一样，他明显地突出在内地小城市的晦暗的背景上，好比鹤立鸡群。正像巴特曼诺夫一样，他不怕社会舆论；也正像巴特曼诺夫的情形一样，我似乎觉得在这一切里面还有一种悲剧，一种精神的痛苦，他由于模糊的、当然又是高尚的冲动而无端地拒绝幸福……

比辛姆斯基这篇小说用一个意外的场面来结束。在西伯利亚的一个城市里，当地的金矿商人迎接一个大官员。在箪食壶浆的代表团前面，站着一个魁梧而漂亮的人，他长着一脸大胡子，穿着薄呢外套和斗形长统靴。大官员认出了这是他的老朋友巴特曼诺夫先生，不免有些吃惊。"唉，俄罗斯人失意的结果是无奇不有的!"最后比辛姆斯基这样说。然而巴特曼诺夫的形象的魔力那么大，我竟完全没有注意到这个讽刺的结局。

有一次，我把读过了的书送去给阿甫杰夫，他留住了我，我们谈得很投机。那时候我已经是他的得意门生之一，有时我们的谈话表现出成年人和青年人——几乎还是个小孩子——之间的一种特殊的友爱。他问我有没有在文学作品中看到和我的熟人相像的人物。我说，马尔大利·阿波洛内奇·斯捷古诺夫使我想起我的姨夫上尉，虽然在实际上他们两个人并不相像。他兴味津津地听我比较了这两个人之后，突然提出一个问题：

“那么，我像哪一个人物呢？”

“您……”我略微有点难为情地回答，“您像比辛姆斯基作品里的巴特曼诺夫先生。”

阿甫杰夫惊奇地在椅子里转过身来，怀疑地说：

“像巴——特曼——诺夫？奇怪。哪一点相像？”

我觉得有点为难。究竟怎样回答这问题呢：难道说他们在丑闻和机智的双关语上相像吗？他看见我为难和狼狈，就笑着问我：

“那么你喜欢这个巴特曼诺夫吗？”

“喜欢。”

他伸出手来，从桌子上拿了那本书，一面翻着，一面问：

“你没有读到他的结局？”

“读到了。这个结局……照我的意思，可以不用这样的结局……”

“你以为这样吗？唔，不。这里有艺术的真理。即使换一种描写方式，结果还是一样。”

他念了结尾的一场，一直念到关于俄罗斯人失意的讽刺的叹声，然后对我说：

“这有什么可以使你喜欢的呢？这是一个贵族出身的毕乔林[①]式的荡子……可是，朋友，毕乔林这种人早已过时了。他们已经从文学近卫军里被谪降到伤员队里，现在除非是那些卫戍军官才用毕乔林式的‘失意’来引诱县城里的姑娘们。你不喜欢这个结局……那就是说，你们这些中学生的趣味也像卫戍军官那样有点儿……陈腐……”

我满面通红了。阿甫杰夫看到了这光景，突然仰起头来，哈哈

① 毕乔林是莱蒙托夫的《当代英雄》中的主人公。——译者注

大笑。

“啊！原来如此！我有点明白了，”他说，“好，没有关系，没有关系，不要难为情。可是你要知道这不过是表面的相像。首先，巴特曼诺夫是一个懒得发慌的贵族，而我是一个知识分子，是一个工作者。而且似乎……”

他又看我一眼，用严肃的声调继续说：

“而且似乎是一个业务上还不错的工作者。”

他眼睛望着前面，默不作声地在摇椅里摆了一会。然后又把手伸到书架子上。

“《幽静的田园》你读过吗？”他问。

“读过的。”

他翻开屠格涅夫这本书，翻了几页，高声地读起来：

“玛莎·巴甫洛夫娜又向他看一眼。

‘你保证听我的话……’

‘当然，我听你的话。’

‘听我的话，那么我几次要你……别喝酒。’

韦列捷夫笑了。

‘哈，玛莎，玛莎！你也说这种话！……可是，第一，我根本不是一个酒徒；第二，你知道我为什么喝酒？喏，你看那只燕子……你瞧它多么勇敢地支配它的小身体，要往哪儿就往哪儿！……一会儿飞翔起来，一会儿俯冲下去，还高兴得叽叽咕咕地叫，你听见吗？玛莎，我喝酒就是为了要体验这只燕子所体验到的感觉……要往哪儿闯就往哪儿闯，想往哪儿飞就往哪儿飞……’”

“韦列捷夫！”我高兴地说。韦列捷夫这个人我也很喜欢，他也有一部分像阿甫杰夫：念诗念得很出色，他对庸俗的阿斯塔霍夫当面说出使他不快的真话，而且翩翩然地“像燕子一般东闯西闯”。但是这一次我又立刻想起了那个结局，就无精打采地说：

“可是结局也不好。”

“很不好，”阿甫杰夫说，“燕子啊，燕子，后来……变成了一个穿着破旧的西班牙斗篷、眼睛有些浮肿而髭须染色的绅士。告诉你，你再也别喝酒，最要紧的是不可尝试。不要为了逞勇，也不要为了想做燕子。你将来做了大学生，会记得我这忠告吗？”

“记得的，老师。”我感动地回答。然后，我心中突然起了一个念头，就抬起眼睛来看着他，可是没有勇气说出我所想到的问题。他大概懂得了我的意思，挺了挺身子，很快地从椅子里站了起来。

“是的，”他说，“屠格涅夫的‘燕子’描写得非常正确；可是染色的髭须……呸！总之这些是丑恶的。必须善于及时地制止这种放荡行为……”

他在房间里踱来踱去，后来又坐在椅子里，一面笑着，一面摇摇摆摆；我受到这光景的鼓励，决心再提出一个问题：

“是不是……您要结婚了？”

他微笑着斜看我一眼，反而问我：

“跟谁结婚？”

“跟 л。”

“你希望我这样做吗？”

“是的，我很希望……”

“真心的吗？”

“真心的。”我断然地回答。

他完全像小孩子一般哈哈大笑起来，后来他说：

“我很感动……不过……你又得脸红！告诉你，我不结婚……”

我的确脸红了，也许红到了头发根上。城里的人曾经谈到一个姑娘，猜想她是阿甫杰夫的恋人；而我也是爱上她的人里面的一个。这传闻起初使我非常吃惊，但是后来我想起她做了阿甫杰夫的妻子以后可以使他戒酒，就心平气和了。我的异常活跃的想象力就在这背景上描摹出各种美丽的景象。我幻想：过了多年之后，我年纪大了，还是单身，为了不忘旧情，就在漂泊天涯之后去访问他们的幸福的家庭。这时候阿甫杰夫才知道我的恋爱秘密和我的自我牺牲精神，知道我这个热爱他的学生为他而遭受了多么巨大的牺牲……

阿甫杰夫的抑扬婉转的笑声吓走了这些幻想。我又脸红了，为的是觉得这些幻想是孩子气的；而且……我立刻想起：我这种慷慨实际上是很廉价的，因为即使没有阿甫杰夫，我成功的可能性也是极少的……现实占据了感伤的幻想情绪的地盘……

我接连地向阿甫杰夫借俄罗斯作家的作品，埋头阅读。我常常觉得，这一切作品实际上只是把早已涌上我的心灵深处的思想和形象展示出来，显现出来。每一堂语文课在墨守成规的学校制度的灰暗的背景上都是一个光明的插曲，是休息，是享乐，可以使人获得意外而鲜明的印象。我往往在早晨醒来的时候，就感觉到一种快乐。啊，今天有语文课！中音区声部和狂人的叫嚣所组成的教师合唱，现在被青年教师们的清楚响亮的嗓子盖倒了。而其中最响亮的是阿甫杰夫的男中音：整个合唱仿佛获得了一种新颖而有意义的表现。

有一天晚上，我在街上碰见阿甫杰夫。他挽着一个青年人的手臂，这青年人比我年纪稍微大些，有南方人的相貌和黑色的鬈发。我以前曾经见过他。他的名字叫做加甫利洛·日丹诺夫，后来是我的好朋友；他不久以前来到我们这个城里，想进中学高级班。他是狄斯先生的亲戚，因此在教师之间态度很随便。这使得他在我心目中高出在我们之上，我们这些规规矩矩地穿着制服的可怜的学生在学校当局面前永远是战战兢兢的。阿甫杰夫在街路拐角上孤零零的路灯旁边碰到了我，就站定了，对我说：

“啊！是你。要不要到我家去喝杯茶？对了，让我来介绍一下：这是加甫利洛，如果考试不落第的话，是你未来的同学；不过，落第是很可能的。待一会儿我们唱一个小俄罗斯歌曲给你听。也许你不讨厌我们的歌吧?”最后一句问话他用小俄罗斯语，然后又说：“如果不讨厌，那么我们去吧。”

这一天晚上唱了许多歌。阿甫杰夫有深沉而流畅的男中音嗓子。加甫利洛用音域不大而音色悦耳的嗓子来和着他唱。我坐在打开的窗子旁边听他们唱。从窗子里可以看见池塘、岛子、白杨树和古堡。在远处的芦苇上面，暮色苍茫中升起一个朦胧的美丽的月亮来，几乎还没有放射出光辉；而在柔和的灯光所照亮的小房间里，充满了乌克兰歌曲的冥想而美妙的哀愁。此后我再也不曾从歌声中体验到这样强烈的感觉，像在阿甫杰夫家里这种晚上一样。唱过两三支熟悉的歌曲之后，阿甫杰夫说：

“来，加甫利洛，现在让我们来唱那支新的……”

于是他定了一个音，就唱起《劳工歌》来。

劳工干活忙不了，
老板喝酒哈哈笑。
嗨，嗨！运货过溪谷，
赶牛奔走山路遥……
和仇人共处多苦恼。①

凡是歌曲，一定有它的色调和形式。只要中心有一个清楚的形象，接着就有它的活跃的反应渗入模糊而深沉的想象中去，渗入自然和人生中的幽玄境地的无穷的远处，然后远离开去，颤抖着，激动着，哭泣着，逐渐消失。我清楚地记得，这天晚上，当我闭上眼睛或者望着那片茫茫的芦苇的时候，我在阿甫杰夫的沉着的嗓子的逐渐消逝的音调中，看见一片草原，草原上流泛着冥想的光辉，茂

---

①《劳工歌》是乌克兰的一首民歌。——原编者注

盛的荒草随风起伏，有几处出现深邃的幽谷。加甫利洛的低音铺展在明朗而响亮的男中音的委婉进行之下，仿佛是这些幽谷和盆地上的暗影……在这片明亮的草原上站着一个孤苦伶仃的劳工，他向四周张望，“嗨，嗨!”地对广大无边的草原上几头渺小的牛和自己的孤独的命运叫喊着……

我那时候本能地爱好这支歌曲，比其他一切歌曲都爱好。阿甫杰夫的朗读和歌唱重新在我心中唤起了乌克兰的浪漫情绪，我又觉得自己受到了这富有诗趣的遥远的草原和遥远的时代的支配……

将军，将军！如果你们再生，
看见了这契吉陵城一定吃惊，
你们曾在这城里作富贵之人！①

号角奏高声，
警钟发清音，
羯鼓一齐鸣……
旌旗如云腾，
掩护大将军……②

于是我悲叹这情景的消逝，悲叹这情景在这寂寥的世间已经不能再见，悲叹……

查波罗什人不再来，
大将军们一去不返，

---

① 见谢甫琴科的《盖达玛克人》。——原编者注
② 见谢甫琴科的《民间歌手》。摘自诗篇《复活节》。——原编者注

旧时深红色的马褂，

不再出现在乌克兰。①

现在在阿甫杰夫的影响之下，这种情绪似乎应该更强烈地迸发出来……可是……实际上并不如此，因为以前替我打开这个幻想世界的那只手，现在又更广阔地替我打开了亲切的俄罗斯文学之窗，从这窗里滚滚地涌进许多纯朴明朗的形象和思想来。我心里不知不觉地发生了这两种情绪的纯粹自然的斗争。现在阿甫杰夫问我喜欢不喜欢这首《劳工歌》，我回答说最喜欢。问我为什么最喜欢，我略微踌躇了一下。

“因为……像涅克拉索夫的作品。”说着我又脸红了，我觉得实际上并不相像，然而我的回答毕竟表达出了一点实际情况。

“你的意思大概想说，这里不讲到过去，而只讲现在，是不是?”阿甫杰夫说，“这是一个现代的劳工，现代的主人公，是不是?谢甫琴科的作品里也有这种性质的史话题材。他常常指责过去……”

于是他念了几个断片。我当时表示同意，可是在意识的深处还是觉得有点区别，例如这样的诗句：

华沙的贵族，

显赫的将军!②

其中主要的中心思想还是对于这过去情景的深切的怀念，这种怀念化作了空洞的冥想，所想的是一种模糊的东西，仿佛草原中哥萨克坟墓上的风声……

---

① 见谢甫琴科的《民间歌手》中的《献给奥斯诺维亚年科》。——原编者注

② 见谢甫琴科的《民间歌手》中的《致逝世的、生存的、尚未出生的乌克兰同乡人和非乌克兰人的友爱的书信》。——原编者注

我现在才说明了这真相，但在那时，两种情绪并存在我的心中，不过其中一种情绪越来越活跃，越来越强烈。那时候我开始醉心于文学，常常邀请两三个爱好文学的人来听我朗读，有时甚至只有一个人听也好，这时候我准备一连几小时地朗读涅克拉索夫、尼基丁、屠格涅夫的作品和奥斯特罗夫斯基的喜剧……有一个星期天，我就是这样邀请了一个同学犹太人西姆哈。他爱好艺术，我曾经乐愿地听他拉小提琴。这回由我朗读《盖达玛克人》给他听。我这一次读得不坏，我的嗓子灵活、深刻而富有表情。然而我立刻觉得：我和这位听者之间的活跃的联系已经断绝，不能恢复了。我看看我的朋友的富有情感的脸，就知道我现在读给这位犹太人听的，里面有这样的话：谢甫琴科的诗篇里的主人公加莱达在里湘卡叫喊："给我波兰鬼子，给我犹太鬼子，我嫌少，嫌少！……"盖达玛克人把犹太女人的血滴在水里，诸如此类……这当然是"历史"，但是我的朋友听了这种诗趣的历史觉得伤心。后来，在某一段里，这位乌克兰诗人的生花之笔描写着残酷斗争的充满生命和活力的种种情景，在点缀着这些情景的美丽的烟雾中，有几个地方竟也触及了我自身。在乌曼城堡中当哥萨克佣兵的首长的龚塔[①]，娶了一个波兰女子，生了两个孩子。盖达玛克人在龚塔的率领之下取得这城堡之后，有一个耶稣会教士把他的两个信天主教的孩子带到军队那里。龚塔把这两个孩子带去，用"圣刀"把他们杀死；盖达玛克人把龚塔的孩子念书的那个神学校里的学生活埋在井里了。

我读过杜勃罗留波夫关于这位小俄罗斯诗人这篇作品的热狂赞叹的评论，他说：谢甫琴科自己是乌克兰人，正是这些盖达玛克人的后裔，他"用充分的客观态度和深刻的热忱"描写自己民族的精神。我那时候承认这种见解，然而在这赞同之下透露出一些儿隐隐

---

① 伊凡·龚塔是1768年盖达玛克起义的主要参加者之一。——原编者注

的抗议……在这诗篇里完全没有说起被杀的两个孩子的母亲的命运。龚塔咒骂她：

做母亲的真正可恨，
这女教徒真正可恨，
她何不在日出以前
先淹死了你们两人？①

我不由得想到：他娶她的时候明明知道她是天主教徒，就像我父亲娶我母亲一样……我不能分担他关于下面的事的痛心的苦闷，他说现在

老爹爹不愿意
杀死他的爱儿，
不愿为乌克兰的光荣自由
杀死他的爱儿……②

这篇四行诗深深地印入我的脑中。大概正是因为民族浪漫主义的魔力已经碰到了对我的心更加亲近的另一种思潮。

有一次，阿甫杰夫为了要使我们对杜勃罗留波夫发生兴趣，在自己家里读了他的论文中的一些片断，其中有“一个中学生的思想”。我突然听到这首早就熟悉的诗，觉得很惊讶，这是我们以前曾经抄写在手册里的……这首诗原来是杜勃罗留波夫写的！谈到我，谈到杨凯维奇，谈到克雷查诺夫斯基，谈到奥尔善斯基的原来是他！

---

① 见谢甫琴科的《盖达玛克人》。——原编者注
② 见谢甫琴科的《民间歌手》中的《致果戈理》。——原编者注

文学作品直接而明显地指出我们的处境，后来又伴随着我们每一个生活步骤……这情况立刻使我们对文学作品感到亲切。杜勃罗留波夫的论文、涅克拉索夫的诗篇和屠格涅夫的小说都有一种直接抓住我们当时的处境的描写。谢甫琴科的哥萨克人、他的盖达玛克人、他的农人和姑娘则相反，在我觉得都是美丽的抽象表现。我从来没有见过涅克拉索夫所描写的农人，但是我很能够想象到。在涅克拉索夫所描写的民众的外表形象后面，常常站着一个知识阶级的人，这个人有自己的良心和自己的需求……说得正确些，有我的良心和我的需求。

当时的文学的这种潮流、这种特殊的两面性，吸引了我这个混血儿的心……那时候我找到了自己的归宿之处，这归宿之处首先是俄罗斯文学①。

……

有一次，阿甫杰夫到教室里来的时候态度严肃而不满意。

“学区里要求我们送学期的作文去审查。”他特别郑重其事地说，“他们不但要根据这些作文来评判你们的文笔，还要评判你们的思想方式。我要关照你们，我们的教学大纲到普希金为止。凡是我读给你们听的莱蒙托夫、屠格涅夫，尤其是涅克拉索夫的作品，谢甫琴

① 《我的同时代人的故事》的这一部分，曾经引起乌克兰某些机关报刊［关于《我的同时代人的故事》所写的文章有：奥·别洛乌辛科的《俄罗斯作家对谢甫琴科的阐释》（《国民会议》，基辅版，1908 年第八十七期）；谢尔盖·叶弗列莫夫的《我们的生活》（《国民会议》，基辅版，1910 年第四十一、四十七、六十、六十五、八十二期）；以及也是他所作的《命运的转折点》（《国民会议》，世纪出版社，基辅版，1910 年）。——原编者注］的激烈的抗议。现在让我声明：我所写的不是批评文，也不是文学研究，我只是企图记录我那一代青年人从当时对谢甫琴科的最流行的作品的认识（固然是不充分的）所获得的印象。我所传达的是否正确？我想是正确的。这是一种喜爱和欢欣。然而……只要回想一下参加毫无民族色彩的七十年代运动的乌克兰青年中几百个人的姓名，就可以知道较大的推动力究竟在哪里……有一个乌克兰批评家称这运动为“阻力（民族的）最小方面”的运动；然而这运动使得几百个青年被关进牢狱里，被流放到西伯利亚，甚至（例如李卓古巴）被处死刑……这“阻力最小”的说法真奇怪……——原注

科的更不必说，一概不列入教学大纲。”

此外他不再对我们说什么，我们也不问他……新作家作品的诵读继续进行；但是我们懂得：在我们心中唤起许多新感情和新思想的这一切作品，有人想把它们从我们这里夺去。中学里沉滞的气氛由于这文学之窗里流进来的许多光线和空气而焕然一新，现在有人要来关闭这窗子了……

此后不久，有一次我到阿甫杰夫家里去，他带着柔和的悲哀的表情对我说：“我大概不久要离开你们了。”

“为什么？”我用颓丧的声音问。

“说来话长，嗯，也许不为什么，”他回答，“只是为了不合适……”

我们学校里来了一位新校长，叫做陀尔果诺果夫，关于这个人，我在前面已经说起过。从魁梧巨伟的学监直到季佳特凯维奇，大家都立刻感觉到上头有了一只有权威的手。他们对陀尔果诺果夫都害怕、尊敬，尤其是在贝扎克事件之后，然而……都不了解他。他由于自己地位的缘故，仿佛离开我们很远。

我们不难想象，阿甫杰夫难于和这个刚愎的人共处。况且阿甫杰夫绝不变更自己的行为。他照旧在课堂上把最新的作家的作品读给我们听；我们照旧一群一群地聚集在他的家里；城里有时也照旧谈论他的狂妄行为……

不用阿甫杰夫解释，我也能觉察到这是怎么一回事……这个身子直挺挺的陀尔果诺果夫，现在使我感到不快了。有一次我在木板桥上碰到他，让路给他，然而鞠躬迟了些，而且态度漫不经心。他转过头来，但是看见我总算鞠了个躬，他就立刻跨着坚决整齐的步伐向前走去了。他不是一个斤斤计较的人，并不注意细节。

不久，城里来了一个基辅督学安东诺维奇。这是一个谦恭的老人，穿着退职军人的制服，性情十分纯朴可亲。他来到这城里是静悄悄的，并不铺张；上课钟响出，他和教师们一起步行到学校里来。他到教室里来听课的时候，也在上课开始的时候就到，一直坐到下课，大家几乎忘记了他的在场。据说他曾经为了柯斯托玛罗夫和谢甫琴科的事件[①]，被降职为士兵，后来在亚历山大二世的时候又升任了。他对于阿甫杰夫的教课很满意。他在我们城里住了好几天，这期间传来一个消息，说他已经被调任为高加索学区的督学。

有一次放学以后，我带着一束书在中学街上走，阿甫杰夫赶上了我。

“你为什么这样走路？……”他愉快地笑着说，“蹒蹒跚跚的……应该稍微振作些。还有一件更不好的事，为什么你不用功学数学？”

“老师，我能力不够……”

“胡说。没有人要求你有数学天才，中学范围内的数学是谁都学得会的。不学数学不能成为一个有教养的人……”

这时候，对面校长公馆里走出安东诺维奇来。他向送他出来的校长鞠一个躬，就穿过街路，走在我们的前面。

“好，”阿甫杰夫低声说，“我的事立刻就可以决定了。”他亲切地向我点点头，快步赶上了那位督学，扬一扬帽子，用他的开朗而愉快的声音说，“督学大人，我要恳求您一件事。我是教师阿甫杰夫，教语文的。”

“我知道，”这位老将军用没有一点表情的声音说，“什么事？”

“听说您要调任到高加索了。如果这是真的……请您带了我去。”

“为什么呢？”

---

① 安东诺维奇·普拉东·亚历山大罗维奇（1812—1883）当时是莫斯科大学的学生，他受到处分，是为了松古罗夫的事件，不是为了基利洛-梅福杰夫集团（基利洛-梅福杰夫集团是一个秘密集团，1846—1847年间存在于乌克兰。这集团的目的是消灭农奴制，创立斯拉夫各民族的民主联盟。——译者注）的事件，历史家柯斯托玛罗夫和诗人谢甫琴科就是参加这集团的。——原编者注

阿甫杰夫微笑一下，说：

“您既然记得我，那么我想您也会知道为什么我在这里……不合适。”

这位基利洛-梅福杰夫派的老人站定了一会，看一看那么自由地对他说话的青年教师的脸。后来他又向前走去，我听见他从容不迫地低声说：

“唔，那有什么。总可以。”

我不好意思偷听，就落在后面了。安东诺维奇走到街道的尽头，就跟阿甫杰夫道别，转向右面去了；我又赶上了阿甫杰夫，他正在吹口哨，吹一个愉快的曲子。

“瞧，事情办妥了，”他说，“我知道跟他可以说近人情的话。听说梯弗利斯的中学生上学的时候带着短剑，这就不可以跟他们计较小事情了。喂，别忘记我！”

“难道就……那么快？”我问。

“是的，大概再过三星期……”

过了三星期，他走了……起初我觉得学校里好像突然暗起来……我不忘记我们在街上的谈话，因此我尽力地增进我的数学知识，而且……努力改善我的步态……

28
巴尔玛舍夫斯基

接替阿甫杰夫的是谢尔盖·蒂莫菲耶维奇·巴尔玛舍夫斯基[①]。这是一个瘦长的青年人，胸部略微凹进，背脊驼驼的。他的脸相很愉快，薄薄的嘴唇上常常显出温和的微笑，但是一双眼睛是近视的，

① 他的真名字是格利果利·伊凡诺维奇·蒂莫舍夫斯基。——原编者注

破坏了他的相貌，眼睑红肿。据说他工作得实在太多了，因此他的背脊弯曲，胸部凹进，眼睑上生了针眼，竟从此不断根了……

在最初的几堂课里，有一次他要我读《先知奥列格之歌》。

> 在奥列格的悲惨的丧仪筵席上，
>
> 豪饮的人们喧哗沸腾，传杯飞觞。
>
> 伊戈尔公和奥尔格坐在小丘上（нахóлме сидят），扈从的卫兵在河岸上宴饮未央……

当我读完了倒数第二句，这位新教师打断了我，说：

“на холмé сидят……应该念作 на холмé!”

我怀疑地看看他。

“韵律不对了。”我说。

“应该念作 на холмé。”他固执地重复说。

一张温和的脸从讲台上望着我，脸上的表情有点呆板，眼睑肿起。“终生劳碌，永无成就！”——彼得大帝对特烈佳科夫斯基[①]的这句评语迅速地闪现在我的脑际，仿佛有人提醒我似的。

他没有才华，在阿甫杰夫的课上时常迸发出来的那种意想不到的、鲜明的、新颖的思想，现在影迹全无了。巴尔玛舍夫斯基诚恳地讲解：某个作品分作几部分；在第一部分里或序言里讲的是什么……又说这作者采用了一个很恰当的比喻……“语文”又变成了一门孤立的功课，它不久以前向多方面放射的光辉，现在都消失了……我们在罗夫诺实科中学里，又失却了思想感情的中心点……在中音区声部上面，又刺耳地响出了红黄鹦鹉的叫喊声。

---

① 瓦西里·基利洛维奇·特烈佳科夫斯基（1703—1769）是作家、语文理论家、诗人。——原编者注

然而不久发生了一件事，提高了这位新语文教师在我们眼里的地位……

加甫利洛·日丹诺夫在阿甫杰夫离开之后终于考进了中学；他常常到我这里来，我们往往在漫长的冬夜躺在暗房间里的床上，静静地谈话。有时他轻轻地唱以前和阿甫杰夫一起唱的那些歌曲。在黑暗中只响着一个男低音，然而在我的想象里有一个天鹅绒一般的男中音回翔在这男低音上面，自由地飞跃到高音上……朦胧的夜色里充满了幻影……

有一次，我们学校里开除了两三个穷学生，为了他们不缴学费。那一天我和加甫利洛无忧无虑地走到学校里去，路上碰见了被开除的学生中的一个，他是被打发回家去的。我们问他为什么在上课期间离开学校，他忧郁地扭转头去。他的眼睛里有眼泪……

就在这一天放学之后，加甫利洛来到我家里，我们共同讨论之后，订出一个计划来：我们决定要求大家在每天午间休息买馅饼吃的时候捐出些钱来。我们大约估计一下，认为只要费相当的会计手续，很快就可以募集所需要的数目。我拟订了一篇类乎缘起的短短的文章，我和加甫利洛把它抄写了若干份，分发给每个教室。这篇缘起发生了效力，就在第二天，加甫利洛在午间休息时候十分认真地守在学校的台阶上，跟犹太女人苏拉和别的贩卖馅饼、香肠、苹果的人在一起，每逢有人来买东西的时候，他就提出要求：

“买两个馅饼……捐一个戈比……你买什么？买三戈比香肠？也捐一个戈比。”

事情就这样进行。有几个人预先付了好几天的捐钱，我们已经打算做记录和账目了，这时候舍监季佳特凯维奇注意到了我们这种经济活动……

“这是怎么一回事？你们做什么？”

我们觉得这是正当的，就坦白地说出了我们的计划和它的目的。

季佳特凯维奇觉得有点为难，立刻一瘸一拐地走到校长那里去了。

那时候陀尔果诺果夫已经离开了。他在阿甫杰夫离职之后就被调迁到别处去，现在当校长的是鲁舍维奇。过了几分钟，季佳特凯维奇得意扬扬、幸灾乐祸地走回来。他奉了校长的命令，说我们干的是极度非法的事，他就排开了一群喧哗的学生，欢喜地把我们带到教师室里去。

鲁舍维奇把身子靠在椅背上了，向我们两个人打量了一番，马上用即将爆发的威胁来控制了我们，然后用低低的嘶哑的声音说：

“你们想出了什么花样？发传单吗？……收募秘密的非法捐款吗？……”

“校长先生……我们……”吃惊的加甫利洛刚开始说，校长就用严厉的眼光看他一眼，说：

“不许说话……我说秘密捐款，是因为你们完全没有把这件事告诉我校长……我说非法，是因为……”他在椅子里挺一挺腰，神气活现地继续说：“……是因为捐税只有国家会议才能制定……你们要知道，假如我依法办理这件事，那么你们要开除学籍，而且……要受到审判……”

加甫利洛的一双美丽的眼睛呆住了，显出一种极度的、几乎不可思议的惊骇的表情。我听了关于我们这行为的这样出乎意料之外的解释，也很吃惊，我觉得这里谈不到国家会议的立法权。

这时候我的目光偶然碰到了巴尔玛舍夫斯基身上。他在我们谈话开始的时候就来到这里，现在他站在桌子旁边，正在翻一本记分册。他的薄薄的嘴唇上微微地露出笑容。他的眼睛上像往常一样盖着沉重而肿起的眼睑，然而我在他的脸部表情中清楚地看出一种同情的支援和鼓励。鲁舍维奇放低了声音说：

“好了，到教室里去吧。”

就在这一天，我走出学校去的时候，巴尔玛舍夫斯基叫住了我，笑着对我说：

“怎么样？挨骂了吗？唔，不要紧！决不会出事的。可是你们这些人的确办得不大妥当。今天你和加甫利洛到我家里来吧……”

就在这天晚上，我和加甫利洛来到这位教师的单身宿舍里。他殷勤地招待了我们，率直地说出了他的计划：他要我们搜集同学中赤贫的事实和情况，把它们写成致校务会议的报告书。他会把这报告书提交校务会议，教师们会制订出“罗夫诺县学生救济会”的章程。

我们从他那里出来的时候都很感动，怀着感谢的心情。

“他不像阿甫杰夫，可是也是一个好人。”我的朋友在路上对我说，“而且你知道吗，他唱歌也唱得不坏。我在狄斯先生家里的命名日上听见过的。”

我们做了一个报告。我初次写公文式的文章，觉得很费力，巴尔玛舍夫斯基给我修改了一下。青年教师们都支持这个报告，章程的草案就被送到教育部去，这里先募集临时捐款，替被开除的学生缴了学费。由于向来的拖拉作风，这章程过了三年才被批准，那时候我和加甫利洛以及巴尔玛舍夫斯基都已经不在罗夫诺了。可是当我在中学毕业的时候，这个伛偻的、由于用功过度而眼睑浮肿的平庸的青年教师，还是留给我一个温暖的好印象……

又过了十年。中学校的“制度”完全决定了。在一八八八年或一八八九年，颁布了一个“关于仆人子女”的令人难忘的通令①，认为无须让这些人在中学里学习。教育部要求各校校长作一个特殊的“统计”，要在其中正确地登记学生家长的财产、他们所住的房间

① 是指教育部长杰良诺夫的通令，他指令中等学校不收劳动阶级的子女。这通令颁布于 1887 年。——原编者注

和所用的仆人的数量。这个老得发昏的杰良诺夫[①]过于老实地巴结上司，画蛇添足地颁布这个通令；即使在这闭塞而驯顺的时代，这通令也引起公愤：甚至当校长的也不个个执行做统计的要求，民众看见“国民教育”部的穿蓝制服的人，竟向他们攻击，甚至在街上发泄公愤……

这时候我正在我们南方的一个城市里，我在那里听到了一个熟悉的姓氏：巴尔玛舍夫斯基在这城里当中学校长。我立刻回想起了我和加甫利洛对国家会议的权利的侵犯行为，回想起了巴尔玛舍夫斯基的同情的参与，我就想去看看他。我把这件事告诉了我的几个朋友，但是他们表示怀疑，说：“不，不会是他！大概是另外一个人!”

原来这的确是我认识的那个巴尔玛舍夫斯基，但是……他诚心诚意地奉行了那个引起公愤的通令。他把学生叫来，查问他们，记录了“房间和仆人的数量”。学生回去的时候都很恐慌，淌着眼泪，怀着一种不祥的预感；接着，这个奉命的校长就召集贫苦的家长，以这个通令为正确理由来开导他们，说培养孩子读中学在他们是困难的，是不适宜的。城里流传着他的一番头头是道的话：

“你们为什么跟我纠缠不清？我是一个官吏。如果上头要我把每逢第十个人绞死……那么你们到学校里来，就会看见一个个并排挂着，像菜园子里的寒鸦一样……你们应该向最高当局去请求……”

我又回想起了屠格涅夫所描写的马尔大利。

像巴尔玛舍夫斯基这种人，当然也不是坏人。他们开始立身处世的时候怀着善良的心意，如果这种心意是当局所要求的，所鼓励

---

① 杰良诺夫（1818—1897）从1882年起当教育部长。1898年，柯罗连科在日记里写着关于他逝世的消息：“去年年底，杰良诺夫逝世了；多年以来，他一直像一块腐朽的木头一般横在俄罗斯国民教育的路上。只有在我们这里，才可能让这个老得发昏而返老还童的人当了数十年的教育部长……”——原编者注

的，或者即使是可以容忍的，那么他们就会努力地发展这种心意。然而学校的残酷而黑暗的制度要求另一种心意，在数十年间实行了有系统的选拔淘汰……

巴结的巴尔玛舍夫斯基走了红运，而阿甫杰夫以一个默默无闻的外省语文教师客死在边区了①。

29
我的哥哥成了作家

哥哥比我大两岁。他似乎承继了父亲的性格的某些特点。他像父亲一样性情急躁，然而很快就平静下来，他又像父亲一样常常改变兴趣。有一度，他开始做糊纸手工，起初糊一所房子，后来糊几艘兵舰，他在这种无益的建筑工程中获得了很大的成就：小型的兵舰装备得完全合乎技术标准，有桅杆，有帆桁，甚至还有小小的炮从舱口里伸出来。后来他突然丢开了这些玩意儿，开始做另一种新工作了。

他特别喜欢看书。我们常常可以看见他躺在长沙发上或床上，姿势很不雅观：趴着身子，支着肘，眼睛盯住在一本书上。旁边的椅子上放着一杯水和一块撒满盐的面包。他一连好几天这样过去，茶饭都忘记，温习功课更不必说了。

起初他看的书很杂乱：《流浪的犹太人》《三骑士》《二十五年之后》《马各女王》《基督山恩仇记》《马德里宫的秘密》②《罗康波尔

---

① 韦涅明·瓦西列维奇·阿甫杰夫于1895年死在梯弗利斯，他曾经在那地方的实科中学里当语文教师。根据认识他的人所目见的，他“……晚年还保留着曾经成为他青年时代的特征的那种鲜明的独特个性……”（摘自亚当·菲阿尔科夫斯基于1916年4月27日给柯罗连科的信）。——原编者注

②《马德里宫的秘密·西班牙女王伊萨伯拉》是乔尔格·弗·鲍恩的作品。——原编者注

传奇》[1] 等等。他的书是向犹太人的小书店里借来的，有时派我去调换。我在一路上翻着书，贪婪地一页一页读下去。但是哥哥从来不让我读完，他认为我“看小说年纪还太小”。因此，在我的记忆中直到现在还保留着这些文学作品中的许多鲜明而不联贯的片段[2]……

有一次，——那时候哥哥在罗夫诺中学念五年级，——老幻想家林比提出，如果有人愿意的话，可把下面这首法文诗翻成俄文诗：

De ta tige détachée,
Pauvre feuille desséchée,
Où vas-tu? Je ne sais rien ...[3]

除了两个人之外，全班学生都拒绝了。这两个人之中有一个叫做巴奇科夫斯基，另一个是我的哥哥。他像不久以前糊兵舰一样热中于诗歌，他终于做成了一首很像样的诗，感伤地咏叹那张随波逐流、不知去向的小叶子。同学们和教师们都谈论这首诗。哥哥就以“诗人”出名，从这时候起，他就一连好几天地研究押韵。他左手在椅子上拍音节，右手援笔疾书，涂掉了又写过，我们看了觉得好笑。我们的笑声传到了他耳朵里的时候，他就暂时停止灵感的创作，用拳头威吓我们，然后又埋头工作。

因为巴奇科夫斯基也翻译了这首法文诗，所以起初班上的同学说：“我们有两个诗人。”巴奇科夫斯基是一个管学生宿舍的穷寡妇

---

① 《罗康波尔传奇》是彭松·杜·特莱尔（1829—1871）的长篇小说。——原编者注
② 关于这些片段的阅读的详细情况，柯罗连科记述在《我初读狄更斯的作品》一文中（见本卷附录）。——原编者注
③ 从枝头上掉下来的可怜的枯叶，你飘到哪里去？我不知道……——原注

的儿子，他是一个年纪很大的青年，脸上长着疤痕，骨骼宽阔，行动笨拙。他翻译得不好，然而还是受到一些鼓励。从此以后，巴奇科夫斯基的步态仿佛变了样，头也变了样子，陷在两个耸起的肩膀之间，略微仰向后面，说话也慢吞吞地讷讷不出口了。哥哥的成功使他不安心。他决心要凌驾这个敌手，因此和一个“独创诗篇”同时发表了一首讽刺诗。这首讽刺诗采用“致诗人同志”的形式，表面上狡狯地承认对方的优越，而里面隐藏着恶意。那个诗篇则描写一个青年希腊少女的痛苦，她由于对一个意大利青年的失恋，准备从峭壁上跳到海里。这位诗人徒然地恳求她慎重考虑，劝她不要毁灭青春的生命。这希腊女子终于实现了她这个毁灭的意图，投身到深渊里去了。然而那个狠心的意大利人也逃不了自己的命运：“海波飘将艳尸去，转辗冲上峭岸来。”正好冲到了这个青年意大利人所住的地方。这首诗的结尾是断然的两句：

情人对此情难禁，
唯有自己戕性命。

哥哥写了一首寓言诗《民间诗人巴奇昆》[①]，给大家传观。这诗题就变成了巴奇科夫斯基的绰号。

这一次小小的论战在中学的环境里激起了文学趣味，而且可能由此发生一个正式的流派，像有一度在皇村学校里或者果戈理时代的涅仁中学里一样。然而语文教师安德列夫斯基埋头在《伊戈尔远征记》里，而且此后不久政府就发出通令，禁止一切课外集会和学术演讲。教育部长托尔斯泰力求中学里的才智活动不要汹涌澎湃，

① “巴奇昆”（пачкун）是“拙劣的文艺作者”的意思，声音和巴奇科夫斯基相像。——译者注

而必须在国定纲领的河床里柔顺无力地流注。

巴奇科夫斯基有了不被承认的天才者的作风：他带着“知音难遇”的神气，继续写出冗长芜杂的创作。有一次安德列夫斯基在课上问他语文理论方面的问题，他半讥讽半威严地站起来说：

“胸中有卡斯塔里亚泉水①的人，用不到死板板的理论。”

安德列夫斯基用他惯有的吃惊而拖长的声音回答：“啊——啊——啊！”就给这个诗人打个一分。

到了学年终了，巴奇科夫斯基离开了中学，进了电报局。哥哥继续从黑暗而曲折的小路上独自爬上巴那萨斯山②去，没有领路人：他一连几小时地用手指击节，翻译，创作，找韵脚，甚至发明了一册韵律词典……他在学校里的功课越来越坏了。他常常旷课，使得母亲很忧愁。

有一次，他读了当时短期间出现的一个杂志的广告，就寄了一篇诗去投稿。这篇诗被采用了，而且似乎已经刊印出来，但是杂志停办了，没有送稿费给诗人，甚至连刊登这诗篇的那一期也不送他。哥哥还是受到了这一次可疑的“成功”的鼓励，他选出他的几个作品来，叫我仔细地誊清，把它们寄给……《祖国纪事》③ 的涅克拉索夫本人。

过了两三星期之后，这个偏僻的小城市里寄到了涅克拉索夫“本人”的回信。这回信的确不是特别可喜的：涅克拉索夫认为哥哥

---

① 卡斯塔里亚泉水是古希腊的一处神话泉水。据传说，这泉水位于文艺之神阿波罗的殿堂附近。古代希腊人认为凡是在这泉水里洗澡的人，都可以获得诗的灵感。——译者注

② 巴那萨斯山是希腊的一座山，“爬上巴那萨斯山”意思就是说“成为诗人”。——译者注

③《祖国纪事》是一个文学政治杂志。1839 年到 1868 年由克拉耶夫斯基发行。从 1839 年到 1846 年，别林斯基曾经在这杂志社里工作。1868 年，这杂志移交给涅克拉索夫，他和萨尔蒂科夫-谢德林、叶里谢耶夫一起担任编辑。这是文学和社会思想方面的影响力最大的一个进步机构。1884 年，为了有“危害倾向”而被沙皇政府禁止发行。——原编者注

的诗流畅、得体而有文艺性；将来也许可以刊印他的作品，不过……这些诗毕竟只具有诗的形式，而不是真正的诗。他认为作者应该学习，多看书，以后也许可以在文学的其他部门试图应用他的文学才能。

哥哥起初很伤心，但是后来他停止了击节，开始认真地读书，读的是谢琴诺夫[①]、莫列萧特[②]、施洛塞尔[③]、路易斯[④]、杜勃罗留波夫、鲍克尔[⑤]和达尔文[⑥]的作品。他读的时候又很热中，作了许多札记，有时像父亲从前一样，突然对我谈到一种使他吃惊的论见、有特色的警句、中肯的两行诗，这些都还是所谓热腾腾的，是刚刚从新书里摘出来的。他这次阅读的材料是从军营图书馆里借来的，这图书馆里置备着所有的进步文学作品。

"哈！记住我这句话：这个小伙子将来会变成学者或者作家呢！"姨夫上尉郑重其事地预言。

城里的人也把未来"作家"的声望"预支"给哥哥。涅克拉索夫的信不知怎的被大家知道了，这就使得哥哥特别受人注意……

他不得不离开学校。别人都以为他将来要经过检定考试[⑦]，但是他不预备功课却埋头读书，做札记，考虑一些作品的计划。有时为了没有更好的听者，哥哥就把他所编写的文章里的片段念给我听，

---

① 伊凡·米海洛维奇·谢琴诺夫（1829—1905）是伟大的俄罗斯生理学家。——原编者注

② 雅科夫·莫列萧特（1822—1893）是生理学家，是自然科学中庸俗机械论唯物主义的代表者。——原编者注

③ 弗利德利希·施洛塞尔（1776—1861）是德国的历史家，《世界史》《十八世纪史》等的作者。——原编者注

④ 乔治·路易斯（1817—1878）是英国作家，康德实验哲学的宣传者。——原编者注

⑤ 亨利-汤姆斯·鲍克尔（1821—1862）是英国实证论历史家，《英国文明史》的作者。——原编者注

⑥ 查理·达尔文（1809—1882）是著名的自然科学者，他的关于种之起源的学说在自然科学中引起了变革。——原编者注

⑦ "检定考试"是指不在学校读书而参加学校的结业考试。——译者注

我大大地赏识他的叙述的正确和优美。然而这时候，他又热中于一种新的事业了。

这一次热中的原因，是由于当时有名的出版者特鲁勃尼科夫[①]先生的关系。那时候他刚刚发行《证券公报》[②]，准备使这报纸成为地方报；他所作的广告鲜明动人而富有趣味，给地方读者以强烈的印象。“你知道，我订阅了特鲁勃尼科夫的报纸……”或者“这件事应该写信去告诉特鲁勃尼科夫……”——居民们这样地互相谈论。于是《证券公报》开始风行在城里，排挤了原有的《祖国之子》，战胜了《声报》[③]。

有一次，哥哥收得一封盖编辑部图章的信。他拆开信来一看，脸上现出了惊喜之色。原来这是特鲁勃尼科夫本人写给他的信。这封信固然是印刷的，然而开头写着哥哥的名字和父称……这个灵敏的出版者从哪里得知哥哥这个人和他的文学嗜好，很难说了。信里面谈到出版事业在“我们这时代”的重要任务，他约请哥哥写一些有关地方生活问题的通讯、短评和论文寄给他，协助他们启发内地的社会思想。

哥哥有一度竟抛弃了读书。他向人要了几份特鲁勃尼科夫的报纸，把它们从头至尾地阅读，然后置办些信笺，考虑题材，编写，修改，计算字数和行数，以便把所写的材料挤进报纸的通讯栏里去。经过了好几天顽强的工作之后，我就来抄写哥哥的新作品。开头是这样：

---

① 特鲁勃尼科夫（1829—1907）是一个杂志编者，许多报纸的发行者和编辑。——原编者注

②《证券公报》是特鲁勃尼科夫所创办的报纸，从 1861 年到 1879 年发行于彼得堡。后来，《证券公报》这个名称被普罗彼尔的黄色报纸所采用，这黄色报纸从 1880 年末到 1917 年发行于彼得堡。——原编者注

③《声报》是一个中庸自由主义的日报，是克拉耶夫斯基编辑的，从 1863 年到 1884 年发行于彼得堡。——原编者注

罗夫诺城（本报通讯记者）

下面接着就大胆地描写这小城市里的种种死气沉沉的光景，种种讥议、谗言和低级趣味。他用简劲的笔调来描写地方上的人物类型，有的地方夹着美丽的文学词句和引用文，显示出作者的博学。我只觉得这些话仿佛是描写一般城市，而不是描写我们这城市的，那些人物类型与其说是从我们的现实生活里取来的，还不如说是从书本里取来的。我这个意见一点也不使作者感到为难。他认为应该这样。要知道这是"文学"……文学总是和现实生活有些不同的。

这篇通讯稿寄出了。过了十天光景，那个送信的老头儿在狗吠声中（他用一把短短的马刀来抵抗这些狗）给哥哥送来一份报纸和第二封盖编辑部图章的信。哥哥立刻抓住了报纸，笑容满面。在第三版上，用粗体字和斜体字刊着那行熟悉的字：

罗夫诺城（本报通讯记者）

我觉得这仿佛是一个奇迹。还在没有几天以前，我用粗劣的笔迹把这些字写在粗劣的信笺上，忽然它们从神秘莫测的"编辑部"里回来，已经刊印在报纸上，立刻送到好些人的家里，现在他们正在一读再读，批评讨论，争夺传观了。我反复阅读这篇通讯稿，我觉得在这张巨幅的灰白色的纸上，这篇稿子几乎个个字发出光彩。我的批评在这印刷物前面肃然地沉默了。这是"文学"，也就是说，比较起我们这个暗淡的城市、长满萍藻的池塘和毫无生气的茅屋来，要有趣味得多……有哥哥手写的大作一栏的报纸投送到这里来，仿佛一块石头投进了停滞的水里……在这个瞌睡蒙眬的城市上面，仿佛突然降临了一个神秘而威严的幻影：特鲁勃尼科夫先生本人正在从美丽的远方用明慧而讥讽的目光窥探这个城市……城里开始轰动起来，仿佛一个蚁塚突然被揭开了。

城里的确轰动了。大家互相传观这报纸，猜想这个神秘的通讯记者，在一般的描写中辨认真实的人物，捉摸其中所暗示的意义。因为通讯记者曾经在文章末了预告，说要在这背景上展示“居民日常腐化生活的种种插话”，所以我们城里又多了几个向特鲁勃尼科夫订阅报纸的人。

这种事大大地减弱了涅克拉索夫那封信的良好作用。哥哥觉得自己有点像阿特拉斯[①]，肩膀上负担着罗夫诺的天。当城里的人努力猜测作者的时候，这个作者却坐在桌子旁边的椅子上摇摇摆摆，几乎翻倒，他望着天花板，正在考虑新的题材。他全心沉浸在这工作中了。通讯一篇一篇地寄去，虽然没有全部登出来，然而也刊登了几篇；有一次邮差送来一张十八卢布七十戈比的汇款通知单。那时候法院里的官员每月薪俸只有三五个卢布，因此这笔稿费在当时看来简直是发了一笔大财。这个萧条的小城市所能供给的题材的确不多，然而哥哥在这方面善于发明。在城里引起最大的波动的，是他关于当地俱乐部里的晚会的一个通讯，这晚会上也有中学生参加。通讯记者用稍稍夸大的笔调来描写他们的成功：“密纳发[②]的门徒（中学生们）坚决地排挤了马尔斯[③]的子孙（卫戍军官和步兵军官们），妩媚的爱神在这以前一直是爱好髭须和肩章的，现在却带着脉脉含情的微笑向穿蓝制服的没有胡须的青年伸出手来了。”军官们很气愤，说这是“侮辱军人声誉”。上校就去和校长交涉……城里长久不得安静……这件事的实际结果，是禁止中学生参加舞蹈晚会……

哥哥竟不预备考试。他留了口髭和胡须，开始戴起夹鼻眼镜来，他忽然显示出了纨袴儿的本能。他不再像从前那样落拓不拘地一连好几天埋头读书，却变成了阔绰的交际家之类的人，穿着有皱襞的

① 阿特拉斯是希腊神话中顶天的巨人。——译者注
② 密纳发是罗马女神，是手艺、艺术、教师和医生的保护者。——译者注
③ 马尔斯是古罗马的战神。——译者注

胸衣和上漆的靴子。他说：“我必须参加社交，这是我工作上的需要。”他常常到俱乐部去，变成了一个出色的舞手，获得了“社交的”成功……大家早已知道他是“特鲁勃尼科夫的共事者”，是“文学家”。

有一次，他涉及了较“严肃”的题材。城里有一家居民遭了盗窃，哥哥很生动地描写黑暗的秋夜里的这个无保障的城市，没有路灯，卫兵都安乐地各自在角落里打瞌睡……那时候警察局长戈茨已经极度衰老，所以副警察局长掌握着这城里最高的实际警察政权，他邀请哥哥去作“秘密会谈”。这个警察政权的最高代表者殷勤地敬一支烟，就开始外交谈判。他说他和父亲很熟悉，深深地敬仰他。又说他很尊重文学。他认为关于晚会的描写十分机敏而可爱。但是最近，特鲁勃尼科夫的报纸已经在某一方面涉及“政府设施”。

哥哥表示惊异：他似乎一点也没有提到政府。副警察局长说不是直接提到。可是他曾经谈到守夜的卫兵，谈到“政权”的不起作用。盗案越来越多……“那么请问，这是谁的责任呢？”当然是警察局！警察局是政府机关。如果以后通讯稿再涉及政府设施，那么他身为副警察局长，虽然十分尊重父亲，又尊重文学，却不得不秘密审讯通讯记者的危害行为，甚至……他说出来也不好意思……他要呈请省长，把这位文学家驱逐出境……

然后他客客气气地和他道别，并且向他断言，说他很尊重出版物，赏识他实际上只装不知道的那个通讯记者的锋利笔调，他一点也不反对暴露不良风俗，但求不破坏政权。

哥哥回到家里，觉得有些担心，同时又为了受人恭维而欢喜。他有一种力量，使政府也不得不顾忌他。晚上，在月光之下，哥哥在我们的小花园里踱来踱去，把他和副警察局长谈话的详细情形讲给我听，末了他说：

“喏，这就是声望的不快的一面……告诉我，你有没有想到你的哥哥立刻会变成舆论的领导者?”

“嗯——……”我怀疑地拖长了声音说，“这未免太过分了。”

他在照着斑斑驳驳的月光的林荫道上站定了，略带懊恼的神气对我说（我的怀疑在他心中引起了不快）：

“你还是个傻瓜。我根据全部逻辑规则来证明：这是正确的。前提是这样：出版物领导舆论！你回答我，对不对?”

“嗯，就算是对的!”

“那么我现在是不是作家?……”

“是——的。”我不大决断地拖长了声音说。

“无疑的，因为一个人发表了他的文章，他就是作家了。由此得出结论：我也是舆论的领导者。我劝你读一读密尔①的《论理学》，那时候你就不会作这种愚蠢的反驳了。”

我不再反驳，他就平息下来，继续在林荫道上徘徊，发展着自己的计划。

如果读者能够顾念到哥哥那时还只十七八岁，顾念到他刚刚摆脱学校的枯燥的严厉管制，顾念到他实际上具有所谓文学声誉的一切特征，那么他们对于他的小小的夸张一定会原谅。

文学声誉究竟是什么呢?左拉②在自己的回忆录中谈论到这问题的时候，描写出一个幽默的情景：有一次，那时他已经是“全世界闻名的作家”，他的一个崇拜者请求他赏光在女儿的婚礼上当女方的证婚人。这事发生在巴黎附近的一个小小的乡镇自治区里。区长是当地的一个商人，他登记证婚人姓名的时候，听到了左拉这个姓氏，从册子上抬起头来，大感兴趣地问：

---

① 约翰-斯丢阿特·密尔（1806—1873）是英国资产阶级唯心论哲学家，经济学家。他的《论理学》的最初的俄文版刊行于1865年，由拉甫罗夫编辑并注解。——原编者注

② 爱米尔·左拉（1840—1902）是法国小说家，自然主义派最杰出的代表者之一。——原编者注

“左拉先生？是不是某某街上的帽子店老板？”

“不，是一个作家。”

“噢！”区长淡然地应了一声，就登记了姓氏。

在这位作家之后的是一个密舍尔先生。区长又抬起头来问：

“密舍尔先生……是某某街上的内衣店老板吗？”

“是的。”

区长就手忙脚乱地招待起来。

“拿椅子给密舍尔先生……请坐请坐。非常荣幸……”

我凭记忆叙述的这个小小的逸话，十分正确地描出了最大的“世界声誉”的界限。“声誉”的意思，就是说一个人的姓名通过一定的路径传播在世界上。读他的作品的人都知道他的姓名——最多不过这样。然而在这世界上读书的人根本很少。读书人对其他的人的比例，近似于河流面积对全部大陆的比例。上尉在一条河的这一部分游泳，在这一部分里就很有名。但是他只要离开河岸若干里路……那里就是另一个世界：宽广的盆地、树林、散布在各处的村庄……在这世界上自有它的风云雷雨，过着自己的生活；我们的上尉或者这个“全世界闻名的”作家的姓名，从来没有掺进到这生活的日常喧嚣声中去。

然而，哥哥在自己的环境里，在自己的路线上，的确是有名了。

“政府”顾忌他，“知识阶级”、官吏、犹太商人——凡是尊重才智的人，都知道他。

在晴天的傍晚，“满城士女”都到街上来散步，全城的生活在这期间形成了斑斓的波浪，泛滥在城市一端的牢狱和另一端的驿站之间。居民们一路踏着尘土，规规矩矩地踱步，碰到了熟人就互相问好，交换着难得发生的新闻。有时在许多熟识的面孔之间出现一个外来的豪绅、普略捷尔伯爵、维希涅威茨基公爵或者来作秘密“调查”的“京官”。于是所有的目光都集中在他们身上，麇集在他们周围的人越来越多了。有时出现了中学校长、法官、副警察局长、库吏……这许多人自成一个贵族阶级。但是也有以私生活出名的人，例如官吏米哈洛夫斯基便是。他是不久以前从首都来的，他经常穿着彩色的短上衣，戴着领带，还穿着一条特别狭小的裤子。人家说他每天早晨从桌子上跳进这条裤子里去，好像卡莱尔①的故事里的阿塔尔伯爵一样，每天晚上，一个强壮的仆人把他从裤子里一直抖落在床上。这些都是可笑的，然而……他的名字和父称的头字母跟当时一个有名的翻译诗人②相同，因此，在游人所扬起的金黄色烟尘中出现这个花花绿绿的、手舞足蹈的人物的时候，大家就在他后面使着眼色，彼此悄悄地说：

“米哈伊洛夫斯基先生……诗人。你知道吗？……在《事业》月刊③上……”

“当然，当然……我读过的……”

等到这误会弄清楚之后，这个外来人的威名就一落千丈。只剩下一条花花绿绿的裤子和一些笑话。

有一次，在散步的时候出现一个衣服华丽的青年人，身材瘦瘦的，态度活泼而愉快。他左一把右一把地跟人握手，互相说笑。人们在他背后说：

“阿列巴，阿列巴。《星火》杂志④的撰稿人。曾经打倒省长别塞……”

---

① 汤姆斯·卡莱尔（1795—1881）是英国作家，历史家。关于阿塔尔伯爵的故事是从他的《法国革命史》里引证出来的。——原编者注

② 当时一个有名的翻译诗人是指德米特利·拉甫连捷维奇·米哈洛夫斯基（1828—1905）。他曾经翻译拜伦（《玛捷巴》等）、莎士比亚（《裘力斯·该撒》）、朗弗罗（《哈依瓦撒之歌》）等人的诗。——原编者注

③《事业》月刊是一个民主主义倾向的科学文学月刊，自1866年至1888年发行在彼得堡。——原编者注

④《星火》杂志是一个革命民主主义倾向的讽刺杂志，1859年由著名的讽刺作家斯捷潘诺夫和诗人库罗奇金创办于彼得堡。1873年“由于对政权的不适当而歪曲的评论”而停办。——原编者注

阿列巴是在我们的中学里毕业的，毕业之后到日托米尔服务，似乎是当律师的文牍员。有一次，《星火》杂志里登出一篇随笔，题目叫做：《皮箱伊凡诺维奇和茶炊尼基福罗维奇的谈话》。人们都知道皮箱伊凡诺维奇是指省长，茶炊尼基福罗维奇是指商人茹拉夫廖夫。所谈的是关于出租驿马站时的贿赂。大家议论纷纷。省长的地位动摇了。有一次，省长在俱乐部的台球房里看见了阿列巴，他大概想要他表示忏悔的否认，立刻走近他去，对他说：

"你这个青年人……我听说……你散布了龌龊的谣言。"

阿列巴挺一挺身子，假装吃惊的样子，哆嗦着，格格不吐地说：

"请问，大人……您说的是什么？"

省长精神振作起来。他们谈话的时候，俱乐部里的客人和官员们都在场，其中竟有穿蓝制服的宪兵……

"喏，就是……"省长带着威严而轻视的神气继续说，"跟茹拉夫廖夫……说什么要五千……"

"大人，这是造谣毁谤，"阿列巴说，他表演出非常可怜的卑躬屈节的样子……"大人，仇人……想在您面前毁灭我……"

他忽然挺起身子来，接着说：

"是一万，大人……我说的是一万……"

省长几乎中了风，不久他就"因家庭情况关系"呈请退职……

居民们这样地叙述这故事。事实是这样：省长在这篇通讯发表之后离职了，而那个告发者依然无恙，现在他暂时回家来看望父亲，在故乡的城市里享受自己的光荣……

他像流星一般闪现出来，转瞬就不见，留下了对通讯记者这称号的崇高的敬意。打倒省长——这不是一件开玩笑的事。我哥哥也是个通讯记者。他虽然一个省长也没有打倒过，然而大家都知道：正是他这支笔时时震撼着我们这个小小的世界，有时搅扰官吏，有时搅扰守夜的卫兵，有时搅扰军官。人们都注意他。他被邀请参加晚会，社会上有地位的居民们挽住他的手，拉他到一旁去，口口声声称赞他的“天才”，请求他在报上驳斥这个人或那个人[①]……

自不必说，我的哥哥有一时优游在这种“声誉”的氛围中，没有注意到自己在作空洞无谓的周旋，没有注意到他的使人震惊的通讯稿所引起的纷扰是毫无成果的，没有把任何东西向任何地方推进……

哥哥这些“文学成就”在我心中留下特殊的痕迹。这些成就仿佛是在文学和日常生活之间架了一座活的桥梁：我亲眼看见文字写在纸上，而从京城里回来就变成了印刷品。

还在很早以前，有时我读了一本书，拿书本里的情形来和实际生活印象比较一下，我心里就发生一个问题：为什么书本里所描写的情形仿佛是和实际生活“不同”的。哥哥写的也是这样。我对印刷物的最初的崇拜过去之后，又感觉到这是一个缺点，我就开始兴味津津地找求最接近生活现象的那些字句。我努力把使我吃惊的现象用言词表达出来，务使这言词能够抓住现象的内在特性。我们的大街上有一间小小的屋子，它下面的桁木已经腐烂而且陷落。它的墙壁比人头还低……我经过这间屋子的时候，就对自己说：这屋子愁眉苦脸……垂头丧气……睡眼蒙眬……满怀委屈……悲惨凄凉……当那个喝得醉醺醺的官吏克拉苏斯基弯着身子从这屋子里走

---

① 这作品初次发表的时候（《俄罗斯财富》1908年第十期），在这描写哥哥的地方还有这样的一段：“人们传述着关于他的逸话。他像真正的‘学者’一样心不在焉。有一次，县警察局长的女儿结婚，请他去做傧相；他引导新娘走到祭坛前面，同她并排站着，他穿着燕尾服，钮扣孔里插着花，神气威严堂皇。神甫以为他是新郎，已经开始执行最初的仪式了。新郎的样子不很显著，他谦恭地站在后面，看到这情形就慌张起来，扯扯哥哥的后襟。哥哥这时候正在专心一志地考虑什么，只是懊恼地挥一挥手。新郎又扯一次。哥哥又挥一挥手。一连几次之后，神甫才注意到了他们的纠纷。他问：‘你们究竟谁是新郎？耶稣，马利亚！我差点让你跟别人的新娘结了婚……’‘哈！凡是有名的人都是心不在焉的。’上尉这样解释。一般地说来，周围的人大都对哥哥感兴趣而赞许他，尤其是在家庭之外。”——原编者注

出来的时候，我又开始找求描写这官吏的言辞。

这变成了我的习惯。我读过屠格涅夫和其他俄罗斯作家之后，又读狄更斯的作品和谢德林的《一个城市的历史》，——这时候我觉得幽默的笔法必须又抓住环境生活的外表现象，又抓住它的内在特性。官吏们、教师们、鲁舍维奇、季佳特凯维奇这些人，我有时在狄更斯所描写的人物中体会到，有时在谢德林所描写的人物中体会到。

可是我自己想出来的总有点“不像样”……奇怪得很：有时我不曾有意力求，心中却闪现出几句诗、几个韵脚、几段流畅美丽的文章……然而它们的出现不是出于本意，没有抓住生活中的任何事物……这形式仿佛是脱离内容而单独生出来的；当我企图用这形式来把握一定的事物的时候，它就消失了。

只是在梦里，我有时读到自己的诗或小说。它们都是已经刊印了的，其中包含我所要写的一切：我们的城市、关卡、街道、店铺、官吏、教师、商人、傍晚的散步。这一切都是活的，而且在这一切上面还有一种不是从这现实发生的东西，它用一种非日常的光来照明着这些日常的景象。我十分欢喜，一页一页地反复阅读。

然而……当我醒来的时候，这一切都飞走了，像一群鸟被走近来的猎人吓跑了一样。有时我能够记住末尾的几段，然而它们都是不好的：诗没有韵律，散文竟常常缺乏文法思想，用的字句也不是本意，而是另一种意义……

这又是在空虚中彷徨，毫无成果……给它推动力的是阿甫杰夫，一部分是哥哥的通讯稿。阿甫杰夫已经走了。通讯稿已经乏味了。

禁止中学生进俱乐部，似乎是这些通讯稿的唯一的实际结果。然而有一次，城中心桥边的一盏路灯修好了。为了对舆论表示敬意，有几次在黑夜里点起灯来……这毕竟也是一种胜利。凡是在深夜里走过这路灯旁边的人，都想：“啊！这是特鲁勃尼科夫的通讯记者骂出来的。”

然而这孤零零的灯光不久也熄灭了……

30
加尔诺路格的时代精神

个别生活中的孤立的事实，其本身决不能决定并阐明精神生长。泛滥在周围的、用共通的调子来加入生活的多声部合唱中的那种气氛，不知不觉地侵入了每一个人的心中，浸润了它，接住了它，用自己的潮流来把它带走。向后面回顾一下，只有泛滥开端的地方可以用浮标来标记出……后来就变成了一片汪洋大水，最初的单独的溪流在这里早就消失了。

风气，或者像那时候所谓“时代精神”，渗透在生活的每一个角落里，也光顾了加尔诺路格。

有一度，这里聚集了一群青年。其中首先有上尉的儿子，一个年轻的炮兵军官。我们记得他的时候，他还是一个中等军校学生，后来是炮兵学校的士官生。他两年没有回家，回来的时候已经是一个新任的中尉，穿着崭新的制服，戴着辉煌的肩章，精神焕发，得意地炫耀着自己的新职位和远大的前程。

其次是我的哥哥，他不久以前还是一个成绩不好的中学生，现在变成了一个“作家”。上尉不知是开玩笑呢，还是不了解文学界情况，把哥哥称为“编辑者”，而且不无骄傲地就用这名称来介绍给他的邻居们。

然而他对一个基辅的大学生勃罗尼斯拉夫·杨科夫斯基[①]怀着

① 勃罗尼斯拉夫·杨科夫斯基这名字所指的是斯塔尼斯拉夫·格利果列维奇·弗兰科夫斯基，后来是柯罗连科的表妹若节芬娜·屠采维奇的丈夫。——原编者注

更大的敬意。他的父亲不久以前迁居到加尔诺路格来，租赁了邻近的地皮。这是一个旧派人物，一个出色的当家人，在家庭里很有权威。那个大学生同他不很谈得来，比较亲近上尉的家庭。每天，他差不多一清早就戴着眼镜，夹着书和阳伞到我们这里来，一直坐到傍晚。他的态度严肃、专心而沉默，只有在跟人争论的时候才兴奋起来。

这一小群青年立刻在这庄园里占据了中心地位。现在我回想当时的印象，似乎觉得这些青年人不久以前还是很平凡的，现在忽然光明灿烂起来，仿佛是这些年头给他们涂上了一层闪亮的漆。

我的表兄不久以前还是一个穿短小而难看的士官生制服的活泼的孩子。现在他已经是一个炮兵军官，谈论着学术方面的书籍和富有才智的人士，称他们为“人物”；他有一个随身的勤务兵，他打算跟他建立一种特殊的、非“官场习惯”的关系。

杨科夫斯基的确曾经是我们中学里的优等生，然而……我们从来不崇拜优等生和得奖章的学生。现在他是一个“前途辉煌”的大学生了。上尉怀着敬意提到他：“是一个有头脑的人，至少是未来的皮罗果夫。”

上尉有三个女儿[①]，其中两个年已及笄了。大女儿活泼、漂亮而善于巧笑，钢琴弹得很好，又喜欢跳舞。第二个女儿肤色浅黑，不漂亮，有一双沉郁而悲哀的大眼睛。女子中学在那时候差不多没有，这两个姑娘曾经在家庭教师那里胡乱学了些。现在这些青年就来帮她们进修。大女儿进步不很快；二女儿贪读新书，然而这个可怜的人缺乏修养，理解起来很困难。大学生特别注意她。他们两人

---

① 上尉有三个女儿，即卡齐米拉·卡齐米罗夫娜（生于 1852 年），夫家姓是鲍格丹诺夫斯卡雅；若节芬娜·卡齐米罗夫娜（生于 1854 年），夫家姓是弗兰科夫斯卡雅；索菲亚·卡齐米罗夫娜（生于 1860 年），夫家姓是奥斯特林斯卡雅。——原编者注

常常单独在一起。大学生讲解，女孩子听。有时大学生在庭前的花坛旁边走来走去，手里拿着一枝新折下来的花，带着青年教授的郑重安详的态度说明花的构造。要是别人这样做，上尉一定大发雷霆。大学生毫不怜惜地把最好的花连根拔起，上尉只是眼看着它们，不由地叹息几声罢了。有一次，村子里一个刈谷的女人手上有一个久不收功的伤口，要替她绑扎。大学生替她洗干净，包扎好，那姑娘恭恭敬敬地供应绷带和纱布。看护生做这同样的工作，——也许做得更好，——一定远不及现在那样有趣味。大学生做这工作做得很有趣味，竟像执行一件神圣任务。

上尉一向酷爱“科学”和“文学”。现在他的庄园的草屋顶下面又有“文学”（我的哥哥），又有“科学”（大学生），总之，有聪明的新青年，他为此感到自豪。使他懊恼的，只是这些聪明的青年仿佛不承认他，而且他们的生活也另有一径，是他所难以参加的。

他所讲的关于加尔诺路格贵族的故事，的确脍炙人口，而且唤起了关于这“衰落阶层”的评论。可是有一次，他讲过了关于贵族的逸话之后，接着又讲了一个关于农人的有趣的故事。

这是农奴“解放”时代的故事。农人刚刚被解放。有一个节日，农人们穿着鲜丽的服装成群结队地从教堂里和市场上出来；有许多人已经喝醉了。上尉带着夫人和孩子们坐马车从天主堂里回来。马忽然站定了……怎么一回事？原来有一个新的“解放公民”横着身子毫无顾忌地躺在路上。马车夫喊他：“让路，什么东西！老爷来了。”这个解放公民酒醉糊涂地抬起头来回答，说现在自由了，他高兴这样地躺在路上，管他什么老爷……接着他就说了些很粗鲁无礼的话……

这当然触怒了上尉，然而他的思想忽然走向了幽默的方向。啊！路是为大家造的！现在自由了！好！就让他这样吧。他叫夫人和女儿们转过头去，自己就站在这个醉汉旁边，做了从前葛里弗[①]对小人国里的人所做的那件事。[②]“老爷的玩笑”引起了欢度节日的民众的乐趣，他们正聚集在这场面的周围，在那里等候老爷怎样对付这个为难的局面。那个“解放公民”觉得困窘而懊恼，他只是把脸别转，吐着唾沫，带着责难的口气结结巴巴地说：

“唉！老爷，老爷！不要缺德……”

后来他忽然鼓起气力来，在众人的大笑声中迅速地从路上爬到了沟里。

这故事我们听见过好几次了，每次我们都觉得很好笑。现在，上尉还没有讲完，就觉得不能博得听者的欢心。他结束这故事的时候，显然已经情绪涣散了。大家默不作声。他的儿子满面通红，抱歉地看看大学生，说：

“爸爸……这是……侮辱人格呢。”

“是——的。”“编辑者”接着说，“这是侮辱人的尊严。”

大学生一声不响，照例带着严肃的神情，紧闭着嘴唇，眼睛在蓝眼镜里凝视着，一句话也不说，可是……站起身来走出房间去了。

这比任何非难更有力量。

房间里充满了困窘难堪的沉寂。上尉的妻子用恐怖的眼色向他看看。女儿们坐着，低着头，等候雷霆的发作。上尉也站起来，把门一碰，走出房间去，过了一会儿，院子里传来他的响亮的声音：他正在愤怒地骂第一个碰到的工役。

然而过了不久，这个聪明而狡狯的老人就想出了跟“新派”妥协的办法。宗教的争论开始了，上尉的庄院里显然地划分了两派。

---

① 葛里弗是约那坦·斯威夫特（1667—1745）的有名的讽刺小说《葛里弗游记》中的主人公。——原编者注

② 葛里弗旅行到小人国，被许多小人围困。后来他小便，小人就都逃开。——译者注

一派是女人们，即我的母亲和上尉的妻子；另一派是我的哥哥、军官和大学生。

我坚决地参加女人们的一派；弟妹们都作旁观者。

我特别清楚地记得的是这样的一次争论。所讲的是普谢和巴士德[①]之间的当时有名的论战。前者主张微生物自生，后者批评他，推翻了他的实验。皮沙列夫[②]怀着青年的血性攻击巴斯特。他认为自生说是必要的，因为它在有机世界和死的自然界之间架了一座桥梁，扩大了进化论的界限，因此，正如当时的看法，唯物论就获得胜利[③]。

我那时候还没有读过皮沙列夫的著作；关于达尔文，我所知道的几乎只是父亲的谈话中的回忆：这个古怪的老人不知为什么想要证明人是猴子变来的。现在这两个人都在向我心头敲门，这扇门是我童年时代就立誓紧闭的：我誓不放弃“宗教信仰”。我们的论争进行得喧嚣而热烈。好，就算这样：微生物是水里生出来的，或者照黑格尔[④]的说法，是从深不可测的海洋里生出来的。那么水和海洋是从哪里生出来的呢？从云里生出来的？那么云呢？从氢气和氧气生出来的。那么氢气和氧气呢？

正在争论中，上尉从院子里走进来。他默默地听了一会儿，然后……出乎两派的意料之外，他参加了“唯物主义者”。

“哈！”他断然地说，“我早就说过，应该丢开这种无稽之谈。哲

---

① 菲里克斯·普谢（1800—1872）是法国的医生兼自然科学家。1858年，普谢送交巴黎科学院一篇论文，证明着微生物自生的可能性。科学院用授奖金的办法规定一个题目：《用成功的实验来对微生物自生问题作新的阐释》。这时路易·巴士德（1822—1895）也在研究这问题，而且得到完全相反的结论。这引起了这两位自然科学家之间的长期的论战。——原编者注

② 皮沙列夫（1840—1868）是优秀的俄罗斯批评家、唯物主义哲学家、革命民主主义者。——译者注

③ 唯物论就获得胜利是指皮沙列夫的论文《欧洲权威者的功迹》。——原编者注

④ 爱伦斯特·黑格尔（1824—1899）是德国的学者、动物学家、达尔文的继承者。——原编者注

学和科学是有道理的……而圣书呢？圣书是没有科学观念的人写的。喏，譬如说，约书亚说……‘日头啊，你要停在基遍，月亮啊，你要止在亚雅仑谷’……”

我突然回想起了我的遥远的童年时代的一天。现在上尉又站在房间中央，身材高大，头发斑白，由于精神兴奋而丰采焕发，他开始发挥同样的见解：关于宇宙、太阳、行星，关于“天体回旋”和微尘，关于不懂天文学而要阻止宇宙运行的约书亚……我又回想起了怀着信心笑谈着的父亲……

青年们兴高采烈地欢迎这个新的盟友。炮兵军官补充说：如果回转不息的球体停止了运行，会发出极大的热量。地球停止运行的时候，连金刚石都会转瞬变成蒸汽……世界就会在布满行星的空间分崩裂灭……而这一切都是由于世界的不显著的角落里一个人的一句话……

这天晚上的争论就以“唯物主义”的胜利来结束。上尉触动了人们的想象。我们败了阵，默不作声；老头儿为了在哲学和科学中有了份，觉得很满意，就在讽刺谈和逸话中大显身手……

夜深了，大学生就起身告辞。青年们和姑娘们都去送他。他们结成了欢天喜地的一群，在小巷子里走远去了，你一句我一句地嘻嘻哈哈交谈着，交换着新的论见，兴高采烈地否认上帝和永生。这一群喧嚣的人长久地走在沉寂的街上，在乡村的狗吠声中一直远离去了。

我没有跟他们同去。我的自尊心受了委屈：他们当我一个小孩子，看不起我。此外，争论的要点又激动了我的心情，现在，我在隐约显出早秋的花的花坛旁边踱来踱去，回想着父亲的论证，又想到这些新的论调。

这晚上很静，星辰满天。月亮还没有从老仓库后面升起来，然而，尖顶的白杨树的轮廓线似乎已经浮现在清辉中。弟弟和萨尼亚已经在干草棚上睡觉了。我也走到那里，在黑暗中找到了梯子，爬到了他们睡觉的地方，我轻轻地踏着芬芳的干草，不使它发出太响的沙沙声。这里面暗得很，只有一个地方从草屋顶的洞里透进光线来。我就躺在这洞下面，凝视着布满星辰的夜天的这一小块。当我正在沉思的期间，有一颗最大的星从洞的这一边移到了那一边，仿佛在碧蓝的池塘里游泳一般。于是我清楚地想见了一个也在那里静悄悄地转动的巨大的苍穹……说得更正确些，这是地球在那里转动……单是制止一个地球，比制止整个苍穹要容易些……然而……毕竟很困难。上帝的确是万能的。他能够制止地球，不使它因此而发生不良的后果。甚至还可用别种方法：太阳下去了，可是在高空中还映照着它的光线……如果有一块明亮的云像映射幕一样把这些光线反照到地上，那么约书亚还可以有一两小时的明亮……这样，他的祈祷就达到目的了……

洞里又出现了一些新的星，又像在碧蓝的池塘里游泳一般移了过去……我回想起了我向上帝要求一对翅膀的那个星夜……又想起了父亲的坚定的信心……这天晚上，我的世界还留在自己的基础上，可是现在我所看见的星空已经和那天晚上所看见的不同了。现在我的想像对它取了另一种看法。而想象力的创造信仰和磨炼信仰，往往比理论有力得多……

然而到了第二天，我参加论战的时候已经怀着宇宙学的见解，这场论战就由于新的力量而活跃起来了……

这情况一直继续到假期末了。上尉始终是“唯物主义者”的忠实盟友，有时他的渎神的滑稽谈远远地超越常轨。然而夜越是长，越是黑，他的热情就越是冷却起来。

有一次，大家谈到了深夜。暗蒙蒙的夜天从开开的窗子里窥探着，窗外的树叶发出萧瑟的声音，天空中隐约地移行着模糊的云朵。房间里充满了惊慌，不知什么地方常常发出蟋蟀的叫声。

这天晚上，上尉的俏皮话说得过分了些。他的妻子对他不满意；他自己似乎也不满意。他的脸色消沉了，胡须向下垂。

“唔，好了，”姨母说，“该睡觉了。”

上尉慢腾腾地站起身来，向他的盟友们一看，突然说：

“咳！事情固然是这样的。科学和一切都是这样……可是你们知道，我一躺到床上，就要划十字以防万一。这样似乎安心些……实际上的确没有什么……可是忽然有点那个……”

讲到后来他忽然觉得不对，就装出半幽默的声调。可是他的妻子率直地说穿了：

“哈，老头子！讲了一黄昏渎神的话，后来划十字，叹气，在黑暗里害怕起来，把我叫醒，要我替他划十字……”

“好了，好了！”她的丈夫不满意地拦阻了她。

这个小小的插话一时使我感到讥讽的胜利，我重新回想起了父亲的信仰和上尉的轻率的反对。然而我的世界观的基础还是动摇了。这并非完全由于直接的论战，却是由于新世界观所产生的特殊气氛的间接的影响。

我那时候既不知道皮沙列夫，也不知道达尔文，又不知道生理学，只是抓住年长的青年们的判断和争论里像火花一般飞出来的几个片段。爱尔兰人为自由而反对英吉利人的斗争不得成功，是因为爱尔兰人吃马铃薯，而英吉利人吃燔炙牛肉……这是鲍克尔的话。一袋马铃薯所增加的血液比一磅肉少。这似乎是彪希纳[①]的话。坦[②]说，莎士比亚作品中的主角之所以有强烈的热情、轩昂的独白和刻毒的谩骂，是因为莎士比亚的祖先——盎格鲁-撒克逊人——肚

---

① 路德维希·彪希纳（1824—1899）是德国的生理学家，自然科学方面的庸俗机械论唯物主义的代表者之一，《力和物质》的著者，该书出版于1855年。——原编者注

② 伊波里特·坦（1828—1893）是法国的反动作家、历史家、艺术理论家。——原编者注

子里塞满半生不熟的燔炙牛肉和啤酒的缘故……福赫特[①]说："思想是从脑髓分泌出来的，正像胆汁从肝脏里分泌出来一样。""物质"和"力"，极单纯的原子及其机械特性，这两种东西组合起来，就发生我们所谓精神过程的一切感觉。试分解灵感冲动的组成部分，除了一定数量的原子及其引力之外没有别的东西……人是一架机器，同时又是一种化学调和剂。我们就应该这样地研究人。谢琴诺夫在一篇短文里说："设有一神经质妇人"，他把这妇人看作一种简单的调和剂……

这一切给我的印象，就好比白皑皑、冷冰冰的雪花落在赤裸裸的身子上。我觉得这种偶然发生的热烈论战中偶然迸出的零零星星的闪光，有一种特殊的光辉，这种光辉是明晃晃的，冷冰冰的，然而出自共同的源泉……

31
消失了的论证

我们回到了罗夫诺；中学里早已开课，可是在我看来学校生活已经退避到第二位了。在首位上有两个主题：我爱上了一个人，我维护自己的信仰。每当我就寝而还没有睡着的时候，以前总是遨游在骑士和哥萨克人的幻想国土中，现在却回想可爱的相貌，或者在心中继续加尔诺路格的论战，找求有利于灵魂永生的论证。约书亚和宗教的形式方面不知不觉地在我心中失却了以前的意义……

最初迷惑我心的那个少女，每天跟弟妹们一起坐着一辆小马车去上课。我精确地研究他们经过的时间、车轮在公路上的轧轧声和

---

① 卡尔·福赫特（1817—1895）是德国的自然科学家、自然科学方面的庸俗机械论唯物主义代表者之一。——原编者注

铃子的叮当声。当他们就要回来的时候，我装作偶然的样子走出大门去或者走到桥上去。如果我能够看到帽子底下露出鬈曲的栗色鬓发来的那张粉红小脸，能够得到她的秋波一瞬、嫣然一笑，那么我这一天就充满了欢喜的光彩。

有一次，马车的铃子在非规定的时间响起来了。马车从我家门口迅速地闪过，我从远处竟看不出坐车的人，但是根据心中一阵习惯的、甜蜜的恍惚，我确信这是她经过。不久，这辆车子空着回来。由此可知，她们姊妹俩是到某处去参加晚会，要在十点钟光景回来了。

九点钟以后，我走出去散步。这正是深秋时候。池塘里的水停滞了，发黑了，仿佛在等候冻冰。夜色明朗而新鲜，凉爽的空气清澈透明。我沉浸在自己的感情和思想中。我的感情飞逝过去迎接那辆熟悉的小马车，我的思想正在找求上帝存在和灵魂永生的论证。

时间渐渐地过去；身体疲倦起来。最后几家店铺关门了，街上渐渐静息。那个瘦长的车夫早已驾着空马车开向城郊自由区，然而还没有回来。我沿着河岸散步，不远离那座桥，因为她会从这桥上经过。后来我站定了，开始凝视黑黝黝的河流。河面上有一些白色的水鸟静静地浮游着，不知是白鹅还是小天鹅，它们悄悄地发出含糊的叫声，我的思想就像这浮游着白色水鸟的黑黝黝的流水一般进行……我似乎就要找到我所需要的东西了……

突然我听到一种隐隐约约的声响，仿佛有人在远处用调羹敲玻璃杯。我熟悉这声音，这是那辆马车上的铃声。她已经动身回来了，可是还很远，那马车正在弯弯曲曲地穿过郊区的小巷子。我可以及时走到桥边，穿过桥去，站在拐角上一家店铺的影子里。而现在……不妨再继续思考一会儿。

我的思想仿佛受到了推动，突然进行得清楚、迅速而强烈起来。

我停顿下来，倾听一下脑筋里的内部活动。无疑的，这里面正在形成灵魂永生的“反驳不倒的”证据。这些论证有条不紊地排成了一条连贯的链条。再过一会儿，唯物主义（我在我们的论战中所认识的唯物主义）就要崩溃了。我心中充满了初次独立创作和发现的欢喜。应该停止前进，走远去，走到那些白色的水鸟从柳荫中水湾里游去的那方面，然后结束我的思考。但是两条腿自然而然地把我沿着河岸带到公路那边的桥上。铃声已经在公路上响出，意外迅速地近起来，它的越来越响的叮当声充满在夜间的肃静的空气中……我来得及赶到吗？我加紧脚步，耳朵倾听着车轮的辚辚声，心里思考着我的论证……过了一会儿，我走到了桥上，可是那辆马车已经在铺板上轧轧地响了。姊妹俩惊奇地看看我这个孤单的、也许很笨拙的人，不知道我为什么呆立在月光之下的桥的中央。她们不会不认识我，然而我竟来不及向她们打招呼，因为这瞬间我正在热心地捕捉飞散了的三段论法的片段。近于完成的结论的一系列前提，像一群受惊的鸟一般分散，跟着那辆马车飞到沉睡的夜色中去了。铃声跑到了街的尽头，在离开关卡不远的地方停止了。两个人像影子一般在大门口闪现一下，于是一切都消失了。我眼前空空如也，心里空空如也，脑子里空空如也：“反驳不倒的论证”飞走了。我回到原来的地方，看看水面，找寻那些天鹅，可是它们也已经隐没在阴影里，同我的思想一样……我心里感觉到一种重大的损失、后悔和惋惜。我意气消沉，就像这条街一样，今天晚上在这里是等不到什么东西了……

这天夜里，我长久地找寻消失了的思想，但是它不再回来了……

大概就是在这时期，我曾经在广场上圣母像面前祈祷……我还是觉得我始终忠实于自己从前的誓言；然而往往有这样的情形：最有力的论证不是在论战中直接提出的反驳。见识的改变所起的作用要强烈得多，虽然是不知不觉的；它仿佛逐步地被中立的事实、形象和思想方式所占据了。后来发生了一种想象，笼罩了它们，于是我的精神世界的成分就改变了。对达尔文的幼稚的恐怖不知不觉地消散了，进化论的原理也不知不觉地侵入了我的概念中。正在这时候，我读了现在已经被人遗忘的小说家阿甫杰耶夫①的“暗礁”。不知为什么我没有把它读完，我记得它的内容很晦涩。然而有一段情节保留在我的记忆中。有一个善良的人的妻子对她丈夫的朋友——一个无神论者——感到了兴趣。她丈夫和她自己都是相信宗教的人。真挚诚朴的信仰照明着他们的生活之路，慰藉他们，勉励他们行善……可是那个无神论者也是个善良的人，富有自我牺牲精神。他走着严肃的斗争道路，并不希望在未来的生活中获得报酬，并不依靠最高力量的支持，并没有慰藉……骄傲地确信自己的正义……因此她不能否定这种具有独特的美丽和伟大的世界观……

小说中的这一段情节使我感到惊讶。这样看来，可以有另一种信仰，不像上尉那样晚上说亵渎神明的话、半夜里划十字“以防万一”……假使父亲碰到这样的人，不知道他会怎么样。他是不是也会用那种谦逊而优越的笑声来嘲笑他？……

遇见阿甫杰耶夫的时候，我就怀着这样的心情。他从来不涉及宗教问题，但是和他交往一年之后，我的思想中立刻吸收了许多形象和观念……在《暗礁》的主人公之后，又来了屠格涅夫的巴扎洛夫②。在他的“否定”中，我也感觉到了父亲的信仰中所有的那种最稳定的真挚和信念……

又是一个新的“浮标”标明了潮水上涨的进程。

---

① 米哈伊尔·瓦西列维奇·阿甫杰耶夫（1821—1876）是美文学家，他的观点和文学风格是在屠格涅夫作品影响之下形成的。他的小说《暗礁》最为脍炙人口，起初登载在《现代人》杂志上，后来出单行本。——原编者注

② 屠格涅夫的《父与子》中的主人公。——译者注

32
被拒绝的忏悔

如果不是记错的话，那时候我正在六年级里。学校里发生了一件淘气的事，记得是很下流的。这件事没有唤起任何人的同情，然而同学照例不肯说出犯过失的人。学校当局突然作出一种措施，要高级班的学生都到司祭长那里去忏悔。这使得许多人吃惊而且懊恼。校方通常邀请巴拉诺维奇神甫来帮助中学里的司祭长。巴拉诺维奇是一个信仰虔诚、心地纯洁的善良的人。学生大都喜欢到他那里去，因此司祭长的读经台旁边往往几乎空无一人，而巴拉诺维奇那里拥挤得很，大家挨次等候着……

现在不可以选择了。高级班的学生只得勉强地到司祭长那里去……后来，过了第一天忏悔之后，犯事的人立刻就被揭穿了。司祭长要他们担任赎罪的苦行，不给他们行圣餐礼；然而在礼拜开始之前，已经有三个学生被关进禁闭室里。校方用开除学籍来威胁他们……

这件事在我们之间产生了强烈的印象。大家疑心司祭长泄露了忏悔的秘密。

第二天，轮到六年级和七年级学生忏悔。我到教堂里去的时候，在中学街上赶上了棕发的苏奇科夫。

“你听见消息了吗？”他问我。他的样子很愤慨，我立刻懂得了他所指的是什么。

“听见了，”我回答，“不过是否可以肯定这是司祭长呢？……”

“或许是吧。那么是否可以肯定这不是他呢？”

我想象一下这个拥护俄罗斯化的司祭长的没有魅力而聪明多智的脸……这件淘气的事是恶劣的……司祭长很像一个官僚、教师或政治家，却不像一个把保守圣礼的秘密看作高于一切的虔敬的牧师……这样看来，他可能做这种事。

“我……不能肯定。”我这样回答苏奇科夫的问话。

“我……也不能肯定。既然……连这点都不能肯定，是否可以说真心话呢？我不能。”

“我也不能……可是又该怎么办呢？”

发生了一个困难的问题：我们对于这个司祭长已经没有神圣的感觉，我们不难把这种强迫的忏悔看作回答功课之类的简单的形式工作。但是行圣餐礼怎么办呢？我们对于这个仪式虽然不无怀疑，却怀着敬意；如果用说谎来亵渎它，我们觉得是痛苦的。然而假使不跟别人同去，校长和舍监要注意我们。我们还是决定冒一次大险。这是对不久以前的圣地的一次特殊的贡礼……

我平生似乎从来没有这样激动地参加忏悔式。这忏悔式在晚祷以前举行。教堂里的蜡烛的黄色的火光，仿佛正在跟散布在神香的薄雾中的暮色相抗衡。读经台右面坐着司祭长克留科夫斯基。他有肝脏毛病，他那双小眼睛的神色里看得出肝火旺，有人走近他去，他就用心盯住他看。在不远的地方，坐着另一个神甫巴拉诺维奇，他身材高大，脸色苍白，颧骨隆起，相貌和善，显出一种纯朴的感伤神情。他替低年级生行仪式，用肩袈裟来盖住了他们，立刻带着庄严而慈祥的态度弯下身子去倾听。

这时候，我多么羡慕这些孩子，我真想走近这个善良的巨人去，向他倾吐这瞬间的全部心情，甚至把在忏悔中说谎的企图也说出来。

可是司祭长已经在那里等我。他放走了一个忏悔者，看看那群高年级学生，他们在他的眼光之下仿佛畏缩起来了。没有人走上前去。他的眼睛停留在我身上了；我就从人群里走出去……

我脸上发热，声音颤抖，眼睛里几乎流下泪来。我这种神情使得司祭长吃惊，他似乎准备从我这里听到一些不平常的坦白……当他盖住了我的低垂的头的时候，我心中掠过忏悔时常有的一阵激动……“说了吧，承认了吧？”

但这是一刹那间的情况……我在袈裟底下看到了他的目光。他的目光里除了宗教“长官”的机警之外，一点都看不出什么……我机械地回答他的问话，可是我作这些简短答复时的激动使他感到为难。他详细地把各种罪过一一列举出来。我的回答大部分是否认的。结果“罪过”很少，于是他就断定：我的激动是由于尊重圣礼而精神震恐的缘故……

他念“赦罪词”的时候声音柔和下来了。“我不加罪于你。你要虔诚地祷告……也要为我这有罪的人祷告。”他突然附加这最后的一句，这一句重又使我脸上发红，由于痛苦地意识到我的被迫的伪善，我眼睛里流下泪来……

第二天，大家在学监和舍监的督促之下去举行圣餐礼，这时候我和苏奇科夫混入人群，冒着受人注意的危险绕过了受圣餐的人们，走出教堂去了。

这一次仿佛是告别……从这时候起，宗教的热情就从心头离去，宗教问题逐渐让位给别的问题了。并不是我替自己解决了关于上帝存在和灵魂永生的基本问题。我并没有找到终极的定则，可是这问题本身已经失去了它的力量，我不再找求定则了。我的眼界里充满了现实世界的新事实、新概念和新问题。这一切都非常明朗，而且那么生动地、显然是无穷尽地汹涌而来……其中充满着生活力，富有深度，又有一种神秘莫测的诱惑力，因此就没有别的问题的余地了。这一切都蒙上了各种生活事实，仿佛青天蒙上了层层叠叠飞驰的白云，这些白云展出种种新的形象、新的配合和新的样式……而且这里面似乎也有充分的高度……

到了中学快要毕业的时候，我又考虑起关于自己和世界的问题来了。我又似乎觉得我的眼光抓住了我现在的整个世界，其中已经找不到“虔敬主义”的地盘了。我骄傲地对自己说：从此不会再有伪善和怯弱来强制我违反“坚定的真理”，不会迫使我找求无用的慰藉，彷徨在虚幻而不得解决的问题的迷雾中了……

这情况继续了许多年，直到……辉煌的云彩推移开去，世界上又换了一次布景，云彩后面又显出一片无边的光景，这光景神秘、辽阔而动人，用斯芬克斯的新形式的旧谜语来逗引人心……那时候我才相信：这些问题不过是移开了而已，并没有在某种意义上获得解决。

……

33
做怎样的一个人?

我在最后一年级的时候，母亲所管理的宿舍里住着姓柯纳赫维奇的兄弟两人，哥哥名叫路德维希，弟弟名叫伊格纳齐。他们都是正教徒，虽然哥哥的名字不是正教徒名字。路德维希不管神甫克留科夫斯基的嘲笑，坚持用自己的名字；他在教室里回答问题的时候固执地说：“我叫路德维希。受洗礼的时候就起了这个名字。”

他是一个超过中学年龄的青年。他身材矮胖，额角陡峭，两条腿弯曲，像一个匈奴人，我们有时就称他为匈奴人。我很喜欢他那种特殊的优越态度，他常常用这种态度来对待低年级同学和同班同学。此外，他说话很含蓄，仿佛心里还保留着没有说完的话。

有一次，宿舍里的人都睡觉了，黑暗的房间里充满了轻轻的眠鼾声，我很久睡不着，躺在床里辗转反侧。我正在考虑，中学毕业之后到哪里去。大学在我面前是关门的；要获得正式的中学毕业文凭，我还需要学习一年[1]，可是母亲没有钱再来培养我。

---

① 当时实科中学毕业的人不能考大学。必须另行补习一年，获得正式的中学毕业文凭，然后可考大学。——译者注

"你没有睡着吗?"路德维希悄悄地问我。

"没有睡着。"

"你在想心事吗?想什么?"

"我有一件事要考虑。"

"对了,你就要毕业……你在考虑你的前程吗?……"

他的声音里听得出讥讽的意味。

"正是。"我回答。

他静默了半分钟,仿佛在倾听睡着的同学的眠鼾声,然后放低了声音说:

"你是个幸福的人……"

"为什么呢?"

"你的愿望小,任务轻。所以你能够实现一切:毕业,就职,结婚……你的生活会在平坦的道路上顺利地过去……"

"那么你的生活呢?"我不禁在黑暗中微笑着这样问。

"我的生活?"又从他的床上传来深深的叹息,声音激动而悲哀。"我的命运跟你不同……有一种做不到的事在那里引诱我。我的生活一定是多风波的……我会毁灭我路上的一切,我会使命定和我有联系的一切人受苦,首先是我所爱的人。"

"我不懂,"我率直地说,"你为什么要选择这样不利的前程呢?……"

路德维希苦笑一下,在床里坐了起来。

"你的问话表示你是一个不知世事的幸福儿,你竟不能了解像我这样的性格。前程?……只有像你那样的幸福儿才有前程,就好比立着电线杆的平坦的公路一样……我的路怎么样呢?……荒凉的岩石……深渊……断崖……鬼火……一片乌云,里面什么也看不见,可是它会发出霹雳来……你相信上帝吗?"

有一种感觉妨碍我说真话,于是我简单地回答:

"嗯，我相信的。"

"可是我，"路德维希阴郁地说，"早已丧失儿童时代的信仰了……"

我很想知道在这没有信仰而有风暴和霹雳的阴郁的烟雾中隐藏着什么东西……可是这时候一张床里有人转动，响出他的弟弟伊格纳齐的声音。这个孩子并不特别有才能，可是用功而认真。他的哥哥以前是他所崇拜的偶像。现在他赶上了他，两个人在同一班里。

"唉，路德维希，路德维希，"他责备地说，"你又在说蠢话了，明天的代数大概没有预备好吧……现在说什么乌云、霹雳，明天得个一分。"

"胡说，"哥哥愤怒地回答，"我比你懂得多……"

"你懂？"伊格纳齐怀疑地反驳。"你什么时候预备好的？你的学期分数又会都是两分。我跟你回家去都不开心：你对老人家怎么说？"

路德维希故意打起眠鼾来，可是伊格纳齐老是在床里辗转反侧，咕噜着。

"还要乱讲上帝！……你昨天还跪着祈祷呢。你以为我没看见？……啊，天哪！斯洛伐茨基[①]的书你读得太多了。还是学学三项式吧。"

后来他也静下来了。这时候路德维希又从被窝里伸出头来，悄悄地对我说：

"你在笑我吗？……"

"有点儿。"我回答。

"你比我想象的更聪明。我本来想嘲笑你的……"

---

① 尤里·斯洛伐茨基（1809—1849）十九世纪波兰最大的诗人和小说家之一。——原编者注

“谢谢你。”

第二天早晨，他稍微有点难为情，斜过眼睛去不看着我，可是后来立刻回复了原来的威严而神秘的拜伦风度……他仍旧和我亲近，我们常常三个人一起散步。第三个人叫做柯尔杰茨基。

这是一个很漂亮的青年，头发淡白，脸色沉静，一双灰色的眼睛很有表情。他不久以前从白教堂转到我们的中学里来，他在自己班上没有熟悉的朋友。课间休息的时候他独自沉思地散步。他的眉毛略微有点挺起，因此形成了悲哀的皱纹，而在漂亮的额角上显出一条忧郁的弧线……

我不记得我们是怎样认识的。他像路德维希一样使我感到兴趣，不久我们就常常三个人一起散步，虽然他们两人并不十分友爱……

不久，我从柯尔杰茨基那里也隐隐地听到些暗示的话。路德维希受暗淡的未来的压迫，柯尔杰茨基则为恐怖的过去感到痛苦……要是我知道了这一切，我就会嫌恶而恐怖地避开他。可是现在也还来得及。我应该不去睬他，虽然他所爱的只有我一个人……

“你知道，”有一次只有我们两人在一起的时候他对我说，“我是一个卑鄙的坏蛋……最下劣的恶棍……一个罪犯……”

他的眉毛挺起来，额角上的皱纹加深了；可是我觉得他说“坏蛋”和“罪犯”这两个名称的时候带着一种特别的趣味，仿佛他为这种称号感到兴味和骄傲……

有一次放假之后，他来到我这里，神气特别阴郁，他略微透露出隐藏在心中的罪行：在他的阴郁的忏悔的暗示中显现出一个年轻的人来……一个农家孩子……穷人家的姑娘。她崇拜他。他污辱了她……就在这一年夏天，半夜里……在很深的池塘里发现了她……诸如此类的话。

我听这些话的时候泰然自若，这主要是因为我一句话也不相信他；至于他声音里实际表出的那种忧闷，我认为是由于他即将补考法文的缘故……

“还有，如果我明天考试不及格，”他又阴郁地说，同时递给我一封封好的信，“那么请你……把这封信送给……”

“送给她吗？”我率直地问。他迅速而怀疑地对我一看，沮丧地说：

“她——在坟墓里。”

“你为什么不亲自送这封信去呢？”

“明天你就会知道这原因了。”

第二天早上，我到学校里去打听柯尔杰茨基的命运。啊呀！路德维希也在那里补考另一门功课。柯尔杰茨基先考，考得不及格。他从教室里跑出来，悲哀地握住了我的手。他脸上显出率直的真心忧伤的表情。我们走出走廊去，到了院子里，我终于忍不住了，拿出那封信来，问他：

“送去吗？……”

他从我手里把信拿了去，丢在一旁，略微红着脸说：

“昨天你觉得我是一个大傻瓜吗……你觉得可笑吗？”

“稍微有点儿，”我回答，“不过我不觉得你是一个傻瓜……”

“我自己知道……我并不愚笨。可是真见鬼：我是一个不堪救药的空谈家。”

我觉得他说“空谈家”这名称的时候，像昨天说“坏蛋”这名称的时候一样，怀着同样的兴趣和一种特殊的享乐……

这时候装滑车的大门砰的一声，铺板上就响出急速的脚步声。路德维希赶上了我们，这个阴郁的青年用脚跟死命地踩着，仿佛每一脚都要把一个人踩进地里去似的。柯尔杰茨基的眼睛里发出狡猾的闪光。

“怎么样，老兄？也不及格吗？”

“不及格，这些坏——蛋，”路德维希恨恨地说，“可是我要报复……狠狠地报复。”

柯尔杰茨基讥讽地向我看看，说：

“喂，路德维希，我是个空谈家，你还胜过我十倍。”

“空谈家？什么叫做空谈家？”路德维希很快地问。柯尔杰茨基冷笑一声，耸耸肩膀……他看见路德维希竟不懂得这个名称，觉得很骄傲……

“我比起你来有这个优点，”他说着，额上又显出那根忧郁的弧线，“就是，至少我认识自己是怎样的一个人……”

青年人往往有一种特殊的、几乎是天生的心情，就是想避开常人惯走的道路和一定不易的形式。青年人仿佛是踏在生活的门槛上，踌躇地不肯跨上人们踏平了的道路，仿佛舍不得跟不能实现的愿望分手。文学作品常常煽动这种星星之火，仿佛风煽动煨着的篝火一样。世世代代的人体验着否定现实生活的狂热情绪，怕这种生活要蒙蔽他们而把他们一般化。

路德维希读过斯洛伐茨基的作品。柯尔杰茨基会背诵《当代英雄》，并且略微具有关于《唐璜》[①] 的知识。他们两个人都是浪漫主义者。他们认为就算做了罪犯，总不是一个俗人；拜伦作品里的拉拉[②]也是一个罪犯。就算做空谈家，罗亭[③]也是一个空谈家。这不会妨碍他略微高出在他的环境中，这环境里的人竟不知道拉拉是谁，空谈家是什么意思。

但是实际上浪漫主义和毕乔林作风在当时的青年中都已经过时。支配当时青年的想像的，是当时的“新”文学所提出的形象，这种新文学力求用自己的见解来解释生活的现实问题。

社会往往有它自己的情调和预感。这种情调是模糊的，然而广

---

① 《唐璜》是拜伦的诗体小说。——原编者注
② 拜伦的同名诗篇中的主人公。——译者注
③ 屠格涅夫的同名小说中的主人公。——译者注

泛地笼罩着所有的人，它产生了所谓“时代精神”。在六十年代初期，伟大的改革[1]激动了整个社会生活，然而这革新的浪潮不久就开始退却了。应该没落的没有完全没落，应该生长的没有充分生长。生活停滞在僵局上，这种不明确状态把它的影子投射在一般情调上。在这十年的初期国家兴高采烈地踏上的那条路，已经陷入不明确状态中。人们不由地感觉到前面存在着危机、不可避免的动荡和英勇的奋斗。

目前还没有力量来解决这危机。只有把希望寄托在未来，寄托在未来的新时代上，首先是“新人物”上，这种新人物是世代的青年人中间所应该产生的。

青年人就成了人们特别注意和希望的目标，因此近来的士官生、中学生和大学生都蒙上了那么鲜艳的光辉。穿新制服的中尉似乎比上校或将军有意思得多，而法律系的学生比现任的检察长更有意思。后者已经受过旧时代的熏陶，而前者还可能产生戈希[2]或丹统[3]之类的人。仿佛就在最近的未来的迷雾中，已经开始拥集着许多“新人物”、“进步人物”、“英雄”的形象。

在实际生活中，这种非凡的英雄还没有出现：要“感觉到”他们，要用创作想象来观察他们，是不可能的。文学中不能如实描写，而只能空想，只能用兴奋的期望和信念来代替生动的描写。因此，一流的艺术家不愿从事这种工作。占据着文学的前景的，还是拉夫列茨基[4]和罗亭之类的人，他们对现实都怀着悲观否定的态度，都有一种模糊的预感。屠格涅夫在《前夜》中英明地指出了这种期望，

① 指1861年的农奴解放。——译者注

② 拉扎尔·戈希（1768—1797）是1789—1794年法国资产阶级革命时代的统帅。——原编者注

③ 乔治·丹统（1759—1794）是法国革命中著名的事业家，他的职业是律师。——原编者注

④ 屠格涅夫的《贵族之家》中的主人公。——译者注

但是他还是把这“英雄”带到了外国。从俄罗斯现实中取出来的，照旧还是否定的形象；甚至杜勃罗留波夫也只是痛苦地问：“真正的日子什么时候来到呢？……”而在文学的次景上，从六十年代中叶起，就充满了英勇巨人的威严而迷离的形象……这种形象有两方面：进步的美文学中的主人公破坏旧世界；保守派的艺术家叫他的主人公来保护这旧世界。未来在它面前投射一个阴影，许多模糊的形象在空中长久地作战，直到现实生活中的斗争成熟了的时候。

在这些文学中突出的是莫尔陀夫采夫①的《时代现象》和奥穆列夫斯基②的《步步前进》（车尔尼雪夫斯基的《怎么办?》③我是直到后来才读到的）。莫尔陀夫采夫是一个不十分真挚而很有“腹脏”的作家。青年们极力称赞他的《俄罗斯人民的历史运动》④，却没有注意到这本书的结局几乎是颂扬政府，政府好比一块巨大的岩石，它的脚下冲打着人民运动的无力的浪潮。他使得“分州拥护者”⑤和“乌克兰派”的人感到欢喜，他能够突然发表一篇鲜明有力的论文，在其中证明“集中制”是生活的规律，而地方文学是命该灭亡的。他的小说的开头是一个病人的有声有色的谵语。在这谵语中可以听出关于卡拉科左夫的死刑的暗示。这使得整部小说蒙上了一层“革命精神”的色彩，这是检查员所捉摸不到的，但是可以明显地感觉到。不妨这样想：在作者和他的主人公们看来，目前这

---

① 达尼伊尔·卢基奇·莫尔陀夫采夫（1830—1905）是历史家、美文学家和政论家。他的小说《时代现象》取材于俄罗斯进步知识分子的生活，在七十年代初期广泛流行。——原编者注

② 奥穆列夫斯基（英诺肯齐·瓦西列维奇·费陀罗夫的笔名）（1837—1883）是诗人、美文学家。——原编者注

③《怎么办?》是车尔尼雪夫斯基（1828—1889）的小说，于1863年发表在《现代人》杂志上，大受青年一代的欢迎。——原编者注

④ 莫尔陀夫采夫这本历史记事的真实名称是《俄罗斯人民的政治运动》；出版于1871年。——原编者注

⑤ “分州拥护者”是革命前俄罗斯资产阶级自由主义的社会流派的拥护者，他们主张发展自己一州的文化经济的独立性。——译者注

情况的出路是很明显的，要是没有检察机关，他们一定会明白地指出这出路……这部小说在那时大受欢迎。大家百读不厌，大家评论他，猜测其中的暗示，这些暗示恐怕在作者也还是哑谜。作为未来的革命力量，他隐约地描写着……似乎是乌拉尔的劳动组合……

奥穆列夫斯基比他真挚纯朴得多。他的小说里有一种新生的信念和特殊的振奋。他性格柔弱，酷爱饮酒，生活颓唐，他在自己的作品中仿佛作二重表现：他把自己描写成一个阴郁而悲观的医生，患着酒病，已经绝望地被阴暗的环境条件所戕害，然而他祝福他的青年朋友斯威特洛夫去度新生活并从事斗争。在斯威特洛夫身上，就像他的姓氏所表明[①]，体现着对未来的信念。这个人勇武有力，光明正大。他万事成功，大家崇拜他的才智、性格和特殊的幸运。

他住在西伯利亚的荒僻地方（似乎是在流放中），在首都的杂志社里担任通讯工作，同时深入人民生活的隐秘之处。他的朋友是分离派信徒、聪明的农人和工人。他们都了解他，他也了解他们；这个联盟中产生一种秘密而伟大的活动。他的事业从外表上看来都只是一种手段。可是目的是什么呢？……

有一个“受了他的启发开始度自觉生活的”青年女子向他提出这个问题。他说，到时候自会把一切都告诉她……终于有一次，他为了一桩重要的社会事件要到首都去，动身前和她告别，他弯下身子去，在她耳朵边低声地说了两个字……她脸色发白了。她受不住这秘密的压迫。她生病了，在谵语中常常叫他的名字，称他为英雄和未来的受难者。

这两个字，莫尔陀夫采夫小说中的主人公是用寓言暗示和字谜来包蔽着的，而斯威特洛夫则在他的情人的耳朵边轻轻地说了出来，——这两个字当然是“革命”。是这两个字像一片乌云似的站在

---

① 斯威特洛夫（Светлов）这姓氏的意义是光明。——译者注

前面，在远处的社会地平线上发出闪电，这社会脱出了农奴制而滞留在全面解放的路上……这件事怎样实现？……什么时候实现？这是不清楚的了。会实现的……不久就会实现，“青年”中的新人物会做这件事。在他们后面，从不知名的乡村里，从宗派分裂和“公社”的深处，将要有哑谜一般的不知名的“人民”跟着前进……

这里面有许多是天真的；即使当时很认真的人的革命计划，现在看来也是极幼稚的。然而“时代精神”一贯地走着自己的路。文学中的两方面都指点着前面的谜一般的乌云：保守分子怀着恐怖，进步分子怀着希望。青年们的直觉越来越甚地拦阻他们去走寻常踏惯的道路，对“接受生活”的反抗性增长了。一代一代的青年从“托尔斯泰派的”中学里毕业出来，冲向汹涌澎湃的大学地带，正像冲向沸腾的潮流一般。谁能够通过这地带，他就或多或少地能和生活打成一片。从不久以前的抗议者中产生出检察官、工程师、主管人，他们常常微笑着回忆自己的“青年时代的热忱”。而在他们的原位子上已经蜂拥着另一批人，轮到这些人来负担这义务了……[①]

《时代现象》和《步步前进》这两个作品，我也是假期中在加尔诺路格时认识的。青年们高声朗读，连两个老年人——上尉和他的妻子——也怀着几分敬意恭听这些关于“新青年”的叙述。这里面有一部分和宗教论战相吻合，所以起初我对这种文学感到怀疑。我曾经向阿甫杰夫问起皮沙列夫，他说他是一个活泼的顽童。别林斯基，尤其是杜勃罗留波夫，在我看来是最高权威；而屠格涅夫我爱

---

① 在初版中（《俄罗斯财富》，1908 年第十期）这地方这样结束：“每过十年，这潮流增长一次，直到七十年代运动成熟的时候；这运动包含着当时还孤独的知识分子的斗争的插话，震撼了整个社会大厦。这就证实了模糊的先见：首先是‘青年’。而现在，那乌云已经迫近，在近年来的各种事件中笼罩了我们的生活的整个地平线，这时候我们听到最初的凶恶的轰鸣声：这是‘人民’跟着青年用沉重的步伐走上社会生活的舞台……六十年代和七十年代的‘模糊的预感’原来决不是那么幼稚的，像某种‘清醒的’人所认为的那样……”——原编者注

之若狂。他作品中的主人公都是活生生的人，莫尔陀夫采夫作品中的主人公和他们比较起来都是木头人。其中有一个人，绰号叫做“光头”，他端一张椅子给一位“小姐”。小姐生气了，认为不把她当作平等的人。那位主人公辩解，说他的行为是合理而利己的，因为万一小姐昏了过去，还是得由他来照顾她。有一个女主角自我介绍，说她胜过薇拉·巴夫洛芙娜[①]。我觉得这一切都是不自然的，做作的。奥穆列夫斯基作品中的主人公斯威特洛夫有抽象的幸运，他有时也像一个擦得很亮的铜面盆；作者常常赞赏他，这使人感觉到一种强烈的非艺术风味。一般地说，这些都不是像屠格涅夫、比辛姆斯基、冈察洛夫等作品中所表现的具体的人，而是各种人物类型，又加上流行的形容语：“有名望的”人物类型。

因此他们没有吸引我的想象力，虽然渗透在这些文学作品中的一种特殊精神还是发生了影响。肯定的成分是牵强附会、模模糊糊的。否定的成分是生动活泼、实实在在的。

读过这些小说之后，我们又读勃拉果斯威特洛夫所翻译的登载在《事业》杂志上的《一个人在战场上不算战士》[②]，获得很深的印象。一般地说来，这个德国作家立刻掌握了当时青年的思想。他的主人公不再是“典型人物”，而是“具体人物”，而他们的斗争环境也的确取自现实。以前彷徨在俄罗斯的穷乡僻壤的，是查尔德·哈洛德[③]、阿玛拉特老爷[④]和毕乔林一类的人，而现在这些地方开始大批地出现施比尔加根的雷奥和车尔尼雪夫斯基的拉赫美托夫[⑤]一类

① 车尔尼雪夫斯基的《怎么办?》中的女主人公。——译者注

②《一个人在战场上不算战士》是德国作家弗利德利希·施比尔加根（1829—1911）的小说。——原编者注

③ 查尔德·哈洛德是拜伦的同名诗篇中的主人公。——原编者注

④ 阿玛拉特老爷是玛尔林斯基（即亚·别斯士舍夫）的作品《阿玛拉特老爷（高加索史话）》中的主人公。——原编者注

⑤ 拉赫美托夫是车尔尼雪夫斯基的小说《怎么办?》中的主人公之一。——原编者注

的人。甚至也有“以拉赫美托夫为背景的雷奥”……

到了中学快毕业的时候，我从这种人的彷徨中得出了一个观念，虽然确是十分模糊的：我走出了中学和我们的城市之后应该做怎样的一个人。在这里，加入了现实主义文学的成分：由于对浪漫主义发生反感，我拒绝了一切夸大的英雄主义幻想。雷奥的形象我自认为不能胜任。我喜爱这种人，但是我的想象被施比尔加根的另一个主人公——《砧锤之间》中的主人公[①]——所吸引了。他在俄罗斯比较容易受人了解……倒如我这样想像：我们这里有一个地方发生了重要事件。一个二十五岁的青年人积极参加这些事件，他身材不高大，相貌聪明，目光坚定。他有一部分像我，然而只有一部分（我非常不满意自己的相貌，曾经在想象中加以修改）。由于初恋失败，他拒绝了“个人幸福”（他的命运固然不是没有突然转变为幸福的可能性）。他不是英雄，没有很大的声名，然而当他参加了献身于艰巨事业的人们的团体，不认识他的人问起他的时候，认识他的人回答说：“这是某君……是一个聪明人，可以信赖他。”……有时他的地位危险起来，或者由于工作艰苦而疲倦了。那时候他就隐避到荒僻的地方去。他像施比尔加根的主人公一样，在那里有一个工作室，他把这工作室给他的“民间朋友”应用。在这里，他和他们一同站在工作台前面，他们每天晚上读书，他告诉他们在遥远的京城里发生了些什么事。他们对这些事表示同情，也讲给他听：在人民智慧的深处成熟了什么东西。他们的脸相都很聪明，可是……他们没有民族性；无论我怎样努力地想像，他们有一部分像一八四八年的德国工人……

阿玛拉特老爷、查尔德·哈洛德、毕乔林和恶魔[②]这一类人的

① 《砧锤之间》中的主人公，名叫乔尔格·加尔特维格，这故事是用他的口吻来叙述的。——原编者注

② 莱蒙托夫的叙事诗《恶魔》中的主人公。——译者注

模糊的形象，实际上是毫无害处的：他们直接从神秘而阴暗的高处来就职。路德维希做了铁路局的官员；柯尔杰茨基顺利地在税务方面服务，由清白无辜的人的迫害者一变而为一个出色的，甚至有点多情善感的家主人。

俄罗斯的雷奥和拉赫美托夫的命运往往是不同的……但是我讲得太早了……关于这些事，在《我的同时代人的故事》以后的几章中当再详细叙述。

34
中学最后一年

这一年我在一种特殊的心情中度过。

假期就要结束了，这时候毕业生都离开学校，有的人到基辅去，有的人到彼得堡去。苏奇科夫也是其中的一人。在日托米尔的时候，我们两人是同班的。后来他比我高了一年；我想起了我本来应该也已经获得自由，心中就确实地感到一种特殊的懊丧。

我送他到关外。他穿着便服，坐在驿马车里，脚边放着一只皮箱，肩上背着新的旅行包；这马车就把他带到陌生的远方去了。我在监狱后面的公路上和他分手之后，又长久地目送一路飞扬的那团灰尘。我热情地盼望自己也获得自由……那时候就也可以像这样地向前迈进，到广大的世界里去过新生活了。那里有一种模糊而壮丽的气氛。而且很奇怪：在这壮丽的气氛中首先出现在我眼前的，是位在很高的地方的一个小房间……从窗子里可以看到下面的屋顶和上面的天空。地板上放着我的皮箱，墙上挂着一只新的旅行包，像苏奇科夫那只一样。这就是说，我已经来到目的地，就要到一个地方去。到什么地方去呢？到新生活中去！

那团灰尘消失了。我回进城去。城市位在它的盆地里，沉寂、昏迷而且……讨厌。城市上空依旧蒙着薄薄的一层灰尘和烟雾，处处闪耀着长满浮萍的池塘；当我经过关卡的时候，那个老伤兵照旧装着原来的姿势在那里打瞌睡。而且，在池塘旁边狭小的铺板上，我面前突然出现鲁舍维奇的巨大的躯干，他现在已经升作校长了。他高高地向我俯视，厉声地说：

“你想尝尝禁闭室的滋味吗？”

我惊奇地看看他。这个人要做什么？我对他早已不感到恐惧了。我觉得他一点也不凶恶，也许竟有他的善意。但是他为什么来打扰我呢？

一根粗大的手指伸向我的胸口。原来我的制服中央的两颗钮扣没有扣上。

“只是为了这个？”我想，就把钮子扣上，不禁耸了耸肩膀。他严肃地仔细看看我的脸。

“你从哪里来？”

“我……送苏奇科夫……”

“唔……怎么样呢？”他问的时候又似乎含有用意，大概他看到我的脸部表情，心中有些猜疑。

“没有什么，校长先生。”我呆板地回答。

校长看看我，仿佛要找个发火的口实，来惩戒我对权威的玩忽，但是他想不出什么来，就走他自己的路了。

我烦闷地向四周看看。苏奇科夫已经被载到远方去了……到了一个驿站。在册子上签字：“工艺专科学校学生”！……给驿马车夫一些酒钱。再坐上车，车铃子又唠叨地发出神秘的响声……可是我眼前还是这个长满萍藻的池塘……萍藻的缺处奄奄地、一动不动地反映着天空和阳光……有几个地方的萍藻动荡起来，这是蝌蚪和青蛙在底下游过……一只懒洋洋的天鹅费力地从芦苇里游出来。一个村妇正在用洗衣棍敲打湿淋淋的内衣……鲁舍维奇刚才拿禁闭室来威吓我……这种光景还要伴着我整整的一年！苦痛，苦痛！……

这一年我过得枯燥无味，我很了解我的哥哥，他一旦跳出了这轨道，就不能够也不希望重新走上去。我的毕业即将临近了。当然，我无论如何总会毕业的……

校长继续用怀疑而不大了解的眼光来观察我。有一次我从教堂里出来，他叫住了我。

“你为什么不祈祷?”他问，“从前你是祈祷的。现在却像柱子一样站着。”

我抬起眼睛来看看他，我的眼睛里大概又有了使他猜疑的表情。我怎样回答他呢?难道就听了他的命令，让学校当局的目光盯住了我的背脊而祈祷吗?

“我不知道。”我简短地回答。

在父亲死后母亲所管理的那个学生宿舍里，我是“舍长”，这一年，宿舍的一个房间里住着一个青年波德古尔斯基，他是一个富裕地主的儿子，预备来进高级班。有一次，校长来视察宿舍，走到波德古尔斯基的房间里，正好他不在那里，校长用鼻子在空中嗅嗅。

“他……吸烟吗?”他问我。

“不知道。”我回答。

“你是舍长吗?”

“是的，但是他还不是学生。”

“这没有关系……你应该知道。懂吗?”

“好，校长先生，让我问他吧。”我坦然地说。

校长的庄严的脸上迸发出怒气。他认为我既然当了宿舍的舍长，应该秘密地帮助他监视未来的学生：探察并搜查出香烟，然后向他报告。他看见我的答话含有讥讽的意思，然而我觉得这里面一点也没有讥讽。只是我不大考虑到我的话对他会起什么作用，因此我竟在威严的首长面前表示漫不经心的样子。这大概是一种本能的不恭敬，要是在现在，就会加以“危害思想”的罪名。然而那时候甚至在中学里也还没有通行“心理检查”的办法，校务会议要求“罪状”，而我的心情是不能捉摸的。

我想，即使在现在，也还有许多即将毕业的学生体会到这种“最后一年”的心情。教育应该有它的主旨，把个别的知识提高到共通思想的高度上。而我们的学制仿佛在热心地敲打个别的键板。零星的音多得可厌，而共通的旋律没有……维持纪律的那种恐怖一年年地随着习惯而消散。对学校机构的内心的纪律和尊敬不存在了，生活已经从附近的境界上窥探并招引我们……

我的心情十分愤懑……有一次突然猛烈地爆发了。

有一天，两班正在合并上某一课。学生们都陷入半注意半不注意的紧张状态中，教室里充满了苦闷的沉寂，大家都在跟恼人的瞌睡作默默的斗争，这瞌睡状态便是教室纪律的标准。我挺起身子安静地坐着，照例在想别的事情；突然，坐在我旁边的同学用肘推我一下，指一指门。门上的玻璃框里看得见季佳特凯维奇的向上矗立的额发。可以猜测到好事的舍监的身体正蹲在门口向钥匙孔里探望。我心中忽然起了一个恶作剧的念头。我坐的地方，季佳特凯维奇从黑板旁边教室角里的门外望过来是看不见的；我就从座位里站起来，向教师告便。我获得准许以后，就沿着墙壁走到门口，非常迅速地把两扇门同时一起打开。门口出现蹲着的季佳特凯维奇，额发矗起，眼睛惊慌而突出，全班学生看见了都很开心。教室里发出一阵笑声。教师吃了一惊，回头一看，也笑起来。我只当没有这回事，管自到走廊里去了。

这是第五课。别班的学生和教师都早已散去；当我们这班学生也喧哗地走出门口去的时候，走廊里几乎空无一人……季佳特凯维奇急急忙忙一瘸一拐地向我们迎面走来。这个可怜的人受了嘲笑，十分懊恼：他的额发、漂亮的领带、吃力不讨好的照顾，都变成了笑话的材料，而青年们在这种时候是毫不留情而残酷的……现在这个可怜的舍监觉得自己处在异常可笑的情况中。他满面通红。一双小眼睛慌张地转动，闪闪发光。他推开了别的学生，走向我来，拉住了我的大衣。

“你留在这里不准回去吃饭。”

“这是谁的命令？”我泰然自若地问。

季佳特凯维奇昂然地挺起身子说：

“我自有权柄叫你留下来。”

“照规则你没有这权利，”我反驳，“你只能告诉学监，可是……你究竟有什么可告诉呢？……”

“这个我自知道……现在你得留下来。”

我耸一耸肩膀。

“我走出教室来是获得教师许可的，而且……我无从知道这对你不方便。”

学生们都笑起来。这就使得这可怜的舍监心情恼乱。他气得发昏，像马车夫一般谩骂起来，同时拉住了我的大衣，努力想把我从一群同学中拉出来。

我心中忽然发生了一种意外的、激动的感情。我猛烈地推开他的手，骂他奸细和白痴。同学们连忙把我们劝解开，否则这一场的结局还要不成样子。我有生以来第一次显示了父亲的急躁脾气，以前我一直不知道自己有这种脾气。我仿佛看见，这个有一双绿眼睛的小个子家伙，是这几年来压迫我们所有的人的一切力量的化身；我觉得我们互相对立，公然挑战，倒是非常快意的事……

这一场冲突立刻变成了学校里的一个重要事件。我对母亲绝不谈起这件事，免得她担忧，然而我觉得事情可能严重起来。晚上有一个同学到我家里来，他比我大几岁，我们是很亲近的。他是一个优秀的青年，在学业上不大聪明，然而深通世故。他坐在床上了，悲哀地摇摇头，说：

“唉，卡拉，卡拉（这是我在学校里的绰号）！你的机巧行为弄到了这地步……我去访问了几个教师，想要预先探听他们的口气……他们都说，你这件事不大好。”

“管它的。”我倔强地回答，虽然我想起了母亲，心里郁结起来。可是我觉得，假使季佳特凯维奇再来抓住我的大衣，我将用同样的态度来对付他。

这件事顺利地结束了。学生们的证明对我有利，然而特别支援我的是校工萨威里，他当时胳肢窝里夹着一只铃，冷眼旁观这全部情景。其实他也只是报告了实际情况，说季佳特凯维奇先骂我，并且抓住了我的大衣。结果我被关进禁闭室，季佳特凯维奇受到了批评。在那时候，学生还能被认为比“学校当局”有理……

35
最后的考试。获得自由

一八七〇年六月底[①]一个晴朗的夏天的早晨，五点钟光景，我带着菲拉列特的教义问答和教会史走到城郊的园林去。这一天要考“神学”。这已经是最后一次考试了。

我心里烦恼、不快。我已经考得疲倦了。昨天晚上睡得很迟，今天起得很早，太阳还没有出。眼睛不知不觉地想合拢来，头脑昏昏沉沉，我到这里来，希望这个小丘上的清凉的晨风吹散我的睡意。我爬上高处，开始欣赏辽阔的远景。城市躺在下面，了如指掌。在早晨，城市上面常常蒙着池塘里升起来的烟雾，现在雾障逐渐散裂，一会儿显出屋顶，一会儿显出绿色的树丛，一会儿显出白色的墙壁

① 这里作者把年代写错了，他在罗夫诺中学毕业是 1871 年。——原编者注

来……那个圣母像仿佛飘浮在空中，城郊远处隐约看见田地、村庄、树林……我有好几分钟不能离开这片景色，烟雾的没有痕迹的推移，使这片景色有了特殊的生气……我觉得我还是初次真实地看到自然的面貌，初次捉摸到自然的内在意义，然而……我没有工夫观赏。我必须记住各种枯燥的教条、宗教会议和异教，它们跟这个不可思议的世界的美毫无一点关系。这使我感到不幸。我认为这时候的幸福，是能够站在这里，站在这小丘上，怀着自由的心情眺望这美妙的世界，捉摸它的奇异的表情，这种表情好像自然界的诱人的秘密，闪现在它的光明和阴影的微妙的动态中。

我在心中许下誓愿：考试一完毕，立刻再到这里来，就站在这地方，眺望这片风景，并且捉摸它的表情……然后……在旁边那棵萧萧的浓阴绿树底下酣睡。

我还在背诵“神学”的时候，传来了中学里的悠扬的钟声，这是最后一次召唤我到学校里去。好，听天由命吧！我阖上了书本，过了一刻钟，我已经走进中学的院子里去了。

过了一小时，我从那里跑出来，心中怀着一种轻松、自由、幸福的新鲜感觉！我对这科目实际上并不理解，可是我竟考试及格，并且考得“优良”，这是怎么一回事，我现在已经记不起了。我只记得考试及格之后，就发疯似的跑回家去，跑到母亲那里，欢天喜地地拥抱了她，然后丢开了那些无用的书，跑到城郊去了。

清晨过去了，新鲜之气已经消失，雾也没有了，只有池塘上面还横着几缕隐约的青烟。屠格涅夫说：他出国以后在柏林近郊第一次有意识地享受自然美和云雀的歌声。这句话很奇怪，然而是真实的。这并不是说他以前没有感觉到自然美。然而一个人会碰到这样的瞬间，这时候他把自己的感觉有意识地看作一种特殊的精神现象。这瞬间往往来得很迟，有些人可能从来不会碰到。我那时候大概也是第一次这样地观赏自然，而且那么充分地明确意识到自己的感觉。

我第一次感觉到这个即将告终的清晨交响曲和谐、生动而完整。似乎有一种东西“告终”了，就像唱《静静的世界》时晚祷即将告终一样。我在自然中所感觉到的，正是充满着和谐和意味的“神圣仪式”。

我现在一点也不想在树底下睡觉。我又发狂似的奔下小丘，跑向学校去；考试完毕的同学正在一个一个地从学校里走出来。在“神学”考试上——更何况是最后一次考试——是不会给学生落第的。所有的学生都及格了，于是这个小城市里仿佛充满了我们的如醉如狂的欢乐。自由了！自由了！

这种感情非常强烈，非常奇特，我们竟不知道怎样排遣它，怎样安顿它。我们一大群人决定到“捷克人那里”，到新开的啤酒店里去发泄这种感情……我们大家都觉得浓烈的捷克啤酒味苦难当，可是……昨天我们还没有权利到这里来，所以今天要来。我们坐在桌子旁边，一本正经地从杯子里喝着酒，努力抑制禁不住的愁眉苦脸……

过了几天，我们得到了文凭，决定一起庆祝一下我们获得的自由。这庆祝会又像苦味的啤酒一样。我们聚集在温特劳勃的酒店的大房间里，这地方以前是禁止学生来的，来了要被开除；我们也邀请教师参加。教师们“友爱平等地”和我们一起喝酒，拼制甜酒，喝得大醉，互相亲吻。甜酒浓烈难当，可是……我们和教师们一起喝着，亲热地拍他们的肩膀，这种况味是新鲜的，不平常的，仿佛是有此需要，而且是愉快的……到了深夜，有人要求奏乐。那个机敏的犹太经纪人就叫起乐师来；黎明时候，我们在单簧管、长笛、两三个小提琴和土耳其鼓声中走在沉睡的、还黑暗的市街上。音乐惊扰了睡着的街道的沉寂。我们喊“万岁”，把教师们抬起来，同时……觉得这一切似乎都没有意思，不是真诚的，是虚伪的。

可是，应该怎样来排遣这种不得安顿的新的自由感情呢？

下一天，我头目晕眩、精神懊丧地出去洗澡，先到一个同学那里去弯一弯，他住在中学隔壁的一所公家房屋里。当我走上扶梯去的时候，楼上的一扇门开开了，迎面走下一个相貌聪明而有浓密的小胡须的青年人来……他的十分突出的额角和严肃而顽强的眼光给我很深的印象。这个人是陌生的，显然不是罗夫诺人。他走下楼梯之后，楼上的门又开开了，历史教师安德路斯基出现在平台上。他把身子伏在栏杆上，向那个人叫喊：

"德拉果玛诺夫[①]！等一等，还有两句话！"

这个不相识的先生又走上扶梯来；当我走下去的时候，他已经不在那里了。

德拉果玛诺夫，德拉果玛诺夫！我记起了杜勃罗留波夫的作品里有这个姓氏。在关于皮罗果夫事件的论战[②]中，有大学生德拉果玛诺夫参加着；而且他在反对杜勃罗留波夫的论文中，毫不客气地揭穿他的笔名。难道这位额角突出而眼色聪明的先生就是那个"大学生德拉果玛诺夫"吗？

在通向河边的田间小路上，安德路斯基赶上了我。关于这个教师我曾经说过：他教得枯燥乏味，然而大家尊敬他，把他看作一个聪明、坚毅而公正的人。昨天他只是在我们晚会开始的时候来了一下，一点酒也不喝，很早就走了。现在他肩上搭着一条毛巾，精神抖擞，衣衫鲜明，神气也很鲜明。我站定了，以学生的身分在教师面前脱帽，但是他走近我面前，向我伸出手来。这时候我又感觉到了我的新地位的新特征。

"你去洗澡吗？"他问。

---

① 德拉果玛诺夫（1841—1895）是乌克兰资产阶级民族主义思想家，历史家，政论家，民俗学者。——原编者注

② 指五十年代末杂志上的论战。皮罗果夫主张废除学校里的体罚，但后来他对反动教师们让步，同意有限制地应用体罚。杜勃罗留波夫在《被体罚所毁灭的全俄罗斯的幻想》一文（用笔名 Н－бов 发表）中指责皮罗果夫叛变。——译者注

"是的。"

"我们一同去吧。"

我们走到季佳特凯维奇侦察学生时埋伏的地方去。这光景也自有一种新的魅力。

"刚才你在楼梯上跟谁讲话?"我终于在路上问他。

"跟德拉果玛诺夫。"

"这……就是那个人吗?"

"是的,他是作家、教授。我和他在大学里同学。"

他不知道我所谓"就是那个人"是指杜勃罗留波夫的反对者。我以前对这个人的想象不是这样。现在这个人的样子显得聪明可亲。而杜勃罗留波夫所评论(虽然并不特别赞许)的那个人现在出现在我们眼前,这情况在我看来是我所即将进入的新世界中的一个奇迹。洗好澡回去的时候,安德路斯基在自己门口拉住了我的手,对我说:

"我家里有茶炊,还有登载有趣的新闻的报纸。你高兴去坐一会儿吗?"

我乐愿地来到这个单身教师的屋子里。桌子上放着一个茶炊。安德路斯基煮起茶来,用一块干净的餐巾来盖住了茶壶,然后递给我一份《呼声》报。

"你念得大声些好吗?就是这一段。"

这是关于涅恰耶夫[①]事件的记载。

关于这事件我那时候一点也不知道,我就十分淡然地开始诵读。

---

① 谢尔盖·根纳季耶维奇·涅恰耶夫(1847—1882)是一个巴枯宁无政府主义者,冒险阴谋策略的拥护者,这策略认为组织群众去跟沙皇制度作斗争是不可能的。1869年,他是学生运动的领导者之一。他在莫斯科,主要是在彼得农林学院里,组织了许多阴谋集团。他碰到了反对他的斗争策略的大学生伊凡诺夫,就把他刺杀,自己到彼得堡去了。后来涅恰耶夫得知,为了伊凡诺夫被刺的事件莫斯科已在通缉他,他就逃到瑞士。1872年,涅恰耶夫被人出卖给俄国政府,就在1873年被判20年苦役刑。他死在彼得保罗要塞。——原编者注

然而一种不可名状的兴奋渐渐地笼罩了我。报纸上谈到特卡乔夫[①]和杰敏捷娃[②]的印刷所，又刊印着涅恰耶夫对大学生的宣言……“那时候我们坐在角落里，垂头丧气，怨恨满面……”“我们用人民的钱来发展了自己的脑力，用人民田里取来的粮食来养活了自己，——难道我们会参加人民压迫者之列吗？……”宣言里发挥着一种论见，说青年学生的利益和人民的利益是一致的。“我们有一班同志，他们没有权利，他们的地位在欧洲是最坏的，他们的愤恨由于无处发泄而越来越深了……”

我读完之后，安德路斯基的明慧的眼睛隔着桌子对我看看。他看见我读了这篇东西之后几乎如醉如狂，就简单地、很客观地对我叙述了这事件的要点、涅恰耶夫的论旨、他在彼得公园刺杀伊凡诺夫的情况……然后对我说：在我即将进入的大学生世界里，我会碰到同样的骚扰情况，对一切都应该仔细辨别……

这一切又像冷冰冰的雪片落在赤裸裸的身上一般印入我的纯洁的心中……伊凡诺夫的被刺在我觉得是异常不调和的。“也许是假的吧？……”然而有一个主要的思想支配着这一切，这就是说：我们也已经有了这种……这种什么呢？……聪明而严正的大学生，“怨恨满面”，痛苦地关怀着全体人民的无权地位……在提到“季玛舍夫[③]和特列波夫[④]类型的将军”的时候，我回想起了贝扎克。

---

① 彼得·尼基齐奇·特卡乔夫（1844—1885）是民粹派理论家之一，空想的“农民”社会主义的拥护者，政论家和文学批评家。1869 年，特卡乔夫为了涅恰耶夫事件被捕；1871 年，被判一年四个月的徒刑；1873 年，他逃到外国；从 1875 到 1880 年，他在那里出版《警钟》杂志。——原编者注

② 亚历山德拉·德米特利耶夫娜·杰敏捷娃（1850—1922）是特卡乔夫的妻子。1871 年，为了涅恰耶夫事件，被判四个月徒刑。后来侨居外国，和特卡乔夫一起办《警钟》杂志。——原编者注

③ 季玛舍夫是 1868—1878 年的内务部长。——原编者注

④ 特列波夫是彼得堡的市长。为了他曾经发布鞭打政治犯鲍果留波夫的命令，薇拉·扎苏里奇在 1878 年行刺于他。——原编者注

……

最后几天的傍晚，我常常怀着一种新鲜的自由感觉在公路上散步；有一次，在居民们散步的地方，烟尘弥漫的暮色中，有两个人出现在我眼前：有一个是我的同学列昂托维奇，他挽着一个高个子的青年在那里散步，这青年戴着一副蓝眼镜，阔边的软帽底下露出长头发来。这个人显然不是罗夫诺人。

“这位是基辅来的大学生彼得罗夫斯基。”我的同学把这个陌生人介绍给我，“这位也是未来的大学生某某。”

彼得罗夫斯基热烈地和我握手，并且邀我们两人到他的旅馆里去。在他的房间的角落里，放着用报纸包好用绳子扎好的两捆纸。列昂托维奇怀着敬意看看这两捆纸，放低了声音说：

“就是……这些吗?”

“是的。”大学生郑重地点点头。

“你知道……放在角落里的是禁书，”我们到了街上之后，列昂托维奇对我说，“他们派彼得罗夫斯基来……你知道……这是一个很危险的任务……”

这是我生平看到的第一个“宣传员”。他在城里住了几天，每天傍晚在公路上散步，他的大学生模样、眼镜、巴拿马草帽、长头发和呢绒披肩引起大家的注意。我有时和他一起散步，希望他向我吐露真情。可是他默默无言，或者说些含意深刻的闲话……

他走了之后，城里留下了一些秘密分发的、毫无危险性的乌克兰文小册子，而在我心中留下了两重的感觉。我觉得彼得罗夫斯基这个人很浅薄，故意装出严重的态度。然而这种感觉潜隐在我的意识深处，不敢表露出来，我表面上还是保持着天真的敬意：那么重要的人，戴着眼镜，负着那么危险的任务……

终于来到了一个幸福的瞬间，我撇下了这个沉寂的城市，让它留在后面的盆地里了。我面前伸展着一条漫长的公路，远处地平线上纷呈着模糊的景象：一片片的树林、新的道路、遥远的城市、不可知的新生活……

附　录

童年时代的恋爱①

在我的童年时代和少年时代，梦占据着我的心境的大部分。据说，健康人睡着了大都不做梦。我却相反，健康的时候常常做最清楚的梦，而且记得很牢。这些梦和现实事件交织着，有时剧烈地加深现实事件的印象，而有时这些梦本身对我发生那么强烈的作用，仿佛这些竟是现实。

为了要使下面的叙述更加清楚易解，我必须回过去谈一谈早期童年时代的事。

在日托米尔，我还没有进中学的时候，父亲正在当预审推事，他有一个“文牍员”叫做亚历山大·勃罗茨基老爷。父亲的文牍员常常调换。这些人大都是生活潦倒、脱离常规的不得志的人。有时会碰到真正的“才子”，有一个叫做柯尔尼洛维奇老爷的，能够十分清楚地记住各种条文、注释和参议员决议，连精通法律的父亲也吃惊。父亲对他这个文牍员极口称道，有时他们作小小的记忆力比赛，这时候柯尔尼洛维奇常常获得胜利。然而他的相貌和举止行为使人看了不很愉快：他的脸有点浮肿，眼睛不看前面，似乎怕难为情而下垂。过了一个时期，他开始耽好饮酒了，到我家来的时候样子阴郁而愁苦；他不能工作，常常把公文弄错，后来他就无影无踪了。

在他之后，又调换了两三个人，这些人出现以后，不久就为了“酗酒事件”上或多或少惹人注目的悲剧而消失了。

最后来了勃罗茨基老爷。他立刻给所有的人很好的印象。他穿得很朴素，然而有一种特殊的趣味，使人觉得整齐大方。他年纪将近三十。他有一张明朗的波兰风面孔、一双很和蔼的淡蓝色眼睛和一绺略微鬈曲的淡黄色的丰髯。总而言之，他完全不像一个“私人文牍员”，我们孩子们起初对他害怕，不敢接近这个胡须像恰尔涅茨基将军的庄重的人。

然而，这个庄重的人原来怀着纯洁的童心，不久我们都很喜欢他了；我和他建立了真挚牢固的友谊。这友谊完全平等，仿佛我们两个都是大人，或者相反，两个都是儿童。我那时还在学馆里念书，刚刚开始学习俄文文法（波兰文我那时候说和写都较好）。有时他帮助我准备功课，热心地和我一起背诵德文生字和文法规则。我有时也帮助他。他是波兰人，学会字母ѣ②的发音比我困难。有时为了公文里的某一个字，我们就认真地开会讨论，勃罗茨基对我十分信任，要不是相信我关于字母ять的知识的巩固，就是相信我的直觉，我的直觉的确是不大会错的。每天晚上，我们两人都空闲的时候，他从他的皮箱里拿出一本波兰文的书来，诵读绥罗科姆略③的诗篇。直到现在，我还记得他的颇为嘹亮的胸声，其中充满着一种特殊的动人的声调。我特别清楚地记得一首诗，诗里描写着耶稣会教士学校里的童年时代。在这学校的墙壁上有许多各种各样的题词，其中

---

① 《童年时代的恋爱》这一篇按照作者原定计划，应该是《我的同时代人的故事》第一卷中的一章（第二十三章），关于这一点，柯罗连科在1905年9月23日给他夫人的信里曾经提到过。——原编者注

② 是古代的俄文字母，即ять。——译者注

③ 符拉季斯拉夫·绥罗科姆略（1823—1862）是波兰诗人康德拉托维奇的笔名。——原编者注

有某一个孤儿的手笔：

> 上帝啊，我的上帝！
> 我孤苦伶仃有谁怜！①

勃罗茨基是一个庄重的成年人，然而我觉得这两行诗在他的嘴上仿佛特别富有表情。有一次他到某一个地方去了，回来得很迟。这时候我觉得他的脸跟平常有些不同，略微有点浮肿，像柯尔尼洛维奇一样，鼻子有点发红。他突然地拥抱了我，对我说：

“这是不要紧的。不要紧的……唔……讲都不要讲起它……”

我当然不对任何人说；可是我不说，父亲和母亲也看出了一点。他们悄悄地谈论“勃罗茨基老爷”，在他们的语气里听得出一种真心的惋惜和担忧。可是这一次勃罗茨基似乎及时矫正了自己的毛病，我没有看见他像别的文牍员那么酩酊大醉。然而，我虽然是一个无思无虑的小孩子，总觉得有一种痛苦而危险的悲剧在那里等候我的新朋友。

我们的友谊继续了整整一个秋天和一个冬天。到了早春，他不知为什么要离开我们回到他的故乡去。他和另外一个人同去，这个人黎明时候就要来接他。上一天晚上，他就很诚恳地和我家的人告别；我是和他睡在一个房间里的，我们谈得很长久。我非常悲哀，然而很奇怪：我仿佛还没有完全意识到离别的意义。我的眼睛开始阖拢来了。勃罗茨基坐在我的床沿上，用他的有力的手来轻轻地抚摸我的头，然后弯下身子来吻我一下，吹熄了蜡烛。我睡着了。

将近早晨的时候，我做了一个梦，梦里有勃罗茨基。我和他在一个美妙的地方散步，那地方有小丘和树林，蒙着雪白的霜；我们

---

① OBoże-źmoj，Boże! Jakim jabiedny! Kto-źmi dopomoże. ——原注

看见几只兔子在柔软的雪地里跳来跳去，像有一次在现实中所看到的一样。勃罗茨基非常高兴，说他根本不离开这里，而且从此不离开这里。

我突然醒了。天色渐明。这时候是早春，雪还没有完全融化，天气阴暗，雨雪交加，倒很像秋天。模糊的晨光朦胧地、仿佛怀敌意似的从窗子里照进来；我习惯于这微光之后，望望勃罗茨基的床铺。床上空空如也。昨天我和他一起整理的皮箱也不见了。我心头还保留着刚才那个幸福的梦的温暖情味。在这个梦的对比之下，我的满怀离情立刻显著起来了。

我从床上跳起来，跑到窗边。窗玻璃上流下雨滴来，如烟如雾的细雨笼罩了荒野，远处的一带房屋若隐若现，模糊不清，整个世界似乎都弥漫了这种雨雪绵绵的阴沉之气，我这位成年的朋友就潜隐在这里面……一去不复返了！

况且，我没有准备好德文课。学馆里的德国人是一个冷酷的人，长着棕色的连鬓胡子，髭须和下巴都剃光，上面经常撒着鼻烟屑，他是一个严厉、乏味而迂腐的人。我的朋友已经消失在这迷离的烟雾中了，而我必须收拾书本，通过这片处处堆着惨白的残雪的荒地到学馆里去，带着没有准备好的功课去见那个严厉的德国人。童年时代最初的剧烈的悲哀充塞在我的心中。要是没有这个梦倒还好……可是这个梦那么清楚，在我看来竟是另一种现实，是可以任我选择的。只要躺下去，睡着了，就不会有这种雨雪，也不会有别离……但求不要醒来……然而天亮起来了，房间里所有的东西依旧如故……枯燥的情况显然暴露：勃罗茨基一去不复返了，而德国人那里非去不可。

我和勃罗茨基从此不再见面。生活把我们远远地分开；而现在，当我清楚地回想起他的可爱的姿态来，希望再握一握他那只有力而亲切的手的时候，他早就不在世间了……生活中充满了离合悲欢，想起有些事当时忘记做了而过后欲做不能，往往后悔莫及……

这种感觉被梦境强调起来，然而是现实事件——跟活生生的亲爱的人离别——所引起的。这虽然很奇怪，可是有一次我做了一个完全幻想的梦，也体验到了这种清楚强烈的感觉。

这也还是在日托米尔时候的事。我从二年级升到三年级，这时候我正是十二岁。我升级不须通过考试，我很空闲，因此非常高兴；尤其是因为中学里还在照常进行考试，共同的假期还没有开始，我就更加显得空闲。春光明媚而灿烂。我的时间完全空闲，有时我故意从中学旁边走过。现在我觉得这个中学很特别：考试的时候照样规矩森严、肃静无声，然而它现在对我没有权势，正是这一点使我感到特殊、有趣而欢喜。有时走出一群考试完毕的中学生来，他们高兴地谈论考试的得意，或者担忧考试不及格。我走近熟悉的同学，问他们些话，然而我不敢向学校的院子里面窥探。这所庄严的建筑物使我感到一种敬而远之的恐怖。我似乎觉得，我只要走进走廊里，又会落到中学当局的势力范围内。我特别害怕的数学教师谢尔比诺维奇就会抓住我，不管三七二十一要我考试。后来，某一课考完之后，门里出现了几个穿蓝制服的教师，我就逃走，想起了一会儿我就会远离他们，完全自由，心里很高兴。这种自由的意识使我充满了极度的欢喜，这欢喜要找求一种特殊的表现。我觉得自己幸福，优越，慷慨大方。这时候我愿意做任何事情，什么事都肯对别人让步，愿意作任何效劳。

我怀着这种心情，在某一天夜里，更正确地说，在黎明之前，做了一个梦，仿佛我来到了一个僻静的小胡同里。这胡同里没有房屋，只有高高的围墙。围墙上面挂着朦胧的云，下面铺着柔软的冷冰冰的白雪。雪地上有一个女孩子，穿着一件有雪白的兔皮领的灰色呢面皮大衣。她好像在那里哭。

我完全不认识她，而且这时候我连她的脸都没有看见。但是，对这个不相识的女孩子的热烈同情的浪潮涌上我的心头，使我仿佛感到一种肉体的温暖，好像热水浇进我的胸中。我走近这女孩子去，想要对她说些话，为她效些劳……正像梦里所常有的情况，我不知为什么不能做到。女孩子把脸埋在她的白衣领里，扭向一旁。我只看见她的粉红色的面颊的一部分和一只小小的耳朵。但是主要的不在于外貌，而在于一种特殊的、立刻牵惹我心意的热烈的同情。我似乎可以而且应该作什么行动，使这个女孩子不坐在这荒凉的雪地里哭泣……但是我还没有想好应该说什么和做什么，梦就醒了……我醒来的时候，心里充满了一种感觉，就同那天清晨梦见半夜动身的勃罗茨基时的感觉一样。这时候我没有想起勃罗茨基，然而心中怀着同样的温情和同样的一种特殊的苦痛。同那时候一样，我有一会儿认不出自己的房间了：百叶窗缝里射进春天的明亮温暖的太阳光来，这在我觉得很不相称，我以为现在窗外应该是下着鹅毛大雪的冬天，要是不然……要是不然，就可见世界上并没有那个穿白领子灰色皮大衣的女孩子。如果没有她……想到这里，我的心郁结起来，我胸中一直保留着那种温暖的感觉，心里意识到别离的苦痛，苦痛得很，仿佛我又和一个活生生的亲近的人分手了。

这天早晨我起来的时候，觉得一切日常光景都显得特别异样；我一直认为现在虽然不是冬天而是春天，然而我还是可以挽回过来，设法找寻那个孤苦伶仃地出现在陌生的荒凉的雪地上的女孩子。我们城里有没有这样的一个胡同呢？我要不要到那地方去，我能不能在那里找到这个女孩子呢？这种奇怪的幻象曾经那么清楚而强烈地、竟像现实一般地反映在我的全部身心中，难道永远消失了吗？

这一天是星期日。学生应该到老教堂的楼廊里去做弥撒。我获得学校当局的许可，通常是到另一个教堂里去的，然而这一次我到老教堂里去了，希望在那里遇见我邻座的好朋友克雷希塔诺维奇，关于这个人，我在前面几章中描写过一部分，读者已经熟悉了。他是一个老练而有威望的青年，我很想在他面前倾吐我的衷情。

礼拜做完之后，我们两人一同走出来。我的朋友和我一样空闲。我是免考，他是不准考，他打算去当电报员。现在他逍遥自在，无牵无挂地享受春光。

“你今天为什么有点……奇怪?”他问，“好像把醋当茶喝了。我们到什么地方去玩好吗?”

“去吧。”

“到符兰格列夫卡去，好不好?”

“不——。你知道，我想在城里走走……”

“为什么?”

“老兄，我自己也不知道为什么。可是……不过你不要笑，那么我会讲给你听……”

我就在一路上把我的梦讲给他听了。

我的朋友听我讲的时候不但不笑，而且一本正经地集中注意。

“你相信梦吗?”他问。

“不——……不相信。”

我的确不相信梦。父亲的沉着的讥讽在我心中消除了世俗的成见。可是这个梦来得特别，谈不到相信不相信，因为我切实地感觉到它……我在想象中一直看见白雪上有一个灰色的人形，我的心还是惘然，一想起这光景，胸中就涌起热潮来。问题不在于相信不相信，而在于我不能又不愿承认世界上并没有这个女孩子。

“我却相信，”克雷希塔诺维奇确信地说，“梦里的事往往会实现。我的父亲在认识我母亲之前，也早就梦见过她……虽然他们现在一直吵架，可是总归……慢来。”

他站定了，想一想，额上显出皱纹，然后断然地说：

“我知道这样的一个胡同，在那里有一个我所认识的女孩子。可能就是她。我们去吧。”

我的朋友在学业上并没有花许多时间，城里的偏僻里弄他条条都熟悉。他引导我经过我所完全陌生的地方，来到了城郊的一条狭长的胡同里。这条胡同奇妙地拐几个弯，两旁夹着古老的围墙。然而这些围墙比我梦中看见的低些，从里面的荒芜的花园里挂出茂密的树枝来。

“这里像不像？”我的朋友得意地说。

“有点像，可是……不对，不是那个。那里只有围墙和天空。而这里有花园。”

“傻瓜。要知道那是冬天啊……怎么会有花园呢！可是现在是春天。”

有一个地方，连续的围墙变成了栅栏，栅栏里面可以望见一个广大的院子，其中有一个圆形的花坛，花坛中央矗立着一个铝球。院子深处望得见一所有柱列的贵族邸宅，左面有一个茂盛的花园，和院子没有隔离。几条小径通向绿荫深处，在这背景上显出两个穿短衣服的女孩子来。一个正在跳绳，另一个在滚铁环。树底下的凳子上坐着家庭教师，她膝上放着一本书，显然在那里打瞌睡。

“爬到这里来看。”克雷希塔诺维奇说。我们两人用手攀住了栅栏柱子，于是两个小流氓就从胡同里向这个绿树成荫的小小的乐园眺望了一会儿。

“怎么样，像不像？”克雷希塔诺维奇问。

“不——像。”我回答。我自己很想找到我所不认识的那个女孩子，照理我应该乐意地略微让步……然而……我不能说出这里有什么不同之处：所不同的是我的梦所给我的一种感觉。现在没有这种感觉，我心里发生了对任何妥协的嫌恶。“不是这个！”我叹一口气说。

“傻瓜！”我的朋友又断然地说，“你还没有看清楚她们哩。”

他从围墙的踏磴上走下来，把手指放进嘴巴里，小心地吹出轻微的口哨。两个女孩子耸耳倾听一下，轻轻地说了些什么，大的一个就装作追铁环，飞速地跑到我们站着的地方的围墙旁边，也攀住了栅栏柱子爬起来。她看见了我，突然低下头。

“卓雅，你好，”克雷希塔诺维奇亲切地说，“我们可以到你们花园里去玩玩吗？”

“不，不可以。”女孩子回答，又迅速地向我一看。

“为什么？”

“祖母不允许。与你同来的是谁？”

“这是我的同学……为什么不允许？”

“她说你是个顽皮孩子，没有教养的。她说只有丫头听见口哨才跑出来。”

“一定是你这傻瓜告诉了她。”

“不是我。是薇拉告诉她的。祖母问我：真的吗？我说：真的。”

“你们两个都是傻瓜！既然这样，我以后就不来了。”

女孩子向我们看看，想了一想。

“等一会儿！让我去请求祖母。我跟她说来了两个人。要是你们能进来，该多么高兴啊。”她遗憾地说出最后一句话。

“不要。你去跟你祖母说……她自己才是没有教养的。正是这样！你会说吗？”

“不，我不说。你的同学叫什么名字呢？”

“不关你事。你去，跟你的祖母亲吻去吧。我们走！”

“怎么样，像不像？”我们走了一段路之后，他问。那女孩子还在后面攀住了栅栏向我们看。

“一点也不像。”

“那么是那个小的。如果你要看，我喊她出来。嘿，一个伶俐的女孩子！”

“不，不，请你不要喊。不是她。”

“你为什么知道？慢来，你那个女孩子相貌是怎样的？”

“相貌？……”

我觉得十分为难，因为我完全没有看清梦里那个女孩子的脸……我只记得她的脸庞的一部分和隐在兔皮领里的一只粉红色小耳朵。虽然如此，我极清楚地感觉到，她并不像刚才看见的那个女孩子，也并不像她的妹妹那样“伶俐”。

“可能她们也有灰色皮大衣吧？”克雷希塔诺维奇又作这样的推测，可是我断然地走出了胡同……克雷希塔诺维奇只得跟着我走，心里有点失望，因为他原来已经完全相信我的梦的预言性了。而这种神秘现象的证实，往往是有趣而愉快的。

我心中有好几天怀着对于我的梦境的苦痛而珍贵的印象。我爱惜这印象，怕它消失。我睡的时候，故意想想这个女孩子，回忆一下梦中的模糊的细节，使做梦时的感觉复活起来，然后等待这女孩子重新出现。然而梦同灵感一样，有意召唤它，它不一定会来。

后来发生了我所害怕的情况：穿灰色衣服的女孩子的形象渐渐地模糊起来了。我似乎痛惜它的消失，这有时近于良心责备，仿佛我遗忘了一个对我有所期望的活的朋友。可是日子一天天地过去，这形象逐渐地消散在各种新印象中，远离而消逝了……

这时候我眼前闪现出我同辈的女孩子们的活的形象来，我已经把我所认识的男孩子和女孩子分别看待。

一般说来，这情况是很早就开始的。记得我七八岁的时候，在奥克拉舍夫斯卡雅太太的学馆里，有一个女孩子和我是同学，她是当地一个糖果商的女儿。大概他们给她吃了许多甜品，她这人就像一个热面包，容易脸红，喜欢笑，又容易哭。有时她在上课的时候问我些问题，我总是乐愿地率直地回答她。课间休息开始做游戏的时候，她总是尽量设法和我坐在一起，挽住我的脖子，或者握住我的手。我那时候不喜欢这样。有一次她坐在我旁边了，我立刻坐到别的地方去。她也立刻跟着我来，我又坐到别的地方去。其他的女孩子都笑起来，她就满面通红，哭起来了。我知道我使她大受委屈了，但是我不大懂得为什么发生这样的情形……

后来我不再有这种粗暴的行为，甚至装出有情人的态度。在隔壁柯良诺夫斯基家的屋子里，常常有许多女孩子和姑娘，我已经能够在她们之中辨别出漂亮的，或者更正确地说，我所认为可亲的人物。其中我特别清楚地记得一个人：她的腰身微微倾侧，她的脚略微有些跛。可是她那双蓝眼睛充满着善良和忧郁的神情，使我常常极愿意对她表示好意。她注意到了我的默默的忠诚，有一次受了我这种表现的感动，吻了我一下。这在我觉得很高兴。

父亲从日托米尔调迁到杜布诺之后，我们到他那里去过假期。妹妹和母亲比我们早到那边，妹妹在这里跟一个比她年纪稍长的女孩子交了朋友。这女孩子的小名很好听，叫做柳娘，她有一双平正的黑眉毛和天鹅绒似的含情脉脉的眼睛。有一次傍晚时候我送她回家，路上有几条狗来侵袭我们。我在这时候表现得出奇地勇敢，当我平安地把我这位小姐送到家里以后，她娇媚地欢天喜地地把这情况讲给她母亲听。临别的时候，她那双天鹅绒似的眼睛担心地望着我，对我说："你不怕那些狗再来侵袭你吗？可能更多呢！……"——这时候我觉得骄傲而幸福。

她说的是波兰话：A pan sie nie boi？——这句话在我听来觉得更加富有敬爱之情。

我当然不怕狗。相反地，我走在广阔而黑暗的街道和空地上，希望碰到什么危险的东西。我想起了柳娘还没有睡着，躺在她的百叶窗关好的房间里，正在担心而同情地惦记着我，我心中就非常愉快。我一点也不怕，手里拿着一根棍子，独自前进，从有名的杜布诺古堡的长满常春藤的墙壁旁边经过。我想起我也许是在"恋爱"了，心中就感到骄傲。

然而实际上没有这回事。我从杜布诺回到日托米尔之后，差不多整整一年在郊外游荡，似乎老早就忘记了柳娘，忘记了她那双黑眼睛，甚至忘记了自己的非凡的勇敢……

在罗夫诺的时候，我妹妹也有几个女朋友，我常常和她们见面。

有一次，我躺在我们花园里一个荒僻的角落里的草地上，怀着特殊的心情，这种心情是我在这个沉寂的城市里常常体验到的。我想做什么事，似乎觉得这是应该做而且可以做的，然而难以确定这究竟是什么事。我心里所想到的和着手去做的事，不能使我满足，因为我一点也不会做。我躺着，心中怀着一些模糊而疏懒的念头，仰望着渐渐消逝的白云在绿叶中间的青空中徐徐地移行。

突然听见附近有轻微的沙沙声。我回过头去，看见离开我两三步的地方，疏朗朗的栅栏外面，有一个比我年纪稍长的穿花衣服的少女。一双乌黑的眼睛从宽广的栅栏缝里向我注视。这是一个犹太女子，名字叫做伊塔；然而城里的人大都称她为“巴西亚的孙女”①。

巴西亚是一个上了年纪的犹太女人，是卖花边和亚麻布的。有时她也带着一只小小的箱子到我们家里来，然而这时候往往有这样的情况：仿佛巴西亚不是来做生意，而是来访问她的好朋友。母亲常常叫她坐在桌子旁边，请她喝茶，这时候巴西亚的态度很自然，仿佛“可敬”的样子，她意识到自己的尊严。她的脸上保留着姣美的痕迹，有一种清秀的、几乎是贵族的神情。她的孙女伊塔是一个皮肤黧黑的东方型女子，祖母把她打扮得好像一个奇怪的洋娃娃，穿着颜色鲜明的外衣和连衫裙，上面绣着奇妙的纹样，镶着闪闪发光的金片；脖子上和胸前挂着珊瑚珠、珍珠、银元和坠子，发出叮

① 巴西亚和她的孙女被记述在未完成的中篇小说《敏杰尔兄弟》中（见俄文本《柯罗连科全集》第二卷）。——原编者注

当的声音。据说巴西亚很有钱，是犹太名门出身，她准备为孙女安排一种迥异于寻常犹太女孩子的命运。有时巴西亚带了她来到买主家里。这时候买主家里的人就抚爱这个犹太小姑娘，拿糖果请她吃。

现在我这样接近地看到她，就很快地从草地上站起来。

“我吵醒了你吧？你在睡觉吗？”她安闲地问。

“不，我没有睡觉。”我略微有点狼狈地回答。

“我想看看你的妹妹是不是在花园里。你知道，你还没有到这里来的时候，我就跟她认识了。”

我回答说我已经从妹妹那里知道她们相识，就自动提出去找她。

“好，请你去叫她来吧。我很想见她。请你马上去，告诉她说：巴西亚家的伊塔要告诉她一个大秘密。”

她说得很有决断，这个穿得绚焕灿烂的特殊人物在我看来好像东方神话中惯发命令的公主。的确，巴西亚和她的孙女在她们的同宗人里面都享有特殊的尊荣。后来，我读了《撒克逊劫后英雄略》①，其中雷维卡的形象立刻使我联想起巴西亚家的伊塔。那时候我还没有读过《撒克逊劫后英雄略》，然而还是有礼貌地鞠一个躬，立刻出发去执行她的命令了……此后，我不止一次地在街上碰见她，每次都恭敬地向她鞠躬，她谦逊地点点头回答我，有时用乌黑的眼睛向我一看，眼光里表出一种好感。

我不知道她告诉我妹妹的是什么“大秘密”，可是过了不久，城里传述一个消息，说巴西亚的孙女要出嫁了。她比我年纪大些，东方类型使她显得更加年长。可是她毕竟还差不多是一个孩子。此后巴西亚第一次带着她的货物到我家来的时候，我母亲带着愤慨的同情对她说：

“巴西亚，巴西亚！你发疯了！难道可以把这样的小孩子嫁

---

①《撒克逊劫后英雄略》是瓦尔特·司各特的小说。——原编者注

出去？”

这个犹太老妇人断然而沉着地向母亲反攻。

“我们犹太人常常是这样的……唔，当然得问问：她嫁给谁。啊！总不能把她嫁给第一个碰到的人……可是像现在这样的未婚夫也不是每天能在街上看到的。他的祖父是一个哈西特派①教徒，当他来到一个城里的时候，房子旁边简直就挤得水泄不通……要见他的人甚至架起梯子来，爬进窗里去，把病人抬去请他祝福，人都像苍蝇一样粘满了墙壁。还爬到屋顶上去……而他的孙儿呢……嘿！他现在已经是一个伟大的学者了，他还只有十五岁哩……”

巴西亚的住屋离我家不远，里面开着一个上等的旅馆。有一次，我在午间休息之后来到中学里，看见一辆马车开到这屋子门前，里面走出四个犹太人来。他们的服装都有点特别：他们穿着老式的绸外套，头上戴的帽子像便帽，鬓边挂着特别长而鬈曲的垂发。其中有两个人尤其惹人注目：一个是相貌板滞而端正的中年男子，另一个是金发青年。其余两个人恭恭敬敬地扶他们下车，对他们表示出特别敬意。屋子旁边站着一群犹太人，他们肃静无声地注视着这几位来客。我从他们的谈话中知道载来的是伊塔的未婚夫。

我心中突然感到一种剧烈的怜惜。怎么！这个鬓发稀疏而变色的、面孔浮肿而憔悴的、眼睛黯淡无光的、病态的青年，难道是美人伊塔的未婚夫！……我明白了我母亲的愤慨的叫声，觉得这是一种不可挽救的命定的残忍。这未婚夫显然是一个哈西特派教徒，由于毫无意义地死背犹太传经而毁灭了他的青春，这种研究使他几乎变成了白痴。他从马车的踏步上走下来，绊了一跤。旁边的人扶住了他，但是后来他走到台阶上去的时候，他那双瘦弱的脚又绊住了外套的长襟。

① 哈西特派是十八世纪流行在乌克兰的一种宗教流派。——译者注

旁观者里面发出轻轻的赞叹声。据我所能了解，这些犹太人都在称颂这个青年学者，他为了研究这种伟大的学问，竟站不住脚，像小草一般摇晃。大家羡慕巴西亚，因为她家里将有一个圣徒。毫不足怪：富贵之人总是幸福的……

我怀着怜惜之情到学校里去。还有一种像模糊而遥远的回忆一般的特殊的东西，在我心中蠢动着，仿佛在呼吁什么，要求什么，提醒什么。

这是一种空洞的、徒劳的、模糊的感觉，不是明确的心情，而是一种暗示。巴西亚家里所发生的事，是发生在我所不能了解而和我漠不相关的另一个世界里。又过了一些时候，我们城里的街上响出犹太乐队的特殊的音乐，这乐队里大都是长笛和单簧管。这乐队很出色，是从别的城里请来的。他们演奏一个特殊的进行曲——徐缓、流畅、和谐、庄严而悲哀。乐队两旁围着密密的人群，后面走着伊塔和她的博学的新郎。我没有看见她的脸，只是一刹那间仿佛瞥见她的黧黑的脸庞的一部分，密密层层地蠢动着的人群立刻把她遮住了。

这是完全依照旧习惯举行的婚礼。他们黄昏时候在犹太教堂面前的广场上结婚。新郎和新娘上面罩着一个富丽堂皇的华盖……念祈祷文，喝啤酒，然后新郎把酒杯丢在地上，用脚来踩它……

后来，在沉静的夏夜里，朦胧的月光之下，街上又响出长笛和单簧管的庄严而悲哀的声音和一大群人的匀称的脚步声，巴西亚家的伊塔和她的博学的丈夫走在人群中央。

在我当时的无思无虑的心中，一时留下了一种轻微而模糊的悲哀。我想起来觉得很奇怪：所有这些仪式、音乐、一大群人的匀称的脚步声，都是以这个小小的人物为中心的；在人海上面摇晃着的华盖底下走着的那个人，正是巴西亚的孙女，她曾经在栅栏缝里和我谈话，准备把她的幼稚的秘密告诉我妹妹。现在她带走了这些秘密，或者，更正确地说，这些匀称而不可抵抗的浪潮把她和她的秘密一起带走了，而在这浪潮里含有一种不可挽回的威胁的意义……虽然这一切都是在和平、温柔、庄严、悲哀的音乐声中进行的……

不久，巴西亚的孙女永远离开了我们这个城市，到她的博学的丈夫的名门世家去了；巴西亚自己还留在这里。有时母亲问起她伊塔过得怎样，这个犹太老妇人一本正经地回答：

“啊，还要怎么样呢！这样的名门世家！圣徒！”

我并不想说这件事所给我的印象牢固地保留在我的心中；这仿佛是在晴朗的日子里迅速地消散着的云朵所投射下来的淡淡的影子。不过我还是在这里提到了这种感觉，这却并不是为了这感觉强烈的缘故。然而这感觉有一定的调子，这种精神的音调命定着到后来会发出更加深沉有力的声音。不久，别的人物和别的印象完全遮没了关于这个小小的犹太公主的回忆。

我们的院子隔壁，是“知县”金比茨基[①]的住宅，和我家只隔一个短垣。在我的记忆中，这是最后一个顶戴知县职衔的人，因为这职衔不久就完全废除了。金比茨基是一个特别肥胖的人，在节庆的日子，他身穿燕尾服，这种服装现在只有在演《钦差大臣》的舞台上可以看到；他脚上穿一双黑漆的长统靴，头上戴一个三角帽。这个大胖子有一个女儿，和我同年，性情愉快活泼。她有一双美丽的灰色大眼睛、一个小小的狮子鼻和厚了一点的嘴唇，这嘴唇好像随时准备着微笑。她其实并不漂亮，这一点我清楚地看到。然而她的脸上有一种明朗、善良、愉快而动人的神情。她常常跳跳蹦蹦地来到我家，拉住了我的妹妹，把她带到一旁，她们就在那里谈笑，讲“秘密”，做一种暗号，讲隐语，其目的显然是要引起我们“男孩子”的兴趣，假使我们就在近旁的话。我喜欢她，有一部分原因是

---

① 这里的金比茨基大约就是前面提过的知县金勃斯基。——译者注

为了她第一个像姑娘对少年郎那样用名字和父称来称呼我。她对我也有好感，在“执行表演”的时候，轮到她亲吻，她绝不装腔作势，比通常做“判决”游戏时要乐愿些。这一切比和伊塔的会面更加强烈地打动我的心，然而情调不同：愉快、明朗、凉爽，好像热天吃柠檬冰淇淋。我又觉得我似乎在恋爱了，可是我又立刻看到这是错误的。

有一次，我一面想心思，一面在院子里走，忽然听见金比茨基家的玛娘叫我的名字和父称：

“您倒好。只管走着，不打招呼。”

我想照往常一样开玩笑地回答她，然而我看见她不止一个人。短垣外面看得见另外两个女孩子的头。一个和玛娘同年，另一个比她小些。后者天真而好奇地向我看看。年纪较大的那个，我觉得她骄傲地把头别了过去。

“让我给您介绍，”玛娘半开玩笑半认真地继续说，“她们是我的女朋友，姓林果尔斯特。”

我恭敬地扬一扬制帽。我喜欢这种介绍的礼仪，这似乎也是我平生第一次碰到。我在短垣旁边站了一会儿，和玛娘互相说了几句笑话。林果尔斯特家年轻的一个天真烂漫地笑笑。年长的一个照旧站在一旁，又好像骄傲的样子。当她回过头来的时候，我觉得她的美丽的侧影有点熟悉。鼻子正直，下嘴唇略微突出……这不是像巴西亚家的伊塔吗？不，伊塔肤色比她黑得多，然而比她漂亮、可爱……

“您喜欢莲娜吗？”后来我有一次碰到玛娘的时候她狡狯地问我。

“莲娜是哪一个？”我问。

“喏，当然是大的一个。”

“不很喜欢。”

“算了，算了，不要装假。”

我说的完全是真心话。我觉得她冷淡而骄傲，她没有那种天真的愉快，就像我现在在知县的女儿身上所看到而喜爱的那样。我就把这意思告诉了她。

“可是相反的，她倒很喜欢您。”她狡猾地告诉我，同时她那双灰色眼睛斜过来看着我。“莲娜说，她看见我们城里有这样有教养的年轻人，觉得很高兴……还用说吗。您是‘省城里来的’呀。”

我又是第一次听到人家说我是“有教养的年轻人”，外加是“省城里来的”，这在我觉得是一个可喜的消息。这时候我们听见车铃的响声。一辆小型马车驾着一匹肥壮的马开过桥上，然后从我们旁边经过；马车里坐着林果尔斯特家两姊妹，在驾车台上，在一个瘦长的车夫旁边，坐着她们的小兄弟。年轻的一个把脸转向我们，亲切地打招呼。年长的一个又骄傲地点点头……

“她长得很漂亮，而且自己知道这一点。”玛娘说。

“也许是的。”我冷淡地回答。

秋天来了。初次降雪。我的母亲和妹妹到林果尔斯特家去，和他们结识了。我们等他们来回访。两家的母亲互相约定，这访问不必拘泥礼节，他们可以在晚上来访。

果然，在星期六的傍晚，我为了某事走到穿堂里，看见通院子的门开开了，飘进初雪的寒气来，门里走进来一个丰满的夫人和她的两个女儿、一个儿子。两个女儿都穿着白领子灰呢面子的皮大衣，头上戴着天鹅毛的白帽子。我就像一个“有教养的年轻人”一样，连忙上前去帮她们脱衣服。当大女儿弯下身子去解高统套鞋的时候，我在灯光之下瞥见她的冻红了的面颊和戴耳环的粉红色的耳朵。当她抬起头来亲切地说“谢谢您”的时候，我觉得这并不是我在玛娘那里看到的那个小姐，她完全没有冷淡和骄傲的样子。却另有一种神情，仿佛使人发生某种模糊的感觉……

这一晚像往常这种晚上一样过去了。我们的狭窄的客堂里有一架旧钢琴，就是屠格涅夫所谓声音“破碎”的那种钢琴。这是一种廉价的设备，声音颤抖，可是我们还是在这钢琴声中兴致勃勃地跳了波兰舞、圆舞、加洛巴德舞和四组舞。后来当然又玩捉迷藏、“邻人”和“小鸟”的游戏。我们手牵着手兜圈子，唱着多少有点傻里傻气的歌曲，例如：

小鸟在街上飞，
见人就把数记。
我在这田野里，
乐愿地选中你……

圈子解散了，站在圈子中央的人向某一个人伸出手去，其余的人就赶快替自己找对象。参加这游戏的人必须是奇数，这就是说，一定有一个人找不到对象。这个人就得“执行表演”，然后站到圈子中央去。

这些小小的天真烂漫的游戏的用意是这样：它们的主要内容是显露相互的好感，在这基础上表现出各种情景，有时半开玩笑地、有时“认真地”互相表白，揶揄，嫉妒，争吵，“背叛”，伤害少年和少女的自尊心。大人们看我们游戏，笑着，鼓励着。

我第一次找不到对象而站在圈子中央的时候，歌曲一唱完，我就伸手给玛娘。第二次，莲娜找不到对象，我在她选定对象以前就伸手给她的妹妹了；我和素娘笑着转圈子的时候，我的记忆中保留着亲切地把一双手伸给我的莲娜的脸。她看见迟了一步，脸上微微泛红，又没有找到对象。我懊悔自己太性急了……现在我觉得她的妹妹不比她可爱了。

当我在执行表演中受“品评”的时候，在各种意见之中，有一张条子上用法语写着对我的意见：en bon point[①]。玛娘以“秘书”的

---

① 法语，恰到好处。——译者注

身分把这张字条高声朗读，然后笑起来。我立刻猜到这是“莲娜小姐”的意见。

这一晚过得热闹愉快，在我的记忆中留下了几个琐屑的、几乎不足道的插话，这些插话的意义甚至不立刻显明，然而永远保留在我心中。例如，在玩捉迷藏的时候，我在父亲书房门背后的暗角落里找到了一个躲藏着的人。我拉开门来，看见我面前地板上坐着一个别转头的小小的人。我还得猜测这是谁。

“莲娜小姐。”我疑惑不决地说，等她抬起头来。她站起身来，撣撣衣服，把手伸给我。我觉得她的脸又换了一个样子，仿佛特别娇媚可爱……

晚会结束的时候，听见院子里响出车铃。这是来接林果尔斯特一家人的马车。小女儿请求母亲，要在这里再留一会儿。母亲不答应，但是后来莲娜走过去，把两只手搭在母亲的肩膀上，撒娇地说：“好妈妈……这里真有趣!”妈妈立刻让步，带着男孩子先回去了，约定再过半个钟头派马车来接。

这“晚会”终于结束了。我和哥哥送两位小姐上马车的时候，早已过了半夜。夜色很黑，天上一片模糊，地上和屋顶上的初雪皎洁地发白。我不戴帽子，不穿套鞋，走到大门口去目送这辆马车，直到铃声听不见了为止。

后来我倒身在床里，就像死人一般睡着了。

第二天我醒得特别早，而且怀着一种特殊的心情，仿佛超乎时间和空间之外，至少超乎熟悉的时间和熟悉的空间之外。我不认识自己的房间、墙壁、门、窗……我记不起我是在哪里，我是什么时候醒来的。个人生活中的种种特点，仿佛在浓重的昏暗中疾驰而过，忽而闪现，忽而变化，忽而消失，于是又把我撇下在空洞的模糊状态中。我记得我甚至问我自己：我在哪里？我是谁？我和谁住在一起？我发生了什么事？……有一瞬间我似乎觉得我还在日托米尔……一个烟雾弥漫的早晨……勃罗茨基刚刚离去吗？或者还有什么事？……愉快的？欢乐的？或者是艰难痛苦的？

我终于渐渐清醒过来，首先认出了我眼前交叉着黑条子的朦胧的长方形是窗子；窗子对面白背景上那个高而黑的东西是铁炉子。然后出现这房间里其他熟悉的家具设备，于是我记起了我身在何处。我不是在日托米尔，而是在罗夫诺；隔壁是哥哥弟弟睡的房间，再过去是客堂，然后是父亲和母亲的卧室……可是发生了什么重要事件呢？梦耶真耶？我刚才做了一个什么梦？为什么我胸中和心头仿佛充满了热潮……

我从床里坐起身来，悄悄地穿了衣服，打开了通穿堂的门，从那里走到客堂里……天色渐渐明亮，也许是我的眼睛习惯了薄暗的缘故，总之，我立刻就看清楚了客堂里一切大小物件。昨天没有收拾过，现在仆人还没有起身，房间里一切都和昨天晚上一样。我站定在昨天我和莲娜并坐时她所坐的那把椅子面前了，旁边的桌子上放着她的手拿过的橘子。

我在这把椅子面前一动不动地站了几分钟，感到一种异样的幸福和异样的悲哀。原来这就是那个重要事件，因这关系，我胸中到现在还充满着一种战栗的热潮，心头怀着那么异样而深沉的恍惚之感。我用手拿了那个橘子，以前我从来没有想到一个普通的橘子会具有这样特殊的意义。我的想像力突然像鸟一般奋翅高飞，我想起了早已忘记了的小时候的梦：雪，黑暗的胡同，穿灰色皮大衣的哭泣的女孩子。我走到门边，昨天我就是在这门背后找到莲娜的。这角落里比较暗，我容易在这薄暗中想像出黑黑的一团，在我没有叫出她的名字以前，她一直低着头坐在那里……

我觉得我小时候梦中的那个女孩子，我在冬天的雪地上看见而夏天的明朗的早晨把她消灭了的那个女孩子，现在又被我找到了：她穿着灰色皮大衣在初雪的时候走进来，后来在逐渐消逝的车铃声中隐没在黑暗的夜色中了……

是的，这就是她。在最初一瞬间我甚至觉得：梦里的女孩子也有这样的相貌、这样美丽的侧影，她那双蓝眼睛的表情也同昨天带着亲切之感向我看过几次的那双眼睛一样。我想起了她在游戏中向我伸出两手的情况。而我……我怎么可以拒绝她，而没有预先感到这一点呢……是的，这无疑地是她……不过过了些时候，我想起了梦中的一切详细情况，又想起了我没有看见那个女孩子的脸，而且我还把这一点告诉克雷希塔诺维奇。真奇怪：莲娜的脸也立刻从我的记忆中消失了，我不能使它清楚地再现出来，像回想起其他任何人——玛娘、柳娘、巴西亚家的伊塔、素娘——的脸一样。这一点使我感到苦痛。后来这张脸不止一次地十分明显地突然出现在我眼前；美丽的侧影、蓝色的眼睛、波浪形的鬈发、娴雅的微笑。但是这往往是突如其来的，仿佛是随兴所至的。后来它消失了，像小时候那个梦一样不再回到记忆中来……而在我和她别后的这第一个早晨，我就已经体验到这种异样的感觉，同时又痛心地想起我那时候已经失去了她。而现在……

我就这样地站在客堂里的椅子和橘子前面，直到天色大明、母亲和女仆进来收拾房间的时候。母亲看见我已经穿好衣服，而且异样地出神，觉得很奇怪。

“你在这里做什么？”她惊奇地问。

“唔……没有什么。”我回答了，难为情起来，连忙跑出去，觉得母亲正在目送我。

我那时候很能干，中学读书不能使我用尽正在生长起来的智慧的全部力量。我很好动，很有力量，光是游戏不能发泄我的活动要求。我需要做一些事，我能够做一些事，做一些美好的、有趣的、动人的、必要的事，——这种感觉有时在我心中几乎达到痛苦的紧张状态。大概是由于这种未被利用的过剩力量的缘故，我的想象力翱翔在各种引人入胜而毫无成果的幻想境界中。现在这问题仿佛已经解决：回旋在死气沉沉的生活环境中的早熟的想象力以及过早而杂乱无章的阅读发生了它们的作用——我恋爱了，在十四岁上突如其来地、痴心地、热情地恋爱了。

我明确地体验到这种新的情绪，这仿佛是身体上的感觉。这种情绪的特殊色彩染遍了其余一切感觉，它仿佛只是一块十字布，正在等待绣上花纹去。到了现在，我才觉得它获得了意义和色彩，我就问自己：我没有它怎么会活到了现在？假使……假使这第二个穿灰色皮大衣的女孩子又从我的生活中永远离去，而这块空白的十字布上仍旧没有花纹，叫我怎么能够再活下去呢？不，不会再有这种情况发生，因为……我不知道因为什么，然而我全心地反对这个思想。那是梦中的事；现在却是真实的事，我不会失去她……我回想起昨天在游戏中她首先向我伸出双手时的情况……我觉得她的眼光中有一种异常可爱的表情。那时候这仿佛的确是她……而且她知道我们那时候分手，这在我觉得很苦痛。而现在她回来了。她以为我不会看破她。

我又落在新的幻想的势力范围中了。在这以前，我早就梦想自己是一个波兰骑士、哥萨克将领、盖达玛克党徒，在荒凉的广漠中为了不可知的目的而建立功勋。现在这些幻想人物似乎有了一个中心：她处身在危急之中，有人劫掠了她，而我追上去，战胜了他们，解救了她，总之，做了一些像后来显克微支①先生作品中各个主人公所做的事，不过历史知识当然较少，天才缺乏得多。然而，现在想象力常常把我带到历史浪漫主义范围之外。我在目前的现实中设想自己和她，努力估量和评价我们之间的关系。她认为我是一个“有教养的年轻人”，en bon point。因此她看中我，因此她昨天把双

① 亨利·显克微支（1846—1916）是有名的波兰小说家。——原编者注

手伸给我……我希望她永远向我伸手，希望这一双蓝眼睛永远带着同样的那种表情看着我。这就是说，我应该做一个“有教养的年轻人”，聪明伶俐，容貌昳丽，仪表万方。在这以前我从来不曾照过镜子。现在我仔细地照看自己的面貌，感到极度的不满意。我不满意自己的额角、眉毛、鼻子、蠢乱蓬松的头发、整个相貌……这一切都应该是另一种模样，于是在想像中就出现了另一种模样。我所看到的那个走近她去跟她谈话的、解救她的、用有趣的故事来娱乐她的年轻人，是聪颖敏慧、文雅秀丽的，完全不像镜子里的我，可是这年轻人毕竟是我……这里具有我的成分，而且这成分是中心点；只是我仿佛以改良的版本出现。我有时对她讲些富有趣味而机敏的话，——也是在想像中，——自己都要笑出来；而有时那么多情善感，我的眼睛里竟迸出眼泪来。然而，呜呼哀哉！清醒时的情形完全不是那样。清醒的时候，我觉得我实际上不是那个聪明伶俐、温文尔雅的青年，我没有仪表，我完全不是她所说的那种“有教养的年轻人”。这时候我就狼狈起来，失却了机敏……

我不想再详细描写我的一切琐屑的欢喜、希望、失望和悲哀了。这些事早已过去，虽然……这永远是新鲜的故事……真是幸运得很，或者不幸得很：在这时候，我们城里来了一位舞蹈教师，我母亲和林果尔斯特夫人商量好请他来教两家的孩子共学舞蹈。另外有几家人家也来参加。需要一个大房间。后来在一个善于办事的小官员家里找到了，从那时候起，我们就每星期到这房子里去两次。那个官员的妻子弹钢琴，奥里维先生——也许是奥迪弗雷先生，我记不清楚了，总之是一个波兰风相貌的有法国姓氏的先生——教我们做姿势，教我们在房间里学步、就座、鞠躬、邀请、致谢。我和哥哥在文雅的舞蹈艺术方面获得了很大的成就，我有时候发生一种幻想，仿佛觉得那个想象的我，现在开始和现实的我融合起来了……只是那面可恶的镜子有时破灭了这幻想……可是那双蓝眼睛的鼓励的目光支持着它，她那双纤手在跳四班舞和四组舞的时候温柔亲切地伸给我。

在这期间，我似乎变得很愚蠢了，总之，失却了本性，把自己想像作不是现实中的情况。实际上我似乎比我努力想象出来的那个爱修饰的纨袴子弟好些。但是我经常回顾自己，和别人作比较。我喜欢某一个朋友的嘴唇形状、某一个朋友的步态、某一个朋友的颦眉。于是我努力照样地看人，照样地走步，照样地颦眉……她读法文书，问我喜欢不喜欢法国文学。我脸红了，可是我当然不说谎：我不会读法文书。然而我真高兴，不久我在一个书橱底上的一堆无用的旧书中找到了一本有插图的法文书。我连忙把它拿出来。这是保罗·德·柯克①的作品。我决心试读一下。结果不很困难，我和弟弟读到三个淘气的年轻人和一个教师所发生的种种事件，都笑个不休。然而，这本小说对我的"教养"却很少裨益，因为其中谈到过多的种种滑稽事件，例如……关于洗肠器的。

记得这期间有一次，我的想像在短期内仿佛清醒起来，其中迸发出我的一种真相，仿佛我抗议"富有教养"和"仪表万方"这种强制的表现。在我们的舞伴中有一个比我年轻的中学生。他在他班上是优等生，似乎智力很发达，读过些东西，很有才能，然而他的样子完全像一只小熊，常常皱着眉头看人。他的姐姐和我们一起学习舞蹈，他母亲坚决请求要叫她的儿子也参加这种文雅的艺术活动。他自己只管反对，可是最后只得答应了。奥迪弗雷先生，或者奥里维先生，费很多工夫矫正他的腿，弯他的腰，教他做姿势，然而他的努力完全白费。这个孩子还是像一只小熊，还是斜转了眼睛又像忧郁又像讥讽似的看人，他显然是听凭奥迪弗雷先生任意处置自己，

---

① 保罗·德·柯克（1794—1871）是法国小说家，当时曾经受到要求不高的读者的欢迎。——原编者注

对于教师矫正姿势的一番努力毫不打算给予任何协助……这光景引起了我们旁观者的讥讽的眼色和冷笑，这显然使得他那个爱好优雅和仪表的姐姐感到苦痛。

大概这个可怜的人为此大受家里人的责备，有一天他就毅然决然地发起脾气来。这一天，奥迪弗雷先生带着勉强忍住而隐约可见的讥讽的微笑要求他参加四组舞或四班舞，而我们大家怀着兴味等待他单独表演，这时候这个闷闷不乐的少年突然像摆脱锁链一般冲向大厅的中央，英勇果敢地表演出最不可能有的步法来：踩着脚跟，向右踢，向左踢，向后踢，滑稽万状地摇头，挥动着双手。这屋子里的女主人坐在钢琴前面笑不可抑，还是继续弹奏，速度越来越快，这个舞手就在全场哄笑中继续跳野蛮的舞……后来他突然停止，苦闷地摇摇头，对奥迪弗雷先生说："喂，怎么样，你满意了吗？"然后到穿堂里去戴上帽子，穿上大衣，就走出去了。

我们大家都觉得十分尴尬。课毕之后，我们通常总是由大人陪着一同回家去。大人们走在后面，我们彬彬有礼地一对一对地走在前面。我斜过眼睛去欣赏莲娜的美丽的侧形、她的略微仰起的高傲的头和坚定而平稳的步态。这一次的谈话当然是关于那个没有教养的少年。

"天哪，他跳的算什么舞？"林果尔斯特家的小女儿真心地笑着说。

"野蛮人在篝火旁边的舞蹈。"我说。

莲娜笑起来，向我递个眼色，她往往用这种眼色来鼓励我的成功的言行。然而我的良心深处略微有点刺痛。我本能地感觉到我所说的不是真心话，实际上，这个小熊一般的孩子用那么特殊的方式来摆脱对他所不擅长的舞蹈的无理强制，并且毫不顾虑我们的议论（也包括莲娜的议论），这在我觉得很是可爱，甚至不由得引起我的尊敬……

我早就养成了一种特殊的习惯：晚上，当家里一切都静息了，我躺在床上的时候，在入睡之前，在半睡半醒的交界上，在清醒和瞌睡之间的蒙眬状态中，我任情地想象，在各种离奇的幻想中睡去。起初我有意识地编造这些离奇情节，后来它们蜂拥地包围了我，模糊了，暗淡了，后来又明显起来，已经是在梦中了，——或者梦见同样的情节，或者梦见更有趣更生动的别的情节。从某一个时期起，我常常在这种时候和莲娜作想象的谈话，大部分是很愚蠢的、幼稚的感伤话。但是这一次我的想象走上了比较正确的道路。关于“野蛮人舞蹈”的事件，印入我的脑筋深处，触动了隐藏在做作的富有教养的态度下面的某种东西。我想起了自己的尖刻，觉得难为情起来，不禁满面通红。关于这一点，我仿佛就在这晚上和莲娜谈起了，我的话讲得真诚率直。我们两人不知不觉地像朋友一般握住了手，我就对她说，我们大家不应该幸灾乐祸地看我们这只小狼的可笑的失败，不应该笑他的狂妄行为，这种狂妄行为可能是由于怕羞，由于希望摆脱无益的苦痛而来的……我说，奥迪弗雷先生的无言的轻蔑和讥讽使我们都很感服，而实际上这是可恶的；还有，我的尖刻话徒然地受到她的赞许，我觉得很难为情……

大概我在梦里还继续谈了许多这一类的话，披沥我自己的胸怀，又努力窥察她的心境，但是这些我已经记不得了。只记得我醒来的时候怀着一种熟悉的温暖柔和的感觉，仿佛又一次看到了那个穿灰色皮大衣的女孩子……

然而这种情况不再继续下去。我们的会面、互相访问、游戏和谈话的全部情况促进了“恋爱”的发展，然而不是友谊和坦白的发展，也不是倾吐胸怀的发展。况且在下一次上舞蹈课（这该是最后一课）之后，莲娜患了重病。

在上课的时候，她就已经觉得头痛；下课后，我们照例送她们回家的时候，她说她身体很不舒服，而且恐怕是有点严重。我惊慌地看看她。她的脸色发红，目光悲哀，说话像大人一般认真。走到了她家门口，她回过身来，把手伸给我，说："再见……可是看样子不会马上就见面……"她的手很热，一双发红的眼睛亲切地看看我的沮丧的脸。这时候我觉得她非常亲切可爱，像在梦里和我谈话的时候一样……

下一天才知道莲娜患了猩红热，而且还伤风，因为她从最后一次舞蹈课回来的时候已经生病了。

我们两家停止往来了。我有时在街上碰见莲娜的弟弟或父亲，就探问她的病况。据说现在还很难判断，恐怕还有危机，晚上，街上静息了的时候，我常常走出门去，沿着公路走向关卡，经过林果尔斯特家门口。拉上了窗帘的窗子向着黑暗的街道。有时在病人的房间的窗子里，在没有拉密的窗帘缝里，透露出灯光来；我觉得这灯光使站在黑暗的街道上的我和病人的房间之间发生了联系，这房间里一定充满着药的气味，白枕头上显出一张可爱的脸，脸上泛着病态的红晕，眼睛闭着。我在街上走来走去，有时站定了，抬起眼睛来祷告，努力用和上帝"单独会晤"的热烈意识来凿穿这融冰时期的冬夜的浑沌的天幕。

这样地过了几晚。天气变化了。冬天的模糊的雨雪变成了薄薄的冰霜，晚上比较明亮，天上闪现出星星，一弯眉月把它的玄秘而动摇不定的光线照在沉睡的街道上、古旧的围墙上、林果尔斯特家的绿色的铁皮屋顶上、关卡的木条上和向黑暗中消失的那条公路上。据说这种天气变化，对于疾病的好转是有利的。我不敢相信这是我的祷告的效果，但是有一次，在静静的晚上，在空无一人的街道上，一种温暖的感觉猛烈地抓住了我，使得我有一时在祈祷中完全失神了。当我清醒过来的时候，看见离开我五六步的地方有两个女人。这是两个可怜的姑娘，大概是用街头临时职业来补充她们的微薄工资的。她们长久地徘徊着，大概是看见我显然没有目的而在街上走来走去，觉得奇怪。她们的絮语声使我清醒过来。

“在祈祷。”其中一个人惊奇地说；她们又站了一会儿，就走自己的路，一面谈论着什么。而我怀着一种特别的欢喜的预感，站在街上。这似乎是我最后一次充满着活泼、真诚和完整心情的祈祷。我回想起了小时候关于翅膀的祈祷。我那时候多么愚蠢……实际上是要求一种玩具……现在我知道我祈求的是什么，欢喜的预感在我看来就是答复……

莲娜的确恢复健康了，这证实了我的预感，可是在我的一向平安无事的小小的艳史中，来了一个对我很不利的危机。我第一次听到熟悉的车铃的叮当声，跑到门口去，看见马车里又坐着林果尔斯特家两姊妹的时候，我觉得异常幸福。那个妹妹又欢欢喜喜地跟我打招呼，然而当莲娜转过脸来向我彬彬有礼地点头的时候，我觉得她的脸大变了：她的波浪形的头发长得长了，显得更加美丽；面貌还是照旧，然而其中显出一种新的特点，她仿佛比以前更年长了，更严肃了。

这时候已经是春天，就要举行考试，我们的晚会和舞蹈停止了，后来我们就到乡下去过暑假。转瞬又到秋天，我们重新会面了，我这才看到我们的脆弱的“相互恋慕”原来是片面的。这悲剧的预兆已经先表现出了。我们两人同年。我升到五年级，依然是一个“顽童”，而她已经长成了一个盈盈十五的美貌少女，高级班的学生——甚至成年的多情郎——都开始注意她了。

我深深地感到自己的不幸……有一次，我们的晚会上来了我的同学柯洛特科夫斯基。这个小伙子心地很善良，但是肤浅而轻率，我和他非常亲近。然而当他初次跳玛佐卡舞的时候，我们才知道这个狡黠的小家伙立刻胜过了我们所有的人——奥迪弗雷先生的学生。他的一双脚表演出可惊的伎俩，而且态度非常堂皇、优雅而自然，连大人们都聚集在墙边欣赏这个年轻的舞手。起初我也真心叹赏地观看我这个敏捷的同学；可是后来莲娜摆着某一个姿势，红着脸，眼睛闪闪发光，拉住我的手作一种短时间的舞蹈表演的时候，对我说：

“啊，他跳得多好！为什么你不会跳得像他一样好呢……”

这短短的一句话仿佛尖刀一般刺入我的心中。我立刻觉得我的希望多么肤浅而不足道：我既不会这样地跳舞，也不会这样地鞠躬，又不会这样地伸出手来。这些都是天赋的才能，而我只有可怜的庸才的努力。这样看来……我必然会辜负她的期望，说得更正确些，她已经看到她错认了我。

然而柯洛特科夫斯基毕竟只是一个善良的小伙子，他的追求机会只限于跳玛佐卡舞。引起我真正的嫉妒的，是我的另一个同班同学莫欣斯基。他是一个富裕的波兰地主的儿子，比我年纪大两岁，是一个金发美少年，脸色温和而苍白，一双深沉的蓝眼睛特别显著，好像两朵灼灼欲燃的花，眼光安详、悲哀而亲切。这个中学生的一切举止态度充满了一种柔和的、几近于病态的优雅。他根本不跳舞，然而第一次我在俱乐部的学生晚会上看见他和莲娜在一起，我立刻觉得我们城里难得看到的特别“有教养的年轻人”正是他，正是这个文弱端庄的青年，他带着多么疏懒自然的优雅神情坐在莲娜的旁边了。我想用这样的想法来安慰自己：莫欣斯基功课很不好，实际上只是一个懦弱无能的纨袴儿。但是我立刻觉得这是不正确的：实际上我完全不了解他，他的神秘莫测已经使得他变得富有趣味而独具一格。我立刻对自己说：我自己也确实喜欢他，他有一种天生的真正的优点；我曾经徒劳地追求这种优点，像徒劳地想象自己是波兰骑士或盖达玛克英雄一样……有一时我竟同他很亲近，极真心地欣赏他的眼神、言语和一切举止的不可捉摸的优雅……他对我像对别人一样地纯朴而亲切，但是在这亲切里面可以感觉到一种又像好意的淡漠、又像无暇及此的神情。他并不知道我把他当作一个危险的情敌，但是不久，他获得了一个机会，使得过去的一切竞争都变得可笑：他患了急性肺病，过了两个月就死了。

城里的人说，他曾经爱上了莲娜，起初他父亲不赞成他的恋爱，但是后来同意了：两年之后莫欣斯基读完了中学就结婚。然而这似乎都是谣言，一部分是莲娜的父亲促成的，这个人有点浅薄，喜欢拿女儿来吹牛……

莫欣斯基的葬仪在一个晴朗的冬天举行。送葬的有他的老父亲、几个贵族的绅士和夫人、中学当局以及许多市民和学生。林果尔斯特家两姊妹和父母亲也参加在行列中。两个天主教僧侣穿着黑的法衣，外面罩着白的袈裟，唱着拉丁文的送葬歌，寒风飘送他们的尖锐的歌声，吹动旗幡；同学们把棺材高高地抬起在人群上面，棺材里看得见一张苍白的脸，两眼紧闭，相貌端正、神秘而庄严。

我也在送丧，深深地感到自己的不幸。我真心地痛惜莫欣斯基，此外心中又感到一种空虚，觉得自己在这种死生大事面前毫不足道。我不能像他一样抛弃了恋爱而死去，而且说老实话，也不愿意如此。有时我甚至在想象中由于事情的演变而死去，然而每次都用一种方法来使自己复活……我体格结实健康，一切事都容易做到；然而我本能地感觉到：我的心纠缠在无路可通的迷津中、幻觉和梦想的追求中了。这些幻觉中最可爱的，是那个穿灰色皮大衣的女孩子，我以前曾经在梦中失去她，现在却是在现实中失去她了。此刻她就在离开我不远的地方走着，那张熟悉的脸曾经有一度对我表现出那么亲切的好感，而现在她又几乎是跟我素不相识的了。我不再把自己想像成一个文雅的青年，我仍旧是一个……我究竟是怎样的一个人呢？我能够做出些什么事来呢？我抱着什么志望，要做怎样的一个人呢？……

这一切只能说是在我心灵深处作为一团混乱的情绪而被感觉到，却不能说是作为一种定型而被意识到。我的小小的悲剧继续下去：

我读书（成绩平常），从一级升到另一级，我溜冰，热中于体育，访问同学；当炎热而沉闷的街上传来熟悉的车铃的绵延不绝的叮当声的时候，我就心惊胆战。在这整个时期中，我觉得那个穿灰色皮大衣的女孩子越去越远了……这种感觉显然是顽强而深刻的，它继续了三年，才逐渐地消失。然而它又变成了一种特殊的纠缠不清的意念，长久地把我掌握在一种顺从的奴隶状态中。

我怎样摆脱这种感觉，我怎样逐渐地回复故我，俄罗斯文学在这过程中发生了怎样可感谢的作用，——这一切我将在我少年时代的最后几章中叙述。

现在我要邀请读者到乡村去，这乡村在这混乱的精神过程中也起着重大的作用。

我初读狄更斯的作品[①]

1

我起初按照拼音死读而后来终于能够流畅阅读的第一本书，是波兰作家柯瑞涅夫斯基的小说——这是一个富有文学风格的天才作品。此后没有一个人指导我选择读物，有一阵我所读的是形形色色的、偶然碰到的，甚至可说是猎奇性质的东西。

在这方面我追随我的哥哥。

他比我年纪大两岁半。在童年时代，这差别很显著，而哥哥在这点上是很自负的。他为了要用种种方法来隔离“孩子们”，就赋给自己各种特权。首先，他置备一根手杖，拿了这手杖在街上走来走

①《我初读狄更斯的作品》这篇笔记是补充《我的同时代人的故事》第一卷第二十九章的，起初发表在《现代语周报》（1912 年 1 月 30 日，第一九九期），后来作者把它收入马尔克斯出版的集子里。——原编者注

去，异样地挥动着。我们都承认他有这特权。大人们笑他，但是不去夺掉他的手杖。还有一件不大好的事，就是他也置备了些烟，开始学习吸烟，背着父亲母亲，然而当着我们小孩子面前。这件事其实他学不会，因为他吸了烟要呕吐；他置备烟多半是为了虚荣。但是有一次父亲得知了这件事，起初他很生气，后来他决定："还是让这小孩子读些书吧。"哥哥得到了"两个兹罗提"[1]（合三十戈比），在布特凯维奇老爷的书铺里定了一个月的租书权，布特凯维奇老爷是在基辅街上卖纸张、画片、乐谱、教科书和练习本的，他也出租书籍。他的书不很多，大多数是当时流行的作品：仲马的、尤金尼·许的、库柏尔的，以及各种宫闱秘密，似乎还有当时已经出名的《罗康波尔传奇》……

哥哥认为这种新权利也是他所独占的。有一次我想看看他放在桌子上的一本书，他把书从我手里夺去，说：

"走开！你读小说还早。"

此后我只是当他不在的时候偷偷地拿起书来，提心吊胆地贪婪地一页一页读下去。

这是一种奇怪的、形形色色的、很紧张的阅读。我没有时间连续地读下去，只得先看情节，然后不拘次序地仔细阅读。我那时所读的书，现在有许多像烟雾中的风景一样呈现在我眼前。这就仿佛明晃晃的岛子出现在一片汪洋中，后来又消失了……骑着一匹可笑的驽马从小城市里跑出去的达尔丹年[2]、他的侠客朋友的形象、马各女王的被害、许的作品中的耶稣会教士的某些残暴行为……这一切人物忽而出现，忽而被哥哥的脚步声所吓跑，后来我再看到的时候已经在别的地方（在下一卷里），行动没有联系，也没有一定的性

---

① 见前 168 页注。

② 达尔丹年是大仲马的小说《三侠客》中的主角。——原编者注

格了。决斗，袭击，埋伏，色情事件，残暴行为及其不可避免的惩罚。有时我看到一个主角被人用宝剑刺入胸中，正在这紧急关头上，我只得和他分手；然而小说还没有结束，于是我只得在心中作苦闷的猜想。我胆怯地问哥哥：这主角有没有活转来？当他胸中带着宝剑苦痛地挣扎的时候，他的情人怎么样？哥哥神气活现地回答：

“不要碰我的书！你读小说还早。”

他就把书藏在别的地方了。

然而过了几时，他懒得跑图书馆了，就利用做哥哥的另一种特权：派我去替他换书……

我很喜欢做这件事。图书馆离开我家很远，一路上这本书完全归我掌握。我就一边走一边读……

这种办法使我的阅读过程有了特殊的、即所谓热狂的性质。起初我不善于适应街上的纷纭往来，有时几乎被马车碰倒，有时冲撞了走路的人。直到现在我还记得一个脸庞宽阔而长着灰色短胡子的波兰人，我冲撞了他，他就抓住我的衣领，带着嘲笑的好奇的神情向我注视了一会儿，然后说一句恰当的警告的话，把我放走。然而我渐渐地学会了在危险地带迂回曲折地走路的方法，能够通过书的一端注意到远处迎面走来的人的脚……我走得很慢，有时在街角上站定了，趁还没有走到书铺的时候，贪婪地探究书中的情节。我在这里草草地看到了事情的结局，透一口气，走进布特凯维奇的书铺里。脱漏的地方当然很多。骑士、强盗、正直行为的保护者、美貌女子——这一切都好像发生在妖魔夜宴上，在街头的骚扰声中旋风一般地飞驰在我的脑筋里，散乱地、奇怪地、神秘地忽断忽续，煽动我，刺激我，然而不能满足我的想像。在整部《红房子里的骑士》① 中，我只记得这样的情况：他改扮做雅可宾党人，在一个大

①《红房子里的骑士》是大仲马的小说。——原编者注

厅里一块块的石板上跨步，最后他从曾经绞死一个最美丽的王妃的绞首台下走出来，带着王妃的血所染红的手帕。这个骑士的目的是什么，他怎么会来到绞首台下面，这些情节我在一个很长的时期中没有明白。

我想，这种阅读给我带来了许多害处：在我头脑里装满了奇怪的、全不相称的曲折情节，蒙蔽了人物和性格的真相，使我习惯了表面的猎涉……

2

有一次，我给哥哥带来一本书[①]，似乎是从杂志里纂集拢来的；我在路上翻阅这本书，不能照例在其中找到情节的一般线索。这里描写着一个严肃而乏味的高个子的人。他是一个商人。他有一个办事处，在这里面“经常买卖皮革，然而从来不和女人交易……”去他的吧！我才不要看这种毫无趣味的人！后来有一个斯莫尔叔叔同他的侄儿在航海用品商店里作奇怪的谈话。最后……一个老妇人拐骗了一个姑娘，就是那商人的女儿。但是这个女乞丐只是剥下了她的衣服，给她换上一身褴褛。她回家来，他们给她喝些热汤，叫她躺在床上了。这是一种可怜而乏味的情节，我很看不起它，世界上哪里会有这样贫乏的情节呢？这本书使我发生一种断然的成见；后来当哥哥不看的时候，我也不利用机会去看它。

但是有一次，我看见哥哥读这本书的时候，忽然像发疯一般哈哈大笑起来，后来又常常一面笑着，一面仰靠在椅子背上摇摇摆摆。当朋友们来访问哥哥的时候，我就占有了这本书，想要知道这个买卖皮革的商人会发生什么可笑的事。

我在这本书里彷徨摸索了好一会儿，像在街上一样碰到了一连

---

① “有一次，我给哥哥带来一本书”是指狄更斯的小说《董贝父子》。——原编者注

串的人物，看到了他们的谈话，但是还没有掌握要点——狄更斯的幽默精神。我眼前闪现出小保罗、他的姐姐弗洛棱萨、叔叔斯莫尔和用铁钩代手的屠德尔船长的形象……不，还是没有趣味……屠茨和他对背心的爱好……无聊的家伙！……这种傻瓜难道值得描写？……

然而我翻到保罗死的地方（我通常不喜欢关于死的描写），突然停止了急速的翻阅，像着迷一般呆住了：

"'弗洛小姐，明天早晨爸爸要动身了……'

'苏珊娜，你不知道他要到哪里去吧？'弗洛棱萨这样问，眼睛看着地上。"

以后的情节读者大概都记得。弗洛棱萨在悲伤她弟弟的死。董贝先生在悲伤他的儿子……一个下雨的晚上。细雨悲哀地敲打窗子，发出如泣如诉的声音。险恶的风发出尖锐的啸声，在屋子周围呻吟，仿佛夜的苦闷侵袭了它。弗洛棱萨独自坐在她的凄凉的寝室里淌眼泪。钟楼上的钟敲十二点钟……

我不知道怎么会有这样的情形，只觉得从最初的几行文字起，这情景就全部活生生地出现在我眼前，给以前断断续续地读过的那些情节蒙上了一层辉煌的光彩。

我突然生动地体会到那个不相识的男孩子的死，体会到这一夜的情景、这孤独而阴郁的苦闷以及笼罩着最近死亡的悲哀的那个地方的孤寂……还有沉闷的雨滴、风的呻吟声和怒号声、病态的树木的虚弱的颤抖……还有可怜的女孩子和严肃的父亲的孤苦伶仃。还有她对这个枯燥残酷的人的爱，以及他的异常的冷淡……

"书房的门开开了……开得没有比一根头发更宽，然而总算是开开了……以前书房常常是关着门的。女儿屏息静气地走到门缝边。房间的深处点着一盏灯，幽暗的光线投射在四周的器物上。这女孩子站在门边了。走进去还是不走进去呢？她悄悄地走开了。但是照在大理石地面上的一条纤细的灯光，在她看来是含有天堂希望的光线。她回转身来，几乎不知道自己是在做什么，双手抓住了略微开开的一对门……走了进去。”

我哥哥不知为什么回到房间里来了，我正好在他进来以前走了出去。我站在那里等候。哥哥是不是来拿书呢？如果他把书拿去，我就不能马上知道以后的情节了。这个严肃的人对于走进来向他祈求一点父爱的那个女孩子将有什么表示？会拒绝她吗？不，不会。我的心怯弱地怦怦跳动。一定不会。世界上没有这样残酷的人。这到底是由作者来决定的呀，他不至于把这个可怜的女孩子再推进这异常可怕的夜间的孤寂中……我体会到一种强烈的要求，希望她终于得到慈爱和亲切。那该多么好啊……要是不然……

哥哥戴着帽子跑出去，不久他和他的朋友们走出院子去了。他们大概是到一个地方去，要很久才回来。我又跑进房间去抓住了那本书。

“……她的父亲坐在书房深处的一张桌子面前，正在整理文件……刺耳的风声在屋子周围咆哮……然而董贝先生一点也不听见。他坐着，全神贯注在思考中，这思考比那个胆怯的女孩子的轻微的脚步声沉重得多。然而他的脸转向了她，这张脸严肃而阴森，残灯的光给它蒙上了一种粗野的痕迹。他的阴郁的目光显出一种疑问的表情。

‘爸爸！爸爸！请你和我谈谈……’

他哆嗦一下，立刻从椅子上跳起来。

‘你要什么？你到这里来做什么？……’

弗洛棱萨看得出：他是知道她为什么而来的。他的粗野的脸上赫然地流露出他的思想……这思想像一支锋利的箭射进了她的苦闷的胸中，就从这胸中迸出一阵绝望的、延长而迷惘的叫声来。

但愿董贝先生在以后的几年内记得这情况。他女儿的叫声消失在空中了，然而在他的心灵深处不会消失。但愿董贝先生在以后的几年内记得这情况！……”

我手里拿着书站着，茫然若失，为了这女孩子的迷惘的叫声、为了作者本人的愤慨和绝望而感到震惊……为什么呢，他为什么这样写呢？……那么可怕，那么残酷。他很可以写成另一种样子……然而他没有这样做。我觉得他不能这样做，事实确是如此，他只是看到这种恐怖，而自己也同我一样地震惊……在这里，这个孤苦伶仃的女孩子的迷惘的叫声中加入了作者自己的绝望、苦痛和愤怒……

我也跟着他感到痛恨和复仇的渴望。对，对，对！他在以后的几年内一定会记得，一定会记得这情景……

这情景立刻像闪电一样给我照亮了以前肤浅浏览时漠然地出现的一切片段。我伤心地回想起我以前错过了许多时间……现在我决心要利用其余的时间：我又贪婪地读了两小时，在哥哥回来以前没有间断过……我认识了抚慰可怜的弗洛棱萨的慈爱的乳母保里；认识了那个生病的男孩子，他怀着儿童时代早熟的病态的智慧在岸上问海说些什么话……连那个坠入情网的屠茨在我看来也不再是傻瓜……我想起哥哥就要回来了，就拼命地一页一页读下去，更清楚地认识了弗洛棱萨的友人和敌人……而在后景上一直站着董贝先生的形象，这形象由于注定要受可怕的惩罚而显著起来了。明天我将要在路上读到他终于怎样“在以后的几年内记起这情况”……他会记起的，可是当然已经迟了……活该！……

哥哥在夜里读完了这部小说，我又听见他有时哈哈大笑，有时怒气冲冲，用拳头敲桌子……

3

早晨他对我说：

“喏，你送去吧。留神点儿，不要去得太长久。”

“告诉我，”我终于问他，“你昨天笑什么？……”

“你还傻，反正是不懂得……你不知道什么叫做幽默……不过，你看这一段……屠茨先生向弗洛棱萨表明心迹，常常哑口无言……”

于是他又动人地响亮地哈哈大笑起来。

“好，你去吧。我知道你在街上读书，犹太人把你称为疯子。况且你读小说还早。不过这本小说，如果你看得懂，可以读读。只是留神着不要去得太长久。半个钟点之后一定要回来！小心点儿，我会记录时间的……”

哥哥对我有很大的权威，然而我还是可以断定：我非但在半个钟头之后，就是在一个钟头之后也不会回来。不过我没有预料到：这回我演出了平生第一次近于当众出丑的情状……

我跨着我所习惯的、但比平常稍慢的脚步沿着街道走去，全神贯注在阅读中，然而还是照例巧妙地迂回曲折地避开迎面走来的人。我在街角上站定了，在人家大门口的凳子上坐一下，机械地站起来，再慢慢地向前走，一面埋头读书。我以前只根据一根线索来探究情节的发展，而不顾到旁的方面，也不留意次要人物，现在却很难照从前一样。一切都显得特别富有趣味，每一个人物都有他自己的生命，每一个动作、每一句话、每一个姿势都印入我的记忆中。优雅的弗洛棱萨来参观贤明的船长本斯贝的船，本斯贝问屠德尔船长：“朋友，这位女士是不是想大喝一顿？给她喝什么呢？”——我看到这地方，不禁哈哈大笑起来。后来我又找到了坠入情网的屠茨的表白，他滔滔不绝地说：“您好，董贝小姐，您好。您身体健康吗，董贝小姐？我很健康，谢谢上帝，董贝小姐，您身体健康吗？……”

说过这些话之后，这个青年绅士装出一个笑脸，然而他觉得没有什么可欢喜，就深深地叹一口气；后来又认为不应该悲哀，就又装出个笑脸，最后终于哑口无言了……

我像哥哥一样，看到这个可怜的屠茨就哈哈大笑，引起了过路人的注意。我在行人拥挤的街道上信步走去，不知不觉地将近目的地了。前面已经望得见基辅街，书铺就在这条街上。我因为热中于个别的场面，还要很久才能读到董贝先生记起自己对女儿的残酷的那“以后的几年”……

在日托米尔城里，离基辅街不远的地方，大概至今还存在着圣潘泰雷蒙教堂（名称大致如此）。那时候，在这教堂的凸出的地方和隔壁的房子之间有一个像壁龛一样的凹处。我看到了这个僻静的角落，就走进去，把身体靠在墙壁上，于是……时间就在我头上飞驰而过……我既不注意街上的嘈杂声，也不注意时间的悄悄的飞驰。我着迷一般贪看一场一场的情景，可是很难一口气看完，同时又不肯放弃。教堂里响出晚祷的钟声。过路的人有时站定了，惊奇地看看躲着的我……他们在我的视界里显示出讨厌的模糊斑驳的形状，使我想起这是街上。年轻的犹太人——一群活泼、灵敏而狡狯的人——说着讥讽的话，纠缠不清地问长问短。有的人走过去了，有的人站定下来……人越聚越多。

有一次我吃了一惊。我似乎觉得哥哥挥着手杖匆忙地走过……“不会的。”我安慰自己，然而还是加快了阅读的速度……董贝先生的第二次结婚……骄傲的爱迪弗……她爱弗洛棱萨，看轻董贝先生。喏，喏，就要看到了……“但愿董贝先生记起……”

然而这时候，我的迷梦突然被惊醒了：哥哥已经到书铺里去过，没有找到我，疑惑地从那里回来，注意到了聚集在我的隐避所旁边的那群犹太青年。他还不知道他们在欣赏什么东西，就挤进去看……哥哥动怒了，认为这是破坏他的特权。因此他迅速地跑进我的隐避处来，要夺我的书。我本能地拼命抓住它，不肯放手，眼睛也不离开书本……旁观者喧哗地大笑大叫起来，湮没了街上的声音……

“傻瓜！书铺马上就要关门了。”哥哥叫着，夺去了那册书，向街上跑去了。我狼狈而含羞地跟着他走，还全心沉湎在读过的情节中，后面跟着一群犹太孩子。在匆匆读过的最后几页上，我眼前闪现出一种牧歌的情景：弗洛棱萨结婚了。她生了一个儿子、一个女儿……一个头发斑白的老人带着两个孩子去散步，他亲切而悲哀地看看他的外孙女……

“难道……他们和解了？”哥哥从书铺里回来，我碰见他的时候这样问他；他还来得及借一本新小说，觉得很满意，这样他在休假日不会没有书读了。他容易息怒，现在只是取笑我而已。

“现在你已经完全是个疯子……已经大名鼎鼎了……你问我弗洛棱萨是不是原谅了她父亲。是的，是的……她原谅了。狄更斯的作品大都是用善行的胜利和和解来结束的。”

狄更斯……童年时代的人往往不知道感谢：我从来不看使我满足的那些书的作者的姓氏，然而这个姓氏像银铃一般响亮可爱，立刻印入我的记忆中……

这就是我初次——可说是在路上——认识了狄更斯的作品……

俄文版编者说明*

《我的同时代人的故事》是柯罗连科的一部最巨大的作品，他写这部作品是在一九〇五年到一九二一年。这部作品的写作常常间歇，而且终于没有完成，因为每次都有某种政治事件阻碍柯罗连科的工作。他在一九二〇年六月十六日写给谢·德普罗托波波夫的信中说："如果我不分心于纯粹的美文学、社论作品，以及像谟尔坦事件或帮助饥民之类的实际事务，那么我一定可以写出更多的作品来……但是关于这点我一点也不可惜……我非如此不可……况且我们这时代的文学是必须参加生活的。"

这位作家赋予这部作品多么重大的意义，可以从下面的事实中看出：他在病重的时候，还紧张地继续写作《我的同时代人的故事》第四卷，力求他的记述尽量地增多。柯罗连科记述自己的回忆直到他从西伯利亚流放回到下诺夫哥罗德为止，即记述到一八八五年为止；这些回忆包括前世纪的六十年代、七十年代和八十年代初期。

把《我的同时代人的故事》第一卷译成德文的罗莎·卢森堡曾经这样说："这是柯罗连科的自传，是一部高度艺术性的作品，同时又是历史文化的第一流文献。其中包含着亚历山大二世的自由主义改革时代、波兰起义，以及俄罗斯反对派运动和革命运动的初期表现；因此，其中反映着从旧时农奴制俄罗斯到现代资本主义俄罗斯的过渡时期。其活动地点则为沃伦，即在西区边境，俄罗斯人、波兰人和乌克兰人交互杂处的地方。”（一九一六年九月十三日从狱中写给路易莎·卡乌茨卡雅的信。）

柯罗连科在《我的同时代人的故事》第一卷的自序中指出：不可把这部书看作传记，因为他“并不特别注重传记材料的完整”。

《我的同时代人的故事》第一卷的初稿没有被保存下来。这初稿从一九〇六年一月到一九〇八年十一月陆续地发表在三个杂志上，即：《现代纪事》（一九〇六年一月），《现代》（一九〇六年三月和四月），以及《俄罗斯财富》（一九〇六年五月，一九〇七年一月，一九〇八年二月、三月、八月及十一月）。出单行本的时候（一九〇九年《俄罗斯财富》印行），作者曾经把这作品加以根本的修改。作者在《俄罗斯财富》的版样上作修改的那个本子是被保存下来的。这版样加工的时候，换了许多页新写的文字，有时换了整整的好几章，所以付印的本子中修改的地方极多。在后来的几版中——一九一一年（《俄罗斯财富》印行）和一九一四年（马尔克斯出版的七卷全集）——作者仅删节了某些地方，在文体上作了不重要的修改。在一九一四年的版本中没有加入柯罗连科所作的最后修改。一九一四年柯罗连科住在法国的图卢兹，马尔克斯所印行的他的作品的校样被寄到那地方去给他看。可是因为在战时的关系，作者不能把他所校改过的《我的同时代人的故事》第一卷的校样及时地寄还，因此没有照校本印出来。收到从图卢兹寄来的这校本，已经在柯罗连科逝世之后，即在一九二三年；同时又收到作者于一九一五年五月回国时遗留在那里的其他材料。这些修改在一九三〇至一九三一年“学院”所刊印的版本中方始加入。

《我的同时代人的故事》四卷最初全部出版，是在一九二二年

* 这是本书俄文版编者 С. В. Короленко 所写的说明。——译者注

（逝世后印行的《柯罗连科文集》，乌克兰国家出版社版）。

在本卷的附录中有《童年时代的恋爱》和《我初读狄更斯的作品》两篇，是补充正文的。这两篇十分完整，并且已经修改完成，但是作者没有把它们加入在作品的正文中。

Владимир
Галактионович
Короленко

ИСТОРИЯ МОЕГО СОВРЕМЕННИКА

II

[俄]符拉季米尔·加拉克齐昂诺维奇·柯罗连科
——
著

我的同时代人的故事

丰子恺 丰一吟
——
译

上海译文出版社

第二卷

著者序言*

《我的同时代人的故事》第一卷的读者同这书的主人公分手之后，已经过了好几年了；在这新近的过去和现在之间发生了许多事件。对这故事题材阔别多年，自有不便之处，然而也有好的方面。在茫茫的过去中，当时曾经出现在前景上、出现在视野近处的许多详细情况，可能已经消失了。然而视野本身却扩大了。保留在记忆中的东西，现在出现在更广大的视域中，出现在新的环境中了。

我结束第一卷，是在一九〇五年①，俄罗斯革命刚刚爆发的时候。现在，革命已经达到了转折点，我怀着特别的兴味来回顾“我的同时代人”过去所经历的“乌烟瘴气的”长途。也许读者也想怀着几分同情看看这个已经熟悉的人物，而且会这样想：这一代人多么富有预感，他们的意识生活从对终于消灭的制度的斗争开始，在这制度的瓦砾中结束，这些瓦砾又铺设了未来的道路。而崩溃了的过去的错误和难于根除的习惯，还会有多少残留在这未来中啊！

* 写于一九一九年。——原编者注

① 这里作者弄错了：《我的同时代人的故事》第一卷在一九〇五年刚刚开始写作，至于完成，则是在一九〇八年十月，后来在一九〇九年重新修改，出单行本。——原编者注

第一章　初期专科学生时代

1
在玫瑰色的烟雾中

我最初发生这种心情，还是在罗夫诺的时候：有一天早晨，邮递员给我送来一封信，上面盖着工艺专科学校的图章，写着我的名字。我心惊肉跳地拆开了这封信，取出一张上端填着我的姓氏的印刷通知单来。工艺专科学校校长叶尔玛科夫通知我，说我被录取在一年级[①]，须在八月十五日以前来校报到。

我看了信之后向四周一望，觉得在这几分钟内仿佛已经过了整整一昼夜：邮递员来到以前是昨天，而现在已经是另外一天，是今天了。我仿佛睡了一夜，醒来的时候不但已经换了一个人，而且好像也换了一个世界。这种感觉是从那张有印刷文字和叶尔玛科夫签名的坚实的灰色纸上产生的。此后我在街上奔跑的时候，觉得房屋、墙垣和一路遇见的居民们也都用不同的眼光来看我。事实上他们的确也是开天辟地以来第一次看见……专科学生某某人。

我有好几天随身带着这通知书。我一人独处的时候，常常把它取出来反复阅读，每次都感到一种新的满足，仿佛这不是一个枯燥的公文，而是一首诗。这的确是一首诗：脱离旧世界，被召唤到你所希望的光明的新世界去。……召唤的人是“校长叶尔玛科夫”。在我想象中觉得这姓氏联系着一个很坚强的、几乎像花岗石一样的(大概是联想到了西伯利亚的叶尔玛克②)、同时又是无比崇高而明慧的人物。就是这个叶尔玛科夫在等候我八月十五日以前到校。他需要我去执行他的崇高的使命。……

这种心情是愚蠢的，我当然也意识到它的愚蠢。因为叶尔玛科夫的签名是印刷的；这种通知书他并不亲自签字，而是由办公室大量地散发。我知道这一点，然而这并不能改变我的心情。我的理智很聪明，可是感情很愚蠢。当我给自己指出了事情的真相之后，我的嘴巴不由得张开到了耳朵边。我必须转过头去，不让人家看见这种愚痴的笑容，不让人家因此而猜测到叶尔玛科夫在召唤我，需要我在八月十五日以前亲自去见他。……

我怀着青年人的利己心，完全不顾问母亲关于我的行装的操心。她向人抵押了她的抚恤金领取簿，卖了些东西，向可借的人借了些债，终于凑成了两百卢布光景。然后她又同裁缝施姆科长久地商谈。

裁缝施姆科是一个矮胖的犹太人，面庞宽阔，脸上的薄嘴唇和尖鼻子给人一种近于阴郁的滑稽印象。父亲在世的时候，我们常常嘲笑施姆科，尽情地讥讽他的外貌，猜测他的作弊。父亲死了之后，母亲生活困难，施姆科到我家来，批判地检查了我们的服装情况，一本正经地对母亲说：

“唔，该缝一件大衣和两套制服了。”

“施姆科，你要知道我现在没有钱，将来还不知道怎么样呢。”母亲悲哀地回答。

“哪里!”施姆科反驳，“您没有钱，可是有孩子。……孩子难道

① 柯罗连科进彼得堡工艺专科学校是在一八七一年秋天。——原编者注

② 叶尔玛克（卒于1584年）是哥萨克兵的将领，曾经征服西伯利亚。——译者注

不是钱？……”

于是他又替我们缝衣服，不计较付款日期，而且不再像从前那样讨价还价。

现在他在我们家里展开了他的业务。他探问我是否要缝“最新式的”样子，知道我讨厌最新式的样子，他竟高兴得叫将起来，于是就尽情地施展他的创作幻想。他把衣料浸过，蒸过，量了尺寸，裁剪了，给我试穿一下，然后缝制。终于由他一手把我打扮好了，虽然打扮得不十分阔绰，价钱却很便宜。他替我缝了一套夏装，布料结实而坚硬，棕色地子上有黄色的小花束。此外他又替我缝了一件大衣。我当时隐约地觉得：有花束纹样的坚实布料很像家具上的套子，却不像到首都去穿的服装；而那件大衣很像西班牙式的斗篷。……然而我对于这些并不讲究，毫不介意。不管式样如何，我只觉得自己穿着崭新的衣服，“十分朴素，却别有风味”。

呜呼！忠诚的施姆科的这种创作想象的发挥，后来带给了我不少苦痛和烦恼。……

苏奇科夫回家来过假期；他已经在首都住过一年，我当然就向他探问种种情况。他不知怎的不大肯多讲，然而我还是探听得了：专科学校和中学校完全不同，教授一点也不像中学教师，专科学生也不像中学生。完全自由。……没有人来监视你上课。……而且专科学生之中有很出色的人物。其中有的人你会把他当作教授。论争开展得多么激烈！谈的问题多么高深！光是要懂得所讲的事情，就得看许多书，作许多准备。……

他仿佛偶尔顺便地告诉我，说他为了种种原因，仍旧留在一年级里，因此我们将来又是同班。

在这假期的中央，我长满了十八岁，但是我觉得我早已不能容纳在我周围的这个狭小的世界里了。这世界整个儿只有这么一点点，就好像局限在一只平坦的盘子里，在监狱和邮局之间的范围内扰扰攘攘，到处都是熟悉的，枯燥无味，陈腐可厌。我在这里的最后几天中有一个傍晚，我用告别的眼光望望在公路街上散步的群众，我面前的暮色中突然浮现出官员米哈洛夫斯基的脸来，我以前曾经把这个人当作“名诗人”①。他嘴里衔着一枝粗大的雪茄烟，雪茄烟上的火亮一亮，照明了他的异常乏味的平面孔和突出的、毫无表情的眼睛。不久以前我还觉得这个人后面映着一圈诗的光轮。此外还有多少人曾经被我看作高尚人物，只因为他们都是成年人，而我是一个小孩子。可是现在我已经长大，这个狭窄的世界就缩小了。……以前的聪明人或是变得愚笨了，或是变得十分平凡了。……现在我能够敬仰谁，能够崇拜什么人或什么东西呢？这里有哪些人知道并且能够指出我这年轻的心灵所向往的高尚生活呢？……即使仅仅是想到这种高尚生活，去找求它、怀念它、想望它，他们之中又有谁能够做到呢？……没有人，没有人！

我心中产生了一种自高自大的信念，认为我恐怕是这城里最聪明的人了。我的看法是这样：在这像盘子里的水一般从关卡到邮局往来动荡的潮流中，所有闪现在我面前的人，我全都能够了解。在所有的人都应该知道的事物里面，他们所知道的，我全都知道了。可是他们却猜不到我对他们怀着怎样的看法，我心中萦绕着怎样的理想。

我这种想法真笨。后来，我变得聪明些了，就很容易在生活的最荒僻的角落里找到比我高明的人。可是在那时候，我似乎仅用“文学发展”这一种尺度来衡量一切。

然而必须指出：对于另一个世界，对于在八月十五之前等我去的那个世界，我并不自高自大。反之，我到那个世界去的时候准备怀着一种真诚的信念，认为我在那个世界面前渺小而不足道。不过，

---

① 见《我的同时代人的故事》第一卷第320页。——译者注

说实话，我心中隐藏着一种希望：在那股光明的、雄厚充实的生活潮流中，我也会前进，会与某些人并驾齐驱，并且赶上别人。……但是如果这时候有人想指示我，说在我将要离去的这个世界和我所向往的那个诱人的世界之间，并没有质量上的区别，说那班“堂堂的高等学校学生”只不过是由一些平凡的人集合而成的，这些人大都像我现在一样无聊而乏味，——那么我一定不相信，也许竟会替我的理想叫屈。……

2
我途遇“名人”

母亲和住在附近的一个舅舅①送我到别尔迪契夫，从这地方开始可以乘火车了。铁路通达基辅、库尔斯克、奥廖尔、都拉和莫斯科。

第三次打钟。我热烈地和母亲拥抱，然后坐进车厢里；母亲就把哭丧的脸偎在舅舅胸前了。一声尖锐的汽笛，惊吓了听不惯的人们，然后火车震动一下，使得车厢里跌倒了几个人。接着发出喀唧喀唧的金属声和隆隆然的轰响声（那时候火车还没有像现在那样完善），车站和月台就向后退。母亲和舅舅看不见了。我坐在自己的座位里了，努力不让邻座的人看见我的不由自主的眼泪。……

那时候没有直达车，每一段铁路各自为政。从基辅到库尔斯克的火车，在我们的火车到达基辅之前早已开出了；我只得在索菲亚客栈过夜，等候下一班火车。第二天早晨，我从自己的房间里走出来，站在平台上，这个大城市的喧嚣扰攘使得我惊愕万状，茫然失

① 即布罗依·约瑟福维奇·斯库列维奇，他住在罗夫诺附近，是务农的。——原编者注

措。正在这时候，我碰见了罗夫诺的两个女教师：扎维列斯卡雅和柯玛罗娃。她们亲切地同我打招呼，邀我和她们一同去游览大礼拜堂，过后又叫我到她们那里去喝茶，她们就住在这客栈的另外两个房间里。我很愿意接受这个亲切的邀请，但是为了怕难为情，我辞谢了；就是在辞谢的时候，我心里也还是很想去。这两个青年妇人在同我分手之前，用批判的眼光打量我一下，其中有一个说：

“你听我说：你到了彼得堡以后，替自己另外定做一套衣服。……你知道，这套衣服在首都穿是不相宜的。”

“对呀，对呀，”另外一个接着说，“缝一套像样一点的衣服。……还要做一件大衣。你身上穿的倒像是一件斗篷。现在流行狭小的紧身大衣。……而且要短得多。”

“你这顶帽子仍旧可以用。……这样式跟你的鬈发很相配。”

她们愉快地互相交谈着，亲切地向我点点头，就走了。我心中发生了恐怖的孤独之感，而且想到我这套“不时髦、然而朴素文雅”的衣服引起了她们的讥讽，觉得很不愉快。……

第二天早上醒来的时候，我已经身在基辅和库尔斯克之间的火车里了。昨天晚上我不知不觉地睡着了，现在我的眼光首先落在车厢壁上一个引人注目的告白上：“谨防扒手”。关于这一点，母亲和舅舅也曾经再三关照我。所以我一醒来，首先抓住了我的行囊。行囊安然无恙，但是我立刻觉得自己四周包围着可疑的阴谋分子，他们都想探取我的宝库。我在椅子上坐起来，用“机敏洞察的”眼光向四周张望；我当然立刻就会猜测到这里哪一个人有危险性。……

这时候火车正停在一个车站上，全部沉浸在愉快的阳光中。乘客不很多，大部分还伸直了身子躺在椅子上、搁板上，有的竟躺在地板上、椅子底下。车厢的一端传来生动而激烈的犹太土白的谈话声。附近，邻席的椅子背后，靠窗坐着两个青年人，在那里轻轻地谈些什么，两个头差不多碰着。……

其中一个穿着一件褪色的红褐色大衣。我在座位上动了一动，他就把脸转向我，这张脸很宽阔，长着些面疤，眼睛细小而略带绿色。以后他和同伴谈话的声音更轻了。“这个人必须防备。”我心里这样决定。这时候我才看一看我自己的近邻。

这是一个绅士，穿着灰色大衣，戴着当时盛行的漆布帽子。他大概是在这个车站上车的，我醒过来的时候，他显然在注视我。他的年龄不能明确地看出。起初我觉得他完全是个青年人，但是后来我发现这印象是错误的，眼睛旁边的皱纹和黄色的浮肿的脸，表明他或是一个上了年纪的人，或是一个早衰的人。他那双褐色的小眼睛带着一种柔媚亲切的表情向我浑身打量，仿佛他准备立刻同我谈起话来，向我表示衷心的好感。我本来也准备向他倾吐相互的好意，然而这时候我的眼光碰到了另一个更有趣的人物。

这是一个青年军官，戴着金边眼镜，穿着普通士兵穿的灰色呢大衣。穿士兵大衣而佩军官肩章，是当时盛行于米留青①派自由主义青年军人之间的一种打扮。这种带着民主军人色彩的人物，在当时为数不少；一般说来，军官中“知识分子”较多。在偏僻的小城镇里，他们常常管理置备完善的“军营图书馆”，甚至替本地的青年人当“阅读指导”。……

这个军官的脸庄重而可亲。他旁边的钩子上挂着一把军刀，一只小皮箱上放着一叠报纸。他刚刚放下一张读完了的报纸，点起一枝烟，把烟气喷向打开的窗子外面去。……

他旁边的位子空着。我想，要是能够同这个和蔼的军官坐在一

---

① 德米特利·阿列克塞耶维奇·米留青（1816—1912）是一个元帅，又是军人作家，写过关于苏沃罗夫的作品。他身任军事部长，在二十年间致力于俄罗斯陆军及军事的改组工作。他采用种种方法，来加强陆军的军事训练，改善士兵生活，提高军官阶级的水平。——原编者注

起，该多好啊。可是我觉得不好意思：我这样突然地迁移座位，会使人感到奇怪，甚至可疑。

我正在犹豫不决，车厢的门打开了，走进一个新的旅客来。这是一个中年绅士，服装朴素文雅，戴着金边眼镜和棕色手套。一双灵活的褐色眼睛愉快而略带讥讽地从金边眼镜里张望。在柔软的亚麻色髭须下面，显露着一种特殊的"知识分子气质"，仿佛奥穆列夫斯基[①]作品中的一个主角。

我热切地盼望他坐到我的旁边来。然而他只是向我这个乏味的人瞥了一眼，立刻向搬运夫指点一下军官旁边的那一角。"两个都是知识分子气质的人。"我心里这样想。……

搬运夫把皮箱放在空位子上了。那个绅士打开钱包，用戴手套的手指掏出一个小银币来，从肩膀上向后递给那个搬运夫。搬运夫接了银币，失望地向他看看，想说些什么，然而大概是不敢说，就走出去了。那个绅士对军官说：

"我坐在这里您不会嫌挤吧？啊呀！巧极了！您不认识我了吗？"

军官向他转过头去，细看一下，说：

"如果我不弄错，……您是涅格利先生吗？"

"对呀，我是焦多尔·米海洛维奇·涅格利，朗诵艺术家。……我们在N见面过。……请您不必顾虑，我这里座位很宽敞。您这一大叠是什么报？噢，是《声报》……是关于涅恰耶夫派案件的全部报导[②]吗？嗯，这件事儿真有意思。……很有意思，……"他这样补说一句之后就坐下来。"在十二月党人之后，恐怕还是第一件事吧。……"

---

① 奥穆列夫斯基（1837—1883）是俄罗斯作家英诺肯齐·瓦西列维奇·费陀罗夫的笔名，参看《我的同时代人的故事》第一卷第352页。——译者注

② 涅恰耶夫派案件，即所谓"蓄意推翻俄罗斯现行制度的阴谋案件"，是于一八七一年七月一日至八月二十七日在彼得堡高等审判厅特殊法庭审理的。——原编者注

“还有彼特拉舍夫斯基派[①]。……”

“是的，但是这是政府的夸张。本来是一个无罪的小组。……让我看看好吗？”

“请看吧。”

绅士拿了一张报纸，把它展开来，过了一会说：

“您有没有注意到斯巴索维奇[②]的发言里用来称呼我们这班人的那句流行语？……知识分子无产阶级……很确切。您说是吗？……”

军官点点头，微笑着回答了些话。我用心倾听，希望这两个在完全陌生的人群中立刻相识的可亲的人继续讲下去。“仿佛是同一个团体里的成员。”我又获得了一个文学的定则。车厢里他们所坐的一角，在我看来是一个光明的小岛，突出在这晦涩的、乏味的、也许竟是怀着敌意的世界中。我自己也多么希望移居到这小岛上去。……但是这当然只是一种难以实现的空想。也许将来我渐渐地聪明起来，灵活起来，我也能够堂堂皇皇地接近这种人，一开始说话就叫他们知道：“我也是你们的人。”

火车早已在飞奔了，在轨道连接的地方发出隆隆声，链条叮当地碰响。涅格利先生和军官默默地看报，偶尔简短而低声地交谈几句。那些犹太人继续用他们的土白激烈而迅速地谈话；我的戴漆布帽子的邻座人早已和我相识，并且同我谈话，谈得很长久，语调从容，态度亲切而内容乏味。我无心无思地听他，生怕遗漏了那个角落里“交换意见”的谈话。这时候我的邻座人向我表示关怀，他问

---

① 彼特拉舍夫斯基派是以布塔舍维奇-彼特拉舍夫斯基为首的革命小组的成员。他们集会讨论俄罗斯政治生活问题，研究西欧政治文献，尤其是空想社会主义者（主要是傅立叶）的作品。彼特拉舍夫斯基派坚决反对专制政体和农奴制度，拥护共和政体。这小组出现于一八四五年至一八四九年之间。后来彼特拉舍夫斯基派被奸细出卖，受了逮捕，被起诉为从事“破坏现行国家制度”的活动。他们之中大多数人被判死刑，后来改为苦役刑。——原编者注

② 符拉季米尔·达尼洛维奇·斯巴索维奇（1829—1906）是政论家和批评家，又是律师，曾经在涅恰耶夫派案件中担任辩护人。——原编者注

我是不是一个新生，是不是从乡僻的城市到首都去的。他劝我千万要当心，因为火车里扒手很多，而我当然是带钱的吧？他说他自己一点也不怕。首先，他是很老练的。再说，他除了车票之外只有“一个卢布三十个戈比”。……喏，就在这里，在钱袋里。……

他笑着，打开他的钱袋，把袋底翻出来给我看。不知为什么他把这动作反复做了好几次，我看了觉得有点奇怪；同时我感到不好意思，因为我不能专心地听他讲话。……我觉得他这个人心地善良、和蔼可亲，然而乏味之极。……我的眼睑沉重起来了。我觉得他的眼睛又带着和蔼可亲的表情在看我的脸，但是我的眼睛不由自主地闭合拢来，眼睑渐渐懒得活动，要睁开来越来越困难了。……我把背靠在车厢壁上，开始睡觉，同时觉得我那个怀善意的邻座人把头靠在我的肩上，也放心地在我胸前睡着了。……

过了几分钟，我在温暖的偎傍和深重的好意的感觉之下，甜蜜地睡着了。……又过了几分钟，我觉得发生了一种变更，就醒过来。……

我一下子弄不清楚，不知道究竟发生了什么事。我的邻座人的头的确靠在我的胸前，姿势很奇怪，而且他这样子显然是不舒服的；而在我正对面的椅子上（我几乎不能相信这一点），坐着涅格利先生，他两肘支在膝上，用灵敏而含笑的眼光望着我们两个人。有几个乘客显然对什么事情发生了兴味，环绕着我们，也在那里笑。……

我脸红了，在座位上动了一下，但是涅格利先生向我做个手势，叫我不要动，然后指着我的亲切的邻座人，朗诵起来：

黎明时莫把她惊醒！
黎明时她正睡得稳。[①] ……

① 费特的诗《黎明时莫把她惊醒》（1842）中的句子。——原编者注

我们周围的乘客中发出一阵笑声，我就觉得我身上的温暖的重量立刻减轻了；虽然这位亲切的邻座人在这时候还很自然地打着眼鼾，我却清楚地感到他并没有睡着，只是假装没有听见这种无礼的嘲笑罢了。我就觉得他很可怜。……这时候在车轮的隆隆声中隐约地听见一声汽笛，火车开得慢起来，显然就要到达一个车站了。戴漆布帽子的邻座人突然惊醒，擦擦眼睛，站起身来。

“车站到了吗?”他惊慌地说。

“是啊，车站到了，还不知道是什么站，”涅格利先生坦然地回答，“你当然是在这里下车的啰？是不是？……”

“是的，是的，在这里下车。”亲切的邻座人含糊地说着，就伸手去拿自己的干瘪的小包裹。……

火车开进月台，缓冲器发出剧烈的碰响声。涅格利先生把手搭在这个陌生人的衣袖上，对他说：

“先生，等一等，”接着他就对我说，“青年人，你的东西都在吗?”

我这时候才明白，立刻迅速地抓住了我的行囊，使得旁边的人都笑起来。行囊安然无恙，底下放着钱包。……我放心地透一口气。……戴漆布帽子的人很快地走出车厢去，后面跟着讥笑的和敌意的评语。火车开动了，他站在月台边上，当我们经过他面前的时候，他伸出拳头，向窗子里表示威胁。……

车厢里的人就开始讲各种偷窃事件。过了一会，乘客们都走散了，各自回到自己的座位里，只剩下涅格利先生和我两个人。

“啊，恭喜你，青年人，”他微笑着对我说，“你这样便宜地摆脱了祸事。刚才跟你打交道的分明是个老骗子。他把自己的钱袋给你看了好几次，你注意到了没有？这是一种手段。……像你这样的公子哥儿——对不起，我的意思是说，像你这样初次从内地乘火车出门的人，一听见人家提到钱袋，马上就会抓住装钱的行囊或者衣袋。……我刚才注意到你抓住了你的行囊。……于是他就来缠住你了。……要不是我叫醒了你，……咳，咳，没有关系，这有什么可感谢的？……”

我满脸通红了，那可恶的怕羞使我不能好好地表达出自己的感情，我觉得很懊恼。在这种情况之下，我往往先说出了含糊、晦涩而不像样的话，然后才想到恰当而像样的话。……虽然如此，我想起了受这个优秀人物的恩惠，总觉得非常高兴。

我刚才的梦想实现了。火车向前飞驰，我和涅格利先生并坐着，我们低声地谈话。他立刻猜测到我今年在中学毕业，现在是到首都去。他问我去进什么学校，听说我是去进工艺专科学校，他很赞成，因为国家的未来全赖于技术知识的进步。……况且……工人问题是目前当务之急。可是我老实对他说，我进技术学校是暂时的，是不得已的，因为我是实科中学毕业生，没有资格进大学，但是以后我还是希望转入大学。他听了这些话，眼睛里显出讥讽的表情。……

“这么说来，你想立刻走上已经踏平了的道路吗？将来做官吗？不是？那么做什么？做律师？……嗯，……那更好了。……这么说来，你想发财吗？……不错，青年人，很不错。律师的确是……一种安乐的人。……”

我就向他辩解。我说斯巴索维奇和其他的人……在涅恰耶夫案件中……作辩护人是尽义务的。

“啊，原来如此！那么请你原谅我。既然你热心的是这一方面，那又作别论了。……不过你最好还是放弃这个主意。你不能做雄辩家，因为你的口音坏得很。你说的不是俄罗斯口音，也不是小俄罗斯口音，而是诺沃罗西斯克的土白。……用这样的口音来发言，而要打动听众的心，是很困难的。……”

“可是，斯巴索维奇……”我胆怯地替自己辩护。

“啊，老兄！他是斯巴索维奇呀。不是所有的人都能做斯巴索维奇的。……不过，没有什么关系。……但愿上帝帮助你。……”

火车向前飞奔，迅速地吞食了空间，我觉得它又迅速地吞食了时间。再过不久，我们这次迷人的奇遇就要结束了。……那时候我就要和这个已经征服我心的人永远分手。……

涅格利站起身来。

“喂，青年人，我们等下还可以谈谈天，”他说，“到库尔斯克还有好些时间呢。”

“我到沃罗日巴就要下车的。”我用懊丧的声音回答。

“为什么？”他问。

“我有一个舅舅[①]在苏麦，我要顺路去望望他。我到了沃罗日巴雇马车去。”

涅格利先生的脸上现出兴奋的表情。他又坐下来，略带沉思的样子对我看看，说：

“我告诉你，……这真是天缘巧合。我也需要到苏麦去。……我要到那里去表演。你的舅舅是不是有地位的人？他在苏麦住得很久了吗？”

“他是预审推事。……在那里住了五年了。”

他又想了一想，说：

“我们的确是一路的，我们一同走吧。而且你雇马车也可以便宜些。可是，对不起，你已经把你的情况都告诉了我，而我还没有向你作自我介绍。我叫焦多尔·米海洛维奇·涅格利，是一个朗诵艺术家，而且，在内地是很有名的。……怎么？你失望吗？请老实说，大概你以为我是一个流浪乐师，是一个在舞台上装腔作势讨好观众的丑角吧。”

他把柔软的手掌亲切地放在我的手上，用诚恳的声音轻轻地说：

---

① 即根利赫·约瑟福维奇·斯库列维奇。——原编者注

“不，青年人，你弄错了。我不是流浪乐师，而是一个艺术家，是一个怀抱理想的人！舞台是我的讲坛，朗诵是我的说教。我把尼基丁、莱蒙托夫、柯尔卓夫、涅克拉索夫、裴多菲[①]、雨果介绍给无知的民众，我启发民众的感情，假使没有我，他们这种感情会永远酣睡。当我的声音在高高的舞台上响出的时候，……像警钟一般，……使得他们颤抖，……像电火一般，使这些天真纯朴的心灵燃烧起来。……”

他说话声音很轻，很诚恳，是专对我一个人说的；然而那个穿红褐色大衣的邻座人还是回过头来用好奇的眼光望望我们。涅格利立刻停止了谈话，默不作声了，后来他握住了我的手，说：

“那么，讲定了，一同走？”

我用沉默的眼光回答他，他大概可以在这眼光里看出感谢的欢喜。我现在回想起这光景来，似乎觉得我们的火车在光辉灿烂的原野上奔驰，而我的周围弥漫着金色的云雾，云雾中浮现出涅格利神妙的姿态，他是一个朗诵艺术家，……说教者，……“新人物”。……

“沃罗日巴车站到了。……停靠十分钟。……”

我拿了我的皮箱。涅格利同军官告别。那个穿红褐色大衣的、鼻子像鸭嘴的旅客想对我说些话，可是我沉醉在狂喜中，并没有注意他，匆匆地下车去了。涅格利带着一个搬运夫，跟在我后面走出车厢来，他叫搬运夫替我拿了皮箱，就挽住了我的手，带我走进头等餐厅。我感到局促不安，可是他叫我在桌子边坐下来，态度那么温和而威严，使我不敢反对。

“拿菜单来。”他对侍者说。

---

① 山陀尔·裴多菲（1828—1849）是著名的匈牙利诗人，一八四八年革命的参加者。——原编者注

穿燕尾服、戴线织手套的侍者拿菜单来的时候，我感到为难。“上头等餐厅”在我看来是一种不可饶恕的奢侈。然而我的眼睛注意到了“甜菜汤——三十戈比”一项。这还吃得起。涅格利叫了一杯伏特加、一杯白兰地，又要了一只空杯子，然后点了鱼子和鲟鱼两样菜。……他把白兰地和伏特加混合在空杯子里，津津有味地喝了下去。

旅客们在小吃柜台旁边喧嚷了一会，渐渐走散了。火车拉一声汽笛，轰隆轰隆地开走了。只剩下一个空落落的餐厅、一个简陋的柜台和我们两个人。开开的门里望得见一个未曾铺砌的小院子、一些简朴的铁路建筑和一片新鲜动人的田野。听得见马车的铃声，看得见俄罗斯式装配的骨瘦棱棱的马。

涅格利用餐巾来揩揩髭须，向侍者招招手。我生怕他也付了我的三十戈比，连忙拿出钱包来。涅格利微笑着向我看看，说：

“你要付吗？唔，那么也好。……我们到了苏麦算账。在路上，一切费用最好由一个人来支付。青年人，你可以练习练习。……替我付一卢布五十戈比，你自己三十戈比。……给他十戈比小账。喂，老兄，替我们喊一个马车夫来。”

走进一个马车夫来，他穿着一件腰身很高的外衣和一双很肮脏的长统靴，恭恭敬敬地站定了。涅格利带着笑颜向他一看，说：

“你好，巴甫洛老兄。过得怎么样？”

“我是盖拉西姆。”马车夫惊奇地回答。

“对，对，盖拉西姆。……我弄错了。巴甫洛是另一个。”

“老爷，您认识我的吗？”马车夫天真地问。

“当然认识。而且知道你的老板是谁。”

他就回过头来向着我，愉快地转动着那双褐色的眼睛，对我说：

“他的老板是一个有名的人物，但是，……”他放低了声音继续说，“是一个非常吝啬的人。关于你们的老板有这样一首诗：

或是鱼，或是虾，
康德巴是个大傻瓜。
或是虾，或是鱼，
康德巴做人真太愚。
这样也罢，那样也罢，
康德巴总是个大傻瓜。”

“怎么样？对不对？”他回过头去对马车夫说。

“是的。”马车夫带着天真的惊异之色回答，接着狼狈地向侍者们和柜台上的人看看。他们听了这位有风趣的客人的打诨，都在那里笑。

“喂，盖拉西姆，我们到苏麦去，要多少钱？”

“老价钱：三个卢布。”

“两个半，二十戈比酒钱。对你老板说：载的是艺术家涅格利先生。他知道我的。来，把皮箱拿去。”

马车夫又无可奈何地向周围看看，就顺从地拿了我们的行李。……

过了二十分钟光景，车站的屋顶和水塔的尖端由于草原高低不平而不大看得见了；在很远的地平线上，有一团白色的烟气在那里推移。涅格利畅快地吸进一口新鲜空气，说：

“祖国，感谢你的治疗身心的旷野！……你大概还不懂得这种情趣吧？治疗身心的旷野在你是不需要的。你喜欢涅克拉索夫的作品吗？”

“很喜欢。”

“会背吗？”

“涅克拉索夫的作品中我有许多会背。……”

“背一些给我听吧。”

我向周围看看。庄稼差不多已经完全收割，然而有些地方还堆着一束束的谷物，荞麦的苗床发出淡红色，有几辆载货的车子在路上爬行。土堆后面显出一个小村庄的许多草屋顶来。我就开始念：

田里的谷物长得真高，

我们的荒村显得很小。[1] ……

涅格利起初稍微皱皱眉头，后来开始用心倾听。我念到最后一节，他突然接了过去，自己来念完了这首诗。我觉得他这一接，仿佛抓住了这片田野的全部幽静的诗趣、田中残株间的萧萧的风声，以及低地里某地方的锋利的镰刀的铿锵声，——他把这一切都融合在涅格拉索夫的真挚谐调的诗句中了。我由于一种衷心的幸福的哀愁之感，眼睛里淌出眼泪来。

他向我斜看一眼，说：

“你富有情感。你念得似乎还不大好。但是你稍微练习一下，可以念得很像样！谢甫琴科的作品呢？”

“念得更不好。”我回答。

“试试看。”

我毫无信心地念了些，而且常常念错，因为我完全不能掌握乌克兰口音。他又皱皱眉头，说：

“唔，……这的确不好。……你念涅克拉索夫作品的时候还富有感情。嗯，嗯，……涅克拉索夫的作品念得还可以。”他自言自语地补说一句。

天色渐黑。田野上沉寂起来。不知不觉之间，明亮的星星一颗颗闪现出来了。地平线上长久地横着一条光带，后来这光带也消散

① 涅克拉索夫的诗篇《出殡》（1861）中的句子。——原编者注

了。我们一路上默不作声。不久就要到达目的地，我们就要分手了。我觉得时间默默地过去很可惜。……

“我请问您。”我开始胆怯地说。……

“什么事，青年人？”

“您刚才跟那个青年军官谈到涅恰耶夫派案件。”

“对，对，……你听见的吗？”

“听见一些。我想请问：他们为什么杀了伊凡诺夫？”

“当时必须这样。”涅格利严肃地说。

“可是伊凡诺夫是一个正直的人。……大家都说他不是告密者。”

“是的，……他是好人，……可是当时必须这样。”涅格利断然地说，就不再开口了。……

我想：“他知道的大概比报纸上登载的更多。……或许他也参加过这些事件。……他和那个青年军官都参加过。……”

我觉得夜色中充满了模糊而神秘的形象。我虽然还是不懂得为什么当时必须“这样”，我虽然不能同意这件事必须这样做，但是不敢再问下去。

远地方隐约地闪现出火光，大概就是那个城市。再过半小时，旅途就要结束了。我想起了这一点很不高兴，仿佛将要同一个可爱的姑娘分手似的。……涅格利似乎猜测到我的心理，转过头来对我说：

“我问你，青年人！你能不能在苏麦耽搁几天？”

他不等我回答，就兴致勃勃地说：

“你知道，我们可以一同登台表演。……”

我吃了一惊，几乎吓坏了。我？在观众面前登台表演。……这不可能！然而涅格利认为这不算一回事。他一切都考虑过了。他说我的朗诵还算有感情。在印刷广告的两天之内，他可以训练我。我登台时穿的燕尾服可以去租借。我的舅舅会向群众吹嘘，把门票分发给法院里的同事们。……这件事就会办得很出色。

假使我答应了他，不知道结果会怎么样；假使我不是处在现在的情况之下，不知道我能不能拒绝这个完全征服我心的“优秀人物”。而现在我的时间的确不够：十五号快到了，我还得在莫斯科耽搁一下，去看看我的妹妹[①]，还要在彼得堡租房子。……

“可惜，可惜，”涅格利失望地说，“那么，我现在还要请求你一件事，你大概不会再拒绝我吧？……”

“只要是我能够做的。”我热情地回答。

“这件事你能够做：今天晚上我们一同在旅馆里宿夜，明天早晨你再去找你的舅舅。老实对你说：我实在舍不得跟你分手。……”

“啊，当然可以，……”我兴奋得言语混乱了。……“我也，……您不知道，……我……我真……”

我终于困窘起来，说不下去了。

我们来到苏麦，时候已经很迟，就耽搁在一个不大好的旅馆里了。我胡乱地在几把椅子上睡了一夜，这些椅子有好几次在我身子底下分裂开来。但是无论是睡着，或者是因为铺位不舒服而常常觉醒，都觉得很愉快。我预备写一封信给母亲，这时候就先打腹稿，我要告诉她：关于我的情况，可以请她放心。我自会找到我所需要的一切。又告诉她说，我运气很好：我已经认识了一个不平凡的优秀人物！

当我醒来的时候，涅格利已经盥洗过，精神勃勃地坐在桌子旁边，正在写些什么。

“啊，你醒来了！……你起来吧，我们一同喝茶。现在让我先把这件小事情结束一下。”

---

① 这妹妹就是玛利亚·加拉克季昂诺夫娜，她那时在莫斯科叶卡捷琳娜学院求学。——原编者注

我连忙盥洗，五分钟之内已经一切就绪。涅格利按一下铃。走进一个人来，站在门口了。

“老兄，把这个拿去，关照他们快些送校样来。明白了吗？”

“是。……厂里吩咐过要先收定洋。”

“你去吧！”涅格利用命令的口气对他说，然后转向我：“唔，我打听得你舅舅住的地方了。并不远。你要在他那里耽搁多少时候呢？”

“最多两天。”

“唔。这期间我们当然还要见面。……今天你在亲人家里过一天，明天早晨再到这里来。一定要来！那时候我还要跟你结算我们这笔小小的账款。”说过之后，他回转头去，看见那个印刷厂的信差还是一动不动地站在门框边，就对他说：“你还在这里吗？”

“是。……厂里吩咐过要先收定洋，……”他用机械的语调重复说。

涅格利装出一个微妙的神经质的鬼脸。

“瞧，多麻烦！”他嫌恶地说，“每一次表演会都有这样的一个前奏曲。……这是流浪艺术家的生活的黑暗面。你听我说，……我要你放一笔小小的押金在这里，保证你一定再来看我：你已经在餐厅里付过账，……后来又付马车费；我们这笔共同开支继续到明天吧，请你再付这家伙两个卢布。”

我连忙付了钱。

“谢谢你。现在你到舅舅那里去吧，我去办点事情。需要一个会场。……还要得到警察局许可，另外还有种种事情。……那么你能不能留下来听听你的朋友——艺术家涅格利——的朗诵表演呢？不行？好，算了吧，算了吧。……那么明天见！”

舅舅收到母亲的信，昨天就等我，我没有来，他有点不放心。他听我讲了这次同涅格利的幸运的会面，滑稽地挺起了眉毛说：

"问你借了钱吗?"

我为我的新朋友抱屈，面孔涨红了。

"舅舅!"我用埋怨的口气说，"您不知他是怎么样的一个人。……他是一个艺术家，一个说教者。……这是我们这里的社会说教的唯一的方式。……"

"借了多少?"他又问，但是看见我有点懊恼，就说："好，好，……算了。让我们听听你的艺术家的朗诵表演吧。……"

我这个舅舅从前曾经是一个乐天者和机敏家。现在他生了肺病，然而他的眼睛里还是常常放出幽默的闪光来。我很喜欢他，可是他毕竟不过是我的舅舅，而涅格利却是一个朗诵艺术家和说教者，他远远地超越在舅舅的判断和他的讥讽之上。

第二天早晨，我急急忙忙地跑到旅馆里，仿佛去赴幽会似的。在走廊里，我前面走着一个小茶房，两只手里都端着盘子，盘子里盛着酒瓶、酒杯和酒菜。他在一个房间的门口站定了，小心地用脚把门踢开，我就看到了这房间的内部。通过一阵阵的浓重的烟草气，看得见桌子旁边围着一群欢乐的人。特别使我注目的，是一个身材魁梧的青年人，这个人面庞宽阔，脸色像生肉一样红，身上穿着一件斜领绸衬衫，胸前横着一根沉重的金链条，从衬衫的一个口袋通到另一个口袋。从这个烟雾弥漫的房间里传出嘈杂的酒醉似的话声、叫声和笑声。这一群人显然是玩了一个通宵的纸牌，到这很晏的早晨才结束。

涅格利先生不在前天晚上我们一同宿夜的那个房间里。小茶房从开开的门里望进来看见了我，就走进房间来，不知为什么用餐巾在桌子上一掸，对我说：

"我马上去通知。他在税局先生那里。他关照的，叫您一定要等他，不要回去。"

于是他走了。

过了一会儿，门开开了，涅格利先生走进来。他的脸上又像是略微起了皱纹，又像是悲哀。他默默地走近我来，用力地、含义深长地握住了我的手，探究似的对我的脸看了几秒钟。后来他放脱了我的手，跨两三步，坐在桌子旁边了，把头埋在两只手里。我心中感到一种不可理解的激动。……在这紧张而严肃的沉默的瞬间，隔壁房间里传来一阵喧噪声。……那边的人在笑。他们敲着桌子，叫某一个人。……

涅格利先生把脸转向我，脸上带着讥讽和痛心的表情。……

“你看他们好吗？”他问。

我一句话也不回答。我没有考虑到这一群人，而且显然是由于缺乏观察力，对他们没有作出明确的结论。可是涅格利先生已经考虑过并且得出了结论：

“你知道他们在做什么？”他带着抑制的愤怒和悲哀问我，接着立刻简洁生动地说：“他们这班强盗在抢劫。……”

随后是沉默，我觉得这沉默中充满着可怕的、通电似的紧张。

后来涅格利先生开始用一句一句的话来打破这沉默，他的话说得很轻，字字清楚，仿佛灼热似的。……

“你听！他们在作乐，在大吃大喝。……你听见吗？听见吗？而我呢！……为了我的说教，……为了我的正直的说教，……唉！”

他用低沉的声音呻吟起来，后来突然转向我，开始更轻声、更清晰地对我说话，仿佛要把一种重大而苦痛的秘密铭刻在我的心头。

“何必隐瞒真情呢？我的亲爱的、纯洁的青年啊，你知道我现在处在怎样的地位？身上一文钱也没有！赊账！……天哪！在俄罗斯谁肯赊账给一个流浪的说教者呢？昨天你在这儿的时候我定印的那些广告……必须先付钱，否则那个印刷厂老板，……那个吝啬的剥削者，……不肯把广告印出来。这样一来，我的表演会就开不成了！明天他们就要把我这个说教艺术家像条狗似的赶出这个寒酸的房间去。……而你，……你还……。”

我的心沉了下去。周围的一切多么可怕，多么恶劣。转瞬间我就会看到自己也参加在这共同的罪恶中。……

但是涅格利先生的眼睛从金边眼镜里温和亲切地向我看。

“前天你问我：‘为什么？当时为什么必须这样做？’（我知道他讲的是关于涅恰耶夫和伊凡诺夫的事。）是啊！必须这样！……你知道：在这个国家里，一切都可以这样，一切都必须这样；在这里，像这班家伙（他用大拇指通过肩膀向后面指点一下）就可以酒醉饭饱，嘻嘻哈哈，而像我和你这种人，就只得哭泣……。唉，哭得血泪交流。”

他又把头埋在手里，默默无言了。他的肩膀微微抖动。……难道他，……难道我昨天看见那么堂皇的涅格利先生，哭起来了？我屏住呼吸站着，深为感动，茫然不知所措。而从那班“强盗”的房间里又传来叫声和笑声。……

我羞怯地走近涅格利先生去，对他说：

“涅格利先生，我，……请原谅我的冒昧，可是我，……我总不能……。如果您同意在我这里拿您所需要的钱去印广告或者作其他的开支，……那么……我这里现在有……”

我就把自己的干瘪的钱包交给他。

涅格利抬起头来，用濡湿的感动的眼睛仰望着我。

“你，……你要这样做？……可是，不，不。……我不能，不应该……”

钱包已经放在他手里了。他就把它打开，开始用仿佛读动人的墓志铭那样的音调点数钱包里的东西：

“行李票，……通信地址，大概是彼得堡的朋友的。……十块，……二十块，……三十五块，五十块……”

他用疑问的眼光盯住我的脸看，一面继续用那种动人的音调说：

“大概……在别的地方，……在行囊里，你的慈母还亲手替你缝着一两百卢布吧。……这才是全部了。……真是不容易，这个青年人自己是无产者，还伸手援助同样无产的艺术家。……啊，谢谢你，谢谢你！……当然不是谢你的钱，这钱我能不能拿还不知道，我是感谢你对人的纯洁的信任，这种信任……”

他眨眨眼睛，用一块薄手帕的角在金边眼镜里面揩了一下。然后改变了语调说：

“可是，慢来。……你既然要这样做，那么，……金钱的事不是可以随随便便的。你坐下来吧。嗳，这就对啦。现在让我们来打开天窗说亮话：你一共究竟有多少钱？”

我脸红了，红得简直发烧，我觉得我仿佛欺骗了一个信任我的优秀人物。

“全部……都在这里了。”我费力地说。

涅格利先生的眼睛里迅速地闪现出一种复杂的失望表情，接着是一瞬间的冷冰冰的态度，仿佛他确实生气了，后来又表现出一种诙谐的惊讶，最后竟变成了怀疑。……

“都在这里了？”他问，“你带了这点钱到首都去？大概以后他们再寄给你吧？是吗？”

“我想在那边找些教课工作。”我用十分抱歉的声音喃喃地说。……

他笑起来。

“唔，这工作不容易做呢。你得吃点苦头。……好，不要紧，青年人，不要脸红。我知道你的财产和你的善良的意愿有点不相称。……所以我更加要感谢你了。……不过，你当然得计算一下。……慢来：到库尔斯克，……到都拉，……到莫斯科，……到彼得堡。……这样吧，我拿你十个卢布去印广告。……另外再，噢，好吧，好吧，再拿五个卢布。……你总算救了我。……表演会开得成了。我将来会有钱。你在彼得堡的地址是什么？……其实我何必问，只要寄到专科学校就可以了。而且我自己也许不久就要到彼得堡去，那时候我会来找你，我的可爱的青年人。那时候你大概也不会拒绝我这个清贫的流浪艺术家的帮助。……是吗？你真的不会拒绝我吧？……好，那么现在……”

他从椅子上站起来，握住了我的手。他不放脱我的手，身子略微向后一仰，似乎突然想起了一件事，就盯住我的脸看，同时说：

“我的好朋友，还有一个小小的要求：关于，……关于我们的事，你最好绝不向你舅舅谈起。这种人的心已经由于生活的枯燥无味而变得冷酷了。……他们不见得会了解……”

“当然不说。”我断然地说。

“那很好。”

我们的房间的门轧轧地响了。门里出现了一个茶房的呆头呆脑的脸。

“税局先生……”他开始说，然而涅格利脸上装出一种痛苦的表情，用愤恨的声音说：

“我知道了，我知——道了。……管他什么税局先生，你们都给我滚。……”

茶房走了。涅格利先生又转向着我，用非常容易打动我心的语调说：

“好，我们可以分手了。……但是青年人，请你相信我。……对，对，我知道你是相信我的。……涅格利好比是一个流浪的犹太人，一个茨冈人，一个无家可归的人。但是他不会忘记：在他的生活之路上，在一个漂泊的说教者的艰苦的旅途上，命运叫他跟一个纯洁的青年人相会，……跟一个信任他的，……热诚而富有同情心的青年人相会。那么再见了，……再见了！”

涅格利先生紧紧地拥抱我。我觉得他的柔软的髭须碰到了我的面颊，后来他的嘴唇贴在我的面颊上了。我还来不及答谢他的拥抱，他就放开了我，迅速地跑出去了，只留下我一个人在这空房间里。四周肃静无声。只有那班“强盗”的房间里迸发出一阵十分嘈杂的欢呼声、笑声和叫声，仿佛是把门突然一开的样子。……

这个不大熟悉的城市的街道上，显得暗淡而寂寥。下着凄凉的细雨，天上浮着一团团的灰色的云雾，马路上全是黏滑的污泥。但是我心中仿佛在奏音乐，这音乐有点悲哀，然而更加显得庄严。……多么优秀的人物！……“他们在做什么？……他们这班强盗在抢劫！”啊，他这话说得多么动人！我在那个烟气弥漫的肮脏的房间里所看到的那一群卑鄙的人，被他用这一句话来尽情描出了。……那个自命不凡的红光满面的青年人，……大概就是那个税局先生吧？当然是了。……昨天茶房说，只有一个房间里有客人，而且正是一位税局先生。……而今天涅格利又是从税局先生那里来的。……为什么呢？这个卑鄙的人和这个流浪说教者之间有什么共通点呢？涅格利先生一提起这个家伙，脸上就显出痛苦的表情，其原因是很明显的。大概是这家伙要贿赂。……他还挂着金链条向人夸耀呢。……“而我为了我的说教，……为了我的正直的说教……”他和我分手之后，到哪里去了呢？他现在正在跟谁谈话呢？……我们分手之后，那班“强盗”用这样的欢呼声来欢迎哪一个呢？……“在我的生活之路上，在一个漂泊的说教者的艰苦的旅途上，……命运给我送来了一个纯洁的青年人。”……难道他所指的是我？在他看来我算得什么呢？……一个乏味的、未成熟的、穿着可笑的西班牙斗篷的孩子。……他那双聪明的眼睛还向我看过，带着深切的悲哀仰望过我。……啊，涅格利先生，可爱的、美丽的、聪明的涅格利先生！艺术家，朗诵家，知识分子无产者，流浪说教者。难道，啊，难道我永远不能再见您了！

我想到这里，眼睛润湿了。……

然而，如果读者以为我的同时代人笨得这样不可救药，像这里所描写的他的心情那样，那么这位读者就弄错了。这个怕羞的青年人即使在这时候也并不完全失去观察力。……当他心中奏着庄严的交响曲的时候，他并没有失神，还是能够注意到周围的情状：街道肮脏而寂寥，马路上轧轧地开过一辆破旧的轻便马车。的确，涅格利先生的形象浮现在他眼前的金色的云雾中，光彩焕发，令人神往，威严地占据着他的意识的光明的一面。然而同时，在灰暗的阴影里，现出另一个形象来，虽然晦涩，却还是非常清楚。只要把它放到明亮的一面，它也会很显著地突出来，不亚于那个壮丽的形象。这个涅格利先生大概是在遭逢失败之后带着未定的计划到库尔斯克去的。他到苏麦来弯一弯，是专程为我。……我替他付了饭钱、马车费、旅馆钱和广告印刷费。他计算我的财产的时候，眼睛里闪现出失望之色。……他以为我还要带得多些。他故意说伊凡诺夫当时必须被杀。其实关于这件事他一点也不知道。……还有，……他一定是从那班“强盗”的房间里跑出来看我，后来又回到他们那里去的。也许他现在拿了我的钱继续在那里赌，而且要把这些钱统统输给那个红光满面的青年人。……而当我来到彼得堡的时候，身边剩下的恐怕不到十个卢布了。……

但是我把这第二形象描写得太粗暴，太过火了。其实那时候这第二形象不过是试图在我的意识中显示出来——轻微、飘忽而且非常胆怯，只要那壮丽的形象一动，它就消失。当这第二形象试图从阴影中移到明亮的一面来的时候，我就觉得懊恼而痛苦。我刚刚同涅格利先生本人分手，……难道还要同回忆中的涅格利先生分手吗？……不，不！这时候那个堂皇的涅格利先生又说了一句使我心神恍惚的话，那个卑鄙的第二形象就消散在烟雾中了。

总而言之，在这时候，我也是理智上看清了涅格利先生；而感情上仍然愚昧地崇拜地，希望他永远是这样的一个涅格利先生。……而他留给我的印象也正是如此。……他还是继续这样地支配我的心。如果不久以后命运又把我们两个人拉在一起，而且他又对我说几句动人的话，又用悲哀痛苦的眼睛来仰望我，那么，无论他叫我到什么地方，我恐怕会永远跟着他走，不会去听那个第二形象的胆怯的低声的警告。

后来我到了彼得堡，当我生活困难，像这条泥泞街道一般凄凉而寂寥的时候，堂皇的朗诵艺术家涅格利先生的形象还一直充满着魅力从玫瑰色的烟雾中浮现到我眼前来。我似乎觉得他打开了门，走进来，用他那双灵活的眼睛从金边眼镜里向我望望，说：

“我来了。一个流浪者，一个茨冈人……。我知道你生活困难，所以来找你。青年人，你老实告诉我，你是不是曾经对我怀疑？……”

舅舅又开玩笑地问起“我的艺术家”，但是他看出了我的心情，就不再谈这件事。他开始实际地检查我的经济情况和其他情况。结果是非常可怜。他自己并不富有，而且正在生病。在他那双以前曾经愉快活泼的黑眼睛里，现在显露出对孩子们的孜孜不倦的深切的操心。不管怎样，他还是弥补了那个朗诵家在我的经济上所造成的损失；此外，他又把他自己的一套黑衣服送给我。舅舅个子很高，他的外衣的衣裾遮盖了我的脚跟。他哈哈大笑，说：

“不要紧，不要紧。……到了彼得堡叫个裁缝改一改。要不然你穿了这套衣服像个什么样子。”

傍晚，当我坐着康德巴的马车离开苏麦的时候，又有乌云推移在这城市的上空，霏霏的小雨落在沉寂而泥泞的街道上。电杆木上和墙垣上有几张很大的纸在我眼前闪过，我能够看出上面写着几个粗大的字：

朗诵艺术家焦多尔·涅格利

细雨打在这些广告上，我想天气会妨碍我这位出色的朋友的表演会，心里很耽忧。

3
我落入强盗窠

在车铃叮当的路上，在到库尔斯克去的火车里，我都觉得很寂寞。

在库尔斯克，我所乘坐的车厢里走进两个我已经熟悉的旅客来，即那位鼻子像鸭嘴的先生和他的同伴。他们一直走近我来，向我问好，并且作了自我介绍。鼻子像鸭嘴的先生姓苏巴列夫斯基，原来是工艺专科学校的三年级生（另一个人的相貌和姓氏，我不知怎的完全忘记了）。他们因为有点事情，在库尔斯克耽搁了两三天。……他们在莫斯科还要耽搁。我装作完全相信他们的话，但是实际上，我觉得这样相貌不扬而衣衫不整的人不可能是专科学生。不过我现在已经是一个老练的人，不容易受骗了。他们提议，叫我到了莫斯科和他们一同耽搁在柯柯列夫旅馆里，我婉谢了，说我要住在叶卡捷琳娜学院附近的地方，因为我有一个妹妹在那里。……

到了莫斯科的古老的库尔斯克车站上，我又后悔了。当我拿着皮箱走到月台上的时候，我立刻被叫喊声、粗野的脸、高举的帽子和响亮的招揽顾客的声音包围起来了。他们抓住我那件倒霉的西班牙斗篷的衣裾，夺取我手里的皮箱，盯住我的眼睛，把各种气息——大都是酒气——喷到我的脸上，似乎在嘲笑我。……远地方闪现出苏巴列夫斯基和他的同伴。我现在觉得他们可亲了。苏巴列夫斯基的一双眼睛其实很仁善，相貌一点也不愚蠢。他也许真是一个专科学生。至少不是一个强盗。我连忙走过去，但是他已经不在了。这时候我耳朵边听见一个沙哑而柔和的声音：

“东尼科夫旅馆。……一共只要四十戈比。不必叫马车。行李包送到。……”

我挣扎得疲倦了，就听天由命。

一个长着黑胡须的、相貌非常阴沉而有点像和尚的人拿了我的皮箱，把它掮在自己肩膀上了，使劲地在人群中开出一条路，向前走去。他走得很快，我立刻落后，同我的皮箱告别了；但是到了车站门口，这个黑胡须的人在那里等我，我们就一同走上莫斯科的街道。

我们走了很久。通过了巴尔干区，然后转弯抹角地走过几条胡同。我心里正在打算，如果碰到一辆马车，我就雇它到柯柯列夫旅馆去，这时候我的向导站定在一座楼房面前了。这条胡同狭小而肮脏。上面是阴暗的天空，下面是潮湿的路。这房子的墙上写着几个大字：“东尼科夫旅馆”。这几个字似乎是用窑墨写的，被雨打湿，黑水一条一条地淋在龌龊的墙壁上。虽然时候还早，大门却已经关上。向导拉一拉门铃。里面响出一阵颤抖的、凄凉的铃声，接着是嘶哑的狗叫声。一个肥胖的妇人开了边门，放我们进去，又立刻把门关上了。

一个方形的小院子里龌里龌龊的，样子很萧条。我有生以来还是第一次来到这样的院子里，我觉得我真像身在井底了。在一堵墙上也有两个被雨水浸蚀而模糊了的字：“旅馆”。我们走进一扇矮门，我似乎觉得这是一个山洞的入口。经过厨房之后，那个黑胡须的人引导我通过一条小走廊，来到了后面的一个房间里，对我说：

“就在这里。每天四十戈比。您要不要茶炊？”

他出去之后，我环顾一下我新租下的这个房间。这房间很狭小，只有一个窗子，窗子上全是苍蝇粪。天花板是黑沉沉的，糊壁纸也是黑沉沉的，天空也是黑沉沉的，外面暮色苍茫。窗子很低。我走近去，想要轻轻地把它打开。一间黑越越的堆屋的门里立刻探出一个狗头来，发出嘶哑而愤怒的叫声。

我心里想：这一下我真像是落在罗网里了。院子是关好的，窗子外面有狗。即使我能够冲到院子里，还是无路可走。院子四周墙上的黑越越的窗子神秘而凶恶地窥视着这个陷阱。……

走廊里传来一阵嘈杂声，我不由得耸耳倾听。有一个人要闯到什么地方去，另一个人不让他去。我的房间和走廊之间的单薄的间壁动摇而颤抖起来。

“我命令你，……让我去！”一个男子的沙哑的声音用力地说。“阿加菲雅，……阿加菲雅，……究竟谁是这里的主人？……你和叶尔米希卡这强盗折磨我。……你们这些凶手，叛徒！”

他挣脱了，走廊里就响出一阵杂沓而迅速的脚步声。我的房门突然打开，门槛上出现一个五十多岁的男人。这陌生人上身穿着一件敞开的毛皮外衣和一件破烂的斜领衬衫，下面只有一条单薄的土布裤子，赤裸裸的脚上穿着一双破靴。他的目光粗野，眼珠溜来溜去，仿佛受了惊似的；稀薄的灰色头发散乱地矗立着；胡须歪在一边。他抓住了门框，以防跌跤，然后蹒跚地跨进我的房间，一直走到我面前，开始对我说话，喷出来的全是酒气和患热病的气息。

“你听见吗？……请你做个见证。他们不放我进来。……叶尔米希卡他们是强盗，凶手。不行，胡说，……活见鬼，想瞒过人。……”

他眯拢一只眼睛，狡狯地向我眨眨，说：

“我也不是好欺侮的……我不会放过他们这班凶手。……我……要告到沙皇那里。……”

走廊里传来门碰响的声音。大概是那个妇人把叶尔米希卡叫来帮忙了。这个醉汉耸耳倾听一下，向我弯下身子来，神秘地、匆忙地低声说：

“不要声张。快给我二十戈比，就好了。……以后你去跟这些混蛋扣算。我是老板，不会叫你受屈的。啊，亲爱的！你这个好青年。……”

我被他的惊慌而匆忙的神色所迫，立刻给了他一个二十戈比的钱币。他贪婪地抓住了钱币，把它塞在嘴里了。他这动作做得正及时，因为那个黑胡子和胖妇人已经在走进房间里来了。这陌生人这回不再表示反抗，只是在走出门去的时候向我点点头，似乎含有深长的意义和默许的神情。……不久，喧噪声在远处静下来了。只听见模模糊糊的抱怨声、叹息声……和一个人的哭声。……

黑胡子带着阴森森的神气走进我的房间，起初送进一个盛着茶壶茶杯的托盘来，后来又送进一把小茶炊和一只装着法兰西面包的盘子来。他做这些工作的时候一句话也不说，也不向我看，出去的时候也一声不响。

我已经非常明显地看到我目前所处的地位了。难道还可怀疑？我已经落在一个强盗窠里了，就像奥斯特罗夫斯基戏剧《热闹地方》的巢穴一般。不过不是在森林里，而是在莫斯科的巴尔干区，比在森林里更糟。他们到车站上来接客，显然是专门为了诱骗那些没有经验的青年，就像我，被裁缝施姆科打扮成这个模样，分明是这一类的人。周围的屋子显然是没有人住的。……只有一个窗子里有一点幽暗的火光在移动。……那里住着的大概也是这一伙人。窗外有一只凶暴的恶狗看守着。大门锁闭着。……

我在想象中把这个阴惨的主题发展开来。我想，这一伙人里面显然有一个人良心未曾丧尽。……但是他常常用酒来灌溉这良心，只有在喝醉之后，才威吓他的同伴们，说要揭穿他们的阴谋，并且他又去报信给那些不幸的牺牲者。……刚才他那么神秘地想对我说些话，那么含义深长地在门口向我眨眼睛，是不是准许我什么呢？……显然的：他答允帮助我。也许这个善良的、悔过自新的罪犯能够设法瞒过他们的戒备，带些人来，在千钧一发的时候把我救出去。……有时的确有这种情形。……但是，……他能不能做到呢？……

只是有一点我觉得奇怪：那个黑胡子的强盗和肥胖的泼妇看见那个醉汉的时候，都仿佛哭过了似的。对，我的确记得那女人的哭丧的脸。有什么呢，这也容易解释。她到底是个女人。……也许她看见我年纪轻轻的，觉得可怜起来。她一定有过一个儿子。……这儿子已经死了；要是活着，现在年纪和我差不多。惯做强盗的人有时也会有这种感情。我似乎曾经在一个可怕的故事里看到过这样的情形。……然而这对于无罪的牺牲者，毕竟是没有什么帮助的。这种幸福的结局只有小说中才有。……而现在，严肃的现实包围着我。……

桌子上放着一把茶炊和一只五戈比的面包。茶里面当然放着蒙汗药。我拿出茶炊里的茶罐来，把里面的茶倒在一只垃圾桶里了，把茶罐洗了几次，然后煎我自己的茶。盘子里放着几块糖。我也用舌头舐舐看：味道奇怪，仿佛是金属的。砒霜不是也很像糖吗？好吧，让他们以为我已经被麻翻了或者中毒了。而实际上我要喝许多浓茶，通夜不睡觉。……也许我可以遇救。……至少也要死得有点意义。……

不可以背着门坐。我就换一个座位，坐到墙边的另一把椅子上去，可是一坐下去这椅子就坍倒，原来一条腿已经断掉了。我把这椅子照旧靠墙安放好，就端着茶杯坐到床上。

我肚子饿得很。我觉得茶的味道好极了，面包也很好吃。“也许是我一生中最后一次了。”我悲哀地这样想，又倒了一杯茶。最好再来一只面包。……我就在桌子上敲几下。

那个泼妇进来了。她的一双眼睛都哭肿了。她显然是由于苦闷的良心责备，别转了头，不敢向我看。我请她再拿些面包来，她一声不响地出去了，过了几分钟，又一声不响地拿进两只面包来。她这两只面包大概是到外面去买来的。

就在她出去买面包后不久，那只狗曾经大声吠叫，拼命挣扎，链条锵锵地响。……

我喝饱了茶，想把门关好，然而门闩插不进闩孔里去。

时间过得很慢。茶炊唱完了它的凄婉的歌，就静下来。房子的那一头有人在惊慌地谈话，碰了两次门，狗又狂吠了一次。以后就肃静无声了。……

我觉得可以稍微躺一躺了。躺着并不等于睡着。相反地，躺着想象起来更方便些。我要想出一条出路来。

有一样硬的东西立刻从薄薄的褥子底下隆起来。我把手伸进去，摸到了……椅子上掉下来的那条腿。显然已经有人在这里体验过我所体验到的况味，大概他是拿这条椅子腿来自卫的。我这个前辈碰到了怎样的命运呢？可能就是两三小时以后等待着我的那种命运。……这件事什么时候发生呢？当然是在黎明之前，当人们睡得最熟的时候。……无论如何，我要感谢这位不相识的朋友临死以前的策划。……臭虫立刻向我猛烈地袭击，再加上这个坚硬的自卫武器，当然就不容我睡着了。……

我没有熄灭蜡烛；蜡烛快要点完，发出哀怨悲切的爆裂声。屋子里肃静无声。墙外传来首都夜市的喧哗声、马车的辚辚声、群众的扰攘声。……远处响出一声汽笛，仿佛是从另一个世界里传来的。这是库尔斯克车站上的汽笛声。火车到了，旅客们纷纷下车，到各家旅馆里去。……专科学生苏巴列夫斯基曾经劝我住柯柯列夫旅馆，现在他想必已经睡在很好的床上，没有臭虫，褥子底下也没有椅子腿，安全而又舒适。而在更近的地方（是那个黑胡子告诉我的）就是叶卡捷琳娜学院的大厦。公共寝室里有一排排清洁的床铺。其中一张床铺里睡着我的妹妹。……她是否感应到：我就在附近的这个强盗窠里，有性命之忧。也许她感应到这情形，现在正在辗转反侧，在睡梦中哭泣，呼唤我的名字。……我的眼睛里要淌下眼泪来了。……

睡在这条椅子腿上面不舒服极了，可是，不去管它！现在无暇顾到舒服了。……拉赫美托夫[①]曾经睡在木柴上面。……还有一个人，——我不记得是哪一个了。……我无论如何决不会睡着。……只要一听见走廊里有可疑的声音，我就这样抓住了这条椅子腿，把它拿到自己身边。……他们一定是从那边的门里进来。……我可以清楚地看见他们。走在前面的是那个面目狰狞的黑胡子。他后面是另一个不认识的人，相貌更加阴险。……他们以为我已经被麻翻了，其实我正在从眯住的睫毛中间窥探他们，手里紧紧地握着椅子腿。……他们偷偷摸摸地走近来。我立刻跳起来。啊，你们没有料到吧？我就像电光一般迅速地打过去。……黑胡子跌倒了。……一场斗争。……一场很长久的、不声不响的、混杂不清的斗争。……我似乎疲乏了。……有几个人就袭击过来。……但是这时候救星到了。……那个悔过自新的醉汉拿着灯，带着人，喧嚣地闯进来。……我得救了。恐怖的一夜过去了。……到了青天白日之下。警察来了，记录了实况，好奇的人都纷纷向我打听。……是的，这个断送了许多无辜的外乡人的强盗窠，是我揭穿的。

在那只凶暴的恶狗守卫着的黑暗的地下室里，找到了一堆人骨头。……人们见了恐怖不已，大家摇头。……报上登载了这新闻。妹妹、母亲和涅格利都读到了。他们起初惊慌，后来当然高兴了。……一切都很顺利。大家争先恐后地要我担任工作。每天工作三小时。每月四十五个卢布。我富裕了，还可以寄钱给母亲。我一级一级地升学。……起初在工艺专科学校，……后来进大学，……又到别处。总而言之，一切都如意称心。……

---

① 车尔尼雪夫斯基的小说《怎么办?》中的主人公。——原编者注

一切都那么如意称心，竟使得我甜甜蜜蜜地睡觉了，尽管床上有臭虫，而且睡在一条木腿上，而且不脱衣服，而且是在强盗窠里。……

我醒来的时候，好像是突然被人推醒的，我最初想到的是：我还活着吗？

我活着，夜已经过去了。房间里很明亮。太阳光掠过窗外的屋顶，照在房间里的墙头上，淡黄色的柔和的反光回射到像陷阱一样的院子的地上。黑胡子站在桌子旁边，正在收拾器皿，发出叮叮当当的声音。

“您就这样不脱衣服睡了一夜。”他悲哀地说，接着又低下了头说：“昨天晚上打扰了您，……对不起。……”

“那个醉汉是谁？”我问他，同时觉得异常欣幸，敏捷地站起身来。……

黑胡子深深地叹一口气。

“作孽！说出来也难为情。他原是这里的老板。染上了酒瘾，有什么办法呢。我们把他关起来，可是总不能成天守着他。昨天晚上我出去了。您派老板娘去买面包。我们以为他睡着了。老板娘走到大门口，他悄悄地跟在她后面。……狗叫起来。她回头一看，哪里晓得他已经奔上街去，赶不上了。……于是又喝醉了酒。……老天爷，可怜可怜我们这些作孽的人吧。他的钱不知道是从哪里得来的，真奇怪。”

我记起了我给他的二十戈比，脸红了。黑胡子把器皿放在盘里了，又把他那张颓丧的脸转向我。

“我原是商人出身。老板是我的哥哥。可是现在我在他们这里当茶房，有什么办法呢。有点进账倒还不去说它。可是，您大概也看得出：这难道像一个旅馆！到车站上去接了一个好客人来，看见了他自己也难为情。”

他伤心地摇摇头，继续说：

“我们以前在本乡生活可真安乐呢！我们是道地的商人。老板娘阿加菲雅常常穿着天鹅绒大衣上教堂去，简直像个伯爵夫人！现在她身子都哭坏了。我也是这样。我们为了治好他的酒癖，哪一件事情没有做过：在圣像面前供香烛，祈祷。……”他突然改变了口气，问我：“怎么样？您要不要茶炊？”

“好，请拿来吧。”

“或者，我们不客气了，就请您跟我们一起喝茶吧。价钱便宜些，茶炊生得很热。老板娘自己喝的。”

我看到他们都是好人，觉得很难为情，就满口答应了。老板娘在一间狭小的、堆满东西的卧室里，坐在茶炊面前。圣像龛前点着一盏凄凉的长明灯，帐幕后面传出有酒癖的老板的眠鼾声和呓语声。老板娘的眼睛发红，可是我觉得今天她的脸完全变了样。这张脸上还保留着过去的姣美的痕迹；她的态度彬彬有礼，当她把满满的一杯茶递给我的时候，我竟感到有欠身一下的必要，就羞涩地起身致谢。

黑胡子独自在厨房里喝茶，然而厨房很近，我们可以一起谈话。当他们又对我讲起老板的酒癖和破产的情况的时候，我觉得他们两个人非常可怜，就开始安慰他们，说了许多蠢话。我对他们说：无论是圣像或是莫斯科河对岸来的巫医都是没有用的。只有科学才有效验。我在一本书上读到过，现在有治疗酒病的医院。……我到了彼得堡，打听得这一切情况之后，一定写信告诉他们。……科学，啊，现在只有科学能创造奇迹。……

“唉，你真是一片好心，愿上帝保佑你。”这个可怜的女人送我出旅馆的时候对我这样说。我不知道她是否相信科学治病的效力，然而我极希望对他们作这小小的效劳，因此说话非常诚恳而有信心。

黑胡子又要到车站去接客了，他就顺便给我指示到叶卡捷琳娜学院去的路径。这一天是假日。教堂里的钟声鸣响，声音悠长、低沉而悲哀。……我觉得整个莫斯科很像我旅馆里那个破了产而哭丧着脸的浮胖的老板娘，这些钟声仿佛是她的号哭声，她正在哀悼她穿天鹅绒大衣时的那些好日子。……

我和妹妹短暂的会面没有冲淡这印象。我们两人坐在一个圆柱大厅里。我觉得心中有一股热情想要在这个小巧玲珑的穿学生制服的亲妹妹面前迸发出来，而另外有一种力量抑制着这热情，使它冷却。……妹妹立刻被人叫了去，当我走出学院的时候，悲哀地呼应着的钟声合唱中，又加入了大伊凡钟楼的钟声。……这钟声均匀而悲壮，仿佛有无尽的哀思回旋飘忽在莫斯科上空。……

这一切引起了无限的烦闷，使得我站定在自流广场上，茫然不知所措。幸而我想起了我的旅伴苏巴列夫斯基和他的朋友。离开火车开出还有许多时间。我一路问去，不久就到了柯柯列夫旅馆。

两个专科学生都在房间里，这房间很高，几乎是在阁楼上了。我走进去的时候，他们有点慌乱的样子，正在忙着把一些书装进皮箱里去。苏巴列夫斯基看见了我，欣然地伸出手来。

“你来了，欢迎得很。要喝茶吗？茶炊在桌子上，请你自己倒吧。……你瞧，我们在这里整理一些书籍。这本书你看到过没有？”

他递给我一本书，记得好像是弗列罗夫斯基①的《社会科学入门》。关于这本书我完全不知道。

“那么你知道拉萨尔②吗？不知道？这么说来，你们那一带地方还没有听到过关于社会主义的事。”

社会主义这个名词我是第一次听到。有一点我现在完全明白了：我以前怀疑苏巴列夫斯基，真是糊涂而愚蠢。现在相反了，我觉得

---

① 弗列罗夫斯基（1829—1918）是有名的俄罗斯经济学家和政论家瓦西里·瓦西列维奇·别尔魏的笔名，参看后面第570页关于别尔魏的注解。——译者注

② 拉萨尔（1825—1864）是德国小资产阶级社会主义者。——译者注

他的一切都特别动人：他那不漂亮的脸，善良的俄罗斯大学生的逍遥自在的态度，甚至他那粗厚毛织物制的红褐色大衣，都很动人。两个专科学生怀着友谊和关心跟我谈了很久关于彼得堡的情形，并且忠告我初到时耽搁在什么地方。后来我们分手的时候，已经变成好朋友了；我走出旅馆，觉得精神振奋，虽然莫斯科的钟声还在那里奏出绵长无尽的哀歌。……

4
到彼得堡了!

真奇怪：在这两三天之内，我好几次证实了自己的愚蠢。那个戴漆布帽子的家伙险些儿偷了我的东西，而正当这时候我却一味还在怀疑并提防苏巴列夫斯基。……还有涅格利先生的事。……然而涅格利先生的形象在我记忆中现在还是充满着迷人的光彩，撵走了他的晦暗的、现实的第二形象。我发现自己有时不知不觉地把嘴唇装出“知识分子的气派”。……后来我又把东尼科夫胡同里极其善良而纯朴的人当作强盗。最后，我以为自己落入了危险的陷阱，怀着可耻的心情睡着了。……

这一切照理应该大大地削弱了我的自信心。但是事实却相反。我再度出发到车站去的时候，觉得仿佛的确经历过了这一切危机，全靠自己有丰富的经验和非凡的急智，才能获得胜利。

到了喧哗扰攘的车站上，我又沉浸在玫瑰色的烟雾中了。在售票处我碰到了罗夫诺的一个同学柯瑞涅夫斯基。他比我早一年毕业，当了一个时期的家庭教师，现在带着赚来的钱到彼得堡去。可怜的人在这纷纭杂沓之中完全张皇失措了，他惊慌地向四周张望，左手抖抖索索地抓住自己的行囊。

“天哪!”我想，“两三天以前我也是这样的。……”我立刻去做了他的保护者，把他的行李交给了送我来的那个“商人出身”的人去保管，然后我们在售票处排队；我装出非常自信而老练的样子，因此这可怜的人一步也不离开我，拉住我的大衣，像拉住救星一样。我同那个“商人出身”的人像老朋友一样握手道别；后来我们走进挤满人的车厢去就座的时候，我觉得柯瑞涅夫斯基就像不久以前从基辅开出的火车里的我，而我是他的慷慨大方的保护者，就像堂皇的涅格利先生一样。……

那时候从莫斯科到彼得堡的客车要走整整一昼夜；傍晚的时候从莫斯科开车，到了第二天黄昏，我和柯瑞涅夫斯基才走出彼得堡车站，来到尼古拉广场上。

我高兴得心头怦怦地跳动。彼得堡！我所认为生活中最优良的一切，都集中在这里；因为从这里产生全部俄罗斯文学——我的心灵的真正的故乡。……这时候正是夏尽秋初。在微明的夜天的背景上，浓重而梦幻似的显出一堆堆的房屋，下面的路灯像一串串亮晶晶的念珠一样向远方伸展，这些路灯照例在这夏去秋来的晚上重新开始放光。[①] ……路灯的光显得那么明亮而清澄，仿佛度过假期之后初次来担任工作，而且这工作还不十分必要，因为空气中还充满着从地平线底下照射上来的神秘的反光。……清爽的天空之下的这种愉快的灯光、街上的喧嚣声、有轨马车的隆隆声、行将消失的晚霞、被西风吹到广场上来的一种特殊的浓烈的海水气味，——这一切和我的心情异常调和。

我们站在大门口，等候杂乱无章的马车逐渐散去，然后我用全部身心来体味一下彼得堡的情趣。看吧，从前曾经怀着紧张的心情“独自”走到学馆大门口的我，现在已经站在这个伟大城市的门口

---

① 彼得堡地近北极，夏天晚上很亮，有“白夜”之称，可以不点路灯，所以这里说路灯到了秋天才开始放光。——译者注

了。瞧，那边，在左面，就是一条像河流一般宽阔的街道的口子。……

这当然就是涅瓦大街。……我知道这条街，因为我曾经详细地向苏奇科夫探问一切，而且好几次想象初看到这条街时的情况。哦，原来这里就是果戈理小说中的庇罗果夫中尉[①]散步的地方。……在这些错综复杂的高楼大厦中，还有一个地方曾经住过别林斯基，杜勃罗留波夫也在其中某地方思考和工作过。他曾经用冻僵的手写道："亲爱的朋友，我正在受罪，因为我曾经做了正直的人。……"涅克拉索夫现在还住在这里，这样说来，我是和他呼吸同一种空气了。还有叶尔玛科夫校长和新鲜的、极其新鲜诱人的专科学生生活，都在这里等候我。这一切都很美好、玄秘而新颖，并且像这一串串的路灯一样，一直伸展到充满着神秘莫测的沸腾生活的幽玄的远方。……路灯的火光在风中飘摇不定，仿佛是有生命而正在那里戏耍着的样子，它们对我说了些亲切动人的话，似乎在允许我什么。……

我这样详细地描写这一瞬间，首先是因为它永远铭刻在我的记忆中，好像是标明过去生活的终点的一块路牌。其次，又因为同是这些路灯，后来对我表示另一种态度，甚至……就用这些飘忽的火光把我赶出彼得堡去。……

在那一瞬间，我想起了自己年轻力壮、前程远大，觉得很幸福。马车散去了之后，我穿过广场，弗雷德利克斯公寓[②]的客栈里的一个谦恭的茶房拿了我们的皮箱，跟着我走，柯瑞涅夫斯基紧紧地拉住我的衣袖。

只有一件很小的、实际上完全不足道的事情，略微破坏了我的

① 果戈理的中篇小说《涅瓦大街》中的一个主角。——原编者注
② 然而那时候这公寓似乎不是用这名称。——原注

欢乐情绪。我们这个简朴的客栈位在豪华的北方旅馆后面，我看见客栈大门口一家地下室小店的窗子里有新鲜美味的大面包。我走下去，问他们买一只……法兰西面包。一个脸庞宽阔、胡子满面的面包师刚刚切了半只大面包给另一个人，这时候就用冷淡的讥讽的眼光打量我一下，说：

“对不起，我们没有法兰西面包。……我们卖的是俄罗斯面包。……”

于是他和他的两个伙计都用嘲笑的眼光向我看，这么一来，我……立刻觉得自己仿佛被人从彼得堡抛了出去，抛回到了我那个有浑水池塘的偏僻遥远的小城市里。……我分外清楚地想起了裁缝施姆科，因为我受到这种惊奇嘲笑的眼光，无疑地一部分是由于他的杰作。……

然而这毕竟是些些小事！……无论如何，我总是到彼得堡了！……

5
我卜居在谢苗诺夫团[①]

第二天早晨，大概是由于一种忍耐不住的欢喜，我一早就醒来了。我的旅伴还睡着。我赤脚走到窗边，向街道上望望。丽果夫卡街那时候还是一条河，或者，说得更正确些，是一条泥沟，在这上面每隔一个短距离架着些木板。天色阴沉灰暗。这是当然的，怪不得有人把彼得堡的天比作灰色的军大衣。……现在它这样子的确很像。云雾从涅瓦大街向兹纳明尼教堂的屋顶上推移。这光景美妙极了。“彼得堡的雾”也曾经好几次被描写过。一点也不错！我无疑地

① “团”是彼得堡一种地区单位的名称。——译者注

已经在彼得堡了。

我们房间里的茶几上放着一本小册子，里面有彼得堡的市街图。我连忙抓住了它，来不及穿衣服，就开始研究我们所要走的街道，以便到那些地方去找寻罗夫诺的几个同学。我先找好了一个地方：谢苗诺夫团小皇村街四号八室。柯瑞涅夫斯基起来了。我们喝过茶之后，我很有把握地带他走上涅瓦大街。他觉得很奇怪，不相信我，常常停下来，生怕迷路。

“我问你，你说有一座阿尼契科夫桥，桥上有马的。马在哪里？一匹马也没有。”

“喏，马在这里；这是亚历山大剧院。你看见吗？我们走到那里向左转弯，走花园街。……这就是公共图书馆。”

“我问你，”他又怀疑了，“你说有个干草市……我们走到现在，一直不看见干草市呢。”

然而干草市果然出现了，老实说，我见了也觉得有点惊喜。在奥布霍夫街开始处的干草市上，停着一辆有轨马车。这马车刚刚开到，马车夫正在把马匹从后面调到前面来。我大胆地下了决心，要坐到马车的上层去。并不是为了我这乡下人的脚不惯于走石板路，却是为了像乞乞科夫[①]所说，要见识见识彼得堡的各种情况。柯瑞涅夫斯基又怀疑了。

“喂，你怎么啦！你看，没有一个人坐上去……”他低声地说，拉住我的大衣，不让我上去。但是我用力挣脱了，就走上扶梯去。

这时候我们两人有点像陀思妥耶夫斯基的《两面人》里可怜的郭略德金先生走上医生鲁青希比茨家的扶梯上去时的情形。柯瑞涅夫斯基是那个胆小而怀疑自己权利的郭略德金，而我是那个傲慢的郭略德金，我相信我们“像大家一样”并不丧失乘坐在这辆华丽的

---

① 果戈理的小说《死魂灵》中的主人公。——译者注

马车的上层的权利。

马车开动了。街道右面有一所房子上写着“交通工程学院”。我们同学之中有谁进这个学校？似乎一个也没有。马车开上一座桥，经过封坦卡河。我们两人都挺起身子，伸长脖子，仔细观赏不曾见过的景色：一条装木柴的货船开进桥底下去。再过去是君士坦丁军事学校的一列很长的建筑。扎波津家两兄弟和扎威佳耶夫是进这个学校的……。左面有一座火黄色墙壁的长长的建筑。和我们并坐着的是一个戴眼镜的青年人，穿着蓝色的工作外衣，脚踏一双长统靴，头上戴着一顶有绿帽圈的帽子，这时候他站起身来，很快地走下扶梯去。“瞧；瞧！这是工艺专科学校。……”大门开在两条街的转角上。的确，建筑物往往各有其相貌。这副相貌多么聪明！像……像什么呢？……像我所想象的校长叶尔玛科夫，堂皇而严肃。大门口有许多进进出出的和站着的人。我们刚才那个邻座人走到这学校里去，像回家一样，一路上同人打招呼，愉快地交谈几句。

“这是一个典型的专科学生，”我对柯瑞涅夫斯基说，“多么聪明的相貌。”

后来我和他相识了。呜呼！我又一次证实了自己缺乏眼力。这青年的确是很典型的，很浅薄的。

然而，我只管回头望专科学校，瞪着眼睛看两旁的街景，不觉打起呵欠来了。马车辘辘地驶行，经过一连[①]一连的地区，开到了两条街转角上的一个小教堂面前。……我站起身来。

“售票员，这是不是小皇村街？”我慌张地问。

“正是。”

我发疯似的跳到了车子的下层，柯瑞涅夫斯基吃了一惊，连忙紧紧地跟着我来。……小教堂已经在后面了。……我回过头去面向

---

① “连”也是彼得堡一种地区单位的名称，范围比“团”小。——译者注

着它，从马车的平台上跳下去。仿佛有人抓住了我的脚跟，把我推倒在肮脏的马路上了。马车已经向前开去，仿佛一条大船，我就好比从这船上掉在海里了；我看见马车后面的平台上现出我的旅伴的惊慌的脸。……

售票员打一下铃，不很和气地放我这个可怜的旅伴下了车，对他解释：下车的时候应该向前面跳。

我们来到了小皇村街和大皇村街[①]交叉的地方。这里有一个教堂——对的，我的笔记本上写着。第二号门牌。……一家杂货店……第四号门牌。一点也不错。第八室，从这个扶梯走上去。……

"喂，怎么样！你看，我把你带到了！"我在柯瑞涅夫斯基面前自夸。他的样子总好像不相信这桩工作会这样顺利地完成。老实说，我也觉得这是一个小小的奇迹：三星期之前，在罗夫诺的一座桥上，苏奇科夫在我的笔记本里画了几条线，写了几个数字。现在这些记号都很正确地变成了这个小教堂、这家杂货店和同样门牌号码的房子……。再过一会儿，我们就可以在这喧哗扰攘的人海中看到一个自己人，一个同乡和同学了。……如果我们拉一下门铃，门开了，人家告诉我们，说我们弄错了，这里并没有什么格利涅威茨基[②]，只有漠不相关的陌生人，那可怎么办呢？只要拉一下门铃就见分晓了。……如果拉错了，他们也许还会生气。……

我终于拉了门铃。门开了，走出一个年轻的女仆来，我们以为她是"小姐"。她并不生气，也不吃惊，只是淡然地回答，说格利涅威茨基是住在这里的，但是现在不在家。"请进来吧，他也许快回来了。"

我们走进一间宽敞的、然而布置得很杂乱的房间，里面有两个

---

① 现在叫做外巴尔干街。——原编者注

② 这名字所指的是斯比格涅夫·阿达莫维奇·涅格列别茨基，他起初是工艺专科学校的学生，后来是矿山学院的学生。——原编者注

青年人。一个坐在椅子上，两条腿伸得很远，头向后仰起，望过去只看见鼻尖；他正在胡乱地弹六弦琴，手法拙劣得很。另一个人在窗子旁边卷纸烟，斜过眼睛来看一册很厚的书。

他们并不特别注意我们的来到。弹六弦琴的人又在弦线上拨了一会，然后站起身来。

“你们大概是格利涅威茨基的董（同）学吧?”他问。他的脸是紫铜色的，不很清爽；他说“同”字的时候发音很特别，声音仿佛是喉咙里挤出来的。

“是的，我们是从罗夫诺来的。”

“达胆（他谈）起过。可是达老不回来。我们也在等达。”

“怎么搞的，……去得那么长久。”看书的人咕哝地说了一句，又埋头在书本里了。我觉得这人的相貌非常严肃而有知识分子风度：脸部轮廓粗大，丰满的嘴唇上长着薄薄的髭须，胡子分成两绺，一头浓密的黑发。当他弯下身子去看书的时候，这黑头发就遮住了他的脸，于是烟气通过了头发飘出来，我不知怎的想起了涅克拉索夫的句子：“大学生不会把烟灰撒在你的书页上。”我恭敬地这样想：“真是一个严肃的大学生。”

“我们来自我介绍一下。”弹六弦琴的青年人说，“我是尼库林，工艺专科学校的学生。”

“我是威塞里茨基[①]。”另一个人用悦耳的胸声说。

门铃又响了，格利涅威茨基走进房间来。他是一个身材修长的美男子，长着一头挂到肩膀上的金黄色头发和一双灰色的大眼睛。他如果穿上了白袍，很像神剧里的天使长。他现在肩上随随便便地披着一条呢绒巾，样子很像浪漫主义时代的德国艺术家。他在中学里的时候比我高两班，被认为是优等生。我一向是仰攀他的。现在

① 瓦西里·伊凡诺维奇·威塞里茨基的真姓是威塞洛夫斯基。——原编者注

看见他诚心诚意地欢迎我们，心中很感动。然而他脸上的欢喜兴奋之色立刻消失了，显出一种忧虑的样子来。他卸下了呢绒巾，把一包东西抛在床上了，开始在房间里踱步。他走起路来脚步声很轻，没有得得得得的声音，而仿佛脚跟在地板上摩擦，啪哒啪哒地响。我细看一下，发现了一种可悲的真情实况：他的靴子的后跟完全没有了，地板上留下一些湿脚印。

“喂，结果怎么样，米罗奇卡①？”尼库林带着疑问的态度看看格利涅威茨基，拖长了声音问。

“结果怎么样，一点也没有！”格利涅威茨基愤愤地回答。

“多少给点吧？”

“多少给点，嘿，只值一个半卢布。”

尼库林恨恨地使劲啐了一声，……

“呸——，……有这种事。你这个人真怪，怎么不告诉达（他）：今年春颠（天）还是用八个卢布赎出来的。……”

“他说再穿一个夏天，半卢布也不值了。”

“说得有理。”威塞里茨基沉着地说。他一直在看书，仿佛对于他们的谈话和失败的结果都不注意似的。可是我怀着恭敬的心情猜测到：格利涅威茨基一定是拿了什么东西到当铺里去抵押。希望落了空，现在他们弄得走投无路。一定是这样的。这还有什么可疑呢？要知道他们是大学生，是知识分子无产者呀！这种人似乎又叫做“落魄文人”。……巴黎有一个拉丁街区。……在那里也是学问和贫困生活在一起，像亲姊妹一样。……要是我提出……

我看看我的两个新朋友。只有尼库林穿得还像样。威塞里茨基没有穿上装，衬衫的一只袖子没有扣好，宽大的裤子上的口袋破裂而翻出了。我想，我希望参加他们的团体，也许不会是放肆的要求。

---

① 格利涅威茨基名叫米罗斯拉夫，米罗奇卡是他的小名。——译者注

这件事自然而然地成功了，一点也不费力。他们这团体的确遭逢着危机。房东已经拒绝他们再在这房间里住下去。这房间在他们是太贵了，太阔绰了。就在这幢房子的顶层上，有一个正好住四个人的房间空出来了，这房间可以用一个堂皇的、文学上的名词来称之为“文星阁”。现在这个房间的租金还缺少四个卢布，可是他们三个人一个钱也没有，茶也没有，糖也没有。格利涅威茨基曾经到第四连苏奇科夫住过的房子里去找他，可是他还没有回彼得堡。

我的十七个卢布现在变成了一笔大财产。半小时以后，他们房间里已经有茶炊愉快地沸腾着，桌子上放着白面包和香肠；傍晚的时候，我们就把我们的皮箱一直搬上“文星阁”去。柯瑞涅夫斯基不参加我们的团体。他克服了自己的羞怯，详细地打听了租房间的办法，就走到谢苗诺夫团的街上，看了几张招租广告，小心翼翼地走上扶梯，胆怯地拉门铃，斯文一脉地讲价钱，傍晚的时候就租到了一间价廉物美的房间。

“真是一个小心谨慎的青年人，”尼库林说，“一个深思远虑的人，避祸就福。……”

“当然，”威塞里茨基认真地说，“他这样做是对的。……老弟，跟我们住在一起……不会有好处的。”

他说过之后挥一挥手。我很喜欢这句自我坦白的话和他说这话时的认真的语调。……但是实际上我当然并不同意这句话，我觉得自己非常幸福。难道这样快就可以找到比这里更好的地方吗？

这是一间低矮的房间，用板壁隔成两半。窗子不很大，是方形的。天花板缺去一角，因为这房间上面就是屋顶。

我的新朋友们早就躺在床里了，我却站在窗子边眺望。……夜色神秘而模糊。灯火历乱，有一个高烟囱上冒出红色的火焰，有一个地方发出火车的汽笛声，下面平地上望得见一长串路灯。……在这一片星火迷离、模糊混乱的黑暗中，不知道白天出现些什么？当然是一种美妙的、不平常的、意想不到的情状。

我又不想睡觉。瞌睡被欢喜欲狂的心情驱除了。我现在是在彼得堡，在谢苗诺夫团，和三个同学住在屋顶底下的“文星阁”里。……我在一张简陋的桌子旁边坐下来，开始写信给弟弟[①]。我想要从这里，从这个堂皇的“文星阁”里把充满在我心中的感情投射到遥远的可怜的小城市里去。“是的，我运气特别好。我立刻在像飞鸟一般生活着的知识分子无产者中找到了安身之处。我的新朋友都是出色的人物。格利涅威茨基你是记得的，只是现在的格利涅威茨基和我们在罗夫诺时所认识的格利涅威茨基大不相同了，就像一个寒酸的中学生和一个典型的大学生之间的差异一样。他长成大人了，才能发展了。尼库林的外貌虽然不很动人，然而性格很有特色。他是一个精通哲学的人。他常常引证路易斯[②]的话，崇拜库诺·费舍[③]。然而这团体中最优秀的人，要算威塞里茨基。他是科斯特罗马人，神甫的儿子，是神学校出身。他具有平民知识分子[④]的风度，是波缅洛夫斯基[⑤]所描写的一类人物，只是没有病态的反省，态度稳健、沉着而坚定。他沉默寡言，说话带有科斯特罗马口音，严肃而有威力。别人称他为瓦西卡[⑥]，对他略带嘲笑的态度。他对于这种态度置若罔闻。我觉得他含蓄着一种未曾发泄的巨大力量，这种

---

① 柯罗连科写给弟弟的信的原稿，同他专科学生时代其他的信札一样，没有被保存下来。——原编者注

② 乔治·亨利·路易斯（1817—1878）是英国资产阶级哲学家、生理学家、实证论者。——译者注

③ 库诺·费舍（1824—1907）是德国唯心论哲学家。——译者注

④ 平民知识分子是俄国在十八世纪末至十九世纪形成的一个社会阶层，其中包括商人、小市民、僧侣、农民，也有小官吏和失去阶级地位的贵族。平民知识分子中产生了不少革命家；别林斯基、车尔尼雪夫斯基、杜勃罗留波夫、谢甫琴科和七十年代的革命民粹主义者，都是其代表人物。——译者注

⑤ 尼古拉·格拉西莫维奇·波缅洛夫斯基（1835—1863）是俄罗斯作家，曾经在长篇小说《小市民的幸福》（1861）和《莫洛托夫》（1861）中真实地表现了平民知识分子的形象。——译者注

⑥ 威塞里茨基名叫瓦西里，瓦西卡是他的小名。——译者注

力量将来一定会一鸣惊人。他不断地看书，几乎手不释卷。我们搬到新房间里去的时候，他把所有的奔走忙碌的事都让我们去做，自己只拿些书本；我们刚搬好，看见他又在窗台边看书了。他一边卷纸烟，用唾沫来粘住它，一边斜过眼睛去望着摊开的书页。仿佛他是一向坐在这里看书的。你知道他这样用心看的是什么书？当他暂时跑到另一个房间里去一下的时候，我往他的书上瞥一眼，原来是盖尔曼·果贝的年鉴[①]。翻开的地方是《统计——面积和人口》这一章。另一次他在看的是《彼得堡的卫生设施》。旁边又放着一册很厚的《刑法》。他拿一本书来看了一会，推开了，又看看另一本书。他深深地考虑了一番，又拿过第一本书来。他显然是在彼得堡的卫生情况和刑法之间看到了一些不可解的联系。这种联系当然是存在着的。这个思想特殊的人显然自有独得的看法。……”

我到深夜才把信写好。熄灭了蜡烛之后，我还一直在黑暗里朋友们的眠鼾声中微笑。尼库林的眠鼾声最响。其次是威塞里茨基，他的眠鼾声似乎特别坚实悦耳。

第二天早上我还是怀着那种欢喜欲狂的心情。太阳从方形的窗子里轻快地斜照进来，街上响彻着各种各样的、富有音乐性的叫卖声。那时候彼得堡街上的声音比现在悦耳得多。一个响亮的女声唱着：“野樱——果，野樱！”一个男中音唱着：“削刀，磨剪刀，修剃刀！”有一个结实的低音唱出一长串哀怨似的词句，末尾是“地板刷——子”这几个字。最后，有一个鞑靼人用喉音朝天喊着，仿佛鹰的叫声：“收旧——衣，收旧——衣！”

街上隆隆地开过载重货车的时候，我们的整幢房子微微震动，窗玻璃发出轻微的锵锵声。我知道这是因为彼得堡这个城市是建立

① 盖尔曼·果贝的年鉴是指一八六七年至一八八五年间果贝所出版的《万有年鉴》。果贝是《世界画报》和许多流行杂志的出版者。——原编者注

在松软的沼地上的缘故。

窗子里望得见彼得堡郊区特有的景色：屋顶、荒地、院落、工厂的烟囱。在简陋的木造房屋上面耸立着一些巨大的石造建筑，望得见煤气厂的半圆形的储藏器和几家制造厂的朴素的门面。远处地平线上有一带树林，其中有几个教堂的墙壁在太阳光中闪闪发亮。这是佛尔科夫墓地。

我觉得这一切——小贩的悦耳的叫卖声，工厂的汽笛声，联结尼古拉铁路和皇村铁路的那条支线上的火车的急切的叫声——都和我的来到有关。……一切都仿佛与我同乐。

6
我醉心于工艺学

工艺专科学校的校舍里像蚁冢一样拥挤，虽然课业还没有开始。

那时候实科中学学生一届一届毕业出来，都涌进技术学校里去。学生生活的重心显然从瓦西里岛转移到了伊兹马伊尔团和谢苗诺夫团[①]。单是工艺专科学校，这一年考进一年级的学生就有一千五百人，这一大群人在八月十五以前就已挤满在学校的走廊里、办公室里和制图室里。同乡人约定在这里初次会面，老同学假期结束之后在这里相见，大家纷纷收自己的信，记录住址，向办公室领取居住证，在制图室里占据位置。

那时候的专科学生和现在的完全不同。没有制服。服装多种多样，然而大多数人都穿长统靴和灰色或蓝色的工作外衣，腰里束着皮带。有的工作外衣很华丽，衣袋上绣着花，袋里放着金链条，外衣上束着宽阔的运动员腰带。但是大多数外衣很朴素，是在亚历山

① 换句话说，就是从大学（在瓦西里岛上）转移到了高等技术学校。——原编者注

大市场上用六十个或者七十五个戈比买来的，腰里束着狭小的皮带。因为专科学校是属于国有财产部门的，所以学生们有时在这样的服装上又添加一顶有绿帽圈的帽子。

但是不戴这顶帽子在街上走，也看得出这是工艺专科学校的学生。这些学生的模样都是大众化的。多数人留长头发，戴眼镜，披着呢绒巾。这些形形色色的面貌、体态和服装，仿佛表现着一个共同的型范，我在这型范中欣然地看到了异常熟悉的面貌。……一个强壮而略带粗鲁的工人，脸上有知识分子气色和脑力劳动的痕迹。这就是我读了施比尔哈根[①]的作品之后所臆造出来的那个理想的青年人。《砧锤之间》中的这个主人公是从文化的高处下降到工人环境中来的。……这是两个世界的联系，是工人中的知识分子，或者是知识分子中的工人。

我和格利涅威茨基两人在走廊上走，我的眼睛东张西望，兴致勃勃地观察这个新世界的详细情况。有人叫格利涅威茨基的名字。一个高个子的、脸部轮廓粗大而举止像一头仁善的熊的金发青年同他握手；这人的灰色工作外衣上留着一些洗涤过的油迹。他使劲地摇摇格利涅威茨基的手，说：

“你好。近来怎么样？假期里做了些什么？”

格利涅威茨基略微有点脸红了。他们两人以前同在一年级，现在这个身材魁梧的金发青年已经升到三年级了。

“没有什么，……”格利涅威茨基回答之后就反过来问他，“你怎么样？”

“我曾经坐在拖石碴列车的火车头里到波列谢去。……实习开车。”

---

① 弗利德利希·施比尔哈根（1829—1911）是德国小说家，小说《砧锤之间》的作者。——原编者注

“吃力吗?”

“没有什么。我身体好。起初当火夫，后来当司机助手。很有趣味。”

我们周围聚集了一群人。别的人也都去作过各种“实习”：当普通的工人，当考勤员，当机械装配师。为政治目的而“到民间去”，那时候还不曾有过。专科学生去实习，都受人欢迎，受到保护，他们除了微薄的薪水之外又得到相当数量的“奖金”。学生们回来的时候增长了许多见识，而且初次得到了小小的一笔钱。我贪婪地倾听这些叙述，由此而得到了有力的鼓励，同时又唤起了我的理想。

整个大厦仿佛是专门造就这种智力人才的，而且替他们创造气氛和环境。墙上挂着机器构造的图表：用正确计算的曲线绘成的大螺旋、杠杆、曲柄、滚筒、整速轮、偏心轮。根据数字得出线条，根据线条造成形状。瞧，现在这些东西已经涂上生铁色、熟铁色和铜色，已经具有金属的外表了，许多模型默默地排列着。……我的想象力不知不觉地往远方奔驰，看到了这些机器在工厂里轰轰地开动或者在轨道上飞驰的情况。锅炉沉重而均匀地喘息着，活塞前前后后地移动，齿轮轧轧地震响，整速轮里吹出风来，火车在茫无边际的平原上飞驰前进。……在这境地的周围有千百万人在活动着，这是一大群不知名的工人，他们的神秘的面貌是所有文学作品都感到兴趣的。……

这一切当然没有清晰的概念，只是混统而模糊地出现着，然而剧烈地支配了我的想象力。这座充满着喧嚣声和谈笑声的大厦，在我看来也像一个智力的工厂，在这里造就新人物去建设新生活。穿着黑色燕尾服站在辩护席里用富有表情的姿态向法官发言的律师的形象，同那个丰富多彩的“工艺技师”的形象一比较，忽然在我眼前变得暗淡无光了。其实我何必一定要当律师呢？我在这里所看到、所感觉到、所推想到的一切，难道不是更有趣味吗？由抽象的数学公式转变为顺从人意的沉重的机器，这过程难道不是富有诗意的吗？……这是受金属支配的境界中的艰巨工作。……这是智慧对无意识的自然力量的权威，……这是无形中参加了千百万工人群众的引人入胜的伟大生活。

无论是“到民间去”的运动，或是现成的民粹主义纲领，那时候都还没有。因此，这种思想从那一代人的共同的智慧气氛中产生出来之后，就自然而然地弥漫在空气中了。

格利涅威茨基带我经过走廊，穿过一个小院子，院子里有一个烟囱冒着烟，一股一股白色的蒸汽咝咝地直喷出来；最后我们来到工场里。这里有许多学生和普通工人在技师的指导下工作着。学生们选定位置，登记了姓名，同去年认识的邻座人互相交谈着。空气中散布着机器油的气味。滚筒转着，无穷尽的皮带在空中迅速飞驰，旋床的支柱发出轻微的轧轧声。虎头钳里看得见锯得很美观的螺帽和从不成形的团块中产生出来的金属形体。

格利涅威茨基在这里也碰到了熟人。当他和他们谈话的时候，我站在工场里观察其中的特殊的生活状态。在一片辘辘的滑车声和皮带的运转声中，我的活跃的想象力离开了这瞬间，飞驰到了很远的地方。……再过几年，……我掌握了技术，变成了同这个波列谢的实习生一样聪明强壮的工人。我住在工人宿舍里纯朴、严肃而善良的人们中间。空闲的时候我读些有益的书给他们听，对他们谈科学，谈一种现在我自己还没有懂得的、然而是优良的生活设施。大家都应该平等，大家都是弟兄。……轮到我工作了。我穿上一件皮外衣，站在机车的平台上了。我扳动手把。蒸汽发出扑扑的声音，缓冲器锵锵地碰响，轮子笨重地转动了。越开越快，越开越快。巨大而沉重的火车载着几百个要把自己的欢乐和悲哀、希望和志愿带到某地方去的人，迎着猛烈的风向前飞驰，吞没空间。……震耳的汽笛声通知前面所有的一切赶快让路。……路旁闪过各种色彩的信号灯、电杆木、小桥、岗亭……树木都跌向后面，仿佛被砍倒似的；两旁闪现出村子里的灯火，立刻又在暮色中消失了。……

到了一个小车站。车子停下来。月台上灯烛辉煌。司机用心检查一下火车头，看看压力表，试试手把。旅客们在月台上踱来踱去，等候铃声。一个盛装的夫人牵着一个傲慢的绅士的手，走向火车头来。这当然是她①，就是曾经忽视一个寒酸的中学生的隐秘而深切的爱情的她。她带着闲散的偶然感兴趣的表情看看机车室。……这个穿皮外衣的人的晒黑的脸上有一种特相牵惹了这位夫人的注意，唤醒了她的模糊的回忆。……然而来不及细看，铃声响了，他们就走开去。火车又钻进了黑越越的夜色中。头等车厢的窗子里现出这女人的沉思的脸来。她竟没有想到，他们的生活、希望和幸福都操在前面机车里火光荧荧的燃烧室旁边那个穿皮外衣的人手里。她可以安稳地睡觉。司机机警地望着前面，望着远处的信号灯，用坚强的手握住手把。前面有一片模糊的红光，是灯火，……是一个城市。他们在这里分手了。她走上自己的康庄大道，走向生活的光明的顶峰。而他不走这条路。……他继续驶向阴暗的远方，一直向前，去迎接不可知的新生活。……在前面，只有简陋的农舍里的黯淡的灯火照亮他，农舍里住着贫穷困苦、朴陋无知的人们。……

格利涅威茨基用力地拉我的衣袖，才把我从机车上的长途旅行中拉回到现实世界来。我们重新回到了校舍本部之后，在一个陈列室里有一种新的光景使我吃了一惊。有一个穿黑外衣戴金边眼镜的高个子青年人，站在一群学生中间，把一只手放在一个圆柱形的生铁设备的顶上，正在讲述它的装置和性能，学生们都兴味津津地听他讲。他的样子完全像一个教授，当我知道了他只是一个四年级生

---

① 这里所指的是玛娘·兰斯堡，是作者初恋的对象（见《我的同时代人的故事》第一卷附录《童年时代的恋爱》）。——原编者注

的时候，觉得很惊奇。他发明了一只有专门技术目标的炉子。炉子的模型在工场里制成，这新发明立刻就被演示出来。……

“第一带，”这个青年学者用平静的眼光向他的听众头上的空间望望，说，“对应高炉里的预热带。……它从铁条通到这里，大约到三分之一的地方。第二带是还原带。大家知道，这里的二氧化碳对烧红的煤发生作用。……”

我一点也听不懂这段讲解；然而这个漂亮的、纯粹知识分子风度的讲演者，生得眉清目秀，苍白的脸上一双黑眼睛特别富有表情，他这姿态又支配了我的想法。我的同时代人的理想形象立刻依照新计划作了一些改良。如果过了几年之后，他……也变得同这个具有发明家的聪明相貌的青年人一样，岂不很好？然而我的幻想继续进展的时候，立刻碰到了显著的不相称。过了几年之后，……说得更正确些，过了四年之后，……不，完全不可能。像他这种人显然是从另一个模型里制造出来的。而我们这种人只是在污浊的池塘上面的中学里胡乱地学了些，没有灵感，没有对知识的真挚的渴望。……我又觉得自己渺小而暗淡无光了。……

这是我第一天到专科学校去，我离开学校的时候，对这里的学生怀着极崇高的观念，对自己则怀着极悲观的看法。我在校门口碰见一个和我同年龄的青年，显然也是个新生。他身材和我一般高，不留髭须，服装和我一样可笑。他穿着一件灰色大衣，上面的中学制服钮扣已经拆下，换上了黑色的皮钮扣。我们的目光意义深长地相接触。我觉得我们两人像照镜子一样互相看见了自己的形象，而对这形象两人都觉得不满意。“这也算是个……专科学生！”我在他的不亲昵的目光中看出了我自己的想法。

“不，我大概永远不会变成一个真正的专科学生。”我没精打采地想。格利涅威茨基仿佛也精神颓丧，因为他碰见许多老同学，想起了虚度的两年。街上飘着绵密而沁人肺腑的毛毛雨。早晨天气暖和，我出来的时候没有穿大衣，只穿着可敬的罗夫诺裁缝施姆科所缝的一套夏装。有花束纹样的上装湿透了，像湿抹布一样粘在我身上。我诅咒它。我想起了海涅关于南京棉布裤子的一番动人的话。……“一个青年人坐着，泰然自适地喝咖啡；这期间，在辽远广大的中国，使他致命的东西正在生长，开花。这东西在那里被纺好了，织好了，不管铜墙铁壁，找到了通向这青年人的道路。他用这种南京棉布来做了一条裤子，毫不介意地穿在身上，就变成了一个不幸的人。”[1] 我也是这样毫不介意地在罗夫诺穿上了这套服装，从此人们一看见我就觉得我可笑。这套衣服里仿佛缝着一个符咒，它使得它的所有者变成了一只落汤鸡，不让这个可怜的罗夫诺中学生变成成年的“典型的”彼得堡专科学生。……

就在这一天，或者是在此后不久的某一天，我和格利涅威茨基到亚历山大市场上去买些东西。我们在第一连，在封坦卡河岸街和升天大街上又碰到了温和的秋雨。我又觉得自己变成了一只落汤鸡，正在这时候我们碰到了苏巴列夫斯基。我已经很喜欢这个人，碰到了他仿佛看见了亲人。他还是穿着那件红褐色的旧大衣。他的大衣也湿透了，也粘在肩膀上；他的旧帽子的帽缘挂下了，样子很难看，上面滴下雨点来。但是他没有注意到这一点。他正在聚精会神地同一个朋友谈话，他们两个人在雨阵里走，昂然地无所顾忌，仿佛天上并没有下雨，地上并没有泥泞的水洼，身上并没有粘住的大衣，头上并没有可笑的湿透了的帽子。我高兴地同他打招呼，又满怀欢欣地目送了他多时。……他不是也穿得很坏吗？样子一点也不像一个漂亮的专科学生。但是他显然绝不像我那样心头感到压迫。这是什么缘故呢？这是因为他完全不顾虑外表，而只想到另一种内在的

---

① 节自亨利希·海涅的作品《观念——勒·格朗特文集》（1826），第十九章。——原编者注

更重要的事。……这样看来，我也应该忘记了外表，而只想到重要的事情，力求获得这新生活中的优良的本质。

走到一家小店旁边，或许只是一个摊头旁边，格利涅威茨基站定了，对我说：

“你听我说：你该买一顶工艺专科学校的制帽。”

我们用半个卢布买了一顶。伙计把我的湿透的帽子用纸包好了，我就把有绿帽圈的制帽戴在头上。“其实这也可以不必。”我心里想，但是并没有抗拒这顶新帽子的诱惑，因为这样一来，总算表示出我是属于这伟大的学生团体的人了，至于别的方面，任凭别人怎么看法，我是在所不计了。后来我们又买了一件价廉物美的灰色工作外衣，似乎只花了七十五个戈比。此后我就不再为服装的问题伤脑筋了。……

7
略入歧途

正式开课以前，外埠来的青年们成群结队地在彼得堡街上走来走去。这些人都在瞻仰首都的面貌，找寻朋友；每一次在客地上的会面，都使人感到特别富有趣味和意义。……新生们常常到像井一样的院子里去，登上扶梯，闯进公寓房间里，在这些地方喧哗吵闹，故意装出放浪不羁的样子，来模仿那些有经验的老住户。灯火明亮的街道旁边的人行道上常常有学生在散步，偶然碰见就结识了朋友，有的人在某地方闹了些小小的笑话，就骄傲地把这些事互相传述着。……

有一次，我们在同学扎鲁茨基住着的房间（在花园街有名的雅科甫列夫客寓里）门口大声地敲打他那扇关闭着的门，一定要他来开。扎鲁茨基把门开了，他没有穿好衣服，样子有点狼狈和惊慌。后来我们在床前的屏风旁边发见一双女靴，大家一齐哈哈大笑。……过了一刻钟，侍者送进茶炊和面包来，我们这群人就一面喧哗地交谈，一面喝茶，一个草草地穿好了衣服的临时充当女主人的马路天使来替我们倒茶。……

这是一件卑鄙龌龊的丑事，但是这种丑事是公开而坦白的，几乎不算是罪恶。这种事还不会引起议论，它倏忽地过去了，没有伤害良心。那时候文学中还没有谈到——或者几乎没有谈到——所谓“性的问题”，在青年学生之间也还没有关于这问题的调查。大多数成年人同青年人谈起这些事情的时候都很坦白，像谈日常生活中的事情一样；有些教师竟带着刚刚毕业的中学生去做最冒险的勾当。不久以前这些青年还是不准吸烟的。中学的校规禁止吸烟。现在教师常常随意地把香烟匣子递给青年人。……中学的这条校规已经不存在了。在一个普通男子看来就没有别的规则。……于是青年们赶紧利用这自由。……我们所保留着的，至多不过是本能的羞耻心——家庭影响的无意识的残余。……

只是到了后来，所谓“运动”涌入了学生环境之后，才和社会道德问题一同触及了与此有关的个人道德问题。

即使到了现在，这个严重的问题当然也还是没有获得解决，但是至少已经提出来了。人们懂得了羞耻，有了判断力，有了是非之心。这当然是大大地前进了一步。……

……

就在那些日子里，有一天晚上，我们一大伙人到玛尔青凯维奇先生的舞蹈研习所里去。这个“高尚的”机关现在似乎还在原地，在豌豆街和封坦卡河岸街的拐角上，虽然已经改了名称。它的大门口点着电灯，照旧很神气地张着条子布。

那时候入场费很便宜，大约只有三十戈比，但是他们留心察看“客人”的服装，务求穿得合乎体统。不过这体统是很广义的。学生就属于例外。记得只有穿长统靴不能进去。……

我们来到的时候还相当早。灯烛辉煌的舞池里有几个在我看来很高贵的女士在那里走来走去；岂知后来其中有一个人竟不拘礼节地坐在她所不认识的格利涅威茨基的膝上了，我看了觉得奇怪之极。这是一个还很年轻的金发女郎，脸上有一个伤痕，这伤痕使得她那副孩子气的相貌显得很奇特。

她的举止态度很像一只美丽可爱的小猫，她的发音略微有点含糊不清，她厚着面皮邀请这位“学生少爷”到大桨手街上她自己的家里去。

后来客人越来越多，声音嘈杂起来了。有一个服装潇洒不羁的青年人走近我们来，向格利涅威茨基打一个招呼，坐在我们旁边的椅子上了。他用波兰语同格利涅威茨基谈起天来，操的是华沙口音，声调悦耳。那时候工艺专科学校里有许多华沙学生。教室里常常听见响亮的波兰话，这些波兰话突出在俄罗斯话的背景上，就同“文雅的”波兰人突出在俄罗斯学生的灰色背景上一样。他们的服装比较讲究，他们的举止态度中显露出华沙所特有的一种轻薄的浮夸。走到我们这里来的那个学生，是这种华沙类型中较为特出的一个。他的步态懒洋洋的、黑色的卡普尔式头发形成美丽的圈圈挂在额角上。一种略带轻蔑的微笑仿佛凝滞在嘴唇上，嘴唇角里衔着一枝烧得正旺的粗雪茄……他立刻同那个女郎谈起话来。他自己不说一句粗鲁的话，却很幽默地诱导她说出暗示的猥亵话来，而且自己并不笑，只是用一种亲切而轻蔑的态度来鼓励她。他没有事情可做，就逗她玩，仿佛对付一只惹人爱怜的猫或者一只家养的狗。但是在谈话之中他突然架起夹鼻眼镜，兴味津津地转过身来向门口眺望。

舞池里新来了一对舞伴。一个穿便服的、体格结实的绅士挽着一个青年女子走进来了。他的样子像一个巨商，又像一个惯于发号施令的大官。光秃秃的脑袋、宽阔的下颚、肥胖而红润的脖子、浓重地染了色的髭须和粗鲁傲慢的脸部表情，使得这个硕大而庸俗的身躯给人不愉快的印象，同时又使得这个身躯特别刺眼。他的女舞伴打扮得鲜艳夺目。她穿着一件粉红色的绸衣服，胸口开得很低，周围镶着白色的毛皮。孩子气的漂亮的脸庞、栗色的波浪形头发、略微傲慢的表情，——这一切在我觉得纯洁鲜丽，令人心向神往。我心中似有所感：这形象依稀仿佛地像某一个人，它唤起了我的兴奋的回忆。我凑近格利涅威茨基去，轻轻地对他说：

“喂，米罗奇卡，……原来规规矩矩的女人也到这里来的。”

坐在格利涅威茨基另一头的那个波兰人把夹鼻眼镜戴一戴正，滑稽地挺起一只眉毛。

“他是个生客吧？”他轻轻地问格利涅威茨基，“这位朋友真滑稽。”

但是他立刻很有礼貌地转向我，说：

“如果你要知道她是谁，我告诉你，她是弗洛达瓦[①]来的加丽娜丫头。我在波兰的时候就认识她的。加丽娜丫头，小加丽娜，加丽娜！”

他眼睛盯住了向我们走近来的那对舞伴，用既不提高也不降低的声音说：

“你知道她为什么到这里来？为的是要让人家看看她的……看看她这位……。又为了让这些可怜的人（他轻蔑无礼地托住了刚才同他谈话的那个青年女子的下巴）羡慕她的绸衣服。……啊？怎么，我说的不对吗？……”

“嘿，……装腔作势。”那个青年女子显然怀着妒忌，这样说。……

绅士装作不听见的样子。他的女舞伴更加骄傲地仰起了她的漂亮的头。……

他们经过我们面前，一直朝前走去，引起了全场的注意。……

---

① 弗洛达瓦是波兰的城名。——译者注

这种注意之中显然含有特殊的意味，略微引起了他们的不安。绅士回过头来，对他的女伴轻轻地说了些话。她脸红了，微微地点点头。……他们显然是想离开这里了。……

当他们回转身来又经过我们的椅子面前的时候，那个大学生把雪茄烟从嘴里拿出来，可惜似的对它看看，突然把它丢向前面，仿佛没有注意到有人走过。那个女子惊慌地叫了一声。雪茄烟在空中飞过，落到了她手里举起着的那把扇子上。灼热的烟灰撒在她的袒露的肩膀上和胸衣里。那女子把手从男舞伴的臂膀里抽出，跑到化妆室里去了。

这一切发生得非常迅速，她的男舞伴一时竟弄不清楚是怎么一回事。他疑惑地向四周正在笑着的舞客看看，后来转向那个大学生。……这青年若无其事地坐着，姿势完全照旧，两只脚向前伸出，两只手而且已经插在袋里了。绅士怒容满面而犹豫不决地向他看看。……一时之间这个魁梧奇伟的人仿佛要袭击他的文雅小巧的对手了。正在这时候，他的女伴用手帕遮着哭丧的脸，从化妆室里走出来。他就立刻回转身去迎接她。他把手伸给她，他们两人就在无情的笑声、口哨声和无礼的讥评谩骂声中穿过舞厅出去了。……一个穿燕尾服的胖胖的绅士——是玛尔青凯维奇本人，或许是他的经理人——跑进舞池来，惊慌地向四周望望，说：

“诸位先生，诸位先生。……对不起，我们这里是一个体面的机关。……不可以胡闹。……诸位先生，请守规则。……”

他做一个手势，台上就奏出前奏曲……。舞客们纷纷跑过去邀请女舞伴，占定了位置。观众也离开了原来的地方，涌向跳舞的人那里去。过了一会，舞池里就出现了疯狂般的不可名状的热闹场面。跳坎坎舞[①]的舞女们立刻故意似的采用了最放肆的速度。她们的腿

① “坎坎舞”是法国游戏场中表演的一种舞蹈。——译者注

拼命向上踢，身体扭来扭去，裙子飞起来，在空中飘扬。男子、搽胭脂的妇人、几乎还是幼女的美貌姑娘，都发狂似的回旋着，不知羞耻地笑着互相碰撞。空中响着讨厌的尖叫声，灯火颤抖着，枝形灯的玻璃坠子叮当地碰响，乐队里急速地奏出热狂的音乐，激励着热狂的人们。从扶梯上走进几个警察来，舞池里的人看见了他们就发出笑声、口哨声，又学猫叫声。受学生侮辱的那个绅士跟他们一起走进来，他向四周望望，对人们怒目而视。这时候隔壁舞池里又在闹事了。有一个像普通俄罗斯店员的、相貌不扬的绅士喝醉了酒，变得猴子一般敏捷，他看见一个像棍子一样笔直的高个子绅士反剪着手，手里拿着大礼帽，独自在舞厅里闲步，就把几个铜币丢进他的大礼帽去。铜币丢进去的时候发出很大的叮当声，然而当那个绅士突然回过身来的时候，铜币又都滚到地上去了。玛尔青凯维奇先生这里这天晚上真是杂乱得很：舞池里又发出笑声、叫喊声、口哨声。……

我们几个新生本能地聚集在格利涅威茨基周围，他向四周看看，那双生动地突出的眼睛里表示出他所特有的担心的神情。

“诸位，我们走吧。……要出大乱子了。这个纨袴子拉佐夫斯基真该死，刚才他跟我们坐在一起。……”

扶梯头顶出现了拉佐夫斯基的身影，这时候我们急忙走下梯级去。舞池里有人正在搜寻他，他却站在扶梯头顶的平台上，照旧神气活现，泰然自若。侍者擦亮了一根火柴，恭恭敬敬地送到他面前，他就在这火柴上从容不迫地点起一枝雪茄烟来。他点燃了烟，慢慢地走下梯级去，这时候门房连忙从挂衣架上取下他的大衣来。

朦胧的天空中萧萧地落下无穷的细雨来，天空下面一片模糊的灯光。有几辆速步马车和雇佣马车驶向灯光照亮的大门口来。服装豪华的绅士们伸出手去扶着女士们，她们撩起了长后襟，从马车上跳下来，迅速地跑进前厅去。学生们、公务员们、店员们、马路天使们都走向这里来。所有的人都被吸引到这灯烛辉煌的前厅里，走上扶梯，到舞池里去了；舞池里正在大声地奏乐，要用这乐声来遮掩嘈杂的胡闹声。

我起初觉得这一切景象过分剧烈，胸中感到一种恶心。不堪入耳的音乐，无数的女人，她们的厚颜无耻、毫不怕羞的态度，热狂的坎坎舞，……模糊的回忆的恐怖，对于女人形象所感到的辛辣而阴暗的悲哀，——这一切还在我心中盘旋着，仿佛深渊底上的污泥。……后来，在这一切混乱状态中，巧妙而泰然地掩饰着无耻之心的拉佐夫斯基的形象，显得非常清楚而明确了。额上盖着黑鬈发而目光冷淡的脸，仿佛突出在这片雨雪交加的黑暗中，我的背信弃义的想象力竟企图把理想化的浪漫主义的外衣加到他身上去。……他那种行为当然是残酷的。我的记忆中刹那间浮现出一个年轻女子由于羞愤和烫痛而显得很尴尬的脸。……但是他为什么要这样做呢？他大概在他本国的什么地方碰见过这个女子，爱上了她，……梦想她；分手之后还是梦想她。现在他看见她挽着这个厚颜无耻的俄罗斯官吏的手臂，所以他向她丢雪茄烟蒂。爱情在这时候转变成了愤怒的轻蔑。而他这动作做得可真妙极了！并不预先计划，也没有准备，更不加思考。他的思想和动作都同闪电一样。当那个强壮的男子转过身来向着他的时候，他的态度多么沉着。他一动也不动，眉毛都不挺一挺。他有一种泰然自若的内在力量，不需要表露到外面来。为什么那个人不打他？他要打他，伤害他，是很容易的。但是这个学生相信他不会打，这信心像一个魔术圈一样包围着他。……

必须承认：我的同时代人的想象力一时被舞厅里这个用潇洒不羁的态度来捣乱的梅菲斯托费尔[①]的形象支配了，虽然为时不久，然而确有其事。……当然，这不是单纯的捣乱，而是内中含有爱情

---

① 梅菲斯托费尔是歌德的作品《浮士德》中一个恶魔的名字。——译者注

或别种图谋的捣乱。……

我的同时代人怀着生来丰富并且由于过早阅读而十分发达的想象力，站在歧途上。文学的这种影响，似乎向来还没有受人充分的注意。文学中的批判的因素和游移不定的形象，会破坏青年人在这种场合下所产生的精神完整性。青年人失去了原有的精神完整性，就去找求另一种新的完整性，努力依照新的、才有眉目的未来人物类型来形成自己。而在这时期，青年人就容易去追随别人的使他惊愕的任何疏狂有力的行径。……

然而这一次小小的迷途并没有特别的危险。这种心境只发生在从谢苗诺夫桥到小皇村街这一段距离之中。到了第十二号阁楼里，它就消逝了。我的同时代人并不骄傲。他并不把这种心境的消逝归功于自己的德行，也不归功于自己坚贞的道义。他初到首都时的境遇，本身就已经不利于闪现在他眼前的那种人物类型了。以前屡次提及的罗夫诺裁缝的技艺，说不定也是其中的一个重要原因。他觉得自己穿着样式这样别致的服装，要怀有舞厅里这位恰尔德·哈洛尔德[①]的心情，总是很困难的。……

8
第十二号阁楼及其房东和租客

后来，蒙蔽着我那双愚昧的眼睛的玫瑰色烟雾消散之后，相继而来的是失望和乏味的感觉；然而在这一年内，我的记忆中还是牢固地保留着几个可亲的形象。在这些形象之中，我回想起我们的“文星阁”里的情况，尤其是回想起我们的房东费多尔·玛克西莫维

---

① 恰尔德·哈洛尔德是英国诗人拜伦的名著《恰尔德·哈洛尔德游记》中的主人公，是一个孤独的叛逆者。——译者注

奇·崔文科和房东太太玛芙拉·玛克西莫夫娜时，总是怀有好感。

房东崔文科是一个典型的尼古拉时代的士兵，长着特异的尼古拉式髭须，这髭须一直长到耳朵边，成了连鬓须。当他每天准备到喀山街的典当铺里去办公而穿上他那衣领很紧的长裾制服的时候，他的脸就发红，髭须竖起，显出异常愤怒、甚至威吓的样子。然而这副神气是虚假的。实际上他是一个沉默寡言的好人，完全服从他的太太。

玛芙拉·玛克西莫夫娜是孤儿教养院出身的。她在很小的时候被人从教养院里送到芬兰的一个村子里，她在那里学会了一种半俄罗斯半芬兰的特殊方言，一生都用这种方言来说话。譬如她说：她的费多尔·玛克西莫维奇每天出去办公；猫咪舐食牛奶，跳到屋顶上去，——她说这些话的时候，语法都是不正确的。[①] 这就使得她的语言有了一种稚气的腔调，她这个人根本就像一个肥胖的大孩子。崔文科是一个服过兵役而领用年金的人，已经上了年纪，为“慕色”而娶了这个无家可归的孤女，他们的生活过得非常和睦。他总是叫她玛芙拉·玛克西莫夫娜[②]，称她为“您”；而她却率直地叫他崔文科或者“我的崔文科”，称他为“你”。他每天早晨打扮起来，装出严肃的样子，出去办公；而她在家里从事烹调。可是烹调并不需要多少时间：玛芙拉·玛克西莫夫娜每星期两次用一只大砂锅来煮一块排骨；每煮一次，可以吃好几天，有时做白菜汤吃，有时煮羹吃，有时煮面吃。因此屋子里经常弥漫着一种特殊的、白菜和脂油的浓烈气味。烹调完毕之后，房东家的小房间里开始发出缝纫机的声音。这声音响得很长久，很匀称，在几小时之内，不过间断短短的几次。

---

① 她提到费多尔（阳性名词）的时候，动词应该用阳性结尾，却用了阴性结尾；提到猫咪（阴性名词）的时候，动词却用了阳性结尾。这一点在原文中可以分明看出，中文则无法表出，这里只得加一句“语法都是不正确的”。以下她所说的话里常常有这种语法错误，中文均无法表达了。——译者注

② 这是名字和父称，这样称呼是表示尊敬。——译者注

这是玛芙拉·玛克西莫夫娜在缝制病院用的罩衫，每件工资六个戈比，借以补助她丈夫的年金和薪俸。中午时候，整个寓所里闻得出菊苣咖啡的气味；有时来一个邻妇，和她一起喝着咖啡，把我们这幢房子里最近的新闻报告给她听。后来又响出缝纫机的声音。到了六点钟光景，玛芙拉·玛克西莫夫娜搁下了工作，就在这小房间里准备晚餐。门铃响出的时候，她的圆圆的脸就喜气洋洋，仿佛她的崔文科是作了一次冒险的远游归来。他们吃过晚饭，在帐幔后面的床上休息半个钟头，然后一同开始工作。她继续绗罩衫，而他在他的狮子鼻上戴上一副玳瑁边眼镜，用一根粗针来拙劣地修补他那异常粗糙的呢裤子。……工作完毕之后，他们喝茶，玩纸牌游戏“杜洛克”。只有在这时候，我们才听到他们的谈笑声。有时是崔文科的声音，这往往是他纸牌打赢了而发出的欢喜的叫号声。但是他常常打输，所以我们听到的大都是玛芙拉·玛克西莫夫娜的响亮的、真心欢喜的尖叫声。我们取笑崔文科，说他还是热爱着他这位相貌年轻的胖太太。实际上他的确像一个乖孩子一样完全无条件地服从她；而她却怀着无意识的女性的狡狯装出一种样子来，表示他是她的威严的主宰者，她很怕他。

“喏，……要照我的崔文科所吩咐的那样做。”她常常十分认真地这样说。……

他们没有孩子，这是他们两人的共同悲哀的经常的根源。未曾耗费过的母爱使玛芙拉·玛克西莫夫娜的脸上显出一种动人的哀怜之情。她把这种爱发泄在她的丈夫身上，发泄在猫儿瓦西卡身上，甚至发泄在我们这些临时租客身上。有时玛芙拉·玛克西莫夫娜的一双眼睛带着泪痕，而崔文科那双又长又浓的眉毛蹙紧了。我们知道这是因为我们长久没有付房钱，那个主宰的丈夫认为应该要我们搬出屋。而当我们一有钱就把欠着的房租全部付清或者即使付了一部分的时候，玛芙拉·玛克西莫夫娜脸上就显出骄傲得意之色，崔文科则有好几天局促不安地、抱歉地挂下眼睛。

要走到我们的房间里去，必须经过厨房和房东家的小寝室；这间寝室兼作食堂、工作室和客堂用。他们睡得很早，而我们到很夜深还常常进进出出。崔文科听见门铃就起来开门。他简直好像不必醒觉，起来拔开了寓所总门的门闩，又躺下去睡了。我们先摸索着通过了黑暗而摆满东西的厨房，然后经过这对睡着的夫妇旁边。一座很大的圣像龛前面点着一盏长明灯，把光线照在一张宽阔的双人床上，床前张着帐幔，所以只看见两个头。靠边是崔文科的胡子满腮的脸，里面是玛芙拉·玛克西莫夫娜的正在梦中微笑的、像月亮一般浑圆的脸。……我常常觉得躺着的简直是两个心地纯洁的孩子，他们同这个大都市的喧嚣复杂的生活毫不相关。

有时候通向厨房的门开起来有些阻力。必须用气力，而且慢慢地开，以免碰伤崔文科家的另一个租客。这是一个“美术家”，名叫库兹玛·伊凡诺维奇，也是孤儿教养院出身。这个人很可怜，身体虚弱，胸部患病，眼睛里常常含着泪。他的居住地实在只有炉子和门之间的一只大箱子，他躺着的时候有时身体挺直来，把两只脚撑在门上。他晚上睡在这箱子上，白天就把这地方当作工场。他的工作是在灯罩上着色。他在一只碟子里调好水彩颜料，左手拿住灯罩，以轴为中心，把它机械地旋转来。右手拿着画笔，也很机械地在各处涂抹。他这样顺次地用笔蘸了玫瑰色、红色、绿色和棕色的颜料来涂抹，把灯罩转了几次之后，灯罩上的散乱的点子就组成了一个美丽的花圈。库兹玛·伊凡诺维奇把灯罩移开些，用他那双含泪的、病弱的眼睛看看它，他那憔悴的脸上刹那间闪现出艺术的满足之色来。……然后他拿起另一个灯罩来，想一想：现在用什么颜色，画什么花，——再画玫瑰花呢还是画琉璃草和紫罗兰。……

我有时看他工作，惊叹他的手法的迅速和正确，这时候库兹玛·伊凡诺维奇的脸上现出一种暗自得意的微笑。

“不，……哪里谈得上，”他谦虚地说，“我们以前画的好得多呢！……现在眼睛坏了。常常出眼泪。”

他也是孤儿教养院出身，和玛芙拉·玛克西莫夫娜是同一乳母的；这种同乳姊弟关系在彼得堡的这一特殊阶层中就等于其他一切亲戚关系。他这个租客对房东当然是不很有利的，他们完全把他当作亲戚看待。照算他只付“屋角”的租金，然而玛芙拉·玛克西莫夫娜常常补充他一些伙食，似乎是瞒过崔文科的。崔文科装作没有注意的样子。

有时在休假日，崔文科家玩“国王”的游戏，我或威塞里茨基偶尔也加入。他们也请库兹玛·伊凡诺维奇参加。他顺从地从他的角落里慢吞吞地走出来，带着自惭形秽的样子，把衣服裹一裹紧，道一个歉，然后用颤抖的手来拿纸牌。然而纸牌游戏显然只能给他带来苦痛。尤其是当他开始走运的时候。……有一次，他做了“国王”，狼狈得要命，竟使得玛芙拉·玛克西莫夫娜可怜起他来，对他说：

“啊，你这个人真淘气。……好，去吧，去吧，你去吧，国王！卡罗林·伊凡诺维奇，你让他过去吧。你瞧，他害羞了！”

这位好太太学习我的难读的名字和父称，终于学不会，所以用卡罗林·伊凡诺维奇这个绰号来称呼我。……我让开了，这个不幸的国王就溜进自己的角落里去了。……

“他这个人本来是很能干的，”玛芙拉·玛克西莫夫娜带着毫不拘礼的怜悯口气说，“都是烧酒这命根子。……都是这该死的东西不好。……得了，现在来玩王牌游戏吧。……库兹玛，你什么都不中用。连纸牌也不会玩。”

我觉得这个可怜的人很有意思。他有点像陀思妥耶夫斯基作品中的主人公。我觉得如果叫库兹玛·伊凡诺维奇把心事坦白一下，那么他一定会说出极其悲哀而有意义的话来。然而他所讲的只是断篇的话，完全没有联系和意义。……

有一次他手里转动着灯罩，说："以前我们那个工场里有一个技师。……我告诉你，他的鼻子真红，……红到这样的程度：洋红加鲜红。……真的，我不说谎，……嘻嘻嘻，……还要加些绀青。……"

他轻声地笑起来，然而他连笑都不会。笑声变成了嘶哑声和咳嗽声。……

"喂，库兹玛，库兹玛，"有时玛芙拉·玛克西莫夫娜问他，"你到哪里去了三天?"

"在彼得堡区①。"库兹玛清一清喉咙，规规矩矩地回答。

"大概在警察局里过夜吧?"

"是的，玛芙拉·玛克西莫夫娜，在警察局里。第二天他们放了我。……因为他们知道我……"

有一次，我上课回来，看见库兹玛·伊凡诺维奇神情异常。他喝醉了酒，态度放浪不羁，带着特别自满的样子。他话说得很多，不咳嗽，也不裹紧外衣，只管夸耀自己的天才和成就。他装作宽容的样子拍拍崔文科的肩膀，然后毫不隐讳地告诉他，说他"配不上玛芙拉"。他在玛芙拉·玛克西莫夫娜旁边献媚地走来走去，两手叉着腰，含意深长地眨眨眼睛。崔文科微微皱着眉头，然而并不说什么话。玛芙拉·玛克西莫夫娜笑得打滚。

就在这一天的晚上，我从苏奇科夫那里回来。天色黑暗，而且阴雨。路灯上都蒙着一圈模糊的光；水洼里因为有雨滴落下来，水面不绝地在灯光中波动着，像活的一样。我们门前的街道中央，有一个醉汉在走路，嘴里唱着一只芬兰歌曲。……我认出他是我们的库兹玛·伊凡诺维奇。……

---

① 彼得堡区是彼得堡城里一个地区的名称。——译者注

后面传来隆隆的车轮声。马车夫大叫“让开”，但是喝醉的库兹玛·伊凡诺维奇只是把身子摇晃一下，装个姿势站定了，大声地朗诵起来，响得整条街都听见：

傻瓜倒有马车乘，
聪明人反而步行。……

“乘马车的傻瓜”立刻跳下车来，抓住了这个美术家的衣领，就喊警察。我和另一个路过的学生请求那绅士放了这个可怜的人，说他喝醉了，所以不知道得罪的是什么人。然而没有用，那绅士不回话，看也不看我们。一个警察用手按着马刀，从小教堂那边跑过来，又来了两个管院子的人。那绅士拿出自己的名片来交给警察（警察看见了名片，就挺身立正，像僵尸一般）；然后坐上他那漂亮的马车。车轮的隆隆声立刻在街道尽头消失了；警察不顾我们的说情，就把库兹玛·伊凡诺维奇带到局里去了。

从这时候起，我们再也看不见这位美术家了。……玛芙拉·玛克西莫夫娜哭着，派崔文科去打听。……崔文科多方奔走，利用晚上的时间跑了好几个地方，结果带来了一个悲哀的消息：这位美术家不明不白地死在警察局里，已经被埋葬在佛尔科夫墓地上一个无名的坟墓里了。……

“一定是他们打他，一定是这样的，”玛芙拉·玛克西莫夫娜呜咽地说，“大家都知道他们这些警察全是混蛋，……不通道理的。……库兹玛哪里经得起打。他身体虚弱，……简直像只小鸡。……”

于是她像小孩子一样用她那双肥胖的手的手背来擦擦眼泪。……崔文科把死者遗下来的几个灯罩送到店铺里去，夫妻两人用所得的钱在附近护城运河上的米隆尼教堂里超荐了他的亡魂。

“屋角”空了。然而这个美术家的幽灵似乎有一个时期还盘旋在这寓所里；晚上我照旧小心地开门，以防撞着了躺在箱子上的库兹玛·伊凡诺维奇。……我回想起他，总觉得良心上有点过不去。……我没有为他尽力。然而我和威塞里茨基分析了一下这件事，得出这样一个结论：我无法效劳。不过心里总还是念念不忘。……我希望年光倒流。我的想象中出现一群青年，就像我们在中学时听到传说的那些捣毁警察局的基辅大学生一样。……需要拿出力量来，……于是叫嚣，骚扰，格斗，捍卫，胜利。……读者所熟悉的我的同时代人的形象又以新的姿态参加在这事件中了。……

除了那个不幸的美术家之外，我们的寓所里还有一个幽灵，在我看来具有生动活现的形状。在我们租这屋子的两年前，我们这房间里的间壁的那一面曾经住着一个工人。他养一只金丝雀，连鸟笼遗留在崔文科家里。后来金丝雀死了，鸟笼还挂在窗子上，玛芙拉·玛克西莫夫娜每次看见了这鸟笼，总要说起关于从前这个租客的一些事。……

“也是一个怪人。”她说的时候带着淡淡的微笑，同说起库兹玛的时候一样。“不过不是醉汉。完全不是。他一滴酒也不喝。……也不像已经故世的库兹玛——祝他入天国——那样闯事。……他只知道工作完毕回家立刻喂金丝雀，……打扫鸟笼。……唉呀，卡罗林·伊凡诺维奇，真奇怪，这只金丝雀简直认识他的：他吹着口哨，打开鸟笼的门，鸟就跳到他肩膀上，……吱吱喳喳地叫。……他的性命丧在书本里。……”

“怎么叫做丧在书本里，玛芙拉·玛克西莫夫娜？”

“他看了许多书。”

“那有什么关系。是不是得了神经病？”

“不——，……我是个笨女人，不知道该怎样讲给你听；我的崔文科是个聪明人，参加过战争。……可是他也不懂得这是怎么一回事：为什么我们的保罗·卡尔波维奇丧了性命。……不过的确是丧在书本里的。”

“玛芙拉·玛克西莫夫娜，您为什么这样想呢？我们不是也看书吗？”

“你们又是一回事。你们干的是这一行。你们是学生。他和你们不同：他应该在工厂里好好地做工，多赚些工钱。……回到家里睡一个大觉，……像他的同事们一样。不过，说真的：和他同事的工人们都会喝酒，喝得很厉害。老是相骂，打架……”

“你瞧，这样难道比看书好吗？”

“那还用说：……呃，的确，……他老是看书。……他找到了和他志同道合的人。他们一来，就开始念书。后来争吵起来，喊叫起来。……我对他们说，你们为什么一齐喊叫。这样真不好，等会儿会打架呢。……他们笑起来，他就对我说：我们不会打架的。……我们争论是为了要使大家生活过得和睦。……说是为了要使世界上没有富人和穷人。又说大家应该平等。……我对他说：哈哈！你们真聪明。你们怎样使大家平等呢？譬如我的崔文科有一件很好的皮大衣，是碰巧在典当铺里买来的，一共出了三张红钞票[①]，这是不容易的！而你那件大衣那么单薄。你难道能把我的崔文科的皮大衣抢去吗？……他说：为什么要抢呢？那时候大家都会有皮大衣了。……谁要就可以拿。……我说，你们到哪里去拿呢？他说，向公家拿。……我说，那么你们现在就去统统偷来吧。……”

她开心地哈哈大笑起来，笑得面颊上出现了两个酒窝，她那笨重的身体不断地颤抖着。……

“哦，那么他怎么说呢？”我对这段天真烂漫的叙述深深地感到了兴趣，就这样问。

---

① 红钞票即十卢布钞票。——译者注

"啊呀他呀，……他什么都不懂，像个小孩子一样。……他说，等到一切都共有之后，谁都不会偷东西了。为什么要偷自己的东西呢？……你瞧，他说是自己的东西！你们这些自己的东西是从哪里拿来的呢？……他老是看书，看书，看得头昏脑涨。……"

她放低了声音，带着天真的恐怖的表情说：

"他在工厂里给抓住了。……他们不许他回家一趟。他们到这里来，到这屋子里来。我吓死了。崔文科出去办公了，只有我一个人在家。……他们翻箱倒箧，只管检查他的书。……衣服，裤子，两双长统靴，这些他们都不要，只管查看他的书。……从此我们就不再看见我们的保罗了。我派我的崔文科去打听，我说，崔文科，你去问问看……。可是后来自讨了一个没趣。……"

"他们怎么说？"

"他们说，崔文科先生，你何苦来。……你是一个忠诚的公仆，为什么要去关心这种人呢？……这种人应该关进石牢里；每星期去问一次，是不是还活着。……你瞧，卡罗林·伊凡诺维奇，为了看书弄到这步田地。……"

这段天真烂漫的叙述给我鲜明的印象。我当然知道一些关于乌托邦学说的情况，然而都是片段的，而且知道得不确切。傅立叶和圣西门[①]的原则只不过是原则而已，我不大记得清楚。但是在这里，就在这个房间里，曾经住过一个纯朴的工人，他和同样纯朴的工人们一起讨论过这些问题。这样看来，这不仅是书本上的事。

玛芙拉·玛克西莫夫娜因为不懂事，所以笑他；实际上这位不知名的工人哲学家是正确的。这道理很简单：如果全部财产都变成了公共所有的，当然就没有人会偷东西了。……这些问题居然已经

① 沙利·傅立叶（1772—1837）和昂利-克劳德·圣西门（1760—1825）是乌托邦社会主义者。——原编者注

在工人之间被讨论着了。……

我当然不相信他是被活活地关死的。……一定是把他流放到什么地方去了。……也许此刻他还在流放的地方讨论这些问题呢。……我没有在这里碰到他，多么可惜。……

然而这种事以后还有，我还会遇见许多类似的人物。……要知道我已经在彼得堡了！

第二章　专科学生时代

1
落魄文人

读者在上文中大概已经注意到：我的同时代人对于文学中的题材和人物类型的影响，具有特殊的感受力。不属于文学描写范畴的、小城市里的单调的日常生活，在他觉得是非正式的“不像样的”。然而与文学所描写的世界有关的一切，在他看来都蒙着一层略带梦幻的、因而引人入胜的光辉。

玫瑰色的烟雾继续蒙蔽着我对彼得堡的最初印象。这里的一切我都喜欢，连彼得堡的天空都喜欢，因为我早就在文学描写中认识了它；连挡住这天空的枯燥无味的砖墙都喜欢，因为我在陀思妥耶夫斯基的作品中认识了它们。……我甚至喜欢没有保障的生活和饥饿的前途。……因为这也在学生生活的描写中看到过，我是通过了文学的三棱镜而观察生活的。

读者大概记得朗诵艺术家焦多尔·涅格利这个生动的人物，他曾经在到彼得堡去的路上清清楚楚地说过一句话：“他们在做什么？……在抢劫！”说得非常生动有力，使我的同时代人的钱包立刻为了他的利益而大大地减轻了。这件事仿佛是一个预兆：现实生活自管用它自己的态度来答复我对它的文学看法，我当然面临着失望。……

住在小皇村街四号的“文星阁”里的我们那个小团体，结果只剩了三个人：我、格利涅威茨基和威塞里茨基。本来和他们同住的尼库林，认为和我们分居较为合算，所以搬走了；不过他还是常常到我们这阁楼里来玩。而我们三个人就仿佛成立了一个“穷学生”友爱互助组。

我和格利涅威茨基起初对功课怀着最美好的期望，所以热心地去听课。教室里坐着许多肃静无声的听讲者，我这个渺小的身体也参加在里面，犹如沧海一粟，讲台上初次出现了一个穿黑礼服的人，这时候我心里跳动了一下。“教授，教授，……”这是教投影几何学的玛卡罗夫①。他身材矮小而瘦削，相貌文雅，带有神经质，目光凝集。他站着讲课，只有需要作较复杂的几何图时才走近黑板去。平常他只要用手在空中指划一下就够了。他左手的大拇指和食指仿佛紧紧地抓着一个“数学点”，而右手从这一点引出想象的线条来，把它们投影在想象的平面上。人家说他曾经用圆规来测量他妻子的身体，替她“按照图式”裁了一件跳舞衣，彼得堡的上等裁缝都认为这是一件模范的制品。这趣话使我感到兴味。我想：如果用这些投影和计算，可以表现出像美人的苗条身材那样细致的东西，那么数学这门功课一定不是像我在中学时所感到的那样枯燥而抽象，于是我热心地注意玛卡罗夫的纤细的手指以及他那想象的点在空中飞驰的情况。我简直好像能在空中看出这些线条的痕迹，仿佛极细的蛛丝一般。……

读者由此就可断定，“工艺学”不是我的天职。我学起纯粹的数

---

① 尼古拉·伊凡诺维奇·玛卡罗夫（1824—1904）是一八六二年到一八九七年彼得堡工艺专科学校里的数学教授。——原编者注

学来感到困难，必须勉强地集中注意。然而我到制图室里去的时候却怀着真心的兴趣。……在制图室里，有一个穿黑钮扣灰色大衣的青年和我坐在一起，他把制图板放在和我同一张桌子上了；我一看见这个人就讨厌，因为我觉得他是我自己的反映：他像我一样毛发蓬松，而且似乎像我一样乏味。我还发现一个相似点：我们两人绘图都很热心、迅速而精美，那个仪表端庄的白头发的制图教师对我们两人表示同样的满意。

不管怎样，这期间我对学校里和我们阁楼里的一切都感到满意，我甚至长期地忍受着饥饿。我和格利涅威茨基每天都去上课，热心地听讲并记录。在第二次或第三次课间休息的时候，我们到门房间里去，因为这时候有邮信送来。我们心中怀着一线希望：有没有谁的汇票寄到？然而那个态度冷淡的大胖子门房总是对我们说：

“格利涅威茨基先生，您没有。……您也没有。”

“威塞里茨基也许有吧？”

“也没有。”

格利涅威茨基叹着气，走到衣帽间里，若有所思地穿上了大衣。关于每天食粮的操心，不知怎的自然而然地变成了他的任务，仿佛是预先约定似的。他交际很广，结识许多同学。这些人对于功课和自己的前途都不很介意，每次家里有钱寄来，总要挥霍一下，即使每月一次也好，借以调剂经常的饥饿。这些“棒小伙子”之中有许多人，连专科学校里的门房都不认识他们的面孔，然而在谢苗诺夫团和伊兹马伊尔团的范围内，任何一个台球计数员都能极正确地报道：此刻他们之中谁在什么地方和哪些人大吃大喝。

“西曼斯基先生在我们这里打了十二盘球，他们喝了啤酒，扯破了呢绒。……他们现在有了钱，在这里约了伴到‘白天鹅’去了。……”

格利涅威茨基忧愁地走到“白天鹅”去，他一进去，就受到热狂的欢迎。他们拥抱他，请他喝他所不喜欢的啤酒，又邀他打一盘台球。他答谢了他们的盛意，互相说了些俏皮话，就捎着一个长长的球杆在台球桌周围走来走去，瞪出了他那双漂亮的眼睛，察看应该把哪一个球打到中部或角落里去。他身材高大，相貌漂亮，头上戴着一顶潇洒地翻起帽舌的工艺专科学校制帽，样子很像一个无忧无虑的“布尔希”[①]。但是他一刻也忘不了在皇村街上的“文星阁”里挨饿的朋友。在这群花天酒地的伙伴里，无论他们向他提出多么诱惑的建议，他总是极其断然地拒绝，借了两三个二十戈比的钱币，就拖着两条疲劳的长腿走回我们的阁楼里来，我和威塞里茨基正在这昏暗的房间里愁苦地饿着肚子等候他。我们已经熟悉他的门铃声。他走进房间来，除下了呢绒披肩，默默地把一个钱币抛在桌子上。他脸上带着疲劳和不满意的神色，因为又是乱糟糟地过了一天，又缺了几课，而他所决意要开始的“新生活”就渺茫了。他走了好几家饭店，又在台球桌周围转了几圈，两条腿都走痛了。他还喝了几杯啤酒，但是肚子和我们一样饿。

我愉快地从床上跳起来，披上呢绒披肩，跑到克林大街上一家熟悉的香肠铺里去。

我走到那里，他们不须问我，就把一种可疑的香肠和大蒜称十四戈比给我。我们怀疑这种香肠是用马肉做的，所以比别种香肠都便宜。然而我们并不在乎这一点。我又到邻近的面包店里去用六戈比买了四磅最黑的酸面包。这是我们日常的饭餐。如果格利涅威茨基张罗来的钱还有多余，那么我们就用这多余的钱到小店里去买一撮有扫帚气味的蹩脚茶叶和四分之一磅糖，这糖当然是嚼着下茶吃的了。假使偶然得到些工资，例如抄讲义的报酬，因而我们有了几

---

① “布尔希”（Burache）是德国大学生中专事花天酒地、拔剑决斗的一派的别称。——译者注

个卢布，这时候我们的制度还是不变。付了两三个卢布的房钱，其余的就作为友谊互助金。有时格利涅威茨基新近的债主中有一个人跑到我们的阁楼里来，忧愁地向四周看看，说：

“朋友，你们都好。格利涅威茨基到哪里去了？不在家？啊，该死！告诉你们，我有两天没有吃饭了。……好，再见吧。”

于是格利涅威茨基除了对于我们这小团体的日常操心之外，又添加了另一种操心：他采取紧急措施，有时运用极意外的经济策略，把不久以前还是富有的人邀到自己这里来，请他们喝小店里买来的茶，吃十四戈比的香肠；有时为了慰藉这些穷人的苦痛，竟又设法带他们到“白天鹅”去。这是我们隔壁无名胡同里的一家木造的小饭店，是一家极简陋的店铺，糊壁纸已经污旧，屋子里充满着啤酒气息。屋顶小阁里设着一张台球桌。桌上的呢绒屡次破损而被仔细地修补好，这就使得它有了一种“清贫自尊”的样子。

起初我觉得这一切都很有意思，好像学生中的“落魄文人”的生活。……然而……学生生活的特殊风气渐渐缠住并迷惑了我们。在这个天真烂漫的集团里，要打一盘台球和喝一次啤酒，往往比吃一顿饭或者办到讲义容易。关于这团体里的每一个人，都有同样的权利说他是“受坏朋友引诱”的。例如正当西道罗夫一本正经地翻开机械学或化学的笔记本来的时候，伊凡诺夫欢天喜地地闯进他的屋子里来。原来“两老”终于给伊凡诺夫寄了钱来，因此正好趁这时候到“金锚”去。而正当伊凡诺夫决心“开始新生活”的时候，西道罗夫又来叫他到那地方去了。这时候彼此之间谁也不认真计较，当时身上带钱的人就请客。……这是寻欢取乐者的真正的共产生活。

结果，有毅力的人在一两年之后就恐怖地逃出了这个迷津，迁居到这都市的另一个地区，转学到另一个学校去了。有几个人的父母从内地赶出来，把儿子带到莫斯科、基辅或华沙去，但求他们远离“金锚”“白天鹅”和这班宝贝同学。有的人没有这种毅力，或者他们的操心的父母没有这种先见之明，他们就沉沦到底，有时结果很悲哀。……

这种生活方式的不利，我渐渐地才感觉到。因为玫瑰色烟雾的消散需要时间。……等到它消散之后，悲哀的真相就清楚地暴露出来：一年损失了。……

2
我的理想的朋友

但是现在这些失望还没有来到，目前我生活中新鲜美好的一件事，就是我做了专科学生，虽然做得很不像样。……我的想象中拥集着许多模糊的形象。……其中占居首位的，当然是“真正的专科学生”的理想形象。……我在这沸腾的青年环境中贪婪地观察。

我在第一卷里已经提到过我的好朋友苏奇科夫。……他到彼得堡比我早一年，我以为这一年会使他发生巨大的改变。……然而并不如此。他仍旧是我童年时代就喜欢的一个老好人。格利涅威茨基比我们两人都年长，到彼得堡已经是第三年了。他的外貌很生动，身上披着呢绒披肩，起初我觉得他是一个道地的“布尔希”。可是不久我看出他还是具有我们所熟悉的“罗夫诺人”的特点，就也和他亲近，然而对他并没有什么幻想，态度很随便，即所谓“平等相处”。

我对于尼库林更少有敬佩之心。……他态度很神气，自认为哲学专家，然而他对人类思想的全部活动的看法十分奇特。他认为每一个后起的思想家都要打以前的一切思想家的嘴巴而且推翻他们；而在这特殊的竞赛中，他认为包括着全部哲学史和文学史。……我有一次提到别林斯基，尼库林只是嗤之以鼻。……他说：“别林斯基算得什么？达（他）崇拜普希金。可是皮萨列夫曾经骂普希金。……这种人真该打耳光，见达（他）的鬼！”他就用这话来把别林斯基也推翻了。尼库林曾经在长时期内认为库诺·费舍是最伟大的哲学家。然而有一天，他把一个惊人的消息带进我们的“文星阁”来：出现了一个新的思想家，就是曾经写世界史喜剧的德国人约翰·舍尔①。

“你们知道，所有这些宗教创立者、改革者、人间的善人、革命家、学者、哲学家，……所有这些人，你们知道，都不过是喜剧演员罢了。……”

“那么库诺·费舍怎么样呢？”有一个人狡狯地问他。……

“达（他）算得什么！……库诺·费舍也该打耳光！……”

于是他装出一种富有表情的姿态。

在我们这个亲密的团体里，只有威塞里茨基一直盘踞在我的想象中。我喜爱并敬仰他的一切：长长的头发，丰满的面颊下边长着尖形的小胡子，隐约显露出来的带优越感的微笑牵动着薄薄的髭须底下的优美丰满的嘴唇，尤其是他那沉默寡言的态度，在我看来充满着特别深刻的意义。我曾经说过，他多么专心一志地埋头研究果贝的年鉴中的统计部分，同时又研究刑法。有一次，在我们同住的第一个月里，我、格利涅威茨基和尼库林三个人一同回家，看见威塞里茨基正在埋头读书。挂下的浓密的头发中间冒出纸烟的烟气来，然而威塞里茨基潜心于阅读，竟没有听见我们进来。……假使我是一个画家，我一定要拿这个优秀人物来作模特儿，画一张题名“用功的大学生”的画。然而尼库林扑哧一笑，拍一下自己的衣襟，带着沙哑的笑声说：

“瓦西卡！……你们瞧，真糟糕，他在打瞌睡了。……纸烟都没有熄灭。瓦西卡，当心火烛！……”

---

① 约翰·舍尔（1817—1886）是德国的唯心历史家。——原编者注

威塞里茨基抬起头来，带着轻蔑而镇静的态度看看他；我认为尼库林简直是一个“犬儒主义者”，不能了解威塞里茨基。……

于是我觉得有点自傲，因为我是了解他的。

在彼得堡的黄昏里，……不知道是细雨还是海上飘来的雾，笼罩了教堂的圆屋顶，弥漫在街道上，蒙住了路灯昏暗的火光。我快步地从专科学校或公共图书馆里跑出来。我从某一个时候起，常常热心地跑图书馆，在煤气灯的嗞嗞声和翻书页的沙沙声中浑忘了一切。图书馆关门以后，我快步地走过花园街、奥布霍夫街和皇村街，回到家里去。有轨公共马车或者轧轧地震响的夏宾式马车，在我们看来都是享受不起的奢侈。我走得很快，一口气奔上了肮脏而气味难当的扶梯。……门上蒙着一层黑色的漆布。昏暗的门灯照亮着那块写着“费多尔·玛克西莫维奇·崔文科”的铜牌子。我来到家里了。我们的房间里很暗。格利涅威茨基不在家。威塞里茨基为了节约，没有点灯。暗沉沉的房间里响着低微的六弦琴声，两只猫眼睛闪闪发光。玛芙拉·玛克西莫夫娜的猫很喜欢音乐。威塞里茨基常常弹波斯进行曲、歌剧《茶花女》中的咏叹调和凄凉的伏尔加歌曲。隔壁传来含糊的谈话声和醉汉的歌声。隔壁寓所里不久以前迁进一个大学生来，是科斯特罗马人，名叫凡卡·罗果夫，是威塞里茨基的朋友。他是“俄罗斯世界”印刷所及柯玛罗夫和切尔涅耶夫两人所办的报纸的校对员，这一点使我很感兴趣。有一次我到他那里去，看到了书籍刊印过程的秘密；凡卡·罗果夫脸上有麻点，穿着红色的斜领衬衫，戴着眼镜，正在看校样，我觉得他很像古登堡[1]。每两个星期，在领到薪水的日子里，他总是举行酒会，房间里充满了喧噪声、叫喊声、醉汉的歌声。有一次威塞里茨基从他房间里回来，

---

[1] 约翰·古登堡（约 1400—1468）是德国人，是欧洲活字印刷的发明者。——译者注

似乎挨了打的样子。他注意到了我惊疑的眼色，微笑了一下，说：

“这些人都堕落了。……我对他们说了一句忠告的话。”他又微笑一下，挥一挥手。……“有什么用！险些给他们打了一个耳光。……主要的是我可怜保罗·戈利茨基。……他是我们神学校里的优等生。……老弟，一个英明人材堕落了。……”

他就和我并排地躺在床上，开始谈论精神环境的风习和堕落的人材。……我屏息静听，我觉得这一切都很新鲜，都是出于文学的，是神学校的反应[①]。威塞里茨基对于保罗·戈利茨基的悲叹使我更深切地依恋我这位同住在一起的朋友。

3
娜斯佳姑娘。理想的朋友丧失了威望

似乎是在第三个月上，威塞里茨基发了财。起初，他收到家里寄来的一套科斯特罗马裁缝所做的全新的黑衣服，还有几套衬衣；过了几天，工艺专科学校的大胖子门房带着善意的微笑递给格利涅威茨基一张汇款通知书，说：

“这是寄给威塞里茨基的。您拿去吗?”

格利涅威茨基喜气满面了，因为这张汇单是七十五个卢布，简直是一笔大财产！我们的“文星阁”仿佛大放光明了。最近玛芙拉·玛克西莫夫娜常常哭。我们欠了房租，因此他们夫妻之间发生了争吵：崔文科又主张采取严格措施，而这位好心的太太不忍赶走我们这几个穷人。这一天威塞里茨基突然变成了英雄。尼库林知道了这件事，照例嗤之以鼻，说：

“喂，朋友们，这回可要当心了。……谁跟他一块儿到邮局

---

① 就是指波缅洛夫斯基的神学校随笔。——原编者注

去。……不然他就溜到勃罗尼茨基街上的朋友那里去了，哪里还看得见他的影子。我知道他的脾气。……”

威塞里茨基用沉默而轻蔑的眼光来回答他，而我听了简直怒气满胸。第二天早上，格利涅威茨基谈到尼库林这告诫的时候，我竭力反对这种对朋友的不信任，态度非常愤慨，因此格利涅威茨基虽然犹豫不决，终于让步了。威塞里茨基神气十足地穿上了那套崭新的黑衣服，带着我们的信任和希望，独自到邮局去了。格利涅威茨基到学校里去了，我这一次留在家里，阅读苏巴列夫斯基带给我的弗列罗夫斯基的著作。

我这样地坐了一个半钟头，门铃声响了。玛芙拉·玛克西莫夫娜去开门，但是走进房间来的不是威塞里茨基，而是我所不认识的一个女人。这人大约三十岁光景，一双黑眼睛很灵活，脸上显著地长着些髭须。她的服装相当华丽，像一个专门经营妇女时装的人；她的态度很活跃。她向房间的四周一望，说：

“怎么？还没有来？”

我立刻局促不安起来，便问：“您找谁？”

她除下帽子，把它放在桌子上，把我们房间的门向着正在好奇地察看的玛芙拉·玛克西莫夫娜迎面关好，老实不客气地坐在椅子上了。

“我找威塞里茨基。……我在这里等一下吧。……”

我们房间里就肃静无声。我努力埋头看书，但是不大看得进去。我总觉得这个陌生女人那双灵活的黑眼睛一直在盯住我看。房间里的沉寂使我感到苦痛。时钟嘀答嘀答地响着，厨房里传来锅罐碰响的声音和房东太太的喧噪声。

“啊呀，天哪，好厌烦。”这个陌生女子突然这样说。我满脸通红了。我觉得这叹息声中含有非难的意思：假使我是一个“真正的专科学生”，而不是一个孩子，就会招待这位女客，我们两人就都不会寂寞了。……可是我不知道应该说些什么，我的脸涨红了。

这女子突然站起身，用轻快的脚步向我这边走过来；我感觉到她的手摸住了我的头发，她的两膝碰到了我的两膝，就惊慌而恐怖起来。

“多么好的鬈发。”她说，“我的兹纳明斯基的头发也是这样的。我叫娜斯佳。你大概听人说起过我。工艺学校的学生都认识我的。……你怎么啦，预备一直这样看书吗？”

她就把我手里的书拿去，把它丢在躺椅上了，说：

“我们谈谈天吧！你不要害羞。你这是什么？……铅笔和纸吗？很好。我立刻写几个字给你看。我也会写字的。我和大学生同住了四年，不是徒然的。”

她拿起铅笔，把它舐舐湿，把纸移到自己面前，弯下身子去，滑稽地皱拢了她那双又浓又黑的眉毛。

我以前听到过一些关于这个娜斯佳的事。她曾经和专科学生兹纳明斯基以“自由恋爱”的名义同居在一起。去年兹纳明斯基毕业了，找到了职业，到别处去了，就像当初相遇时一样若无其事地抛撇了娜斯佳。据说她现在自由了，有许多人都愿意代替兹纳明斯基的地位，尤其是因为兹纳明斯基为娜斯佳“几乎完全不曾破钞”。她是一个出色的女裁缝，她和兹纳明斯基以朋友关系同居。现在这个有趣的人物坐在我旁边，滑稽地皱拢了眉头，正在写一个字条给我看。……

我当然感到兴趣。……这女子费了许多力，好容易写完，就把纸递给我，那双灵活的黑眼睛狡猾地盯住我看。

我接过来一看，简直惊惶失措了，因为纸上赤裸裸地写着一句猥亵的话，虽然笔迹很粗拙，像涂鸦一般，然而还是看得很清楚。这个漫不经心的专科学生在四年之内显然只把这一点努力地教会了他的同居者。这和我的文学观念是完全不相称的，所以我当时一定显出一副傻头傻脑的窘相。娜斯佳仰起了头，哈哈大笑，从我手里把纸条抢去，撕破了，丢在屋角里，认真地说：

"给别人看见了，不好。……"

这时候又听见门铃声响，走进房间里来的是格利涅威茨基。娜斯佳随随便便地和他打一个招呼，说：

"你好！我认识你的，你是格利涅威茨基。我是来看威塞里茨基的。我刚才在塔拉索夫胡同口碰见他。他答应借钱给我。付房钱到期了，可是我没有钱。……你以为怎么样，他不会骗我吧？"

格利涅威茨基表示担心的样子，搔搔后头颈。

"邮局里付款的时间早已过了。"他说。……"他怎么还不来。"

门铃又响了。走进来的是尼库林、苏奇科夫，以及和苏奇科夫同住的库列舍维奇——这是一个在华沙铁路局服务的青年人。尼库林知道威塞里茨基没有回来，就滔滔不绝地说：

"唉，你们这些人头脑真高明！怎么可以放达（他）一个人去！真是些傻瓜，蠢才。看来全都是这个无知小儿不好。……"

他伸起手来粗暴地在我脸上打一下。

"唔，也许不要紧！我知道到哪儿去找达（他）。……一定在勃罗尼茨基街上，达（他）那个当公务员的崩（朋）友那里。……怎么样，我们一起去吧。"

他们都去了，我又和娜斯佳两人留在房间里。等了个把钟头，心烦得很。难道尼库林说的话是真的？我想不会的吧。突然门铃又响起来，一群人喧哗吵闹地闯进我们的房间里来。威塞里茨基被尼库林推着，走在前面。他显然很狼狈，而且有点喝醉了。他的胳肢窝里和大衣袋里有酒瓶和纸卷。

"喏，把人交给你们，"尼库林哈哈大笑地说，"我们在勃罗尼茨基街的啤酒店里抓住了这家伙。……"

威塞里茨基看见了娜斯佳，略微有些狼狈，然而立刻振作起来。

"啊，娜斯佳小姐。……好极了。……我们来吃点东西吧，要一把茶炊来。……索性大吃大喝一番。喂，老弟，"他转过身来对我说，"请你跑到施列科夫店里去买些好茶叶来。……路远一点，没有关系。……"

我就跑到铺子里去买茶叶，因为我们家里已经没有茶叶了。我回来的时候，看见房间里只有娜斯佳和威塞里茨基两个人，其余的人都到"白天鹅"去打台球了。我看见娜斯佳似乎带有醉意：她的眼睛润湿，面颊红晕了；她摇摆着身子，正在唱一支乡村歌曲。威塞里茨基拉我到一旁，给我一张钞票，说：

"老弟，帮个忙。……你也到'白天鹅'去吧。"

然而我在那边总难免有羁束之感，我就和格利涅威茨基商量好，我们决定停止打球，大家一起回去喝茶。……

一回家，我立刻觉得我们的"文星阁"里有点不妙：娜斯佳远远地坐在桌子的那一头，而威塞里茨基坐在椅子上，离开她很远，用恶毒的眼光望着她。他完全喝醉了，全身松懈，脸色颓唐了。娜斯佳则相反，她这时候似乎完全清醒了。她一见我们进来，那双蹙拢的黑眉毛底下就闪现出炽烈的目光来，盯住我们看。

"啊，诸位大学生，你们好！你们终于回来了？怎么这样快？"

她猛地站起身来，一只手撑在桌子上，装出一个果敢而漂亮的姿势，继续说：

"你们设计陷害女人。你们都是坏蛋，都是坏蛋，不是大学生！"

她那长着黑髭须的嘴唇像小孩子一般可怜地颤抖一下。突然她的眼睛盯住了我。

"啊，这个鬈发的人也来了。他也是一个调皮的孩子。……我眼睛一眨，他也不见了。他知道他的朋友的用意。……嘿，可恶的坏蛋，你们都是可恶的坏蛋。……"

她把头埋在手里，号啕大哭，两个肩膀一上一下地颤动。……

我把身子转向威塞里茨基坐的地方。他已经不在那里了；他拿了大衣和帽子，迅速地穿过房东家的房间，跑掉了。尼库林跟着他奔了出去。

我还没有完全弄清楚发生了什么事，也走下扶梯，跑到了街上。尼库林迅速地向勃罗尼茨基街方向跑去，他的身影在雾中消失了；威塞里茨基却原来就在很近的地方：我们这幢房子里有一家肮脏而阴暗的小酒店，我偶然向这酒店的窗子里一望，看见柜台里面有一个女人手里抱着一个小孩，威塞里茨基垂下了头，就坐在她旁边的椅子上。我推一推门，门铃叮当叮当地响起来。这女人惊慌地抬起眼睛来看我，当我走近去的时候，她说：

"我以为老板回来了。……他是你的朋友吗？……我怕他。……你瞧，他闯了进来。……他喝醉了，还要我倒酒给他喝。……说话都不成样子。……"

威塞里茨基抬起头来，用异常刻毒的声调说：

"喂，请问：谁允许你下这样的判断？……一点逻辑也没有。……"

他想站起来，但是摇晃了一下，倒在肮脏的地上了。

这时候老板也走进来了，他是一个相貌阴沉的壮健男子。他司空见惯地把整个场面打量一下，立刻明白了情况；他对我完全不加注意，用他那只有力的手把威塞里茨基从地上拖起来，拉他到门口，把他推到街上去了。我连忙跑出去，正好扶住了威塞里茨基，使他的头不致在路灯柱上碰伤。我就扶着他走向我们的扶梯去。他走路脚步很不稳定，他的脸在路灯的微光中由于苦痛的抽咽而颤抖着。我扶着这个醉汉，觉得很吃力，然而这时候尼库林赶来了。他照例扑哧一笑，挽住了威塞里茨基的另一只手臂，我们两人就把他扶到了楼上，他到了房间里，立刻倒在床上，打起鼾来。

娜斯佳还在我们房间里，正在同苏奇科夫和格利涅威茨基和气地谈天。这时候她要求一个人送她回家。我和苏奇科夫就穿上了外衣，和她一同出门。

夜已深了。路灯的光在雨丝中幽暗地闪动着，雨越来越大了。

娜斯佳住的地方离开我们很近，她和她母亲同住；然而她不想回家去。因为时候已经迟了，而且她走到了外面，突然觉得醉意更浓了；这般模样，她不敢回家去。

“最好请你们送我到塔拉索夫胡同里我的女朋友家里去。”她这样要求。

我们在稠密的细雨中走到了塔拉索夫胡同。娜斯佳在这胡同左面第一幢房子的门前叫我们停了步，她向屋檐下的台阶走上两三级，回转身来，把手伸给我们。

“好，那么谢谢你们了。再见吧，两位先生。我刚才用坏话骂了你们，请不要见怪。因为你们的朋友把我侮辱得厉害。……”

我想走上台阶去替她按门铃，但是她阻止了我，笑着把我推开去。

“我自己会按门铃的。……你们去吧，去吧，去吧！人家看见我跟你们在一起，不大好。他们以为我在不知什么地方游荡。……去吧，去吧。”她重复说，直到我们走出大门，向最近的一个拐角转了弯。然而我们走了一段路，两人都停下来，又回转去，因为我们觉得娜斯佳的行径很奇怪。雨下得很密，排水管里潺潺地响。路灯暗淡无光。我们望见台阶上一个女人的身姿孤单地坐着。娜斯佳把头埋在手里，低声地在那里哭。

“娜斯佳小姐，亲爱的，您怎么啦？您为什么不按门铃？难道想在门口过夜吗？”

她抬起头来。我觉得她的脸上一副可怜相，像一个受了委屈的孩子。

“我不能……。难为情的。……她也和她的老母亲住在一起。……我这样喝醉了酒，走进去成什么样子呢。……”于是她哭得更厉害了。

我们斟酌一下情况，决定劝娜斯佳到旅馆里去住一夜。

“单身女人去开房间他们不容许的，”她说，“两个人去也不成样子。既然你们这样好意，那么三个人一同去吧。……”

我们身上钱带得不多，于是我们约定在第四连街角上的金鹰旅馆相会，我就快步跑回家去拿钱。跑到家里一看，威塞里茨基已经睡了，格利涅威茨基也睡了。我把格利涅威茨基推醒来，向他说明情由，我们两人就去检查威塞里茨基的财产。结果很可悲。七十五个卢布只剩下三十五个了。格利涅威茨基取出一部分来准备付崔文科的房钱，我拿了一部分去付旅馆钱。

我在约定的地点会见了娜斯佳和苏奇科夫。一个瞌睡蒙眬的茶房漫不经心地替我们开了门，后来又半睡半醒地送一把茶炊来。这时候他对我们这三个人作何感想，不得而知了。多半是什么也没有想。这是寻常的事。然而到这旅馆里来开了房间清清白白地过一夜，无疑地是很少的。喝茶的时候，娜斯佳竟是一个和蔼可亲的女主人。她的酒差不多完全醒了；当她模仿喝醉的威塞里茨基的种种殷勤脸相时，我和苏奇科夫真心地哈哈大笑。……我们到四点钟才睡觉；早上和我们这位女客分手的时候，大家已经变成好朋友了。记得我醒来之后，连忙穿靴子，生怕娜斯佳看见我光着脚。

我回家的时候，怀着非常新鲜的感想。这样的女子我还是第一次看到。……的确，她曾经写过一句猥亵的句子给我看。当我们只有两个人在房间里的时候，她曾经不拘礼节地来摸我的头发，把自己的膝盖碰到我的膝盖上来。这样一来，对她仿佛可以随意不拘了。但是突然她又当面骂我们坏蛋，而我们受到了羞辱，就像小学生一般规规矩矩地站着。后来她又以动人的姿态孤孤单单地坐在门口的台阶上，由于羞耻和屈辱而哭泣。最后，又非常不成体统地和两个青年男子在旅馆里过夜。……但是在旅馆里她又立刻变得规规矩矩，使我们的说话和动作都不得随便，仿佛我们正在和我们所熟悉的罗夫诺女士们中最“高尚”的一个人交往着。……

是的，在这世界里一切都是相对的！道德也是相对的。可怜而可爱的娜斯佳，她和大学生同处四年，所得到的知识只能写一句猥亵的句子而已。……这个经营妇女时装的人所周旋于其中的道德概念范围是很广的，这范围里有许多是我以前一向认为“规矩女人”所不应该做的事。但是她严格地替自己划定这个范围，而坚贞地处身于其中，比许多高尚的女士更加坚贞。……无论如何，我们两人都觉得她比我们这些人更加有道德而纯洁。……

“可爱的娜斯佳。”我和苏奇科夫分别的时候，我们为这不平凡的一夜所给我们的印象下了这样的一个结论。

然而我注定着还要分析另一个也是意外的印象。我回家去没有看见威塞里茨基。他在格利涅威茨基还睡着的时候，留一张字条给我，就离去了。他在字条里写着，说我误解了他的善意，袒护了一个烟花女子。因此他和我永别了。……

这时候我不能把我所得到的种种印象结合为一个整体。……我了解娜斯佳，我看到了“烟花女子”这个称呼简直生气。但是，照这样看来，我所崇拜的威塞里茨基究竟是怎样一个人呢？……尼库林警告我们的话看来是真的了？……威塞里茨基竟是一个欺骗朋友而用卑鄙手段来引诱妇女的酒徒。……现在出现在我眼前的，不是那个读年鉴和刑法的沉默寡言而深思远虑的威塞里茨基，而是他的萎靡不振的醉脸；尼库林曾经把他从一家酒店里捉回来，而另一家酒店的老板又把他推出店门去。……

唉，读者，我知道你将认为我这个深思远虑的朋友是毫无意义的，不值得在我的回忆中占据重要地位。……但是这个人在我当时的心境中曾经起过重要作用。……优秀的威塞里茨基的形象好容易才从我心中离去，在那里留下了一片痛苦的空白；而尼库林的“犬儒主义式的”笑声，使我痛苦得流下眼泪来。

过了几天，威塞里茨基又来了，样子很奇怪。他身上没有穿大衣，也没有穿科斯特罗马寄来的那套新衣服。这些都已经被他和那个公务员两人花光了。由于醉后的异想天开，威塞里茨基去赎出了我舅舅那套黑衣服，现在就穿着它来到我们这里。他身材不比我高，因此那件背心比他的腰身低得多，而外衣的后襟碰着脚跟。他显然是为了酒醉闹事，跟那个公务员吵了架，就这般模样地从勃罗尼茨基街来到我们这里，一来就倒下去睡觉了。

黄昏时候我回到家里，听见间壁后面传来眠鼾声。我已经猜测到了。走到了自己房间里，我点起灯，坐着看书，等候格利涅威茨基。过了一会儿，眠鼾声停止了，接着就听见沉重的呻吟声。……我有一时间竭力不去注意这声音，但是后来忍不住了，就拿着灯走到隔壁去。威塞里茨基坐在床上，两手插在头发里，正在沉重地呻吟。……

过了半个钟头，我们言归于好。……以前的优秀的威塞里茨基——我所崇拜的对象——当然已经不存在了。……现在出现在我眼前的，是一个庸弱的人，“神学校”和宗教生活的牺牲者，然而……我还是爱他。我们又并排地躺在床上，他又用由于中酒而略带沙嗄的、然而娓娓动听的声音把可悲的经过讲给我听。是的，他也染上了他环境中的这种可怕的恶习。……他挣扎着，他需要道德的支援（这时候他热烈地拥抱了我）。……他的喝醉有时竟到了恍惚见鬼的程度。……“很小的鬼，你知——道，”他用他的科斯特罗马口音拖长了语尾说，“很小的鬼，长着大耳朵的。……不过，这没有什么道理。……还有更可怕的……”

他的声音更加沉重了，我甚至觉得他的脸色发白了。他接着说：“我常——常梦见：我仿佛在走扶梯。这座扶梯很宽阔，光线很亮，一点灰尘都看得见。……我费力地爬上去，因为我知道他在上面的平台上等我。……他脸色苍白，眼睛像两团炭火，而且……你知——道，相貌竟和我一模一样。……”

“哦，怎么样呢？……”

“于是我走上去。……我巴不得不去，可是他站在最高一级上，用两只大眼睛来吸引我上去，等候——着。我一直走近去，和他四眼相对。……你知——道，我仿佛走进了他的身子里，或者是他走进了我的身子里。……多么可怕，简直要发疯了。……”

我恐怖起来。灯光幽暗了。……我在薄暗中仿佛看见威塞里茨基的或者他的第二形象的白得可怕的脸。我为我的朋友感到恐怖，为这个我所认为堕落了的、庸弱了的、然而还是极其可爱的朋友感到恐怖。这个已经失去了光彩的新形象又长久地保留在我的迷惘的想象中。

4
饥　饿

我们这个小团体生活很穷困。不知不觉，身体渐渐由于饥饿而衰弱起来：两只脚疼痛，脸色发白了，行动有时萎靡不振，听讲的时候注意力迟钝了，脑子上仿佛罩上了一层膜。

我和格利涅威茨基还努力想赶上功课，然而终于赶不上。……这一年内我们到饭馆里去吃饭只有五次。起初，饭馆里飘出来的热菜的香气异常地刺激我们的嗅觉，引起我们的食欲。但是这情况渐渐过去了，后来烤肉或浓汤的气味简直使我们感到憎恶。我饿了一天，从制图室或公共图书馆回来，所渴望的只不过是我们从克林大街上买来的香肠，——的确只是香肠和一个半戈比的黑面包。有一次，由于某种机会，我们在长久不上饭馆之后到叶列娜·巴甫洛夫娜饭馆[1]去吃了一顿，这一天夜里我们就仿佛患了虎列拉。这时期诱惑我的只是糖果点心铺的橱窗陈设品。实际上这是一种慢性的饿死，只是拖长时间罢了。

但是我们都是年轻人，有钢铁一般的健康。虽然对于世界的一切印象，我们现在仿佛是通过了一层暗淡的烟雾而感受的，然而有时还不免有生动活跃的感情发作，这些发作后来起了反作用，变成了沮丧。

我回想起了一件事。有一次我走出公共图书馆，回到家里去。我必须经过花园街、奥布霍夫街和皇村街。平常我总是不知不觉地走这一段路，然而这一次觉得体力虚弱不堪。我想起了格利涅威茨基有一次也逢到过这样的情形：他走了很多路，体力虚弱了。他的衣袋里偶然放着一张邮票。他毫无顾虑地走进最先碰到的一家杂货店里，笑着请他们买了他这张邮票。店主人一看这邮票是五戈比的，就称了五戈比白面包给他。这一天我发见我身上也带着一张七戈比的邮票，我就决定照格利涅威茨基一样做。但是我既没有格利涅威茨基那样讨人欢喜的外貌，又没有他那大方而愉悦的态度。因此，当我走进花园街上的一家小店里，羞涩地请一个胖子商人买我的邮票的时候，他起初用轻蔑而锐利的目光把我从头到脚打量一番，然后又沉默了一会，用非常瞧不起人的声调说：

"大学生，我们不要，不需要。我们买邮票是在官办的邮局里买的，决不向饿肚子的大学生买。"

我走出小店去的时候，店员和顾客们的目光密密地集注在我身上。我曾经在什么地方谈到过傅立叶作品中关于一个凶狠而贪婪的小商人的一番激烈而充满憎恶的话，现在这段话浮现到我的记忆中

---

① 叶列娜·巴甫洛夫娜饭馆是公爵夫人叶列娜·巴甫洛夫娜在彼得堡开办的食堂之一。——原编者注

来。……对于这个贪婪的小商人的憎恶大大地鼓动了我，我竟没有觉察到怎样地走完了向我们“文星阁”去的这段很长的路。

5
虚无主义者保罗·戈利茨基

我认识了罗果夫他们这一伙人。他们都是威塞里茨基的同乡，是科斯特罗马的神学校学生，全都是不可救药的酒徒。其中有两个独特的人物惹起我的注意，那就是伊凡·柯洛索夫和保罗·戈利茨基。

威塞里茨基讲了许多关于戈利茨基的事给我听。他是科斯特罗马神学校的优等生，人们都指望他会被保送进学院。然而他在最后一年里写了一篇作文，这篇作文写得很出色，但是充满了一种“不良思想”，因而用官费进学院的事竟想都不必想了。然而戈利茨基还是决定去进学院。据威塞里茨基说，他步行到了基辅，优越地通过了考试，被取入了学院。那时候他还没有喝上酒，是一个教徒，因此又被人看作宗教教育的未来人材了。然而后来他醉心于当时的“世俗思想”，开始热狂地阅读杂志，学习德语，以便阅读德国哲学家施特劳斯、施雷尔玛赫尔和黑格尔的原著。又过了不久，他变成了一个“虚无主义者”。……在彷徨歧途的俄罗斯知识分子——包括宗教知识分子——的头脑里，很容易灌进否定的热酒；而同时真正的酒也猖獗起来。那时候在文学界和知识分子环境中都流行着一句话：“豪饮如神。”……

“老弟，你知——道，”威塞里茨基告诉我，“我们的保罗抛弃了一切：万念俱灰。……当然也怀疑人世。……他在学术讨论会上发言的时候，好像一个否定一切的魔鬼：彼亦虚空，此亦虚空。……于是，你知——道，神甫们立刻把他驱逐出去。他们不需要这种人。”

此后戈利茨基就去进大学，起初进莫斯科大学，后来进彼得堡大学。这时候他已经痛饮了。

他在莫斯科的时候，在一个显贵人物家里教课。这位贵人是一个自由主义思想的将军，他的妻子是一个“机敏家”，起初他们之间的关系搞得很好。他们很喜欢这个相貌像梅菲斯托费尔而富有尖刻的机智的、性格奇特的、神学校毕业的大学生，常常拿他来取乐。但是有一次，将军邀请一群显贵人物来，想给他们看看这个有趣的虚无主义者，岂知戈利茨基喝得大醉，出席在这集会中，对所有的显贵人物说了刻毒的讥讽话，因此闯了大祸，使他不得不离开莫斯科。

戈利茨基的形影不离的同伴柯洛索夫和他完全相反：这是一个心地极善良的大汉，然而单是他的相貌和魁梧的体格，就使人不禁发生畏敬之感。他异常沉默，他一生的任务仿佛就是保护他的朋友戈利茨基，使他不致为了说讥讽话而受到恶果。据说有一次，“为欲增广见识”，朋友两人偷偷地跑进位在干草市和奥布霍夫街拐角上的当时有名的“威捷姆斯基修道院”[①] 的巢穴里。戈利茨基和一伙盗贼谈起话来。谈话的时候大家喝了些酒，不久戈利茨基的刻毒的打诨就引起了冲突。全靠柯洛索夫气力大，才把他从大祸中救出。朋友两人好容易平安无事地从“修道院”里逃了出来。……

有一次，罗果夫在命名日收到了一笔钱，于是我们这些邻居们就大吃大喝了一个通宵。第二天中午，戈利茨基走进我们的房间里来，在这以前我已经约略地见过他几面。他长着一头金发，身材不高，面色苍白，脸形尖削，鼻子像鹰嘴，棕色的小胡子向前矗起。我正坐在桌子面前热中地阅读施比尔哈根的著作。他走近我来，看

① 这地方名为“修道院”，其实是盗贼乞丐会聚之所。——译者注

看书的题名，说：

“啊，施比尔哈根！……读吧，青年人，读吧。这是一册好书。可以使心灵高尚。……还有一个作家叫做阿维巴赫[①]（他竟用纯粹的大俄罗斯口音来把‘奥厄巴赫’念作‘阿维巴赫’），老弟，这个人的作品更有趣：这里面的国王都‘在高地上’接吻。”

他说话的语气要粗暴而激烈得多。我听了觉得突如其来，而且为施比尔哈根抱屈，因而脸红了。

“喂，喂，青年人，不要生气，我是说着好玩的。……我有一时也是这样的。……但愿你将来也能够和我一样。怪不得你跟威塞里茨基要好，而且据说还崇拜他。……老弟，抛开他吧，不值得的，他是一个浅薄的人，虽然是我的同乡。也许崇拜是青年时代特有的事，况且《圣经》里也说过：崇拜谁？……但是你可以回答说：谁也不崇拜。……这是不值得的事！……你知道：前面的是有福男儿，后面的自讨烦恼。……所以老弟，你对于所有的人都要立刻看出他们的内幕。于是你会看到，威塞里茨基是一个极其装腔作势的人。”

我听见他末了一段话的语气中有一种善意的、几乎是温柔的音调。从这一天起，戈利茨基就常常到我们这里来。有一次，罗果夫那里发生了一场醉后的争吵，戈利茨基和柯洛索夫竟到我们这里来要求宿夜。我们有一张宽阔的双人床，我和格利涅威茨基在床边拼些椅子，一同睡在这上面。现在我们就四个人横躺在这床上了。我躺在戈利茨基旁边。将近早晨的时候，我仿佛做了一个恶梦：我觉得有一只枯瘦的手紧紧地掐住了我的喉咙，又看见一张苍白的脸和一双闪闪发光的眼睛俯伏在我的头上。我没有花多大气力，就把喝醉的戈利茨基从我身上推开了。

---

① 贝尔托尔德·奥厄巴赫（1812—1882）是德国作家。戈利茨基在这里所说的是他的小说《在高地上》。——原编者注

“戈利茨基，你怎么啦？醒醒吧。”

“你是谁?”他逼紧了嗓子问。

我说出了自己的名字。

“呸，鬼迷了！……上帝显灵。……我以为是萨霞·别拉文呢。”

别的人都醒了，柯洛索夫也醒了。

“他常常这样的，”柯洛索夫打着呵欠，用他的低沉而稳定的声音说。“朋友们，你们知道：别拉文是他的朋友，他们两人清醒的时候极要好。可是一个人喝醉了的时候，就去找另一个人，一定要弄死他。我这个人真是酒醉糊涂了，怎么让这家伙跟这孩子睡在一起。这回让我睡在他旁边吧。他大概不会来掐死我。”

“啊，请原谅吧，……”戈利茨基说着，就挨近我身边来，我闻到一阵热烘烘的酒气，突然他亲切地吻我一下。

这个人唤起我一种特殊的热烈兴趣。……在我所知道的文学作品的人物类型中，戈利茨基不能归入任何一类；然而他具有一种真实不伪的悲惨气氛。这一年他应该参加法律系的最后一次考试。等到考期临近的时候，戈利茨基突然不见了，不再参加罗果夫那里惯常举行的酒会。我问起他的时候，他们告诉我，说戈利茨基正在拼命啃书，好去参加列德金[①]的考试。列德金是一个卓越的教授，但是被公认为一个很古怪而刚愎的人。例如人家说他很不喜欢亚美尼亚人，常常减他们的分数。

“教授先生，我实在不是亚美尼亚人。”有一个高加索人考完之后说。列德金已经预备打分数了，就从记分册上抬起眼睛，用手指指着这学生的鼻子，十分认真地问：

“是什么?”

---

① 彼得·乔尔该维奇·列德金（1808—1891）是彼得堡大学法学通论的教授。——原编者注

“我是格鲁吉亚人，的确是格鲁吉亚人。”

“啊，那就不同了。”

列德金就在记分册上打了一个“可”字。

在他和戈利茨基谈话的时候，曾经发生多次独特的争论，学生们之间有一时期常常讲起这些争论，传述着列德金的言辞和戈利茨基的刻毒的辩驳。列德金对戈利茨基很感兴趣，然而据说这也是危险的，因为他考这种学生的时候特别注意而不留情。戈利茨基不愿意丢脸，就停止了喝酒，跟柯洛索夫、别拉文三人日日夜夜地用功。不幸这时候从科斯特罗马来了一个神学校里的老同学，他是留在故乡当乡村神甫的。于是朋友们“大开酒戒”。这神甫有钱带来，他们就大喝其酒，戈利茨基喝得大醉，考试的时候呆若木鸡，一个问题也没有回答。

后来他到我们这里来的时候，带着不自然的兴奋和愉快的情绪。他手舞足蹈，说了许多双关语和俏皮话；又谈到互相用“打耳光”来排挤的哲学家们，使得尼库林冲冲大怒；还讲了些拯救灵魂的话，使得天真的玛芙拉·玛克西莫夫娜乐不可支。……

我记不起是这一次还是另一次，他又在我们的“文星阁”里宿了一夜。……格利涅威茨基有一个朋友从故乡来，他和这朋友到旅馆里去宿夜了。威塞里茨基也不在家，他又跑到勃罗尼茨基街去了，因此只有我和戈利茨基两人宿夜。半夜里我醒过来，看见戈利茨基睡的地方空空如也了。这一天夜里很明亮。……我们这阁楼的低矮而宽阔的窗子在黑暗的墙壁上映出明亮的方格子。记得这时候天上出现彗星，黄昏时候我们常常很长久地眺望它。现在彗星已经看不见，然而窗子里流泛着朦胧的月光。我张望一下，看见这个明亮的四方形里映着戈利茨基的富有特征的侧影：钩形的鼻子和尖尖的胡须。他两手托着下巴，一动不动地坐着向远处眺望，在那里，在稀疏的房屋、工厂烟囱和空地的后面，佛尔科伏墓地上的树木形成浓黑的一片。我不知怎的恐怖起来。我就起床，走到窗子边，轻轻地把手搭在他的肩膀上。他吓了一跳。

“啊，是你哟？老弟，你看：那边，在墓地上，月光里白蒙蒙的是我的骨头。……”

我望一望，看见月光底下黑沉沉的树丛中两三处地方有白色的点子像磷火一般闪闪发光。……这也许是礼拜堂和钟楼的墙壁，也许是墓地上的小教堂，但是在戈利茨基用极度悲哀的语气说出的话的影响之下，我远远望去，似乎觉得这是一片梦幻的幽暗的旷野，处处有白蒙蒙的骨头。我的心由于深切的苦闷和怜悯而紧缩了。我就和他并坐了，也把肘支在窗台上，我们两人这样地坐了很久，一面眺望着朦胧夜色中的远方，一面谈话。……谈些什么，我记不得了。只记得我真心诚意地想对戈利茨基说些亲切的慰藉话。但是我这个几乎同孩子一样的青年人，对这个生命之火几已燃尽的人，能够说些什么呢？……他显然也想对我这个孩子说些善意的警诫的话。然而他也没有找到什么恰当的话。

直到很久之后，我才领会到这个毁灭了的优秀天才者和他同一代人的精神悲剧。生活全都阅历过了，全都被否定了。起初这是新鲜而有趣味的，然而这种否定的趣味不久就尽行丧失了。一味否定生活，一味仇视生活，借此营养心灵，——

……心灵会疲惫起来，
这里面含有许多真理，但是很少欢乐。……①

那时候涅克拉索夫已经在“虚无主义一代”的生活中窥见这种情形，而写出这诗篇了。……青年的心灵找求着能够和生活妥协的

① 摘自涅克拉索夫的诗篇《萨霞》（1855）。——原编者注

东西，——即使不能和现实妥协，那么和现实的可能性妥协也好。……屠格涅夫用意外的死亡来结束了巴扎洛夫①的悲剧。巴扎洛夫在他临死时的悲惨的忏悔中，罄吐了绝望的怀疑主义的毒汁，怀着这种主义反正是不能生活了。在“思想现实主义者”这一代人面前横着一条走不通的道路，他们在不合理和不自由的生活中梦想合理、自由和个性的圆满。

这一切是我后来认识了这一代人中别的“老学生”的时候才考虑而领会到的。

而在那一天的月夜里，空中有彗星在某处游移着，我听了一个毁灭的人的幻想的话，心中只燃起恐怖的同情和深切的苦闷。……我想出话来安慰他，说并不完全绝望，说他明年一定会考取，又说了些类乎此的闲话。

“不，老弟，……不必说这种话。……再拖一年？……为什么呢？朋友，你要知道，主要的是：一切，这一切都是为了什么？根本一切是为了什么？所罗门是个聪明人：虚空，虚空，一切都是虚空！……再加上酒醉的虚空。……何苦去做乏味的苦工呢？”

这个思想成熟的人向我这孩子提出这个问题，我当然没有准备好答话。

不久戈利茨基离开了彼得堡，我就不再看见他了。后来我设法向我所遇到的科斯特罗马人打听戈利茨基以后的命运。消息模糊不确。他们说起有一个戈利茨基，曾经替一个公证人当文牍员，这公证人是他的同学好友（大概就是那个忠诚的柯洛索夫）。……他们又说，这个人很有才能，富有尖刻的机智，然而是一个不可救药的酒徒。……

---

① 巴扎洛夫是屠格涅夫的小说《父与子》中的主人公，是一个虚无主义者。——译者注

关于戈利茨基（这里所说的是他的真姓氏），我不再听到任何消息。……

6

圣像出事。 我和威塞里茨基分手

有一天夜里，我们这个小寓所里发生了一件非常事故。三点钟左右，和我们这房间贴邻的房东家的卧室里，发出一声可怕的轰响，然后听见一些奇怪的声音，仿佛一个受了惊的孩子的哭声。我醒过来，连忙随便拿一件衣服披在身上了，跑进房东家的房间里，立刻明白了一切。

在崔文科家的简单的陈设之中占据首要位置的是一座笨重而庞大的圣像龛，玻璃框里面供着一尊镶着沉重的金属缘饰的圣母像。圣像面前点着一盏长明灯，玛芙拉·玛克西莫夫娜从来不忘记替这盏灯买油。现在这圣像龛已经掉在地上，玻璃打得粉碎。长明灯打翻了，油流出来，没有熄灭的灯芯上的颤抖的火焰用动摇不定的光线来照明着这零落破碎的场面。

崔文科点起一盏灯来。他只穿一件衬衣，然而没有忘记在鼻子上架上那副粗玳瑁边的眼镜。长着翻鼻子、浓髭须和尼古拉式连鬓须的那张脸，样子悲哀而阴郁；在帐幔后面的双人床上望得见玛芙拉·玛克西莫夫娜的孩子一般圆圆的脸。她的脸由于恐怖而变相了。她歇斯底里似的抽咽着，急速、断续而模糊地说了些话，在这惊慌失措的含糊话语中，我听得出在这对夫妻看来，这不是圣像龛掉落这么简单的一回事，而是圣母显示的预兆。

“这是死的预兆，死的预兆。……卡罗林·伊凡诺维奇，我亲爱的好人儿！……你们是有学问的人，你知道：我死了不要紧。……要是我的崔文科，天保佑吧！……那时候叫我这个举目无亲的孤儿在这世界上怎么办呢？……啊呀，我要死了。……我好难过，好难过。”

于是她痉挛地抓住了胸前的衬衫。……

崔文科默默地收拾着玻璃碎片，下垂的髭须底下突然发出恨恨的声音：

“叫我一个人在世界上怎么办？……我不愿意，我不同意。……不管怎的……”

他阴郁而粗暴地提出抗议，仿佛反对上级的不正确措施。我记起了阿法纳西·伊凡诺维奇和普尔赫利雅·伊凡诺夫娜[1]，我知道这一场惊吓简直是危险的，特别是对于体质虚胖而带着孩子气的迷信的玛芙拉·玛克西莫夫娜。我走近圣像龛，装着老练的样子检查那根绳索。这绳索很细，全部缠着蜘蛛网，显然已经霉烂了。玛芙拉·玛克西莫夫娜恐怖地注视着我。……

“崔文科先生，你听我说，”我有把握地说，“喂，你怎么这样糊涂？你这根绳子换了多久了？”

“根本没有换过，”他忧郁地回答，“买了这圣像龛来，一直挂在这绳子上。”

“哦，可是屋角里是潮湿的，所以绳子就烂了。假如这样重的一个圣像龛能够在这根霉烂的绳子上挂得再长久些，那才是真正的奇迹了。你自己瞧瞧！……”

魁梧奇伟的崔文科的脸略微开朗了些，但是那个胖女人还是照旧神经质地抽咽，抓住胸部。这时候格利涅威茨基也进来了。玛芙拉·玛克西莫夫娜对他很有好感。……她毕竟也是一个女性，而格利涅威茨基有一张眉清目秀的脸和小天使一般的淡色鬈发。他带一

① 阿法纳西·伊凡诺维奇和普尔赫利雅·伊凡诺夫娜是果戈理的小说《旧式地主》中的主人公。——原编者注

杯水来，坐在床边了，开始诙谐而亲切地和她谈话。……他说如果是圣母要显示预兆，那么她掉下来的时候钩子和绳子应该都是完整的。……那才是真正的奇迹。……

崔文科完全相信了，他把圣像龛侧转来，把那根腐烂的细绳子给妻子看。他拿住了绳子的另一个地方，又拉断了一段，于是摇摇头说：

“这是我们的罪过。……没有顾虑到。……会支持到现在，实在是一件奇怪的事！全靠圣母大慈大悲，没有打伤一个人。……”

这一段入情入理的解释赶走了恐怖。玛芙拉·玛克西莫夫娜不再抽咽和喘息，不再抓住胸部。

“啊，谢谢你们。……你们是有学问的人，总比我们懂得多吧？……”她转忧为喜，这样说。……“也许的确是圣母保佑我的崔文科吧？啊？……”

深夜的恐怖就从这两个纯朴的人的卧室里飞走了，我正要庆祝胜利，通我们房间的那扇门突然开开了，黑暗的长方形里出现了威塞里茨基的阴沉沉的姿态。

我必须说明，这时候我也已经完全看清楚了威塞里茨基这个人，我认为尼库林的“犬儒主义式的”评论实在是一个不幸的真理。因为他又瞒着我们偷偷地收到了两次钱，而且每次都和那个当公务员的朋友喝得精光，喝光之后就来分享我们的食粮。

这天早晨他正好做了这样的勾当回来，又企图作一番痛悔的表演；然而对于他这种企图，连我也表示极度的冷淡了。

“装腔作势的人”——我想起了戈利茨基的评语，我对于喝醉的威塞里茨基的苦痛的呻吟声，一整天毫不加以注意。威塞里茨基睡了一整天，Katzen－jammer'e[①]，躺在自己床上抑郁不乐，有时独自

---

① 德语，宿醉头疼。——原编者注

刻毒地咕哝着，说些针对我们的刻薄的评语，现在他站在黑暗的门框子里，被灯光照亮着。他只穿一件衬衣，赤脚穿着拖鞋，像披外衣一般披着一条由五颜六色的布块拼成的被头。他似乎故意装着威严可怕的姿势。他的脸相萎靡不振，鼻子向下，嘴唇的两角阴郁地挂倒。

“不……这还有什么可以自慰呢，”他用阴沉的声音说，仿佛哈姆雷特的父亲的鬼魂，“我们家里也发生过这样的事情：你们知道，也是在半夜里，供在家里的圣像訇砰的一声掉了下来，第二天早晨女主人就归天了。……神秘的预兆是常有的，我告诉你们，是常有的。……霍拉旭老友，天地之间有许多事情……①当然，也有人连上帝都不相信，……”他补说这最后一句，显然是指崔文科夫妇。……

玛芙拉·玛克西莫夫娜惊慌地挺起眉毛来，突然又抓住了胸部。我气得发抖，向我从前崇拜过的偶像叫喊：

“住口，混蛋!”

威塞里茨基吃惊地向我看看，然而立刻耸耸肩膀，把他那件外衣裹一裹紧，说：

“得了吧，骂人并不能证明事实。玛芙拉·玛克西莫夫娜，信不信由你，我告诉你：这不是好兆，不是的，不是好兆，不是好兆。”

于是他装腔作势地旋转身去，拖着他那条长长的被头回去了。格利涅威茨基开心地哈哈大笑起来，这笑声又消除了玛芙拉·玛克西莫夫娜的恐怖。她转向门口，激怒地望着他的后影说：

“我不相信你，威塞里茨基，……你撒谎。他们比你懂得多。……他们常常在外面跑，见识多。……而你老是躺在家里，虐

① 这句话是哈姆雷特对他的朋友霍拉旭说的。整个句子是：“……天地之间有许多事情，是你们的哲学里所没有梦想到的呢。”——译者注

待我的猫儿瓦西卡。……”

她转向我们，激昂地说：

“他是个坏家伙，不是好人。……他以前训练我的瓦西卡听六弦琴。现在我一看：怎么搞的，只要瓦西卡一听见六弦琴响，就逃得影迹无踪。前几天瓦西卡跳出通风窗去了。……这是因为他，威塞里茨基，常常拿它来寻开心，虐待我的瓦西卡：夹住它的头，还拧它……喂，你说说看：对不对？”

崔文科转向门口，他的髭须怒冲冲地竖了起来。然而过了一两分钟，从我们房间里已经传出威塞里茨基的鼾声来。……不久我们这阁楼里就完全安静下来了。

我长久不能睡着。我感到痛苦，并且觉得懊丧：我怎么会这样长久地崇拜他！实际上我不是一个愚笨的青年，并不缺乏观察力，然而我的想象力容易被成见所蒙蔽。……像以前对涅格利一样，我觉得威塞里茨基的形象分作两重了。在意识的后景上，威塞里茨基是一个酒徒，一个有意的骗子，曾经卑鄙地勾引娜斯佳；然而我不愿意使这个形象浮现到前景上来，因为我喜爱我的想象的创造物。……而威塞里茨基根据一种演员的本能猜测到我的心理，就扮演出适当的角色来。只有在最近几个星期内，他开始显然地手法错乱了：有时卖弄渎神，把上帝称为帖木儿，而现在又谈起“预兆”来。……

第二天发生了一场不快的情景。威塞里茨基把两手插在袋里，在我们的房间里用均匀的步子从一角走到那角；我坐在桌子旁边，对他说出了令人痛心的真心话，借以报复我从前对他的崇拜：

“你一开始就是做戏。”我说。……“你只是假装看人口统计学和法律书。……你对所有的人都说谎：你的话是谎话，你的沉默也是装假。……你完全不可怜戈利茨基，没有对罗果夫他们说劝告的话，只是硬要讨酒喝，他们打你耳光，把你赶出来，是应该的。……”

威塞里茨基依旧不动声色地从一角走到那角，用使我吃惊的自以为是的态度向我反驳：

“嘿，有什么呢。……就算是在做戏。……所有的人在某种程度上都是在做戏。……我不自讳：我不是很聪明的。……苏格拉底说过：‘我只知道我是什么都不知道的。’我不认为我比苏格拉底聪明。……”

这种老面皮腔调完全使我不能自制了，我暴躁地继续说：

“而且你根本没有喝醉到看见小鬼，你根本没有看见过你那个白面孔的第二形象。……”

这时候威塞里茨基突然回转身来向我看看，仿佛想说些什么话。……现在我想，他的确看见过那些绿颜色的大耳朵小鬼，他的确看见过那个两眼灼灼的第二形象。但是那时候我连这些也不愿意相信，因为我全盘否认了以前的威塞里茨基。……

自此以后，再要同住下去显然是不可能的了。果然，我们从学校里回来，威塞里茨基已经不在了。他把枕头、由五颜六色的布块拼成的被头、果贝的年鉴和六弦琴包做一包，迁居到勃罗尼茨基街去了。

此后我们只是在小皇村街远远地看见他几次，有时他和那个公务员的姘头——一个样子很卑劣的女人——在一起。他正在帮她搬几袋东西；他已经异常迅速地蒙上新环境的色彩了。

记得那一年的复活节很迟。我和苏奇科夫决定在复活节的夜里到好几个教堂里去。我们先到伊萨基辅大教堂，后来经过城郊到米隆尼教堂，回家的时候天已经快亮了。在大皇村街和小皇村街的拐角上，我们的小教堂旁边，高高的人行道上排列着一长串男女居民，正在那里等候短祷和复活节食物祓除式的结束。我们沿着人行道走，察看一群一群的人，听他们的谈话。这里都是我们这一地区的平民：

从各连区里来的，从莫斯科关卡来的，从护城运河来的，——多半是女人：小店老板娘，厨娘，管院子人的妻子，职工和工匠的妻子。突然苏奇科夫扯扯我的手。

“你瞧。”他说。

在柱子旁边，在人行道的斜坡上，威塞里茨基和一个老年的穷妇人并坐着。我好容易认出了他，他的身体仿佛伛偻了，样子温顺而虔敬。这个可怜的人显然患着龈脓肿：他的面颊上绑着一条帕子，帕子的两头翘起在耳朵后面，样子很可笑。他正在和旁边那些人轻轻地谈话，谈的显然是有教益的话。我听见他在引证《圣经》里的一段文字。

“你好，威塞里茨基。”我站定在这群人旁边了，高声地说。威塞里茨基怔了一下，他转过头来，却不回答我的招呼，显然是听出了我的语气里有嘲笑的意味。他转向和他谈话的那些女人，降低了声音说话，然而我们还是听得出：

“这年头啊，我的老大娘，竟有许多人不相信上帝，嘲笑神圣的正教堂的仪式。……”

威塞里茨基配合着新环境而扮演的新角色，扮得很出色。我们很难相信眼前这个人就是不久以前卖弄渎神而称上帝为“帖木儿”（从一本禁书里引用来的话）的那个专科学生。

这一天早晨，我是最后一次看见威塞里茨基。

7

我对叶尔玛科夫失望。参加第一次“秘密会议”

我们的境况没有好转，心情越来越颓丧。四周的玫瑰色的烟雾都消散了，枯燥无味的现实暴露了。格利涅威茨基也忧愁起来，因为第三年眼见得要跟着第一二两年虚度过去，而他的父母亲还以为儿子已经进三年级了。

第一次高等代数考试即将来到了。格利涅威茨基对这考试不感到困难，因为他数学很好。在我就困难得多。加之我因为缺乏衣服，不能经常按时到校，有一期没有交制图作业。我和格利涅威茨基决定向学生救济会请求补助金。苏奇科夫和尼库林帮我凑齐了一套衣服，我写了申请书，就到学校里去。

这一天叶尔玛科夫亲自接见请愿者。这人个子很高，脸部轮廓粗大而富有表情，脸上显出不健康的苍白色，使我想起《战争与和平》中关于斯彼朗斯基的描写①。我觉得他的脸上有悲哀之色，仿佛失望的样子。他和挤在低栏外面的一群学生之间，仿佛隐隐地横着一道互相憎恶的暗影。他接受申请书的时候，总顺便说几句短短的阴沉沉的评语。终于轮到了我。我站在他面前了，——十个月以前我在小城市里收到的他那封短短的通知书，曾经给我当时的生活带来了欢喜的光明。他接了申请书，用锐敏的眼光向我一看，就问：

“制图作业全部交了吗?”

我感到困窘，回答说：

“没有全部交。”

“我早就知道。”叶尔玛科夫点点头说，仿佛在显示他的明察。我想对他说：我只有一期没有交；我请求补助金，正是为了想补偿失去的时间。但是我什么也没有说。叶尔玛科夫已经在对付另一个人了，我只得委屈地走开了。“我早就知道。”……他为什么知道呢？……是不是因为我衣服穿得不好，饿得面黄肌瘦？……

这次的失望又在我心里留下了一个痛苦的痕迹。我走到楼上的

---

① 托尔斯泰的小说《战争与和平》中关于斯彼朗斯基的外貌这样描写：“……一个高个子、秃头、金发的人，约摸四十岁光景，额角宽广，面孔长长的，脸色异常苍白。”——原编者注

制图室里去。和我相像的那个人正伏在我们的桌子上结束一张出色的制图。我那块画板已经不在这张桌子边了。学校里学生过多，校工们已经把我的画板拿去，把位子让给别人了。

这样看来，他们也已经把我正式归入“坏学生”之列了。我低下了头，走下楼去。这时候我注意到：各班的学生正在走进一个教室去。我跟着人群走进去。教室里在举行一个集会。桌子上站着一个穿工作服的学生，是一个平民模样的、骨瘦棱棱的人，他正在报告代表团向叶尔玛科夫请愿的结果。记得他讲的是要求把救济会移交学生自己办理，因为现在真正贫寒的人反而难以获得补助金，而享受补助金的都是一些“绵羊”，而且往往是富裕的贵公子。这个演讲的人说话很通俗，O字念得很重①，听众里常常发出赞同的叫声：“对啊，对啊。”然而叶尔玛科夫在校务会上断然拒绝维护学生的要求。

莫斯科罗果查警察分局的牢房，柯罗连科曾被拘留在此。
柯罗连科作
于一八七九年五月十四日

“他已经不了解青年人了。”演说者这样结束了他的话。

“对啊，对啊!”听众大声地表示赞同，“必须另想办法！……”

我当然全心全意地附和这个决议，并且在学生群众的喧哗叫噪中努力探求自己心中的反应。

集会将近终了的时候，苏巴列夫斯基走近我来。自从我们在火车里相遇，后来又在升天大街相遇之后，我每次碰到他，总有

① 标准俄语中非重音的O念作近于A的声音，有些方言则O字全都念作O。——译者注

道　路
柯罗连科作
于一八九二年六月三十日

一种特殊的衷心的轻快之感。这个人颧骨高起，鼻子像鸭嘴，相貌不扬，然而有一种纯朴、真挚而诚恳的神情。我没有把他归入任何文学人物类型中，只是碰到他的时候心中感到欢喜。

“喂，你近来好吗?”他问，“你有点垂头丧气。……怎么一回事?”

“生活过得不好，”我回答着，扭转头去，“苦闷啊！……”

他拉住了我的手，想了一想，然后说：

“你参加过什么会议吗?”

“刚才就是……”我回答。

“不，我不是指大会。……你参加过小组没有？没有？你想参加吗？这里组织了一个小组，都是很好的人。你愿意参加吗？好，你稍微等一等，我马上去接洽一下。”

他跑过去，赶上了一个同学，挽住了他的手臂，开始在教室的一旁走来走去，一面谈着些什么。这期间他们两个人时常向我看。

我等候回音，心中略微有点焦灼不安：他们这些聪明而严肃的人是不是愿意接受我呢？我心中还体味到叶尔玛科夫的轻蔑的目光。……连我的画板也给他们拿出制图室去了。……我觉得自己已经被赶到局外，是一个不幸的人了。……但是和苏巴列夫斯基对话的那个人显然急于要到什么地方去，就跟他告别，通过已经疏朗了的人群向我亲切地点点头。苏巴列夫斯基就回到我这里来了。

“事情谈妥了。”他说。“请你星期天到伊兹马伊尔团第十三连一百六十三号某室来。人家给你开门的时候，你就说找我或者找某某人（他说的似乎是恩道罗夫①）。如果我们两人都不在，他们还是会放你进去的。……你一定去吧，去吧。……人都是很好的。”

我欢喜地回家去。这时候已经是春天，在飞驰的白云中间常常显露出大块的明净的青天来，空中有一种新鲜之气和春天特有的生趣。然而我这几天一直被一种特殊的春愁所支配，青年人有了这种春愁，就仿佛空过了如水的流年。这种春愁和我一同来到学校里；而到了制图室里，它特别有力地侵蚀我的心。有人打开了那边的两三扇窗子，街上传来马车的辚辚声、小贩的悠扬的叫卖声、扰扰攘攘的都城生活的喧嚣声……。而我的生活停滞在一个阴暗的角落里。……连我那块画板也被从桌子上拿去了。……

起初的参加大会和后来的被邀请加入小组，把这种心情略微排遣了些。我预感到一种新鲜的况味。这不会是罗果夫那里的醉酒，不会是“白天鹅”里的打台球，不会是戈利茨基虚无主义的苦闷。这是一种新鲜的况味，仿佛是一种新的启发的预感。……

星期天傍晚，我出发到第十三连去。路很远。浓云从海上涌过来，下着小雨，昏暗的灯火（那时似乎还是油灯）在浅浅的水洼的

---

① 亚历山大·梅尔库列维奇·恩道罗夫（约一八五一年生）是彼得堡工艺专科学校的学生。一八七四年初曾经参加彼得堡民粹派的“柴可夫斯基小组”。——原编者注

动荡的表面发出颤抖的反光。靠其中一盏灯的光线，我找到了第一百六十三号门牌。这是一座庞大而不美观的大楼，唐突而笨拙地耸立在这僻静的街道上的许多小房子上面；住在这街上的都是华沙铁路局和彼得尔高府铁路局的职员、工厂里的职工和大学生。

我走进大门，走上右面的扶梯，走到最高的第五层不知第六层，拉一拉门铃。听见门里面有脚步声，后来又有谈话声。……有人小心地把门开开一条缝，缝里露出一双青年人的眼睛来，一个女子的声音问：

“你找谁?”

“苏巴列夫斯基。”我回答。

“他不在。”

“那么恩道罗夫……”

“他也不在。”

“慢来，慢来，”另一个女声匆忙地接着说，“你叫什么名字?啊，请进来吧。……”门就开开了。

我走进前室，脱下大衣来，放在别人的一堆大衣上，走进大房间去的时候未免有困窘的感觉。

“诸位，这是某君。”放我进来的那个青年女子说，“是苏巴列夫斯基和恩道罗夫介绍的。请坐。”

我挤到了房间那一端的角落里，在那里察看出席会议的人。这里大约有十五个青年男女，然而门铃时时响出，不断地有新来的人。根据他们走进来、打招呼、就坐的情况，可以看出这些参加集会的人还没有密切团结起来。大家都有一种拘束而不自在的感觉。新来的人看见靠墙坐着的青年里面有相识的人，就欢欣地跑过去，姑娘们互相拥抱，开始窃窃私语。没有共同的谈话。通过一扇开着的门，望得见另一个较小的房间，中央有一张桌子，挂着一盏灯。桌子旁边坐着几个学生，其中有三四个是女的。我猜想这些是主人，或者是会议的召集人；又猜想他们正在为难，不知道怎样处置我们，仿佛还在等候一个人。

门铃响了。……走进一个穿工作服、戴眼镜的身材高大的工艺学校学生来。我觉得他的外貌和举止像大会上那个演说者，然而样子比较文雅。他对坐在桌子旁边的人讲了些话，于是他们就开始低声谈话，仿佛在商量。……

这时候我们房间里还是很紧张。参加集会的人没有一个统一的中心。

我开始好奇地观察那些姑娘。女学生在我看来觉得十分新奇。以前，我们故乡还没有女子中学的时候，第一个女中学生陀林斯卡雅穿着褐色的制服从日托米尔回到她母亲那里过假期，曾经引起众人的注意。威塞里茨基那里曾经有一个叫做叶卡捷琳娜·格利果列夫娜的三十多岁的女人来过两次。她长着一头鬈曲的短发，头发上插着一只弯弯的梳子，鼻子上戴着一副夹鼻眼镜。她的阔大而难看的牙齿中间永远咬着一支香烟。她第一次到我们这里来的时候，威塞里茨基在我眼中还没有降低地位；记得就在这天晚上，我给弟弟写了一封热情而愚蠢的信，信里叙述着我第一次看见的“女虚无主义者”。然而我记得，在这个“文学印象”的后景上也有一种模糊的现实观念，觉得这个可怜而庸俗的人还保留着女学生风度，目光里含有一种病态的热情。

现在在我眼前的都是样子很质朴的姑娘，同我一样感到困窘，像我一样地正在等候什么。

我似乎看到和我相像的那个同学坐在对面的角落里。……我想走到他那里去，然而必须穿过整个大房间。……而且我是近视眼，因此不能肯定这是他。

此后我回想起这个晚上，觉得是模模糊糊的一团，没有光辉的人物和鲜明的事件。最后到会的那个严肃的学生开始讲话了。我记不起他讲的是些什么话，只记得讲话的人和听众都感到这会开得不大成功，似乎有一个纯朴而真实的音想从这紧张的气氛中冲出来，然而不能冲出。记得所讲的是：除了专门知识以外，还必须有一种真挚的愿望——要用这些知识来为祖国人民造福。这似乎确是一种真理，然而这种真理现在在这里还没有使我们团结起来。

后来我们被邀请到隔壁房间里去，那里已经升着茶炊，这时候才觉得轻松些。有一处墙边放着一张简朴的床，上面张着白帐幔。墙上挂着车尔尼雪夫斯基和米哈伊尔·伊拉利昂诺维奇·米海洛夫①的肖像。……一个年约二十五岁的青年女主人给大家倒茶。另外一个黑色鬈发的姑娘像猫一般缠住她；我觉得她们两人都很纯洁、美丽而善良，使我想起了我家里的亲人。……即使在无论何时，即使每星期一次，甚至一个月一次，来到像这样的一个寓所里，跟明慧纯洁的女性们一起度送一个黄昏，在我觉得是难得的至福。

然而共同的无拘无束的谈话在这里还是不能展开；后来大家走到另一个房间里，认识的人聚作几堆，低声地谈话。最后决定下次开会的日子在专科学校和女子学校里个别通知会员，于是大家散会。

我跟着最后一批人走出来。细雨落在围着高墙的四方的庭院里，好像落在井里。大门口一动不动地坐着一个管院子的人，他旁边站着两三个穿便衣的人。街上的路灯发出暗淡的光，依旧反映在颤抖的水洼里。我心里也有一种暗淡的失望。三小时以前我怀着很大的希望走进这所房子里去，现在就是这样走出来了。……女主人和鬈发姑娘的形象在我的记忆中留下了一种亲切温柔的魅力。但是我觉得这美丽的印象和我的希望毫无关系。其他的一切都模糊而不明确；我不由得想起：要是戈利茨基看到这个失败的集会，他一定会说出

---

① 米哈伊尔·伊拉利昂诺维奇·米海洛夫（1826—1865）是革命民主主义者、政论家、翻译家兼诗人。一八六一年被捕，判处苦役刑，为的是他（和舍尔古诺夫合作）起草并散发有名的传单《致青年一代》。死在涅尔琴斯克矿山。——原编者注

多么刻毒的话来。

在第十三连和某胡同的拐角上，和我相像的那个同学赶上了我。在灯光之下他看看我，我也看看他。……是的，这是他。以前我们见面时互相交换的眼光，竟可说是憎恶的眼光。现在我却想要叫住他，和他谈话。他的眼睛里似乎也表示着同样的愿望。但是他走得很快，而且仿佛由于惯性的作用，经过我的身旁一直去了。我也不喊他，他不久就在拐角上转弯了。当我走到这拐角上的时候，雨雪交加的暮色中还隐约地显出一个人影。……我想赶上他，同他倾心地谈谈我们两人刚才找求着而没有找得到的东西，谈谈"得不到"的缘故。但是等到我追上了走在前面的那个人，一看，他穿的是一件普通的黑大衣，而不是拆下了中学制服钮扣的灰外套。……

这样，我就没有赶上和我相像的那个人，不知道他的姓氏，我们就此永远不再见面了。

我回到我们的阁楼里的时候，格利涅威茨基已经睡了。……

"喂，那边有什么花样？"他醒过来问，"值得去吗？"

"没有什么意思。"我回答，就开始兴味索然地把这个无聊的集会讲给他听。他打个呵欠，伸一伸腰，立刻又睡着了。

第二天，我又被春愁所困。我整天坐立不安，后来和格利涅威茨基两人接受了一群化学学生的邀请，到他们那里去玩了；他们这时候正在实验室里从事蒸馏酒精的工作。他们顺便制造了几瓶"甜酒"，邀请了一大伙人来尝试他们的产品，作为庆祝。大家喝酒，唱歌，拥抱，终于被杂醇油灌得烂醉，就在那里一个个横下来睡觉了。到了第二天很迟的时候，我和格利涅威茨基带着头痛和无聊的心情回到我们的阁楼里。到了那里，迎面碰见玛芙拉·玛克西莫夫娜，她惊慌地告诉我们一个消息：警察来过了。三个警察一齐闯进来，把这可怜的女人吓得要死。

"就像那次捉拿我们那个房客的时候一样。……他们问起你前天晚上在哪里，是不是回来得很迟？我知道事情不妙，就撒了个谎，对他们说：你整个晚上坐在家里。……我说：‘我这些租客都是安分守己的，……一直在用功。’可是你们一点也不安分守己，……整夜不宿在家里。……你们要惹祸呢！……”

此后不多天，在专科学校里，在建筑学校里，在谢苗诺夫团和伊兹马伊尔团，在各连区和大街小巷里，到处都谈论着我们的秘密会议。我这才记起：那天我开会出来，走过了第十三连的三四条街，偶然回转头去，看见那幢大楼旁边有一种骚乱的情况。有几个模糊的人影混在一起，发出一片喧嚣声，甚至好像听见哨笛的声音。我那时候并不注意这件事。后来才知道：警察得知了关于“秘密会议”的消息，但是知道得太迟了，到了散会的时候才来，那时候最后几个参加者正从大门里走出来。记得其中有一个叫做克列斯托沃兹德维任斯基的，是工艺学校学生，像柯洛索夫一样体格魁梧而沉默寡言。开会的晚上他一直坐在主人家的那个房间里，一句话也不说。但是当那几个穿便衣的家伙（就是我看见站在管院子人旁边的）在大门口想抓住最后出去的人的时候，这个沉默的大力士突然大显身手，表现出神奇的勇气，使得这几个密探狼狈窜逃，此后他自己就影迹无踪了。我们这个失败的“秘密会议”变成了一个大事件。警察挨户查询，到处打听；关于这个“秘密团体”的集会，关于这个神秘学生的非凡的勇力，流传着种种虚构的说法。甚至在我看来，这件事也蒙上了另一种色彩。在这里产生了“政府惧怕”的事。这样看来，这里面有着一种增长起来的重要力量。

“你也到那边去过，是不是？”同学们低声问我，我已经没有勇气像回答格利涅威茨基那样说：没有什么意思，很无聊。

后来我有好几次回想起这件事。如果政府聪明些，沉着些，不那么神经质地采取粗暴愚蠢的专横措施，那么青年运动不至于这样迅速而蓬勃地发展，也未可知。现在事情很明显：所谓“到民间去”，原来是一种准备不充分的天真企图。然而政府自己引起了恐怖的幻觉。……在无辜的“秘密会议”之后突然击溃了警察的那个神秘而沉默寡言的学生，常常作为一种预兆出现在我的记忆中。……

8 我找到工作并认识了作家纳乌莫夫

事情很明显：这一年于我们这伙人全都已经白白地荒废过去了。这期间我的生活里发生了两件事：我找到了工作，会见了我的亲戚。

在军官街上，离开立陶宛要塞和杰米多夫花园很远的地方，住着一个中学——似乎是第二中学——教师瑞沃托夫斯基。他除了教课之外，还出版课堂教学示范挂图和植物图表。我打听得他需用一个绘图员，就表示愿意为他服务。他给我一帖由十九张图组成的植物图表，叫我着色，作为试验。这些图是印刷所里印出来的，都是黑的轮廓线，只有叶子上印着平涂的油彩。我必须把其余的地方都填上颜色。

这第一帖图表我着色着了整整的一星期。印刷着的油彩不肯接受水彩颜料的阴影，很难涂上去。过了一星期之后，我终于把这帖图表送到军官街去了。瑞沃托夫斯基对于我的工作很满意，又给我五帖图表和一个卢布的工资。一星期工作得到这点报酬，使得我们几个人都大失所望。然而……一个卢布到底可以给我们吃五餐日常的饭。况且我希望以后工作得渐渐快起来。的确，第二帖图表就只费了我三天工夫；后来格利涅威茨基想出一个办法，用牙刷蘸些水，把那可恶的印刷油彩涂湿，这样一来，工作就容易得多，我一天可以完成一帖图表。我先调好绿颜料。格利涅威茨基把图一张一张地递过来，我就机械地把它们全部涂上绿色。十九张图就以这方式全部涂上了洋红、橙黄、丹铅、朱砂等等。过了一个时期，我的工作速度大大地增加了；如果不是瑞沃托夫斯基要限制我的贪欲的话，我每月竟可以赚到五六十个卢布了（不过当然得每天整日工作）。原来这个可怜的人全靠薪水养家，而图表的销路又没有那么快。因此我们虽然彼此都很满意，瑞沃托夫斯基却要限制我的工作量，每月只有二十帖图表。

无论怎样，我们从这时候起有了“经常收入”，于是可怜的格利涅威茨基就卸下了关于我们糊口的一部分操心。

有一次，当我正在热中于我的生产，弄得浑身都是颜料的时候，突然有一个非常体面的绅士走进我们的房间来。这人脸上带有知识分子气质，戴一副金边眼镜；他向我们几个人一看，就问：

“这位是不是……？”他说出我的姓氏，首先是对我们之中相貌最堂皇的格利涅威茨基说。后来又同样地对苏奇科夫说；最后才对我说。这人原来是比留科夫，是我堂姊[1]的丈夫，是彼得堡商业学校（在车尔尼雪夫胡同）的教师部制学监。我就同他结识了；从这时候起，星期六晚上我就常常到这位好亲戚家里去玩。

他家里是一个小小的知识分子集会所。座上常常有教授、艺术家和大学生。我心中隐隐地感觉到一种诱惑力，觉得在这里也许竟可以碰见莫尔陀夫采夫[2]，他是比留科夫的好朋友。这时候他住在萨拉托夫，但是应该到彼得堡来一次，因为他将要为他的著作《俄罗斯人民的历史运动》来打官司。但是这位名人终于没有出现在我们眼前。不过每星期六我总是在比留科夫家碰见不大有名的作家亚历山大·米海洛维奇·纳乌莫夫。这不是当时很有名的那个小说家纳乌莫夫，而是一个平凡的政论家，这期间曾经在《祖国纪事》上发表过几篇关于在莫斯科举行的全俄罗斯展览会的文章。

---

① 即叶莲娜·尼克托波列昂诺夫娜·比留科娃，母家姓柯罗连科。——原编者注
② 达·卢·莫尔陀夫采夫（1830—1905）是俄罗斯作家和历史学家。——译者注

这是七十年代的一个典型人物。他完全不是一个过激分子（他是《俄罗斯世界》的经常撰稿人，这就可证明这一点），然而毕竟是一个根本否定者。那时候这种情况是普遍存在的。他身材矮小，体态活泼，头顶光秃秃的，一双黑眼睛特别生动；他的情绪总是很激昂，常常诅咒“我们的制度”，骂倒一切。有一次他天真烂漫而津津有味地引用了索巴凯维奇[①]的一句有名的话，使得全体哄堂大笑。他说：

“整个俄罗斯充满了流氓和坏蛋。……我知道只有一个像样的人，……呃，全俄罗斯只有一个！这就是伊凡·瓦西列维奇·韦尔纳茨基[②]。……即使是这个人，如果仔细地分析起来，也是不折不扣的畜生。……”

他看见众人哄堂大笑，觉得惊奇，就热狂地继续说：

“是的，是的，是的！……我确实地断定这一点：是畜生，是不折不扣的畜生！……你们自己去想吧。……”

于是他指手划脚地讲出自由经济协会里的一段插话来：有一次韦尔纳茨基反驳当时协会的主席基塔雷[③]以及同他并坐着的一个“将军”，他把脸转向他们，把背脊向着群众……。纳乌莫夫非常生动地表演这段插话，把背脊向着女客们，甚至撩起外衣的后襟来，引起了哄堂大笑，男客们连忙在哄笑声中用力地把他按到椅子上去。……纳乌莫夫立刻坐在椅子里了，他懂得了大笑的原因之后，就没精打采地说：

“呃，实际上我们所有的俄罗斯人不是索巴凯维奇一类的人，就

---

① 索巴凯维奇是果戈理的小说《死魂灵》中的主要人物之一。——译者注

② 伊凡·瓦西列维奇·韦尔纳茨基（1821—1881）是一个自由主义的经济学家，先后在基辅大学和莫斯科大学当政治经济学教授。他是作者的远亲。——原编者注

③ 莫杰斯特·雅科甫列维奇·基塔雷（1825—1880）从一八五〇年起在喀山大学当工艺学教授，从一八五七至一八七八年在莫斯科大学当工艺学教授。他是自由经济协会的会员，但不是主席。——原编者注

是玛尼罗夫[1]一类的人。……在全俄罗斯除了索巴凯维奇和玛尼罗夫这两种人之外，没有第三种人。……大家都如此，大家都如此。……我第一个如此。……”

的确，他从索巴凯维奇转变为玛尼罗夫，是很突如其来的。他是交通部长官的儿子，受过贵族式的家庭教育，在一个当大学生的家庭教师的指导之下去修习了大学的初级课程，学完了主要为培养官员用的“财政系”学科，为了这一切，他大骂父亲。

“官吏，官僚，贼官，而且像所有的官吏一样，是一个坏蛋！这种人没有一件卑鄙龌龊的事不会做。……我不需要他的爱！……他的不义之财，我一文也不要用它。……”

“我听说长官身体不好。”有一个人说。……

纳乌莫夫的脸色突然悲哀起来。

“是的，”他说，“这一次还好，已经复健了。……但是结果总不见得好。唉，真的，要是他老人家有了三长两短，我真受不了呢。”

于是他那双黑眼睛里充满了眼泪。

我的堂姊是一个相貌漂亮、体态匀称的金发女郎，又是一个出色的女音乐家。纳乌莫夫，像我前面所说的，身材矮小，头发黑色，样子丑陋可笑。但是这并不阻碍他爱上我的堂姊。作为一个没有偏见的人，生活在同样“有理性的人”中间，他认为不必过于隐瞒这件事；但同时，作为一个“现实主义者”，他又不能满足于这种无希望的爱慕。他像《怎么办?》[2] 中的吉尔沙诺夫一样，决定和一个烟花女子举行“不按教会仪式的结婚”。他按照程序行事，拿出一笔微薄的资金来替她办了一个简单的时装工场，把这件事通知了比留科夫夫妇。他说：伊丽莎白·伊凡诺夫娜已经“自食其力”了，所以

---

① 玛尼罗夫也是《死魂灵》中的主要人物之一。——译者注

②《怎么办?》是车尔尼雪夫斯基的作品。——译者注

他希望他的朋友们不要见弃他这位不按教会仪式结婚的夫人。

他们答应了他，虽然不免有些怀疑；不过也许的确可以看到一种意外的现象。在我看来，这又是文学在生活中的一种反映。我希望看到她是一个朴素的女人，穿着深色的衣服，目光羞涩而谦和。纳乌莫夫这行为当然是高尚的，像涅克拉索夫所说："汝当身为正夫人，堂皇从容入我室。"[①] ……他不但引导她走进自己的家里，又引导她走进自己的社交中。要一开头就不念既往而诚心诚意地接受她走进自己的环境中来，当然需要有极其圆通的修养功夫。……可是在我堂姊的漂亮而聪明的脸上，隐约地露出怀疑的微笑来。

我知道有一天晚上伊丽莎白·伊凡诺夫娜要到比留科夫家里去，就怀着特别的兴趣到车尔尼雪夫胡同去。所得到的印象出乎意料之外，而且非常鲜明。来的是一个将近三十岁的妇人，肤色浅黑，有显著的髭须，样子长得不坏，然而非常粗俗。她身上没有一点表示出她是一个曾经犯过罪恶而改过自新了的女人。她到这里来，显然只耽心着一件事，就是希望"这些太太们不要在她面前摆架子"。因此她的举止态度过于放荡而不拘礼节。……她看见一架盖子打开着的钢琴，不经邀请，就坐在它面前了，用一根手指弹着伴奏，挺着喉咙唱了一些完全意想不到的东西。有一个从敖德萨来的客人，是比留科夫的亲戚，向这位在音乐学院以优等生毕业的女主人一看，忍不住哈哈大笑起来。这在我堂姊的确是一个很大的考验。……然而她严肃地忍受过去了。纳乌莫夫一点也没有注意到，他带着伊丽莎白·伊凡诺夫娜离开她初次出门拜访的这个地方的时候，在前室里对她说：

"喏，你瞧，伊丽莎白，……今天晚上过得很出色。我早就对你说过：这些人都是很诚恳的，很好的。"

---

① 节自涅克拉索夫的诗篇《从黑暗的迷途中》(1845)。——原编者注

然而她不再作第二次访问。以后的晚上都是纳乌莫夫一个人来的，不久我们就听说：这对不按教会仪式结婚的夫妇“性情不合”。那个工场没有女主人了。第一次报导这消息的，是伊丽莎白·伊凡诺夫娜自己。她在城郊大街遇见我堂姊的时候，像好朋友一样同她打招呼，毫无拘束地说：

“我告诉你，我已经抛开了我的萨霞[1]。……他这个人爱摆架子。装腔作势得很！……也算是办了个工场！……我真不在乎，……我不稀罕他是个作家！我只要吹一声口哨，二十个这样的人都找得到。……还比他好呢！……”

纳乌莫夫感到悲哀，不再说起他的失败的“婚姻”了。但是在我所经历的可怀疑的事件中，又增添了一个理想“文学主题”的内幕。此后我对纳乌莫夫发生了一种复杂的感情。从某一点上看来，“真正的”作家似乎不应该是这样的。但是也许“真正的理想的作家”根本没有，就像没有“真正的大学生”一样。纳乌莫夫有点可笑，然而也有动人的地方。他有一种稚气的惹人动心的特点。……但是，在文学中当然也是有志竟成的。

有一次，他用他所惯有的坚决态度告诉我，说目下《俄罗斯世界》需要一个内地生活的评论员。工作很轻便，只要根据通讯作评论。……他根据他对我已有的了解，保证我对付得了这工作。我犹豫不决，但是他坚持要我去，而且同我约好，叫我两三天内一定到编辑部去一趟，而他明天就把关于我的事预先通知柯玛罗夫。

这天晚上我通夜没有上床睡觉。我从车尔尼雪夫胡同出来，在街上徘徊，怀着一种特殊的心情。……我小时候就向往文学。……我常常试着把每一个显著的印象、每一个使我吃惊的形象用恰当的言词表达出来，非找到最恰当的表现法不能安心。我甚至常常做这

---

① 纳乌莫夫名叫亚历山大，萨霞是亚历山大的小名。——译者注

一类的梦，有时梦见交替着出现的各种情景，有时是关于这些情景的叙述。有几次我在狂喜的状态中醒来。我仿佛写了一个出色的故事或诗篇。最后几个情景的断片、诗篇的最后几行还活生生地保留在我的脑中，正在迅速地消逝着，像呵在玻璃上的水气一般。只是可惜我不能记起作品的内容；即使记起了这音调响亮的诗篇的最后几行，然而仔细一辨，原来这诗既无韵律，又无体裁。

纳乌莫夫的提议我起初觉得是不可能的。难道我能成为一个作家，即使是报社里的？难道我写出来的东西会被拿去排印？……难道罗果夫会校对它？……难道千万人会读它？……这是不可能的，但是我要把不可能的事想作可能。……因此我这天晚上想了一整夜。

这时候的春夜，天色已经发白了。……晚霞和朝霞还没有完全相连接，但是两者都倾向北方，模糊地在高空中融合着。我沿着运河和街道散步，观察夜间的人群，倾听薄暗中模糊的话声，到几家营业很夜深的酒店里去转转，敏感地探求首都夜生活的这些现象。我觉得：在神秘的光线高高地照亮着的这个夜幕的笼罩之下，整个彼得堡生活着，喧噪着，活动着，在薄暗中蠢动着，——这一切都是为了让我练习观察这都市，把它的秘密在《俄罗斯世界》报上传达出来。至于这同内地生活评论有什么关系，我没有研究过这问题。

自不必说，等到我胆怯地走进编辑室，这种愚蠢的梦想就烟消云散了。有两位先生手里拿着剪刀，耳朵里夹着笔杆，听我叙述来意，他们的样子仿佛十分忙碌，无暇及此。

“你说纳乌莫夫有信来过？请等一等，也许信在柯玛罗夫那里。……”

他走进隔壁房间里去，过了一会，从那里走出来，略微耸耸肩膀。

“信收到了，不过，……有什么要对你说呢？请你写一点东西，……如果适用的话，可以刊登。……”

这正同我后来的情况一样：有许多羞涩的青年到编辑室里来同我一样天真地要求写稿，我也常常用同样的态度回答他们。或许他们也听到过这白夜的模糊的召唤，把不可能的事想作可能，而终于失望地离开编辑室。这都是司空见惯的，都是可想而知的，然而同时又很恼人。……一个个的梦想都被风吹散了。……

9
舅舅总结我第一年的生活："他变坏了。"

我在彼得堡的第一年的末了，我们这个小团体突然富裕起来。父亲死后，我和哥哥在中学里的最后几年，被列为"钦赐奖学金获得者"。现在母亲写信告诉我，说全靠我父亲的朋友——和勃路多娃伯爵夫人相识的本地神甫巴拉诺维奇——的努力，这奖学金或许在高等学校里也可继续获得。我必须到冬宫去拜访勃路多娃伯爵夫人，她会指示我还应该到哪里去办手续。她也许一切都已办好。……母亲在信的末了说："你记住，一定要去！"

假使再过两年，我一定会毫不犹豫地拒绝母亲这计划。但是在那时候，我的政治理解力同我的文学理解力一样模糊而不彻底。……我准备在柯玛罗夫的报馆里工作，虽然我同情杜勃罗留波夫；我毫不觉得用钦赐奖学金的可耻，虽然我幻想着共和政体。……母亲信上说，到勃路多娃那里去是十分必要的。我很不想去，然而终于去了。同学们合力替我打扮，东拼西凑地给我穿上了一套像样的衣服；我身不由己地从涅瓦河方面的一个小入口处走进了冬宫。但见铺地毯的宽阔的扶梯、穿宫廷制服的仆役，还有一些背着枪的禁卫兵，他们不时地举枪行礼。伯爵夫人是一个矮胖的女人，相貌极不漂亮，她很和善地接待我，说她已经收到了巴拉诺维奇寄来的种种材料，而且已经办好了一些手续。她叫我拿了她的名片到奏闻请愿局去访问戈里曾公爵。我去的时候正好是接见时间，戈里曾公爵立刻就接见了我。他已经知道了我的事情，很和气地向我说明，奖学金现在不能发，因为款子已经告罄了。

“可是，”公爵继续说，“我们，伯爵夫人的几个好朋友，知道了你父亲的功业和家庭境况，就不揣冒昧（他确是这样说的），凑集若干数目，用以表示同情和关怀。这笔款子你现在就可以领到。”

值班员递一个封袋给公爵，公爵立刻把它交给我。

我脸色通红了，敛住了手，激动地说：我并不是请求周济，也不指望周济，只是申请公家奖学金，准备按照规定在将来的职业上尽某种义务。我就匆匆告辞，走了出去，心中略微轻松了些。……

“好了，”我这样想，“我总算去过了，可以问心无愧地写信给母亲，报告她事情已经办完了。……”

然而过了几天，一个宫廷信差来按我们寓所的门铃，送进一张官家的通知单来，叫我在某日某时再到那个委员会里去。戈里曾公爵又在那里接见我。他是一个很漂亮的、身材修长的金发男子，相貌和态度都很温和。这一次他采取办公事的态度，而且略带严肃。他叫我就在桌子旁边坐下，把请愿书的内容口授给我，叫我笔录下来，在这请愿书下面签上“陛下的忠良的大学生某某”。接着他正式地对我说：

“你的请愿书批准了，现在付半年的款子。……伊凡·伊凡诺维奇，请你发给他。”又对我说：“请你签字。”

我签了字，收到了一百七十五个卢布。

我一生中从来没有一下子收到这么大的一笔钱。在回家的路上，我到小海洋街上的点心店里去买了一大包糖食。

在我们看来，这幸福来得太迟了，因为这一年总归已经荒废过去。我们只是补充了些衣服，还清了崔文科家的房钱和另外几笔债，并且……作了几次娱乐性的、然而很正当的游玩，然后大家回家去过假期。我的彼得堡生活的第一年就这样结束了。

成绩如何，结果怎样呢？……

在回家的路上，我又到苏麦的舅舅家去了一趟，然后和他一同到我家去。这一年来他瘦得多了，他那双大眼睛里发出可怖的热病似的火气。他从我小时候就很喜欢我，现在又看到我，当然很高兴，但是过了些时候，我注意到他那双悲哀的眼睛盯住我看的次数越来越多了，眼光里有探究似的、担心的神色。

“你在这时期里变了样，”他说。

是的，我变了样。我已经不是一年前那么愚蠢地为涅格利的朗诵所激动的那个人了。现在我已经不是傻瓜，用这一套骗不过我了！我在生活中见得多了，我眼前的玫瑰色烟雾已经消散了。我知道在“真正的大学生”的极其明慧的外表之下可能隐藏着威塞里茨基，在《祖国纪事》上可能有可怜的纳乌莫夫写的稿子，而“从黑暗的迷途中救出来的”姑娘原来就是纳乌莫夫的伊丽莎白。……这一年内的首都生活没有把我提高到它的水平上。反之，我觉得它降低到了我的水平上。我这个人枯燥乏味。……首都生活也是这样。……由它去吧！……我仿佛为我现在这种“乖巧”而自豪。……“真正的”和“理想的”人根本是没有的，我并不比别人差，也许比别人更聪明。……

有一次，那时已经在乡下了，我在花园里偶然听到舅舅和母亲谈话的断片。

“呃，的确，”舅舅说，“他长大了，比以前放浪了，也许更加俏皮了。……不再像从前那样说一句话就脸红。可是，不管怎样，从前我喜欢他得多。……现在他变坏了。……”

我听了这些话觉得很难过。我很爱我这个舅舅，我伤心地承认他的话是对的：当我觉得生活是蒙着玫瑰色烟雾的时候，我这个人的品质好得多。不多天以前，我还和苏奇科夫到乡下格利涅威茨基那里去玩了几天，我们算是彼得堡来的大学生，在那里装出那么放浪不羁的傻头傻脑的态度来，——恐怕正是由于天性拘束的缘故，——甚至直到今日，四十多年之后，我回想起了这件事还觉得羞耻。现在舅舅对我作这样的品评，是可悲的，严肃的，而又真实的。……

“呃，不要紧，”我昂一昂头对自己说，“明年这一切全都改正。”

10
斯图坚斯基的校对局。我采取突然决定

在下一年，在第三年的开头，我什么都没有改正。这一年我家全部迁往北方去了。我和我的表兄很要好，这表兄就是我在这部真实的故事的第一卷里详细说过的那个上尉的儿子。

这位表兄是一个炮兵军官[1]，他在我们家里住了很长的一个时期，现在被调往克朗什塔特要塞炮兵队去了。我的哥哥也决定迁往彼得堡；后来母亲为了要和我们住得近些，也决定跟这外甥一起迁居到克朗什塔特[2]。弟弟进了彼得堡的实科中学。

必须考虑到生计。我继续画图表，又接受制图，绘制印刷用的地图，和哥哥替奥克列茨[3]翻译小说，每一印张稿费七个卢布，——总之，做的都是这一类吃力的机械工作。我们兄弟三人每星期坐轮船到克朗什塔特去一次，在母亲那里休息一个星期天。

第二年这样地过去了，第三年开始还是这样。

第三年秋天，我进了一个叫做斯图坚斯基的人所办的“校对

① 炮兵军官即符拉季米尔·卡齐米罗维奇·屠采维奇。——原编者注

② 柯罗连科家从罗夫诺迁到克朗什塔特，是在一八七二年秋天。——原编者注

③ 斯塔尼斯拉夫·斯塔尼斯拉沃维奇·奥克列茨（奥林斯基）是轻松读物《廉价文库》杂志和《世界劳动》杂志的发行者。——原编者注

局”。这在我是一个最艰苦的时期。我哥哥似乎是第一个做校对工作的，起初在杰玛科夫那里工作，后来在斯图坚斯基那里担任了固定的工作。

斯图坚斯基是一个奇特的人物，完全属于狄更斯小说中的类型。他身体瘦长，肤色发黄，脸上几乎没有髭须，容貌憔悴，满面都是皱纹，一双淡淡的眼睛没有一定的色彩，使人想起半透明的冰块；同时他却有一头美丽的浅栗色的波纹鬈发，在这鬈发的框子里异样地装着这张死气沉沉的、假面具似的脸。

他表示愿意给哥哥经常的薪水，并租给他一个房间。哥哥接受了他的条件。后来斯图坚斯基对我也允许同样的待遇。他把自己的一册文学作品送给我们，作为初次相识的记念。这是一本题名很长的小册子；我想我大概不至于记错，它的题名如下：

印刷术中所应用的
法则的引经据典和分门别类
以及
这作品所提出的
星球和字母表中字母的
新布置

他的另一个作品的题名也很奇特：

哲学家、娇娘和撤销了的第三种人

这两部创作在文法和校对方面都无可批评；至于它们的内容，则是一种毫无合理性的混乱的文字游戏。

“您看过了吗？”第二天他问我。

我对题名感到兴趣，已经看了一遍；然而难于说出任何评语。

“是的，这需要一些哲学修养。”作者沾沾自喜地说。

起初我竟以为我碰到了一个疯子，我感到有点恐怖。尤其是后来有一次，他告诉我，说除了按页的报酬之外，我们还将有一种按钟点计酬的特别工作，是关于他个人的一种文学研究事业的。他说：

“我要实现一个非常奇特的念头，”他用他的死气沉沉的声音说，“我想出版一本《俄法辞典》，其中单词的排列不按照头字母，而按照词尾。”

这个人虽然怀着这样幻想的念头，然而对自己的实际事业安排得很好。他创办了一个局，把大大小小的几家企业的校对工作都招揽了来。他校对《源泉》①、《星期报》②、玛卡罗夫的《法俄辞典》、一种科学周刊，以及杰玛科夫的大印刷所和其他几家小印刷所里所刊印的一切稿件。他自己是一个出色的校对者，能够很快地适应每一种出版物和每一个著作者对校对的个别要求。但是他工作得非常慢，而且当然对付不了这么多工作。因此他把这些工作分配给贫寒的青年男女，同时善于估量他们是穷到了什么程度而来求教他。他付给他们的钱，不大会超过他自己收入的一半。

回想起我和哥哥住在斯图坚斯基那里时我的两三个月间的生活，不能不感到战栗。他的寓所位在狭小的杰米多夫胡同里，几乎面对着流刑监狱。屋子下面的地下室里，有一个巧克力制造厂。这制造厂里发散出一种使人窒息的浓烈的香气来，同时又不绝地传出机器的隆隆声，使得地板和窗子微微地震动。我们打开了向着杰米多夫胡同的窗子，往往就有浓烈的香气一阵一阵地冲进房间里来。斯图

---

①《源泉》是一种有插图的儿童月刊，发行于一八八二至一八九四年间。——原编者注

②《星期报》是一种自由主义民粹派的周报，发行于一八六六至一九〇一年间。——原编者注

坚斯基按照他自己的奇特的趣味装饰房间，他吩咐用深蓝色的糊壁纸来糊墙。门和檐板都是黑色的，甚至天花板的颜色也很晦暗。房间大体上像一只棺材。黑色的门常常被推开一条缝，里面出现一张假面具似的脸，斯图坚斯基瘦长的手从缝里递进一大张校样来，这张校样衬托在黑暗的背景上，显得异常分明而带有丧葬的气氛。……我不禁仓皇失措。

扣除了极高的房间租金以外，我和哥哥每人净得的约有五十卢布。然而为了赚这笔钱，必须从清早工作到深夜，其间好容易抽出一小时的工夫，匆匆地到一家廉价的小饭馆里去吃一餐饭，就在那里浏览一下报纸。如果主要工作有了间断，斯图坚斯基立刻就利用这时间来叫我们做“按钟点计酬”的工作。这就是说，他从墙上取下“按词尾编制的辞典”的许多长条子来，我们就只得动手做这无穷尽的、没有意义的无聊工作。这是“老板的”工作，报酬很便宜（大约一小时六戈比），毫无意义，因此特别吃力。这个面孔像假面具一样死气沉沉而眼睛像半透明冰块似的人，在这全部时间内把我们紧紧地抓住在他的骨瘦棱棱的手里，仿佛神话里的一个吸血鬼。此外，他的心原来容易沾染一般人的弱点。因此他有时派一个姑娘作为“校读员”来帮助我们工作，然而这位小姐连这样简单的工作也不会做。我们在这环境的影响下变得神经异常暴躁，哥哥向来性情不耐烦，因此常常发怒。

“这里不是这样的，”他说，这时候他还耐着性子，希望这个“校读员”能根据原稿校正错误。但是这个可怜的女助手早已在原稿上迷失路途，就拼命地找寻哥哥所说的地方。哥哥开始不耐烦起来：

“我等着呢。”他说时已经有些愤激；然而女助手完全没有希望在原稿上找到哥哥所要求的地方，她就突然抬起眼睛来望着天花板，带着天真而好问的样子说：

“哦，我早就想问您：什么是скваттер[①]，什么是фермер[②]？”

哥哥实在忍不住了，抓住了自己的头，开始顿足，愤怒地说：

“去他的скваттер！滚他的фермер！真是活见鬼！……把原稿给我，静静地坐着吧！……让我自己来念！……”

这个可怜的姑娘吓得睁大了眼睛，眼眶里涌出眼泪来。……

“慢慢地来，她会进步的。”斯图坚斯基听见了这些怒骂声，这样说。……

不久，在这环境中，在这充满着颤抖的隆隆声和窒息的蒸气的苦闷气氛中，我从小就有的神经性哮喘病重又发作了。这毛病往往在生活苦闷的时期复发，跟着我的心情的好转而消失。……

温和明爽的秋天来到了，这时候夜渐渐长起来，彼得堡街上薄暗的暮色中开始点起了路灯。有一次，在这样的黄昏时候，我刚刚从小饭馆里回来。哥哥不在这里，桌子上还没有放着校样。我打开窗子，躺在窗台上，把身子探向胡同里。这时候感觉新鲜而愉快。海边吹来的烈风把空气肃清，呼吸很爽快。一个路灯夫掮着一架梯子迅速地从我们窗前跑过，不久，在明亮的暮色中出现了两串灯火。……

我觉得有一种突然的、剧烈的、令人分明地想起往事的苦闷之感压迫着我的心胸。这种苦闷我每天在这时候总感觉到，我不由得自问：这种苦闷是从哪里来的？我在饭馆里常常读《俄罗斯世界》报，这时候这报上的杂文栏里登载着列斯科夫的一篇小说《流连忘返的旅人》。我读了这篇小说，心目中出现一片特殊的广漠的草原和这个具有天性好漫游的俄罗斯性格的人的离奇事迹。也许是由于读了这篇小说，由于其中的情况同我在这棺材里的生活相反，我才感

---

① 俄语，偷住空屋的人。——译者注

② 俄语，农民。——译者注

到这种苦闷，受到诱惑的召唤吧？

我顺着胡同朝前一望。这一连串路灯已经全部点燃了。现在路灯夫穿过了洗濯河和小海洋街，已经在点远处的路灯了。我恍然大悟：我的苦闷是由于看到了我初到彼得堡时使我异常吃惊的这些灯火而发生的。那时候也是这样的黄昏，也是这样的灯火闪耀在彼得堡的暮色中。当时对于远大前程的信念和对于未来的期望猛然地在我心头复活了。接着，这两年来的情况迅速地在我记忆中掠过：小皇村街上的"文星阁"，饥饿，绘制图表的无聊工作，威塞里茨基，保罗·戈利茨基，专科学校里的制图板，叶尔玛科夫，一连串的失望，……直到现在这棺材。……

轻轻的一声门响，出现了斯图坚斯基的死气沉沉的脸，一只枯瘦的手递进一叠编辞典用的纸条来。我走到门边，自己也意想不到地对他这样说：

"我请你替我结一结账，因为过几天我就要到莫斯科去了。"

我们第一年结伴的人都走散了。格利涅夫茨基转学到矿山学院，迁居到瓦西里岛上最远的地区，不再从那里来看从前的朋友了。他努力用功，重新得到了父母的金钱接济。苏奇科夫到莫斯科去，在那里进了彼得农林学院。这时候在这学院里还有几个同乡人，其中有一个叫做莫恰尔斯基[①]的，是我的好朋友之一。他有一次收到了我的一封叹苦的信，劝我抛弃彼得堡的一切，到莫斯科去进农林学院。他说虽然学年已经开始，他们会收容我的。又说我初到的时候可以和同乡们同住，以后大概也可以靠自己的绘图才能找到工作。

起初我觉得这完全不可能实现，但是现在，由于丧失了那种宝

---

① 杰米杨·伊凡诺维奇·莫恰尔斯基生于约一八五〇年，死于一九二八年。在罗夫诺实科中学和柯罗连科同学。中学毕业后进彼得农林学院，一八七五年在该院毕业。在伊兹马伊尔林务区工作了三十三年。他开辟了勃拉古希的荒地，后来这地区上建造房屋，划入莫斯科郊区。勃拉古希有一条街就用他的姓氏，叫做莫恰尔斯基街。——原编者注

贵的期望而发生了剧烈的苦闷，又因为这个点着路灯的幽暗的黄昏向我显示出异样的意义，就使我改变了主意。过了一星期，我从斯图坚斯基那里收到了九十个卢布，就到克朗什塔特去同母亲告别。……她听了我的计划，竟很高兴。在她心目中描现出我的林务员的前程，和一所朴素的林中小屋，在她的荫庇之下，我们一家人将重新团聚在这屋子里。……

过了几天，我已经进彼得农林学院了①。

---

① 柯罗连科进彼得农林学院是一八七四年二月一日。——原编者注

第三章　彼得农林学院

1
最初印象

我回忆到这地方，仿佛呼吸到了一阵新鲜空气，而且这句话是实际的，不是比喻的。从莫斯科开始，路上就已经树木夹道，闻得出新鲜的雪和松树的香气。树林里有许多空着的别墅，后来看到学院漂亮的建筑、教堂、公园、堤坝，一边是盖着雪的池塘，另一边是辽阔的旷野，还有一个很别致的乡镇，镇上有一所二层楼的奥洛雷金旅馆（不久以前改名为惠爱旅馆）。到处只看见农民和大学生。我在杰米多夫胡同“斯图坚斯基校对局”的暗墙黑门的房间里住过之后来到这里，这一切对我的影响如何，可想而知了。从这个时候起，我的生活中开始了一个新时期，产生了一种新意境。……

彼得农林学院于一八六五年十一月二十一日创办在曾经是拉祖莫夫斯基所有的宅院里①。这正是农奴制改革时期，因此这学院最初的章程里反映出了当时的思潮。根据这章程，入学的时候完全不需要考试或缴验文凭。每个人可以按照自己的愿望去听课，随便听哪些课或几种课。除了经常的听课者以外，还收容旁听生，每听一次课只要付十六戈比。如果能得到教授的许可，最初的三堂课还可以免费。升级不需要考试；毕业的时候也只有那些要求发给毕业证书的人才要经过考试。学程是三年制的，但是毕业考试可以在任何时期举行。……只要有一群学生提出自己的愿望，教授就指定考试的日期。所有的学科都考得及格，就发给候补博士学衔的文凭。对待听课者，“如同对待公民，他们可以自由选择事业范围，不需要日常的监督”。

鼓舞着解放时期的知识分子的一切希望，都反映在这章程中，表现在这章程中。学术研究的自由和对于正在革新的国家的青春力量的信心，便是这章程的基本原则。科学不勉强学生去研习它。它在渴望知识的人面前展开着一切可能性，威严地等候热爱知识的人去研究它，它信任他们的爱，并不用监督和规则来追求这种爱。……伊西斯[②]的神奇的幕使科学研究者觉得科学好像是一种玄秘的事业，现在这个幕卸去了。所有的人都负有使命，每个人都可以判断自己的才学程度。毕业证书不会给人知识，真正的知识没有官家的毕业证书也会替自己找到用武之地。

以上便是这章程的基本思想。这章程只实行了七年。一八七二年，来了一次改革，把这学院改得同一般高等学校相近似了。“过分自由主义的章程”经不起考验。……

我有一个同乡，是彼得堡大学的学生，姓格罗茨基，他特地到我这里来，把彼得农林学院的情况讲给我听。他比我年纪大得多，以前在莫斯科大学念书，所以很熟悉彼得农林学院学生的风气。他是一个幽默家，他的叙述中充满着对于自由主义章程的讥讽。据说从各地方来进学院的，都是些在中学里不能掌握“深奥学问”的懒惰虫，还有地主家的儿子，他们从低级班里被赶出来，他们的父母

① 这宅院位在莫斯科近郊的彼得罗夫—拉祖莫夫斯基村中。——原编者注

② 古代埃及的丰收女神。——译者注

希望用最简便的方法来给他们捞到一个大学生的称号。总之，照格罗茨基的说法，这学院里的学生都有点像自由放纵的哥萨克人。……他用非常幽默的话来描写彼得农林学院学生的“自由生活”情景。在公园里，在树林中各个孤立的别墅里，在池塘上，春天和夏天的夜晚通宵响彻着歌声，举行着酒宴。莫斯科城里到处传述着彼得农林学院学生的狂妄行为，譬如说：在公园的大林荫道上散步的人群面前，突然从池塘里跑出一个穿培尔维德雷·阿波洛[①]服装的游荡者来。缺乏监督和强制，造成了这样的情况：有些学生只学了一部分课程，就参加了好几次考试，希望终于有一天能够抽到一份侥幸的考签。……格罗茨基又用非常幽默的话来叙述一个哥萨克人的事：教授问他什么叫做重心，他想了一想，后来用手按住了自己的额角，欢喜地叫出：

“啊，我知道了，我知道了。……重心，……这就是说，假使把身体挂在一根线上……”

他说到这里，教授就疑讶地驳斥他，但他不容分辩地断言：

“请您不要告诉我。……现在我确实地记起来了：假使把身体挂在一根线上，这就是重心。请您去看加诺的书吧。[②] ……”

另一个人说：细胞是靠产卵器的帮助而繁殖的；昆虫是从污物中自然产生的，诸如此类。格罗茨基又说：《莫斯科公报》[③] 对这学院作有系统的抨击，而参加制定章程的理想主义教授们，现在竟想不出论证来为这章程作辩护。……

倘在不久以前，我一定很不喜欢格罗茨基这种论调，我会称他为“犬儒主义者”，像以前对尼库林一样。然而现在，两年来的彼得

---

① 培尔维德雷·阿波洛（Apollo Belvedere）是罗马梵蒂冈美术馆里的大理石裸体雕像。——译者注

② 指那时流行的加诺所著的物理学教程。——原编者注

③《莫斯科公报》是一种极反动的报纸，它代表着农奴主贵族和僧侣的利益。这报纸有很长的一个时期是由反动分子米·尼·卡特科夫主办的。——原编者注

堡生活在我心中留下了怀疑的迹象。自由主义的章程显然是根据对“真正大学生”的信任而制定的。然而我知道：这种理想的大学生在世界上是没有的，世界上只有威塞里茨基之类的人，或者像我自己那样乏味的青年人。

现在章程改变了，改得很好。我到这学校去，将是一个规规矩矩的学生，我将按时去上课，获得毕业证书，然后就职。……浪漫的梦想结束了。……只是在心的深处还潜伏着一种希望：我想在林中小屋里写一部小说，……然后……。我对于遥远的未来的梦想就集中并潜伏在这里，而现在我且享乐我的新印象，体味和同学们会面的欢喜。

我要求进学院的申请书，还是在彼得堡的时候寄出的。如果他们拒绝我，我决定自学半年，去插二年级。然而他们答应了我。同学们说，我应该去看院长菲里普·尼古拉耶维奇·柯罗廖夫。我到院长室里去，接见我的是一个中等身材的白发老人，他的头很大，脸形很粗，表情严肃。他在获得这职务之前，是莫斯科一个以纪律良好著名的中学的校长。他似乎是受卡特科夫提拔的，卡特科夫认为他是一个能够“整顿学院”的人。他完全以院长的态度来接见我。他严肃而冷淡地通知我，说校务会议允许我在学年中途入学，是有个条件的：如果我不能升二年级，就要我退学。我鞠躬退出，觉得自己仿佛又变成一个中学生了。

有一次我和一个同学走到通向公园的一条清洁的小路上，迎面碰见一群人，这群人的中央有一个长着蓬松的斑白鬈发而面貌还很年轻的老人，特别惹人注目。我的同学向他鞠躬，老人答礼，同时用他那双生动而悲哀的眼睛来向我们一瞥。

“这是农业化学教授伊连科夫先生，”我的同学说，“是以前的章程的制定者之中的一人。”

我好奇地回过头去看看这个六十年代的典型人物，不由得回想起叶尔玛科夫来。的确，在伊连科夫对学生们的温文而冷淡的态度中，有一种疏远的感觉；后来我到他那里去考试的时候，生怕他突然像叶尔玛科夫那样看我一下，说：“我早就知道。”

他们答应我入学，我总算已经很满足了。这几年来，我一直渴望着正规的学习；我很高兴再按时地去上课，作笔记，“啃书”，终于感觉到自己不是一个很坏的大学生。

学院里的全部生活环境简直使我欢喜之极。周围的一切都很别致，很有趣；特别有趣的是大学生住的地方同生活朴素的新村相邻近。就在堤坝那边，有一所二层楼大建筑，就是惠爱旅馆。这是一所十分陈旧的建筑，墙上仿佛永远渗透着烟草气和啤酒气。这房子里有两条走廊（一条在楼上，一条在楼下），各个房间的门都开向走廊里。这里的传声作用很特别：在一个房间里大声说话，到处都有回声。大学生除了住在这旅馆的房间里之外，又住在那些小别墅里；大学生的全部生活同新村居民的生活打成一片，得知得见。

2
老学生

我在圣诞节假期的末了来到这里，初到的时候有好几天一味贪婪地观察这新环境。街道、院子和屋顶都盖着雪，同学们劝我首先去定做一双长统靴。一个年轻的靴匠来替我量尺寸，这是一个脸色苍白的患痨病的农民。他向我握手问好，皱一皱眉头，神气活现地问：

“维尔非斯·乌尔·伊斯·爱斯？[①]”

我听了露出惊异之色，同学们笑着给我解释，说他讲的是德语。

---

① 不正确的德语，意思是：现在几点钟？——译者注

“希普雷亨·齐·德伊契？[①]”他又神气活现地问，接着拿出表来看看，说：“爱斯·伊斯·德莱·乌尔。[②]……”

“这是老学生们教他的，开开玩笑。”后来同学们这样解释。这个青年靴匠喜欢夸耀他同老学生们的交往，面对新学生采取轻蔑的态度。“一代不如一代，”他说，“现在没有真正的大学生了。从前有一个伊凡·谢苗诺维奇，……一拳头把门打掉。……有时候抓住狗的尾巴，要一下子把它丢到树上去。……现在这样的人已经没有了。……”

的确，新章程把彼得农林学院学生的年龄限度和外貌都截然地改变了。以前的学生只剩下小小的一群，人们就称他们为“老学生”。

我来到后不多几天，这些老学生在旅馆里举行了一次酒会。他们喝酒，唱歌，喧哗地争论。到了晚上十点钟光景，这种喧哗声激烈起来，过了一会儿，变成了骚扰声。

“他们要把奥列霍夫撵走，”隔壁房间里有一个人走到我们这里来，笑着说，“这回要闹事了。”

在这伙人里面有两个好朋友，他们的关系极像戈利茨基和他的朋友兼敌人别拉文之间的关系。佛尔弗拉姆和奥列霍夫两个都是高加索人，是中学时代的同学。他们清醒的时候非常要好，一喝醉就变成敌人。……通常是奥列霍夫先开头，他酒越是喝得多，越变得机智刻毒而吹毛求疵。佛尔弗拉姆起初让步，后来就同他打起架来。……同学们都知道奥列霍夫气力极大，喝醉了酒更加残暴，所以大家合力保护佛尔弗拉姆。这一次结果也是这样：大家合力把奥列霍夫赶出房间去了。

---

① 你会说德语吗？——译者注
② 现在三点钟。——译者注

“现在他要在新村里另外找人打架了，”我们那个邻居又说。

我那时候正好要到小店里去买东西，就走到走廊上。楼下点着一盏幽暗的灯。我刚刚走下楼，扶梯底下突然跑出那个身材高大的美男子奥列霍夫来。他体态匀称，肩膀很宽，身材修长。他从暗角落里跳出来，突然抓住了我的肩膀；但是后来他的苍白的脸上那双炯炯发光的黑眼睛盯住我一看，说：

“你是谁？你不是他们伙里的人吗？……不是，……啊，你是新生。……那么，对不起，我跟你没有什么账要算。……”

他跟着我走出去，不久就消失在冬天雪夜的黑暗中了。第二天才知道：他在离开新村约两公里外的工厂区里大打了一场架。

酒宴一直继续到夜半之后。……天快亮的时候，我被隔壁房间里的谈话声吵醒。佛尔弗拉姆的姘妇娜杰日达·伊凡诺夫娜扶他到床上去睡觉。他哭着，说他要去找寻奥列霍夫。……他说：奥列霍夫侮辱了她，侮辱了娜杰日达，而他，佛尔弗拉姆，不许任何人侮辱她。他说：他自己对她的态度固然像忘恩负义的禽兽一般，……今年他毕业之后就要抛撇她，……坦白地说一句，的确是要抛撇她。……他说他必须开始新生活，……全新的生活，……否则他会毁灭，她也会跟着他毁灭。然而不管怎的，他毕竟是卑鄙龌龊的禽兽。……可是，所有的人都是禽兽，娜杰日达也是。……而且不只是禽兽，简直是机器。……当然是机器。……你难道不懂得这一点？你以为还有心灵之类的东西吗？……胡说！……人只是一架机器，不过如此而已。……你也是一架机器。……啊，不过你是一架多么聪明的机器啊，……竟会替我脱靴子了。……

他又说了许多话，拼命要到什么地方去，有时有一个温柔而悲哀的女声回答他些话。不久，我被兴味所驱，认识了佛尔弗拉姆和娜杰日达，后来又认识了奥列霍夫。我觉得这一伙人很像我在彼得堡认识的那些科斯特罗马人，尤其像保罗·戈利茨基。这些人是以前的学院的最后一批遗老。虚无主义时期的整整一代人物，以他们为代表下场了。

3
毁坏者爱杰姆斯基

这些老学生中还有一个非常特殊的人物。这人叫做爱杰姆斯基。他还是老章程时代进来的，后来为了牵涉到涅恰耶夫事件，被开除了；流放期满，他在新章程时代又来进这学院。关于他的“涅恰耶夫事件”历史，他不喜欢谈起。学院里的人一般都不大讲起这事件，虽然我在学的时期还存在着“伊凡诺夫岩穴”的遗迹，并且还有一些人知道这悲惨事件的参与者。根据我所听到的一切传述，被涅恰耶夫分子刺杀的伊凡诺夫，是一个出色的人物，而且毫无疑问，他决不是像涅恰耶夫所确信的那样准备告发阴谋的。他只是看穿了涅恰耶夫的手段，决定退出组织；而涅恰耶夫就决定杀死他，以便用流血来巩固他这第一个秘密的基层组织。他认为可以用这种秘密小组的网来罩住整个俄罗斯；这种小组由铁一般的纪律来维系着，即使其结合是一个骗局也不管它。

每一个组员有创办同样的一个小组的义务。这样，“革命”就可按几何级数发展起来。将来有一天，从上面，从中央小组发出一个命令，在俄罗斯就宣告自由体制了。命令从上而下，传到彼此并不相识的各小组；于是全国的人突然得悉，他们的国家几乎全部已经革命而获得自由了。……后来，当我已经在西伯利亚的时候，我碰到些人，他们都是被这个人用同样的手段——即欺骗和流血——来掌握过的。但是关于这些事，我以后在另外一个地方再叙述；现在我只是想说：涅恰耶夫事件是虚无主义时期的典型特征。这一代人没有任何信念可以依靠，不像后来一代人那样，例如信赖人民。……他们只是有极端的唯理主义和数学计算，比任何最幼稚的信念更加幼稚。

爱杰姆斯基是一个大俄罗斯人，以前似乎是在神学校里读书的。他的脸相像一个退化的人，下颚突出得很厉害，一双黑眼睛里闪耀着深挚的热情。他不穿大衣，而穿一件皮领大袍，手里拿一根枝节累累的拐杖。他平常沉默寡言，阴郁而沉着，只同比他年轻得多的两三个同学相友好。有时他喝醉了，样子就变得很可怕。……这时候他异常地雄辩，他怀着炽烈的热情大发议论，说非把一切都毁坏不可。同时他的手碰到图画、相片、镜子等东西，就把它们毁损。有一次，他在鞭子上缚一块石头，去敲打学院里的凸面玻璃。又有一次，他做了一大堆雪球，晚上埋伏在一个地方，怪声怪气地叫喊，用雪球来掷一个趁着马车经过的同他无冤无仇的学生。有一次他喝醉了，手里拿着枪闯进一个朋友的屋子里去，要不是有人从后面抓住了他，他大概会开枪打他的朋友了。他所爱好的凄厉的谈话题材，是必须实行血腥恐怖和牺牲“百万头颅”。

有人提到这一点时说：有一次有一个同他谈话的人吃惊地指出：

“爱杰姆斯基，你听我说，你大概想毁灭了全人类，而一个人活着。……”

爱杰姆斯基的眼睛发出凄厉的闪光，他把啤酒瓶在桌子上敲碎了，回答说：

“我要毁灭卑鄙龌龊的人类。……他妈的！我要留下我一个人，再产生出新的人类来。……”

他的样子虽然很可怕，而且手里老是拿着一根枝节累累的拐杖，然而幸亏得他同小鸡一样羸弱，所以他的一切毁坏的企图不难镇压。有一次，就是他带着枪闹事的那一次，有一个人去叫了一个守夜人来，把爱杰姆斯基捆了起来。此后两三天内，他的态度非常凄厉，使得大家都诫告那个叫守夜人的朋友，劝他提防着点儿。这件事似乎可能酿成人命案子，但是结果倒安然无事。爱杰姆斯基要求一个仲裁法庭来公断，他出席的时候态度很堂皇，宣读了一篇很长的、慷慨激昂的呈文，这篇呈文是用他所固有的凄厉的热情来写成的。

他开头是责备自己。……是的，他承认自己有过错：为了热中于原则性的争论，他带着枪闯进好朋友的屋子里去，想打死他。他承认，他应该受到任何回击；不但如此，即使他们把他打死，用他自己的枪来打死他，用脚跟来踩破他的头颅，他也决无怨言。但是他们用比这恶劣得多的手段来对付他：叫来了一个卑鄙的警察，暴力的代表者，专制制度的奴仆，政权的代表者——而这政权……

接着在好几页上，他用同样凄厉而雄辩的话来叙述俄罗斯政府的一切罪状，几乎从伊凡雷帝开始。

仲裁人困惑地面面相觑，但是爱杰姆斯基似乎竟不要求判决。他十分激动而真挚地披露了他的激情之后，就仿佛发泄了全部愤怒和复仇的渴望。他哭起来，向这个过去的朋友伸出手去。

我要提前叙述：这个奇怪的人的结局也很奇怪。他在流放中，在阿尔汉格尔斯克省的一个地方，娶了一个不受教育的普通女子，生了孩子。流放期满，他迁居到下诺夫哥罗德，由于生活贫困，在那里当了定期市场的看守人，得到微薄的工资。

“当然，同时他还从商人们那里得到一些外快。”告诉我这些消息的那个人坦率地对我说明。

我准备去访问这个旧时的同学，然而过了不久，听说他死了。

4

新学生格利果列夫和韦尔涅尔

不久，我当然陆续认识了我的同辈和同学们。彼得农林学院的学生生活，即使在现在也还和别的学校的生活截然不同。……过了不久，我们从新村迁居到公路旁，三个人合伙在所谓“主教别墅”里租了一个房间。正对着别墅的大门，有一个茂密的松林，有一次有一只狼放肆地把我们的狗拖了去。这别墅其实冬天是不能住人的，住在这里冷得厉害。晚上，我们尽量地把所有的东西都盖在身上，还是觉得很冷。还有同样的许多别墅——不过御寒设备较好，——散布在公路旁边别的地方和树林里。新村里住着两个宪兵，然而他们当然绝不可能监视这些孤立的别墅，因此同学们常常举行集会。记得我第一次去参加集会时的情形：我兴致勃勃地在一条盖着新雪的小路上走去，灯火从树干之间透射出来，窗子冻结了，然而还是看得见许多人影。谁都不怕有人来侦察，因为密探跑到这里来，难免有危险。记得我那时第一次来参加集会的时候，看见一个神学校出身的风姿翩翩的大学生符拉季米罗夫带着一把短剑来到会，觉得很惊奇。这个人长着蓬松的长头发，留着胡须，穿着长统靴，又带着这个武器，使人初看见的时候觉得他活像一个强盗；然而实际上他是一个极忠厚的人，后来在林务部里占据重要的地位，很有信誉。他自己对于他的威武姿态似乎采取玩笑的态度；人们问他为什么这样打扮，他微笑着，引证一些关于烧炭党员①的话来回答，这些党员到树林里来开会的时候是“连牙齿也武装”的。他读书过目不忘，甚至同别人争论的时候也一定引经据典。……

在这种集会上，大都毫无严重的事情发生。这一次所谈的，是柯罗廖夫竭力想采用中学的校规，他对待大学生，像对待他从前当校长的那个中学的学生一样。有几个人发言，号召大家起来抗议；然而大家都知道这问题并不严重，同符拉季米罗夫的手枪一样不严重，这手枪多半是不会用来射击的。……

举行酒会的时候总是高声地唱革命的“杭唷歌”：

---

① 十九世纪意大利一种秘密的革命组织的名称。——译者注

若要船儿走得快，
必须叫沙皇滚蛋。……
哎，杭唷，咳唷！
哎，杭唷，向前，
向——前……

或者：

我们抛弃旧世界，
振落脚上的尘埃。……

歌声散播到远处，在公园里发出回声。……同学们之间传观着一些革命刊物，例如索科洛夫的《叛逆者》和巴枯宁的《蒲鲁东无政府主义》。这里有许多论调是很“极端”的，甚至是粗暴的。巴枯宁竟主张同“俄罗斯国土里的盗贼”联合起来，把他们看作本能地革命的和无政府主义的分子。……现在我觉得这也是以前的虚无主义时期的残余，在新青年的心理方面完全没有根据地。大学生们读读关于无政府主义的书本，唱唱革命的《杭唷歌》，讲讲慷慨激昂的话，后来得到了毕业证书，就同化在环境中，仿佛他们对这一切是毫无责任的。在盖着雪的别墅里所举行的集会，比起从前在伊兹马伊尔团参加的秘密会议来，没有给我更深的印象。

的确，当我还在彼得堡，在工艺专科学校里读二年级的时候，在我难得去听课的几天内，我不能不注意到学生环境中有一种特殊的蓬勃气象。这种蓬勃气象表现在休息室里的一种特殊文学——启事中。在关于听讲登记和“今有宽舒房间，征求同居人”等普通启事中，这时候出现了讨论、揭发，甚至争辩。例如我记得关于“绿帽圈”的问题。那时候工艺专科学校的学生没有制服。某些揭发者写道：“可是我们已经深深地染上了官气，甚至少不了帽圈。有一天，一群放荡的知识青年在某菜馆里表演了一大丑闻，而且侮辱了一个女人。……同学们，你们以为这里面没有绿帽圈吗?”诸如此类。

当局对于这种文学，起初态度很宽大。然而有一次我看见一张纸面前密密地拥着一群人，有一个学院行政方面的人带着两个学监正在拼命地挤进人群里去。我也挤进去，看见墙上贴着一首诗，题目似乎是战斗。这首诗号召人们大张旗鼓地反对专制政体，末了是这样的四行：

如果暴君用他的巨手，
终于叉住了你的咽喉，
而你没有力量来号召战斗，
战士，你就在他脸上唾一口。

这首诗迅速地传诵开去。我那时候已经进入怀疑时期，因此这首诗没有给我什么印象。过了几天，我去访问我的一个罗夫诺同乡。这个可怜的人已经陷入了和我们相似的困境，可是他没有忍耐性和毅力。不久他简直挨饿了，脸色发青，又因为经常躺在床上，面孔竟发肿了。然而他也有幻想。他从床上起来，装个姿势，突然朗诵起《战斗》来，经他这么一朗诵，这首诗在我看来就完全不足道了。……

我在彼得农林学院的第一年内，继续怀着这种心情。我恢复了元气，健康了，愉快了，然而对于全体同学，已经没有以前那种兴趣和期望了。老学生们还多少能引起我的艺术的好奇心。他们的姿态比较丰富多彩，他们使人感到一种戏剧性。而在新学生中，我连这一点都没有看到，也不想看到。

学年告终了，我们一伙罗夫诺人，其中包括同我一样在工艺专科学校旷废了时间的苏奇科夫，都成绩优良地通过了考试。我不但升入了二年级，又得到了奖学金（那时候奖学金的额子很多），就准备到克朗什塔特去探望母亲。但在动身以前，我会见了一个人，这次会面对我的心情具有很大的决定性影响，而且是终生的莫逆之交的开端。

在初夏的炎热的一天，我走过学院旁边的广场上，看见一个青年军官扶着一个瘦小的老太太在那里走路。他刚刚从学院的办公室里出来，这时候向左右张望，仿佛完全是一个人地生疏的人。他看见了我，彬彬有礼地鞠一个躬，问我现在可否参观学院。我反正没有事，就表示愿意陪他们去参观。我引导他们两人走过空着的教室和研究室，然后提出请他们去看看公园。公园里也几乎空无一人，我们就谈起话来。原来他叫做瓦西里·尼古拉耶维奇·格利果列夫[①]，老太太是他的母亲。他是一个军官，是工程学院二年级的学生，但是现在已经提出申请书，希望转入彼得农林学院。他的同学

---

① 瓦西里·尼古拉耶维奇·格利果列夫（1852—1925）是统计学者和政论家。他在工程学校毕业之后，在工兵营服务，后来又进军事工程学院，但是读到二年级就离开了学院，退了职，于一八七四年进彼得农林学院。一八七六年，为了参加学生风潮，又为了同柯罗连科和韦尔涅尔一起向院长呈递学生集体抗议书，受了逮捕，被开除学籍，流放到奥洛涅茨省的普多日地方，受警察监视。和格利果列夫的会面及友谊，对于年轻的柯罗连科具有怎样的意义，可以从这位作家给格利果列夫的一封信里的自白中看到。柯罗连科五十岁诞辰的时候，格利果列夫向他祝贺；他在一九〇三年九月十五日回信表示答谢，信上说："我有一时曾经展开斗争（对自己），有一时甚至曾经大大地改造自己。在这千钧一发的关头，你对我的帮助比任何人都大。假使在那春光明媚的一天，命运没有把我和你这个青年军官在彼得农林学院的院子里和林荫道上结合起来，不知道我是否会变成像现在这么一个人。大概是不会的。有好几次，我衡量自己的行为，甚至心情和思想，看它们是否同你在这种场合之下所要说的话和所要取的态度相符合。而这样一想，只要一想到你，往往就帮助我决定了选择，照明了道路；你的友谊使我在自己心目中提高了自己的地位，赋给我决心和力量。"柯罗连科和格利果列夫的友谊一直保持到底。——原编者注

康斯坦汀·安东诺维奇·韦尔涅尔[①]也和他一致行动。

这件事引起了我的突如其来的兴趣和深切的同情。这两个军官对他们的环境感到不满，正在另有所求，像我从前一样。他们能不能求得呢？……我仿佛突然感情激动起来。这时候我们走到了伊凡诺夫岩穴旁。……这地方现在只是一个废墟了。山岩的顶破裂了，岩穴的一部分已经崩坏。这地方远离大林荫道，所以很僻静。附近溪水潺潺，树木萧萧。我每次到这里来，总感到一种特殊的苦闷。我在树木的萧萧声和溪水的潺潺声中努力猜度这场凄惨的悲剧的意义。同时，被害的伊凡诺夫的性格在我心中唤起了异样的同情。也许他像我一样失去了信心。……

现在我也发生这种感觉，于是我就在这个突然引起我好感的陌生人面前不由自主地倾吐了这几年来的积怨。我告诉他关于老学生们和他们所发生的戏剧性事件，关于保罗·戈利茨基的情形，又讲我们这一代，我认为这一代人非常渺小而乏味。……

格利果列夫用心地听我讲；他那双灰色的眼睛从突出的额角底下向我注视，我在这双眼睛里看到浓烈的兴味和同感。但是我觉得，引起这兴味的，与其说是谈话的内容，不如说是我的情绪。我觉得我所讲的一切在这青年军官听来并不是新鲜的，我觉得他了解我，又觉得他对于这一切已经有了他自己的见解。我就停止了叙述，开始探问他的情况，然而格利果列夫说话很审慎。他只说他读完了工程学校之后，曾经在军队里服务过几年。他对于这职务感到不满，

---

① 康斯坦汀·安东诺维奇·韦尔涅尔（1850—1902）起初就学于军事工程学院，后来当了基辅大学的旁听生。一八七四年进彼得农林学院。为了呈递学生集体抗议书，于一八七六年三月二十一日和柯罗连科及格利果列夫一同被捕。被开除学籍之后，依据一八七六年三月二十四日内务部指令，被流放到维亚特卡省的格拉佐夫地方。从一八七七年至一八七八年间，他在高加索军队中服务。一八七九年又进彼得农林学院，在该校毕业。从一八九五年至逝世，在莫斯科农业专科学校（即原来的彼得农林学院）当农业经济学教授。——原编者注

就去进工程学院，然而结果才知道这也不是他的前途。……于是他就到我们这里来。……

这个新朋友身上有一种力量，能够吸引我，同时又使我敬佩他。我虽然已经活了二十年，却完全没有见过世面，有时竟觉得自己是个孩子。我面前这个人年纪比我稍微大些，然而已经见过世面了。我看出他怀着和我同样的心情，只是……他仿佛还看到过我所不曾看见的东西。正因为这样，他那双灰色的眼睛里有一种非常坚定不移的神色。

以后我和格利果列夫会面的时候，有一次他由于某种机缘，引证了皮萨列夫的一句话："怀疑主义超过了某种限度，会变成卑鄙。"皮萨列夫这句话说得略微有些不同[①]，然而意思是相同的；这意思在格利果列夫口中用这形式说出来，就给我产生强烈而不可磨灭的印象。我觉得我用自己的过早的绝望来训诲他，自信太强了。

格利果列夫进了农林学院；因为我正要到彼得堡和克朗什塔特去，他就要求我务必去看看他的朋友韦尔涅尔，并且把一份教学大纲和一封信交给他。我在普希金街的一个阁楼里找到了韦尔涅尔。他是一个青年军官，穿着一套工程学院制服，外面是一件穿旧了的、腰部高得不称身的军服，头发蓬松，完全没有军人的样子。我觉得他读了信之后，好奇地向我看看。我很喜欢他。韦尔涅尔后来也进了农林学院；我过了假期回校，和这两人——尤其是格利果列夫——成了知己。从此以后所发生的许多突出事件，我们三人都是共同经受的。

① 在论文《我们的大学学科》（第十五章）中，皮萨列夫说："极度发展的爱会变成盲目信仰，而极度的盲目信仰便是愚蠢，便是偏执狂，便是 ideé fixe（法语，固定观念）；然而，反过来说，缺乏爱就变成怀疑主义，而用顽强的逻辑顺序来表现的怀疑主义，叫做有计划的卑鄙。"——原编者注

我在农林学院的这第二学年内，密切地参加学生生活。有几个阿尔汉格尔斯克人进了学院，其中有普鲁加文兄弟两人[①]和李奇科夫。在这几年间，瓦西里·瓦西列维奇·别尔魏（弗列罗夫斯基[②]）正被流放在阿尔汉格尔斯克，他家里常常有许多青年人，因此这些阿尔汉格尔斯克人来进学院，怀着特别浓烈的革命情绪。再说，格利果列夫具有特殊的交际才能，因此过了不久，他告诉我，说他在我们的同学之中发见了几个很有趣味的人。他就叙述这些人怎样富有趣味。我以前因为有成见，没有注意到他们，现在我对这些人有了另一种看法了。因此我对于学生生活的兴趣也增长了。我常常去参加集会，这种集会还是照从前一样举行，然而内容比从前有生气得多了。同学们所缴的款子增加到了三倍，非正式组织的图书馆就大大地充实起来。在会上讨论了具体的生活问题，这就使得这些会议生气蓬勃起来，吸引了许多以前对此漠不关心的学生。然而情况还不止这一点。

5
特卡乔夫的论文和《前进报》

有一次，格利果列夫给我读一份秘密的外国报纸（似乎是《警钟》），上面载着特卡乔夫的一篇论文。特卡乔夫是一个很有名的作家，曾经在勃拉果斯威特洛夫所办的行动杂志社里担任工作；涅恰耶夫派案件发生以后，他逃亡到外国。他和他的“不按教会仪式结

---

① 即阿列克塞·斯捷潘诺维奇（1856—1880）和维克多·斯捷潘诺维奇（1858—1896）。——原编者注

② 瓦西里·瓦西列维奇·别尔魏是弗列罗夫斯基（1829—1918）的笔名。他是七十年代的革命环境中在政治、经济和哲学问题方面极有声望的作家。他积极参加六十至七十年代的民粹运动。曾著《俄国工人阶级的状况》（1869）和《社会科学入门》（1871）两书。《俄国工人阶级的状况》这本书曾经受到马克思的赞许。别尔魏常常受到政府的迫害；他的流放地的家广泛地接待流放到此的青年和当地青年。——原编者注

婚的妻子”杰敏捷娃一同被牵涉在这案件中。他们两人在这案件中都占有特殊地位；当时关于他们的事有许多议论，就中也谈到他们的“不按教会仪式的婚姻”。格利果列夫给我看的特卡乔夫那篇论文[①]是辩论性的，是针对拉甫罗夫而写的[②]；拉甫罗夫也是从流放（在沃洛格达省）中逃出来的，他在外国创办了《前进报》。我知道拉甫罗夫，是由于读了他的《历史性书简》，这些书简起初刊载在《星期报》上，后来出单行本，被检察机关取缔了（在我们的非正式图书馆里，这本子是从《星期报》上按期结集起来的）。特卡乔夫对拉甫罗夫展开论争，反对他的方案，这方案就是号召青年人“到民间去”宣传社会主义思想，而且拉甫罗夫还要求宣传者预先受一番知识的训练，这种训练需要很多的劳力和时间。特卡乔夫认为这是多余的。他另有一种观点。他也号召“到民间去”，但是号召他们以革命的热情去鼓动人民立刻起义。他的文章写得很优美而充满热情，他提出了钉在十字架上的受难人民，作为文章的中心点。他写道：请看，有人建议我们学习化学，以便研究十字架的化学成分；学习植物学，以便确定木材的品种；学习解剖学，以便确定哪些组织部分受了钉子的伤害。不，我们不可能作这种研究。……我们只有一个强烈的愿望——立刻把受难者从十字架上放下来，刻不容缓，无须预先作不必要的考察。

这里我凭记忆引证特卡乔夫的话，当然不能传达他的热烈情绪。记得这篇文章起初正是由于这种热烈情绪而给我深刻的印象。我觉得真正的革命家应该这样地说话。格利果列夫并不反驳我的看法，

---

① 这里所指的，显然不是特卡乔夫的论文，而是他的小册子《俄罗斯革命宣传的任务。致〈前进报〉编者拉甫罗夫的信》。这小册子于一八七四年四月在伦敦出版。——原编者注

② 拉甫罗夫用致《俄罗斯社会革命青年》（伦敦，一八七四年版）这本小册子来答复特卡乔夫。以后特卡乔夫对拉甫罗夫的论争登载在《警钟》杂志上，这杂志在一八七五至一八七六年间是由特卡乔夫编的。——原编者注

但他不久给我一册《前进报》，这里面载着拉甫罗夫的方案，还有他的一篇论文[①]《循序渐进者的谈话》。我一口气读完了这些文章，完全被革命民粹主义的有条有理的体制所吸引了。我喜欢特卡乔夫那篇短短的论文，只是因为它是一篇美丽的文学作品。《前进报》上的方案和论文立刻激发了我的心灵深处的思想感情，这些思想感情跟直接的生活印象和文学印象迥然不同。

关于民粹主义，我不想广泛地论述。……对于目下多数人趋向反对的那种道德真理和这一派的错误，现在都不难作出总结。在这些错误之中，最主要的当然是关于“人民”的幼稚概念（那时候还认为这名词所指的绝大多数是农民），关于人民的所谓潜在智慧的幼稚概念，——他们认为这种智慧蛰伏在人民的意识中，只要有了一种完善的定则，就可以显露出来，并且根据自己的模样使全部生活获得定形。……

从农奴解放的时候开始，关于“人民”的概念，在整个俄罗斯社会的人心中占有重大的地位。“人民”像乌云一样横在我们的地平线上，大家仔细观察它，力求捉摸这片大乌云中所显示的形状，看出或猜度这些形状。这时候各种流派的人所见不同，然而大家都兴致勃勃而提心吊胆地观察，大家都呼吁人民的智慧。在斯拉夫主义者的体制中，人民占有重大的地位，这自不必说了，甚至连卡特科夫和保守主义者，也都指出了“人民的智慧”，照他们的说法，人民完全自觉地维护着现行制度的基础。在陀思妥耶夫斯基看来，人民是“神意体现者”；而伊凡·阿克萨科夫[②]在八十年代时就喜欢在他的报纸

---

① 这里所指的显然是论文《我们的方案》和《未来属于谁？循序渐进者的谈话》。前者登载在一八七三年的《前进报》上，后者登载在一八七四年的同杂志上，两篇论文都没有具名。——原编者注

② 伊凡·谢尔盖耶维奇·阿克萨科夫（1823—1886）是一个有名的斯拉夫主义者，政论家。曾经先后发行《俄罗斯谈》《日报》《莫斯科》等报纸，从一八八一年起又发行《罗斯报》。——原编者注

上屡屡采用“俄罗斯庄稼汉”的语言，虽然实际上这些“庄稼汉”都是农民中的富豪，他们早已顺利地转入商人阶层了。这也没有关系。只要他们是从人民中间出来的，自有具备真正的人民智慧的特权。在兹拉托夫拉茨基[①]的一篇小说（《金心》）里，描写一个农民出身的知识分子——医学家巴希基尔采夫。这人几乎话都说不清楚，然而大家都觉得他懂得炫学的知识分子所不知道的事，到了必要的时候，他就会说出一番新鲜而真实的话来。

在这篇很不高明的民粹派小说中的这个主人公和俄罗斯最伟大文学作品之一《战争与和平》中的卡拉塔耶夫之间，自然而然地有一种相近似之点。卡拉塔耶夫也不能说出正确的句子，然而他的简短的格言，使得彼埃尔·别苏霍夫终生不忘，并且竭力用一种神秘的、几乎玄妙的意义来解释它们。托尔斯泰自己对于卡拉塔耶夫作风无疑地也具有同样的态度，而所有与《战争与和平》有关的俄罗斯批评家，几乎也都同托尔斯泰一样。

正因为如此，所以革命民粹主义的体制能够那么迅速而完全地掌握我们这一代人的思想。社会生活中有它自己的预感。那片乌云的确从农奴解放的时候起就横在我们的生活的地平线上。它还没有移动过。有一时这里面竟望不见一丝闪光，竟听不见辽远的隆隆声，然而神秘的影子已经笼罩着还在闪烁发光的生活中的一切事物，人们的视线自然而然地集中在乌云这方面。青年——社会中最富有感受性而最敏感的部分——已经作出他们的结论了。

社会的不公正是昭彰的事实。为这不公正而受难最深的，是劳动得最辛苦的人。所有的人，不分派别，全都承认在这些劳动群众中有一句话正在酝酿着，或者已经酝酿成熟了，这句话可以解决一

---

① 尼古拉·尼古拉耶维奇·兹拉托夫拉茨基（1845—1911）是民粹派小说家。——原编者注

切疑问。

正是这一点，当时广泛地散布在整个俄罗斯社会的意识中，正是根据这一点，我们这一代人——在七十年代时走向生活歧途的一代人——才作出了最彻底而又最正当的结论。既然总前提是正确的，那么结论自然就很明显了：必须“抛弃旧世界”，必须“离开寻欢作乐、游手好闲、血腥染指的人”，而走向“粗壮的手劳动着”的地方，走向形成着一种新生活方式的地方。

这是否幼稚？是的，然而当时俄罗斯文化界最缺乏浪漫精神的代表者们也都赞同这种幼稚的见解。一部分合法的文学作品和全部非法的文学作品由此作出了逻辑的、最合道义的结论。青年们则付出了他们所固有的热情。于是革命的民粹运动准备就绪了。年老的拉甫罗夫和还很年轻的米海洛夫斯基[1]都为这体系找出了明显的定则。米海洛夫斯基在七十年代写道：“啊，但愿我能够沉浸在这平凡的、粗陋的人民群众中，和他们打成一片，永远沉浸在这里面，然而保存着我为人民求得的真理和理想的火炬！啊，但愿你们所有的读者，尤其是火炬烧得比我更亮的人们，都作出同样的决定！……这样一来，将会多么辉煌，这辉煌的光亮将标志出多么伟大的历史纪念日。这个纪念日在历史上是空前的。……”

在这篇情绪炽烈的长文中，充满着当时一代人的全部风尚和“到民间去”的全部理论；这种理论在《祖国纪事》中用合法的文学来叙述，而《前进报》则用非法的方式把它从外国输入。过了不久，我完全被这方案的循序性和严整性所折服了，这方案使我的全部生

---

① 尼古拉·康斯坦汀诺维奇·米海洛夫斯基（1842—1904）是有名的民粹派理论家、政论家、文学批评家、社会学家。从一八六八年起，是《祖国纪事》的经常撰稿人，后来是该杂志的编辑。在七十年代时和民意党发生关系。从一八九三年到逝世，是《俄罗斯财富》杂志的编辑，曾经在该杂志上对马克思主义作激烈的论战。柯罗连科这里所引证的话，出自米海洛夫斯基的《门外汉笔记》（《祖国纪事》一八七五年十二月号）。——原编者注

活印象和文学印象有了秩序。民粹主义把前一代的“思想现实主义者”所缺乏的东西带给了我们这一代人：它教我们不要仅仅相信公式，不要仅仅相信抽象观念。它使人们的志愿有了一种广泛的生活基础。

在莫斯科和农林学院里，这时候结集了许多小组，热烈地讨论拉甫罗夫的方案。就在这时候，我热中于米海洛夫斯基的论文，把这些论文向同学们宣传，指出他的思想和我们在秘密会议中讨论的问题之间有着直接的联系。……现在我找到了在彼得堡时枉费心机地找求的东西：我们在秘密会议上亲切而坦率地谈到我们怎样过正当的生活和我们应该做什么的问题。我不再找求真正的理想的大学生了。这个不可捉摸的形象现在已经被具有神秘智慧的伟大人民的更广大更诱人的形象所代替了；这伟大的人民成了我的新的探求的对象，也许又是新的幻想的对象。同时我找到了以前在学生环境中曾经找求过的许多东西，只是用比较简单的另一种方式来找到的。

6
戈尔登斯基

我还记得一件事。那时候我当图书管理员，在所谓官办寄宿舍中我的房间里有一个大书橱，里面放着我们的全部非法书籍。有一次，初级班里有一个同学叫做戈尔登斯基的来我这里，要借一本斯拉夫派的书——似乎是斯特拉霍夫所作的。我把书交给他的时候，忍不住向他指出，说这本书是“片面的”。他回答说：“我就是为了要不做片面的人，才借这本书的。”

我好奇地看看他。这个人服装异常华丽，穿着一件短小的新外衣。他的髭须的末端略微烫弯一点，他的举止几乎有军人风度，总之，我不喜欢他的外貌。他的面颊上泛着不自然的红晕。

我把他的话对格利果列夫说了，格利果列夫大感兴趣；过了不久，有一次他从莫斯科回来，告诉我一件事，这件事就同往时常有的情形一样，立刻深深地印入了我的脑中，显得十分重要而具有决定性意义。

在一次私人寓所里举行的大集会上，大家结合了蓬勃的革命精神而讨论道德问题。有人提出问题：为了正当的目的是否可以不择手段？当时关于这问题有许多意见，其中有不少是不足道的，但是这总算不是空论。而在那一次会上，有人提出了一个具体的问题：譬如说，“为了事业”而必须去偷盗，是可以的还是不可以的？大家立刻明确地发表意见，说为正当的事业而偷盗是不可以的，即使从实利的观点出发也不行。因为等到盗窃行为被揭发了以后，这盗窃的目的所在的事业本身就会在道德上受到重大的打击。座上有一个思想缜密的人，惯于彻底地考虑问题，他立刻竭力驳斥那些发言人的轻率的论证。他说：假定这盗窃行为是决不会被揭露的，盗窃的人对它是完全有把握的，那么有何不可呢？例如，愚笨的泼留希金[①]不会计算自己有多少钱，当着他孙子面前把自己的财宝堆在桌子上，他对这孙子是完全信任的。他暂时走出房间去一会，这个具有激进思想的孙子就得在这时候决策：为了当时正在急切需款的事业而拿些钱呢，还是放弃这个机会而不拿？……祖父失了钱根本是不会知道的。没有人为此受苦，而对于事业是多么需要。……

静默了一会以后，大家就发表意见。一个一个地回答，有些人说得缓和些，有些人说得激昂些：

“可以拿，……可以拿，……可以拿，……”

轮到戈尔登斯基发言的时候，他的面颊红得更加厉害了。他想

---

① 泼留希金是果戈理的小说《死魂灵》中的人物，是一个守财奴。——译者注

了一想，然后说：

“嗯，看样子是必须拿的。……可是我个人要对我自己说：不能拿。手伸不起来。”

这答话在当时就给我强烈的印象，后来我又多次地回想起他的“手伸不起来”这句话。俄罗斯必须经受革命；为了经受革命，在鉴别传统的时候需要巴扎洛夫的勇敢①，对于种种结论也需要巴扎洛夫的勇敢。然而我常常想起：如果这种无意识的、不合逻辑的、然而根深柢固的道德文化增多起来，不容许人们的某些感情太容易地、几乎毫不反抗地去追随“拉斯科尔尼科夫式的”定则②，那么我们有许多情况就不会这样了。“手伸不起来”这句话后来在我好几次犹豫不决的时候曾经发生重大的作用。……是的，俄罗斯人的手常常太容易地伸起来，现在也正在伸起来做许多不应该做的事。

我想起了我对戈尔登斯基所发生的第一印象，觉得难为情。我还是在那里找求理想的大学生。而且这理想包括一切，乃至服装和髭须。……这个穿短小的外衣而髭须鬈曲的人所说的话，竟是金玉之言，它深深地印入我的心头，使我永远不忘。……

戈尔登斯基由于肺病而夭折。

7
部长和学生们

我在农林学院的第二年，就是在上述的心情中过去的。我升入了三年级。林中别墅里的集会继续举行。此外，有时又在莫斯

---

① 巴扎洛夫是屠格涅夫的小说《父与子》中的主人公。——原编者注
② 拉斯科尔尼科夫是陀思妥耶夫斯基的小说《罪与罚》中的主人公。——原编者注

科和技术学校的学生们、大学生们一同开会。“到民间去”的运动显著地表现出来。常常有人离开了学院，不知去向了。常常有人从彼得堡来，在莫斯科或农林学院里召开小型的会议，号召大家和他们在一起，彼此建立联系。有一次我在莫斯科看见一个熟识的医学院学生哈利左美诺夫[①]。他戴着一顶无缘帽，穿着一件腰部带褶的外衣，和两个工人在一起走路；后来他站定了，向着教堂热心地划十字。他作了一个暗号，我就装作没有认出他来。就在这时候，逮捕的事情增多起来，同时，学生环境中发生了一种特殊的骚乱现象。

有一次在暑假开始的时候，彼·亚·瓦路耶夫部长突然来视察农林学院。

我们以前在这学校里已经拜识过这位有名的国务活动家。有一次考试的时候，发生了一件意外的事：伊连科夫教授正在考我们农业化学，突然停止了考试，讲起不久前乌拉尔工厂采用的炼钢搅拌新技法来。我们面面相觑，因为炼钢搅拌的专门技法对农业化学和我们农林学者的未来事业都毫无关系。……伊连诺夫并不说明理由，只是要求我们记牢他所说的话，然后继续考试。

不多时，化学教室的门开开了，瓦路耶夫由学院当局和他的随员陪同着，走了进来。他身体瘦长，态度威严，甚至有些傲慢，进来之后就坐在教授的讲桌后面了，他的随从者分别坐在课凳上了，考试就照常进行。突然瓦路耶夫彬彬有礼地请求伊连科夫允许他向学生提几个问题。伊连科夫表示遵命。这位教授的严肃的脸上隐约地闪现出一种讥讽的微笑。刚才那节奇怪的讲课的谜，这时候我们才明白了。部长大人立刻兴味津津地提出一个问题来：你们大学生

---

① 谢尔盖·安德列耶维奇·哈利左美诺夫（1854—1917）是“土地与自由社”的创立者之一。这组织分裂之后，他参加“重分黑土党”，但不久就脱离了民粹运动。后来是一个有名的地方统计学者。——原编者注

知道不知道炼钢搅拌的一般技法？听大家说来，原来都知道这种一般技法的。于是他又问：那么你们还知道不知道乌拉尔工厂所采用的最新式的技法呢？有一个学生把刚才从伊连科夫那里听来的话重复说了一遍，其中有几处是说错的。这显然使部长感到满意。他威严地校正了错误，就走出教室去，样子显然很满意。他走后，伊连科夫就继续考试。我觉得这位老教授对于他的青年学生们有点难为情的样子。

瓦路耶夫的视察有时结果不大完美。有一次他来参观茨威特科夫教授的物理考试。雅科夫·雅科夫列维奇·茨威特科夫是一个非常奇特的人。他除了当农林学院的教授之外，又担任卡特科夫学校[①]的监视人之职。他到农林学院来上课（路程约有十俄里[②]），总是步行的，不管天气如何。后来《星期报》上曾经刊载某旅行家的笔记，其中叙述着他在外国和茨威特科夫会面时的情况。据说茨威特科夫在外国旅行时也是步行的，而且他的裤脚管边上也是龌龊而破损的。人们以为他非常吝啬，等到他死了之后，方才知道他把自己的财产都用在奖学金上了。现在，当这个奇人正在考试的时候，瓦路耶夫也突然来向学生提出了一个问题。这学生默默不答。瓦路耶夫就把同一问题用另一种形式来提出。那学生照旧困惑地默默不答。部长转向教授，显然是希望他用一些启发性的问题来使学生免于困难。然而茨威特科夫声色不动地保持沉默，他那长着长鼻子的像鸟一样的面貌，有点类似小唐鸦的侧形，不过是戴眼镜的。这局面就尴尬了。

“大学生不懂得这问题吗？”终于部长这样说，眼睛盯住茨威特

① 卡特科夫学校（实际上是皇太子尼古拉皇家学校）是一所贵族特权的高等学校，于一八六八年由卡特科夫和其他几个捐助者出资创办。这学校里的监视人负责监察学生的学业、品行和体育。——原编者注

② 1俄里等于1.067公里。——译者注

科夫看。

茨威特科夫耸耸肩膀，不客气地说：

“我也不懂。如果部长大人懂得，就请您……”

部长认为没有必要隐忍他的怒气，就站起身来走出教室去了。

这回瓦路耶夫来到我们这里，是在假期里了。考试已经结束，大部分学生都回家去过暑假了。留在校里的只是那些根本就不回家的以及假期里有实习工作的人。校工在田野里、公园里和各个别墅之间东奔西走，叫学生们快点到休息室里去集合。我们就像工作的时候一样，穿着长统靴和工作外衣，来到学院里。过了一会儿，门开开了。瓦路耶夫部长走进来。在他后面，紧跟着一个特任官，他侧着身子，向部长大人弯着腰，仿佛附在大船上的一只小船。在这特任官后面是穿礼服而佩剑的院长柯罗廖夫和学监们。瓦路耶夫昂然直入，没有走到四步，就站定在一群学生面前了。然后他轻蔑地转向院长和学监们，说：

“诸位，请让我单独和学生们在一起。”

相貌尊严的、长着白胡须的老头儿柯罗廖夫恭敬地，甚至畏缩地带着学监们踮着脚尖走了出去。穿着笔挺的文官制服的特任官取了一个宛如芭蕾舞的姿势：他的躯干的上部倾向部长，那双脚却准备载着他跟院长走。这样子非常滑稽，使得不恭敬的青年们之间发出了一阵轻微的笑声。瓦路耶夫大概以为我们是在笑学院当局。这时候他慈祥地向他的特任官点点头，说：

“你留下来。……”

特任官的身体就凝固在这窈窕的姿态中了。他脸上表出欢喜而恭谨的神情。他向我们一看，眼光中仿佛在说：“我们面临着历史事件。”

部长开始说话了。……他说他故意把我们的学院当局打发走，以便自由地跟我们谈谈。他说他了解青年们，希望我们也了解他。

最近他听说学院里发生了令人遗憾的事件。学院里不能免除这种情形，在他并不认为是一个秘密。因为在青年学生之间普遍地具有反政府的倾向，这种倾向导向了最可悲的结果。大学生们被逮捕，被流放，……前程受了阻碍，或者甚至毁灭了。……国家失去了有用的人材。……因此他特为来到这里，“完全出于友爱之情”来同我们谈谈这些情况。

瓦路耶夫的声音低钝而滋润，充满着自满之情。他显然自鸣得意，卖弄着他的演讲才能。他惯于对皇上讲话，所以这一次对我们讲话，在他看来是很轻便的。他继续说：

“诸位，你们看，我为了忙于工作，胡须都变白了；可是你们知道，工作往往不能使我称心。”

这时候发生了一个小小的波折：这位显贵的讲演者讲到这里，伸起手来摸摸他所谈到的胡须。原来他的胡须新近剃得精光。学生中间又发出一阵轻微的笑声。特任官的脸上现出惊慌、愤慨、恐怖的表情。……部长继续讲话。

他说他不会对我们这样讲：我们在政府办的学校里受教育，所以应该感谢政府的领袖沙皇。……如果他这样讲，我们会反驳他，说学校的经费是俄罗斯人民出的，这就是说，我们只应该感谢人民，而不必感谢政府。……

他说他也不会对我们讲起：我们的父母、导师和监护人期望着我们学业的成就，希望我们得到证实毕业的那张文凭。如果他这样讲我们又会反驳他，说为人民服务不一定要在要求毕业文凭的事业范围中。接着他又说了好些这样的话。……

部长的话讲得畅达流利而滔滔不绝。然而，也许是为了两次发生在这群不很恭敬的听讲者之间的轻微的笑声到底还是给他听见了，或者只是为了他像夜莺一般过于出神地倾听自己的歌声，总之，他的否定的说法拉扯得太远了。他把各种论点一个一个地加以否定，卖弄他的"了解我们的观点"，准备在最后作出一个颠扑不破的结论。但是最后到了他要转入论证的肯定部分而给我们一个最后打击的时候，才发现他没有留心而已经把他的全部论点统统讲完，并且"从我们的观点"把一切都推翻了。肯定的部分就没有话可讲。这位演讲者停止了讲话，显然是陷入了困境。他的特任官的富有表情的脸上显出困苦的样子。

经过了十五秒钟的苦闷的沉默，这位演讲者才觉察到他虽然惯于在高级机关里讲话，这一次却弄得难于光荣地下场了；而主要的是总不能就用这种自由主义的论调来结束这番话。……因此他突然用严肃而激昂的语调说：

"诸位，我还是应该对你们说：你们在全靠皇帝陛下而存在的学校里受教育，单是为了这一点，你们就应该尊敬陛下的政府，并且服从这政府。"

部长冷淡地略微弯一弯腰，就威严堂皇地走出去了。听众这一次当然毫无一点示威的意思，然而一种讥讽的态度像一阵显著的浪潮，又起伏在青年人之间了。部长已经跨出门槛，然而那个姿态优美的特任官站定了，用一种谴责的、甚至敌视的眼光向我们一看。他一定把关于这些工作外衣、长统靴和极不恭敬态度的最坏的观念带回彼得堡去了。

我特为在谈到不久就要爆发的学生暴动之前这样详细地记录这个小小的插话，虽然它对于学生暴动没有直接的关系。这件事发生后两年，有一次我在报纸上读到一个美国人关于俄罗斯所发生的学生风潮的评论。这个美国人说："在我国，青年人不干预政治。他们沉默着，等候轮到自己，现在则听凭格莱斯顿[①]和狄兹

① 威廉·格莱斯顿（1809—1898）是英国政治家，从一八六八年到一八九四年是自由党的领袖。——原编者注

勒里[①]这班人说话。……”

当时我就觉得这句话说得很中肯。普遍流行在俄罗斯社会中的对官方政权代表人的极其不尊敬的态度，在青年们的风潮中当然起着很大的作用。我在第一卷里曾经讲过一个小小的插话：当我还是中学低级班学生的时候，我初次听见大人们为了“古典体制”而批评沙皇亚历山大二世。我们的日常生活中充满着这种谈话。实际上大家都谴责政府；处处都可以找到谴责的借口。只是青年人对于这种风气的反应更加露骨些。这一次，我们俄罗斯的格莱斯顿到学院里来说服我们。我们不知道他作为一个政府人员的人品如何。我们隐隐约约地听说，瓦路耶夫代替朗斯基就任以后，在俄罗斯开始实行了反动政策。……他亲自来对我们讲话，这种显著而浅薄的卖弄手段当然无论如何不能在青年之中提高当局的威信。

8
彼得农林学院里的风潮

也许是部长来了之后的影响，柯罗廖夫决定采取手段来对付青年们的蓬勃发展的风气了。他认为这种手段便是完全采用中学纪律：他在办公室里对学生谈话或者在公园里、农场上、实验园地里碰见学生的时候，常常指斥学生不理发，服装不整洁，对首长谈话时态度不恭敬。就他的地位来说，这已经是最坏的措施了。这些吹毛求疵能够使学生群众中对其他方面中立的分子都恐慌起来。我记得在有一次集会上，有一个姓贝尔德尼科夫的学生，叙述他有一次和院长发生这种冲突的情况。参加集会的许多人都激动而喧噪起来。其

① 卞札明·狄兹勒里，毕康斯菲特伯爵（1804—1881）是英国政治家和作家，是保守党的领袖。——原编者注

实贝尔德尼科夫这个学生是一个养尊处优、自命不凡的青年，他双颊丰润，红光满面，是最不肯得罪人的，后来他大概做了很能干的官员。

这种刺激人心的琐事发生了许多次，这就使得学生群众在学校自尊心和同学友谊的关系上团结起来了。官办寄宿舍的门房极粗暴地阻止来探望学生的女性亲戚走进门来，因为女客不准到寄宿舍里去，只能在公共会客室里。我们处在当时的情绪之下，认为这是一种侮辱：我们确信自己决不会做出失体统的事情来。……就在这寄宿舍里，有几个同学发觉他们不在的时候有人搜查他们的箱箧。学监们开始督促学生准时上课，其实这是没有必要的。最后发生了一件事，使得对于这次运动关系较深的一部分学生大为愤慨。

被搜查的学生中有几个人住在莫斯科没有报户口。有一次，学院的门房间里出现了几张捏造的通知书，写着这些隐匿分子的名字，说他们有汇款或包裹送到。当他们来领的时候，学校当局就扣留了他们，把他们交给宪兵。这种在办公室里进行的逮捕有一次办得非常顺利而机密。另有一次，有一个学生（似乎是伏英诺夫）识破了这圈套，及时地从办公室逃出，跑过院子，逃向公园里去了。那个不幸的、瘦长的学监老头儿在他后面追出来，跑过院子，一面召唤校工们。这光景显得可鄙又可恶。记得目击者叙述这件事的时候，我听了心中留下一个很深的印象；以前那些关于理发、关于柯罗廖夫的申斥、关于不放女亲戚进寄宿舍，以及关于学生要求把食堂交给他们自己管理等纯粹学校范围内的问题，同这印象一比较，都显得十分渺小了。

我们就不断地举行集会。大家很公开地聚集在官办寄宿舍里。有一次副学监带着几个校工来了，我们把门堵塞，不让他们进来。

我们要拟订一张集体抗议书。这事件已经迁延了两星期光景，一直拟不出这抗议书的稿子来。大家都要求声明：学院当局对学生的态度引起了公愤。然而绝大多数人只赞成提出纯粹学校范围内的问题。我们的小组对于仅仅提出这一点表示不满意。我们还要求抗议学院当局的密探行为，可是大多数人不赞成这一点。

这件事沉闷地拖延下去；上课的事根本不放在心上，无论如何总得解除这危难。在一次热烈的集会之后，我和格利果列夫声明：我们不再参加讨论，我们要自己拟订抗议书，递送上去，即使这抗议书上只有我们两人签名也不要紧，总要有人肯说真话才好。我们这样声明以后，就回到我的房间里，我愤慨之余，就在那里草率地拟订了请愿书，并且签了字。格利果列夫显然不大注意文字的细节（这些细节后来给我们招致了一些不快），他完全赞成其中的要旨，即：学校当局和学生之间的关系是彼此完全不信任和互相不尊敬，而最近这种关系变得越发不成体统了，——校方竟企图逮捕某某学生，这事件使我们把学院办公室看作莫斯科宪兵司命部的分部，而把学院行政代表人看作宪兵司令部的驯服的爪牙。

我们两人在请愿书上签了字之后，就向大家声明，说我们不再进行讨论，只是请赞成这请愿书的内容的人大家都签名；但是无论如何，不管有多少人签名，我们一定要把这请愿书递呈上去。结果请愿书上签满了名。我们小组里的阿尔汉格尔斯克人——普鲁加文氏兄弟二人阿列克塞和维克多，尼科尔斯基和李奇科夫——最先加入。住在莫斯科的韦尔涅尔特地来到这里，以便参加签名。不久，签名者达九千六百人，事情就此告成。大多数人看见提到逮捕，认为要牵涉到危险的“政治”问题，立刻退避了。签名者推选格利果列夫、韦尔涅尔和我为递呈请愿书的代表。集会就此结束。学院里肃静无声了。

我们三人一同来到院长那里。他严肃而冷淡地接见我们，接了请愿书，略带轻蔑的样子开始阅读，读到有几个地方耸耸肩膀。但是当他读到逮捕事件的时候，他那苍白的衰老的脸上突然泛出一阵浓重的红晕，这红晕扩展到额角上，形成界限分明的一块，然后迅速地升上光秃的头顶。我竟恐怖起来，怕他会中风。但是他控制了自己，阴沉地说：

“你们提出这样的问题，我没有权利和你们讨论。……我将把你们的请愿书交给校务会议。”

我们鞠躬告退。

学院里照常上课；教室里又充满了人，然而学生们像一窝被惊扰了的蜜蜂那样扰扰攘攘。那时候学院里大约有两百五十个学生。这就是说，签名的还不到一半。有几个人剧烈地攻击我们；甚至有人说，曾经在集会上叙述自己为了纯粹学校范围内的问题和柯罗廖夫冲突而使大家大为愤慨的那个学生贝尔德尼科夫，准备和他那志同道合的一组人递呈反请愿书。有许多人在路上遇见我们或者在教室里看见我们的时候，叫住了我们，激烈地批驳这请愿书。我特别清楚地记得一个同学叫做阿尔舍涅夫斯基。他是一个豪富地主的儿子，身体胖胖的，性情很愉快，是一个出色的同学，又是一个“布尔希”、游荡者，读书很勤勉。他热烈地赞成纯粹学院范围内的抗议，然而又激烈地反对“预闻政治”。我和格利果列夫反驳他，说这也属于学校范围内的问题，只是建立在更深的道德基础上罢了。又说在西欧，警察是不能侵犯大学的；而在我们这里，学监亲手抓住了自己的学生，把他们交给宪兵。

过了两星期。有一天晚上很迟的时候，学院的工役给我送来一件公文，公文里说，国有财产部副部长李文公爵阁下召唤某某学生去谈话。明天早晨八点钟就要去，地点在卢宾卡广场上的某旅馆里。当时住在莫斯科的韦尔涅尔和格利果列夫也收到同样的公文。

这召唤引起了同学们很大的骚动。虽然已经夜深，同学们还是跑到我这里来探问和谈论。他们从教授们那里听说，李文是这一天来到的，并且已经同总督商谈过。明天李文要到学院里来。同学们看见我对服装很不讲究，当夜就给我送了一套簇新的黑衣服来。我穿上了衣领浆硬的衬衫，戴上了华丽的领带，穿上了发亮的皮鞋；这一切都是拼凑拢来的。他们把我打扮得好像去过节日。第二天早上六点钟，我和格利果列夫就坐了新村的马车（这种马车有一个戏谑的名称叫“费阿克尔”①）向莫斯科出发。我们在指定的时间来到了旅馆的大门口，过了几分钟，韦尔涅尔也乘着车子来了。

虽然时候很早，公爵却已经不在旅馆里了。茶房把他的房间指给我们看，叫我们等候一下。我们等了一个钟头。街上来来往往的车马已经很热闹，可是公爵还不回来。于是格利果列夫提议：就用这里放着的一张纸来写一张字条，说学生某某人等曾经遵命在指定时间前来拜谒，然而除了茶房之外，并未遇见任何人，等了一个多钟头，只得离去。我们在字条上签了名，就回学院去。后来听人说，我们走了之后不久，李文就回来；他读了我们留在那里的那张特殊的拜访片，就到总督陀尔果鲁科夫那里去，声称他从学生代表的傲慢行为中看到学院里将发生暴动了。因此神经过敏的公爵阁下要求派军队去镇压。……但终于被劝阻了。

就在这时候，学院里已经得到指令，要把全体学生召集在大礼堂里。流传着一种谣言，说我们已经被逮捕；这情况对于镇抚学生的事可能发生不良影响。我们不知下落，使得大家非常不安，慷慨激昂的友谊之感达到了极点。当我们坐着马车回到学院门口的时候，同学们从屋子里蜂拥而出，欢喜若狂地迎接我们。他们同我们握手，拥抱我们，争先恐后地探问情况。胖子阿尔舍涅夫斯基听了我们的叙述，热烈地拥抱了我，说：

“好极了。应该这样做：你们保持了学生的荣誉。现在我们大家都同你们站在一起了。”

---

①“费阿克尔”是法国的出租马车的名称。——译者注

原来在我们不知下落的苦闷期间，有人拿出一张纸来请大家补充签名。现在这张纸上已经签满了名：除了少数人以外，学院里其他全部同学都参加了我们的请愿。

十二点钟左右，我们全体被召集到休息室里。一辆四轮马车开到了院长的寓所门口。我们三个代表先被叫去。李文公爵在院长的办公室里接见我们，当时在座的有院长柯罗廖夫，似乎还有系主任、索比契夫斯基教授，以及公爵的随员。他向我们声明，说他是奉圣旨而来的；陛下对于我们的集体请愿感到非常不快；我们应该知道，按照我们的章程，学生不应该有团体组织；集体请愿本身就是一种罪恶行为。他要求我们首先写悔过书来，忏悔这非法行为。他相信其他的学生群众只是盲从带头人，现在应该由我们把群众挽回到合法的路上。

然后他对我们每个人个别谈话，要求我们回答。

刚才同学们迎接我们时所表现的一致的情绪，使我们觉得欢欣鼓舞，并且确信大家完全团结一致；因此我们毫不犹豫，就怀着真挚的信心回答，说我们不是带头人，只是全体同学的意见和感情的表达者。我又补充说：否定学生的团体组织精神，是一个大错误，因为凡是在思想上和生活上具有共同趣味的一群人，他们一定有团体组织。这是活生生的事实，不管章程承认不承认它。李文听了这叛逆的声言，表示大吃一惊，他略微转向柯罗廖夫，说：

"如果学生群众的风气确是这样，那我真不敢把这种情况报告陛下。……学院只得关门。"

"可是现在。"他又转过身来向我们说话，他说，希望我们诚意地让他去证实一下：我们的同学们完全是自觉地行动，而不是盲从我们的。因此，他要我们向他保证：当他和学生们谈话的时候，我们必须留在院长的寓所里（他郑重地说，这决不是逮捕），而不设法用任何方式来影响同学们。

我们乐愿地作出了他所要求的保证。记得在这时刻中，我热爱着慷慨激昂地拥护我们的全体青年同学。我热爱他们全体，热爱并尊敬“彼得农林学院学生”这集体称谓。我们深信全体同学的真挚而恳切的激情。因此我们乐愿地答应决不企图去影响其他同学的决意。

于是他们把我们三人带到一个单独的房间里，并且派人看守这房间。不久，我们听见紧闭着的房门外面有教授克里敏特·阿尔卡杰维奇·季米略捷夫[①]的激昂的声音。

“你不能阻止我进去，我是教授，去看我的学生。……”

---

① 克里敏特·阿尔卡杰维奇·季米略捷夫（1843—1920）是伟大的俄罗斯学者，曾著《植物的生活》《达尔文及其学说》等书。从一八七〇至一八九二年，他在彼得农林学院教植物学和植物生理学。季米略捷夫曾经不止一次地被沙皇政府指责为“可疑分子”，终于被解除彼得农林学院的教职。一九一一年，季米略捷夫为了表示抗议国民教育部长卡索的反动政策，离开了莫斯科大学。季米略捷夫对于伟大的十月革命，是无条件地接受的，他曾经当过莫斯科苏维埃的代表，在好几个苏维埃科学机关中积极地工作。

一九一三年七月，季米略捷夫在柯罗连科六十岁诞辰的时候拍一个贺电给他，电文中说：“亲爱的符拉季米尔·加拉克齐昂诺维奇：你在学校里的时候，就不但博得你的老师们的爱护，而且又博得他们的尊重。现在你已经成为一个有名的艺术家，你的每一句话都有价值，你已经博得无数读者的爱护和尊重了。我幸而兼有两者的资格，请你接受我的衷心的祝贺。季米略捷夫。”同年七月二十五日，柯罗连科复他一封信：

“最敬爱的季米略捷夫老师：在您的电报里也曾提及的那几年内，命运把我们师生结合在彼得农林学院里，——我回忆那几年中的您，觉得是我青年时代最亲爱最光明的形象之一。对于一个亲爱的人所要说的话，往往是无从说起的。而我在一生之中常常在渴望着告诉您：当您同我们争论的时候，当您教我们把理智珍视为圣物的时候，当您到院长的办公室里来看我们三个被捕的人的时候，还有后来当您的响亮、坚决而正直的声音从有李文参加的校务会议的房间里传到我们这里来的时候，我们——您的门徒——是多么敬爱您啊。我们不知道您当时说了些什么，然而我们知道：隐约模糊地吸引着我们的那种美景，在您的心灵中获得了一种形式更成熟的反应。亲爱的季米略捷夫老师，请您相信我这几句话的深挚的诚恳。我觉得许多贺词——其中一部分是陈规旧套，但大部分是诚恳的贺词——之中，您的贺词具有特殊的光辉。……这贺词特别令人感动，特别明显地使我感到对这荣誉的责任心和不敢当。离开学院已经多年了。时间使得我们年龄的差别不大显著了。然而您到现在还是我的优秀的老师。我读了您的诚恳的电文，发生了一种感觉，正好比从前有时顺利地考完了一课走出来，而心中明知并无准备时的感觉。现在我收到了您对于我的小小成就的贺电，痛感我的成就的渺小，并且觉得有许多事不曾做。现在，还是同从前一样，您的贺电给我指出：在我的年龄还是应该学习，力求进步。

我亲爱的老师，真正亲爱的人，我满腔热忱地紧紧拥抱您！

敬爱您的学生符拉季米尔·柯罗连科”——原编者注

房门开开了，季米略捷夫迅速地走进来。他匆忙地和我们握手，立刻对我们说：

“诸位，你们知道，你们的请愿书上我有许多地方不能同意……”

他身材瘦长，长着一头金发和一双美丽的大眼睛，年纪还轻，态度活泼而带有神经质，全身具有一种独特的优雅风度。他的叶绿素实验使他闻名于欧洲，他所作的这些实验，甚至外表上也具有艺术趣味。他说话时起初声调很平凡，有时拖长声音，格格不吐。但是当他兴奋起来的时候（这种情况在上植物生理学课的时候特别多），语言上所有的缺点都消失了，他完全吸引了听众的注意。我曾经为他的讲义绘制实物图表；我每次走进靠近学院大门口的他的木造小屋里去的时候，总是怀着从前在罗夫诺到阿甫杰夫家里去时那样的心情。季米略捷夫有一种特殊的感召力，能够把他和学生们联合起来，虽然他的课外谈话往往会转变为关于“专业以外”的问题的争论。我们觉得我们所关心的问题，他也感到兴趣。而且在他的神经质的话语中，可以听出一种真挚热烈的信念。这信念是关于科学和文化的，——他保护科学和文化，不让它们受到笼罩着我们的“平民化”浪潮的袭击；在这信念中含有许多崇高的真挚感情。青年们很重视这一点。而且我们相信，对于学院当局的密探行为，他和我们一样地愤慨。……因此我们很高兴地准备听完他的意见，然而他的话一开始就被打断了。副学监跟着季米略捷夫匆忙地跑进来，通知他说，校务会议要召集开会了，大家在院长办公室里等候他。季米略捷夫和

克里敏特·阿尔卡杰维奇·季米略捷夫
一八八〇年摄

我们的会面似乎引起了眼光浅近的学院当局的一些恐慌；虽然他们知道，如果要动摇我们的信心，当然只有季米略捷夫的话才可能。但是他的观点同官方并不一致。后来我们知道：季米略捷夫剧烈地提出抗议，反对李文查询学院当局，甚至查询和学院毫无关系的警察，而不先向校务会议提出。会议不久就开始了，季米略捷夫的响亮的声音常常传到我们这里来，虽然说什么话听不清楚。

季米略捷夫去了之后，我们房间的门又开开了。走进一个地方警察局长来，他的姓氏，如果我不记错的话，是尔热夫斯基[①]。他是一个上了年纪的人，一头金发带着斑白，大体上显出灰白色，这使得他的样子很和善。他一走进我们的房间，就除下马刀，解开了制服的钮扣，因此他的样子更加和善了。然后他请我们允许他在我们这里坐一会，立刻同我们谈起话来，仿佛一个和蔼的叔叔同子侄们谈话的样子：

“噢嗬嗬，……我为你们的事累坏了。……有什么办法！……我自己也曾经是个青年，当时也进学校念过书，而且怀着壮志。”

于是他嘴里滔滔不绝地讲出许多故事来。他讲这些故事时的语调，仿佛是一个阅世很深的滑稽家、一个饱经世故而不易受骗的人的样子。

“喏，诸位，你们热中于谢德林。他当然是一个机敏的讽刺家，他攻击官僚和地主。你们就喜欢这一点，……唔，可是他本人是怎样一个人呢？他原来当过维亚特卡省公署的参事。他在特维尔省有领地，我为了职务关系，曾经亲自到他的领地里去镇抚农民。”

于是他讲了一段事实，其中谢德林是以农奴制拥护者的身分出现的。他讲了这件事之后，又讲第二件，第三件，这些事都是同样性质的，都是揭穿某些“知名人物”的丑恶内幕的。他讲呀讲的，

---

① 从七十年代上半期到一八八三年间莫斯科的县警察局长其实是阿法纳塞夫。——原编者注

过了一会，又讲起了谢德林那件事，但这回把它移用在屠格涅夫身上了：他说他曾经到斯巴斯克·路托维诺沃[①]去镇抚农民。格利果列夫秉性率直，就在话中表示他是胡说八道，警察局长局促不安起来。

这期间学院里的事管自在那里进行。开过校务会议之后，学院当局的领导人都来到大礼堂里[②]，李文就在这里对学生作了短短的

---

① 斯巴斯克·路托维诺沃是屠格涅夫的领地。——译者注

② 一八七五至一八七六年间彼得农林学院校务会议议事录中，关于一八七六年三月二十日的大会，记录如下：

“国有财产部副部长阁下报告：彼于今日下午二时来到彼得农林学院，其事由如下：该院学生格利果列夫及柯罗连科于三月十三日向该院院长递呈七十九人签名之请愿书，院长将该请愿书呈送国有财产部部长；而三月十七日学生韦尔涅尔又递呈请愿书，书上有补签名者十一人。学生在请愿书中提出控诉：谓院方轻视并疏忽彼等之申请；又谓用巨额公费补助金所办之学生食堂，伙食质量低劣；又谓彼等由于必须遵守某些规则而身受拘束。然递呈集体请愿书实属非法行为，且系对学院院长之侮辱，盖院长乃受政府任命，专为恪守章程及根据章程而定之规则者，因此，彼——国有财产部副部长——于下午二时至九时间向学院学生训话，(对其中若干人作个别谈话，余者分成二人一组、五人一组、十人一组等)，说明彼等之行为实属非法，理应全体向院长请求原宥，并保证以后服从学院章程及学生守则之一切要求，借以抵偿罪愆。同时副部长向学生预示，三月十三日递呈请愿书之格利果列夫及柯罗连科，并三月十七日递呈补充签名书之韦尔涅尔，无论如何必须开除学院学籍；对其余诸人，凡享有任何奖学金者，均须剥夺此项奖学金若干时，直至彼等改过自新、消除罪愆为止。准许学生考虑之一小时今已过去，故副部长命学院当局要求各班学生分别向学院院长道歉，并保证绝对服从章程及学生守则之要求。院方遂令学生按照学级分群。低年级三班学生起初表示不愿照此办法实行，但当彼等得悉此乃副部长阁下之意旨，遂即照办。学监报告，谓全部学生已按照学级分派在校舍各室中，于是国有财产部副部长阁下由出席校务会议之人员陪同，走进四年级学生所在之室内，指出在请愿书上签名之学生所犯之非法行为，要求四年级学生向院长道歉，并保证今后服从章程及学生守则之一切要求。四年级学生表示绝对服从此项要求。继而三年级、二年级、一年级学生均作同样表示。每班学生向院长道歉后，又请求副部长尽量减轻向院长递呈集体请愿书之同学格利果列夫、柯罗连科及韦尔涅尔三人之处罚。副部长阁下说明该三人行为之严重性后，向学生表示，此三人务必令其离开学院。同时副部长要求凡有所申请之人，在彼滞留莫斯科期间直接向彼提出，但必须个别进行。及出席人员回到举行大会之礼堂后，副部长声明，彼专为学生事件而来到学院，今此事件可谓已告结束，遂即宣告：(一) 根据国有财产部部长指示，对所有签名之学生，暂时剥夺彼等过去一直以奖学金形式获得之优抚。(二) 递呈初次请愿书之学生格利果列夫、柯罗连科，以及递呈补充签名书之韦尔涅尔，均已开除学院学籍；校务会议但须讨论开除后所作之处理。(三) 部长令校务会议讨论，如何能使学生与供给伙食者直接发生关系，而使学院当局不参预于其间；因过去所实行之食堂制度，往往使学生和学院当局发生误会，今后也在所难免。(四) 命令从校(转下页)

训话。他所讲的同对我们讲的一样，他用学院关门来威胁他们，要求各班都递呈悔过书，然后他要教授们继续说服学生，自己就离去了。我们又被叫到他那里去， 他要求我们继续执行我们的诺言，到明天为止。他说他绝对没有逮捕我们的意思。他说如果我们同意今天离开这里到莫斯科去，对同学们绝不发生任何直接的或间接的关系，到明天下午两点钟为止，那么这就做得很够了。他说他相信我们的豪侠的诺言，要求我们明天上午到住在某处的他的亲戚家里去看他。我们表示同意，他们就给我们一辆马车。当我们坐上车的时候，一群同学从校舍里跑出来包围了我们。他们以为我们是被逮捕了。如果真是如此，那么友谊之情一定会像火药一般爆发起来，他们一定会把我们抢回。我们就说明原由，说我们不是被捕，只是

(接上页)务会议成员中推选一委员会，由该委员会督促在递呈院长之请愿书上签字之学生，令彼等签字，表示承认其参加集体请愿全属非法行为，并保证今后服从学院章程之一切要求。林杰曼教授提出，谓二三年级学生申请减轻对格利果列夫、柯罗连科及韦尔涅尔之惩罚，彼等指出该三人之所以被选，其原因主要在于院长对彼三人一向特别信任；教授又谓除此以外，该三人成绩特别优良，根据此二理由，校务会议对此三人似应尽量采取宽大处理。院长对此表示异见，谓得彼信任之事属实，但仅柯罗连科一人；至于格利果列夫，曾经院长三度训斥；韦尔涅尔入学后不久即经莫斯科宪兵司令部逮捕，院长为此曾对彼屡次训诫。因此院长认为，从中学升入学院之青年柯罗连科，应与曾在军队服务而获得少尉职衔之其他两人分别处理。

副部长退出会场后，大会决议如下：(一) 呈请国有财产部部长，要求将柯罗连科开除学院学籍一年，并不剥夺其立即转入其他高等学校之权利。(二) 为要求在递呈院长之请愿书上签字之学生作上述之签字，推选戈洛文、索比契夫斯基、季米略捷夫及伊凡纽科夫诸先生组织委员会。(三) 关于学生膳食问题，当由校务会议下次大会讨论之。

大会于三月二十一日午夜二时四十五分钟闭幕。”

“……一八七六年三月二十七日大会中，主席传达国有财产部副部长李文公爵之指令如下：‘仰院长转致校务会议：该会议所提关于对格利果列夫、韦尔涅尔及柯罗连科三人之惩罚，本人因对学院风潮有作最后决定之权，故修改如下：开除格利果列夫及韦尔涅尔学籍，永远不准再进学院或其他学校；柯罗连科则开除学籍一年，但在此期间并无转入任何高等学校之权利。大会决议：将此指令记录于本次大会之议事录中。”

(“1875/76 学年彼得农林学院校务会议议事录”，一八七七年莫斯科版。)——原编者注

为了履行诺言，离开学院到明天为止。同学们让开了路，我们的马车就开走了。

这一天，莫斯科的知识界人士所谈的只是关于彼得农林学院的事件。傍晚时候，我们才知道同学们已经递呈悔过书，而且他们之所以这样做，其主要动机是为了关心我们三人的命运；他们认为如果风潮继续闹下去，我们将大大地受苦。我记得这消息使我们多么懊恼。我们仿佛完全没有考虑到我们自己的后果。我们认为我们所说的是真话，我们希望坚持真理到底。对于我们个人的顾虑竟能破坏友谊的团结，损害这全部事件的道德意义，这使我们感到很难受。

第二天十二点钟，我们来到李文那里。这一次他立刻在他亲戚家的一个简朴的书房里接见我们。他讲话非常亲切温和。后来我们才知道：他那时候怕我们，因为我们在当时还可能破坏这全部事件。……

他对我们说：绝大多数学生已经知道他们的行为是非法的；他相信学院的事件将全部顺利地解决。他只是要求我们继续履行诺言，再在莫斯科滞留一昼夜。格利果列夫对这点坚决地表示拒绝。

“当然，假如我们不会遭受逮捕……”他开始说，然而李文立刻打断了他的话：

“难道你们以为我到这里来是采用这种警察手段的吗？请你们相信，绝没有逮捕这回事。……”然后他握住了我的手（我坐在最靠近他的地方），用几近于激动的声音说：我们是他的敌手，然而是诚实的敌手，因为我们豪侠地履行了诺言；又说他信任了我们的诚实，并不觉得后悔。……

“我们根据您这话，可以预期和我们交涉的您，也是一个诚实的敌手。”格利果列夫说。

公爵转向他，急急忙忙地回答，口气中仿佛对于这个学生的胆量有点惊奇：

“啊，当然，当然，……那么，怎么样：你们同意在莫斯科再留一昼夜吗？这期间你们准备住在哪里呢？仍旧住在那边寓所里吗？”

第一个回答的又是格利果列夫：

“我履行诺言的期限还有两小时。两小时以后我要回学院去。”

我和韦尔涅尔也回答了同样的话，回答了之后我们就告辞退出。

“两点钟以前我们一定会被逮捕。”格利果列夫确信地说。韦尔涅尔性情温和而宽厚，容易相信人，这时候就责备他：“你对人总是不信任。”

过了两小时，我们三人果然全部被捕，被解送到红门外的巴斯曼警察分局里。我们被分载在两辆马车里，而且格利果列夫到达那里，比我和韦尔涅尔早得多。我们在警察分局的办公室里看到他。他照常用坦然的态度问警察分局长：奉谁的命令逮捕我们？可否把指令给我们看看？

“我没有权利这样做。”警察分局长回答。

“那么，至少请你告诉我们，这指令上是谁签名的？”

“警察总监。”

“只有他一个人吗？”

警察分局长看看逮捕我们的警察所带来的公文，放低了声音说：

“奉钦差李文公爵阁下的命令。”

记得这真情暴露使我发生一种类似道德胜利的感觉：李文所代表的“政府”卑鄙到了狡狯和诈骗的地步。……李文在我们面前装假腔。

押送我们的人拿到了字据就去了。我们被送进牢房。警察分局长表示抱歉，说他只得把这两位前任军官（他所指的是格利果列夫和韦尔涅尔）送到地下层的牢房里，因为上面都住满人了。过了几分钟，我们来到了巴斯曼警察分局地下层的臭气熏人的走廊里。……

我们三个人之中，韦尔涅尔已经在莫斯科的警察分局里尝过一次被逮捕的美味，他算是一个富有经验的人了，就尽力叫我们“往坏里想”。然而当我们被带进一个墙壁潮湿而上面的小窗洞和地面相平的牢房里的时候，原来我们三人之中最感到吃惊的是他。我们照他的话“往坏里想”了，他自己却觉得这地下室坏得出乎意料之外。窗子下面靠墙的地方是一张板床，上面放着三条龌龊而狭小的装麦秆的褥子。褥子上面罩着帆布制的厚褥单。然而使韦尔涅尔看了简直发抖的，却是用灰色的囚犯呢制成的被头，因为这上面爬着许多很大的警察局的虱子，这些虱子在深灰色的被头上非常触目。我们推开被褥，坐在板床边上，拿起警察送来的锡杯子来喝茶。

我们这样坐了很久，倾听着附近的牢房里传来的各种各样的声音。其中有醉汉的歌声，有叫声，有骂声……。常常从街上带进醉汉来。被带进来的人起初喧噪，反抗。于是警察就把他们痛打一顿。走廊上传来尖锐的叫喊声，不久变成了低微的苦楚的呻吟声。于是门开开了，这个驯服了的人就被推进一个公共牢房里。后来我曾经好几次记述我们各处警察局里所发生的杀害行为①，每次我都回想起我第一次被捕时的这第一个晚上。

这两天来事绪纷繁，使我们非常疲劳。我们的眼睛渐渐粘合起来了。格利果列夫终于第一个动手铺他的床；他开玩笑地划了三次十字，然后倒身在他的冷水一般的眠床里了。我步他的后尘。只有那个不幸的有洁癖的韦尔涅尔长久地坐在板床边上，把肩膀靠在墙上打盹，不敢从事这英勇勋业。

我被捕的第一个晚上就是这样地过去了。

---

① 关于警察拷问被捕者的情形，柯罗连科记录在下列的文章中：《拷问考古学爱好者》《在平静的乡村里》《十九世纪俄罗斯的刑讯》。柯罗连科在其他许多论文中也涉及这主题。——原编者注

第四章　沃洛格达、克朗什塔特、彼得堡

1
放逐。我成了国事犯

大约过了两天，我第一个被叫到警察分局的办公室里去。

我们在板床上放一张小桌子，爬上去向窗子里探望，可以看见院子里的情形。这一天我正好在窗子里探望，看见一辆轿形马车隆隆地开进警察分局的院子里，马车里走出两个宪兵来。我们由此知道了为什么传我出去。原来是要把我放逐。由于李文一向装作“开诚布公”，因此我们完全没有准备被放逐，临走的时候没有带钱，也没有带替换的内衣。我身上穿着一套别人给我拼凑拢来的衣服和一件薄薄的大衣；浆得很硬的衣领撑住我的颈子，感觉很不舒服。

启程的准备并没有花多少时间。我们紧紧地互相拥抱，过了半小时，宪兵把我送到了雅罗斯拉夫尔车站①。我没有预料到事情进行得这么迅速；我没有向学院里的妹妹告别就离去了，觉得异常悲痛。

我被带进一个乘客拥挤的三等车厢里。在角落里靠壁的地方，也有一个人坐在两个宪兵中间，这人身材不高大，长着长长的黑胡须，使我想起神话里的恶魔契尔诺莫尔。我们互相认识了。这位先

生原来姓鲍奇卡廖夫，是彼特伦凯维奇小组中的地方工作者。火车将要开动的时候，站台上发生了一阵喧嚷。原来有几个曾经在巴斯曼警察分局旁边守候的彼得农林学院学生，要走进我们的车厢里来，可是有人拦阻他们。我看见爱杰姆斯基穿着他那件奇特的皮领大袍，戴着高高的羊羔皮帽子，手里拿着一根粗木棍，从窗口飞奔过去。大概正是这个触目的人物引起了密探的注意。火车不久就开动了。

火车在普希金诺车站上略停片刻的时候，一个表情生动而富有戏剧性的、黑发的美貌青年女子走近我们的窗子来。她对着我们的窗子站定了，眼睛注视鲍奇卡廖夫，仿佛注视圣像一样。隔着两重窗子，不能讲话，她就一动不动地站着，脸上显出悲哀的表情，直到火车开动。鲍奇卡廖夫向她点头告别，叹一口气。

半夜里，我好像被人一推，突然醒来，很久想不出我此刻身在何处。我梦见了母亲，这时候深切地怀念着她，心头就郁结起来。车厢里烟气弥漫，使人窒息。阵阵的烟雾蒙住了暗淡的灯光。我对面和两旁的四个宪兵都在点头打盹。我终于认清了我的处境，对母亲的思念明显地浮出在意识中了。以前这一段时期我很少想到她。她是有病的人，如果报上登出了我被流放的消息，她看到了不知会怎么样。这几天来的神经疲劳现在开始感觉到了：我觉得眼睛里要流出眼泪来。……但愿早些到达目的地，好把确定的消息写信告诉她。……而现在不必沮丧，于是别的思想排挤而代替了这种苦闷。我并不后悔。我虽然已经年满二十二岁，却体会到孙子气的骄傲之感：在巴斯曼警察分局里，他们正式地向我宣告，说“奉圣旨”把我流放到沃洛格达省的乌斯特塞索尔斯克。……我回想起了在伊兹马伊尔连举行的第一次“秘密会议”。那时候只动员了警察分局的力

---

① 宪兵把我送到了雅罗斯拉夫尔车站——这事发生在一八七六年三月二十四日。——原编者注

量；而现在对付我的，却是最高政权的机关。……

我在什么地方同鲍奇卡廖夫分手，记不清楚了。我们道别的时候热烈地拥抱，仿佛兄弟会中受到共同迫害的两个会员。宪兵把我从车站上带到雅罗斯拉夫尔的警察局里，这房子的窗子开向伏尔加河。流冰期已经开始，巨大的冰块在河面上慢慢地流动。警察局里所有的人都聚集在窗口，看那个勇敢的检察官——水上救济会会长——用救生艇来引渡沃洛格达来的邮件。引渡顺利地完成之后，副警察局长，一个相貌和善的老头儿，把我从宪兵手里接收了；我从他那里初次知道我是“国事犯”。

“您弄错了，”我说，“我只是一个学生，是为了向我们学校当局递呈集体请愿书才被放逐的。”

“是啊，是啊，”他肯定地回答，“正是为此。……是‘奉圣旨’的，老兄，……怎么不是国事犯呢?”

我又得承认：这时候我略微有些得意之感。

不久警察局长来了，他是一个黑头发的、军人模样的、很有威势的人。他已经到省长那里去过，并且带了省长大人的指令来：把我送进监狱里。我提出十分恳切的请求：不要把我扣押在途中，尽可能今天就送我上路。我又想起了母亲，这时候眼睛里又发痒了。我这个“国事犯”大概样子十分可怜，所以警察局长对于我的请求显然表示同情。他打量一下我的体面的服装，看见我完全没有一点行李，就知道的确不应该扣押我。

“要是你不怕流冰，”他说，“那么我去同检察官商量一下，要他明天把你跟邮件一同渡送过去。可是现在有什么办法呢？你只得在监狱里过一夜。……派一个体面一点的解差。”他对他的一个下属说。

来了一个解押的警察，然而他偏偏是很“不体面”的。那时候省城里的警察的装束还很不讲究，来的那个警察很像果戈理作品[1]中的杰尔瑞莫尔达的一个属员：他的大衣上全是破破烂烂的五彩补丁，他的马刀竟挂在一根旧绳子上。

“叫他滚出去。另外派一个体面一点的来。”警察局长嫌恶地说。

来了另外一个。这人身上的补丁和大衣同一颜色，他的马刀一部分挂在皮带上，只有一部分挂在绳子上。警察局长看看他，挥一挥手，说：

“唔，请别见怪，……我们已经竭诚招待了。……有什么办法呢。”

我感谢了他的好意，就穿过整个城市，步行到监狱里去。

我们一共四个人：除我之外还有一个犯人，穿着一件背上有红菱形的短囚衣，他不幸而被刚才落选的那个警察押送着。我在路上听见这个人在同他的解差顶嘴，回过头去一看，看见那个解差抓住了他的囚裤的宽大的后裆，拼命往后拉。

“怎么一回事？”我问。

“还不是不懂规矩，……”我的警察向我说明，“你看，他想跟你并排走。他说：我们是同志。”

那个人趁我们停步的时候跳向前面，敏捷地问我：

“你是放逐的吗？”

“是放逐的。”

“是要受监制[2]的吗？”

“大概是的。”

他得意扬扬地回过头去对他的解差说：

“喂，我也是受警察监视的。我们怎么不是同志呢。”

以后我们就并排走，——我穿着别人借给我的、单薄的，然而

---

① 指《钦差大臣》。——译者注

② 他说错了，应该说“受监视”。——译者注

很体面的衣领浆硬的服装，戴着圆帽子；他却穿着背上有红菱形的囚衣。两个警察走在后面。路上的行人怀着讥讽的好奇心向我们看。

雅罗斯拉夫尔监狱是我第一次进的监狱。他们把我带进牢房，并不关门。不久，有一个戴眼镜的、长着尖头小胡须的中等身材的犯人走进我的房间里来。这是我的邻人，是“特权阶层”中的刑事犯。原来他们把我关在贵族部门里了。他自我介绍之后，就问：

“你大概是为了伊凡钦·皮萨列夫①和波托茨卡雅②伯爵夫人的事件吧?”

伊凡钦·皮萨列夫的姓氏我那时候是第一次听到。这个新相识的人告诉我，说雅罗斯拉夫尔省里揭发了一个革命小组，伊凡钦·皮萨列夫是这小组的中心人物。许多人被逮捕了，其中有几个人现在就关在这监狱里。伊凡钦自己隐匿起来了。这个犯人常常提起波托茨卡雅伯爵夫人的姓氏，表示他是和她相识的；他说，如果我愿意的话，要我转交她一张字条。我并没有事情要去找波托茨卡雅伯爵夫人，就拒绝了这个亲切的邻人的要求，显然使得他很失望。

记得那天是一个节日，吃过牢饭之后，囚犯长——一个仪表端庄的中年犯人——拿了一杯茶和许多面包送进我的牢房里来。这些面包的样子使我惊奇：其中有几块长圆形面包，有几块粗白面包，有一小片馅饼，还有插在粗白面包里的半个面包圈。

“今天有布施，”囚犯长向我说明，“好好地吃一顿吧。”

---

① 亚历山大·伊凡诺维奇·伊凡钦·皮萨列夫（1849—1916）在一八七七年参加“土地与自由社”，这组织分裂以后，他加入民意党。八十年代时被流放在东西伯利亚。流放回来之后，于一八八九年迁居到下诺夫哥罗德，在那里同柯罗连科相识。从九十年代起，为民粹派机关刊物撰稿，后来主持《俄罗斯财富》的经济部分。——原编者注

② 玛利亚·普拉东诺夫娜·波托茨卡雅（生于一八五一年左右）曾经在维亚特卡的医疗所当助产士。于一八七四年六月被捕。按“一九三人案件”受审判，被认为无罪；但是按行政命令于一八七八年被流放到尼日戈罗德省阿尔达托夫，受到警察的监视。——原编者注

贵族部门几乎是空的。我很早就回到自己的牢房里，几乎睡了整整一昼夜。第二天早上六点钟我被叫醒。警察局长履行了他的诺言：载送邮件到沃洛格达去的救生艇已经在伏尔加河岸上等候我。我和押送的警察及邮递员们坐进了停在岸上的装滑木的救生艇里。冰已经停止流动，只是河中央有大大小小的冰块慢慢地浮动，有时互相冲击，有时发出沙沙的摩擦声。人们靠滑木把救生艇在冰上拖动，后来船身迅速滑进，就浸入水面，漂流在细碎的薄冰块中；人们用力划桨，直到这救生艇又冲到大冰块上。这次渡河给我十分强烈的印象。后来我们乘上了沃洛格达狭轨铁路上的火车，慢慢地前进。

2
在沃洛格达。当时流放的特点

这时候沃洛格达的省长是一个老年的波兰人霍明斯基，这个人颇有自由主义思想，态度很和善。大概是为了这缘故，他们不把我关进监狱里，却叫我住在警察局的值班室里。这时候正值基督受难周；我请求立刻打发我走，警察局长回答我说，他们要在复活节的第三天或第四天上送我动身。

这个警察局长[①]原来也是一个和蔼的人；他叫我住在值班室里，“像住在自己家里一样”，又问我要不要洗澡。我辞谢了，因为我没有衬里衣可换。傍晚他给我送来一套替换用的衬里衣，叫我把旧的交给他去洗。他的态度给我极其良好的印象。但是，真可惜，我必须指出，我在流放中这样接近地认识的三个很亲切的警察局长，后来齐巧都受到审判。

---

① 当时沃洛格达的警察局长是苏沃罗夫。——原编者注

在复活节的第一天，省长霍明斯基突然来访问我。原来他有几个儿子在彼得堡的交通专科学校念书，他们从彼得农林学院的学生那里得到了消息，已经打电报给他们父亲；因此这个善良的老人来慰藉我，问我是否需要什么东西。他去了之后不久，他的办公厅里的办事员——一个年纪还轻而身材魁梧的人——也来看我。他在我这里坐了个把钟头，把有名的北方森林盗窃事件讲给我听。关于这事件，当时的报纸上发表了许多消息。这个青年公务员对于林务部官员们同某外国公司的秘密协定表示愤慨。他说已经设立了一个紧急审理委员会，然而这委员会不见得能揭发全部实情，因为这件事牵涉到很有势力的人物和巨额的外国资金。

省长和他的办事员的访问显然使得警察局全体人员——从尼古拉时代当兵的守卫和值日官员们到警察局长本人——都发生了强烈的印象。警察局长在复活节的第一天到我这里来行过祝福礼之后，就劝我到街上去散散步。

“大概由警察押送着吧?”我问。

“要是你愿意的话，和我同去。”

我当然愿意，我们就去了。

“你要不要看看我们的拘禁所?”他说着，不等我回答，就走上扶梯，来到瞭望台底下的屋子里。我觉得有点惊奇，因为这里仿佛是等候我们去参观的；走廊打扫得很干净，已经换过新鲜空气。他陪着我走进走廊，叫我从牢门上的小洞里望望牢房的内部，后来他突然对管理人说：

“有空牢房吗?”

“有，第九号。”

“开开来！……你要不要看看里面?”于是他做了一个姿势，仿佛一个殷勤的主人正在让客人先走的样子。

我想起了市长和赫列斯达可夫的一个场面，我就像赫列斯达可夫一样，很想拒绝这个殷勤的邀请[1]。然而我终于硬着头皮跨进门槛，过了一会，平安无事地从牢房里走了出来。原来警察局长只是要夸耀一下房间的清洁。

后来我走到台阶上，看见院子里排列着一支消防队，觉得更加惊奇了。

“哪里失火了吗？”我问。

“不，这是我特地叫他们来的，我想你也许喜欢看看我们的新装备吧。”

他发了一个信号，消防队就从院子里开出去。肥壮的马向前奔腾，铃声叮当地响出，消防旗飘摇着，涂着鲜明的丹铅的新唧筒光彩夺目，消防队员的铜盔闪闪发光；我和警察局长站在台阶上看，我脸上泛红，觉得自己的确好像处在赫列斯达可夫的地位，因为在这样盛大的节日里他们为我而惊动了这么许多人马。

是的，这是俄罗斯流放中的一个异常的时期，不久这时期就结束了。原来从前有一时人们遭到流放之后，由于情况的变迁，反而加倍地提高了地位，——现在在荒僻的流放地区，显然还保留着关于这时期的模糊的回忆。省长的儿子的电报和省长的亲自访问，显然在这位和蔼的警察局长的头脑里唤起了同样的念头，因此他认为不妨把他的办得很完善的业务给我看看，以防万一。

当我们散步回来，经过警察局正门口的时候，发生了一个小小的意外事件：有一扇门突然开开了，里面露出一个小市民模样的中等身材的人来。另一个人的手紧紧地抓住他的衣领，后来用力一推，把他从不很高的梯级上推了下来。这个不知名的人挥动着两臂、东歪西斜地跌下来，要不是他的头撞在警察局长的肚子上，这一跤跌得可真厉害呢。警察局长抓住了他的衣领，愤怒地提他起来，把他

---

① 见果戈理的《钦差大臣》。——译者注

抖动了两次，等他稳固地站定了，就厉声地责问他："这是怎么了？你喝醉了吗？"

这个小市民的确是喝醉了，然而他还是企图替自己辩解，说他是到警察局里来询问事项的，可是他们给他的答复是：抓住一把衣领把他从梯级上推了下来。……

他突然兴奋起来，满腔热情地叫喊：

"局长大人，……我们这种算什么制度？是不是共和政体？……"

"得了，得了，去吧。询问事项要在办公日子里来，而且要在你不喝醉的时候来。"接着他宽容地苦笑一下，转过身来对我说："嘿，你听见了没有，他这样地理解共和政体。……"

由此可以猜测到，他自己对于共和政体的理解不是这样的。总之，我再说一遍，这个人的好意，给我留下了愉快的回忆；因此我认为不久以后他所遭逢的职务上的不快，不是特别应受的责难。

3

我的解差。 在托特马的逗留。 有意义的会晤

不久我就登程前往了。

春天很快地从南方推移过来了。在雅罗斯拉夫尔地方，伏尔加河已经开冻；可是北德维纳运河还盖着冰。雪很深，然而天气温暖了，雪底下到处潺潺地流着春泉。我们的车子虽然开得很快，可是快要到达托特马的时候，地上还是已经解冻，因此走的是非常松软的路，有几处简直是泥泞。

命运派给我的解差，是一个很奇特的人。这是一个警察，似乎姓费陀罗夫（我记不清楚了）。他身材很矮小，体格结实，头像个圆球，面颊肥胖，一个小鼻子完全陷没在两颊之间。照这丑陋的相貌

看来，他简直是个加西莫多[1]；实际上他却是一个和善而健谈的人。而且不知怎的，他对宪兵深恶而痛绝。

“我实在看不惯，”他说，“宪兵是最下流的人：诽谤，告密，搬弄是非。不但告发朋友，又告发亲生的父亲。”我和他同样地抱着这种反感，虽然原因不同。

在托特马的驿站上，有人对我说，县警察局长请我到他那里去。到了那里，他通知我，说今天早上收到省长的电报：叫大学生柯罗连科自己选择，是前往乌斯特塞索尔斯克，还是回故乡去受警察监视。

我想了一会，就写出我的意见来，说我情愿“在我母亲所住的克朗什塔特城”住满我的流放期。在故乡日托米尔，我已经一个亲人也没有了。此外，我还清楚地记得，我竭力渴望着不要再到故乡这一带去，因此决定这样写了，或许可以侥幸地被送到克朗什塔特。警察局长接了公文，当场交给警察，下令把我送回沃洛格达。

驿站上没有马，因为被刚才经过这里到阿尔汉格尔斯克去的邮车用去了。我们只得等候。我和我的加西莫多亲睦地坐在驿站的小台阶上谈天，忽然他脸上显出不快之色，说：

“你瞧，你瞧，宪兵来了。……这流氓，东钻西钻地在找什么呢。一定是探得了你的消息。你瞧，他装作没有看见我们的样子，可是他就要站住了。你等着瞧吧！……”

在满是稀薄的烂泥的街道的那一边，有一个宪兵正在走着。他的大衣不上钮扣，帽子歪戴着，样子好像一个游手好闲的荡子，正在无思无虑地抬着头闲望。但是突然他装作偶然把视线落到我们身上的样子。他惊喜地站定了。

“哟，过路客人，……我们很欢迎外乡人。……让我们来聊聊天吧。您是从哪里来的？从莫斯科来的吗？”

---

① 加西莫多是雨果的长篇小说《巴黎圣母院》中的主角。——译者注

他向左右张望一下，可是没有一个地方可以穿过街道来。于是他就下个决心，从很深的泥泞里徒涉过来，每次拔起脚来的时候样子很吃力。

“您是从莫斯科来的？是大学生吗？彼得农林学院的学生？你瞧，……这叫人多高兴，……在那里我有一个同乡，实在还是亲戚呢，叫做苏罗甫采夫，你认识吗？他身体好吗？不知道为什么很久不写信来了。”

我的解差向我使个暗号。苏罗甫采夫这时候已经逃匿，这宪兵是在“侦察”。我就坦然地回答：

“我认识苏罗甫采夫。我们是同学。我正要动身的时候看见过他。他很健康。他说要是我碰见他那些亲戚，要我替他问好。”

“不会有这种事吧，……”宪兵愕然了，他的眼睛转动起来。“您可知道他现在住在哪儿？”

“当然知道，他住在学院里，就是他一向住着的新村里。……”

“我听了您的话很高兴，……我这就要去告诉我的妻子。……再见！”于是他很快地走开去了。……

“嘿，你呀，”我的解差带着严厉责备的表情说，“你为什么告诉他？他们正在找苏罗甫采夫呢。他现在一定是跑到电报局里去打电报了。”

我笑了，说我是跟他开玩笑的，实际上苏罗甫采夫已经逃匿了，没有人知道他的地址。我的解差听了这话欢喜若狂，他装出奇奇怪怪的鬼脸来，哈哈大笑，笑得浑身打战，东摇西摆，我竟以为他要从台阶上翻下去了。

在等马的期间，我受到了一次意外的邀请：这城里住着一个林务部官员，以前是彼得农林学院的学生。他知道我也是彼得农林学院的学生，认为是他的同学，就邀我到他那里去喝茶。我欣然地同意了，解差并没有反对。

邀请我去的人原来是木材估价人，他的神学校姓氏是乌斯宾斯基，或许是普列捷倩斯基，现在我记不清楚了。他倒是一个和蔼可亲的人，然而外貌非常消沉，甚至阴郁。他和一个森林技术员一同住在一所没有暖炉设备的屋子里，环境设备很简陋。这时候正是节日，他们两人都喝得醉醺醺了；酒对他们发生了相反的作用：估价员显然变得过度地苦闷而消沉了；技术员则愉快、放纵而健谈了。我一到那里，乌斯宾斯基立刻把这技术员带到一旁，对他悄悄地说了些话。技术员得意扬扬地回答：

“这有什么。我们不在乎此。”他说着，立刻神气活现地掏出钱包来，出门去“备办”了。

乌斯宾斯基（我以后就这样称呼他）的黝黑的脸似乎更加阴暗了。他看见他的秘密已经暴露，就低下了头说：

“他是个好人，……是我的好同事，……然而是一个贪污分子，所以生活过得很得意。可是我呢，你知道，我坚持以前的思想，大学生时代的思想。我反对贪污行为。因此他们老是找我的碴儿，……扣除我的薪水。……已经是第三个月了，我只收到月薪的三分之一。”

于是他讲给我听，说因为他不同意在某一个契约上签字，他的直接上司就报复他。

“真是傻瓜，哈哈哈，”技术员走进来，听见他在说这些话，就带着一种令人厌恶的放纵态度这样说，“喂，你倒是说说，你希望谁来惊叹你的廉洁呢？这位先生，我告诉您，在我们这行业里，最重要的是会奉行非法勾当。……这样才能够生活，哈哈哈……”

乌斯宾斯基的脸上显出痛苦万状的样子。

“住嘴。你喝醉了，”他说。

“你太清醒了。……不过我是用自己的钱来喝醉的，你却是借债来喝醉的。”这个放纵的青年人回答。

过了一个钟头，一辆套着三匹马的驿站橇车开到了估价员的寓所门前。我的两位主人拿了几瓶酒，和我一起坐在这辆宽敞的驿站橇车里了，陪送我到下一个驿站。他们一路上不断地喝酒。乌斯宾斯基的样子越来越忧郁了，他的同伴却越来越愉快，越来越放纵了。他把空酒瓶向过路的农人丢过去，高声地哈哈大笑，扯着嗓子唱歌，总之，使人觉得难堪。车子开到一个地方，他突然喊住了马车夫。路旁横着几堆新砍下来的良好的建筑用木材。他虽然喝醉了，却迅速地、当然还是摇摇晃晃地跑过很深的雪地，去看了看什么东西，然后掏出一本笔记簿来，高兴地在这上面做了些记号。

“木材的粗端不放在一起，……不合规格，——包工头应该出罚金，或者让这位仁兄来行行贿，……”他高兴地说着，又爬上橇车来。……

“在人家面前怎么不惭愧。”乌斯宾斯基用悲哀的责备口气说。

我们在下一个驿站上分手。乌斯宾斯基热烈地拥抱了我，哭起来。

“我羡慕你，……你选择了有益的道路……”他口舌含糊地说，“我却要毁灭在这里了……你瞧：这种得意扬扬的猪猡，却是我的同事。”

“喂，你不要太过分了。你狗叫一样的嚷什么？这是谁的错？还不是你自己不懂得奉行非法勾当。”

于是他也爬上车子来同我接吻。以后我就怀着这剧烈而深刻的印象独自上路了。

人在青年时代容易迅速地作出结论。我刚刚对付了我所准备服务的部门的最高代表李文公爵阁下。自从他用狡诈行为来对待我们之后，我认为他是一个十足的坏蛋。后来省长的办事员又给我讲起林务部大规模的盗窃案，这种盗窃案几乎风行在整个北方，司法对此却毫无办法。而现在，我又看到了一幅鲜明的插画，其中描写乌斯宾斯基所表现的轗轲不幸的善行和这个小贪污者所表现的扬扬得意的丑态。这一切在我心中酿成了一种鲜明而完整的情绪。我不久以前关于毕业后的企图和母亲的梦想，现在都化作灰烬了。……由它去吧！……不，我决计不替这个上面有李文和瓦路耶夫这班人而下面密布着无法裁制的零碎盗窃行为的政府服务了。这是腐败的过去，……而我要去迎接不可知的未来了。

4

森林中的旅途。隐遁者的故事。生活中难忘的瞬间

这一连串的思想在橇车的滑木的吱吱声和车铃的叮当声中跟着我一路前去。傍晚时候我们的车子在阴森的树林中间行驶。这些树林绵互在道路的两旁，沉寂而神秘。我的健谈的解差就讲给我听，说他年轻的时候，曾经跟着警察局长的队伍来到这些树林里，毁坏林中隐遁者们的修道龛。他们滑着雪橇，深入人迹不到的绝境，在那里找到了一些小茅屋，茅屋的主人大都已经离开这里，隐藏起来了。有时圣像面前还点着长明灯。他们把茅屋拆毁，用木材搭起篝火来，把全部家具、圣像和长明灯丢进篝火里，点着了篝火，管自去了。

“那么茅屋的主人怎么样了？”我问，“他们怎么办呢？”

“这可天晓得了。……有的人勉强走到了村子里或者有人烟的地方，那就算运气好的。有的人还没有走到，就在森林里受到严寒的袭击，或者在原野里碰到暴风雪，就此冻死了。我们看见过这样的一个人：是一个老头儿，坐在一棵树底下，全身都冻住了。两只眼睛睁开，眼睛上有雪。手指作出二指式①的样子。……”

---

①“二指式”是俄罗斯旧教徒划十字的方式。——译者注

“你不觉得这样做罪过吗？”我听了这段叙述，激动起来，就问他。

讲话的人轻轻地叹一口气。

“奉上司的命令……当然也许是罪过的。上司会受到报应……可是上司也没有办法。他们也是奉命的，因为这些隐遁的人之中有许多是没有护照的流氓、逃兵，甚至是从苦役刑中逃出来的强盗。”

我们的车子往前开去。滑木继续发出吱吱的声音，车铃叮当地响，树林早已沉浸在朦胧的夜色中，发出低钝的怒号声，向后面退却。我头脑中涌现着同样阴暗而意义深长的思想。也许现在这些树林里还有灯火点在圣像面前，而脱离了罪恶世界的神秘的长老们还在慨惜着真理的沦亡而祈祷着。解差说这些人里面常常有流氓，甚至有强盗，这句话在我仿佛是耳边风，就像从前尼库林对威塞里茨基的“犬儒主义式的”批评一样。……昧于智慧，忠于迷信，然而心地光明，——我这样地设想林中隐遁者的形象。我在精神上和他们一起反对压迫者，其中包括像我的解差一样盲目行动的人。……

我们的车子整夜地行驶，想趁地面还没有完全解冻时走完这段路。第二天，我们从一个驿站出发，不久就在一个大村庄里停下来。从这个驿站开始给我们驾车的那个马车夫的家眷，住在这村子里，他就跑回自己家里去一下。这一天天气晴明而温暖。在一条广阔的长长的街道旁边，有许多宽敞的房子，大都是楼屋。屋顶上还盖着雪，但是有些地方已经露出一块块黑色的木板屋顶来；整条街道沉浸在炽盛的春光中，街道旁边融雪的水滴发出愉快生动的闪光。没有一个庭院，没有一条长的篱垣。我想起了有人曾经称我们北方的自然界为患瘰疬腺病的。

我的解差走到那所屋子里去找我们的马车夫，屋子的主人就走出来，他大概是马车夫的父亲。他身材很高，样子显得年轻，长着淡棕色的头发和同样颜色的、不很长的口髭和胡须。他肩膀宽阔，显然很壮健，一双手粗大有力，然而他的胸脯凹进，整个身体同这生气蓬勃然而患瘰疬腺病的北方自然界异常调和。他不穿短皮袄，不戴帽子，手里捧着一个大木壶。……他走到我们的橇车旁边，带着虔诚而端庄的亲切态度向我鞠一个躬。

“朋友，请你喝一点儿，不要嫌味道不好，这是为过节而酿造的，……”他说着，就把一壶家酿啤酒递给我。

我喝了，衷心地向他致谢。他走了之后，我突然发生一种特殊的情感，觉得这个人极其亲切可爱，不，可爱的不但是这个人，而且是所有这些人，还有罗列着许多盖着雪的不平整的屋顶的整个村庄，以及整个贫瘠的北方自然界：雪白的田野，幽暗的树林，冬天的阴沉的寒气，春天的生气蓬勃的融雪，辽阔的旷野所蕴蓄着的意味……。我的命运安排好要我在北方体验到这种动人的感情。如果同样的瞬间和同样的环境出现在我的故乡，出现在沃伦或乌克兰，那么也许我会更加感觉到自己是乌克兰人。但是后来这种难忘的瞬间又联系到了大俄罗斯或西伯利亚的印象。……

现在，我在涅克拉索夫、屠格涅夫的作品中和一切民粹派文学中所读到的东西，突然涌上心头，照明了这些日子的感觉，尤其是在这条茂林夹道的路上听了关于荒僻的隐遁所及其破坏者的故事后的感觉。而在这一切感觉之上，仿佛高高地显出着这个身材修长而惫于尘劳的勇士的面貌，他庄严地鞠着躬，说着亲切的话语，向一个受迫害的陌路人走来。

5

沙皇的恩典。和彼得农林学院同学们的会面。警察局长在《声报》上的文章

我们来到了沃洛格达。

又是警察局里的以前那个值班室，又是以前那个殷勤的警察局

长。我到达的时候是傍晚，半夜里我的弟弟[①]突然闯进我的房间里来。原来他得悉了农林学院闹风潮的事，又知道我是代表，立刻赶到莫斯科来。学院里的同学们把我的行踪告诉了他，他就来到沃洛格达。到了这里，他猛烈地袭击那个值班员，使得他措手不及，我在弟弟的拥抱中突然醒来。第二天早晨，这个个子不高、面孔圆圆、髭须像蟑螂须的值班员已经喝得醉醺醺（是为了节日，或者为了壮壮胆），对我说：

"你的亲爱的弟弟，你知道吗，吓了我一跳，你知道吗！……他闯了进来，你知道吗，他说：我的哥哥在哪里？我心里想：会不会是小偷，你知道吗？原来他不是小偷，是你的亲爱的弟弟。……"

我们两人听了他的话，都哈哈大笑。

早晨警察局长来了，他听见了这突然袭击的事件，只是摇摇头。这也是那时候流放中比较宽大的作风的一种表现，这种情况在后来是绝对不可能再有了。……

就在那一天，霍明斯基省长手里拿着我的表示情愿回克朗什塔特的申请书，又来看我。

"难道克朗什塔特是你的故乡吗？"他问。

我坦白地回答，为什么要申请到克朗什塔特去。又说如果不能到那地方，那我情愿到乌斯特塞索尔斯克。霍明斯基想了一想，挥一挥手。

"好，我听了你的回答很满意，我把你解送到彼得堡去。至于那边是否同意，倒是个问题。也许他们还是会把你送到沃伦省去。"

过了两天，我由一个装束很体面而甚至华丽的警察押送着，乘了沃洛格达狭轨铁路的火车，走上归程。弟弟当然和我乘在同一个车厢里。

---

① "我的弟弟"即伊拉利昂·加拉克齐昂维奇。——原编者注

第二天早上我们到了莫斯科。到彼得堡去的火车似乎要下午四点钟开出，我已经同我的和善的解差商量好：我到叶卡捷琳娜学院去看看我的妹妹，他也去望望他的一些住在莫斯科的亲戚，然后到车站上来。我们就这样办；但是这个警察显然还是有些怀疑，因此他不到车站上，却提早到学院里来找我。学院里的人看见来了一个警察，押送着我出去，大为惊骇。窗子里闪现出许多青年人的好奇的脸来；那个尊严的门房用惊讶而仿佛尴尬的眼光目送我出去。在学院的年鉴里，这样的访问恐怕还是第一次。

火车在离莫斯科十二公里的彼得农林学院站上停下来的时候，弟弟才上车来和我们在一起了。知道我要经过这里的一群彼得农林学院学生，和弟弟一起拥进车厢里来。我们热烈地拥抱，然而我注意到他们都有一种黯淡的情绪。记得这里面有波兰人凯尔斯诺夫斯基。他本来长着美丽的波浪形头发，现在剃得很短了。我开玩笑地批评他这一点，他懊丧地别过头去，他的秀气而神经质的脸上就泛起一阵浓重的红晕来。

“应该把头发统统剃光，”他说，“我们受了骗，就像最没出息的白痴一样。”

他们把我们离开莫斯科以后学院里所发生的事情讲给我听。据说教授们开导学生，劝他们服从。劝导得特别热心的，是神学教授——莫斯科有名的雄辩的布道者——戈洛文神甫，还有伊凡纽科夫教授。学校当局看到，对付全体群众是困难的，因为某些班级会影响其他班级，于是他们就要求学生分散，一班一班地个别解决问题。

有一时所有的争执都集中在这一点上。学生们已经有好几次开始分散了，但是每次都在半途中被爱杰姆斯基阻止。他站在广大的休息室的窗子上，情绪激昂，眼睛发出凄厉的光辉，吆喝几声，喝住了散出去的人，于是群众就退回来。他们被一种异常激昂的情绪所笼罩了。教神学的神甫发表了一篇热烈的讲话，讲到最后哭起来了。他的话起了一些作用，然而这时候队列中跑出一个淡黄色毛发的矮小的学生来。这人以前是神学校的学生。他脸色苍白，身体虚弱，不大受人注目。他生活孤独，不同任何人交往。大概他在远方的某神学校里受尽了教会当局的气，所以他心中满怀着病态的仇恨。他跑上前去，用歇斯底里的声音喊出先知者的一段话，然后继续说：

“啊，你们看到你们的王国的末日来到了，巴尔的王国的末日来到了。是的，来到了，末日来到了！”

他就像发狂一般跑出休息室去了。主张服从的人们的主要理由之一，是顾到三个代表的命运。这理由想得真不错，群众终于让步了：起初按班级分散了，后来一班一班地派代表向李文悔过。

事情平息了，然而其代价是什么呢？当我们终于被流放的时候，这些青年都发觉自己是受了骗；他们不久即将为政府服务，而这政府的代表者，在他们看来都成了骗子。

同学们陪我坐了两三站路的火车。如果我是一个“危害性的煽动者”，那么在这次的会面中，在这会面所引起的热烈情绪中，无疑地表现出了“叛乱”对于官家“制度”的道德上的胜利。

在这事件之前和之后，有好几代俄罗斯青年曾经通过这种热狂情绪的浪潮。在这一点上表现出了现行制度在道德上的严重的弊病。周期性地激动着我们青年人的，并不是关于食堂或同乡关系的问题，并不是学院生活的个别问题，却是对国家体制的基础根本失去了尊敬。青春是公正无私而光明正大的。它还没有受到实际生活和个人利害的羁绊，它站在生活的大门口，正在犹豫不决，是否要用自己的力量来替它所认为基础不正当的体制服务。于是，在第一次的感情暴发中，它抓住了任何机缘，就准备用它所最容易做到的形式来坦白地倾吐出这种感情。官方采用暴力、过度的压迫或者像在我们这事件中那样采用狡诈和欺骗的手段，达到了对“制度”的形式上的服从。而后来，青年们度过了这个危险时期，就堕入职务的苦闷中，从此没有出路了。然而他们走进这里面去的时候往往意气极度消沉。试同任何一个为职务而老倦了的公务员谈谈，在他说坦白话的时候，你一定可以在他心中发现一个角落，这角落好像一个小教堂，他在这里面像保存圣徒遗物一般保存着一些回忆，即“我们也曾经是青年人，我们也曾经怀着壮志”。当他还站在生活的交界线上，而觉得自己是现在所服务的体制的敌人的时候，他一定认为这过去的经历是他生活中最美好的时期。……

同学们告诉我，说韦尔涅尔被流放到维亚特卡省的格拉佐夫，而格利果列夫被流放到奥洛涅茨省普多日去了。皇上（亚历山大二世）减轻对我的处分，似乎是要表出他们两人和我之间的差别：他们曾经当过军官，应该受到更严厉的惩罚。我就是为此而受到在故乡住满流放期的恩典的。

我所乘的火车是一班慢车，我到达彼得堡，被押送到市政府的大厦里的时候，已经很夜深了。办公室里早就一个人也没有了，他们带我经过了一些地方，来到底层的一个房间里。我在这里等了很久，等他们把我的公文送交市政府秘书——如果我不记错的话，这秘书叫做富尔索夫。

我的弟弟是一个勇于敢为的青年，他从车站上直接跑到我们的一个要好的同学——同乡人勃尔若佐夫斯基那里，他们两人就接踵地来到市政府。我真不知道他们到了这里之后，怎么会找到我正在等候的这个房间里来，我们三个人就亲切地谈话；这时候房门突然打开了，那个秘书走进房间来。他是一个身材很高的男子，穿着便服，长着一大绺蓬松的髭须。他显然是被人从床上叫起来的，因此样子很不高兴，甚至怒气冲冲。他一走进来，就惊讶地站定了。

“这，这些是什么人？你们怎么会来到这里，谁放你们进来的？

我立刻要逮捕你们。”

他迅速地开开了门，出去叫人；这时候我开开了另一扇门，把弟弟和勃尔若佐夫斯基放走了。当富尔索夫带着一个警察回进来的时候，他们两人已经影迹全无。他向我的沃洛格达来的解差提出责问，可是解差只能回答他说，来的两个人里面一个是我的弟弟，是和我一同乘火车来的，另一个他不认识。他愤怒地问我，我泰然地回答，说我认为完全没有必要把我的朋友的名字告诉他。

这使得他冲冲大怒。他把沃洛格达省长的公文粗率地看了一遍，说：

“嘿，胡说八道！……克朗什塔特怎么可以算是流放地！……不行，老兄，你的故乡不是沃伦省吗？……那得立刻把你送到流刑监狱里，然后再送到日托米尔去。”

他从狭小的螺旋形扶梯上走上去了。

“他到特列波夫将军那里去了，”富尔索夫带来抓我的访客的那个警察悄悄地对我说，“你的事情糟了：他把将军叫醒，……将军会动怒，……一定会把你送进流刑监狱去。……”

然而过了半个钟头，这位怒气冲冲的先生仍旧从那架扶梯上走下来，他穿进房间来的时候，耸耸肩膀，说：

“真奇怪。将军认为可以的。……往克朗什塔特的轮船明天早上九点钟开，可是往奥拉年包姆的火车要开得早些。由你选择吧。而你呢，”他对沃洛格达来的警察说，“把他送到那地方，交给克朗什塔特的警察局长。我马上就会给你公文。”

我决定到奥拉年包姆去，我们就出发到车站上去等火车。第二天清早，我们乘奥拉年包姆开出的轮船来到了克朗什塔特码头[①]。

---

① 根据第三厅的档案材料，柯罗连科于一八七六年四月十日来到克朗什塔特，受警察监视（“一八七六年，第一三二号案件，彼得农林学院学生风潮案”）。——原编者注

我的第一次流放的路程就这样结束了。

为了要把我们学院的事件也交代一下，我还得讲几句话。在六十年代末几次有名的大规模的学生风潮之后，在涅恰耶夫派案件之后，青年人之间的显著的运动平息了，学生风潮没有了。……内外科医学院里曾经发生了些事，然而很快地平息下来。我们这次实际上并不重要的事件发生在这风平浪静的期间，仿佛晴天一个霹雳。社会上关于这件事有许多议论，然而没有在报上发表。发表的只有几个极短的报导，其中提及我们三人的姓氏。报纸大概都在等候政府的报导，然而政府也没有表示什么。后来克拉耶夫斯基的《呼声》上终于决定刊登了关于这事件的一个短评①，大概是因为这短评来自最“可靠”方面：是我们已经认识的那个老滑稽家县警察局长尔热夫斯基送来的。他按照自己的看法来叙述这件事。他说学生们递呈了一个幼稚的请愿书，其中有一项是“要求给他们女人”。又说他们骚扰起来，不肯递呈悔过书；幸而这时候来了一个地方警察局长——一个富有经验而懂得青年心理的人。这个爱护青年而受青年爱戴的老人仅仅说了几句坦率而诚恳的话，风潮立刻就平静了。

弟弟把这短评拿来给我看的时候，我已经在克朗什塔特了。他和另外几个同学到报馆编辑部里去辩解，编辑部里的人告诉他们，说正因为这篇短评是县警察局长写的，所以刊登出来。社会上有许多流言和传闻，可是全都不能登载。因此报馆“大胆地”登了这篇来自“可靠方面”的报导。因为这里面说起三个代表者的姓氏，其中包括我，所以我认为我有正当的权利写一封“致编辑部”的信，我在这信里怀着青年的愤慨驳斥县警察局长的捏造。然而他们回答我说，上头规定绝对禁止谈到这事件。

这件事在我心中留下了对克拉耶夫斯基的“自由主义”报纸的

---

① 这短评刊载在一八七六年三月三十日的《呼声》上，不署名。——原编者注

轻蔑和愤怒的痕迹。我又写了一封信，虽然不是为了发表的；我在信中说，报纸登载了“来自警察方面的卑鄙龌龊的毁谤”，在道德上有责任加以更正，不管有什么禁令。……

当然没有回音。

6
在克朗什塔特。警察局长戈洛瓦契夫

克朗什塔特在那时候就处于特殊地位：由海员管辖。警察局长是海军大尉戈洛瓦契夫；而类似省长的司令员是海军上将柯札凯维奇。城里的人给戈洛瓦契夫起个绰号叫做“鼻子大尉”，因为他的鼻尖上有几颗很大的蓝色的肉瘤。这人年纪还不老，穿着海军制服，带着短剑，干练活跃，喜怒形于色，非常好事多端，以致不久以后就被人一下子控告他三十二条罪状而受到审判。其中有一条罪状是这样的：他在教堂祈祷结束前五分钟走到市场上，看见商人们违反法令，已经在那里提早开店门，他就站在广场中间，大声疾呼：

“水兵弟兄们，……去抢他们的东西吧，由我负责；这样好让他们记住法律。”

话犹未了，各种民族的水兵就都奔向货摊去，喊着：“好啊！奉鼻子大尉的命令。”似乎在祈祷结束以前，市场就被抢劫一空了。

这件事实在做得太过分了，于是这位果敢的警察局长终于受到审判。但是当我来到克朗什塔特的时候，他的势力还很强盛，他的作风十分符合海军最高当局的见解。

海员们当时都是自由主义者。戈洛瓦契夫把公文约略地看了一遍，就殷勤地同我握手，说：

“啊，我知道你的。你的姓名曾经在报上提到过。……哦，没有问题，我们欢迎你。……我们马上到海军上将那里去。”

我的解差被打发走了，我就和警察局长坐了他的马车到海军上将的公馆里去。时间还很早，我只得在一间家具全都套着套子的客堂里等候。后来海军上将和戈洛瓦契夫一同走出来了。戈洛瓦契夫表现出一种态度，仿佛他给上司带来了一件珍品，上司看了一定会高兴的。海军上将显然是被从床里叫起来的，有点睡眼惺忪的样子，然而接待我的时候态度很亲切。

“欢迎，”他说，“我很高兴和你相识。……可惜我们是在这种情况之下相识的。唔，不过也许时间不会长久。我希望我和你之间不会发生纠纷。现在你自由了。”

我跑出海军上将的公馆，就雇了一辆马车，到表兄家里去①。

母亲身体不好，躺在床上。她的病完全是神经性的，这几天来她注意到别人瞒着她一件事，她猜测到这事情是和我有关的。当我由表兄和表嫂陪着跑进她的房间里，欢天喜地地拥抱她的时候，她睁大了眼睛，又惊又喜。我就利用这欢乐兴奋的时间，立刻告诉她，说她的关于在林中小屋里度日的理想已经变成空花泡影了，然而今后我们可以住在一起。她笑了，同时又哭了。

于是，我就像我的雅罗斯拉夫尔的监狱同志所说，开始在克朗什塔特度送“受监制”的生活了。我的妹妹在学院毕业了，我们就决定另找房屋，同表兄分居。弟弟这时候在建筑学校当旁听生，住在彼得堡。哥哥照旧做校对工作，然而已经是独立的了。他也从斯图坚斯基的魔爪中逃了出来。小妹妹和母亲住在一起。我必须在克朗什塔特找工作，就在当地的《通报》上登了一个广告，说“大学生找求工作”。我还列举了下列各项：教课，制图，绘图和……校对。

---

① 表兄即符拉季米尔·卡齐米罗维奇·屠采维奇，作者的母亲和妹妹同他住在一起。——原编者注

就在这一天，我接到了戈洛瓦契夫的紧急通知，要我到他那里去。

“老兄，……你怎么这样同我开玩笑?”他说着，把广告指给我看。我觉得奇怪：教课，制图，校对，——哪一样使得他这样愤怒呢?

“喏，喏，就是这校对呀。教课还没有什么，可是校对，……这是不可以的。……制图倒又是一回事。哦，我倒想起来了，你能不能替我们警察局绘制一列新式的消防车队？不过要像真的一样着色。……行吗？那好极了。我们马上到分局里去。”

这位性急的警察局长就带我到一个警察分局里，这里面停着一列新式的消防车队，就像有一次沃洛格达的警察局里表演给我看的那种样子。我按照实物测量了大小，描出了轮廓；过了一星期，整列消防车队连水桶、唧筒、载消防梯和搭钩杆的车子在内，都已经着上了鲜明的丹铅和青色，送到戈洛瓦契夫那里去了。又过了一星期，这列消防车队的图就被放进漂亮的镜框里，装饰在警察局里局长办公室的墙上了。

“这才对了，”戈洛瓦契夫欢喜地说，“这不是校对可比的。这种工作你尽可以做。……你能不能设计一个救护站的图样?”

“这我可不在行了，”我说，“我不是建筑师。”

“咳，哪儿的话，……你到奥拉年包姆去一趟，把那边的救护站画下来，像画这列消防车队一样，就万事大吉了。”

“可是我已经签过字，保证不离开这城市。”

“没关系，你尽管去好了，只要不去闹事。你知道，要是你是有过罪行记录之类的捣乱分子，那当然是麻烦的。现在让我们去看看我所选定的设救护站的地点。我已经把这块地筑起围垣来。……议会里的无赖汉告了我一状，说我强占地皮。这些挑剔寻衅的家伙！……”他叹一口气，“你们以为我们不会斗争的吗？老兄，我们斗争起来不比你们差。”

这一次“议会里的挑剔寻衅的家伙”胜利了，我们的救护站没有建成。

有一次戈洛瓦契夫又叫我去，对我说：

“我有一个朋友，是水雷军官班的主任，叫做符拉季米尔·巴甫洛维奇·威尔霍夫斯基。我对他讲起你，并且把消防车队的图给他看了。……你愿意到水雷班里去当制图员吗？”

我对于这个意想不到的提议有点惊讶：戈洛瓦契夫听说我要做校对工作，曾经表示惊骇，而现在却劝我到这种机关里去工作。然而也许我是在过后看来才感到惊讶的，因为那时候恐怖政策还没有炽盛起来，化学和爆炸物在革命中不起任何作用。不久以后，我就每天在水雷军官班的制图板前度送上午的时间了。

7

在海员们中间。威尔霍夫斯基和务实哲学。海军上将波波夫

无论是这个机关，或是这机关里的工作，或是这机关的首长，都很有趣味。我的桌子里放着所有的水雷的图样，其中也包括当时水雷技术的奇迹——威特海德水雷。这种水雷得到指令之后，能够以一小时三十俄里的速度在无论怎样深的水底潜行，炸毁兵舰的水面以下的部分，如果炸不到兵舰，自己会回来。就在我工作的房间里，军官们给水兵们上课；而在隔壁房间里，有一个很大的混凝土塑成的蓄水池，有人在那里作小规模的水底爆炸实验。还有人在那里制造装有雷酸汞的爆炸性子弹。有一次这房间里忽然发出爆炸声。原来一个水雷手被炸掉了一只手。人们就把他送进医院里；军官立刻召集水雷手，给他们讲了一堂关于制造子弹的课。他列举了一切

预防法，最后说：

“但是，虽然有这种种预防法，可是因为雷酸汞有时会无缘无故地爆炸，所以每一个水雷手在每次工作的时候所持有的雷酸汞，不可以超过三十颗子弹所需要的分量。那么，爆炸起来只是把水雷手炸死，也许还会炸坏房间，但是整幢房子是不会被炸坏的。”

我从这里得出一个有趣的结论：原来我在这里工作，可能逢到这种意外事件。俄罗斯人是糊里糊涂的。我每天去洗澡，走过一条伸出在海里的长长的堤堰，这堤堰的斜坡上建造着一所晾硝棉的小屋；我不止一次地看到：水兵们把硝棉装进圆筒形的水雷里去，同时嘴里衔着点燃的烟斗。

我向他指出这件事的危险性，有一个水兵确信地回答我说：“万事听天。”

这理论不久就获得了辉煌的证实：硝棉过分干燥了，忽然燃烧起来。应该指出，爆炸和单纯的硝棉燃烧，结果是不同的。这一次只是把硝棉烧光了。然而那所小屋还是由于迅速增长的瓦斯的压力而毁坏了；不过当时站在开开的窗子边的那个水兵（也许就是说出那句哲学格言的人），只是被抛到约四十沙绳①之外的海里，仅仅受到一次惊慌、洗一个澡而已。

我来到了一个新环境里，海员们的环境里；我怀着好奇心观察这环境。水雷军官班的主任威尔霍夫斯基，我觉得是一个出色的人物：中等身材，体格丰满，面孔和头发有点像拿破仑，他是一个优秀的数学家，又是一个卓越的行政人员。他的指令常常是迅速、确切而明晰的。我觉得他的前程远大。但是，……他毕竟是一个俄罗斯人，住在俄罗斯的环境中，这环境使我想起托特马这地方，想起那意气消沉的估价员乌斯宾斯基和跟他住在一起的那个愉快的贪

① 1沙绳等于3.33米。——译者注

污者。

有一次，威尔霍夫斯基要我绘制一个藏水雷的阁楼的小型图样。我就执行了这工作，而且设计了两个窗子，因为我认为光线不够充足；又设计了一架有柱形栏杆的梯子和围绕着阁楼的同样的栏杆。威尔霍夫斯基看了很不满意。

“唉，”他懊恼地说，“你要知道不是我们自己建筑的，是军事工程部建筑的。咳，他们每一个栏杆柱子要算我们几十个卢布呢。……这些都让我们自己来造吧，不要打在图样里。”于是我只得把图样改作。

过了不多时，一个军事工程师带着工头库兹玛来了。这工程师是一个仪表非常优雅的老人，他的相貌端妍到近乎高洁的地步。他看看图样，对我说：

“青年人，你不懂得业务。照你这样子光线太暗，而且栏杆完全没有。”我微笑一下，默默不语。威尔霍夫斯基赞许地看看我，也不说话。这个圣洁的老人似乎懂得了这意思，就走开去了；工头库兹玛留在这里。青年军官们包围了他，同他说笑。

“怎么样，库兹玛，这一次没有好处了吧？”

库兹玛似乎是梁赞的农民，穿着藏青的外衣，长着一脸大胡子，颧骨很高，相貌聪明而狡猾。他就反驳：

“就是有栏杆和窗子，一共也值不了多少。要知道什么都有规定价格的。”

“噢，这是不是为了让你和你的工程师没有办法揩油？”说这句话的人，记得是彼列列欣，他后来是死在“灶神星号”[①] 上的。

---

① “灶神星号”是俄罗斯航运贸易公司的轮船，在一八七七至一八七八年同土耳其交战期间被海军部征用，改作巡洋舰。在海军尉官巴拉诺夫的指挥下，“灶神星号”曾经在土耳其沿岸作了多次勇敢的侦察，于一八七七年七月十一日同土耳其的装甲舰“菲特希—蒲连德”作战。战斗中死了三个军官和九个水兵，其中一个军官是海军尉官米哈伊尔·彼列列欣。——原编者注

库兹玛用明亮而狡猾的目光看看他，说出坦白得使我吃惊的话来：

“嘿，谁说没有办法……我们的脑袋里总不见得是装锯屑的。有办——法！这一回我们要狠狠地敲你们大尉一笔了。……叫他以后不要太精明！”

库兹玛笑了，军官们也笑了，只有我看不惯，觉得这种厚颜无耻的坦白令人吃惊。在托特马有一个森林技术员，这里有库兹玛和他的工程师。“到处衰朽腐败。”我在众人的笑声和青年军人的戏谑中这样想。

又有一次，威尔霍夫斯基叫我把铜质圆筒形水雷的各部分画出图样，以便向克朗什塔特本地的炮兵工厂定一大批货。兵工厂估定了价格，把图样送回来。我看一看价格，简直吃了一惊，这分明是荒唐之极的敲诈：普通的一英寸长的铜螺丝钉每只要七卢布。我年纪轻，头脑简单。我觉得威尔霍夫斯基是一个很规矩的人，于是我忍不住露出惊讶之色。他脸色微微发红，立刻就派一个水兵去叫那个估价的技师来。这人来了，他穿着一身军部官员的制服，相貌是犹太式的。我在门外听见威尔霍夫斯基急躁地喊着：“我要控告你。我要亲自去见海军上将。这是敲诈。”

这个人用温顺而略微尖锐的声音反驳了些话。当他从办公室里走出来的时候，他的脸色发红，满面是汗，然而嘴唇抽动着，显出一种讥讽的、在我看来还是得胜的微笑。过了一两天，估价单修正了送回来，但是这修正简直是开玩笑。大概威尔霍夫斯基又看出了我有怀疑之色。他懂得了“少不更事的大学生”的心情，就用他的明慧而坚定的眼光向我看看，说：

“我本来早就可以控告这个坏蛋了。但是我知道：要是他走了，继承他的职位的将是某将军的一个宠臣，一个俄罗斯人，然而是一个贪污比他厉害十倍的强盗。对付起这个人来更加困难。可是我，”

他用坚决而清楚的语调来结束他的话，“要使我的业务顺利进行，……我没有工夫同一般制度作斗争。我是一个务实的人。”

克朗什塔特的全部气氛中都充满着这种“务实”哲学。这种哲学竟制胜并吸引了正直的人们。当时有许多人谈起下面这件事。有一艘军舰上任命了一个新舰长。这是一个富有天才而勤勉干练的青年人，受到船员们的崇拜，为人非常正直。他初到任的时候，就拒绝接受完全不合规格的一大批煤。那个工头在海军部里和军官们之间是很有势力的。不但海军方面的人，连别的人也都怀着兴味等待着，看这个显然正直的人和那个显然贪污的人之间的冲突怎样结束。

这冲突结束得出乎意料之外：有一天，舰上来了海军上将康斯坦汀·尼古拉耶维奇大公（大家都知道他是一个自由主义者，又是拥护改革的人）。舰上一切都秩序井然。大公态度沉着地巡视这军舰，从甲板上走到舱房里，临去的时候说：

“很好，……但是听说你压迫工头。这是不可以的。”

这位舰长就得采取一个完全革命性的措施了：或者辞职表示抗议，或者服从。……他似乎终于服从了规定的“制度”[①]。

在海军环境中，他们对我这个“流放学生”，总算是好的。

有一次，我正在制图室里趴在一块很大的制图板上工作，突然走进一群军官来。走在前面的是年老的海军上将，由威尔霍夫斯基陪伴着，上将身材不高，体格丰满，颜貌粗拙而缺乏表情。我站起身来迎接走进来的人，同相识的人打了招呼，然后回复以前的姿势，继续工作。这显然是违反了海军上将所见惯的尊敬态度，他认为他在房间里的时候制图员应该一直站着。这人就是当时有名的在海军部里很有权威的波波夫[②]，是同样有名的“波波夫式圆形装甲舰”

① 这里所说的，可能是指发生在七十年代中叶的尼古拉·叶甫格涅维奇·苏哈诺夫的与此相类似的一件事。——原编者注

② 安德烈·亚历山大罗维奇·波波夫（1821—1898）是海军上将。——原编者注

的创造者，这些装甲舰实际上是毫无用处的。波波夫是一个有名的粗暴而刚愎自用的人。如果我不记错的话，后来斯塔纽科维奇①曾经把他描写在小说中，称他为“严厉的海军上将”。

全部人员都站定在这房里的圆筒形威特海德水雷旁边了，但是在开始视察之前，海军上将注意到了我这个不恭敬的制图员。

“这是谁?”他向我这方面点一点头，高声地问。

“制图员，是个大学生。”威尔霍夫斯基回答，接着又低声地补说了几句话。

“噢，……”这个严厉的海军上将就平静下来。他们视察了水雷的构造，就走了。

过了一会，威尔霍夫斯基从另一个房间里跑到我这里来，匆忙地打了一个草图，要我绘制像一架短而阔的铁梯子似的一个器械。这就是所谓“钟式裙”，是波波夫发明的，他打算用这东西来保护装甲舰，使它们在行驶的途中不受敌人的水雷的袭击。威尔霍夫斯基激烈地反对这设计，他提出理由，说“钟式裙”会大大地减低船行的速度。过了一个月，塞瓦斯托波尔停泊场上举行“钟式裙”的试验，威尔霍夫斯基把试验的结果告诉给我听。

试验的结果很精彩；接着就大批地制造。然而在有一个朋友写给威尔霍夫斯基的信里说，这试验结果完全是卑鄙的伪造：装“钟式裙”的舰上乘着海军上将波波夫的时候，就开得很快。但是只要他一离开甲板，这装甲舰不但走不快，而且几乎立刻慢了一半。“衰朽腐败，”我又一次地在心中断定，“从上到下都是虚伪。”

在结束关于水雷军官班的回忆的时候，我要提到一点，就是后来我曾经关心地注意到，我所认为优秀人物的威尔霍夫斯基的名字

---

① 康斯坦汀·米海洛维奇·斯塔纽科维奇（1843—1903）是一位作家，本来是海员，以《海上故事》著名于时。——原编者注

有没有在社会上所发生的种种事件中出现。他的名字果然出现了。在谈到有约翰·克朗什塔特斯基[1]参加的一次短祷式的时候，有一两次提及他的名字。我记起了威尔霍夫斯基是虔信宗教的，他每次走过水雷班隔壁领航学校的教堂上的十字架旁边的时候，总要划十字。我当时喜欢他这种举动，认为这是他的特点。有一次他当我面前说："没有到过海上的人，不会祈祷上帝。"但是现在发生了这样的事：在日俄战争的时候，有一个痴子，或者简直是个骗子，找到了一个显灵的圣像，同时他恍恍惚惚地做一个梦，看见一个庄严的长老来对他预言，说只要把这个圣像送到战场上去，俄罗斯军队就会胜利。这圣像就被郑重其事地护送到满洲里，当然没有得到任何胜利，——当我读到这滑稽事件是由威尔霍夫斯基助成的时候，觉得有点悲伤。那时候他正以一个军货工厂的所有者闻名于海军界。

这股巨大的力就这样熄灭在官僚主义和陈腐旧规中了。我这个年轻的"流放学生"关于体制"衰朽腐败"的想法，显然不是那么幼稚的。

8
青年军人们。契若夫和杰加耶夫

读者大概记得这故事的第一卷里提到过的我那个当炮兵军官的表兄吧。他也是非常急进的人。他读过许多书，醉心于鲍克尔、别林斯基、杜勃罗留波夫和皮萨列夫，总之，满怀着新思想；他对兵士很仁爱，结交着志同道合的人。他迁调到克朗什塔特之后，到他这里访问的大部分是知识阶级的青年军人。

---

① 约翰·克朗什塔特斯基（即约翰·伊里奇·谢尔吉耶夫，1829—1908）是克朗什塔特的安德列耶夫大礼拜堂的司祭长，伪称自己是奇迹创造者。他是一个有名的黑暗主义者和黑帮分子。——原编者注

伊凡·阿克萨科夫[①]曾经写信给他的父亲和哥哥，谈到当时社会的风气，说如果要在内地找一个诚实的人，应该到别林斯基崇拜者里面去找求。他说，“在对被压迫者的不幸能表示同情的人的身上，在准备斗争的诚实的医生和诚实的预审员身上”，你们一定能够看到别林斯基的面影，或许也可以看到他给果戈理的信[②]。关于杜勃罗留波夫和车尔尼雪夫斯基的作品所培养出来的下一代，当然也可以这样说。

亚历山大二世的改革事业使得良好的愿望在全国复活起来，唤起了许多力求继续革新生活的新生力量。可以毫不夸张地说：凡是决心同单纯的舞弊行为作斗争的人，在当时都被认为同别林斯基、杜勃罗留波夫、车尔尼雪夫斯基有关，而算是可疑分子。反之，官场的驯良品性是保持贪污舞弊的旧传统，或者至少是容忍这种传统。在轰动一时的小说《海市蜃楼》（克留希尼科夫[③]著）中，坦白率直地指出了这一点。小说的主人公作者用最理想的特点来描写他有一个下属，是一个贪污分子，有一次公然地对他说：“您原来是一个好人。起初我们听说您要上任，大家多么怕您啊。”他之所以被称为“好人”，是因为他不认为自己是一个正直的人，不同风俗习惯做“不必要的、傲慢自大的斗争”，却和生活中的因循的一般风气同流合污。

如果当时懂得这种悲剧性的矛盾，听到这显而易见的真理的呼声，——即要求哪怕是逐渐地、然而必须坚决地继续革新生

① 伊凡·阿克萨科夫（1823—1886）是俄罗斯社会活动家、政论家和诗人。是作家谢尔盖·阿克萨科夫（1791—1859）的儿子。——译者注

② 是指别林斯基给果戈理的一封论及《与友人书信选集》的有名的信。这封信是一八四七年写的，在一九〇五年以前一直被检查机关禁止发表。——原编者注

③ 维克多·彼得罗维奇·克留希尼科夫（1841—1892）是一个反动作家。他的小说《海市蜃楼》于一八六四年刊登在《俄罗斯通报》上。皮萨列夫在《愤怒的虚弱》这篇文章中给这小说以毁灭性的评价。——原编者注

活，——那么亚历山大二世的统治就可以像开始时一样成功地结束，而且可以成为历史上最光荣的朝代之一。但是要达到这目的，需要更大的智慧和气魄，这是亚历山大二世所没有的。因此他开始的时候提出伟大的号召，叫他的人民走向自由，可是结果是“从高高的宝座上”发出滑稽而可怜的训谕：“屋主们，当心你们的守门人。”①

总之，那时期在我看来仿佛是开始涨潮时的海岸，整个海滨汹涌沸腾着往返冲击的波浪。所谓驯良品性终于在俄罗斯官场中战胜，改革以前的贪污和盗窃的风气自然也就跟着它复活了。起码的正义感变成了可疑行为。因此，最极端的革命行动在当时的知识分子社会中获得了极广大的同情。

在军界也有同样的情形。有一大群青年从米留青军事学校涌进军队里，他们都是熟读别林斯基和杜勃罗留波夫的作品的。而在兵营里，这些青年碰到了改革前沿传下来的或者重新复活起来的舞弊行为，军纪和驯良传统助长着这种行为的发展。这两股潮流是不能和睦共处的，于是米留青改革就被排除了。

我来到克朗什塔特之后不久，我的妹妹在学院毕业了，我们就同表兄分居，这时候和他同事的青年军官们常常到我们的新居里来玩。这里面有三个人后来参加了革命工作。其中一个叫做瓦西列夫②的，后来似乎侨居国外；另一个叫做契若夫③的，被流放到东西伯利亚；还有一个注定获得广大而可悲的声望：这人叫做杰

---

① 这里所指的是亚历山大二世于一八七九年十一月二十日在克里姆林宫对各阶层代表所作的讲话，这是他被谋杀未遂的下一天的事。——原编者注

② 这姓氏可能是改换了的，因为在米·阿申勃连涅尔的《民意党的军人组织及其他回忆》一书中所记载的七十年代末八十年代初军人革命小组组员的名单中，并没有瓦西列夫这姓氏。——原编者注

③ 德米特利·伊凡诺维奇·契若夫（约生于 1853 年）是地雷连的大尉。被杰加耶夫告发，说他参加敖德萨和尼古拉耶夫两地的军人革命组织（“七三人案件”）。被流放西伯利亚五年。——原编者注

加耶夫[1]，是一个热情的革命者，一个恐吓主义者，后来变成了叛徒，曾经出卖薇拉·菲格涅尔[2]，最后终于设计谋杀了劝诱他当叛徒的苏杰金。

我们的小小的寓所实际上只有一个大房间，隔成两个小房间，我和母亲以及两个妹妹住在这寓所里。晚上，这里常常充满着生气蓬勃的谈话。这些青年军人到我们这里来，多少是由于受我的大妹妹的吸引，她是一个活泼可爱、聪明伶俐的人。

这小团体里面最突出的人物无疑是杰加耶夫。他身材矮小，肩膀宽阔，躯干瘦削，性情很活泼而带有神经质，喜欢作奇谈怪论，容易激动。契若夫的样子远不及他那么动人。他的身体庞大，略微有点笨拙，军人的仪表很差，态度并不轩昂，然而诚恳而认真。他和杰加耶夫是朋友，然而他们之间常常发生思想冲突，契若夫被任命为连长，立刻就碰到了一连串的经济管理上的舞弊行为。

他立即开始向舞弊者进行斗争，使得军界里都纷纷议论这件事。杰加耶夫嘲笑他这种“唐吉诃德式的行为”，并且剧烈地讥讽他“同风车斗争”。契若夫用简单而不能动人的话来替自己辩护。

---

① 谢尔盖·彼得罗维奇·杰加耶夫（1858—1917）七十年代末参加革命运动，是民意党中央军人组的成员。为敖德萨印刷所事件，于一八八二年被捕，结交了宪兵上校苏杰金，出卖了民意党里好几个重要的活动家。在确凿罪证的压力之下，他对民意党的侨民中心组织招供了实情，就被责成设计谋杀苏杰金。一八八三年，柯纳舍维奇和斯塔罗德伏尔斯基在彼得堡杰加耶夫的寓所里杀死了苏杰金，事后杰加耶夫逃往美国。——原编者注

② 薇拉·尼古拉耶夫娜·菲格涅尔（1852—1942）是俄罗斯革命运动的著名活动家，民意党执行委员会委员，民意党军人组织的创办人。她被杰加耶夫出卖，于一八八四年被判处死刑（“十四人案件”），后来被改判为无期苦役刑。在这次案件中受审的还有阿申勃连涅尔、波希托诺夫和被杰加耶夫出卖的其他诸人。罗加乔夫和施特隆别尔格被处死刑。薇拉·菲格涅尔在施利色堡要塞中被单独禁闭了二十年之后，从一九〇四年至一九〇六年过流放生活。一九〇六至一九一五年间她住在外国，后来回到俄罗斯。她曾经著作《难忘的劳动》和许多回忆录。——原编者注

我的妹妹热烈地支持契若夫。……杰加耶夫立刻激动起来，他在论战的热情中发表了如下的见解：军队是奴役人民的主要工具，谁掌握着暴君政权之下的整个俄罗斯？……是丘八。因此这些贪污的管理员和别的舞弊者对于这些畜生的折磨越厉害越好。妹妹听了这论调大为激怒，于是这争论就变得非常剧烈。第二天，出乎人们意料之外，杰加耶夫给我妹妹一封信，表示道歉，说他昨天的争论过分热情了，说“经过深思熟虑之后”，他承认自己的见解实际上是不正确的。

又过了一个月，我在奥拉年包姆的火车里遇见他。他显然是刚刚读过或者重读过杜勃罗留波夫关于卡富尔①的论文；他认为这篇论文同他对契若夫的争论有关。他把契若夫归入卡富尔一类的人物中，把自己归入加里波的②的类型中。这又使他坚持以前的观点了。后来我得悉了杰加耶夫的离奇生涯之后，常常回想起他当时的这些动摇不定的行为。

我还要提到一件表现出当时军界特色的事实。我表兄有一个同事，是一个炮兵军官，姓弗兰克，他想调任宪兵职务。为此，他必须请求退职，并申请对新上级的推荐书。青年军人们对于这件事表示不能遏制的愤慨。年纪较大的军官们态度不像青年人那么坚决，但是大体上是赞同青年们的见解的。弗兰克突然被召唤到彼得堡军管区的炮兵队首长那里，记得这位首长的姓氏是巴兰佐夫。弗兰克到了那里之后，那位将军从自己的办公室里快步地

---

① 卡米洛·本佐·卡富尔伯爵（1810—1861）是意大利统一时代的一个政治家。杜勃罗留波夫在《同时代人》杂志上写过两篇论文，揭穿卡富尔的表里不一的政策。这两篇论文就是《来自都灵》（一八六一年，第三号）和《卡米洛·本佐·卡富尔伯爵的生和死》（一八六一年第六号和第七号）。——原编者注

② 朱塞普·加里波的（1807—1882）是意大利的人民英雄，是争取意大利统一、反对外国奴役、反对封建专制制度和教权的反动势力的意大利革命民主主义的重要领袖之一。——原编者注

走到接待室里，一直走到弗兰克身边，把他从头到脚打量一番，说：

“我叫你来，为的是要看看一个决心用正直的炮兵制服去换间谍制服的军官。”说过之后，并不向他点头告别，毅然地回转身去，就走了。许多军官从此就不同弗兰克握手了。甚至有人说：海军俱乐部——炮兵也参加在内——里的干事们向他提出，要他退出俱乐部组织。

9
在彼得堡。契尔内肖夫的葬礼和“一九三人案件”

过了一年，我们（我、格利果列夫和韦尔涅尔）的流放期满了，我首先向内务部申请恢复自由，这申请获得了成功[①]，于是格利果列夫就援我的例。韦尔涅尔早就提出了申请，希望参军。他被派到高加索去当军官，在俄土战争中建立了功勋；战后回到俄罗斯，成了自由人，又进农林学院，后来就在那里当教授。

我记得在克朗什塔特度过的最后几个晚上之中某一晚的情形。我最后一次到海军俱乐部的图书馆里去还书，走出来的时候忽然想起：我在克朗什塔特的无思无虑的流放生活已经结束，现在要负担着家庭的未来生活的责任来了。这是一个沉静的夏夜，明月挂在林荫路的树梢上。我在一张长凳上坐下来，一直坐了两个钟头光景。这期间许多念头通过我的头脑里。必须把十分明确的严肃的家庭责

① 根据内务部一八七七年五月十四日的指令，柯罗连科从警察监视下恢复自由。此后，柯罗连科向莫斯科的彼得农林学院校务会议提出申请，要求准许他回到该学院三年级。校务会议答应了他的申请，然而院长认为柯罗连科政治上有问题，不批准校务会议的决议。柯罗连科受到农林学院的拒绝，就进了彼得堡的矿山学院。——原编者注

任和关于社会工作的虽不明确却有诱惑力的幻想同时结合起来。我回到家里已经很夜深，母亲为了我出门太久而表示惊诧。我没有带回任何明确的决定。结果我们迁居到彼得堡①，我通过了矿山学院的会考，就开始找工作。

我们卜居在离伊兹马伊尔桥不远的封坦卡河岸街上，买了些最廉价的家具和器什。有一次弟弟跑回家来报告，说他经过干草市的时候在那里买了一张很好的躺椅，不过要马上去搬。我们就跑到干草市，两个人把这躺椅扛了回来，使得管院子的人惊奇而轻蔑地向我们看。

我只得再从事校对工作。这时候，曾经以《经济学家》的出版者著名的、同车尔尼雪夫斯基进行过论战的伊凡·瓦西列维奇·韦尔纳茨基，决定出版一种新的周刊《经济指南》。这是一种很可怜的小报，每月出四次，内容充满着数目字。这刊物需要校对人员，我和弟弟就担任了这工作。报酬很微薄，每月不过二十卢布左右，工作却很吃力，全是数目字。但是这工作算是一个立脚点，因为《经济指南》是在韦尔纳茨基自办的位在花园街和封坦卡河岸街之间的豌豆街上的斯拉夫印刷所里印行的，而在这印刷所里可能碰到其他的工作。果然不久我被《新闻报》聘请为第二校对员，我在这报馆里一直工作到第二次被从彼得堡放逐出去。这工作是夜里做的，不妨碍我白天到矿山学院去上课。

然而必须说明，这一次我又不是一个好学生。在彼得堡热烈地展开着运动。喀山示威运动的参加者受到了审判②。我们有几个朋友被牵连在内，而我的弟弟作为见证人出场。原告分析了他的供词

① 柯罗连科的家庭从克朗什塔特迁居到彼得堡，是在一八七七年秋天。——原编者注

② 这是俄罗斯初期革命示威运动中的一次，于一八七六年十二月六日发生在彼得堡的喀山广场。被捕的示威运动参加者于一八七七年一月十八日在彼得堡受审。——原编者注

之后，尖刻地指出，说这个见证人是由于审讯时的疏忽而坐在见证人席上的，其实他应该和被告坐在一起。我被认为是曾经流放过的人。警察立刻就注意到我们两人。

后来发生了值得纪念的“一九三人案件”①。这是所谓“到民间去”的第一次浪潮的牺牲者。现在这整个运动已经被许多参加者的回忆所阐明了。这运动所根据的完全是一种幻想的概念，即认为人民有“永久的革命性”，人民常常准备推翻现行制度而在最理想的基础上创造新制度，所以这运动实际上并没有危险性。革命知识分子和人民之间既没有共同的语言，也没有相互的了解。然而沙皇政府照例是怕得要命。恐怖传遍了全俄罗斯：到处逮捕对这运动表示“同情”的和有危险思想的嫌疑分子，把他们带到彼得堡，关在羁押所或彼得保罗要塞里，至三四年之久。审判的时候，原告瑞列霍夫斯基用愚痴的坦白态度说：绝大多数被告坐在被告席上，只是“作为背景”而已，在这背景上应该突出主要凶犯来。果然，根据审判的结果，这些青年男女中有几个人被判处了一两个月的徒刑，然而他们已经“作为背景”被拘留了四年了。

这整个案件在审判以前早就暗暗地激动着青年们。在这基础上发生了一次意外的、空前大规模的示威运动。

一八七六年三月，大学生契尔内肖夫死了。这是这个大案件中的牺牲者之一。他也被“作为背景”拘捕，在羁押所里患了痨病。他们把他送进实验医院，他就死在那里了。

三月三十日出殡的时候，起初来的大学生人数不多，但是后来走在街上，人数越聚越多了。走到横列街和铸造大街的拐角上，

① “一九三人案件”是关于“在帝国进行革命宣传”的案件。这案件的审讯延续了三年之久，而且俄罗斯各地的被告和被捕者达二千人之多。这案件从一八七七年十月十八日至一八七八年一月二十三日由参政院审理。——原编者注

羁押所的近旁的时候，群众挡住了棺材的进行，把它抬高到人头上面，举行了连祷。这次示威运动进行得很顺利，甚至警察在事后也没有觉察；大批群众毫无阻碍地来到了墓地上，一路上向关心这件事的群众解释示威运动的意义。直到在墓地上开始公然的革命演讲的时候，当地的警察才觉察到，然而无可奈何。我那时候还住在克朗什塔特，没有参加葬礼。但是弟弟亲眼看见这一切，就把一个可怜的区警察局长的悲喜剧情状讲给我听。他说这个区警察局长看见自己处在显然的政治示威运动的中心，然而毫无办法。他踉跄地冲向演讲者去，可是青年们紧紧地围住了他，他看见自己处在被捕的状态中了。不但如此，主要的讲演完毕之后，有一个喝得醉醺醺的大学生爬到墓地的围墙上，发音不清地作了一番短短的即兴讲演：

“除此以外，我们郑重地应诺，要去打这种警察的嘴巴。……”

他指点一下那个区警察局长。区警察局长拼命地向他冲过来，嘴里嚷着：

“不行，诸位，这是不可以的。这样的人我就应该逮捕他。”

那个学生也向区警察局长冲过去，然而周围的人笑着把他们拉开了。当警察队伍和骑马的宪兵赶到的时候，一切已经结束，一个人也没有抓到。

这一切激动了社会舆论，在彼得堡就有许多人谈到当前的大案件。起初大家以为是所有的人一起受审判的，但是后来官方对这一群被告觉得害怕，因为他们由于多年的被监禁和“司法”的公然虚伪而变得凶暴了。官方决定把这一大群被告分成若干组。当他们把这办法向被告宣布的时候，参政院的特别法庭里发生了声势汹汹的情景。被告们表示反抗，不愿意被带出去，他们作了热烈的抗议讲演。法庭上容许旁听的人数很有限，报纸上的消息受严格的审查，然而还是每天有关于这事件的消息像电光一般传遍彼得堡。

据说有一个叫做罗加乔夫[1]的，曾经当过军官，体格魁梧奇伟，他冲向法庭上的栅栏边，用两手拼命地把栅栏摇动，使得参政员们大为惊骇。还有一个叫做梅施金[2]的，为人不十分沉着，性情热狂而激烈，具有非凡的讲演才能，他讲了一番话，其中把参政员法官们比作妓女，他说："那些可怜的女人由于贫穷而出卖自己的身体，你们却为了官衔和勋章而出卖灵魂。"这番话在演说者、赶过来拉他出去的宪兵们和其他被告们之间的斗争中结束，因此它的效果更加强烈了。

大家争先恐后地探听这种消息。我正好在这时候来到克朗什塔特，熟识的军官们和他们的夫人都聚集到表兄这里来探听最近的消息。我把我所知道的告诉了他们。甚至军界里的人听了也愤愤不平，夫人们都哭了。一般共识的社会主义理想引起了人们的热烈的同情，尤其是女人们。有一个军官，是一个老怀疑派，他作出了一个实际的推论：

"可是，夫人，要知道到那时候大家都平等了。……"

---

① 德米特利·米海洛维奇·罗加乔夫（1851—1884）在"一九三人案件"中被判处十年苦役刑。一八八一年，柯罗连科在雅库茨克的监狱中同罗加乔夫会面。在这以前，他曾经读过罗加乔夫的用手抄本流传的《宣传者笔记》。这些笔记中所叙述的一个插话，后来曾经作为柯罗连科的未完成小说《格露娘》的根据（这篇小说载在柯罗连科逝世后印行的文集第十五卷中，乌克兰国家出版社一九二三年版）。关于这个插话以及同罗加乔夫的会面，均见《我的同时代人的故事》第三卷第五章第一节。——原编者注

② 伊波里特·尼基齐奇·梅施金（1848—1885）是七十年代民粹运动中著名活动家之一，是秘密印刷所的组织者，曾经在农民中间进行宣传工作。一八七五年，他企图营救车尔尼雪夫斯基，但是在车尔尼雪夫斯基当时的流放地威吕斯克附近被逮捕了。一八七七年，在"一九三人案件"受审；由于他在法庭上讲了一番显然具有革命性的话，他受到了这案件中最重的判决：十年苦役刑。在到卡拉去的途中，经过雅库茨克的时候，为了他在德莫霍夫斯基的葬仪上发表演讲，又被判处十五年苦役刑。一八八二年，他从卡拉逃走，但在海参崴被抓住了；起初被送到彼得保罗要塞，后来被送到施利色堡，在那里为了侮辱监狱看守人，于一八八五年一月二十六日被处死刑。柯罗连科和梅施金是在雅库茨克的监狱里相识的（见《我的同时代人的故事》第三卷第五章第二节）。柯罗连科对梅施金的个性很感兴趣，预备替他写传记。这作品的遗稿保存在作者的档案中。——原编者注

“那又有什么！……这样该多好。”女人们的声音打断了他。

“对不起，我没有说完。……到那时候，譬如说，厨娘和丫头之类的人都没有了。”

夫人们的脸都沉了下来，她们说：

“呃——……这在实际上的确不大方便。……”

法院呈请大大地减轻对一切被告的判罪，然而亚历山大二世不但不减轻，反而对某几个被告加重了判罪；因此有许多已经被释放而正在等候减罪核准的人，重又被逮捕了，关进监狱里。这使得人们发生了很不利于沙皇的印象。

后来有一次，我从尼古拉·费多罗维奇·安年斯基[①]那里听到了下面的一段有趣的对照：

“在那次大案件中，天真的理想主义者和幻想家曾经叫骂，拼命地摇动栅栏，使得法官们大为恐怖。这是一八七八年的事。可是过了两三年，同是在这些参政员法官面前，亚历山大·克维特科夫斯基[②]以及后来的瑞略波夫[③]情况就不同了，他们穿着一套无可疵议的黑衣服，戴着浆硬的领子，以极其得体的态度说出了下面的供词：‘我已经禀明法院，谋害皇上用的那颗炸弹是在某某地方制造出来的，由以下的成分组成。’”

---

① 尼古拉·费多罗维奇·安年斯基（1843—1912）是一个统计学家、新闻工作者、社会活动家；他是柯罗连科的好朋友，又是柯罗连科在《俄罗斯财富》杂志编辑部里的同事。——原编者注

② 亚历山大·亚历山大罗维奇·克维特科夫斯基（1852—1880）是“土地与自由社”和民意党的创始人之一，又是这两个组织的著名活动家之一。一八八〇年十月二十五日至三十一日，他为民意党第一次“十六人案件”而受到彼得堡军管区法院的审判。被判决绞刑，在彼得保罗要塞与普列斯涅科夫一同就刑。——原编者注

③ 安德烈·伊凡诺维奇·瑞略波夫（1850—1881）是民意党的著名活动家之一，又是民意党的执行委员会委员。他在一八八一年三月一日的前两日被捕，后来他宣称自己在这事件中担任领导角色，要求把他的案件归并在三月一日的案件中。一八八一年四月三日被处死刑。——原编者注

10

涅克拉索夫的葬礼和陀思妥耶夫斯基在他墓地上的演说

一八七七年末，涅克拉索夫逝世。他病得很久了，而到了这一年的冬天，他简直已经奄奄一息。但是即使在这最后的几个月里，《祖国纪事》上还发表他的诗篇。陀思妥耶夫斯基在他的《作家日记》中说，涅克拉索夫这些最后的诗篇并不亚于他的创作盛期的作品。这就容易想见，这些诗对青年们起了怎样的作用。大家知道这诗人的寿命将要告终了，于是各地的人都纷纷向涅克拉索夫表示真挚而深切的关怀。

那时候我有一个朋友，是矿山学院的学生，这个人思想很激进，然而他的激进主义中含有很多温厚、滑稽而天真的成分。他告诉我说，所有大专学校的学生纷纷地在对涅克拉索夫的致辞上签名，他用他那生动而天真的语言来简洁地叙述这致辞的意思：

“涅克拉索夫兄，请听我们说：你反正不久就要死了。那么请你把全部真理写出来告诉这些卑鄙的人；而我们，请你放心，一定会把这些真理传遍全俄罗斯。”

我听了笑起来。学生们对这个卧病的诗人的致辞，自然是写得很有见识，很温暖，很出色的。据说涅克拉索夫看了非常感动。

他死了（一八七七年十二月二十七日）之后，殡葬的时候当然不能没有庄严隆重的示威游行。这一次青年们的感情和整个知识界的感情相一致，在彼得堡从来不曾有过类乎此的情况。出殡在上午九点钟开始，大批人群直到黄昏才从新圣母墓地上散去。警察当然很耽心。普希金在他的《阿尔兹鲁姆旅行记》里说：他在格鲁吉亚和亚美尼亚交界处的一条大道上遇见一辆简陋的大车，上面载着一口木棺材。那些赶车子的格鲁吉亚人告诉他说：“我们载的是格利鲍耶陀夫。”大家都知道，普希金自己的遗骸也是这样不体面而偷偷摸摸地被从彼得堡载出去的。这种时代早已过去了，现在当局已经没有力量来制止社会同情心的表现了。涅克拉索夫的葬仪很隆重，在墓地上有许多人致辞。我记得巴纽津[1]朗诵了诗篇，然后由扎索金斯基[2]和其他几个人讲话，然而陀思妥耶夫斯基的讲话最有意义。

我和两三个同学从石围墙的顶上爬到了十分靠近坟墓的地方。我站在围墙的盖铁皮的尖顶上，抓住一棵树的枝条，听到了他的全部讲话。陀思妥耶夫斯基说话声音很轻，然而非常富有表情而动听。他这篇演说后来在报刊上引起了纷纷议论。当他把涅克拉索夫的名字列在普希金和莱蒙托夫后面的时候，在场的人们之中有些人认为这是小看了涅克拉索夫。

“他在他们之上。”有一个人这样叫，另有两三个声音附和他，说：

“对啊，在他们之上。……他们只是拜伦模仿者。”

斯卡比切甫斯基[3]在《证券公报》上坦白率直地声言，说“成千成万的青年异口同声地推崇涅克拉索夫为首位”。陀思妥耶夫斯基在《作家日记》[4]中对这一点作了答复。但是后来当我在《作家日记》中重读这篇论战的时候，我没有在这里面看到曾经对我和我的许多同辈人发生比首位争执强烈得多的印象的那段话。这段话当时

---

① 列夫·康斯坦汀诺维奇·巴纽津（1829—1882），他的作品大都用笔名“尼尔·阿德米拉利”。他是中庸自由主义的《声报》的小品文作者，是《闹钟》和《星期报》两杂志的撰稿人。——原编者注

② 保罗·符拉季米罗维奇·扎索金斯基（1843—1912）是小说家、民粹主义者（笔名伏洛格金）。——原编者注

③ 亚历山大·米海洛维奇·斯卡比切甫斯基（1838—1910）是批评家、文学史家和自由主义民粹派的政论家。这里所指的是斯卡比切甫斯基的论文《关于当前文学的见解。作为一个人、一个诗人和编辑者的涅克拉索夫》。这论文登载在《证券公报》一八七八年第六期上。——原编者注

④《作家日记》是陀思妥耶夫斯基一八七七年所作。——原编者注

有许多人都不曾注意到。原来是这样一回事：陀思妥耶夫斯基用他那在我看来既动人而又有预言性的声音把涅克拉索夫称为“绅士”中的最后一个伟大诗人，说将来总有一天（而且这一天已经很近了），会从人民本身中产生出和普希金、莱蒙托夫、涅克拉索夫并驾齐驱的新诗人。……

“对啊，对啊，……”我们向陀思妥耶夫斯基热情地叫喊，这时候我险些儿从围墙上掉了下来。

的确，这话在我们听来多么高兴，多么亲切。现今的全部文化都有不正确的倾向。这种文化有时达到了高度发展，然而它的形式至今仍是片面的、狭隘的，只有当人民参加在内的时候，它才会无限地充实起来，因而提高起来。

陀思妥耶夫斯基和他的热情的听众在见解上当然有许多重要的歧异。后来他曾经说：只有能尊敬人民所尊敬的对象的诗人，人民才把他当作自己的诗人；这所谓对象，当然是指专制政体和正式的宗教。然而这是为他的话作注释。后来我很久不能忘记陀思妥耶夫斯基的演说，这简直是透彻的社会变革即将临近的预言，是关于即将出现在历史舞台上的人民的一种预言。

在这几年内，我那怀抱已久的做作家的愿望甚至也消失了。既然像普希金、莱蒙托夫、涅克拉索夫这样的人，也只不过是在人们惯走的老路上作为显著的灯塔标志而已，那么究竟是否值得做作家呢？我从来不曾对皮萨列夫风格迷恋到否认普希金的程度；我记得陀思妥耶夫斯基的话：涅克拉索夫在诗才方面比普希金和莱蒙托夫都要差得多，但是……将来总有一天——而且这一天似乎很近了，——会出现“新天地”，会出现另一种普希金和另一种涅克拉索夫。我们这一代所面临的任务就是要促成这日子的来到，而不是重复旧文化的片面性——这种旧文化曾经在不公正和奴役的基础上获得蓬勃的、然而片面的繁荣。

我曾经提到过，说我从小就有一个习惯，喜欢把自己的印象用言词表达出来，为它们找求最好的形式，不找到不能安心。但是在我这一段生活时期中，这种习惯即使没有消失，至少也减弱了。这时候支配着我的基本思想，即作为我感受和观察现象时的一种背景的，是关于未来的变革的思想，我们必须为这变革铺好道路。

大约就在这时期内，我的同乡人之中发生了一个悲剧。我们有一个朋友叫做古恩科，是一个很有才能的青年，在中学里常常考第一。他是我弟弟和勃尔若佐夫斯基的朋友。起初他们三人很要好，但是不久在思想上就开始有了分歧。弟弟和勃尔若佐夫斯基热中于民粹运动，而古恩科对这运动表示冷淡和讥讽。他脱离了小组，找到了一班新朋友，是铁道学院的学生。有一次，他从六层楼上跳下来，跌死在马路上了。

这自杀的原因我们始终没有弄清楚。他的新朋友们也不能作任何解释。也许这件事和恋爱有关。但是那时我认为，这个青年人自杀的原因，除了他缺乏我们当时的信仰之外，是不能作别的解释的。我想："如果他不脱离这种引人入胜的共同气氛，他就不会做出这种事情来。他也会恢复精神的健康，正像我从我倒楣的那几年的沮丧心情中恢复过来一样。"古恩科的其他的朋友们也都这样想。

11
《新闻报》及其出版者诺托维奇

《新闻报》是在斯拉夫印刷所里印刷的。为这报纸当校对的是陀里宁[1]，他有时也写论文。但是一个校对不够，诺托维奇就请我去当第二校对员。我们两人隔日轮流工作，因此我有充分的空时间。

---

① 见《我的同时代人的故事》第四卷第二十四节。——原编者注

这报纸销路很差，我的薪水不大容易领到，而且要依照出纳处的收入而分期领取。为此，我每星期必须到编辑部和办事处去两三次。出纳员每次都叫我去问诺托维奇。诺托维奇尽力避免谈到钱的问题，直到出纳处积集了二三十个卢布；因此我和《新闻报》编者谈话的时间很多。

这位编者还是一个青年人，有犹太贵族的秀气的面貌，受过法科教育。他曾经把鲍克尔的一本书改编为通俗本①出版，并且以此自傲，声称他只是“排除了鲍克尔的水分”。他具有特殊的编辑才能：只要稍加删节，稍加修改，往往就能使一篇文笔完全不通的原稿变成富有文学性的作品。他有卓越的技巧，善于利用送到编辑部来的一切写满字的纸片，而且他做这工作很热心，因为对通讯稿他是完全不付报酬的。

关于这一点，报界曾经宣扬着这样的一个小笑话：《新闻报》上有一时常常登载古谢夫从萨拉托夫寄来的生动流畅的短篇论文，这人后来是以斯洛沃-格拉果尔这笔名广泛闻名的。那时候他刚刚开始他的文学生涯。诺托维奇立刻赏识了这个“初出茅庐的”青年人，乐愿刊登他所寄来的一切稿子，但是一向不付一文稿费。这个不幸的作者在几次坚决要求之后，终于忍不住了，就写了一封很激烈而动人的谩骂信寄给编者，在信里描写一个内地工作者的困难境况，把诺托维奇称为蜘蛛，称为贪婪的剥削者，又加上类乎此的其他名号。

诺托维奇这时候态度还是坚持不变：他立刻赏识了这封谩骂信的文学价值，就在这信上加一个标题“内地通讯员们和首都出版者们”，很巧妙地把文章里对他自己的称呼改成了第三人称，于是《新

---

① 所指的是《欧洲思想家》一书，这是法学硕士诺托维奇根据鲍克尔的《英国文明史》（两卷）改编的通俗本，一八七六年圣彼得堡出版。——原编者注

闻报》上就出现了一篇出色的短评，这短评的作者还是一文稿费也没有收到①。

然而应当指出：当时这报纸的境况十分困难。广告很少。这种可悲的情况影响了新广告的进路，为了要掩饰这情况，这家报纸就采用诡计：转载别家报纸上的广告。这在登广告的人似乎只有便宜，因为给一个报登载的广告被免费地转载在另一个报上了。可是有一次，我照例到编辑部来领取不拘多少的校对薪水，碰到那里刚刚发生过了一桩大乱子。有一个运动家，似乎是波罗的海沿岸地带的一个男爵，他登了一个广告，求售一匹赛马用的马。在赛马会上，另一个运动家走到这运动家那里来，说他曾经在《新闻报》上看到他的广告。

“你不可能在《新闻报》上看到。”第一个运动家说。第二个运动家坚持他的话。于是第一个运动家就提议：“你肯和我打赌吗？”那个就说：“遵命。”

他们赌很大的一笔钱。第一个运动家赌输了，因为《新闻报》上的确登着他的广告。这位激怒了的男爵就闯进编辑部来，要求赔偿他赌输的钱。诺托维奇坚持他在合法范围内转载的权利。发生了一场激烈的争吵，男爵拿了手杖追赶绕着桌子逃避的编者。

另一件事略微带有哀伤的性质。一个“殷实的中年鳏夫”要征求一个相貌端正的中年女友，就把这意思在《新时代报》上登了一个广告。《新闻报》讨好地转载了这广告。这鳏夫的事成功了，他找到了一个相貌中意的女友，于是这位中年绅士就开始过家庭生活了。但是过了一个时期，突然门铃又接连地响出，又有一大批中年的相貌端正的应征者涌进这鳏夫的寓所里来了。原来《新闻报》的排版

① 这件事被记载在霍凡斯基的《萨拉托夫城及萨拉托夫历史随笔》一书中古谢夫的传记里。——原注

工人为了缺乏广告，拿了一块久已不用的旧锌版来补充，于是这广告又一次地出现在《新闻报》上了。这个倒霉的鳏夫到报馆里来，并不吵闹，只是苦苦地哀求停止登载他的广告。诺托维奇慷慨地答应了。

还有，他对于中流社会的庸俗趣味特别敏感，这种庸俗趣味可以受到街头零买顾客的特别欢迎。有一时，彼得堡发生了尤汉采夫的一个大案件，这人是某银行的出纳员，犯了巨大的盗窃罪[①]。这时候有一个叫做吉林的美国人住在彼得堡。他出版了一小册拙劣的小说集[②]，在序言中表示，希望“俄罗斯群众支持这个为俄罗斯文学写作的青年美国人”。这个吉林向诺托维奇提议，要替他写一篇关于这巨案的骇人听闻的小说，只取低廉的报酬。诺托维奇欣然地接受了这建议，以后就屡次派人到印刷所里来打听，小说有没有开始送来。我终于读到了开头几章的初校。这简直是异常拙劣而庸俗的胡言乱语，我以为诺托维奇受了欺骗，一定要懊恼了。这一天深夜里，诺托维奇来到印刷所。

“喂，怎么样?”他兴致勃勃地问。

“难道您要登载这种庸俗的东西?”我问，“这完全不是文学作品呢。”

诺托维奇的脸色阴沉起来，他就耽心地审读校样。他读着读着，脸上的表情逐渐改变了：口角上显出一种赞许的微笑，直到读完为止，这微笑一直不消失。读完之后，他带着显然满意的样子抬起头来。

“你真不懂事，”他说，“这是出色的作品。”

---

① 这里所指的是曾经在土地互助信贷公司里当出纳员的尤汉采夫盗用公款两百多万卢布的事件，这事被揭发于一八七八年三月二十七日。——原编者注

② 指阿诺尔德·Л. 吉林的《新大陆的回声》，小说和随笔（记美国生活），一八七九年圣彼得堡版。——原编者注

过了几天，他得意扬扬地对我说：

“喂，严格的批评先生，我们两人哪一个不错？报贩们都来问：‘有没有登吉林的文章？如果有的话，给我五十份报。如果没有吉林的文章，给我一半就够了。’”

我懂得了：这不仅是从出版的观点出发，他自己原来也具有和这报纸的读者同样的趣味[①]。

他是一个受过大学教育的人（法科出身），然而他对其他方面的极度不学无术使我吃惊。有一个晴明的春日，我去看他。我们照例谈到我的分期付款的校对薪水。

“哦，你又要谈这个了吗？”他带着开玩笑似的懊恼说，“你们这些现代青年都是实利主义者，仿佛除了金钱之外没有别的想头。……请到这里来看看。”他就引导我到窗口。那时候的编辑室正对着尤苏波夫花园，花园里的暗沉沉的树枝这天早上突然发出嫩绿的萌芽来了。

“请看，伟大的秘密在我们眼前实现了：这些枝条昨天还是晦暗而死气沉沉的。可是现在，……你瞧，大自然在深夜里——仿佛是为了不让任何人窥破它的秘密——完成了它的工作；到了早晨，你就看见它打扮得像一个年轻的新娘了。你们这些自然科学家算什么呢！……他们的科学研究多么无能。他们之中从来没有一个人能够窥破这决定性的创造瞬间。”

我正好刚刚买了一本托梅的植物学课本。这书的插图里画着幼芽以及从开始发芽到叶子冲破了叶芽而舒展的演变情况。

“这是最近研究出来的吗？”诺托维奇问。我并不回答，只是指一指课本的封面。

---

① 吉林的小说《周旋于百万富翁身旁（凑巧的故事）》于一八七八年刊登在《新闻报》上，其中用一个显著的匿名乌曼采夫来代表尤汉采夫。——原编者注

关于精确科学微不足道的论调，是诺托维奇的经常的拿手好戏。他在《新闻报》的星期副刊上连载了好几篇杂文（似乎是该罗格里福夫写的），其中指出：我们的青少年在学校里被用物理之类的名义强迫灌输种种偏见。这种偏见之一就是……空气有重量。作者用机智的笔调分析并推翻了这种他所谓显著的谬论①。

“这不是说得很妙吗？这些自然科学家和物理学家的确在我们的孩子们的头脑里装进了完全胡说八道的东西。”诺托维奇说的时候带着和读吉林的小说时同样得意的神情。我对他说，这种“批评”都是由于作者对于他所要推翻的教科书完全不熟悉而来的；我就当场举了几个确凿的例子来证明这一点。

“就算这样吧，……”诺托维奇表示同意，“可是这篇文章还是写得很机智，这可以发人深思。……”

“嗯，”我回答，“可是如果《证券公报》在杂文栏里批评起这篇文章来，那你可就要受责难了。……”

我这想法显然发生了作用。诺托维奇坐在桌子旁边了，在稿子上加了一个附注：“编辑部声明：这论证由作者负责。”富于求知心的图书学家也许现在还可以在公共图书馆里找到这些可笑的杂文和这个编辑部附注。

12

扎苏里奇行刺。 社会上和新闻界的风气

一八七八年一月二十四日，我坐上敞篷马车，这马车从矿山学院开出，似乎是载着教授们和学生们渡过涅瓦河开到伊萨基辅广场

---

① 这里所指的几篇文章，用伊·库-诺夫的署名登载在一八七七年的《新闻报》上，总题目是《自然科学者的笔记》。——原编者注

去的。在乘客之中，坐在我正对面的，是矿山学院的院长贝克教授。他认识我，因为我进学院之后他曾经叫我去作单独谈话，谈的是彼得农林学院发生的那件事。这一次他回答了我的行礼以后对我说：

“你知道吗？市长特列波夫被害了。凶手是一个姑娘，据说是一个绝色美人，……当然已经被逮捕了。……”

马车里的人对这件事都很关心。原来在一八七七年七月，特列波夫曾经命令鞭打因参加喀山示威运动而被判罪的鲍果留波夫[①]。据说有一次鲍果留波夫在散步的时候经过市长面前，没有脱帽。

这是对政治犯的第一次肉刑。这件事发生了极大的影响。社会上的人都很愤慨；羁押所里发生殴打事件，有些人被禁闭起来，秩序大乱。社会上和革命人士中间都发生了一种特殊的情绪，使得大家怀着共同的期待：这件事不会白白放过。

然而半年过去了。后来才知道：内地常常有人到彼得堡来谋刺特列波夫[②]。但是“一九三人案件”还没有结束。中央革命集团阻止了复仇的人，生怕这行刺会影响到大群被告的命运。因此，当扎苏里奇[③]的枪声响出，用初次的恐怖行动来对付初次的肉刑的时候，社会上的人几乎已经忘记了鲍果留波夫的事件。

---

① 这名字是指阿列克塞·斯捷潘诺维奇·叶美良诺夫。他为了参加一八七六年十二月六日喀山广场的示威运动而被捕，于一八七七年一月被判处十五年苦役刑。他在羁押所里的时候，由于彼得堡市长特列科夫的命令，曾经受到肉刑。——原编者注

② 米·费·弗罗连科（见为第三八二页所作的注解）在他的论文《回忆薇拉·伊凡诺夫娜·扎苏里奇》（《苦役和流放》杂志一九二四年第三期）中提到：他和奥辛斯基、伏洛申科、波普科四人曾经在一八七七年末来到彼得堡，开始窥伺特列波夫，企图刺死他，但是扎苏里奇比他们先下手了。——原编者注

③ 薇拉·伊凡诺夫娜·扎苏里奇（1851—1919）于一八七八年一月二十四日为了特列波夫命令鞭打鲍果留波夫，把特列波夫刺死。她在彼得堡受到地方陪审法院的审判，被判为无罪，获得自由，由朋友们帮助，渡海出国。回到俄罗斯之后，她参加了“重分黑土党”。一八八〇年移居外国。一八八四年参加创办“劳动解放”社。从一九〇〇年起，加入《火星报》《曙光杂志》的编辑部。分裂以后，她参加了孟什维克。——原编者注

扎苏里奇行刺的事件现在大家都还记得。关于这件事曾经有许多记载，我不再在这里详述了。我只是要指出，她立刻变成了一个女英雄。她的案件交陪审法院审理，单是这一点，就无疑地表明了统治集团对特列波夫和扎苏里奇的态度。三月三十一日，扎苏里奇在地方陪审法院受审。审判长是阿纳托里·费陀罗维奇·康尼[①]，他报告了这案件的概况，为此，他的辉煌的司法前程有一个时期受到了阻碍。陪审员们开了一个短短的会议，就宣布无罪的判决。

政府准备着，万一法院宣告扎苏里奇无罪，政府就拘捕她；但是现在这宣判进行得那么突如其来，竟使得政府来不及下令拘捕。因此康尼宣告释放她，而羁押所的看守人也没有阻拦她，扎苏里奇就获得了自由。大门口已经有马车等候着。这时候，地方法院门口和羁押所门口一方面聚集了大批群众，来欢迎这个被宣告无罪的人，另一方面已经开来一小队宪兵，要来逮捕她了。两方发生冲突。群众不让宪兵逮捕，但在这时候发现打死了一个人——西陀拉茨基。起初彼得堡的人都确信西陀拉茨基是被宪兵开枪打死的，但是后来发生了很大的疑问。我的一个朋友告诉我，说他亲眼看见在示威运动时的混乱状态中，有一个青年人跑到人行道上离开他几步的地方，把手枪对准自己的太阳穴开了一枪。这事件中另外没有人被打死，可见这就是西陀拉茨基。据说宪兵拦住马车的时候，西陀拉茨基向他们开枪，可是打得很不准，把马车里的或许是驾车台上的一个人稍微打伤了些。有一个人叫喊，说扎苏里奇受伤了，这就是那个青年自杀的原因。

---

① 阿纳托里·费陀罗维奇·康尼（1844—1927）是一个自由主义的审判家和作家。他在对陪审员的讲话中把所有的控告和辩护的论证作了详细的公正的分析，指出了一切对被告有利的情状，因而得以宣告扎苏里奇无罪。他这番话曾经登载在一八七八年四月五日至六日的彼得堡各报纸上。——原编者注

这一次突如其来的宣告无罪，给人的印象比扎苏里奇的行刺更深刻。那时候我有一个叔叔[①]叶甫格拉夫·玛克西莫维奇住在彼得堡。我以前在堂姊家会客的日子里早就碰见过他，但那时候他把我当作一个小孩子看待。自从发生了彼得农林学院事件而我初次流放之后，他对我改变了态度。有一次他埋怨我，为了我不常到我的远亲伊凡·瓦西列维奇·韦尔纳茨基那里去。同时他坦率地告诉我，说这位以前出版《经济学家》的远亲那里，聚集着一群在彼得堡有势力的自由主义立宪主义者，连以前的彼得堡省长卢特科夫斯基也参加在内。

"我们和上面有联系，你们年富力强。我们应该联络起来。"老头儿说。

老实说，我对于这种联盟完全不抱什么希望。我的叔叔年纪已经很老了，虽然心里还沸腾着一种特殊的热情。他说话的时候很急躁（他常常是急躁的，尤其是在争论的时候），脸色变成深红，有引起中风的危险。这老人很有趣味，天资聪明，性情奇特，然而和他争论，甚至在他面前表示不同的意见，都是不可能的，因此也就不可能取得协议。韦尔纳茨基这时候差不多已经衰朽了。他患了一次中风，连话也说不清楚了。然而我和弟弟还是在他家的一个会客日子里去访问了他一次。这是在扎苏里奇行刺之后，可是还在审判之前。我记得聚集在韦尔纳茨基家里的所有的重要人物，从韦尔纳茨基本人和我的叔叔开始直到替《新时代报》撰稿的历史学家别略耶夫，对扎苏里奇都满怀同情。这里的人也都谈到关于扎苏里奇异常美貌的神话性的传说，又传述着种种幻想的细节，使得行刺的情景显得尤加生动了。

其中有这样的传说：当沙皇去探望受伤的特列波夫的时候，特

① 叶甫格拉夫·玛克西莫维奇·柯罗连科是作者的堂叔叔，曾经当过军官。——原编者注

列波夫请求他“照拂他的遗孤”。但是后来发现，原来这市长在遗嘱里给他的遗孤们留下了几百万家产，亚历山大二世对他就很冷淡了。

陪审员们的认为无罪的裁决，使得大家欢喜若狂。革命潮流和广大群众的愿望似乎开始融合起来了。在斯拉夫印刷所里，除了《新闻报》之外，又印刷一种《北方通报》，是一个名作家的儿子柯尔希律师发行的。这报纸销路不好，大蚀其本。大概是因这关系，柯尔希冒险登载了潜匿的扎苏里奇的一封信。这家报馆当然被封闭了。我记得发行者柯尔希听到报纸被禁刊的消息的时候，样子多么高兴。大家纷纷抢购这一期登着信的报纸。扎苏里奇的信里写着，说她的隐匿不是避开法院，如果需要作合法的重判，她准备重新在代表公众良心的法庭上出席。她的隐匿只是避开政府的无法无天的迫害。

有些事件能够改变——即便是暂时改变——两种力量现有的对比关系，扎苏里奇的行刺便是这种事件之一。检查机关立刻惊慌失措，软弱无力了。障碍削弱了，社会舆论就迸发出来。报纸上常常出现对法院的赞颂，对扎苏里奇的英勇行为的同情、暗示，有时竟是公然的赞扬。柯尔希的《北方通报》上登载出特别大胆的文章来，这就鼓动了诺托维奇。他竟写了一篇洋洋大文。这篇文章开头是很动人的呼吁：“读者，薇拉·扎苏里奇被宣判无罪了！……”接下去是语调非常激昂的文句。但是在《北方通报》遭难之后，检查员常常到印刷所里来窥探，《新闻报》的编者就胆小起来。那篇雄辩论文的排版被置诸高阁了。然而诺托维奇要求印刷所还是不要拆去这排版。

“也许还有用。”他说。

后来这篇文章果然有用了。扎苏里奇事件过去之后几个月，又开始审理延库瓦托夫的案件，地点似乎是在敖德萨。这是很能表示那时代的特性的一件事。延库瓦托夫爱上了一个女郎，同她结了婚，这女郎也爱他。不幸延库瓦托夫的哥哥也热烈地爱上了他的弟媳。造成这戏剧性事件的两个人都是激进青年。兄弟两人之中有一个曾经被流放过（或者竟是两个人都被流放过）。他们两人热烈地互相亲爱。在这基础上，兄弟之间达成了一个特殊的协定：弟弟暂时放弃夫妻权利，哥哥可以对他的妻子表示求爱。这位青年女子爱她的丈夫，她就率直地声明了这一点，但是在特殊协定期满以前，她处在很难堪的地位上。疯狂地热恋着的哥哥超过了协定的界限。有一天夜里，睡在“中立房间”里的丈夫听见哥哥走进了他妻子的卧室里，接着就听见求救的叫声。这就突破了任何“理性”容忍的界限。丈夫立刻跑进卧室里去，用手枪打死了这情敌哥哥。陪审员们宣判他无罪。

关于这案件的报导刊登在所有的报纸上，其中包括《新闻报》。当宣判无罪的电报送到的时候，诺托维奇那篇久已置诸高阁的文章又出现了，我看到了这个老相识，又惊又喜。这篇文章的开头照样是很动人的呼吁：“读者，延库瓦托夫被宣判无罪了！……”接着照旧用那些雄辩的文句，只是把扎苏里奇的姓氏改成了延库瓦托夫的姓氏。

13
阿普拉克辛胡同里的暴动和我最初发表的文章

我讲了上面这段小小的插话之后，要同《新闻报》和它的编者分手了，但是我还要补叙一件事，那就是由于诺托维奇具有特别精明的出版天才，我有一次也曾经作为一个免费撰稿人供他驱使过。就在他的报上登载了我初次发表的文章。

这是一八七八年六月初头上的事。傍晚时候我和朋友玛米科年在花园街上走路。在干草市附近，我们看见街上的群众都集中注意在涅瓦大街方面。许多人都急急忙忙地向那里跑，一路上探问碰见的人。原来阿普拉克辛市场附近发生了“暴动”。我和玛米科年也立刻坐上了有轨马车，向那方面去。我们在阿普拉克辛胡同口下车，看见那里有一大群人堵塞了胡同口子。我们钻进人群里去，有人阻止我们，说到那里去很危险，又说那边发生了很厉害的暴动，已经有军队开过去，就要开枪了；而且群众本身也是有危险性的。原来在这狭窄的胡同里住着许多做粗工的人，还有一些在劝业场里糊口的人，现在发起暴动的就是他们。在那时候，群众性的暴动在俄罗斯从来不曾有过。农民骚动的风潮在一八六一年之后到处都平息了；城市里向来都很平静。这些话引起了我们的好奇心，我们就一直挤进胡同里面去。差不多在胡同的中央，在第五号门牌的七层大楼房旁边，有一队宪兵勒住了马站在那里。有一个将军在听取警察的报告。这光景很像军队的露营。楼房的大门关闭着。院子里发生了什么事情，深深地引起了全体群众的注意。警察和宪兵把群众推开去，不让他们走近大门紧闭的屋子；有时这群众里发出“乌拉”的欢呼声。这时候警察队里就慌张起来。警察们、警察巡官们和宪兵们都冲向那地方去，欢呼声就静息了。

我和我的朋友到处挤进聚集着的人群中去，听他们谈论。原来在这所住满贫民的五号房子里，有八个管院子的人，都是鞑靼人。这一天，他们要把一个水兵送进警察局去。坐在对面饭店里的职工们从那里跑出来，不让他们欺侮这水兵。管院子的人就拿扫帚来殴打这些干涉的人。“他们不管三七二十一，随手乱打。”群众里面有人这样说。于是众人大为愤慨，喊着“鞑靼人造反！”向管院子的人冲过去。他们逃进院子里，纷纷跑上楼梯，躲进各个寓所里去。群众抓住了他们，把其中一个从六层楼上摔到了院子里。

“这件事和民族问题有关。”玛米科年猜测。

但在这时候，我看见有几个人站在五号房子的大门口。他们显然是住在这幢房子里的，现在警察不放他们走进院子里去。其中有一个人手里拿着一只很大的圆面包和一条青鱼，显然是从店里买来的，买来之后就不能回到自己家里去了。别的人也是同样情形的。我向这些人打听，拿着面包的那个人就把全部事由照他自己的看法讲给我听。

“这些管院子的人横凶霸道，……你回来得迟些，大门就关上了。你敲敲门，他们放了你进去，把你大骂一顿，要是你喝了些酒，他们就骂得更厉害。他们敲诈勒索，又乱打人。我们报告过警察局，可是有什么用！……”讲话的人只是挥一挥手。

“警察局和他们一鼻孔出气的。自己人当然互相照顾。——不用说，他们是分赃的，……”别的人激动地补充解释。

这一切引起了住户们的激怒。他们早就想同这些管院子的人算账。水兵事件就成了导火线。最初向这些管院子的人袭击的，是住在这房子里的职工们。大门口立刻聚集了一大群人，他们不许警察来袒护管院子的人。警察分局长一到，他们就抓住了他的胸部，喊着：

“留神些，你也会挨打呢。你们同他们是一鼻孔出气的！”

夜里十一点钟光景，宪兵们骑着马离去了。一队兵开进了院子里，留在那里守夜。群众渐渐散去。大家谈论着一个被摔死的和几个受伤的人的情形。

在以后的几十年内，这种事件越来越多；但在那时候还是空前的，因此阿普拉克辛胡同里的杀害事件引起了人们的惊慌的情绪和深切的注意。第二天报纸上关于这件事一点也没有登载，然而我知道有一个“记者”是和警察一同来到现场的。我从外貌上猜测到这个人是尤里·施列耶尔，当时人们称他为“访员大王”。他和警察局的亲善关系常常是他的消息的主要源泉，警察局就通过了他而“报导事件”。

我和玛米科年在那里待到了半夜里才回去。第二天早上，我又来到诺托维奇那里，还是为了那件事，就是说，为了钱。我看见他正在十分懊恼。他抱怨着说，“我那些采访员”太疏忽了。

“现在阿普拉克辛胡同里正发生了一桩大事件。可是他们一个人也没有……”

他说“我那些采访员”，这未免说得太夸大了，因为诺托维奇当时的采访工作也是利用偶然的撰稿和转载的。我微笑着说，我昨天晚上在现场，所以知道阿普拉克辛胡同里所发生的事件。他一把抓住了我，说：

“亲爱的，帮帮忙，请你写吧！……”

“好的，诺托维奇先生，”我回答，“只是有一个条件。我知道你是怎样校改别人寄给你的文章的。我替你写，要先讲明白：你必须不加修改，照样登载。”

“还有这样的条件吗？我碰到莎士比亚了。……”

“随你的便。”

“好，好，赶快写吧。”

我写了一篇短评交给他。第二天，这篇稿子虽然已经排好，却还没有登出去。因为要等尤里·施列耶尔先报导。我和诺托维奇见面的时候，他对我这篇短评表示很不满意。他说一开头就写得不好：应该表明这报馆有自己的采访员，他们是及时来到现场的。可是这里写的是一个偶然的目击者的话。他说从整篇文章里可以看出，你到底是没有经验的。这篇稿子必须修改。

我不同意修改；诺托维奇这支校改的笔虽然发痒得厉害，然而他终于忍住了，没有改动。后来，似乎是在六月七日，我那篇短评登出了[①]，同时也登出了尤里·施列耶尔的一篇报导，这是一下子分发给几家报纸登载的。施列耶尔把这件事描写成对鞑靼人的民族仇恨的爆发，总之，他所报导的消息完全是警察局的见解。

“喏，这才叫做采访员的报导。”诺托维奇羡慕地说，可是他没有钱替自己请到这位“访员大王”。

然而过了一个时期，他的看法就改变了。原来《新闻报》上的

---

① 柯罗连科这篇初次发表的短评，题目是《阿普拉克辛院子里的殴斗（致编辑部信）》，用“B. K.”这两个字母署名，登载在一八七八年六月七日的《新闻报》上。——原编者注

这篇短评（签着我的姓名的头字母的）受到了人们的注意。

于是诺托维奇就说："嗯，嗯，你那篇文章成功了。你瞧，连苏沃林[①]也根据了你这篇文章来同波列齐卡辩论。我们的报纸改变了所有的报刊的观点，证明了阿普拉克辛胡同里的暴动不是民族仇恨所引起的，而是警察局和管院子人的压迫所引起的。……好极，好极！……"

我当时买了一份还带着油墨气味的《新闻报》；就在这情况之下，我体验到了作者们所了解的、作品最初发表时的感觉[②]。我对于我的"莎士比亚条件"当然很满意。要是没有这条件，我这篇报导就被改得同"访员大王"的理想报导相类似了。

在结账的时候，诺托维奇当然绝不考虑到给我这个校对者支付那篇临时稿件的稿费。我也不向他要求。

14
西陀拉茨基追悼会

"大案件"（这是"一九三人案件"的另一种名称）不但没有削弱"到民间去"的运动，在有一个时期中反而加强了它。这是很自然的，因为这案件的极其不良的直接后果及其经验教训不能够被广泛自由地讨论，而案件本身却使参与者获得了荣誉。我们这个亲密的彼得堡小组也怀着这种情绪，我和弟弟以及格利果列夫就决定用新的方式来安排我们以后的生活。格利果列夫没有家庭负担，我和弟弟的责任

---

① 阿列克塞·谢尔盖耶维奇·苏沃林（1834—1912）是一个反动的新闻工作者，黑帮派报纸《新时代报》的出版者兼编辑者。——原编者注

② 柯罗连科的另一篇早期文学作品也是属于这时期的（一八七八年四月），那就是他和哥哥尤里安合作从法文译出的密什雷的著作"L'oiseau"（《鸟》），以及为这译本所写的序言。这译本用"Kop-o"署名，于一八七八年由韦尔纳茨基在圣彼得堡出版。——原编者注

就繁重得多了。我们是拉甫罗夫派[①]，不把“到民间去”看作带着临时宣传目的的革命巡游，而看作全部生活的改变。格利果列夫不但赞成这些方案，而且也许比大家更明确地了解它们。我和弟弟在最近期间用这样的方式来解决问题：如果有机会参加某种有被逮捕危险的活动，那么我们两人之中仅由一人去参加，另一人留在家里作“后备军”。

在扎苏里奇事件之后，不久就有了这样一个机会：在符拉季米尔教堂里要举行西陀拉茨基的追悼会[②]。这时候可能发生殴斗和逮捕。我们两人抽签，弟弟抽中了。他走了之后，格利果列夫跑到我们家里来对我说：

“杜莎·伊凡诺夫斯卡雅[③]从莫斯科来了。我以为你会去参加追悼会。她也去的。挨到你弟弟去了？……唔，那就算了……回头见。”他就匆匆地去了。

伊凡诺夫斯卡雅是我们两人都认识的。在农林学院的最后一年内，我们的小组大大地扩充了，我们在彼得罗夫卡的一个已经结婚的同学玛尔科夫斯基的寓所里举行定期的集会。除此以外，我们又常常在莫斯科各处集会。在有一次集会上，我注意到了一个高身材的女郎，熟悉的人都直截了当地用小名杜莎来称呼她。我们以前在内地的小城市里，对女郎们的交往惯于采用特殊的态度：我们聚会

---

① 参见前面第571页。——译者注

② 在一八七八年四月二日举行。——原编者注

③ 叶芙朵卡（亦名阿芙朵佳）·谢苗诺夫娜·伊凡诺夫斯卡雅（1855—1940）后来在一八八六年，做了柯罗连科的夫人。她在都拉的教区学校毕业，以后又进莫斯科的卢边卡讲习所。她于一八七六年春天被捕，受到关于在莫斯科和沃洛格达省进行宣传的事件的审讯。在搜查她的住处的时候，发现了好些禁书和伪造证件。她在市警察分局里受了一年九个月的监禁。一八七九年三月七日又在莫斯科被捕，被放逐到奥列涅茨省，受到警察的公开监视；一八七九年三月二十九日开始卜居在波维涅茨。一八八〇年，被转送到科斯特罗马去受监视，在那里住到了一八八三年，然后恢复自由。柯罗连科在一八七五年秋天彼得农林学院的一个学生小组的集会上就已认识伊凡诺夫斯卡雅。——原编者注

在一起跳舞，互相爱慕，有时遭逢小小的恋爱波折；然而女郎们出现在我们面前，只限于一定的“环境”中，大都是在音乐和花朵之间。彼得堡的生活在这方面完全没有给我带来什么，只有在这里，在莫斯科，我才看到女郎们和大学生一同来参加集会。在集会上她们难得发言，但是在较亲密的小组里，她们讨论着所谈到的一切，其中有许多人的意见在我们看来是很有价值的。

我一向是怕羞的，可是这时候我已经能够在大学生的集会上自由地发言；我的名字和格利果列夫、韦尔涅尔一样，在小组里相当有名了。有一次，玛尔科夫斯基家里开会，我到得很迟，我和两三个熟人打过招呼之后，就站定了。我看见伊凡诺夫斯卡雅就在离开我不远的地方。我们曾经一同参加过两三次会议，但是没有人替我们介绍过，我还不曾同她谈过话，这时候不知怎样才好。也许是这女郎注意到了我有些狼狈，她就自动地走过来，跟我握手，称呼我的姓氏，率直地说了一声“你好”。这立刻征服了我，以后我们见面的时候就不再拘束了。我探悉得伊凡诺夫斯卡雅有两个姊姊[①]，又

---

① 叶芙朵卡·谢苗诺夫娜·伊凡诺夫斯卡雅的两个姊姊是普拉斯科维雅和亚历山德拉。

普拉斯科维雅·谢苗诺夫娜·伊凡诺夫斯卡雅—伏罗申科（1853—1935）在都拉的教区学校毕业。参加了她哥哥瓦西里·伊凡诺夫斯基所组织的革命青年小组。一八七八年，为了参加审判柯瓦尔斯基时的示威运动，在敖德萨被捕，在押解中逃走了。一八八〇年参加民意党，是一个秘密印刷所的“女主人”。一八八三年又被捕，在“十七人案件”（发生在三月一日）中受审讯。被判死刑，改为无期苦役刑，在卡拉和阿卡图依执行。一八九八年被送出去做移民，一九〇三年从赤塔逃走。她来到彼得堡，加入战斗组织，这组织于一九〇四年谋刺普列威和其他的人。她和柯罗连科在一八八六年开始通信（见《柯罗连科致普拉斯科维雅·伊凡诺夫斯卡雅书简》，一九三〇年莫斯科政治苦役犯出版社版）；一九〇三年才和他会面。一九一七年革命后，她住在波尔塔瓦。

亚历山德拉·谢苗诺夫娜·伊凡诺夫斯卡雅（1851—1917）（夫家姓玛勒舍娃）曾经参加纳坦松所组织的“友谊会”。一八八二年，被放逐到东西伯利亚，在那里住了五年。在柯罗连科的未完成文学作品中，有一个中篇小说《和小弟弟吵架》的开头一部分（这篇未完成小说收集在一九二三年乌克兰国家出版社出版的柯罗连科逝世后印行的文集第十五卷中），作者在其中描写着玛勒舍夫一家在萨拉托夫省谢尔陀勃县杜勃罗夫卡的乡村生活的某些特点。——原编者注

知道她们的哥哥[①]是地方医生，在小组里有一个绰号叫做“瓦西里大公”，他曾经被捕，后来从莫斯科的巴斯曼警察分局里逃出。姊妹们都受到警察局的“注意”，在我们那次会面之后，伊凡诺夫斯卡雅也被捕了。传闻她在监禁中生了病。我听到了这消息心中郁郁不乐。

现在我知道她在这里，假定是我抽着了签，我立刻就可以看见她了。弟弟不认识她，我相信，如果我早一些知道她来到的消息，弟弟一定会把他的签让给我。但是现在他已经去了。而且开过这次追悼会之后，天晓得会发生什么事情。

我决定到符拉季米尔教堂去找弟弟，同他们交换任务。走到教堂附近，我看见一队宪兵骑着马，跨着急速的细步走过符拉季米尔街，开进了教堂对面一个院子里，院子的大门就紧紧地关闭了。邻近的房子的大门也都是关闭着的；想来那里也有埋伏。我决定作一次小小的侦察。在离开教堂稍远的地方，附近的胡同里到处有一群一群的穿短外套和长统靴的人，站在墙壁旁边或者大门口的通路上。有几个人穿着围裙，手里拿着扫帚。他们都好像是站在那里值班。我明白了，这一定是警察局打听得了这追悼会的目的，就发动他们的“民众”，来帮助警察镇压叛乱者。

当我走进挤满了人的教堂里去的时候，追悼会已经快要结束了。在炉香的缭绕的烟气中和庄严美丽的歌声中，我体会到一种

---

① 他们的哥哥——瓦西里·谢苗诺维奇·伊凡诺夫斯基（1845—1911）于一八七四年在彼得堡内外科医学院毕业，在乌拉基米尔基省舍美托沃村当地方医生。一八七五年，为了“在帝国进行革命宣传”的案件（即“一九三人案件”）而被捕，禁闭在彼得保罗要塞中。释放后迁居莫斯科，在工人中间进行宣传，一八七六年二月又被捕。一八七七年一月一日从拘捕中逃出，侨居罗马尼亚。柯罗连科于一八九三年初次来到罗马尼亚的时候和他会面。柯罗连科一看见这位内兄，就对他发生热烈的友爱。在《多瑙河上的自己人》这篇随笔（见俄文版《柯罗连科全集》第四卷）中，柯罗连科通过医生亚历山大·彼得罗维奇这人物来描写他的内兄。他死后，柯罗连科为他写了一篇行状《纪念一个卓越的俄罗斯人》（载一九一一年第一九九期《俄罗斯公报》）。——原编者注

特殊的心情：这些青年男女之中恐怕很少有人认识已故的西陀拉茨基；但是不久以后，这人群中遭受和他同样的命运的，也许不止一人呢。

在离开入口处不远的地方，教堂里后面的一堵墙边旁边，我看到了格利果列夫；他向我做个手势，我就穿过人群走到他那里去。从外地来的她就站在他旁边。她照样率直而和悦地向我问好，过了一会她说：

“柯罗连科，你听我说，在教堂里是不能这样站的。”

这时候我的确是背向着祭坛、面向着她站着的。

叶芙朵卡·谢苗诺夫娜·伊凡诺夫斯卡雅
（即后来的柯罗连科夫人）
一八七九年摄

追悼会结束之后，群众从教堂里散出，但是大家站定在门廊里了，显然是在等候着什么。这是千钧一发的时候了。黑压压的一大群人，约有五百个，在教堂的庄严堂皇的正门底下的这块地方，显得很渺小了。那些穿围裙拿扫帚的陌生人纷纷从胡同里跑出，集合在一起。周围那些隐藏着武装人员的院子的紧闭着的大门，仿佛在向人窥伺。

有一个青年人走上教堂台阶的踏步，开始向群众讲话。这人是洛帕金（不是在激进小组中已经闻名的日尔曼·洛帕金或符塞伏洛德·洛帕金，而是尼古拉·洛帕金[①]）。他讲了几句关于西陀拉茨基和追悼会的意义的话之后，就热

---

① 日尔曼·亚历山大罗维奇·洛帕金（1845—1918）是著名的民粹主义者之一。自一八六二年至一八六六年，求学于彼得堡大学。一八六六年，为了卡拉科佐夫案件被捕，但是在彼得保罗要塞拘禁了两个月之后被释放了。他一生中曾经（转下页）

诚地劝告群众，要求他们对于牺牲者的态度只限于这和平的表现，劝大家各自回家，不要再有示威行动。这番话说得很好，发生了效果：经过短时间的踌躇之后，密集的群众仿佛松动了一下。我们以为有人会反驳，因为有个别的人发出不满意的叫声；但是大概因为干事们预先定下计划，所以结果并没有人发表反对的演说。一批一批的人开始离开密集的群众，不久大家纷纷向各方面散去了。还没有到涅瓦大街，在铸造大街开始的地方，这群人还是很稠密，但是以后就渐渐和普通的群众混在一起了，虽然有些地方还引起过路人的惊奇的注视。到了铸造大街的尽头，在河边的斜坡旁边，起了一阵小小的喧哗声。有人发现了一个密探，或者只是怀疑他是个密探，一群大学生就表示出要把他摔进涅瓦河岸边的冰窟窿里去的样子。然而这件事终于平安地过去了。

我送伊凡诺夫斯卡雅走到这地方，就同她告别。我走了几

(接上页)好几次遭受逮捕、监禁和流放。有几次被他逃脱。一八七〇年，他曾经帮助拉甫罗夫从流放中（从沃洛格达省的卡德尼科夫地方）逃出，和他一同潜匿到外国。他在英国认识了马克思和恩格斯，参加了第一国际，把《资本论》第一卷译成俄文。一八七一年，秘密地来到西伯利亚，企图救出车尔尼雪夫斯基，然而自己被逮捕了，这一次又被他逃脱。一八八七年，在“二十一人案件”中被判死刑，改为无期徒刑，监禁在施利色堡。就在这案件中，同时又审讯了彼·菲·雅库保维奇、萨洛娃、柯诺舍维奇、斯塔罗德伏尔斯基和别的人，他们的罪状是谋杀苏杰金，出版《民意党》第十期，设立炸药工场。日尔曼·洛帕金被监禁了十八年之后，于一九〇五年获得自由。以后就没有积极地参加政治生活。

符塞伏洛德·亚历山大罗维奇·洛帕金生于一八四八年，死于一九一七年之后，是日尔曼·洛帕金的弟弟。七十年代初期参加敖德萨的“柴可夫斯基小组”。他曾经企图从莫斯科监狱中救出伏尔霍夫斯基，结果失败，于一八七四年十一月二十一日被捕。后来为了“一九三人案件”，被流放到维亚特卡省。流放回来，在维尔诺铁路局服务。

尼古拉·尼古拉耶维奇·洛帕金是上述两人的堂弟弟，生于一八五六年左右。一八七八年春天，加入彼得堡托尔通厂的工人互助组；和普列汉诺夫等人一同参加一八七八年二月至三月的工人罢工的组织工作。他在柯罗连科所提到的这次讲话之后不久就被捕，被放逐到阿尔汉格尔斯克省，受警察的公开监视，又从那里流放到东西伯利亚。为了拒绝对亚历山大三世的宣誓，应该被押送到雅库茨克省去，但是他在一八八一年十二月从威尔霍连斯克逃走，侨居在外国了。于一八八八年回俄罗斯。——原编者注

步，回过头去一看。有一个服装华丽的妇人刚刚走过伊凡诺夫斯卡雅的身旁，这时候也回过头去向她一看。这妇人的脸上显出一种讥讽的微笑，我懂得这微笑的意义；身材修长而瘦削的伊凡诺夫斯卡雅，服装一点也不华丽，她穿着一件深色大衣，很不称身，头上戴着一顶有饰带的漆布圆帽，饰带和辫子一起挂在后肩上。

读者一定记得，“我的同时代人”在童年时代曾经有过一次持续很久的初恋，是在音乐、儿童游戏和舞蹈中开始的。而现在，通过这个服装华丽的美貌妇人，过去的恋爱仿佛在嘲笑现在的恋爱。于是他想：

“是啊，这些漆布帽子真难看。……但是，……我多么爱她！……”

15

梅旬采夫[①]被刺。我第二次被捕。在第三厅

“大案件”、引起广泛同情的扎苏里奇行刺、她的被宣告无罪、她表示对陪审法院尊敬并愿意服从他们的制裁，——这一切都成了一种动因，似乎因此而确立了广大社会思潮和革命青年意志之间的一些协作关系。然而这情况继续得并不长久。扎苏里奇事件的印象在社会上和报刊上渐渐地消失了，而政府用以对付民粹派青年的幼稚企图的残酷镇压，引起了他们的痛恨。运动就开始转向革命知识分子孤立斗争的道路上，转向个人恐怖的道路

① 梅旬采夫(1827—1878)是个将军，宪兵首长，是第三厅的主任。他在一八七八年八月四日被克拉甫钦斯基(斯捷普涅克)刺死。克拉甫钦斯基刺死他是为了报复，因为他坚持撤回法院关于减轻“一九三人案件”的判决的申请，又毒打彼得保罗要塞中的囚犯，并且批准柯瓦尔斯基的死刑判决(于一八七八年八月二日在敖德萨枪决)。——原编者注

上了。

扎苏里奇实在不是一个恐吓主义者。她的行为是一种直接的冲动，也许正是为此，所以能够唤起那么广泛的同情。她本人后来始终是恐怖行动的坚决反对者。但是在她的事件发生后不久，出现了克拉甫钦斯基的小册子[1]，他在这小册子里热烈地赞颂她的功绩，并且号召人们继续建立这种功绩。

果然不久就有了继起者。

一八七八年八月四日，宪兵军官梅旬采夫被刺死了。这一天，他由玛卡罗夫[2]将军陪着，照例出门散步；走到米海洛夫街上，碰见两个衣冠楚楚的青年人。这两个青年人把他从他的同行者身旁拉开，其中一个人把玛卡罗夫按住在墙壁上，另一个人就在这时候用匕首把梅旬采夫刺死。有一辆轻快马车从容地开过来接这两个不知名的人，他们坐上马车，就此影迹无踪了。这件事发生在白天，而且是在首都的一条大街上。

这次恐怖行动的执行者是克拉甫钦斯基和巴兰尼科夫[3]。驾马

① 谢尔盖·米海洛维奇·克拉甫钦斯基（笔名斯捷普涅克）（1852—1895）是“土地与自由社”中的一员。他刺死了宪兵首长梅旬采夫之后，逃亡到外国。侨居伦敦，在那里参加用英语发行的报纸“Free Russia”（《自由俄罗斯》）的出版工作。他曾经创作长篇小说《安德烈·柯茹霍夫》和随笔集《地下俄罗斯》，又曾经把柯罗连科的《盲音乐家》翻译为英文。柯罗连科和克拉甫钦斯基于一八九三年夏天在伦敦初次会面，这时候柯罗连科正在赴美国的途中，经过伦敦，耽搁一星期。柯罗连科所说的“克拉甫钦斯基的小册子”显然是指他的刊载在巴枯宁分子国外机关刊物《公社》上的一篇论文（一八七八年第三、四号）。——原编者注

② 玛卡罗夫不是将军，而是退职上校（也许是中校）。——原编者注

③ 亚历山大·伊凡诺维奇·巴兰尼科夫（1858—1883）是“土地与自由社”中最重要的活动家之一，这组织分裂后，他是民意党的重要活动家。巴兰尼科夫除了参加柯罗连科所记述的行刺梅旬采夫的事件以外，又参加其他许多恐怖活动。一八八二年二月十五日，为“二十人案件”（这二十人是属于民意党的，他们曾经参加利彼茨克代表大会和民意党所组织的种种恐怖行动）被判处无期苦役刑，监禁在彼得保罗要塞的阿列克塞耶夫半月堡中，在那里患百日痨而死。——原编者注

车的是阿德良·米海洛夫[①]。在为这件事而发行的传单[②]上，表明一个动机，这动机和扎苏里奇的相似：为被害的同志们报仇。此外，在奥尔兴[③]的一个诗篇里，在他向来所写的全部诗篇之中最有力的一篇里，有这样的句子：

> 在遥远的雅库茨克森林里，
> 被捐弃的科学明灯渐渐熄灭。

按照法律，车尔尼雪夫斯基服苦役刑已经期满，应该出来做自由移民了。然而他并没有出来，却又被禁闭在威吕斯克的特别监狱里了。据说这是由于梅旬采夫的缘故。

行刺那一天晚上，我在印刷所里坐了很久。我在深夜回家（那时候我们住在波多尔斯克街和克林大街的拐角上）的时候，望见屋子里灯火辉煌，吃了一惊。我情知事情不妙，就迅速地跑上扶梯，心中深深地为母亲担忧。她一直患着复杂的神经性病症，因此常常有很厉害的发作。门没有关上，屋子里挤满了警察和见证人。我首先注意到母亲，她态度十分安定。我奔向她去，拥抱了她，听见她轻轻地对我说："比扬科夫化名为××，……就说他今天租了我们的

---

① 阿德良·费陀罗维奇·米海洛夫（1853—1929）曾经加入"土地与自由社"的领导集团。参加了试图释放韦纳拉尔斯基和行刺梅旬采夫的活动。于一八七八年十月十二日被捕；一八八〇年五月十四日，由军区法院判决死刑，后来由于他请求减罪，并且供出了参加行刺梅旬采夫的人，就改判为二十年苦役刑。他在卡拉服满刑期。——原编者注

② 传单是克拉甫钦斯基写的，题目是《命抵命》。——原编者注

③ 亚历山大·亚历山大罗维奇·奥尔兴（1839—1897）是律师，又是诗人。他曾经为许多政治案件作辩护人，例如涅恰耶夫案件、喀山广场上的示威运动案件、"五十人案件"（罪名是"组织违法集团和发散犯罪文件"）、"一九三人案件"等。本文中所引证的关于车尔尼雪夫斯基的两句诗摘自诗篇《灵柩旁》，这诗篇最初发表（不具名）在一八七八年十月二十五日出版的第一期《土地与自由》中。——原编者注

一个房间。”

比扬科夫是“大案件”中的一人，被宣判为无罪，但仍然奉圣令被流放到阿尔汉格尔斯克省。最近他和巴甫洛夫斯基两人一同从那里逃走，巴甫洛夫斯基就是后来《新时代报》的有名的法国通讯记者（用雅科甫列夫这笔名）。关于这一天将要发动的事，有政治嫌疑的人都预先得到消息，因此这两个逃亡者一早就到我们这里来避难，他们认为我们这寓所是安全的。巴甫洛夫斯基不在这里，而比扬科夫我一眼就看见他坐在窗子上。

他们搜查了一下，搜不出什么违禁品来，然而我和弟弟还是被逮捕了。其余的人，即新近和我大妹妹结婚的我的妹夫[①]、他那刚刚从彼得罗查沃德斯克来看儿媳妇的义父，以及比扬科夫，都被拿去了公民证，叫他们明天务必到第三厅来。

他们把我和弟弟带到链桥旁边的一所大厦里；虽然夜很深了，这里却还是灯烛辉煌，有许多人纷忙地活动着。他们把我带到楼上的走廊里，关进一间牢房里，叫我把衣服脱光，给他们全部带走了。然而我还是找到机会把一枝用半张信笺包好的铅笔塞进我的蓬松的头发里，藏过了它。后来我把这铅笔作为遗产，留给我这牢房的不可知的继承者了。过了五分钟，他们给我送来了一套内衣、一件薄呢罩衫和一双像病院里用的那种拖鞋。过了十分钟，我已经酣睡得像死人一样了。

清早，狱卒给我拿来了盥洗用具。他穿着一件宪兵装短外衣。那时候的宪兵还不是志愿兵，而是像别的兵种一样，直接从新兵派进军团里去的。因此他们中间有许多纯朴善良的人，并不带有志愿

---

① 即尼古拉·亚历山大罗维奇·洛希卡辽夫（1855—1912）。他曾经参加民粹运动。于一八七八年和玛利亚·加拉克齐昂诺夫娜·柯罗连科结婚。于一八七九年三月四日被捕，被监禁在立陶宛要塞中。八月间被放逐到东西伯利亚，他的夫人和岳母后来也到那地方去。流放回来之后，从一八八五年起住在下诺夫哥罗德，后来迁居到莫斯科。——原编者注

宪兵身上的那种特殊痕迹。当狱卒走进牢房来拿什么东西的时候，一个哨兵——也是宪兵——站定在门口了，然而不知为什么是背着牢房站的。我洗了脸，用毛巾擦着面孔，问那个狱卒“现在几点钟了”，岂知他很粗暴地大喝一声：

“闭口！……不许说话。”但是接着立刻低声地对我说：“九点钟。”

我才知道这个狱卒和站在门口的那个挂着脱鞘的军刀的哨兵都没有什么可怕；所以当狱卒给我拿早餐来的时候，我就再向他探问：

“你可知道？我的弟弟也在这里吗？”他又大喝一声，喝得比上次更凶了，然后轻轻地回答：“在楼下第×号。”

这个狱卒第三次给我送午餐来的时候，竟自动向我使个眼色，要我问他些什么。在一声极粗暴的吆喝之后，他轻轻地回答说：

“你的弟弟被带去审问了。你快点吃，马上要来叫你了。”

果然，不久他们就给我送来了我自己的衣服，把我带到办公室里。第三厅的走廊和房间里异常杂乱，到处都是宪兵、密探、被捕的人和被传的人。走过前室的时候，我看见洛希卡辽夫和他的义父。比扬科夫因为第三厅里的人很熟悉他，所以他听了大家的劝告，没有来。

我和弟弟很快就被审问完了，他们问我们昨天上半天在哪里，问过以后就释放了我们。一个青年宪兵军官和我们一同走到前室里，叫道：

“波多尔斯克街第×号门牌被传的人，都在这里了吗？”

“报告大人，到齐。”洛希卡辽夫的义父，以前在尼古拉时代当过士兵的，挺直了身子，这样回答。

这样一来显然解救了我们：那军官满意地向这个政治上显然很可信赖的人看了一眼，就不再一一点名，把所有的公民证都发还了他。这样，比扬科夫的不到案就不知不觉地马虎过去了。我们一群人欢天喜地地走出去，走到一个狭小的院子里，迎面碰见一个穿礼服的、体格魁梧、相貌漂亮的宪兵上校。别人对我们说，这人就是后来很有名的、亚历山大三世的亲随和私交契列文将军。

16
略谈我的罪行。 革命玩好者和志愿密探

为了梅旬采夫被刺而逮捕我们，这件事分明告诉我们：我们已经被视为不可救药的“可疑分子”，以后无论发生什么事，我们都可能遭受这种不测。

现在，事情已经过去了多年，我回顾当时的情况，自己问问自己：关于我的事，究竟有没有确实的根据？我究竟是不是有危险性的革命者？固然，我家里曾经隐藏过像比扬科夫或巴甫洛夫斯基那样严重的罪犯。可是，我在前面已经说过，后来巴甫洛夫斯基担任了在政治上最没有问题的职务，常常在《新时代报》各栏里发表文章。他侨居外国之后，的确也曾用法文写过一篇小说“En cellule”（《在单人牢房里》），其中描写一个政治犯在单人牢房里的感想。屠格涅夫曾经向一个法国编辑热烈地推荐青年作家的这篇小说，为此，卡特科夫的报纸上大肆攻击这位名作家。然而后来这篇小说翻成了俄文，收集在巴甫洛夫斯基的集子里[①]，在沙皇制度下的俄罗斯出版。

至于比扬科夫，据我所知道，在他的父亲——西伯利亚的一个豪富的酒商——死后获得了一笔遗产，后来也在阿穆尔河上做了一

① 小说“En cellule”于一八七九年十一月十二日发表在“Le temps”（《时代》）报上，附有屠格涅夫的序言。这篇小说的俄译，题名是《在孤独的监禁中》，收载这小说的书是：雅科甫列夫（即巴甫洛夫斯基）所著的《怀着大苦痛的小人物》，一八九〇年圣彼得堡版。——原编者注

个巨贾，曾经在俄日战争的时候出版一种爱国的、甚至极端沙文主义的小报。

这样看来，我隐藏这两个逃亡者，对祖国显然没有危害性的后果。我自己已经被流放过，因此我准备庇护一切逃避暴政的人，当然不管他后来是否打算在《新时代报》社里工作或者做酒商。

除此以外还有什么呢？我曾经配合着整个社会的模模糊糊的改造方案而建立自己生活的改造方案。为了这目的，我和格利果列夫曾经学习制靴手艺，我的弟弟开办了一个小小的钳工场。过了一个时期之后，我和弟弟很可能会抽签，我们之中一个人会“到民间去”——我和格利果列夫当流动靴匠，如果是弟弟抽中，他就去当钳工。结果是和千百次类乎此的巡游同一下场，这就是说，认识到民间生活真是一片汪洋大海，要控制它的行动，并不像我们想象的那么容易。在我个人，这工作会给我积集许多艺术的观察，也许我立刻会悟到我的气质不适宜做一个积极的革命者，而适宜做一个观察者和艺术家。总而言之，我当时的罪行，即使对我国说来，即使从我国的法律观点看来，至多也不过限于企图和意愿的范围内，不见得达到值得惩办的地步。

那么我究竟是不是有政治嫌疑的人？……当然是的。嫌疑的程度正和当时俄罗斯中等文化社会中的任何一个代表者一样。拉甫罗夫在他的《前进报》里写着对亚历山大二世说的话：“陛下，您有时在街上走。如果您碰到相貌聪敏、目光明朗的受过教育的青年人，那么您要知道：这就是您的敌人。”[①] ……[②]这番话很接近真实情况。

专制政体的当局者是觉察到这一点的，照理应该同弥漫在空气中的那种情绪作斗争，可是我们的政府却追究个别的表现，惯于用

① 摘自拉甫罗夫的论文《俄罗斯人民的清算》，该文刊载在《前进报》第一期中。——原编者注

② 这几句话是我凭记忆引证的。——原注

大炮来射击麻雀。起初它把法律应用在这种射击上。后来它看到：要法院遵循威吓整个社会的临时需要，究竟不是那么容易的事；要法院作为一种十分灵活的斗争工具来对付情绪，而不是对付行为，是不可能的事。于是当局就造出一种更听话的机构来。根据最高当局的几条短短的法律，就创立了或者大大地扩充了一种所谓“行政命令”的机构。最高政权的这些短短的条例，简直可以称为“非法的法律”。而且这些条例不久就获得了极广泛的阐释，亚历山大二世——“审判条例的创造者”——的统治时代带着这些条例走上了残暴专制的道路，只要略微触及政治问题，就要受到严惩。

这时候（一八七八年年底）我们住在一个狭长的穿堂院子里[①]，这院子一头通向涅瓦大街，正对着亚历山大·涅瓦警察分局，另一头通向沙区二路。当时叶芙朵卡·伊凡诺夫斯卡雅和她的姊姊亚历山德拉·伊凡诺夫斯卡雅同我们住在一起，她们是被从莫斯科放出来的，一直要住到她们的某“案件”（自然是行政方面的案件）结束为止。这是家长制的时代，所以她们住在这里没有报户口。

这是我生活中最幸福的时期之一，而且我相信也是我母亲和整个家庭生活中最幸福的时期之一。我们大家住在一起，只有哥哥不住在这里，他每星期回家一次。我们和伊凡诺夫斯卡雅姊妹很亲昵，像自己人一样。格利果列夫称我母亲为“妈妈”，她也像爱儿子一般爱他。我们所有的男子（除了格利果列夫）分别在各家印刷所里当校对，回家都很迟。半夜两点钟，通常准备着茶炊，这时候母亲也起身，家里所有的人都围集在小小的厨房里的茶桌旁边。大家说说笑笑，直到母亲假装生气，——其实是欢喜而慈祥的，——把我们赶回各人的房间里去。在这时期，她的神经性病症也消失了，不再发作。

---

① 涅瓦大街一三四号第二十一室。——原编者注

这时候我已经不再想到矿山学院，弟弟也不到建筑学校里去了，只有妹夫洛希卡辽夫继续在内外科医学院读书。我每天上午到城郊大街上的制靴工场里去。这工场的年青的老板和所有的工人都是芬兰人，他们已经受到“宣传”的启发，所以大家都很亲切地努力把自己技术上的秘诀教给我。

从某一个时期起，我们注意到有秘密警察经常监视着我们。我们隔壁也住着有政治嫌疑的人（穆拉希金采夫一家），有两个密探被派来监视我们这两份人家。这两个密探的面孔，我们不久就看熟了。一个身材很高，长着金发，仪表很优雅，但是神气有点晦涩，面颊上永远扎着绷带。另一个是黑头发的，中等身材，相貌令人讨厌，像一只猩猩，下巴向前突出得很厉害，一双黑眼睛阴气沉沉。他们两人分别站在我们的穿堂院子的两个出口处，有时在我们对面那幢房子的平台上设一个瞭望哨，因为从那里可以窥见我们的窗子。只要我们之中有一个人出门，走向涅瓦大街或沙区二路方面去，他们之中的一人就紧紧地跟着走。老实说，我们常常刻毒地捉弄这两个可怜虫。譬如说，我不愿意让他们知道我经常到制靴工场去，我们就采用军事诈术：弟弟走出屋子去，惊惶地东张西望一下，然后走向院子的大门去。那个密探立刻就紧紧跟随他。弟弟走过了同我要去的地方相反的几条街，甚至走进别的院子里，随便跑上一个扶梯去，然后走回家来；而我就在这时候顺利地走出院子，向城郊大街去了。两个密探跑得筋疲力尽，徒然地抄录了许多院子和扶梯的号码，但是探听不出一点重要的情形，他们心中对我们自然积集了许多怨恨。

然而我们还碰到过另外两个密探，引起了比这严重得多的后果；关于这两个人，我须得较详细地说一说。

其中一个人叫做格列鲍夫。这是一个不走运的演员。我的哥哥尤里安一向绝不参加任何“叛乱”，有一次他在一个游乐园里收容了这个人，这时候这个人生活正穷困，自己连住屋都没有。这是一个青年人，具有很“高尚”的演员仪表，身材修长，体态匀称，长着一头演员风的华美的头发，然而毫无天才，因此生活困穷。他迁居到哥哥这里来的时候，只带着一只六弦琴，他常常唱着浪漫曲，用这只六弦琴来替自己作伴奏。他的歌声很甜蜜，而且唱的时候尽力用愉快的样子把嘴唇做成V字形。哥哥像父亲有一个时期一样，常常发生种种意料不到的幻想；当我们问他这个住客是什么人、为什么收容他的时候，哥哥十分认真地回答说：

“这是一个有天才的艺术家。他教我音乐，……他认为我有音乐天才的迹象。”

必须说明：我们家里的人都没有特殊的音乐才能，而哥哥可说是我们之中最没有音乐才能的人。所以当他在那个“艺术家”的六弦琴伴奏之下用心地挺直了喉咙唱《在半夜的天空中》的时候，我们大家——包括他自己在内——都真心地哈哈大笑。然而那个“天才艺术家”装着极严肃的态度。

有一次，这个艺术家突然失踪了，两星期没有回来，使得哥哥很不放心。这件事发生在哥德斯密斯夫人——《语言》杂志编者的妻子——出国后不久。有许多人知道：她一定带着一篇通讯稿去交给《前进报》编辑部里的拉甫罗夫。格列鲍夫是她的朋友之一。大家都注意到，他曾经到华沙车站上去给她送行，他气喘地跑到站上，这时候火车就要开了；他同她道别的时候，异样地东张西望了一会。火车开了两三站之后，哥德斯密斯夫人被迫下车，给他们搜查。原来巧得很，她改变了主意，不把通讯稿带在自己身上，而把它交给了一个政治上比较可靠的人。这样，就没有被搜查出任何违禁品；于是由第三厅出钱，另买了一张到华沙去的火车票，给哥德斯密斯夫人。从这时候起，我们有两三个星期不看见格列鲍夫。后来据人们说，这是他第一次的志愿立功，然而因为报告失实，这可怜的人就被拘捕起来。不管怎样，在这“艺术家”这次暧昧的暂时失踪之后，哥哥还是热诚地接待他；他又弹起六弦琴来，不过这回不是两个人奏唱，而是三个人了。原来在格列鲍夫失踪的期间，哥哥又收留了一个住客，这人叫做斯××夫，本来是民众学校的教师，现在担任着私人教课，自命为一个不顾死活的革命者。这个人性格柔和，但是见识浅薄。他不久就要跟一个青年贵族一同到哈尔科夫省的领地里去，他要求我弟弟给他弄几份当时在彼得堡出版的秘密刊物。弟弟满足了他的要求。

后来我到哥哥那里去，碰见斯××夫正在整理行装。格列鲍夫热心地帮助他，当我面把那些秘密刊物束成一捆，上面放着斯××夫的证件。他们高声地谈这件事，不管和哥哥的房间只隔一扇门的隔壁房间里住着几个陌生人。应该说明：我认为斯××夫是一个轻率的人，我反对他去做宣传工作。格列鲍夫整理完毕之后，稍为收拾一下，立刻跑到一个地方去了；临走的时候说，他要到车站上来送行。我突然想起了关于哥德斯密斯夫人那件事，我就埋怨斯××夫的疏忽大意：

“要知道我们根本不熟悉格列鲍夫这个人。你要当心，不要在第二站或者第三站上也被扣留下来。关于这个人，已经有很不好的传闻。……”

“哦，要是发生这样的事，那么事情就很明显：格列鲍夫是个奸细。”

“可是你知道吗，”我压低了声音说，“在隔壁房间里听我们讲话的是什么人？……”

斯××夫动身到车站上去了。他走进去的那个车厢里挤满了人。搬运夫把他随身带的这只大皮箱放在上架第一个空位置上了，但是附近没有座位，斯××夫只得坐到车厢的另一头去了。火车即将开动的时候，格列鲍夫又喘着气跑来，他在车厢里找到了斯××夫，关心地看看他的座位是不是舒服，到了最后一分钟，他还用几个犹大吻[①]来壮他的行色，然后走下月台去。

火车开到附近的一个车站上，他们请斯××夫带着行李下车，来到宪兵室里。他当然只拿了身边的一只小皮箱，另外那只大皮箱就这样平安无事地被火车载去了。全靠这么一来，斯××夫就和哥德斯密斯夫人一样，没有被查出任何违禁品。宪兵军官是一个好心肠的老人，他表示同情的样子摇摇头，说：

“斯××夫先生，你在彼得堡有一个坏朋友呢。”

这期间，那只装着秘密刊物和斯××夫的证件的箱子被运到了莫斯科，作为无主的行李被留下来。斯××夫自然只要到站长那里去领取他的“遗忘的行李”。这是可以平安了事的唯一的办法。但是斯××夫是一个不机敏而胆小的人，所以他还是到了哈尔科夫省，不声不响地在那里等候，一直等到这只无主的皮箱（里面装着斯××夫的证件）被人打开，于是皮箱的主人就被捕，押送到彼得堡。

这期间格列鲍夫曾经又一次地离开哥哥的住处，“行踪不明”，像送别了哥德斯密斯夫人以后一样。这个不走运的艺术家在新职业上显然也运气不好，每一次在车站上表演过动人的送别之后，结果总是被捕。斯××夫受审讯，被盘问这些秘密刊物是谁给他的，他竟一口咬定是从格列鲍夫那里拿来的。于是格列鲍夫又第三次失踪，而斯××夫倒被释放出来了。

有一次我和斯××夫谈起这事件，我对他说：叫我做了他，从此不再从事任何秘密工作了。要知道实际上不能完全肯定出卖他的人是格列鲍夫（不管这一点多么近于事实），而不是隔壁房间里的陌生人。斯××夫听了我这话，在屋角里呆坐了很久，然后走过来，

---

① 犹大出卖耶稣，参看《新约全书·马可福音》第十四章第四十三节。——译者注

用感动的语调对我说：

“你知道，你的话使我良心上感到不安。……那么我明天到第三厅去领回证件的时候，怎么说呢？要是我撤销了对格列鲍夫的诬告，那么难道我就说这些秘密刊物不是从他那里拿来的，而是从你弟弟那里拿来的吗？”

我惊奇地对他看看，说：

“费你的心，……请你说是从我这里拿去的吧！……”

他听了显然很高兴，但是他脸上立刻就露出为难的样子来。

“那么，……那么你怎么办？”他问。

“我的事请你不必耽心。我就干脆对他们这样说：斯××夫在我们一伙人里是一个极恶劣的撒谎大家：他起初诬告格列鲍夫，后来因为我们责备他中伤好人，他就想诬告我们。”

他的脸色消沉极了。他是革命的玩好者，认为当局所提出的任何问题他都必须坦白回答。在他看来，革命活动是一件很有趣味而并不十分危险的事，可以装着神秘的样子把秘密刊物分发给青年们，尤其是女郎们。万一事情败露，只要用“坦白的供词”去请求当局饶恕，就可以被释放出来，然后以“受难者”的身分重操旧业。头脑幼稚的人显然完全不把这种行为看作是可耻的。

“斯××夫，你听我说，”我继续说，“我弟弟并没有强迫你接受这些秘密刊物。是你自己苦苦央求他去给你弄来的。如果你认为事败之后告发他是正当的，那么得事先把这情形向你的朋友们说明。不过关于格列鲍夫，你可以放心。如果他真的不是奸细，那么你当然必须去撤销对他的诬告。究竟是不是奸细，我们不久就会调查清楚的。”

我和弟弟的确下定了决心，无论如何要弄清楚这问题。这里面还存在着一些疑问，我们觉得在这种情况之下我们还没有权利称格列鲍夫为奸细。因此我们以团体的名义邀请这个“艺术家”来，要求他对我们说明一些“可疑情节”。起初他否认一切，但是后来完全语无伦次了，就装出演戏似的姿态，激昂地说：

“就算这样吧！……可是斯××夫诬告我，在道德上讲起来究竟是不是应该呢？”

我们不同他谈“道德问题”，就叫这个奸细滚蛋。

后来，这位先生在搜查的时候竟公然地出场了；我们和他辩理后不久，他的名字就被列入秘密文件上所刊印的奸细名单中了。

当我写这些回忆录的时候，《俄罗斯财富》[①] 上登载着有关我的传记的几个文件的摘录。其中谈到我在这些事件发生后不久被从彼得堡放逐出去的原因时，说我有谋害某奸细的宝贵生命的嫌疑。这显然是因为格列鲍夫把他和我们那次辩理过分戏剧化了。

然而，关于谋害他生命一节，第三厅并不怎么重视（这一点后来还是宪兵们告诉我的），因为显而易见：我们对于这位先生只表现了唐吉诃德式的彬彬有礼的态度，却并没有严酷行为。然而这些小事积累起来，还是日益加强了我们一家和亲近的朋友们周围的叛逆气氛。

至于斯××夫，他的革命瘾头还是没有过足。不久他又为了另一件事被捕，并作出了坦白到卑鄙程度的供词，这供词用下面这几句动人的话来结束：

“如果这供词被我的同志们看到了，他们应该顾念到：我在牢狱里受苦，所以这样招供了。”

---

① 《俄罗斯财富》是一个民粹派倾向的月刊，发行于一八七六至一九一八年间。九十年代初，这杂志的编者是米海洛夫斯基，他请柯罗连科经常为这杂志撰稿。从一九〇〇年起，柯罗连科当了这杂志的副编辑；一九〇四年米海洛夫斯基逝世以后，他就当了编辑。当局对《俄罗斯财富》不止一次地加以迫害，使得它不得不更改名称：起初改为《现代》，一九〇六年改为《现代纪事》，从一九一四年到一九一七年用《俄罗斯纪事》这名称。柯罗连科在这杂志上发表文学作品和政论文章，继续至二十五年以上。——原编者注

17
林希晋被刺。 我又被捕

有一天，我们家里来了一个青年人，这人穿着一件黑貂领的华丽的皮大衣，戴着也是黑貂皮的帽子，样子快乐而有福相，养尊处优，肥胖的脸上泛着柔和的红晕。他自称是从莫斯科来的一个普通工人，我们听了觉得有点奇怪。他要求我们供给他一些彼得堡出版的秘密刊物，并且坚决要求和编辑部直接联系。他持有我们几个朋友的介绍信，然而我们不能满足他的要求，因为即使是我们自己，也还没有和编辑部直接联系过。他恳切地要求我们去打听一下，在他下次来的时候告诉他。这一点我们也许可以办到，但是我们不大愿意为这个奇怪的工人奔走，因为他显然是在夸耀他那件贵重的皮大衣，况且他的介绍信之中有一封是前面说起过的斯××夫所写的。这个人叫做林希晋，他到彼得堡来了好几次，每次都到我们这里来提出这要求。有一次真巧，他在我们家里碰到了一个和秘密刊物的编辑部接近的人。这人叫做奥斯塔菲夫。在那次大混乱之后，留在彼得堡从事革命工作的人，外貌都完全改装了。奥斯塔菲夫（弟弟的朋友）不久以前还很不关心服装，现在到我们这里来，完全变了一个纨袴子弟，穿着一件漂亮的大衣，夹着一只皮包，真像一个神气活现的部院官僚。林希晋碰到了他，毫不拘束，就当他面前提出要求，说他是莫斯科工人的代表，是来同《土地与自由》[①] 的编辑部取得直接联系的。奥斯塔菲夫立刻答应实现这个他所不认识的人的愿望，这简直出乎我们意料之外。他约定林希晋下一天在某某街

---

①《土地与自由》是同一名称的民粹派组织的机关刊物。从一八七八年十月到一八七九年四月发行于彼得堡。——原编者注

和某某街的拐角上会面。林希晋离开我家的时候，显然很高兴。我们问奥斯塔菲夫，为什么他这样轻易地答应了这个连姓氏都不知道的人的要求。

“他倒底姓什么？”奥斯塔菲夫问；当我们说出了林希晋这姓氏的时候，他抓住自己的头发说：“天哪，他是个奸细！……在下一期里，我们正要把他的姓名印在奸细名单上。”说着，他就迅速地从我们家里跑出去。

下一天，林希晋懊恼地来到我家，说他在指定地点白白地等了很久。现在叫他到哪里去找昨天那位先生呢？

弟弟回答他，说昨天那位先生的地址我们也不知道，因为他的姓氏和地址是保密的。

此后，林希晋就回莫斯科去；过了几天，我们才知道他被革命党人杀死了。原来他曾经在莫斯科怀着显然是挑拨性的目的设置了一个“秘密寓所”，那时候隐藏在这寓所里的，有我的好朋友彼得·佐西莫维奇·波波夫，还有斯××夫和一个莫斯科工人。彼得·波波夫不久就和这个工人很要好了。这工人是政治上毫无问题的人，他不久以前从乡下出来，他之所以不报户口住在这里，完全是因为遗失了公民证，正在等候乡下补寄一张来。彼得·波波夫立刻和这个纯朴的乡下人做了好朋友。

有一天深夜，这伙人正在安眠的时候，忽然门铃响了。斯××夫就从床里起身，问按铃的是谁。回答的是管院子的人的声音。他开开了门，一个高个子的先生和管院子的人一同走进来。在通宵灯的幽暗的光线之下，斯××夫没有看清楚这人的面貌；这人递给他一封信，立刻就走了。斯××夫从容地回进卧室里，点起灯来，打开信封。他读完了信，立刻跑到前室里，到扶梯上去喊这个陌生人回来，但是扶梯上已经空空如也了。于是斯××夫回进房里，倒身在自己床上，把头埋在枕头里；波波夫再三问他，他只是拼命地摇手，说："请你不要问我，不要问我，……"波波夫还是从他手里拿了那张信纸，把它读完了。这信上用变更的笔迹写着大致如下的话：

"径启者：贵宅房东林希晋系一叛徒，已根据民意党执行委员会[①]决议，处以死刑。君等为自身安全计，可各自采取行动；但关于此事，即使在死刑的威胁下，也必须严守秘密。"

这事情发生以后，住在秘密寓所里的人怎样度过这一夜，可想而知了。第二天早上，斯××夫连忙逃匿。那个工人无法躲避，决定住在那里等候寄公民证来的挂号信。波波夫不愿意抛撇他，就和他在这寓所里又住了几天。

这一切详情，我是从波波夫的妹妹娜杰日达那里听来的。她在新闻报社里当我的助手，和我家的人很亲近。她收到她哥哥托人带来的信的时候，这谋杀事件还没有正式揭晓，林希晋的尸首还躺在旅馆里的一个锁闭着的房间里。波波夫深信这件事犯了严重的错误。她的妹妹也这样相信，并且使我也怀疑了，虽然我心中还保留着这个戴黑貂皮帽子的肥头胖耳的工人的坏印象。我想起了这个满面福相的青年人死在锁闭着的房间里，心中起了一阵战栗。此外我又感觉到，如果林希晋的确是个叛徒，那么这又是我们一家所蒙着的疑网上的一个新环节了。在这以前，如果我不记错的话，是在二月二十二日，管院子的人走过来秘密地对我说：

"喂，先生，你们家里有没有不报户口的人？……当心发生麻烦的事情呢。……"

"怎么？"我问。

"总之要当心，我对你说，……"

---

① 这通知不可能是民意党执行委员会具名的，因为"土地与自由社"这组织是在一八七九年八月才分裂为"民意党"和"重分黑土党"的，而林希晋的被杀发生在这分裂以前。在这通知上具名的大概只是执行委员会或社会革命党执行委员会，正像"土地与自由社"里的人在关于恐怖行动的通知书上惯常采用的具名一样。——原编者注

我们揣度这警戒不是无缘无故的，就决定叫伊凡诺夫斯卡雅姊妹俩提早离开这里到莫斯科去。这一天在我是一个十分悲哀的日子。一星期以前，我把我最初创作的一篇小说送交《祖国纪事》编辑部，这篇小说是送出以前不久我曾经在我们的小组里朗诵过的。这一天，谢德林在《祖国纪事》编辑部里把它退还了我①。我痛苦地接受了这第一篇失败的文学创作。就在这一天，又要为她们送行。……

我们住的地方离开尼古拉车站很近。我们采取惯用的手腕，引两个密探离开了大门，然后一大群人一同步行到车站去。当我回到虚空了似的屋子里的时候，火车的汽笛声一直还在我耳朵里响着。这一天夜里，当我们下班回来，大家聚集在一起的时候，忽然门铃响了。亚历山大·涅瓦警察分局的警察来搜查了，进来的是一个高个子的老年的副警察分局长、几个警察和见证人，其中有我们所熟悉的两个密探：恶病质的、面颊上扎着绷带的金发男子和形似猩猩的黑发男子。我们受了管院子人的暗示，当然已经作好充分的准备，等候他们的来到，所以这些警察一点也搜查不出来就离去了。然而过了整整一星期，一八七九年二月二十九日，他们又来搜查了②。这一次，警察只是到场而已，一切都由一个宪兵军官作主。搜查得并不很仔细（这宪兵在人家的住宅里态度很规矩），然而我们所熟悉的两个人这回又同来，而且显然有所耽心的样子。

“请问，这两位先生是谁？”我问那个宪兵上尉，“大概是检察机关人员吧？……”

---

① 这篇小说是《探求者的生活插曲》。谢德林把这原稿退回给作者的时候说：“还没有成熟，没有成熟。”后来这小说发表在《语言》杂志上（一八七九年第七期），署名 К-енко。——原编者注

② 二月二十九日这日期是作者记错了，因为一八七九年不是闰年。根据公文材料，柯罗连科家第一次搜查是二月二十八日，而第二次搜查是三月四日，搜查之后就逮捕。——原编者注

宪兵上尉懂得这话是讥笑的，就嫌恶地皱皱眉头，对两个密探说：

“你们在这里瞎忙什么？站到前室的门边去，不准离开一步。”有一个密探想要辩驳几句，他就怒喝一声：“去呀！……”

两个密探只得服从，勉强地站在前室的门边，好像两根女像柱。过了一会，前室隔壁的厨房里传来我们的厨娘彼拉盖雅的愤怒的叫声：

“你们要做什么？你们为什么和我纠缠不清？留心！我要拿拨火棍打你们。……”

显然是两个密探缠着她盘问什么。厨娘彼拉盖雅是一个很诚实的人。她不久以前从乡下来到我家，在这以前她老住在一个地方，在那里受尽了主人的折磨；到了我家以后，对所有的人都要好，仿佛自家人一样。有时她也在半夜里起来，参加我们的夜间谈话，常常发表一些自己的见解，引起愉快的哄堂大笑。她生来性情幽默，而且自己多少也感觉到这一点。这一次两个密探看错了人。彼拉盖雅愤怒地叫喊之后，宪兵军官就老实不客气地把他们赶到了扶梯上。

后来才知道，这时候我们的屋子里演出了一场小小的奸细把戏：第二天，母亲和彼拉盖雅流着泪收拾我的空床的时候，在褥子底下找到了一张字条。这字条是斯拉夫印刷所的排字工人出面写给我的，他们通知我，说他们那里“一切准备就绪”，只等我发出预约好的信号。这字条上签名的是库兹涅佐夫，是《新闻报》社里一个最优秀而富有知识修养的排字工人。

母亲看了很惊慌，连忙把这字条毁灭了。我觉得这很可惜，因为这张字条显然是伪造的。是谁造出来的，我不知道。然而无疑地是警察预料到宪兵要来搜查，因而把这字条塞在褥子底下，好让宪兵搜查时发现它。我想那个和善的副警察分局长不至于参加这勾当；

至于这警察局里其他的人员，我当然不能担保。然而最可能的是两个密探被我们戏弄得懊恼了，自己私下想出这办法来。他们在第一次搜查的时候偷偷地把这“凭证”塞在褥子底下了，希望在下一次搜查的时候自己来找到它。当宪兵军官那么严厉地剥夺了他们搜查的权利的时候，他们的心情可想而知了。我从流放中回来之后过了十年，有一次走过亚历山大三世所住的阿尼奇科夫宫，突然看见我的老相识：那只令人难忘的猩猩站在宫门口，用他的阴沉的眼光来观察过路的人。在我几乎作了一次环球旅行的期间，他的职位也升迁了：本来在沙区二路的穿堂院子里对付几个顽皮的大学生，现在却站在皇宫门口了。

且说这一天深夜里，几乎已经是黎明的时候了，预先警戒我谨防搜查的那个善意的管院子人，用钥匙开开了通向涅瓦大街的大门，整整一队的警察把我们分别带到各警察分局去。洛希卡辽夫去的地方最近，就是亚历山大·涅瓦警察分局；我被带到大花园街的斯巴斯警察分局；弟弟又被带到另一个地方。除了我们三个人之外，这天夜里哥哥也在自己的寓所里被捕，同时被捕的还有我的表弟[1]——他完全没有参加任何叛乱活动，不过是像我们一样在印刷所里工作的。这个可怜的青年学业不能成就，因此选取了排字工人的职业。他这个人多愁善感，这一次的被捕，使他在长时期内失去了智力的和精神的常态。

我们这几个人都被逮捕，这情况使人推想到：警察在搜索秘密印刷所的时候，注意到了我们这个“有政治嫌疑的”家庭，因为我家所有的男子都是参加印刷工作的。他们猜想我们大概可以办到字模，所以能够领导秘密印刷所的业务。这种臆测在警察局看来是充分有理的，其实这完全是幻想。

① 即亚历山大·卡齐米罗维奇·屠采维奇。——原编者注

18
在斯巴斯警察分局

我被关在三层楼上的牢房里，这牢房的窗子是开向院子的。从这窗子里可以望见居民住址查询股的墙壁和查询股主任的寓所的后楼梯。我爬上靠窗的桌子，稍微费点力，还可以望见院子的一部分和大门，有轨马车叮叮当当地从大门口经过。

就在这天早晨，我听见隔壁突然发出一种剧烈的叫声，其中夹着歇斯底里的号啕声；过了一会，两个狱卒拖着一个挣扎而号哭着的人经过我的牢房门口。这当然给了我一个很强烈的印象。此后就肃静无声了。过了一会，另一面的隔壁房间里传来轻轻的敲击声。我知道囚犯们是用这方法来交谈的，就用心倾听。这好像电报机的频繁的敲打声。我不懂得字母的暗号，一点也听不出来。于是我只得按照字母顺序敲出了我的姓氏，即从第一个字母敲起，敲到所需要的字母上停止。我的邻人知道我是没有经验的，迁就了我的办法，我们就开始了费力的谈话，谈了很久，谈不出什么结果来。敲打声不知怎的常常混乱而失却连贯，有时被急躁的乱敲声打断了，有时又变成了用拳头乱打。我完全摸不清头脑了。后来有一次终于被我听出：我的邻人的姓是柯罗连科。我高兴极了，连忙用心地敲出："你是伊拉利昂[①]吗？"然而他的回答出乎我意料之外："我名叫德米特利。"结果弄得我茫然不知所措，我就干脆地断定：他们派一个密探住在我的隔壁，这密探袭用了我弟弟的姓氏，然而不知道他的名字。这样看来，我须得提高警惕，然而我还是不停止敲打。

后来我终于懂得了字母的暗号：我的邻人拿一样东西不断地在

① 伊拉利昂是作者的弟弟的名字。——译者注

墙上用力划，划几条垂直线和几条水平线。我留心计数：垂直线每次划六条，水平线每次划七条。我懂得了：这就是说，必须划许多格子，在每一个格子里放一个字母。结果，似乎就在第二天上，我改用了新方法来敲打：字母一共是二十八个，先敲第几行，再敲这一行里的第几个字母。例如：先敲一下，再敲三下，就是 B；先敲两下，再敲五下，就是 K；余例推。这样，我才知道我的邻人不是姓柯罗连科，而是姓维诺格拉陀夫[①]。但是他起初企图自称柯罗连科，这一点还是使我觉得非常可疑，直到后来方才弄清楚了：原来敲打声是从两个地方传来的，我和我的贴邻通话的时候，常常有一种不大清楚的敲打声混进来，仿佛是从下面来的，这声音有时变成了一阵发狂似的乱敲。

过了一会，维诺格拉陀夫对我说：

“想法子同你的兄弟讲讲定吧，否则他要用脚跟把墙壁踢倒了。”

事情终于弄清楚了：原来这个敲打的人的确是我家的人，不过不是弟弟伊拉利昂，而是哥哥尤里安，我还没有知道他也被逮捕了。他被关在二楼的牢房里，就在维诺格拉陀夫的下面；我们的通话杂乱无章，弄得他实在忍耐不住了。他是一个性子急躁而不耐烦的人，要教他学会新的敲法，竟完全不可能。况且，他在墙上猛烈地敲打，被警察分局长注意到了，他就受到警告，说要把他关进禁闭室里去。以后我就无法再恢复和他之间的联系了。另一面隔壁的牢房里的病人已经被带走，房间空着了，因此我只剩维诺格拉陀夫一个人可以通话了。

这种隔墙通话的办法使人发生一种特殊的感觉：看不见对话的人，听不见他的话声，甚至也不像信里一般可以看见他的笔迹。像

---

① 德米特利·德米特列维奇·维诺格拉陀夫（生于 1861 年）是彼得堡工艺专科学校的学生。一八七九年一月被捕，他的罪状是参加彼得堡民粹派小组，并在沙乌工厂的工人中间进行宣传工作。——原编者注

打电报一样，只有用敲打声来构成对话，此外全靠用想象来补充。渐渐地我也学会了捉摸敲打者的一些心情状态；虚幻的想象力就试图捏造出一个形象来：这形象一定是可亲的，对于我们的同受监禁和可想而知的志同道合一定满怀着共感。

“你平常做些什么？”有一次我的邻人问我。

这时候我已经得到了书籍，我严格地安排我一天的生活：早茶以前在牢房里踱步，然后认真地看两小时书，接着又踱步，然后和维诺格拉陀夫通话；吃过午饭之后我容许自己躺着看一会儿书，但是以半小时或一小时为限，然后起身，再坐在桌子旁边看书。……曾经有几个老经验的人告诉我，说在单人牢房里最糟糕的是放荡不羁，老是躺在床里，不管束自己，失却生活规律。我把这话对维诺格拉陀夫讲了，说得更正确些，敲给他听了，他敲过来的回答是：“你真幸福。我早就放荡不羁了。……我老是睡觉，很少读书，唯一的消遣是站在窗口看。你听见手风琴的声音吗？这是副警察分局长的儿子在演奏。……这是一个好孩子，他是特地为我演奏的。……请你向窗外望望。……”

我打开了我房间里的通风窗，向发出琴声的方面望望，看见对面楼下——大概是副警察分局长家的厨房里——有一个年约八岁的男孩子在拉手风琴，从开着的通风窗里可以望见他的可爱的脸。他奏出的声音幽静而亲切；他仰着脸，一双天真烂漫的滚圆的眼睛带着同情眺望着维诺格拉陀夫的窗子。

后来大概有一个人来赶走了这个男孩子，维诺格拉陀夫就问我：“喂，你看怎么样？简直是一个小天使，对不对？你有没有钱币？”

我身上正好有几个零钱，那是发下来的伙食费，我没有用掉，因为小妹妹和朋友们给我送饭来的。维诺格拉陀夫就教我把一个钱币带到某地方，并且告诉我在那里怎样安放它。等我放好了以后，他就也到那地方去，取了这钱币，准备把它交送给“小天使”。

他想出了一套办法来交送这钱币。他希望我能够看见交送的经过情形。为此，他从窗子的铁丝网上折下一段铁丝来，把一头弯成一个圈圈，再从公家供给的褥子里抽出一根很长的线来，把钱币缚在线上。我们三个人就一同望着这在空中摇荡的钱币——维诺格拉陀夫从他自己的窗子里望，我从隔壁的窗子里望，男孩子则从下面仰望。不幸而还有第四个眺望者，就是停在近处屋顶上的一只麻雀。维诺格拉陀夫刚刚放下钱去，那只狡猾的麻雀就飞过来，啄走了这挂着钱币的线，躲到屋顶上去了。我的墙上响出一阵激烈的敲打声："你看见了吗？你看见了吗？……"维诺格拉陀夫失望极了。

总之，这扇窗子似乎是他的欢乐和悲哀的唯一源泉。他常常打信号给我，叫我"向窗外看"。有一次我接到了信号，向窗外一望，看见对面楼梯的平台上有一个很可爱的、体态丰满的青年女子，大概是厨娘或是女仆。她站在窗口，向我的邻人送秋波，飞吻。这种情况每天在一定的时刻出现好几次。维诺格拉陀夫就坦率地告诉我，说他爱上了她，并且是互相倾心的。这样一来，冗长的拘禁日子在他看来当然大大地缩短了。但是，呜呼哀哉！这柏拉图式的爱情结束得很可悲。要获得女人的忠诚，是多么困难啊！……有一次，我又接到一个信号："向窗外看。"我看到了一种使我的邻人大为震惊的情景：有一个消防队员公然地拥抱着维诺格拉陀夫的情人。墙上响出敲打声："你看见了吗？这是故意的啊！唉，这种女人！……"我敲了几句诙谐的慰藉话给他。我的邻人听了这些话也表示诙谐的态度，但是……显然很懊丧。

19

比特米特的事。卡奇卡·普拉斯科薇雅的案件

在我们这排牢房里，维诺格拉陀夫隔壁的房间里住着一个人，这

个人我有点认识，格利果列夫和他很熟悉。格列勃·伊凡诺维奇[①]有一篇小说叫做《三封信》。其中叙述着一个青年人的事迹。这青年人到一个由于骄奢而衰败了的贵族家庭里去当教师。他抱定目的要把这人家的纨袴子弟教养成为诚实的工人；为了这目的，他竟同他们的母亲——一个寡妇——结了婚。据说这里所描写的就是比特米特[②]的事，这人原籍英国，但是早就居住在俄罗斯，甚至参加了民粹运动。他的两个学生（姓卡奇卡）现在已经长成青年人，给人很好的印象。他们两人都是优秀的钳工，曾经帮助我弟弟开办他的钳工场。

他们还有一个妹妹，叫做普拉斯科薇雅，这人在此后不久获得了很大的名声。她身上显然反映着颓废腐化的贵族家庭的一切劣点。这女郎身材不很高，白面碧眼，略带波纹的淡金色头发散乱地披在肩膀上。有许多人认为她很美丽，然而我不喜欢她那暗淡而不很清爽的脸色和有时仿佛熄灭了的目光。除此以外，我又觉得她的相貌中头颅骨的轮廓太显著，使人感到仿佛是一个无生物。这个奇怪的女郎有时也到我家来玩，她很少说话，只是偶而乐愿地唱唱歌。她唱的歌也很奇怪。她特别喜欢唱当时十分流行的浪漫曲《我们不在教堂里结婚》[③]。这歌曲带有热狂的气息，里面所讲的是："半夜替我们主持婚礼"，这时候"百年橡树醉倒了"。热狂的浪漫曲要用有力的嗓子来唱，然而普拉斯科薇雅的嗓子很微弱，这嗓子同她的相貌一样，使人发生一种奇怪、神秘而煽惑的印象。在我们被捕以前不久，比特米特也被捕了，这女郎就到莫斯科去了。

有一天早晨，维诺格拉陀夫把比特米特的话转敲给我，说我如

---

① 格列勃·伊凡诺维奇姓乌斯宾斯基。——原编者注

② 尼古拉·叶果罗维奇·比特米特（1842—1886）是大不列颠人。一八七六年曾经受审，其罪状是参加"莫斯科及沃洛格达省反政府宣传协会"。于一八七九年一月十六日在彼得堡被捕，被驱逐出境，不许再到俄罗斯来。——原编者注

③"我们不在教堂里结婚"是浪漫曲《婚礼》（1843）的第一句。这浪漫曲由蒂莫菲耶夫（1812—1883）作词，达尔戈梅斯基（1813—1869）作曲。——原编者注

果要送字条给家里，他有机会可以给我转送去。接着我被叫到办公室去会客了。

“有一件新闻你知道吗?”小妹妹会见我的时候对我说，“普拉斯科薇雅在莫斯科谋杀了她的未婚夫拜拉舍夫斯基。所有的报纸都登载着这消息。……”

我立刻想到：比特米特一定不知道普拉斯科薇雅已经到莫斯科去，他大概要写字条给她，这字条看来一定会落入当局的手里。这一点必须警告他。我和妹妹匆匆会面之后，就回到自己的牢房里，开始考虑。这时候维诺格拉陀夫不知怎的不在隔壁房间里。他大概去洗澡了，但我不能等待他。我就敲敲门。

我们这排牢房由两个狱卒轮流看守。其中一个是芬兰人，身材矮胖，样子很讨厌，他的姓氏似乎是彼尔江年。他是一个死要钱的人，有一次他劝我写一个字条给我哥哥，说他会替我送去。我问他为什么这样热心，他毫不隐讳地说：

“你会给我二十个戈比，你哥哥也会给我二十个戈比。我彼尔江年就有进账了。”

因此这时候我起了一个念头：如果我给他二十戈比，他会放我到比特米特的牢房里去。但是给我开门的是和彼尔江年轮班的另一个狱卒，这个人外貌虽然很严肃，却和蔼可亲。我没有办法，就跨出门槛去，本来只能向右转，我却迅速地向左转，奔向比特米特的房间方面去。这狱卒气力很大，他抓住了我的肩膀，把我推回牢房里去。我拼命反抗，但是只能把一只脚留在门槛和门之间，这样就使得他不能关门。他用力把门推过来压我的脚，压得我轻轻地叫了一声。他脸上惊惶地表示出同情之色。这使我发生了一线希望。

“怎么，痛吗?”他尽量压低了声音问我。

“痛得很，”我回答，“可是我决不让你关门。我要跟我的朋友说两句话。”

“这是不可以的。”他坚决地回答。

我看看他的脸，说：

“请你听我说，我看你是个好人，你可知道，我有要紧的事啊！……你可以压碎我的脚，但是我决不让你关门。”于是我又冲向走廊去。

这个狱卒的严肃的脸柔和起来了。

“请你也听我说，先生，”他说，“我不能放你到这方面去，因为这边有扶梯。千万不可，要是他们看见了，尤其是彼尔江年，……那时我就完了。还是让我把你的朋友带到你这里来吧。就算他是上厕所去，你不要关门，我呢，好吧，我就到那边去看守扶梯。”

“你不骗我吗？”

“老天爷在上！……”

他的确没有骗我：过了一会，比特米特跑进我的牢房里来了。必须抓紧时间，我就不加准备地把那个重要消息告诉了他：

“普拉斯科薇雅在莫斯科谋杀了她的未婚夫，现在已经被逮捕了。你决不可以写字条给她。”

比特米特听到这意外的消息，竟吓得摇晃了一下。

“什么未婚夫？”他说，“她根本没有未婚夫。”

这时候那个狱卒惊慌地跑过来。

“有人走上扶梯来了，”他惶恐地说，“你们不要害了我！……”

比特米特只得走了出去，狱卒就把我的牢房的门关好了。刚才这些事情使我心中大为不安，我设想可怜的比特米特，不知他现在心情怎么样了。

我要提前说明一下：普拉斯科薇雅的案件是当时的 causes célèbres[①] 之一。当时已经大名鼎鼎的普列瓦科替她作辩护人。事情

① 法语，有名案件。——原注

安排得很动人。普拉斯科薇雅穿着重孝出席在法庭上，说了一大篇感伤的话；有些人赞许她的话，另一些人对她的话发生反感。她说她非常爱他。他曾经向她起誓，但是违背了誓约。她不能饶恕他这一点，不能把他让给别的女人。她现在经常被一种幻象所缠绕，她看见一个盖着白雪的坟墓，旁边站着一个穿重孝的悲哀的女人。……躺在坟墓里的是他，站在坟墓旁边哭得泪人儿似的是她。还有许多类乎此的话。我觉得普拉斯科薇雅这番阴险而感伤的话，同她那相貌年轻而头颅轮廓显著的颜面以及她那晦涩而异常煽惑人心的嗓子所给我的印象相融合了。谋杀的时候，在场的人们之中有几个是我很熟悉的，据他们说，这番经过情形完全是虚构的：拜拉舍夫斯基根本不是普拉斯科薇雅的未婚夫，而且，似乎连她的性情也完全不熟悉。普拉斯科薇雅这天晚上同往常一样沉默寡言，而且同往常一样唱“我们不在教堂里结婚”。后来她走近这个青年人，突然向他的太阳穴里打了一枪。

普拉斯科薇雅被判无罪。一八八五年春天，在尼日尼-诺夫戈罗德的“З. В. К.”轮船公司码头上，我和亚·伊凡诺夫斯卡雅在许多旅客之中碰见了普拉斯科薇雅。她脸上擦粉搽胭脂，给人猥亵的印象，态度异常放肆。

“从那时候起，我的生活丰富而多样了，”她装腔作势地说，“我从胜利走向胜利。……”

亚·伊凡诺夫斯卡雅冷淡地跟她道别。

20

沙皇亚历山大二世和狱卒彼尔江年

自从这一次我和比特米特的事情发生之后，那个高个子的狱卒就完全眷恋着我了，这是我们对亲近的人效劳的时候所常有的情形。

他值班的时候，常常走到我的牢房门口来，把门开开，我们就低声地谈话，谈得很长久。他告诉我还有哪些人被拘留在斯巴斯警察分局里，又告诉我关于他的同僚——别的狱卒——和首长的情形。

他说，二楼的牢房里有一个青年贵公子，是特任文官的儿子，姓陀罗欣科，这人神经错乱了，一直做祷告，并且骂沙皇。我听了他的话方才想起，有时的确有很响的叫声从二楼的某牢房里传到我这里来。他又说，局长杰尼秀克这个人还不错，但是脾气很暴躁。这间牢房里以前关着一个工人，叫做伊凡奈年，他对这局长说了些无礼的话。局长就命令两个狱卒拉住了他的手，亲自打他的嘴巴。后来革命党人送一封信给他，上面盖着一个图章：一个骷髅和两把斧头。现在他胆小得要命，对犯人温和些了。他又讲到狱卒彼尔江年，说他最喜欢告发同僚；譬如我们现在在这里谈天，假使被他看见了，他立刻会去告发。现在楼下的牢房里除了政治犯之外又关着一个狱卒，要关一个星期，就是为了彼尔江年的告发。他说这真是个害人精。……

他每次讲到最后总是说：这里的差事很不好，是作孽的，他不久就要辞掉不干。

不久，我和局长杰尼秀克之间就发生了一次小小的冲突。有一次，他走进我的牢房里来，正好我站在桌子上向窗外眺望。我一看见他进来，就从桌子上爬下来。

“我早就对你说过，不许向窗外眺望，……”他很严厉地说，“你想进禁闭室吗？”

“禁闭室里有通风窗吗？”我泰然地问。

“有的，……那又怎么样呢？”他疑惑地问。

“好，那么我到了那边也要向窗外眺望。”

他使劲地挥一挥手。

“嗯，我知道，……你们这些革命党人，即使千刀万剐，即使赴汤蹈火，也不在乎。……你们是亡命之徒，什么都不怕的。……你们一味跟首长们为难。你们关怀人民的幸福，我却关怀自己的家庭。我有六个孩子。……你替我想想：我生了这一大群，是不是应该养活他们？”

他的严厉的语调突然变成了哭诉的口气，他开始诉说自己的命运，说有人要陷害他：对面是居民住址查询股，那里的主任企图抢占他的位置，……常常告发他。……

我冷笑一下，就向他断言，说我对他毫无敌意，我只是要呼吸些新鲜空气，并且望望大门外面的花园街的一角。我不能答应他以后不再做这件事，可是我眺望的时候，一定竭力不让居民住址查询股的人看见我。我们就这样地妥协了。他这次突然来到我的牢房里，看来是由于彼尔江年告发之故。

我在斯巴斯警察分局单独监禁的生活行将结束了。现在我还要略微谈谈住在这分局里的自由人和不自由人。有一次我在办公室里写信，有一个大官员模样的、仪表优雅而身材高大的老人来看杰尼秀克。他们坐在一张圆桌子旁边低声地谈话，然而我还是可以听到谈话的断片。这人原来是特任文官陀罗欣科，就是那个“神经错乱”的青年的父亲。这老人是西南某省的省长或是省税务局的主任。现在这个内地的权贵正在胁肩谄笑地同彼得堡的警察分局长谈话。

“您自己也是做父亲的，一定懂得做父亲的心。……多么伤心啊！……”

“请您放心，……他决不会感到缺乏什么。”杰尼秀克安慰他，“为了有病，自己出钱买些酒喝也可以。……”

“唔，酒倒不大需要。……您知道，要节约些。我不止他一个儿子呀。”杰尼秀克同情地点点头，分别的时候恭敬地同这“特任文官”握手。

我和陀罗欣科的儿子以后还要见面，暂时不表；现在还要谈谈狱卒彼尔江年。在他的命运中有一个短时期内发生了一次意外的、几近于荒诞的转变：他从斯巴斯警察分局的狱卒变成了一个……政治流放犯。事情的经过是这样：在我被释放之后，格利果列夫也被关在这上层楼的牢房里了，他是在我们被捕之后不久被捕的。彼尔江年表示愿意为他效劳，替他传递他和外人的通信；他就不断地同我的母亲和两个妹妹通信。这期间，犯人们从斯巴斯警察分局里托他送出去的字条之中，有几张被第三厅里的人知道了。极少有人怀疑到这事是专门告密的彼尔江年做的。然而有一次，他们还是决定也要搜查搜查他。别的狱卒痛恨他的告密，所以搜查得很热心，终于找到了格利果列夫写给我母亲的一个字条，这是巧妙地缝在衬衣的补丁里的。字条里毫无犯禁的话，然而彼尔江年还是被逮捕，“奉圣旨”被流放到东西伯利亚。

过了多年之后，有一次列塞维奇[①]当我面前叙述他放逐西伯利亚时所得的观感。列塞维奇是一个口才极好的人。在谈话之中，他很幽默地讲到和他同一批放逐出去的一个奇特人物。这是一个普通的芬兰人，是为了某事件奉圣旨放逐出去的。最初上路的时候，他很消沉，一直不愿意接近他的同行的伴侣；但是后来习惯了，他竟觉得很高兴，因为“高贵的先生们”都平等对待他，而且他所得的伙食费也和他们一样。在沿伏尔加河和卡马河开向彼尔姆去的驳船中，他很开心；而在从彼尔姆到秋明一路上的宿泊处，他已经完全走入常轨，常常第一个跑去占据板床上最好的铺位，第一个拿了碗去进餐。而且有一件事他觉得很骄傲，那就是：他是“沙皇亚历山

---

① 符拉季米尔·维克托罗维奇·列塞维奇（1837—1905）是一个实证论哲学家，后来是阿威纳留斯的继承者，和民粹主义者有联系。一八七九年，为了秘密印刷所案被捕，流放到东西伯利亚。一八八二年回到俄罗斯的欧洲部分，住在波尔塔瓦省。——原编者注

大亲自下命”放逐的，他以为现在沙皇单单只想到他和他的流放。有一次吃过晚餐之后，他坐在板床上，把两只短小的腿挂在空中摇摆，同时由于精神饱满，自言自语地讲了一大串话，说沙皇现在一定以为他已经完了，已经没有生路了。

“亚历山大，亚历山大！”最后他在众人的笑声中这样说，“你以为彼尔江年在哭了，在悲伤了。亚历山大，你是傻瓜。彼尔江年在笑呀！……”

列塞维奇一时想不起这个“政治犯”的姓氏了，但是我在他开始叙述的时候，就知道这是我认识的那个狱卒，就叫道：

“这是彼尔江年！……”①

关于他以后的命运，我完全不知道了。

21
唯一的一次审讯。警察分局长杰尼秀克的预感

我被捕后不久，就写申请书给检察官，要求审讯和释放②。有一个时期音信全无。申请书是通过杰尼秀克递上去的，这时候他耸耸肩膀对我说：“这是徒劳无益的。不止你一个人，……大家都是这样逮捕来的，都监禁着没有审讯过。”

然而过了两三天，我被叫到办公室里去了。一个宪兵军官在那里等候我，他声称他是来审讯的。经过了开始审讯时例有的手续之后，他拿出一个小小的长方形的信封来，信封上面用拙劣的笔迹写着：“本市陛下内廷所属第三厅宪兵首长德连津将

① 但是现在我不能保证这姓氏是正确的。——原注

② 柯罗连科的申请书（不是写给检察官的，是写给宪兵首长的）上签的日期是一八七九年三月二十四日。——原编者注

军收。”

“你承认这是你的笔迹吗?”军官问我。

在开始审讯的时候，我对于那些例有的问话已经作了书面答复，所以这时候我不回答他的问话，而要求他对一对笔迹。笔迹一点也不像。

我原来希望他给我解释逮捕的理由，但是现在他没有解释，却给我看这样一个莫名其妙的信封，我觉得很失望。我就十分愤慨而苦恼地说出了这意思，使得军官有些狼狈。他在皮包里翻了一会，拿出一张公文来。这是几个鉴定人把这信封上的笔迹同从我那里搜出的一封信上的笔迹核对过之后所作的结论。其中说：鉴定委员会系由办公室文牍员若干人及书法教师若干人组成。此等书法专家认为信封上之笔迹系故意歪曲，然而其中某某字母之笔划以及整封信之格调，均“足以证明信封上之地址”与由我签字之“致委员会信确系出自同一手笔”。

我猜想这些书法家一定是想用他们的鉴别来讨好上司，就对军官说：

“你们有没有试把别人的信来请另一班书法专家核对笔迹呢?”

我的猜想显然是对的，因为这军官脸上表出异样的笑容，审讯就此结束了。他不能说明逮捕的理由，以满足我的要求。我记得这军官的姓氏是诺仁。他似乎有些狼狈，立刻离去了，我也就回到了我的单人牢房里。

墙上当然立刻就响出敲打声，因为维诺格拉陀夫很关心我受审讯的结果。我把答话敲给他之后，他又敲过来：

“这样看来，德连津一定是收到了革命委员会的恐吓信，他们怀疑信封是你写的。”

我觉得这话很有理。德连津是代替梅旬采夫当宪兵名誉长官的。他的接任引起了许多议论和许多期望，所根据的理由之一是这样：德连津是一个作战的将军，一向对警察职务毫无关系。在吉尔斯[1]所发行的《俄罗斯真理报》——带有民主色彩的青年自由主义者的机关报——上出现了吉尔斯所写的一篇向德连津呼吁的杂文。作者在这篇文章中所指出的，正是德连津在过去没有接受警察传统这一点，因此希望他能够给这个不受大众爱戴的机构的活动定下新的方向。这篇书简式的文章大致这样地结束："正直而忠诚的战士，请您走上新的道路吧。社会上的人对于当局同青年们的斗争感到厌倦了，现在对于您怀着很大的期望。"

社会上的人纷纷谈论着这篇文章。无论这篇文章写得多么程式化，多么有"拜占庭风"，但是单凭它称第三厅为极其不受大众爱戴的机构这一点，它在当时已经可算是一篇大胆的文章了。大家都等待着，看政府怎样回答这位政论家的这番话。我记得最初几天毫无反响地过去了。检查机关仿佛给难住了，弄得犹豫不决。但是过了几天反响来了：报社受到了惩罚。然而对方自然也会反攻。

就在三月十三日或十四日那天，午餐之后，维诺格拉陀夫兴奋地敲打我的墙壁。他刚刚出去会了客回来，这时候告诉我一个惊人的消息：宪兵名誉长官德连津将军被刺了。正当德连津坐着四轮马车在街上走的时候，一个骑马的青年人赶上了他，向他开了两三枪，就逃走了。这件事发生在青天白日之下行人拥挤的街路上，全城的人都纷纷谈论这件事，惊叹这个不知名的骑手的勇敢。

这样看来，我们的推测是对的。德连津显然收到了警告信，但是他没有预料到对方会采取这样大胆的方式。此外，我又想到，在

① 德米特利·康斯坦汀诺维奇·吉尔斯（1836—1886）是作家；曾在一八七八至一八八〇年间发行《俄罗斯真理报》，用"陀勃罗-格拉果尔"这笔名在这报上写杂文。——原编者注

这次行刺事件中，一定也有一份嫌疑加到我身上。

以后，不管我怎样固执地要求，一次审讯也不举行。在那时候，——但在过了很久、情况变更之后还是这样，——照我们俄罗斯习惯看来，这是过分的奢望。

有一天早晨，那个高个子的狱卒预先通知我，叫我收拾一下，因为我在斯巴斯警察分局的拘禁今天结束。此后几小时我在不耐烦的焦灼中过去。我竟敢说，这等候自由的几小时抵得上好几天的监禁。终于院子里开进一辆马车来，他们叫我到办公室里去，把我原有的物件和钱还给了我，我就坐上马车。杰尼秀克和我坐在一起。他一路上不绝地叹气。我问他我们现在到什么地方去。他不回答，却更深地叹了一口气。

“你究竟为什么叹气呢?”我问，“叹气的似乎应该是我，而不是你。”

“天下的事情难说，”他忧愁地说，“今天我押送你，可是过了一个月，也许要你来押送我呢！……”

我禁不住笑起来。据说土耳其人有一种共同的民族预感，认为他们总有一天要被逐出欧洲。我们以前的政体也不免有这种普遍的预感。后来我有好几次回想起杰尼秀克这句忧愁的话：“现在我们押送你们，以后你们押送我们。……”

这时候马车一直向前行驶，穿过封坦卡河，绕过了大剧院。我这才猜测到：向前右转弯，开过桥，就是立陶宛要塞。大门开开了。刹那间在我眼前闪过母亲的悲哀的脸，她显然是不知怎的打听到了我们移转的消息，所以来到这里。过了半个钟头，我换上了背上有Л. Т. З.[①] 三个字母的囚衣，走进立陶宛要塞的嘈杂拥挤的牢房走廊里去了。

---

① 是立陶宛监狱的意思。——译者注

22
在立陶宛堡垒中

在政治犯牢房的走廊的入口处，有一个不相识的人看见了我就高兴地叫起来：

“第三个也来了！欢迎欢迎。你的哥哥和弟弟在等候你呢。”

果然，哥哥和弟弟立刻就来和我拥抱了，接着我又认识了其余的人。过了一会儿，他们把我们分别带进牢房里。有一个牢房里已经关着我的哥哥和弟弟，有一张空床是预备着给我用的。除了我们三人之外，这房间里还住着一个年纪已经不轻的人，外貌好像是个六十年代俄罗斯社会活动家，一头长长的灰色鬈发披向后面，相貌聪明，带着讥讽的笑容。短短的囚衣和灰色的裤子穿在他身上，样子似乎特别优雅，仿佛是特地为他缝的。我走进去的时候，他从床上站起身来，用力地和我握手，说：

“我叫格利鲍耶陀夫[1]……这位是，”他指着坐在他旁边的一个高个子青年，说，“崔布尔斯基，又叫做‘娃娃’。他是为了外貌可疑而被捕的。”

我不由得笑起来，因为这个青年人的外貌是最不可能引起怀疑的。他年纪很轻，略微长些髭须，面颊上泛着柔和的红晕，长着稚气的汗毛，还有一双天真烂漫的突出的蓝眼睛。

不久我就得悉了他的来历。原来崔布尔斯基全然不知道他是为什么被捕的。那一天中午十二点钟光景，他走过夏园旁边，有一个不相识的人走近他来，请他到链桥旁边的一所房子里去，就在那里

---

① 尼古拉·阿列克塞耶维奇·格利鲍耶陀夫（1842—1901）在十九世纪七十年代初是民粹派的“柴可夫斯基小组”的组员。曾经参加营救车尔尼雪夫斯基出狱的设计，为此而到西伯利亚去。又曾帮助日·亚·洛帕金越狱。——原编者注

把他搜查了一下，然后解送到立陶宛要塞。这位青年被弄得莫名其妙，他赌咒说他今年才从内地出来，进了某高等学校，根本不知道什么叫做革命，他所交往的只是自己的同乡人。然而……他的头发很长，又因为是近视眼，所以戴眼镜。有一次，格利鲍耶陀夫躺在床上，望着正在牢房里走来走去的崔布尔斯基，突然问他：

“告诉我，崔布尔斯基！你被捕以前有没有戴过呢绒披肩？”

“戴过的。”崔布尔斯基回答。

“有没有穿过长统靴？”

“长统靴也穿过的。”

“这就对啦——，”格利鲍耶陀夫喷出一缕烟气，拖长了声音说，“呢绒披肩，……长统靴，……长头发，……眼镜，……显而易见：你是为了外貌可疑而被捕的。……大概那时候沙皇正在夏园里散步。……”

牢房里的人大家哈哈大笑，认为这样的推想是不可靠之极的。崔布尔斯基完全是个小孩子。我们这排牢房里有一个狱卒，是一个喜欢唠叨、然而很慈善的老人，他严格地监护崔布尔斯基，他认为自己有责任像乳母对婴孩一般照管他。

“别的人由他们去吧，”他说，“他们显然是管教不好的了。……可是你，崔布尔斯基，还是个娃娃。你母亲为了你，恐怕正在哭呢。……穿上吧，穿上这件囚衣吧，别不听话。今天虽然有太阳，可是很冷，你出去散步会伤风的。”

此后大家就称崔布尔斯基为“娃娃”。可是格利鲍耶陀夫所猜想的情形还是对的。过了几天，崔布尔斯基的父亲来了，他似乎是科文省的一个地主，他到第三厅里去打听儿子被捕的原因，那里的人安慰他，一个老年官员翻查了卷宗之后对他说：

“是极小的事情，……你放心吧！……”

这个地主大发脾气，说：

“怎么叫做极小的事情？我的妻子刚刚生产，听到了这消息几乎吓死了。……我丢开了她这病人，奔到彼得堡来。……你倒说是极小的事情！……”

“这是由于小小的误会，”那个官员温和地说，“你要知道，现在是非常时期，还来不及进行调查。你知道：你儿子的被捕是为了……外貌可疑。”

崔布尔斯基在他父亲来到后几天，果然被释放了，他在监狱里一共住了两个月光景。怒气冲冲的父亲立刻把他从彼得堡带走了。

但是我所讲的是后来的情形。现在我要回过去列叙立陶宛要塞中其他的犯人和他们的有趣的被捕情由。住在我们这牢房里的，还有一个一年级大学生，他的姓氏，如果我不记错的话，是雅基莫夫。他的父亲是彼得堡交易所的监理，这是一个思想保守而脾气非常严厉的人。他的儿子曾经对格利鲍耶陀夫自白，说他很怕父亲。

“你不是说过，你完全没有犯过失吗？……”听他讲的人安慰他。

“父亲不会相信的，”这个青年悲哀地说，“照父亲的意思，他们不会无端地逮捕人。他说过：‘既然被捕，一定是犯了事。我老实对你说：如果你被捕，我要痛打你一顿。……’”

“等到你被释放了，也许他要为了欢喜而打你吧？”格利鲍耶陀夫冷笑着说。

“也许是的。”这青年悲哀地表示同意。

这时候，即在德连津被刺之后，官方颁布了一个指令，说因为叛乱活动太猖狂，必须采取紧急措施，所以号召警察局进行搜查和逮捕，“不拘可疑分子的身分地位如何”。

于是，有一天早上，五号牢房的囚犯们刚刚喝过早茶之后，牢房的门开开了，门里出现一个体格结实的穿囚衣的中年绅士。这个中年绅士犹豫不决地站定在门槛上了，这时候青年雅基莫夫发出一声悲惨的叫声：

“爸——爸！……”

这人的确是彼得堡交易所的监理；他们逮捕他，是为了表示现在他们不拘身分和地位了。在这次父子相会之后，牢房里有几分钟肃静无声。父亲和儿子默默无言地互相望着，格利鲍耶陀夫则衔着那支永不离嘴的纸烟，喷着烟气，躺在床上用明慧而讥讽的眼光望着他们两人。

“爸爸，”终于儿子先开口了，“您可记得，您对我说过：既然被捕，一定是犯了事！……”

“这，这，……现在我才知道。”监理阴沉地回答，可是残酷无情的格利鲍耶陀夫还要说：

“你的爸爸好像还跟你说过些什么话吧？……”

“是的，爸爸，……您还说过：应该挨打。”

“不许你说话！……”可怜的监理突然迸出这样一句话来。

父亲被监禁得的确不很长久，后来我就只看见儿子一个人在牢房里了。但是在父亲被捕的“误会”弄清楚以前的几天之内，格利鲍耶陀夫（他在红十字会里也占有很重要的地位）着着实实地折磨了他一番。每当牢房的门上锁以后，他总是躺在自己的床上，抽着纸烟，开始质问他：

“喂，怎么样，（他叫一声他的名字。）好好儿想一想：一定是犯了什么事吧？……我们两个人，‘不拘身分和地位’，都不妨来挨几下，……就像谢德林小说里那个四等文官一样。……”

这时候的确是告发、通缉、搜查、逮捕和流放盛行的时期。专制政体大肆猖獗，整个俄罗斯社会“不拘身分和地位”，都被宣判为叛逆的，全无法律保障了。彼得堡所有的警察分局里都关满了像我们兄弟三人那样的罪犯，而立陶宛要塞中其他犯人的被捕情由几乎都是同崔布尔斯基或雅基莫夫的事件相类似的。在这里我还遇见了许多姓戈尔东和姓凯朗斯基的人，这群人好比一大束花。他们在被捕之前大都是彼此完全不相识的。他们中间的主要人物，犹如所谓百花之王，是一个在犹太慈善协会里当秘书的戈尔东。他初进牢房的几天内，他的两个孩子——似乎是一个男孩子和一个很小的女孩子——也和他关在一起（我进来的时候这两个孩子已经不在了）。

不久我就弄清楚了这件事。彼得堡的人有一时纷纷谈论着，说参加所谓奇吉陵事件[①]的两个人之中有一个人要逃到外国去了，这人不是杰奇，就是斯捷芳诺维奇。我甚至听说：这人为了这件事，曾经想去请教格列鲍夫，格列鲍夫已经表示同意收些报酬，用自己的名义来领取出国护照。这时候我们已经在怀疑格列鲍夫的行径，所以连忙去警告那个办护照的人（记得这人的姓氏是瑞特科夫）。后来他们就向另一方面去张罗了。有一个姓戈尔东的人也同意收些报酬，替他们领取护照。护照领到了，交付了，于是斯捷芳诺维奇（或杰奇）就平安无事地出国去了。为了要使戈尔东避免可能负担的责任，就登了一个关于遗失出国护照的启事。这件事本来可以平安无事地过去，岂知这时候他们耍了一个花样。这启事里说：倘有拾得护照者，请送交某街某号门牌凯朗斯基收。但是这地址完全是虚构的，而且凯朗斯基的名字也是捏造的，因为登启事的人知道决不会有人找到护照。警察局不知怎的注意到了这启事。也许是格列鲍夫把别人托他办出国护照的事告诉了警察局。警察局按照地址去找寻凯朗斯基，但是找不到；于是不加思索地下了一个命令，逮捕彼得堡所有姓戈尔东和姓凯朗斯基的人。警察局派人埋伏在被逮捕了的人家里，守候了三天。这期间，犹太慈善协会正在照例发奖学金

① 是指一八七七年民粹派分子雅·斯捷芳诺维奇、列·杰奇和伊·鲍哈诺夫斯基三人企图号召基辅省奇吉陵县农民武装起义的事件。由于一个农民的告密，这组织被揭发了。许多农民被捕，后来斯捷芳诺维奇、杰奇和鲍哈诺夫斯基也被捕。一八七八年五月二十七日夜里，他们靠米·费·弗罗连科的帮助从基辅的监狱里逃了出来；弗罗连科是为了帮助他们越狱而特地去当监狱官的。——原编者注

给音乐学院学生。奖学金是在协会秘书戈尔东家里发给的；在逮捕这一天，所有来领奖学金的人也都被逮捕了，被解送到这立陶宛要塞里来。他们的家里也被派人看守，株连的人越来越多了。……

总之，这种由于警察蛮不讲理而产生的偶然的牺牲者，我在立陶宛要塞里看到的有好几十个。有一个七十岁的德籍老人，特别使我怜悯而感动。他是为了同另一个被捕者相认识这罪行而被逮捕的。真有趣，这另一个被捕者就是……他的亲生儿子，是当调音师的，同父亲分居。他常常去探望父亲，有一个可疑分子则常常来探望他。这情况被警察局探查出了，于是这老人就和儿子一同被捕。

这儿子似乎也是不参加任何集团的，然而多少还能猜测到被捕的原因。至于那个白发苍苍的老人呢，人家问他为什么被捕的时候，他用那双像鸟眼一样浑圆的天真的蓝眼睛向他们看看，回答说：

"我一点也不知道。半夜里他们进来，把所有的房间都搜查，连阁楼里也搜到。……他们把所有的文件都翻过，就抓住了我，把我送进监狱里。……另外我就一点也不知道了。"

当时被捕的人之中，十个里有九个可以用这几句话来说明自己被捕的情况。例如有一群"跳舞者"，在某晚会上全部被抓了去。警察局怀疑他们是为了某种革命目的而跳舞的。这是一群愉快活泼的青年；他们被捕之后，即使在散步的时候也还是双双对对、跳跳蹦蹦的。

当时被关在立陶宛要塞里的人们之中，我还要提到一个人，这人叫做恰鲁希尼科夫①，后来是一个有名的出版者；另外还有一个

---

① 亚历山大·彼得罗维奇·恰鲁希尼科夫（1853—1913）是格拉佐夫地方一个商人的儿子。一八七九年在彼得堡当店员。同年四月，为了保存《土地与自由》报而被捕。八月，被流放到故乡维亚特卡省，受警察监视。他住在维亚特卡省的格拉佐夫地方的时候，同柯罗连科保持着亲密的友谊。一八八〇年一月，格拉佐夫的县警察局长写信给省长说："柯罗连科这个富有文学才能而根深蒂固地具有反政府思想的人，同恰鲁希尼科夫十分亲近，常常接连几夜到他那里去谈天，而且显然是在用自己的思想去煽惑刚刚开始有叛逆行为的恰鲁希尼科夫。柯罗连 （转下页）

是西玛诺夫斯基教授，就是现在有名的眼科医生[①]。最有趣的恐怕要算这种情况，即官方对于这一大群被捕者，并不仔细加以调查，就干脆地按行政命令把他们放逐到各城市去。虽然事情很明显，譬如同出国护照的案件有关的，只是一个戈尔东和一个凯朗斯基，然而所有姓戈尔东和姓凯朗斯基的人都被驱逐出彼得堡，分别流放到各处去。犹太慈善协会的秘书被放逐到奥洛涅茨省，如果我不记错的话，地点是普多日。

我们三人之中，只有哥哥一人避免了这命运，而且其方法是简单得妙不可言的：他的女房东向官方声明，说他是她的未婚夫，不久就要同她结婚的。官方说："哦，既然是你的未婚夫，那么你就把他领回去吧。"

于是哥哥就被释放了。

至于我们两个人，无论别人怎样来替我们说情，都没有用。我已经说过，我们被捕后不久，格利果列夫也被捕了，此外还有波波娃两姊妹、我的朋友矿山学院学生玛米科年，以及其他我们所熟悉的几个人。他们的被捕是为了同我们相识，关于这一点，当局对格利果列夫曾经老实地说明。有一个有地位的人（似乎是前面讲起过的我的堂叔叶甫格拉夫·玛克西莫维奇·柯罗连科）到市政府里去探问关于我们的情况，那里的人干脆地回答他说：

"啊呀，单是相识就够了啊！同这个家庭相识的人全都坐在监狱

（接上页）科常常在谈话之后给人留下一种狡诈的温情；这种温情仅仅在他单独的流放生活中是看不出来的，但是当他同和他相类似的流放犯交往的时候，就显示出来，并且对于每一个同他短短相处的人都发生隐晦而狡猾的危害。"一八七九年十二月，恰鲁希尼科夫被转解到维亚特卡省的乌尔茹姆地方，又在那里过了两年左右的流放生活。一八八二年十一月被释放后，来到莫斯科。后来成了一个有名的出版者。——原编者注

① 尼古拉·彼得罗维奇·西玛诺夫斯基（生于1854年）不是眼科医生，而是耳鼻喉专科医生。——原编者注

里呢。”

这是事实，要否认当然是不可能的。

格列鲍夫当然已经离开我哥哥的寓所。然而另外来了一个苦命人，也很穷困，是搞文艺的，叫做李诺夫斯基[①]。哥哥暂时收容他，似乎约定直到他领得公民证为止。这时候他在替一些“政治上无问题的刊物”写稿，甚至也替公民写稿，并且在这刊物上同一个自由主义小品文作家（加玛[②]）展开激烈的论战。但是他有两点致命伤：外貌阴郁，笔迹异常潦草。官方搜查的时候，在他那里搜出一篇刚开始写的稿子，这篇稿子上的字迹难以辨认，而且他们也没有空去辨认。于是李诺夫斯基被流放到了普多日；他从那里回来之后，就决计不再替公民写稿了。

还有一个被捕的人，我记得特别清楚，那是音乐学院的一个学生。他也是领奖学金的人，就是发奖学金那天在犹太慈善协会秘书家里被捕的。他是一个青年人，外貌生动，有艺术家风度。有一次他坐在我们的牢房里，闪耀着他那双充满热情之火的眼睛，对我们说：

“我不是革命工作者，我是艺术家。……我想，凡是政府，当然是反对革命的。我在这以前一直是站在政府方面的。……给我最严格的惩罚也不要紧，把我流放出去服苦役刑也不要紧，甚至把我处死刑也不要紧，可是必须经过审判，必须有充分的法律保障。……而像现在这样……是不行的。现在我听说政府人员被刺，第一个感到高兴，因为他们本身就是反社会的极大的罪犯。”

---

① 尼古拉·奥西波维奇·李诺夫斯基（1844年生）根据彼得堡总督的指令，于一八七九年被流放到奥洛涅茨省，罪名是“结交自由印刷所的主要工作人员及刊物散播者”。后来他做了小说家和政论家。他的笔名是特罗菲莫夫和普鲁然斯基。——原编者注

② 加玛是政论家格利果利·康斯坦汀诺维奇·格拉陀夫斯基（1842—1920）的笔名。——原编者注

我记不起他的姓氏，也不知道他后来情况如何。但是直到现在，我还仿佛听到他的有力的声音，记得他那双燃烧着怒火的眼睛。那时候连社会上对政治漠不关心的那班人也普遍地怀着这种心情。而大炮打麻雀的作风越来越甚了。于是在统治者的头上，在沙皇本人的头上，翱翔着的凶鸟就越来越多了。

四月二日索洛维约夫①行刺的时候，我们还关在立陶宛要塞里。这印象当然很强烈，然而可以说，恐怕只有在民间，这印象才是完整的。社会上的人对以前的“沙皇救星”的同情，早已由于他的公然赞同残暴反动而丧失了。

在囚犯之间，据我们所能见到的，对这件事的印象很淡然，加之有一个小小的、幽默的偶然事件，给这印象蒙上了一层特殊色彩。关于行刺这件事，我们是在散步的时候从那些刑事犯的口中听到的。为了避免“有害的影响”，我们通常是在一个四方的小院子里散步的，这小院子用高高的栅栏来同公共的院子隔开。刑事犯们常常走近这栅栏来，匆匆地告诉我们一些当天的突出的新闻。这一天，他们正好到监狱教堂里去做了谢恩祈祷出来。据他们说，在祈祷式中，监狱神甫演说的时候，发生了一件不快的事情。他走上说教台去解释谢恩祈祷的意义的时候，预先准备好了悲壮的态度，然后用昂奋而响亮的声音说：

“亲爱的弟兄们！又发生了对凶暴的陛下的一个神圣的行刺事件。”

这时候，监狱管理人员方面有人连忙大声咳嗽，打断他这番动人的演说，演说者发觉了错误，要再恢复原来的语调，就很困难了。

在五月初晴朗的一天，我们走廊里望得见的院子的一角里出现

---

① 亚历山大·康斯坦汀诺维奇·索洛维约夫（1846—1879）在大学法律系读到二年级就离校，六十年代末和七十年代初在普斯科夫省的托罗彼次地方当县学校教师。一八七四年离去教职，“到民间去”。一八七九年四月二日在宫殿广场向亚历山大二世开了三枪，但是没有打中。最高刑事法庭判他死罪，于一八七九年五月二十八日被执行绞刑。——原编者注

了二辆马车。政治犯监狱里的人就骚动起来，大家猜想：是来载某某犯人的吧？……过了几分钟，有人来叫我和弟弟出去了。我们的准备很匆促，然而我们出发时的排场很体面：每辆马车由六个宪兵护送，两个坐在车子里，三个骑着马跟在车子两旁和后面，第六个坐在驾车台上。这简直是一支队伍，引起了过路人的惊慌不安。当我们从海洋街转弯，来到劝业场对面涅瓦大街最宽阔的一段路上的时候，修马路的工人们看见了我们的车子，迅速地跳起身来，避到一旁，脱下了帽子，划起十字来。

记得这情景使我很感动。我记起了杰尼秀克和他的忧伤的叹息。是啊，我们什么时候回到这里来，在怎样的情况之下回来呢？……我当时觉得这一天为期不远了。我们回来的时候，当然已经换了环境，是回到俄罗斯的自由首都来了。

我一到车站，就看见身材高高的副市长富尔索夫。他显然是在等候我们，看见我们来了，就用一种阴阳怪气的、不知为什么怀有敌意的眼光目送我们过去。那边，在月台上，站着我的泪痕满面的母亲和两个妹妹。押送的人只准许我们和她们拥抱一下，又让她们给我们一些钱，然后火车一声长啸，彼得堡上空的一团烟雾立刻就从地平线上消失了①。

---

① 作家柯罗连科和他的弟弟于一八七九年五月十三日被放逐到维亚特卡省格拉佐夫地方。在彼得堡市长致维亚特卡省省长的解送公文（五月十日，第六一五四号）里说："沙皇陛下内廷所属第三厅查核贵族伊拉利昂·柯罗连科及符拉季米尔·柯罗连科之现有资料，断定诸罪犯中此二人具有确实之罪状，因彼等勾结首要革命分子，并参与自由印刷所革命刊物之印行及散播工作。唯虽经详细调查彼等之行状而发此重要指令，但根据上诉之法律材料，不能将彼等交法庭审判，抑且不能向彼等查究其主要同谋者，因彼等行动机警，已将罪证尽行销毁。第三厅鉴于上述情由，将柯氏兄弟交由本人处理，并附加声明，除上述主要罪行外，对彼等尚有下列之指示：彼等曾图谋刺杀一秘密间谍；然其阴谋未得遂行，因该间谍及时获得情报，幸免于难。圣彼得堡临时总督根据此项呈报，按御赐职权判决如下：'将柯氏兄弟放逐维亚特卡省，受警察监视。'"（一八七九年维亚特卡省省长办公厅公文第五四九号第一二页。）（以上所引证的，根据一九二四年《维亚特卡生活》杂志第一期所载。）——原编者注

第五章　漂泊的流放生活

1
到格拉佐夫去的途中

从斯巴斯警察分局的单人牢房和立陶宛要塞里出来，我觉得一路上一切都很新奇，一切都给我鲜明深刻的印象①。在这里，我不打算详述一切情况，只想谈谈其中某几件事。

我们路过莫斯科的时候，我又被带到我和格利果列夫、韦尔涅尔三人初次被监禁的巴斯曼警察分局里②。不过这回他们没有把我关到地下室里去，而把我关在二层楼上朝院子开窗的一间牢房里。以前那个老狱卒已经不在了，但是那地方的风气还是照旧：牢房和走廊到处都是破破烂烂的，墙上和壁炉上被那些临时住户密密地写满了字。看守犯人的是一种特殊的警察，当时似乎只有莫斯科才有这种警察，号称“火枪兵”。这称号大概是从他们所用的装燧石的旧式“火枪”来的。这些人大部分是残废者；与其叫他们看守犯人，还不如叫他们去看守城郊卫戍部队的菜园子来得更合适些。我隐约地记得，在我来到之前，似乎有两三个“红心王子”③当着这些勇敢的火枪兵面前从这警察分局里逃走了。我认识的那个狱卒就是为此而被撤职的。我在我那本小册子上描绘了这些火枪兵的特

殊的姿态 ④。

我在立陶宛要塞里最后一次同母亲和两位妹妹会面的时候，她们告诉我，说大妹夫有不久被释放的希望。我和弟弟听了这消息很高兴，因为这样一来，我们家里总算有了一个赚钱的人。但是，真糟糕，当我仔细地察看自己牢房里的壁上文献的时候，我看到了一行写得不久的题词："尼古拉·洛希卡辽夫于某年某月某日从彼得堡经过此地。"这样看来，昨天这牢房里还住着我的一个亲近的人。希望已经成了泡影，我家一个赚钱的人都没有了；大妹妹不久以前又生了一个孩子，她的大孩子还只是一个小姑娘。我们一向认为自己人的格利果列夫被逮捕了。我们离开立陶宛要塞的时候，哥哥还关在那里（他是此后约两星期才被释放的）。

我们的家庭面临着危机，然而我并不失望，因为最近几年来，我们这一伙人互相团结，大家生活在特殊的友爱气氛中。况且那时候广大的知识分子都关心被捕者的家庭。我们被捕之后，同我家亲

---

① 柯罗连科把他在流放途中所感受的印象记载在他当时的笔记本中（见一九三三年高尔基城边区出版社出版的《一八七九年柯罗连科笔记本》），又叙述在两封信中：一八七九年五月十八日从科斯特罗马城发的家信和五月三十一日从维亚特卡城寄给格利果列夫的信。他对格利果列夫说："你知道，我离开彼得堡而作这次被动的旅行，竟像过节日那么愉快。各个地方、各种景色和印象不绝地交替更换。我认识了许多新地方和新人物，虽然都是表面的认识。在寂寥的监狱生活之后看到这一切，真像过节日那么愉快。……有时我的心情竟过分快乐，不像是在流放中；于是心中起了反作用，希望早些到达一个小县城而安居下来，面临着可能不很亲切、然而明晰真确的现实。啊，我希望早些到达，早些到达。我对于这一年抱着很大的希望。唉，既然生不逢辰，事与愿违，那么只有逆来顺受，而顺受的当然就是离开彼得堡，离开校对工作，等等。你可记得，我曾经渴望夏季旅行；现在我虽然在缧绁之中，然而总是在旅行了。"——原编者注

② 这里柯罗连科记错了。据上述的一八七九年的笔记本里说，他在莫斯科的时候，不是被送进巴斯曼警察分局，而是被送进罗果查警察分局。他第二次进巴斯曼警察分局是后来的事，是一八八〇年二月他在维亚特卡省白桦屯被捕以后的事。他从那里被解送到维什尼伏洛乔克的流刑监狱中，在那里等候发配东西伯利亚。——原编者注

③ 是一个拐骗集团里的人员；参加这集团的，大都是特权阶级人物。——原编者注

④ 这些画和柯罗连科其他的旅行写生一起登载在上述的（见为第二九二页所作的注解）一八七九年笔记本中。——原编者注

近的人渐渐多起来了，邦凯耶夫也是其中的一人。他是当时很奇特的一个青年：他的父亲是一个百万富翁，拥有第聂伯河上卡霍夫卡的地方；但他拒绝了父亲的资助，以教课为生。他同格利果列夫做了好朋友，又通过他同我们的家庭亲近起来，在我家困难的日子里，他常常表示热烈而友爱的同情。因此，虽然洛希卡辽夫被放逐的消息使得我大为忧伤，并且深切地关念到我家将来的生计，然而在我和弟弟定居下来以前，我把所有这些忧患和操心都搁在一旁了。

第二天，我们离开了莫斯科，被解送到雅罗斯拉夫尔去。

我们来到那里的时候是早晨，宪兵们把我们直接从火车站送到码头上，我觉得很高兴，伏尔加河又展现在我面前了。我在第一次被放逐的时候已经看见过这条河，而且，读者大概记得，我还坐了救生艇渡过去。然而那时候这条河几乎完全被冰封住，对我的想象似乎完全没有什么表示。现在，在这春光明媚的日子里，它显示出一种特殊的生气。轮船在河面上开行，驳船顺流而下，附近的码头工人唱着卸货歌，载着纤夫和女工的大划船从我们旁边顺流驶过。他们也在准备唱起一首歌来，我希望听到他们唱出这样的歌词：

我们不是强盗，不是小偷，
我们是斯捷邦·拉辛①的工友……

在这春光明媚的早晨，我全部身心沉浸在伏尔加河的浪漫情调的特殊感觉中了。我看到伏尔加河，就想起涅克拉索夫和俄罗斯民

① 斯捷邦·拉辛是一六六七至一六七一年间反对封建农奴制压迫的农民战争的优秀领导者，曾经率领农民攻占城市，后被沙皇军队击败，于一六七一年六月六日在莫斯科被处死刑。——译者注

众运动的历史传说，想起斯捷邦·拉辛和普加乔夫①，想起伏尔加河上的流民和列宾所画的纤夫，——我曾经怀着很大的兴趣用墨色从版画中把这些纤夫临摹下来，挂在彼得堡寓所中我的房间的墙上。

必须指出，这种伏尔加好汉的浪漫情调，当时不仅在激进青年之间广泛流传。在我们这些小组的晚会上，当时也十分热烈地唱着伏尔加歌曲《伏尔加上有巉岩》。这歌曲中叙述着：斯捷邦·拉辛怎样在伏尔加河边的巉岩上过夜，考虑他的关于人民解放的“伟大志望”，第二天早晨就决定赴莫斯科。……斯捷邦已经死了，然而他把他的志望遗留给了这巉岩，而这巉岩巨人正准备把斯捷邦所想的一切转交给一个不可知的新英雄。我们的确很喜欢歌唱或听赏这首勇壮的歌曲，然而……真奇怪，这歌曲是一个叫做纳甫罗茨基的助理检察官作的，这人靠政治案件中的起诉词获得前程，是一个不很著名的杂志《俄罗斯语》的编者之一，这首歌就是在这杂志上初次发表的。

我们从雅罗斯拉夫尔乘轮船到科斯特罗马。这样做是违反宪兵部指令的，所以那个宪兵头目要求我们不要把这件事泄露出去。我们答应了，但是作为交换条件，我也就拿出我的笔记本来，开始自由地记录我的印象。在宪兵方面，这样做可以节省许多旅费；在我方面，也可以有一会儿自由。

当柔和可亲的夜幕降落的时候，我们舍舟登陆，在码头上坐了

---

① 普加乔夫这个人常常使柯罗连科感到很大的兴趣，他的形象长久地支配着这位作家的想象。我们知道，柯罗连科曾经计划把普加乔夫起义时代的事写成一篇历史小说，并且曾经为此而下了很大的准备工夫，（见俄文本《柯罗连科全集》第三卷为小说《美术家阿勒莫夫》所作的注解）。柯罗连科为这部计划中的作品所写的断片、纲要，以及他在乌拉尔笔记本中所作的关于普加乔夫到过的地方的旅行笔记和速写图，一部分发表在一九三五年国家文学出版社出版的他的《一八八〇至一九〇〇年笔记本》中。又请参看俄文版《柯罗连科全集》第八卷中他所写的论文《乌拉尔的普加乔夫传说》，以及一九三二年世界出版社出版的《书简选集》第一卷。——原编者注

两部马车，开向科斯特罗马的省长公署去了。他们把我们带到前室里，叫我们在这里等候省长大人。从这前室的窗子里可以望见树木繁茂、景色优美的花园里的一条宽阔的林荫道，我看见林荫道上有两个上了年纪的男子。夕阳还斜照在林荫道上，这两位先生悠闲地、而且显然幻想地谈论着一件事，有时站定了，仰起头来望望飘浮在青天上的白云，然后又慢慢地顺着林荫道走去。这两个人都是知识分子模样，态度闲雅，不知怎的使我想起屠格涅夫作品中的人物。

有一个穿着钉铜钮扣的长礼服的勤务员跑到他们面前，说了些话，大概是关于我们的。其中身材较高大的一个人点点头，他们两人又向林荫道的远处走去，显然是不愿意立刻打断这有趣的谈话，扰乱幻想的心情。

然而过了一刻钟，通过花园的门打开了，两位先生走进前室来，宪兵都立正，宪兵头目把公文呈上。我在心中称他为拉夫列茨基（《贵族之家》中的人物）的那位先生，漫不经心地接了公文，漫不经心地看了一遍，带着冷淡无聊的表情说：

“好吧，……把他们带到监狱里去。……”

“省长先生，”我开始发表意见，“您要把我们送进监狱，……我可否请问，根据什么法律？”

我在心中称他为米哈莱维奇①的那个身材较矮的人，好奇地看看我，然后又看看省长。但省长耸一耸肩膀，回答我说：

“因为你们是按行政命令放逐的，根据这一点，你们应该住在监狱里，直到我们准备好必要的公文和前途的路费为止。……”

“那么我们为什么被放逐呢？惩罚不能没有罪名。”

省长大人的脸上还是显出那种威严而无聊的表情。

“按行政命令的放逐不是惩罚，”他说，“这只是一种预防的措

① 也是《贵族之家》中的人物。——译者注

施，是政府在非常时期为了维持社会安宁和方便而不得不采取的。……也许竟是为了你们的方便而采取的。”他补说了最后一句，就微微地弯一弯腰，走进内室去了。

我所称为米哈莱维奇的那个人好奇地看看我，又看看他的朋友。我觉得他的目光里闪露着微笑。

伊拉利昂·加拉克齐昂诺
维奇·柯罗连科
符·加·柯罗连科作于一八七九年

科斯特罗马监狱里的牢房
符·加·柯罗连科作
于一八七九年五月二十二日

过了一刻钟，宪兵们拿到了公文，我们六个人就步行穿过整个城市，到监狱里去。这又是为了“节省”。我们照理可以要求乘马车，然而夕阳无限好，我们也就不反对步行，这样可以缩短在监狱里度过的夜晚。

在监狱里，他们分配给我们一间很大的空房间；不知什么缘故，我们在这里被拘留了两星期以上。这次耽搁的原因我不知道。也许是因为那个好幻想的省长过分忙于同他的朋友作有趣的谈话之故。这一次又被我带了铅笔和册子进来，我就记录我的印象，描绘窗外的景物，还在前景上画了监狱的围墙的顶，上面有两只鸽子在那里接吻。但是我的可怜的弟弟寂寞得发慌，后来我们就设法把面包揉软，做成一个球，把它从牢房的一端到那端抛来抛去。当监狱看守人和哨兵长来叫我们的时候，我们两人正坐在地上抛球。我们走到办公室里，看见另外几个宪兵在那里等我们。

他们押送我们向东北方进行，起初走的是两旁种着小白桦的宽广的大道，后来路面狭窄起来，两旁夹着墙壁一般的树林。我们的车子在一个村子的驿站上停下来的时候，我看见驿站的窗框子上有许多题词："某人经过此地。"我在这些姓氏之中发见了一个相识的人：穆拉希金采娃。这是一个青年女子，曾经在涅瓦大街和沙区二路之间的穿堂院子里同我们做邻居。我想："这样看来，那只猩猩和面颊上扎绷带的人所监视的隔壁人家，也已经被摧毁了。"

替我们驾车的雇佣马车夫不断地调换，这些马车夫告诉我们关于上一天他们在这维亚特大道上载送的一群青年男女的情形。他们谈得最多的，是关于克拉芙季雅·穆拉希金采娃的事，据说她的嗓子很好，天天唱歌。

"唱得真美，简直跟夜莺一样，……"那些马车夫这样赞美她。

天气好极了，正是过节的时候（降灵日和圣灵降临祭），我们所经过的村子，都有人在那里跳轮舞，唱歌。早晨我们在一个村子里停车，走下来喝茶的时候，一大群跳轮舞的人走到驿站的屋子旁边来，开始在我们的窗子面前唱歌。当我们走出去坐马车的时候，农人们包围了驿站的台阶，同我们交谈起来。我和弟弟面貌相像，而且服装也一样。女人们用怜悯的声音说："一看就知道是兄弟。"我们坐上了马车，每个人坐在两个宪兵之间，前面的车子开动了，这时候，我竟由于意外的欢乐而哆嗦了一下：我清楚地听见，有一个年纪已经不轻的高个子女人脸上带着怜惜的表情望着我们拖长了声调说：

"唉，亲爱的人，……要是我们有权柄的话……"

我不能完全肯定她所说的确实是这两句话。也许是我的想象力把欢乐的节日的一切印象搀入在她的话里了，因为这些日子对于从监狱里出来的我具有很大的魔力。总而言之，这是无疑的：所有充满节日气氛的村子，跳轮舞的青年人群，坐在土院墙上的老成的农夫和农妇，在迎送我们的时候目光中都没有敌意，却显露出惊异和同情。

在两三处地方，有老公公或老婆婆手里拿着杓子庄重地走到大路上来，劝我们喝些村酒。马车夫就勒住了马。

我们来到维亚特卡[①]的时候是早晨，他们又把我们送到省长那里。那时候的省长是特罗伊尼茨基，他就出来接见我们。这位先生身材不高，脸色红润，有得意扬扬之色，这张脸嵌在深色的须发中间，好像一个假面具。我当然向他提出同样的质问——我们为什么被放逐；得到同样冷淡的回答："政治嫌疑。"

"据我所知道，"我说，"法典里没有这样的罪名。罪名应该有确实的行为表现。"

假面具一动也不动。

"这是国家的机密。"他郑重其事地说，就命令把我们送进监狱里去。

我住在维亚特卡监狱里的时候，由一个很和善的老年监狱看守人管辖，受一个经常喝醉的狱卒的直接监视，这里的详细情形我不再记述了。监禁了几天之后，我们又由宪兵押送着乘驿马车上道，终于到达了维亚特卡省的格拉佐夫县城[②]。关于这县城和它

---

① 即今基洛夫城。——译者注

② 柯罗连科和他的弟弟来到格拉佐夫是六月三日。在他到达后第二天所写的家信中，有这样的话："我们终于拖着十分疲劳而湿透了的身子到达了格拉佐夫。这县城很小，似乎十分贫乏，不过这是无所谓的。我们从首都出来，总不见得又来到一个首都，况且我也讨厌都市了。老实说，我很想住在荒僻一点的地方。如果他们特别开恩，叫我留在维亚特卡，我实在不会怎么感恩。"——原编者注

当时的风习，我后来记述在《不像样的城市》这篇随笔[①]中。因此我现在只打算谈谈我们流放生活中当时由于审查关系而不能记述的一些情节。

2

在格拉佐夫时的生活。 沙皇的天使卢卡·西道罗维奇

在县警察局里接见我们的是县警察局长卢卡·西道罗维奇。这是一个瘦削的老人，头上完全光秃，下巴剃成尼古拉式，留着长长的灰色髭须。下垂的灰色眉毛底下的一双小眼睛，像两只小动物一般溜来溜去。他对我们提出几个问题，又说了些教训的话；我们从这些话里看出，他企图把我们保持在一种从属关系中。

那时候在格拉佐夫有五六个政治流放犯，是彼得堡的工人，为了罢工而被放逐出来的。其中年纪最大而比较严肃的一个，叫做斯托尔堡[②]。他是芬兰人，已经结过婚，以当机械技师为业。其余的是各家工厂里的青年钳工或旋工。

卢卡·西道罗维奇的威势立刻吓住了这班青年，他就用极严厉的手段对付他们。在他们来到后的第一个节日上，他派一个警察去传达命令，说大家必须到教堂里去。斯托尔堡因为是异教徒，可以避免这强制的服从；但对于其他的人，卢卡·西道罗维奇就严密地监视他们执行这命令，这些阅世不深的青年工人就顺从了。此外，

① 《不像样的城市》这篇随笔是一八八〇年在运囚犯的驳船里写作的，这时候作者正从托博尔斯克被押送到托姆斯克去（八月一日至九日）。这篇随笔于同年发表在《语言》杂志上。——原编者注

② 卡尔-奥古斯德·费陀罗维奇·斯托尔堡（生于一八五二年左右）是钳工。一八七七年末为“友谊会”（“土地与自由社”里的人在彼得堡工人之间的宣传机构）的案件被逮捕，放逐到格拉佐夫。他的流放生活一直继续到一八八四年末或一八八五年初为止。柯罗连科初到格拉佐夫的三个月，住在斯托尔堡家里。——原编者注

卢卡·西道罗维奇又处处采用严格的从属制度，常常像父亲一般谴责他们的行为。

斯托尔堡企图用这批工人来办一个小小的钳工场，然而工具很少。弟弟随身带着些工具；过了不久，他们又把他工场里的全部工具从彼得堡送来了。他参加了这劳动互助组，不久，他自然就成了其中的杰出而积极的一员。工作热烈地展开了①。每逢星期日，那些沃恰克人②从各村子里出来赶集，带来些猎枪、茶炊、锅子，托他们修理，焊接，装配扳机或枪托。我决心要学成我的靴工手艺，因此离开了朋友们，独自去住在一个所谓郊区工人村里，住在这里的差不多全是手工业者，其中大部分是靴匠。有一个叫做聂斯托尔·谢苗诺维奇的，是一个愉快而善良的人，他答应把他那并

---

① 柯罗连科在一八七九年九月十一日的家信中，叙述着他在格拉佐夫时的生活："我刚刚下工回来。现在是晚上七点钟光景。……外面天已经黑了，我们的房间里灯光明亮，他们都在工作。我们这房间并不大，可是也不算小（同我们在涅瓦大街时的房间差不多大小）；这房间的大部分被一只俄罗斯式的暖炉、一个工作台、一架旋床等物所占据了。我们没有床铺，四个人一同睡在搁板床上。我们刚刚从干草棚里迁居到这房间里来的时候，觉得气闷，睡在搁板床上总觉得不惯，现在已经无所谓，大家都习惯了。我刚才说过，朋友们都在工作台上工作。这时候胡椒儿（这是柯罗连科的弟弟在家里的绰号——俄文本编者注）不在这里，他去看朋友了；他在这里的时候，当然也参加工作。工作做得很勤劳，近来尤其热心；胡椒儿的成绩极好。在我们的工作同志之间，他虽然还不能算是通晓全部技能的人，然而不是一个劣等的工人，绝对不是。我在空闲的时候，有时也参加这些工作，我做旋工，用铁皮来制造些东西，可是做得很少。不过现在我准备索性迁居到一个单独的屋子里去，置办些生产设备，我已经替自己做了一盏灯，还要制造几个放靴子上用的双帽钉的洋铁盒，打几把锉刀，再置办些别的东西。没有空闲的时间，因此也不觉得寂寞。

现在，我正坐在桌子旁边写信。房间里锯子吱吱轧轧地响着，锤子敲打着，巨大的俄罗斯式暖炉里的火哔哔剥剥地爆响，但是这些并不妨碍我隐居在我的角落里，同你们——我的亲爱的人——谈话。总之，我现在极少感到有清静独处的必要，然而，正如前面对你们说过，我还是要迁居。问题只在于有没有适当的房间。

……我想过经济方面完全独立的生活。如果找得到有供暖设备的房子，那很好；要是没有，我将自己生炉子，自己准备膳食等等。这里过这种生活的人并不少，我很想试试看。"——原编者注

② 苏联北部民族之一，乌德摩尔梯人的旧名称——译者注

不繁难的技艺的秘诀传授给我[①]，我就每天到他那里去学习六七小时。

起初卢卡·西道罗维奇很高兴。

“你们瞧，‘我这些流放犯’真能干。”他骄傲地对居民们说，并且常常介绍顾客到工场里来。居民都乐愿接受局长的推荐。不久，这工场就变得像俱乐部一样，在锤子的敲打声和锉刀的吱喳声中，常常有人在那里问长问短，谈天说地。

可是过了不久，这种安逸的生活就被破坏了。自从我们来到之后，那些流放青年不再服从命令，开始忽视做礼拜，而且在听取卢卡·西道罗维奇的训话的时候，都嬉皮笑脸。

“你们记住，”卢卡·西道罗维奇带着极其严肃的态度开导他们，“天上有上帝，地上有沙皇；……上帝身边有天使，沙皇身边有警察局长。所以你们应该听我的话，……我不会教你们做坏事。”

在我们工人中有一个年轻小伙子叫做库兹明，是一个出色的善良青年，性情很愉快。我们来到之后，他最先挣脱卢卡·西道罗维奇的专横的掌握；这时候他听了这些话，突然嗤笑了一声。卢卡·西道罗维奇把这种不良影响完全归罪于我们的来到，特别是归罪于我。不久我和他之间就发生了直接的冲突，这些冲突，主要的又是为了所谓“合法”的问题。

我们的信件一向经过他的手：我们发出去的信，必须不封口交给他；人家寄给我们的信，由他拆看了交给我们。……有时妹妹或母亲寄来的信里，有几句句子底下被划上了粗线，卢卡·西道罗维奇无礼地要求我解释这些句子的意义。这时候他的问话往往愚蠢得

① 靴匠聂斯托尔·谢苗诺维奇的某些特征，后来被柯罗连科描写在《送神像》《天上的鸟》《出走！》这三篇小说中的靴匠安德烈·伊凡诺维奇的形象里。在随笔《不像样的城市》中也谈到过他。——原编者注

可笑，然而可想而知，他这种无礼的态度使我多么愤怒。况且他是在自己家里把信件交给我的。就在第一次，他要我在厨房里等候他拿信出来，我就向他声明，说我情愿在警察局里收发我的信件，说着就走了。卢卡·西道罗维奇的一双小眼睛在他的下垂的灰色眉毛底下乱转了一会，从此我们之间就暗中发生了斗争。

我在前面已经说过：我离开了朋友们，迁居到了郊区工人村里①。每逢星期日，村子里全都要狂饮一番，一直继续到星期一，有时养成了酒癖。我自己既不请人喝酒，也不受人款待，因此我的新朋友都见怪我。为了要建立另一种交情，我从彼得堡订购了三十来种廉价的书籍来。那时候民众读物还没有受到特殊检查，凡是通得过一般检查的民众读物，都可以出版。在我所订购的书籍中，有谢德林的《一个庄稼汉怎样养活两个大官》、莱蒙托夫的《商人卡拉希尼科夫的故事》，以及屠格涅夫和普希金的几本小册子。附着通知单的信我早就收到了，但是那包书被卢卡·西道罗维奇扣留起来。他好几次约期把书交给我，然而每次到期，总说还没有看完。于是我就彬彬有礼地向他声明，说这回由我来指定一个最后日期，过期不交，我要对他提出控诉。

卢卡·西道罗维奇气极了。

“我哪里有时间来看这种废物，……”他愤怒地说。

---

① 柯罗连科曾经在一八七九年九月的家信里说起他在郊区工人村里的单独住所：“就在这个村子里，离开从前的住处不远的地方，我找到了一个小房间。我很喜欢这个房间，但这当然绝对不能同你们彼得堡的租屋相比拟。我房间里的墙壁是用圆木造成的，没有粉刷，不很雅观。房间中央蹲着一只俄罗斯式的大暖炉，门口甚至筑着一个鸡埘。你们瞧，我有全套的设备，的确是全套的。我有自己的壶瓶、碗盏，甚至炉叉。我的柴是自己去买来，自己劈的，我自己生炉子，还要自己做菜，虽然不是经常做的。妈妈，我恐怕您从自己的观点看了我这境况，竟会哭出来，说：‘他弄到这般光景！’其实我的光景很好，如果您从我的观点来看，那么您会同我一样感到很满意。而且我还可以训练自己过有规律的生活。”——原编者注

我又彬彬有礼地对他鞠一个躬，就在这一天把致省长的控诉书[①]交给他，要他转交。我在控诉书里请求省长允许我的来往信件免受县警察局长检查，因为他曾经对我声明，说他没有工夫来看这种废物。我在这控诉书里说："莱蒙托夫和普希金、屠格涅夫和谢德林的作品，究竟坏到什么程度，以致被称为废物，这问题姑且撇开不谈。我认为，即使按行政命令而论，我也不是完全没有法律保障的；因此，既然我的来往信件必须烦劳一个人来查阅，那么我就有权利要求更郑重地处理这件事。"

老实说，我现在觉得这文件里不免滥用了讽刺式的辞藻。当我把这文件交给卢卡·西道罗维奇的时候，我想起了农林学院的院长柯罗廖夫：卢卡·西道罗维奇的秃头上同他一样泛起了一片界限分明的红晕，似乎有中风的危险，他那双拿着文件的手剧烈地颤抖。我知道我和这个"沙皇的天使"已经结下不共戴天之仇了。然而这毫不使我恐慌。

这已经是我对维亚特卡省当局的第二次控诉了。第一次我是向内务部长控诉[②]省长的批决，因为我请求流放犯每月应得的补助金，而省长的批决是"可向家人支取"。我在写给部长马科夫的控诉书里说：我认为这答复是对我的地位的不可容忍的嘲笑。部长应该知道，我们的家庭没有经过审讯和侦查，没有任何犯罪的证据，却遭受破产了；我们家里工作的男子都被夺去了，在这情况之下，省长却叫我们向这个破产了的家庭要求帮助。

---

① 柯罗连科致维亚特卡省省长特罗伊尼茨基的控诉书全文和关于柯罗连科在维亚特卡省的流放的其他文件一同发表在《苦役和流放》杂志一九三三年第一期（总第九八期）中。又转载在柯罗连科的《一八七九年至一八八五年狱中及流放中书简》（国家图书联合出版局高尔基出版社一九三五年版）中。——原编者注

② 从柯罗连科致维亚特卡省省长的报告（见《苦役和流放》杂志一九三三年第一期〔总第九八期〕第七十一页）中，可以看出他致部长的这份控诉书（原稿今已散佚）上的日期是一八七九年七月三十日。——原编者注

这两次控诉都获得了成功：后来部长撤销了省长的批决，而省长也把县警察局长严厉申斥了一番。然而不久我就体会到：实际上站在法律之外的人要利用法律权利来提出控诉，结果是怎么一回事。

卢卡·西道罗维奇不久就懂得了，他保护“他的流放犯”的技艺是做错了。他以前思想很单纯，认为只要“他的流放犯”不喝醉，不闹事，而从事有益的劳动，那么警察局长一定会因此而获得褒奖。但是现在，马科夫部长在全俄罗斯颁布了一个当时很有名的通令，在这通令里粉碎了他这种谬见。部长这样解释：那些不喝醉、不闹事、而表面上规规矩矩的政治流放犯，才真是危险分子，因为他们受到社会的同情，可以利用这一点来传播毒害思想。

卢卡·西道罗维奇恍然大悟。有一次他在赶集的日子到工场里来。工场里挤满了沃恰克人，他们是来拿以前委托修理的东西，或者另拿东西来托修的。这些纯朴的庄稼汉之中，有一个体面的、富裕的沃恰克人走近卢卡·西道罗维奇，对他说：

“沙皇办得不好，……为什么把好人赶出来？难道他不需要好人？坏人应该流放，可是好人不应该流放。……这些都是好人：会修枪，会修茶炊，会焊水桶，……而且不喝酒。……”

这时候我也在工场里，我记得卢卡·西道罗维奇脸上显出恐怖的表情。他理解了马科夫的通令。……“对啦，他这个‘沙皇的天使’，做了叛乱的工具。”于是他就开始破坏他的错误所造成的结果，开导居民们，说流放犯是非常危险的人。但是已经迟了，因为工场已经远近驰名，成效卓著了。每逢赶集的日子，工场里一定挤满了庄稼汉；而市民们也已经不愿意同这些新相识者绝交了。比较胆大的人白天上门来，比较胆小的人在黑夜里偷偷地进来，而且要求我们把板窗关好。

这期间我完成了我的技艺学习，我那位善良的师父对我表示，说我现在已经学会了他所懂得的一切。因此我就替自己制备了一块

“型板”和几副鞋楦头。……妹妹们早已把工具从彼得堡寄给我。于是我用包糖的白纸剪出一只靴子的形状来，贴在自己的窗子上了。首先，我替自己缝了一双长统靴，作为最有力的广告；这双长统靴立刻引起了郊区工人村里和城里的人的羡慕的眼光。

此后就开始有人来向我订货。我结识了许多顾客。他们常常向我借书去看，到我这里来玩，我有时也去访问他们之中的某些人。我们之间的关系大致搞得不坏，不过必须说明：在这个荒僻而衰落的“不像样的”县城里，完全没有革命宣传的基础。我们所给与居民们的，就是他们从对文化水平较高而比较不受当局拘束的人们的交往中所能取得的东西。有好几次，附近村子里的农民到我这里来，向我诉说他们的受迫害，我就乐愿地替他们写控诉书。这在当地的行政方面自然引起了惊恐。这比任何革命宣传更坏，于是我就以不守本分的危害分子闻名了，——关于这一点，是友爱的居民们根据官方的谈话而预先告诫我的。

早秋的某一天，原野上已经铺着很深的雪，但是湍急的契普察河里还滚滚地泛着黑油油的波浪，卢卡·西道罗维奇突然带着一个警察——似乎叫做谢苗诺夫——来看我。这时候我刚刚工作完毕，坐下来吃饭。我住的是一个小小的斗室，自己煮饭吃。我在窗口工作，不必走下凳子来，就可以向任何一个角落里拿到我所需要的东西，同时看管炉子。卢卡·西道罗维奇必须尽力弯下身子，才能走进门来。

“你在吃饭吗?”他问，那双狡猾的小眼睛东张西望地向我的陋室里打量了一番。

在这个明朗的早晨，新降的白雪的反光把我的斗室也照亮了，我的心情愉快而舒畅。因此我微笑着回答卢卡·西道罗维奇：

“是啊，卢卡·西道罗维奇，我在吃饭。……我想这件事总不会受责难的吧。警察局长们也是天天要做这件事的。”

我真奇怪，这老头儿竟生气了。

“比得不恰当，”他说，“完全不恰当。我补养我的体力，是为了替沙皇服务，可是你，……还不知道是为什么。……赶快吃吧，我等着你。”

他就坐在板凳上等我吃饭。

我吃好了饭，他向那个警察做个手势，过了一会儿，我的房间里就挤满了人。

“我奉省长命令，来搜查你的房间。”警察局长正式地说。

在半小时之内，我的斗室里肃静无声，只是那些做见证的善良的邻人之中，偶尔有人发出深深的叹息声来打破这岑寂。警察谢苗诺夫认真地翻查我的东西。终于，翻出了最后一条裤子的最后一只口袋，他说：“什么也没有，局长大人。”同时他向我看看，眼色中仿佛表示我应该永远感谢他，虽然我的裤子里和整个斗室中实际上的确没有什么违法的东西。

警察局长作了记录，交给喜色满面的见证人签字；见证人签过字都走出去了，警察局长就转向我。这时候他那双小眼睛欢喜而又狡猾地转动。

“你的工作完毕了吗？”我冷淡地问。

“没有全部完毕。这里还有省长的公文。”

公文里写着一个指令：晓谕前大学生某某，彼即将流放白桦屯居住。

老警察局长得意扬扬了①。我应该懂得：向省长控告警察局长，向部长控告省长，结果是怎么一回事。

---

① 柯罗连科被放逐到白桦屯（一八七九年十月二十五日），是格拉佐夫县警察局长向维亚特卡省省长告密的结果。警察局长在告密书中请求把柯罗连科逐出县城，叫他住到县属的村镇里去，“以防其倔强狂妄之习性影响其他青年政治流放犯”。告密书全文发表在《苦役和流放》杂志一九三三年第一期（总第九八期）中。警察局长的报告于十月十七日送达省长处，省长在这上面批示：“移解比塞罗沃乡。”——原编者注

3
到天边去

这次我的准备又没有花多少时间。我向朋友们道别，他们来给我送行，替我包扎工具和什物，不久我们全体登上渡船，渡过河去了。村里的熟人之中也有一些人亲切地来给我送行。有几个女人哭了，因为她们听说白桦屯是一个苦地方。租房间给我的女房东特别使我感动。她伤心地号哭，仿佛是哭一个亲生的儿子；她还靠着女人的特权，把当局抱怨了一番。……警察谢苗诺夫也装作一个好朋友来送我，但是显而易见，他把所看到的一切记在心里，好回去报告警察局长。我同弟弟和朋友们又作了几次热烈的拥抱，然后渡船载了他们回到县城方面去，而我们的橇车就驶进阴暗的林木中间，并向近处地平线上的郁郁苍苍的森林地带去了。

如果读者看一看维亚特卡省的详图，那么就可以看到：格拉佐夫县是这省份里最靠近北面的县城之一。从格拉佐夫向东北去的路线，穿过两条河——维亚特卡河和卡马河——的上游，就是两条河互相并行着直向北流的地方。卡马河在这里是维亚特卡省格拉佐夫县和彼尔姆省契尔登县之间的界线。这正好是比拉和瑟索伊卡[①]的县份的边界，附近就是辽阔的比塞罗沃乡，这地方人烟稀少，处处是沼地和茂林。这乡的最靠东北面有一个小地方，就叫做白桦屯。从来没有一个省长到过这个乡，从来没有一个县警察局长到过白桦屯附近的阿法纳塞夫村；而在白桦屯本地，开天辟地以来连一个区警察所长都没有来过。白桦屯的居民从来不曾看见过比巡官更高的

---

① 比拉和瑟索伊卡是列舍特尼科夫的著名小说《波德里波夫卡的人们》中的人物。这小说描写由于贫困无知而沉沦的乡村居民的可怕的生活。——原编者注

首长。几个月之后当我又回到维亚特卡的时候，省长办公厅里有两个官员特地到监狱里来看看我这个曾经到过白桦屯的人，并且探问我那地方的情形。

在我所遭逢的上述种种事件发生以前不久，这一角地方曾经在报刊上获得广泛的、虽然是短暂的声望。有一个叫做奥古斯托夫斯基的人，似乎是一个“红心王子”，起初按照法庭的判决被流放到格拉佐夫县，后来为了谋杀案又被从格拉佐夫放逐到白桦屯。他从那里逃出，来到彼得堡，去看他以前的情妇。这情妇这时候已经爱上了另外一个人，就向警察局告发她以前的这个情人。奥古斯托夫斯基为了报复她的变节，就用刀把她刺伤。他受到陪审法院的审判，关于审判的情况都发表在报纸上，据说他在法庭上有声有色地描写他在白桦屯时的苦难生活，竟使得陪审员们判他为无罪，而白桦屯一时就成了杂文的鲜明的题材。

我现在就是根据省长特罗伊尼茨基的指令被放逐到这个令人注目的角落里去，这使得警察局长卢卡·西道罗维奇大为快意。在雪橇里，有一个穿着宽大的无面皮袄，戴着有红帽圈的帽子的人正襟危坐着。这人叫做“出席者”，这称号显然是从动词“出席”来的。为了县警察局的需要，附近沃恰克人的各个村子负担着一种特殊的徭役：选出几个庄稼汉来送到县城里去，这些庄稼汉“出席”在警察局的前室里，随时准备派遣出差。

在实际工作中形成了一个定规：这些出席者难得更换，因为警察局手下有几个用惯的人，觉得更加便利。在实际工作中又形成了一个定规：这些乡村里的庄稼汉——大部分是沃恰克人——都戴了一个有红帽圈的帽子，就像别省里贵族先生们所戴的那样。这些出席者在城里是卑不足道的，但一到乡村里，立刻变成了重要人物。

这样的一个大人物，现在神气活现地翘起了鼻子，坐在我旁边。

事情已经过去多年，现在我对卢卡·西道罗维奇的恶感当然大大地减弱了。我甚至意识到：我对于这个狡猾然而愚蠢的忠仆应用一切讽刺的手段而控诉他侮蔑俄罗斯文学泰斗，也许是做得不正确的。但在那时候我心中沸腾着怨恨和愤怒。我觉得自己成了低级的复仇的牺牲品。橇车的滑木吱吱格格地响着；憔悴的林木从两旁闪过，奔向后方；太阳向雪地和树林后面沉下去。深蓝色的影子越来越长。我的心中也黑暗起来。我的面颊上还热辣辣地留着弟弟的温暖的吻，耳朵里还响着我的善良的女房东的号哭声，仿佛哭死人一般。想象不由地把我带回到了格拉佐夫。我想见房屋的窗子里不久就要点灯了。朋友们坐在茶炊面前，伤心地怀念着我。我的斗室的窗子里黑暗而又虚空。郊区工人村里的人歪说曲解地议论着我被放逐的原因。而在一条大街上，在一所高大的木造房屋的窗子里也点着灯；从附近的铺板道上可以望见一种安闲的光景：卢卡·西道罗维奇一家团圈地坐在茶炊面前。他很快意。……但是如果我现在跳出橇车，逃向树林里……

我的想象力活跃地进展着；而在这暮色沉沉的时候，在这阴暗的树林里，我虽然只是想象着，却体会到了恐吓主义复仇者的心情。

改套了马匹，我们再向前进的时候，天色已经完全黑了。在驿站的小屋里改套马匹的时候，我的同行者注意到了我那双新长统靴。他把这长统靴察看一番，抚摸一下，和他自己的比比看，最后向我提出：

“让我们交换了吧!”

我拒绝了。在这次停车后重新启程的时候，他忽然变得很健谈了。他絮絮叨叨地叙述他将要押送我去的那些地方。……他说那里的人很野蛮，都是强盗。……他们常常把流放犯淹死在卡马河里，没有一个人知道。……因为首长们都住得很远。又说他这个出席者可以替我说情，因为他们怕他，信任他。说过之后他又立刻厚颜无耻地老实说：

“交换长统靴吧!”

“去你的！我不肯交换。……”

他生了气，默不作声了，然而并不长久。

过了一会，他又用那尖锐的声音说话了。

“喂，交换了吧！……要贴还你多少钱?”

第二天晚上，我们离开维亚特卡河已经不远了。这回的马车夫很爱说话。他说他这些马是从养马场里买来的，车子开到某一个地方，他指点一下从我们这路上支分出去的一条路，这路是通向奥穆特宁养马场的。

“车子开到这地方，马一定要转弯。你只要稍微打个呵欠，尤其是打个瞌睡，它们就把车子拖到养马场去，哪怕离开得还很远。……”

在格拉佐夫的时候，我们有一个好朋友——是一个大幻想家——讲给我听，说在这养马场里住着彼得·伊凡诺维奇·涅伏林，这是一个流放犯，一个“不顾死活的革命者”。他不仅向养马场的工人和管理人员宣传，又向所有的居民宣传，这些居民现在只要他一句话，就什么都愿意做。后来我在下诺夫哥罗德认识了涅伏林，和他很相熟，那时候他在安年斯基那里当统计员。他原来是一个出色的人，一个优秀的统计员，然而完全脱离现实，不像一个革命工作者。但在那时候我相信这些传述，不由得想起：我也许能够设法到这个强有力的人那里去。

在暗夜里我们来到了维亚特卡河的峻峭的河岸上。对岸看不清楚，但可想见是一大片辽阔而黑暗的森林。下面的一个地方有流冰沙沙地响着，白色的冰块在黑暗的河面上隐约可见。

“啊哟糟糕！……”马车夫说，“渡船夫一定都走了。你看那屋子的窗子里灯光都没有。让我去找找看：下面有没有船?”

他站在悬崖上，用响亮而拖长的声音喊渡船夫；喊了一会之后，他的身体消失在悬崖底下了。他把马拴在突出的木架子上；我和出席者还是坐在橇车里。天气很冷，四周黑暗而沉闷。天上推移着无定形的大云块。从对岸东北方的树林里吹上潮湿的冷风来，时常有雪花飘过。我们等了很久。

终于下面有一个地方传来一声模糊的叫喊声。出席者抖索一下。

“有人在叫喊，……在对岸，……”他高兴地说着，就从橇车里跳出，用我所意想不到的敏捷动作从悬崖上往下跑，临走时只抓了我的枕垫去。

但在这以前他还对我说过一次：

“喂，交换长统靴好不好？交换吧！不会叫你吃亏的。……唔，那就听便吧。”

现在我只剩下一个人了。

我随身带着一只木箱，里面装着什物和制靴工具。我把这木箱从橇车里拿下来，突然我心里起了一个使我吃惊的念头。我现在只有一个人。这些马都认识到养马场去的路。养马场里住着能够掌握居民思想的强有力的涅伏林。如果现在我解下了车上的铃，拨转马头，往那里走，那么，……那么我的全部生涯也许会走上新的道路。……

我把我的木箱放在雪地上，坐在这上面了；然后，不知道有多少时光随着冷风和黑云在我头上飞驰而过。假使我服从了最初的动机，不知结果如何？我甚至不相信我会找到涅伏林。他当时的确住在某一个养马场里，但是我不能肯定就是这个养马场。此外我所想的完全是虚幻的。即使我找到了他，无疑也只是徒然连累了他，又害了我自己。假使我天性生成是一个革命家，而不是一个爱好冥想的文艺工作者，那么我当然还是不会放过这机会，不管后果如何！

然而这种诱惑继续得并不长久。代之而起的是像天上模糊的云块一般的一连串新念头。首先是关于母亲的念头。她怎么经受得起这个新的打击？其次，我究竟是要逃避什么？是要逃避这些树林和树林里的人呢，还是要逃避横在我脚底下河岸那面的无边无际的民间生活底层呢？然而我所企望的岂不正是“到民间去”吗？我岂不是希望摆脱了当局而隐秘地沉浸在民间生活的渊海中吗？现在，当局自己给了我机会，叫我和这些人民群众朝夕共处，难道我害怕了，想退却吗？

兹拉托夫拉茨基曾经写过一篇小说叫做《狂人》。这里面描写一个人，用毕生精力去探求民间真理的神秘的宝物。他放弃了习惯的生活方式而到民间去。他在田野里工作，当纤夫，深入荒僻的森林中，走进地下的矿井里。他这样到处奔走，结果替世界带来了伟大的宝物，一颗魔术的珍珠——这就是人民思想的秘密。

这秘密究竟是什么，兹拉托夫拉茨基在这篇小说中和他的全部长期而热情的文学工作中都没有说明。这篇小说发表在上述的事件过去数年之后，那时它给我的印象已经是一种神经过敏的空虚。然而这篇小说在当时确是忠实地——只是略微过时了些——反映出了一种模糊而神秘的期望，这种期望把我这一代的千万颗青春的心吸引到民间去，又把当时的我也吸引进去。

4
和比塞罗沃乡人的初次会面。“皇恩”

从对岸左下方很远的地方，传来一声模糊的叫唤。岸上忽然现出灯光。这是荒林中有人在叫我去。我奋勇地提起那只装满东西的沉重的木箱，小心地从陡峭而冻结的小路上走下到河边去。到了下面，我看见河面上高高的细杆子上架着一座动荡不定的浮桥。这桥很狭，只有两块板，高高地悬空在黑油油的河水上。河面有许多白点子闪闪发光。小小的冰块迅速地、然而不很密集地顺流而下，时时撞击那些细杆子。浮桥抖动着，我带着一只重箱子走过去，感到非常困难，然而还是平安地渡过了桥。我沿着河岸走向有灯光的地方，不久就来到了维亚特卡河彼岸的一所宽敞的摆渡屋子里。这屋里挤满着人。这里有些是渡船夫，此外还有一个比塞罗沃乡的乡长带着七个村长。他们要把从乡里收来的捐税送到城里去。但是我的出席者早已爬上暖炉，从那里探下戴红边帽子的头来，正在用坚决的口气再三地对他们说：

“回去吧，再去收些！……县警察局长有过命令。公文我带着。……乡里的文牍员会宣读的。”

农人们喧哗起来，大家纷纷议论着，争辩着，然而终于听从了。乡长，一个矮壮的、金发的农夫，站出来说：

“什么公文？他也许会读吧？”他向我点点头。

出席者从他的皮袋里拿出一件公文来，我就打开封袋，取出公文来宣读。公文里向乡长指令：征收捐税时不要限定为本届的税额，应该把收集来的捐税作为拨还旧欠，并继续加紧追索……十年来的旧欠。

这公文简直使他们大吃一惊。屋子里有好一会默默无声。

“你读得是不是正确？”一个神态阴郁、身躯高大、像甲虫一样黑的农人用怀疑的口吻说。

“读得不错的，正确的！”出席者从暖炉上插嘴说，“我早就对你们说过了，我知道的。……所有的乡里都有这样的公文送去。别的乡长到了城里都退回去了。”他这样解释。

农人们搔搔头皮，又谈论了一会，然而终于得出结论：必须执行上级的指令。

关于这个通令，必须加以说明：下一年，即一八八〇年，二月十九日，是亚历山大二世即位二十五周年。那时候要出告示豁免欠税。现在，我不知道是根据谁的创议，大概是根据中央的命令，当局着手加紧追索旧欠，好让沙皇的宽宏大量使国库少受些损失。农人们——乡长和七个村长——原以为乡里的税收已经完成，现在都很懊恼而愤慨，因为他们必须回去重新开始收税。这件事弄清楚之后，他们怀着懊恼的心情把注意转向了我，这时候我正坐在板凳上，旁边放着那只木箱。

“这个人是怎么的？”乡长问出席者。这个沃恰克人用他那双狡猾的小眼睛讥讽地向我一瞥，回答说：

“送给你们的礼物。……是到白桦屯去的新流放犯。”

农人们中间发出一阵含糊的怨声。

“又来了一个，……真糟糕！到底到什么时候为止呢？有了这些流放犯，生活过不下去了。……白桦屯里的居民已经在叫苦了。流放犯虐害他们，大家都忍耐不住了。……那个哈拉尤其坏。”

“不久以前有人诉说：波兰人哈拉偷了钱，”乡长劲道十足地插嘴说，“而且，你知道，偷的钱不少：七十个卢布。”

“不是烧了两俄亩[1]林地吗？冬季蜂房也烧掉了……”

“这真糟糕，糟糕透了！……”那个像甲虫一样黑的毛发蓬松的农人哭诉似的拖长了声音说，“喏，那个列伐晓夫弄到了一件公文，现在坐了马车跑遍了整个乡，车钱一个也不付。……”

屋子里到处都发出抱怨声和叹息声。

“喂，伙伴们，你们何必在这里诉苦呢？……”乡长说过之后，走近我来，“你这个外来人，你不可以起坏心。你们在城里闯了事，上头对你们没有办法，所以送到我们这里来，是吗？你在我们这里要当心！……稍为有点不对头，我们要把你们统统丢在卡马河里。”

其余的农人都跟着乡长站起来，我坐在角落里，现在被农人们像墙壁一般紧紧地包围了。除了乡长之外，其余的人都是身躯高大、

① 1俄亩等于1.092公顷。——译者注

肩膀宽阔、强壮有力的。他们的样子像古代人：几乎没有胡子和髭须，头发很长，前额上剪得很平整，像古画里所描写的古斯拉夫人。……

“对啊！……老兄，你在我们这里要小心，要留神点儿！……”

“你要安分守己，不然我们要打断你的骨头。”

“把你拖到林子里去！……叫你的亲娘连骨头也找不到。”

这些话显然使得比塞罗沃乡的农人们越来越威风了：他们的眼睛炯炯发光，个个都捏紧拳头。……这时候出席者高踞在大暖炉上，他那双小眼睛从红帽圈底下发出狡猾的、幸灾乐祸的闪光。我觉得这个奸猾的沃恰克人的这眼光里似乎在说：“喂，老兄，谁叫你不肯掉换长统靴！……”

我感觉到必须平息这种紧张气氛。因此我用拳头在我的箱子上敲一下，猛然地站起身来。出乎我意料，我周围的一群人竟倒退了一步，仿佛受了惊的绵羊。

“老乡们，请听我说，”我鼓着勇气断然地说，“你们说，流放犯虐害你们。对付你们这些人，看样子非这样不可。就像现在，你们不知道我是怎样的一个人，我没有对你们做过什么坏事，而且可能我以后也不会做坏事，你们却像虎狼一般袭击我。……”

农人们站在离开我相当距离的地方，听我讲话。那个体格魁梧的农人，就是刚才抱怨一个名叫列伐晓夫的人的，这时候深深地叹一口气，温和地说：

“这汉子说得不错。……的确：我们还没有看见他做过坏事。”

“不用说：如果你对我们好，我们也对你好。”

“真的。喏，村子里住着一个叫做波普拉夫斯基的，……天地良心，这个人真和气，就是跟他睡在一起，他也不会欺侮你。……”

比塞罗沃乡人的心情完全转变了：一分钟以前他们还像墙壁一般围困我，企图威吓我，现在他们说话却带着胆怯而巴结的口气了。

那个机巧的出席者从他的暖炉上把这一切都看在眼里，他显然认清了新形势。

“对啊，伙伴们，”他说，“他不是那样的人。……他是一个勤勉的、会工作的人。……瞧他那双长统靴，……这是他自己做的呢！他是一个有手艺的人，他的箱子里带着工具。……”

他意味深长地向我看看，用这目光来表示他正在为我效劳。

农人们中间发出一阵模糊的赞许声。

“哦？……”乡长高兴地说，“你原来是个靴匠！……这么说你能够替我的老婆做靴子啦？”

他回头向农人们看看，微笑着说：

“对老婆有什么办法呢？她会缠住你，说你不替我做靴子，我不要活了。……”

“这还用说吗！丈夫做了乡长，要她穿草鞋她当然是不乐意的。”

“好，我们欢迎会工作的人，”乡长说，“既然这样，我们就留你在我们的村子里。你到白桦屯去没有事情好做。那么，伙伴们，现在看样子得回去了！……把马套起来吧。”

农人们就从屋子里蜂拥而出，那个出席者从暖炉上爬下来，悄悄地坐在我旁边了。

“你看见了吗？……”他用头指点一下门的方面，问我，“这些家伙！……谁都知道：森林里的居民是野兽。……”

然后他沉默了一会，又格格不吐地说：

“我刚才帮你说话，你听见了吗？……我的话很有力呢！……”

后来，果然不出我所料，他用亲热的声音继续说（不过显然没有抱着多大的成功希望）：

“那么长统靴……掉换了好吗？”

我笑起来。

我们坐了几辆橇车来到比塞罗沃村的时候，几乎已经天亮了。

我打听得这里离乡公所不远的地方也住着一个政治流放犯，就是农人们说起过的那个波兰人波普拉夫斯基。我匆匆地洗了脸，过了一会，就走到街上去。有两三个甲长和我一同从乡公所里走出来，向各条街上分头而去。到处的房屋的窗子里都已经点起灯来，烟囱里有烟气冒到深蓝色的天空中。甲长们用棍子敲敲板窗，窗子里探出男人的或女人的脸来，甲长们就高声地对他们说：

“开会了，乡民们，开会了。乡长回来了，……城里来了关于欠租的公文。……开会了，乡民们，开会了。……”

波普拉夫斯基的女房东已经在炉子旁边忙着家务，看见了我，显出吃惊的样子。

“啊哟糟糕！……”她略微哆嗦一下，说，“又是一个外来人，也是有胡子的。……你们那里究竟是什么样的地方：面孔看来很年轻，胡子倒像个老头儿。你到那边去，到后房里去吧。他恐怕还睡着呢。让我去拿茶炊来，他大概要请朋友喝茶。”

我们走进了一所广敞的农舍里，女房东把桌上的蜡烛点着了。这是一所宽大的房子，靠墙装着许多木炕，还有搁板床和一只俄罗斯式大暖炉，屋里有一种特殊的杂乱状态：木炕上放着一堆一堆的书，桌子上茶炊和茶具旁边，放着靴刷和鞋油，还有一双很讲究的、已经擦干净了的华沙式皮鞋也放在这里。床上躺着一个青年人，身上除了一条被子外，还盖着一件皮袄；这人脸色苍白，长着尖形的黑胡子和艺术家一般长长的黑头发。被头和皮袄已经退落到腰部；我看见这个青年人穿着衣服睡觉，觉得很奇怪：他穿着黑色的外衣和浆硬的衬衫，还戴着领带。

“他老是这样的，”女房东带着和善的微笑说，“洗澡也难得洗。大概是要拯救灵魂①。”

---

① 修道者为了拯救灵魂，往往不重视肉体。这里是女房东误解了他。——译者注

这青年人睁开眼睛来，用没有完全自觉的目光张望了一会，仿佛还在做梦；后来忽然掀开了被头，匆忙地穿上了皮鞋，一股劲儿奔上来拥抱了我，说：

“你大概是一个新来的政治犯吧？我多么高兴。拿茶炊来，房东娘娘，快拿茶炊来。……”

我们互相通了姓名。波普拉夫斯基是一个很漂亮的青年，相貌非常秀气而有知识分子的特点，这相貌在这些木造房屋和无面皮袄中间给人异样的印象。他是华沙人，是个作家，《每周评论》报的新闻记者。这报纸是所谓“实证”派的，那时候执笔者有年轻的显克微支和斯文托霍夫斯基、鲍列斯拉夫·普鲁斯等。华沙曾经发生过一大政治案件，即所谓“无产阶级”案。处理这案件的，名义上是华沙高等审判厅的检察官乌斯齐莫维奇，这是一个古怪的人，略带些托尔斯泰主义者作风，后来在萨马拉或是萨拉托夫地方出版过一种半宗派主义的报纸。然而审讯这案件时的真正领导者和中心人物，是他的助手普列威①，这人是由于这案件而开始获得辉煌的前程的。波普拉夫斯基是这案件的先驱分子之一，这些先驱分子按行政命令被流放出去，直到其余的人开审的时候。他住在这里，好像住在一个驿站上，甚至不愿意好好地整理一下自己的物件而安居下来，喝茶的时候他很兴奋，对我谈论他的案件，以及他在华沙时的生活和该地的党派。他的话很有趣味，夹着幽默和奇谈怪论；然而谈到他现在的境遇时，他的眼睛立刻暗淡无光了。在这蛮荒地区，没有一样东西能够引起他的注意和好奇心。我把这情况归结到这样的原因：波兰人大都不是民粹主义者，因为波兰的农人从卡济米尔大帝时代

① 普列威（1846—1904）在华沙高等审判厅当检察官的时候，就获得了革命运动的死对头的名声。从一八八一年起，当警察厅的主任；从一九〇二年起，当内务部长和宪兵团首长。他对革命运动和一切社会活动的残暴镇压政策，引起了广大民众的仇恨。后来被萨佐诺夫刺死。——原编者注

开始，就在历史上不起任何作用，甚至还不及我们的农人在历史上所起的作用。波兰既没有拉辛，也没有普加乔夫，那里的哥萨克人都是乌克兰来的。

我们争论起来。波普拉夫斯基是社会民主党人和民族主义者。我们的谈话不知不觉地继续了两小时之久，直到一个所谓“差遣人”跑来找我时为止，这人通知我说，乡公所里叫我去。

乡公所门口已经有密密的一大批人喧噪着，他们正在议论当局的新指令。农人们当然不知道这指令是由于即将来临的“皇恩”而发出的。人群里面闪过出席者的红帽圈和乡长的矮壮的身子。

乡公所里的文牍员——一个高个子的白发苍苍的老头儿——彬彬有礼地向我解释，说乡长本来希望留我住在这村子里，但是照县警察局长的公文看来，这原来是不可能的。所以他们今天就要打发我启程，从一个村子到另一个村子，由一个保长交给另一个保长。巡官也认为的确应该如此[①]。这是一个样子十分粗蠢的矮壮男子，是沃恰克人。他很懊恼，因为他就职不久，还没有置备制服。他一走进乡公所来，立刻问出席者，有没有从城里给他带制服来。出席者回答说没有带来，他就非常懊恼。这个沃恰克巡官穿着一件普通的无面短皮袄，这显然降低了他的威信。

一辆蹩脚的橇车停在乡公所门口等我，车里的谷草上已经放着我的木箱。我和波普拉夫斯基道别之后，就启程前进。到了最近的一个乡镇里，另外换了一个保长，重新套过了马匹。当我们从这个乡镇里动身的时候，有两部三套车赶上了我们，我看见车上有出席者的红帽圈和乡长的狼皮大氅。这是村里的行政当局的车子赶到阿法纳塞夫村里去，通知他们关于即将重新征收多年积欠的消息。保

---

① 这巡官的姓氏是孔德拉捷夫。柯罗连科住在白桦屯的时候，这巡官曾经诬告他，使他因此而受到严重的影响。——原编者注

甲长们则坐着橇车、骑着马或者步行从比塞罗沃村走乡间的小路到各荒僻的村庄里去传达同样的消息。

不久我就到了阿法纳塞夫村，这村子里也同样地喧哗沸腾着；不过这里是荒僻的边区，所以当局的措施要决断得多：他们把家畜从各家院子里赶到村公所去；有几个体面的庄稼汉（后来我知道他们是收买人）已经像乌鸦一般飞集拢来承担这宗即将开始的买卖。此外这里还有一个巡官喑呜叱咤地奔忙着。

过了几年之后，当省长特罗伊尼茨基已经卸职，改任内务部统计局局长，而由一个（如果我不记错的话）叫做阿纳斯塔塞夫的人来代他管理维亚特卡省的统治区的时候，喀山小报上登出了一篇惊人的通讯稿。这篇稿子写得非常露骨，在当时实在只能登载在秘密刊物上。这里面很生动而详细地描述着维亚特卡省里征收捐税和欠租的方式。“区警察所长们、巡官们、成群的保长和甲长，好像一伙一伙杀人不眨眼的强盗，来袭击没有防御的村子，闯进人家屋子里，掠取财物、茶炊、衣服，带走牲口。……一批小商人和家畜贩子紧跟在他们后面，用极低廉的价格收买了这一切东西。居民们听说这些强盗要来了，预先带着财物，赶着牲口，逃进树林里去，在冬天的茂林深处度过几昼夜。”

我记得，在受检查的、而且有反动倾向的伊略申科先生（曾经是个行政流放犯，后来成了显著的黑帮分子）所发行的报纸上看到这篇文章里所描写的完全符实的光景，令人非常吃惊。检查机关对这篇文章特别宽大，原因在于……这篇文章是前任省长特罗伊尼茨基送来的，可能还是他自己写的；他在这期间曾经去参观过他以前的统治区。我曾经想在另一份伏尔加河流域地区的报纸上补充说明这情景，指出这是维亚特卡省的传统方式。我这篇文章里叙述着我在比塞罗沃乡所看到的情景，这正是“皇恩”即将来临、特罗伊尼茨基自己当省长的时候。我的语气非常小心谨慎，远不及特罗伊尼茨基先生这篇文章那么明显露骨。然而我这篇评论终于不得问世。这是理所当然，因为这不是前任省长写的。

阿法纳塞夫村里的情形使我这叛变的心大为痛快，这村子里正在怒火冲天，这里绝对没有顺从的气氛：农人们脸色凄厉，农妇们号哭着，叫骂着，有些地方的农妇竟表示“反抗政府”。过了几天，我到达白桦屯之后，听说曾经有这样的事：有一大群牲口被赶进乡公所去，而且一部分已经预售给收买人了，这时候大批农人从村子里、从林中村落里和乡镇里赶出来，手里拿着棍棒，一齐向赶牲口的保长们袭击过去，冲散了他们，把牲口归还了主人们。这事件仿佛已经甚嚣尘上；而当时比塞罗沃乡农人们的气势大大地提高了我对他们的敬意。

5
阿法纳塞夫村的流放犯及其奇特的流放原因

当我在保长那里等候继续被押送上路的时候，有人告诉我，说阿法纳塞夫村里也住着几个流放犯。我就去找他们，找来找去，找到了孤立在村子外面的一所很大的阴气沉沉的房子里。在这房子的屋顶上，一根长竿子上有一个枞树枝条正在摇曳着，原来那些流放犯正在这家弥特列诺克酒店里消磨余闲。

其中有一个人我立刻认出来了：在我从格拉佐夫放逐出来以前约五个星期，有一辆车子经过我们的郊区工人村到渡口去，车上坐着两个显然不是本地出生的人，由一个警察押送着。其中有一个胡须剃光的、浮肿的老人，看样子是个公务员。现在我就看见这个人坐在这阴暗的酒店里的桌子旁边。他对面坐着一个漂亮的青年人，两眼神色不宁，头发鬈曲，面色红润。我们互相认识了之后，我才知道这青年是莫斯科人，一个商人的儿子，是“因性情好事多端”

而受行政流放处分的。他说他是由于一个区警察局长的阴谋而被流放的，他疑心这区警察局长是在追求他的年轻的妻子。此刻他收到了他妻子的一封信，信里坦白地告诉他，说这区警察局长有时到他们家里来。这消息使得做丈夫的忍耐不住了，他当我面前继续研究这封信，两眼炯炯发光，一杯接着一杯地喝酒，用拳头敲打桌子。

和他对话的那个浮肿的老人，身材矮胖，脸上的胡须刮得很不干净，上嘴唇的上面和油污的上衣上都残留着鼻烟屑，这人原来当过事务员，后来被解了雇，变成了一个地下讼师。他兴味津津地把农民和地主为土地而诉讼的极其复杂的情节讲给我听，在这诉讼中他代表农民对付当地一个优秀的"博学律师"，在两次上诉中他都占胜。

他讲到这里，兴奋之极，竟站起身来，一面继续叙述，一面兴致勃勃地指手划脚：

"他们想尽了办法，条条路都走过，……甚至行过贿。……他们向我说好话，又贿买我，又威吓我，……省长还亲自召我去。对我毫无办法。……我懂得法律和参政院决议，先生，全省里没有一个人及得上我。……我敢说：即使有一百个博学律师来对付我，我可以保证都能制胜他们，而他们没有人能够制胜我。因此，先生，我有恃无恐，竟可以说像婴儿一般放心。……"

他脸上显出异常感动的表情。他把两手拱拢来做一个姿势，仿佛抱着一个襁褓里的婴儿。

"他们这样对付我，那样对付我，……我一点也不担心，因为所有的法律和所有的参政院决议都是于我有利的。事情已经准备就绪，……可以说，像一个剥了壳的鸡蛋一样，只等着往嘴里送了。……"

我望着他的得意扬扬的脸，听着他的充满诉讼热情的话，忍不住发问了：

“请问：我觉得你是一个干练而聪明的人，是什么原因使得你跟有权势的人斗争而保护农民呢？”

他严肃地向我看看。我根据他这眼色，知道他要回答我真心话了。

“先生，你知道，农人当然是粗野的，有几个人可说是完全不足道的。但是如果多数人团结起来，那就是一股力量。……我可说完全是靠农民生活的。绅士们不来请教我。他们大都是去请教博学律师的。而我，因为是靠农民吃饭的，所以最要紧的是在他们之中维护自己的声誉。而且这场诉讼很大，是好几个村庄跟一个大富翁打官司。如果这场官司打赢了，我一生吃著不尽呢。”

“唔，结果怎么样呢？”我被他这活龙活现而真挚坦率的叙述所吸引，不禁这样问。但在这时候，他那满面春风而几乎欢喜若狂的脸突然消沉下去，变成萎靡不振，他的嘴唇歪曲而发抖了。他突然把头埋在手里，靠在桌子上，号啕大哭起来，哭得浮胖的身子全部颤动。

弥特列诺克酒店里有几分钟肃静无声。不但我们两个听者，连那个掌柜的显然也被感动，这个相貌晦暗冷淡而眼睛阴阳怪气的男子现在怀着一种惊疑的同情望着这个号啕大哭的人。这老人终于仰起他那哭丧的脸来，用一块脏手帕擦擦眼睛，带着无可奈何的绝望的表情看着我，说：

“一个宪兵上校，先生，就是这个人毁了我！……他们闯进我的家里，到处搜查。……有什么关系，请吧！我刚才不是对你说过了：我是像婴儿一样清白的。……可是，……他们把我所有的证件都拿走了。你倒是说说，这还成什么话？……这简直是白昼行劫，无法无天，这种事控告还是嫌轻的！……但是我不肯罢休，……我已经向执政的参政院上诉，还要去告御状哩。……在俄罗斯毕竟是有法律的！……”

我明白了：他对于法律和参政院决议都是有经验的，然而对于行政命令的意义的理解完全是婴儿之见。行政命令的采用，起初具有一定的目的，是用以弹压政治叛变的，但是后来范围自然地扩大起来，专横的势力涉及了生活的其他部门。我眼前这两个人显然是俄罗斯对内政策中这种新因素的牺牲者。行政命令在这两人身上已经自然地达到了完备的地步：一个是狡诈的区警察局长的色情行为的牺牲者，另一个身受到了警察局对民事诉讼的干预。

我竭尽所能地向这个"法律家"解释，说他向参政院上诉是毫无效果的。参政院是官样文章的法律的维护者，而从官样文章的观点看来，他的敌手是正确的。近年来出现了一种法律，可以称之为非法的法律，而且是正式的法律，因为是由最高当局颁布的。这种法律在某些情况下能取消别种也是合法的法律的效力。

他专心一致地听我讲，但是听到末了，他的眼睛里显出一种愤懑而顽强的闪光。

"先生，你所说的是不可能的。……现在我们这里还不是某些人所盼望的共和政体国家。……沙皇陛下政权存在期间，俄罗斯帝国的法律不会废除的。……请你不要对我说这种话。"

我要略微提前说一说：此后一个半月，我又来到阿法纳塞夫村，又看见这两个流放犯。当我在这个老讼师那里的时候，有一辆橇车开到他家门口，车子里走出两个农人来。这两个人都长着大胡子，显然不是本地人。果然，他们是从这老讼师流放出来的省里来的农人。他们是由同地主打官司的农村公社派来的，公社供给费用，委托他们来找寻这个农民律师，哪怕找到天涯海角。我觉得他们很像格列勃·乌斯宾斯基的小说中的"农民请愿者"。他们的脸色严肃、困疲而悲哀。

这两个农人和这农民讼师的会面表现了动人的欢乐。……他们讲给他听，说他们好容易找到了他；为了要打听他的正确的流放地点，他们曾经先后向维亚特卡和格拉佐夫的小官僚们行了不少贿赂。……

试想想：在这件事里也牵涉到了最高的政权。……专制政体顺利地破坏了民间关于沙皇公正无私的神秘传说，其实它本身也是全靠这传说而立足的。……

且说我们在弥特列诺克酒店里谈话将要结束的时候，又进来了一个“流放犯”。这是一个年轻的犹太人，名叫蹉格尔，身体高大壮健，模样儿是个工人。他作了自我介绍，我记得仿佛是一个铁匠，如果不记错的话，这人确是在阿法纳塞夫村工作的。他为什么被流放，我现在记不清楚了。似乎是这样的：当局认为“行政命令”也可适用于处理“犹太问题”，就把放高利贷的犹太人判处流放刑。真正的高利贷者当然极少受到这种苦刑。……还有，我在格拉佐夫的时候，也曾经碰到过一个这一类的流放犯，郊区工人村里的居民们称他为“犹太佬莫尔赫尔”。我听人家说，这个人初到维亚特卡省这边远地区，——虽然到的还是县城，——认为自己从此完结了。但是后来他习惯了这境遇，就渐渐开始重操旧业，居然一帆风顺，竟写信去把家眷都叫了来。纯朴的村民们对他很有好感，教我制靴的师父聂斯托尔·谢苗诺维奇对这个人曾经有简洁明了的评语：

“我认为这个莫尔赫尔是一个最善良的犹太人。他固然拿佣钱，但这是他们的信仰所容许的。我们的信仰不容许这样做，可是我们那些人用巧妙的方式来大大地剥削。如果你到了贫困交迫的地步，往哪一条路走？……叫我还是走莫尔赫尔这条路。”

这样，行政命令和关于犹太人居住区的法律发生了冲突，一种荒谬法令干预了另一种荒谬法令。

为了补充这一类的事例，我还要谈到一个特殊人物，这就是流放犯“贵族列伐晓夫”。他是出身于名门贵族家庭的一个青年，他被流放……是根据父亲的要求。要是我不记错的话，旧法律中有这样的一条：如果父母声明不能管教“性情好事多端”的儿子，那么国家可以帮助父母维持权威，不过流放的川资和在流放地的费用均须由父母负担。父母必须经常将款项交付给这不孝儿子流放地的省金库，流放期限就根据这款项数目而决定。“贵族列伐晓夫”正是根据这一条法律被流放的。他的称号和关于他父亲的门第的传闻，对于他的处境起着一定的作用。的确，县政府因为也同他父亲一样管他不好，就把他打发到遥远的比塞罗沃乡，好让这个好事多端的青年离开县政府远些。但是在这里，在这荒僻的边远地区，这个诡计多端的顽皮家伙又要出许多惊人的把戏来。其中有一件事，我在摆渡的屋子里就已听到过。据说有一次他被叫到格拉佐夫去向当局解释一件事。“凭贵族身份”，他领得了一纸公文，动身时可以凭公文向地方要求两匹马。列伐晓夫到格拉佐夫去了一趟，但是回来之后，不交还公文，而继续乘着马车，叮叮当当地响着车铃游遍了全乡。乡村里的驿马车夫们载了贵族列伐晓夫东奔西走，弄得筋疲力尽；他们载他去看了许多朋友，其中包括各种流放犯，贵族列伐晓夫和他们欢畅地叙晤。终于驿站主人们的叫苦声传到了格列佐夫，区警察所长就下令收回列伐晓夫的公文。

“嘿，瞧着吧，”他用威胁的口气说，“我会另外弄到一张更加有力的。”

果然，不久他拿出一大张印着国徽和许多奖章的旅行证来，又乘着马车到处跑了。波普拉夫斯基笑着告诉我，说这张“更加有力的公文”是……“宫廷供应者波波夫兄弟”卖茶叶的广告。

贵族列伐晓夫又在调解法官室里当诉讼辩护人。

“被告，你有什么话可以辩解？”法官问一个被告的沃恰克人。

“我们不会说话，”被告回答，“我们是没有知识的。……我们雇请着贵族列伐晓夫，还付了钱。让他讲吧。”

贵族列伐晓夫站起来，讲了一番词藻堆砌的话，声言他自己是一个尊重俄罗斯帝国法律的正直的人，因此对于这个沃恰克人的行为大为愤慨，认为应该加以最严厉的惩罚；只因其人极端愚昧无知，故辩护人认为不妨减轻一级惩罚。

这个沃恰克人非常高兴地听他说这番动人的话，确信列伐晓夫是在替他辩护；别的旁听者也不大听得懂这番搀着许多文学词藻和法律术语的话；调解法官忍着笑，作出了判决，这判决往往比辩护人所要求的反而轻些。

后来，我在白桦屯住了很久之后，有一次出乎意料之外地收到了调解法官的一张传票，传我到调解法官室去为行政流放犯——似乎是波波夫——侮辱“贵族列伐晓夫”的事件作见证人。不久波普拉夫斯基给我一封信，才解决了这个谜。原来贵族列伐晓夫无中生有地捏造事实，只是为了要给我机会和同志们见面，同时他自己也可和我结识。

我终于未曾享受这特殊的盛情，因为即将开庭的时候，我突然被带走，离开白桦屯了。我就此没有认识这个按照他父亲要求被判处行政流放的“贵族列伐晓夫”。……

唉！在结束这一节的时候，我还得叙述一桩小小的事件：后来，当我这脆弱的扁舟在白桦屯重新被狂风大浪所袭击而漂向遥远的西伯利亚去的时候，有人告诉我，说这件事和阿法纳塞夫村两个流放犯的告密有点关系。在即将庆祝沙皇纪念日的时候，他们向陛下上了一个效忠的奏则。这奏则里首先赞颂沙皇的仁慈和公正；接着，这个前任讼师认为有必要奏闻，说我（流放犯某某）曾经对他们说，俄罗斯皇帝所颁布的法律现在已经取消了；但他们是忠良的臣民，都不相信这话，相反地，他们希望恢复他们的法权。

这也许是不正确的；然而我回想起当我解释行政命令的意义时这讼师的凶恶而愤懑的眼色，我认为这种谗言可能的确出自他的手笔，而且他这些话竟可能是完全出于真心的。

6

树林，树林！

第二天，保长接受了巡官的指示，带了我和我的木箱乘上橇车，从阿法纳塞夫村出发向白桦屯去。

这一带地方已经没有大路。我们在狭窄的乡村小路上困难地前进，常常穿进树林里去。一夜之间下了一场大雪，马和橇车陷入雪里有三尺之深，路很难走。驾车的保长把两匹马套成“一字形”，即把一匹套在另一匹前面，用一根长鞭子来灵敏地驱使它们。别的过路人的行迹几乎不大看得清楚了；我和保长，以及我那只装工具的木箱不知有几次从橇车上掉落在雪地里，数也数不清了。我们从一个小村子开到另一个小村子，每次都调换马匹和解差。到了有一个地方，保长不在家，就由一个姑娘——他的女儿——来押送我，记得她的名字叫做阿普萝霞。

我不由得想起了命运的变迁：我被从彼得堡押送出来的时候，坐的是轿形马车，两旁和后面押着骑马的宪兵，连见过世面的首都居民也觉得害怕。现在我却受这个阿普萝霞姑娘的监视，她接受了这个重要任务，显然十分为难，而且很害怕我这个素未谋面的陌生人。起初，马在平路上跑的时候，还勉强可以过去，但是后来我们开到了一个小丘顶上，我眼前突然展现出一个通向河边的大斜坡。但见远远的下面，转了一个很急的弯之后，有一条不大看得清楚的狭路通向一座小桥，桥那面转一个弯，又有一条路沿着冻结的小河前进，通向一个山上。我向下面一望，心里略微有些疑惑：我和阿普萝霞是否能够平安无事地降下这个险峻的坡呢？但是考虑已经来不及了，前面的一匹马已经踏上下坡，不久我们的橇车就疾驰而下了。阿普萝霞首先跌下去，深深地陷在雪里，雪面上只露出她的一双草鞋。我那只木箱跟着她抛了出去，接着我也立刻跳下去救我这个女解差；这期间两匹马已经拖着我们的雪橇老远地飞奔下去了。

我把这姑娘从雪地里拉出来的时候，她怕得要命，啼啼哭哭地说：

“我怕，我怕，……”这是难怪的，因为四周都是雪地和树林，而她单独和一个不相识的“犯人”在一起。

幸而那两匹马和橇车在转弯的地方深深地陷在雪里了。我们重新控制了马匹，登上山去。到了山顶上，那两匹马因为爬上爬下，弄得上气不接下气，就站定了，汗流浃背地喘息着，我就不由得欣赏起风景来。极目遥望，但见雪地和树林，树林和雪地。这一带地方的树林不是针叶树林，而大都是阔叶树林，埋藏在山谷里，延绵到丘岗上。在辉煌的阳光之下，这些远远近近的树林有的呈朦胧的深蓝色，有的呈黑色，有的呈灰蓝色，上面蒙着雪，层层远去，色彩变化无穷。有几处树林上面有深蓝色的云块正在随风疾驰；有几处树林斑斓地反映着阳光。起东北风了。离开这儿不远的地方，有一个山坡上长满树木，树梢上面飞行着三个高高的云柱，渐渐地在那里融化，留下白色的痕迹在暗沉沉的、波浪起伏的树林上。

阿普萝霞开始迅速地划十字，口中念念有词：“上帝保佑我们。”后来又像孩子一般哭了，一面说着：“我怕，我怕。”我早就知道她最怕的是我这个陌生人。此外，我在她后来的谈话中知道，她确信那边树林上有三个白柱子的地方，深幽的茂林里有三个“林妖”正在向我们走来。等到带雪的台风渐渐停息之后，她深深地透一口气，安心下来；而我仿佛对这充满肃穆的庄严和玄秘的生命的景象着了迷，呆呆地站着。

我又像在沃洛格达省时候一样体验到了一种异样的幻觉：我觉得这无边无际的树林、林间空旷的雪地、苍白的天空、低飞的云彩、潜隐在远方林端的小屋——在这全部景物上面有一个体现着北方自然界和北方人民的形象，这形象出现在我的想象中，栩栩如生，仿佛可以捉摸似的。这形象是神秘的，有点像圣像画，有点古色古香，表现着古斯拉夫的风度。辽阔的树林、盖着雪的屋子、茂林中的羊肠小径、在岸边摆渡屋子里同比塞罗沃乡人的不快的会面、他们的威胁和快意的和好、阿法纳塞夫农村公社的严肃的骚扰，甚至这三个神秘地游移在树林深处而玩弄着带雪的旋风的“林妖”，——这一切综合起来，形成了这个形象，一切都在招引着我的心。我希望早些下降到这神秘地区的底奥里，在那里也许有不曾被虚伪的文明所污损的“人民精神”的一种新境地等候着我。

“阿普萝霞，我们走吧。”

略微休息过了的两匹马就精神抖擞地跑下缓坡，穿过了茂密的树林和林间空旷的雪地，经过小河、盖着雪的山谷和孤立的小树林。这姑娘现在已经和我相处得完全稔熟了，有时我们开到狭路上和转弯角上，两人都掉在雪地里，大家哈哈大笑。

在有一个地方，树林边缘有一间孤零零的小屋显出在茂林的深色的背景上，屋子里冒出烟气来。这时候已经和我完全稔熟了的阿普萝霞，望望这屋子和烟气，脸上显出一种注意的神情，为我所不能了解的神情。

“这是偷儿人家，”她沉思着小心地说，“偷儿住在这里。”说过之后，她加速地驱赶马匹。

走了半俄里，到了一个由十间屋组成的小乡镇上，我们又停车换马。驿站主人，一个相貌沉郁而身材不高的农人，快要吃好饭。……他的妻子，一个脸色和善而略带病相的中年妇人，在给他上菜，但她自己不坐在桌子旁边。她收拾了餐具，立刻另外拿出菜来摆在桌子上。请我和我的解差吃饭。我肚子饿了，欣然地接受了她的招待。

“那些偷儿，”阿普萝霞拿起勺子，说，“到现在才煮饭吃，……

刚才我们经过看见的。”

这件事我本来不大注意到，但在这里显然含有特殊的意义。

“当然，偷儿和普通人不同，”主人阴沉地说，“他们什么时候偷到东西，就什么时候煮来吃。……哼，一个已经捉进牢狱里去了，那个老头子也是迟早免不了的。至于那几个小家伙，那些个妖精，我们自己也对付得了。”

主妇带着一种特殊的表情倾听着她丈夫的话，后来又转向炉子，说：

“有什么对付不了呢，……这是你们农人的拿手好戏。”

“谁叫他们偷。”农人说着，从凳子上站起来。

农妇愤愤地把炉子里的一件东西推一下，反驳道：

“他们没有东西吃，没有东西吃呀，……一个人到了要饿死的时候只得偷了。”

农人什么也不回答，却对阿普萝霞说：

“你给我载来的是谁？为了啥事？”

阿普萝霞把手探入怀里，取出一个封好的文件来。

“有公文的，”她说，“送交白桦屯村长。……大概是一个流放犯。”

“噢，……”农人拖长了声音说，“不久以前巡官也打从这儿经过。据说是为了征收欠税。……”

他穿上短皮袄，从屋子里走了出去。

主妇气哄哄地在炉子旁边摸索着，一面丢掷东西，一面咕哝地自言自语。

“麻烦事儿一件接着一件，”我听见她喃喃地说，“一会儿征收欠税啦，一会儿送流放犯来啦。……这个小地方真可恶，……只管把你们这些讨厌的人载到我们这里来，到什么时候才完结呢？……你要不要再加点白菜汤？”

我从桌子旁边站起来，把一个十五戈比的钱币丢在桌上了。

“谢谢你的款待，”我说，“我已经吃够了。”

这女人显出惊恐的表情，拍一下手，呆立在炉子旁边了。

“啊呀，你这个陌生人神思不清了吗？……你是从哪里来的？难道你们那里款待过路客人要收钱的？”

“有时候要收的，”我回答，“不过在我们那里，既然款待了，就不骂人。”我说着，就坐在旁边的木炕上了。

这时候她脸上所显出的痛苦表情，是笔墨难以形容的。她从桌子上拿了钱币，走到我面前来，深深地鞠一个躬。

“发个慈悲，收回了吧。请你原谅我这个愚蠢的女人。看在上帝面上，……不要让我丢脸。”

她的语气非常诚恳，我受了感动，就收回了钱币。她这才安心了；过了几分钟，我们就开始了坦率而真挚的谈话。我问她关于“偷儿村”及其住民的情况，这个心地善良的女人就用呜咽的声音把一个单纯、严肃而不可避免的悲剧讲给我听。这悲剧的详细情形我现在已经记不起了。大致是这样：这份人家运气不好，一个儿子死了，另一个儿子病了很久。……在初冬时候，乡镇上和邻近的村子里常常发生失窃事件。后来当场捕获了那个刚刚病好的儿子。这个人就被带进城里，关进牢狱里。家里只剩下一个老人和两个孩子。盗窃事件还是继续发生。

“以前怎么样？”我问。

“以前吗？以前那个大儿子没有死的时候，他们境况很好。……为什么要偷东西呢？可是现在没有饭吃，不得已才走上这条路。总不能和孩子们一同饿死。”

这时候主人走进来，叫我动身了。我就向这个好心肠的主妇和阿普萝霞告别，坐上了轻便的橇车。我们又一次经过“偷儿村”，我留神地看看这个不可避免的悲剧的发生地。……大祸临头，这些人就濒于毁灭，仿佛焦土中的野兽或者失群之鸟。周围只有像这个农人那样的阴郁的冷淡，或者像他妻子那样的无力的怜惜。

我这一天走得很慢，从一个乡镇到另一个乡镇，由一个保长交给另一个保长，因此晚上又得在一个小乡镇上过夜，这地方似乎叫做柯罗果夫。这里的甲长的屋子里，有一个年轻而相貌俊俏的妇人手里抱着一个婴孩，和一个老婆婆一同坐在搁板床上。这妇人的脸色困惫而悲哀。她的声音轻微而消沉，仿佛一个完全绝望的人说话时的样子。

“看来你是个流放犯吧。”她说着，表出特别注意的样子用她那双美丽而暗淡的眼睛望着我。

“是的，我是个流放犯。”我回答。

“我的丈夫也给流放了。……这个亲爱的人不知道现在在哪里！呜——呜——……”

她低声地号哭起来，后来忍住了，抽咽着，擤擤鼻涕，开始摇她的婴孩。

“为什么流放？”我问过之后，立刻猜测到：这妇人想必是从“偷儿村”来的。大概她手里抱着婴孩，在深深的雪地里漂泊流离，向邻村挨户乞讨。

“唉，……为什么，”她回答我说，……“那么你为什么被流放呢？”

“说来话长，好大娘，……”

“正是这样呀，……这是命里生成的。也许是无缘无故的。……”

“恐怕正是这样吧，……”

“我丈夫就是这样，……命里生成的。……”

我在深夜里醒过来。……屋里又有了一个客人。那个沃恰克巡官坐在点着松明的桌子旁边，正在向主人吩咐些什么话。他们讲的是关于我的事。……提到了几个农人的名字，想必都是白桦屯的居民，又讨论了些事。

“他肯接受吗？”巡官问。

“不，杜拉菲·伊凡诺维奇[1]，不肯接受。……他是一个认真的农人。”

“唔，那么那个人，他叫什么来着？就是你刚才说起过的，……叫比塞罗夫吗？……”

“这个人好说话些，……”

“你对他说：是县警察局长亲自指定的。……”

“不过他家的屋子是没有烟囱的。……”

“啊，真见鬼！唔，那也没有办法。那么你把他带到村长那里，要他想办法：他说到加甫略家，就到加甫略家。……要不，我自己去也可以。……你们这里的渡口在哪里？”

“在比特科夫的屋子旁边，……不过卡马河恐怕还没有冻结吧。……”

巡官站起来，对着圣像划了十字，就离去了。他临走以前，我还赶上了交给他一封短短的信，这是当天晚上我写给弟弟的。他郑重地接了这封信，翻来覆去地看了一会，然后塞入怀中。……

甲长用车子载送了巡官去，回来已经很迟了。等到他的马休息过，他再载送我的时候，已经晌午时候了。我们在阴暗的松林里走了大约一小时，碰见一个拿着斧头的农人。我的驾车人就停了车。

“喂，叔叔，……比特科夫屋子旁边的卡马河冻结了没有？”

“哪里会冻结！……还没有呢。”

“说不定冻了吧？”

“也许冻了。……”

我们姑且开向前去。松林越来越高，越来越密了，树梢上发出

---

① 这农民的真实姓名是保罗·陀罗菲耶维奇·施梅林。——原编者注

一片龙吟声。出乎我意料之外，我们突然开到了河岸上。卡马河躺在树林中间，沉静、平稳而发白。只是中央有一条黑油油的水还未冻结。对面岸滩上烧着泥炭。阴沉可怖的烟气缭绕在松林的深黑背景上。我们向右转弯，沿岸走了半俄里光景，方才找到了一处河身狭小而已经密密地冻结了的地方。带了马渡过去是想都不要想，因为冰在脚底下发出很响的破裂声。农人把他那匹阉马解下了，听任它向树林里跑去，我们每人两手各拿着一根树干，以防万一冰块崩裂而失足落水的时候可以靠树干搁住冰块的表面；然后把很长的缰绳缚在橇车的辕上了，我们自己徒步过河之后，再把橇车拉到对岸来。

“这儿附近有人住着。……大概有一匹马放在林子里的，”他说着，就走进树林里去。过了半个钟头，他拉着一匹不很大的马的鬃毛走来，竟不征求马主人的同意，老实不客气地把它套在我们的橇车上了，我们就继续前进。松林里沉寂而安静。成群的鹧鸪几乎从马蹄下面飞起，逍遥自在地飞向附近的林间空地上去了。我们时常须得渡过已经冻得坚固了的较小的河流。农人告诉我，说这是卡马河的旧河床，卡马河在这一带沙地和沼地之间常常改道，仿佛创造世界的过程在这里还没有完成。

这里开始出现一些住屋，有的就在卡马河岸上，有的在稍远的砍伐了的林地上。有一处陡峭的河岸上，建立着一所小小的教堂。教堂的大门紧闭，窗子上钉着木板，屋顶坍塌了，顶上的十字架凄凉地歪斜着。小教堂过去不远的地方，路旁有一棵奇怪的树，五根枝条从树干上伸展出来，仿佛一只向上的手掌上的五根指头。

“这是他们这里的弗洛尔·拉甫尔教堂，”我的解差讲给我听。“有一个神甫每年一次从阿法纳塞夫村到他们这儿的弗洛尔·拉甫尔教堂里来主持祈祷，捧着圣像一家一家地走转来。”说到这里，他冷笑一下，“你听我说，真的妙不可言：他走到这棵树旁边，无论如何走不过去，……一定得站住了，唱起歌来，并且焚香。他当然是有点醉醺醺的。我们不知道他这样做是什么缘故。他是切列米斯人，……据说大概就是为这缘故。他们这些切列米斯人惯于向树木作祈祷。……喏，那边就是村长住的地方，”过了一会，他这样说着，把车子转向一所宽敞的、筑着很整齐的围墙的新房子，这房子里点着松明，火光忽暗忽亮，变幻不定，窗子里闪现出人影。

“他们在开会。”农人说着，走下橇车去。

村长的屋子里果然挤满着人。这个会议是依照不久以前经过这里的巡官的命令召开的，现在就要结束了。正在讨论最后一个问题。发言的是一个相貌漂亮、肩膀宽阔而身材矮壮的中年农人，他身上穿着一件很讲究的呢面皮袄，脚上穿着一双毡靴，而别的人都是穿草鞋的。

“弟兄们，在开春以前一定得修好教堂的屋顶，非修好不可。这屋顶完全歪斜了。”

“现在还可以。”有一个人打着呵欠站起身来说。

“还可以，还可以。没有什么关系，……等到夏天那个切列米斯人来的时候我们再修吧。……”

“要是那个十字架倒了下来可怎么办呢？”

“倒下来有什么关系？我们再把它装上去。……”

“弟兄们，这样不好，”那个漂亮的农人激昂地高声反驳，“弗洛尔·拉甫尔会动怒的。他老人家保佑我们，真是天地良心。……你们看费克里斯特家和格列勃家，每年都有狼来咬死许多家畜，而我们这里，不敢来碰一碰。……这是为什么呢？就是因为有他老人家保佑！而你们却舍不得替他修屋顶。要当心呢，要是他动起怒来，那就糟了。”

“对啊，对啊，”满场的人都嚷起来，“他老人家关心我们，我们也得关心他。……现在该由谁来做这桩工作呢？”

柯罗连科在白桦屯所住的屋子的内景
柯罗连科作
于一八八〇年一月二十九日

会散了。村长①走近我来。这是一个瘦长的农人，肩膀宽阔，然而胸部凹进，面带病容。一双陷入的眼睛神色异常，因此会不由得惹人注意。他告诉我，说农人们奉“巡官先生命令”，决定把我安插在加甫略·比塞罗夫家里，现在他就要带我到那里去。而且他们还是亲戚：他的妻子是加甫略的女儿，他的家眷随后也要去的。

“不过加甫略是否同意，还不得而知。你瞧，他刚才没有到会。……到会的人都不愿意收留你。”

加甫略·比塞罗夫的村子位在卡马河下游六俄里的地方。我一路上心绪不宁。坐着颠簸的橇车走在积雪的路上，使人感到非常疲倦。将要到达目的地的时候，我心里发生了一个疑问：他们是不是

① 白桦屯的村长叫做雅科夫·叶菲莫维奇·克特玛诺夫，在《我的同时代人的故事》里以雅科夫·莫洛斯奈的名字出现。——原编者注

肯收容我这个无家可归的人？我是否还得继续漂泊，去找寻安身之所？此外我又觉得我是要居民们根据这个无赖巡官的非法命令而勉强收留的，我认为他们有权利不服从这个命令。

加甫略·比塞罗夫家里还点着松明。我们到达他家的时候，有几只狗齐声向我们吠叫。我走进屋子去，这间屋子很高大，然而墙壁都被煤烟熏黑了，因为这屋子是没有烟囱的，不过当地大多数屋子都是这样。因此屋里阴森森的。插在灯架上的白桦制的松明，只照亮了附近一块地方，其他的地方就全部隐没在黑暗中了。村长走进屋子，向圣像划了十字，同屋里的人打了招呼，然后说明他是奉巡官命令送一个流放犯来的。一个老婆婆和一个年轻妇人正坐在灯架旁边纺纱，听了他的话，皱皱眉头，自言自语地低声咕哝了几句；从上面熏黑了的暗沉沉的搁板床上，传来一个略带鼻音的、刺耳的声音：

“我不要。我不同意！你带他到别处去吧。”

村长反驳了些话，他们就争论起来。那个看不见的主人的声音懊恼而又固执。我就出来说话。

“喂，当家人，”我说，“你可以不同意收留我，而且我想，没有人有权利强迫你收留一个不相识的人在家里。不过我要说明，我不会白住在你家里，我会付饭钱，多少由你说。”

“三个卢布，……”看不见的主人傲然地、半真半假地叫出，他仿佛以为讨这价钱等于拒绝。

“三个就三个。”我说。村长就接嘴说：

“答应了吧，加甫略，……你听我说，他这人会做工，会缝靴，是一个干练的汉子。”

加甫略又用缓和的口气反驳了几句，最后显然让步了。搁板床吱吱地响起来，又听见些哼哼声，过了一会，一个老头儿站在我面前了，这人身材矮小，相貌不扬，脑门上略微长着几根头发，下巴上挂着一绺稀疏的黑胡子。他走近我来，深深地鞠一个躬，就说了一大篇非常流利而抑扬顿挫的话。可惜加甫略·比塞罗夫这番话，我现在连概要都记不起来了，总之，这天晚上他就用这番话把我这个疲劳的行人留住在他家里了。他的语调堂皇而亲切，我听得仿佛着迷了。末了他说：

“欢迎你光临，你从今以后在我们这里，不要把自己当作陌生人，要当作我们自己人。”说过之后，他深深地鞠一个躬，向我伸出手来，我热诚地和他握手。

后来又开到一辆橇车，载来的是叶菲姆·莫洛斯奈老翁——村长的父亲，一个老太太，是他的母亲，还有他的妻子，就是加甫略的女儿。他们在加甫略家里待了一会，大家开筵畅饮。原来村长家里曾经住过一个叫做波波夫的人，也是一个政治流放犯，这人留给他们很好的印象。老太太高兴地谈了许多关于他的话，说波波夫长，波波夫短。……她的口气几乎是慈爱的。

他们离去之后，我点燃了自己带来的一支蜡烛，坐在桌子旁边写信给母亲和两个妹妹。我旁边的两架纺车嗡嗡地响着；有两个少年从搁板床上挂下头来，兴味津津地对我看；加甫略老头儿的一双黑色的小眼睛炯炯发光。我在信中叙述我一路上的情况，并且怀着特殊的感情详细描写刚才这个插话。我以真挚的满意口吻写出主人的那番流畅华丽而丰富多彩的话，来结束了这段叙述。

他们全家的人都不睡觉，大家注视着这种不会见过的光景——一个写字的人。

信还没有写完，我走到台阶上去站一会。记得那时候澄清的天空中闪耀着明星，松软的雪皑皑发光，一丛丛幽暗的树林模糊难辨。……

在旧河床那边不远的地方，一带黑沉沉的树林底下，有一个孤零零的松明火光，忽明忽灭。左面一俄里或一俄里半的地方，闪耀着另一个火光。我设想这些地方也住着纯朴善良的人，他们有时也会像加甫略那样讲堂皇而动听的话。

现在我已经面对着这个天真烂漫、纯洁无疵的农民世界了。我心中充溢着特殊的情绪，就用安心而恳挚的满意的口吻来结束了这封信[①]。“不过，亲爱的人，我离开你们更远了。”……但我觉得这没有什么关系。……我相信我们会在美好的日子里相见；而现在，我就像一个勇敢的游泳家一般投身在人民生活的这个令人神往的底奥里了。……

我躺在下面的木炕上，不久就睡着了。那两个女人还是点着松明在工作，她们的纺车的嗡嗡声一直响到了后半夜。

---

① 柯罗连科一八七九年十月二十九日给他母亲和两个妹妹的信发表在逝世后出版的文集（《书简集》，第一册，乌克兰国家出版社一九二三年版）中，以及后来出版的柯罗连科的《一八七九至一八八五年狱中及流放中书简》（国家图书联合出版局高尔基出版社一九三五年版）中。——原编者注

俄文版编者说明

《我的同时代人的故事》第二卷于一九〇九年开始写作，到了一九一八年才写完，单行本于一九一九年出版。这样，柯罗连科写这册书共费十年之久，其中间断的时候当然很多。

这十年间柯罗连科的生活艰苦而紧张。一九一〇年，他停止了《我的同时代人的故事》的著作，开始写《司空见惯的现象》，后来又写《军事司法的特征》。然而结束了这两篇具有巨大的政治影响的论文之后，他还是不能继续这间断了的著作。

一九一一年七月柯罗连科写给鲍格丹诺维奇的信上说："我曾经努力写作，热狂地企图补偿时间，希望完成《特征》后就着手写《同时代人》。我曾经热切地盼望结束了这论文，送去排印，然后着手《心灵表现》的工作。现在这一切都反常了。……我在十年之间收集了关于刑讯室中拷问的惊人的材料。我每逢得到一个新消息，就越加觉得我非写完这些材料决不从事别的工作。起初我竟不耐烦起来，决定索性不写这论文了，管自继续写《同时代人》里的某段情节。然而同时心中又只管在盘算着：'这篇论文应该题名为《拷问之国》，而且从亚历山大一世的敕令开始写起。'这种可笑的选择斗争在我心中继续了好几天。我开始焦灼不安，结果是这样：先写了我准备后写的《拷问之国》，然后再写我准备先写的《同时代人》。……决定之后我就安心下来。”

然而在以后的几年内，积极的政论写作仍然不断地吸引着柯罗连科，使他不能连续地写《我的同时代人的故事》。也正是在这时候，沙皇政府为了许多文字案件，曾经好几次把他送交法庭审判。

《我的同时代人的故事》第二卷最初的八章曾经刊载在《俄罗斯财富》一九一〇年第一二两期中。柯罗连科把它们收入在全集（一九一四年马尔克斯出版）里。第二卷全书曾在作者生前出单行本，起初于一九一九年在敖德萨出版（《俄罗斯财富》版），后来于一九二〇年在莫斯科出版（大家族版）。

《我的同时代人的故事》第二卷的原稿在作者的档案中没有被保存下来，现今只有柯罗连科亲手改过的大家族印刷所的校样还保留着。

Владимир
Галактионович
Короленко

ИСТОРИЯ МОЕГО СОВРЕМЕННИКА

III

[俄]符拉季米尔·加拉克齐昂诺维奇·柯罗连科——著

我的同时代人的故事

丰子恺 丰一吟——译

上海译文出版社

第三卷

第一章　荒林

1
在加甫略·比塞罗夫家中

在上一卷里，我曾经指出我的同时代人的一个特点，这个特点恐怕不须待我指出，早已为读者所注目。我想，这个特点不是我一个人所特有，而是我这一代人所共有的。这便是：我们创造了一些偏执而笼统的观念，通过这些观念的三棱镜观察现实。在我身上，这个特点可能比别人更加明显，因为我的想象力特别发达，并且早年就读书。

在这时期内，我们眼前显出的人民形象，是那么笼统而神秘，就像屠格涅夫的一首散文诗[①]里所谈到的那个“斯芬克斯”一般。这个形象令人神往，我们努力猜测它。我曾经在第二卷中谈到，我在第一次流放中、在沃洛格达大道上穿过森林时怎样想象人民的形象：一个态度和善的勇士，体力强壮，性格温顺，然而略带病态，显出衰竭的痕迹。在这里，在这树木丛生、忽晴忽阴的丘陵之间，在我和阴沉沉的比塞罗沃人初次会面之后，这个形象略微变了样。现在，在这些树木丛生、一望无际的山坡上，我眼前显现出一个斯拉夫人的原始面貌来，威严而天真，还没有摆脱同自然力的联系，并把雪风当作有生命的东西。

这个浪漫主义的三棱镜老是隔在我和我的各种直接印象之间：当我在渡口小屋中和比塞罗沃人发生冲突的时候，当甲长的妻子款待我而同时又责备我的时候，以及我望着树林边上“偷儿人家”的可怜的炊烟的时候，都是这样。我对任何一个印象都没有直接而全面地施加过影响。比塞罗沃人在渡口小屋中用骂声和威吓包围我的时候，我的确曾愤然地站起身来，用拳头在我的箱子上敲了一下，使他们畏而却步。这好像是个人直接表现出来的发怒。但只是好像而已，其实那时候我心中并没有愤怒。我的心灵深处有一个声音在告诉我说：这些人对我抱有成见是有理由的；因为人家把城市的渣滓送到他们这里来，而他们凭什么一看见我就应该把我同这些渣滓分别看待呢？当我由于一时冲动，为了甲长的妻子一边款待我一边责备我而把一个十五戈比钱币丢给她的时候，我对她也是这样的想法。后来，这些人对我的温顺畏怯的态度和迅速的和解打动了我的心；甲长的妻子对“偷儿人家”的态度也同样地使我受到了感动。而在这一切事件之上，一直隐约地显现着那个想象的笼统的人民形象。

这个人民形象一直伴着我来到加甫略·比塞罗夫所住的地方，甚至和我一起走进他家里。……我还一直感觉到有一片“玫瑰色的烟雾”异样地蒙蔽在各种严肃的印象上。起初，当加甫略·比塞罗夫长久地不让我知道他到底收留不收留我的时候，他从高板床上回答我的那种嫌恶而颤抖的声音使我感到非常不快。但是当加甫略终于从高板床上走下来，威严地和我握手，对我说欢迎话的时候，他那并不漂亮的身子忽然在我眼前高大起来，参加到这期间一直显示在我心目中、显示在这些黑压压的森林和雪地上的那个笼统的形象

---

① 指屠格涅夫的散文诗《斯芬克斯》，作于 1878 年 12 月。

中去了。这天晚上我睡觉的时候特别富有浪漫心情，我想：看哪，我终于来到了还没有被片面的文明触动过的人民生活的最底层。……如果人民生活中有“人民真理”的宝贵的珍珠，那么……这珍珠正是在这里，在这些阴暗沉寂的树林里。……我的想象中模模糊糊地浮现着那些在树林上空移行的、实实在在地出现在我所不熟悉的这个境域中的林妖，被这林区的农民以替他修屋顶为报酬雇来当牧人的心地忠厚的弗洛尔·拉甫尔，以及为古怪的树干摇炉散香的“车累米西神甫”。……在这一切上面，我在睡梦中听到加甫略的威严的家长风的欢迎辞。……

这似乎已经是玫瑰色烟雾的最后一片浪漫之云。从第二天早上起就开始过现实的日常生活了。

我醒来的时候心中怀着一种温柔的感觉，一时弄不清自己身在何方。天还没有亮。我躺在煤烟熏黑了的圆木墙下面狭窄的冷冰冰的木炕上。墙壁和天花板伸向晦暗的高处。有一个怪模怪样的人站在我身边，他身穿一件翻羊皮短袄，头戴一顶也是翻羊皮的帽子，手里拿着一根桦木松明，照着我的面孔。这个陌生人不讲礼貌地拿起松明来，一直照到我脸上；我在这光线中只看到一张麻脸上两只灵活的小眼睛，带着几乎野兽般的好奇神色。这时候门开了，老主妇浑身带着寒气走进来，掸一掸身上的雪。

“这是谁？我们家里来了一个什么汉子？”陌生人把松明从我面前移开了，这样问。

“别打扰他。”老妇人回答。……“这是一个新来的流放犯。刚由村长送来的。……”

“啊哟，糟糕，啊哟，糟糕！”他略带鼻音说，“老头子怎么接受了？应该赶出去……”

“别嚷！……告诉你，这个人是愿意付钱的，……三个卢布。……村长说，这是一个挺能干的、会缝靴子的汉子，懂吗……”

她突然略带不安的样子问，“你带来了什么没有？已经打了三天猎了。……”

“什么也没有带来，……”那年轻人没精打采地回答，一面把空空的背袋解下来，丢在炕上了。……“啊哟，糟糕，啊哟，糟糕。……我饿得要命，……我想吃点东西，妈妈！”

他的声音是鼻音，带着诉怨的语气，好像顽皮孩子的声音。

“等一等吧。……你瞧，我还要生火呢。……”

她拿起一根棍子来，在高板床的床沿上敲两下，叫道：

“喂，老老小小的都给我下来吧。……我要生火了，要生火了！……”

高板床上发出一片喧噪声和身体转动的声音。……

“我的一只草鞋哪里去了？……妈妈——！啊，妈妈……彼得罗凡，见鬼！”一个男孩子的声音说。……

“你自己找吧。……小鬼，谁会来替你找！……”另一个声音回答。

“瞧着吧，我要拿鞭子了。”父亲的颤抖而严厉的声音回答，“我一抽你们的眼睛，你们马上会骨碌地爬起来。……听见吗：妈妈要生火了。……”

高板床上发出呜呜咽咽的声音和懒洋洋的喧噪声。……这时候主妇把一束点燃的松明塞进炉子里，立刻冒出许多烟来，充塞着屋子。同时她打开了通穿堂的门，流进一股股的冷气来，侵袭着躺在木炕上的我。我赶快穿好衣服。现在我才懂得了还在旅途中时甲长关于加甫略的屋子“没有烟囱”这一声明的意义。……原来这里的炉子没有烟囱。炉子里烧的不是一般所谓的木柴，而竟是一段段的桦树干子。炉子口上冒出烟气和火焰来。主妇全身包围着一团团的黑烟，映着火焰通红的反光，好像站在地狱里一般。另一方面，门外流进来的冷气把烟冲向上方。这两种气流展开了斗争，不久就分占了这屋子：冷气停在下面，烟升向上方，达到一个人的高度，就停滞在那里，仿佛一片颠倒的波浪汹涌的海。

“符拉季米尔，到我们这里来吧。”主妇看见我犹豫不决地东张西望，就亲切地对我说，“你大概觉得奇怪，因为没有习惯。……到炉子边来吧，这里暖和些。……”

全家的人都集中在炉子口上。这里的确比较暖和，然而必须低下头站着。脚上吹着冷风，烟气向前喷出，然后升向上方。……只有主人一个人不在炉子边。

“老人家在炉炕上睡着了。……会不会中炭毒?”我带着几分恐惧的心情说。

主妇笑起来。

“他不妨事的。……习惯了！……”

“我习惯了。”加甫略在烟雾笼罩的炉炕上用愉快的声音回答。……“别人会中炭毒，我可不在乎。……”

他照旧泰然地躺在炉炕上。过了不多时，炉子燃旺了，就产生一股通风力，通向开在高板床旁边墙壁上的气窗里。上方的烟海开始稀薄起来。高板床、搁架和天花板就在晨光中出现。……只有长长的一条烟还留在高板床上面，后来这条烟也消失了。门就关上。……

我在加甫略的“没有烟囱”的屋子里的日子就这样开始了。

我怀着好奇心在白昼的光亮中观看他们一家人和周围的环境。这屋子很宽敞。高板床从比人头高的地方开始，而且一个成人站在床上可以不必弯曲身子。一只巨大的炉炕伸展到屋子的中央。旁边有一扇小门，门里有一条通路沿着扶梯下去，这里是所谓库穴，即屋子底下储藏物品的地窖。天花板上和墙上，尤其是墙的上部，密密地粘着一层烟煤，这些烟煤像棉絮一样挂着，犹如黑色的霜。桌子上、木炕上、搁架上、墙壁上和天花板上，到处爬着蟑螂，数量多得惊人。这里有成年的蟑螂，也有幼小的蟑螂。昨天我整理东西的时候，把一只盛着茶叶的铁匣子放在搁架上了。早上打开匣子一看，发现茶叶在那里蠢动，像活的一样；原来匣子没有盖紧，一只小蟑螂钻了进去。

加甫略从炉炕上走下来，洗了一个脸，把脸上的油烟抹匀了。这时候，我怀着好奇心望一望他的脸，希望在这上面看出昨天侃侃而谈时使我那么敬仰的特点来。然而我没有找到这特点，无论是他的脸上或是姿态上，都没有一点威严的样子。这是一个五十多岁的老人，身材并不高大，胸脯凹进，头顶显然秃了，略微长着几根黑胡子。他的相貌是平庸的。一双小眼睛发出易激动的病态的光辉，声音颤抖而生硬。

早上吵醒我的那个年轻人，是他的大儿子。他们按照习惯用小名称他为巴维尔哥。他长得比父亲高，但是他的体格不健全，而且脸上全是痘疮疤。一双黑眼睛同他父亲的一样细小，发出一种粗野的光。他已经结婚，妻子快要分娩了。

这家庭里立刻发生了一场小小的争执：巴维尔哥在树林里徘徊了三天，打了三天猎，然而一点东西也没有带回来。其实昨天我和甲长坐马车经过树林的时候，常常有松鸡从我们的马的脚边飞起来，在离开道路不远的地方徘徊。雪地上全是鸟禽的脚迹。两个妇人失望地望望巴维尔哥，加甫略则愤怒地责骂他。

"你这没出息的东西，没出息的东西。……符拉季米尔，你瞧：他在树林里蹓跶了三天，什么也没有带回来。……长得那么大，中看不中用。这种蠢货，我下回不给你枪了。……"

"谁叫你不自己去，也许你能带回什么来吧，……"儿子粗鲁地回答。

加甫略从木炕上跳将起来。

"你竟敢这样回答老子（他把老子说成"老鸡"），你这下流坯！

我要拿鞭子了。……”

“光说不动手。”儿子轻蔑地回答。

加甫略站在屋子中央，两手交叉在胸前，眼睛炯炯发光。儿子在新来的人面前这样粗鲁地回答他，显然使他受到了侮辱。但是儿子在准备还击他。

“算了吧，你们这些男人，”加甫略的妻子露开丽亚用调解的语气说，……“准备开饭吧，玛流希卡[①]。……”

怀孕的少妇就开始摆设食桌。露开丽亚是一个上了年纪的妇人，相貌安详而聪明，有一种特殊的表情：仿佛她平生历尽艰辛，她经受了这一切，曾经深思熟虑，而把这些思虑深深地藏在心中。那个少妇长得相当漂亮，然而有一种疲劳困顿的神色。她必须做许多工作，一清早就要把牲口赶到饮水场去给它们饮水，喂它们饲料。男人们完全不帮助女人们，孩子们学他们的样，也都懒惰而不听话。较大的那个彼得罗凡像母亲，还算肯听她的使唤；小儿子安德利哥相貌和父亲一模一样，老是和人拌嘴，只有在父亲的威胁之下才肯做事。在少妇的疲劳的眼睛里，还刚刚开始出现露开丽亚所早已习惯的那种表情。媳妇跟婆婆和睦相处，而且显然偎依着她，仿佛在她那里寻求支援；她奉行婆婆的命令，对男人们不抱什么希望。……

后来邻居们不止一次地对我说，加甫略家里的男人们是不能干的，他们家的一切都和别人家不同；要不是有露开丽亚，一切都会搞不顺手。他们家的屋子很宽敞，但是没有填塞好，墙上到处漏风。

---

① 普·恩·卢波夫在《柯罗连科的维亚特卡档案材料》（“维亚特卡生活”第一期〔七〕，1924年）中指出：《我的同时代人的故事》中白桦屯农民的名字大都是变换了的。卢波夫写道：“根据1879年度白桦屯农民户口册可以确定：加甫略·比塞罗夫的妻子不叫露开丽亚，叫做薇拉；他的媳妇（巴维尔·比塞罗夫的妻子）叫做塔佳娜，不是玛流希卡；加甫略的小儿子叫做巴尔菲尼，不是安德利哥；加甫略的女儿叫做玛丽亚，不是阿列娜。”——原编者注

别家的屋子里早已换了有烟囱的炉子，但是加甫略一直主张没有烟囱的暖和得多，有几个邻人听了他这话都暗笑。……加甫略老是诉苦，说他“胳膊抬不起来”，根据这理由，他常常派儿子们去工作，自己很少去。这就可想而知：儿子们没有了工作的榜样，也都懒惰起来，常常规避或叫苦。然而这并不妨碍加甫略维持他的权威和自吹自夸。

“我啊，符拉季米尔啊，我告诉你，我有四次把老婆推出床沿去，这才教会她懂得规矩。”

他说着，得意扬扬地微笑。

“推出床沿去”，意思就是说：把露开丽亚从很高的高板床上推到地上。我怀疑地看看露开丽亚。她并不反驳，我注意到她脸上又显出早先体会过的痛苦经验的表情。我想：她不知尝了多少艰苦，受了这无聊男人的多少奚落，她的聪明的眼睛里才积成这种表情；我就怒火中烧了。不知不觉之间，我初到那一晚对加甫略的回忆完全消失，两星期的日常生活在我心中唤起的只是痛苦和愤慨。于是我开始在加甫略家里热烈地维护“男女平权”，却没有觉察到自己举给他们听的例子都是从城市文明生活中引证来的。……加甫略和巴维尔哥带着讥笑的态度听我讲话。那个少妇对我的话显然有了反应，有时激烈地反驳她的丈夫。……我似乎希望加甫略家中受委屈和虐待的女人们“自尊心觉悟起来”而举起起义的旗帜。每逢男人们在我面前对女人们自吹自夸的时候，我总是袒护女人们，并且向加甫略和巴维尔哥断言：他们家里的女人比他们聪明，比他们能干。……这就引起了相互之间的一些愤恨，结果男人任性胡闹的情况反而越来越多了。

然而，这件事出我意料之外地解决了。有一次，男人们出门去纵饮了一个晚上。我知道他们回来的时候一定喝得酩酊大醉，喜欢挑衅寻事，一定会向女人们发酒疯。我就准备保卫她们。黎明时候我突然醒了，因为我觉得有一个人坐到我所睡的木炕上来，用手抚摸着我的脸。这只手很粗，但显然是女人的手。

“是谁？”我问。

“别吭声，符拉季米尔，”露开丽亚低声说，“还早呢，天刚刚亮。媳妇去饮牲口去了，男人们还没有回来，小伙子们睡得正熟。……我要跟你谈几句话。”

她静默一下，陷入了沉思。后来又说起话来。

“我要跟你谈的是这么一回事。……你袒护我们，我们很感谢你。……不过，请你以后别再这样做，亲爱的符拉季米尔。”

“为什么别再这样做？这完全是对的啊！”

“你说的不错。完全是对的，我们做女人的苦处就像海样深。……说也说不完，哭干了眼泪也诉不尽。……不过，你不要这样。……”

“不要怎么样？……”

“不要让我这苦命的一生里闹出笑话来。他对你说的话是真的：四次把我推出床沿，而且我还有着身孕呢。……那时候我年纪轻，想寻死。可是现在事情已经过去，我的苦日子总算过完了。你瞧，我已经给儿子娶了亲。……现在我该教训媳妇啦。这明明是上帝要我们忍耐。符拉季米尔，这种事你帮不了忙。”

高板床上有人在蠢动了。媳妇从院子里费力地走上梯级来。露开丽亚弯下身子，凑近我耳朵边，匆忙地低声说：

“就这样啦，……符拉季米尔，我哀求你，别再这样做，别闹笑话啦。”

她就离开我，去点松明了；我躺在我的又硬又冷的床上，心里十分激动。我懂得了：这个聪明而有耐性的女人的见解比我高明。事实上，我的干涉将会产生什么结果呢？孤零零地隐没在荒林中的这所屋子里的生活，将会变成地狱。我将会阻碍露开丽亚，使她不能把媳妇引导到她的轨道上，而我自己也许不久就要离开这地方，毫无牵挂地转移到别处去。……不，事情摆得明明白白，最好还是让露开丽亚把自己的惨痛经验逐步传授给媳妇；况且有婆婆在，媳妇的痛苦多少总能减轻一些。

于是我决心听她的话，“不闹笑话”，抑制自己的心情和看法。……

从这时候起，忽然大家都感到心情轻松了。正在展开的内争停止了。我的抑制发生了意想不到的效果。有时男人之中有一个人——加甫略或者巴维尔哥——又做出了粗暴的狂妄行为，这时候他就用挑衅的眼光对我看。我默不作声，照旧做我的工作。也许我的沉默瞒不过他们，然而却使他们感到为难，摸不着头脑。……我“不闹笑话”，露开丽亚就用感激的眼色望着我。……

2

“住在天边，弯着腰在天底下走路。”

我走到加甫略家屋子的台阶和平台上，看见雪地、小树林和远处的森林。完全看不到乡村或市镇的特征。附近有一条冰封的小河。人们告诉我：这叫做老河，就是卡马河的旧河床，卡马河的这一段位于沼泽、沙地和树林之间。河的那面是一片片从森林中开辟出来的旷地。在约一俄里[①]半之外，有一片密密层层的松林。这已经是在卡马河新河床的彼岸了。在那方面有两缕轻烟袅袅上升，那里住着两个居民。我记得其中一个叫做瓦西卡·费列诺克。他们住在紧靠卡马河的岸边。有时树林后面某些地方也有袅袅的轻烟上升。就在加甫略所住的这条老河上，在一俄里半之外或者更近的地方，还

① 1俄里等于1.067公里。——译者注

有一户人家。再远些，在树林后面，有一户我们所望不见的人家，这是不久之后就和我结识的米开沙①所住的地方。……再远去，沿着卡马河走三俄里光景，便是村长家。在村长的屋子近旁，还有两三户人家；然后要再走三俄里光景，才来到另一个有人烟的地方。由此可知，这些森林居民的住屋，是散布在卡马河和老河两岸十至十五俄里的地区中的②。

在一切方面，无论在自然界还是在人们及其居住地中，都令人感到不够完善。在远古时代，比塞罗沃人的祖先从某一个遥远的地方来到这里，定居在这荒僻土地上的沃恰克人之间。他们发O音的时候声音非常柔和而带有重音，有点像诺夫哥罗德人的口音。后来有人告诉我，维亚特卡省里可以看出诺夫哥罗德移民的遗迹。也许早先的乌什库人③到这里来的时候，曾经带来由于莫斯科居民拥挤或政策关系而移居过来的一批批移民。他们来到之后就定居在森林中。这些最初的移民生聚繁殖起来，变成了村镇；于是一部分居民又分散开去，来到远处的一些树林里，把树林开辟成旷地，建立起一户户的人家。他们的生活很粗野，然而很自由。

“现在还有什么不好，”露开丽亚对我说，“现在我们也过人的日子了。……可是我们的老一辈人还记得往年的样子：女儿嫁到外地

---

① 卢波夫指出这里所提到的两个农民的真实姓名：瓦西卡·费列诺克叫做瓦西里·费里波维奇·比塞罗夫；米开沙叫做尼基福尔·尼科诺维奇·卢契尼科夫。——原编者注

② 柯罗连科在1879年10月29日的家信中说：“……现在谈谈白桦屯的情形。关于白桦屯的地理位置，我能说的很少。请你们看一看地图，找出格拉佐夫来。我从格拉佐夫出发，必须渡过维亚特卡河，再到哈林诺村渡过卡马河，然后渡过这里的卡马河。如果你们能够在某一张地图上找出流入卡马河的老河，那么关于我们的白桦屯的位置便可获得十分明确的观念了。”在信纸的空白处，柯罗连科最后附记着：“所谓老河，原来是一条小支流的名称，是旧时的河床。”——原编者注

③ 乌什库人是十一至十五世纪诺夫哥罗德的民兵队，他们常常乘了一种叫做“乌什库”的平底大船，被诺夫哥罗德的大贵族们派去在河流上和北海水路上经商或打仗。——译者注

去了，……爹娘想去探望。坐了船，船里摆上自家的酵面桶，桶里装着和好的面。你瞧，做客人是自己带饭去的。……”

我离开白桦屯以后的一段时期里，不知那里发生了一些什么变化。但在当时，这一带地方异常荒凉偏僻。人们的生活都好像是几百年前的样子。丝毫没有现代社会关系的概念。……当我已经在白桦屯住惯，而当地的居民也都知道我是读书人之后，有一次有一个本地人来要我替他解决一个疑难。据说那个守林人不知为什么老是来找他的碴儿。终于我从他的混乱不清的叙述中听出，原来是这么一回事：他砍了公家树林的一部分，在树墩上放些苔草，把苔草烧了。这是本地的一种习惯，表示他占用了这块地方。邻人都知道是这么回事。可是守林人不承认这种旧习惯，向他要求“一张什么凭证”。……这件事终于好像是用和平协商的方法解决的。

后来我这里曾经来了几个农民请愿代表的流放犯，他们和我谈到他们的事情，谈到如何为了土地同公家或地主打官司，白桦屯居民听了这些话完全不能理解。加甫略算是略微知道些“外乡人”的生活情况。他并且知道那里的人民生活穷困，怨声载道；然而他有自己的一套见解。他说别地方的田地是“划分成一亩亩的”。这就是说：赶着马到田野里，只够你连犁带马横站着。你的田地就只有这么一点点。自然啰，顺着长条往前耕，可以随你耕多少，哪怕耕到天边也行。……可是耕起来不方便，因为太狭。这就叫做划分成亩。至于是谁规定了这种制度，这种制度有什么意义，那跟他这个白桦屯居民无关，他也不感兴趣。

“我们住在天边，弯着腰在天底下走路，”诙谐的加甫略微笑着对我说，“外乡人在这样讲我们，说什么我们这里的女人捣好了衣服要漂洗的时候，可以把捣衣棍搁在天上。……”

的确，后来我曾经走遍俄国各地，还到过遥远的西伯利亚，然而不曾见过这样荒僻的地方。譬如说：白桦屯的人不知道有货车，因为他们那里根本没有夏天可以通车的道路[①]。如果要出门或者要运“外衣”（白桦屯居民把一切可能搬运的东西称为“外衣”），那就把马套在船上，把船拖到卡马河边或老河边。然后放走自己的马，用船载行，尽可能多走水路；到了需要走陆路的时候，就在树林里随便抓一匹马来，让它拉到下一个渡口。

显然是由于交通这样困难的缘故，长官们不到白桦屯来打扰居民们。白桦屯里从开天辟地以来不会看见过县警察局长。区警察局长似乎曾经到过比塞罗沃[②]。有一次时疫流行，地方自治会里有一个热心的女助医驾临白桦屯；然而她显然是被这地方的荒僻吓坏了，立刻逃回家去，把一只急救药箱留在一个农民家里，又给比塞罗沃人留下了惊人的谈话资料，他们说从来不曾见过女的长官。

全靠这可庆幸的位置，这地方受到行政方面的影响很有限。我来到这里之后过了若干时候，从乡里的信差那里知道：比塞罗沃人曾经聚众出动，把巡官、乡村警察和牲畜贩子所抓去的全部牲口抢了回来，这一次“暴动”竟毫无后果。这毕竟还是比塞罗沃的事。至于在白桦屯，加甫略的父亲轮到服兵役时，干脆躲起来不去。当委员会突然来到比塞罗沃的时候，马车夫们马上把这件事通知了白桦屯的居民，他们就拿了枪和滑雪板跑到树林里去。等到雷霆万钧的长官们去远了之后，他们又安然地从树林里走了出来。

白桦屯的人家几乎都没有菜园。有一次露开丽亚要特别款待我一下，因此给我吃……洋葱头。我把洋葱头就着面包吃了，这时候小伙子们都用羡慕的眼色望着我。……

“看来味道很好吧。”他们垂涎地说。

我对于吃的东西很不关心，因此现在难于详细回忆当时的菜肴。

---

① 冬天河面冻冰，可通车辆；夏天则需要另觅道路。——译者注

② 白桦屯属比塞罗沃乡。——译者注

只记得伙食是极原始的。每天露开丽亚都要供给所谓的“菜汤”。然而这不是我们的菜汤，里面既没有马铃薯，也没有白菜。这是用面粉和煮烂的大麦粒子做成的半液体混合物。此外还有也是大麦制成的面包和家酿啤酒或克瓦斯[①]。这些都好像是穴居野人的食物。在星期日，露开丽亚有时制造一种形似奶渣饼的甜食。白桦屯里的素“奶渣饼”是由黑麦粉或大麦粉制成一个圆圈，样子像面饼，中央嵌一个小一些的小麦粉饼。

在别的人家，男人比较能干的，菜肴的花样就多些，有时有树林里打来的野味，或者河里捉来的鱼。但加甫略家里没有这种东西。

请看：维亚特卡省省长特罗伊尼茨基和县警察局长卢卡·西道罗维奇为了我对他们提出的控诉，为了我的控诉书写得太尖刻，竟狠心地把我遣送到这样原始的地方来。但是我年纪轻，身体异常健康，我所看到的一切，都在我心中唤起热烈的兴趣。我感到自己身心非常舒畅，就写了几封简直可说是喜气洋溢的信给母亲、两个妹妹和格利果列夫；维亚特卡省行政当局检查这些信的时候，一定大为吃惊。我是个都市居民，对这里的一切都惊奇地睁大了眼睛来看。我的地位似乎很稳固。我在彼得堡时还刚刚打算去做的那件事，本来必须改变了我的知识分子外貌方能做到的那件事，现在托长官们的洪福，已经靠公费在这里实现了。我在这里完全是一个庄稼汉；固然是从远处来的，然而毕竟只是一个庄稼汉，和本地的庄稼汉一样；也许我的地位还比他们低些，因为我是流放犯。……

“世界上有一种人叫做贵族，不知道究竟是怎样的一种人，”有一次巴维尔哥在我面前说，“我真想看看他们，哪怕是通过玻璃门看

---

① 一种清凉饮料。——译者注

看也好!”

而他们之中没有一个人想到，我就是只能从玻璃门里看到的那种奇怪的贵族。

“这件外套真奇怪，”又有一次他们摸摸我的西装上衣说，“难道你们那里的人都是穿这种衣服的？……”

有一次我同几个小伙子到沼地里去，在那里砍了些质地坚密的白桦木，拿回来制成鞋楦头，开始缝靴了。从这时候起，我的威望大大地增高了。

“他又会拿笔，又会拿斧头，又会拿锥子。”他们说。当我把第一双替格拉佐夫的一个流放同伴缝的靴子从楦头上拿下来的时候，白桦屯的人都来参观，好像参加一次圣礼似的，因为他们以前只知道有草鞋。……

然而在这里，无论何种政治“宣传”，毕竟都没有发展的可能。我可以完全自由地谈论一切社会关系，谈论沙皇，谈论他的政权，谈论自由和自治的必要；但在这方面我和白桦屯居民没有共通的语言，要使他们对这种事发生兴趣，除非把这些当作和现实毫无关系的神话来看待。

3
白桦屯的“神”

圣诞节到了。在圣诞节前夜，我比平常早些收拾了我的工具，点起一支蜡烛来。这支蜡烛是不久以前弟弟从格拉佐夫给我寄来的。这一天是我母亲的命名日。除此以外，圣诞节前夜使我联想起许多童年时代的事：这一天我们家里的人在星星出现之前不吃东西。到了晚上，在一张长桌子上铺上雪白的桌布，桌上放着干草；屋角里放着一束禾，用以纪念基督诞生的家畜栏。……我已经不能说是信徒，然而谁能断言：这种回忆①将来有一天会失却意义呢。……我要在这天晚上写一封信给母亲②。

“符拉季米尔大概要在我们家里庆祝什么了。”加甫略说着，照例闲坐在暗蒙蒙的高板床上，用他那双小眼睛隔着床沿对我看。

“加甫略，你难道不打算庆祝？”我反问他，“明天是圣诞节，现在是圣诞节前夜啊。”

“那又怎么样呢？”

“圣诞节是最大的节日啊。一年之中只有两个这样的大节日：圣诞节和复活节。”

“我们这里这不算什么节日，”加甫略淡然地回答，“圣诞村里的人才像模像样地庆祝。这是他们的奉祀神的节日。跟我们可不相干。我们的教区是归阿法纳塞夫村管的。……”

圣诞村是白桦屯以南的一个很大的村子。加甫略只承认他们自己教区里的节日。果然，第二天，加甫略全家人都到打谷场上打谷去了。

然而白桦屯里有所谓虔信的一切迹象。每家人家的屋子里都有神龛。居民每次走进别人家里，总是首先面向神龛，对着圣像划三次十字，然后向主人们打招呼。在坐下来吃饭或吃了随便什么东西站起来的时候，也不忘记划十字。

我一向不奉行这种仪式，即使当我还是信徒的时候也不奉行。我们的日常生活中没有这种习惯。我已经在第一卷中谈到过我的一些宗教心情。在我生平的那一段时期里，别的问题把宗教心情挤到

---

① 在柯罗连科的未完成作品中，保存着一篇叫做《旧习消亡》的短篇小说，其中描写西南边区地方庆祝圣诞节前夜的情况，以及与此有关的迷信（见乌克兰国家出版社于作者逝世后出版的《柯罗连科文集》第二十二卷，1927 年版）。——原编者注

② 这封信是 1879 年 12 月 24 日写的（见 1923 年乌克兰国家出版社版《书简集》第一册）。——原编者注

第二位上去了。然而我对于真挚的信仰，始终怀着敬意，单是为了这一点，我就不愿意做虚伪的事；所以我不装假，不虚伪地奉行这种仪式。在这一点上，我有我自己的信仰。

有一次，我们吃过午饭，全家的人照例都到炉炕上或高板床上去休息了，加甫略不去休息，踌躇地替换着两脚站在那里，有时向高板床望望，仿佛在找人支持他。高板床上有几对眼睛看着我，也望望他。

“符拉季米尔，你听我说，我要跟你谈一件事。”加甫略开始说，又向高板床上看看。

“好，加甫略，我们来谈吧。”

“你在各方面都是一个挺能干的汉子，”他仿佛有点为难的样子继续说，同时用交叉着的两手搔搔自己的肚子，“你不喝酒，不抽烟。……可是，我们只怪你一件事。……”

“你们怪我什么事呢?”

“为什么你不向我们的神祷告？他们有哪一点不称你的心?”

我在这问话里听出，加甫略怪我，并不是为了看见我不信神，却是为了我不尊敬供在他的神龛里的家神。我笑着说：

“好，加甫略，你要我回答你的话，我一定回答。不过先要你回答我一个问题。”

“好，你问。……我为什么不回答呢?”

高板床上的人都注意倾听起来。露开丽亚的纺车声音放低了。

“请你也告诉我：你为什么向你的神祷告？你为什么要这样做?”

加甫略喉头格格作响，仿佛有人突然在他背上打了一下。他张皇失措地向四周看看。

“嘿，”他说，……“这个人真怪。……问出些什么来了!”

“嗯？到底怎么样呢？……你向谁祷告，为什么祷告呢？……”

“这是为了……。喏，你可知道……。祷告了似乎觉得好些。……”

“就是这么说呀！……你觉得祷告了好些，我却觉得不祷告好些。”

加甫略又站了一会，照旧困惑莫解地向四周看看，用力搔搔肚皮；后来突然爬到高板床上，立刻就打起鼾来。从此以后，不再谈到有关神的事。那时我感到很满意，认为对加甫略和白桦屯的其他一般居民，这种表面形式的回答已经足够了。然而后来我又有一次回到这问题上，而且已不再是那么表面上的敷衍了。

讲到白桦屯的宗教，我得出一个结论：在这偏僻的森林地区，实际上并没有什么宗教。有一个冬天，将近黄昏的时候，我在卡马河边一条狭路上走，碰见一个熟悉的农妇。她遭逢了一件不幸的事：她的马倒毙了。她已经派一个小伙子去叫人来帮助她：必须另外带一匹马来拖货车。这时候她站在死马旁边，望着它的露出的牙齿。……我站定了，我们就谈起话来。据说不久以前有一个人转告她一个新消息：司祭在礼拜堂里说，一个人死了并非一切都完结了，人死了以后还有另一种生活。

“我希望司祭的话是胡说八道。”她断然地说。

“那么照你说来是怎样的呢？”我怀着好奇心问她。

“死了就完了，什么也没有了。”她异常干脆地说。

我到现在还记得这时候的情景：在树林后面的某处，冬天的淡淡的太阳刚刚落山。雪地上笼罩着暮色。几只乌鸦沉重地拍着翅膀，在雪地上面飞翔。那匹露出牙齿的马用暗淡无光的眼睛望着我们。……“死了就完了”这句断然的话，在当时不见得立刻就在我心中唤起了明确的想法。然而这整个情景牢牢地保留在我心中；后来每逢我要拿白桦屯的这个虚无主义公式来同别地方对待问题并不这么简单的农民们的思想情况作比较时，这情景总是浮现在我眼前。在那些地方也有许多宗教迷信，然而我应该承认：他们的精神世界比较丰富而复杂。……

4
森林鬼怪

然而白桦屯人毕竟满脑子是迷信思想。这一带地方常常发生怪异的事。有一次，加甫略用极平常的语调讲给我听，说常常有林妖来偷他们鱼篓里的鱼。去年，有一只林妖老是和一个居民纠缠不清，每天早上到老河边他藏鱼篓的地方去，趁主人还没有来到的时候把鱼篓劫掠一空。我听了这话笑起来。

“你笑什么？……”加甫略真心吃惊地问。

“是别的东西把你们的鱼拖去了，”我回答，“世界上是没有林妖的。”

加甫略回头看看他家里的人，表示十分惊讶，那样子仿佛在怪我不知道世界上有马、狗或狼。

“你们听这人说些什么话呀！……难道你们那里没有人看见过林妖？”

“难道你们这里有人看见过？”我继续微笑着反问他。

“你怎么说这话，符拉季米尔！”露开丽亚对我说，她的语气中仿佛表示：一个无知小儿说了一句不合理的话，而她正在阻止他。他们就把偷鱼的林妖的故事全部讲给我听。据说那个庄稼汉去同巫师商量，告诉他说：有一个不知什么东西常常来偷鱼，没有办法守候到它。雪地上看得出脚印，但不是人的脚印，那草鞋印约摸有两尺长。巫师教导他说，你去编一只四尺长的草鞋来，把它挂在林妖去偷鱼时经过的小路旁边的树干上；你自己拿一根坚实的木棍，躲在树丛里；看一看，来的是什么东西。你别害怕。

这庄稼汉听了巫师的话，编了一只四尺长的草鞋，把它挂在小路旁边了。自己隐藏起来。他瞧着瞧着，果然，天还没有亮的时候，有一只林妖走来了。

“是个什么样儿的？”我问。

“什么样儿的！……那可看不清楚，只觉得样子像个庄稼汉。这东西走到草鞋旁边，朝着它望望，笑起来。越笑越厉害。后来跌倒在雪地上了，笑得直打滚。那庄稼汉就从树林里跳出来，用棍子把这东西冬冬地打了两下。”

“打过之后怎么样呢？……”

“你听我说：他打过之后自己害怕起来，逃跑了。第二天白天到这地方来，看见雪地被踏得乱七八糟，可是什么东西也没有。好啦，从此就不再偷鱼了。……你为什么老是在笑？你这人真怪！你不相信，自己去问那个人。他住的地方并不远。”

我没有去问那个庄稼汉，但是后来有一次，我得到机会看见了另一个目击者。这人就是我以前说起过的酒店掌柜弥特列诺克。事情是这样的：在上述的事发生后不久，我为了要买些制靴材料，又到阿法纳塞夫村去，我就特地去访问弥特列诺克。我曾经说过：这是一个神态阴郁、沉默寡言、身强力壮的小伙子，样子非常阴沉，目光略微有点迷离恍惚。我对他说：有人告诉我他曾经碰见过林妖，他坦然地说：

“嗯，怎么样？”

“难道林妖到你这里来过？”

“难道没有来过？……”

由于我再三请求，他告诉了我下面的一段故事：事情发生在去年将近圣诞节的时候。那一天傍晚起了暴风雪，越来越大，“扇扇窗户上都堆满了雪”。弥特列诺克打定主意要关店门了，因为不会再有人来光顾。他关上店门，躺在床上，正要入睡，忽然听见有几个人乘着雪橇来到门口，接着就敲门。但他懒得起来开门。……拖延了一些时候，……听见又在敲了，而且敲得很急，几乎把门敲破。这时候暴风雪正在奔腾咆哮，眼看屋顶就要被掀去了。弥特列诺克猜到了跟暴风雪一起来的是些什么东西。可是毫无办法，他吓得牙齿捉对儿厮打，还是把门开了。走进六个庄稼汉来，个个长着一脸大胡子，胡子上盖着雪。……他们抖抖身上的雪。

“他们说：给一人倒一杯酒来。……待会儿再倒一杯。”

“你为什么知道这些是林妖呢?”

“不是林妖还会是谁？……他们走进来，并不对着圣像划十字。脸上的胡子啊，我告诉你，多——得不得了！像你这样有胡子的人，一看就知道不是本地人。可是他们的胡子比你还不知要多多少！……这还有什么话说，我难道不认识这一带地方的人？……”

“后来怎么样呢?”

“没有什么。……他们没有做坏事。喝完了酒，规规矩矩地付了账，就走了。这时候暴风雪也安静下来，给他们带走了。……”

弥特列诺克讲这番话的时候态度很坦率，仿佛这是显而易见的事。后来传来消息，说在格拉佐夫县和契尔登县交界的一带地方，人口登记的时候发现了一大批当局毫无所知的移民。原来这是一些旧教徒，是不可调和的教派之中的一派，他们避开了罪恶世界而隐匿在树林中。当我在那里的时候，有人告诉我，说有些陌生人有时从卡马河彼岸的某地方来到这里。没有人知道他们是从哪里来、到哪里去的。但弥特列诺克的解说倒也很痛快。这里岂不是常常有林妖变作雪柱的模样在黑压压的树林上空来往吗？……四周都是树林，在恶劣的天气里会发出各种各样的啸声；那条阴沉沉的河分支出好几条新的河床来；在僻静的地方有各种各样的森林鬼怪居住着。白桦屯居民和教会里的人不大有往来，而且似乎也只有在必要的场合下，例如举行婚礼、洗礼、葬仪的时候，他们才请教上帝。然而他们常常去请教巫师，和他们商量许多事情：例如林妖偷鱼啦，有人患“风媒病”啦。据说夏天有人鱼在水湾上梳发辫，神秘的“寒热鬼”到处出现，夜里，火蛇飞进屋子里，落到男人和女人身上。……

我打从心坎里嘲笑这些故事；居民们也兴致勃勃地嘲笑我对于这种显而易见的事物一无所知。……然而，不久之后，我就要和这种森林“鬼怪”发生直接的斗争，而且在白桦屯的全体居民面前被这森林鬼怪所战败。……但关于这件事且待以后再说。

5
流放犯费多特·拉扎列夫和卡尔·涅塞茨基

我从比塞罗沃的波普拉甫斯基那里知道，白桦屯已经有一个政治犯。这是一个叫做费多特·拉扎列夫的工人，为了罢工而被流放的。不久他来看我，我们就相识了。他是卡卢加省的纺织工出身，是一个好青年，已经熟悉政治运动，我们立刻交成了朋友。他在这里已经相当习惯，因为他还是夏天被遣送来的。有些本地人告诉我说：当他穿着厚统靴、腰部带褶的薄呢外衣和有花纹的斜领衬衫来到这里的时候，割草场上的本地农妇们向他猛扑过去，把他拖倒在干草上，并且……作了一次强迫的检查，目的是要证实他是否是同她们丈夫一样的人。我向他问起这件事的时候，他表示很难为情的样子，羞怯地承认了。他是一个高身材、宽肩膀的汉子，很喜欢穿戴打扮。

他住在米开沙家里，离开我们这里约五俄里。他在教米开沙的小儿子学习教会文字：即“аз-буки”等古代字母。

除了费多特以外，这里还有几个刑事流放犯。有一次费多特预先通知我，说这几个刑事流放犯之中有一个要来看我，这人名叫卡尔·涅塞茨基；又说这一次访问在我将是不很愉快的，因为涅塞茨基将要和那个没有鼻子的特罗希卡一同来，这特罗希卡也是一个闯祸精，他们将要带烧酒来，并且打算让我回请他们。那时候我对自己的行为和交游的态度严肃不苟，我立刻下决心：不款待任何人喝烧酒。

在一个晴明的冬日，有一辆无座雪橇开到我们的屋子门口，其中坐着两个人。他们一走进屋子，我根据别人的描述立刻就认出了这是涅塞茨基和没鼻子的特罗希卡。涅塞茨基中等身材，身体瘦削，脸上有一条特殊的愁苦的皱纹。特罗希卡曾经在维亚特卡的某工厂里待过一个时期，从那里带来了一种极度放肆的习气、一只手风琴和一身花柳病。两个人都已经喝得醉醺醺的，闯进屋子之后，和主人们打一个招呼，就伸展四肢懒洋洋地在桌子边坐下来，把一瓶烧酒放在自己面前的桌子上了。我正在窗下做靴子，并不站起来迎接客人，听凭他们去款待眉飞色舞的加甫略。

这显然惹恼了他们。他们装作是来看加甫略的，其实他们一面坐在那里倒酒喝，一面不时地在指桑骂槐。他们说：有一种人眼睛生在额角上；又说对这种人他们自会有对付的办法。我一直默不作声。对他们的侮辱显然已经达到了极点。他们就站起身来，同主人告别。我觉得我这样做是在替自己招致仇敌；同时我在涅塞茨基的脸上看到了一副给人好感的可怜相。正当他们准备走出去的时候，我就从自己的小鼓凳上站起来，收拾好围裙，走到涅塞茨基面前。由于一种突然的动机，我伸起两只手来搭在他的肩膀上，正视着他的眼睛，对他说：

“涅塞茨基，你听我说，……我不是一个好酒伴，因为我自己不喝酒，也不请别人喝酒。我不喜欢和喝醉的人谈话，而且也不懂得怎样和喝醉的人谈话。但是如果下回你肯不喝酒，清醒地来看我，大家喝杯茶，聊聊天，那么我就很欢迎你，像欢迎别的流放同伴一样。”

涅塞茨基苍白的脸抖动了一下。他低下头，想了一想，含糊地说：

“请原谅我。……同这种野兽（他毫不客气地指一指那个完全酥软了的特罗希卡）一起住在这森林里，自己自然也学狼叫了。再见吧。”

走到门口，他站定了，转过半个脸来对我说：

“我明天来。……你不会赶走我吧?”

“我欢迎。请过来吧。我这里有格拉佐夫寄来的报纸。”

下一天，涅塞茨基步行到此，没有带特罗希卡来。关于昨天的事，我们一句也不提起。晚上，我点起一支蜡烛来读报纸。涅塞茨基用心地听我读；第二天早上，他和加甫略家的人一起到打谷场上去工作。从此以后，我们常常见面；涅塞茨基每次来访，都使我感到真心的愉快。有一天夜里，高板床上和炉炕上的人都打鼾了，他两手托着后脑，用他的低钝的声音把他流放到白桦屯的始末讲给我听。

他是波兰人，服了兵役，因违犯军纪而吃官司，被判处剥夺军衔，流放到并不很远的地方。起初他被遣送到不知是奥穆特尼茨克工厂还是扎拉兹宁斯克工厂里。他在那里安居下来，并且结了婚，生了一个女儿。他和妻子都十分疼爱这个新生的婴儿。然而有一次县城里来了一道命令：把涅塞茨基及其家属送到警察局去。这时候天气严寒，涅塞茨基因为缺乏寒衣，拒绝命令，不肯前去。县警察局长是一个刚愎自用、秉性严厉的人，流放犯拒绝执行他的指令，使他大发雷霆。区警察局长接到上司坚决执行命令的指示，就把涅塞茨基和他的妻子及婴儿载在雪橇里，送进城去。到了城里，甲长带他们上警察局的时候，一看，他的妻子已经一半冻僵，手里抱着一个死婴。

涅塞茨基用悲哀而颤抖的声音在黑暗的屋子里对我说：“当时我

不知道怎么搞的。我走进警察局，一直跑到办公室里。县警察局长就在这里。我走到他面前，挺直了身子，大声报告说：‘请示局长大人，把这些冻牛肉堆到哪里去？’警察局长问：‘你说什么，你说什么？……’我的问话立刻把他难住了。我又说：‘劳您大驾，出去看一看。’……他自己不愿去，就派一个文牍员去看。这文牍员回来，低声对他说：如此如此，这般这般，一个半冻僵的女人和一个死婴。警察局长惊惶失措了，他说：‘你去找一个什么地方……把这婴儿在雪地里埋起来吧。……’这时候我怒火中烧，我说：‘哈哈，把一个受过洗礼的婴儿埋在雪地里！请大家听着！……请大家做见证。……我立刻去报告主教，说局长命令把受过洗礼的婴儿埋在雪地里。’……我就在办公室里正义标[1]面前大闹了一场。”

事情闹大了，要平息它很不容易。大家都不喜欢这个县警察局长，见证人就都说了真情实话。主教也出来过问这件事。警察局长的饭碗丢了。他的代替人到任之后，两个人把涅塞茨基叫去。旧局长对新局长说：“你瞧，就是这个人使我和我的家属陷于不幸。我为他打破了饭碗。”新局长回答他说：“不妨事，我们会替他本人找到一个好差事的。”

“我说：‘你们两个都是混蛋！我的家属在哪里!？……’我又在正义标面前大闹了一场。从这时候起，真的，我把自己的生命看得一文不值。我谁也不怕，做什么都不害羞，别人倒怕起我来了。你是第一个不怕我的人，我感谢你，你用对人的态度来和我谈话。”

直到现在，关于这个人的回忆一直保留在我心中，成为我青年时代最动人、最美好的回忆之一；那时候我自己也比现在要好得多。

---

① 正义标是旧俄罗斯时代官衙中放在桌上的一个三面立体形的东西，上面写着彼得大帝所颁布的“法制”。——译者注

6
农民请愿代表们。觐见沙皇的费多尔·鲍格丹的经历

圣诞节前，在一个寒冷而晴明的日子里，我从拉扎列夫那里回来，有一个刚刚被遣送来的新流放犯在家里等我。这人名叫费多尔·鲍格丹。他刚刚从格拉佐夫被解押过来，还不免带着张皇失措的神色向四周张望着。他们派他住在附近约一俄里半的地方。他和甲长一同来看我，为了要我替他们解决一桩纠葛：鲍格丹在故乡被逮捕后，他们没有容许他准备一下行装，就让他穿着当时所穿的一身衣服，把他带走了。现在，根据他被遣送时所随带的公文，要求在送他到达目的地之后把他所借用的公家物件取回，以便交还监狱。这显然是不合情理的，然而甲长不敢违背公文。

幸而我想出了一个办法：我这里又有纸，又有笔，我就利用它们，用流放犯费多尔·鲍格丹的名义写了一张“辩状”，在其中声明：因为鲍格丹是在夏天被放逐出来的，只穿着他原来所穿的一身衣服，而现在已是严寒的冬天，因此他无法执行当局的要求。甲长带着敬仰的态度欣赏我这套写公文的法力；他得到了这张公文，认为有办法对付那张公文了，就把它揣在怀里，心满意足地回去了。鲍格丹就留了下来。

他是一个上了年纪的农民，身穿一件乌克兰长袍，头戴一顶羊皮帽子。他诚恳地向我鞠躬，千谢万谢，称我为好老爷。我向他解释：我是同他一样的一个流放犯。但是鲍格丹摇摇头，说他有识别人的眼力，他心里明白：“我到底不能和他相比。”以后他对我一直用这种口气说话，定要称呼我为老爷。

他生长在基辅省拉多梅斯尔县的一个很大的村子里，村子的名

字我忘记了。他用巧妙的方法把农民们的请愿书交到了亚历山大二世本人手里，这才被流放到这里来。

另外还有许多同样的农民请愿代表，一部分被遣送在我们白桦屯，另一部分住在比塞罗沃乡的其他地方。不久之后，这些人之间流传开一个消息，说白桦屯里来了一个农民，其人曾经觐见沙皇，向他呈递请愿书。于是我们这里来了许多别的农民请愿代表，来找鲍格丹谈话，探问详情。在这些人之中，除了对鲍格丹的叙述极感兴趣的费多特·拉扎列夫和涅塞茨基以外，还有桑尼科夫家的两兄弟；他们是维亚特卡省本省人，不过生长在比较靠南的奥廖尔县。还有一个叫做库兹明，记得是梁赞省或奥廖尔省人。桑尼科夫家的两兄弟是很出色的木匠，承包了阿法纳塞夫村小教堂的建筑工事。现在他们特地来到这里。加甫略的屋子里挤满了这些满怀兴味的听众，于是费多尔·鲍格丹就讲他这件事的经过。这一天是假日，加甫略家的人也都从高板床上低下头来听讲。……

以下就是他所讲的：

在基辅省拉多梅斯尔县里，农民们——记得共有五个村社——同地主斯捷茨基打了很久官司。这件案子千头万绪。鲍格丹叙述的口才很好，有几段情节经他叙述后显得异常生动鲜明。然而，正像这种场合下所常有的情形一样，这场官司失去了法律的本质。一方面是农民们以老年人的古老传说为根据的见解；另一方面则是地主的律师们的形式主义的诡辩和精确的法律条文。缺乏必需的证明文件、错过上诉的时期——单是这两件事，就足以使得形式主义的法律确定不易地袒护地主方面了。但是农民们不愿意知道这种形式主义的手续，却要向最高的正义呼吁，他们认为最高的正义便是沙皇。然而，以后便可知道，这一次连形式法权也并不那么确定不易地反对农民了。

不管怎样，拉多梅斯尔县里五个村社的农民打定主意：他们必须派几个机敏的人到京城去。为此，他们选出了不识字的费多尔·鲍格丹和另外两个识字的人作他的助手。显然，农民们所期望的主要角色，正是费多尔·鲍格丹。而他果然出色地实现了他的同乡人的期望。

这三个请愿代表来到彼得堡，住在一个认识的人家里，这人是他们本乡一个司祭的女婿，是在商场里做生意的。他看了岳父的介绍信，殷勤地接待这几个农民代表，并且指示他们一个内行的“书写人”。这人就根据他们从乡下带来的字条，写了几份请愿书。他们把这些请愿书分送到各级机关：参政院、司法部、土地委员会。土地委员会的主席是康斯坦丁·尼古拉耶维奇大公。他们在彼得堡既没有见到沙皇，也没有见到康斯坦丁·尼古拉耶维奇；他们认为把请愿书呈递到可能呈递的一切地方去之后，就已完成他们的任务了。至少那两个识字的同伴这样想。……

过了几个月，没有结果。于是人们就用怀疑的眼光来看待鲍格丹和他的两个同伴。大家纷纷议论，说他们白花了一大笔钱，“天晓得是怎么花的”。

鲍格丹不能忍受人们的这些责难，就决心再度到京城去。这回他一个人去，因为他已经熟悉京城的情况。他在路上得知：沙皇这时候正好到莫斯科去了。他就也到莫斯科。他在那里找到了一个人，这人根据他从乡下带来的材料，写了一张请愿书，并且教给他呈递的方法，他说：

“明天沙皇要在霍登广场检阅。去的时候要经过凯旋门。你站在这门附近，要格外当心。因为警察严密监守着，不许有人冲到路上去。这一下就要看你的造化了。如果你能够闯到路上，跪在沙皇面前，那就是你运气好。”

第二天，鲍格丹走到凯旋门外。这里人山人海。但他来得早，能够站在第一排上。他怀里揣着请愿书站在那里。不久听见远处高呼“万岁！……”声音越来越近了。……

别的被流放的农民请愿代表都聚精会神地听他叙述，他们这种神态简直难于描写。我记得：鲍格丹讲到这里的时候，加甫略的屋子里肃静无声，连蟑螂在煤烟熏黑的墙上爬行的声音也听得见。现在所讲到的，正是所有的农民所想望的：一个农民站着等候沙皇——一切法权和一切正义的源泉——经过。以后怎么样呢？……连一向冷静沉着的居民也都屏息静听。

鲍格丹继续讲下去：

沙皇来到凯旋门外了。路旁的人都肃静回避。望过去看得很清楚。……就连小娃娃也知道哪一个是沙皇：沙皇骑着马独个儿走在前面，后面有两个骑马的人跟着走，比沙皇落后半匹马。再后面是其他的随员。所有的将军都佩着星形勋章，照得周围亮闪闪的。等到他们走近鲍格丹站着的地方的时候，鲍格丹在长袍里面划一个十字，推开兵士和警察们，就像兔子一般突然横冲到路上。警察追过来，可是哪里赶得上他！他跪倒在马路中央，把请愿书顶在头上，心里别别乱跳，……“就像鸟儿中了枪弹一样，”……结果怎么样呢？……

“怎么样？”桑尼科夫家两兄弟之中的一个急躁地催问。……

沙皇走到这地方，把马略微扭转些，绕过了鲍格丹，同时对副官说了些话。于是后面所有的随员就像河水碰到破冰船一般，分作了两股。将军们骑着马经过鲍格丹身旁的时候，都怀着好奇心对他看，而他只管跪着。只有沙皇的副官拨转马头，走近鲍格丹身边；等随员都走完了之后，他从马上弯下身子来，接取鲍格丹手里的请愿书。鲍格丹暂时拿着请愿书不放，对副官说：“大人，请开恩：可不可以赐给我一张收据？因为家乡的人不相信我已经把请愿书呈递给沙皇。”副官把请愿书从他手里夺了过去，对他说：

“你这个庄稼汉发疯了。……难道你不知道你是对谁呈递请愿书？……怎么会给你收据？……赶快回家去吧，不然你要遭殃！”

他说过之后拨转马头，跟着沙皇走了。警察就向鲍格丹冲过来。

这一下子可真不得了。警察真是“如狼似虎”。……两个叉住了他的两臂，另一个在后面推着他的脖子，他们不让他的脚碰着地，把他提着走。……有一个身体矮胖的警察官骑了马冲着他跑来，“直对着眼睛嘘嘘地喷气，像癞蛤蟆一样”。他还哭呢，说什么：你这个乌克兰狗崽子，把整个阅兵式全都破坏了。他们把他从公路上抬到空地上，让他站好了，那个矮胖子跑过来想打他的嘴巴；另外一个高个子阻止了他，就问鲍格丹：是什么人？从哪里来的？为了什么事？他把一切都记录下来，然后对他说：“好，现在你赶快回家去。今天×点钟有一班火车开往斯摩棱斯克。你搭了这班火车回去吧。你得赶快走，连影子也不许留下来！这一回算你运道好，这么便宜地解决了。”……他们就放了他。

鲍格丹回到客店里，心里想：我虽然已经把请愿书呈递给沙皇，但还是没有拿到收据。……人家还是不相信我。他左思右想，终于不乘开往斯摩棱斯克的车子，却到尼古拉车站去乘车，第二天早上来到了彼得堡，想再向土地委员会呈递请愿书；如果可能的话，呈递给大公本人。他们也许会出收据。……他在彼得堡仍旧借宿在司祭的女婿家里。他打听了一下，知道大公不在彼得堡。他跑到他的宫邸里去。那里有一个好心人告诉他说：大公的确不在彼得堡，但不久就要回来的；回来之后，一定会到土地委员会去。大约过了两天，司祭的女婿在报上看到：大公回来了。鲍格丹又准备了一份请愿书，跑到“梅尔维塔什”（其实是艾尔米塔什）大厦的土地委员会去。走到扶梯上，一个看门人拦住了他，问：“庄稼汉，你有什么事?”鲍格丹把缘由一五一十告诉了他，说：“我要到土地委员会去。”看门人说：“你到最高的一层楼上去。”另一个人在一旁说：“当心他混进沙皇的房间里去啊。……”

“我听了这话，就说：‘谢谢您，先生，我懂得：要走到最高的一层楼上。……’我嘴里这么说，其实心里可真想看一看沙皇的房间。我没有走到顶层，看见有一扇门蒙着黑皮，上面钉着许多铜钉子。我划一个十字，悄悄地把门打开。一看，这门的里边还有一扇门，一半是装玻璃的。从这玻璃门里望见一个房间，房间里边还有一个房间。在里边那个房间里，有两个‘委员大人’（鲍格丹常常用这个尊敬的称呼）。一个坐在摇椅里，还有一个在房间里踱来踱去。我想：不知道他们会怎么样；总不会枪毙我吧。我等那个人从门这头走到那一头去之后，悄悄地开了门，走进房间，站在门旁的墙边了。那个人要走回来了，转过头来，看见了我，就说：

“‘咦！这里有一个庄稼汉站着。’坐着的那个人也转过头来，对我看看，用一根手指招呼我过去，对我说：‘朋友，你有什么事？……你要到委员会去吗？那还在上面，在最高一层楼上。’

“我说：‘对不起，我是一个粗人，没有弄清楚。’他说：‘没有什么，没有什么，你去吧。’又对那个人说：‘你指点他一下。’那个人就带我到扶梯边，指一指上面。我很高兴，我想：我到过沙皇的房间了，他们一点也没有把我怎么样。只可惜我当时没有多说话。我到了委员会，就问：请愿书该往哪里呈递？这时候正好有几个人跑来，说大公到了。他穿过房间，经过我身旁，我就扑通一声跪了下来。大公站定了，和气地问：‘朋友，你有什么事？’我说：‘我代表本乡的团体为了土地的事来呈递请愿书。’他说：‘拿来。’我把请愿书呈上，却还是跪着。大公就问：‘你还有什么事？’我回答说：‘大人，我以前向委员会呈递过一份请愿书，可是家乡的人都不相信我。……这回请您开恩，赏我一张收据。’那些官员们都恶狠狠地望着我，像是要吃掉我的样子。可是大公笑起来，撕下一张纸，就在那里的桌子上写：‘×月×日收到费多尔·鲍格丹请愿书一份。’下面签一个字：康斯坦丁。我自己是不识字的，可是后来别人念给我听过。

“我从委员会出来，欢喜得好像登了天堂。这一下可好啦，他们看到大公亲笔的收据，一定都相信我了。我就把收据揣在怀里，走回我住宿的人家去了。回到那里一看，有一个老爷和我的主人一起坐着。这人看见了我，就问：‘就是他吗？’主人回答：‘就是他。’这人就对我说：‘老乡，你好！’我也说：‘你好！你也是我们那边的人吗？’他说：‘可不是吗！我是从家乡一直到这里来的，还有一封信带给你。你跟我一起去，我就把信交给你。’我说：‘谢谢你。’我就把主人叫到一旁，对他说：‘请你把我的钱拿些给我。我要款待一下这位同乡。’他给了我钱，我就和那个人一同出去了。我借宿的那家人家——你们大概知道——是在花园街。他带我走到涅瓦大街上，这是到皇宫去要经过的路。这条街好宽啊！……我心里想，他住在这里的哪一家客店里呢？我问他，可是他不回答，只是说：‘我们走过去，你自会知道的。’我们走到海洋街口，我看见我的同乡人拐向这条路上去了。市长办公厅就在海洋街上。这一点我以前就知道。这时候我心里暗想：‘费多尔！你要遭殃了。’我就放慢了脚步，东张西望起来。这时候有一个警察走近我们来。那个人向他眨眨眼睛。警察就回转身，跟着我们走。这时候我已经完全猜透了，可是没有办法，只得向前走。但觉得大公给我的那张纸在我怀里热辣辣的，我想：他们如果把这张纸抢去，我又没有收据了。走到了大门口。有一个戴铜帽子的消防队员站着。我的同乡转进大门，向我招招手，说：‘来，朋友，来。’这时候那警察也在后面推我的背。

“办公厅里的官员们看见我来了都笑，他们说：‘到底给带来了，就是他吗？’后来他们带我走进一个房间，里面坐着两个大官：一个是市长特列波夫，还有一个大概是副市长柯兹洛夫。他们转过身来问我：‘你是费多尔·鲍格丹吗？’我说：‘我是费多尔·鲍格丹。’‘你们的省长写信来，叫我们把你送回本乡去，不让你在这里瞎递请愿书。你呈递了没有？’我说：‘已经呈递了。’‘往哪儿呈递的？’我说：‘该呈递的地方都呈递了。司法部长啦，土地委员会啦……’‘还有什么地方？’‘还有一张递给大公康斯坦丁·尼古拉耶维奇本人手里。……’特列波夫气得转过身子去，说：‘胡说，你什么时候递上去的？’‘我是今天递上去的。’他不相信，可是副市长低声对他说：‘对的，大公今天到委员会里去过。’……特列波夫气得胡子直翘，说：‘瞧这个乌克兰狗崽子！’……可是我心里在想：我要不要把向沙皇呈递的事说出来？好，管它的，说吧。我就说：‘还向沙皇当面呈递过。’特列波夫在椅子上扭转身来，说：‘胡说，沙皇根本不在彼得堡。’我说：‘我是×月×日在莫斯科霍登广场的凯旋门旁边呈递给他的。’副市长又说：‘对的，那一天阅兵。’接着又低声对特列波夫说：‘你瞧，他已经到处呈递过了。自己本来就打算要回去了。’可是特列波夫动怒了，回答说：‘不必多说！省长来信要押送他回去，就应该押送他。’”于是把鲍格丹解押回乡，“不让他在首都瞎递请愿书”。

这一切，鲍格丹都是用乌克兰话叙述的；然而他毕竟到过俄罗斯，所以很能迁就听众，大家都听得懂他的话。他传达几个长官的话时，几乎用纯粹的俄罗斯话，甚至模仿他们的腔调。当他讲这个几近于神话的故事——一个不识字的普通农民觐见沙皇——的时候，我津津有味地注视着听讲的农民们脸上的表情。当他讲到他的奔走的结局是坐监牢和解押回乡的时候，桑尼科夫兄弟中的老弟用手在自己膝上拍一下，懊丧地叫了一声。

“慢来，”他的老兄阻止他，“还没有讲完呢。”

“还有什么呢？除非你亲眼看见！”老弟反驳他。

“那请愿书不是递上去了吗？”

“嗯，递上去了。”

“递给本人手里？……”

“是啊！……让我们听听，后来怎么样。”

故事的确还没有讲完，可是结尾也是不愉快的。他们把鲍格丹和强盗小偷一起押送回乡。可是请愿书毕竟已经呈递了。鲍格丹把大公的收据给各村社的人看，他们非常重视他的功劳，他就成了他们的首领。过了不多时，有一个“委员大人”来到他们地方上，是上头委任他来调查这件事，促使双方和解的。至少农民们认为他的使命是这样。这位委员大人一到，就召集各村社的人到乡里去。农民们都去了。他就向他们声明：争执的土地，一部分应该划归农民，另一部分仍旧留给地主。这对农民们说来已经是很大的成功了；然而他们因为看见鲍格丹当面呈递的请愿书开始发生效力，满心以为这一下全部土地都可划归他们了，就喧噪起来。那官员对他们说：“我不能一下子同时和全体人讲话，你们推举出一个人来吧。”农民们就嚷着：“叫鲍格丹去讲话。”鲍格丹走到官员面前，对他说：

“既然沙皇派你来赐给我们这样的恩典，那么请你禀告皇上：大伙儿请求沙皇把全部土地都划归我们。……”

官员对鲍格丹看看，说：

“这不是太多了吗？你们是不是付得起这全部土地的租税呢？”

“为什么付不起？”鲍格丹回答，“既然地主能付，我们也能付。地主不是沙皇的自家人。他今天在这儿，明天就到外国去，找也找他不到了。我们却是沙皇的自家人。我们决不离开这儿。相信整个团体，总比相信一个人更加可靠。”

众人听了这话，又喧噪起来：“不错，不错，鲍格丹说得好。”官员动怒了，他说：

“你倒真有一套。哪里来这么一个聪明人？啊！你不是从彼得堡押送来的那个鲍格丹吗？我连话也不愿意跟你讲。……另外派一个人来。把他撵出去！”

“用不着撵我，我自己会走。”

鲍格丹走了出去，大家都跟着他走出去。他们说："既然你不愿意跟我们的代表说话，那么我们大家都走吧。"于是一拥而出。只留下一个官员、一个村长和几个乡村警察。……

这样做显然是有利于地主拥护者的。他们把这件事算作暴动，而把鲍格丹看作有危险性的鼓动者。从这时候起，鲍格丹就受了监视。他住在大村子附近的一个小村子里。警察显然在监视他，但是不敢抓他。因为这个团体不是好惹的，而他们绝不会乖乖地交出鲍格丹来。后来似乎连监视也停止了。

只是有一次，村子里有一家人家举行盛大的婚礼。小村子里的人全都去看热闹，鲍格丹家里的人也去了。突然一辆地方自治会的三套车迅速地开到他家门口，车子里坐着区警察局长和几个警察。他们走进屋里，对鲍格丹说："鲍格丹，准备跟我们一同走吧。"鲍格丹不肯去，他们就用武力，鲍格丹抵抗。眼看就要被抓去了，恰好这时候婚礼马车队从礼拜堂里出来，经过小村子旁边。队里有几个人看见鲍格丹的屋子面前那条空落落的街上停着一辆三套车，旁边有几个警察。有几个多疑的村民就怀疑："啊呀，这分明是我们的鲍格丹已经和警察勾搭上，把大伙儿的事出卖了。"于是就有两三辆马车转向这条街上，开到了鲍格丹的屋子门前。他们走进屋子一看，警察正在拖鲍格丹，鲍格丹死赖着不肯走，他的衬衫被撕破了。他们说："原来是这么一回事！喂，你们从哪儿来，仍旧回哪儿去吧！"他们把区警察局长推上马车，用力把马抽了几鞭，说："趁早给我们滚！"从此以后，人们就机警地守护着鲍格丹的屋子，谨防有人偷袭。他们甚至在这一带放哨。但以后又太平无事了。关于这件事一点声息也没有，团体里的人便想：大概他们不会再来了。……

有一次，拉多梅斯尔县的集市日来到了，鲍格丹想去赶集。他想：集市上有许多人，警察一定不敢抓他。然而等到人们渐渐走散的时候，他的大祸临头了。那时候路上空荡荡的，人极少。忽然鲍格丹看见一辆三套车飞奔而来，里面坐着区警察局长和两个乡村警官，他们赶上了他，喝道："站住！我们正是找你来的。上车吧，不然要吃苦头。"他们就抓住了他，把他载送到城里去。三匹马像鸟一般飞。鲍格丹说："可怜可怜这三匹马吧，老是赶得那么紧，吃不消的！"警察局长冷笑一下说："我知道你的用意：你是想让你们那些人拦住我，好把我揍一顿。快！"于是照旧飞奔前进。……车子后面竟扬起了像柱子一般的灰尘。路上的人都闪躲到一旁。他们看见鲍格丹坐在警察中间，都顿足叫苦，然而已经追不上了。他们把他绕道载到监牢里之后，立刻解押到基辅，——就让他穿着赶集时所穿的一身衣服。……不久，又被逐出基辅，一站一站地解押到这里。……

"就是这样，"鲍格丹悲哀地结束了他的话，"我从一个监牢换到另一个监牢，从一个旅站走到另一个旅站。……我在家里的时候，以为正派人都是坐在家里的，只有小偷和强盗才坐监牢。等到我自己被从一个监牢赶到另一个监牢的时候，我又觉得坐监牢的都是最好的人了。……"

那时候，行政命令已经发生很大的作用。鲍格丹在基辅和别地方的监牢里，看到许多未经审讯而按行政命令流放的人。……这里面有大学生，有高等女校的女学生，有地方自治会议员，甚至有一个地方自治会的主席。……这些人都像鲍格丹一样并没有犯通常所谓的罪行。那时候，恐怖主义的谋刺事件还很少发生。这些人的罪行便是：他们希望有良好的制度。现在鲍格丹流落到边区来了。他在这里又看到了别的犯了违逆沙皇罪的农民。

屋子里一时充满了抑郁的沉默。第一个打破这沉默的——出乎我意料之外——是我的主人加甫略。他从高板床上爬下来，穿过屋子，站在我对面，用他那神经质的清晰的声音说：

"看来沙皇也办得不好。……"

这显然是旁观者的结论。

这故事对其他的农民请愿代表们产生了什么样的印象，很难描述。桑尼科夫家的两兄弟是从维亚特卡省奥廖尔县被流放到这里来的；他们的罪行是：为了和林业部打官司的事煽动农民。听了他们的叙述，才知道他们的事件完全是荒唐的。他们那块在森林旁边的由来已久的祖地，被“柴政部长”占用去了。据我所知，那时候皇室的森林是划归财政部管理的。农民们认为这是他们自己的森林；然而当局在这些森林里立起界牌来，上面刻着“财政部”三个字。农民们认为这三个字表示一个叫做柴政的部长看中了他们的森林，就以主人自居，把它占为己有了。农民们不肯放弃自己的财产，喧嚷起来，表示反抗。当局就镇压他们。后来终于弱不敌强，整个村社的人都顺从了，只有桑尼科夫家的两兄弟“不点头”。于是他们就远离家庭，被流放到这个荒僻的地方来。他们两人都已经年老，胡须雪白了。他们都有一个大家庭，流放中的生活使他们感到很痛苦。然而他们确信：在他们桑尼科夫兄弟俩不服从、“不点头”的期间，那个恶徒柴政不会完全胜利。他们决意不肯服从，宁愿为了大伙儿而在奴隶生活中死去。他们有意把自己村社的重担挑在自己的老肩膀上。

奥廖尔人库兹明也有过类乎此的一段经历。这人年纪不大，脸上有很深的麻点，长着一绺奇怪的山羊胡子。他的相貌有点像“没有脚后跟的安恰特卡”[①]（类似俄罗斯的靡菲斯托费尔[②]），脸上永远浮现着狡猾的微笑。他深信他们的事不会不成功。他们派几个机敏的人到京城去，这些人现在正在沙皇的宫殿四周巡行，用心寻找机会，以便当面呈递请愿书。……为了保证这些人不被逮捕，不被放

① 俄罗斯民间故事中的人物。——译者注
② 歌德的《浮士德》中一个恶魔的名字。——译者注

逐，他们都带着假造的公民证来到京城。……关于这件事，是他以前带着狡狯的微笑对我说的。可是，瞧，现在鲍格丹叙述他如何使用机巧，煞费苦心，终于得见沙皇，把“农民的正义”当面递给了他，……却落得这样的下场。

现在，我回想起那一天，回想起遥远的白桦屯里加甫略·比塞罗夫的熏黑的屋子、听鲍格丹讲话的一群农民请愿代表，以及加甫略责备遥远的沙皇时脱口而出的那句警句，我觉得那一天我仿佛亲眼看到了那股冲走罗曼诺夫王朝①宝座的洪水中渗出来的一条不现形迹的细流。在那些年头，农民请愿者蜂拥地来到彼得堡。这在当时完全是一种常见的现象。他们去见解放人民的沙皇，希望他袒护他们，拥护他们的正义。然而他们从内阁和参政院所得到的只是形式的答复：证件不足，上诉逾期，或者搬出他们丝毫不能理解的某某条款来。当然，农民们的想法往往十分稀奇古怪，连最宽大的国家制度有时也要和这种想法发生冲突。从遥远的过去时代搬来的、在另一种环境下产生并形成的“人民的正义”和以罗马法为根据的现代生活制度完全对立。这当然是一个悲剧；要解决这个问题，只有集中注意于人民的切身需要，普及教育，确立法律制度，方才可能。

人民去见神奇的沙皇，把他看作理想的形象。……岂知在专制政体的处理下得到了一个轻便而毫不费事的答复：对一切农民事件普遍采用行政命令。人民的观点和形式法权之间的深刻矛盾，交给警察局长和宪兵来处理了。沙皇自己破坏了几世纪以来人民的想象力所创造的专制政体的浪漫传说。

这一点，我当然是直到现在才这样清楚地看到的。……但在那

① 罗曼诺夫王朝是沙皇俄国的王朝（1613—1917），1917 年 2 月资产阶级民主革命时期为工人和士兵所推翻。——译者注

时候，我也已经考虑到这一现象，开始意识到它的悲剧的本质了。

7
鲍格丹和桑尼科夫兄弟的宗教

我记不清是在圣诞节的第一天还是在主显节，鲍格丹哭丧着脸走到我这里来。这个年老的乌克兰人脸上淌着豌豆大的眼泪。他向我祝贺节日之后，就垂头丧气地坐在木炕上。我了解他的心情：他在节日里一定特别沉痛地感觉到飘泊他乡之苦。我就说些话来安慰他。

原来他痛苦的原因不止一端。他寄住的那家人家，同我这家一样，在节日也照旧工作；而鲍格丹深深地担心一个问题：他这双老眼在暮年的时候看到"这般光景"，不知上帝是否会饶恕他。他就悲痛地诉说：这究竟算是什么地方，人都不像人样，连那些小孩子也都使他愤慨。做母亲的把一桶发酵的面放在炉子上，没有留神，那面团高了起来，溢出桶口外面了。

"你知道怎么样？……那些孩子就用手抓住生面团往嘴里塞。……母亲骂他们，还用杓子把一个孩子打了一下。……这孩子转过头来说：你要××吗？……这样小的孩子，脱娘胎才不久……"

他带着恐怖的神色把这孩子对母亲说的那句下流话重说了一遍，脸上又淌下眼泪来了。显然是上帝诅咒他，所以把他遣送到这样的地方来：这地方的孩子用这样的话来回答父母，而父母自己在这种大节日里还要工作。

"请你们听我这老年人说，"他转向加甫略家里的人，带着坚强的信心说，"你们可以特为试试看：在报喜节里磨些面粉，然后在一棵树上切开一点皮，往里面撒些面粉。要是这棵树不枯干的话，我就今生今世回不了故乡，老死在你们这里！……"

他说这话的时候显出异常激动的样子，接着又说：

“而你们还要把这种面粉做成的面包吃到肚子里去！”

我竭力安慰他；但是后来他又有好几次怀着深切的悲痛到我这里来，把他新近看到的渎神情况讲给我听。他认为：也许是他运气不好，住在这样的人家了，别的人家没有这种情形。可惜他想错了：他所住的人家比起别的人家来，并不更好，也不更坏。他常常叹息，有时哭泣。后来有一次他到我这里来，要我替他写一张呈文，说当时扰乱同村人的不是他，而是某某人。他说出一个文牍员的名字来。但我不肯写这种告密文书，即使告的是大伙儿的仇敌，我也不肯写。他看见我拒绝他的要求，十分伤心，说：“看来我要死在这森林里，葬身在罪恶的土地上了。……”他清楚地记得各种节日，从来不弄错。桑尼科夫兄弟俩来了之后，他就和他们作虔信宗教的谈话，三个人一同哭泣。

桑尼科夫兄弟也是虔信宗教的人。我在前面说过，他们担任了在阿法纳塞夫村建造小教堂的工事，而目前他们暂时在大教堂里司理司理礼拜仪式，读读《使徒行传》。他们把这项建筑工事看成虔敬的宗教事业，认为建造教堂不像建造农舍那么简单，甚至不像建造宫邸那么简单。他们在故乡有一个朋友，是个圣像画师。这人在没有做过祷告之前决不调颜料，决不用笔蘸颜料，是个讨上帝喜欢的人。他懂得每一幅圣像都是各不相同的。……

桑尼科夫用探究似的眼光望着我的脸，讲了下面的一件事给我听，企图借此证实：现在是多么危险的时代，无知的人在现代多么容易毁灭心灵。他说：有一次有些人运着一个有灵的圣母像经过他们的村子。……这不是一个普通的圣像，是从希腊地方来的。运圣像的也不是我们这里的人：几个修道尼脸色黑黝黝的，头发也是黑的，眼睛像炭火；画像上的圣母长得和她们一样，也是黑面孔。这些人来到了村子里，就征求人们替圣像做祈祷。桑尼科夫也想去做祈祷，而且还想劝大伙儿一道去。因为他们正在打官司，应该祷告圣母，求她缓和法官的心。于是他走到他的朋友圣像画师那里，把这意思一五一十地告诉了他，问他是不是应该叫大伙儿一道去做祷告。那圣像画师竟握住了他的手说："你怎么啦！你怎么啦！快别打这种主意！"他告诉桑尼科夫说："有一次我来到一个村子里，人家对我说，他们那里也来过这个圣像，逗留了一个多礼拜。捞了一大笔钱去。等到事情结束，这批人打算离开这村子的时候，就大吃大喝起来，闹得天翻地覆。酗酒纵淫，无所不为。后来算账了。车夫问修道尼要钱，喝醉的修道尼对他说：你跟我一起淫荡了，怎么还要给你钱？……你瞧，这算是什么圣像啊！"他又说："现在是恶魔的时代来到了。恶魔拿他自己的圣像来迷惑人。有人不知道，向它祷告了，而有的人只是对着它划了一个十字，可是这恶魔已经把他的名字给记下来了。"

"当然啰，我们都是愚昧无知的人，我们的灵魂不用多久就会毁灭的！……"桑尼科夫脸上带着悲哀的表情，用探究似的眼光望望我，这样说，"有些人不肯对圣像划十字，大概正是为此。……我告诉你，有人说，现在就连教会事务协商会议里也是鱼龙混杂的。恶魔在到处撒它的网呢。……"

桑尼科夫这番叙述使我陷入了沉思。这里面当然也有许多迷信；然而仅仅桑尼科夫的目光——即他叙述时注视着我的那种充满探究意味和苦闷神色的目光，就已经清楚地表现出他认为与抽象问题有关的那种精神苦痛。在这里，宗教问题已经和现世普遍虚伪的问题相关联，这在某种程度上使我感到他的心情很可亲，很容易理解。于是我陷入了沉思。这已经不再是加甫略关于"神"的那种谈话。那么在我这方面，怎样才能使他们理解我心中所产生的感想呢？怎样指示这些人，使他们知道最高真理的问题在我们这班人之间也存在，只是存在于他们所不理解的形式中罢了？到哪里寻找一种共通的语言，可以简单明了地表现一般真理，不虚伪，不说谎，不装假呢？……后来这问题好几次出现在我眼前，每次都使我回想起这位白发苍苍的老年人那双带着苦痛的探究表情注视着我的天真烂漫的蓝眼睛。……

8
“载来了一个姑娘”

圣诞节期间有一个傍晚，加甫略全家乘车到一个富裕的居民杜拉涅诺克家里去喝酒。这就是当我初到那天在村长家召开的会议上主张必须替弗洛尔-拉甫尔盖新屋顶的那个人。大家恭敬地听他的话，采纳他的意见。这大概是白桦屯最富裕的一个人了。

他们到了深夜才从杜拉涅诺克家回来，告诉我一个新闻，说“杜拉涅诺克家里载来了一个姑娘”，也是一个流放犯。他们看见她的，她告诉他们，说她“犯的事和我相同”。

我心中焦灼，这天夜里睡得不好。“犯的事和我相同”。……莫非是伊凡诺夫斯卡雅姊妹中的一人？……然而到了第二天早上，主人们睡醒之后说了详情，我就断定我的猜测是不正确的。据说这姑娘长着一头淡黄发，剪得圆圆的，“像小伙子一样”。犯的事和我相同。……我知道了：她这样说，意思是要表明她也是一个政治犯。据他们描述，这是一个年纪很轻的姑娘。不知她到了这种荒僻地方作何感想？

第二天早上，一个小伙子——杜拉涅诺克的儿子——为了某事来到加甫略家。他给加甫略他们所讲的话作了补充：“这个姑娘由巡官亲自送来，叫她住在我们家里，说这是县警察局长亲口吩咐的，要叫她住在最好的人家，也就是杜拉涅诺克家。”

我对这小伙子说：“那么，请你替我向你们这位新来的房客问好，说我明天要去访问她。”

这小伙子连摇双手，说：“不，不，不。你千万别来！巡官吩咐过，说不许流放犯——尤其是你——来到离开我们的屋子一百俄丈[①]的地方。他说：‘如果来，你们就开枪。’”

这倒厉害得很。这个愚笨的巡官——也许是奉了无知的区警察局长或县警察局长的命令——在我们的流放生活中加进了一条全新的规则。有一次他们曾经送一个誓约来要我签字，这誓约是“不走出村界”。我用开玩笑的口气回答说：我现在所住的并不叫村庄，所以我不能立不走出村界的誓约。现在他们竟企图像关监牢一样把我们固定在各人所住的地区内了。如果我服从了他们这企图，天晓得会导致怎样的后果。因此我愤怒起来，对这小伙子说：

“啊，既然这样，那么你去对你父亲说：明天我到他家去作客不是一个人去，我还要带涅塞茨基、李宗科夫和别的流放犯同去。就请他接待这一批客人吧。”

李宗科夫也是一个刑事流放犯。这个人神秘莫测：身材魁伟，胡须一直长到眉毛边，头发很长，披到肩上，密密地挂到额上。没有一个人知道他过去的情况。人们说，他额上和面颊上的毛发遮盖着一个烙印“кат”[②]；从前有一个时期，刽子手常常用烧红的铁给判处苦役刑的人烫上这种烙印。在他的片断的谈话中，有时透露出关于遥远的西伯利亚的情况来。他知道中国的烧酒叫什么名称（“凶极了，一碰就醉”）；又说：中国的小船可以夹在胳肢窝底下带着走。……他不相信神，有时喜欢亵渎神明，用不堪入耳的话来骂上帝、圣母和奇迹创造者圣尼古拉，使得居民们吃惊。他说话很慢，声音低钝，说话的时候眼睛现出苦闷而没有生气的神色。然而我觉

---

① 1俄丈等于2. 134米。——译者注

② кат是каторга（苦役刑）的简写。——译者注

得，这可怕的外貌和这种举止态度，对他说来只是生活斗争中的一种武器，特别是在白桦屯；而实际上他的心里并无恶意。……我曾经两次招待他在家里喝茶，我在他眼睛里看到感谢的神色，甚至忠诚的神色。我确信，只要对他一说，他就会跟我到杜拉涅诺克家去的。

加甫略家里的人听见我这样声言，都吃惊地向我看，甚至带着几分恐怖的神色。他们一向认为我是“安分守己”的，想不到我现在气势汹汹地说要带一大群流放犯到杜拉涅诺克家去。然而我没有别的办法：我住在森林里，处在森林居民的生活环境中，倘使我听凭这巡官蛮不讲理地支配我，那么将来会弄到什么地步，是很难说的。况且我的想象中萦绕着这可怜的姑娘的形象。她住在这些森林居民之中，当然盼望我的访问，我怎么可以不去呢？……

“好，就这样，小伙子！就这样去告诉你父亲吧。”我坚决地重复说了一遍。那小伙子显然害怕了，回去的时候脸上带着担心的样子。大约过了三个钟头，杜拉涅诺克亲自来了。老实说，我早已料到会有这一着，因为我回想起了和比塞罗沃人初次见面时的情况。我几乎确信杜拉涅诺克会让步的。至于涅塞茨基、李宗科夫和别的流放犯，我保留着作为最后的手段。

杜拉涅诺克是一个身体结实的中年汉子，穿着一身漂亮的甚至华丽的本地服装。他走进来，对圣像划了十字，就和我握手，对我说：

“符拉季米尔，刚才我的儿子冒犯了你。……如果你来访问我们那位女流放犯，我们很欢迎你。……好人怎么会不让来呢？……我们那个沃恰克人（我曾经说过，那巡官是沃恰克人）真是一点也不懂事的。”

“嗳，这才对啦，”我说，“你们那个巡官的确是蠢货，天晓得他会对你们胡诌些什么！”

“符拉季米尔，你肯替我老婆缝一双靴子吗？她穿了靴子可以到教堂里去。……”杜拉涅诺克婉颜地说。

“只要你们办到皮革，我怎么不肯缝呢？”我愉快地回答。我已经分明看到，这件事不会引起纠纷。警察局的愚蠢的要求，在白桦屯里最有威信的这个人身上失去了作用。……其余的人都向他看齐。

第二天，我在卡马河的冰面上步行前去。杜拉涅诺克的屋子位于离开加甫略家约六俄里的一个峭岸上。在这盛产木材的地带，每一户人家都有两所木房。一所夏天用，一所冬天用。每年冬天，居民们一定在冬天用的屋子里用寒气来杀蟑螂，这期间，一家人都迁居到夏天用的屋子里去。除了这段时期以外，夏天用的屋子在冬天都是空着的。现在杜拉涅诺克家新来的女房客就住在这屋子里。这人名叫爱薇里娜·柳德维戈夫娜·乌兰诺夫斯卡雅[①]，生于波兰，但受的教育是纯粹俄罗斯的，已经和俄罗斯“政治”发生关系。她的屋子里整齐而清洁。墙上挂着天主教的耶稣受难十字架——是她母亲临别祝福的纪念物。木炕上和搁架上，她都用来放书。杜拉涅诺克告诉我说：我这个新相识是一个“不好惹的姑娘”。有一次，到他家里来的小伙子中的一个看见这姑娘头发剪得像男孩子一般，对她略微放肆了些。她把这小伙子一推，他竟被推倒在地上，跌得很疼。从此以后，小伙子们对她就恭敬起来了。她在表面上虽然显得这样强硬，但在实际上，我知道，这个可怜的姑娘着实被白桦屯的荒僻吓怕了。她知道我准备到阿法纳塞夫村去一趟，恳求我不要这样做。因为如果我“为违反法纪”而又被从这里遣送到别处去，那么她一个人留在这里简直太可怕了。

---

① 夫家姓克拉尼赫费尔德。第一次被逮捕是在1879年，流放到奥洛涅茨省和维亚特卡省凡三年。从1883年起住在哈尔科夫，在那里参加了民意党。1887年又被流放，起初到雅库茨克省，后来到雅库梯州，在那里住到1905年。柯罗连科在短篇小说《奇女子》里那个被流放的姑娘的形象中描写了乌兰诺夫斯卡雅的几个特点。——原编者注

她本人从她的最初流放地奥洛涅茨省被遣送到这里来，正是由于犯了这样的罪行。有一大批政治流放犯住在普多日城里。这时候内务部长马科夫发出一道通令：流放犯不得走出城镇或乡村的界限之外。普多日城里的流放犯为了表示反抗这道通令，决定全体出发到城外去采蘑菇。当地县警察局长得知了这消息，派了整整一队兵去追捕。我记得首都有一家报纸用幽默的语调描写过这件事，这家报纸似乎为此而受到警告。流放犯和这些老弱残兵之间发生了一场纯粹滑稽剧式的冲突；流放犯们，尤其是那些年轻的姑娘，把发生冲突以前采集的蘑菇向兵队扔过去。然而他们还是被捕获了，兵队强迫他们坐上船，叫附近村子里的几个农民拉着纤，把这群犯罪的青年人载到了城里。结果，这“蘑菇暴动”（这件事在流放犯中间就以这名称闻名）中的几个男女罪魁就被分别遣散到各荒僻地方去，随带着当局对各地方长官的特殊指令。乌兰诺夫斯卡雅吵得特别厉害，所以流落到了白桦屯。

我听完了这个有趣的故事，不禁笑起来。我觉得特别有意思的是那些郊区农民，他们奉当局的命令，担当了拉纤的任务，把庇护他们的人送进了监狱。这个青年女子轻蔑地微笑一下。

“你亵渎了，把这些人称为‘人民’。”她说。……

还在不久以前，我也许也会说这样的话。当然，无论是这些农民，或是我们白桦屯的居民，都不能称之为“人民”。然而……什么样的人才符合“人民”这名称的真正意义呢？……到哪里去寻找人民的真正意见、人民的观点、人民的希望呢？……究竟有没有这样的已经形成了的人民意见呢？波德里普村人[1]和“真正的人民”之间的界限在哪里呢？这一切问题，虽然还不很明确，但那时候常常出现在我的思考中和想象中。记得我当时把这些感想告诉了我新认

① 参见后面第 10 节《火花》开始处。——译者注

识的女朋友。

她淌着眼泪恳求我不要“擅自”到阿法纳塞夫村去，因为她预感到我这行动的结果也可能引起又一次的流放。读者以后就可知道：她这预感后来证实了。这青年女子的恐惧使我感动；然而我不愿意——而且恐怕也不能够——放弃此行。我在前面已经说过：省长特罗伊尼茨基受了县警察局长的怂恿，知道我能够“从亲属那里”收到款子，就拒绝发给我合法的补助金。为此我又写了一个控诉状给部长，我在其中谈到：部长是知道的，我、我的弟弟、妹夫和表弟，也就是说，我家所有的男子，都没有经过审讯和侦查而被分别流放到各处去了，留在家里的只是全无生产力的女人。我写道：因此，现在维亚特卡省省长拒绝发给我合法补助金，尤其是这拒绝发给的理由，我认为完全是无端地侮蔑我，除此以外不可能有别的解释。这一个又是很尖刻的控诉状送到了彼得堡，后来，我还住在白桦屯的期间，终于获得了补助金。但在那时候，这件事还没有定局，我只能在自己的制靴工作上指望经济收入。而我的皮革却又全部用光了，要重新添置，唯一的办法就是出门走一趟。

过了几天，我果然到阿法纳塞夫村去了。我在那里看到了第二卷中所描述的那些流放犯，还看到了秘密地来访叶里洪斯基的农民们，和弥特列诺克谈了谈到他那里去的林妖；然后收集了一些很坏的皮革，平安无事地回来，就此不再记着这件事了。

此行的后果如何，我在下面再叙述。

9
巡官老爷

过了几天，有一次我在黎明前走到加甫略家门口的台阶上，看见老河对岸的林地上有一种奇怪的景象：有几个骑马的人手里拿着火把，或者说得更正确些，拿着一束束松明，在黑暗的田野和树林间奔驰，他们显然是在替某一个人照路。在这辉煌的骑马队伍中间，可以看出一辆纵列驾马的橇车，一个身体肥胖的人独个儿坐在车子里。

我想：这一定是一个重要长官终于下决心来视察白桦屯，因为现在有些政治犯甚至还有姑娘也流放在这里了。然而这原来只不过是那个巡官。

他在离开加甫略家约一俄里半的一户人家歇足。我决定去看他，为的是要把事先写好的几封信交给他。

我骑了加甫略家的一匹没有备鞍的马，走了一俄里半，来到这屋子里。巡官已经穿上一套新制服，显然是最近从城里领来的，这使得他更加神气活现了。他一个人大模大样地坐在桌子面前，桌子上放着一桶家酿啤酒、一瓶开了盖的烧酒和各种食物。离开这个重要长官相当距离的地方，木炕上坐着几个居民，我看到其中有村长雅科夫·莫洛斯奈。巡官对我略微点点头，为了搭架子，他叉开了两臂，尽量在桌子上多占些地位。他显然已经喝醉。我走到桌子边，把信丢给他，用坚决的语调说：

“请你转交区警察局长，让他给我转递上去。”

巡官神气活现地把一封信从信封里抽出来。我看着他的手，不慌不忙地说：

“你根本没有权力检查我的信件。这是县警察局长的事。你的事只不过是转交信件。这一点你要记住。”

巡官窘住了。他那只手仿佛不知所措的样子；但他立刻胆怯地把信藏进身旁的皮包里了。在农民们面前吃教训，显然使他感到不快。他把肢体更加扩张些，用粗鲁的语气问：

“你已经到那姑娘那里去过了吗？”

“到哪一个姑娘那里？”我问。

“那个流放犯，住在杜拉涅诺克家里的。”

“你的意思是说到爱薇里娜·柳德维戈夫娜·乌兰诺夫斯卡雅那里去吗？……去过了。……”

“你去过一次，……去过两次了。”

“去过十次也有了，而且还要去许多次呢。”

农民们都耸耳倾听了。巡官仿佛被蜂螫了一口似的猝然一振，转过头去对村长说：

“你不该让他去！不许让他去！”

村长是一个身材高大的汉子，他踌躇地用疑问的眼光看看巡官，又看看我，我觉得无论如何必须消除他这种迟疑不决的心情，因此微笑着说：

“村长，你现在就问问巡官：我一定要去的时候，你应该用什么方法阻止我去。是不是用武力？”

“用武力来阻止！绝对不许让他去，绝对不许！随便哪一个流放犯都不许到一百俄丈以外的地方去。”

“好，”我照旧微笑着说，然后转向农民们，“你们大家都听见刚才巡官对村长说的话。这是不合法的。我以后还是要去；如果我和村长之间发生了什么不愉快的事，那么请你们做见证，证明这是巡官吩咐的。”

我的从容不迫的语调显然使得巡官害怕了。他用拳头在桌子上敲一下，急忙向村长喊道：

“不许不许！绝对不许！……碰都不许碰一下！”

村长和农民们都莫名其妙地对他看看。我猜想巡官一定是想起了公文上所写明的我的贵族身分。我就决定利用这一点，我说：

“巡官，你不懂得自己的职分，倒反把人弄糊涂了。村长，你听着，我把巡官说不清楚的话解释给你听：你既没有责任用武力阻止我去，也没有责任和我打架。你只能随时打听我到哪里去，等巡官来的时候报告他。”

“对——啊!”巡官说，同时满意地用拳头在桌子上敲一下，借以强调他这叫声，“你的责任是报告我。……可你自己连碰都不许碰他一下。至于别的流放犯，你尽管打，有我负责。”

“这又不对了，”我说，“在这里你不能打任何人。打了便是横行不法。你只能制止狂暴行为，向上头报告。……但是你自己没有镇压的权力。否则你会受到惩罚。”

“对——啊。”巡官又随声附和，虽然没有以前那么坚决。

“好，请大家记住巡官以前说的话和现在说的话。我告辞了。”

我向村长和农民们道了别，就出去了。

天色已经破晓。当我回到加甫略家里的时候，巡官的一行人又动身到别处去了。几个骑马的人照旧拿着点燃的松明护送他，虽然现在根本没有照明的必要了。

我对这件事很满意。因为这样一来，比塞罗沃人就深知他们这个沃恰克人“不懂得自己的职分”，以后不会再那样盲目地执行他的命令了。然而我想起了和这个“长官”谈话的全部内容，不禁微笑起来。我刚才在这间充满无知的比塞罗沃人的屋子里做了些什么呀?我——一个怀着革命情绪的人——向他们解释了法律制度的初步知识。后来我有好几次机会看到：凡是向法律制度呼吁的人，特别是向老百姓解释法律制度的人，都被我们各种形式、各种等级的行政机关看作最有危险性的革命者。现在，维亚特卡省的整个行政当局，从这个巡官直到省长，显然都是这样看待我的。……

我的危险的鼓动者和革命者的名声，一直伴随我到老，虽然我平生所作所为只是指出最明显的破坏法制的事例，替众人向正当的法律制度呼吁。在专制政体下生活的人们的这种本能的嫌恶，也许是有根据的：在这轴心的周围，我们的生活还可能转变方向而走上另一条道路。然而归根结柢，这条道路还是必然要导向专制政体的废除。

我不能确切地说：当我骑着没有备鞍的马在冬天早晨的微曦中走回加甫略家的时候，这一切思想已经同现在一样明显地出现在我的头脑中。我只记得这一天早上我带着一种满意的心情回来，因为农民们那么容易地接受了我的观点。我知道巡官吃了这教训不会原谅我，但我又知道：他的话现在已经失去了力量。

果然，大约过了两天，费多特·拉扎列夫所寄宿的米开沙家一个青年小伙子告诉我：巡官召集几个农民到一户人家家里，对他们说我是一个危险人物，叫大家提防我。从这番“政治性讲话”的某几点上，我看到了前面说过的马科夫的通令的反响。这位内务部长的想法显然已经通过县警察局长和区警察局长的头脑传达到了巡官那里；巡官也说我既不爱喝酒，也不爱吵架，因此才是“危险”的。这种宣传策略对比塞罗沃人说来道理太复杂了，不容易理解。那青年农民传达巡官的话时带着讥笑的态度，仿佛在证实这沃恰克人完全不懂道理。他讲完之后，有一个农民率直地回答说：

“有什么危险！照我们看来，哪怕和他睡在一起，他也不会对你怎么样。……为什么要防备他！……”

当然，如果这种后果被维亚特卡省的最高行政当局得知，一定会引起他们这样的念头：我的毒害影响已经在白桦屯扎下深根，眼看要威胁俄国王位的巩固了。……

后来，我离开白桦屯之后，弟弟写信给我[①]，说有几个农民到底还是把李宗科夫打了个半死。这显然是巡官的煽惑在我离去之后终于发生了作用。我很后悔当时我对这煽惑没有加以更多的注意。

---

① 弟弟伊拉利昂·加拉克齐昂诺维奇当时被流放在维亚特卡省格拉佐夫地方。——原编者注

10
火　花

读者可以看到：我那时候的确来到了人民生活的底层，然而在这底层找到的只是一些……波德里普村人。我现在越来越频繁地回想起今日已经被忘却了的作家列舍特尼科夫，这位作家曾经用惊人的现实手法和真实笔调来描写人民的愚昧无知和不开化状态[①]。离开白桦屯不远的卡马河对岸，是契尔登县的边界地区，那里就是列舍特尼科夫所描写的比拉和瘦索依卡的故乡。我有时觉得列舍特尼科夫所描写的波德里普村人就是以我现在的邻人们为根据的。

这里的一切，从语言开始，都显示着文化贫乏和落后。白桦屯居民的语言具有我国东北和西伯利亚的地方特色。例如，这里的人把“с ними”说作“с имя́”。但是有几句话，我只有在白桦屯和比塞罗沃乡一带地方听到。这里有一个词叫做“то́-оно”。白桦屯的居民每逢缺乏适当用语时，就采用这个词。而他们常常有缺乏用语的情况，倒像是俄罗斯语言到了这种荒僻地方真的变得贫乏了似的。“то́-оно”可以代表一切意思，听者必须自己猜度所指的是什么。这个词有点像名词，涵义笼统而模糊，可以适用于任何概念，同时又并不确切地表达出任何概念。当地居民又从这个词造出一个动词来，叫做“то́онать”。有一个孩子向母亲控告另一个孩子，对母亲说：“妈妈，你对安德烈说说，……他干吗要 то́онат!”这时候母亲所知道的只是这两个孩子之间发生了一件不快的事。还有一个词叫做“декаться”，也具有同样不明确的意义。我自己把它解释成为“在某地方”、“张罗着某事”等意思。“这小伙子老是 декается”。这句话

---

① 指费・米・列舍特尼科夫的中篇小说《波德里普村人》。——原编者注

意思是：这小伙子在不知什么地方干不知什么事。

我们的丰富而美丽的语言，到了这种荒僻地方大都失却了精密性和明确性，褪色而晦暗了。这显然反映着这里对外界缺乏联系。然而有时在这贫乏的背景上会闪现出火花来，这时命运之神就赐给我意想不到的愉快，虽然这种闪现大部分是关于过去的事。有一次，我在一家相识的人家家里，人们指给我看一个还有孩子气的姑娘。她是特地到这里来瞧瞧我这个读过许多有趣味的书的远来读书人的。人们告诉我说：她不用看书也会讲故事。我来到之后，她起初一直坐在屋子那一头角落里的木炕上，时时怀着天真的好奇心用她那双乌黑的大眼睛一闪一闪地望我。人们叫她走近我来的时候，她的态度非常羞涩而胆怯，仿佛后悔自己的大胆，而竭力想躲避的样子。但当我把随身带来的有插图的书给她看了，并且答应念一个故事给她听的时候，她活泼起来，在一个地位引人注目的木炕上坐下来，许多好奇的听者围住了她，她就开始讲故事了。当时我没能把她的样子画下来，很是遗憾。她那张黝黑的脸轮廓特别秀丽，两眼立刻闪现出一种内心的兴奋。她装着仿佛倾听什么似的态度，用流畅的歌唱般的声音讲了一个“古老的故事”或民间勇士故事，可惜我现在记不起这故事的内容了。她从一个老婆婆那里听来这些故事，牢记在心，对它们是否全部理解呢？不见得吧。……大家带着惊奇之色望着她，听她讲；她自己对于她嘴里说出来的往昔之音，似乎也觉得惊奇。当我实践诺言，把普希金的一个民间故事念给她听，问她是否全部懂得的时候，她快嘴快舌地回答说：“哪能全懂。”立刻又贪婪地接着说：“念吧！往下念吧！”我的朗读比起她的叙述来，平淡而没有生气；然而我看出她在贪婪地听取普希金诗中的每一个词和每一个节奏，本能地把它们记在心中。后来当我已经在和别人讲话的时候，她的一双眼睛显出冥想的样子，嘴唇微微地颤动；大概她在默诵普希金的诗。

这一次会面给我强烈的印象。诺夫哥罗德的史诗中有许多已经失传，而我在这荒僻的森林中亲眼看到已经逝去的往昔突然复活了。……

此后我就开始注意到别的火花，它们虽然没有上述的那样鲜明，却也是纯朴的天才的表现，它们都是在这荒僻的森林中自生自灭的。在不能干而又不大可亲的加甫略·比塞罗夫身上，我也看到了这种火花。读者听了这句话也许会觉得惊奇。然而，我来到他家的第一个晚上，正是他的天赋才能使我感到了喜悦。后来我才知道：使我心醉神往的那种辞令并不是加甫略·比塞罗夫个人所独有的；他的世世代代的祖先都用这样的辞令来欢迎外来人。加甫略具有一种天赋的才能，即善于学会生活中的一切寒暄客套而把它们牢记在心。所有的外交辞令、所有的应酬方法，他都记得。有一次，有一个牲畜贩子路经白桦屯，来探听一下这里是不是可以在家畜上做几笔好生意。加甫略显然并不打算把家畜卖给他，然而还是同他讲价钱，意思是要在我这个新来的人面前卖弄一下他的本领。这牲畜贩子看来也是一个本行的能手，并不拒绝他的挑战。这场舌战中的用语漂亮而恰当，辞令异常丰富，使我感到吃惊。加甫略看见我津津有味地听他讲，觉得很高兴，带着满意的微笑对我说："我父亲才是讲价钱的能手呢。"这时候加甫略的脸色很兴奋，两只小眼睛闪闪发光，我竟不认识他了。他显然有非常锐敏的记忆力，并且能够记牢一切带有各种应酬性质的东西，正像那个讲故事的姑娘头脑中本能地记牢古代史话中不甚易解的语言一样。这位白桦屯居民的语言在普通日常生活中贫乏而单调，但在这种场合显得特别丰富而鲜明，迸发出完全意想不到的火花来。

这一次我又领会到：这是往昔之音。现实生活给他们的印象和知识甚少。对于生活的多样性和其中的新鲜事物，居民们完全不了解；因此，我想寻找我们知识分子的要求在人民中所引起的反响，当然也就毫无所得。然而，正因为如此，我能看到保留在荒僻森林中而远离外界影响的这些纯朴的天赋才能的闪光，就显得更加有意思了。

11
荒林中的悲剧。 我被林中鬼怪战胜了

雅科夫·莫洛斯奈，就是巡官拼命怂恿他严厉对付流放犯的那个村长，我觉得也是鲜明的天然火花之一。他和他的家庭的历史，使当地居民感到近乎迷信的惊奇。他的父亲叶菲姆·莫洛斯奈现在是一个风度优雅的白发老人，但仿佛永远受着过去某事物的压迫。叶菲姆的妻子看来也曾经是很漂亮的，但现在仿佛干枯了，只有那双美丽的蓝黑分明的眼睛还引起人们情不自禁的注意。他们家里一度穷困得厉害。叶菲姆和他的老婆竟不得不乞食。那时候他们常常向别的人家乞讨“孩子吃的奶”，因此人们称他们为“莫洛斯奈”①。大家认为这户人家永远不会抬头了；到了他们夫妻两人的晚年，家里长大了一个做活的人，就是他们的儿子雅科夫。这时候他们家的生计完全衰落，两个小儿子都患疝气病，因而也就不能劳动。看来雅科夫一个人似乎负担不了这家庭，这一家人家会就此贫困到没落的地步。

然而事实并不如此。想不到雅科夫竟特别交好运。凡事由他经手来做，都做得异常顺利，使得他的邻居们都认为他的成功是奇迹。他成了一个优秀的木匠，斧头在他手里使用起来仿佛特别灵便。他不满足于做木匠和耕种，又从事其他的工作；曾经学会了在马轭上

① “奶”的俄文名称是 молоко，发音是“莫洛科”；“莫洛斯奈”这姓氏即由此而来。——译者注

画彩色花纹，甚至想画圣像。他把这些马轭给我看过，上面的花纹很细致，花花绿绿的，很有特色。显然是他对于流行的式样感到不满意，所以尽量自己想出式样来画。他得知我会画画，就特地来看我，探询我从事绘画工作应具备什么条件。在雅科夫有了充分的劳动力之后的几年内，他家的境况完全改变了。现在，莫洛斯奈家在卡马河岸上建造起了一所新房子，完全用新木材，有宽敞的附属建筑，屋脊上装着各种有花纹的马头形木雕饰物，窗框上画着各种彩色的花纹，室内宽敞明亮，炉子装了烟囱。关于两位老人向人家讨奶的时代的情况，现在只留下了回忆。不过老头儿叶菲姆那张和善的脸上还反映着艰难的过去时代；老太婆的眼睛里还保留着积年成习的痛苦表情。

有一次，谈到林妖和森林里别的鬼怪的时候，人们告诉我说，小河湾里夏天还有许多人鱼出现，常常在水面上梳发辫，又说雅科夫小时候看到过它们。然而他们讲到这一点时措辞审慎，仿佛还有什么话没有谈到。而没有谈到的便是：雅科夫是个巫师，和鬼怪有交往。

这一切使我越来越感兴趣。我想象这个人一定具有极发达的想象力和艺术天赋，而这种天赋却湮没在荒僻的森林中了。他会画马轭，曾经来探询关于绘画的事，童年时代却又在河湾里看见过奇妙的人鱼。……于是我就寻找机会接近雅科夫，想和他详细谈谈。

然而这件事并不容易。雅科夫是一个身材高大的小伙子，肩膀宽阔，而胸脯微凹，脸色不十分健康。他的一双眼睛很特别：平时眼光略带晦暗之色，却给人一种警觉而幽深的印象。后来我在心中仔细分析这双眼睛给我的印象，得到了这样的解释：他的眼光仿佛是二重的，好比有两个人用这双眼睛望着你。一个人带着犹豫困惑的神色同你作平淡的毫无生气的谈话，譬如说：巡官老爷吩咐如此这般，或者乡里来了一个信差，带来一道命令，他不知道该怎么办，等等。……然而在他这平常的眼光后面，一直隐约地闪现着另一种机敏警觉、巧妙隐藏而深谋远虑的眼光。

我将要叙述燃烧在荒林中的这朵火花怎样熄灭下去。如果我所写的是一篇艺术性的特写，那么这题材是不易多得的。现在，我写的虽然是日常生活的报导，然而艺术性描写还是在诱惑着我。这一切可以描写得这样美丽：一座荒僻的森林，其中处处发出林妖的呼啸声；一个富有艺术性的个性，不满于现状而怀着一种美好的梦想，因此不安于这森林中的生活；然后描写这个性的消亡。为求文章的美丽，艺术性的描写竭力怂恿我删除过于现实的偶然情节。

然而我现在只是记录着我亲眼看见和在这些森林居民中亲身体验到的事。因此我只照我所看到的样子叙述。

叙述的开始是很平淡的：这件事发生在巡官来到——就是我和他在加甫略邻近的人家谈话的那一次——之后。巡官走遍了许多较富裕的人家，到处受到款待。村长到处都陪着他，因此也受到款待。有一家人家有养蜂场，主人同时拿出家酿啤酒和蜂蜜来招待这些贵宾。雅科夫·莫洛斯奈显然一向患着胃卡他的毛病，受过款待之后立刻发作了。有一天早上，雅科夫的父亲——老头儿叶菲姆·莫洛斯奈到我这里来，告诉我这消息。他脸上带着经常不变的沉静的悲哀相。他对我说话，仿佛是对一个假想的医生说话似的：

“符拉季米尔，请你帮助我们。另外没有人可找，只有请你……”

“可是我不是医生，完全不懂得用药，也不会看病。”

他用他那双滚圆的眼睛望着我，忧愁地说：

“不，符拉季米尔，看在上帝面上，我请求你跟我去一趟。病人自己这样要求，他说：你去替我把这个远来的外地人请来；要是他帮不了忙，我就要死了。”

这时候加甫略和露开丽亚走近我来。他们的女儿是嫁给雅科夫·莫洛斯奈的。露开丽亚用央求的眼色对我看，使我不得不立刻答应了，虽然我觉得有点奇怪，为什么他们这样重视由于吃蜂蜜和啤酒而引起的普通的积食病。

“我们有药，”老头儿高兴地补充说，“夏天一个女长官经过这儿，把药留在我们家里。她说回来的时候来拿。可是后来她打菲克里斯佳特走了，就把药丢在这里了。我的老婆想来想去，不知道该给他吃哪一种药。……你一定知道很多。”

我想，如果这些药里面找得出蓖麻油，那么我还可以效劳。于是我就跟老头儿去。加甫略也坐着他的雪橇和我们一同去。

我们来到之后，雅科夫从高板床上走下来，他穿着一双毡靴，一件暖和的短皮袄。当他的身子沉重地靠在库穴旁边壁面上的时候，我似乎觉得那壁面在庞大的身体的压力之下凹了进去似的。他的脖子上裹着女人用的头巾。他用他那两重的眼光来招呼我，我在这眼光中看到一种沉着的期望。老母亲坐在桌子旁边，正在仔细察看药瓶上的亮光。她脸上带着担心和悲哀的表情。

“符拉季米尔，请你看看，该给他吃哪一种药，是不是吃这一种？”

她说着，拿一种完全不对头的药给我看。我把所有的药瓶都看了一下，没有蓖麻油。

“你是说都用不着吗？”可怜的老妇人说着，把两手垂下来放在膝盖上了，“叫我们怎么办呢，怎么办呢？……”

她用悲哀的眼色向我看看，眼色中带有恐怖的神色。病人垂下了头坐在木炕上。他刚才发过冷，现在在发烧。我走近他去，摸摸他的头，叫他把舌头伸出来给我看看。他的头上发烫，舌头上长满白苔。

可惜我的全部医学知识只限于这两种检验方法。我自己从小很健康，我们不大请医生看病，一般小病只要有菩提花，或者用袜子缚住喉咙就可解决，难得有时用些蓖麻油。……

我考虑了一下，认为现在也非用蓖麻油不可。

到哪里去找蓖麻油呢？我想起了乌兰诺夫斯卡雅。她在流放前进过助医训练班，也许她那里有家庭常备药盒。我就骑着马走三俄里路，到杜拉涅诺克家里去。我同乌兰诺夫斯卡雅谈了一会（唉！原来她所懂得的比我多得有限），打听到另一个方子：肥皂坐药。就带了这知识和少量蓖麻油再到莫洛斯奈家去，给病人服用这泻药。他对一切都驯服地顺从，然而脸上带着一种绝望的神色。当我把蓖麻油倒进一个木杓子里去的时候，全家的人都看着我，仿佛我在举行宗教仪式似的。他们一家人对于我所认为无关紧要的这种病，依旧怀着恐怖的感觉。两个患疝气病的儿子张开了嘴巴看着我。一个年幼的女儿从他们背后向我望着，她的一双眼睛和母亲的一样富有表情，脸上流露出恐怖和期望的神色。我觉得自己变成了一个行善的巫师。

刚才我从乌兰诺夫斯卡雅那里回来的时候，天色已经昏暗。卡马河上飘着小雪，黑云弥漫，遮住了星辰。……现在，屋子里听得见暴风雪一阵阵轻微的呼啸声。……

病人照旧有时浑身出汗，有时冷得牙齿打战。

他吃完了这很难吃的药，眉头也不皱一下。吃过之后，他拉我和他一起坐在屋角里高板床底下的木炕上。这个角落里光线很暗，因为头顶就是高板床。这里已经安放好一套被褥。我觉得有点奇怪：他们为什么把被褥铺在下面，而不铺在较为暖和的炉炕上或高板床上。这时候老婆婆把家里的人打发到外边去干各种事务去了，老头儿躺在炉炕上；似乎只留下我和病人在一起了。他用他那奇怪的眼色向我看看，对我说：

"我想和你谈谈。……"

他低下了头，默默地坐了一会，然后用低钝的声音问：

"我说你的药灵不灵啊？"

“灵的，灵的，雅科夫！况且你的病根本是很轻的。……”

“你说很轻，……不，不轻呢。……这是寒热。……”

我知道民间称疟疾为寒热；然而我还是认为他的声明并不具有我无意中在他的语调里听出来的那种严重意义。

“这有什么呢！”我说，“寒热也有药可医。让我写信到城里去买点奎宁来，就可以医寒热了。……”

他向四周望望，看见只有我和他两人在这角落里，就对我说：

“她常常到我这里来。……”

“谁常常来？”我吃惊地问。

“就是这寒热鬼呀！……”

“怎么会来？你说的什么话呀！……”

“的确常常来。……她老早就来缠住我了，这可恶的东西。……”

他低下了头，用不大听得清楚的声音继续说：

“有时我和她睡在一起。我怕……”

他的牙齿打起战来；后来他克制了寒颤，毫无隐讳地把下面这件奇怪的事讲给我听了。

据说以前这寒热鬼常常化作女人出现。……模样儿很俊，可是很下流。……一直诱惑他。……当他准备结婚的时候，她到他这里来，禁止他和妻子同居。他没有力量反抗，就犯下了大罪过：结婚后三个月没有和“嫡妻”同居。……

这时候我们头上忽然迸发出女人的哭声；那么突如其来，而且哭得那么厉害，使得我们两人都战栗了一下。这原来是他的妻子阿列娜，她偷偷地躲在高板床上暗角落里，屏息静气地听我们谈话。

“原来他听了这鬼东西的话！”她一边哭，一边说。……“你这个远来客人，你可相信：我嫁给他之后，一直不知道丈夫是怎样的一个人。……原来他在和这鬼东西厮混。…………啊哟哟，……我好命苦啊！既然这样，你当初为什么要娶我？……”

接着，又是一阵歇斯底里的号哭淹没了她的话声，有时竟迸出疯狂似的叫声来。老婆婆赶到高板床上，几乎用武力把她拉到了地上。……

“别哭啦，我的心肝；快别哭啦，苦命的孩子！……”

她抚摸着媳妇的头，像劝慰小孩一样劝慰她。后来帮她穿好衣服，打发她去看家畜了。

这么一来，这家庭的悲剧清楚地摆在我眼前了。原来是这么一回事：雅科夫到了结婚的年龄，两位老人派媒人到好几家人家去说亲，然而到处遭到拒绝。因为他们家不久以前还曾以乞讨为生，附近的人家都不相信他们现在的富裕是可靠的。于是只得去向不能干的加甫略家说亲，从他家娶来了新娘。阿列娜在明达的露开丽亚的管教之下长大起来，成为一个出色的劳动力。她长得相当漂亮，然而同她的小兄弟一样，不像母亲而像父亲：脸上有一条特殊的皱纹，非常触目，损害了她的美貌。她不喜欢雅科夫。……自从雅科夫在童年时代亲眼或在梦中看见人鱼在水湾里的芦苇中梳头发之后，就有另一个女人的姿态蟠踞在他心中，常常在他的睡梦中出现。……他过着二重的生活：在睡梦中“她”来陪伴他；在醒着的时候他认为她是寒热鬼，是妖精，总有一天会来取他的灵魂。……

我竭力替他驱除这种恐怖心理，说世界上根本没有寒热鬼这种女人；他只是做梦看到而已。……又说疟疾是一种普通的病，是很容易用药来治疗的。我帮助他躺下，向他预言了蓖麻油即将发生的作用，就走到屋子那一头老婆婆那里去。……她已经听见我们的谈话；我在她一旁坐下之后，她就说：

“符拉季米尔，你刚才说没有寒热鬼，……这句话不对。……我告诉你：不单是雅科夫一个人，我们大家都听见的。……”

“你们怎么会听见她呢?”我略带懊恼地问。

“我们听见狗叫了一阵又一阵。它一面叫，一面又明明在害怕；

尖声怪气地叫了一阵，就躲进屋子底下去了。后来她把篱笆门打开，走进院子来，……扶梯在她脚底下轧吱轧吱地响。……”

她那双大眼睛一动不动地盯住我看，然而她的声音很平稳，仿佛谈的是极普通的事情。……

“后来，你听我说，门呀的一声开了，她走进屋子里。……后来爬到高板床上，躺在雅科夫旁边了。……”

“得了吧，你讲的是什么话呀！……”我不禁喊了起来。

“千真万确！老天爷作证。后来我们听见他在吻她。……我们还试过把门锁上。……可是锁上也没有用，她照样能进来。看起来好像连人影儿都没有，可是听得见。……随便你问哪一个，我们全都听见的。喏，你去问老头儿吧。”

这时候叶菲姆从炉炕上爬下来，走到我们这里。他脸上那种使我吃惊的沮丧而痛苦的表情，现在更加明显了。一双深蓝色的孩子气的眼睛带着天真而动人的悲哀神色向我看。

“真的，”他证明，“我也觉察到。……不单是我一个人，全家人都知道这件事。……”

我只能作这样的猜想：这一家人所体验到的是我们书本里所谓的集体幻觉。然而，怎样才可以向他们解释：这不过是一种普通的错觉，实际上卡马河上的黑松林——即使此刻也在因风吟啸——并没有派它的致命的使者到他们家里来。……

这时候雅科夫蠢动一下，从木炕上坐了起来。老婆婆连忙赶上前去，搀住他的手臂，两个人一同出去了。我心里很高兴，这显然是我的蓖麻油发生作用了。……我想：这简单而平凡的药方的力量，也许会战胜纠缠着这所林中住屋的阴气沉沉的幽灵。

过了一会儿，两个人都回来了。雅科夫在屋角里自己的木炕上坐下，老婆婆走过来坐在我旁边。她的样子显然很高兴。

“他吃了药似乎觉得好些了。”她说着，用感谢的眼光看我。

“就会好全的，”我说，“不过你们为什么把他的床铺安排在角落里？高板床上又宽敞，又暖和。……”

她把身子凑近我来，低声说：

“我们特为这样安排的。……在这里，那个鬼东西没有地方好躺。……木炕[①]是很窄的。”

子女们一个个回进屋里来。阿列娜也喂好牲口回来了。我走近雅科夫身旁，摸摸他的头，觉得热度已经降低。……

他们安排了晚餐。屋子里仿佛换了一种气氛，大家都快活起来。雅科夫要求吃东西。老婆婆倒了些克瓦斯给他，又在一只碗里研起洋姜来。

“他喜欢这个。”她说着，用头点点雅科夫。

“慢来，这个不大好，有没有清淡些的东西？”

清淡些的东西一点也没有。这一天是斋戒日。病人就和家里人吃同样的东西。我多少还有点常识，劝病人少吃点东西；然而……恐怕任何一个医生都会说：我应该在病人饮食方面作更严格的规定。我再重复说一遍：我对医药完全是外行。

晚饭还没有吃完，听见卡马河上有铃铛的声音。这声音有时随风飘来，有时又静息了。老婆婆倾听一下，说：

“这是法齐卡在那里游荡。……听说他吃喝玩乐了三天了。”她脸上表示出担忧的神色。

“瞧，转向我们这边来了。”

病人皱起眉头。……显然他和全家的人都不喜欢法齐卡来访。橇车分明已经掉转了方向，铃铛的声音越来越清楚，橇车驶到门口的坡上来了。……

---

① 农舍中固着在墙上的坐卧用的长凳，宽度只能容一人躺卧，但很长，可连卧数人。——译者注

后来听见一阵嘈杂的说话声和脚步声。一伙人走上阶梯来了。门一开，闯进三个汉子来。走在前面的是一个身穿翻皮袄的矮壮汉子。这便是吃喝玩乐了三天的法齐卡。跟在他后面的就是涅塞茨基初次到我那里来时一起同来的那个没有鼻子的汉子。第三个人我不认识。三个人都喝醉了。

法齐卡没有忘记划十字，他不脱衣服，在离开桌子约三步的地方站定了，用嘲笑的眼光看看雅科夫和他家里的人。

“怎么样，老兄，她把你制服了吧？……”

雅科夫仿佛受了一下打击似的皱一皱眉头，显出懊恼的样子说：

“别提这个！……”

“干吗别提？……”法齐卡粗鲁地哈哈大笑起来。“雅科夫，你眼看着身体衰弱了。她制服了你，你对付不了她。……你看我：吃喝玩乐了三天，我对她还是不屈服。我不怕她，她倒反而怕我。……瞧我多厉害!”

他的确身体很棒，与其说是一个人，不如说像一只熊。我想起了：以前人们对我谈林妖和别的鬼怪的时候，也提到过这个法齐卡；据说也有一个寒热鬼常常到他那里去，装作他的已经故世的妻子的模样，要他和她同居。他很爱他的亡妻，她也很爱他。妻子死后他老是念念不忘。那寒热鬼就装成妻子的模样每天晚上到他那里去。……可是他对她并不屈服。法齐卡看到了我，大笑几声，吹了一声口哨，说：

“远来客人，你也在这里！唉，雅科夫，你完蛋了。……既然是你自己屈服，远来客人也就救不了你。”

“喂，”我对他说，“你下次再来吧。你瞧，他在生病，不能招待客人。”

“你要赶走我！……”法齐卡说过之后又哈哈大笑起来，“好，就听你的话。伙伴们，我们到别处欢迎我们的地方去吧！瞧，烧酒还没有喝完呢。再见吧，莫洛斯奈家的小子们！……”

这一伙人一齐从屋子里走了出去，不久，铃铛声就在卡马河上消失了。这天晚上我留在他们家里过夜。

“符拉季米尔，你睡在我旁边吧。……你把被褥铺在这里的木炕上。”雅科夫说着，指一指他的铺位后面。我知道了：他以为寒热鬼看见远来客人会害怕的。大家就寝之后，我听见老婆婆对阿列娜说：

“你听见他说吗：这不是寒热鬼，是梦魇。”阿列娜悲哀地用含糊的声音回答了她些什么。也许梦魇在她看来并不比寒热鬼好些。我半夜里醒来，倾听一下，雅科夫是睡着的，他的呼吸很平稳。这一夜寒热鬼没有来。

第二天早上，我们这屋子里的气氛完全明朗化了。雅科夫的热度显著地降低。他分明精神振作了，大家也都跟着他精神振作起来。我现在想想觉得很奇怪：昨天连我也在一定程度上受到了大家的共同情绪的感染，觉得情况非常可怕。当然，他们所感到的，对他们来说确是一种威胁。他们同小孩子一样，怕黑暗，怕树林的啸声，怕自己想象出来的幻影。然而事实上，我显然也夸大了他们所想象的这些幻影的作用。我现在倒又嘲笑起寒热鬼来了。我说：你们看，一点点药就把你们的寒热鬼赶走了。雅科夫是在梦里看见她的。一个人做梦是常有的事。你们却信以为真，觉得可怕了。

他们带着怀疑的微笑听我说这些话，就像以前人们听我嘲笑林妖时一样。他们坚决相信他们自己的一套，如同我坚决相信我自己的一套那样。对我们来说，这是两种相反的明显事实。照他们的见解，是寒热鬼“怕”我和我的药。我仿佛是一个光明的保佑者，能够驱除森林中的鬼怪。全家的人都带着感谢和尊敬的神情看我。……

直到现在我还深深地感到遗憾：我没有留在他们家里等到雅科夫完全复元才走。然而，我跟叶菲姆一起动身到这里来的时候，还有未了的工作和刚刚开始写的一封信丢在家里。我知道不久就会有便人带信到格拉佐夫，所以不肯放过这机会。我就向他们要一匹小马，准备回家去几个钟头。老婆婆抬起她那双黑眼睛来对我一看，但她听见我说在晚上以前回来，就安心了。可见他们还是很害怕。可惜我已经一点也不害怕，我想起了昨天的担心觉得有些害臊。因此我说了些俏皮话，跨上小马就回去了。这是雅科夫心爱的一匹小马。

早上天色明亮。暴风雪似乎静息了，然而天气还是靠不住。我沿着卡马河走的时候，松林中时常发出一阵阵呼啸声；河流转弯的地方，一阵风吹来，以前刮暴风雪时堆积着的雪，有几处飞扬起来。风越来越猛。我回到加甫略家里，全家的人惊惶地向我探问；听到了平安的消息，显然大家都很高兴。

时候还早。我完成了工作，然后动手写信。我在这封信里用诙谐的口气描述：客观环境怎样使我变成了一个医生；我怎样感到自己对此道是一个毫无能力的外行。又说：我现在看到，极简单的医药常识具有多么重大的意义；我很惋惜我在这方面毫无知识。

我将要写完信的时候，加甫略从院子里走进来，脸上略带惊惶之色，对我说：

“符拉季米尔，你听我说：雅科夫那匹小马在牲畜栏里乱窜。会不会是它觉得它的主人有什么不好？”

我走到外面。暴风雪厉害起来了，听了树林的啸声便可知道。附近的小树林发出各种各样的吱吱声，卡马河对岸的松林传来冗长而低钝的啸声，仿佛是这些吱吱声的背景。我去看看那匹小马。它仰起头，竖起耳朵，鼻孔里喷着气，用恐怖的眼色向前面看。有时它翘起了尾巴，在这不很大的牲畜栏里兜圈子。显然是暴风雪惊扰了它，又因为它离开了熟悉的同伴们而来到这陌生地方，不免感到不安。

我检查了一下挡住牲畜出口处的几根杆子，就回到屋里来结束了我的信。然后把信封好，交给加甫略，托他等信差来的时候交给他。——这信差前几天从乡里带了一个指令经过这里，到远处的几户人家去，不久就会回来的。这时候有一个小伙子从院子里走进来，说：

“小马逃走了。它跳过大门，飞奔着去了。……只见它后面扬起白茫茫的一片。”

加甫略和露开丽亚担心起来：

“啊哟，它的主人不好了。这不是无缘无故的：这样高的地方它竟跳了过去！……”

我跑到门口的坡上。……暴风雪更加剧烈了。但见老河那边的平原上闪现着一个黑点。这是雅科夫那匹小马正在向卡马河方面跑去。我回到屋子里，匆匆穿上衣服，也向这条路走去。我记起了昨天的克瓦斯和洋姜；今天我因为安心了，也许过分大意了，在饮食节制方面竟没有特别关照，现在想想觉得很后悔。

我将要走的时候加甫略对我说：“等一会儿，等巴维尔哥的车子载干草回来，叫他载你去。……”但是我不愿意等。天色向晚，风雪载途，我的心又惊惶不安起来。

“去吧，好符拉季米尔，去吧，”露开丽亚也在一旁怂恿我，“巴维尔哥还不知道什么时候回来呢；我心里觉得事情很不妙啊。……”

从这里到莫洛斯奈家约有三俄里光景。这一段路程差不多全是走在结冰的卡马河上，两边是陡峭的河岸，有时是两座森林。迷失路途是不可能的，然而这条路上堆满了雪，走路的时候积雪没到膝盖骨上，而且面对着猛烈的风。我有时站定了，转过身子来，把背脊向着风雪，让面孔和手稍微暖一暖。天色向晚了。松林的阴惨的啸声影响着我的心情。

我走到莫洛斯奈家时天色已经深黑，他家的两所屋子在漫天大雪中不大看得清楚。忽然我望见山上有火光在移动。一束束的松明被风吹着，散出许多火花来。有几个人从屋子里出来，走向一间傍屋里去。我猜测这一定是病人要洗澡，他们到浴室里去替他生火。他的病究竟怎么样？已经好些了呢，还是由于我的药物无效，他们正在采用自己惯用的办法？

我加紧脚步，不久就走进了屋子。……但见白发苍苍的叶菲姆垂头丧气地坐在木炕上。我问他情况，他回答说："他们带雅科夫到浴室里去了；他今天午饭之后病重起来，又是浑身发烧，胡言乱语，一直同她说话。他威吓她：如果再缠住他，就要把她斩了。……你瞧，他自己挂起了一把镰刀。"

我看见雅科夫床头有缝隙的墙壁上，挂着一把短柄镰刀，就是森林中和沼泽地带的居民所用的那种。此外，就在这墙壁上不远的地方，挂着一把普通镰刀和一把割草刀。在稍远的地方，还有好几处矗立着各种类似的器械。显然是全家的人准备在今天夜里对寒热鬼发动一次总攻击。

"你们给雅科夫吃了些什么？"我问。

"给他吃什么！……他完全同健康人一样了。只管要吃。他说'我想吃得厉害'。老太婆给他倒克瓦斯，把面包弄碎了放在里面，再放些洋姜。……他最喜欢克瓦斯冲洋姜。一下子吃了三碗。可是到了傍晚，病又发作，比昨天还厉害。"

我的心沉了下去。要替自己辩解，只能再说一遍：在我们家里，看护病人是极少有的事，我是惯于对付健康体格的。

总而言之，昨天服用的药的良好结果已经化为乌有。而另外没有药可用了。

台阶上发出杂乱的脚步声，后来是一片喧哗声，其中特别清楚地传来一个男人的一声发狂似的长啸。我一时听不出这是雅科夫的声音，因为这好像是一只吓破了胆的巨兽的叫嗥声，其中夹着疯狂似的诅咒声和威吓声。女人们和两个患疝气病的儿子一齐用力，把雅科夫拖进屋子里，安置在他的床上了。他翻来覆去，打着哆嗦，咬着嘴唇。……

我走近他去，大声地同他打招呼。他不自觉地看看我，然而显然还是认出了我。他抓住我的手，把它紧紧地贴在自己胸前，嘴里喃喃地说了些听不懂的话。我在这些含糊的话中只听出两个字："别让……别让……"

他似乎渐渐地安静下来了。痉挛的动作停息了。他的头安放在枕头上，眼睛有时闭上，有时向四周转来转去。在屋子的那一头，炉炕旁边点着松明，从这里望去，这半间屋子形成了一个明亮的背景。

突然雅科夫放开了我的手，跳将起来。

"喏，她来了，来找我了！……"他用惊慌而粗暴的声音叫喊。

我不由得回头一看，吓了一跳。我背后站着一个女人，明亮的背景上清楚地显出她的轮廓。我一时没有认出来，原来这是阿列娜，是刚才悄悄地走近床前来的。老婆婆也赶到儿子床边来了。

"你怎么啦，你怎么啦！连自己的老婆也不认识了？……"

然而雅科夫的眼睛完全不正常了。他显然已经神志不清，整个儿被支配着他的那个形象所占有了。他的面孔变了相。眼睛恍恍惚惚地左顾右盼，一闪一闪地泛着眼白。他猛力地跳了起来之后，就伸手去拿镰刀，但我立刻双手按住他的肩膀，把他按倒在枕头上，努力使他保持这状态。

"我要砍……我要斩……"他咬紧了牙齿喃喃地说。……

我用尽平生之力按住他，因为我知道：如果让这疯狂的人拿到了镰刀，可能会闯出祸来。我们两人之间就展开搏斗。我一直用力按住他的肩膀，不让他坐起来。他两手向四下里摸索，拼命想从墙上拿下一把镰刀来。我想叫人来把镰刀拿去；然而回头一看，发现我已经置身于一群疯子的中心：屋子里仿佛在举行恶魔夜会。全家的人，尤其是女人，都抓住了预先挂在墙上的器械，疯狂似的挥舞着，希望打死那个无形的“寒热鬼”。连那个小姑娘也脸色发青，疯狂地闪着一双黑眼睛，挥着镰刀，在屋子中央乱转。只有老母亲显然没有丧失理智，还能够思考。我看见她站在我身旁，手里也拿着一把很大的割草刀，在空中乱砍，打算等寒热鬼来袭击雅科夫的时候把她砍伤。她的脸色悲哀，然而很镇静，仿佛正在集中注意力做一件困难的工作。老头儿束手无策地坐在木炕上，两个患疝气病的儿子躲到炉炕旁边的角落里去了。

我居然完全制服了雅科夫，我觉得我已经能够使他不再起来。他的眼色现在似乎驯服了些，呆滞不动了。……

“她来了，她来了！……”

叶菲姆的妻子认真而悲切地叫了起来，接着就用割草刀在雅科夫脚边的空中乱挥乱砍。阿列娜跑过来帮助她，脸上带着凶狠的表情。

“你们怎么啦？都发疯了！”我喊起来，“你们看，病人已经安静下来了。”

“啊哟，符拉季米尔，你没有瞧见吗？”我头上响起了老母亲的悲哀的声音。

我仔细地看一看雅科夫的脸，一阵战栗通过了我的全身。他的眼睛带着困疲和绝望的奇怪表情凝视着空中。他的全身在我的两手之下有节奏地动着，胸中也呼出有节奏的断断续续的气息来。……他像是一个为爱情而销魂的人。

我照旧慌张地按住他的肩膀，我注意到他的衬衫已经完全湿透了。他又动了几次，越来越没有气力了。……

“瞧，他已经好些了。”我说。

“完蛋了！”他的母亲说。

她说什么？……不会的。我想这是疯话；然而过了不久，我觉得雅科夫的发烧的身体，开始在我手中冷却下来。他的面孔异样地、迅速地沉静下去了；过了不多时，好像有人在他身上罩上了一层完全静止的帷幕。……我握住他的手，这只手是冷冰冰的。……

阿列娜号啕大哭起来。

我还不能从我所经历的噩梦中苏醒过来，迫切地渴望到外面去吸些新鲜空气。我就这样不加外衣走出屋子去了。

暴风云似乎已经静息，然而附近的树木还是咝咝地响，松林还在呼啸。这些声音有时强大起来，交织起来，融合成一片杂乱而急促的喧噪声，有时狷狂跋扈地飞向远处。我觉得荒僻的森林中充满着特殊的生命，而在暴风雪的话语里，我无意中听出了幸灾乐祸的口吻。……昨天我还无忧无虑地庆祝我对森林鬼怪的胜利；现在我打了一个寒噤，觉得自己软弱无力了。我走进屋子，看到已被大家公认的死亡的场面：雅科夫一动不动地躺着，两手握住一个不很大的圣像。老婆婆正在替他梳理头发，她的眼色同平时一样悲哀，仿佛过去这种表情只是对这个时刻的预感。……叶菲姆的头垂得更加低了，仿佛又新加了一层重压。阿列娜在高板床上数落着大哭，好像一只受伤并吓坏了的动物。两个患痂气病的儿子互相抱住了站在屋子中央，摇来摆去，拖长了声音号哭。……

老婆婆叫他们不要哭了，派其中的一个到邻近人家去叫人，因为必须在尸体发僵以前替他沐浴。然而这小伙子害怕得尖声叫喊起来，他不肯一个人去。结果只得派两个人一起去，路程约有一俄里或一俄里半。两个患痂气病的儿子穿上衣服出去了。过了半个钟头他们回来了，但并没有别人同来，因为“他们说：害怕”。老婆婆低低地垂下了头。……我懂得了：照邻人们的看法，雅科夫是在夜里被妖精拖走的。……也许这可怜的母亲自己也是这样想法。……

过了一会儿，门轻轻地打开了一点，出现了李宗科夫的巨大而阴沉的头颅。他谨慎地向屋子里张望一下，看见了我，就一直走到我坐着的地方，在我身边坐下。这时候屋子里肃静无声。老婆婆爬到老头儿的炉炕上去了，那里就发出一种声音来，好像一只大鸟的哼叫声。这是老头儿的哭声。老婆婆说了些什么话，大概是在安慰他。阿列娜不时地数落着号哭几声，那个小姑娘在睡梦中啜泣。

我和李宗科夫守着燃点着的松明，不让熄灭，一面悄悄地谈着话。他全身显示出苦闷阴郁的样子，凑近我耳朵边来，用低钝的声音轻轻地说：

“打回来了，准是这样。……”

“什么打回来了？”我问。

“风媒病呀。……你难道不知道？邻人们就是为此不肯来呀。……雅科夫——其实我不该说这话——生前是一个巫师。能够借风力把寒热鬼往别人身上赶。……可是，看来是钉头碰上了铁头。那家伙也是一个巫师，会把寒热鬼打回来；这一下寒热鬼就缠住了他，把他拉了去。……”

“李宗科夫，”我懊恼地说，“你好像一向是不相信神道的，甚至还敢用渎神的话来骂人。……”

“我现在也敢骂。……你以为我害怕了吗？”

“不，我不是要你骂。不过这是怎么搞的：你不相信神道，却相信巫术和鬼怪。……”

“我并没有……是人家这样说。……我——哪里……”

早上，明净的太阳升起来了。阳光通过暴风雪带来的雾凇和雪，愉快地照进莫洛斯奈家的屋子里。夜间的恐怖消散了。邻近人家的一群青年妇女走进屋子来。

我觉得自己在这里是一个无用的多余人了，就想回去。然而当我表示这意思的时候，刚来的妇女之中有一个最活泼伶俐的少女走过我身旁，低声说：“喂，你别走，到了夜里我们会害怕的。”

我又在这里住了一夜。到了下一天，我回绝了送葬和谢宾酒，离开了莫洛斯奈家，仿佛打了可耻的败仗而离开战场一样。……

12
日常生活。 分娩。 原始而不稳定的德行

这件事过去之后，白桦屯的生活照常进行。就是在加甫略家里，女婿的死也并没有引起显著的变化和忧伤。阿列娜是出嫁的女儿，须得由她来和莫洛斯奈家分担忧患。白桦屯里死了一个人，倒了一户人家，如此而已。

加甫略和巴维尔哥开始准备运载工作了。他们为此而制备一辆橇车，就在屋里的炉子上蒸白桦木，弯滑木和马轭，削呀，刨呀，砍呀。男人们看见我津津有味地看他们工作，就在我面前夸耀本领；而露开丽亚简直面有喜色了。然而我觉得别人家这工作在秋天早已做好，现在橇车应该已经装配好并晾干了。不过这话我没有说出来。

白桦屯的居民们组织了整整一列载重车队，准备动身到科斯特罗马省的布依城[①]去。押送我和弟弟到格拉佐夫去的宪兵之中有一个人，有一次引用了一句本地谚语："布依城和卡杜依城，魔鬼找了三年整，踏破了三双草鞋没处寻。"然而这个"城"毕竟算是附近的一个中心城市，白桦屯的人家都向它集中。每年秋天，居民们装备起运输队来。他们替阿法纳塞夫的"做生意人"运送粮食到布依城，又从那里载回简单的农民生活所需要的各种货物来给他们。运送货物不是立刻可以实行的，起初必须"平雪"，从偏僻的白桦屯一直平到某条通车辆的大道，其间有时经过卡马河的冰封的河面，有时经

① 柯罗连科记错了，应该是：维亚特卡省的卡依城。他在 1879 年 11 月 23 日写给他弟弟伊拉利昂·加拉克齐昂诺维奇的信中说："我们只知道外界有卡依城（种子是运到那里去的）和格拉佐夫城。别的城市连名字也根本没有听到过。"按：科斯特罗马省的布依城离开白桦屯有一千俄里之遥。——原编者注

过森林或者森林中间的旷地；在没有触动过的雪地上平好了道路，然后载着货物二次登程。男人们去了之后，白桦屯里只听见人们纷纷谈论："我们家的人在那边运货运得如何如何。"露开丽亚显然很不放心，我了解她的心情：她恐怕"她家的男人们"会发生和别人不同的情况。在夜里，有时在黎明时候，我听见她悄悄地爬到高板床上的气窗边，把气窗打开，很久地在那里倾听：卡马河上有没有橇车的滑木的响声。有一次，她急急忙忙地摸索着走到我睡的地方，欢喜之余，忍不住把我推醒："我们家的人来了，来了！"我为她的喜悦感到高兴。……我们家的狗愉快地吠叫着。……

住在杜拉涅诺克家的乌兰诺夫斯卡雅，同我以前一样，闹了一个大"笑话"。如今已成为一家之主的拉利冯，现在停止供养自己的义父老杜拉菲了①。

我曾经说过：白桦屯的这个首富是个养子。杜拉菲没有儿子，把一个无依无靠的孤儿收养在家里，抚育成人，替他娶了亲；老妻死后，他就把全部家产交给这养子，希望在尊荣和安逸中度送他的余生。然而这个心地忠厚的老头儿打错了主意：拉利冯的妻子立刻讨厌起丈夫的义父来，强迫他同雇农一样去干活；看见他气力不济，干活干得不好，就表示不满，现在竟停止供养这"寄生虫"了。

这种现象，至少在我们野蛮的远古时代，大概是很普遍的；乌兰诺夫斯卡雅却有机会看到了古老时代的这种很有意思的遗风。我记得这里曾指出和这种遗风有关的一些迷信传说。也许老人们确曾遭到饿死的命运。我的姨父，就是那个大尉，曾经谈到我们西南波列谢地方的一桩古代诉讼案：有一次，有一家人家的儿子们杀死了

---

① 关于杜拉涅诺克父子，卢波夫在他的《维亚特卡档案材料》中说："老头儿杜拉菲（或称陀利菲）和他的儿子拉利冯，在《我的同时代人的故事》中也是改名换姓了的。我们在白桦屯居民名单中可以看到他们原来的姓名：老头儿叫做阿列克塞·马克西莫夫·施梅林（82 岁），和他并写在一起的是保罗·陀罗菲耶维奇·施梅林（40 岁）。"——原编者注

亲生的父亲，为的是他在猎麋鹿的时候没有射中。他们因此而受到了审判。年老的大尉用十分幽默的口气叙述，他们如何天真率直地回答法官的问话："杀死了又怎么样呢？我们杀的是自己的父亲，又不是你的父亲。"我一向认为这件事是一个笑话；然而后来我在《沃伦》报上看到一个老波列谢人的回忆谈，他说：消灭老人的风习曾经长久存在于波列谢的野蛮居民中。这件事在最缓和的形式下进行得像举行仪式一般：大家和老人们告别之后，把他们安置在橇车里，载往密林之中，由命运来随意摆布他们。有几个考古家认为，在符拉季米尔·莫诺玛赫[①]教训儿子们的那番话中，"已经坐在橇车上"这一句便是远古时代这种风习的残余。

在白桦屯，取这形式的这种风习已经没有了，至少我没有看到过。所谓"停止供养"，不是照字面上所示的绝对不给他吃。只是不让老头儿坐在食桌旁，而叫他坐在门槛边的一只小凳上，凶狠的媳妇把吃剩的东西像喂狗一样丢给他吃。至于家酿啤酒，他们绝对不给他喝。必须指出：家酿啤酒是白桦屯居民常用的饮料——没有家酿啤酒的时候就用克瓦斯。他们绝对不喝水。那老头儿已经老得昏瞆了，有一次他在我面前悲哀而惊诧地诉说媳妇一点啤酒也不给他喝。

"她说'你就喝点儿水吧'。你们听见吗？……她叫我喝点水。……水里头是什么东西呀？……"

他说着，像小孩子一般悲伤地啜泣起来，脸上老泪纵横。就像我当初一样，乌兰诺夫斯卡雅不能淡然地忍受这家庭悲剧而不作愤慨的抗议，她常常袒护这老人，十分激昂地表示反对。她指责媳妇和养子，有时把她自己的一罐啤酒让给老人喝。这种袒护是否改善

① 符拉季米尔·符塞伏洛陀维奇·莫诺玛赫（1053—1125），1113年起为基辅大公。他是古代罗斯最初的非宗教作家之一，著有《训子篇》。——译者注

了可怜的老头儿的境况，我现在不能断定了。

有一天夜里，男人们都到某人家去饮酒作乐了，连男孩子都带了去，忽然一个响亮的婴儿的哭声惊醒了我。我清醒过来，看到了这样的景象：有一个女人身上穿着短皮袄，头上裹着头巾，坐在通向炉炕的阶梯上，手里抱着一个婴儿。起初我以为这是别人家的女人，夜里弄错了走到这里来的；然而仔细一看，原来是我们这里的媳妇。她怀着孕，今天夜里生产了。男人们都走开，大概正是为此。他们显然是对我客气，没有叫我走。其实我也可以到别处去宿夜，例如到费多特·拉扎列夫那里去也行；然而我不知道将要发生这件事，而他们照习惯是不应该通知我的。因此，这可怜的女人只得到没有烟囱的浴室里去生产，生出之后，露开丽亚立刻把她带到屋子里来。她坐在阶梯上，怀里抱着婴儿，轻声地呻吟。我在这呻吟中听得出一种由于生活忧患苦痛而显得虚弱困倦的声调。露开丽亚忙碌地奔走，有时跑出去，有时回进屋里来。她在炉子里生起火来，不久就在洗衣盆里替婴儿准备好了洗澡水。我赶紧穿好衣服，走到她那里。

“你家的媳妇看来是生产了。……男人们偏偏都饮酒作乐去了！……我能不能帮助你？”

露开丽亚笑我的天真，她说：

“不，符拉季米尔。……你不懂得我们女人的事。你就是待在这里也是不好的。……你到高板床上去睡觉吧！”

黎明时候，男人们喝醉了酒踉踉跄跄地回来了。加甫略仿佛为了生个孙子而表示欢喜；两个小伙子也显然对于家里发生的事件感到兴味。只有巴维尔哥对于这件事毫不关心。他收拾了马具走进屋子里，他的父亲告诉他，说他自己现在也做父亲了，他若无其事，爬上高板床，只是喃喃地说：

"关我什么事，生了就生了。……"不久高板床上就发出他的鼾声来。

我心中愤慨，在露开丽亚面前不能隐忍。

"别作声，符拉季米尔，别作声。……他还年轻，不懂得。……"她在高板床上传来的气势浩大而变化莫测的鼾声中坦然地说。

这一切情况，当时在我看来都近乎惨剧；然而事实上，这只是自然状态：那个产妇、那个在四面通风的很冷的屋子里洗澡的婴儿，都很健康。这一天产妇躺在炉炕上。两天之内他们还宽容她，但是到了第三天上巴维尔哥就时时叱骂她了：

"干吗老是躺着，你这母猪！……也该起来动动！……"

为了要结束关于白桦屯居民的日常生活的叙述，我必须再讲一件事情，这是一种道德问题，是刑事犯波兰人杨凯维奇给居民们提出的。这件事我还在渡口的小屋里就听人说起。

杨凯维奇这个人，我一共只看到两次。他个子不高，强壮有力，脸型粗大，鼻子肥大，一脸大胡子散乱地挂着。他为了什么事被流放，我不知道。他对当地居民很没有礼貌，毫不掩饰地极度蔑视他们。他是一个相当能干的细木匠，会做很精美的箱子。他替自己做了一只，他所寄住的人家的主人要求他替他也照样地做一只。杨凯维奇答应了。于是两只完全一模一样的箱子就并列在屋里了。

有一次，主人出门到阿法纳塞夫村去，在那里卖了粮食，又收了旧账；满心欢喜，上酒店大喝一通，还带了八十卢布回家。他想把钱放进自己的箱子里，但是醉眼蒙眬，误放在杨凯维奇的箱子里了。据有些人说，杨凯维奇预料到会有弄错的可能性，所以曾经把两只箱子互相交换一下位置。然而谁也不能确实地断定这一点。总而言之，钱放在杨凯维奇的箱子里了。第二天，杨凯维奇比喝醉的主人起得早，看到了自己的“幸运”，立刻带着自己的箱子迁居到别的人家去了。主人发见损失了钱，声张起来；可是杨凯维奇决心要享受“自己的幸运”。他不否认主人的弄错，然而坚决主张：凡是落入他箱子里的东西，“按法律”是属于他所有的。这件事闹到了地方当局那里。区警察局长下令抄查杨凯维奇的物件，要把钱取回。然而抄不出钱来。

我第一次看到杨凯维奇是在加甫略家里。村长雅科夫·莫洛斯奈当时也在场。当我走进屋子去的时候，杨凯维奇、加甫略、村长和另外两个居民正坐在桌子旁边的木炕上，谈论刚刚过去不久的抄查事件。杨凯维奇公然地嘲笑村长和几个见证人。

“聪明人藏的东西，傻瓜哪里找得到！”他说，“你要知道我把这笔钱藏在什么地方吗？……喏，在这里！”

他指一指靴统上部的薄皮里子。

“你们都是傻瓜，笨蛋，连真正的长统靴都没有看见过，你们哪里会猜得到？……哈哈哈。……”

村长用他的若有所思的暗淡的眼光看看他，别的人表示吃惊，然而我没有看见任何一个人表示愤慨，至少在杨凯维奇面前没有表示。

杨凯维奇去了之后，居民们就抱怨流放犯们，咒骂杨凯维奇。……在一旁听他们议论的露开丽亚插嘴说：

“喂，你们听我说。……你，符拉季米尔，你来评评他们这件事看。”

她就详细地把这桩导致抄查的事件讲给我听。

“现在请你说说：难道是他偷了这些钱？是吉莫哈自己放进他箱子里去的呀。……”

我同往常一样，喜欢露开丽亚出来干预。这位公正的妇人显然体会到：责备杨凯维奇的人们假如自己碰到这种情况，也未见得不是这样做。……然而问题总还是一个问题，我就对露开丽亚说：

“你听我说，露开丽亚，……杨凯维奇明明知道这钱不是他的，而是吉莫哈的，对吗？”

“嗯，他知道的。……不过既然是那个人自己把钱放进去的……”

“那又有什么关系！比方说：你在走路，我走在你后面，我看见你衣袋里掉下一个钱包来。……我捡了它。……那么照你的说法，你没有看见我捡，就不能向我要……”

露开丽亚和其他的人都怀着兴味听我叙述这段假设的情节。当我说出最后一句话的时候，露开丽亚立刻打断了我的话头：

“难道你还给我吗？……符拉季米尔，你在瞎吹！……”

她这句话表示出一种坚定不移的信念。我在别的人脸上看出，他们都具有和露开丽亚同样的信念。在所有的居民看来，我显然是在标榜（即所谓瞎吹）一种不可能的、完全超过预计的德行，这种德行是谁都不能相信的。在露开丽亚却还有她的真诚和对“远方人”的公正的袒护，她认为这个人只是做了当地所有的居民都可能做的事。……

我们总认为这种荒僻地方具有最起码的一般德行。我起初也是这样想，因为我看见——举一个例来说——这里的人家全家出门时都不锁门，最多在门外拄一根棍子，表示主人不在家。我当时以为：这里的人连“盗窃”是怎么回事都不知道。然而我这种想法也错了。后来我发现在贫乏的白桦屯语言中有不少表示“盗窃”这概念的动词，这才大吃一惊。这些动词现在我大都已经忘记，只记得两个在别地方听不到的动词，即“сбондить”和“сбостить”，这两个动词在这里却常常听到。总之，这种原始道德要指望其巩固，是不可能的。这是一种可能倒向任何一边的不稳定的道德均衡的奇怪现象。……

杨凯维奇这件事的下文颇不平凡：终于从远处的行政当局来了一道命令，要逮捕流放犯杨凯维奇，把他押送到城里去。白桦屯从此就不见杨凯维奇的影踪了。我在即将离开白桦屯的时候，突然收到杨凯维奇一封信。另一个流放犯在格拉佐夫坐了一年多监牢，刚从那里回来，杨凯维奇就托他带这封信给我。信送到的时候我恰巧不在家。

这封信很简短，写着："有几个人将把我的钱送交你，送到时请你代为保存，等我来取。"我起初摸不着头脑，后来才懂得了：杨凯维奇为了避免再次受到抄查，把他所偷得的钱分别寄存在好几个受人尊敬的居民那里，现在要求他们把钱送交我，他算是看得起我，相信我不会吞没他的钱。

这样一来，我就要变成一个赃物保存者了，这是我无论如何也想不到的。

过了一些时候，有一个女人到我这里来，要求我把她所收到的一封信念给她听。收到信这种事，在白桦屯是从来没有的；而能够念信的，除了我之外没有别人。这封信的笔迹和我所收到的信一样，信里写着："我托你保存的钱，请交给某某（即我的名字）。"过了两三天，又有几个人拿着同样的信到我这里来。这些人大都是很殷实的居民，有两个人是以前两个村长的寡妇，总之，都是杨凯维奇认为可靠的人。我怀着兴味研究这些信。原来这些存款的总数，大致和他所偷得的数目相符。然而杨凯维奇失算了：居民们享用自己的幸运的本领不比他差。每次当我念完了信之后，收信人脸上总是显出惊讶之色，说：

"这个人写些什么呀！……哪里有钱？……我不知道。……"

没有一个人肯把杨凯维奇的存款交给我。……

露开丽亚公正地袒护"远方人"，显然是有根据的。

13

远方生活的反响。 沙皇登基纪念日。 我如何得悉尼古拉铁路上的爆炸事件。 白桦屯的报纸

在一个晴明而寒冷的日子，读者已经认识的那个比塞罗沃乡长来到我们这里。这就是在渡口的小屋里想要恐吓我的那个人。读者一定记得：此后我们之间的关系改善了，他就拼命留我住在比塞罗沃。这个人年纪还轻，看来并不蠢，也不凶狠。他对“巡官老爷”杜拉菲·伊凡诺维奇的亲近还没有使他受到损害，居民对他的印象不坏。波普拉甫斯基也说他好。现在他为了某些事情到这里来，也许是和村长的死有关；同时带给我一叠报纸和几封信。

我很高兴，殷勤地接待了这位乡长。

“加甫略，我们拿出茶炊来，请乡长喝茶吧，”我愉快地对加甫略说。加甫略立刻奔走张罗起来。每逢乡里的信差送信件给我时，我一定请他喝茶，这种他们从来不曾见过的款待（放糖的茶），似乎可以报答这小伙子在荒路上徒步六十俄里之劳。加甫略也喜欢这种机会，因为这时候我一定也招待他。他已经会对付我那把洋铁茶炊，不过有时从搁架上拿下来的时候忘记了自己“胳膊抬不起来”。

这一次乡长的样子有点特别。他脱下了使他迥异于别的比塞罗沃人的那件庞大的熊皮大衣，向圣像划了十字，跟我们打过招呼之后，就模仿巡官的样子，神气活现地伸展了四肢在桌子边坐下来，说：

“喂，符拉季米尔，现在你们这些人都在我手底下了。……”

我困惑地对他看看，他就坐在那里装腔作势，表示我“在他手底下”的样子。

他把四肢更加伸展些，傲慢地说：

“巡官老爷杜拉菲·伊凡诺维奇到区警察局长那里去了，或许还要到格拉佐夫去，所以他把权柄交给我。现在我是你们的代理巡官了。”

我觉得这个年轻的乡长又需要一次小小的教训了。

“加甫略，”我说，“茶炊不要了，你仍旧把它放在搁架上吧。……”

加甫略拿着茶炊在屋子中央站定，茫然若失地看看我，又看看乡长。乡长也有点茫然若失。

“我以为，”我解释道，“你是自己来看我，不是代巡官来。巡官来我是不请喝茶的。……”

这人并不傻，他懂得了。

“你见怪了吗？”他说，“我是说着玩的啊！……”

“啊，既然是说着玩的，那又是一回事了。我也是说着玩的。加甫略，加水吧！……”

我们互相开的这一场小小的玩笑，发生了极良好的作用：坐在我眼前的又是一个天真的比塞罗沃人，说话纯朴而有理了。他告诉我，说巡官是区里特地叫去的，他去的时候说，也许还要到格拉佐夫的县警察局长那里去。为了不给加甫略听见，他凑近我耳朵边来，继续说：

“长官们会问起你的情况。……他在他们面前大概会胡诌一番。……他们都对你不满意。……”

他看见我对杜拉菲的眷顾满不在乎，就转向别的话题，讲列伐晓夫新近的勾当给我听。列伐晓夫就是父亲要他流放的那个贵族，我以前已经说起过了。这个列伐晓夫曾经坐了公家马车游遍全乡，每到一个驿站，拿出宫廷茶叶供应者波波夫兄弟的印着国徽的广告来冒充证件。

现在我从乡长那里知道：列伐晓夫同以前住在白桦屯的政治流放犯米哈伊尔·波波夫打起官司来了。他控告他侮辱贵族身份，见证人中有我的名字。……果然，在装着乡里带给我的信件的公文夹里，有一张给我的传票，要我于某日到调解法官室去。我明白了：贵族列伐晓夫是故意弄出这开玩笑的事件来的，这样可使我也有机会坐公家马车到乡里去和朋友们见见面。那时候我对这一类事情态度很严肃，并不以获得这种机会为幸。……而在审理的日期来到以前，我的命运起了变化，我也就不能享受贵族列伐晓夫托福公家马车夫的惠赐了。然而我还是认识了那位新的政治流放犯米哈伊尔·巴甫洛维奇·波波夫[①]，因为他和波普拉甫斯基两人偷偷地从比塞罗沃来到这里，我们就在乌兰诺夫斯卡雅那里相见。

乡长把比塞罗沃的新闻告诉我之后，就去了。但是他带给我的报纸，却报导了另一个广大世界的许多新闻。这些报纸里充满了对于即将来临的亚历山大二世登基二十五周年纪念的反响。照例有几个流放犯聚集在我这里，听我读报，这时候发生了一场关于俄罗斯政府机构的有趣的谈话。“沙皇服务”二十五周年纪念在民间引起了热烈的议论：亚历山大二世将要继续做沙皇呢，还是不被批准“继续服务”，而要把王位让给继承人？这种话我在格拉佐夫时就已听见过。有一个秋天，我坐在契普察河岸上钓鱼。有一个俄语说得相当好的沃恰克人走近我来，把我当作博学老练的人而向我提出一个问题：“我们的沙皇当选后任期几年？”我听到这问题大为惊诧，回答他说：我们的沙皇不是像他们的村长那么选举出来的，他是世袭的，一直“服务”到寿终；他死后，把王位让给儿子，也是不通过选举的。这些议论显然和这周年纪念的反响有关，而且其中恐怕蕴藏着

① 不是米哈伊尔·巴甫洛维奇，而是米哈伊尔·尼古拉耶维奇。这个人为了柯罗连科这里所说的擅自来到白桦屯访晤乌兰诺夫斯卡雅，曾经坐监牢。——原编者注

对这位“解放者”不满意的萌芽。现在，我在这荒僻的白桦屯又听到同样的议论：沙皇是否“继续服务”？这问题是桑尼科夫提出的，库兹明热烈地响应。大家都希望亚历山大退位，把国事交给更年轻的继承人。这时候我又指出：我们君主政体是世袭的，沙皇根本没有任期；岂知连学识相当丰富而有头脑的涅塞茨基也不同意我的话。他凭着过去当军人的权威，坚决地声称：我的看法是错误的。他说沙皇的任期也是被“批准”的，亚历山大二世按照尼古拉制度就任，即任期二十五年；而他的继承人则按照新制度就任，即任期八年。……八年之后怎么样呢？八年之后可以批准他，也可以不批准他。这种见解占了绝对的优势。我就问他：那么我们之中由谁来批准或不批准沙皇呢？这一次涅塞茨基的回答就不像刚才那么坚决了，他说这是“参政员老爷们”的事。

过了新年，过了主显节，将近二月了。我们这里一切照旧，但是在中央俄罗斯已经发生了好几桩大事件。其中有一桩，我是在下述的白桦屯所特有的情况下得悉的。

在一个寒冷的晚上，暴风雪很大，老头儿莫洛斯奈到我们这里来。他的儿子死了，在新村长还未选出期间，村长的职务要他担任，这可怜的老头儿顺从地接受了，到每一家人家去传送各种官方命令和村社规则。他走进屋子里，向我们打了招呼，在木炕上坐了一会儿，就准备走了。我想：他大概是经过十字路口弯到这里来取取暖的；但又有点诧异：他和加甫略并没有作亲戚式的谈话。我甚至觉得：加甫略仿佛总是在避免谈到他女儿的近况，只有露开丽亚在空闲时候常常到莫洛斯奈家走走。这一天老头儿和我坐了一会，加甫略竟管自躺在高板床上，并没有爬下来；老头儿临去的时候站定一下，向高板床上说：

“加甫略，你明天要去搬运木条。……”

“哦。要我去，那我就去吧。……”

“你礼拜天去搬运吧。”

老头儿并不再加说明，就走向门口去，然而我叫住了他。我知道“搬运木条”是什么意思：教区的居民们要在阿法纳塞夫村里建造一座小教堂（也许竟是大教堂，现在我记不清了）。木材由整个教区的人来运送。这是一种徭役，白桦屯也不能避免。他们必须运送一定数量的木条，给加甫略也摊派了一根。这徭役不很困难：加甫略只要到阿法纳塞夫村去，在这村子附近砍一根木条，把它运到教堂里去。这一切我都懂得。然而为什么一定要在这个礼拜天运呢？……通常这日子是由运送者自己定的。因此我叫住了老头儿，要求他说明。

“车累米西的神甫吩咐的。……他说你们那里一定得来一个人。……要做祷告。加甫略反正要去运一根木条，就让他去吧。”

对加甫略说来，就是在搬运木条的义务之外又添加了另一个义务：顺便代表白桦屯去参加祈祷。……

“慢来慢来，老人家！”我又拦住了莫洛斯奈。“为了什么事情做祷告呢？”

他在门槛边回过头来，说：

“听说那里……有人射击沙皇，……所以叫我们做祷告。……”莫洛斯奈说过之后就出去了。

这是我第一次听到尼古拉铁路上①用爆炸的方式谋刺亚历山大二世的消息。

在透视法中，近的事物会遮掩远的事物。加甫略的搬运木条和必须在这个礼拜天去搬运这两件事，完全遮蔽了加甫略和老头儿莫洛斯奈的眼睛，使他们对于这桩惊动世界然而遥远的事件不感到

---

① 这爆炸事件于1879年11月19日发生在莫斯科附近，不是在尼古拉铁路上，而是在莫斯科-库尔斯克铁路上离莫斯科二三俄里的地方。——原编者注

兴趣。……

这件事对流放犯，尤其是对农民请愿者，却产生了完全不同的印象。费多特·拉扎列夫、鲍格丹、库兹明、涅塞茨基，以及从阿法纳塞夫村来的桑尼科夫两兄弟，常常到我这里来探听，首都的报纸到了没有。

延迟了很久，报纸终于到了。我的屋子里挤满了流放犯。桑尼科夫家两兄弟挨近我身边，贪婪地看着报纸。我很想知道这两个真正的土著老农对这件事的印象。关于那样冒渎地谋害农民心目中的中流砥柱的那些人，他们不知将说些什么话。终于，我在大家肃静的期待中展开了一张报纸，如果我没有记错的话，这是《杂谈》报。

可惜我现在不可能逐字逐句地回忆起那篇记述行刺的实况和初步侦查经过的访员记事。然而这所挤满了贪婪地倾听的庄稼汉的黑暗的农舍里的一切景象，以及他们的一切见解和片言只语，我当时都记得很清楚，即使到了四十年后的现在，我也能很清楚地看到并听到这一切，仿佛这是不久以前发生的事。

这报纸上记述着：沙皇的火车在开到莫斯科以前，车厢的次序变更了：本来随员们的车厢在前面，沙皇的车厢在中央。将要到莫斯科的时候，变成沙皇走在前面，随员们跟在后面了。爆炸的时候，沙皇已经到达车站，随员们的车厢被爆炸力掀起，横在轨道上了。警察立刻跑到附近一带去侦查。他们跑进小市民苏霍鲁科夫夫妇[1]所住的屋子里。立刻查明：正是在这地方指挥爆炸的。这屋子离开铁路路基不远，围墙上开着一个方形的洞，显然是从这里侦察经过的火车而发出闭合电流的信号的。

---

① 苏霍鲁科夫夫妇的真实姓名是列夫·加尔特曼和索菲雅·彼罗夫斯卡雅（爆炸之后他们两人立刻躲避起来了）。——原编者注

这一切技术上的细节，他们都不大听得懂。但接下去便是记述侦查人员和警察们走进屋子里去的情形；读这一节的时候，我的听众都全神贯注。我读完之后，桑尼科夫兄弟中的一人要求我再读一遍，他蹙紧眉头用心倾听，尽量不放过一点细节。

“‘苏霍鲁科夫家房间里的陈设完全是小市民风的。屋角里圣像面前点着一盏长明灯。……’”

“原来是用上帝的名义，”桑尼科夫家的老兄说，“好，读吧，读下去吧！”

“‘房间里放着一个餐具橱。……餐具橱上坐着一只很大的灰色猫。……’”

桑尼科夫的脸色兴奋起来。

“他们怎么样呢……捉住了它？……”

“捉住谁？”

“捉住那只猫呀。……”

“他们要猫有什么用？……”我惊异地问。

这个白发苍苍的农民脸上显出一种狡狯的表情，说：

“这就是他呀。……他变成了一只猫。……他们没有想到！……这是巫术呀。……”

“桑尼科夫，你怎么了！这件事怎么会有巫术！”

“我告诉你，……准是那样，这件事没有巫术不行！你把讲到圣像的地方再给我念一遍。……”

我满足了他的愿望。

“唉，这一下他可完蛋了！垮了！”

“谁完蛋了？”

“沙皇亚历山大呀。你想哪：他们用上帝的名义来对付他。要对付沙皇，靠鬼怪是绝对不行的。到底是皇上啊！可是这一回既然是用上帝的名义来对付他，那你们瞧着吧，”他对其他的人说，“我敢说：他迟早总要遭殃。……这件事会给我们带来好处。”

这种意想不到的见解使我感到为难，而且为难得很不愉快。我们这班人，都是不赞成俄罗斯革命运动迫于形势而采用的恐怖手段的。这一次我也企图坚持我自己的观点。

“这件事决不会带来什么好处，”我说，“问题不在于这个沙皇或者那个沙皇，却在于这种制度或者那种制度。杀死了一个沙皇，会再来另一个沙皇，而且还不知道是不是比前一个好些。……”

桑尼科夫向我看看。

“另一个沙皇没有告示不能登基。……”

“那又怎么样呢?”

“喏……”于是他引证了那句关于狗和一撮毛的有名的俗语[①]。

“不错，”别的人附和着他，“会有告示，也许会释放我们。……”

这一番话是敬畏神明的老农说出的，和他同样的农民们对他表示同感。读者如果认为农民头脑里这种剧烈的转变是我的“有毒的宣传”所致，那就大错而特错了。在不久以前，桑尼科夫兄弟对沙皇的看法很可能不是这样的：他们认为沙皇也许乐意释放他们，可是长官老爷们却不肯。但这是以前的看法，自从他们听了费多尔·鲍格丹的生动的故事以后，看法可能根本转变了。因为鲍格丹向沙皇当面呈递了请愿书，却落得流放到白桦屯。这是事实，这个事实——而不是某一个人的奸险的议论——在这些农民的头脑里降低了沙皇这名字的魅力。这固然只是一条个别的细流；然而，在无法无天的俄罗斯生活的影响下，当时已经不知有多少这样的细流渗透在人民的意识中了。……用来处理农民事件的行政命令，使人民的思想中越来越多地充满了这一类事实。……

① 这句俗语是：“恶狗身上也能拔到一撮毛。”意思是沙皇无论怎样坏，多少还是能从他那里得到一点好处。——译者注

14
劝我结婚并定居在白桦屯

在这期间，我打算迁居到另一家人家去。加甫略家里有了一只摇篮，常常发出婴儿的哭声，没有以前那么安静了。没有烟囱的屋子里的煤烟也使我讨厌；此外，对于加甫略家的家庭制度我也看得够了。写作的愿望日甚一日地在我心中活跃起来。我以前曾经说起过我的心情的这么一段时期：那时候我决心放弃我的文学意向，因为不久将出现“民间作家”，这些人才是真正的作家，而我们那种“片面文化”只能歪曲文学而已[①]。但现在我又日甚一日地想要亲近纸笔了。空闲的时候，尤其是晚上，我总是坐在桌子旁边。灯架上点着松明；炭火常常掉下来，落在水盆里，发出吱吱声。我就在高板床上传来的鼾声或婴儿的哭声中写作[②]。有时我真希望能够住在不像加甫略家那么嘈杂混乱的地方才好。

不久我就找到了这样的地方。我的新房东叫什么名字，现在记不起了[③]。只知道和他家并列的是瓦西卡·费列诺克家的屋子，我曾经从新居的窗子里替这屋子画过一幅画。这两家的屋子都坐落在离卡马河岸不远的地方。我和加甫略一家友爱地分手。彼得罗凡和

---

① 参看本书第二卷《涅克拉索夫的葬礼和陀思妥耶夫斯基在他墓地上的演说》一节。——原注

② 柯罗连科曾在白桦屯写一篇自传体中篇小说《一个时期》，没有完成，但后来写《我的同时代人的故事》时曾取材于这篇小说。他住在这里的时候也曾为《在白桦屯》这组特写写了些草稿。1880 年他企图把这些特写付印，然而为审查条件所限，当时未能出版。这些特写的内容在《我的同时代人的故事》中也采用了。在柯罗连科的档案中，还保存着一篇小说草稿的开头部分，他显然企图在这篇小说里根据亲身经历的直接印象而描写雅科夫·莫洛斯奈之死。——原编者注

③ 柯罗连科在白桦屯的第二个住处的房东，是农民格利果利·费里波维奇·比塞罗夫。从他的家书中可以知道：他迁居到这人家是在 1880 年 1 月中旬。——原编者注

安德利哥两个小伙子替我驾橇车，我把自己那份简单的“外衣”装在橇车里，就迁居到卡马河岸的人家去了。

这人家很清静，人口不多，给人愉快的印象。家里只有青年夫妇两人、一个年约七岁的男孩子和一个一岁多的小女孩。丈夫是唯一的劳工，非常勤劳。儿子已经略微能够帮助父亲，两个人常常连日在院子里东掏西挖，整理什么或者布置些什么。他不久以前刚刚和他的兄弟调换庄园，把自己从前的小木房搬到了这里，在房子的设备方面还有许多工作要做。他的妻子忙于照料家畜，也常常不在房子里。这时候就只有我和那个小女孩两人在家。她母亲把她放在高板床上，然而女孩子喜欢坐在地上，这小东西在这点上自有她很充分的理由。她常常爬到床沿口，做手势要我抱她下来，我总是高兴地满足她的要求。

原来是这么回事：高板床上的蟑螂要咬她，而且咬得很凶。这屋子里蟑螂多得不可思议。加甫略家里也有许多蟑螂，其实白桦屯到处如此，也许俄国所有的乡村全都如此。然而加甫略家每年冬天都要用寒气冻杀蟑螂，为此我们得搬到夏天住的屋子里去住两个星期，冬天住的屋子里就不生火。蟑螂冷起来，沿着墙壁越爬越高，后来爬到天花板上；为了取暖，挤成了几大堆；后来都冻死了，掉下来落在搁架上、高板床上、木炕上和地上。人们就用扫箒把各处的尸骸扫去。

在我的新居中，不知怎的还没有做这工作（记得他们家似乎还没有另一间屋子），因此蟑螂多得不可思议。这屋子里装了烟囱，很暖和，然而地上还是比较冷。高板床上蟑螂成群结队。这可怜的女孩子睡着了之后，它们从四面八方爬到她的小脸蛋上，攒集在嘴唇角上、眼窝里、耳朵里，翘动着它们的长长的触须，咬她的肉。蟑螂渐渐地退去之后，但见她脸上的表皮一整块一整块地被啃光了，这使得这个可怜的女孩子非常痛苦。我常常赶走它们，然而它们立刻又集拢来。因此这可怜的孩子情愿白天坐在寒冷的地上。她把小手指塞在嘴里，整整几小时地看我坐在窗口小鼓凳上缝靴，或者坐在桌子边写字①。

在这一段时期内，我渐渐习惯于白桦屯的生活了。长官们住得很远，也许已经把我忘记；我盼望着春天来到之后，大家开始干活了，那时候我眼前将会展开这里的生活的新的方面。……已经有人向我建议过，叫我离开这地方，设法从这里通过森林，到自由广大的世间去。然而关于这件事我一时还没有明确地考虑过。……

有一次，米开沙家的几个成年而还未结婚的儿子劝我和费多特去参加农村青年冬季晚会，我同意了。

我和费多特来到的时候，晚会已经开始。一间装了烟囱的宽敞的屋子里，松明点得很亮。墙下的木炕上坐着许多青年男女，大部分是成对的。我们走进屋子里，费多特用一句工人们惯说的笑话来向到会的人致敬，我们也在木炕上坐下来。青年男女们集合起来，挽着手唱歌了，唱的是什么歌，现在我已经忘记。接着大家转起圈子来，一齐用脚踏拍子。这显然就是白桦屯的轮舞。一切都井然有序，庄严郑重，斯文恬静。我记起了乌克兰的舞蹈，心里想：这是“北方的行乐”。唱歌和轮舞结束之后，大家又一对对地坐在原来的地方了。我在人群中间看见了米开沙的女儿菲克露霞②和她的两个成年的哥哥。这两个小伙子都已经有了舞伴，菲克露霞还没有。姑娘们笑着把她推向我们这边来。她就穿过屋子走到我身旁，坐在我身上，吻一吻我的嘴唇。这当然是愉快的事。菲克露

① 在 1880 年 1 月 29 日的家书中，柯罗连科描写他的新居的情况时，附有他自己画的一幅新居内景图。这图刊印在本书第二卷末。——原编者注

② 据卢波夫的记载中说，米开沙的女儿不叫菲克露霞，叫斯捷芳尼达。——原编者注

霞是一个十八岁的姑娘，头发和眉毛像她父亲一样呈淡黄色，面孔圆圆的，相貌很天真，非常可爱。以前我到米开沙家去，有时念书给他们听，菲克露霞总是用心地听，并且对我表示好感。这时候我就同她谈话：

“菲克露霞，我问你，这里有没有你的未婚夫？”

“没有，”她摇摇头说，接着又低下头补说一句，“我不嫁人。……”

“为什么这样呢？……也许你没有中意的人吧？”

她那天真烂漫的眼睛正对着我看看，说：

“我能嫁给你就好了。”

我笑起来。

“你这是什么话，菲克露霞。……嫁给一个流放犯！你爸爸知道了会怎么说呢？”

我认为她这话是开玩笑。原来菲克露霞并不是开玩笑。这以后我第一次访问米开沙家的时候，米开沙就把我叫到一旁，亲切而诚恳地和我谈话。他说他认为我是一个善良而聪明的人。尽管是流放犯，却比有的居民还好。如果我向他提出求婚，他一定把女儿嫁给我。……

我被这暗示的说亲感动了。米开沙家是我常去的地方；我到那里去，目的在于排遣白桦屯的严酷生活所产生的苦闷心情，而每次从那里出来的时候都觉得精神爽快。我可以把这个优秀的农民归入我以前所说的天才火花中。他身上蕴藏着一种不知从哪里来的社会道德的素质，在调解一切争执的时候，他是公认的权威人物。有一次，在我来到以前不久，发生了这样的一件事：有两个村民决定互相交换土地和庄园。这种交换在这地方普遍盛行，读者在那个“出席者”渴望和我交换长统靴的事实中就已见过一例了。至于像交换庄园那样的大事情，在这里有一定的惯例：召集许多户主来，交换者向他们声明其交换的条件，由公众的意见来批准他们的契约。这一次，交换者之中有一个人蛮不讲理，在交易已经成功之后忽然变卦，不想交换了。于是引起了纠纷。到了冬初，新主人要把他在这个不讲理的人的土地上割下来的干草垛运走。这个不讲理的人声称：不许碰这些干草。公众出来干涉，有几个参与这交换事件的居民和新主人一同来到堆干草垛的地方，其中有米开沙。不讲理的人知道了这情况，骑着马带着枪来到这里，站在干草垛旁边，两只眼睛疯狂地闪耀着，对天起誓说，谁第一个碰干草，他就开枪打他。农民们胆怯起来，准备让步了。这时候米开沙挺身而出，泰然地对那个发狂的人说：

“你这傻瓜，伊凡科，傻瓜！……你凭什么吓人。好吧，要是你生来是这么一副脾气，你就开枪吧！……你以为我丢不开这个家吗？谢天谢地！我的两个儿子都会干活，经济充裕；老婆能干，儿女婚嫁的事我都可以放心。……你爱开枪，就开枪吧。”

说着，他就从容不迫地走到干草垛旁边，首先插下干草叉去。他的话起了很大的作用，伊凡科被他的从容沉着的态度所吓倒，茫然不知所措了。于是干草垛被运走，也就是说，公众批准的契约实现了。

前面所说的我和他的那次谈话，发生在一次小小的叙会之后。记不起是为了什么缘由，我们几个流放犯决定庆祝一番，同米开沙商量，要借他家里办酒宴。他满口应允了。参加这一次集会的有我和费多特、农民请愿代表桑尼科夫兄弟、鲍格丹和库兹明，刑事犯有涅塞茨基，此外似乎还有李宗科夫。米开沙一家我们也邀请在内。酒宴主持人是费多特。他显然是依照他们卡卢加地方的仪式来安排酒宴的：有唱歌和祝颂的节目。大家轮流唱歌，祝参加者健康；在唱祝颂歌的末了，费多特又叫大家高呼“万岁”。当第一次一齐呼出的“万岁”声响彻屋子的时候，不料对这户村野人家发生了完全意想不到的作用：全家人恐怖万状，纷纷逃到炉炕上或高板床上去，以为我们这些流放犯就要向他们猛扑过来了。只有米开沙一人照旧留在坐位上，虽然他也略带惊疑恐怖的神色看着我们。等到事情弄清楚之后，大家都笑起来。以后大家轮流唱祝颂歌的时候，主人和主妇也来参加，就不再引起恐怖了。宴会进行得井然有序，从容不迫。大家唱歌，跳舞，喝酒很有节制。起初对我们的集会大感恐怖的米开沙一家，看了这一切状态都觉得很高兴。

记不清就在这天晚上还是过了几天之后，米开沙就和我谈婚事。我们这些人的性情，显然很合米开沙的心意；尤其是不久以前还给白桦屯带来威胁的涅塞茨基竟完全戒绝酗酒而变成了我们团体里的模范人物之后，他对我们更有好感。因此米开沙认为：流放犯中既然有像桑尼科夫兄弟、鲍格丹、库兹明和我那样的人，那么流放犯这个名号并不能成为联姻的障碍。他们家里的人是全都对我有好感的。

我被米开沙这番话所感动，就向他表明，说我深深地感谢他的好意，我非常珍重他的家庭，又说菲克露霞是一个好姑娘；然而这件事行不得。因为我是要回到我的故乡去的。……

“不，老弟，你梦想，”米开沙确信地说，“以前有许多人从远地方流落到我们这里，他们也都说住不长久，可是一住就好几年地住下去了。……难道你能逃跑吗？要是当了逃犯，那日子才苦呢！……”

“不，米开沙，……那些人是另一回事。经过法庭审判而流放的人，是没有期限的。可是像我，像费多特、鲍格丹、桑尼科夫就不同，只要上头换了人，就可能叫我们回去。……那时候我把妻子怎么办呢？……”

米开沙沉思起来。我和这家人后来一直保持着友好关系，直到我的预言实现，俄罗斯的政治潮流又来冲击我这破烂的小舟，把它带出比塞罗沃的森林为止。

15

再度登程。 法律维护者。 我如何得悉皇宫的爆炸事件。 忠君的俄罗斯人民

这件事发生在我和米开沙谈话后不久。有一天夜里，我正沉酣在青春的睡梦中，觉得有一个人在拉扯我。

“起来，符拉季米尔，起来呀。……有人来带你了。”我的房东说。

我睁开眼睛，好一会弄不清楚是怎么回事。屋子里明晃晃地点着松明。桌子旁边站着两个宪兵，都穿行军服装，带着军刀和左轮手枪。我那个小女朋友醒过来，睁大了眼睛恐怖地望着他们。主妇从高板床上走下来，脸上显出严肃而悲哀的神情，在炉子旁边摸摸索索地假装在做什么事。

这两个宪兵原来是从维亚特卡城来的。其中一个显然是“上级”，拿出一项指令来给我看，上面写着：即速押送政治犯某某到省城。这个宪兵看样子已经喝醉，态度放肆而粗暴。

“把你的东西和文件拿出来，我要搜查。”

我看看指令。上面并没有说起搜查。

“你识字吗？”我问那上级宪兵。

“我是军士。”他傲慢地宣称。

“那么请你看一看指令。哪里写着要搜查？”

“没有你辩理的份儿！”说着，他就走到我的箱子边去。

“且慢，”我阻止他，“你该知道：按照法律，搜查时必须有见证人在场。”我就对房东说：“喂，朋友，请你到费列诺克、加甫略家和别的邻居那里跑一趟，叫他们到这里来。”又对宪兵说：“在见证人未到以前，不许你碰我的东西。”

房东立刻跑去执行我的请求或者可说是指令了。过了一刻钟，几个身材高大、态度冷冰冰的居民一个个地走进我屋里来。他们阴沉沉地挤在门边，若有所待地看看我，又看看两个宪兵。我之所以这样做，有我自己的理由：除了我对非法要求向来不让步以外，我记起了我的文件之中有一封给弟弟的未完成的信，写的时候是存心不给警察检查的；而在关于白桦屯生活的笔记中，也有不可给行政当局看的东西。等到屋子里聚集了相当多的人，我就对他们说：

“喂，朋友们，我要离开你们了。……过去有什么得罪你们的地方，请多多原谅。”

“有什么得罪的！”我所熟识的人之中有一个人说，“你和我们很要好。……”

“现在还要麻烦你们一件事：这两个人是来带我的。他们是宪兵。其中有一个，你们瞧，已经喝醉了。他一定要搜查我的东西，看我的文件。但是指令上并没有吩咐他搜查。……请听我念。”

我把指令念了一遍，继续说：

“因此，如果他固执的话，我要编制一份记录，请你们作见证。……”

“有什么不能作的！”又是我熟识的那个人说。

两个宪兵神气和善得多了。那个下级宪兵——后来我曾经把他描写在我的一篇特写里[①]——比较通情达理而性情温和，他把上级宪兵叫到一旁，对他说了些话。那人就让步了。

“不要见证人，先生，我们不搜查了。”

后来在路上，下级宪兵曾经向我坦白地说：黑压压的森林里的这些人家和唯命是听地执行我的吩咐的这些阴沉沉的人的样子，使

---

① 是指特写《奇女子》。——原编者注

得他们非常胆怯，而其实……一切秘诀全在我的坚定的语调中；假定他们当时坚持进行搜查，还不知道这些胆怯的农民会听从哪一面呢。

“嗯，早就该这样。”我说，接着又转向居民们：“宪兵既然放弃了他们的非法要求，那么现在你们就没有事了。要你们劳驾，谢谢你们。现在我要和你们告别了。请你们转告费多特·拉扎列夫、涅塞茨基、加甫略家和米开沙，就说我被他们带到维亚特卡去了，也许还要到远地方去，请替我向他们问好。”

“上帝保佑你！”人群中有人这样说一声，这些拥挤在门边的农民就一个个地出去了。我开始收拾行李。上级宪兵在屋角里打起鼾来，下级宪兵走出去，到橇车那里不知做什么去了；我就乘机把不宜给官方看的东西交给了房东家。房东家的人由衷地悲伤。我临别吻他们的小女儿时，房东太太眼泪夺眶而出。

我们终于走了出去。夜色深黑，四周沉静。卡马河对岸传来我所熟悉的松林悠长的啸声。上级宪兵走近车子去，向里面摸索了一会，掏出一瓶酒来，接在嘴上了。烧酒发出咕嘟咕嘟的声音。接着他立刻躺倒在橇车里。下级宪兵殷勤地替我打扫坐位，他自己坐在对面的驾车台上了。橇车开下坡去，开到卡马河上，就在两岸的密松林中间徐徐前进。

“你认识路吗？”我问车夫。

“载乡长和巡官来过。”

“请你走杜拉涅诺克家门前经过。”

“行。”

上级宪兵在我身旁打鼾。另一个宪兵坐在驾车台上打盹。我不打瞌睡，因为最近的种种回忆涌上我的心头。现在，河岸右面望得见莫洛斯奈家的黑洞洞的窗子了；接着，望得见弗洛尔-拉甫尔教堂了；车累米西的神甫对着焚香祈祷的那棵树也隐约可见了。……终于看见了河岸上杜拉涅诺克家的黑沉沉的屋子。

“请在这里停一下。”我对车夫说；不等宪兵醒来，我就跳下了橇车。杜拉涅诺克家的狗立刻向我奔过来，但它们看见是熟人，就把它们的狂怒转向在我背后赶来的下级宪兵身上了。

“你坐在车子里吧！”我看见他用军刀来抵抗狗，就对他喊；同时我自己快步走上台阶，转进一条黑暗的过道，这便是通向杜拉涅诺克家冬天用的屋子，即乌兰诺夫斯卡雅的住所[①]。

“是谁？”这姑娘用恐怖的声音问。

我匆匆地说明了情由，连忙把一些文件塞给她，记得还把我写给弟弟的信交给了她。她点起一支蜡烛来，我们匆匆地话别：她的预感实现了，她这个可怜的人又得独自住在这里了。

这期间，下级宪兵定要赶上我，也走进那条过道里来。他不熟悉路径，跌进了给牲畜喂饲料的地道口里，带着他的军刀和手枪卡在里面了。我拿了蜡烛走出来，帮助他爬了起来。他看见这意外事故平安无事地结束了，非常高兴，并不来妨碍我和乌兰诺夫斯卡雅话别。后来我和这衷心悲伤的姑娘作了热烈的友谊的拥抱，就出去了。上级宪兵悠哉游哉地在橇车里打鼾，一点也不知道他的同伴刚才的一场虚惊。

以后一路上平安无事，使下级宪兵大为高兴。我们有时在卡马河和它的旧河床的冰面上驶行，有时穿过河，驶进森林。在我头上像幻影一般时而掠过松树的顶梢，时而掠过天空的云雾。被我遗弃在身后的种种景象、地方和人物，正像这些云雾一般在我汹涌澎湃的想象中一一掠过。……

前面是什么命运在等待我呢？我正当盛年，身强力壮；我的想

---

① 这里是作者的笔误，乌兰诺夫斯卡雅是住在她房东家夏天用的屋子里的。——原编者注

象渴望着迎接茫茫然不可知的、然而还是引人入胜的未来。在这种思想和滑木的均匀的轧轧声中，我不知不觉地睡着了。

我错过了不知是阿法纳塞夫还是比塞罗沃的驿站，醒来的时候正是一个晴明的冬晨。我们的橇车沿着很陡峭的斜坡爬上了高高的河岸。我们渡过了维亚特卡河。然而现在我已经记不清这是维亚特卡河还是别的什么河。但记得我从高高的河岸上回顾一下，看见我们后面下方是一片辽阔如海的密林——这是我到白桦屯去时所经过的阔叶树林。……这时已经是白昼了。陡坡、丘陵、盆地向远方伸展，显出各种各样的色调。我努力在其中辨认老河上游遥远的白桦屯，在那里，在极短的时间内，我曾经感受过极鲜明的印象。然而在这片茂密的林海中很难辨认出来。……

我们在维亚特卡城耽搁下来，换句话说，我被从省长办公厅带进了监狱①。这地方我是熟悉的：我和弟弟到格拉佐夫去的时候，途中曾经在这里耽搁约一星期。典狱官是一个相当和善而并不愚笨的老年人。上次我来的时候他曾警告我们，说格拉佐夫是一个极荒僻的地方；现在他听说我是从白桦屯来到他这里的，非常吃惊。……维亚特卡人听到过有白桦屯这地方，因此省公署里有两个官员特地到监牢里来，想看看我这个曾经在有名的白桦屯住过的人。我没有特别的兴趣去满足他们的好奇心。我问警察局长——一个肥头胖脑的大块头：为什么把我拘留在维亚特卡的监狱里？他用外交辞令回答我说：大概是要把我转解到省城里来住，但是现在省长出门去了，所以我只能在这里等他回来。这当然是很明显的撒谎，我直对着他的脸冷笑。

日子一天天过去，省长还不来。有一个寒冷的日子，监狱的窗

---

① 柯罗连科于1880年2月1日被带到维亚特卡，关进监狱。他在这里从2月1日住到15日。——原编者注

子外面弥漫着一片模糊的冬雾。典狱官告诉我：今天检察官（或许是副检察官，现在我记不清了）要到监狱里来。我表示想见见他。

“他总归要到你这里来的，因为他要巡视所有的囚室，不过……”这个聪明的老头儿微笑着暗示我：我向“法律代表者”说话是没有用的。对于这一点，我大约不至于发生误解，然而我还是想向他提出我的问题。

我的囚室的门敞开了，门口出现了“检察机关代表者”。这个人年纪还轻，显然是从“特权”学府里出来的，也许是高等法政学校的学生。他的相貌秀气而娇弱。穿着一件大衣和一双深统套鞋，脖子上围着一条大围巾。看样子，这个年轻人不像是在这住着几百个人的屋子里巡视，却好像是在通过一个肮脏的地方，尽可能不让自己沾上龌龊。他一走进我的囚室，立刻草草地向墙壁和天花板扫了一眼。

“副检察官先生，”我说，“我有一个申请。”

这青年人的眼光从天花板上移到我身上，彬彬有礼地说：

“请讲吧。”

“如果我没有记错的话，我知道有一条法律：对被逮捕者应该在三天之内通知逮捕的原因。”

“一点也不错。”

“检察机关有责任监视这条法律的实行，勿使流于空文。”

“是的。”

“如果破坏了这条法律，检察机关简直有权擅自释放被捕者。我坐牢已经一个多星期了。造成这情况的唯一的原因，据警察局长当典狱官面前对我说，是省长出门去了。”

这青年人带着疑问的眼光转向典狱官。典狱官像军人那样把身子一挺，回答说：

“是按行政命令的。……”

这句话对这个青年法律家发生了闪电般的作用。他立刻离开我，向门口退去，同时说：

“对不起，……对于这件事……我毫无，毫无办法。……”

“这么说来，”我冷笑一下说，“只要用粉笔在门上写‘按行政命令’几个字，这条法律就停止发生效力，可以把人拘留随便多少日子了。”

“毫——无办法。”检察官说，这时候他已经站在门口；说过之后就和他的围巾套鞋一起消失了。典狱官带着他的聪明的微笑观看这一场情景。

终于，两个宪兵来带我了。这就是把我从白桦屯带出来的那两个：一个是彬彬有礼，给人相当愉快的印象；另一个性情粗鲁，醉意朦胧。他们带我走的那条路，就是去年我和弟弟走的那条，停留的驿站也同是这几个。我在暖炉上和窗框门框上看到了当时所写的题字。看见其中有克拉芙季雅·穆拉希金采娃的姓名[①]。不久以前的往事涌上我的心头。那正是春光明媚的日子。……我们从监牢里出来，觉得流放竟同释放一样开心。……我回想起了那时候的轮舞和歌曲。……现在我要去的地方大概又是监狱吧。……曾经处在这种境况中的人们，大概都能回想起这种特殊的感觉，即途中看到壁上题字而发生的过去的回忆在心中所唤起的那种感觉。……

有几个地方的驿车夫或驿站文牍员认识我，有时候他们问我：“上次你们是两个人一块儿走的。弟兄两个，面貌很相像。……现在你的弟弟哪里去了？”

在一个地方，替我们驾车的是一个性情活泼的年轻小伙子，这个人那时候曾经极口赞叹穆拉希金采娃的歌喉。他显然也认出了我，

---

① 关于此人，参看《我的同时代人的故事》第二卷《到格拉佐夫去的途中》一节。——原编者注

常常转过头来，似乎想说些什么话。但显然是上级宪兵的严肃的外貌阻止了他。后来开到平坦的路上，他放任马匹走轻捷的小快步，这时候他忍不住了，一面卷着纸烟，一面从驾车台上回过头来说：

“我告诉你……你不在那儿，那儿又出了新花样啦！……”

他看见我的目光疑惑不解，就俏皮地向我眨一眨眼睛，加以说明。

“沙皇的宫殿……老兄，完全给毁了。”

醉醺醺的上级宪兵瞌睡醒了，转动着身子说：

“什么话？……你怎么可以！……”

驿车夫又向我眨眨眼睛，转向马的方面去了。

我就这样在科斯特罗马大道上得悉了哈尔土林所干的皇宫爆炸事件[①]。

这驿车夫用愉快的语调——但实际上是漠不关心的语调——来说这些话。仿佛表示：你关心这种事，我可毫不介意。……这又使我回想起白桦屯里的人们的漠不关心的态度来。……

然而，当我们经过了和维亚特卡省荒林相接的科斯特罗马省荒林而逐渐向西南方前进的时候，我就觉得这种漠不关心的态度也逐渐消失了。在科斯特罗马附近的驿站上，已经可以听到关于洛利斯-梅里科夫、关于沙皇授给他的特殊全权、关于姆洛杰茨基谋杀他[②]的谈话。在一个地方，驿站文牍员——一个年轻而有见识的退伍兵——对宪兵谈到洛利斯-梅里科夫。这退伍兵本来是他手下的

---

① 冬宫爆炸事件发生于1880年2月5日。干这件事的人是斯捷潘·尼古拉耶维奇·哈尔土林（1857—1882）。他从1879年9月起改用了斯捷潘·巴蒂希科夫这名字在冬宫里当细木工。——原编者注

② 冬宫爆炸事件发生后，参政院奉命成立“维护国家制度及社会安全最高行政委员会”。洛利斯-梅里科夫被任命为主任。1880年2月20日，工艺专科学校学生伊波里特·奥西波维奇·姆洛杰茨基谋刺洛利斯-梅里科夫，没有成功。姆洛杰茨基经过二十四小时的军事法庭审判后被处死刑。——原编者注

人，曾在高加索服务。他的评论中充满着喜悦和……政治作用，在言语中谴责那些恐怖主义的谋杀行为。他说这些话的时候对我看看，然而总算没有作什么直接的暗示。这种谈话，我在别的驿站上也常常听到。我们经过科斯特罗马城的时候是早上，并没有停留下来。这正是二月十九日，沙皇登基纪念日。人们都谈论着“解放者沙皇”，谈论着废除农奴制，以及铁路上和宫中的爆炸事件。……白桦屯人的漠不关心似乎落在辽远的后面了。现在，凡我所听到的谈话，都充满了对沙皇的效忠，对那些不知何故要谋害沙皇、侵犯政权的秘密人物的惊诧和谴责。……桑尼科夫、库兹明和鲍格丹心中已经完成的过程，在把一切寄托于沙皇恩典的广大群众中还没有开始。他们都在说，今天是沙皇登基纪念日，应该出一张特殊的告示，现在大概已经贴出了。

过了几天，报纸上开始发表一些消息：原来纪念日绝不是到处都安全度过的。在彼得堡的涅瓦大街上，有成群结队的工人向知识分子寻衅，有的竟把他们毒打一顿。另外有几处地方也发生同样的事故，尤其是在萨拉托夫。而在有一个县份里，记得是特维尔省的某县，农民中间流传着一种激动人心的消息，说“老爷们要干掉沙皇”。这里所谓“老爷们”，是指统治阶级的一切代表。因此，某县警察局长坐着马车铃声叮当地经过某村子的时候，有一群农民跟在他的车子后面追逐了很久。不知何故，车铃的叮当声这一次触怒了农民。他们说：正当沙皇屡屡受到谋害的时候，这班长官们却管自逍遥快乐。然而报纸上关于这些事件只是略提一笔，并不说明原因。

我在一路上没有亲眼看到这种特殊的效忠沙皇的现象。然而在二月十九日那天傍晚，当我坐着有篷的三套车驶近雅罗斯拉夫尔的时候，我看见前面地平线上一大片熊熊的火光，反映在积雪的伏尔加河上。有好几辆橇车在行驶着，有的是向我们迎面驶来，而更多的是从我们后面赶来，里面坐着赶进城去观光沙皇登基纪念日的居民。我打开车篷上的窗，努力倾听他们的谈话的断片。我没有听得清楚，然而我还是感觉到：现在，这伏尔加大道上，也许在伏尔加河附近的村子里，也都同这火光一样表现着对沙皇登基纪念日的庆祝心情，和对解放者沙皇的尚未冷却的感谢。

俄罗斯人民那时候离开爱自由的知识分子的反政府情绪还很远。然而这里还是有一种气氛，使我觉得他们这种情绪比森林地带的居民的迟钝的漠不关心可亲得多。这里的人对我们所关心的那些问题已经感到兴趣。即使这种兴趣是和我们相敌对的，总还可使我们争论时有个共同的基础。……

我现在常常回想起这个久远以前的傍晚。在人民的心目中，就像那片火光似的存在着对于时刻关怀人民幸福、主要是关怀农民幸福的沙皇的幻想。……大约需要再过三十年，经过三个沙皇的努力，把解放后这个大国的停滞的生活状态和极端的不景气现象宣布为他的政纲，这才会破坏俄罗斯人民中间关于沙皇权力的这种传说。我已经叙述了怀着天真的期望的全村人派去见沙皇的那几个被流放的农民请愿者心中所产生的一个过程的开端。他们的经历标志着对沙皇政权的绝望，这种绝望逐渐地渗透到人民群众中间去了。

16

在莫斯科。密探。关于洛利斯-梅里科夫的谈话。愉快的宪兵和他的推测。来到维什尼伏洛乔克

我被送上火车从雅罗斯拉夫尔载到莫斯科[①]，又关进了以前已经到过两次的巴斯曼区警察局。……我当然立刻就用敲墙壁的方法和邻人联系，以便探询新闻。一边的邻室里住着一个叫做乌斯齐莫

① 在1880年2月20日。——原编者注

维奇的乌克兰人，似乎是个有分裂派嫌疑的犯人。但我刚刚和他隔墙通话，他立刻被带到别处去了。我只得向另一边墙上通话。这边的邻人并不照通例用敲墙壁来回答，而只是用拳头在墙上敲，逐渐敲向暖炉方面去。原来这里有一个洋铁烟囱管，接通两个囚室的暖炉，这管子不知怎的已经破损，可以通过它讲话，不须敲墙壁。我立刻在这里听到了很响的絮语声：

“你是谁？……什么时候被捕的？……”等等。我也向这邻人提出同样的问题。但他并不回答，却急急忙忙地问我：

“你知道加尔特曼吗？我急于要把对他有重要关系的消息告诉他。他现在藏在哪里？”

“加尔特曼是谁？”

“咦，难道你不知道！”他用失望而怀疑的语气说。

“我是刚刚从维亚特卡被带到这里来的呀。……”

“那么也许你以前知道。……也许你能把他所亲近的朋友告诉我。你可以完全信任我。……”

“可是这个加尔特曼究竟是谁呢？……”

“就是在铁路上爆炸沙皇的那个人。你知道，我有很重要的话要通知他。……”

我懂得了：住在我隔壁的显然是个密探。难道是为了我而特地把他关在这里的？……这时候我在烟囱管里听到咳嗽声和脚步声。显然这囚室里还有一个人住着。

“跟你住在一起的还有谁？”我问。

“这是……另外一个人，也是政治犯。”他用很轻的耳语声补充说，“这可怜的人已经发疯了。”

这时候我的囚室的门开了，狱卒叫我出去。我走到走廊上，这里非常杂乱。走廊里有好几个人，有的被带去，有的被带来，管理员拿着钥匙跑来跑去。放我出来的显然是他，但是后来他并不来注意我。我不知道是怎么一回事，就走到我另外那个邻人的门边。乌斯齐莫维奇已经在里面了。他走近他的小窗子来，对我看看，说：

“啊哟，你的样子多粗野啊！……单凭这副外貌就可能在街上被捕了。”

我住在白桦屯的期间的确一直不曾理发。加甫略家的浴室是没有烟囱的，煤烟像棉絮一般挂着；在那里洗澡很困难，因为内衣要被煤烟弄脏。没有烟囱的屋子里的煤烟又侵入到我的皮肤的毛孔里，因此我的样子的确非常粗野。我也打量一下乌斯齐莫维奇。他是一个年约三十岁的人，相貌沉静可爱，说话带着显著的乌克兰口音。

“对了，”他说，“你要当心：住在你隔壁的是一个志愿密探。他是一个骑兵士官，伪造了他伯母的期票，正在吃官司，看来这场官司会暗中了结的。……他现在已经自由，可是他们有意把他关在这里，因为发生了一桩大窃案，引起了纷纷议论，他们就把他同这案件的一个嫌疑犯关在一起。”

这时候那个管理员急急忙忙地跑到我跟前。

“你姓什么？”他慌张地问我。我说了自己的姓氏。他又打开我的囚室，对我说一声“请”，立刻又把门碰上了。

“伊凡诺夫（这姓氏是否正确，我不能担保）在哪里？”他在走廊里大声地问。

“我，我是伊凡诺夫！”我的邻人说。锁咔嚓一响，这邻人走出去了。我怀着好奇心瞧了他一眼。这人相貌不扬，穿着一身便服，面孔猥琐而惹人讨厌。他被“释放”了，很高兴地走出去，我就和留着的那个邻居攀谈起来。

“你是政治犯吗？”我问。

“他瞎说，”一个仿佛由于喝酒过多而嘶哑了的年轻的嗓音回答我，立刻又用动人的坦白语调接着说，“我是个骗子手。”

他带着几分骄傲的样子把这件大窃案讲给我听，说“连报上也登载这件事”；然后对我说：

“他还巴结我来着，……当我是个傻瓜。刚才我故意向你咳嗽，叫你不要相信他。……”

下一天，两个宪兵来领我，把我带到尼古拉车站上。三等车厢里旅客很拥挤。我坐在长凳上的群众中间。一个解差坐在我身旁，另一个坐在我对面。在我们旁边，隔着狭窄的通路，坐着一个仪表优雅的青年，身穿一件罩着灰色薄呢面子的俄罗斯短皮袄，头戴一顶高高的羊羔皮帽。他颇有点贵族的风度，大概出身于名门望族，偶然不得已而坐三等车的。……他对面坐着一个瘦削而虚弱的绅士，脸上显出神经质的易怒的样子，常常和他的对座人谈话。他旁边坐着一个喝醉的商人。那绅士原来是萨拉托夫来的一个技师，有事到彼得堡去。这三个人谈论着最近发生的事件，谈论着洛利斯-梅里科夫的受任命、姆洛杰茨基的行刺和死刑。发表议论较多的是技师。贵族青年在一旁审慎地回答几句。商人则大声地插嘴，喜怒皆形于色，同时引诱其他大都没有知识的乘客参加谈话。不久火车开动了，渐渐地大家都谈开了。谈到了各种事件，大多数人都指摘革命党人。将到附近一个车站的时候，商人准备下车，他在离去之前对谈话的人们说了一句狡猾的结束语：

“喂，诸位先生，归根结柢，我还得说一句话：这种事情都是像你们那样有学问的人做的；不是我们这班不受教育的大老粗做的。我的话对不对?”他说着，看看那些没有知识的听众。

这些无知无识的群众显然是站在他这方面的。他们发出表示同感的笑声，又说了些开玩笑的话。技师和他的对话者显然觉得不好意思。商人走了之后，技师低声说：

“你瞧，群众有这种见解！……不，不管怎么说，总不得不承认：皇上老迈无用了，不像从前那样了。……要是他还像从前年轻时那样，那他一定会公布（他把声音略微放低些），一定会公布宪——法——。……只要他批上‘照此办理’四个字，就万事大吉了！当然啰，丢炸弹的那些坏分子，对这个不会满意。可是凡是受过文明教育的人，像你、我……”

他用探究的目光看看我，好意地继续说：

“还有他们，大概都会欢迎这新的改革，那样就一切都上轨道了。你以为如何？”

贵族先生略微挺一挺眉毛，显然认为这番谈话不很恰当。技师改变了话头：

“请问你为什么进京？……”

“我不很清楚。我的伯父说有事要我去。”

“噢，……就是伊凡·斯捷潘诺维奇·×××（他说的姓氏是官场中很有名的）。”

“是的。……大概那边找到了一个位置，……在洛利斯-梅里科夫管辖下的最高刑事委员会里。……”

技师恭敬地默不作声了。洛利斯-梅里科夫将采取怎样的方针，显然还没有十分明确。我贪婪地倾听这些谈话，我觉得在荒僻的维亚特省住惯之后，现在仿佛来到了政治见解沸腾的中心点。……然而不久谈话渐渐沉寂，乘客也稀少了。有一个青年宪兵从另一节车厢里走到我的两个解差跟前来。这宪兵态度十分放肆，现在喝醉了酒，兴致很好。他是休假回家的；对于自己的宪兵司令部文牍员的职务和那双新长统靴，他觉得很可骄傲，打算穿了这双靴子回乡村去向人夸耀。当乘务员来给我们的票子打戳子的时候，他毫无礼貌地看看这些票子，快乐地吹一声口哨，说：

“维什尼伏洛乔克！先生，这是把你送到中央监狱里去。……”

这时候我才知道他们是把我从维亚特卡省送到维什尼伏洛乔克去。为什么呢？……这个嘻嘻哈哈的宪兵看见我脸上有怀疑之色，又用同样快乐的语调说：

“到中央监狱去！……这是一定的！你不必纳闷，我是熟悉这些事情的。一送进中央监狱，就完蛋了！”

这似乎是十分荒唐的事。不经过审判怎么能送到中央苦役刑监狱里去！不过，俄罗斯生活的道路是不可揣测的。洛利斯-梅里科夫获得了种种特殊全权，也许我们的生活竟要按行政命令沦落到中央苦役刑监狱里去了。

当我们在时间还早而天色已经黑暗的黄昏中从维什尼伏洛乔克火车站坐马车到很远的城郊某地方去的时候，我心中难免有不快之感。这正是解冻天气。天空中低低地密布着浓云，把星辰都遮蔽了。我的一般说来还算爽朗的心情中也布着同样的浓云。马车夫把车子从公路上转一个弯，开近监狱的围墙去了；挂在宽阔的大门上的灯在风中摇摆不定。围墙里面约略望得见一所二层建筑的监狱，有几个窗子里发出暗淡的光。经过照例的手续之后，他们领我们走进围墙，然后来到监狱的办公室里，我觉得这是一间阴暗的陋室。在这里，他们叫我脱下衣服来，把我的衣服和长统靴拿了去，给了我一些囚犯服装：一双暖鞋、一件呢制服、一条裤子和一个没有帽檐的帽子。制服的背部有三个黑色的字：“维政监”。这里的狱卒，尤其是一个样子像头儿的，态度粗暴而冷淡。他叫我在这里等候典狱官来到。我在一张空着的椅子上坐了下来。那狱卒用不赞成的眼光钉住我看，仿佛在责备我不该这样放肆。

办公室的门终于开了，有一个躯干高大的人竭力弯下身子，走进门来。这人的脸型非常粗大，我当时觉得，这仿佛是一只大猩猩。他在桌子旁边坐下来，立刻开始检查我的提篋和箱子。他看到了我所写的文稿，就怀着兴味一张张地翻阅。有一张纸上写着很细的字，显然特别引起他的注意。他蹙紧了眉头。

突然那只大面孔从桌子上抬起来，一双和善的、充满着一种天真的同情心的眼睛对我看看。

“这是什么？”他说着，用他的巨大的手掌按住了那张纸，“你是在诉苦吗？”

“诉苦”两字他说得含糊不清，我怀疑地看看他。

“你是在诉苦吗？”他重复一遍，“你知道，有许多人都是这样诉说生活中的苦处。……”

“不，典狱官先生，”我笑着回答，……“这里并没有写着诉苦的话。……”

“哦，我以为一定是诉苦了。……好，欢迎你，我们去吧。……”

他就把我带进监狱里①。转瞬之间我已置身于一间宽大的囚室里了；这里有好几个新的狱友接待了我，我这才知道这地方并不是中央苦役刑监狱，而只是维什尼伏洛乔克政治监狱，我背上的“维政监”三个字就是这意思。

我所进的囚室里，已经住着五个人。最先走过来招呼我的是一个青年，举止显然有军人风度。他像是穿着装马刺的长统靴似的把两只脚跟碰响一下，表示向我行礼，然后作自我介绍：

“准尉魏列夏庚。”

---

① 柯罗连科于2月21日进入维什尼伏洛乔克监狱。他是在那天晚上八点钟由典狱官拉普捷夫“连同他所有的物件及五个戈比”（据大尉拉普捷夫1880年2月21日的报告）一起接收的。过了十天，柯罗连科向特维尔省省长递了一个呈子，其内容如下：“在宣布我须进维什尼伏洛乔克政治监狱的同时，我又接到通知说：此后我须流放西伯利亚。现在我敬请阁下示知我未来流放的准确地点，是东西伯利亚还是西西伯利亚。1880年3月3日贵族符拉季米尔·柯罗连科启。”在柯罗连科这个呈子的上边和旁边批着：“由典狱官通知柯罗连科：他将流放到东西伯利亚。”柯罗连科于进入维什尼伏洛乔克转送监狱后一天，写信告诉他的弟弟伊拉利昂：“我在维什尼伏洛乔克的政治犯转送监狱中写这封信给你。春天（大概在五月里）我要到西伯利亚去了。我身体和心情都还不错。有什么关系呢！西伯利亚就西伯利亚吧，总不见得是一片荒漠。倒是妈妈不知会怎么样……”后来（3月31日）他又写信给弟弟说：“我再说一遍：我把流放西伯利亚这件事看成我最近经常作的旅行之一。……总之，没有什么可怕。白桦屯对我说来是上了很好的一课，我真心对你说：我很好地学习了这一课。我很感谢这一次的变迁：我在格拉佐夫不能得到像在白桦屯以及在全部监狱生活和流放生活中所得到的那么多收获；这是我体验最丰富的一个最好的时期。西伯利亚是更高的一步了，看来我会十分稳健地踏上这一步去。”——原编者注

“柯茹霍夫，”跟着他说的一个苍老而矮壮的青年人，好像一个胡子刮得不干净的宗教法庭官员。

“彼得·米海洛维奇·伏洛霍夫。”

这伏洛霍夫长着一头乌黑的头发，相貌很秀气。

“陀罗欣科。”一个年纪轻得像中学生一样的人说。

“伊凡奈年。……”

伏洛霍夫这姓氏使我想起了不久以前刊载在《祖国纪事》上的两篇小说：《一家报纸的经历》和《潘菲尔·潘菲勒奇》。当时许多人认为文学界出现了一个新人材。我问起这件事的时候，伏洛霍夫坦率地回答：

“对，就是我。”

伊凡奈年原来就是那个芬兰工人，斯巴斯区警察局里的典狱官杰尼秀克曾经打他耳光，为此而受到革命党人的恐吓。陀罗欣科也是我在斯巴斯区警察局时的邻人。当他走到门上的监视孔旁，用响亮的声音向走廊两旁所有的囚室宣扬我带来的新闻的时候，我立刻认出了这就是做官的父亲同杰尼秀克谈起的那个青年，他曾经用同样的声音朗诵渎神的祈祷。现在他身上已经看不出一点精神错乱的痕迹。……他竭力装出文雅的样子，把洛利斯-梅里科夫这姓氏念成法国式的发音。……

这样，我在维什尼伏洛乔克政治监狱中立刻遇到了好几个熟人。

第二章　维什尼伏洛乔克政治监狱

1
维什尼伏洛乔克政治监狱中的囚犯：安德列夫斯基、安年斯基、巴甫连科夫

当我被送进维什尼伏洛乔克政治监狱的时候，其中已经住着约四十个人，而囚犯的数量还在不断增加。反政府运动逐渐滋长起来，社会人士对这运动的同情也日益增长；而专制政体采取警察镇压作为唯一的对付手段。他们对付已经判罪的犯人很严厉。在哈尔科夫省的别尔戈罗德和博里索格列布斯克，都设立了中央苦役刑监狱，关于狱中的制度，有许多骇人听闻的传说。狱中的犯人简直像被封闭起来似的，不许他们和外界通信或会面。实行着一种绝对隔离的制度。狱吏们的态度异常粗暴，对囚犯讲话毫不客气。因为这制度在洛利斯-梅里科夫当哈尔科夫总督的时候也曾实行，所以他的升官使人感到怀疑和仇视。姆洛杰茨基的行刺便是这种感情的表现；而他的立即被处死刑似乎证实了镇压的加强。

但是除了经法庭审判的明显的革命者之外，还有许多“同情者”，没有根据可以对他们进行法庭审判。于是就得由“行政命令”来和这种“同情”作斗争。宪兵制度对于这方面的改革搞得十分周

密。扎苏里奇的案件就已表示出这种同情革命的危险思想流布得多么普遍。罢工的情况开始出现了，这就表明革命的宣传已经深入到工人中间。政府把各阶层的“危险思想分子”加以逮捕和流放。然而这件事要耗费许多公款。他们就想出改良的办法来：整批地遣送行政命令的流放犯。姆岑斯克和维什尼伏洛乔克的政治监狱就被指定为“危险思想分子”批发疏散的地方。

有一批已经在去年（一八七九年）从维什尼伏洛乔克遣送到西伯利亚去了。现在正在募集另一批；我知道：他们把我拘留在这里，一直要到开航的时候才送我到东西伯利亚去。我的新狱友们已经容忍到现在了，我也只得同他们一样容忍着，静候我的前途。这时候，社会上对洛利斯-梅里科夫的任命似乎产生了一种“期待”和希望，我们却抱着怀疑的态度。最近一个时期以来，一切“改革”都归结为警察措施的办法。宪兵的制度突出在俄罗斯生活的前景上了。各区设立了新的宪兵司令部，增加薪俸，扩充编制，最偏僻的角落里都有了宪兵。因此，即使现在社会和报刊方面有新的期望，在我们看来这些期望也不过像以往俄罗斯所常有的期望一样，例如已故的吉尔斯就曾经在自己的报上发表他对作战将军德连津被任命为宪兵司令这件事的期望。……结果这家报纸受到警告，而一切还是依然如故。

我在维什尼伏洛乔克政治监狱中所碰到的一群人，分子相当复杂。我们之中最年长而最稳重的，是阿列克塞·亚历山大罗维奇·安德列夫斯基。他是一位教师，在敖德萨的一个中学里教俄罗斯语文。他是我在第一卷中说起过的罗夫诺中学里我的语文教师米特罗方·亚历山大罗维奇·安德列夫斯基的亲兄弟。这是一位真正的教育家，对待自己的教职和前程态度都很认真。他和德拉果玛诺夫[1]相友

---

① 米哈伊尔·彼得罗维奇·德拉果玛诺夫（1841—1895），乌克兰资产阶级民族主义思想家、历史家、政论家、民俗学者。——译者注

善；他的落入维什尼伏洛乔克政治监狱，显然正是为了这友善的缘故。在信念上，他是一个激烈的乌克兰人，即当时所谓乌克兰派。他在监禁中很痛苦，曾经利用他所有的人情关系，以求避免流放，结果居然获得成功。他具有显著的乌克兰幽默气质，有时情不自禁地根据种种事由写一些非常尖刻的评语。……典狱官拉普捷夫对他很尊敬，并且为了他手下有这个六等文官而自豪。

过了几天，由拉普捷夫亲自用心指挥，又搬进一只床铺到我们的囚室里来。

“伊波里特·巴甫洛维奇[①]，谁要到我们这里来了？”我们问典狱官。

“火车上送来的……一个七等文官。……”

这个七等文官原来是尼古拉·费多罗维奇·安年斯基[②]。在群集于《祖国纪事》周围的非法集团“冷静哲学家”的集会上，我已经和他见过一次面。我在那里看到的他，是一个已经年逾三十的人，身体胖胖的，态度非常乐观而愉快。在休息的时候，一群青年老是跟着他，听他的确切的评语和不断地夹在其间的笑话、双关语和俏皮话。……他当时已经因他的经济论文出名。他一直在准备开课讲授，然而种种情况阻碍着他的学术前程；目前他一方面从事文学事业，一方面在交通部供职，那里的部长（似乎是波谢特）是喜欢任用这种有自由思想的人物的。

“你当然是立宪主义者，”他对候补人之中的一个说，“但这不能

---

① 拉普捷夫的名字和父称。——译者注

② 参看本书第二卷为第638页所作的注释。安年斯基于1880年流放西伯利亚，1883年转移到喀山，受警察监视。流放期满，从1887年起住在下诺夫戈罗德，在那里当地方自治会统计部主任。柯罗连科和安年斯基最初会面（在彼得堡）是在七十年代后半期。安年斯基死后，柯罗连科曾经为他写了两篇文章：《论尼古拉·费多罗维奇·安年斯基》（《俄罗斯财富》1912年第八期）和《第三种人》（见俄文版《柯罗连科全集》第八卷）。——原编者注

妨碍你的职务。现在凡是有高度文化的人，都是立宪主义者。”宪兵当然不是这样想法的；自从“不拘身分，不拘地位”的命令下达之后，他们就向自由主义的机关袭击。安年斯基就成了这袭击的牺牲者之一。

他走进我们的囚室时，一边微笑，一边说着笑话，大家立刻就和他亲近了。这个优秀人物给人一种特殊的动人的乐天之感，他的周围仿佛闪耀着明亮的大气。他对于自己的职务的前程取嘲讽的态度，仿佛对临时的旅站一样。他的丰富的学识和工作才能使他对于自己的力量具有坚定的信心。在流放中，他起初从事文学事业，后来成了喀山和下诺夫哥罗德地方统计学最杰出的组织者之一，直到他迁居彼得堡的时候为止；在彼得堡，他积极地参加了《俄罗斯财富》社的工作。

他住到我们囚室里来之后不久，他们又搬一张床铺来，这已经是第七张了。伊波里特·巴甫洛维奇向我们声称：这回来的是“少校”巴甫连科夫①。他说这话的时候样子特别得意。

就在这一天，晚间点名以后，我们囚室的门开了，伊波里特·巴甫洛维奇走了进来。他是来访晤少校的。他一进门，直接走向他的床位，说了几句客套之后，就坐在最接近的一张床铺上了。

我很惋惜我不能详细描摹这时候的景象。他们两人相对而坐，形成一种显著的对比。拉普捷夫躯干庞大而笨拙，面孔像丑陋的巨人那么粗糙，制服钮扣全部扣上，仿佛是来拜见上司。而和他相对的，是一个瘦小的人，穿着囚犯的罩衫，面貌清秀，鼻子翘起，一双生动的黑眼睛闪耀着狡猞讥讽的光辉。……

---

① 弗洛连齐·费多罗维奇·巴甫连科夫（1839—1900）是一个出版家。1868 年为了在皮萨烈夫坟墓上的演说而被逮捕；1869 年被流放到维亚特卡省。他被流放和受司法追究不止一次，原因都和他的出版事业有关。柯罗连科的档案中保存着他和巴甫连科夫的通信。——原编者注

两人默默无言地对看了一会儿之后，拉普捷夫先开口：

“这是怎么一回事，少校先生？……”

“你说的是？……”

“我说的是……到底为了什么？……”

巴甫连科夫耸一耸肩膀，冷笑一下。

“我不知道，”他简单地说。

“那末，……也许你多少……总可以猜想出来吧？……”

“我猜想不出来。”巴甫连科夫断然地说；立刻蹙紧了眉头，用他那双灵活的眼睛向拉普捷夫困窘的脸上一瞥，补充说：“可是我知道你现在心里在想什么，典狱官先生！”

“不会的吧。”拉普捷夫怀疑地说。……

“你现在在想：这个前任军官，退职少校……竟说起谎来。……”

拉普捷夫有些异样了。他那双大眼睛发呆了；他不由得站起身来，狼狈地向我们大家看看。

“不错，”他惊讶地说，“一点也不错。……请原谅我，少校先生，我刚才的确是这样想。……你怎么会猜到呢……”

后来，当我们这批目击这情景的人早已离开维什尼伏洛乔克政治监狱，而另外一些临时住户占据了我们这地方的时候，拉普捷夫总是喜欢把铺位指给他们看，说七等文官作家安年斯基，另一位作家伏洛霍夫，还有许多书籍的出版者少校巴甫连科夫，都在他这里住过。

“他是一个有洞察力的人，能看出一个人心里的思想，像看一本打开的书一样。……”每次他都要这样补充几句。

巴甫连科夫究竟为什么被流放呢？密探怎样把他告发，详情我不得而知；然而主要原因当然由于他是一个有危险思想的出版者。这位青年军官在杜勃罗留波夫和皮萨烈夫的时代就抛弃了军职而从事书籍出版工作。对他来说，这工作当然不是为了生计（虽然他搞这工作时很讲求实利），而也是一种“精神事业”。我记得有一次在莫斯科的历史博物馆里听讲，讲演者叙述有名的天体物理学者塞基神甫的学说时，从他所著的《体力的统一》一书中引证了一些地方来同巴甫连科夫所出版的这书的俄译本相对照。作者——杰出的学者同时又是耶稣会的神甫——在原著中说：神对于物质的基本特性有直接的影响，同引力一样；然而译本中把这些地方全部删去了。我把这次的讲演传达给巴甫连科夫的时候，他冷笑一下说：“当然啰！我为什么要宣扬耶稣会的诡辩学说呢！”

他运用他的丰富的精力、坚强的毅力和他所特有的异常狡狯的手段，努力在一系列的出版物中建立某种世界观，因此他所出版的丛书在这方面具有一定的完整性。检查机关在这点上对付不了他，他善于应付这一关：有时行贿，有时干脆施用狡狯手段。在出版皮萨烈夫的作品时，检查机关删除了一篇论文，并且议决对出版者起诉。在没收书籍而尚未开庭审判的期间，巴甫连科夫赶紧到莫斯科去了一趟，把皮萨烈夫这篇犯禁的论文呈交给莫斯科的书刊检查机关，而且……获得了出版的许可。于是检查机关在法庭上陷入了极困窘的状态，因为彼得堡的法庭在审判莫斯科检查机关所赞同的事。法庭宣告巴甫连科夫无罪，但是决定删去那篇论文。巴甫连科夫带一个速记员到公开审判的法庭上，叫他把双方的辩论记录下来。当时检察官引证了这篇文章中构成罪状的部分。辩护人则又广泛地引证了这文章中其他的部分。这样，在辩论中几乎整篇文章都被引证到了。而那时候公开审判的诉讼程序是可以刊印出来的，因此巴甫连科夫就把速记员的记录刊登在最后一卷中。这样一来，司法追究并未妨碍这篇论文的刊行，却反而帮助宣扬了它[①]。

---

① 柯罗连科叙述的这件事，发生在1866年出版皮萨烈夫作品第二卷的时候。这书的被扣留，是由于《俄罗斯的吉诃德先生》和《贫乏的俄罗斯思想》这两篇论文中的“思想倾向和目的有毒害，违反现行出版法令”。——原编者注

我还记得这样一件事：巴甫连科夫出版了一册初级识字课本，检查机关立刻把它没收了[①]。关于这册“有危险思想的识字课本”的消息立刻在青年中间传播开了，这册书就秘密地流传开来。后来巴甫连科夫请人写了一篇序言，序言的作者把巴甫连科夫所出版的识字课本狠狠批评了一通，劝大家不要采用这课本，而推荐他自己所编的一册来作为初学用书。检查机关通过了这册书，却没有注意到刊在这篇序言后面的……依然是他们所禁止出版的那册课本。……这么一来，巴甫连科夫只消把这篇序言取消，——对于这一点他有合法的权利，——那册书就照样可出，并且十分畅销，因为他这套把戏又被广大群众知道了。这一次检查机关没有冒险作第二次诉讼。

他的全部出版事业，都是这样在和检查机关的斗争中进行的。精密的合法的检查，对这一切当然都抓不到罪名。总不能因为检查员愚昧或受贿而把出版者依法惩办。然而行政命令及其所谓“危险思想”的罪名，又是另一回事。巴甫连科夫起初被流放到维亚特卡。

他在那里又使用巧计，出版了一本集子，叫做《维亚特卡勿忘草》[②]，它是集合几个流放犯的文学力量来搞的。这集子有显著的揭露性，不但在当地畅销，而且在一般书籍市场上普遍风行。于是又替检查机关招来了许多麻烦。

在那里，还发生了一件颇能表现巴甫连科夫性格的事。京城里给他送来一个通知，要他到彼得堡去两个星期。在流放中要请假是毫无希望的。他只得又使用巧计。

那时候在维亚特卡已经实行一种特殊的监视方式：流放犯必须

---

① 这册书的题名起初是：《教学及自修用实观初级识字课本》。1876 年再版的时候，改名为《看图识字及习字。教学及自修用实观初级识字课本》。——原编者注

② 是 1877 年维亚特卡省的纪念册。是非官方的出版物，于 1877 年在圣彼得堡出版。这集子里收载着从维亚特卡省各地汇集的报导，一年中发行了两版。1878 年《维亚特勿忘草》被没收并销毁。——原编者注

每天到警察局去签到。但他们对巴甫连科夫还算客气：他推托有病，他们就派一个警察每天到他住的地方来看他。后来巴甫连科夫又获得了更进一步的便利：警察不必看到他本人，只要问一问房东太太。巴甫连科夫使这警察的监视得到了方便，因为他的房间是在楼上的，房间的窗子朝着街道；每天傍晚在一定的时候，巴甫连科夫总是在房间里踱步，他的影子保持均匀的间隔闪现在灯光照亮的窗帘上。从某一个时期起，房东太太（顺便说一声：她对于这位“有危险思想的”房客是很忠诚的）告诉警察，说巴甫连科夫身体不好，脾气很暴躁，没有十分必要的事，就连她也不许走进他房间里去。然而这个被监视者的影子还是在一定时间出现在被照亮的窗帘上，所以警察很放心。

这样过了一个星期。这期间巴甫连科夫已经在彼得堡，映在窗帘上的是房东家的儿子的影子，他是“因病”而裹着围巾的。警察终于怀疑起来。他老是去纠缠房东太太，最后要求她放他上去看看这房客。房东太太用种种口实来拒绝他，同时用暗号拍了一个电报到彼得堡去。此后警察又勉强看了三天窗上的影子；然而他的怀疑和不安增长起来，渐渐地表现在行动中了。他坚决要求会面。形势紧张起来。最后警察忍耐不住了，他和房东太太争吵了一会之后，把她推开，冲上扶梯去，大声地叫嚷着，要巴甫连科夫出来见他。他已经走到扶梯顶了，这时候房门突然打开，门口出现了……巴甫连科夫。

“你为什么在这里吵闹！……滚蛋！我要去向省长控告！”

警察大吃一惊，险些从扶梯上倒栽下来。原来巴甫连科夫是半小时之前在暮色中回来，悄悄地走进屋子里的。巴甫连科夫很喜欢讲这件事，他回想起这事的时候一双生动的眼睛发出满意的光辉。

后来，全靠各方面的人情关系和自己不屈不挠的精神，他居然摆脱监视，回到了彼得堡。于是宪兵们又有机会看到他那一套对付检查机关的刻毒的嘲弄手段以及……他的《维亚特卡勿忘草》了。从维亚特卡省里雪片似的飞来了许多对这集子的控诉书，说这些“有危险思想的”流放犯在这集子里大肆讥讽忠诚的维亚特卡行政当局。最后官方厌烦了，就把巴甫连科夫送进维什尼伏洛乔克政治监狱。他怎么能够正确地回答伊波里特·巴甫洛维奇·拉普捷夫所提出的他为什么流放的问题呢？……

他是一个“同情者”，这是无疑的。有一次，我们的囚室里谈论到这样一个问题：要发展俄国的政治，除了采用恐怖手段以外还有什么办法？我始终认为：必须提高人民的思想水平；为此必须由和平的知识分子到民间去作广泛的文化宣传；只要秘密地宣传一种政治观点，即非改变制度不可。巴甫连科夫坚决反对，他说：教育受到了摧毁，教师变成了官家的识字教学的机器，而秘密的思想教育工作要求宣传者具有“超预算的”品质。因此只剩下一条路可走，这便是采用恐怖手段。

他作这反驳的时候语气非常坚决，使我吃惊。巴甫连科夫的声音平常总是柔和微弱的，这时候却带着愤怒的语调。大部分谈话者都同意他的见解。这是当时社会上的一般情绪。……这是情势使然。

2
彼佳·波波夫的经历

那时候充塞在维什尼伏洛乔克政治监狱的囚室里的知识青年之中，最奇特的人物之一，我认为是彼得·佐西莫维奇·波波夫，我们大家都用他的小名，随随便便地称他为彼佳·波波夫。他出生于彼得罗查沃德斯克，在当地和我的妹夫洛希卡辽夫同在某中学念书。我和他相识，还在自由的时候，我们曾一同到彼得堡区一位弹药厂工长列别杰夫那里去学习钳工。

那时候（一八七九年）他二十一岁。在他的外貌上全然看不出一点“知识分子”的特征。衣着很随便，穿一件普通的短褂，很像工厂里的学徒，却不像是外科医学院的学生。……只有跟这个貌似傻头傻脑的青年谈过话之后，才可看出在这拙陋的外貌里隐藏着卓尔不群而异常奇特的个性。

谢德林有一篇短篇小说叫做《倔强的柯罗纳特》。其中叙述的是：有一个牧师的儿子，不愿承继父业，却希望耕田。后来，谢德林虚构出来的这个主角的愿望和书刊检查机关的规矩发生了严重的抵触，在个别的版本里，这青年竟变成了“不孝的柯罗纳特”——表姊马欣卡的儿子；他的不孝的程度也缓和了，他已经不想耕田，而只是希望把他母亲所选定的法律职业改变为医学职业。体面人家的儿子，连在小说故事中也不应该像农民一样耕田。……

然而事实上，我这一代中的大多数青年都有这样的志愿，也许这就是危险所在。起初是耕田，后来是宣传。而多年的民粹主义文学宣传并没有徒劳，那时候已经有许多人表示希望单纯地过劳苦的生活，平民化，此外毫无别的目的；彼佳·波波夫便是这种青年之中的一个。他十分坦白地说：他的信念还没有形成；他不认为自己是革命者，他只是想试试看：他能不能过劳苦的生活；因为在知识分子的职业之中，没有一种使他感到兴趣。而同时，他的性格中有一种特点，使他能很快地和普通人亲近。他既不想从事教育，也不想搞宣传工作，他只希望在和劳动人民同样的环境中过劳苦的生活。……为此，他决心进彼得堡的一个工厂里去工作。

他和工厂——好像是弹药厂——里的青年工人们相识之后，照例立刻和他们成为亲密的朋友，就在工厂里找到了一个职位；最初上工的时候，工人们帮助他（并不瞒过工长）完成有期限的任务。那时候他还是外科医学院的学生，这一点他在工人们面前当然并不隐瞒。他对待他们很坦率，好像对待同辈或朋友一样。休假日和他们同去看戏，空闲的时候大家一起读书。读的书当然是各种各样的，因为这班青年已经部分地受到当时开始发生的骚动的影响。彼佳·波波夫不是一个宣传者，而只是工人中的一员，他们一起努力解决时代给他们提出的问题。那时候我和他很少见面，然而当我们见面的时候，他总是津津有味地把他在新环境中的生活情况讲给我听。他照旧不认为自己是革命者，坚决拒绝一切“党的委托”。

他这实验将会得到怎样的结果却很难说。然而在当时，这种“柯罗纳特”的立足点是不可靠的。谢德林的柯罗纳特（在初版中）后来也立刻就体验到了特权阶级人家的儿子从事非特权阶级工作时的种种不方便之处。彼佳·波波夫也在实验中体验到了这一点。这一班工人空闲的时候不喝酒而大家一起读书，招致了告密，引起了宪兵的注意。有一天，同事们都在工厂里，而彼佳因为身体不舒服，独个儿留在家里；他从窗子里望见警察和几个见证人正在走来。他猜想他们是到这里来的，立刻拿起一本正当的小册子《愉乐村》。这几个突如其来的访客走进来，看见他正在埋头读书。他的样子与年龄不符，看来要年轻些，很像工厂里的学徒，读起书来磕磕巴巴地。

他就靠这一点来实行他的防卫计划，而且表演得非常出色；执行搜查的宪兵甚至在搜出了一些秘密印刷物之后，也还是全部相信这个“傻头傻脑的小伙子”对他说的话，即这些秘密印刷物是一个年轻的先生送来的。……

“是戴眼镜、披大绒巾的吧？”宪兵表示明察的样子插嘴说。

“对呀，戴眼镜、披大绒巾的。他叫我一定要读一遍。可是他的书读起来挺枯燥的，这本《愉乐村》要有趣得多了。……”

这时候他的同事们从工厂里回来了。波波夫奔上前去迎接他们，兴奋得气都喘不过来地说：他已经把那个戴眼镜、披大绒巾的大学生的事全部告诉了这位大人。既然这些书有毒害，那就由他自己去负责好了。……

这一切做得都很自然。所以当局虽然为了维持秩序起见把工人们逮捕起来，然而过了两三天，对他们作了相当的训诫之后就释放了他们。宪兵还特地对彼佳·波波夫另外作了一番忠告：“你还是回家乡去好，像你这样的傻瓜住在京城里是很不合适的，你要是被他们缠住，就完蛋了。你看，你连自己的姓名都不会签。……”

这件事对全体工人们原是可以平安无事地过去的，不料这时候发生了一个特殊的情况。在搜查时作见证的人之中，碰巧有一个是彼佳不久以前以医学院学生名义租住的那所公寓里管院子的人。由于这个特殊的青年的古怪想法，他迁居到工人们这里来的时候竟连姓氏都不改换，只是在公民证上把大学生的身分改成了农民的身分。这个管院子的是一个傻头傻脑的小伙子；他看见大学生忽然变成了一个工人，觉得惊奇而不可解。在搜查的时候他不敢说出他的发现来；然而过了两天，他慎重地把这件事从头至尾考虑了一下，终于把自己的怀疑告诉了这公寓的管理人，管理人立刻打发他到长官那里去。宪兵们起初不相信，因为宣传者不改名换姓是难于想象的。然而经过一番调查之后，终于证实了被他们认为是傻瓜并好意劝他离开彼得堡的原来是这么一个人。

波波夫当然遵行了这劝告。他对同事们作了极详细的指示，教他们采取怎样的态度，然后回到故乡彼得罗查沃德斯克，向征兵处报了名，因为他认为关于他个人继续求学的问题还没有解决。那些工人第二次被逮捕，然而不久又被释放了；而波波夫顺利地办完了兵役上的手续之后，暂且来到了莫斯科。

在这里，凶恶的命运打发他躲进了我在第二卷里曾经说起过的奸细林希晋的秘密寓所里。这时候林希晋的行径已经完全被揭穿，他已被刺死了。我曾经叙述过这秘密寓所的主人被刺死后寓客们日日夜夜提心吊胆的情况。现在我要把这件事重提一下。林希晋的寓所里住着三个寓客：一个是波波夫；一个是我在第二卷里也曾说起过的那个“革命玩好者”斯××夫。这人不顾第一次被捕所得的教训，又参加了某种秘密活动，因此不得不躲避起来。和他们同住的还有一个不久以前从内地来的农民出身的工人。这可怜的人一到莫斯科，钱和公民证就被偷去了。彼佳·波波夫在车站上看到他为了失窃而张皇不知所措，就劝他暂时住在秘密寓所里，等候他家乡的人按照这地址补寄新公民证来。波波夫立刻和他交上了朋友，在公民证没有寄到以前，他不能抛弃他。

在大约两个星期之内，警察还不知道他们那只敏捷的走狗已经被杀死了，躺在莫斯科某旅馆的房间里。“党”获悉了关于这秘密寓所的事，就决定把这消息预先通知斯××夫。半夜里门铃响了。斯××夫出去开门，和他答话的是管院子人的声音；管院子的带进一个陌生人来，这人把一封封好的信递给斯××夫，两个人立刻一同离去了。斯××夫回进卧室，打开信封，忽然脸色大变，立刻奔到扶梯平台上去喊那两个人回来。然而黑暗的扶梯上没有一个人答应他。斯××夫回到房间里，倒在床上，把面孔埋在枕头里了；波波夫再三问他，他只是挥着手说：“请你别问我，别问我！……”波波夫用力夺取了他那封神秘的信。这信里说：屋主奸细林希晋已按照党的判决处死，特此通知斯××夫；但关于此事，即使“在死刑的威胁下”也不得告诉任何人。

第二天早上，斯××夫就离开了这屋子；然而波波夫因为同情那个对万事都不关心而天天盼待公民证的工人，不能离开这屋子。这不祥的屋子里这两个寓客的心情，是不难想象的。那工人一早就到工厂去，波波夫则到彼得农林学院和学生们的寓所里去一一通知和林希晋有关的人们。“死刑的威胁”没有吓倒波波夫，不久，所有的急进青年都知道了林希晋的命运。波波夫起初不相信他这个工人朋友是奸细，认为这杀害是一个非常不幸的错误。直到后来看了林希晋的妻子的供词，方才相信这怀疑是有根据的。而在这以前，他每晚回到他朋友那里，两人一同度过惊惶不安的夜晚，时时刻刻提防着警察的突然来到。那工人除此以外又怀着迷信的恐怖，他似乎觉得已死的屋主正在黑暗的房间里走来走去。

公民证终于寄到了，波波夫这才可以离开他的朋友，这朋友就公开地迁移到新居去了。在这以后，尸体的臭气方才从旅馆的房间里散布出来，人们把门打开，杀人事件就被发觉了。他们连忙奔向林希晋的寓所里，然而里面已经空无一人。

波波夫就同斯××夫一样开始过秘密的飘泊生活。这时莫斯科进行了严密的搜查，不久斯××夫就被捕了。这个“革命玩好者”立刻采用他一贯的办法：问他的事，他全都说出来；连根本没有问他的事也都说出来。他又说出秘密寓所里其他的寓客。警察当然断定：波波夫是一个“重要而老练的政治犯”，就加紧侦查他。不久他也被捕了。

为了林希晋的事件，成立了一个特别侦查委员会，在区法院里召开会议。这些会议都开得很严肃，至少在委员会没有审讯波波夫以前是很严肃的。然而波波夫对付侦查员们完全是另一种态度。他们把斯××夫的供词给他看，这供词的末了是斯××夫对朋友们说的话，请求他们顾念他“这供词是在牢狱里写的”。波波夫看了这供词，就坦白地声明，说他还没有一定的政治信念，然而他自从出学校以来就嫌恶告密。因此无论把他在监牢里关上多久，从他那里也得不到任何关于别人的供词。关于他自己，他全部都可以说出来。然而主席还是给了他一张纸，叫他详细地看看斯××夫的供词之后，十分坦白地回答一切问题。波波夫耸一耸肩膀，拿了这张纸，就写供词，写好之后交还主席。主席起初照例庄严郑重地宣读，然而不久完全失去了严肃的态度，而且几乎不能大声地把它读完。原来波波夫的供词开头也用庄严堂皇的语调，然而后来突如其来地插入许多意想不到的幽默话，而同时又无处不采用通行的公文呈式，使得满座不断地哈哈大笑。甚至法院里其他部门的官员也推开了门，悄悄地溜进正在进行热闹的审讯的这个房间里来。以后每逢带这个傻头傻脑、其貌不扬的小伙子来审讯的时候，都发生同样的情形。他善于利用严肃的公文体裁的特点来表现幽默，又善于在官方的行为中找出出人意外的可笑之处。起初人们看他傻头傻脑，就都用傲慢的宽容态度来对付他。有一次，他要求把他从一向所拘禁的某区警察局迁移到比较像样而卫生的地方去。委员之中有一个人，是一个年轻的副检察官，傲慢地告诉他说，他自己当大学生的时候也曾被监禁在这区警察局里。波波夫叹一口气，兴奋地望望他说：

“你从那时候起就痛改前非，因此弄到了这么高贵的地位。……请你告诉我，你是怎样弄到手的？也许上帝也会赏赐给我？……”

又是哄堂大笑。大概这个年轻的副检察官有种种原因不能向大家公开他这张良方，因此他后悔不该对这狡猾的青年说这傲慢的体谅话。

这委员会的主席的姓氏，我现在记不起来了。这个人大概并不傻，能够看出真相。他看到：这青年几乎还是一个孩子，很有才能，特别可亲；只是由于我们这种制度的特点关系，才被牵连到政治谋杀案的惨史中来。在审讯将近终了的时候，他对波波夫完全放弃了枯燥无味的官腔，甚至……在临别时承认自己希望他今后仍然保持这样的性格，并且承认他的嫌恶告密是很正常的。……

委员会对波波夫作了极好的评语；如果这件事由委员会来作决定，波波夫当然会立刻获释。然而……宪兵们对于这个“倔强的柯罗纳特”和他的彼得堡朋友们所做的勾当，看法比较严厉。因此有一天，波波夫终于加入了维什尼伏洛乔克政治监狱的团体，后来又到了东西伯利亚。

这个人使我们的牢狱生活增加了许多生气。他自己显然越来越意识到了自己具有内在的幽默感，仿佛怀着几分得意的心情倾听着这种幽默。有时他竟喜欢考验这幽默的力量。每逢我们感到监禁的苦闷的时候，只要傻头傻脑的波波夫到囚室里来说几句出人意料的笑话，苦闷的空气就消散了。到了后来，他只要一出现，就发生这作用。我们这里有一个工人，姓伏洛斯科夫。这是一个体格强壮而略显笨重的小伙子，他的动作迟钝，仿佛不胜疲劳的样子。在有一次拘押所犯人暴动的时候，好像是特列波夫迫害鲍果留波夫[①]的时候，他被“戴上了袖套”[②]。这玩意儿如果使用得略不小心，正像伏洛斯科夫所说，“会把人一生都毁了”。而他的确给毁了：常常咳嗽，行动萎靡不振，心境苦闷起来。……只有波波夫能够替他解忧。他对他有这样的权威：有时他只要对他异样地眨一眨眼睛，或者伸出一根手指，伏洛斯科夫立刻笑起来；稍微继续长久些，他就笑不可抑，倒在床上，要求朋友们把波波夫拉走。……

然而波波夫毕竟只是像普希金称呼果戈理那样的一个“愉快的忧郁者”。有一次，他又用他的意想不到的把戏驱散了牢狱中苦闷的乌云，这时候我就和他并坐在囚犯床上，对他说：

“彼佳，你真是个幸福的人。你有这么无穷的活生生的乐趣。”

他的两眼突然晦暗，沉思地向前注视了一会，说：

“可是，……以后请你回忆起这番话。我将来大概会自杀的。……”

那时候我认为这是开玩笑的话。让我把后来的事在这里提前说一说：波波夫起初被流放到克拉斯诺雅尔斯克，后来来到米努辛斯

---

① 见本书第二卷第四章第十二节。——原编者注

② 为了使烈性的或疯狂的囚犯不能用双手给自己或别人带来损害，给他戴上一双结实的皮袖套，并用皮带紧紧地系住胸部，使双手固定在躯体两旁，不得动弹。——译者注

克。就在同一个时候，我妹夫一家和我母亲也在这两个城市里居住。彼佳和他们很要好，常常到他们那里去，那时他照旧能使流放的同伴们大家开心。然而有时他显示出一些神经质和不正常的态度。……

这愉快的青年的忧郁的源泉究竟潜伏在哪里呢？

母亲和妹妹告诉我下面的事情：……在克拉斯诺雅尔斯克形成了一个庞大而和睦的流放犯集团。后来当局因为克拉斯诺雅尔斯克位于西伯利亚大道上，所以认为最好把这些流放犯调往米努辛斯克去。似乎正是到了米努辛斯克之后，有一个著名的西伯利亚流放考察家美国人肯南[①]来访问他们。这个美国人在描写流放犯们为他举行的几次郊外野餐之中某一次的情景时，提到了一大群年纪很轻的姑娘，她们是由敖德萨总督托特列弁——说得更正确些，是他的副官巴纽津——从南方流放过来的。肯南替其中一个像孩子一样活泼的半童年姑娘速写了一幅肖像，然后引证了他对陪他同来的一个美术家朋友说的话。

"你知道，"一个美国人对另一个美国人说，"假定我是俄国皇帝，而不把这种姑娘赶到万里之外不能安枕的话，那么……我情愿抛弃这不安的王位。……"

这些姑娘们之中有一个人，也许就是肯南所描写的那一个，和波波夫很要好；他们一同到我母亲和妹妹的寓所里来，常常一连几小时愉快地谈笑。这姑娘喜欢和愉快的彼佳在一起，然而有时候要生他的气，为的是他对她态度不严肃，常常讥笑她。

实际上，他对她的态度竟是过分严肃的。有一次，他们两个人

---

① 乔治·肯南（1845—1924），美国新闻记者。1885 年为了考察西伯利亚流放的情况，在西伯利亚作了一次旅行。肯南把他所得的印象发表在《西伯利亚与流放》一书中，这书曾被译成俄文。肯南和柯罗连科相识，这本书里有好几处提到柯罗连科。——原编者注

又在隔壁房间里谈话，一时谈笑声停息了，突然传出那姑娘的吃惊的声音：

“你们听，你们听！……彼佳的的确确在向我求爱了！”

“你真的相信了！你怎么算得上聪明，”波波夫用平常的嘲笑语气回答，“一个严肃的人才不会向她这种人求爱呢！”

于是他又向她说了许多挑拨性的俏皮话。……然而过了一会儿，又肃静下来，接着又传来这姑娘得意的声音。她拍手叫喊：

“千真万确，他在吻我的手。……他的眼睛里淌着眼泪！……他哭了，他哭了！你说，这还不算严肃吗？”

“你又信以为真了。傻瓜，你这傻——瓜！”

于是隔壁房间里又肃静无声了。略微听得见彼佳轻微的声音。他在说什么呢？也许是在劝告她，与她严肃地、不用儿戏的态度对待他所说的话；也许是在竭力向她表明：这些开玩笑的话有时使他感到多么痛苦，他要求她认真地重视他的感情。……但是这个无情的姑娘只知道波波夫是“滑稽的”，和他在一起是愉快的；却不能设想在这没有骑士气概的外貌之下会有别的感情。不久有一个波兰籍大学生从华沙来到这流放城中，她就做了他的妻子。

我不能确切地知道：这浪漫事件对波波夫的决心有没有直接影响，或许另有别的原因。总之，还在我的流放期结束以前，流放犯之中就流传着一个消息，说愉快的彼佳·波波夫开枪自杀了。

3

青年施威佐夫的经历

在维什尼伏洛乔克政治监狱的知识青年中，还有一个有趣的人，在入狱以前有一段奇特的经历。这人叫做谢尔盖·波尔菲列维奇·

施威佐夫[①]，后来是有名的西伯利亚统计学者兼作家，晚年曾在失败的立宪会议时期起过相当显著的作用。他进维什尼伏洛乔克政治监狱的时候还不过十九岁，然而早已干过秘密工作，并且在梯弗里斯的监狱即所谓密杰赫城堡里被监禁过。

他年纪很轻的时候，参加了一个也很年轻的革命集团，有一次这集团派他去做宣传工作。他们交给他一大捆秘密印刷品，叫他沿着尼古拉铁路步行前去。他必须在一路上作宣传，并且分发这些印刷品以加强宣传的效果。这青年出发之后，立刻看到没有合适的条件可以开展工作，于是他就没有作任何宣传，把那包秘密印刷品原封不动地拿着，直到后来他在路上某地方病倒了。人们就把他连同他的包裹送进某县城的医院里，这县城似乎是属于特维尔省的。他在这里有一个时期不省人事，后来复元了，就出医院，带了他的没有被人拆看的包裹回到同志们那里。这地方正在进行弹压，同志们认为应该把他送到梯弗里斯以求安全，他在那里通过介绍参加了奥尔别里阿尼公爵的集团[②]，过着秘密的生活。

这个周旋于梯弗里斯上流社会中的格鲁吉亚公爵显然已经在这城

---

① 谢尔盖·波尔菲列维奇·施威佐夫（1858—1930）1878年被判处六年苦役刑，改为流放西西伯利亚。后来是人种志学家、政论家、统计学家。施威佐夫曾在《苦役与流放》杂志（1927年第八期）上发表一篇回忆录：《符·加·柯罗连科在维什尼伏洛乔克》。作者在这篇回忆录里这样描绘柯罗连科的肖像：“一个永远生气勃勃、奋发有为、体态匀称而身材矮壮的青年人，长着一头浓密的、卷曲得很厉害的暗栗色头发，这头发特别优雅地遮掩着他的大脑袋，弯弯曲曲地垂下去，几乎垂到肩膀上。颔下长着一大片浓密的胡须。一双乌黑的炯炯发光的眼睛有时显出特别深刻而凝神的表情。身上穿的是白色粗麻布的囚犯衬衫，或灰色呢绒的短褂，腰里束着一条细皮带。脚踏一双长统靴。——我记得那时候的柯罗连科便是这样。……”“柯罗连科具有罕见的、我不称之为安详、然而异常稳重沉着的性格，这使得他在朋友们中间占有完全特殊的地位。对无论什么人谈话，总是质朴而温和，毫不装腔作势，然而每个人都在这温和之中感到异常强韧和坚定的精神。他对周围的人的态度，具有深思熟虑的特色，同时又异常清楚而明确。……”——原编者注

② 这里显然是指约塞里阿尼的集团，因为施威佐夫是为了这集团的案件而被逮捕的。——原编者注

里组织了一个革命的秘密集团，参加者都是上流社会的青年。那时有人说，连前任高加索总督（可惜我已经忘记了他的姓氏）的女儿也曾参加他这集团。宪兵听到了关于这集团的一些风声，甚至进行过搜查，然而找不出明确的证据。消息传到了彼得堡，这里的人认为所采取的措施之所以失败，是有权势的人参与在内而加以庇护的缘故。

在一次搜查中，改名换姓的施威佐夫被逮捕了。当局看见这青年差不多是一个孩子，就产生一种希望：也许他会说出他们所注目的组织来。然而这青年一点供词也没有。

那时候发生了一件几乎难于置信的事。有一次，施威佐夫光穿着内衣坐在他的囚室里，门忽然打开了，一个中年军官走进囚室来，这人身穿一件束腰的袍子，头戴一顶白色的毛皮高帽。军官走到囚室的那一头，把毛皮帽子放在窗下的桌子上，然后回到施威佐夫所坐的铺位方面，走近去对他说：

“青年人！你落到了一个危险的集团里，要受严重的惩罚了。可是你如果把你所知道的关于奥尔别里阿尼公爵和参加他集团的所有的人的情况都说出来，你还可以避免威胁着你的命运。

这青年只受过最普通的教育，不懂得虚文客套，而且性子很暴躁。他知道对方是在劝他为了减轻自己应得的命运而当叛徒，就愤怒起来。

“你听、听着，”他说的时候略微有点口吃，遇到情绪激动的时候他总是这样，“你听、听着！拿起你的毛皮帽子给我滚出去，从此不要再来向正直的人作卑鄙的劝告。”

军官显然很窘，但他立刻拿起他的毛皮帽子走了出去。原来这青年用这样不客气的态度赶走的，是……米哈伊尔·尼古拉耶维奇大公本人。这位大公显然非常关心奥尔别里阿尼公爵的事件；他认为那些有权势的参加者巧妙地阻挠着侦查，因此他从报告中得悉搜查奥尔别里阿尼家时逮捕了一个青年之后，就决定用自己的威严来压制他，逼出重要的供词来。结果证明：把高贵的身分同侦察员的职权结合起来，有时是不相宜的。

此后不久，这青年竟还没有来得及穿好衣服，就有几个看守闯进他的囚室里来，不管他光穿着一身内衣，就把他拖去关进了禁闭室。禁闭室位于监狱的院子中央。密杰赫城堡本来是一个要塞，而禁闭室本来是火药库。墙壁几乎有两公尺厚，窗洞作锯齿形排列。里面完全黑暗，地面盖着有黏性的烂泥，有些爬虫在地面上蠢动或爬行。罪行特别重大的犯人才关进这里面。这青年这一次所犯的罪，算是“特别重大”的。

他们把他在这里关了几天，拖出来的时候他已经不省人事，就被送进监狱医院。他患了化脓性胸膜炎。要不是囚犯集团对关进禁闭室的人特别用心保护的话，他的结果可能更坏。就在他被关进去的那一天，午饭后，大家正在院子里散步的时候，突然传来一阵疯狂般的喧噪声：苦役犯之中演出了一场全武行，就像暴躁的高加索人所擅长的那种打架一样。这真像是一场正式的监狱暴动，眼看囚犯们要拆毁监狱的墙壁了。所有的看守和当时在场的卫兵都奔到这院子远处发出喊声的角落里去了。这时候有人用万能钥匙把石屋的门打开。一个囚犯跑了进去，把一瓶白兰地和一包食物递给施威佐夫，匆忙地对他说：“做三天吃。”又照样把门锁好而离去了。此后不久，打架也就平息下去。过了三天，同样的事件又发生一次。全靠这样，这青年才得保全性命。

他来到维什尼伏洛乔克政治监狱的时候，身体非常虚弱，常常咳嗽得喘不过气来。全靠体格魁梧，后来终于恢复了健康。……

4

工人们

此后我们又碰到许多当时关在维什尼伏洛乔克政治监狱里的知

识青年代表人物。其中有各种高等学校的学生；有中学生，例如陀罗欣科，记得还有巴齐列夫斯基，他是我的同乡，日托米尔中学的六年级生；有各种机关的职员，例如柯茹霍夫等；有一个刚刚毕业的青年医生陀尔果波洛夫；还有准尉魏列夏庚；另外有一个退职军官阿哈特金，但已经是三十岁以上的人，而且是个病人。……记得还有大学生阿列克塞耶夫和鲍果留波夫，此外似乎还有乡村小学教师克涅捷夫斯基。其中有几个人的生涯很可能也富有趣味，然而我不知道。

后来进来了一大批工人，他们是从拘押所和莫斯科的一些区警察局里被迁移过来的。其中大部分是很年轻的人，只有一个白俄罗斯人杰维特尼科夫是例外，他已经三十开外了。这些青年工人之中特别鲜明地浮现在我记忆中的，是一个几近于儿童的人，叫做施哈诺夫。当他被带进维什尼伏洛乔克政治监狱来的时候，恐怕还不满十九岁，而且外貌上看来还要年轻。他那张有两个酒窝的圆圆的脸儿，像小孩子一般鲜嫩红润，虽然这个半儿童的人已经在拘押所里关了四年光景了。秘密的政治组织红十字会的代表们立刻注意到了这个很可爱的小工人，尽力把他可能需要的东西供给他。他特别需要书籍，常常贪婪地阅读内容最严肃的作品。他一连好几天热中地读书，这种阅读使他小小的头脑里发生怎样混乱的情况，是难于想象的。这个像海绵一般吸收新思想的可怜的青年，没有基本修养，也没有指导，真是所谓弄得七荤八素。当囚室（在一天之中的某一段时间内）开着门的时候，施哈诺夫（或者小施——我们在不久以后就这样称呼他了）的响亮的声音时时从这个或那个囚室里传来，他常常跑进各个囚室里去和人们喧哗争论。他和人争论时满怀热情，异常兴奋，常常广征博引地企图压服对方。有时他的引证使人发笑，大大地违反一般正常的想法。然而施哈诺夫并不因此而感到发窘，他宁愿违反正常思想而不愿放弃引证。

他的记忆力是可惊的，他的声调总是像小孩子一般兴高采烈。

“伟大的英国经济学家约翰·斯图亚特·密尔写过一本关于功利主义和自由的英明的书，……”他的充满热情的孩子气的声音在一个囚室里响出。……

“伟大的俄罗斯哲学家尼古拉·康斯坦丁诺维奇·米海洛夫斯基关于这件事曾经说……”过了半个钟头又从另一个囚室里响出。……

“真正讲求实践的俄罗斯工人奥勃卢契夫对我说过。”又在第三个囚室里响出。……这个奥勃卢契夫显然曾给施哈诺夫这孩子以不可磨灭的印象，因为他把他的见解同最高深的引证一样看待。我们大伙儿对小施都带着几分温柔的态度，仿佛对待小孩一般。然而当他的蜜蜂般连绵不断的嗡嗡声使某囚室里的人们太厌烦了的时候，我们有时也不免带着笑把他从那里拉出来。……

他被分派在第一批里，流放到了东西伯利亚。有一个流放同伴在那边和他相会，后来讲了一件关于他的奇怪行为给我听，这也是由于博览群书而来的。据说有一次他们两人决心一块儿从克拉斯诺雅尔斯克区或许是米努辛斯克区的某流放地逃走。有一段路须得坐小船在叶尼塞河的激流中驶行。小施不会驾舟，坐着打桨；那个较有经验的同伴掌舵。有人约好了在叶尼塞河岸上某地方等候他们，以便告诉他们必要的消息和地址。为了避免错误，他们约定：打桨的人必须在面颊上扎一条手帕，仿佛牙齿痛的样子。然而当他们的小船驶近约定的地点时，出乎他的同伴意料之外，施哈诺夫竟坚决地拒绝在面颊上扎手帕。河流转弯的地方很危险，舵手不能离开他的位置；他百般地劝说施哈诺夫，可是施哈诺夫回答说：手帕会使他的样子不美观；他就向他的同伴搬出许多关于“审美因素”在生活中的重要性的引证来。他说在约定地点等候的流放犯可能是一个姑娘或者妇人。就在争吵和引证的期间，急流已经把小船冲走，于是就没有照预约那样获得消息。

在这逃亡中又有一次，他们装作矿工的模样经过一个村子。在借宿的地方，施哈诺夫想要吃点牛奶。这一天正是斋戒日，主人家指出了这一点，岂知施哈诺夫竟慷慨激昂地开始从通俗的卫生学读物中引用那些阐述乳制品的营养价值的文字，几乎露出了马脚。幸而这时候关于两个政治犯逃走的消息还没有传到这村子里。

拉甫洛夫曾在《前进》杂志上发表一种数学的计算：按照逐渐增长的级数规律，到什么时候俄国将全部被革命意识所包围。他认为一个工人宣传者等于五个知识分子。理论的计算不一定和事实相一致。我从我当时的观察中作出了另一个结论。在那时候，有许多工人狼吞虎咽地读了一大堆革命书籍之后，就不懂得率直地和他们的工人弟兄谈话了，他们没有注意到自己的过分书卷气的谈话引起了多么幽默的惊异。有一次，我已经上路了，曾看到这样一件事：一批政治犯来到托姆斯克的转送监狱。厨房里的地盘已经全部被早到的几批刑事犯占据了。大伙儿就派一个工人去交涉，这工人以读过马克思著作知名，并且同他可以自由地谈论任何抽象问题。他就被派作调停人前去交涉。当时我是这一批政治犯的领队人；过了一会儿，人们告诉我说：须得前去救出我们的军使来了。我跑到厨房里，看见他被一群囚犯包围着。他站在中央，正在引经据典地谈论团结的必要性。囚犯们好像看一个不曾见过的怪物似的看着他；四面八方发出讽刺和挖苦的话声。……其实，只用了几句简单的话，这件事就办妥了。

“早就该这么说！”群众里面传出这样的话声，“何必搬出一大套莫名其妙的理论来。”

然而，在太年轻的时候就被新思想的旋涡所包围的知识分子之中，我有时也看到过这种情况。……

5
处在作恶的地位的好人

维什尼伏洛乔克政治监狱的制度是很严厉的。我们听到一个消息，说是在另一个转送监狱里，在姆岑斯克，政治犯享受较多的自由，可以寄书甚至寄报纸给他们看；亲属可以走进囚室里，有时和囚犯一起进餐；甚至听说：监狱里举办各种会议，讨论当前的重要问题。这大概同当时的奥廖尔省长和典狱官的作风有关——这两个人对于囚犯的违背严厉法令是佯装不见的。

我们这里却不是这样。特维尔省长索莫夫——一个白发老人——纯粹官僚作风，对刑事犯一般都很残酷，常常下令用体罚，并且喜欢亲自到场监视；对政治犯则怀着严厉的敌意。因此在我们这里，严厉的法令的实行是不打折扣的。发给我们的膳食费，记得一共是十三戈比，不许自己添菜。但因为其中还有特权阶级和非特权阶级的区别，非特权阶级所得的还要少些，所以我们的膳食是很简陋的。我们没有书看。按照规定：凡有书的囚犯，倘要看书，每册都要单独递一份申请书，交到特维尔去请求省长批准，方可到手。可是我们递申请书后很久得不到回音。纸张、铅笔、钢笔绝对不许用①；内外衣着只许用官家的。

倘使换了别的典狱官，这制度无疑会引起不断的冲突，也许会引起监狱暴动。而我们之所以忍受这制度，只是因为其执行者是伊波里特·巴甫洛维奇·拉普捷夫。

这真正是一个处在作恶的地位的好人。我已经叙述过初次遇见

① 维什尼伏洛乔克监狱里不许使用文具这件事，并没有妨碍柯罗连科在其中写作短篇小说《奇女子》（见俄文版《柯罗连科全集》第一卷对这篇小说的注释）。——原编者注

他时所得的印象。这人身材粗壮而高大，心地特别善良。在俄土战争中，有一个时期要他管理拘禁土耳其俘虏的监狱。有一次有人来报告他，说俘虏暴动了。他跑到喧噪的人群那里，看清了主谋者之一，走近他去，就……突然抓住了他的两条腿，把他高举在空中。……

“他们都是些傻瓜，立刻就驯服下来了。”他提起这件事的时候，脸上流露出怜悯那些“傻瓜”的表情。……这种罕有的体力在他身上结合着同样罕有的善良和正直。因此拉普捷夫颇能和一般囚犯和睦相处，并感到自己尽了职守。

现在可不是这样了。他本来一直不愿意管理政治监狱；只因还有两年才能获得养老金，这才不得不担任了这职务。

首先，他是不赞成这职务的。我发现：加强实行“行政命令”和未经审判的监禁，一般都会引起狱方老职员们的怀疑。在这以前，他们毕竟还相信俄国已经开始确立法律。狱中监禁的是窃贼、强盗，以及其他各种违反法律的人。每一次监禁，总是明确地指出罪状。但是现在他们所对付的人，大部分是知识分子，而且实际上毫无罪状。这就把老职员们弄得糊里糊涂，使他们怀疑起自己的职务的正当性来。这一点我在维亚特卡的年老的典狱官身上就已看出，而拉普捷夫则表现得更为显著，有过不少事例，像他对巴甫连科夫提出疑问的那件事便是。……

然而……强能克弱。养老金毕竟是一件重要的事，拉普捷夫只得接受了任命。他非常胆怯。一方面，他生怕违反了法令，自己变成了国事犯；另一方面，他真心地同情囚犯们的处境。于是拉普捷夫在我们看来就变成了一个奇特的善良的暴君。我们每逢看到他为了怕被告发而战战兢兢，同时又不忍束缚我们，大家就容忍了那没有道理的法令，用一种特殊的幽默态度来服从它，这种幽默态度便是我们这位善良的暴君的地位所引起的。

特别使他操心的，是关于书籍的问题。他是一个教育程度不高的人，对于书籍抱着一种迷信的尊敬态度。而愚笨的形式主义者索莫夫常常禁止发给书籍。有一次，有人请求发给屠格涅夫的作品，索莫夫不许可，他认为小说《处女地》对我们可能有伤风败俗的影响。拉普捷夫把这拒不发书的命令向我们传达的时候，带了一册亚当·史密斯的著作来代替屠格涅夫的作品。这册书不知怎的成了他的私有财产，是他案头必备之书。我在维什尼伏洛乔克政治监狱时的狱友们，一定都记得史密斯这册书（《道德论》），其中写满了拉普捷夫的附注，例如亚当·史密斯说："对我们表示友爱时，我们就喜欢；非难我们时，我们就感到不快。"拉普捷夫在空白处写着："最深刻的真理。史密斯是伟大的心灵鉴识家。"其余的评语都与此类似；所有这些评语综合起来，得出一个结论，写在封面上，而且还是以诗的形式写的。全文如下：

人们都说亚当·史密斯已经长眠！
不，他还活着，还会不断向前！
他的心灵为人类造福而存在。
宜多读此书。大尉伊波里特·拉普捷夫。

他确信这册书没有问题，所以没有请示上级就给了我们；他又确信这册书可使我们放弃促使我们进入维什尼伏洛乔克政治监狱的那些迷误。

我还记得一件事，也是他擅自越轨的行为。新来的华沙人之中，有一个叫做阿勃拉莫维奇的人，手提箱里有一册……马克思的《资本论》。他起了一个大胆的念头，想把这册书随身带进囚室。我们估计这企图会落空。然而过了些时候，阿勃拉莫维奇手里拿着马克思这册书回来了。据说拉普捷夫问他："这是什么书？"他干脆回答：

“这本书教人发财。”

拉普捷夫好奇地翻开这册有益的发财指南，恰好碰到一条公式：“二十俄尺麻布＝一件常礼服”。他似乎觉得他已经懂得了。

“我知道，”他说，“军队里的验收员常常应用这册书。”于是竭力排斥屠格涅夫作品的囚室里就容纳了一册《资本论》。

要对这样一个好心人发怒泄愤，怎么可能呢？难怪我们对付这位狱吏的态度基本上不是敌视，而是幽默的了。

我们对付他，像小学生对付形式主义的老先生一样，容忍他的善良的暴政。我不能忘记我和“七等文官安年斯基”悄悄地从办公室里偷出墨水来的那件事。我和安年斯基在办公室里的桌子上写家信，墨水瓶放在桌子的那一端，安年斯基把墨水瓶递给我，我偷偷地倒一些在一个药瓶里。那时候我们因为寂寞无聊，打算集体创作一部长篇小说，所以要偷墨水。但不幸被看守长注意到了。可是我趁他不见的时候，又把药瓶递给了安年斯基，他就走出办公室去了。当我走出去的时候，拉普捷夫在监狱的扶梯上追上了我。

“有人报告我，”他用激动的声音说，“说你带着一瓶墨水。我不想搜查你。我信任你，请你对我说，这是真的吗？”

“我对你说实话：我现在身上并没有任何墨水瓶。”

“真的吗？”

“真的，”我微笑着说，“我可以向你保证：即使你搜查我，也一定搜不出来，因为我现在的确没有带墨水瓶。”

他显然懂得了我这个含蓄的回答，然而还是很高兴，立刻走下扶梯去，严肃地对那看守长说：他已经检查过了，并没有在我身上找出墨水来。……

我们接见亲属的地方，是在监狱底层一个特设的房间里。这房间里有两个栅栏，相距约一公尺。我们站在一个栅栏里，我们的访问者站在另一个栅栏里。在我们中间的通道上，有一个行政当局的人员走来走去，而这人往往是拉普捷夫自己。我的母亲和妹妹常常同安年斯基的夫人及其甥女一起来看我们。这夫人是一位有名的儿童文学作家①，她的甥女是养育在安年斯基家里的②。这女孩子当时还只七岁，拉普捷夫并不阻止我们非法地把这小访客抱到我们这边来。我和安年斯基往往把小姑娘抱起来，让她坐在栅栏上，两人扶着她。而在这时候，唉，真抱歉！有时候我们竟滥用拉普捷夫的信任：这女孩子常把铅笔、字条、报纸或其他违禁品带到我们这边来。有一次，她拥抱我的时候，把一支完整的新铅笔塞给我。但是我把这支铅笔放到我的囚犯罩衫的口袋里去的时候放了个空，当的一声落在铺柏油的地上了。拉普捷夫脸上掠过一丝痛苦的表情，然而他还是从容不迫地在通道上踱着。我用脚踩住铅笔，然后把它拾起，匆忙地塞进罩衫里，不料又是当的一声落在地上了，拉普捷夫脸上也就又出现了一次痛苦的波动。我又竭力避免受人注意，悄悄地拾起了铅笔。我懂得拉普捷夫的心情：他是一个形式主义者，罪行是必须查明的，但此案的同谋犯却是一个明眸皓齿的垂髫女孩。他没有勇气查办这件事，于是……铅笔就归我所有了。

关于这支铅笔还有下文呢。一天早上，离点名时间还很远，一种奇怪的感觉使我醒来，我仿佛觉得有一座山在向我移过来。睁开眼睛一看，拉普捷夫站在我的床铺旁边，带着责备的神气摇着他的大头，眼光钉住床铺旁边椅子上的某样东西。椅子上放着一册展开的书，大概就是亚当·史密斯那册书，而书上放着那支犯法的铅笔。

---

① 她的姓名是亚历山德拉·尼基齐奇娜·安年斯卡雅（1840—1915），娘家姓特卡乔娃。——原编者注

② 这甥女的姓名是塔佳娜·亚历山大罗夫娜·克里尔（1874—1942），夫家姓鲍格丹诺维奇。著有柯罗连科的传记，叙述到1917年为止（乌克兰国家出版社，哈尔科夫，1922年版），以及关于他的两篇回忆录：《符·加·柯罗连科的晚年（1919—1921）》，发表在《往事》杂志第十九期（1922年）上；《符·加·柯罗连科在下诺夫哥罗德》，收在文集《符·加·柯罗连科遗念录》中，下诺夫哥罗德省消费生产合作社联合社1923年出版。——原编者注

显然是看守长从门上的监视孔里看到了它，他大概知道我会客时所发生的事，就把住在离开监狱很远的拉普捷夫从床上叫了起来。拉普捷夫的粗大的食指指点一下这没有小心隐藏好的罪证，然后显出非常痛心的样子，回转身子，走出囚室去了。我以为他一定把铅笔拿走了。可是我猜错了：铅笔仍旧放在原处。

然而这支铅笔显然使拉普捷夫多操了许多心。以后，母亲带着妹妹又到维什尼伏洛乔克来了一次，这一次已经是来和我告别了。拉普捷夫很亲切地和她谈话。他知道我们全家的人已经东分西散，母亲即将带着妹妹和她的孩子跋涉长途，到克拉斯诺雅尔斯克的妹夫那里去，对她深表同情。他知道该怎样迎合母亲的心意，就对她称赞我。

“你有个好儿子，很好的儿子。”

然后仿佛无意地补充说：

“不过，有一点……”

“有一点什么？请你告诉我吧！”母亲问。

“有，有一点。”他神秘地拖延答复；看见母亲惊慌不安，就说了出来：“他有一支铅笔……”

“哦，这倒还没有什么。”母亲放心地透一口气，她耽心他说出来的是有关“政治上的”什么。

“你这么想是不对的，……唉，不对的。……”

母亲须得在我们这一批人出发以前很久就动身。她这次动身时间很匆促，以致她所获得允许的几次会晤，有一次不能实现了。她动身那天早上，来和我会面，两人都很悲伤。这一次她是和我并坐着的，她忧愁地告诉我说：火车要到晚上才开，在等火车的一段时间里，她将要感到十分痛苦。拉普捷夫在囚室里走来走去，忧郁地锁着眉头。他的脸色越来越严肃而阴沉了。突然他在母亲面前猛然站定，严厉地问：

"允许你会面几次?"

"四次。"母亲回答。

"那你就应该(他说这两个字时很用力)来四次。……必须履行当局的命令。在火车开出以前你一定得再来一次。……"

他这几句话说得很严肃,仿佛宣读判决词一样;意思是要让看守长听到。于是母亲就在非规定的时间内来我这里坐了片刻,大大地减少了她等候夜车的苦闷①。

我们的生活是悲哀的:直到现在,生活中卑鄙龌龊的职位还是太多。亏得在这些职位上有几个好人,就像拉普捷夫,还有第三厅的宪兵,这人起初故意厉声斥责("不许讲话!"),接着低声告诉我关于弟弟的消息;还有斯巴斯区警察局里的狱卒,起初用门来夹住我的脚,后来不顾自己的危险把比特米特带进我的囚室里来。——要是没有这样的好人(连偶尔碰到的一两个也没有),那我们的生活真是太痛苦了。在我这些回忆的黑暗的背景上,幸而有"卑鄙职位上的好心人"的意想不到的人道主义表现时时像火花一般闪现出来,并且以后还会继续闪现出来。

6

维什尼伏洛乔克政治监狱中的生活。狱中的娱乐。集体创作的长篇小说

我们在维什尼伏洛乔克政治监狱中一天的生活是这样度过的:

① 一天之内和母亲两次会面,是在1880年5月26日。母亲爱薇里娜·约瑟福夫娜第一次来到维什尼伏洛乔克是在三月里。随着她一同来的,是彼得堡密探局给特维尔省长的一个秘密通知(1880年3月28日),全文如下:"受警察特别监视之七等文官寡妻爱薇里娜·约瑟福夫娜·柯罗连科今迁居特维尔。特此呈报阁下,并附告:该柯罗连科氏受此种监视,乃由于此妇人在政治上怀有危险思想。"——原编者注

我们囚室里首先醒来的是准尉魏列夏庚。他一醒来，就把两腿向上伸，和身体成直角，然后迅速地把腿放下，像弹簧一般从床上跳到地上。跳下之后，立刻巧妙地模仿号兵吹起身号。他的响亮的声音传遍走廊，表示就要点名，大家该起身了。接着警卫军官、典狱官或副典狱官带着半排士兵巡视各囚室，检查囚犯人数。此后囚室的门继续开放一段时间。我们大家到公共洗脸台那里去盥洗，然后集中到公共食堂里去喝茶，或者通常是喝大麦咖啡（因为经费不够买茶叶）。

然后囚室的门又锁上了，直到吃午饭的时候为止。在这一段时期中，——特别是初入狱时——监狱生活的寂寞就潜入到我们囚室里来了。我们都是身体健康、精神饱满的人，被迫袖手枯坐，非常痛苦[①]。后来我们向省长甚至部长不屈不挠地呈递了好几次正式请愿书，方才获得了一些书籍。但起初是一本书也没有的。因此当时我们所特别宝贵的，是不怕寂寞的人。准尉魏列夏庚便是其中之一。他为什么落入政治监狱里来，我们之中没有一个人明确知道。爱讽刺的柯茹霍夫断定准尉之所以得到这个下场是“为了酗酒，为了胡闹，为了砸毁街灯”。魏列夏庚也不见得特别坚决地反驳这说法。他总是羞涩地避免谈到他被流放的原因。我们只知道他在遭难以前曾以志愿兵的身分到塞尔维亚去过。他赞叹地叙述：在塞尔维亚，士兵们在队伍之外可以自由地和陆军部长握手，部长也乐意和他们握

---

① 柯罗连科为了避免监狱生活的枯寂无聊，又曾读医学教科书。1880 年 7 月 4 日他写信给弟弟说：“……弟弟，我现在在专心地研究医学。解剖学差不多全部学过了；绑扎和小手术等的实践方法，也从这里所有的教科书中学会了；在内科学方面，我弄到了一本通俗医书，——总之，我正在逐步地钻研；在医学方面，即使我还没有像彼佳（波波夫）所说的那样‘登堂入室’，至少已经跨进门槛了。研究的时候倒还算有兴味，而且也容易掌握。当然，这些都还是抽象的，即只有书本知识；然而我知道，单是这一点知识，将来在某些村落里就可以派很大的用场，为人民造福。”在柯罗连科的旧笔记本中，保留着他在维什尼伏洛乔克时的一本笔记，其中有从解剖学教科书及外科绷带术教科书中摘录下来的札记，并且有作者亲手描绘的说明这些札记的插图。——原编者注

手。他回到俄国之后，竟不能忘记塞尔维亚的制度，不能习惯俄国的军事纪律。除了这些民主作风的回忆之外，他又从塞尔维亚带来了一套塞尔维亚的、保加利亚的和土耳其的妙不可言的骂人话。此外似乎就没有别的了。总之，他具有许多日常生活方面的才能。首先，他懂得一切军事信号，能够用嘴巴巧妙地模仿军号声。此外，又能够用各种声音来喊口令。天气暖和起来之后，魏列夏庚常常站在打开的窗子边，作示范的教练和检阅，模仿各级长官——从团长直到师长。他模仿得特别像的是一个声音异常嘶哑的老年上校。这一切他都做得非常巧妙，使得警卫军官和警卫兵们也都微笑着津津有味地听他作这些示范教练，直到准尉表演完毕。

有一个时期，我们这里的警卫军官中有一个少尉索洛维约夫。这人年纪还很轻，脸上带着不健康的、易怒的神色。兵士们和他的同僚军官们显然都对他没有好感。因此当魏列夏庚模仿老年上校责骂索洛维约夫的时候，他们都愉快地微笑着听他骂。

“少、少尉索洛维约夫！……你走路的样子算什么！你走起路来不像一个勇敢的军官，倒像是一个老太婆！”

魏列夏庚的表演常常获得很大的成功。然而后来有一次，他大概没有注意到警卫军官已经调换，或者忍不住技痒，竟当着索洛维约夫本人面前，模仿示范教练而责骂起索洛维约夫来。这军官大发雷霆，威吓拉普捷夫说，如果再有这等情事，他要命令警卫兵向窗子里开枪。拉普捷夫惊惶地跑来传达这话，于是示范教练只得从此停止。

这个愉快的准尉还有别的才能。他常常到厨房里去，有时能使我们的简陋的伙食多样化。此外他又会作诗，把不大受我们欢迎的轻薄粗俗的题材同劝谕性的题材混合起来。后者有时引起我们热诚的赞扬。魏列夏庚有一首诗，我们听了特别感到兴趣，开头是这样：

“自私自利的行为！……我看不起你。”

准尉装腔作势地站着，用手指点着柯茹霍夫的床位所在的方向，兴致勃勃地朗诵。他和柯茹霍夫，由于性情不同而常常发生冲突。这个青年人小心谨慎地保护自己的肥皂和别的零星东西，以防落拓不羁的魏列夏庚染指，魏列夏庚由此看出了他的自私自利。

此外，这个愉快的准尉又曾发起各种狱中游戏供我们消遣。这些游戏都是从刑事犯那里搬来的，并且都带着或多或少的斯巴达风。例如：把两个人的眼睛都包住，把一根结得很紧的辫条交给其中一个盲人。其余的人沿墙壁站着，观看这两个表演者怎样摸索着互相追逐。有趣的地方就在于：被打者有时以极狡猾的方式倾听着打手的脚步声，却正好迎着了他的鞭打。有时轮到魏列夏庚拿辫条，柯茹霍夫逃避鞭打，或者相反，——这时候游戏就带有相当认真的性质了。

还有一种游戏，性质大致相同。午饭后，囚室的门有两三小时是开放的，我们可以自由地在走廊里散步。这时候最常做的游戏是"障碍走马"。一个人扮作马，另一个人坐在他肩上作骑手，在走廊上驰骋。每一个囚室旁边都站着别的参加者，当这骑手跑过他们门口的时候，他们有权利在他身上柔软的地方打几下。骑手只能穿一身衬衣，打的声音越是响亮，大家听了越是高兴。安德列夫斯基和巴甫连科夫不肯当骑手；而背了安年斯基在走廊里快跑也很困难。因此大家认为他们三个人的打人的权利也应该被剥夺。然而实际被剥夺权利的只有安德列夫斯基。至于安年斯基和巴甫连科夫，他们不愿放弃打跑过的骑手的那种快感，即使是难得打这么一下也好。我不能忘记巴甫连科夫的那副模样：他躲在门框后面，突然跳到走廊里，有时巧妙地设法打着了一下，高兴得两眼炯炯发光。

囚室门关闭的时候，我们大家一起读书。因为没有书，有时只得自己创作。伏洛霍夫的手提箱里有几份《新时代》的每周附刊。这是被许可带进来的。他就把他所作的几篇工厂生活特写念给我们听。魏列夏庚或陀罗欣科供给我们诗；他们两人在诗的创作上互相竞争。对于作品是容许提出批评的，这两个诗人之间相互的批评使我们很感兴趣。准尉认为陀罗欣科的诗像甜水，这话不无根据。他的诗的确非常圆滑，然而又很感伤。陀罗欣科则常常在对手的作品中找出不合逻辑或者竟是不合文法的疏失。

偶然性的题材不久就涸竭了。于是陀罗欣科提供了一篇中篇小说的开头部分：有一个美妙的黄昏，皓月当空，在一个平静如镜的池塘的岸上，一棵繁茂的树底下坐着一对青年男女。男的是一个革命宣传者，他召唤她脱离颓废的环境，跟他一同到梁赞省去做宣传工作。两个青年人交换了许多有教育意义的谈话。——听他朗诵的人认为：这个青年男子像我，于是我就变成了说笑的对象。……第二章归我写，第三章归伏洛霍夫写，第四章归安年斯基写。这两个主角渐渐变形，情节复杂起来了。这女子的外貌，陀罗欣科原来只写了个大概，现在具有一些特色了。她的眼睛一只是淡蓝色的，好像明净的晴空；另一只是黑色的，仿佛地狱的深渊。她用淡蓝色的眼睛来看叫她到梁赞省去的那个男主角，而她的黑眼睛常常转向一个阴郁的虚无主义者，就像和母熊同住在岩穴里的冰岛的亨①一样。这个虚无主义者召唤她跟着他到沃洛格达的森林里去，并且就在那第一个晚上把温柔的男主角推进了池塘。在下一章里，须由准尉魏列夏庚负责对女主角作一些必要的交待，作者果然做到了。他把女主角带进一个优秀的军官集团里去，这些军官用文雅优美的辞令来引诱她脱离了那两个非军人。然而这地方，由于作者有几处文法规则的错乱，关于这女主角常常使人发生误解。她已经开始在月光下梦想一个威风凛凛的骠骑兵。最后，当她走近她那纯洁的卧床去的时候，由于要了一种特殊笔法之故，床位已经被占据了。由于作者

---

① 维克多·雨果的同名小说中的主角。——原编者注

在文法上的疏忽，变成了躺到床上去的不是那个女子，而是一个月亮。我替这小说作插图，拟就了这样的一幅：一个女子惊讶地站在床边，床上被窝底下有一个正在微笑的满月在望着她。

这一章引起了很热烈的批评争论。准尉魏列夏庚受到柯茹霍夫的尖刻批评的侮辱，拿起一只拖鞋来向他扔过去。然而这是我们住在维什尼伏洛乔克政治监狱中这一段时期内唯一的一次尖锐冲突。

读者一定会原谅我节略地叙述了这篇不足道的、开玩笑的小说；但我之所以叙述它，是要表示我们当时的心情的一个典型例子。我们大家好比落在冷水湾里了。外面闹着事件，进行着越来越尖锐的斗争；而我们这一群革命者，或者“同情者和危险思想分子”，不得不在这里被动地等候流放。况且我们中间有些人对文学并非外行；这小说照规定须从一个囚室传到另一个囚室，因此很可能在其中反映出当时的心情的一些特点来。结果，这个集体的监狱缪斯[1]的产儿所遭到的命运，也不失却其特色。有一天，这小说突然失踪；过了几天，查明了它可能遭到的命运：从一切情况看来，它一定是被……查禁了。

我们里面有一个非常严肃的人，叫做K君。在他的一切举止态度中，甚至——有些人开玩笑地说——在他的步态中，都流露着一种尊严乃至傲慢的特殊意识。据说他指摘我们这个轻率的产儿，认为“急进主义者”做这种无聊的事是不成体统的。当这部小说传到他的囚室里的时候，他认为他不仅有权利而且有责任毁灭它。于是，这个阴阳眼的女子的生涯就停止在她对骠骑兵的梦想上，不再由别人继续写下去了；无论是彼佳·波波夫或是巴甫连科夫，都没有轮到写作，对于这一点，我个人感到非常遗憾。……然而，不久就发生了一件事，使狱中的平凡生活一度活跃起来，因此这部在特殊情

① 缪斯是希腊神话中司文艺的女神。——译者注

况下被查禁的小说的命运就退居到次要的地位上去了。

7
伊美列津斯基公爵的检查

拉普捷夫通知我们，说“洛利斯-梅里科夫伯爵的副官”要来视察监狱，我们都要被传到办公室里去受审。

这是“心的独裁”的浪潮向我们冲来了。“心的独裁”这名称是卡特科夫（后来）讥讽地用以称呼洛利斯-梅里科夫专政时期的，其实他起初是热烈拥护这独裁的。一八八〇年二月十二日发出一道众所周知的指令，授伯爵洛利斯-梅里科夫以特殊全权；三月四日，在他的主持之下召开最高行政委员会第一次会议。在这次会议上作出决议：审核囚犯名单，并查明按行政命令流放而由警察监视的人。

关于这件事，我们起初当然毫无所知，后来才由拉普捷夫通知我们，说奉命前来检查的伊美列津斯基公爵将要在傍晚时候审问我们。

我们就开始等候；虽然，老实说，我们对这次审问没有多大期望，然而也不免有些焦灼。我们终于被叫到办公室去了。第一批被叫去的人里面有安德列夫斯基。我们监狱生活的秩序被打破了，囚室的门长久不关；安德列夫斯基受了审问回来，大家争先恐后地迎上前去。他笑着告诉我们说：他走进办公室，看见伊美列津斯基和他的两个秘书坐在桌子旁边，他立刻从脚上脱下一只囚犯穿的鞋子来放在桌上，说：

“瞧，殿下，皇上的六等文官不得不穿这样的鞋子。”他说过之后，又装模作样地抖一抖他的囚犯罩衫的衣裾。

他把这件事讲给我们听的时候，自己也哈哈大笑。在他的狡狯的幽默中，照例含有两种意义：一方面他是在讥笑他所对付的那些人；而另一方面，他知道这对于他们所产生的是一种完全不幽默的印象。吃惊的伊美列津斯基可能认为：这个年老的、有功勋的“六等文官”由于悲伤而精神有点失常了，然而他的激动的情绪当然是官场人所能理解的。

轮到我的时候，已经是晚上很迟的时候了。伊美列津斯基公爵穿着将官的制服上衣坐在狭窄的办公室里的桌子旁边。这人的年龄看不准确，相貌很斯文，像知识分子。一个秘书和他并坐着，正在记录口供。另一个秘书也拿着笔和纸，坐在离开他稍远的地方。这两个人都穿便服。我觉得公爵的举止中略微有点一个军人对非军事机关行政当局所能做的事的轻蔑态度。他很客气地要求我告诉他……我为什么被流放？……

“关于这一点，我以前曾屡次向当局提出质问，”我说，“我所得到的答复是：因为有危险思想。……要求指出危险思想表现在哪些事实里，回答我们总是说：这是政府的秘密。我们知道你要来了，大家希望这一次我们至少这一点可以弄明白了。但是……我听了你刚才的问话，才知道这希望落了空。……叫我们能对你说些什么呢？”

我说这话的时候大概有些苦恼的样子。伊美列津斯基劝我安静些，又问我：也许我猜度得出我第一次被流放和随后被遣送到这里的原因。我回答说：我认为作这种猜度是无用的。事实是这样：那时候我家所有的男子都被逮捕，没有说明原因就被遣送走了。我从格拉佐夫被遣送到白桦屯，再从白桦屯转解到这里，也都是不说明原因的。关于我自己，我所能说的尽在于此了。然而，如果公爵要听的话，我可以告诉他：对于向皇上呈递请愿书而获罪的农民，现在也在实行这种办法。

我就把鲍格丹和别的农民请愿者的经历简要地告诉他。他怀着兴味听我讲，坐在稍远处的秘书记录了我的叙述。审讯就此告终。

这次审讯有什么结果，读者到后来会知道。在当时这件事只引起我们怀疑的讥笑：这只不过是又一次徒劳无益地派遣一员重要将官前来罢了。这个将军显然很愿意指出非军事机关行政当局的某些错误，然而他的法律观念是和他们相同的。至多也只是对省长们——也许包括维亚特卡省长在内——提出几个徒然的要求而已。但省长回答起来并不困难，他只要说：某人是危险分子，对付他不可能采取别的办法。然后引证一下警察的呈报。对于这一切，我不可能提出反驳。而且归根结柢，反驳又有什么用处呢？毫无疑问：从行政当局——包括这位将军在内，也许还包括洛利斯-梅里科夫本人在内——的观点看来，我是专制政府所不能寄托“良好希望”的人，因为我痛恨现行制度的专横。

现在回顾当时，我觉得：维什尼伏洛乔克政治监狱里的人对付伊美列津斯基的使命概取怀疑态度，是十分正确的。当然，俄国那时离开真正的民主政治还远得很，然而任何一个国家在法律制度方面总是完备了的。倘使洛利斯-梅里科夫真正懂得这一点，那么他可以凭沙皇政权的当时还强盛的威信来维护法律制度的要求，说不定他这行为可以变成一个转捩点，变成一种轴心，俄罗斯人的生活就环绕着这轴心转移——从独裁制度通过彻底的文明的专制政体而达到立宪政体。

然而……这都是臆测而已。洛利斯-梅里科夫本人并不懂得这些，他只是实行了“心的独裁”。他一只手努力设法缓和行政当局的专横措施，释放被逮捕的子女，“替父母擦眼泪”；另一只手却从根本上巩固这专横。在这以前，至少还装装样子，表示行政方面的镇压不能被认为是惩罚，而只是混乱时代的“预防措施”。洛利斯-梅里科夫首先实行了按行政命令的“有期判决”。例如，关于彼得·佐西莫维奇·波波夫的妹妹和我的朋友大学生玛米科年的案件，宪兵作了最骇人听闻的，而且应该说是完全虚假的报导；洛利斯-梅里科夫处理这案件的方法是：不通过法院审讯而判处有期的监禁。这期限比起那时通行的监禁期限来，是短暂的；然而……这种措施的根本意义很明显。

是的，这只不过是“心的独裁”，不能防止已经降临到“解放者沙皇”统治头上的可怕的悲剧。而我们政治监狱里的人用以对付伊美列津斯基的使命的那种无心的怀疑态度，正是一种凶兆，预示着对一切“从上而下的改革”的极端不信任，三月一日的事变便是这种不信任所引起的。

8

维什尼伏洛乔克政治监狱中的“乌克兰派”

在维什尼伏洛乔克政治监狱生活的这段时期中，我们是否有过被迫闲居在一处的人们之间极容易发生的那种痛苦的狱中无谓争吵，我简直想不起来。一般说来，我们相处得很和睦。偶尔发生热烈的争执，主要是关于乌克兰派的问题。

我们这里有两个人是乌克兰派：安德列夫斯基和陀尔果波洛夫。他们已经说服了陀罗欣科，说他既然有这么一个历史性的姓氏，因而也是真正的乌克兰人；从这时候起，陀罗欣科就常常写些甜甜蜜蜜的诗，虽然是用俄文写的，然而采用乌克兰的主题。那个善良而天真的大学生——生在菲奥多西雅的希腊人阿列克塞耶夫，不知怎的也和他搞在一起。我的姓也是以енко结尾的，因此不久之后我在某种程度上变成了安德列夫斯基和陀尔果波洛夫攻击的中心。

在第一卷中，我已经说过，有三种民族性要求占据我这年幼的不同种族的心灵：第一是波兰民族，因为我母亲是波兰人，我们家里都说母亲的波兰话；第二是俄罗斯民族，因为父亲认为自己是俄罗斯人，曾经在波兰起义之后叫家里的人都说俄语；第三是乌克兰民族，是以教师布特凯维奇为代表的，我觉得这个人仿佛在夸示一种异族风。

结果，这精神危机这样地解决了：俄罗斯文学最使我感到兴趣。在我心中，涅克拉索夫胜过谢甫琴科；从小不曾见过的伏尔加河胜过同样不曾见过的德聂伯河；“沮丧忧郁的纤夫”对我心灵的吸引力比谢甫琴科所描写的盖达玛克人强烈得多，更何况盖达玛克人——例如龚塔——曾杀死自己的孩子，只为了这两个孩子像我一样是波兰籍母亲所生。我变成了一个无民族的民粹主义者，在某种程度上是一个世界主义者，同我这一代所有的俄罗斯进步知识分子一样。“谁的生活中没有悲哀和愤怒，谁就不爱祖国。”悲哀和愤怒这两种因素，受到全部俄罗斯文学的激励和培养，在人们的心灵中有力地滋长起来；无论是在乌克兰人李卓古勃[①]和也是乌克兰人的奥辛斯基[②]的心中，或是在跟他们一起把生命献给全俄罗斯解放运动的俄罗斯朋友们的心中，这两种因素都占首位。在不久以前，格鲁舍夫斯基教授就已经对当时的“乌克兰派”作了很恶毒的定评[③]；而当时的乌克兰运动还一直留在“乌克兰派”的范围内，比起吸引我们青年心灵的强大潮流来，是很微弱的。德拉果玛诺夫企图赋与乌克兰运动以政治的和社会的特性。然而实际上，他这工作是在加里西亚进行的，他在那里努力设法把当时占优势的保守的莫斯科派的思潮引导到民粹主义的轨道上去；较为自由的环境使他这

---

① 德米特利·安德列耶维奇·李卓古勃（1850—1879）于 1874 年被捕，并受到“在帝国进行宣传”一案的牵连。“土地与自由社”的创办人之一。1879 年受敖德萨军区法院审判，于 1879 年 8 月 10 日按法院判决被处绞刑。——原编者注

② 瓦列良·安德列耶维奇·奥辛斯基（1852—1879），“土地与自由社”的重要活动家之一。在基辅被捕时，企图武装抵抗，被基辅军区法院判处死刑，于 1879 年 5 月 14 日被绞死。——原编者注

③ 指乌克兰资产阶级民族主义者米·格鲁舍夫斯基的论文《再论大小民族主义》（《俄罗斯公报》1916 年第 122 期）。——原编者注

工作获得了相当宽广的活动范围。他提倡人民所理解的谢甫琴科和柯特略列夫斯基[①]的语言，同时又热烈地劝导加里西亚青年认识俄罗斯文学中同保守思潮作斗争的进步文学。……但是德拉果玛诺夫这工作在俄罗斯不大为人所知。况且我们认为民族文化的问题是局部的问题，应该在共享自由的基础上取得解决。……

我们在这基础上进行争论，主要是在进餐的时候。乌克兰人称俄罗斯人为"无根据的急进主义者"。他们认为只有提倡本族语言和用本族语言来宣传，才能使一般的解放宣传诚恳有力。……在安年斯基还没有来的期间，我须得招架安德列夫斯基和陀尔果波洛夫的主力攻击。安年斯基（人家问起他的故乡时他总是回答"彼得堡城军官街"）十分兴奋而热情地拥护"世界主义"观点，并且用他所固有的幽默态度来叙述敖德萨人和基辅人在"秘密辞汇"方面奔走忙碌的情况。他知道德拉果玛诺夫在加里西亚时期的工作。而正是这工作使他获得了反对"无根据的民族主义"的论证。德拉果玛诺夫在加里西亚的宣传工作的力量，在于能用本族语言对人民说话。……然而说些什么呢？……总不过是关于他们的切身利益、关于为这利益而作的斗争。那么，首先就需要有政治语言的自由。……其余的都可迎刃而解。

往往有这样的情况：争论有时非常热烈，使我们的食堂变成了嗡嗡之声不绝的蜂房。他们嘲笑我们没有根据，我们也指出民族主义没有根据来答复他们。他们非难"俄罗斯人"的民族压迫，我们回答说：乌克兰人的某些阶层也同样参加这种压迫。在这以前不久，有一件事给我个人以十分鲜明的印象。当我在彼得农林学院念书的时候，我有时须得到莫斯科宪兵司令部去送各种物品

① 伊凡·彼得罗维奇·柯特略列夫斯基（1769—1838），著名的乌克兰作家。——原编者注

给被捕的朋友察列夫斯基。有一次，我交付了我所带去的物品，那个值班军官从接待室走出去之后，另一个宪兵军官从隔壁房间走到我这里来，对我说：他听见了我的姓氏，才知道我是他的同乡。他就用感动的语调谈论起我们共同的故乡来，他谈到那边有多么好的“腊肠和蜜糖烧酒”，又唠唠叨叨地说了许多乌克兰的方言和俗语。……我冷淡地听这位“同乡”滔滔不绝地讲话。现在在争论的时候，我和安年斯基就引证这个例子：问题不在于“腊肠和蜜糖烧酒”，而在于不要宪兵，不要宪兵这种职务，无论他们是乌克兰人或是俄罗斯人。而那个时候，正是乌克兰人乐意应募去当宪兵的时期。……

我再说一遍：这一切争论，在一个长时期内是非常温和地进行的，甚至可说具有幽默的性质。例如，我记得有一次，陀尔果波洛夫发起举行谢甫琴科逝世纪念会，为此请得拉普捷夫的许可，在平常的贫乏的午餐中添加了一种蜜饭。他亲自担任烹调，由准尉魏列夏庚做助手。这蜜饭在我们看来是一件大事，可想而知，大家都等得不耐烦了。终于，准尉搬进一只小桌子来，放在房间中央了；陀尔果波洛夫就在桌上供了一大盘蜜饭。安德列夫斯基起来致辞，说明谢甫琴科的意义，我们大家怀着同感用心倾听他的话。知道谢甫琴科的人很多，连不懂乌克兰话的人也知道。陀罗欣科朗诵了自己不很高明的诗作，其中只阐明了一点，即“谢甫琴科热爱自己的人民”。最后轮到陀尔果波洛夫说话了。他站在那盘蜜饭前面，长长的额发悬在盘子的上空，两手支在桌子上，很久默默不语，后来突然跑出房门，到走廊里去了。……这已经使大家的忍耐力受了一番考验。后来陀尔果波洛夫回来了，又把两手支在桌子上，又垂下他的额发来，几乎碰到了那盘蜜饭，于是……又默默不语。……

“好，好，开始吧，尼封特·伊凡诺维奇!”众人发出鼓励的叫声。

然而陀尔果波洛夫照旧默默不语，他的头垂得越来越低。……终于他开始说话了：

“我说，诸位……这蜜饭……先辈塔拉斯[①]……这蜜饭……先辈……”

这可怜的人不能抑制情绪的激动，哭起来了，于是又跑出房门去。

这实在太过分了。听众的忍耐力已经超过了限度，大家就拿着碟子纷纷去盛蜜饭，……转瞬之间蜜饭已经全部告罄。陀尔果波洛夫回到食堂里，用责备的眼光向大家看看，说：

“你们真卑鄙无耻，诸位，真卑鄙无耻！一点也没有留给我。……”

然而监狱毕竟是监狱，在关于相互的“没有根据”的争论中渐渐羼入了激愤的语气。

在这件事上，双方都有过失；说得更正确些，除了监狱之外，谁也没有过失。……争论得厌烦了，就激怒起来，正像有时人们厌恶一切的样子。陀尔果波洛夫有一个响亮高亢的男高音嗓子，每天早上，有时竟比魏列夏庚的信号更早，可以听见他在囚室里反复朗诵一首二行体的诗：

> 唉，我要死啦，我的妈妈呀，
> 唉，我要死——啦，唉——，要死啦！……

后面的不念下去了，然而这哀号声反复得很响亮，很长久，有时往往使得某一个不耐烦的人在床上转侧着愤怒地说：

“见他的鬼！老是嚷着要死要死，老是直着喉咙哇啦哇啦地

---

① 塔拉斯是谢甫琴科的名字。——译者注

叫……”

这种无对象的互相发怒在争论中也愈益频繁起来。总之，民族感情最容易产生无对象的不可理解的愤怒心理；后来这情况表现得非常明显，老教师安德列夫斯基觉察出来了。有一次在进餐的时候，他站起身来，就波隆斯基的一首诗的主题说了几句话。这首诗开头是这样："我的天，我的天，我要很晚才回家。"结尾是一句譬喻："我们这里有人，但没有社会。"① 这些话说得非常及时，非常聪明，使得此后不再有互相发怒的迹象了；至少，不再出现任何激怒的情况了。于是在我心中留下了良好的回忆：关于安德列夫斯基的，关于陀尔果波洛夫的，关于我们滞留在维什尼伏洛乔克政治监狱中的这一段时期的。

9
第一批囚犯出发。华沙无产阶级分子和普列威的官运的开端。共产主义者和贵族

春天到了，伏尔加河开冻了，我们就开始考虑即将来临的远行，因为我们对于伊美列津斯基公爵的降临并不期望有什么后果。终于，记得是五月初，我们打听到第一批囚犯就要从维什尼伏洛乔克政治监狱出发了。

我没有被分配在这一批人里面，觉得很遗憾，因为安年斯基是被分配在内的。其中还有伏洛霍夫、施威佐夫、安德列夫斯基和巴

① 雅·彼·波隆斯基的诗篇《在做客的归途上》，开头是这样："可爱的严寒。这一夜该是明亮的。……"每一节都用这样的句子来结束："我的天！我的天！我要很晚才回家！"在倒数第二节里有这样的句子："我们这里有所谓世界，而且还有人，然而没有社会。……"——原编者注

甫连科夫。安德列夫斯基不久就生病了，他要求作体格检查。他在教育部方面的确被认为是一个优秀教师，他就利用自己在这方面的一切人情关系，获得了留下来的许可，起初只是不参加第一批，后来连第二批也没有参加，终于完全恢复自由，在内地的一个中学里当了学监。他的健康的确受到很大的损害。

无论是我，或是远道来探望我的母亲和两个妹妹，都同安年斯基及其家属建立了非常巩固的友谊，这友谊竟成了永恒的。我们两人一同被监禁，两家的家属一同来探监，在这种情况之下，双方的友谊自然会巩固起来。我曾企望和安年斯基流放到同一个地方。他的夫人亚历山德拉·尼基齐奇娜当时就已经是一位有名的儿童文学作家，她决定带着她的甥女跟随丈夫前去。我的母亲和两个妹妹当时要到克拉斯诺雅尔斯克妹夫那里去；我认为我们两个友爱的家庭很可能会同住在某一个地方。然而第一批的名单公布出来，其中没有我的名字。

一天早上，监狱里来了一支阵容坚强的押送队。他们叫出被指定出发的人来，起初叫他们到办公室里，后来叫他们到院子里去排队。物件经过检查之后，搬出来装在运货马车上了。特维尔省长办公室里的一个官员宣读名单，其中说明了流放犯们被流放的“理由”。这大抵是根据例行圣旨而作的非常笼统的指示，对它不大有人关心。囚犯们笑着走过窗前跟留下来的朋友们谈话。我们当然都挨近窗栅栏去，努力设法和他们交换最后的祝词。我记得这一次，这一批人里少数的非特权阶级，都戴上了手铐。这已经是显著的非法措施，因为按照法律，只有被剥夺权利之后才戴镣铐。……但我记得柯茹霍夫的富有表情的姿态：他在这一批出发前最后的瞬间向我们的窗子举起他那双戴着手铐的手来。这可能引起抗议，然而监狱的院子的大门立刻打开了，排成纵队的囚犯们就夹在两排兵士中间走出院子去。……过了不久，这纵队出现在监狱旁边的公路上了。记得那时候我心中不禁发生了一种特殊的感想：仿佛这些偶然地会合在这里的人都是亲人，现在我的心不禁跟着他们驰往那不可知的远方去了。被后面的一阵祝福声和告别声护送着，这支整齐的纵队沿着公路前进，不久就在烟尘里隐没了。

我们离开窗子，回到那令人厌恶的、空落落的监狱里。我们这间大囚室特别显得空虚，少了安年斯基、巴甫连科夫、魏列夏庚、伏洛霍夫和柯茹霍夫这么多人。然而过了不久，我们的囚室里又充满了人，甚至太多了些。

我们这里新来了许多囚犯，过了一个短时期，人数已经增加到六七十名。有一个时期，我们的监狱里竟来过一个五岁光景的小女孩，她是跟她的波兰籍母亲一同到这里来的，但在这里没有待多久。这是一个很可爱很文雅的孩子，她睁大了那双淡蓝色的小眼睛察看这个新环境。在放风的时候，她在院子里跑来跑去，每一个角落里都要去张望一下；有时跑到警卫兵那里，天真烂漫地用波兰话向他们提出些问题。她对陆军少尉索洛维约夫佩着的那把军刀特别感兴趣。索洛维约夫走起路来，常常让这把军刀锵锵地碰击路面，有一次，他用美妙的姿态把身子倚在这把军刀上，一面和一个人谈话。这女孩子竟跑到他后面，好奇地握住了这个致命的武器的柄。必须指出：这个陆军少尉平常总是竭力对我们表示嫌恶，性情非常严厉。当我们出去放风的时候，他认为有必要当我们的面把子弹分发给警卫兵们，并且大声地教导他们，必要时一定得运用这些子弹。他自己经常在作战斗的准备；这一次他感觉到后面有人握住了他的军刀，就猛地转过身去，岂知站在他面前的是一个蓝眼睛的女孩子，正在好奇地注视这个引起她兴趣的叔叔。看到这光景，不单是我们，连警卫兵们也都笑起来了。

新来的囚犯之中，从华沙堡垒遣送来的同所谓“无产阶级”一案有关的波兰大学生占很大的数量[①]。这是一个马克思社会主义倾向的秘密革命团体。这团体在城市工人居民中间活动。在波兰，工人无产阶级在那时候就已经比我们这里多，而且其文化程度也许比我们这里的高。农民解放，特别是一八六三年的波兰起义及其赔款和剥夺领地，对波兰地主们的影响比在俄国强烈得多。数量很可观的青年都中途辍学，被逼得非从事体力劳动不可。瓦茨拉夫·谢罗舍夫斯基便是这样的一个工人知识分子，他写的诗很出色，后来在波兰文学和俄罗斯文学上获得广大的声望。华沙大学生们通过这些旧时的同学，很容易把社会主义的宣传贯彻到工人中去。在另一方面，无产阶级分子同年轻的波兰文学有联系。我曾谈到我在白桦屯和波普拉甫斯基相会的情况。他也是这秘密团体中的一员，同时又当过《每周评论》报的撰稿人；在这报社里工作的，是一些所谓“实证论者”，其中包括斯文托霍甫斯基和显克微支。现在到我们维什尼伏洛乔克政治监狱里来的，也是《每周评论》的撰稿人，是文茨科夫斯基、盖林格，似乎还有别的人。

这个案件在当时引起了人们的严重的注意，而维·康·普列威也与此案一同引起了上层社会的注目。他当时还只是华沙高等法院的一个小小的副检察官。正检察官的姓氏，如果我没有记错的话，是乌斯齐莫维奇[②]。这个人很怪诞，抱着半宗派主义的思想方式而兼任检察官的职务。后来，他辞掉了这大有可为的职务之后，开始在伏尔加河沿岸的一个城市里发行一种半托尔斯泰主义的小报。对无产阶级分子一案的审讯结束之后，一份详细的报告呈到部里，乌斯齐莫维奇理应为此案获得奖赏。然而他显然并不重视这奖赏，就

① 柯罗连科以下所叙述的那些囚犯，属于华沙社会革命宣传的案件。此案发生于1878年，于1880年4月2日按行政命令判决被告137人。——原编者注

② 当时华沙高等法院的检察官是尼古拉·阿列克塞耶维奇·特拉希莫夫斯基。——原编者注

动身赴彼得堡，向部里说明：实际上此案并不是由他经手，而是他的年轻的副检察官普列威搞的。这就初次引起了上层官僚界对这位平凡的、那时还不很闻名的未来部长的赏识。

来到我们这里的无产阶级分子讲了许多关于这位法律界的新红人的事，对他显然怀着极大的兴味。照他们的说法，普列威无疑是一个聪明能干的人，然而是一个厚颜无耻的功利主义者。他喜欢同被审问的人作原则性的非正式谈话，同时把自己说成是一个坚定不移的立宪主义者。他说："俄国早已达到政治成熟和立宪统治的时期了。有教养的人都已经意识到这一点，皇上也意识到了。只有你们这班革命者妨碍这改革。不管怎么说，仅就自尊心而言，也不容许在斗争的时候颁布宪法。因为这仿佛是被迫的让步；而专制政体还不至于那么懦弱。"因此连真正的自由主义者们，就像普列威他自己，也认为必须和革命作斗争，以便替改革扫清道路。……

首先平乱，然后改革。

这些波兰青年不同于俄罗斯大学生之处，在于他们有较高的表面的文化修养。其中有非常文雅的人物，在监狱的环境中看来是很奇特的。其中突出的是青年工程师文茨科夫斯基，他在彼得堡住过，由于在会议上发言生动而引人注目，后来完全和彼得堡知识界人士合流了。我还记得盖林格，这人曾在《每周评论》上，似乎又曾在《声报》上发表经济学论文；又记得格拉保夫斯基两兄弟，哥哥是个医生。这医生当时在维什尼伏洛乔克政治监狱的全部囚犯中恐怕是最年长的了。他那阔大而浓密的黑胡须中已经闪现出美丽的白须来。我还记得阿勃拉莫维奇、奥古斯托维奇、加尔彼林、罗加尔斯基、蒙德希坦和另外一个医生达尼洛维奇。这些都是好青年和益友，不久我就和他们混得很熟了。此后维什尼伏洛乔克政治监狱中的生活依照以往的常轨进行，直到……发生了完全出乎意料之外的冲突，把我们和睦相处的一伙划分成了"贵族"和"民主主义者"或共产主义者。

这种派别的划分是这样产生的：在这以前，维什尼伏洛乔克政治监狱里彼此之间的态度一向单纯而友爱。我们之中有些人是“特权阶级”；有些人是“非特权阶级”，从公家领得的口粮较少。事实上，这分别当然是不存在的，因为厨房是共同的。当第一批人准备出发的时候，我们力求查明有多少钱可以存在公共储金里，以便使每个人到达了目的地之后，可以带些钱出狱，即使是几个卢布也好。为此，钱较多的人，都自动地决定他们能存多少钱在公共储金里。这种举动完全出自坦率的友谊，并没有引起任何人的怀疑。

当第二批人准备出发的时候，我们也决定要查明可能有多少公共储金。我拿了铅笔和纸张坐在桌子旁边，开始做登记工作。起初一切都同上次一样地进行，我认为做做登记工作是一件极简单的事；但是突然发生了意外的阻碍。

我们之中有一个叫做罗日杰斯特文斯基的，是一个大学生，记得是萨拉托夫的神学校出身。他还是最近来到维什尼伏洛乔克政治监狱的，样子非常可怜：满面都长着一种湿疹，这种湿疹似乎是由于他久居狱中和长期在“俱乐部”里谈话而来的。在拘押所里，倘使用一种特殊的方法把厕所的贮水槽里的水取出，可以借助抽水马桶的管子从一层楼向另一层楼通话。这个“俱乐部”并不怎么舒服，然而有几个爱好者往往接连几天地在这管子里谈话，而罗日杰斯特文斯基显然是很喜欢和人交谈的。不管怎么样，总之，他到我们这里来的时候满面都是湿疹，戴着一副很大的墨镜，使他那斑斑驳驳的面孔好像一只猫头鹰。我们很快就对这个极温厚的人发生了好感，不知为什么给他起了一个绰号叫做“牺牲者”。他立刻走上了我们维什尼伏洛乔克生活的轨道，高兴地、然而不很灵巧地参加我们的斯巴达游戏。做跳背游戏时，我们看到他骑在弯腰站着的朋友的脖子上的姿态，都哈哈大笑。这光景的确是所谓“可以入画”的：一个人弯着腰，另一个人正襟危坐在他的肩膀上，两手颤抖地抓住他的肩膀，脸上都是湿疹，眼睛上罩着两个黑圈圈。

我们的一向友爱和睦的监狱生活，注定要由这个极其温良又并不愚蠢的人来破坏。轮到他声明自己加入公共储金的股份的时候，他走到桌子边来，用强硬的口气说：

“我……捐助一个卢布。……捐助一个卢布救济穷人！……”

接着克涅捷夫斯基也跑过来，用手在桌子上敲一下，照样地说：

“我也捐助一个卢布给穷人。……”

事情渐渐地弄明白了：原来他们的意思是，自动凑集款项就是“捐助”，这含有侮辱性质。他们自成了一派，认为不应该用自动捐助的办法，而应该把财产强行分配。每一个人都说出来：自己有多少钱；然后由“公众”来平分。

这“变革”的中心人物显然是克涅捷夫斯基，就是那个极严厉的人，他曾经那么残忍地对待我们集体创作的长篇小说，大家怀疑这小说是被他查禁的。他所提出的口号看来似乎很正确，于是有许多善良可亲的人立刻附和他，例如“牺牲者”、彼佳·波波夫、施威佐夫等等。工人们立刻站在“共产主义者”这方面，而觉得接受“自愿捐助”是屈辱的。波兰人大多数是“个人主义者”，都退向“贵族”的阵营里去了。

我起初对于“牺牲者”所提出的这个“问题”并不介意。我以为这只是“一杯水里的风波”，是监狱里常有的情形。然而不久就暴露了问题的较严重的一面。那个叫做达尼洛维奇的波兰人到我这里来，讲了下面的一件事给我听：他有一个未婚妻在莫斯科，是一个病人，身体衰弱得很，眼看不久于人世了。还在华沙的时候，他们就决定举行婚礼。这结婚不是为了幸福生活，却是为了要使这个缠绵病榻的人尽可能安心地死去。他的亲近的朋友们凑集了一笔小小的款子送给他们，主要不是为了达尼洛维奇，而是为了他的未婚妻。现在这笔款子就被认为是达尼洛维奇所有的。他为什么要把这笔钱送给由于政府的措施而偶然会集拢来的狱友们呢？……我就走进克涅捷夫斯基的囚室里去，那里正在用民主观点来讨论问题，我向他们提出了这个问题，但是没有说出其人的姓名。有几个人沉思起来，但是克涅捷夫斯基坚决地说：

"叫他向公众去说明吧。公众会加以判断，也许会同意他的要求的。"

这显然是荒谬的，竟使得波兰人都愤慨起来。他们认为这所谓"公众"，只是指一同监禁的狱友，他们准备在这范围内做他们所可能做的事。然而其中每一个人在外界和别的监狱里都有更加密切的联系，他们不愿意把这种关系交给这监狱里偶然结合的成员去评判。……

从这时候起，维什尼伏洛乔克政治监狱中一向和平的生活就被破坏了。以前是朋友的人，现在加入了"敌对集团"。我记得有这样的一件事：我们之中有一个工人，叫做杰维特尼科夫。这是一个样子很结实、个子不高而显然富有膂力的白俄罗斯人。他曾到美国去寻找真理和美好生活。初看见他的时候，觉得这人像一只熊；我在我的短篇小说《哑口无言》中描写柳林村的居民马特威以及他同向他提出拳斗的那个美国人之间的斗争的时候，我眼前部分地显现出杰维特尼科夫这个人物来，因为正是他有过这样的情况。然而，这个人虽然样子像一只熊，却是神经质的，同柔弱的小孩子一样，对一切事情都有夸大的看法。起初，支配着维什尼伏洛乔克政治监狱的纯朴友爱的气氛使他十分欢喜。他力求补充他的教育，请求几个人——我也在内——教他几种功课。我请求伊波里特·巴甫洛维奇允许我们在早上点名之前在空着的食堂里教课。他得知了这消息非常高兴，我们第一次从各自的囚室里走到食堂里去的时候，他跑过来搂住了我的脖子，流出眼泪来。自从我们的和平体制发生变革之后，杰维特尼科夫变成了共产主义者；我呢，为了痛恨克涅捷夫斯基的主张，坚决地退到了贵族个人主义者方面。此后的第一个早上，杰维特尼科夫来上课的时候样子十分颓丧：他对于我们的属于两个不同的党派，觉得不能容忍；甚至连初等数学的一般问题也不大做得出了。

后来，“共产主义者”之间开始发生一些不愉快的争执。有一个工人气愤地跑来看我，说他们中间流传着这样的谈话：克涅捷夫斯基是他们的集团的首领，然而有几个人知道，他的罩衫的衣领里缝着七十五个卢布，他并没有把这笔钱向公众报告。这件事引起了许多人的反感和卑鄙的怀疑。克涅捷夫斯基声明，说这笔钱是他个人留作有越狱机会时用的。这当然是真的。但是反对他的人指出：所谓“越狱机会”，正是同志们有发言权和公决权的那种机会。克涅捷夫斯基对这种指责竟用威胁来答复：有谁敢提起这个问题，他就揍他。

总之，我们在维什尼伏洛乔克政治监狱中这段时期的生活，保存在我的回忆中的远不及初期那么安宁。然而这里有许多有趣的朋友，而且我们的“共产主义”事件在克涅捷夫斯基那件事发生之后逐渐退避到后景上去了，这两个原因使得我的回忆缓和了些。然而“共产主义”作风在我们登程出发之后还维持着，直到西伯利亚途中的某一个旅站上，方始由于发生了一件可笑的事而逐渐消散了。

10

政治犯队伍在旅程中。农民库利曾的经历。我被推选为领队人，并确切地获悉了我被流放雅库梯州的原因

终于轮到我们了。记得是在一八七九年[①]七月的下半月，一批

① 这里是作者笔误，应该是 1880 年。这一批犯人的出发日期是 7 月 17 日。那一天柯罗连科写了一封短信给他弟弟伊拉利昂，告诉他：“我是在快要动身的时候写的，一个钟头之后我们就要出发了。”——原编者注

人从维什尼伏洛乔克政治监狱出发，我也被分派在内。一切手续都同第一次一样。省长派来的一个官员用单调的声音宣读名单及指令条例。……我们都忙着和留在这里的狱友们谈话，我竟无心倾听我到底是为了什么才被流放的。不消说，总不过是思想极端危险而特别有毒害。……没有什么听头。然而这手续完毕之后，有一个狱友走过来对我说：

“喂，……原来你在流放中逃亡过？为什么你没有把这件事告诉我们？”

我吃了一惊。

“这话你从哪里听来的？”

“刚才那官员宣读的。”

“不会有这种事。……大概是你听错了吧。……”

狱友们之间就发生了争执。其中有几个人断言，他们也曾听到这一类的话，然而是关于另一个人的。于是只有向最初的来源去查明这个问题。那官员正在一张桌子上把公文装进皮包里去，但是当我挤到桌子边去问他的时候，他匆匆地回答我说：

“我已经宣读过了。”

然后赶紧收拾好物件，消失在一群警卫军官和别的长官们之间了。狱友们愤激地喧噪起来。当时如果我坚持到底，很可能出乱子。但是我认为这里面大概有些误解，就不再追究了。

大概不是为了逃亡；不管是为什么，反正都是一样！当我们步行到车站（约两俄里），坐上有栅栏的囚犯车厢的时候，这件事就从我头脑中消失，我的注意力集中于迎接新印象了。

我们被火车载送到下诺夫哥罗德，中途没有在莫斯科停留，一到那里立刻坐上一只载囚犯的平底船[①]。从这里到彼尔姆，须走伏

---

① 柯罗连科 1880 年的记事册中指出，这是 7 月 18 日的事。——原编者注

尔加河和卡马河。我们已经从先走的狱友们的来信中知道这是最有趣味的一段路：载囚犯的平底船由库尔巴托夫的一只不很大的客轮拖着走，平稳地在伏尔加河和卡马河的景色如画的两岸之间行驶；即使是生病的人，出狱之后走上这条路也会痊愈。

船须在下一天开出，因为莫斯科和姆岑斯克有几个人要来参加我们这一批，而从那里开来的火车，记得是在清早到达的。我们一上船，立刻注意到一个青年人，这人身穿便衣，头戴一顶白色的便帽，一举一动都发出脚镣的叮当声。这个人原来就是伊凡·伊凡诺维奇·巴宾①，是在早期的一次诉讼案中和加莫夫、德莫霍夫斯基等人一同被判罪的。

听到这个人的姓名，我的记忆中便浮现出我当专科学生的最初几年中的一件事情来。有一个时期我们有一班朋友异常迷恋戏剧。在那个季节里，巴蒂和尼尔松同时在大歌剧院登台。座位全部被预订去，只剩下最高处的楼座。要买这几十个座位的戏票，须得在剧院的入口处站几个通宵。我们不顾这种麻烦和经济的拮据，还是常常去买这种廉价戏票。我们必须在上一夜十一点钟光景来到剧院入口处。这入口处面向剧院广场，傍着军官街。从这里可以望见运河对面的立陶宛监狱堡垒的黑魆魆的大门。一群经常来买票的老观众全都互相认识了，造成了一种惯例，大家说笑话，寻乐趣，借以消磨等待的时间。有一次，在清晨的微光中，立陶宛堡垒的大门突然打开；里面开出一辆带篷的囚车来，周围拥着一队骑马的宪兵。他们在我们旁边飞驰而过，在剧院的一角上消失了。过了不多时，有一个谁也不认识的大学生走近来告诉我们说：刚才载去的是最近的

① 伊凡·伊凡诺维奇·巴宾（1850—1907）先后在彼得堡大学和莫斯科大学求学；属于亚·瓦·陀尔古欣的小组。1875 年被判处苦役刑五年，在诺沃别尔戈罗德的苦役刑监狱中服役。1880 年被流放到雅库茨克做移民，后来“为了毒害影响”而转徙雅库梯州阿姆加村。——原编者注

案件中所判决的政治犯。他说出几个人的姓氏来，其中包括巴宾。他们是被载到骏马广场去，现在正在断头台上执行剥夺他们权利的手续。

那时候对于被判罪的贵族还采用这样的惩罚方式：在断头台上由刽子手在被判罪者的头上折断一把宝剑。我清楚地记得这个烟雾弥漫而雨雪交加的彼得堡的早晨，以及这辆由骑着马奔驰的宪兵监护着的黑色轿车。从这天早晨起，连我的戏瘾也开始衰退了。……

巴宾曾经在别尔戈罗德中央监狱住过几年，现在出现在我们之中了。他在发配东西伯利亚做移民以前虽然曾在姆岑斯克狱中过了几个月较为自由的生活，然而还是保留着多年痛苦的监禁生活的痕迹。他面色如土，用异样的眼光环视好奇地包围着他的人群。我们也把他看作来自另一个世界的人。

晚上，我们的平底船被带到库尔巴托夫码头上，并排在客轮旁边了。我们被关在底舱里。在一间很大的房间中央，有一条用铁栅隔开的通道。几个警卫宪兵站在通道上，可以看见我们的一举一动。小小的圆窗洞都敞开着，用以流通空气。我从一个窗洞中眺望，想看看伏尔加河，然而看不见。因为我们的船紧贴着那只客轮，我们的圆窗洞正对着客轮的船舱上一个也是圆形的窗洞。有一家人正在那里喝茶。有一个卷发小姑娘向窗洞里张望一下，她显然是看见我们的窗洞靠近他们，而窗洞里有囚犯在那里张望，因而感到兴味。

“妈妈，妈妈！……”这女孩子叽叽喳喳地叫起来。一个漂亮的女人走近窗子来张望一下，立刻嫌恶地拉上了窗帘。大概她认为我们在近旁会给人坏影响，也许竟是危险的。

第二天清早，我们的平底船由客轮拖着，平稳地开出了。经过检查之后，放我们到甲板上；当平底船绕过一座山，城市望不见了的时候，有空格的帆布篷拉开了，我们就可以毫无障碍地欣赏伏尔加河两岸的美妙的全景。我们的航程就这样开始了，我相信有许多人直到现在还能津津有味地回忆这段旅程。天色晴朗，我们一连好几天待在甲板上，和新上船的同伴们相结识。我们的朋友之中有两个人的未婚妻是关在莫斯科监狱里的，现在来和他们同行了。其中一个女人年纪已过青春，病魔缠身，衰弱无力；另一个女人年纪很轻，也很消瘦而苍白，一双深沉的黑眼睛非常美丽，眼光里还保留着孩子气的表情。参加到我们这里来的，还有从姆岑斯克监狱里来的一批人，我记得其中有一个叫做别洛康斯基[①]的，后来是很有名的作家，当时是敖德萨几家报纸的撰稿人；还有政治苦役犯柯连金娜和别尔德尼科夫[②]。后者是一个青年，身体很胖，同巴宾一样叮叮当当地戴着脚镣。

还有一个特殊人物引起大家的注意。这是一个普通农民，也是在下诺夫哥罗德加入我们这一伙的，不过他是从特维尔省被送到下诺夫哥罗德来的。他那双天真的灰色眼睛老是向我们张望，其中可以看出困惑和恐怖的神色，他对我们这伙人显然感到陌生而不习惯。我们也觉得奇怪：这个不折不扣的乡下人不知为什么落入了政治犯的队伍里。起初他回避所有的人，但是后来他看见我们之中也有工人，即所谓自家人，他就和其中某几个人谈起话来，坦率地说出了他被流放的经过。

他的经历很奇特。他姓库利曾，是特维尔省的一个本地农民，除了务农之外又经商。他显然已经逐渐变成了乡村富农；但他仍不

---

① 伊凡·彼得罗维奇·别洛康斯基（1855—1931），地方自治会的自由主义活动家和政论家。1879年被捕，流放叶尼塞省五年。别洛康斯基在回忆录《时间的贡献》中叙述他被流放西伯利亚的情形，其中谈起同柯罗连科、他的母亲爱薇里娜·约瑟福夫娜和妹妹玛利亚·加拉克齐昂诺夫娜会面的情况。别洛康斯基曾和柯罗连科长期通信。柯罗连科给他的信，一部分发表在《柯罗连科书信集。1833—1921年柯罗连科致别洛康斯基书简》中（1922年莫斯科版）。——原编者注

② 列昂齐·费多罗维奇·别尔德尼科夫（1852—1936）在1877年是“土地与自由社”的活动家之一。曾参与制定谋杀宪兵司令梅甸采夫的计划。1878年被捕，由彼得堡军区法院判处苦役刑十五年。——原编者注

放弃种田，还是分享着同村人的一切利益。他们村子里的农民为了土地同一个地主打官司，库利曾热心地参与其事。我在前面已经说起过某些地方对谋刺沙皇的看法；彼得堡和萨拉托夫的工人们在沙皇登基纪念日攻击知识分子和一般的上流人物；特维尔省里有一群农民曾驱逐一个县警察局长。当时的忠君思想，一般地显示出一种特殊的普加乔夫式倾向来：拥护沙皇而反对谋害他的上流人物。库利曾所住的村子里的农民们认为，现在他们同地主打官司最好的办法便是作政治告密。这秘密报告就在库利曾的小店里拟就，并且有库利曾参加在内。报告中说：有一个陌生人来到他们的地主家里，地主和他秘密地关在书房里，低声商谈了很久，此后就发生了谋刺沙皇的事件。这正是人心惶惶的时期。于是突然一群宪兵闯进地主家里，进行搜查；农民们很高兴，以为官司打赢了。然而这秘密报告里谈到了一个有势力的人物，记得还是当时莫斯科总督陀尔果鲁科夫的亲戚。农民们的幼稚的伪造报告的底细立刻被拆穿了。有几个农民被逮捕了；库利曾显然是主谋者，就被判决作为……“政治犯”流放西伯利亚。

他十分坦率地把这一切情况告诉工人们，以为他们是完全同情他的。

“你们想哪，……我们的地主反对沙皇。我们农民可怜沙皇，这才写秘密报告上去。……可是，你瞧，长官不去流放他，倒来流放我。可见得沙皇身边没有忠臣。”

此后就有许多人不理睬这个效忠沙皇的告密者；但我对于他的人生观发生兴味。这种人生观和我所认识的农民请愿代表们具有共同的基础；然而就最终结论而言是相去极远的。我决心更加用心地观察库利曾。

我们沿着卡马河来到彼尔姆。在这里，我们被从船上直接送上乌拉尔铁路的火车，载到了叶卡捷琳堡。从这里到秋明，用运货马车来载送我们，每辆坐两个人，可以自由挑选旅伴。我挑选了别人所不要的库利曾。他显然很感激，欣然表示同意。

我们的车辆在宽广的西伯利亚大道上形成了长长的行列。我们在波浪起伏、还未成熟的谷物中间行驶。库利曾睁大了眼睛观察着一切，怀着纯粹孩子气的好奇心，这好奇心当然集中在农民最感兴味的东西上。和我们同车的有两个武装的押送兵和一个驾车的农民。库利曾常常问这农民：

“这块地是谁的？……那末这块呢？……这块呢？”

马车夫老是用同样的话回答他：

“谁的！当然是农民的啰。……”

“那末你们这里地主的地在哪里呢？”库利曾诧异地问。

“什么地主？……我们这里从来没有地主。”

库利曾惊讶地向我看看，甚至在自己膝盖上拍了一下。……

“你听到过这话吗，啊？哎哟，我的老弟，你们真好福气！……我们那儿地主多得像狗毛。……或者是鬼把他们放在一只漏袋袋里撒下来的。真是！我们那儿地主密密麻麻，你们这儿空空落落。你们真好福气啊！还说西伯利亚不好呢！”

于是他觉得西伯利亚并不怎么可怕了。他甚至还作一种打算：等他到了目的地之后，写信去叫他的妻子马特缭娜·伊凡诺夫娜到这里来。……

“唉，老弟！”他用信任的语调对我说，“我看看你们那些女人，那些女政治犯，都是些有气没力、看不上眼的人！我的马特缭娜·伊凡诺夫娜可完全不是那号人。……这个女人真了不起，我告诉你，简直是一把好手。什么事她都能做。在田里收割呀，在店铺里做生意呀，干什么都行。……我们有钱，可以租一点田地，开一个铺子。……你看怎么样，啊？你听我说：等我们住定了，我就写信给你，……你也请求调到我们这里来，真的！我很喜欢你。我们请你当帮工，大家住在一起。……”

我笑了，然而库利曾的话原来是很认真的。大约过了四个月，我通过流放犯督办公署收到他的一封信，信中通知我说，他已经在外贝加尔地区某地定居下来，这地方极好，田地也足够。……他出于友谊邀请我到他那边去，正像他在路上允许我的那样，甚至已经替我物色到一个未婚妻。……

总之，在这宽阔的大道上，在繁茂的秧苗中间，库利曾乐得心花怒放。不久以前的恐怖之色在他身上已经影迹全无。他说笑话，唱歌，喋喋不休地谈论“好福气的西伯利亚地方”和倒霉的俄罗斯，诙谐百出。因此在整个行列中，我们的车子恐怕是最愉快的了。……

我们就这样来到了一个地方，这里的境界上立着一根有国徽纹样的石柱，一边是彼尔姆省，另一边是托博尔省。这里就是西伯利亚的开始处。我们的长长的行列在这里停止了。大家心里蠢动着一种特殊的感觉，仿佛这境界清楚地横在每个人的心中。女人们走下车子，到路旁去采花了。有几个人抓了“一掬故乡之土”，总之，所有的人都有点感动。

我记不清楚是在这里呢，还是在大道上另一处像这样停歇下来的地方，库利曾碰到了一桩可能引起悲惨结果的小小的事故。他也走下车子来，向四周眺望。我们的马车形成长长的一列停留在大道上，大道两旁围着沟渠。离开大道不远的地方望得见一丛小树林，小树林后面便是茂密的森林。库利曾愉快地微笑着，突然奔跑起来，跳过沟渠，他的身子就闪现在稀疏的树干和灌木丛中间了。

这完全是突如其来的，因此我们不能理解他这行为的意义。一个押送兵跳下车去，急忙举起枪来。这可怜的人关于“有福气的生活”的梦想眼看要发生意外的结果了；正在这时候，我们这个逃亡者突然从身上解下皮带，一边跑，一边作出几个动作，这些动作表明了他的意图是极驯良的。我们总算抓住了押送兵的手。后来我们告诉库利曾，说他碰到了怎样的危险，他吃惊地划了一个十字。

“难道你要开枪，你这怪人!”他对押送兵说，“我才不想怎么样呢! ……”

“这是警卫兵应尽的责任，……”押送兵回答他，“你为什么要跑呢? ……难道可以容许犯人像兔子一样奔跑吗? ……”

我们的行列走得十分慢，晚上在驿站上过夜。……我们维什尼伏洛乔克的一队流放犯所选定的领队人是格拉保夫斯基，有一次，经过他的一番交涉，押送人允许我们在驿站的院子里过夜。记得这是一个温暖的夜晚，月亮高挂在天空中。……我们之中有好几对青年夫妻，在其余的人都入睡之后，他们又坐了很久，悄悄地谈着情话。……

我们就这样来到了秋明①。这城里有一个著名的“流放犯督办公署”，由这公署把流放犯分配到西西伯利亚各地。我们被载到一个大监狱面前的广场上，我们在这里看到了我们第一批中的一部分人，非常高兴。最初到栅栏边来望我们的是准尉魏列夏庚，后来是柯茹霍夫、施威佐夫、安年斯基。大家就在广场和监狱之间热烈地互相问候和交谈，旁边的人群不久也参加进来了。记得这一天是假日，又是集市日。……然而不久就知道我们不是留在这里的。他们选出了约二十个人留在西西伯利亚，其余的人早就有船在码头上等候着，我们须得乘船走图拉河顺流而下，转入托博尔河和额尔齐斯河。经过了托博尔斯克之后，我们的船就沿着额尔齐斯河北上，于是伏尔加河和卡马河的美景就变成了人烟稀少的西伯利亚河岸的凄凉景色。

---

① 包括柯罗连科在内的这一批流放犯于 1880 年 7 月 30 至 31 日间经过秋明。——原编者注

这时候我就潜心于回想，写了一篇特写《不像样的城市》，其中描写格拉佐夫城，刻意模仿乌斯宾斯基的笔调。这篇特写曾经刊载在《语言》杂志上[①]。我又试行追记关于白桦屯的一些印象，但是后来把它们寄往彼得堡，编辑部答复我说：这些文章只能在外国的秘密报刊上发表[②]。

我们来到萨马罗沃大村，这里是我们所到的最北面的地方；由此沿鄂毕河南行，经过苏尔古特和那雷姆。鄂毕河比额尔齐斯河更加冷落而荒凉。有时冻土带绵延数十俄里，上面长着苍白的河柳。人的心情也随着这些景物而更加晦暗，更加容易发怒了。同伴们和领队人之间发生了一些不愉快的事件。格拉保夫斯基为人很不错，但他不理解暴躁易怒的青年们的心情。他认为事情很简单：我们被遣送，就应该服从，尽可能避免冲突。然而在这些场合下，有一种复杂的二重心理起着作用。在我们的船上，除了政治犯之外，还有一批刑事犯。押送我们的是宪兵，押送刑事犯的是普通的押送兵。这押送队的队长是一个军官；押送我们的上校符拉季米罗夫——就像一般常有的情况那样——担心这军官会把政治犯不守纪律的情况去向上头告密。我们长久地留在甲板上，到码头时不停止唱歌，有时我们的歌曲具有不很合法的性质。符拉季米罗夫要求我们更加服从些；格拉保夫斯基仅仅传达这些要求还不满足，自己又添加了一些关于必须服从的开导话。他的话大部分是正确的，然而因为他的劝告有时具有长辈教训的性质，有时又带有教师的口气，而且可能给宪兵们听到，这就激怒了群众。大家觉得：如果在这种情况下让步了一次，更进一步的要求就会接踵而来，没有个完，直到连荒谬的要求也只得甘心服从。

---

① 特写《不像样的城市》发表在1880年《语言》杂志第二期上。——原编者注
② 指《在白桦屯》这组特写。——原编者注

在另一方面，群众（我们共有一百个人左右）之中往往有不少性情过分暴躁或不知深浅的人，这些人会使关系尖锐化，转向别的方面。我们之中也有几个这样的人，其中有一个叫做巴拉诺夫的，是彼得堡或莫斯科的一个裁缝助手。这人身材矮壮，长着一双火辣辣的黑眼睛，脾气经常暴躁。还在伏尔加河上船的时候，我们就受过一次很表面的行李检查，但留下了许多狱规所禁止的东西，例如小刀、铅笔、记事册等。巴拉诺夫有一把刀和一把剪刀，他有时用它们来干活。使用的时候当然应该不让人看见。然而巴拉诺夫把他的工具全部拿到甲板上来，故意陈列在自己周围，这当然引起了押送兵的愤慨和诧异。

格拉保夫斯基虽然常常口出怨言，总算勉强到达了西伯利亚。结果形成了两个方面：一方面是我们全体流放犯，我们对巴拉诺夫和其他同样性情的人的狂妄行为虽然一般说来是不赞成的，然而对完全服从却表示坚决反对；另一方面是符拉季米罗夫和我们的领队人。两方面的关系尖锐化起来，符拉季米罗夫忍耐不住了，对格拉保夫斯基表示：他要重新检查行李。格拉保夫斯基就把这一点预先通知了流放犯。

这消息引起了很大的骚动，有许多人竟准备反击了。记得中尉索洛维约夫——一个脾气异常暴躁的人——立刻脱下自己那双长统靴来，准备拿它当作防御武器。事态很可能恶化，因为有许多不同情巴拉诺夫的挑战式行为的人，纯粹为了友谊的关系也准备采取极端的反抗措施。押送兵可能会使用武器。

这时候彼佳·波波夫和另外几个人到我这里来对我说：格拉保夫斯基要辞职，大伙儿要推选我作领队人。我认为不应该推辞。我们讲这番话的时候不是所有的人都在场。我就要求他们转告同伴们：我一般说来是站在格拉保夫斯基这边而不赞成挑战式的抗议行为的；但如果大家在这条件下仍然要推选我，那我就不推辞。大家一致推选了我[①]，我就明白：实际上绝大多数人都是反对无益的挑衅行为的。

下一天，我们来到一个码头上，购买物品的工作就要归我办理了。钱是由符拉季米罗夫支付的，他对我很冷淡。我对他也一样。船离开码头之后，他对我说，他打算进行一次搜查，叫我把这话转告大家。我说：我可以转告，但是我不能保证这次搜查平安无事地进行。结果，符拉季米罗夫这一天并没有搜查，下一天也没有搜查。这时候，大多数朋友要求巴拉诺夫勿再展示他的工具。他听了这话大为愤慨，竟跑到一个宪兵面前，把那把刀在他鼻子跟前晃几晃，然后把它丢在水里了。

骚乱渐渐平息。我对待符拉季米罗夫态度照旧很冷淡，并且十分坚决地拒绝他的征服性的企图。然而在另一方面，他也看到不再有挑战性的狂妄行为了。于是建立了一种制度：既不使我们感到拘束，也不致引起冲突。符拉季米罗夫感觉到他在某一界限内必须止步，于是他就不再企图超越这界限。

这时候他对我的态度也渐渐改变。有一次，我又得同他结算账

---

① 谢·波·施威佐夫在他关于柯罗连科的回忆中指出柯罗连科在流放的旅途中所起的作用。他写道："在我们一同过囚犯的漂泊生活的时期中，我不止一次地看到：当狱友中有人同长官发生剧烈冲突的时候，有时正在最紧急的关头上，突然柯罗连科出来干预，仿佛是来掩护正需要旁人帮助的狱友的。我还知道有这么一件事，——这当然不是在维什尼伏洛乔克监狱里发生的，因为我们在那里从来不同监狱长官们发生冲突；而是在西伯利亚的一个监狱里发生的。为了什么原由，我现在已经记不起了，因为这种事情多得不可胜计。我只记得，我们囚犯同狱卒发生了剧烈的冲突。这件事闹大了，监狱里调来了警卫兵，这些兵来到我们的走廊里，排成队伍，横着刺刀对着我们，周围充满了喧噪声和叫喊声，大家情绪都很激昂。我们之中有一个人激怒到了极点，突然使人感觉到，格斗即将开始，而我们显然要吃亏了。然而我们已经不能自制。我记得一个可怕的瞬间：突然仿佛一切都黑暗了，自己和周围的一切似乎都要崩裂。在这瞬间，柯罗连科忽然出来说话，他挺身上前，仿佛用自己的身子来掩护狱友们，然后开始说话了。他用从容不迫、明白晓畅的话坚决而有力地指出了一味打算压迫无辜者的狱卒们的不公正。这个非常动听而又从容不迫的声音，这种深信不疑却又非常朴素、十分诚恳的言词，迅速地改变了形势。我们眼前仿佛忽然明亮了，呼吸立刻舒畅起来。一切渐趋平静，恢复了常态，兵队撤去了，避免了流血。"——原编者注

目了，我照旧用那种公事公办的态度来做这件事，他突然在椅子上把身子向后面一仰，出乎我意料之外地说：

"嗯，……一切都很好。……我老实告诉你，我很怕你。……"

"为什么？"

"他们推选你来代替了格拉保夫斯基，我以为总要发生冲突了。……何况维亚特卡当局对你的鉴定是骇人听闻的。"

我突然记起了关于"流放原因"的那件事，我就说：

"请问……你可不可以把那个公文给我看看？……我到底是为什么被流放的？……"

"这无论如何不可以。我没有这权利。"

我就没有坚持要求。然而后来有一次停船的时候，他又对我说起这件事。

"如果你能答应我不告诉任何人，那么……"

我答应了他，他就把那个公文给我看，显然是早已准备着的。我看了一下，面孔就变色了。公文里的确写着："因从维亚特卡省流放地逃亡，应按照一八七八年八月八日敕令，将该犯流放至雅库梯州①。"

我想不到维亚特卡当局的这种卑鄙的撒谎会对我发生这样的影响。

"如果附近有电报局，"我对符拉季米罗夫说，"那我一定立刻打一个电报给内务部长。这是卑鄙的捏造。我从来没有从任何地方逃

① 柯罗连科这次流放，是被人诬告的结果。巡官孔德拉捷夫，就是柯罗连科为了访问乌兰诺夫斯卡雅而同他发生冲突的那个人，于 1879 年 12 月 4 日向县警察局长报告，说柯罗连科擅自离开居住地，前往 39 俄里外的比塞罗沃村。县警察局长于 12 月 14 日将此事报告省长，并写道："流放犯柯罗连科擅离居住地如此之远，极可能使他获得逃亡之机会。"省长特罗伊尼茨基又把柯罗连科擅离居住地的事报告了内务部长，要求把这行动作为逃亡来处罚。内务部长对维亚特卡省长发出如下的通知作为对他的报告的答复："准照御前办公室第三厅主任建议：格拉佐夫县比塞罗沃乡警察监视下之柯罗连科，因从指定居住地逃亡，应按照 1878 年敕令将该犯流放东西伯利亚。"——原编者注

亡过!”

“是的，当然，当然。……”符拉季米罗夫困窘地说，“不过，……我本来是没有权利把公文给你看的，只因你答应过……”

“嗯，是的。……可是你倒说说：我应该怎么办呢？……”

“我们到达了雅库茨克之后，你呈递一张请愿书，要求把这个公文摘录给你。”

“你以为这个请求会达到目的吗？……请你凭良心说。”

“凭良心说？……不行，大概是会被拒绝的。……可是，到达目的地之后……”

“你是说到达雅库梯州之后吗？谢谢你的忠告。至于我的诺言，我当然会遵守。不过，上校，你可知道：你所押送的人里面，有多少人受到极卑鄙的诬害！……要求我们驯良地服从你的‘合法要求’，是多么困难啊!”

这个宪兵样子很困窘。读者将在下文中看到：不久我就和他分手了；然而后来我听说：从我离开以后到雅库茨克的一段路上，他的态度一直很规矩，和群众之间没有再发生任何冲突。①

现在我们沿着鄂毕河南行，渐渐接近托姆斯克。天气暖和起来，河岸景色比较多样化了，人的心情也愉快起来。我还得继续谈谈关于我们的“党派”，即“共产主义者和贵族”的事。到了托姆斯克之后将要重新分配：有几个人是可能留在托姆斯克省的。因此必须在到达托姆斯克之前按人头分派公共储金。从姆岑斯克来的人们，并无这种分派。我们因那次“变革”而发生的争执也已平息下来。我作为维什尼伏洛乔克的领队人，就参加了两方面的工作。

有一次，彼佳·波波夫到我这里来，大大地称赞莫斯科参加进

---

① 关于此事可参看伊·彼·别洛康斯基的回忆录《时间的贡献》第 166 页。——原注

来的两个未婚妻之中的一人。这是一个很文雅的波兰姑娘，身体柔弱，脸蛋儿简直像小孩子似的，一双眼睛又大又深。波波夫看来是个多情的人，这时候不断地称赞她："你瞧，她的一双眼睛生得多好。真教人欢喜！她的脸蛋儿像一个小天使。"人家问她愿意参加哪一"派"，民主派还是贵族派。她毫不犹豫地回答："当然参加民主派。"波波夫说："这是她缺乏应有的理解的缘故。要知道她完全是个小天使呀，……啊呀，多迷人哪！"这一次很难分辨：他是认真地赞美呢，还是近乎讥笑而已？多半是两方面都有一点。……

在到达托姆斯克之前，开始分派公共储金的时候，彼佳·波波夫急急忙忙地跑到我这里来，由于愉快的兴奋，几乎透不过气来。他说：

"快一点，请你快一点，……我们一同去。你去问问她看，她现在打算参加哪一边？"

我们就去找她。我向她提出了问题，并且说明了归这一派或归那一派的实际后果。她的丈夫退避一旁，任凭妻子自己去决定；他们有大约一百个卢布。听说必须把这笔钱交出来作为公共储金，这个青年女子就抬起了她那双美妙的眼睛，考虑起来。波波夫用赞赏的眼光注视着她。

"是这样的，"她终于说话了，"这在理论上是很好的，不过……在实际上的确不妥当。"

波波夫脸上流露出十分赞赏的表情。他心中有一定的想法，现在这想法证实了，他非常高兴。周围的人也善意地微笑。这是我们的共产主义作风给我的最后一个印象。此后闹派别的情况，我就不知道了。……在这以后过了两三天，我们到达了托姆斯克[①]。

① 是在 1880 年 8 月 9 日。关于这件事，在柯罗连科 1880 年的记事册中记载着。——原编者注

11

返回欧洲俄罗斯。托博尔斯克监狱。撞门汉雅希卡。福明。流浪人崔普洛夫。抵达彼尔姆

托姆斯克有两个监狱。囚犯们称一个为“拘留监狱”，另一个是转送监狱。转送监狱里除了几所固定的砖房之外，还有几间宽敞的棚屋，其中也有张帆布的。这监狱里非常热闹，因为常常有一批批新来的流放犯加入进去。我们被安置在一所巨大的石造平屋里。在这里大约要停留两天。

记得好像就在第二天，监狱里来了一个省长方面的官员，他通知我们说：洛利斯-梅里科夫的最高委员会审查了我们的案件之后，决议释放几个人；此外又对六个人宣布：我们将要回到欧洲俄罗斯境内，受警察监视。

这六个人之中竟也包括我。……显然是维亚特卡当局的捏造在伊美列津斯基的检查之后被揭穿了，所以在审理案件之前，先把我恢复原来状态，即仍旧流放在欧洲俄罗斯境内。

我必须和队里的朋友们分手了。我已经和他们很熟悉，觉得对共产主义者和民主主义者似乎同样地亲近。当他们坐上马车，从监狱的院子里出发，绕过一所崭新而漂亮的礼拜堂去的时候，我们留下来的人用愁苦的眼光目送着他们。终于最后一辆马车在拐角上消失了，我们就回到空落落的屋子里。

我们在等候动身回去的期间，不得不在这转送监狱里度过好几天无聊的生活。两个大囚室，不久以前还住着近百人的政治犯队伍，现在只有我们六个人住着。我和符诺罗夫斯基住在一个囚室里，女人们住在另一个囚室里。然而这两个囚室只有夜里才关门。整个白

天我们可以自由地到和我们同路的女伴们的囚室里去，或者走到监狱的院子里去。等待出发的期间，一天天地度着寂寞的日子。

我们被送回去的一批人，包括两个男人和四个女人。其中首先是符诺罗夫斯基夫妇，两个人年纪都不很轻了。女的（娘家姓米欣科）满面病容，外加带着一个需要哺乳的婴儿。幸而碰到我们这伙人里面也有一个带乳儿的母亲；否则，这婴儿的命运就很悲惨了。这另一个母亲叫做薇拉·巴甫洛夫娜·罗加乔娃，是在大案件里被判处苦役刑的罗加乔夫的妻子。她是一个强壮的黑发女子，略带几分茨冈人风度，身体异常健康，给两个婴儿哺乳绰绰有余。第三个女人叫做奥辛斯卡雅，是一个被处死刑的恐怖主义者的寡妻。第四个女人叫做菲克拉·伊凡诺夫娜·顿涅茨卡雅，是顿涅茨基的妻子，顿涅茨基也是一个囚犯，被监禁在别尔戈罗德的转送监狱里，听说在那里发疯了。

在等候出发的期间，有一天母亲和妹妹突然来看我了。她们到克拉斯诺雅尔斯克去，路过托姆斯克，请得了和我会面的许可。然而不久我们又分别了，而且这一次的别离可能为时较久。她们动身之后，过了两三天，在西伯利亚大道上赶上了我们那批流放同伴[①]。……

我们目前有一个相当重要的问题：谁送我们回去？怎样送我们回去？由押送队的兵士逐站遣送我们呢，还是由宪兵带我们坐驿马车前去？除了一路乘驿马车的方便之外，这里还有一个问题：宪兵

---

① 伊·彼·别洛康斯基在他的回忆录中写道："8月20日，在离开托姆斯克五站的柯尔仁斯科耶村中，柯罗连科的母亲爱薇里娜·约瑟福夫娜和他的妹妹玛利亚·加拉克齐昂诺夫娜（夫家姓洛希卡辽夫）赶上了我们。这位母亲伴送女儿到西伯利亚去，女儿的丈夫洛希卡辽夫已经在我们之先到那里去了。"别洛康斯基流放在克拉斯诺雅尔斯克期间，和柯罗连科的家属很亲近；据他说，流放犯们特别喜欢到她们那里去。关于柯罗连科的母亲，他写道："爱薇里娜·约瑟福夫娜本性就够诚恳而亲切的了，更何况她对所有的流放犯格外表示同情。"——原编者注

文化程度高得多，并且已经惯于对付政治犯。押送队则相反，由粗鲁的人组成，惯于用极粗鲁的态度对付刑事犯。他们的军官文化程度比兵士略微高些。如果由他们押送，我们势必投宿在肮脏的、满是虱子和病菌的囚犯营宿站里。因此我们那些女伴们看见院子那头出现几个宪兵的时候，其欢喜当然就可想而知了。我和符诺罗夫斯基正坐在自己的房间里，突然听见很响的拍手声和叫声：

“宪兵，宪兵，宪兵！……”

六个宪兵走近门边来，他们听了这欢迎声大概觉得诧异。这差使对他们也是有利的：可以省下往返几千里路的旅费。因此他们也很高兴地登程。我们草草地准备好行装，于是“洛利斯-梅里科夫的”挽回措施又把我们从东方带到西方去了①。

不久我们来到了托博尔斯克。一到这里，就发生了一场小小的冲突。事情是这样：我一到这里，立刻被叫到监狱办公室去；记不起是为了什么事，好像是为了替我们这个小团体同宪兵清算账目。当我来到监狱走廊里的时候，看见典狱官和他叫来的市警察局长正在十分激烈地向我们那些女伴们解释。他们要把我们分别安置在几个囚室里，可是女伴们要求让我们大家同住一个大囚室。这典狱官是一个粗暴的家伙，脸相愚蠢而狡猾，性情很急躁。市警察局长则是一个漂亮的军官，穿着一身西伯利亚哥萨克军的制服；他心平气和地回答她们的话，然而坚决主张“执行法律”。我和符诺罗夫斯基看出同他说话比较容易，就努力向他说明情况：我们是回到欧洲俄罗斯去的，对我们采取过分严厉的态度实在毫无理由，况且这件事和其中一个婴儿的生活有关。

漂亮的市警察局长立刻让步了，我们讲定了一个折衷的办法：让他们把我和符诺罗夫斯基安置在男子监狱的未决囚犯部里，把四

---

① 柯罗连科从托姆斯克回来，是 1880 年 8 月 21 日出发的。——原编者注

个女人一起安置在女子部的一间大囚室里。市警察局长由于不须采用多余的暴力（起初几乎要采用了），显然觉得很高兴，就和我们谈起话来。

“喂，诸位！……俄国看来的确在出现一种新气象了。我看见过许多人，也包括你们政治犯，全都是往东方去的。……至于从西伯利亚被送回来的人，我从来不曾看见过。……现在我忠告你们，以后做人要规矩，因为……如果你们再落到这里来，那就完蛋了！……这样的奇迹不会有第二次的。那时候，柯罗连科先生，你就和西伯利亚女人结婚，在那里安家吧。……”

我们两人就和四个女伴暂时分手，来到“未决囚犯部”。关于这未决囚犯部，我后来在一篇同名的短篇小说中作了描写；我在那里遇见了教派分子撞门汉雅希卡①。同时我又描写了典狱官——一个愚钝而残酷的人——所施行的制度，例如冷禁闭室，受过禁闭的人都直接从那里被抬到医院去。

有一次，一个囚犯走到我们囚室的监视孔边，塞给我一张字条。这是拘禁在军事苦役刑监狱单人囚室里的福明②写给我们的。我们都知道这个人的姓氏。宪兵押送魏纳拉尔斯基③到新别尔戈罗德中央监狱去的时候，福明企图和别的几个人在路上救出他。拦路袭击的时候，有一个宪兵受了伤；但实际上福明并不曾参加这袭击，因为他走错了路，到场的时候迟了一步，事情已经结束，营救的企图

---

① 参看俄文版《柯罗连科全集》第一卷短篇小说《雅希卡》及其注释。——原编者注

② 真实姓名是梅德维杰夫·阿列克塞·费多罗维奇（1852—1926），1879 年被哈尔科夫军区法庭判处死刑，后改为无期苦役刑。曾监禁在托博尔斯克和鄂木斯克的苦役刑监狱中，后来从这里转解到彼得保罗要塞。于 1885 年来到卡拉。1891 年出狱，在赤塔做移民。——原编者注

③ 波尔菲利·伊凡诺维奇·魏纳拉尔斯基（1844—1898）于 1878 年因“一九三人案”被判苦役刑十年。1884 年出狱，在雅库梯州做移民。1897 年回到中央俄罗斯。——原编者注

失败了。然而宪兵们看见一个人骑着马在袭击之后跑到这条路上来，立刻把他捉住，而且知道他原来就是从基辅监狱里逃出来的福明，——自己越狱，还要参加营救别人。经过审讯之后，认为他是一个特别危险的分子，就把他拘禁在托博尔斯克的监狱里。他在字条上告诉我们说：他由一整队宪兵押送到这里来；每到一个营宿站，还要从村子里赶出一群农民来作宪兵的助手。一到夜里，这些营宿站就像军营一般，四周点着篝火，防备敌人来袭。……

现在他被关在单人囚室里。这囚室有一条专用的通路，经过为他特设的监视人的房间。食物从一个可以独立关闭的洞里递进去。一扇窗子朝着军事苦役刑监狱的狭小的院子，然而窗外遮着木板，他只能看见一小块天空。不让他出去放风，澡堂里也不准他去。每月一次把澡盆送进囚室里来，他就在典狱官直接监视下在澡盆里洗澡。这时候这个愚钝而残酷的人就说出许多挖苦取笑的话来，他说：“瞧！这里住着一位多么阔气的老爷！在澡盆里洗澡的。”他们不给他书看。有一次，他从窗子的铁丝网上抽出些铁丝来，用铁丝和面包制成一种仪器，表示地球绕太阳和月亮绕地球运转的样子。从这时候起，典狱官允许他再制造同样的仪器，拿去卖钱。卖的工作由这位官老爷亲自担任，卖掉一个，给福明一个半卢布。福明用这些钱来买材料，继续制造仪器。在用非常细密的字迹写在小纸头上的这封信的末了，他要求我告诉他一些新消息，多少给他送些钢笔尖、墨水和钱去。

我常常使用巧计把铅笔、钢笔尖、纸张和墨水带进监狱里来。于是我就把十个卢布塞进一条熏肠的一头，使它不露出来，然后连同文具交给送字条来的囚犯。第二天福明又叫这个囚犯送回信给我，说东西全部收到了，又叫我信任这个传送人。我就写信告诉他俄国国内的事件，谈到谋刺沙皇的事，谈到洛利斯-梅里科夫的权力，又说我们大概是放宽制度的第一声。记得那时候我竭力想安慰这个可怜的福明，因此在信中表露了比我心中更多的信心。

第二天傍晚，有一个高个子的青年囚犯走到我的监视孔边来，自称是囚犯队的领队人，他问我谢苗诺夫可曾给我送过福明的字条。我说：我不想答复这种问题。

“我告诉你，”领队人说，“你不相信我，……可是‘大伙儿’（他是指囚犯们）要我警告你：不要信任谢苗诺夫。……这是一个卑鄙的家伙，会欺骗你的！”

这个囚犯给我的印象很好，然而……我那时已经收到福明的回信，所以不信任自己的印象，对他的警告采取很冷淡的态度。后来方才知道“大伙儿”是正确的，而我是错误的。监狱里的联合组织对于身受特殊制度处分的狱友们，大都严格维护他们的利益。公共伙食中最先的和最好的几份菜，总是分配给福明和为其他事由进禁闭室的人吃。其次，苦役刑犯也享有一些优先权；最后才轮到有侮蔑性绰号“西班牙绵羊”的其余的囚犯群众。

就在这时候，我们得悉托博尔斯克堡垒中拘禁着一个叫做崔普洛夫[①]的人，是一个犯刑事罪的流浪人，因和政治犯交往，又因参与在欧洲俄罗斯和西伯利亚之间设立准时的秘密邮递的活动，被判处死刑。崔普洛夫在西伯利亚大道上名声很大，被认为是一个老经验的流浪人。有几个流放犯和他相识了，就派他送信到叶卡捷琳堡去，他从那里给他们带来回信。依靠这样的方式产生了一个逃亡计划书，这计划书后来在瓦连津·雅科文科家遭受搜查的时候偶然被发现了。有一次崔普洛夫在大道上赶路的时候，被几个乔装为农民的宪兵捉住了。当时他曾经拼命地抵抗，因此现在被托博尔斯克法庭用“武装抗拒当局”的名义把他判成死罪。这判决已经向他宣告，

① 真实姓名是伊凡·尼古拉耶维奇·加尔曼诺夫（生于 1842 年左右）。1875 年因抢劫及逃亡被判处十二年苦役刑。在新博里索格列布斯克中央监狱里被伊·伊·巴宾彻底说服。——原编者注

现在他就一天天地在那里等死。他的囚室有一个极小的窗洞，面向通往监狱大门的道路；我到监狱办公室去的时候经过这地方，总要向阴暗的窗洞里张望一下，仿佛在其中看见这个被判处死刑的人的颓丧的脸，这时候我就发生一种恐怖之感，这种感觉我直到现在还记得。死刑后来并没有执行。这本来是没有根据的，因为崔普洛夫认为他所抵抗的不是当局，而是拦路袭击的强盗。……但是当局希望这个刑事犯流浪人忍不住等死的痛苦，会出卖他的同谋的政治犯。托博尔斯克的司法女神就同意替这精神折磨效劳。崔普洛夫在单人囚室里被拘囚了四十天，有些囚犯告诉我们：几乎每天有检察机关里的人到他那里去，用即将临近的死刑来恐吓他，劝诱他说出派他送信的人和接受信件的人的姓名来。然而这个流浪人抵死不说。后来我住在彼尔姆的时候，曾经和参加这秘密活动的几个人相识，看到他们都是不可侵犯的。……显然，在当时的运动中有一种东西，它对于苦役刑犯和死刑犯也能唤起达到建立功勋的地步的自我牺牲精神。后来政治犯和刑事犯之间的关系大大地复杂化了。……

我们在托博尔斯克耽搁了几天，这期间我和符诺罗夫斯基住在未决囚犯部，我们在抗议者雅希卡的雷鸣般的撞门声中和住在同一个狱廊里的一个发疯的犹太人的号叫声中度着日子。终于，宪兵又来带我们了，我们就乘着“自雇马车”（即所谓“接客马车”）走上了巴拉宾草原。

这对宪兵们来说是很经济的措施，对我们来说，一路上也有了更大的自由。在一个站头上，我们在车夫那里遇到一个从彼得堡来的律师（记得他的姓氏是伏尔肯希坦）。他是去为在托姆斯克或雅库茨克发生的一桩案件作辩护的。宪兵们并不阻碍我们谈话。我们一起喝茶，伏尔肯希坦就把彼得堡的新闻讲给我们听。大家心中都充满了希望的激情。据说洛利斯-梅里科夫正在拟订宪法草案。他对沙皇有很大的影响，善于使他青年时代的解放者心情觉醒起来。又说监狱开放了，他看到我们是第一批被释放的人。

我们决不和他共享这种乐观。我们的队伍将近一百人，被释放的只有两人（或三人），而我们回到欧洲俄罗斯后还要受警察监视。至于队伍中别的囚犯们，——大多数是按行政命令流放的，——现在还是在从托姆斯克向克拉斯诺雅尔斯克和雅库茨克行进。……他不愿相信洛利斯-梅里科夫的释放范围如此狭小，他认为这是误解或者暂时的拖延。（他说："总不能一下子就全部实行呀！"）我们就和他分手，带着我们的怀疑情绪向西走；他却带着他那美妙的希望向东走。宪兵们很感兴趣地倾听我们的谈话，他们的脸上显出一个疑问：那时候他们的处境将如何呢？他们的长官的处境将如何呢？他们这种有利的差使是否还会有呢？然而他们似乎同意我们的怀疑的看法：他们的江山还是很稳固的。

我们终于走乌拉尔铁路来到了彼尔姆[①]。市警察局长是一个身材瘦长而性情暴躁的人，他立刻带我们来到省长家里，这是一所简朴的平屋。我们直接被引导到客厅里，省长叶纳基耶夫就在这里接见我们。这是一个外貌奇特的中年人。身体肥胖，肚子很大，侧影轮廓分明，皮肤光洁无毛。这人好像是从十八世纪叶卡捷琳娜时代达官贵人的银版照相上走下来似的。

他接见我们时的殷勤亲切，使我吃惊。他请其余的人到餐室里去了，就和我两人单独留在客厅里。

他开始说话了："你是被指定到我这彼尔姆省来受警察监视的。可是彼尔姆省很大，我不知道该怎样安置你：把你留在省城里呢，还是遣送到契尔登县去。……关于你的报导，按照维亚特卡行政当局的鉴定，是骇人听闻的。"

---

① 柯罗连科于1880年9月底来到彼尔姆。10月9日他获得省长许可，在警察监视下留居在这里。——原编者注

我微笑一下回答说：

“这全在你决定了；契尔登县也吓不倒我。”

他用他那双圆眼睛向我凝视一下，说：

“不知怎的，我觉得维亚特卡行政当局的报导……是夸大其词的。……”

我鞠一个躬，等候他说下去。

“如果你能够答应我，以后保持适当的行为举动，那么我宁愿把你留在彼尔姆。”

“对于保持适当的行为举动这句话，我应该怎么理解呢？”

“是这样的，……首先，要看你结交些什么样的朋友。有一些人是完全不会受到你的坏影响的。……譬如我，或者我的朋友宪兵区长，还有其他类似的人。……可是如果你亲近青年学生之类的人……”

“要是那样的话，我请你立刻把我送到契尔登去，”我说，“我不能把自己看作患了鼠疫的人，因而也不能防止任何人受到我的坏影响。我将要结识一切使我感兴味的人和愿意同我结识的人。……至于同我结识是有益还是有害，那不是由我来判断的。……”

这个十八世纪的人津津有味、深思熟虑地听我讲完了，然后说：

“你说得不错。……我看出来，你这人说话很坦白……那么还有一点：彼尔姆这地方差不多每天都有轮船开出。……如果你能够答应我不利用这情况来私下逃走，……那么这件事就可说是没有问题了。”

我不禁沉思起来；叶纳基耶夫显出好奇的样子对我看看，又补充说：

“你该考虑到：俄国内部的情况，显然不久就会发生剧烈的变化。……我确信，只要你自己不制造特殊的原因，对你的监视不久一定会撤消，你就会获得自由的。……”

“好，我答应：我不逃走。”

“那么事情决定了。……从此刻起，你可以自由行动。现在警察局长去替你的同伴们找旅馆去了，在这期间如果你愿意跟你的同伴们在这里待一会，那我很欢迎。……”

他给我指点一下隔壁房间的门。这门通向餐室，我走进去，看见我的同伴们正围着桌子喝茶。

顿涅茨卡雅坐在茶炊旁边，正在倒茶。两个婴儿的襁褓都已解除，他们躺在一只华丽的卧榻上，襁褓布就丢在这上面。

“喂，怎么样？”叶纳基耶夫出去之后顿涅茨卡雅愉快地问我。

我不知道该说什么好。……

“当然，这恐怕只是这位像叶卡捷琳娜时代人物的长官的个人特点。……不过……这还是值得注目的、奇怪的。”

过了一会儿，警察局长来了，他告诉我们，说旅馆已经准备好。我们就向省长告别，到旅馆里去。我在路上问警察局长：这里另外有没有受监视的人。他告诉我两个人：卢德涅娃[①]和巴纽津娜[②]。我早就知道彼得·米海洛维奇·伏洛霍夫也在彼尔姆，我还在维什尼伏洛乔克的时候曾收到他的信。然而我问起这个人，警察局长皱皱眉头。

“我劝你不要和这个人相识。这是一个很危险很危险的人，你和他交往，会受很大的毒害。”

我笑起来。我知道伏洛霍夫是一个思想很温和的人，是出于误

① 实际上是拉丽萨·蒂莫菲耶夫娜·扎卢德涅娃（生于1856年左右）。1874年在梅希金的印刷所里参加印行违禁作品。1879年在彼尔姆铁路局服务，受警察公开监视。后因参加1881年8月11日送别柯罗连科赴东西伯利亚，监视期延长到四年。——原编者注

② 薇拉·尼古拉耶夫娜·巴纽津娜（生于1853年左右）在1877—1878年间因“一九三人案”受审。被判无罪，但按行政命令流放托博尔斯克。脱逃后，于1879年在彼得堡重被逮捕，流放彼尔姆，在铁路局服务。1881年8月参加柯罗连科的送别。——原编者注

会而遭到流放的。他的罪状同我一样，大约是从最初的流放地逃亡。其实他并没有逃亡，因为他根本不曾被流放到任何地点。他们显然是把他和另一个人弄错了。我谢过警察局长的友谊的警告之后，对他说：我并不需要和伏洛霍夫相识，因为他本来就是我的朋友，现在我只是想寻找他罢了，我还是请求他把他的地址告诉我。他的眉头皱得更紧了，然而终于把地址告诉了我。过了不久，我已经来到伏洛霍夫那里了。

"我问你，彼得·米海洛维奇，你凭什么资格获得了这么危险的名声？"

他笑了。

"这个警察局长我一向不理睬他的。当初把我从船上押到这里的时候，他对待我很粗暴；毫无必要地把我监禁在肮脏的牢房里。后来他看见省长并不这样对待我，他也就改变了态度；现在他一心以为我要对他献殷勤了。可是我不去巴结他。……这样，他就认为我对他不恭敬。而他代表当局。……这就变成我对当局不恭敬而怀敌意了。"

可以说，按行政命令的流放，绝大部分都是以这样的鉴定为根据的。……在我尚未定居下来的最初几天里，我和伏洛霍夫同住在一起；因此，在阴森森的警察局长眼中，我当然不可挽回地丧失了我的名声。

第三章　在彼尔姆

1
亚历山大·卡比东诺维奇·马里科夫

过了几天，我在城郊的一个村子里找到了一个住所，这住所是靠街的，记得这条街名叫单面街。一排房屋面向着一片广阔的空地。这里有一个小店老板，本来是犹太少年兵，同一个信基督教的女人结了婚。我就是在他这里找到了一个小房间，立刻用一张包糖纸剪成一只靴子的样子，挂在窗子上，让人知道村子里新来了一个皮靴匠。

我为什么这样做？……对于这个问题，我不能作正确的回答。在我流放维亚特卡省以前，有一次我和弟弟、格利果列夫一起梦想，希望我们全都改行从事体力劳动，和人民共同生活。现在，当我在格拉佐夫——尤其是在白桦屯——观察过之后，这种心情就大为动摇。有时，还是在格拉佐夫的时候，我坐着缝靴坐得太长久了，尤其是在夜里，仿佛突然带着一种奇怪的感觉觉醒过来。……我手里拿着一只皮靴。……为什么要缝皮靴呢？……然而我立刻作出了解答：我住在村子里，我需要缝皮靴，为的是可以进入村民的环境中去，……此外也为了挣钱。现在在彼尔姆，我其实可以用别的方式挣钱，可是我不愿意放弃靴匠的生活方式。这有点类似心理的惯性。

我已经看到并体验到不少情况，这些情况大大地削弱了我不久以前的天真的民粹主义思想。然而这仿佛还是一种地下水。不久之后它们会使地形的外貌也起变化。不过暂时它们还是无形地活动着。……村民们陆续前来光顾，我量了尺寸，配上楦头，就替他们缝制简朴的皮靴，……并不漂亮，却很结实。

然而不久我确信：在省城里的人看来，我还是一个拙劣的靴匠。我在格拉佐夫的师傅那里学来并经过短期实践的那套技术，连郊区的村民——尤其是女人们——也觉得不够精致。要做得“道地”而没有外行气，不是一件容易的事。这必须从小训练。有一次，城里有一个女裁缝拿了某顾客留在她那里的一些碎料来，要我用这些碎料缝一双暖鞋。我和她两人一起量了鞋样尺寸，一致认为这些碎料是够用的。……然而当我把这双鞋子从楦头上卸下来的时候，才发现丢了脸：这双鞋子突然变得歪斜了，其形状之滑稽，使人看了非笑不可。原来我们两人量鞋样尺寸的时候，都没有考虑到布纹的方向。……这个好心的女人安慰我，说鞋子是缝来穿在脚上的；穿到脚上之后，形状就会恢复正常了。

然而我明白了：我的手艺还不配为城市服务。这里的生活程度比白桦屯高得多，甚至比格拉佐夫也高得多；我靠缝靴的工钱难于过活，除非从日出到日没一直弯着腰埋头工作，甚至还得做夜工。勉强过了一个月，我就改行到铁路工场去当考勤员。但在这里又碰到了困难。因为我必须在大门口的一个小房间里工作，而大门终日不关，小房间里冷得墨水都结了冰，手都冻僵，甚至连思考力也会冻结。我听从命运的支配，后来改做较轻便的办公室工作：当了机务处统计科的文牍员①。这铁路局是新办的，人员还没有配齐。局

① 柯罗连科在1880年12月20日写给他母亲和妹妹的信中说：“我到铁路局去就职了。月薪四十卢布，房租和膳食约需二十卢布，每月可剩余约二十卢布。”（转下页）

长是一个青年工程师，叫做奥斯特罗夫斯基；事务主任名叫亚历山大·卡比东诺维奇·马里科夫。关于这个人，我要较详细地说一说。……

这是一个非常有趣的人。图恩在他的名著《俄国革命运动》中提到马里科夫的名字，说卡拉科佐夫的案件就已牵连到他，后来到了一八七四年，他"在奥廖尔创办一个热情青年即所谓神人的学会"。马里科夫死后（在一九〇四年），文学界出现了几篇短评，其中谈到马里科夫，说他在不抵抗理论上是托尔斯泰的先驱者[②]。

命运使我在彼尔姆碰到马里科夫的时候，他早已有了轰轰烈烈而丰富多彩的经历。他是乌拉基米尔省一个农民的儿子，于六十年代前半期在莫斯科大学毕业之后，到卡卢加省日兹德拉县担任法院侦查员的职务，这正是有名的马尔卓夫工厂所在的地方。当农奴解放的时候，有工厂的地方都变成了工人和厂主斗争的舞台。富有的厂主善于正当地或不正当地保卫自己的利益；例如乌拉尔的厂主和工人之间为了庄院地和耕地而长期打官司，记得直到世纪之末才结束。而且，就是在参政院宣布最后决议之后，省长也还在最高行政当局的支持下反对实行参政院的决议。富裕的厂主的势力是那么厉害。

(接上页)这职务显然是暂时之计，因为柯罗连科在信中写道："在我就职的三四个月期间（不会超过六个月），我大概每月可以汇寄你们十五卢布。"在彼尔姆，柯罗连科继续从事文学写作：他在这里完成了短篇小说《未决囚犯部的临时居住者》（《雅希卡》）和特写《在白桦屯》；就在这时期，他还写了短篇小说《普罗希卡》的初稿，这小说后来改名为《普罗霍尔和大学生们》。柯罗连科在铁路局供职期间所获得的印象，为他的中篇小说《考勤员》提供了素材，这小说他是在八十年代流放回来之后写的，终于没有完成，发表的只有两章——《在工厂里》（见俄文版《柯罗连科全集》第四卷）。——原编者注

② 柯罗连科在他的论文《托尔斯泰逝世十周年》中说："马里科夫……常常把他和托尔斯泰谈话的情况讲给我听。大家都知道：托尔斯泰很容易受到别人的真挚而淳朴的心情的感染。所以我们有充分理由认为：他的不抵抗思想是在马里科夫的热烈雄辩的影响之下开始发生的。"（乌克兰国家出版社于作者逝世后出版的《柯罗连科文集》第二十四卷。）——原编者注

在马尔卓夫工厂，斗争是怎样进行的，我记不清楚了。我只是隐约地记得马里科夫叙述工人们闹风潮和受镇压的情况。这个青年侦查员站在工人的一面。阿·法列索夫在他的论文（“七十年代社会活动家之一”[①]）中提到：省长曾要求青年侦查员到他那里去作一番解释（关于省城的某要人——大概是个厂主——所提出的控诉），但是马里科夫认为他不是省长的下属，所以没有去。结果根据第三条款把他革职。

一八六六年，马里科夫和他的朋友比比科夫一起由于卡拉科佐夫案件而受到审讯，这朋友在日兹德拉县本地当调解人。他们两人都属于没有参与谋杀的卡拉科佐夫分子之列。结果只是把他们流放霍尔莫戈雷，后来转移到阿尔汉格尔斯克。马里科夫就在那里当省统计委员会的秘书。后来他获得了离开阿尔汉格尔斯克的机会，就到奥廖尔的铁路上去就职了。作为一个已经“有经历”的人，他对怀抱革命民粹主义心情的青年很有影响，他参加了当时有名的“柴科夫斯基小组”[②]。

正是在这时候，他几乎突然被宗教心情所支配。他开始热心地宣传他的宗教体系：每一个人都具有神的素质；只要去探求这种素质，在人的心中找出神来，那时就不需要暴力，神会把人类心灵中的一切都安排好，所有的人都会变得正直而善良。马里科夫是一个非常富有热情的人。在屠格涅夫的长篇小说《处女地》中，涅日达

① 阿·伊·法列索夫的论文“七十年代社会活动家之一”收在他著的《七十年代社会活动家》一书（1905年圣彼得堡版）中，题名是《烈夫·尼古拉耶维奇·托尔斯泰的先驱者》。——原编者注

② 一个民粹主义团体，1869年由尼·瓦·柴科夫斯基创立。“柴科夫斯基分子”起初帮助青年自学，后来参与“到民间去”的运动。1874年这团体崩溃之后，柴科夫斯基做了马里科夫的宗教教派主义思想的追随者，和他一同流亡到美国。后来，柴科夫斯基回到俄国，参加了社会革命党。在国内战争期间，他领导白匪政府（阿尔汉格尔斯克政府），后来在南方成为邓尼金政府的一员。以白俄的身分死在巴黎。——原编者注

诺夫对于教派主义宣扬者说过这样的话："鬼知道他在胡扯些什么。……可是一双眼睛炯炯发光，语调坚定，拳头握紧，整个人像是铁打的。听众不了解他的话，可是虔诚地跟着他走。"马里科夫除了能言善辩和花言巧语之外，也具有这种直接感化的力量。我想：他感到自己具有这种力量，一定觉得吃惊，而认为这是从天而降的一种启示。法列索夫说：有一个柴科夫斯基分子在奥廖尔看到他时，他还怀抱着当时惯见的知识分子心情。但是过了不几天，他看见他已经完全变得神魂颠倒，在那里宣传"神人论"了。他有了一些追随者。小组长柴科夫斯基也转向他这方面。有两个炮兵军官（捷普洛夫和阿伊托夫）出门去替这新学说作公开宣传，不久两人都被捕；而且在"一九三人"案的起诉书上写着：从穆罗姆集市上捕获的捷普洛夫身上"搜出《圣经》的摘录的抄本"。马里科夫也被捕，他在委员会里（有宪兵斯列兹金和侦查员瑞列霍夫斯基参加的）发表了一番热烈的谈话，此后当局决定释放他，但是禁止新学说的公开宣传。马里科夫号召同人用和平手段说教，谈到了基督教；然而在他的学说里，还是含有对现行制度及正统教会的非难。这时候马里科夫就决定侨居美国，以便在那里根据宗教劳动原则建立"自由公社"。

在这时候，侨居美国这件事吸引着许多梦想美国自由和共产主义实验的俄国人。大家都知道：在美国已经建立起俄国侨民弗雷（根斯）的公社。这也是一个很特别的人，在这时期，《前进报》上发表了他的一封信，根据他自己的观点来叙述共产主义者的学说：要均分的不仅是物质福利，还有……自由——现今有些人享受着过多的自由，而另一些人处在奴隶状态中。我记得这封信写得扼要而有力。他号召寻求真理的知识分子参加到他的公社里来。他自己生于贵族之家（他哥哥是喀山的省长），却放弃了一切世袭的特权而住在美国，起初住在几个完全说者（《圣经》的共产主义者）那里，后来住在密苏里的“联合会”里；再后来和勃利格斯一同在堪萨斯城建立“进步公社”。“神人”集团决定去找他，他们认为在他那里可以得到相似的气氛。马里科夫和柴科夫斯基就作为代表来到堪萨斯城。

马里科夫用非常幽默的语气亲口叙述了他这一段漂泊生活的情况。两个代表满以为这次可以看到一个设备完善的公社，有很体面的建筑物，有围着围墙的田园。然而来到当地一看，只有一所简陋的小屋，墙上全是裂缝，屋里冷得要命。没有天花板，上面只有一个有裂缝的屋顶。而且不久以前一根梁木掉下来，使弗雷的妻子受了重伤。……这两个侨民就不愿参加这侨民团体，却把弗雷邀请到他们那里，在附近一带建立了自己的公社。……

这公社生活的作风，自然是由已经“有经验的共产主义者”弗雷来倡导。他是一个极严格的素食者，甚至不能说是素食者，而是一个特殊的实证主义禁欲者。例如，他认为一切人工调制的食物是违反自然的，是对身体有害的。因此他竟力求废止在厨房里煮食物。他自己连盐都不吃，还要求他家里的人也习惯不吃盐。后来他回到俄国，由于开始有不舒服的感觉而去请教医生时，医生给他诊察一下，发现他的健康已经大受损害，而把原因归结为“纵欲”。弗雷大为诧异，就对他说明了自己是怎样的一个人，过去一直过着怎样的生活，医生说：“唉，老兄，两极端的结果是一致的！”

新的公社在设备完善这点上说来，并不比弗雷和勃利格斯的“进步公社”好些。建筑也都是不合实用而蹩脚的。没有一个人能够好好地工作、挤牛奶、照管乳牛。不久那些乳牛都出毛病了。争执也开始发生。公社里有带家眷的人，这就使相互之间的关系复杂起来了；有一次一个母亲率直地声明：只要她的婴儿还活着，就让十个公社毁灭，她也满不在乎。新真理探求者们的完整心情瓦解了，只有弗雷一人像狂人一般坚定不移。马里科夫用十分幽默的语调叙述了公社终于如何摆脱了弗雷的道德管束。公社里闹饥荒了，然而有一个生物在公社里占有特权地位。这便是一口大猪，养这口猪的目的不明。共产主义者们心里渐渐发生了一种罪恶的意图：想杀这口猪。对于这可怕的罪行，弗雷竟想都不许人想。当这阴谋酝酿成熟并公布出来的时候，弗雷一直表示反对，最后他说："由你们去做吧。我要到森林里去，这样，好让我不参加你们这残忍的宴会，好让你们不觉得难为情。"共产主义者们带着"厚颜无耻的笑容"声称，即使他在这里，他们也不会觉得难为情的。

马里科夫的口才非常出色，通过他的传达，这些插话都蒙上了浓烈的滑稽色彩。这一部分是出于他爱发奇谈怪论的特点。他善于在这一切情况中看出可笑的地方，虽然这样，……他还是不免要参加这个滑稽的团体。当我想起这一点的时候，我总是回忆到我所听见的一个教派分子所讲的一句话，这个人和另一个教派的代表者争论了很久，后来叹一口气说："显然是各人在发各人的疯。"另一个人也叹一口气，把这句话重复说一遍。此后我不止一次地在这种情形之下听到这句话。这句话所包含的悲哀的含义，显然关联到一种必然的事实，即：承认教会的根本错误的人，必须脱离教堂的集会而在十字街头寻找真理。……

知识分子寻找社会真理的情况也是这样，也许比这更甚。整整一代人都被推往十字街头，不得不在同自己人民的联系之外寻找真理。这美国公社便是这种十字街头之一。他们到美国去，为的是在自由的天地里作一次试验，希望在那里不但可以找到他们所需要的自由，又可以找到同生活的联系，——即使是同外国人生活的联系也好。他们找到了摆脱外表禁令的自由，然而没有找到同生活的联系。而弗雷的那些美国人甚至还是一些怪人，给人半疯狂的印象。其中有一个人，有一次认为穿衣服是罪恶的，就在公社里实行裸体。这事发生在马里科夫参加公社期间还是发生在弗雷漂泊在完全说者那里或密苏里的期间，我现在记不起来了。公社承认了这个怪人有权采取亚当的生活方式。但当有一次他要以这样的方式和别的共产主义者一同乘车到附近的城里去的时候，可就引起了美国人的激愤。起初，在同一条路上驾车经过的每一个人，赶上了共产主义者的这辆车子，都一定用鞭子抽打这个裸体人。……后来，他们赶上前去，先走一步，准备到了城里用纯粹美国方式来接待这个亚当，这就是说：把这裸体人在柏油桶里浸一浸，在他身上撒一些羽毛，然后放几条猎狗去追捕他。这些胸怀成见的美国人认为他们也有权利要求公共场所看不到裸体人。因为这种权利后面有着力量，所以……新亚当不得不躲到驾车台下面去，共产主义者们终于没有到达市场，中途就折回家去了。①

马里科夫的这些叙述全部充满幽默的情趣，我现在很难照样传达出来。我在另一个有趣的人物那里也听到过这一类幽默的叙述，甚至在形式上和马里科夫的很相似。这是马里科夫的一个同辈，又是他的亲密的同志，也住在奥廖尔，姓扎依奇涅夫斯基。当年他在激进派人士中声名很大，大家都知道他是一个“雅各宾党人”。后来涅恰耶夫也企图实行这种“俄罗斯雅各宾”理论了，即：在整个俄国布下密切联系的基层组织的网，这些基层组织按几何级数增长起来，以铁一般的纪律从属于秘密中央。有朝一日从中央发出一个命令来，全国立刻就会转入未来的制度了。……扎依奇涅夫斯基是一个富有教养而非常聪明的人。尽管如此，他仍然免不了终身坚持荒谬的理论。马里科夫按自己的见解叙述了这个人如何努力巩固中央组织，受了他的宣传的青年们一到首都，又如何立刻转入别的党派。扎依奇涅夫斯基用同样的态度来报答这个嘲笑他的朋友。我曾经亲

---

① 非常有趣：同样的情况，在最近的一批俄罗斯侨民中间又重复出现。……这一次的亚当是一个俄国人。——原注

自听到他叙述，据说有一次他来到马里科夫家里，初次听到了新宗教的学说。马里科夫的小儿子用一只脚跳着，告诉他一个新闻：

“爸爸就是上帝！爸爸就是上帝！……”

这两个人都有天才，都很聪明，都喜欢幽默；然而两个人一直在思想的十字街头“各人发各人的疯”，而这种思想同充满奴役和虚伪的生活总潮流是没有积极联系的。……

我和马里科夫相识的时候，他快四十岁了。浓密的头发中没有一根白发，然而脸上刻上了很深的皱纹。这仿佛是激动这个生性炽烈的人的那种热情用不正确的线条在他的富有表情而略显粗糙的脸上画上了许多不可磨灭的皱纹，那时候他已经组织第二个家庭。他和第一个妻子离异了，然而依旧保持着友爱关系。她显然由于不能容忍丈夫的流浪生活，因此和他分手，爱上了她丈夫的一个朋友，把一个女儿带在自己身边。马里科夫随后也就和另一个女子克拉芙季雅・斯捷潘诺夫娜・普鲁加维娜结了姻缘。为了养家，他才到铁路上来服务。一般说来，他是一个出色的行政长官，很容易掌握各项新事业，做起一切事来都顺利。然而毕竟使人感觉到：他能掌握各项事业，却不让事业掌握他自己。他和同事们不亲近，不参加省城的交际界；围绕他四周的只是些流浪的知识分子，大都是流放犯。在他的客厅里，首先引人注目的是一架细木工的机床；全部环境使人看了觉得不像是有人安居的住宅，却像是临时的野营。这人家的主人仿佛是暂时在这里休息一下，以便重整羽翼，再度向不可知的地方飞去。……

比马里科夫的夫人克拉芙季雅・斯捷潘诺夫娜更富有魅力的人，是难于想象的了。就气质而言，她和她的丈夫似乎截然相反。她生长在北方，长着一头淡黄发和一双美丽的、像小冰块一般明亮的眼睛；然而并不使人有冷冰冰之感。反之，从她身上发出一种使人温暖的光辉。她当时显然曾深深地迷恋于马里科夫的思想；马里科夫在美国漂泊的时候，她已经有了孩子，却一直伴随着他。她对他们所遭逢的失望似乎有特别的看法。这种失望在她看来显然没有决定性的意义。她和她丈夫一样，受到命运的打击后并没有全部丧失她的青春的信念。……还剩下一点，她把它托付给她所爱的人了，信任地期待着它的新时机的来临。……

的确，即使在现在，当马里科夫似乎已经安静下来而用那么幽默的态度叙述过去情况的时候，在他身上也还潜隐着一个火种，准备重新燃烧起来。有时他的确燃烧起来了。幽默的语调消失了，他口若悬河地滔滔雄辩。他的略微卷曲而浓密的头发仿佛在他头上竖立起来，两只眼睛发出深沉的光辉，说话滔滔不绝，语调激昂，辞藻华丽，同时又往往是……玄妙难解的。……人们听了他的话会不知不觉地听得出神。克拉芙季雅·斯捷潘诺夫娜搁下了工作，一动不动地用她那双美丽的眼睛望着丈夫。

聚集在马里科夫家的舒适的住宅里的人为数不多。有一个叫做拉丽萨·蒂莫菲耶夫娜·扎卢德涅娃的女人和他们住在一起，是他们家亲密的朋友。这人和克拉芙季雅·斯捷潘诺夫娜一样，也是生长在阿尔汉格尔斯克的。她当过一个时期家庭教师；大概是受了贝尔维-弗列罗夫斯基的影响之故，满怀着解放的思想。她把这种思想传授给了她的全部学生——一群年纪很轻的姑娘，并和她们一同来到莫斯科。在这里，大概是为了和她所十分崇拜的梅希金往来的缘故，她被逮捕了；她的一群青年女学生也被监禁和流放。她们被卷入这运动太早了，因此立刻感到失望。这在惯于吸收年幼无知的青年们的那个时期中是很常见的悲剧。

扎卢德涅娃的年龄摸不准，看来已经不很年轻；相貌不漂亮，性情深刻而十分沉着。我没有机会和她谈起这件事，但我似乎觉得：她也体会着她以前的学生和现在的学生所感到的悲哀心情。在她的这些学生之中，有一个叫做薇拉·尼古拉耶夫娜·巴纽津娜的，也在警察监视之下住在彼尔姆，也在铁路局服务。巴纽津娜的性情使我想起我们维什尼伏洛乔克的小施。她也具有许多肤浅的“通俗的”学识，也喜欢引经据典。她在总局的办公厅里供职，职务是登记收发信件。邮件是十一点钟发送的，而巴纽津娜要将近十二点钟的时候才来办公，因为她要准备早餐①。这当然很不方便。有一次我和马里科夫在工余的时间同她谈起这一点。巴纽津娜很不高兴，她从通俗的卫生学读物中引证了许多关于仔细调制食物的重要性的话，来向我们辩解。最后，这可怜的人放声大哭起来，然而还是不能改变自己的生活方式。

在这群流放犯中还有谢尔盖耶夫夫妇。丈夫是乌拉尔地方一个工厂主的儿子，在彼得堡商业学校毕业，醉心于革命民粹主义，这就把他带到了彼尔姆。他的妻子怀着和他同样的思想。马里科夫家还有两个亲近的人：亚历山大·亚历山大罗维奇·克利尔和亚历山大·亚历山大罗维奇·洛保夫。这两个人都在铁路局当商务委员，洛保夫在彼尔姆，克利尔在叶卡捷琳堡。洛保夫以前是一个炮兵军官。克利尔是安年斯基夫人的妹夫，曾在彼得堡的知识界周旋，和当时有名的、在涅恰耶夫案件之后流亡国外的新闻记者特卡乔夫有亲戚关系。他在彼得堡主要从事翻译工作。这一伙人所翻译的，大都是“有倾向”的书，其倾向正是唯物主义的。克利尔身材高大而虚胖；心地善良，富有才能，然而在各方面都只是一知半解而已。洛保夫身体瘦弱，神经过敏；他和克利尔相反，富于学究气。他寓所里桌子上的各种东西，永远保持一定的秩序；我记得每当有人漫不经心地碰了它们一下的时候，他总要显出惊惶的神色。洛保夫已经结婚，但是没有孩子。我回想到他们夫妻二人，就联想起一只叫做比尤蒂的小狗来。这小狗很讨厌，然而洛保夫夫妇简直像父母对

① 按照俄罗斯人的习惯，早餐是很迟的。——译者注

子女一般照管它。有一次我走进他们家去，听见他们慌张而警诫地喊叫起来。原来他们刚刚给比尤蒂洗过澡，这时候正在用被单把它裹起来，生怕过堂风会损害它的健康。……

聚集在马里科夫家的，便是这样的一群人。扎卢德涅娃和巴纽津娜显然完全受着他的思想的支配。他的思想大体上还是接近于“神人论”的。对于正统教会，马里科夫当时采取否定的态度。[①] 我那时正处在沉静的实证主义时代。伏洛霍夫一般说来是一个异常冷静的人，他很尊重马里科夫的办事才能和沉着精神。但当马里科夫神思恍惚的时候，我觉得伏洛霍夫对他表示真诚的惊奇之色。一般说来，我和伏洛霍夫的到场，在一定程度上会使马里科夫扫兴，但同时又使他受到激励。至于洛保夫和克利尔，显然都屈从于马里科夫的心情，即使不是完全屈从，也有一部分是屈从的。我记得有一次谈话的情况。马里科夫陷入了神思恍惚的状态，照例满怀狂热和炽烈的情绪，谈论着奇迹的威力。他认为奇迹是神存在于人心中的具体表现和最好的证据。在奇迹的威力面前，任何事物都站不住脚。奇迹甚至可以制服肉体。……基督教殉难者们被放在火堆上烧，或者在铁栅上烫，但他们脸上显出愉快的表情。

“对啊，这是精神的巨大威力，”我说，“可是我在这件事上并没有看到真正的制服肉体，因为精神的胜利只限于精神过程——也就是心情。殉难者的身体毕竟是被烧掉了。……”

当马里科夫处在这种心境中的时候，是很难使他窘住的。他慷慨激昂地讲下去。他说：不错，身体是被烧掉了。……不过是不是每个人都这样呢？……在这方面我们可以更进一步地设想，信念更

---

① 马里科夫的知友兼旧时的同志尼·柴科夫斯基在反驳阿·法列索夫的论文时说：“神人论”的学说，无论就其伦理学的内容而言，或是就其对良好的经验知识的态度而言，都是和基督的教义正相反的（《欧洲通报》，1905 年第 5 期，新闻栏）。我认为：和基督的教义正相反，这话说得太过分了。然而“神人论”和正统教会相去很远，这是无疑的。——原注

坚定的时候，火也就没有力量来烧毁身体了。他是熟读圣书的，就举出实例来，证明的确可以这样直接制服。他仿佛浑身燃烧着烈火，就像屠格涅夫所描写的雄辩的教派分子一样。他的心情显然是传染给听众了。我对这情况感到兴趣。

“请问，”我对洛保夫和克利尔说，“难道你们也认为：在纯粹精神过程的影响之下，人的身体可以不烧掉吗？……”

洛保夫怎样回答，我记不清楚了；但记得克利尔这个老唯物主义者毫不踌躇地说：“是的，我也认为这样。”他这话其实完全违反他听马里科夫这番激烈发言以前的一般心情，而且我想，也违反听过这发言之后不久的心情。

那时候马里科夫正在和波别多诺斯采夫通信。这通信还是马里科夫在工厂区当法院侦查员的时候开始的。他曾在莫斯科大学听过波别多诺斯采夫讲授的民法学，由于行政当局对待工人采取可恶的手段，他就回想起了这位教授。波别多诺斯采夫那时候还不是像后来全俄国所知道的那样的人①。我不知道他关于这件事的本质怎样答复他，然而他曾经回马里科夫的信，并且关心他的命运。有时马里科夫给他的信采取十分生硬的辩论方式，然而波别多诺斯采夫还是不断地关心着他这个固执的通信者的命运，并且帮助他起初从霍尔莫戈雷迁移到阿尔汉格尔斯克，后来又从阿尔汉格尔斯克迁移到奥廖尔。

乌拉尔铁路局这位新的事务主任最初来到彼尔姆的时候，他的

---

① 神教院宗教事务部部长波别多诺斯采夫的名字，在柯罗连科的日记中屡次提到；他在一篇笔记中称他为“坚定不移的狂信徒”。波别多诺斯采夫死后，柯罗连科写道（在《波别多诺斯采夫和阿斯科钦斯基》这一短评中）：“波别多诺斯采夫死了。公开的和秘密的半官方刊物发表几篇竞尚词藻的论文和故作悲痛的悼文，俄国其他一切刊物发表几篇有分寸的冷淡的短评，就这样把以自己的名字同俄国反动势力最黑暗的潮流结合起来的这个俄国正统教会的‘伟大的宗教裁判者’送进了坟墓。”（《俄罗斯财富》，1907 年第三期）。——原编者注

过去的历史、他的和社会隔绝的生活方式，以及对于受监视者的亲近，曾引起当局的怀疑甚至搜查。然而刚刚开始搜查，宪兵们就发现了波别多诺斯采夫的信件，这使他们非常惶恐，竟向马里科夫道歉，说这次搜查是出于误会。从此以后，他们就让他安居，而且不妨碍他给流放犯们安插职务。

2

省长叶纳基耶夫和他的朋友区宪兵队长

我初到彼尔姆的几天，心中一直考虑着维亚特卡行政当局诬告我逃亡的勾当。这件事是谁做的，为什么要这样做？

为什么——这一点我很明白：行政当局向我报复，是为了我的文笔太尖刻；县警察局长向我报复，是为了我向省长控告他；省长向我报复，是为了我向部长控告他；巡官向我报复，则是为了我常常在农民面前愚弄他。我的逃亡，大概是在巡官的挑衅行为和格拉佐夫会议之后捏造出来的，关于这一点，比塞罗沃的乡长曾经对我说过。后来，档案的秘密渐渐公开之后，有一个西伯利亚杂志[①]上刊登了“关于国事犯柯罗连科”的往来公文的摘录[②]。原来是这样：“柯罗连科居住格拉佐夫县时，曾于去年十二月擅自离开指定居住地——比塞罗沃乡白桦老河上游之白桦屯，被留住在离该地三十五俄里之比塞罗沃村。”

读者已经知道，这是伪造的话。我的确曾为了购买制靴材料而离开白桦屯，但不是到比塞罗沃，而是到离白桦屯最近的阿法纳塞

---

① 《西伯利亚问题》。——原注

② “雅库梯州公署据第二科第一股有关国事犯符拉季米尔·柯罗连科案件。始于1880年5月22日，至1884年10月17日结束。”——此案的主要文件登载在1912年第24期《西伯利亚问题》杂志上。——原编者注

夫村，而且并没有人留住我，自己回到了白桦屯。我明明知道，这是敕令的夸张的解释，是完全虚构出来的。这件事归咎于谁呢？现在我认为很可能是巡官取得卢卡·西道罗维奇同意而捏造出来的；然而那时候我确信：这勾当还非经省长特罗伊尼茨基批准不可[①]。而直到现在我还认为有此可能。后来弟弟写信给我说：农民管理局里有一个官员伊凡诺夫，向省长控告一个捣乱的流放犯，说这人替农民写状子，控诉当地乡村掌权的人和行政长官们对他们的迫害。这么说来，我成了一个“捣乱分子”；而一八七八年八月八日的敕令就给他们提供了制止我的危害影响的良好武器！……可能是省长对县警察局长的“意图良善的”捏造佯装不知。

不管怎样，总之，我的愤慨在寻找出路。于是我打定主意要把此事公开发表在报纸上。为此，我写了一封信给《舆论报》的编辑部，在信中对“行政命令”说了许多尖刻讽刺和诉苦的话。开头说：我认为在以前的不加审判的方式还继续存在的期间，目下的欢庆有点过早；在信的末了，我对维亚特卡行政当局——上至维亚特卡省长先生阁下，下至巡官——提出一个率直的问题：“我之所以险些被流放到雅库梯州，据说是为了我的‘逃亡’，但我在什么时候逃亡过？从什么地方逃亡到什么地方？……流放到这么远的地方，可不是闹着玩的啊！……”

在伏洛霍夫被遣送之前，我把这封信读给他听了，他只是微笑着说：“难道你以为俄国的报纸会刊登这样的信吗？”老实说，我并不作如此想；然而，如果我不在这也许是无效的抗议书中发泄出我的感情，我就没有办法从事别的工作。信寄出去了。

大约过了十天，有一个假日，伏洛霍夫刚从公共图书馆回来，

---

① 在省长特罗伊尼茨基给内务部长的报告中可以看到：对柯罗连科采用 1878 年 8 月 8 日的敕令，其主使者正是特罗伊尼茨基。——原编者注

微笑着对我说：

“你到图书馆去看看，那里有你所关心的东西呢。”

我到图书馆里，看见一群读者聚集在一张桌子周围，许多头从各方面集中俯伏在一张报纸上面，记得这是第三一二期的《舆论报》。我那封信刊登在这报上，几乎没有删节①。

当天傍晚，省长的勤务员给我送来一张字条，上面写着：省长要我明天上午到他那里去拿寄给我的信件。我如期前往，省长告诉我，说他已经作了指示：以后我的信件由他收转。我明白了。他还没有决定我的信件是否可以正式免除检查；但倘信件通过警察局转交，则一定要被拆开。他把母亲和妹妹的来信（没有拆开的）交给了我，一手按住放在桌上的一份报纸，用严肃的语调对我说：

“还有这件事，……柯罗连科先生，我要问问你……你有几个脑袋，敢写这样的信来发表！……要知道这是……直接公开地指责维亚特省行政当局滥用敕令，甚至……虚构捏造。”

“我正是要指责维亚特卡行政当局滥用敕令和虚构捏造。”

“我确信接着就会有人来反驳你，可能要你负严重的责任。”

“相反地，我确信不会有任何人来反驳我。……至于负责任，当然是指由法庭审判，那我正巴不得这件事发作起来呢。……”

他表示惊奇而又为难的样子摇了摇头。

这封信自然没有引起任何反驳，虽然它在当时相当惹人注目。有几家大胆的报纸引证了这封信里的话；《俄罗斯思想》的国内评论员（普利克隆斯基②）用时评的大部分篇幅来谈这封信。后来有人

---

① 柯罗连科这封信由作者签上全部姓名发表在1880年10月12日第282期《舆论报》上，题目是《彼尔姆（致编辑部信）》。——原编者注

② 谢尔盖·阿列克塞耶维奇·普利克隆斯基（1846—1886），政论家，《俄罗斯公报》《俄罗斯思想》《星期报》和其他自由主义机关刊物的撰稿人。——原编者注

告诉我：在洛利斯-梅里科夫时代起相当重要的作用的阿巴扎，曾到《祖国纪事》社的编辑部里提出一个要求：请勿强调“刺激并扰乱社会的消息”，他认为我这封信就属于这一类。他说：“伯爵有极好的意图。……你们可以看到，现在已经很好；将来一定更好。你们让伯爵安心做他的事业吧……”《祖国纪事》果然没有转载我这封信。

此后叶纳基耶夫常常邀我到他那里去，有时以信件为由，有时并无特别缘由。我看出：他对于中央俄罗斯所发生的事非常关心。

“这是怎么回事？”他说，“为什么常常有人谋害解放农民的沙皇和他的臣仆？”

伏洛霍夫告诉我：叶纳基耶夫知道他参与文学工作，起初也常常邀他去，对他提出同样的问题。然而伏洛霍夫是一个很审慎的人。他让省长去讲话，自己只是唯唯否否地回答他的问题。

“他要讲，让他去讲吧。我可没有什么话要跟他谈。”

我却相反，对叶纳基耶夫很感兴趣，而且我觉得没有理由拒绝这种谈话，尤其是在发生了一件事之后。正如我早就对叶纳基耶夫说过的，我不规避同任何人相识，不久就有中学生、神学校学生、民众教师等来访问我。这些相识的人里面，有一个神学校学生库德略夫采夫，在遭受搜查时被搜出了一个“非法的”图书馆。其中并没有直接“犯法的”书，然而有一些“因有危险思想”而禁止发行的作品，例如：皮萨烈夫的作品、有车尔尼雪夫斯基注解的穆勒的《政治经济学》、米尔托夫（拉甫罗夫）的刊载在《星期报》上的《历史性书简》等。当时的主教是一个态度冷酷的僧侣，这人惶恐万状，坚决主张采用最严厉的措施。省长叶纳基耶夫和他的朋友区宪兵队长则相反，力求不要夸大这件事。叶纳基耶夫亲自去访问主教，劝他不要把列入犯法图书馆的读者名单中的学生全部开除。当这个驯良的僧侣坚决主张开除几十个青年的时候，叶纳基耶夫说：

“大法师！要是那样的话，我不得不禀告我的上司，说你企图把这些青年送进社会主义的怀抱里去。……”

“这是什么意思？”这僧侣惶恐起来。

“很简单：你不让他们受完教育，就把他们推出去，那么别的教师立刻就会来收容他们。”

这件事实际上当然并不那么可怕。世俗政府自己也经常在那里用这种办法把整批的青年抛弃到“社会主义的怀抱”里去。然而主教还是给吓住了，于是参加阅读有危险思想的书籍的人都没有被开除，而只开除了库德略夫采夫一人，因为在他那里抄出了某人从喀山寄给他的传单。主教真心地相信：库德略夫采夫为这件事要受绞刑了；至于留他在神学校里，那是谈都不必谈了。

库德略夫采夫是一个身体瘦长而带有病态的青年。他立刻恐怖起来，就作了过分坦白的口供。在提到和他相识的人时，他说出了我和巴纽津娜的名字。

“是不是你从他们那里得到传单？是不是他们给你违禁的书？”

库德略夫采夫回答说没有；他列举了我所推荐给他阅读的作品。

“那么，你要知道，”这个绝无仅有的区宪兵队长说，“最好不要提到这些人的姓名。他们是受监视的，这不过徒然地使事件复杂化。”

我从青年们那里知道这件事的全部情况，我当然等候着搜查。然而后来并没有来搜查，青年们就向我说明这“地方当局的懈怠”。后来叶纳基耶夫也把这件事全部讲给我听，可知我没有理由对他采取不信任的态度。对于他那句怀疑的问话“我们这里为什么会发生这种事情”，我十分坦白地答复。我不是恐怖主义者。我认为恐怖手段的出现，是由于政府采取了使人难于忍受的压迫，压制了俄罗斯社会人士独立行动的自然的愿望。我知道：以前并不打算采取恐怖行为的人们，后来变成了恐怖主义者。我认为现在死在绞首台上的人，都是些优秀的俄罗斯人。政府之所以引起人们这样的绝望，使人们顾不得自我牺牲来反对它，这就说明了它是在走向虚妄和毁灭的道路。

叶纳基耶夫显然怀着兴味听取我这些坦白的见解。我们谈到这里，他站起身来，向接待室里张望一下，然后把门关上了。此后每逢我来到他那里，他总是不忘记这戒备工作。在把门关上之后，往往他也告诉我一些行政界的新闻和消息，在语气中表示他对某种尚未十分确定的未来改革显然很关心。在办公厅和省长的办公室里，甚至也弥漫着希望局势转变的情绪，可知如果实行起改革来，在别的官场中无疑也可以找到拥护者。

这时候我在《语言》杂志上发表了两篇文章，一篇是《不像样的城市》，另一篇是《在未决囚犯部里》。在后面这篇文章里，谈到托博尔斯克的监狱和教派分子雅希卡，这个人不断地敲撞他的牢门，为了“维护上帝、维护真命天子”而提出抗议。原来叶纳基耶夫知道这个撞门汉雅希卡和他的事情。雅希卡是乌拉尔一个大工厂里的人，属于“滞纳者”的教派，因此叶纳基耶夫对我这篇文章极感兴趣。他当然懂得：一味镇压是无效的；最好有一个洞察而公正的人来阐明这个不大著名的教派及其观点。他认为我胜任这件事。他说大概不久我们全都可以获得自由；即使不然，只要我同意，他也能把我转移到这个工厂区村子里去居住。这当然比较不方便些，然而既然我在未决囚犯部的走廊里都能对雅希卡进行观察，那么到了那边当可更加自由自在些。

“你所指的当然是纯粹文学目标的观察吧？……”我说。

“当然，当然……”

“即使我写了使地方政府不快的东西也不妨事吧？……”

“对，对！你看见什么，就写什么。”

我们双方十分满意地分别了。我面前展开了一片可供有趣味的观察的新的前景和新的视野。

3
我在铁路局的职务。 老相识

在彼尔姆的生活，一直使我不大称心。在铁路局服务，可以拿到薪俸，然而这职务本身非常乏味。

我是机务处统计科的文牍员。这一科的任务，是登记机务处人员的工作，主要是司机、副司机和司炉的工作；此外也包括机车及其各部分——一直到轴、轮箍和轴承——的工作。司机们每天打报告表到我们这里来，有时其内容是很可笑的。……例如有一个司机记录："在离市×俄里处中途停车，缘有一躯体僵卧于铁轨上。该躯体原系×号扳道员，因酒醉卧轨，现已送往车站，俾其醒酒。"又如："中途停车，缘有制动乘务员掉入缓冲器间。"此外不再说什么。这个倒霉的乘务员以后的命运，司机和我们做统计工作的都不得而知，因为这乘务员根本不是在机务处工作，而是在运输处工作的。

我的职务是在得到种种消息后对各级人员拟制咨询、通知、报告和命令。起初我常常出丑。有一个同事偶然看看我刚拟好的文件，用责备的口气对我说：

"唉，唉，唉！还是一个大学生，一个受教育的人呢！你怎么不知道：这是写给谁的，应该怎样措词？'望勿延迟通知'……这哪像写给铁路局局长的话！……"

"那末应该怎么写呢？"

"'敬请早日赐示。'要是写给机务处处长，还可以用'望勿延迟通知'这说法。……不过不久以前他也责怪过我们来。……"

有一次我抄写一份公文，上面的称呼是："铁路局局长先生"，我把 господин[①] 这个词简写成 г-н。

---

① 即"先生"。——译者注

“г-н? ……对铁路局局长难道可以用 г-н 吗? 非用 господин 不可。”

“这对于事务当然没有重大关系,”我的顶头上司符拉季米尔·伊凡诺维奇·德拉维(以前是彼得堡大学生,一八六八年闹学潮的时候也曾被监禁在堡垒中)微笑着说,“不过……你总该懂得这些格式。”

这是不难的,不久我就懂得:对谁应该写“望即速答复”,对谁应该写“敬请早日赐复”。然而这还是不能使我避免职务上的一次重大错误。

我的直接属员是一个青年,名字就假定它是波塔普·伊凡诺维奇吧。这个青年办事异常精确,但也异常缓慢。他的职务很简单:抄写我拟就的公文;在胶印机上印刷通告;管理收文簿和发文簿。他的字迹清楚而美观,然而他对美感的癖好大大妨碍了工作所必需的速度。他的字写在纸上,像一串串珠子那样,行间很整齐,然而他对这还感到不满意,努力设法使纸的正反两面也行行相对。他坐在隔壁房间里的门边,几乎和我并排;我有时怀着好奇心观察他,看他怎样把簿册竖起来,对着纸的一边用心察看它的两面,这一面用左眼睛看,那一面用右眼睛看。老实说,由于波塔普·伊凡诺维奇的天真和特殊的“典型性”,我对他颇有爱慕之心。无论是他的待人接物,或是他的谈吐,都使我非常感到兴趣,因此我常常和他到同一家小饭馆里去吃饭。过了一些时候,我们之间的关系就变成了同等地位的友谊关系:在我这方面是宽容而幽默的,在波塔普·伊凡诺维奇方面是狎昵的。这就显然地破坏了彬彬有礼的“职位体统”,引起了同事们的注意。

由于这关系发生了一种情况,几乎引起了职务上的变故。波塔普·伊凡诺维奇为求美观而工作缓慢,说老实话,一半是由于懒惰之故;这就使得他实在应付不了自己的业务。我和他相反,很快就做完了文书工作，并往往空出许多时间。于是，自然而然地发生了这样的情况：起初，我把我草拟的公文写得很清楚，免除了波塔普·伊凡诺维奇的抄写工作；后来，索性由我亲自用胶印墨水来写公文，也由我来印制；最后，遇到特别紧急的需要时，发文簿的登记工作竟也常常由我来做。不知道是德拉维自己在公文上签字的时候发觉了全部是我的笔迹呢，还是有人促使他注意到这种在职务观点上看来是不道德的现象，总之，有一次我们这位上司看看发文簿，然后审察一下胶印的通告，断然地向波塔普·伊凡诺维奇声称，说他以后不必再在统计科里工作了。我心里当然明白：这个可怜的人的遭难，大部分归咎于我，于是我就去劝说德拉维，颇费了一些口舌，总算劝服了他。波塔普·伊凡诺维奇照旧任职，然而已经受到“申斥”和“警告”了。

当天我上小饭馆去，看到波塔普·伊凡诺维奇对我非常生气，竟可说是激怒。……我开玩笑地问他气愤的原因，他用仇恨中含有类似轻蔑意味的语调回答我说：

“你倒像不知道似的：我险些儿打破饭碗，遭到不幸。为了谁？全为了你！……”

“波塔普·伊凡诺维奇，”我试行反驳，“你该记得，我对你说过：你应当工作得快些，少欣赏自己的书法。”

“说过，说过！上司对下属难道是这样说法的吗？……如果你申斥我，更加严厉地责骂我，我早已加快工作速度了。……可是现在，你瞧！……我根本还没有注意到你在代替我做全部工作呢！……”

我不再反驳；过了几天，波塔普·伊凡诺维奇心情缓和下来了。

“这真是稀奇的事儿，”他毫无顾忌地说，“为什么我办起事来是这个样儿？……你可知道，我对付起女人的事来可敏捷呢！……”

他就讲给我听：还是前几天的事，有一个司机在非规定的时间回家，碰见他在这司机的妻子那里；严重的危险威胁着他的生命，全靠他表现了出奇的灵巧和敏捷，这才免除了危险。……

“在这件事上可是够敏捷的了，……”最后他沉思地说。……

我还得记述在彼尔姆碰见一个老相识的情形。有一次我下班回来，在路上注意到了对面走来的一个人，这人和我擦身而过，留下了一股强烈的烧酒气味。我觉得这个人很面善，就回过头去。

“是准尉魏列夏庚吗？……”

他也回过头来；过了几秒钟，我被他拥抱着了。

“我正在找你呢。……疲倦得要命；不瞒你说，刚才为了疲劳，喝了点酒，吃了点酒菜。……怎么样，过得好吗？我听说你被送回了。我呢，喏，也是这样。……须得在这里住下来，找一个工作。首先是要找一间房子。”

“好极了，”我说，“我知道有一间房子，我自己在那里住过的。……工作或许也可以找到。”

我怀疑地看看准尉。他的面孔浮肿，仿佛是由于饮酒过量。显然他不仅是“为了疲劳”而喝些酒。不管怎样，我把这个维什尼伏洛乔克的狱友带到了家里，然后带他到城郊村子里我从前的房东那里去。……我对魏列夏庚说，我将带他去看马里科夫，然而……这必须等他的“旅途劳顿”消除之后才行。我们两人当然都懂得这话所指的是什么。由于我和准尉曾一同被监禁在维什尼伏洛乔克政治监狱里，我心中保留着关于他的十分温暖的回忆。现在我看出，他曾有一个时期耽于狂饮；然而我认为这是暂时的，以后他会振作起来。他在维什尼伏洛乔克政治监狱里住了那么多时光，对烧酒显然连想也不曾想起啊。

然而第二天、第三天、第四天，准尉都没有来看我。后来房东来了，他要求我叫我那个朋友离开他的屋子。

“完全出我意料之外，”他怀着真心的愤慨说，“我以为他跟你和伏洛霍夫先生一样是一个规规矩矩的先生。……想不到他是一个暴徒，捣乱分子，酒鬼。……你带他来了之后，我们一直不得安宁。他一连几夜宿在下流人家，天亮前回家来，把所有的人都吵醒，成天胡闹。……我家里有老婆和女儿。……请你帮帮忙叫他走吧。……”

我立刻和他一同到他家去。准尉显然醉得厉害，还在那里睡觉。我只得叫他醒来。他面部的皮肤越发松弛了，两只眼睛暗淡无光。我一听准尉和房东之间的谈话，就确信要他们共处是完全不可能的了。准尉一醒过来，两人立刻就骂了起来。

“你瞧，一连几天都是这个样子，”房东说，“五点钟回来，醉得话也说不清楚，可是大声嚷着，成天胡闹，——他就会这一套。……”

“不许你说话，坏蛋，剥……削者……”魏列夏庚用喉头挤出来的声音说。他望一望圣像，继续说，“挂起了偶像，就自以为是个圣徒了。……好吧，你来对他说说：这些全都是偶像。……他不相信我的话。……”

“你当然不喜爱这个。礼拜堂里你是死也不肯去的，你最好是上妓院去。……难怪你把书也拿到那里去。……请你问问他：他把你那本书拿到哪里去了？”

魏列夏庚那天从我那里出去的时候，问我要了一册《语言》杂志；现在，据房东所说，他拿我那篇文章①去教导妓院里的人。

“不许说话，混账东西！……你以为我到那里去是为了卑鄙的享乐吗？我也许是去拯救她们的灵魂呢！……”

“你去拯救灵魂，得了吧！我家里有女儿，有妻子。……那你就该老老实实、规规矩矩地念给她们听。……不，你分明是给那儿引

---

① 柯罗连科常常用“文章”这个词来代替“短篇小说”、“中篇小说”。这里他指的是他的短篇小说《未决囚犯部的临时居住者》。——原编者注

诱去的。……哼，你别太狠，”他说着，提心吊胆地斜过眼睛去看看准尉的雄赳赳的戒备姿态，“我可要喊警察啦！……”

“唉，准尉，我对你说，”我出来干预了，“为了你，我只得向房东家道歉了。你拿了你的东西，立刻搬到我那里去吧。”

我把他带到了我家里，对他说：

“你要知道：在你没有证实你的酒癖是暂时发作、你能够像正派人那样好好做人的期间，我绝对不能替你找职务。这需要一个时期。你暂且住在我这里吧，不过我要预先警告你：如果你半夜里来敲门，是没有人来替你开的，那时候你就得在随便什么地方过夜。”

准尉答应了，甚至流了眼泪，然而这件事结果是绝望的。有时他竟不回来过夜，有时喝醉了回来。我帮他躺在长沙发上了，他就成天地酣睡；流放同伴们供给他的路费余下来的钱，显然是被他拿来买酒喝了。我这里有时有青年男女来访问。我们或者读什么书，或者谈话。我和准尉约定：在这些时候，他必须耐心地躺在隔壁房间里，我对他们说他在生病。然而有一次他忍不住了，突然从隔壁房间里走了出来，喝得半醉，面孔浮肿，声音嘶哑。他走到房间中央，装出一个异常动人的姿势，认为有必要把一个意外的消息告诉这些不相识的人：“在西伯利亚，在图林斯克和某个村子之间有一座森林。森林里有一片谷地。……这片谷地是西伯利亚所有的流浪人集会之所。……”

“嗯，那又怎么样呢？……”我不知道准尉这番醉话是什么意思，就问他。

“我想集结一个匪帮。”准尉突然结束了他的话，羞怯地笑笑，仿佛一个人暴露了秘密的野心似的。

我以为这是醉人说痴话，就笑着把他送回隔壁房间去。……依照大家的忠告，我和伏洛霍夫决定向准尉探问他的亲属所住的地方，我们凑集些钱送给他，把他打发回故乡去，——在故乡似乎有他的一个已经出嫁的姊姊。然而过了不久，他又到彼尔姆来了；不过不是从西方来，却是从东方来的，显然他曾经在那里试图实现他的“集结匪帮”的计划。在这件事上他遭遇到了什么，他并没有详细叙述。我们再度凑集些钱来，然而这一次并不把钱交给他手中，却是替他买了一张轮船票，把准尉送上船，托一个乘船到喀山去的朋友照管他。在轮船出发之前，准尉又狠狠地喝着了一顿酒；在轮船还未解缆的期间，他从舱房里殷勤地向我们飞吻。从此以后，关于我们这个有趣的维什尼伏洛乔克狱友，我不再听到任何消息。……这个人显然只适宜于同好伙伴们在一起坐牢。只有在这样的环境中，他才像一个正派人。……

4

一八八一年三月一日的悲剧。 拒绝宣誓

俄罗斯制度的惊人的悲剧爆发了。……

我记不起是在第二天还是第三天，关于三月一日刺杀沙皇的消息传到了彼尔姆。这一天早上，我正在路上走，——记得是要到马里科夫家去弯弯，然后去办公，——走到十字街头，听见两个人在谈话。一个农民——或许是莫托维里哈（郊区的一个工厂）的工人，正在对马车夫说：

“你这人真古怪！你怎么说这不关你的事。……那么是谁给你自由的呢？……”

马车夫摇摇手。

“哪怕天塌下来……也不关我事。……”

我到了马里科夫家里，才懂得了这番对话的意义。……原来亚历山大二世在彼得堡被刺死了。专制政体蜕变为纯粹的警察制度，这伟大国家的创造性职权转化为单搞警备工作了，然而单搞这工作

也还是搞不好。

过了些时候，彼得堡的几种报纸都送到了。……检查机关当然立刻禁止各报发表非官方的消息，然而有一家报纸（记得是《声报》）总算登出了一篇未经检查的访员报导[①]。应该指出：这报导中的叙述极不正确，甚至是荒诞的。然而这篇幻想文写得异常阴惨可怕。“小市民雷萨科夫[②]”，大家都知道他绝不是一个具有英雄气质的青年，他胆怯地出卖了朋友。然而在这篇报导里他被描写成一个阴森森的英雄。第一次爆炸之后，当亚历山大二世走出马车来，说着“感谢上帝”并划十字的时候，雷萨科夫仿佛还这么反驳了一句：

“嘿，还感谢什么上帝！”[③]

总之，整个事件都是以一种不可避免的语气，一种对阴暗、严厉而命定的力量不胜恐怖的语气来描述的。……

马里科夫根据他自己的观点，对这事件表示否定的态度。这事件对于我，则引起了沉痛的思虑：这是一次导致不良后果的沉重打击，是由不可避免的致命的盲目性产生的。首先是两方面都成了牺牲品。

我还记得——虽然这是童年时代的事——农奴解放后最初几年间社会上的优秀人士欢欣鼓舞的情况。这种欢欣鼓舞一直延续到六十年代和七十年代之初。然而不久就证实了：亚历山大二世距他所发起的高尚事业相去甚远，他意外迅速地背叛了它。到了七十年代

---

① 显然是指《三月一日事变目击者、后备营禁卫军少尉卢达科夫斯基的叙述》。这篇文章刊登在1881年3月4日的《声报》上。然而除了这篇文章和官方关于3月1日事件的报导以外，在《声报》和别的报纸上又曾刊载另一些非官方报导。——原编者注

② 尼古拉·伊凡诺维奇·雷萨科夫（1861—1881），1881年3月1日民意党人实行刺杀亚历山大二世的计划时，他向沙皇投第一颗炸弹。1881年3月26日，他和其他参加谋杀的人一同在法院受审，被判处死刑。临刑前一天，他曾试图用改悔和变节来拯救自己的性命。——原编者注

③ 亚历山大二世从马车里走出来的时候，碰到的不是雷萨科夫，而是民意党人格利涅维茨基。这人走近沙皇去，几乎一直走到他身旁，然后在沙皇和他自己中间丢一个炸弹，沙皇被炸死了，他自己受了致命伤。——原编者注

末期，这位曾经发表解放演说的年轻沙皇，只落得一个后悔不已、惶恐万状的可怜的反动分子的下场，他从高高的宝座上说："屋主们，看好自己的扫院人！"

我只有一次在近处看到他。这完全是由于偶然的机会，然而这一次给我以不可磨灭的印象。这是俄土战争后不久的事。这时候我和薇拉·佐西莫夫娜·波波娃一同在《新闻报》社工作。有一天我和她在城郊大街上向该报社的印刷所所在的豌豆街走去。我们起劲地谈着话，没有注意到街上从皇村车站开始密布着警察。他们向我们作手势，然而我们对他们的手势也没有立刻注意到，管自走到了十字街中央。这时候我们听到雷霆似的车轮声奔腾而来，看见一辆敞着篷的皇家马车，从车站方面的皇村街拐一个弯，向豌豆街驶来了。……我一眼就认出了车中的乘客之一是沙皇。然而我们直到这辆飞驰的马车拐到离开我们很近的地方，几乎撞着我们的时候，方才停下步来。我穿着长统靴和短褂，戴着阔边帽子。我的同行者蓄着短发。我们两人的样子都可以被看作一种典型人物；警察没有把我们拦住在人行道上，当然是一种疏忽。现在我们只得略微避开些，我怀着好奇心望一望沙皇，一方面当然脱帽致敬。当马车经过我们面前的时候，沙皇转过脸来，行了一个举手礼。这个在迦尔洵的《普通兵伊凡诺夫的笔记》中被描写到的不幸的人的面孔使我吃惊。其中已经完全没有和那几幅威严的肖像相似的地方了。这面孔浮肿，布满皱纹，不健康，而且……不幸。当他转过头来对一个高等女校学生和我这个大学生单独打招呼的时候，我看出这动作有些做作。据说他对于在作战地区担任卫生员的大学生和高等女校学生的事业，曾给以很温和的评价。

在那时候以及在后来，在艰苦的斗争岁月里，这沙皇的行为中有许多事情深深地激起我的愤慨。据说，他具有罗曼诺夫王朝世袭的残酷性。他的心中从来不曾闪现过一丝减轻对他的敌手的严酷的死刑和镇压的愿望。相反地，大案件里的人本来已经受到过分严厉的惩罚了，他个人却又把惩罚加重，容许对李卓古勃处以不公正的死刑，把车尔尼雪夫斯基非法监禁在威吕斯克[①]。……这个落在愚昧恶毒的暴吏们手中的沙皇虽然有这种行为，但在我的记忆中还是浮现出一个不幸的老头儿的可怜的面貌来。……这样地开始，这样地结束！……

我们彼尔姆的一伙同伴之中，大多数人和我抱有同感，认为没有可以特别庆幸的理由。然而也有不同的感想。有一个流放犯的妻子，一般说来为人很不错，她想起了沙皇那双鲜血淋漓的脚，想起了他的无可奈何的请求“载我到宫里去，……我要死在那里”，流露出幸灾乐祸之色。

当时有一个叫做巴什基罗夫的工人住在我那里。他也是按照洛利斯-梅里科夫委员会的指令返回故乡的。我办公回来，把沙皇被刺的消息告诉了他，这个强壮而朴直的人立刻站起身来，本能地转身面对着圣像，欢天喜地地划了一个大十字来替自己祝福。我想起了白桦屯里的愤慨的农民请愿代表；想起了桑尼科夫的预言，这个畏神的血统农民得知他那句阴暗的预言实现了的时候，一定是欢天喜地的吧；我还想起了某些人的漠不关心和另一些人的觉醒了的仇恨。……如果当时还很强盛的专制政体继续走改革的道路，不知会不会发生这一切情况？不久大家就都知道：亚历山大二世正是在签署召集全权代表的指令——亦即第一步走向宪法的那一天被刺死的。……也许有许多人认为：如果这件事做得大胆些，如果当局不怕公开反对可恶的反动派，那么恐怖主义者也许不致下这毒手。……

① 车尔尼雪夫斯基的七年苦役刑期于1871年结束，应该被释放为移民。然而他重又被流放到离开雅库茨克四百五十俄里的荒凉的威吕斯克。他住在那里，完全与世隔绝，直到1883年。——原编者注

这是错误的想法；这悲剧有更深远的缘由，不是这么容易就会解决的。恐怖行为是在长年无权的情况下成熟起来的。俄罗斯社会中最敏感的一部分人，过分长久地呼吸着地下活动和牢狱的空气，怀抱着脱离现实生活的梦想和仇恨。“宪法”只是一种欺骗人民的手段。在俄国侨民中，只有一个机构拥护宪法，认为这在俄国是必要的[①]。德拉果玛诺夫那时候看惯了很不完善的奥地利宪法，所以他已经懂得了宪法对人民政治发展的意义，甚至懂得了它对奥地利制度所看不起的斯拉夫民族的政治发展的意义。……别的俄罗斯革命党派都不承认宪法，它们各自走着和人民没有联系的道路。这种党派总是一开头就过着自己的独立生活，变成了一种特殊的孤芳自赏的政治机构。恐怖主义所形成的便是这样的一种孤芳自赏的组织。这种主义在黑暗的地下状态中成熟起来，集中了自我牺牲和仇恨的可怕的力量，把这种力量应用在恐怖主义所适合的唯一的方面。为这种可怕的创作所作的努力和牺牲，不是轻易地徒然耗费的。于是恐怖行为就达到了它所预期的最高的目的。这是由于对自上而下的一切改革极度不信任而引起的一种特殊的革命惯性的行为。……当它达到了这个直接目的之后，当它看到它所手刃的不是梅旬采夫，不是某检察官或市长，而是现行制度的首脑沙皇的时候，在为获得成功而不惜牺牲生命的人们面前就产生一个问题：以后怎么样？到那时候方才知道，原来恐怖主义者在最初的宣言中，就要求实行……立宪的自由[②]。

---

① 指自由主义杂志《自由谈》。这杂志从 1880 年 8 月至 1883 年 5 月刊行于日内瓦。从 1882 年底开始，其主编人是乌克兰资产阶级民族主义者米·彼·德拉果玛诺夫。——原编者注

② 指《执行委员会致亚历山大三世书》。这封信于 1881 年 3 月 12 日在民意党的印刷所里刊印，就在那时候流传开来。这封信里要求普遍赦免过去一切政治犯，“因为这不是一种罪行，而是执行公民的天职”。又要求“从俄国全体人民中召集代表，来重新审查政治生活和社会生活的现行体制，按照人民的愿望加以改造”。——原编者注

我请求读者诸君原谅我越出了回忆录的纯粹故事体的范围。我不能说：我在当时对这一切就作这样的理解，并且在当时就能这样叙述；然而我的观念大体上正是这样的。此后不久，命运又把我带到遥远的北方，住在荒凉而寒冷的勒拿河岸上，这时候我的想像中显现出两个形象，描绘出一部散文史诗的轮廓来。热中于解放计划的年轻的亚历山大二世和他的刺客瑞略波夫从遥远的高处眺望着自己的冷落的祖国，谈论着使他们的良好意图敌对起来的遥远的下界的悲剧。……曾经有一个时期，——虽然时间各不相同，——有一个真理照耀着他们两人，然而这真理消失在烟雾中了。……两个亡魂谈论着怎样去寻找这真理。……这是很幼稚的；这部史诗以一个革命者的两句批语来结束——他得到了客死在遥远的流放地的作者所写的这部史诗，这样说："天老爷，多么荒谬的呓语！……可是我们这位同志有一个时期不是头脑很清醒的吗？"现在我从旧记事册中找出当年在驿站上用冻僵的手偷空写成的模糊不清的记录来，觉得这是当时的一种合乎人情的文献[①]。有过这种想法的也许不止我一个人。……

过了几天，我们在办公处接到通知，说铁路局的礼拜堂里将要举行一个集会，追悼老沙皇，并且为新沙皇祈祷。……礼拜完毕之后，司祭先宣读告示，然后宣读誓言。……这时候我不禁想起：我们现在是在参加对新沙皇的宣誓了。可是我凭良心说能不能发这种誓愿呢？……记得我当时把这种想法告诉了伏洛霍夫。他具有冷静的思考力，听了这话有点吃惊。这显然是形式主义的，谁也不认为它具有严肃的意义。我很高兴，因为我眼前没有一个人不把这问题看作形式主义的。……

然而，……大约过了一星期，我在大街上行走，碰到了那个阴

① 作者这里所说的记事册，保存在他的档案里；其中所载的记事，收录在1935年国家文学出版社出版的柯罗连科的《1880—1900年记事册》中。——原编者注

沉的警察局长。他看到了我，向我做个手势，就下了车，走近我来。

他递给我一张折好的纸，对我说："你得根据这张纸上的话宣誓，表示对新国君的忠诚；由你们教区里的神甫批准，然后把这张纸还给我。"

"你奉谁的命令向我要求这个？"

"奉省长的命令。"

我们谈话的地方离开省长家不远，我就去访问他。他立刻出来见我。……

他脸上显出悲哀之色。为了沙皇的逝世，他显然十分痛心。

"你有什么事？"他问我。

"刚才警察局长交给我这张纸，他说是奉你的命令交给我的。"

"是的。……嗯，怎么样呢？"

"请问阁下，……你是不是要求所有的公民都作这种单独的宣誓？"

"当然不是的。没有那么多时间。……"

"这么说，为了我是个流放犯，才对我提出这要求的？……"

他的脸色变得冷淡而严肃了。……

"对不起，……我们需要知道：你是否认为自己是忠于新国君的？"

"正是因为我遭受了非法的迫害，我一家人无缘无故地被弄得流离失所，我看饱了对别人的同样的迫害，——正是因为这个，你才认为有必要把我从众人中叫出来，单独向我提出这种要求。好，我回答你：我不宣誓。……"

他又带着我看到过的那种表情沉思起来；过了一会儿，他说：

"是的，你的话也许是对的。这是一个错误。目前这还不过是我一个人的命令；可是我几乎确信：过些时候，同样的措施一定会普遍起来。……请你好好地想一想，……你为什么要损害自己年轻的生命呢？现在你暂且把这张纸交给我。……警察局长如果问起，你就对他说，纸已经交给我了。”

然后我们又开始谈论种种事情。其间我探问他：

“还在不久以前，你说你等待着即将来到的好转，盼望着我们不久就会恢复自由。……现在你还能说这样的话吗？”

他皱皱眉头，回答说：

“我当然不能断言局势怎样转变。……可是凭良心对你说：现在我不再有任何好的期望。……”

这次谈话以后我来到马里科夫家，才知道别的男流放犯也都收到同样的纸。

克拉芙季雅·斯捷潘诺夫娜用她那双大眼睛盯住我，然而一声不响，对我这决定既不赞成，也不反对。只是从这时候起，她常常用惊慌而关心的眼光来看我。

我自幼就耽于反省，因而妨碍了行为的一贯性。根据第一动机，我十分坚决、毫不犹豫地对叶纳基耶夫说：我不宣誓。可是这会儿我有时觉得心里有些刺痛。今后将发生什么事情呢？他们对于拒绝宣誓的人将采取什么手段呢？这样做是否值得？母亲和两个妹妹将再度受到怎样的打击呢？这会不会是可笑而无益的唐吉诃德行为？我照旧每天去办公，照旧每晚到马里科夫家去，并没有一点新的情况发生；然而我心中潜伏着一团乌云。终于有一天，记得已是五月或六月初，叶纳基耶夫又邀我到他家去，对我说：

“我所预料的事实现了，现在他们提出宣誓，是作为普遍的措施了。慢来！我劝你现在暂且不要作出最后的决定。这是给你的宣誓纸。你明天带来给我。现在让我……”

我和他围着一张桌子面对面坐着。他向我望望，用感动的声音说：

“我们不要把这当作省长对一个受监视的人讲话。在年龄上，我可以做你的父亲，请你听从我的忠告：你不要这样做。……我已经和检察官谈过，——以防万一。他说：法典上没有预先估计到这种罪行，至于……按行政命令会采取怎样的措施，那就很难说了。……请你听从我的话。……好……就是这样吧，明天见!”

我拿起那张纸走了。精神上的乌云已经临近。我在心中历数反对拒绝宣誓的一切理由。实际上谁又愿意这样做呢？这期间并没有听到广泛的“不宣誓”运动。……只有两三个例子，……这岂不是唐吉诃德行为吗？……恐怕还是照别人一样做比较好吧？……就像伏洛霍夫吧，他把这件事看得多么简单。……

然而……我不能像伏洛霍夫那样采取始终一贯的行动。不管一切实际情况如何，我心中发生了一种愤慨情绪。……我的教区司祭是一个在宗教文学方面略微有点名气的人。彼尔姆常常有人谈起他，对他有各种议论。现在他们大概要称他为黑帮分子了。那时候他们称他为伪君子或伪善者。我不能想象将来我在他面前重述宣誓文时的情况。……他大概会用他那伪善的声音对我作些动人的训话。我在马里科夫家度过了烦闷而忧郁的一晚。……回到家里后，我努力设想：瓦·尼·格利果列夫要是处在我的地位，他会采取怎样的行动。我许久以前就习惯于在心中请教他，并且依照我所认为他将做的样子去做。然而这一次这个好朋友的形象也不给我答复。

后来我想起了一个问题：我最初和叶纳基耶夫谈话的时候为什么并不犹豫？那时候我毫不犹豫地声明拒绝宣誓，泰然自若。……这最初的动机显然是出于我的本性的。……现在我左思右想，犹豫不决地考虑，这就不是出于我的本性，而是一种异己的做法了。……我心中忽然回想起“手伸不起来”[①] 这句话。就让它伸不起来吧，这样显然比较好些。我怀着这样的思想酣睡了。第二天早

---

① 这句话参看本书第二卷第 577 页。——译者注

晨在那张纸上匆匆地写上："受监视者某某人声明"，在这声明中说：我并非乘此机会挑衅或示威；但倘有人认为需要征询我个人的意见，那我打算凭良心回答。我从现行制度中亲身经历到并看到的虚伪情况太多了，因此要我保证对专制政体忠心耿耿，我是做不到的。……我不大顾到文体，列举了不法和虚伪的几个显著的实例，在末尾由于匆忙还弄上了一块墨斑。我草草地在这声明书上签了个字，就泰然自若地把它送交叶纳基耶夫[①]。

他忧郁地接受了这文件，读了一遍，想再度把它退还给我；后来看见我坚定不移，就用严肃而正式的语调对我说：

"那么，你是希望我把你的声明书交付办理。好吧。按理说我现在就应该把你逮捕起来送进监牢里。可是我不愿意这样做。因此，如果你继续执行你以前那句诺言，我可以在上头命令来到之前容许你自由。"

我答应了他，我们就分手。这是我最后一次看到叶纳基耶夫[②]。

时候还早，我就在办公以前到马里科夫家去看看。

"你得到什么好消息了吗?"克拉芙季雅·斯捷潘诺夫娜问。我告诉她，说我刚才把我的声明书交给叶纳基耶夫了，她就惊慌地、

---

① 柯罗连科这个包括他拒绝宣誓的声明书的本文，登载在柯罗连科六十五岁诞辰时出版的论文和讲演集里（彼得格勒文化和自由出版社1918年版）。——原编者注

② 6月23日，彼尔姆省长叶纳基耶夫通知警察厅："彼尔姆警察监视下之政治流放犯中有一人，即贵族符拉季米尔·柯罗连科，与其余诸人一同受命宣誓效忠于当今登基之君主及其合法继承人时，彼独抗拒，不肯依照法定形式宣誓，并在目下呈交之书面声明书中陈述其抗拒之缘由。此人在此地居住期间，除此事以外，别无其他可指摘之行为。"省长叶纳基耶夫这份报告由警察厅厅长普列威审阅。他根据这件事于1881年7月24日打了一份报告，并附加判语如下："根据符拉季米尔·柯罗连科过去之危害行为，以及目下拒绝为效忠皇室宣誓之有害倾向，似应将柯罗连科送交东西伯利亚总督处理，令其在警察监视下居住于该总督所辖地区内。"普列威这报告经内务部长批准，7月30日备公函送交东西伯利亚总督，其中列举柯罗连科一切主要罪行（自由印刷所、逃亡、拒绝宣誓），"以便饬办"。8月29日又将所作之决定通知彼尔姆省长，命他饬办：按照指令遣送柯罗连科。——原编者注

同时又亲切地对我看看，突然说：

“我觉得：如果你不采取这办法而宣了誓，那么……结果你会变成一个恐怖分子。……”

我不知道我会不会变成恐怖分子。我生来过分喜欢反省和深思，恐怕不至于走上这条路。……然而，曾有许多完全不适宜于恐怖行为的人被卷入这旋风之中，而做了违背本性的事。……后来我常常碰到一些人讥笑“不宣誓者”的唐吉诃德行为。有时我自己也讥笑自己，何况那时候又知道：原来政府对于这种极少数人的运动毫不注意，甚至并不延长我们的流放期限。……然而，回顾我过去的这段插话，我应该说：我当时这样做，正是我的良心所要求的，也就是我的性情所要求的；而我作出决定后立刻感到的那种安泰心情，显著地证明了我这态度是正确的。

5
马里科夫夫人之死。罗加乔娃的悲剧

此后我的生活又进入了常轨。应该替彼尔姆行政当局说句公道话：不但没有人来逮捕我，而且我竟觉察不到自己受特别监视的痕迹。……关于这时期我所要记述的，只是马里科夫家发生的悲哀事件。

克拉芙季雅·斯捷潘诺夫娜怀孕了。产期已经临近。马里科夫家迁居到郊外一个完全乡村风的小市镇上去避暑。这市镇在彼尔姆附近，因此马里科夫自己可以每天从这里去办公。他家住在一条朴素的乡村式街道上，街道的尽头通向辽阔的田野。

对于即将来到的分娩，谁也不觉得忧虑。克拉芙季雅·斯捷潘诺夫娜是强健的北方人家的后代，具有一种特殊的女性本质：她在怀孕期间长得异常美丽，而在这时期的末了显得异常健康，真所谓白里泛红。她以往生产很顺利。

这一次全部情况都照旧。只是有一次，我到他们的别墅里去，看见她略有惊惶之色。因为她做了一个梦，梦见她生了一个女孩，而自己处在临死的状态中。……马里科夫家里有一种神秘空气，相信梦和预言。我讥笑他们这种预感。果然，过了几天，她生下来的不是女孩子，而是男孩子，这次分娩的经过又是异常平安。克拉芙季雅·斯捷潘诺夫娜躺在床上，脸上泛着健康的红晕，两只灵活的眼睛炯炯发光。……我在他们家里碰到住在邻近的一个女人，是地方医院的女医生，姓斯克伏尔卓娃。

据马里科夫家的人品评，这是一个很好的人；然而她给我一种奇怪的印象：年纪还轻，但身体早衰，脸上显出细碎的皱纹，两眼困惫而暗淡无光。她给人的印象，仿佛是一个人负担着力不胜任的重荷，在这重荷之下东歪西倒地跨着不稳的脚步。

我愉快地闲谈着，说起马里科夫夫人的预感，指出其中一点已经不验；而另一点，根据她那绝无困疲的神色来判断，显然也是不验的。马里科夫夫人微微一笑。

"嗨，克拉芙季雅·斯捷潘诺夫娜，说实在的，"斯克伏尔卓娃说，"你的样子真奇怪！简直从来没有见过这种情况。亲爱的，让我替你检查一下吧。……"

女医生叫我们都走出去，就着手检查了。

过了几天，我到马里科夫家，看见他们都在惊惶不安。克拉芙季雅·斯捷潘诺夫娜身子发烧，手上出现了一些斑点。他们派人去请过斯克伏尔卓娃，但她还在医院里，没有回来。……我和马里科夫就再到她家去找她。

记得这是一个美妙的夏夜。皓月当空，闪烁的银光照遍这条乡村街道，影子都是深黑的。斯克伏尔卓娃家的女仆和邻家的女人们坐在土台上，她说太太已经回来了，可是很疲倦，马上睡了。窗子里没有灯光。

“你有没有对她说，马里科夫家打发人来过?”

“我说过了。……”

我们觉得这情形很奇怪。马里科夫走近屋子去，在窗子上敲几下。窗玻璃那面闪现出斯克伏尔卓娃的面孔，脸色异样而苍白，仿佛受了惊吓的样子。

“我不能去，我不能去，……”她摇手说，“我医院里有一个女人患产褥热，已经拖了一个多星期了。……”

她那张愁苦的面孔就在黑暗中消失了。……

马里科夫猛然地离开窗子。我连忙搀住了他，防他跌倒；我们就这样来到了街道中央。这时候他突然转过身来。……他的脸色像墙壁一般发白，眼睛里射出恐怖的光辉。

“她说：拖了一个多星期。……啊呀，你知道，这是死神来了啊!”他说的时候紧紧地握住我的手，握得我发痛了。

斯克伏尔卓娃出于无谓的好奇心而给产妇带来的，的确是死亡。……后来他们又请另一个医生诊治。病情是无疑的了。在一定的时期内，各种征候接连地出现；到了一定的时候，克拉芙季雅·斯捷潘诺夫娜就死了。

马里科夫仿佛被击溃了，就像一个人头上突然落下一块大石头来似的。我不能心平气和地想到斯克伏尔卓娃。……为什么她要作这不必要的检查呢？她怎么可以不考虑到：她的医院里现在正在流行产褥热，而她可能把这种致命的疾病带给她呢？他们说她是个“好人”！就算她好吧，……可是显然没有办事的能力。这是我实地看到的第一个女医生，此后我很久没有碰到第二个。……我眼前老是出现这个被无谓葬送的美貌女人的形象。这种印象像沉重的石头一般落入我的心中，过后很不容易消除掉。从此以后，我长期间反对女人从医；直到几年之后，我在喀山安年斯基那里碰到了另一个女医生，这才消除了我心中这种成见。这女人完全不是一个体格虚弱的人。反之，她长得很丰满，很有力，绝无困惫之色，是一个大家庭里的母亲。……并且有人告诉我，说她在普通鞑靼女人之间享有盛名，同时又善于在喀山的地主们之间安排自己的业务；地主们都知道，要她去看病，必须派一辆舒适的马车来接她，并且“隆重酬谢”她的辛劳。到这时候我才觉得我以前的成见消失了，这个喀山医学界代表人物排除了困惫的斯克伏尔卓娃的形象。

直到现在，我还保留着关于马里科夫夫人的记忆，认为这是我被流放和监视的漂泊期间最鲜明的回忆之一。

在早秋（或许还是夏季）的某一天，我们听说从卡马河下游开来一只船，载着一批政治犯。去叶卡捷琳堡的火车是晚上八点钟开的。在开车以前，从码头沿着山路直到车站月台，排列了两行武装押送兵。不久就有一大批囚犯从下面走上来，发出叮当的镣铐声。……其中大部分是俄罗斯革命的追随者，在制度严酷的堡垒和中央监狱里住了多年，现在被流放到卡拉去。其中有查巴达利①、崔崔安诺夫②、萨仁-罗斯③、罗加乔夫、梅希金、兹达诺维奇④、德

① 伊凡·斯比利多诺维奇·查巴达利（1852—1913），1877年因“五十人案”被判处五年苦役刑。在新别尔戈罗德苦役刑中央监狱服满刑期，于1880年底从这里被解送到卡拉。——原编者注

② 亚历山大·康斯坦丁诺维奇·崔崔安诺夫（1850—1885），1877年因“五十人案”被判处十年苦役刑。于1883年到雅库茨克省做移民。——原编者注

③ 米哈伊尔·彼得罗维奇·萨仁（阿尔曼·罗斯）（1845—1934）于1866年因卡拉科佐夫案件受到侦查，但被他躲过了。1871年住在巴黎时，曾参加街垒战；巴黎公社被镇压后，逃亡到苏黎世。参加过第一国际的代表大会。曾在国外刊印巴枯宁的文献，把它们运往俄国。1876年因“一九三人案”在边境被捕，1878年被判处五年苦役刑，在新博里索格列布斯克的中央监狱服役。1880年被送往西伯利亚做移民，在那里度过了十六年。——原编者注

④ 盖奥尔吉·菲里克索维奇·兹达诺维奇（1855—1917）在1877年因“五十人案”被判处苦役刑六年八个月。1880年年底以前被拘留在新别尔戈罗德中央监狱里，以后被转解到卡拉。于1883年到雅库茨克省做移民。——原编者注

莫霍夫斯基、加莫夫[1]、菲格涅尔家两姊妹[2]等。我早已知道这一批人即将来到，因为我和薇拉·巴甫洛夫娜·罗加乔娃通过信。她曾经和我一起从托姆斯克回来，现在跟随着她的丈夫。当这批人在两排兵士中间通过车站前面的广场的时候，我正站在群众里面，立刻注意到了薇拉·巴甫洛夫娜。她手里抱着孩子，神色很悲伤。

“薇拉·巴甫洛夫娜!”我几乎身不由主地喊了她一声。

她举目一望，看到了我，欢喜之极，竟向前猛冲，突破了押送兵和宪兵的队伍，在他们措手不及的一刹那间奔到了我面前。我们当然立刻被拉开，我被带到值班室里去作关于这次违法罪行的记录。等到办完手续之后，我走到月台上去，还能看到薇拉·巴甫洛夫娜，她已经走进车厢里，火车即将开动了。……她的神色很忧郁；从她向我猛冲过来这一点，我看出她有一桩伤心事。

我猜测着她伤心的原因。

薇拉·巴甫洛夫娜·罗加乔娃当年曾经在激进的集团中享有盛名。她是一个美貌的青年女子，带有几分茨冈人风度，一双眼睛乌黑而含有热情。她全身洋溢着一种狂热的气概。她的丈夫罗加乔夫是一个青年炮兵军官，也是一个美貌的壮士，热中于革命民粹运动。他们两人志同道合，互相热爱，是一对可以令人羡慕的好夫妻。《莫斯科公报》上曾登载几篇大约从间谍方面取材的揭发性文章，文章的作者提到：在札苏里奇射击之前，“薇拉·罗加乔娃”来到彼得堡，要刺杀特列波夫。我不知道这话有几分正确，然而我认为这是可能的。罗加乔夫在大案件期间态度非常激烈，和其他几个“魁首”

---

[1] 柯罗连科说加莫夫参加在流放卡拉的一批囚犯中，是记错的。加莫夫已于1876年在哈尔科夫死去。——原编者注

[2] 菲格涅尔家两姊妹中参加这一批的，只有叶甫盖尼雅·尼古拉耶夫娜一人，后来她是萨仁的妻子。——原编者注

一同被判处苦役刑，被遣发到哈尔科夫省的一个中央监狱里。薇拉·巴甫洛夫娜不能跟随丈夫同去。这一段时期的生活对她说来可能失却了意义，于是她准备为任何革命事业抛弃头颅。那时候由于某种原由，她这牺牲者没有被党接受；后来薇拉·巴甫洛夫娜自己也被逮捕，流放到喀山省一个僻远的县份里。她在这里遇到一个人，似乎爱上了他。……我确信罗加乔夫不愿意束缚青年女子的自由。……他自己差不多处在死亡边缘了。那时候对于洛利斯-梅里科夫的作风谁也不抱什么希望。制度是严格的，而苦役刑监狱和它同样严格。罗加乔夫只有变了老人才能走出监狱。……薇拉·巴甫洛夫娜在流放中生了一个孩子，就是我和她一起从托姆斯克回来的时候同符诺罗夫斯基夫妇的孩子一起由她喂养的那个孩子。还在这以前，她对这孩子的父亲失望了，就同他分手。后来，回到欧洲俄罗斯之后，她听说中央监狱开放了，她那个丈夫——她对他大概尚未忘情——要转解到卡拉去了。到了那里，在最近的将来，他将获得一段“自由居住”的时期，这就是说，可以过家庭生活了。她就写一封信给他，说要跟他一起走。他欢喜地同意了。

信札往来都要经过长官之手。情况势必是这样：或者把自己心中的忏悔披露在别人面前，而且还是敌人面前；或者……把这忏悔延迟到见面时再披露。……以前，照他们年轻人的观点，他们两人都承认“感情自由”，况且现在是特殊情况。……她可以认为自己是正当的。……于是薇拉·巴甫洛夫娜并不把这事写信告诉丈夫；她获得了许可，就在卡马河畔最接近她的流放地的一个码头上参加到这一批囚犯里来。

罗加乔夫焦灼地望着码头。……看见有一只小船离开码头驶过来了。船里有几个宪兵和一个女人，女人手里抱着一个孩子。后来目击他们这一次会面的人们告诉我，说罗加乔夫当时不能隐藏不快之感。唉，在爱情没有受到考验之前发表“合理的观点”是多么容易；而要抑制也许是“不合理的”然而永远活跃、永远沉痛的感情，是多么困难！这一次会面结果是不愉快的。

正因为如此，所以这个可怜的女人在彼尔姆怀着那么激烈的冲动向我猛扑过来。……她显然是需要一个人的友谊的同情。

这列火车引起了大众的注意，一大群人聚集拢来，想看看从坟墓般的牢狱里出来的俄罗斯革命的追随者。……晚上八点钟光景，火车开出，不久就在乌拉尔山方面消失了，在群众中留下了许多谈话资料，在我心中留下了关于薇拉·巴甫洛夫娜这个悲惨形象和她那双忧郁的眼睛的回忆[①]。……

6

和尤利·鲍格丹诺维奇会面。再度登程

我记不清楚是在这批囚犯经过之后还是之前，有一天傍晚巴什基罗夫来通知我，说“有一个人”在我当时所住的屋子对面的冲沟那边等我。在这以前不久，我得到过同样的通知，那时候这“有一个人”在所谓“羊栏”——就是不久以前在卡马河岸的斜坡上开拓的一个小花园里等我。他们告诉我，说这个人戒备极其谨严，所以我也应该谨慎小心。我须得左手拿着一条手帕，这人就凭这记号来认识我。我来到“羊栏”里，看见只有一个年纪已不很轻的大学生坐在长凳上。我左手拿着一条手帕从他旁边走过；他只是盯住我看

① 尼·谢·丘特契夫在关于《我的同时代人的故事》的评论中指出：柯罗连科知道罗加乔夫家的悲剧，显然是只听一面之词，所以他所提到的罗加乔夫的情况是不正确的。丘特契夫说：他们的结婚是虚假的，直到审讯的时候，罗加乔夫才知道他的假妻子对他开始倾慕了。这时候他俩就决定由她跟随他到流放地。由于沙皇不批准参政院关于减轻判决的申请，罗加乔夫就被遣发服苦役刑，至 1885 年为止；1885 年以后，按照法律他应该出狱做移民。然而罗加乔夫在 1884 年就死了。他们的结婚就始终成了虚假的。——原编者注

看，就把视线转向别处去了，似乎并不想走近我来。于是我就走近他去，说出了自己的姓名，问他是否在等候我。

他正是在等候我，然而他说：他受人叮嘱，交给我信件的时候必须十分谨慎小心。我把信拆开来一看，原来是T写给我的。这人曾经是个流放犯，不久以前从托姆斯克回来，经过此地的时候和我见过面，给了我西伯利亚大道上几个人的通信处。现在他添补些这方面的无关紧要的消息，纯粹出于对秘密的爱好而把这次传递搞得很神秘。我同这大学生相识了，就向他提议：如果他不怕同受监视的人交往，请到我那里去喝杯茶。他说不怕，我们就一同来到我那里，嘲笑着T的秘密活动，愉快地过了一个黄昏。T后来又送给我同样无关紧要的一封信，也同样地戒备谨严。所以这一回我想：在冲沟那边等候我的“有一个人”，是他派来的第三个人了。

然而我猜错了。在冲沟那边等我的那个人年约三十岁；当我走到他那里的时候，他就问我姓氏。我说出了姓名，他握住了我的手说：

“你好！我是尤利·鲍格丹诺维奇[①]。”

尤利·鲍格丹诺维奇！……报上常常提到这个凶险的姓氏。他最初是民粹主义宣传者，曾经把一大群宣传者团结在轰动一时的托罗彼次打铁坊[②]里。然而这是一条已经走过的道路了。鲍格丹诺维奇和他的同志们对宣传的力量感到失望，对残酷的迫害感到愤怒，就毅然决然地转到了恐怖主义活动的道路上。现在我面前站着的是

---

① 尤利·尼古拉耶维奇·鲍格丹诺维奇（1850—1888），民意党著名活动家之一。1883年因“十七人案”被判处死刑，后改为无期苦役刑，被拘禁在彼得保罗要塞中，后来转解到施利色堡，在该地患结核病逝世。——原编者注

② 托罗彼次打铁坊是1874年尼古拉·尼古拉耶维奇·鲍格丹诺维奇（1846—1881）在普斯科夫省托罗彼次县伏罗宁诺村他的领地上创办的。这打铁坊为民粹主义宣传的目的服务。——原编者注

一位谋刺沙皇案的著名的参加者：鲍格丹诺维奇曾经用小市民柯波捷夫的名义在小花园街开设一个小铺子，计划在沙皇经过时爆炸的那个地雷的引线便是从这里面通出来的。这家小店铺虽然被搜查过一次，然而由于这是表面的搜查，加之警察办得疏忽，并没有发现什么东西；店里的人都躲藏起来了。然而现在已经真相大白，所以鲍格丹诺维奇-柯波捷夫的头可以换赏格了。

我以前没有和他会过面。我面前站着的是一个美貌的青年人，年纪大约三十开外，相貌聪明可爱，胡须是新剃的，穿着一件有皱襞的蓝色薄呢短上衣。他很像工厂里的工长，或者像一个主管人。我们坐在地上，谈了一个钟头光景，直到暮色笼罩在我们头上。

他从他的本乡朋友那里听到关于我的消息，知道我拒绝宣誓，每天在等候逮捕。他想劝我逃亡。他说他的朋友们会供给我安全的避难所；又说也许目前有一件事即将来临，这件事需要果敢的人去做。……

于是他向我叙述党所采取的计划。他说：需要推动力；预料有一天将有大批果敢的人出发到乡村去，召集会议，宣布土地全部归农民所有；在这里，需要把这件事向工厂宣布，因为工厂从初解放时就一直为了土地同工厂管理处打官司。他说我也许愿意参加这工作。

我心中怀疑。这种"恩惠"将用谁的名义来宣布？由谁来批准这命令？做这件事是由沙皇出面，就像当时受到全体革命民粹派一致指摘的奇吉陵事件[①]一样，还是由刺杀沙皇的党出面？这一点我

---

① 1877 年，民粹派分子斯杰芳诺维奇等人在基辅省奇吉陵县建立了秘密的农民组织，准备发动反对乌克兰地主的起义。这时候，斯杰芳诺维奇曾竭力利用农民对君主制度的幻想，并假扮"沙皇特派员"的角色。结果起义军被沙皇政府击溃。——译者注

没有弄清楚；而且我觉得，鲍格丹诺维奇自己也没有弄清楚。我拒绝了逃亡。在那一旁，就在这冲沟的那头，苍茫的暮色中可以望见监狱的窗子。要不是叶纳基耶夫信任我的诚实的诺言，我现在就不会和鲍格丹诺维奇谈话，而是坐在这监狱中的一个铁窗里面了。我懂得：我对叶纳基耶夫的关系，比较起这个时时刻刻准备牺牲性命的人所用以衡量事件的那种规模来，是很微不足道的；然而我对恐怖行动及其后果都根本没有信心。……

我们谈了大约一小时，然后鲍格丹诺维奇站起身来，向城里走去了。我目送他那匀称而少壮的身躯在苍茫的暮色中消失了，然后回到我自己的住处去，一路上考虑着这个给我亲切而感奋的印象的人的未来命运。我认为他的事业是一种非常不幸的错误；然而诱导他和别的人去从事这事业的那种感情，在我觉得是亲近的，可了解的。

在不久的将来，有什么样的命运在等待他呢？他将到国外去，还是将和别的人一同从这个党的可怕的成就中汲取一切可能汲取的东西，然后……死去？无论怎样，我觉得我刚才是和一个真正的革命者打交道；而我的对付宣誓和对付拒绝宣誓的后果，比起笼罩在刚才离开我那个人头上的阴暗的恐怖来，真是渺小得很。分手的时候，他向我表示一种希望，说我登程之后，已经不受诺言的约束，也许可以在半路上逃脱，那时候我们可以用如此这般的方法相见。他曾经交给我一张假造的公民证，用的是前往募款建造教堂的契伦地方某小市民的姓名；但我记不清楚是这一次交给我的，还是后来托人送给我的。我仔细地把这公民证缝在巴什基罗夫送我的短皮袄的衣领里了。

一八八一年八月十一日，判决书终于来了。这一天大清早，阴森森的警察局长带了一个警察来到我这里，向我宣布：我被逮捕了。我可以到我办公的地方去结束一下我的工作；然而到处都必须由那个警察伴随着。黄昏以前我必须准备好一切，搭那班夜车动身[①]。有两个宪兵会来押送我。至于押送到哪里去，他不知道。省长这时候不在城里。

火车八点钟光景开出。在这以前，警察不再离开我了。我和他一起到办公的地方去了一趟，把我即将离去的消息通知了马里科夫、伏洛霍夫和别的朋友们，然后和同事们告别。同事里面有不少知情达理而可亲的人，有许多人在临别时对我说出了真诚的愿望。我到洛保夫那里坐坐，去看看这时候正在彼尔姆的克利尔，在聚集于马里科夫家的朋友们中间耽搁了约两个钟头，然后，记得似乎是由伏洛霍夫陪伴着，回到了我的住处。警察局长和两个宪兵已经在这里等我。宪兵从警察手中正式地接收了我，我们就动身到车站去。我在车站看到几个同事，他们不怕替"国事犯"送行，使我感到很高兴。铁路管理局认为有必要在这一天作出决定，发给我一笔"奖金"。我服务时期不长，奖金数目微薄。符拉季米尔·伊凡诺维奇·德拉维亲自把它带到车站上来。

简短的临别谈话、月台上的热烈拥抱、车窗间的握手、朋友们和铁路宪兵的小小的冲突，——然后火车开动，把我载向东方去了[②]。……路途是否遥远，怎样的命运在等候着我，我都不知道。

---

① 这一天（8月11日）柯罗连科写信到格拉佐夫给他的弟弟伊拉利昂·加拉克齐昂诺维奇，信中说："我匆忙地向你告别。又要到天涯海角去了。我拒绝宣誓，并且说明了拒绝的理由，现在要到西伯利亚去了。……"六天之后，他又在路上（从托博尔斯克）写了一封信给他，说："……关于这一次意外事故的原因，我不想多谈了，——我不愿意谈，而且谈起来也心烦。……我身体健康，钱也有，衣服也有。总而言之，必要的样样都有。我心境也泰然。当然啰，作这样的旅行是很不愉快的，天晓得有什么必要；然而因为我不能采取别的行动，所以也并没有什么可后悔的。不管命运把我带到什么地方去，我总可以工作，这就使我有力量等候好日子和自由的来到。并不可怕，只是懊恼而已。"（乌克兰国家出版社1923年版《书简集》第一册。）——原编者注

② 这一次送行被当局看作"示威"，其中有好几个人（扎卢德涅娃、巴纽津娜等等）后来被查办。——原编者注

第四章　赴雅库梯州途中

1
宪兵莫洛科夫。在托博尔斯克监狱军事苦役刑部

车厢里几乎是空的。这里面还载着另一个政治流放犯；他们大概有意不让别的乘客坐到这车厢里来。我这位同行者由两个彼得堡宪兵押送着，因为他是直接从拘押所出来的。原来他在那里和我的好朋友格利果列夫（关于这个人我以前提到过好几次）囚室相邻，格利果列夫曾经巧妙设计，把我从白桦屯寄来的信转送给他。当我向他说出我的姓名之后，这个叫做古-奇①的人猛扑过来拥抱了我，其热烈使我吃惊；他把我紧紧地抱在怀里，仿佛我是他久别重逢的最亲爱的朋友。

在牢狱里和流放中，常常出现对同伴们——即使是偶然见面的同伴们——的这种狂热的态度。人们被截然地划分为“我们”和“他们”两个方面；有时对一方面过分轻蔑，而对另一方面过分热情。古-奇立刻和我讲话，那态度仿佛我们是同一阴谋的共犯者。而且他还讲起在我看来不应该当宪兵面前讲的话来。我把这意思暗示给他，他用德语回答说：这些蠢货听不懂知识分子的谈话。这时候

我看见押送我的一个宪兵微笑一下，因此我坚决请求古-奇改谈别的事情。他懊恼了，甚至生了我的气。然而我自有我的理由。当我还住在城郊村子里的时候，有一次我的房东指给我看一个过路的醉汉，他身穿一件厚呢子的旧军大衣，光脚穿着一双破鞋。我那房东俏皮地笑笑，对我说：

“他是一个宪兵，是我的朋友。……他姓莫洛科夫，也许你听见过？……”

“是一个醉汉？……”

“他是故意这样的。……他准是在跟踪一个人。我告诉你：他是个眼睛最亮的包探。……”

果然，此后不久，侦察出了首都的一帮造假钞票的人，这帮人是暂时把活动转移到乌拉尔来的。这案件竟引起了首都报刊的注意。后来房东又指给我看这个莫洛科夫的时候，他已经穿着制服，我几乎不认识他了。

现在这个“包探”在押送我。他的相貌明察而敏慧。他好像根本不在倾听古-奇讲话；然而后来当我们乘三套车从叶卡捷琳堡出发的时候，他把这番谈话全部重述给我听，连古-奇用德文讲的话也包括在内。

“不过我并不需要知道这个，”他接着说，“在彼尔姆，哪里谈得到什么政令，而我们那位更加谈不到了。去年有人对你们铁路人员告密。一个人被逮捕了。上校就召我去，对我说：‘莫洛科夫，你能不能打听出这是怎么一回事？我想，是些微不足道的小事吧。’我说我乐意尽力去打听。我就开始窥察你们职员之中某些人的情况。我改换了服装，到 Ф-в 先生——你该知道这个人吧——常去的小饭馆

① 即伊萨克·阿多尔福维奇·古列维奇（生于1860年）。于1879年为秘密印刷所事件被捕，流放东西伯利亚三年。他是《农民移居西伯利亚》（1888年）一书的作者。后来侨居美国，在那里逝世。——原编者注

里去。我去巴结他。如此这般地说了一通。……我说，我也是在搞这方面的工作，你可不可以把我们在彼尔姆进行工作的情况告诉我？嘿，他一句话也不说，只是笑笑。‘好吧，’我喝干了第二杯酒，又说：‘既然你一点也不知道，那我只好去问别人了。……’我说了这句话，他可真是冒火了。……他用拳头敲着桌子说：‘谁不知道这个？……我难道会不知道！……’他就一五一十地全说了出来。我如数报告了上校。……他说：‘是呀，我原知道只不过是些废话。……’”

莫洛科夫讲起的Φ-в，我是认识的。这时候他的形象就生动地出现在我面前：一个相当聪明的小伙子，可是性情狂妄，一双眼睛闪着惶惑不安的光辉，自尊心强得过分。我听到过这件事，其结果的确只是一件无谓的小事而已。

我和古-奇一同乘火车到了叶卡捷琳堡，然后乘三套车再走一段路程，就来到了两条路分岔的地方：一条路似乎通向雅卢托罗夫斯克，另一条路通向托博尔斯克。古-奇走雅卢托罗夫斯克大道。他显然为了我对他不够热情而伤心；我问他是否需要钱钞，表示我可以把我的数量不多的一笔钱分给他，他拒绝了。我懂得了：他需要一下子全有，或者索性全无。要末是热烈的友谊，否则索性连普通的同志关系都不要。我竭力向他说明：在流放中，三教九流的人都有，他不得不对所有的人都保持同志关系；而友谊则是命运的稀有的惠赐。然而他依然不受我的钱；我怀着几分悲哀的心情目送他在漫漫长路上渐渐远去。……我惋惜他伤心地离去，又预料他前程将遭逢许多失望。

果然，后来我收到他两封信。在第一封信里，古-奇痛责我的冷淡，说我给他的一番美意浇了一桶冷水。在第二封信里，感谢我对他的忠告。……雅卢托罗夫斯克的流放犯之间发生了一桩轰动远近的事件，这种事往往是由于缺乏积极的兴趣而发生的。两方面都向别的城市倾诉这件事的经过，要求组织仲裁法庭，并且提出抗议等。古-奇的名字就出现在这场纠纷的正中心。

我们和古-奇分别之后，就沿着大道向托博尔斯克前进。莫洛科夫原来是一个很健谈的人，讲的话娓娓动听。他谈到我也认识的一些人，往往对他们作出非常中肯的评定。……他那双聪明的眼睛有时探究似的注视着我的脸，仿佛在问我：对不对？……我很喜欢听这个善于洞察人心的宪兵从自己的观点来发表关于彼尔姆的谈话。然而在这情况下所谈的话绝不能代表一般宪兵的观点。莫洛科夫比较喜欢侦查刑事案件，而他的上司是一个特殊人物。我离开彼尔姆以后，他在那里服务了似乎没有多久，就像他的好朋友叶纳基耶夫一样。叶纳基耶夫猝然去世，这一天阴森森的警察局长命令一切机关和学校停止活动；而宪兵区长更换了一个新的，这人在揭发预谋罪行方面较为热心，甚至用心于揭发莫须有的预谋罪行。

莫洛科夫在押送我之前不久，曾经押送另一个政治流放犯阿-夫[①]到托博尔斯克去。他和我谈到这个人的时候，我心目中又活生生地出现了一个非常典型的人物。这是一个扎依奇涅夫斯基派的雅各宾党人。

“这位先生，应该说实在话，是个好人，”莫洛科夫说，“只是性情非常急躁，真糟糕。……我和我的助手把他送到托博尔斯克去，一路上吃尽千辛万苦；尤其是在最初登程的时候。第一天夜里我就有点打瞌睡。这是赶路难免的。车铃子叮铃叮铃地响个不停，马儿得得得得地跑着小步子，这就由不得你不打瞌睡。可是忽然我觉得，有人把手伸进我的皮包里来。我一把抓住了这只手。

---

① 即瓦西里·彼得罗维奇·阿尔崔布舍夫（1854—1917），1880 年被流放雅库梯州的维霍扬斯克。1885 年回到中央俄罗斯，但 1890 年又被流放西伯利亚叶尼塞省。曾著《西伯利亚自然经济》一书。在九十年代中成了马克思主义者，后来又参加布尔什维克，在彼得堡、萨马拉、乌法及其他城市积极参加革命工作。——原编者注

“我说：‘你这是干什么，亚历山大·彼得罗维奇？’

“他说：‘你以为怎么？你以为在我面前是可以睡觉的吗？我和你是仇敌，是仇敌自然就不能打瞌睡！如果给我拿到了公文，我还会拔出你的手枪来，砰的一枪干掉一个，再砰的一枪干掉第二个！要是马车夫来阻挡，把马车夫也砰的一枪！然后我爱上哪儿就上哪儿！”

“我说：‘原来你是这样一个人？……’

“他说：‘你以为我是怎么样一个人？告诉你：我不是白白地做现行制度的敌人。这就是说：我要和你们——和现行制度的一切仆人——作战。……’

“对这样的人怎么办呢？……我自己就算不相信他的话，我想他只是拿话来吓唬我的。可是我的助手害怕起来。他说：‘一到前面的一个乡公署里，就得问他们要一副镣铐。’按规定我们的确有这权柄：如果囚犯捣乱，可以把他加上手铐脚镣。不过这是万不得已。这样做有什么乐趣呢！我说：‘算了，也许不戴镣铐也可以对付过去。’我就把办法教给助手。到了下一个驿站，上车的时候，他躺在车子中央了，我们两个就紧紧地挤在他两边。我的身体，你瞧，是很结实的；而我的助手的身体比我还要沉重。‘你们两个鬼东西怎么啦，’他说，‘要把我压死了！’我说：‘好，车夫，开车吧，开得快点。不要打瞌睡，要快点送到。’

“他咬紧牙齿，一声不响。这样走了半站路，他求饶了。他说：‘真见鬼，说实在的，你们要把我的骨头压断了。……算了吧！’‘那么你还掏我们的皮包，偷我们的手枪吗？’他说：‘好吧，我不再这样了。算你们气力大！’‘你能起誓吗？’他说：‘我起誓，以革命者的名义起誓。’于是我对助手说：‘好，放开他吧。’助手不敢放；我又对他说：‘别怕，他以革命者的名义起誓，会遵守的。’果然，这以后一路平安无事：我们和他一起吃，一起喝。……后来似乎还出过一次乱子。车子开到一个驿站，我带着公文下车去了，助手留在车子上。有一个路过的官员，偏偏在这时候从驿站里走出来。他的马车恰巧准备好了。他走到台阶上，鬼支使他对我的助手说了些关于这流放犯的话。无非是什么'要好好地看守'之类。那一个听了这话很不高兴。就你一句我一句地争吵起来，后来我的亚历山大·彼得罗维奇跳出车子，直奔向那个官吏。……一个逃，一个追，在马车旁边绕了三圈。这时候我的助手把他拦腰一把抱住，这官吏才得坐上车子，一溜烟跑了，免去了灾难。……这个亚历山大·彼得罗维奇是个怪人。我们的车子无论开到哪一个小城市里，经过监狱的时候，他总是立刻从车子里站起身来，扯着喉咙大喊：'瑞娘，瑞娘！……'我说：'你嚷什么？'他说：'我在找我的未婚妻。……她也许在这里吧？……'对他真是又好笑，又好气。到了托博尔斯克，我们规规矩矩地把他交卸了，竟像知己朋友一样和他道了别。……不过交卸清楚以后我还是划了十字，谢天谢地！"

八月十五日傍晚，我们进了托博尔斯克城。当我们的三套车经过某条街道的时候，从一个院门里开出一辆四轮马车来，车上坐着我已经认识的那个漂亮的警察局长，头戴一顶哥萨克毛皮高帽。他迅速地跳下车子，向我们跑过来。

"啊呀呀！我看见什么了？……这不是柯罗连科先生又来了吗！唉，唉，唉！去年我对你说过。……这一回你回去，可别再来第二次啊！……"他对马车夫喊道："到省长那里！……"自己的车子就走在前面。

记得省长叫做勒索果尔斯基，他并没有要我耽搁很久。他听到了我的姓名，好奇地对我望望（我发表在《语言》杂志上的那篇论文[①]，

① 指《未决囚犯部的临时居住者》。——原编者注

大概在托博尔斯克的人们看来是一桩大事件），亲切地答应立刻把我的一些信件给我转寄出去（并且果然实行了）。然后由警察局长引导，我们向监狱出发①。

那位典狱官老爷（我在文章里对他的评价不大好）起初同警察局长窃窃私议了一会，后来又和看守长咬耳朵。到了天色向晚的时候，他们才叫我跟着典狱官去。我们走出了我所熟悉的大门，然而不像去年那样向右拐，却向左拐，走到了另一扇大门前。我看见大门上边写着这样几个字："军事苦役刑部"。锁好的便门开开了，我们走进一个狭小的院子里。这里一边是圆木造的一所长长的军需仓库，紧接着监狱的墙壁；另一边是一所石造的平屋，上面有一排装栅栏的窗子。剃光头的军事苦役刑犯从这些窗子里目送着我这个新来的非军人走过。我以为他们马上要把我带进这公共狱廊里，在那里，狱友们将要纷纷向我问话，同我谈天了。然而典狱官在这石屋尽头跨上了台阶之后，并不走进走廊里去，却在一扇锁着的门面前站定了。门打开之后，我们走进看守住的一间狭窄的小房间里，然后又是咔嚓一声，打开了另一扇门，我终于来到了一个狭小的囚室里。我的行李跟着搬了进来。典狱官进来的时候，正好碰着军官带了一队兵士也走进来点名；这样，我进这苦役刑的单人囚室时是由整整的一队兵士和军官伴送着的。我似乎觉得典狱官带着幸灾乐祸的得意神情向我看看，然后大家走出去了。我忽然若有所思。……就开始环顾四周。但见墙壁上有刻得很深而后来被刮去了的题字的痕迹。一点也不错：第一个字显然是个"福"字。再看那个窗子，

① 在符拉季米尔·尤查科夫的短评《符·加·柯罗连科在彼尔姆》中，引证了下面关于柯罗连科到达托博尔斯克监狱的一个文件的内容："兹由宪兵军士赫利桑夫·莫洛科夫交来国事犯符拉季米尔·柯罗连科五十八卢布七十二戈比正。此据。1881 年 8 月 15 日。托博尔斯克监狱典狱官卡拉梅舍夫。"这收据保存在莫洛科夫（死于 1913 年）的文件中，据作者说，后来由莫洛科夫的儿子转交给彼尔姆科学博物馆。——原编者注

在台阶和监狱墙壁之间被高高的木板遮住，因此望出去只能看见一小块天空。这样看来，我被关在福明所住的囚室里了。……

我在这囚室里度过的那几天之内的感想，已经记录在我那篇自传体特写《诱惑》中[①]，这里无须重复叙述了。现在我只是简单地说一说：我仔细察看这囚室后，在床铺背后找到了我去年送给福明的一张字条、几个钢笔尖和一块墨。……由此看来，无可置疑了。

我不能说我特别敏感或胆怯，然而在这种情况下，我开始产生了阴郁的思想。为什么他们把我这个移解犯安顿在福明住了多年不得出头的这个囚室里？……他们固然把我的皮箱留给我，而且里面还有纸笔。然而这也许只是奉到最后指令以前的暂时办法。我回想起了叶纳基耶夫的话：法典没有规定拒绝效忠宣誓该如何处理；而行政命令将把我怎样安排，他不能预料。去年当我写刚才找到的那张字条给福明的时候，整个俄国都在谈论“心的独裁”和当前的改革。现在则是黑暗的反动势力在统治着。这个囚室里仿佛还有我的一个大约是死在这里的先驱者的幽灵在徘徊着；我住在这里，不必具有特别的敏感，就可感到未来的不可知和黑暗。

有两个看守轮流监视我。一个态度粗暴，形似野兽；另一个则相反，我觉得很可亲，他常常悄悄地和我谈话。九月十九那一天[②]，他告诉我，说今天有一条轮船带着一条载政治犯的拖船将要经过托博尔斯克，上头也许会打发我乘这条船走。然而这条船到达之后，停了一会就开走了。这里有一个大山，去年我们曾经从这山上欣赏托博尔斯克的美景；当轮船的悠长的汽笛声在这大山背后的河面上静息了的时候，一阵忧伤涌上我的心头。我很少作诗，然而这时候

① 记录在我那篇自传体特写《诱惑》中——见俄文版《柯罗连科全集》第一卷。——原编者注

② 这是作者的笔误，应该是8月19日。在下面的叙述中可以看到：9月4日柯罗连科已经在托姆斯克了。——原编者注

写了一首短短的诗。现在全文已经记不起来，只记得这首诗开头是写这囚室给我的第一个印象：

兵器马刺绕我身，
军刀铿锵响不停。……
牢门铁闩落地上，
哗啷之声如雷鸣。

结尾几句，语气十分忧伤：

我身陷入小天地，
只见窗中一点明。[①] ……

在前面所提到的那篇自传体特写中，我详细地叙述了“军事苦役刑”囚犯们所给我的“诱惑”。

我在点名之后出去放风的时候，看见军需仓库的墙壁上有许多木片塞在壁缝里，形成一个梯子，直达监狱的墙顶上。……我只要爬上墙顶，跨两步，就可从这监狱墙上跳到空地上。

监狱尽头有一个窗子，从这窗子里可以望见院子的一角，而这一角是警卫兵和坐在院子另一端的大门边的看守所望不到的。有一个囚犯从这窗子里指指点点地向我做手势。这是什么意思？他有什么目的？我到现在还不明白。这只是这个坐在四堵墙里不胜寂寞的“孤客”的一种好奇行为呢，还是对被关进在多年以特殊方式囚禁福

① 柯罗连科对于自己的诗篇试作，从来不曾满意过，他并不重视这些作品。他的档案中只保存着几篇波兰诗的试译稿、若干篇游戏性的谐谑诗，以及这里所提及的一首诗。这首诗的全文载在俄文版《柯罗连科全集》的序言中（参看全集第一卷第 11—12 页）。——原编者注

明的这间囚室里的我表示好意呢？为什么这些苦役刑犯自己不利用这看来很方便的方法来越狱呢？——这一点我到现在还弄不懂。我只知道诱惑力很大，于是，我虽然满腹狐疑，终于决定越狱，已经在这权充梯子的木片上爬上四五尺了。要不是那个和气的看守散步时带着的一只样子很驯良的小狗偶然来干涉我，那我这行动将产生怎样的结果，我现在是否还能记述这些回忆，都不得而知了。……这只狗显然具有狱吏的本能：它平日对我很亲昵；这时候却吠叫着向我冲过来，爬上一个垃圾堆，用牙齿咬住了我的大衣的衣裾，我只得从梯子上跳下来，这时候看守跑过来喝住了这只小狗；第二天，来了两个宪兵，要带我继续赶路了。那个漂亮的警察局长又来送我，又向我忠告，劝我干脆做了西伯利亚居民，给自己物色一个妻子，购置一所房子。我问他：为什么把我这个行政命令的移解犯关在军事苦役刑监狱里？他笑笑，回答说：

“在这里见闻少些。我们不喜欢有人记述我们的情况。……”

他以前那句预言并没有实现，因为我又回到西伯利亚来了。这个活跃的哥萨克警察局长大体上给我很好的印象；可是后来我向托博尔斯克人探问这人的情况时，听到了一个奇怪的消息：他的下场很不体面。他认为警察局长的任务光是捉拿小偷和骗子，不能使他满足；因此他又添加了一种活动，担任了……一伙盗马匪帮的头目。这件事当时曾经轰动一时。

照官方规定，要用驿马车来载送我。我们初登程的时候是按照这规定办理的。然而宪兵认为走了一段路之后转道到鄂毕河的一个码头上去走水路，对他们说来比较方便。记得那天晚上要渡过一条河，这时候我怀着一种特殊心情眺望着河上的远景、月光下的树林、弥漫在洼地里的夜雾。……我们渡过河去，在朦胧夜色中模模糊糊地看到一群人。其中有一个戴尖顶羊皮帽的高个子鞑靼人向我们的有篷马车里望望，对人群中站在他旁边的几个汉子说：

“沙皇的仇敌。……”

我初次听到对政治犯用这个名称。然而我在这定义中听不出愤慨和责难的意思。……

马车沿着村道来到一个码头上，我们就乘坐了“那雷姆”号轮船，走水路到托姆斯克去。这办法对宪兵们说来经济得多；对我说来，路上也比较舒服。我乘着轮船在荒凉的两岸中间行驶，几乎不觉得自己是在监视之下。这里已经是轮船的最后一段航程，乘客很少了。虽然还只是八月底九月初，鄂毕河上已经常常可以看到远处堆着积雪。有时为了装载木柴，船头驶近一个陡岸，从岸上架上跳板来；我就和一个萍水相逢的同路人上岸去走走。这是托姆斯克或许雅库茨克的一个商人，颇有知识，对我表示同情。记得有一次我们的船停靠在良明松林。除了松林的持续不断的啸声之外，四周肃静无声。河岸上只有看守木柴的人住的一个窝棚，百步之外有一间小房子。我们走近这房子去，但见那门开了一条缝，门缝里探出一双锐利的、几乎还有孩子气的眼睛来，而这小伙子的手里却亮闪闪的显露出一支步枪的枪口。

“你这是干什么，小伙子？”我的同路人问。……

“我看着，不让你们在这里偷东西。”那小伙子率直地回答。

有时轮船正在行驶的时候，有奥斯恰克人的小船靠到我们船尾上来。我初次看到这情况，以为这只双桨小舟是被轮子上迸出的白浪卷过来的；然而过了一会儿，奥斯恰克人已经用缆索把他们的小船系在我们的船尾上，敏捷地沿着绳索爬上轮船来，站在微笑着的水手们中间了。他们运来了鱼。“酒，酒。”他们快乐地要求。拿鱼换了酒之后，他们再沿着绳索爬回自己的小船里去，这回往下爬，身子就略微有点摇晃了。他们的小船重又钻进白浪里，然后向轮船后面的拖船靠拢去。这种人性情温和驯良，体质柔弱，然而动作非常灵活敏捷。到我们轮船上来的奥斯恰克人之中，有一个人竟连鼻子的痕迹都没有。……“文明”显然已经深入到这地方了[①]。

2

在托姆斯克。“拘留监狱”。省长的哲学。造假钞票的人

九月四日，我们来到托姆斯克；我们在鄂毕河上度过了冬天般的日子后，到这里来碰上了几乎还是夏天一样的气候。这一次，他们把我带到省长办公厅去了一趟之后，并不把我关进转送监狱，却关进囚犯们所说的“拘留监狱”里[②]。这是一所破烂的房屋，没有围墙，那些栅栏窗仿佛厚颜无耻地直对着街道。住在楼上栅栏窗里的囚犯，常常同街上的人互相说笑，有时竟是肆无忌惮地说笑。我们必须从胡同里绕过这所房子。绕到那一头，才有围墙和大门。我们在大门口被阻住了。当他们在进行交涉的时候，我得暇看到了一种有趣的光景：通过半开的便门，可以望见监狱的菜园子里有一个穿棕色大衣的绅士，旁边围着一群狱吏和几个手持铁铲的管菜园的囚犯。这绅士原来是托姆斯克的省长梅-洛夫[③]。他显然是刚刚发现了一种不良情况：他在一颗白菜上看到一个软体虫，正在把它指给典狱官看。典狱官恭敬地对他鞠躬，接着副典狱官、看守长等也都一个个地鞠躬。

然后我们被带到办公室里，要在这里等候典狱官的来到。我在

---

① 1881 年 8 月 27 日至 30 日额尔齐斯河及鄂毕河上的旅途印象，由作者当场记述在他的杂记本中。这些记事被收载在《日记》第一卷（乌克兰国家出版社 1925 年版）和《1880—1900 年记事册》（国家文学出版社 1935 年版）中。——原编者注

② 在刊登于 1886 年《俄罗斯公报》（第 290、298、299、305、312、318、320、325、331 期）上的特写《拘留监狱》中，作者详细地叙述他住在这监狱中时的印象。这篇特写的全文发表在柯罗连科的《西伯利亚特写及短篇小说》（国家文学出版社 1946 年版）一书中。——原编者注

③ 即瓦西里·伊凡诺维奇·梅尔察洛夫。——原编者注

办公室里看到一种情景，使我永远不能忘记。在一张围着栅栏的桌子旁边，坐着副司法稽查官，他是每两星期来一次，来解答囚犯们关于他们案件的进展情况的询问的。一群囚犯互相倾轧着，紧靠在栅栏上。

“伊凡·西多罗夫大人，我的案件怎么样了？……”

这官员把公文翻了一会，回答说：“这案件在××区的陪审员那里。”

“天哪！已经几个月了，他还不来提审我！……”那个囚犯绝望地叫嚷着。

他就被挤开；别的囚犯上前来探问，都得到同样的答复。这情况给人一个印象，仿佛托姆斯克的案件当时全部处在停顿状态，这一群囚犯在这里永远被遗忘了。囚犯们之间的骚动随着这种问答而增长起来，时时迸发出几句恶毒的谴责声，有时竟是咒骂声，骂的是这个也许完全无辜的官员。有一桩案件特别引起了愤慨。附近村子里有一个农民有事进城来。警察向他要公民证。公民证没有，警察为此就把这农民抓起来。抓起来而且……把他关进监牢里。这件事是极简单的：只要打听一下他的身分就是了。他所住的村子就在附近。这期间囚犯的亲属来探望他，大伙儿替他出了一张保状，村长特地拿了这保状进城来交涉；可是这案件一直长眠在某某区的陪审员那里，而这农民一直坐在监狱里，每两星期得到一次同样的答复。……当这一次副司法稽查官又对他作同样答复的时候，农民伊凡·拉利昂诺夫简直放开嗓子怒吼起来。伊凡·拉利昂诺夫的案件仿佛总结了这一大群不幸者的印象。我开始替这个可怜的官员的命运耽心，因为那栅栏在囚犯们的压力之下格格作响了。连押送我来的两个宪兵，对于这异地机关也忍不住表示愤慨了。……幸而那官员匆匆收拾好公文，从办公室里溜之大吉。要不然的话，这件事结局如何，是很难说的了。

就在这时候，省长（梅-洛夫）却在菜园子里聚精会神地查究白菜上的软体虫。囚犯们知道了，就央求我提出申请，说我有事要见省长。他们说："他听说你要见他，就会来的。而我们哪怕是死在这里，也不关他的事。"我同意了；然而，当本来和省长一同在菜园子里的典狱官来到的时候，我们才知道省长已经走了。……典狱官答应把我的申请转达省长。这就给了囚犯们一点希望：乘这机会，他们也可以申诉他们的不平了。

托姆斯克有几个在"心的独裁"时期回来的流放犯，我已经从他们那里知道了一些关于这省长的情况。梅-洛夫起初讨好流放犯。其中有一个人（波斯彼洛夫）写了些通信稿和论文，刊登在西伯利亚的报纸上。梅-洛夫知道了这件事，就邀请这个人到他那里去，对报刊表示了热烈的同情。然而，此后当报刊上登出了几篇触犯托博尔斯克行政当局的通信搞的时候，这种客气的态度就消失了。省长大人显然认为："对报刊表示同情"，只要足以保证本省不致受到不快的揭发就够了。

我的申请发生了作用，第二天省长大人果然光临了，他不但来到监狱的菜园子里，甚至还访问了监狱。我想出了一个口实：我和一个疯子被关在同一间囚室里；而典狱官声称：不得省长许可，不能把我迁移到公共囚室里。我的同室人是一个叫做拉比诺维奇的政治犯，他曾经参与很有名的案件，这人现在好像已经被从卡拉送到喀山的精神病院去了。当时我在这囚室里晚上不得安眠，因为拉比诺维奇不断地抽囚犯们给他的香烟，后来抽完了最后一支，就像自动机器一般坐在床上，反复地说着同一句话：

"给我香烟……你有没有香烟？……喂，给我香烟！"

我不能入睡，直到天亮。

早上才知道：省长到监狱里来了。囚犯们都被赶进囚室里，门上了锁。照后来的情况来看，这预防工作竟是少不得的。梅-洛夫一直走到我的囚室里，一进来就发现一种不良情况：墙壁上有潮湿的斑点。他听完了我的申请，吩咐给我换一个囚室，然后来到走廊里。在这里，从两旁所有的囚室里传来狂暴的叫号声：

“大人！……到我们这里来！……到我们这里也来一下！……到我们这里也来一下！……我们要控诉……”

整个号廊里发出一片嘈杂声，仿佛被惊扰了的蜂窠；有几个囚室里，除了狂暴的叫号之外，竟又发出打门的声音。梅-洛夫身体瘦削，性情暴躁，他两眼充满怒火，显然把这种叫号声看作极度的混乱状态，甚至看作暴动。他命令打开我斜对面的一扇门，走了进去；我断断续续地听到他的一些粗暴的话。我所听到的不是全部，然而我所听到的和后来别人转告我的话，其官僚主义的厚颜无耻使我大为吃惊。这些话的内容很简单：你们是什么人？……囚犯，那就是犯了罪的人。你们想控告谁？……控告官员，那就是控诉沙皇的仆人。而我应该相信谁：相信罪犯呢，还是相信沙皇的仆人？……因此，不许控告！……

这三段论法在梅-洛夫显然是认为无可辩驳的，这就结束了他对第一个囚室的访问。……省长走了出来；在短短的一阵喧噪之后，警卫兵就把这囚室的门关上了。然后，被狱吏们竭力压制在各囚室里的愤怒和不平，在整个监狱里沸腾起来。省长紧锁双眉，对这些暴动者怒目而视，向前走去。他经过一间囚室的时候，里面的一个囚犯突然狂叫一声：“你们的真理在哪里！……”省长就命令打开这个囚室的门。然而在这里，省长又说了那几句所罗门式的简短而不容分辩的话，就此了事；接着便是囚犯和警卫兵的喧噪声。然后，出口处的滑车咯吱一声，走廊门砰的一响，省长的访问就结束了。……有一个人被带到密室去了。……有一段时间号廊里人声鼎沸，各处发出叫声、骂声和打门声；然后……喧嚣声渐渐地静息下去。囚室的门开放，让大家去吃饭。整个监狱的人都觉得饿了。

其实，只要作极表面的观察，就可知道“拘留监狱”里绝不是完全平安无事。且不谈对于案件被延搁的悲愤的控诉，这监狱如此破烂，也是我从来不曾见过的。囚犯们穿的衣服褴褛不堪，连贴身衬衣都不一定遮得住身体。我至今还记得一个被监禁的小商人的神气活现的模样。这人坐在特权囚室里，穿一件浆硬的胸衣，束一条红色的领带；然而一面挺起胸膛，一面拼命用破烂的长袍的下摆来遮盖两条腿。从囚室里发出来的控诉之中，可以听到这样的话：“你自己看看：我们穿的是什么衣服！破烂到极点了。”

虽然省长做了一切可以引起暴动的行为，虽然有几个“不守本分的”囚犯分明在努力号召全体囚犯作一种明显的表示，可是风潮不久就平息了。有几个熟悉内情的囚犯向我说明：闹事的大都是监狱中的小人物，即所谓“西班牙绵羊”，而贵族囚犯即那些“伊凡们”，并不支援他们。典狱官显然懂得是跟谁在打交道。当省长发现墙壁上有潮湿斑点、白菜上有虫的时候，他颇乐意认错；同时他又善于同监狱中有势力的人和睦相处。监狱里容许饮酒宴乐，这样就收买了这些“伊凡们”。……

我被调迁到了“特权的”贵族囚室里，这就获得了在整个监狱里自由来往的许可。我有机会更接近地熟悉监狱里的刑事部门，这还是第一次。因此我要记述其中几个突出的事件。首先，我在这里看到了去年我和福明通信的结局。读者该记得：那时候囚犯长曾经忠告我，说我托他转交信件的那个囚犯是个坏蛋，会欺骗福明。后来这话果然证实了：福明写几封信到中央俄罗斯去，信中说，他（他的暗名是 Ursus）被关在托博尔斯克的单人囚室里，要求寄些钱给他。然而因为寄钱的时候不能写他的真姓氏福明（他对当局隐瞒这姓氏），于是他用了这囚犯的姓氏。记得这囚犯的姓氏是谢苗诺夫。这人果然是个骗子。他的监禁即将期满，出狱后要去做移民。他收到了福明的钱，就据为己有。……然而监狱中的复仇女神已经向他伸出惩罚之手来了。事情是这样：谢苗诺夫来到托姆斯克监狱的时候，正好我住在那里，随后，囚犯们得到了关于他的行为的报导。他们就狠狠地殴打他。囚犯们告诉我，说这里有一个“大伙儿的叛徒”，躲在空囚室的板床底下。……结果他总算请求典狱官把他关在密室里了。我在那里通过监视孔望见他，知道这是我以前认识的那个人。他的健康情况很糟，因为被打得太凶了；而且最不幸的是他还得转移好几个地方，每到一个地方都要挨打。……他痛楚地体会到一种阴郁的预感：恐怕未必能够活着到达目的地。他起初以为这件事不会被揭穿得这么早，他还来得及到达移住地点；然而希望落了空。……我没有勇气去谴责他，就努力设法通过囚犯们所信任的几个人去缓和囚犯们对他的态度。然而谢苗诺夫如此对待福明，被认为“大伙儿的叛徒”，因此不能获得特殊的宽容。谢苗诺夫以后的命运如何，我就不得而知了。

我离开拉比诺维奇的囚室后被调迁到另一个囚室里。这里面有三个人，其中有一个是这监狱里以前的副典狱官，态度严肃而性情忧郁。他现在只得处在从前的下属的监视之下了。住在另一个特权囚室里的一伙人，更有意思。特别使我感兴趣的，是朋友两人。如果我没有记错的话，一个叫做彼卡尔斯基，另一个叫做奥夫湘尼科夫，或许是奥夫湘金。这两个人都是青年，当过乡文牍员。他们显然怀着在西伯利亚半知识分子头脑里作怪的一种思想。他们拟订了一个抢劫邮件的荒唐计划。然而，实行了计划，抓住了熟睡的邮递员和吓破了胆的马车夫之后，他们没有下“一不做，二不休”的决心，却相信了这两个人的誓言，把他们放走了。不久，他们遭到来自附近村子的围捕，就被捉住了。……

“过去的行径都是愚蠢的，”奥夫湘金和我在走廊里踱步的时候对我说，“今后我们将采取另一种办法。……”

“如果不是保密的话，这是怎样的一种办法呢?”我问。

“在省金库底下掘地道，像工程师萨希卡[①]那样。”他回答。

“抢劫邮件或者金库难道是有必要的吗？”我问。

“我们是‘为了事业’，”奥夫湘金回答的时候不免有点神气活现。他的朋友性情沉着而严肃；他自己却是感情相当外露，性情软弱而富于幻想。总之，亚历山大·尤尔科夫斯基的榜样，给半刑事犯们强烈的印象。后来我从一个叫做索罗金[②]的人那里收到一大部原稿，其中详细地记录着他在格罗德诺省金库底下掘地道的情况。……

就在这托博尔斯克监狱中[③]，我还认识了一个很有意思的人。彼卡尔斯基和奥夫湘金的囚室，可说是这“拘留监狱”的知识分子中心。彼卡尔斯基本人的姿态很特别：肩膀像小孩子一般狭小，嗓音低沉而宏大；在梅-洛夫来到而引起混乱的时候，他的声音像雷鸣一般传遍整个号廊。他显然很想号召那些“西班牙绵羊”起来反抗，看见他们不懂得保护自己的利益，便显示出轻蔑的愤慨。此外，他的囚室里在制造帮助越狱用的各种证件。世界上一切都是相对的，我每次走进彼卡尔斯基的囚室，总有一种感想，觉得这个刑事犯倘使处在别的环境里，可以成为一个非凡的人物；又觉得他这个人所占的比重，不但比监狱里的“西班牙绵羊”或者“伊凡们”，甚至比“大人”还重要得多。

---

① 费多尔（不是后来柯罗连科所说的亚历山大）的暗名。他的父称和姓是尼古拉耶维奇·尤尔科夫斯基（1852—1896）。他在七十年代时参加民粹主义运动。1879年组织一批人在赫尔松省金库下面掘地道。1880年被捕，由基辅军区法庭判决苦役刑二十年。被遣送到卡拉。1882年春天和其他七个苦役刑犯一起越狱，被抓住了，他的苦役刑期又增加了十年。1883年被囚禁在彼得保罗要塞中，后来调往施利色堡，死在那里。——原编者注

② 此人在八十年代末期把自己的回忆录交给柯罗连科。这回忆录的写法完全不是文学性的，由柯罗连科加以修改，又写了一篇前言，定名为《商人斯捷邦·亚历山大罗维奇·索罗金的刑事犯生涯（根据本人的回忆记录）》。这部篇幅巨大的原稿保存在柯罗连科的档案中。——原编者注

③ 柯罗连科弄错了，不是托博尔斯克监狱，而是托姆斯克监狱。——原编者注

我这里有几幅我所作的流放生活的素描，其中包括白桦屯、福明的囚室、托博尔斯克转送监狱的院子①等题材。彼卡尔斯基囚室里的人津津有味地欣赏这些作品。有一个好像叫做伊凡·伊凡诺维奇的囚犯，看这些画看得特别仔细。这人说得一口好俄语，但是不像俄国人，却有点像德国人或拉脱维亚人。正像彼卡尔斯基一样，在他身上可以看到高出于一般囚犯的品格。他以内行的态度欣赏了这些图画，第二天拿一张一卢布的纸币来给我看。

"你对于这个一定是在行的，"他说，"你说这张钞票造得好不好？"

我知道这是一张假钞票，然而造得很出色，简直和真的分辨不出来。原来伊凡·伊凡诺维奇也是一个艺术家——一个造假钞票的人。据说他"发动"了几家闻名一时的西伯利亚商号，这些商号以推销他的制品起家。他们在森林中自己的村子里办了一个工场，把制造出来的假钞票拿到离当地较远的地方去脱手。这时候两方面都警惕着。商人方面生怕技师们沉不住气，或者醉后失言，传播出去。……流行着一种悲惨的传说，说这些森林工场在或多或少生产过一段时期后，有时连同那些"技师们"被一把火烧得干干净净。

伊凡·伊凡诺维奇给人以沉着而严肃的印象；对于他，可以不必担心走漏风声。相反地，这一次他自己由于一个西伯利亚人不够沉着和谨慎而落了网。事情是这样的：生产还没有完毕，只制造了一批一卢布钞票。那西伯利亚人是贩卖牲畜的，有一次去买牲口，在同一个地方买了许多，付了厚厚的几叠这种一卢布钞票。有一个贩子注意到了这情况，发现所有的钞票上号码都是一样的。

这种钞票造得的确精美，我称赞了一番，伊凡·伊凡诺维奇就走出囚室去，没想到他回来的时候，拿了一叠钞票来送给我。

---

① 不是托博尔斯克，而是托姆斯克。——原编者注

"你收下吧。……天知道你以后还会遭遇到什么。……"

我拒绝不受，他就坦然地把钞票藏在袋里了。……

当时彼卡尔斯基和奥夫湘金也在场。彼卡尔斯基看见这情景，默不作声；奥夫湘金却忍不住开口对我说：

"你应该到修道院去，不该做革命工作。……"

他说出了一个最近被解送到托姆斯克省北方去的政治犯的名字，这人就没有这种拘谨态度。

伊凡·伊凡诺维奇托监狱外面的人给他弄来一块石印印版，好好地隐藏起来；他竟在监狱里恢复了假钞票的生产。我不知道监狱管理人员是否参与这勾当。我只知道就在那时候，西伯利亚有一个监狱（下乌丁斯克监狱）简直是制造伪币的工厂。所有的囚犯和监狱管理人员全都知道这件事。一批人制造，另一批人去脱手。我们那批政治犯（我留在托姆斯克了，没有和他们在一起）在这监狱里看到了十分自由的风气：买烧酒所费的钱并不比外面贵。这件事结果如何，我不知道；然而下乌丁斯克监狱当时在刑事犯中间享有广泛的声誉。

我还要在这里讲一讲我在那个"拘留监狱"里所遇到的一个人。有一次我和彼卡尔斯基、伊凡·伊凡诺维奇三人一同到监狱的教堂里去。这教堂本身给我特殊的印象。囚犯们站在祭坛正对面的上敞廊里。中间的一块地方是给"自由信众"和监狱长官们站的；两旁留出狭长的两块，下面用木栅栏隔开，稍高的地方还张着铁丝网，是给特权囚犯站的。祭坛供桌后面正中央没有供圣像，却画着一幅很大的基督受刑图。画中的大十字架和受刑者的巨大的身子截然分明地显出在一扇大窗子的背景上，这窗子上也全部装着监狱用的粗栅栏。伊凡·伊凡诺维奇看见我凝视着这景象，便乖觉地微笑着对我说：

"是啊，……基督也被关在铁窗里了。……"

这是很自然的：监狱里的教堂，窗子上不能没有铁栅栏。然而后来我在特写里提到了这一点，才知道关于受刑的基督关在铁窗里的事，单是提一提就是非法的[①]。……有一些象征的记述是完全真实而不可避免的，然而在检查机关听来还是觉得刺耳。

我一面思索着这情况，一面倾听老司祭的朗诵声，这时候我的同伴叫我注意跪在我们前面的一个人。这是一个老头儿，身上戴着镣铐，正在热心地膜拜，嘴里似乎还在虔诚地祈祷着。

“你瞧这个虔诚的老头子。”伊凡·伊凡诺维奇用不客气的态度相当大声地说。

祈祷的人听见这不客气的话就转过头来看我们。但见这个人脸色憔悴，老态龙钟，下巴上长着一绺狭长的胡须，目光锐利逼人。这张脸上蕴藏着无比的愤怒，竟使我害怕起来，然而彼卡尔斯基和伊凡·伊凡诺维奇一点也不惊慌。后来我们离开教堂之后，他们给我讲述了这老头儿的奇怪的身世。原来这是“忏悔者”教派的头脑。这教派认为：“不忏悔就不能得救，不作孽就不能忏悔。”这么说来，为了得救，就必须作孽。关于这奇怪的教义，我不能作更精确的解释。我只是听他们说，这个人是一伙剽悍的强盗的头目，下狱已经不是第一次，但每次都被他向西伯利亚司法机关赎免了。这一次他被戴上了镣铐，然而他在监狱中享有特权地位，因此我的两个同伴认为，这回他也一定能够摆脱干系。他们两人对这虔信的老头儿的深恶痛绝，使我感到吃惊。别的囚犯们把他看作一个重要人物，对他都怀着几分敬意。彼卡尔斯基和伊凡·伊凡诺维奇却认为没有必要隐瞒自己的感情。……

---

① 柯罗连科这里是指他的特写《拘留监狱》。这篇特写在《俄罗斯公报》上发表时，描写铁窗里的基督像和这情景对作者所产生的印象的那一段被检查机关删掉了。在作者逝世之后，这题名为“象征”的一章方才在《往昔之音》杂志（1922 年第一期，六月号）上发表出来。——原编者注

不久之后，我和一个年轻的马车夫出发到克拉斯诺雅尔斯克去，这人和我说起“心腹话”来，他对我说，他也坐过监牢，并没有犯罪，只是由于自称为流浪人之故。……这人的性情怪异而阴郁，有一个时期由于一种未成形的追求真理的意图而感到异常难堪的苦闷，使他不得不去“接受自愿的十字架”。现在他已经摆脱了这时期，甚至还结了婚，正过着安闲的家庭生活。在西伯利亚，虽然“旧仪式”采用得极为普遍，宗教分化的现象一般说来还是很少的。然而蕴藏在这个人心里的，正是分裂教派的要求。我回想起了“拘留监狱”里的老头儿，就把这个朴直的苦闷心灵和那个阴森森的伪善凶手的形象在想象中联结起来。我尽我所能地把这种结合描写在《凶手》这个短篇小说里①。然而尽管我努力打听忏悔者这个奇怪教派的详细情况，却一无所得。我只听到几句俗语，譬如：“罪孽和拯救毗邻而居”，“不忏悔就不能得救”等等。然而，井井有条的、多少被概括成严整系统的教义，我却没有碰到过。这个凶险的、阴森森的老头儿和他的影响，可能是独一无二的现象。

3
在克拉斯诺雅尔斯克。陀尔古欣、马拉夫斯基、崔普洛夫、叶美良诺夫

我在“拘留监狱”逗留了四天，九月七日傍晚，由两个宪兵押送着，从托姆斯克出发到克拉斯诺雅尔斯克去了。

我们经过马林斯克和阿琴斯克时没有停留，第五天上就来到了克拉斯诺雅尔斯克。我照例被带到省长办公厅去；这时候我向省长提出，请求他允许我在这里耽搁几天，同住在这城里的亲人会会面。

---

① 见俄文版《柯罗连科全集》第一卷。——原编者注

省长洛赫维茨基表示同意，而且态度相当客气。其实我如果不请求，恐怕也会在这城里耽搁下来的。

在监狱里我却受到了相当粗暴的接待。当时的典狱官是一个叫做奥斯特罗夫斯基的人。以前在托姆斯克我看到过去当副典狱官的人变成了囚犯；在这里则相反，一个从中央俄罗斯发配来的囚犯现在充任了典狱官的职位。起初他通过私人关系到某办公厅里去供职，后来设法恢复了权利，终于在曾经招待过他的那个监狱里当上了典狱官。他的亲身经验并没有使他特别向往人道主义。反之，奥斯特罗夫斯基是以任意胡为和虐待囚犯著名的。

不知道他根据什么理由，不把我关进关政治犯的公共囚室，而决定把我关到一间单人囚室里去。这间囚室肮脏、狭窄而低矮，而且窗子上的玻璃是打破了的。我对这一点提出了意见，奥斯特罗夫斯基断然地回答我说，他知道该怎么办，而我只要服从就是了。这时候几个看守都带着意味深长的表情；而给我端便桶来的一个身体虚弱的囚犯，等典狱官走出去之后显然想对我说些什么话，但是大概由于胆小，只是意味深长地朝那扇窗子望了望，——窗子下端有一块奇怪的灰色斑痕，还有一段绳子在摇晃着。

这一切都使我产生异样的感觉，我惶惑不安地度过了一个夜晚。打破的窗子里吹进风来，在铁栅栏之间发出呼啸声；月亮直照着我的脸。第二天，奥斯特罗夫斯基突然改变态度，把我迁到关政治犯的公共囚室去了。到了这里，我听人说起，才知道在我来到之前不久，人们发现狱中的一个刑吏吊死在我过了一夜的那个囚室里了。这本来是一间密室。那刑吏是以残酷闻名的。手段高明的刑吏在鞭打囚犯时往往可以随心所欲。有时看样子打得很厉害，似乎要皮开肉绽了，而其实挨打的人几乎不感觉到什么。甚至在造成伤痕的时候也有窍门：可以打得使那伤痕看样子很吓人，而其实并不痛。可是这个刑吏既不屈服于权势，又不受人贿买，“打得很巴结”，所以奥斯特罗夫斯基特别看重他。不久以前，在克拉斯诺雅尔斯克执行过一次体刑，受刑者被打后送到医院里去时，几乎已经昏死过去。……这人是为了公众的事业受刑的，因此囚犯们再也忍耐不住了。第二天早晨就有人发现这个刑吏吊死在密室里的窗栅栏上。按照他的身体的地位来看，两条腿显然可以接触地面，可是他的腿却蜷缩着。这情况引起了猜疑，然而奥斯特罗夫斯基认为此事不便正式查究，于是这刑吏就作自杀论被埋葬了。事后有人说，有一个囚室里的囚犯们偷得了钥匙，半夜里打开了自己的囚室和密室的门。他们把刑吏勒死，然后布置成自己上吊的样子。墙上的斑痕是由于气力很大的刑吏被套上绞索后拼命挣扎，因此剥掉了一块灰泥。然而他们一直等到他完全气绝之后方才松手。事后这间囚室使囚犯们和看守们都产生了迷信的恐怖。我这才懂得了为什么他们看见我被囚禁在这房间里就都用异样的目光来看我。在发生这惨祸之后，恐怕我是第一个在这囚室里过夜的人，也许奥斯特罗夫斯基的用意正在于此：他要我把这间囚室“住出些生人气息来”①。

不管怎样，当我被调迁到关政治犯的公共囚室里去的时候，我觉得很高兴。我在这里碰到了一些很有意思的人物。其中最重要的一个中心人物是陀尔古欣②，有一个很大的政治案件就是用他的名字来称呼的（陀尔古欣派）。他所参加的那批政治犯当我还在彼尔姆的时候曾经从那里经过，而他现在“因病”掉了队。陀尔古欣派所从事的纯粹是宣传工作。关于恐怖手段根本连谈都没有谈起过。然

---

① 柯罗连科把这一段情节描写在他的未完成的短篇小说《片段》中，这小说的开头部分保存在他的档案里。——原编者注

② 亚历山大·瓦西里耶维奇·陀尔古欣（1848—1885），“陀尔古欣派”小组的组织者，这小组的成员不是像柯罗连科所说的那样单纯地追求宣传的目的，而是怀着暴动的意向。陀尔古欣派号召知识分子“到民间去”，同时又号召人民起义。1873年，这小组被摧毁。陀尔古欣被判苦役刑十年。他在新别尔戈罗德监狱里关了七年之后，被送往卡拉。1884年转解到施利色堡，患结核病死在那里。——原编者注

而他们仍然免不了受到残酷的迫害。陀尔古欣和他的同志们在彼且涅加监狱[①]（哈尔科夫省）的极恶劣的条件下度过了好几年。监禁的生活使他的神经质的脸变得异常消瘦而苍白。然而陀尔古欣的举止谈吐却特别清晰明快，这个身材并不高大的人的整个身躯上显示着铁一般的意志力。他的父亲是省检察官，而且恰好在克拉斯诺雅尔斯克；陀尔古欣之所以能暂时留在克拉斯诺雅尔斯克，就是靠他的势力，同时也靠洛利斯-梅里科夫的作风。陀尔古欣有一个小儿子，即使在非规定时间也能得到许可来看他。而在这次会面以前，这小儿子还不认识他的父亲呢！老检察官也每天来，他照例摆着省里显宦的架子，然而由于显然是他所宠爱的儿子处于这样的地位，不免有点抑郁沮丧的神色。陀尔古欣的妻子也常常来，她那时正住在公公家里。

政治犯囚室里的第二个囚犯是马拉夫斯基[②]，也是被判苦役刑的。和陀尔古欣相反，这是一个身材高大的人，然而具有迟钝的乌克兰人的典型特征。和他们两个同住在一起的，就是那个崔普洛夫，去年我在托博尔斯克未决囚犯部的时候，他也在那里，他的囚室的窗子开在监狱大门的拱顶下。由于抵抗乔装改扮的宪兵的拦路袭击，他被宣判了死刑；而其实判死刑的目的是要从他那里打听出秘密组织的线索来。

我好奇地打量一下这个异常特殊的人物。他是中等身材，也许比中等身材略高，肩膀宽阔，体格结实，样子有点像一头熊，然而

---

① 为了抗议囚禁在新别尔戈罗德（彼且涅加）中央苦役刑监狱时的恶劣条件，陀尔古欣用全体囚犯的名义写了一篇抗议书《被活埋了的人（政治苦役刑犯致俄罗斯人士）》，于 1878 年秘密地匿名发表。——原编者注

② 符拉季米尔·叶甫盖尼耶维奇·马拉夫斯基（1853—1886）于 1877 年在基辅因奇吉陵案件被捕，其实他和这案件没有关系。1880 年被判苦役刑二十年。1881 年被遣送到卡拉。1883 年囚禁在彼得保罗要塞，后来转解到施利色堡，患结核病死在那里。——原编者注

他的动作还是相当敏捷。他长着一双凸出的大眼睛、很粗的口髭和一个钩形的老鹰鼻。这副相貌具有一种特殊的表情，使人感到戏剧性的恐怖。一言不合，他就双目圆睁，怒目而视，满脸通红，胡子直翘。他显然知道自己有这个特点，常常做出可怕的脸相来。

在我来到这囚室的时候，这里发生了一幕小小的戏剧。这囚室里不久以前还住着一个人。这人姓辛斯基，本来是个军官。像魏列夏庚一样，他也是不知为了什么原因被当作政治犯。狱友们显然不愿意容忍他性格上的某些特点，所以他们欢迎崔普洛夫进这囚室来，而要求把辛斯基换到另一个囚室去。现在他被送进医院里。他昨天就听说我到来，把我当作熟人，托端便桶的人带给我一个条子。他在格拉佐夫住过一个时期，现在错认我是我的弟弟。当我还在白桦屯的时候，我听见人家谈起过他；于是我就写了一个回条，力求消除他这误会。当我把回条交给那个替我们传信的、名字——也许只是绰号——叫做梅尔库利的人时，崔普洛夫在一旁用坚决的语调关照他说：

"还有，你去对辛斯基说，崔普洛夫要他把靴子送来。要马上送来！"

"知道了。"端便桶的人恭敬地回答。

原来以前囚室里有一个人得病时，辛斯基曾经把他的一双暖和的毡靴暂时借给那人穿，而自己穿了崔普洛夫的新靴子。那人病愈后，毡靴不再需要，便送回给辛斯基，可是辛斯基的靴子却迟迟不还来，一天一天地拖延下去。而他不久就要出狱，到叶尼塞省去做移民了，因此崔普洛夫耽心他那双崭新的长统靴会一起跟了去。

"你关照他：一定得马上还来！……明白吗？"崔普洛夫一再叮咛。过了一会儿，我们这位梅尔库利回来了，可是并没有带靴子来，却送来了一张条子。崔普洛夫读罢条子，面孔涨得绯红。辛斯基这样写着："我们都是社会主义者，也就是说，不承认私有制的。……

那么我们之间还谈什么你的我的呢?”崔普洛夫满面通红，胡子乱翘，霍地一下抓起纸笔来，坐到桌子边，气喘吁吁地写了很久。他一行一行地写着，显然很费力。写毕之后，他站起来对我们说：

“你们听我念，我给他这样写着……”

他的声音时时因狂怒而中断。我们兴味津津地准备听他念出一大段反驳社会主义的话来，岂知这段话很短，他只是声言：

“狗崽子，我对你说：把靴子还给我!!!”

可是崔普洛夫念最后一句话的时候怒不可遏，声音突然变成雷鸣一般；可怜的梅尔库利显然是十分胆小的，一听这话，吓得飞也似的夺门而出。可是条子还是得托他带去，于是只得到走廊里去把他拉回来。崔普洛夫显然把他这封信的全部力量寄托在狂暴的语调上了，他没有考虑到语调是不能用字迹传达出来的。不过他并没有做错。胆小的梅尔库利显然把自己的恐怖传达了一部分给辛斯基，过了一会儿，那双靴子就到了崔普洛夫手中了。

崔普洛夫的雷鸣般的吼声还惊醒了囚室里的一个犯人。这人喃喃地埋怨着，在床上蠢动了一会，便坐起身来。这是一个年轻人，面孔浮胖而带有水肿病似的不健康之色。他坐在那里，把两只手插进头发里，好像大醉醒来的样子。过了一会儿，他清醒过来，同我打个招呼，我才认出他也是我的一个熟人，同时回想起了关于他的一件事。

当我们还在彼得堡的时候，有一次有一个日托米尔的同乡突然来到克林大街我们所住的地方。这人记得是姓斯坦凯维奇。其实他是我们的一个当军官的亲戚屠采维奇的朋友，但是作为同乡到我们这里来借住，而且很快就和我们搞熟了。他和我母亲谈论日托米尔的亲戚们；他还很喜欢做菜，想出各种波兰式的调味汁来。他在日托米尔当调解人，这次来到彼得堡是为了奔走一件业务上的事。看来他在业务上并没有什么特殊才能，然而善于替省长、省长的夫人和可爱的少爷小姐们在象牙上画极细密的肖像，他的前程就建筑在这基础上。我们渐渐地觉得他这人越来越讨厌了，况且他有时要胡说八道。有一次他谈到自己的功劳和长官们的忘恩负义，说什么省长大人有一块领地，全靠他，斯坦凯维奇，同农民们妥帖地达成了一个对省长有利的“协议”。只是由于这个爱好细密画和调味汁的人本性异常天真率直，我们才没有和他冲突起来；然而我们还是盼望着他早日办完事务离开这里。

有一次我和他两个人留在寓所里。两个妹妹上产科训练班去了，母亲去买东西了，弟弟和妹夫去工作了。斯坦凯维奇正在炉灶旁边忙着做一种稀罕的食物，打算在吃饭时用这种食物来使我们大家吃一惊，因为当时我们对他的烹饪技术已经渐渐失去信心。这时候，门铃响了，我现在在囚室里看见的那个青年人走进我们屋里来。他的服装很不整洁，穿着一件肮脏的短褂和一条下面破烂不堪的裤子。这种邋遢相有点是故意的，实际上从他的相貌和举止态度中竟可以看出非常讲究的气派。果然，他一开口就声称：他是叶美良诺夫将军的儿子[①]，而他其实瞧不起将军这头衔，或许竟可说是连他父亲也瞧不起，因为他父亲沾染上了一些成见，而这青年自己是摆脱了一切成见的。他到我这里来，是为了听说我认识工人们，他想进工厂去搞宣传活动，或者即使进一个什么印刷所去也可以。

不消说，这件事在当时办起来是没有什么困难的。然而这个青年给我十分轻浮甚至可厌的印象，因此不论是我或是那时正好回家来的弟弟，都压根儿不打算给他任何协助。然而我们拒绝他之后，他照旧坐在桌子边，伸手伸脚地赖在那里不走，嘴里老是说着同一类空话。斯坦凯维奇在厨房里，全部听得真切，过了一会儿，他走

---

① 尼古拉·尼古拉耶维奇·叶美良诺夫（笔名尼古拉耶夫斯基）。柯罗连科在下面提到的他的一些小品文，曾于1898年出版单行本。——原编者注

进房里来，坐在桌子边了，目不转睛地盯着这青年看。叶美良诺夫照旧往下说，不但不因这外客而感到拘束，反而好像因他在场而受到了鼓励。那时候我注意到，斯坦凯维奇的目光中几乎有一种食肉类动物的表情。终于他把我叫到另一个房间里，对我说：

“你听我说。这儿只有我们四个人。让我们马上把这小子揍一顿。……他父亲要真是个可敬的人，只会感激我们呢。”

我拒绝了这建议，斯坦凯维奇感到很失望。

自从那次会面以来已经若干年了。现在出现在我面前的便是这个青年，只不过他的脸色更加充满病态了。我不知道他究竟为什么又坐了监牢。好像是为了他和维希涅威茨基①一同计划越狱。维希涅威茨基也是一个青年，然而朴素谦虚，给人较好的印象；他就关在这囚室里。叶美良诺夫现在不再像我们初次见面时那样轻浮冒失，然而一看就知道这是一个没有前途的人了。他的面孔浮肿，像一个年轻的酒鬼。原来他在克拉斯诺雅尔斯克时沉湎于最卑鄙的狂饮，结果沾上了吗啡瘾。有几个心肠慈悲的女政治犯曾经努力设法挽救他这种恶习，然而只是白费时光而已。几年之后他重又出头了，在《莫斯科公报》上发表了自己的平淡无奇的回忆录，有一个时期甚至获得了一种相当丑恶的名声。这些文章看得出是出自一个虽然性情活跃而尚未学成的中学生之手的；他适应了卡特科夫的报纸②的要求，竭尽所能来诬蔑流放期间所碰到的一切人。他也回忆了和我在克拉斯诺雅尔斯克监狱的会面。他写道：“这是这样一个人：这种人即使天才增加到十倍，也没有一个政府能容忍他出现在和平的公民中间。”关于别人也有类似的评语。……

---

① 尼古拉·费多罗维奇·维希涅威茨基（生于1853年左右）在哈尔科夫的铁路局工场里工作，在工人中间进行宣传活动，于1877年被捕。1878年被判苦役刑四年，改为流放到东西伯利亚做移民。——原编者注

② 《莫斯科公报》是反动分子米·尼·卡特科夫所办的。——译者注

我的亲属之中每天都有人来看我，我们在一起度过一小时的时光。有时流放犯之中也有人跟母亲或妹妹一同来看我。这时候就略微自由些了。只要是典狱官奥斯特罗夫斯基所喜欢的流放犯，他就可以不经省长的许可放他进来看我。我就是这样认识了谢·尼·尤查科夫[①]。凡是当尤查科夫住在彼得堡的时期里认识过他的人，是不能想象我在克拉斯诺雅尔斯克监狱里看到的这个瘦削、活跃而文雅的青年人的。他个子很高，体态匀称，在服装方面显然很讲究，给人以温文尔雅的高尚绅士的印象。……那时候他还不曾像后来那样染上饮酒的癖好。

我的妹夫是医学院二年级生，他在药房里找到了一个药剂师的职位。他很能干，没多久就掌握了自己的工作，在这方面很受重视。一家人还算过得去。母亲已经习惯于命运的意外打击，虽然当她想到这一次我要被命运驱送到远方去的时候，有时不免还要落泪，然而我总算把我的乐观情绪传染了一部分给她。……在克拉斯诺雅尔斯克聚集了一群可亲的人。这里还有列塞维奇一家；这两个家庭成了在流放中十分可贵的两个中心[②]。……

这一次次的会晤像灯塔一样，照亮了我逗留在克拉斯诺雅尔斯克的那段时期。其他的时间在监狱的日常生活中度过。当地行政当局的态度大体上说来是相当温和的。省检察官每天来探牢，这也感染了其他的长官。警察局长常常到我们的囚室里来问我们有没有什么要求。我们大家对他都保持适当的分寸，只有叶美良诺夫一人例外。他往往从经常的萎靡状态中勉强振奋起来，说一些猥亵的亲昵

---

① 谢尔盖·尼古拉耶维奇·尤查科夫（1849—1910），民粹主义者，政论家。1879年按行政命令被流放到克拉斯诺雅尔斯克，在那里住到1882年。他在流放中和流放回来之后曾替自由主义的机关刊物撰稿。当过《俄罗斯财富》杂志的编辑员。——原编者注

② 关于列塞维奇家和柯罗连科-洛希卡辽夫家在克拉斯诺雅尔斯克流放犯们生活中的意义，叙述在伊·彼·别洛康斯基所著的回忆录里。——原编者注

话，使我们大家都觉得难堪。……

“你怎么好久不来了？……你这两天在忙什么呀？……”

于是他作出一个下流的推测，我们听了都觉得难为情。

在外省，所有的风行事件都来得很迟，当时在都城里确立起来的新的反动方针，还没有传到克拉斯诺雅尔斯克来。在我离开之后不久，克拉斯诺雅尔斯克监狱里发生了一连串事件，此后甚至省检察官的权势也不能缓和当局的态度了。

克拉斯诺雅尔斯克监狱中正在筹划一次越狱，这件事对我说来不是一个秘密。虽然洛利斯-梅里科夫早已在一八八一年五月七日退职，反动势力已经在中心城市里确立起来，然而这转变还没有传达到遥远的东方。社会上的人士还在期待着什么，他们十分关心克拉斯诺雅尔斯克监狱中包括省里大官员的儿子在内的政治犯们，准备为他们效劳。

我们出去放风，通常是在点名之后，那时候其他的囚犯都已经被关进各自的囚室里了。每次由看守长或副典狱官来向我们宣布放风开始。这时候我总是尽量不浪费时间，把罩衫一丢，就走出囚室到院子里去了。

有一次我也是这样在第一批人之中走出囚室去。走在我前面的只有崔普洛夫一个人。我走到下面的时候，看见小院子里空无一人。一盏大灯照亮整个院子，崔普洛夫却不在那里。我疑惑地向四下里张望一下，突然崔普洛夫从一扇位在阴暗处的宽阔的大门里走出来。他快步走到我跟前，紧紧地握住我的手，握得我直发痛。他的脸在灯光之下显得很苍白，他费力地喘着气，好像受到很深的刺激的人那样。

“你怎么啦，崔普洛夫？”我问。

“刚才我到大门外去过了。”他凑近我的耳朵边来说。

原来管牢门的刚刚放副典狱官出去，奥斯特罗夫斯基突然在办公室里大声呼唤他。办公室位在监狱的菜园后面，必须从外面绕道方能进去。奥斯特罗夫斯基是他们最怕的人，所以管牢门的一听见他的急躁的呼喊声，连忙奔过去，没有来得及在大门上加上那把沉重而结实的锁。崔普洛夫把这看在眼里，他灵机一动，立刻到大门外去了一下。……

“一到那边……就自由了!”他说的时候，几乎喘不过气来，“今天是集市日。庄稼汉都喝醉了酒从市场上回去。我一看见有大车经过，就奔过去，掐住那个西伯利亚汉子的喉咙。……”

他装样子给我看，仿佛他的确已经这样做过了。他瞪出一双火辣辣的眼睛，把那可怕的脸紧紧地凑近我耳朵边来。……

“今天夜里没有月亮。……我可以照样赶马。……人家还以为是那个西伯利亚醉汉在赶呢。赶到天亮，可以到很远的地方了。……那里的森林就会像母亲一样收容我这个惯于流浪的人。……而且在早晨点名之前，他们根本不会发觉。”

“那么问题何在呢？……”

“不行，”他叹一口气说，“这样做就对不起朋友们了。我们有一个计划。……如果不能一下子全逃脱，那么该让马拉夫斯基第一个逃。……”

这时候管牢门的急匆匆地跑回大门边来，于是咔嚓一声大门上了锁。崔普洛夫沉重地叹一口气。……

我很赞赏这流浪人这种为政治犯朋友们牺牲的精神。这还不是第一次牺牲。就在这天晚上，他还讲给我听：有一次他受了革命人士的委托去传递信件，在从叶卡捷琳堡到彼尔姆的火车里，他正好和一个富商同车厢，那人从衣袋里掏出皮夹子来的时候，不当心在他面前露了白，而后来又无忧无虑地打起瞌睡来了。

“嘿，要是照我以前的习性，……我会掐住这大胖子商人的喉咙，……掏出他的皮夹子来，就在火车开着的时候跳下车去，来到森林里。……可是那时候……信念不容许我这样做。……”

崔普洛夫要证明新的信念对他发生多么有力的影响时，总喜欢引用这件事。……他讲这件事给我听的时候，一只手不由己地做出伸向商人的喉咙去的样子，那双眼睛发出可怕的光辉，——根据这种种情况，我知道“信念的力量”一定是很大的。……

后来，崔普洛夫来到卡拉之后，有一个时期仍然遵守着统一的纪律。然而渐渐地这个老流浪人对于“信念”的压迫和原则性的空论感到厌烦了，于是当彼得堡的一个官员视察监狱的时候，他呈递了一份悔过请愿书，被调迁到他所习惯的一般刑事犯中去了。……

我在克拉斯诺雅尔斯克住了十二天，在这期间没有出过任何特别的事故。但在我离开之后，发生了一连串的事件，给了我的朋友们的命运可悲的影响。越狱的计划开始执行：马拉夫斯基逃走了。监狱外面有几个人帮助他，其中有一个年轻的姑娘，好像是个女裁缝，她把他收容在自己家里。按计划，他只在她家住不多几天，避一避城郊仔细搜查的风头。她的住所很狭窄：可怜的马拉夫斯基大部分时间必须在床底下度过，特别是当长官们不知怎的把注意力转到女裁缝们身上来的时候。而且这一次的人选也不大妥当：马拉夫斯基动作太迟缓，不够精明强悍。他似乎放过了几次冒险性的、然而还是颇有可能的机会，终于被他们发现了。有好几个人受到牵连，吃了苦头，检察官陀尔古欣的女儿也在内。马拉夫斯基和检察官的儿子陀尔古欣各增加十五年苦役刑。马拉夫斯基到了卡拉之后曾再度试图越狱，但又被抓回去，转解到施利色堡，以后就死在那里。……

陀尔古欣的结局也很悲惨。我不大清楚后来在克拉斯诺雅尔斯克发生的事件的详情。传到我耳朵里的是这么一回事：马拉夫斯基越狱之后，刚愎自用的奥斯特罗夫斯基狂暴起来，开始显示自己的权势和刚愎。有一次，他拒绝了陀尔古欣的不知是妻子还是亲戚的一个合法请求，而且采取了侮辱的态度。陀尔古欣白天在院子里放风的时候走到他跟前，十分沉着地向他提出一个问题：作出某某指示的是不是他——奥斯特罗夫斯基？奥斯特罗夫斯基刚刚作了肯定的回答，就挨了一个响亮的嘴巴。这时警察局长也在场，这个奇怪的、体力微弱的人的魅力还是那么大，据说警察局长竟奔过去请他息怒。

这一次连父亲的权势也不能使事件平息下来了，于是陀尔古欣和马拉夫斯基一样，为自己的行为受到了残酷的惩罚；起初加判他十五年苦役刑，后来他也被解往施利色堡，以后就死在那里。……

九月二十三日上午，我向亲人们告别；就在这天晚上，两个宪兵来押送我起程，于是一天天、一夜夜又在驿马车的单调的铃声中度过了。这一段旅途给我留下一次美妙的朝霞的印象。黎明时分，我们的马车正从下乌丁斯克郊外一个缓和的山坡上往下驶。马儿矫捷地从山上走下谷地里去。我眼前展现出一片辽阔的远景，远处地平线上停留着一长条奇形怪状的白得炫眼的云，被初升的旭日照得光耀夺目。我目不转睛地望着这景象，马车夫向那边扬一扬鞭子说：

“这是白山。……瞧，今天望过去多么清楚。”

我这才知道，原来这不是云，而是远处的雪山。……

九月三十日，我们来到雅库茨克。

第五章　在雅库茨克监狱

1
民粹主义者罗加乔夫、魏纳拉尔斯基和柯瓦里克

到了雅库茨克，我照例先被带到省长办公厅去。当时的省长是彼达欣科。我没有见到他本人；没多久，那两个宪兵按照办公室的命令把我带到了监狱里。

这里又是一番照例的手续，然后我和我的小皮箱被送进政治犯部门。在这里我将要和一批囚犯会面，这批人以前经过彼尔姆时我曾经看到过。

当我和监狱看守人走进十分狭窄、阴暗而肮脏的走廊里去的时候，受到了阻碍，不得不站定下来。这时候囚室的门都开着，囚犯们密密麻麻地聚集在走廊里。他们伸长了脖子，踮起脚尖，拚命向人丛中间张望，——从那里传出几个人唱民间舞曲（似乎是卡马林舞曲）和一个人急速地踏步的声音来。

原来这是罗加乔夫在跳舞。他时而蹲到地上走矮步，时而猛然地向上跳，这时候我就看得见他的容光焕发的脸。他头上雄赳赳地歪戴着一顶没有遮檐的囚犯帽，有几绺长长了的鬈发从额前的帽子

底下露出来（按照监狱的规矩，苦役刑犯的头发要剃去一半）。

“嘿，这个罗加乔夫真有一套!”我旁边的一个观众欢欣而羡慕地望望这位跳舞的勇士，这样说。中央监狱里的艰苦的岁月使别人都元气大丧，而罗加乔夫却好像一点也没有受到影响。我不由得回想起了去年和我同路的薇拉·巴甫洛夫娜和她的爱情悲剧。……

罗加乔夫跳完了舞，笑着擦擦额上的汗水；这时候囚犯们才注意到来了一个新成员，就都来和我相识。

我被带到一间相当大的囚室里，那里的一张大板床上已经有六七个人，我就在他们中间安排了一个铺位。这里首先使我注目的是米哈伊尔·彼得罗维奇·萨仁。他在革命团体里以罗斯这名字闻名，他是巴枯宁的知己和战友，曾经和“拉甫罗夫派”进行激战。他的头完全秃了，这使得他在我们之间显得很庄重，然而他那双眼睛却完全带着年轻人的光彩，有时闪现着喜悦和幽默的神色。后来我被注定和这个人亲密地接近，为共同事业而工作。

这间囚室里还住着高加索人卡尔达肖夫和契尔尼戈夫省的两个农民奥列尼克和彼斯科伏依，他们是为了斯捷芳诺维奇①和杰依奇②借助伪造的诏书组织的所谓奇吉陵起义而被流放来的。这两个农民是道地的乌克兰人，他们在逗留于西伯利亚的这段时期内，始终看不惯这地方。照他们的见解，这里过的不是人的生活，这就是说，不是乌克兰的生活：连脂油也没有一点味道。老头儿提起这一

---

① 雅科夫·瓦西里耶维奇·斯捷芳诺维奇（1853—1915），奇吉陵事件的组织者之一。曾参加“土地与自由社”、“黑分派”，后来参加“民意党”。1883年因“十七人案”而受审，被判无期苦役刑，普列威给他改为八年苦役刑。他和普列威之间的关系引起了同志们的怀疑。——原编者注

② 列夫·格利果列维奇·杰依奇（1855—1943），奇吉陵事件的组织者之一。“土地与自由社”分裂之后，他参加“黑分派”。1880年侨居国外。1883年与普列汉诺夫、阿克塞尔罗德和薇拉·扎苏里奇一同创办“劳动解放社”。1884年被德国出卖给俄国，判处三十年苦役刑，在卡拉服刑。1901年参加俄国社会民主工党，归附孟什维克。1917年加入普列汉诺夫的“统一报”社。对十月革命采取极端否定的态度。——原编者注

点就痛哭起来。

我所住的囚室里，似乎还有一个叫做瑟将科的人。这是哈尔科夫一个教授的儿子，和父亲一同受到审讯。父亲被宣告无罪，儿子流放到雅库梯州。

除了以上列举的几个人之外，别的同室人我都不记得了；这也许是因为我们的囚室几乎从不关闭，我们可以连日同外界联系，因此个别的人在我记忆中是出现在共同的背景上的。

无论怎样，雅库茨克监狱中这批囚犯是极有意思的。这仿佛是一种革命的一代的地层剖面图，表现出这一代在情绪上的迅速更换：从天真的理想主义的民粹运动直到恐怖手段。这里有宣传者的大案件的代表人物，根据政府的报导，他们的宣传影响遍及三十六个省份。他们认为，只要使人民在自己的地位上睁开眼睛来，就能发动“俄罗斯人民所固有的创造力”。这是“到民间去”和“一九三人大案件”的一代人。

这时期众所周知的鲜明的代表人物之一，是以前当炮兵军官的罗加乔夫。关于这人，我在前面已经提到过。

除了使我想起薇拉·巴甫洛夫娜的爱情悲剧之外，他之所以使我感到兴趣，还因为他是《宣传者笔记》的作者。有一次，和军界保持联系的格利果列夫给我带来过去当炮兵的罗加乔夫的笔记。这些笔记当我们还自由的时候曾经辗转传观。

列夫·蒂霍米罗夫[①]在他和卡特科夫往来的时期中，在他的一篇已经属于悔过时期的小品文里，也曾提到过这些笔记。他认为这些笔记是极其平庸的作品。然而我所得到的印象完全不是这么回事。

---

① 列夫·亚历山大罗维奇·蒂霍米罗夫（1852—1922），起初参加“土地与自由社”，后来参加民意党。八十年代时，蒂霍米罗夫断然地断绝了过去的关系，转向拥护沙皇制度的一边，成了革命的背叛者，曾经当反动的《莫斯科公报》的撰稿者和编辑，写了一本对君主忠心耿耿的小册子《我为什么脱离了革命》。——原编者注

必须指出，我很不容易受“趋势”的诱惑。我不喜欢当时轰动一时的莫尔多夫朵夫的《时代的标志》，而奥穆列夫斯基的在青年人之间也不算不流行的长篇小说《稳步前进》中的斯威特洛夫，我觉得太明亮①了，好像一只擦得很干净的铜盆。

记得我这些评价曾经引起和我同年龄的大学生们的愤慨。

然而罗加乔夫的笔记并不强求艺术化，老实而朴素，读过之后简直使我心醉神往。罗加乔夫在这些笔记里只是叙述了他在新天地里所看到的情况，而这新天地便是我们之中许多人竭力想要摆脱身上的“陈腐气息”而钻进去的。我在他的叙述中似乎看到了伏尔加河的浩大气魄和我们这一代用很大的牺牲来追求的那种理想境地。要是我现在读这册宣传者的笔记，不知会产生怎样的印象。那时候我读过之后，眼前鲜明地呈现出一片伏尔加河的景象，沿河一个个码头，码头上堆积着造船用的木材，两个知识分子锯工贪婪地观察着他们所不熟悉的新世界，或者至少是用他们所不熟悉的新观点来观察世界。

罗加乔夫和另一个同伴（他的姓氏我不记得了）在夏天的时候到伏尔加河的各个码头上去参加了劳动组合，被雇佣去替人家锯那些堆在码头上的木材。这笔记中有许多情节现在我已经忘记了，但是有几段情节却保留了下来。……例如我记得罗加乔夫有这样的一段描写：一天晚上，在伏尔加河某码头——好像是在拉博特基附近——的一块浅沙滩上，锯工们同渔人们一起在篝火旁边过夜，有一群农民走近篝火来。他们是村社里派出来的请愿代表，请愿的结果一无所得，现在要回到自己村子里去了。在他们看来，事情很简单：地主老爷侵占了农民的土地。……

这一次也许确是正式的侵占，也许只是农民们确信“土地是上

① 斯威特洛夫（Светлов）这姓氏是“明亮”的意思。——译者注

帝的”等说法，因而具有一种笼统的幻想，认为这是他们“古已有之的权利”，——究竟是怎么一回事，我现在已经记不清楚了。总之，我们当时都认为：谁在这土地上耕作，这土地就归谁所有，——当时的一代革命人士在土地所有权问题上站在农民一边，而且还把他们的村社和村社制度理想化了。可是这一回，起源于罗马法而根据期限和时效的形式观点的法律，是站在地主一边的；因此农民们到处碰壁。他们好像还告过御状。……

发生了这么一个问题：以后怎么办？沮丧的沉默笼罩了篝火旁的人；终于有一个农民声称：现在大伙儿只有一条路可走。地主家的房子位在伏尔加河的岸坡上，窗子开向一个僻静的花园。只要在晚间偷偷地走进这花园去向窗子里开一枪，问题就全部解决了。……

“我哈哈大笑起来。”罗加乔夫在他的笔记里这样写着；现在我就设想这个勇士的大笑。

后来这种“家常便饭的恐怖行为”被认真地讨论，甚至被采用作为革命手段之一。然而当时还没有这种情况；罗加乔夫就在篝火光下向他们解释：这样做法无非是使全村遭到灾害，此外一无所得。会有“合法继承人”出来，反正土地是不会归农民所有的。过错不在于这个或那个地主老爷，不在于参政院的这种或那种决议，而在于俄国生活的全部制度。所有的俄国人民必须觉悟起来，用一般农民的、农村公社的真理来代替沙皇所支持的统治阶级的真理。……他讲了不少诸如此类的话。

我们当时都是民粹主义者，大家都同意这种看法。现在我当然知道了，情况并不像我当时所想的那么简单。沙皇的威望在农民心目中还没有动摇，他们把一切都归咎于狡猾的老爷们的阴谋。罗加乔夫这番关于沙皇的话，大概引起了他的听众莫大的怀疑，使他们警惕起来了。然而当时在我们看来，这一切是那么简单明了。

我还记得这册笔记中的另一段情节。有一次，罗加乔夫（这回好像是一个人）悄悄地来到一个“分裂教派”村子里。必须指出，在知识分子看来，所谓“分裂教派”——一切旧教派和新教派都不加分别地包括在内——对于迫害它的政府是抱反对态度的。这看来是多么自然：政府迫害宗教信仰的自由，所以说……。然而这是激进知识分子的一种错误想法。事实恰恰相反，旧教派是俄罗斯人民中最忠君、最守旧的一部分。政府这方面当时也抱着同样的错误想法，这自然是为了维护正统教会的利益。罗加乔夫又真实而朴素地描写了他所看到的一切。

他走进一个富裕的旧教徒家里，主人当时不在家，他看见一个隐居修道者模样的少女，显然是很虔信上帝的，正在那里教她小兄弟念书。教的当然是斯拉夫文，那男孩子费力地按音节读着赞美诗集。这个陌生的漂泊者听了一会儿课，决定在这方面发表自己的意见：不应该教这种课文，不应该这样教；必须使这孩子懂得课文的内容。于是他就念起当时流行的违禁作品《四兄弟的故事》[①] 来。兄弟四人出发到世界各处去寻找真理，他们寻找真理时的各种奇遇便是这故事的内容。他们找来找去找不到真理：到处都是虚伪，虚伪受到当局的支持，连沙皇也不例外。男孩子贪婪地听这个陌生的漂泊者念这简单易懂的故事。那少女起初也听得出神了，可是后来发觉这美男子身上出现了诱惑和罪孽。这时候院子里传来大车的轧轧声。父亲回来了。少女热烈地请求这个漂泊者在父亲面前不要说这种话。

从那时候到现在我认识这笔记的作者为止，经过了很长一段时期。罗加乔夫被逮捕了，在提审以前和以后，在中央监狱里关了很

①《哪里好些？四兄弟的故事》是列·亚·蒂霍米罗夫于 1873 年所作，同年在国外的柴科夫斯基小组印刷所里刊印。——原编者注

久。当参政院审判的日子来到的时候，上头为了方便起见，决定把囚禁了好几年以便一同提审的许多被告分成几个组。这一大群被告（一百九十三人）本来就爱找各种理由来反抗当局，这时候就恶狠狠地决意不肯服从，于是参政院的大厅成了演出生动的活剧的舞台。据说罗加乔夫曾经摆脱了宪兵的管束，跑到把参政员和被告隔开来的铁栅边，用力摇撼这铁栅，摇得法官们恐慌起来，宪兵们好容易才把他从铁栅边拉开。

然而，现在回忆起这时代来，总不由得使人想起：这实际上是俄国革命的多么幼稚的阶段啊！……

在雅库茨克监狱中还有大案件和理想主义民粹运动的另外两个代表：波尔菲利·魏纳拉尔斯基和谢尔盖·菲里波维奇·柯瓦里克[①]。

有几个事件和他们有关系，使他们两人的名字在急进的（当时这样称呼）人士之间广泛流传开来。首先有一点：他们两人和大多数被告不同，已经完全不是没有经验的年轻小伙子了。这案件发生的时候，他们已经当上调解法官。革命人士显然很重视他们，甚至几次试图让他们越狱。作第一次试图还是在拘押所里的时候。他们两人已经翻过墙头，然而其中一个人（好像是柯瓦里克）纵身一跳，摔断了一条腿，而另一个人在街上被一个坐在马车里的人主动赶上去捉住了[②]。当时人们曾提到这人的名字，说他得知他所捉住的人是谁之后，十分后悔。

作另一次尝试已经是在魏纳拉尔斯基被解送到哈尔科夫省的一个中央监狱去的途中了。这件事做得很大胆，甚至很勇敢，报纸上

---

① 谢尔盖·菲里波维奇·柯瓦里克（1846—1926），民粹主义者，按其观点属于巴枯宁分子。1878 年在“一九三人案”中被判十年苦役刑。1883 年出狱做移民。曾研究雅库梯人的生活，并为《东方评论》撰稿。1898 年回到中央俄罗斯。——原编者注

② 关于这次越狱的尝试，可参看柯瓦里克的自传，这自传刊载在莫斯科 1928 年出版的《七十年代革命运动和一九三人案》一书中。——原编者注

都纷纷登载。在青天白日之下，当农民们在田间工作的时候，突然有几个骑马的人向两个押送宪兵和魏纳拉尔斯基所坐着的这辆驿马车冲击过来。一个乔装成军官的人拦住了马车，开始盘问一个宪兵。后来他开枪打伤了这宪兵，同另外几个人一路追赶这马车，追了很久。这期间那些乌克兰农民却把身子靠在大镰刀上，冷眼旁观这场奇怪的追逐。结果还是被那马车逃脱了。不过在追逐已经结束之后，路上又转出一个骑手来，宪兵怀疑他和前者同谋，先采取了预防的措施，这骑手就交臂而过。这人就是我在前面提到过的梅德维杰夫-福明。现在他已经在卡拉了。

魏纳拉尔斯基和柯瓦里克入狱前很要好，在监狱里也是友爱相处。魏纳拉尔斯基身材不高，性格活泼好动。他的朋友恰恰相反，身材高大，性格沉静淡泊。可是只要仔细端详一下这个身躯庞大笨重而不爱活动的人，就可看出他的眼睛里有时显露出幽默的闪光，可以听见他说出几句确切而俏皮的评语来。总的说来，他给人以一个奢侈享乐的地主的印象，囚犯罩衫穿在他身上，有时简直就像地主穿的舒适的长袍一般。据说后来在雅库梯州，他成了一个很干练的事业家，在相当程度上是一个文化传播者。流放回来，在某一道告示之后，他靠旧时的朋友们和同事们的帮助，在自由主义的消费税部门里找到一个职位。我和他通过信①，可是后来彼此失去了联系。

2

伊波里特·尼基齐奇·梅希金

然而，不仅仅是民粹运动时期而且可说是当时革命的一切阶段

① 在柯罗连科的档案中保存着柯瓦里克给他的几封信。他们的通信主要是谈已故的波·伊·魏纳拉尔斯基的儿子赫利斯托福尔·魏纳拉尔斯基（生于 1891 年）的安排和教养的问题。——原编者注

的最鲜明的代表人物，大概要推伊波里特·尼基齐奇·梅希金。

勃兰戴斯[①]在他的一篇历史文学特写中描述法国大革命前法国社会的气氛时，谈到一个法国人，只要人家在他面前提一提“牧师”（curé；我记不清楚，也许是“神甫”）这个词，就会引起他的神经性发作。的确，必须使每个人的心灵中发生巨大的甚至相当痛苦的波动，才能使这一切个别的精神震荡在社会心理中唤起那种促进法国大革命的巨大的动力。自然，这不是每一个人的心灵中都表现得那么明显；然而在许多人的心灵中发生了相应的精神震荡，这种精神震荡就已经预示着火山的爆发。

梅希金便是俄罗斯知识分子心灵中这种精神震荡的典型的代表人物。

从另一方面来看，伟大的俄罗斯艺术家屠格涅夫——大家都知道他曾经研究俄国的革命者——对克拉夫钦斯基谈起梅希金[②]时说：“这是一个多么出色的人！……毫无一点哈姆雷特[③]作风的痕迹！”

屠格涅夫错了：梅希金精神上有许多不健全之处；如果说有人带着勃兰戴斯所指出的过程的痕迹，那么梅希金便是这种人。的确，除此以外，他也具有很强烈的个性特征。他是尼古拉时代一个世袭兵[④]和一个普通农妇所生的儿子，在世袭兵学校求学时就已才华卓著，作为优等生被保送到测地学院去。在测地学院毕业之后，他业余研究了当时流行的速记术，成了政府的速记员，私人办一个印刷

---

① 该奥尔格·勃兰戴斯（1842—1927），丹麦文学批评家和文学史家。在柯罗连科的档案中保存着他所翻译的勃兰戴斯的著作《十九世纪文学主潮》的开头部分。——原编者注

② 接下去所引证的句子是屠格涅夫对彼·阿·克鲁泡特金说的（参看克鲁泡特金的《革命者笔记》）。——原编者注

③ 哈姆雷特是莎士比亚的悲剧《哈姆雷特》的主角。这人仅擅长于作无益的思考，但因缺乏意志，不善于实行。——译者注

④ 在俄国，十九世纪上半期，兵士的儿子从生下来就登记在军事机关，以备受兵士训练和入伍，这样的兵叫做世袭兵。——译者注

所，开了一家小小的书店。他从事一切实际工作都很热心。在他的几篇传记中提到，说他在供职的初期当了一个参谋部将军的传令兵，这将军发明一套特殊的速记字母，曾当面给亚历山大二世看过。梅希金作为他的秘书或传令兵，当时也在场。由于他有这样的开端，有讨人喜欢的外貌，并且善于为个人目的利用良好的机会，因此他面临着辉煌的前程①。

然而……梅希金不久就转到了当时吸引着他这一代人的道路上。他似乎曾经替卡特科夫的《莫斯科公报》速记涅恰耶夫分子一案的诉讼程序。革命情绪的微生物很可能就是在这时候初次渗入他身体里去的。

不管怎样，他照旧以卓越的才干和充沛的精力走上这条新的道路。他开始在自己的印刷所里印书；起初所印的书虽然并没有直接的革命内容，但总算经过一定的选择，可说是半禁书。他选取了一些知识分子姑娘来做排字工，其中包括我在前面提起过的阿尔汉格尔斯克小组里的人。我在彼尔姆碰到的拉丽萨·蒂莫菲耶夫娜·扎卢德涅娃便是这些排字工之中的代表人物。她后来经过十分急剧的转变，怀有宗教情绪了；然而据我所知，她心底里始终蕴藏着对梅希金的真心的崇拜。

由此可知，梅希金在当时已经有了一个志同道合的小组和一家差不多现成的秘密印刷所。在他偶然结识了魏纳拉尔斯基之后，他的印刷所立刻就为萨拉托夫的宣传者印刷起革命书刊来了。

有一次他走回家去，发现窗子上做了一个暗号。他寓所里正在

---

① 柯罗连科这里所提到的关于梅希金的传记材料不完全准确。梅希金并没有在测地学院念过书，也没有当过参谋部将军的传令兵。实际上，他读完普斯科夫的世袭兵学校后，进了彼得堡军事学校，在地形测绘专修班毕业，获得了地形测绘员的名衔。就在这学校里，他学会了速记术，作为优等生之一被介绍给发明特别速记法的伊瓦金将军，将军带他去见亚历山大二世。1868 年左右，梅希金抛弃了军职，专门从事速记工作。——原编者注

进行搜查，想不到竟被宪兵们发现了一大批禁书。梅希金自然不再回家。所有的排字工都被捕，梅希金本人躲到国外去了。

在国外，他不满足于一般侨民生活，发起了一个远征团去营救当时住在威吕斯克的车尔尼雪夫斯基。这件事完全是政府方面的违法行为：车尔尼雪夫斯基监禁期满之后，照理应该放出去做移民，然而（又是奉圣旨的）这合法手续没有执行，却把他移住到一个特别监狱里加以看管。这监狱在威吕斯克，是特地为优秀的起义者奥格勒兹科①建造的（当时他已经被释放）。从这时候起，营救车尔尼雪夫斯基成了俄罗斯各革命党派的当前任务之一。据说已经有几个人抱着这目的出发到西伯利亚去了，著名的格尔曼·洛帕金也在其中；后来我听说和我一同关在立陶宛堡垒中的格利鲍耶陀夫也有参加这意图的嫌疑。但是只有精力充沛、行动神速的梅希金一人装成宪兵军官的样子到达了威吕斯克。他在这里遭到了失败。据说他戴绶带的时候戴错了肩膀，这就引起了威吕斯克县警察局长的注意。但这说法当然是不正确的。梅希金自己在军界服务过，当然很清楚制服上的细节。然而这件事办得总不周到：怎么可以遗漏了雅库梯州的州长呢！县警察局长问他要州长的公文，梅希金只得动身到雅库茨克去。这时候他不能不注意到：陪他同去的两个哥萨克人像监视人一样死盯着他。梅希金向他们开枪，打伤了一个，自己却被逮捕了。我觉得在这件事上就有浓厚的哈姆雷特作风：梅希金与其说是真的要打死这两个哥萨克人而逃脱，不如说是要履行革命者的职责。

不管怎样，梅希金总是被捕了。他被捕后的行为也颇不平凡。别的人被捕之后，总是尽可能心平气和地对付周围环境，把解差看

① 约萨法特·彼得罗维奇·奥格勒兹科（1826—1890）参加波兰起义，被判死刑，改为二十年苦役刑。——原编者注

作临时的旅伴。

梅希金则不然。他立刻就采取了准备交战的姿态。押送他到雅库茨克的一个和善的宪兵军官后来说他一路上受尽了气（梅希金的传记作者中也有几个人提到这件事）。譬如有人来通知说，马预备好了，这时候梅希金就走到房间中央，站在那里一动也不动。我看他在转解的期间大概一点也不想协助宪兵。宪兵只得替他穿好衣服，带着他走进准备好的马车里去。这自然也可以称之为屠格涅夫所说的哈姆雷特作风。这样做使得解差怀恨在心，使梅希金的处境大大地恶化了。这个朴实的俄罗斯人不懂得这种复杂情况。然而梅希金根本极少考虑到自己的处境。

这样，梅希金就从西伯利亚被提出来，落到了“一九三人大案件”里。政府对于这些天真的理想主义民粹派人的案件也并不等闲视之。它恐怖起来；随着恐怖而来的，通常便是残酷。梅希金立刻获得了广泛的名声。他向同志们坚决请求，要他们允许他破例在参政院发表一次演说。大概他觉得自己有非凡的演说才能。果然，他发表这演说的时候，参政院里起了不平常的变化。会议厅里简直叫嚣沸腾起来。宪兵们冲向梅希金，他的同志们不放他们过去。那些职业辩护人兴奋地跑到别的被告那里，把听了梅希金的精彩演说所得的强烈印象告诉他们。

此后，当局决定把他和别的几个人一同转解到堡垒里去。当他从走廊里经过的时候，惊动了整个拘押所里的人。“再见了，同志们，”他喊道，“他们带我去拷打了！”当时被囚禁在拘押所的薇拉·尼古拉耶夫娜·巴纽津娜告诉我，说经他这么一喊之后，各条走廊、各个囚室里传遍了暴风雨似的歇斯底里的狂叫怒号声。必须指出，那时候政府方面还不曾采用过拷打的刑罚。然而梅希金正是这样设想敌人的行为的。

政府张皇失措了。本来要采取温和乃至宽大政策的沙皇报之以残酷的镇压。参政院鉴于囚犯们在判决前拘押得太久了（检察官瑞列霍夫斯基竟老实不客气地说，有许多人是“作为陪衬”而拘押着的），甚至提出申请，要求大加宽恕。他们对于这宽恕那么深信不疑，在等候批准的期间竟先把许多囚犯遣发回家了。

沙皇拒绝了要求宽恕的请愿。这决定甚至受到了社会上中立阶层的谴责。沙皇显然是纵容了自己的私愤。于是，发放回家的重又被逮捕，分别流放各地；而对于那些在案件中的表现特别突出的，采用了关进中央监狱的残酷手段，这两个中央监狱是特地在哈尔科夫省建造起来的（即新别尔戈罗德中央监狱和安德列耶夫中央监狱或称彼且涅加中央监狱）。

我已经说过，这件事甚至引起了社会上中立阶层的反感，也许还决定了亚历山大二世的命运。

在这两个监狱之中，梅希金所进的是新别尔戈罗德中央监狱，这监狱的制度特别严酷。他到了这里，略微打量一下环境，发现囚室里有一块地板是松动的，立刻就设计了一个越狱的办法。他把这块地板取去，在地板底下挖了一条地道，通向墙外，把挖出来的泥土装在便桶里。监狱里的便桶是由囚犯们自己倒的，他就在放风的时候把便桶端出去倒掉了。现在只要从地道里钻到墙外去就行了。如果不被岗哨发觉（梅希金为此而选定了复活节的前一天），那么就有了一线自由的希望。可是一种意外的情况破坏了他这越狱计划：监狱看守人在规定以外的时间向他囚室里望了望，正好望见梅希金拿起那块地板，要从地道里钻出去。梅希金越狱失败，绝望之余，决定做一些招致死刑的事。于是有一个节日，在教堂里举行隆重的礼拜仪式的时候，他打了典狱官柯普宁一个嘴巴。接着他就挨了一顿毒打，然而这件事的结局颇出人意料：这时候恰好碰上“心的独裁”，梅希金只是从新别尔戈罗德中央监狱被转送到了制度宽得多的安德列耶夫中央监狱；后来中央监狱全部囚犯被发送姆岑斯克，让他们在那里将息一下，然后解押到卡拉去服苦役。我便是在这条路上先后在彼尔姆和雅库茨克见到他们的。

读者从这一番描写中就可看出，梅希金是一个注定要失败的人，因为他没有自制力，不够沉着，而这是斗争中所不可缺少的。他把敌人的行为看得过分凶恶；而他对自己又毫不留情。果然，我离开雅库茨克后不久，梅希金又得到了一次发表演说的机会。我们的领队人德莫霍夫斯基死了，似乎是染上伤寒病死的。我在前面已经提到过，这是一个稳健沉着的人，囚犯们都很喜欢他，长官们也尊敬他。当监狱教堂里举行葬仪的时候，梅希金突然从行列中间走出来，站在灵柩边，作了一番热烈的演说，这演说以这样的几句话结束："在用我们的血液灌溉的土壤上，将长出一株俄罗斯自由的坚硕的树来。"梅希金这篇威风凛凛的精彩演说滔滔不绝地讲下去，人们听了都惊讶得发呆了，当局竟没有一个人下决心去阻止他。直到演说完毕之后，惊慌而气忿的司祭方才喝道："你胡说，长不出的，你胡说，长不出的！"

为了这次演说，梅希金又被添了十五年苦役刑。作这番演说的时候，只有自己人和监狱当局的人在场；据说这一次梅希金自己也略微反省了一下，他在同志们面前表示怀疑他是否应该发表这番演说。

这一批流放犯一到卡拉，就计划越狱。必须指出，这段时期——即中央监狱的囚犯们来到之前的这段时期——是卡拉最艰苦的时期之一。在严酷的制度上又加上囚犯们本身的内部纠纷和口角。当时的情况我不大清楚，然而囚犯们的叙述以最阴暗的色彩描绘了这个时期。据说甚至有自相残杀的事①。中央监狱的囚犯们来到之

① 1871 年被判处十五年苦役刑的涅恰耶夫分子彼得·加甫利洛维奇·乌斯宾斯基（1847—1881）被杀害了。狱友们怀疑他有背叛行为，所以把他绞死在监狱里。后来才查明他是无辜的。——原编者注

后，当然略微消除了一些腐朽气氛，然而政治苦役刑犯之间还是不断地发生纠纷。越狱的时候有好几个人要争第一批，其中包括亚历山大·尤尔科夫斯基（“工程师萨希卡”）和敖德萨人米纳科夫。这两个人代表革命者的这样一个阶层：在这阶层里，猎奇的因素是占据第一位的；这当然大大地降低了这一类革命者的身分。米纳科夫在敖德萨谋刺一个密探，没有成功，被流放到此。他已经草率地试行过几次未加周密考虑的越狱，都被发觉了。

经过仔细商讨和几次或多或少热烈的争论之后，大伙儿认为应该先让梅希金越狱，由他自己挑选一个同伴。他就挑选了工人赫路肖夫。全体囚犯出力协助这次越狱：他们做了两个假人来应付点名，这样，越狱的事就被隐瞒了相当长久的一个时期。梅希金和赫路肖夫来到了布拉戈维申斯克，他们只要一坐上开往美国的轮船，便没有事了。可是这时候米纳科夫声言，超过期限之后他一天也不能等待，于是他就越了狱。这一次他又干得那么疏忽而轻率，几天之后竟不得不自动走出森林，来到典狱官的厨房里，自投罗网。这么一来，梅希金和赫路肖夫越狱的事自然也被揭穿了。……当局就派人到布拉戈维申斯克去追缉。几乎就在美国轮船出发前一天，两个逃亡者被捕了[①]。

为了这次越狱，梅希金和米纳科夫被转解到施利色堡要塞。他们在这里碰到了现在读者从许多回忆录中读到的那种骇人听闻的制度。梅希金对敌人的最荒诞的设想，在这里得到了证实：敌人老是在那里千方百计地设法侮辱落入他们手中的人。施利色堡的制度将永远成为过去制度的耻辱，上至历代沙皇，下至最后的宪兵。这里面的编制人员都是经过精选的，而且都灭绝人性。甚至连医生（除

① 关于这次越狱，可参看《卡拉及涅尔琴斯克其他苦役刑监狱》（莫斯科 1927 年版）这一集子，其中登载着这次越狱参加者的回忆录和正式审讯的文件。根据这次审讯的材料来看，到卡拉警察局长厨房里去的不是米纳科夫，而是和他一同越狱的克勒查诺夫斯基；梅希金和赫路肖夫被捕不是在布拉戈维申斯克，而是在海参崴。——原编者注

了罕有的例外）也不敢对囚犯表示半点儿温情。不久，米纳科夫动手打了监狱里的一个医生。在法庭上申述理由的时候，他表示他怀疑这医生给他的药是毒药。这猜疑当然是不正确的；然而从这里可以看出医生和囚犯之间的关系。实际上这无疑是米纳科夫神经失常所致。然而他还是在监狱的院子里被绞死了。

这以后，梅希金发生了可怕的精神悲剧。当米纳科夫被带去就刑的时候（这件事是他的狱友们完全意料不到的），他在走廊里喊道："永别了，狱友们，我要被带去处死了！"没有一个人回答他。连梅希金也没有回答。然而梅希金就连对狱友的态度上的偶然失策也不能原谅自己。米纳科夫就刑后，他反复说了好几遍："米纳科夫走上绞刑台去的时候，想到狱友们之中竟没有一个人回答他的永诀，心里该多么沉痛啊！"同时，梅希金大概回想起了在卡拉时他和米纳科夫之间的私人冲突。因此，住在他隔壁、经常用敲墙壁方式同他谈话的米哈伊尔·罗季昂诺维奇·波波夫[①]开始怀疑他在那里打什么主意了。他不再回答波波夫的敲击声。后来，在圣诞节前夜，墙壁又敲响了，梅希金同他谈了一整夜关于母亲的话。他请求波波夫：如果他没有见到母亲而死去，希望波波夫转告他母亲，就说他临死时是想念着她的。

这时候他已经打定了主意。十二月二十五日，典狱官巡视囚室的时候，一只铜盘子叮叮当当地从扶梯上滚下来。原来梅希金拿这只盘子来扔典狱官。这侮辱大概是一种心理表现：梅希金为了没有回答朋友的诀别而惩罚自己。宪兵们始终忠于自己的职务。梅希金先是挨了一顿惨无人道的毒打，然后狱友们发现他桌子上写着这样

① 米哈伊尔·罗季昂诺维奇·波波夫（1851—1909）先后参加"土地与自由社"和"黑分派"，成为其活动家之一。1879年2月，直接参与刺杀密探林希晋的事。1880年在基辅被捕，被判死刑，改为无期苦役刑，在卡拉服刑。后来转解到施利色堡。——原编者注

几个字："一月二十六日我梅希金被处死刑。"……

后来从要塞内部透露出行刑时的详情来。梅希金是在要塞的后院子里木柴堆旁边被枪毙的。临死前最后的一瞬间，他还想着他的母亲。我的朋友从当时在要塞服务的一个宪兵那里听说，梅希金最后说出的几个字是："妈妈，妈妈！"据另一个宪兵说，梅希金被带去行刑时，迎面碰见一个老妇人，大概是要塞里某职员的家属。他也喊着"妈妈，妈妈"向她扑过去。

然而等待着他的不是母亲，而是一个掘开着的坟墓。人们把他就地埋葬了，又用木柴堆把这地方铺平。……

这个革命殉难者的一生就这样结束了。……

在这篇叙述中我扯得太远了。当我在雅库茨克监狱里的时候，梅希金的悲剧还完全没有发生。虽然如此，我现在不能摆脱一种印象：当时他头上就已笼罩着悲剧的凄凉的阴影。

当时他身旁经常围绕着一些最朴素的工人。我从来没有看见他放风时候同"五十人案"中以精彩演说驰名于激进人士间的彼得·阿列克塞耶夫[①]走在一起。经常和他走在一起的是工人亚历山大罗夫。这人是我们这一批流放犯中出身最低微的一个。他是育婴堂里的弃婴。亚历山大罗夫和也是经常跟梅希金走在一起的盖拉西莫夫（后来在一册历史杂志上曾刊登他的回忆录）最初几年被送在附近的芬兰村子里喂养，因此他们说起话来略带一种滑稽的口音，我曾经

① 彼得·阿列克塞耶维奇·阿列克塞耶夫（1849—1891），纺织工，杰出的俄罗斯革命工人之一。七十年代初，在彼得堡托伦东的工厂里工作，加入了革命宣传小组。1875 年参加制定"全俄社会革命组织"条例。1875 年被捕，在"五十人案"中受审。在法庭上，阿列克塞耶夫发表了著名的演说，在其中强调指出专制政体必然要被工人阶级推翻："代表着千百万工人的一只肌肉强健的手要举起来了，……那时候用兵士的刺刀围起来的专制的桎梏将四分五裂，化为灰烬。"被判十年苦役刑。1882 年来到卡拉。1884 年出狱，到雅库梯州做移民。柯罗连科后来在他的一组特写"土地！土地！"（载 1922 年第一期《往昔之音》）中指出工人运动的进步作用时说："还在民粹运动时期，工人们中间就产生了第一批革命家，像工人彼得·阿列克塞耶夫便是。"——原编者注

听到我在彼得堡第一次租屋时那个房东太太玛芙拉·玛克西莫夫娜·崔文科也有这种口音。梅希金对亚历山大罗夫表现出令人感动的关怀。他们两人常常一块儿在院子里走来走去谈论着什么。有一次，我和梅希金、亚历山大罗夫三人在我们监狱的狭小的院子里散步，米哈伊尔·彼得罗维奇·萨仁走到我们跟前，眼睛里闪现出喜悦的光辉，对我说：

“你问问亚历山大罗夫，人是怎样产生的。……我给你介绍——这是我们这里的新达尔文。”

梅希金蹙紧了眉头，可是亚历山大罗夫诚恳老实地给我讲解起他的学说来：

“从前有一种昆虫，住在树上。这种树现在已经没有了，这种昆虫现在也没有了。树上长着一种特别的果子。昆虫要摘果子吃，把重心放到两只后肢上。这就是脚。……把前肢伸出去，摘下果子往嘴里送。这就成了手。这样渐渐地就产生了人。”

我不禁微微一笑。梅希金用责备的神色看我一眼。他起初听见萨仁说这开玩笑的话，脸色立刻沉了下去；现在看见我微笑，眉头蹙得更紧了。我和梅希金当时已经渐渐接近，可是后来一直不能成为他的知交，我想一定是由于萨仁这次开玩笑时我笑了一笑之故。照他仔细倾听亚历山大罗夫说话的那种样子看来，他对他态度认真而关心，并且怀着特殊的敬意。

3

俄国革命知识分子的悲剧。 没有人民参加的斗争。 武装抵抗。 恐怖主义的谋杀。我的同乡柯贝良斯基

我谈梅希金这个悲剧人物谈了很久，因为这或多或少也是当时

俄国全体革命知识分子的悲剧。造成这种状态的原因在于：人民在政治方面无知得令人吃惊；社会上的人士采取消极态度；而一部分知识分子的意识觉醒起来，决定单独去同强大的国家斗争，像瞎眼的参孙在宴乐的非利士人中间那样①。全体人民还受着皇恩无边的幻想的支配。农民们即使愤怒到极点，也只能像奇吉陵县的起义那样由伪造的诏书来激起他们的反抗。工人们固然也有逐渐觉醒起来的，但毕竟是个别的情况，他们只是扩大了牺牲者的数量，并没有给运动增添显著的力量。这类工人中最鲜明的代表人物是彼得·阿列克塞耶夫，当时他也在雅库茨克。这是一个身材矮壮、体格强健有力的人，样子不大像工人，却像一个农民，是一股真正的蕴藏在人民中的强大神力。他所发表的演说在当时给人强烈的印象。他说，革命知识分子独力维护着工人群众的利益，一直要维护到"人民大众举起肌肉强健的拳头，摧毁专制的桎梏"的时候为止。然而离开这时候还远得很呢。

在大改革②后觉醒起来的国家里，政治生活仿佛永远被阻滞了。任何人想要独立地寻找出路，都受到最野蛮的手段的制裁。可是知识分子已经觉醒起来，痛切地意识到国家的无权地位。他们只有一条路可走，这便是用种种方法去唤醒政治意识麻痹了的人民。感到强烈的痛楚而企图从大门紧闭的参政院里向人民和社会呼吁的梅希金，是形势的真真的表达者。在软弱无力而与人民相隔离的革命人士中间，开始出现孤立斗争的方式。一八七七年二月，在莫斯科审理了"五十人案"③。在逮捕这案件的参加者之一高加索人崔崔安诺夫公爵的时候，发生了如下的情况。宪兵们在房间里搜查，崔崔安

---

① 参见《旧约全书·士师记》第十六章第二十三节至三十节。——译者注

② 指 1861 年的"农民改革"。——译者注

③ 即"反政府宣传案"，从 1877 年 2 月 21 日到 3 月 14 日在彼得堡由参政院特种法庭审理。——原编者注

诺夫在一旁沉思着徘徊了很久，仿佛在仔细考虑一件事，后来突然拿出手枪来放了一枪。我现在记不起他放这一枪打伤了什么人呢，还是只不过作为反抗的象征。然而我记得，在当时就有这样的感觉：放这一枪时全部环境所给人的印象，不是直接冲动的表现，而是考虑和沉思的表现。这一枪仿佛是革命人士长期商谈的反响。我在雅库茨克的时候，崔崔安诺夫也在那里；后来我在归途中经过基连斯克，在查巴达利家里又看到他一次。他照旧沉默寡言，而且看来神经不十分正常。

这件事成了一个榜样。一八七八年，在敖德萨审理了柯瓦尔斯基[①]武装反抗的案件，其结果是柯瓦尔斯基被处死刑。有不少人指出：这反抗也不是仇恨的直接冲动，而是经过考虑后履行这近乎纲领性的义务。还有人说：柯瓦尔斯基对自己的行为深深感到后悔，曾经希望当局不处他死刑，然而他并没有表示出丝毫沮丧之意。在敖德萨，人们为这件事举行了示威游行，记得还放了枪。我们这里也有这案件的代表人物：维塔舍夫斯基[②]（还完全是一个青年）和克列诺夫[③]，两人都经受了中央监狱的制度的考验。

此后，印刷所工人被捕时也作了武装抵抗。关于萨表尔胡同里的抵抗，当时人们的议论尤多。据说有一个人（卢勃金[④]）先向那些正在搜查的人开了几枪，然后开枪自杀。我们这里有这案件的两

---

① 伊凡·马尔蒂诺维奇·柯瓦尔斯基（1850—1878）于1876年在敖德萨组织革命小组。1878年1月30日被捕时作武装抵抗。由敖德萨军区法庭判处死刑。1878年8月2日枪决。——原编者注

② 尼古拉·阿列克塞耶维奇·维塔舍夫斯基（1857—1918），柯瓦尔斯基的敖德萨小组的组员。1878年和其他组员一同被捕，判处六年苦役刑。——原编者注

③ 瓦西里·德米特利耶维奇·克列诺夫（1856—1918），敖德萨港口和铁路局的工人，柯瓦尔斯基小组的组员。1878年被捕，由敖德萨军区法庭判处四年苦役刑。——原编者注

④ 谢尔盖·尼古拉耶维奇·卢勃金（1857—1880），印刷工人。1878至1879年间，在“土地与自由社”的“彼得堡自由印刷所”、民意党的甘油炸药工场和萨表尔胡同的民意党印刷所里工作。——原编者注

个代表人物：布赫[1]和楚凯尔曼[2]。布赫是一个态度认真、年纪还轻的人，脸型粗大；然而使我印象特别深的是楚凯尔曼的生动姿态。这是工人（排字工人）之中一个典型的犹太人，俄语说得很不好，不管他说什么，都自然而然地带有滑稽的语调。据说在审讯的时候有如下的一段插曲。警察和宪兵得胜之后，把已经捆绑起来的革命者们狠狠地毒打了一顿。在审讯时，被告们借辩护人的帮助尽力揭发这件事，警察方面自然矢口否认。有一个警察官尤其推得一干二净，而其实他曾亲自动手打人，而且打的恰好是楚凯尔曼。

“你揭么能歇你没有打我！那么希哪一个在我背向打了两个耳光呢!”

旁听席上乃至法官中间不由得发出了一阵哄笑声。这案件的判决比较缓和。被告们虽然曾经作武装抵抗，记得判死刑的一个也没有[3]。我喜欢同楚凯尔曼谈话，我发现他虽然说起话来很滑稽（有时他故意强调滑稽的语气），人倒是挺聪明，甚至有一定的文化修养。

恐怖主义的谋杀事件也越来越多了。

一八八一年，哈尔科夫省长克罗波特金被谋杀。当他乘着轿式马车在哈尔科夫城的街道上经过的时候，马车的踏板上跳上一个年轻人来，用枪口顶着他，把他打死了。这一谋杀是对中央监狱的残酷制度的答复，并且表示这种制度引起了多么激烈的、敢于自我牺牲的顽强精神。革命人士决定亲自采取极度强烈的行动来补偿传播

---

① 尼古拉·康斯坦丁诺维奇·布赫（生于1852年），“民意党”党员。1880年在萨表尔胡同的印刷所里和其他作武装抵抗的人一同被捕。判处十五年苦役刑。——原编者注

② 拉扎尔·约瑟福维奇·楚凯尔曼（1852—1887）在萨表尔胡同的印刷所里当排字工人，1880年被捕。判处十五年苦役刑。——原编者注

③ 在萨表尔胡同印刷所里被捕时作武装抵抗的人，于1880年10月25日至30日间由彼得堡军区法庭审判（即“十六人案”）。在这案件中被判死刑的有五人；但根据上级的批准，只处死了两人。——原编者注

革命思想方面的损失。谋杀哈尔科夫省长的执行者记得是犹太人高尔坚别尔格[①]。受审的结果，看来是非判处死刑不可的；这时候，高尔坚别尔格后悔了，就写下了详细的供词。记得在这些供词中并没有直接的告密；然而有许多供词后来终于被宪兵利用了去。此后不久，高尔坚别尔格就越狱；那时有人说，这次越狱是为了奖励他的叛变而预先讲定的。在这叛变中，上绞架的前途对这个性情极不沉着的人无疑有很大的影响。这不是梅希金一类的人。然而我在当时觉得，高尔坚别尔格之所以写这番供词，不仅仅是由于胆怯。在这神经质的文体中还有一种因素，说明了他的一定程度的真诚。当时他有一篇通讯曾在报上发表，我读了之后，不由得感觉到这是一个易受诱惑的人，而现在，当情势促使革命知识分子走上可怕的道路的时候，他正在这条道路面前筹划思考着[②]。

我曾在雅库茨克遇到一个参与高尔坚别尔格案件的人。我来到雅库茨克监狱后不久，正在走廊里走，冷不防被一个陌生的青年人抱住了。……

“我是罗夫诺的柯贝良斯基。”他看见我认不出他来，就这样解释。

在我们罗夫诺城里的确有一家姓柯贝良斯基的人家[③]，是破产

---

① 格利果利·达维多维奇·高尔坚别尔格（1855—1880）杀死哈尔科夫省长克罗波特金是在1879年2月9日，而不是像柯罗连科所说的在1881年。柯罗连科说他逃走了，也是弄错的，实际上他是在彼得保罗要塞自缢的。——原编者注

② 柯罗连科所指的大概是高尔坚别尔格于1880年10月26日在“十六人案”中所宣读的供词，高尔坚别尔格在这篇供词的开头部分申述了他认清恐怖主义活动的害处的理由。——原编者注

③ 埃拉兹姆·亚历山大罗维奇·柯贝良斯基（生于1854年）。从1875年起参加彼得堡的民粹派小组。1877年躲避到国外，积极参加波兰和俄国的侨民们的事业。以杨·柯诺比斯基的笔名为各报章杂志撰稿。

卡齐米尔·亚历山大罗维奇·柯贝良斯基（生于1858年左右），一个钳工。先后在平斯克和华沙的厂里工作。1878年被捕，在“一三七人案”中受到牵连。被放逐到托博尔斯克省，后来又被转移到雅库梯州。留德维格·亚历山（转下页）

的小贵族阶级出身的。关于这种小贵族，我曾经在前面提到过，他们仿佛是学生知识分子和工人之间的一个中间阶层。由于经济困难的关系，他的两个哥哥被送出去学手艺。他们三人都没有什么特别的才能，然而为人都很真挚热情。老大有一个时期在德拉果玛诺夫派的侨民中间也曾占有重要的地位，不过记得是用另一个姓氏出面的。老二我后来在雅库梯州遇见过，而且是和他一道回来的。现在出现在我面前的是小兄弟。我并不认识他，然而他在罗夫诺街上看见过我好几次，也许是和我弟弟在一起；现在他奔过来抱住我，把我当作一个亲人。这人年纪还很轻，肩膀宽阔，举止笨拙，感情十分外露。在他的一切行动中都显示出极度的真诚。怪不得他这样轻易地献身于斗争，怪不得为中央监狱的残酷制度复仇的事能吸引他。

我还得提到几个民粹派的囚犯，这便是：彼卡尔斯基②、约诺夫③和谢略科夫④。他们是为了企图在工人中间乃至军队里进行宣传

(接上页)大罗维奇·柯贝良斯基（生于1859年左右，死于1886年），一个钳工。先后在平斯克和华沙的厂里工作。1878年在“一三七人案”中受到牵连，但他逃到了国外。回到俄国之后，于1879年2月9日和高尔坚别尔格一同参加谋杀哈尔科夫省长克罗波特金。1880年在“十六人案”中被判二十年苦役刑。为了帮助梅希金等人越狱，于1882年被送往彼得保罗要塞，1884年从该地转解到施利色堡，患结核病死在那里。——原编者注

② 爱德华·卡洛维奇·彼卡尔斯基（1858—1934），“土地与自由社”的成员。1879年在莫斯科被捕，判十五年苦役刑，改为流放到西伯利亚做移民。他学会了雅库梯语言，成了著名的雅库梯研究者。他刊行了一部《雅库梯语辞典》，由德·波波夫和符·约诺夫直接参加编纂工作，由科学院出版（发行于1909—1929年间）。1905年回到彼得堡。——原编者注

③ 符塞沃洛德·米哈依洛维奇·约诺夫（1851—1922）为了在工人中间进行宣传，于1876年在莫斯科被捕，判处五年苦役刑。1883年出狱，到雅库梯州做移民。从1898年起住在雅库茨克，是《雅库梯边区》和《雅库梯生活》两报的实际编辑者。1910年回到中央俄罗斯。——原编者注

④ 阿列克塞·伊凡诺维奇·谢略科夫（西略科夫）（生于1855年）为了在工人中间进行宣传，于1875年被捕，判处六年苦役刑。1883年出狱，到雅库梯州做移民。1886年回到中央俄罗斯。——原编者注

而受到审判的。彼卡尔斯基和约诺夫到了雅库梯州之后，成了雅库梯的风俗习惯的认真的考察者，也许这才是他们的真正的使命。

我还记起了褒达林①，他曾经有声有色地描绘他在里海的渔场上做宣传工作时的种种情况。后来他把这些特写寄到《俄罗斯财富》社去，然而由于受到检查条件的限制，不能登载出来。

4
一次有意义的谈话

我们这一批囚犯一路解押到此，已经共同生活了很长一段时期，彼此之间当然已经作了充分的交谈。然而中央监狱的囚犯们在狱中时远远地脱离了生活，因此他们还需要向近年来在外面活动过的人探问许多情况。往往在某一间囚室里聚集了一大群人。有一个人在讲述不久前发生的一个特出事件。中央监狱的囚犯们向他探问详细情况；有时彼此之间还发生了争论。我特别清楚地记得其中的一次谈话。

在一间大囚室中央的一张桌子上，坐着宗杰列维奇②。他垂着两条短短的腿，正在叙述作出谋刺沙皇的决定的著名的利彼茨克代表大会③的情况。他传述了这次代表大会上的谈话，列举了参加大会的人的姓氏，其中有许多人现在已经不在人世了。讲话的人的语调悲哀而严肃；听讲的人态度也悲哀而严肃，他们听得出神了。听

---

① 阿列克塞·亚历山大罗维奇·褒达林（生于1850年左右）为了在农民中间进行宣传，于1874年被捕。1876年再度被捕，判处五年苦役刑。1883年出狱，到外贝加尔州做移民。由于他企图逃亡，被转解到雅库梯州。——原编者注

② 阿隆·伊萨科维奇·宗杰列维奇（1854—1923）于1880年因“十六人案”被判无期苦役刑。1905年回到中央俄罗斯，1907年侨居伦敦。十月革命后积极反对苏维埃政权。——原编者注

③ 参加这次代表大会的是一批拥护恐怖手段的“土地与自由社”成员，大会于1879年六月在唐波夫省的利彼茨克举行。——原编者注

众们环坐在讲述者的周围，有的坐在凳子上，有的坐在床上，有的就坐在地上。我记得罗加乔夫的姿态。他坐在囚犯床上，目不转睛地望着宗杰列维奇。

宗杰列维奇身材并不高大，长着一团乌丛丛的大胡子。这胡子使他的样子初看起来很严峻，然而只要同他谈上几次话，就可看到他的整个相貌都流露出一种异常温和乃至柔顺的性格。

我和他还是在雅库茨克亲近起来的。像这样一些温厚的人，竟会作出这种决定来，我觉得很惊奇。这显然表示出，有一种心理惯性不可遏止地推动着当时的革命知识分子走上恐怖手段的道路，而且，像当时所说，走上“中央恐怖手段”的道路。这种力量比个人的特性更强烈。

利彼茨克是唐波夫省的一个小城市，那里的风俗习惯是落后而守旧的，警察也是如此。决定性的秘密集会便是在那里举行的。我们革命人士对立宪政体一向抱有的成见，到这时候开始消散了。有许多人都感觉到，必须开一个通风窗，换一换俄国的腐朽的政治空气。新近参加执行委员会的瑞略波夫也抱有这样的信念。然而亚历山大二世照旧站在反动势力的中心，等到他从这条道路上退出去的时候，已经太晚了。梅希金作了震撼人心的演说，罗加乔夫实际地震撼了参政院的铁栅栏，——这些样子凶暴而实际上很温雅的民粹派分子，现在已经被克维亚特科夫斯基、基巴尔契奇[①]、瑞略波夫那样的人取而代之了。他们以最得体的方式向法官们解释了谋杀亚历山大二世所用的那种地雷的构造。民粹派人所想望的不是宪法，而是一下子推翻全部制度的一次全国性的大变动。民粹派的接班人

① 尼古拉·伊凡诺维奇·基巴尔契奇（1854—1881），起初的“土地与自由社”和后来的民意党的成员。曾参加从1879年秋天开始的历次谋杀亚历山大二世的准备工作。发明了谋杀亚历山大二世用的爆破弹，并且和别的人一同制造。在三月一日的案件中被判绞刑。1881年4月3日和瑞略波夫、彼罗夫斯卡雅等人一同就刑。——原编者注

任务比较简单，而执行时却危险得多。现在，罗加乔夫和梅希金津津有味地在听温厚的宗杰列维奇讲利彼茨克代表大会的情况。

宗杰列维奇说：在代表大会上宣读了瓦列良·奥辛斯基的诀别信（他在一八七九年被处死刑），这封信后来刊登在《土地与自由》的某一期上①。亚历山大·米哈依洛夫②宣读了一篇对亚历山大二世的长篇大论的控诉文，说他“在他统治的后半期，把鉴于塞瓦斯托波尔大破坏而答应六十年代进步活动家们的一切福利几乎全部取消了”。这篇控诉文宣读完毕后，代表大会上提出了一个问题：“是否能原谅这沙皇已经做了的和将来还要做的一切坏事？”这时候全体与会者一致回答：“不能！”亚历山大二世的命运就这样决定了。不能说民粹派立刻就让了步。在一个长时期内它还是坚持着自己的观点的。现在从某几篇回忆录中可以看到，以前当索洛维约夫带着谋刺亚历山大二世的计划来到彼得堡时，民粹派分子根据人民承认“解放者沙皇”的功绩这一无可置疑的事实，一直表示激烈的反对。甚至有人发表意见，说必须告知沙皇，叫他戒备。后来，和恐怖手段执行委员会同时产生了民粹派倾向的民意党③。

宗杰列维奇在鸦雀无声的寂静中结束了他的叙述，这时候罗加乔夫代表民粹派观点发言了：

“请问，宗杰列维奇，”他问，“全体人民还认为沙皇是他们的解放者，而你们去谋害他的生命，目的何在呢？”

---

① 刊登在《土地与自由》的某一期上——瓦列良·奥辛斯基的诀别信刊登在1879年6月14日第六期《土地与自由报》上。——原编者注

② 亚历山大·德米特利耶维奇·米哈依洛夫（1855—1884），起初的“土地与自由社”和后来的民意党的活动家之一。曾参加谋杀梅旬采夫，又参加了索洛维约夫对亚历山大二世的行刺（见本书第二卷第705页所作的注解）和其他的恐怖行为。1882年在“二十人案”中被判死刑，改为无期苦役刑。死在彼得保罗要塞中的阿列克塞耶夫半月堡里。——原编者注

③ 这里柯罗连科显然是弄错了：应该说成“和恐怖手段执行委员会（民意党）同时产生了‘黑分派’的组织”。——原编者注

面对着这个直截了当提出的问题，宗杰列维奇有点发慌了。他显然没有预先准备好答话。

“我们认为，”他回答说，“这样一来，会产生一种强大的推动力；这种推动力可以解放人民所固有的创造力，为社会革命打下基础。”

“哦，那么如果这一点没有实现，人民没有发动社会革命，……正像事实所证示的那样，……那时候怎么办呢？”

宗杰列维奇沉思起来，仿佛在那里犹豫，后来他回答说：

“那时候，……那时候，我们认为……要强迫……”

罗加乔夫哈哈大笑起来，笑得那么真挚，那么响亮，竟使我不由得回想起了他的笔记和他在伏尔加河码头上听说农民们想要靠谋杀地主来解决土地问题时的那次大笑。对于我来说，还在彼尔姆时同尤利·鲍格丹诺维奇的谈话中所阐明的那种论调，又一次明确起来了：这打击是由于绝望而作的，在技术上很有把握，但是完全盲目。民粹派分子是正确的：谋杀沙皇并没有成为进一步的运动的推动力，俄国后来又经过了一个很长的反动时期，也许比不谋杀沙皇还要长些。……

三月一日简直是绝望的行动。

5
政治犯们凿穿监狱墙壁的事件。又一种类型的行政长官。总督阿努钦及其属下索洛维约夫

我在九月三十日来到雅库茨克，到十一月六日①晚上才离开那

① 在这一天（11月6日），柯罗连科在还没有知道自己晚上就要离开雅库茨克的时候写信给弟弟伊拉利昂说：“我直到现在方才能够告诉你我的流放终点。那（转下页）

里。他们把我和别的转解犯一同拘留了一个多月，是因为在这时期内侦查了我们这批流放犯“凿穿监狱墙壁”的事件。

在本卷前面的某一节里，我曾经谈到“处在作恶的地位的好人”。各种级别的这种好人我都遇到过，从维亚特卡和维什尼伏洛乔克的典狱官开始（读者一定记得伊波里特·巴甫洛维奇·拉普捷夫这个人），直到第三厅里的狱卒们乃至宪兵们，——他们曾经通过各种方式设法把我哥哥和弟弟的消息通知我。有这样的人在，就能使我们减轻严酷的印象，对人的本性具有良好的概念。

然而，渐渐地在行政当局方面经过特殊的心理选择，其成员发生了变化。……处在作恶的地位的全都是残暴的坏人了。最后，出现了施利色堡，在监狱里也经常采用刑讯了。……专制政体不再需要像伊波里特·拉普捷夫那样的人，而需要那些愿意采取一切卑鄙手段来对付专制政体的敌人的人。对囚犯们的一切人情感都被彻底驱除了。

在这期间，新任命的阿努钦总督来到雅库茨克。这次任命在当时曾引起很大的希望。阿努钦是一个严肃的军事作家。他写过布加乔夫暴动的军事史，还写过好几篇有关波罗的海东部沿海地区土地权的文章。就像这种时候所常有的情况一样，俄罗斯社会人士和报

（接上页）是雅库梯州。我还有一点希望：最好就流放在离开这里三千俄里的雅库茨克城。这几天我正在等待遣发。你自然早已从我们的亲人那里听说过：他们和我一同提出把我留在克拉斯诺雅尔斯克的申请没有获得许可。我和他们见过几次面之后，在9月23日那天分手。29日我已经身在雅库茨克（这就是说，在雅库茨克堡垒里了），直到现在，我还和别的政治流放犯们一同关在这里。我们政治流放犯在这里为数颇多；我本来可以告诉你关于我的狱友们的许多有趣的消息，可惜这里的监狱检查条件看来是不会容许这类消息传出去的。因此，我只能简单地报导一下我个人的情况。我生活平安，身体健康，衣服和其他的必需品都不缺少（你往常总是为这一点耽心）。现在我胡乱度着日子，等候遣发。命运还要把我带到另一个地方去。我打算埋头工作，等待情况好转，虽然我现在还不知道，未来的情况如何，我将从事什么工作。如果有可能的话，我当然要做手艺；另外搞一些理论工作作为调剂。我打算研究一些政论题材，其中有一部分我已经弄清楚了，只是收集起资料来很困难。……”——原编者注

刊方面对他寄与过多的期望。在彼得堡出版《东方评论》的雅德林采夫、《西伯利亚》报的出版者扎果斯基和聂斯捷罗夫，在雅库茨克欢迎这位作家就任总督之职，把这当作“一个新纪元的开端”。

不久，失望就来临了。阿努钦最初的一些表现就使一切希望都落了空。他在任的期间对地方报刊开始实行空前未有的迫害。《西伯利亚》报的两个出版者兼编辑者之中的一人，颇能说几句俏皮话。为了解释他为什么错把阿努钦当好人来欢迎，他在雅库茨克社会上散布了一个笑话，说真正的阿努钦——一个文明人和学识丰富的作家——被一帮逃亡的刑事苦役犯拦路袭击。真正的阿努钦被他们打死了，现在就任东西伯利亚总督之职的是一个逃亡的刑事苦役犯。这俏皮的说法颇风行一时，甚至流传到了雅库茨克。

阿努钦开始选择他这行政机关里的人员。要在他手下成为出众的人，单是严守法律和为人公正是不够的，还必须对具有某种倾向的思想以及实现这些思想的人怀抱明显的仇恨。然而以前在俄罗斯全国也采用过这措施，大大地歪曲并贬低了政权，也许还葬送了亚历山大二世。

在阿努钦手下担任重要角色的是一个叫做索洛维约夫的人。我在那里的时候，他曾经到监狱里来过两次。这个哥萨克军官的相当秀气的脸上有一种冷冰冰的残酷的表情，每次都使我感到惊奇。有人讲给我听，说还在我来到之前，有一次，索洛维约夫突然走进一间大囚室，很有把握地向囚犯睡的板床走去。当局按照显然是预先安排好的计划作了一番侦查，在床底下的墙壁上发现了一个凿穿的洞。这里的囚犯们立刻全部被转移到另一间囚室去，事情就这样闹开了。索洛维约夫一口咬定，说这个洞是政治犯们为越狱而凿的。他们把这件事报告了阿努钦，就成立了一个委员会。

在检查时，囚犯方面有领队人德莫霍夫斯基和米哈伊尔·彼得罗维奇·萨仁在场。萨仁立刻指出，床底下有一层好几个月累积起来的灰尘，而这一批政治犯在这里只住了一个短时期，是不可能造成这种情况的。对于这一点，索洛维约夫这样解释，他说这灰尘是囚犯们故意撒上去的，“我们知道，这种事做起来很方便！……”

但这显然是牵强附会。委员会里形成了两种意见。以索洛维约夫为首的少数人一口咬定这洞是政治犯们为越狱而凿。然而大多数人否认这说法，使我们的代表们得到安慰。省检察官也站在这一面。

不久就查明了真相，原来墙那边是女刑事犯所住的地方，当初囚犯们在墙上凿这个洞，为的是要同她们往来。甚至还查明了更多的情况：监狱管理处知道有这么一个洞，典狱官曾吩咐在政治犯来到之前把这个洞堵塞，而看守并没有执行。但是关于这一点，无论是典狱官还是看守，在委员会里都绝不谈起，他们知道这样一揭穿，对索洛维约夫是不利的。那看守现在成了索洛维约夫的主要帮手之一。……事情几乎是摆明了的：倘若是“图谋不轨”，就得给政治犯们判罪。然而这太过分了。委员会里大部分人不同意索洛维约夫的意见，于是“图谋不轨”的说法垮台了。可是，虽然这种说法显然不怀好意，几乎达到捏造的程度，却并不能影响阿努钦对索洛维约夫的信任，因为这毕竟是一种“图谋不轨”的行为。这件事的结果是由委员会作出结论，结束了监狱墙壁上挖洞的事件。

索洛维约夫以后的命运很有意思。他被调迁到萨哈林岛上当萨哈林各监狱的主管人。这是一个肥缺，然而在这里，过度的残酷摧毁了索洛维约夫的一生。他利用自己的几乎无限制的职权来做风流事。可是有些人不管堕落得多么深，总还是力求用一定的基础来维护自己的起码生活①。索洛维约夫没有考虑到这一点，纵欲过度了。萨哈林岛上的人就把他们这位长官围困起来……阉割了他。

---

① 例如，可参看我的特写《马露西雅的新垦地》中《流浪人的结婚》这一章。——原注

在挖墙洞这件事上做了索洛维约夫的得力助手的那个看守，后来被行政命令的流放犯廖赫基打死了，不过和这件事无关。廖赫基因此而被处死刑。

6
雅库茨克的最后印象。 工人巴钦。尤查科娃的悲剧

有一次，我和梅希金、亚历山大罗夫三个人在我们监狱的小院子里散步。这时候，对面有一扇窗子砰地一响打开了，窗栅栏后面出现一个囚犯的身影。

“这是巴钦[①]。”梅希金自言自语地说了一声，就向我们这院子的围墙走去，显然是要去和他谈话。

我听见过这姓氏。我经过克拉斯诺雅尔斯克的时候，谢尔盖·尼古拉耶维奇·尤查科夫对我说：我到了雅库茨克大概可以看到他的妹妹伊丽莎白·尼古拉耶夫娜·尤查科娃。她被流放到雅库茨克省的巴拉冈斯克，和工人巴钦一同从那里逃了出来。在路上，两个人都被抓住了，被拘留在雅库茨克监狱中，直到关于越狱的侦查工作结束时为止。因此，巴钦没有归并到我们这一批里来，而单独被囚禁在监狱的另一个部门里。现在他的身姿出现在窗栅栏后面了。

也许是受了后来发生的事件的影响之故吧，总之，我现在觉得，巴钦当时一出现，似乎立刻就给了我一个不可磨灭的阴森森的印象。当时在工人们中间有一派人，竭力要和知识分子隔绝。后来这些人

① 伊格纳蒂·安东诺维奇·巴钦（1852—1883），一个钳工。俄国北方工人协会会员。——原编者注

被称为“马哈耶夫分子”，因为有一个名叫马哈依斯基[①]的人最初在这方面写了一本书。然而我明明记得，当我入狱前住在彼得堡的时候，革命人士中间早就有人纷纷议论这一“流派”。彼得·阿列克塞耶夫在审判“五十人案”的法庭上极口赞扬革命知识分子，并号召工人们和他们结盟；未来的马哈耶夫分子们却和他相反，努力煽惑队伍还不壮大的革命者，使他们彼此不和。当时人们把这情况解释成是工人中某几个领导者的自尊心所致，因为知识分子参加进来之后，这些人就不能站在前列了。我当时未曾得识这一派中的任何一个代表，巴钦是我所看到的第一个代表人物。因此我对即将开始的一场谈话感到兴趣，也走近围墙去。

然而谈话没有谈得起来。巴钦的第一句话就带有虚伪的语气，他似笑非笑地对梅希金说：

“你们这一批流放犯怎么来得那么晚！……叫我们左等右等！你们为什么在路上耽搁了那么久？……是在跟长官们接吻吗？”

我看见梅希金脸上有困惑莫解的表情。

他原来显然想同他作一番严肃的谈话。可是巴钦的语调里表示他只想说几句挖苦话，甚至不知道也不打算知道他是在跟谁讲话。而一批流放犯的行程不是他们自己做得了主的，因此这句问话显然很做作，甚至没有意义。……偏偏梅希金是一个生性真挚的人。他困惑莫解地站了一会，然后猛然转过身子，继续散步去了。巴钦的通风窗又砰的一响关了起来。

以后我就不再看见巴钦。那时候听人家说，可怜的尤查科娃由

---

① 杨-瓦茨拉夫·康斯坦丁诺维奇·马哈依斯基（马哈耶夫·阿·伏尔斯基）（1866—1927），所谓“马哈耶夫派”的创始人。这是一个小资产阶级的反动流派，接近无政府工团主义。马哈依斯基在九十年代末写了一册书，叫做《脑力工人》。他在其中指出：知识分子是一个寄生阶级，靠工人的劳动来养活，却想要统治整个社会。马哈耶夫派否定为社会主义而斗争，它是马克思主义的敌人。——原编者注

于意外的原因和他同居过。他们两人从巴拉冈斯克逃出来的时候，扮成一对工人夫妻；因此在西伯利亚的一个工厂里，为了免得引起人家猜疑，他们不得不亲近起来。等到他们被捕而落入雅库茨克监狱之后，才知道尤查科娃这次越狱归来已经怀了孕。在雅库茨克，她（在我离开那里之后）生了一个女孩，为了使这婴儿多少具有明确的身分起见，她决定正式嫁给巴钦。

这实在是她的下策。后来我向人打听尤查科娃的情况，人家告诉我，说巴钦性情粗暴，易动肝火，他的肝脏是有毛病的。况且他不能原谅尤查科娃是将军的女儿，是“娇生惯养的知识分子”，不能原谅她受过良好的教育，在敖德萨的几家报社里工作过，会看英文书和法文书。在雅库茨克，早在敖德萨就认识她的一些女朋友，都劝她不要把自己的终身托付给这个人。可是她在这遥远而寒冷的西伯利亚孤立无援。越狱案的侦查结束之后，她就得出发到雅库梯州去。但她是南方人，对极地寒冷气候十分害怕，生怕在游牧民族帐篷里的艰苦生活中难以糊口。巴钦却是一个出色的工人（好像是一个铁匠），而且看来会认真地尽父亲之责。

他们正式结婚的时候，记得我还在那里。结婚后又过了几个月监禁生活，然后两人一同被送到雅库梯州，后来就在那里发生了悲剧：巴钦把尤查科娃掐死了；第二天早上，人们发现那个小女孩躺在母亲冰冷的胸怀里。

后来我从这悲剧的一个目击者而且几乎是参与者那里听到了这件事的始末，给了我强烈的印象，我将在后面叙述这件事。

7
斯塔西克·雷赫林斯基及其回忆

有一天，他们叫我到办公室去，说有一个人要探望我，获得了准许，现在正在办公室里等我。我猜测到这将是一次可喜的会面，我所要会见的那个人的形象，从童年时代起就生动地保留在我的记忆中。

读者该记得本书第一卷中雷赫林斯基所办的学馆，我们在这学馆里念过书，当时我的童心中对于我属于什么民族这个问题曾经波动过一时，而雷赫林斯基的三个儿子——尤其是我家称之为斯塔西克的那个小儿子——在这波动期间起了很大的作用。

三个儿子都是参加起义的；斯塔西克在中学毕业后马上就去参加。这个斯塔西克当时在我和弟弟的心目中仿佛是一个理想人物。他还没有到变成成年人——也就是说陌生人——而脱离我们的地步。他还完全是个少年人，面颊上长着幼儿般的汗毛，双颊嫣红，有一种孩子气的可爱相，大家都喜欢他。我的父亲被邀请参加送别晚会，在会上大发脾气，以他所固有的生硬率直的语气对雷赫林斯基夫妇说：

"你们都发疯了！大的两个就算随他们的心意吧，可是斯塔西克，要是换了我，我就把他锁起来，不放他走。他还是个孩子呀！……"

然而这建议自然没有被采纳。雷赫林斯基家的三个儿子向亲友们隆重地道了别。……最后，他们跪下来，由父母亲替他们祝福。大家淌了很多眼泪。就在这一天半夜里，三个年轻人动身走了。后来我常常梦见这个斯塔西克的各种英勇姿态，有时使我的俄罗斯朋友们感到威胁，有时使人替他本人的命运耽心。

而这命运不久就确定下来。他们三个都被哥萨克人和农民抓住了。大儿子菲里克斯当场被哥萨克的长矛刺伤，后来在克拉斯诺雅尔斯克附近某驿站上死去。另外两个，即克萨威利和斯塔尼斯拉夫，到涅尔琴斯克去服苦役刑了。

现在，他们两人之中的一个——而且恰好是斯塔尼斯拉夫——在雅库茨克监狱办公室里等我。我们热烈地拥抱，然后开始倾诉往事。斯塔尼斯拉夫的父亲——拄着拐杖走路的瓦连青老爷——早已故世了。母亲本来住在布列斯特附近已经结婚的女儿那里，但新近也故世了，临死前还和她的一个儿子——已经获得返回故乡的权利的克萨威利会见了一面。现在站在我面前的斯塔尼斯拉夫，已经是一个年近四十的中等身材的人了。以前泛溢在我们的斯塔西克双颊上的红晕，现在已经褪色，生活过早地在他脸上刻下了皱纹。

他谈到在涅尔琴斯克服苦役刑的情况时，样子很痛苦。这几年是一段艰苦的时期。

我在第一卷里描写过起义事件在波兰社会上所引起的那种感情，后来这种感情逐渐消散而让位给“冷静的头脑”了。波兰人现在只想望着经济高涨和积聚财富。这种情绪反映在显克微支的长篇小说《波拉涅茨基一家》中，并且对起义及其爱国浪漫主义多少带有轻视的态度。

这不能不影响到在遥远的西伯利亚服苦役刑的人们的心情。苦役刑牺牲者得不到来自祖国的同情，情绪就低落了。相反地，囚犯们之间闹纠纷和争吵的次数越来越多，使囚室中的生活受到危害。起初，波兰人不是孤独的。不忘记俄罗斯进军匈牙利的匈牙利人和怀抱着加里波的义勇军情绪的意大利人，也都在起义中出过一分力量。可是后来由于各自的政府的庇护，匈牙利人和意大利人都取得了回祖国的权利，于是只单独剩下波兰人了。

雷赫林斯基谈到这一段时期，认为是最艰苦的时候。波兰政治苦役刑犯的作风腐化了。事情竟弄到这样的地步：有一次，有一个过去参加起义的囚犯，根据狱友们的决定，被鞭打了一顿。……

过了不多久，第一批俄罗斯革命者加入到波兰人的团体里来了，这些人便是：卡拉科佐夫分子，“星期学校派”[1]，宣言传播者[2]。后来车尔尼雪夫斯基也被押送到涅尔琴斯克来服苦役刑了[3]。雷赫林斯基谈到车尔尼雪夫斯基时满腔热情，他这次叙述中的某些情节，后来被我引用在我所写的关于车尔尼雪夫斯基的回忆录里[4]。然而这只不过是雷赫林斯基的富有意义的叙述中极小的一部分，当时我曾力劝他把这一切全部记录下来，并且答应尽力替他设法发表，不是发表在波兰杂志上，便是发表在俄罗斯杂志上。

后来，已经是在我回到中央俄罗斯之后了，他果然这样做了。但是这些富有意义的回忆录遭到了悲惨的命运。

这几年，雅库茨克住着我在彼尔姆认识的一个朋友，名叫亚历山大·亚历山大罗维奇·克利尔。关于这个人，我在前面叙述我的彼尔姆生活的一章里提到过。他常常被认为政治上不可靠；他被调职到遥远的雅库茨克，大概正是为此。他在这里，像在彼尔姆时一样，和政治流放犯们很接近。这时候，在雅库茨克的行政命令流放犯之中有一个人叫做塔塔罗夫。凡是熟悉他的人，都说他很能吸引人心；大家对他怀着极大的好感。克利尔也和他亲近起来。

有一次，这位塔塔罗夫来告诉他一个可惊的消息：他从可靠方面得悉，克利尔不久将受到一次搜查。他问他：“要不要把什么东西藏藏好？”克利尔和雷赫林斯基也很熟悉；雷赫林斯基在这以前不久死去，临死时

---

① 指六十年代初期广泛流行的免费星期学校的活动家。1862 年，这些学校停办了，就在这时候，发生了在星期学校学生们中间传播革命思想的案件。在这案件中受到牵连的有外科医学院的学生霍赫略科夫和别涅伏连斯基。参政院把两人都判了苦役刑，后来别涅伏连斯基改为流放西伯利亚。——原编者注

② 柯罗连科所说的宣言传播者，显然是指米·伊·米哈依洛夫、《年轻的俄罗斯》宣言的作者彼·格·扎依奇涅夫斯基以及彼·达·巴洛德等人。——原编者注

③ 车尔尼雪夫斯基于 1864 年 8 月被押送到涅尔琴斯基（卡达雅矿场）服苦役刑，1866 年末从那里转解到亚历山大罗夫工厂城。——原编者注

④ 柯罗连科在 1889 年 4 月结识车尔尼雪夫斯基，几个月之后车尔尼雪夫斯基就逝世了。次年，柯罗连科就趁印象犹新的时候写了《回忆车尔尼雪夫斯基》一文（见俄文版《柯罗连科全集》第八卷）。——原编者注

把自己的笔记留给克利尔，托他转交给我。克利尔得到了这个惊人的消息，就把笔记交给了塔塔罗夫，因为后者不久就要回到中央俄罗斯去。

不料这个塔塔罗夫是个密探。这件事是在中央俄罗斯开始被发觉的。而且发生了这样的情况：两个密探——阿泽夫[①]和塔塔罗夫开始在革命人士中互相揭发。

结果阿泽夫比较机灵，他在自己被彻底揭穿之前，说服了革命者去参加对塔塔罗夫的秘密侦查。

于是塔塔罗夫被严酷地杀死了。当时他正同当司祭的父亲和母亲一起住在华沙。……

有一次，司祭家里来了几个陌生人，要见他的儿子。那时候塔塔罗夫已经在提心吊胆了，他只同意在前室里当父母亲面前接见这些陌生人。这预防措施并未见效。他一走进前室，来客中的一人就向他扑过去，当他父母亲的面用匕首把他杀死。母亲奔过去保护儿子，被枪弹打伤了。

那时候的恐怖手段就采取这种方式。雷赫林斯基的笔记就此丧失，没有落到我手里。

我离开雅库茨克监狱的时候终于来到了。索洛维约夫的阴谋即使在吏治极度腐败的当时，在总督阿努钦的支持下，也未能实现。委员会发表了意见，于是，凿穿监狱墙壁的事件就不了了之。同时，被拘留在雅库茨克的行政命令流放犯和服满苦役刑的囚犯们到了该遣发的时候了。

我也就被遣发到雅库梯州去了。

---

① 叶甫盖尼（叶甫诺）·菲里波维奇·阿泽夫（1869—1918），一个奸细。从1893年起当警察厅的爪牙。社会革命党产生后，他加入到这队伍里，成了其“战斗组织”的领导人物。在参加恐怖活动的同时，阿泽夫还搞背叛活动。1908年，他的警察厅走卒和奸细的身分被揭穿。沙皇政府给他机会到国外躲避。——原编者注

第四卷

第一章　雅库梯州

1
勒拿河上

关于虚构的挖墙洞事件的侦查工作终于结束了。委员会作出了结论，索洛维约夫的诬告已经显然无可置疑。但这诬告是“意图良善”的，因此在阿努钦看来并不能损害索洛维约夫的名誉。不过现在没有理由可以把行政流放和苦役刑期满的罪犯扣留起来而不加以遣送了。

在雅库茨克监狱里，这样的罪犯有好几个，米哈伊尔·彼得罗维奇·萨仁也在其中。这人有过一桩突出的事件。他奉旨戴上了镣铐，记得我来到雅库茨克时，看见他还戴着这装饰品。俄国的专制君主们在百忙之中竟有闲暇来关注这样的琐事。亚历山大二世曾从高高的宝座上提示屋主们要“看好自己的扫院人”。亚历山大三世抽出时间来查阅一下遣送到西伯利亚去的人的名单，看见其中载着一个有名的巴枯宁分子的姓名，就吩咐给他戴上镣铐。因此，当这一批囚犯来到雅库茨克，当局按规定给大家除下镣铐来休息一下的时候，对于萨仁就觉得难于处理：需要专门为他去请下一道圣旨来，方能除去他的镣铐。

十一月六日，他们叫我到办公室去，还嘱咐我随身带着行李。我就和狱友们道别。经过互相祝愿和几次热烈的拥抱之后，我带着俄国革命的这一最悲惨时期的印象，走出雅库茨克监狱的政治犯部门去了。

一个宪兵和一个押送兵已经在办公室里等我。在雅库茨克，“有油水的”出差是由两个部门来分担的。宪兵自然算是上级。我好奇地望望这两个人，因为我将要和他们一道走最后一段也许是最艰苦的路程。

那宪兵是一个瘦削而神经质的人。押送兵则反之，动作迟钝，精神萎靡，是一个又肥又蠢的懒汉。我预感到在路上我将要受到他的笨重身躯的强大的压力。他们两个见了我，态度都很殷勤。到雅库茨克约有三千俄里。在秋季里照理要驾四匹马，而其实驾三匹马是毫无问题的，有的地方要是顺利，也许两匹马也对付得了。……当我提出需要买一些旅途上用的食品的时候，那宪兵指着他们预先储备好的两袋东西对我说：“我们可以从你的伙食费里扣算。”

晚上七点钟光景，我们动身上路，在苍茫暮色中经过雅库茨克，向北方行进。到了城郊，在我眼前展现出一片缓斜的山地，越远越高，上面长满树木。山峦起伏的远方一片模糊、朦胧晦暗。……到了城郊，马车夫把在黑暗中吟唱悠长歌调的车铃解除了。于是但听见车轮在冻结的土地上辘辘滚响。

我的两个解差在揣度，他们是否能在勒拿河上走水路，即使只走一段也行。他们可以在卡楚加买一只“什底克船”（一种小型的运货木船），这对他们说来是十分“经济”的。他们在各个驿站上向迎面来的行路人探问：从卡楚加开始，还有没有水路可走？而在这时候，我的记忆中飞逝过好些亲爱的人的形象，我离开他们越来越远，正在向不可知的黑暗中走去。

我的解差的打算未能实现，因为河面已经开始冻结，经过卡楚加之后，我们还是得坐驿马车。这件事使宪兵的情绪大大地恶化了，他老是在那里计算“他们为此而损失了多少”。后来在一个驿站上同“契尔克斯人”会面的事（我曾把这件事十分正确地描写在《契尔克斯人》这短篇小说①里），使这宪兵完全陷入了厌世的状态中。金矿盗窃者们的这个代理人运一批金子到雅库茨克去卖给中国人。如果宪兵真的抓住了这个代理人，那简直是一次极大的成功，一切“经济”的盘算在这成功面前都会黯然失色。然而契尔克斯人知道有危险性，小心戒备着，终于给他溜脱了。这件事又和押送兵的动作迟钝有关，他把武器忘记在车子里了，这就引起我这两个解差恶狠狠地攻击并争吵了一番。我不由得想：如果这件事不是这样了结，也许我会亲眼看到一次真正的劫掠性悲剧了。而现在，那个劫掠者带了一宗极大的财富向雅库茨克方面去了，宪兵只能倾听着他的粗野的叫喊声随着这方向渐渐地静息下去。当时还没有电报可以利用啊！……

勒拿河一开始就以这样一种严酷的劫掠性印象接待了我。宪兵只办成了一件事，即向契尔克斯人廉价买得了一辆很舒适的轿式雪车，他从他那里得到一张交割这雪车的字据；过了几个站头之后，我们就换乘了这雪车。

我们在供雪橇行驶的沿河路上走了一百俄里光景，然后驶下岸坡，来到了裂缝中（当地居民称勒拿河河面的路为“裂缝”）。我时时揩拭着我们的雪车的窗玻璃，从中窥看勒拿河两岸的荒山野地向后移行的光景。群山上往往罩着浓密的云雾，风从裂缝中把它们吹送过去。在我这个平原居民看来，这光景雄伟严肃而阴森逼人，然而毕竟是令人惊异的美景。一连好几天，我对这景色贪看不厌；有时甚至在半夜里也要从窗中窥探，看月亮高高地在阴森森的峭壁巉

① 见俄文版《柯罗连科全集》第一卷。——原编者注

岩上移行的景象。

在离威尔霍连斯克不远的地方，我看见勒拿河左岸有一座山的顶峰上矗立着一块巨石，生得很奇怪，狭小的一端向下。马车夫指着这石头对我说，这块石头被称为“巫师石”，大概是因为原始林里的通古斯人和他们的巫师们每年要聚集到这里来举行两次“主教礼拜式”的缘故。后来我听人说：这块石头从老远就望得见的高处被人推了下去。大概东正教僧侣们认为巫师们的崇拜偶像的礼拜式是蛊惑人心的。

在威尔霍连斯克之后，我们经过了位在勒拿河中一个岛上的基连斯克城，并没有在那里停留；后来又从隐藏在浓雾中的金矿府维蒂姆旁边经过。没有经验的马车夫在威列杜依斯克和克列斯蒂两驿站之间迷了路，使我们在杂乱的冰块中间艰难地行走了几乎一整夜。这些冰块堆积得乱七八糟，简直令人难以想象，有时堆成好几座庞大的冰塔，在秋季汹涌的流冰期间被河水冲来冲去，互相碰撞。

2
我在勒拿河上的幻想

在走这一段旅途的期间，有一种景象一直以极大的力量牵动着我的想象力。其中仿佛综合了三月一日之后我在彼尔姆和雅库茨克所得的印象。

在这寒冷的高空中，我似乎看到有两个形象：亚历山大二世和他的谋杀者瑞略波夫。

有其始——像亚历山大二世当初开始时那样——必有其终！……在我的回忆中，他只是一个受害的可怜而不幸的人。“载我到宫殿里去，……我要死在那里……”于是人们把他载回宫殿去，一路上鲜血淋淋，一直到这可怜的人身体僵冷为止。

在谋杀沙皇一案的主要组织者瑞略波夫身上，据我看来，就像在一个焦点上一样，集中着俄罗斯知识分子在亚历山大二世统治期间的全部悲剧。大家都知道，瑞略波夫的被捕要早几天，是与谋杀沙皇一案无关的，但他自动声称参与其事，为了正义而要求把他归并到雷萨科夫这案件中去。他认为单是雷萨科夫一人，这案件太平淡，为人民所不能理解，所以他贡献出自己的生命，好使这案件丰富多采些。除了自身以外，他把一个心爱的女人索菲亚·彼罗夫斯卡雅[1]也推上了断头台。参加三月一日案件的人物虽然十分丰富多采，这案件——就算不平淡了吧——在人民看来总还是像以前一样不可理解。人民群众记得，被杀害的沙皇曾经解放农民，现在沙皇的敌人虽然临到了被处死刑的时刻，他们的爱和恨在人民群众看来还是十分隔膜的。

现在，当这出悲剧结束了的时候，我似乎觉得他们两个已经互相理解而言归于好了。他们从高空中眺望着自己的冷冰冰、阴沉沉的祖国，正在这里寻找一条真理之路，——是这真理使他们成了死敌，然而我觉得当沙皇解放农民的时候，当这位革命家同当前的反动势力斗争的时候，正是这真理以独特的方式鼓舞着他们。后来，这真理淹没在曲折的生活道路中了，把一个导向悲惨的死亡，把另外几个送上了断头台。当三月一日案件的参加者们高高地站在群众面前可耻的台上时，从下面人山人海之中传来了一片威严而含有敌意的喧哗声。俄罗斯人民群众只看见了真理的一半。他们记得亚历山大二世是解放农民的沙皇，却不懂得他在反对自由方面犯下了多少罪行。对于那些把自己生命贡献给人民的人的爱和恨，人民并不理解。而其实和解的可能是存在着的；现在我似乎觉得，牺牲者和

---

① 索菲亚·里沃夫娜·彼罗夫斯卡雅（1853—1881）曾参加“土地与自由社”，民粹派分裂后加入民意党，任执行委员会的委员。在 1881 年 3 月 1 日的事件中担任领导角色。1881 年 4 月 3 日被处死刑。——原编者注

谋杀者双方都在察看自己的阴森森的祖国，正在寻找这种和解。

在勒拿河上漫长的旅途中，我的思想屡屡回溯到这一主题上。夜间我并不入睡，揩拭着冻结的车窗玻璃，察看那寒冷的月亮在阴森森的山岩上空高高地移行的景象。当我来到驿站上时，我就设法把手烤暖，写下这诗篇的内容来，哪怕只写一段也好。然而驿站上的人远远地听见我们的车铃声，就做起准备工作来。因此我刚刚烤暖手，在小本子上动手写了一些形象和感想，驿站长就来通知说马准备好了。于是只得重新走到冷空气里，坐进雪车。这两个形象就又顽强地盘踞在我的想象中了。

不久以前，我找到了这些笔记本之中的一册，旧时的笔迹使我重温当时的心情①。我眼前浮现出一个革命家来，这人离开了杂乱的斗争，被押送着走我现在所走的这条路。他也像我一样眺望着这夜空，像我一样感觉到没有人民参加的斗争是一个绝望的悲剧。同样的思想占据着他的心灵，于是他向自己提出一个问题：在这冷冰冰的世界上何处有真理？……“严寒——荒凉的北方的伟大统治者——压缩着空气。霜像大块棉花一般纷纷而降，在月光底下闪闪发光。大河发出隆隆之声，宛如大炮正在射击。这是冰块由于严寒而爆裂的声音，冗长的轰隆声在河面上停留了好一会，然后远远地传到山丘和峡谷中间去了。……一八八二年②圣诞节的子夜就这样来临了。车铃吟唱着它的悠长的、如泣如诉的歌调，那个流放犯就

---

① 记载着这些感想的1881年袖珍记事册保存在柯罗连科的档案里。这记事册上载有柯罗连科从彼尔姆到雅库梯州阿姆加村这一段路程的全部记录，其中详细地列举了各驿站的名称，计算了其间的里程，并记载了一路上发生的事件。这记事册里有九幅素描：西伯利亚风景，驿站，骑士像等。这里还有几篇艺术性题材的草稿。记录是用铅笔作的，字写得很小，有的地方磨损得十分厉害，要费不少力气才能看清楚（而且不是全部看得清）。在写《我的同时代人的故事》第四卷时，作者利用了这些旅途笔记。这记事册上艺术性题材草稿中的某些篇幅曾发表在国家文学出版社1935年出版的柯罗连科的《记事册》里。——原编者注

② 大概是1881年之误。——译者注

像我一样记录着狂热的头脑里所产生的思想。他的手稿传到了俄罗斯恐怖主义革命者们那里。但是那里还在继续进行斗争，因此在他们看来这种心情和‘何处有真理?’这样的问题是奇怪而不可解的。于是在手稿的反面用果断而粗大的笔迹写下这样一段话：‘天哪，这真是无稽之谈！我们这位亡友本来头脑是十分清醒的，这些幻想显然是他患了奇怪的脑病的结果。他终于发生了幻觉，把沙皇幻想成一个“威力无边而追求自由的”国君。怎么会产生这样痴心妄想的念头啊！……然而他以前毕竟是一个出色的人，曾经为我们的共同事业作很大的效劳。因此，伏尔契歇好友，务请尽力设法实现这位亡友的愿望，把他的稿子送交××君。对于这部把不可和解的事说成和解的幻想诗篇，我不知道她将如何处理；然而她似乎是知道的。’……”

这诗篇终于没有完成。不久，别的思想和别的印象排挤了这些荒凉的勒拿河上的幻想。我之所以要在这里引证这些没有系统的片断，是因为这些片断综合了我从三月一日的大悲剧所得到的印象。这悲剧是全体知识分子的悲剧，也许竟可说是整个俄国的悲剧。社会上的人士都意识到这悲剧。那时甚至连谋杀沙皇的恐怖分子也邀请俄国专制君主走和平的宪法改革的道路了。……

3

受十二月党人培育的人。叶甫格尼雅·亚历山大罗娃

我们一直在勒拿河的冰面上往前行驶。到了津纳雅驿站上，我碰见一个迎面走来的路人。这是一个西伯利亚本地人；但是他的外貌上遗留着似乎与西伯利亚不相干的往昔的痕迹。他身材不高，长得很胖，然而那样子还是使我想起彼尔姆的省长叶纳基耶夫——即

那个“十八世纪人物”。可惜我现在忘记了他的姓氏。我只知道他生长在西伯利亚西南地区，受到十二月党人的培育。他递给我一杯茶，把一些西伯利亚干点心推近我来，对我说：

“是的，我们的西伯利亚受到了教育，受到了教育！从前受十二月党人的教育，现在受到你们革命人士的教育。俄罗斯把你们放逐出来，而西伯利亚接待你们，把你们看作对自己有益的人。在不很久以前，我就像这回遇见先生您一样遇见了一个年轻的姑娘，叫做叶甫格尼雅①·亚历山大罗娃。也许您知道这个名字？……她为了爱她的未婚夫，就到维霍扬斯克去找他。她的未婚夫就是阿-夫先生。大概您也听到过？”

这姓氏我确是知道的。阿-夫就是彼尔姆的宪兵莫洛科夫讲给我听的那个行为很古怪的流放犯。他曾向所有的县监狱呼唤他未婚妻的名字。那么看来他的未婚妻现在已经经过这里去找他了。……这位受十二月党人培育的人看见我对这消息感兴趣，就继续用感动的声音说：

“从童年时代起，我就保留着关于十二月党人的妻子的回忆——譬如公爵夫人奥鲍连斯卡雅②，特鲁别茨卡雅③等人。……现在，这种为爱情建立功勋的高尚行为重又在我们眼前出现了。这个年轻的姑娘抛弃了家庭，离开了亲人，到北极圈里来了。而且她身上衣服单薄，哪里像是在西伯利亚穿的。她向我告别，在严寒的天气里坐进雪橇去，我看看她……您可相信，竟落下眼泪来了。……是什么命运在等待着这位可怜的姑娘啊？……”

后来流放归来的时候，我结识了叶甫格尼雅·亚历山大罗娃。

---

① 叶甫格尼雅的小名是瑞娘，见本书第三卷第四章第一节。——译者注

② 大概是指玛丽亚·尼古拉耶夫娜·伏尔龚斯卡雅（1805—1863），娘家姓拉耶夫斯卡雅，是十二月党人谢尔盖·格利果列维奇·伏尔龚斯基的妻子。——原编者注

③ 叶卡捷琳娜·伊凡诺夫娜·特鲁别茨卡雅（母家姓拉瓦尔，死于1854年），十二月党人谢尔盖·彼得罗维奇·特鲁别茨基的妻子。——原编者注

这果然是一个讨人欢喜的好姑娘；然而我那位浪漫主义的西伯利亚人如果知道了他所极口称赞的这位姑娘的功勋是一个错误时，不知他又该说些什么了。这姑娘克服了重重障碍去见未婚夫，不久就同他解除婚约，回到了俄罗斯。

在穆赫图雅驿站上，当我和解差已经准备出去上车的时候，忽然听见驿站门前一阵车铃声，一个新来的流放犯连滚带跌地闯进我们室内来。这人姓布利奥特①。他从司书那里知道了我的姓名，立刻奔过来像一个亲人那样拥抱我。原来他是从克拉斯诺雅尔斯克来的，——直接来到此地，中途并没有在雅库茨克停留，——而且他很熟悉我家亲人们的情况。可惜我们的马已经套好，而这些勒拿河种的马训练得很差，在严寒中要它们站着不走是很困难的。因此我只能听布利奥特极简短地报导一些关于亲人们的消息，就和他道别了。和布利奥特同行的有他的年轻的妻子和两个可爱的女孩子。……这天夜里我很少想亚历山大二世和瑞略波夫的事。我的思想一直被可爱的亲人们的形象占据着。

不久，邮车赶上了我们，使我们十分欣慰。勒拿河上的邮车行列呈现出一种奇特的壮观，虽然这一次规模比往常小些；有一辆供邮递用的三套车留给我们用了。我们加入了邮车行列，因此走得比通常快些了，有时甚至超过邮车，先到驿站。等我们到站之后，才听见一大队三套车在叮当声和叫喊声中从勒拿河的河面向岸上驶来。后来我们出发前进的时候，看见驿站上所有的人都在为新到的邮车队张罗。这工作每次都很复杂、困难。在这里，邮件运送工作是古

① 巴维尔·尼古拉耶维奇·布利奥特（生于1851年左右）本来是法国人。曾参加喀山广场上的示威游行，被放逐到雅库梯州的奥列克明斯克受警察监视。1881年6月转解到米努辛斯克，后来大概是由于拒绝宣誓的缘故，又从那里被送回雅库梯州。——原编者注

代“驿村”制度的残余，驿车夫们那时候是受“皇上的薪俸”的。这些驿站人员的特殊的生活情况，我到了流放回来的途中才详细知道，那时候我曾和两个同伴以逐站遣送的囚犯身分在还未冻结的勒拿河上走了一个多月。现在我们只是偶尔听到这些受国家奴役的人诉说驿吏们的可怕的剥削。驿吏们的行径同富农如出一辙。驿站村里的人越是穷困，非担任邮件运送工作不足以维持生活，这种运送工作的条件也就越苛刻[①]。

4
苦闷的裁缝。到达雅库茨克

过了瑞尔保夫斯卡雅驿站之后，就不再是雅库茨克省的范围了，我们进入了雅库梯州的奥列克明斯克山区，一路上经过几个驿站，又经过了隐蔽在雾气中的金矿府（即勒拿河上金矿开采公司的大厦[②]）。在有一个驿站上，我疲惫不堪，倒身在木炕上，刹那间就睡着了。有一个人纠缠不清地来拉扯我的肩膀，把我弄醒了。我睁开眼睛，看见身旁站着一个人，身材并不高大，穿着一身崭新的、漂亮的灰色西服。他用抱歉和恳求的眼光望着我。

“请原谅我，先生，我吵醒了您。可是，看在上帝面上，请您看看我。”

他从头上摘下崭新的帽子来，把它翻来覆去地给我看。

“您看呀，嗳，不，只求您看一看。恰普卡！”

我知道“恰普卡”这个波兰词是帽子的意思，然而这仍然不

① 勒拿河上驿站人员的生活情况由作者描写在《皇上的驿车夫》这短篇小说中（见俄文版《柯罗连科全集》第一卷）。——原编者注

② 柯罗连科曾把这种金矿府之中的一个描写在《封建主》这篇特写里（见俄文版《柯罗连科全集》第一卷）。——原编者注

足以说明他为什么要弄醒我。这期间陌生人站定了脚跟，在我面前把身子扭转来，好像在摆姿势的样子，他脸上照旧保留着恳求的表情。

“卡米捷尔卡（背心），沙拉维列奇基（裤子），苏尔杜特（上衣）……”他把这套西服的组成部分一样样指给我看，用波兰话说出它们的名称，一方面继续在我面前扭来扭去，仿佛装着弹簧发条似的。“嗳，不，只求您看一看，求求您，看一看吧，……这不是很好看吗！……”

起初我以为这个奇怪的人喝得酩酊大醉了。然而他并没有醉。这是一个裁缝，从彼得堡流放到这里，对自己目前的工作感到烦闷了。不久以前，他被一伙金矿职员邀请去。这些职员大都是波兰人，他们订购了一大批形形色色的衣料到金矿地来，好像竟是从巴黎订购来的。这裁缝在金矿府度过了好几个星期，给所有的订货人缝完了衣服；他们除了付给他工资以外，又送了些衣料给他自己做衣服用。从这时候起，他认为用波兰话来称呼衣服的名称是最得体的。然而真可惜，他终于不得不离开热闹的金矿地，回到勒拿河上这个孤寂的驿站上来。

后来我总算懂得了他的要求。每逢听到驿马车的铃声（这在这里不是常有的事），他立刻穿上这套新衣服，跑到过路的旅客面前去尽情夸耀……“恰普卡，卡米捷尔卡，苏尔杜特，……嗳，不，只求您看一看，先生，只求您瞧一眼！……求求您，再从这边来看看……”

驿站的司书讲给我的两个解差听，说不论什么时候，只要一听见驿马车的铃声，哪怕是在半夜里或清晨，他就立刻在自己的帐篷里醒过来，匆匆地穿上这套礼服，跑去给过路客人看。他看见我是个有文化修养的人，就急切地向我奔过来，再三地恳求我看看他。……

我想到这个可怜的人的无聊之极的生活，忧从中来，不觉有所感触：我将来到达了某处穷乡僻壤的流放地，会不会也像这样苦闷呢？因此我对他这套富丽的服装表示了极大的兴趣，一直称赞到我们的马匹准备好了的时候。为了感谢我的好意，他走到驿站的院子里来送我。

"的确很好吧？……"这是他最后的一句话，那时候我已经坐到车子里去了；他的眼睛望着我，眼光中照旧流露着复杂的表情：一方面是欢喜之情，另一方面是对自己的怜惜。……我想，他大概会突然放声大哭起来。

在将要到达奥列克马河的时候，有一些通古斯人的驮载商队向我们迎面而来。载货的鹿长着翘向背后的多枝的角，在重荷之下摇摇摆摆地前进；有几只鹿身上还坐着沉甸甸的通古斯人，两条腿向前伸展着。这些是勒拿河岸的捕兽人，他们从原始林里出来，把秋季的获物运出去卖掉了，然后尽力采购一些自己过冬所需的东西。有一次，我们就在这样的情况下碰到了一个所谓通古斯公爵。他的样子像一座塔楼，有一个族人在一旁急匆匆地跟着他跑，一面听取着他的命令。这族人显得那么顺从，那么渺小，使我不由得想起：在我们祖国还有多少难以根除的奴隶性啊！……马车夫乃至我的宪兵解差都对这"公爵"表示极大的敬意。

全靠和邮车在一起，加快了速度，到了十一月二十四日，雅库茨克的灯火终于闪现在我眼前了。暮色渐渐降临，空中飘着疏疏落落、寒气逼人的雪。一大片一大片的荒地被一堆堆的房屋和帐篷所代替了。有几个地方的住屋是当地人所谓的"库房"，这就是俄罗斯式的用圆木建筑的房子；有几个地方则是普通的帐篷，壁面倾斜，用大冰块来代替窗子。到了暮色苍茫的时候，我被载送到了一所深色的二层楼房面前，这里住着州长，设立着他的办公厅。

5
雅库梯州长车尔涅耶夫

那时候雅库梯的州长是车尔涅耶夫。这人身材魁梧，脸型粗大而缺乏表情。他出来接见我，把我这个新流放犯仔细打量了一下，一句话也没有说就走了。后来我听人家谈起他过去的升迁史。

他是一个西伯利亚哥萨克人，在修筑贝加尔湖环湖公路的时候曾经在押送队里服务。在这建筑工地上工作的也有一些苦役犯，其中包括以前的波兰起义者。我至今一直觉得奇怪，我们对于我们历史中的一些突出事件是多么不关心啊。譬如说，很少有人知道：在这次工事中，波兰人曾打算在西伯利亚发动一次新的起义[①]，目的是要偷偷地逃往中国境内。这件事的设计和实行都很不妥当，不久起义就被镇压下去。然而有一个时期贝加尔湖曾被武装起义者用火力包围起来，俄罗斯政权的代表者们被捕获而当了俘虏。车尔涅耶夫也经历了同样的遭遇。据说爱嘲弄的波兰人把他当作牲口让他从贝加尔湖替他们运水到营房里去。这种独特的“为祖国受难”为他的前程打下了基础，尽管他毫无行政才能，结果还是给他当上了州长，——虽然是雅库梯州的，但毕竟是一州之长。

这个人心地温厚，然而毫无能耐。他手下的官员们任意摆布他；后来我也曾亲身体会到这一点。

由于我在雅库茨克耽搁得太久，我的公文比我先到达了雅

① 柯罗连科在这里提到的波兰人在贝加尔湖环湖大道上的起义事件发生在 1866 年 6 月到 7 月之间。——原编者注

库茨克[1]，因此我的指定流放地点已经确定了。办公厅里的官员告诉我，说我被指定流放到阿姆加大村，这村子离开雅库茨克约三百俄里，是属于巴图鲁斯山乡的。那官员还补充说：这是一个很大的村子，村里有一个教堂，两家小铺子，一个邮局。看来我被指定到这地方去，是全靠雷赫林斯基同州长办公厅里一个有权势的人物彼达欣科有交情的缘故。

后来我被送到监狱里去，这监狱是一所宽敞的木造房屋，位在城郊很远的地方。我在这里碰到了一个狱友——政治流放犯阿纳尼·谢苗诺维奇·奥尔洛夫[2]，他已经被指定送往巴图鲁斯山乡，这就是说，要和我做邻居了。大约三天之后，他就出发到那里去。我们预先约好：如果有可能的话，我们到了那里再会面。

十一月二十九日，我也出发向这方面去了。

6
最后一次移解

在这最后一次移解时，只有一个哥萨克人来押送我。这是当地哥萨克人之中的一个代表人物，年纪还很轻，心地很质朴。这些哥萨克人十分善于适应严寒的气候，然而他们毫无一点威武精神。当地有一种鞋子叫做“软底毛靴”，是他们常穿的，甚至在参加大检阅时也穿它，因此人们讽刺地称他们为“软底毛靴军队”。

---

① 在流放犯分配名单中对于“1881年11月24日抵达雅库茨克城之国事犯柯罗连科”有这样的评语：柯罗连科系“识字人，靴匠，画家”；而在“关于受公开监视之符拉季米尔·柯罗连科”的资料中有这样的话：“因此人对政府怀有敌意并曾进行危害活动，故交警察监视。”——原编者注

② 阿纳尼·谢苗诺维奇·奥尔洛夫（生于1851年左右，卒于1887年左右）1880年被捕，应流放东西伯利亚。出发前在维什尼伏洛乔克监狱中拒绝向亚历山大三世宣誓，为此而被流放雅库梯州。——原编者注

这一天天气晴明，寒气逼人。驿车夫们时时勒住马匹，伸一个指头到它们鼻孔里去挖出很长的冰箸来。不作这预防措施，马跑着跑着就会突然倒下来死掉。

旅程将要结束的时候，道路进入了所谓阳马拉赫溪谷。这是位在两个缓斜的山岭之间的一片凹地，山岭上长满落叶松林。有时在这些树林的深色的背景上高高地升起一条笔直的烟来。这表示附近有一个居民点或调换马匹的驿站。这些帐篷一个个孤零零地散置在树林里。家户毗连的村庄我们从来没有碰到过。

从某一个时候起，开始有一种奇怪的声音传到我耳朵里来。除了滑木在雪地上发出的单调的吱吱声和原始林的啸声之外，又出现了一个声音，像是牛虻的嗡嗡的叫声，这叫声不时地被一种呜咽声所打断。我困惑莫解地向四下里张望，努力探求这声音的来源。哥萨克人看见这情况，就微笑一下说：

“这是他在唱歌。你还不习惯吧。”

这果然是一支雅库梯歌曲——是一种从喉头发出的悠长的哀怨之音。歌曲开头的一个音是“啊哏——”……这音无尽止地拖延下去，有时转了调，变成几近于歇斯底里的号泣哽咽声。这种奇怪的声音同滑木的吱吱声和原始林的均匀的啸声奇异地融合在一起。……①

天色向晚。我们决定在一个驿站上取取暖，痛快地喝一次茶。于是我们作了一次途间休息。女主人立刻着手张罗起来。她给我们端来了茶炊，就钻到帐篷的暗角落里炉子后面去了，从那里传出单调的营营声来。

“她在磨面粉来做饼。”我的哥萨克人向我解释。

我向炉子后面张望一下，看见我们的女主人正在那里忙着。她

---

① 柯罗连科的档案里保存着一本袖珍记事册，记的是1880—1882年间的事。这里面记载着听了雅库梯歌曲后的印象，大概就是这位作家在去阿姆加的途中所写的。他的未完成草稿《歌曲》和《艺术家》也描写了这个题材。——原编者注

脱去了衣服，连衬衫都不穿，只穿一条毛皮裤子和一双筒子上绣花的软底毛靴。但她还是浑身是汗，大滴的汗珠从脸上和身上滚滚而下。有时她走到炉子边，从靴筒里取出一只短烟斗，吸起烟来。这时候，帐篷里全体女眷都聚集拢来，她们挨着次序你一口我一口地吸烟，一面毫无礼貌地打量着我们，对我们发出种种议论。有时女人们叽叽喳喳的话声中突然迸发出一阵阵愉快的哄笑声。哥萨克人试图说几句笑话来把她们对付过去，但是立刻屈服下来了；我就更不消说，完全失去了自卫的能力。后来女主人又走到炉子后面去，从那里又传出手磨的营营声来①。

我当时想，用这样的磨子来磨面粉，还是荷马时代的事。一块磨石固着在一张不很高的小桌子上。另一块磨石靠一根管子来转动，这管子装在帐篷转角处两个壁面之间的一块板上。用手转动上面这块磨石，面粉就静悄悄地撒到桌子上来了。女主人磨好了足够做一个大饼的面粉，把它和成面团，就在熊熊的炉火面前烤出一个饼来。

这时候外面传来一阵车铃声，不久就有一个新到的旅客走进帐篷来，随身带来一团团浓烈的寒气。他在炉子面前脱去外衣之后，我才看清楚了这是一个年轻的哥萨克人，我觉得他简直像我的解差的孪生兄弟一样：也是不长胡子的，也是很年轻的。他从维霍扬斯克来，要送一个紧急公文到州长那里去。

“老兄，你们那里有什么新鲜事儿吗？说来听听……”我的解差说。

两个哥萨克人坐在奥隆（帐篷的倾斜的壁面底下的木炕的名称）上了，那个来客就低声地讲出一个确实惊人的消息来：有几个陌生人从海里走雅纳河来到他们那里。这些人乘着一只小艇前进，一面

① 柯罗连科大概当时就在自己的记事册里画下了这个雅库梯女主人在手磨上磨面粉的样子。这记事册里还有几幅速写，也是柯罗连科在雅库梯州所作的。——原编者注

测量河水的深度，派遣报信员到后面去，仿佛他们后面的河上有一只大船在开来，而他们只是来打先锋的。他们就这样到达了这城市（维霍扬斯克），——只有一只小艇而并没有大船，——县警察局长不知道拿他们怎么办。他想暂且把他们关到牢房里去再说，但是被政治流放犯们劝住了。流放犯之中有一个人懂得这些外来人的语言，就同他们谈起话来；后来他对县警察局长说：

“你不要把他们关到牢房里去，而要客客气气地接待他们。这样做包你不会后悔。”

现在这个哥萨克人便是匆匆派去给州长送紧急公文的；居民们都弄不懂是怎么一回事：这些陌生人不知是来打仗的，还是来讲和的。

我的解差全神贯注地听伙伴讲完了这件事，悲伤地叹一口气说：

“唉，老兄……要是来打仗的，那他们会把我们统统征服。……”

维霍扬斯克的哥萨克人悲哀地同意了这个不愉快的结论，然后他痛快地喝了一会儿茶，重新穿上衣服，用了为我们准备着的马匹，坐上车向雅库茨克奔驰而去。

过了一两个月，全世界传遍了一个消息：“琼耐塔”号的乘员找到了。“琼耐塔”是一只到北极去探险的美国船，在西伯利亚北岸某地的冰块之间遇难，全体乘员不知去向。旧大陆和新大陆的报纸都很关心这些乘员的命运，曾经向北冰洋岸上的游牧民楚克奇人打听各种各样的消息。但是后来音信全无了[①]。

而现在这个头脑单纯的哥萨克人的口袋里揣着一个消息，这消

① 美国轮船“琼耐塔”号在中尉德·朗的率领下于1879年7月3日从旧金山出发到北极去探险。9月5日，在格拉尔德岛附近的地方，“琼耐塔”号遇到了流冰，在二十一个月的期间一直被冰块带往西北方向去。1881年6月30日，这船被冰块夹住，沉没了。但上面的小艇、雪橇和粮食都被搬运到了冰上。全体乘员尽力设法步行到西伯利亚海岸边去，然而冰块把他们带往西北方。以后他们就在小艇上进行勘察。这些小艇驶近勒拿河河口的时候被暴风雨冲散了；其中一只小艇不知去向；另一只小艇上的全体乘员——即以德·朗中尉为首的十二个人——冻饿而死；还有一队人（由中尉梅尔威尔率领）被通古斯人所救。——原编者注

息将要惊动全世界的报纸：失踪了的“琼耐塔”号乘员来到了维霍扬斯克，使当地的县警察局长不得不在两种对付方法中选择一种：不是客客气气地接待他们，便是为安全计把他们关进牢房里。当时有人议论说：要不是这时候有一大批政治流放犯在维霍扬斯克，这些旅行家们就免不了要同维霍扬斯克的牢房做朋友了。然而政治犯们劝住了县警察局长，叫他不要采取严厉措施；于是美国客人们就享受了自由。县警察局长这样做了，果然没有后悔：北美的总统后来赠给他一柄荣誉剑。为了把这柄宝剑送到遥远的维霍扬斯克去，竟装备了整整的一队人马。而县警察局长的名字也就作为一个文明的行政长官在全世界轰动一时。

要不是俄国政府有一种可嘉奖的习性，惯于把受欧洲教育的人送到最遥远的地区去居住，谁又知道会产生怎样的结果呢？

7
到达目的地

一清早离开驿站之后，我们又继续赶路，直到晚上，中途只有换马的时候才停一下。在有一个驿站上，我们碰到了两个来自乌斯特马雅（阿尔丹河的支流马雅河上的一个市镇）的阉割派教徒。他们要到雅库茨克去。这是我一生之中第一次看到的阉割派教徒。一个是中年男子，另一个几乎还是孩子。年长的一个知道我是政治流放犯，就隐约地对我表示同情。那男孩子则慷慨激昂，两眼炯炯发光，毫无顾忌地说：“这些压迫人的家伙还能横行到几时啊？”他显然还处在狂热的激昂情绪时期，我带着惋惜的心情看看他，心里想：难道他将来也要受阉割吗？难道现在闪耀着火花的这双眼睛也要暗淡而熄灭下去吗？

当月亮又在地平线上升起来的时候，我们渐渐接近了指定流放地。终于驿车夫从驾车台上回过头来说：

“阿姆加到了。”

我把长耳风帽弄弄平正，把头探到窗外的寒气里去。阳马拉赫溪谷豁然开朗，在我面前展现出一大片辽阔的平原，平原远处的尽头是一带峻峭的山岭在月亮底下闪闪发光，平原上布满了高高的白色的烟柱。在前面靠近我们的地方烟柱较少，仿佛这是一个小小的新村。但再向前去就有许多烟柱耸入云霄，宛如一座别致的烟林。

这便是阿姆加大村①。

我们的橇车驶入一条宽阔的街道，不久就在一间很大的屋子面前停下来。这屋子按俄罗斯式用木架造成，只是没有屋顶。这里便是所谓“村社办公室”，大致相当于我们的乡公署。

这里还在办公。有一个中年男子站起来接待我们，这人长着乌黑的头发、乌黑的胡须，一双也是乌黑的眼睛发出炯炯的光辉，敏捷地转来转去。他走到我跟前，向我伸出手来自我介绍说。

“我叫尼古拉·瓦西里耶维奇·瓦西里耶夫②，是政治犯，同时又是这里的司书。这位是这里的酋长，也就是村长，在某种程度上是长官。”

酋长庄严地从桌子边站起来同我握手。他的脸很胖，一根髭须也没有。这完全是一张异族人的脸。他穿着一件棉绒长袍，紧束着腰带。长袍的袖子高高地翘起，使他的模样儿显得很奇特，颇像旧时代的一个外交官。他同瓦西里耶夫讲雅库梯话，态度不免有点神气。

“好吧，现在让我们给你的哥萨克人出一张收据，请他去喝茶。

---

① 在柯罗连科的记事册里记载着，他是 1881 年 12 月 1 日来到阿姆加的。——原编者注

② 尼古拉·瓦西里耶维奇·瓦西里耶夫（1845—1888）为拟制并散布号召谋杀沙皇的《告公民书》而于 1862 年被捕。1863 年被判死刑，改为十年苦役刑。——原编者注

然后我带你到同伴们那里去。这里住着伊凡·伊凡诺维奇·巴宾和奥西普·雅科夫列维奇·瓦恩什坦①。他们自己有一个帐篷。”

他以司书的身分办好了一切手续，于是由原来那个驿车夫载我们到村子的另一头去。我们的车子开过街道的时候，我觉得这条街异常热闹，虽然实际上街上一点动静也没有。我之所以有这种印象，是因为看到各个帐篷里冒出一团团的烟来；这些烟同寒气搏斗了一会，发出噼噼啪啪的声音，向高空中升去了。除此以外，还有炉子里熊熊的火光透过冰块做成的窗子变幻莫测地照射出来，总的说来给人以无声的热闹的夜景的印象。有时候帐篷的门开开了，立刻砰的一声碰在倾斜的壁面上。有几个阿姆加人听见我们马车的铃声，探出头来张望。他们看见了瓦西里耶夫，用雅库梯话问他几句，他也用雅库梯话回答他们。

大约在街道中心（这条街长一俄里多）的地方，有一座很大的木造教堂由于覆盖着冰霜而闪闪发光。我们从它旁边经过，向左转弯，来到一个小小的帐篷面前。这帐篷像别的帐篷一样装着冰块的窗子。院子里有好几个附属建筑物，其中包括一间现在空着的夏屋。我们在这里受到流放同伴们亲切的接待。

首先是我已经熟悉的伊凡·伊凡诺维奇·巴宾，我在前面已经描写过我初次被流放到西伯利亚时在下诺夫哥罗德的船上同他会面的情况。他和陀尔古欣一同被流放，在哈尔科夫的一个中央监狱里服苦役。现在我看见他样子很壮健，不胜惊喜。以前我在途中看到他时，他的身体由于中央监狱的折磨而衰弱得厉害；而现在站在我面前的却是一个血气旺盛的青年，两眼炯炯发光，精神愉快饱满。

另一个人叫做奥西普·雅科夫列维奇·瓦恩什坦，是个犹太人，

---

① 奥西普·雅科夫列维奇·瓦恩什坦（生于1855年）为了同彼得堡拘押所里的人交往一案，于1878年被捕。1879—1880年间流放雅库梯州。——原编者注

医学院的初年级学生。他为什么被流放，我现在记不起了。他的相貌和善而讨人欢喜，眼睛发出生动的光彩。

第三个人叫做哈保津。对别的两人我都用真实姓名来称呼。只是对于哈保津，我不大有称赞的话可说，因此我改用一个假姓氏来称呼他。他被流放的经过情形十分奇特。他本来是彼得堡一家小杂货铺里的伙计或学徒。有一次好像是星期天，在公共图书馆旁边一个为过往行人设立的售货亭里忽然一声枪响。警察立刻到场。他们起初以为这是自杀，但是开开里间的门之后，看见那里有一个惊慌失措的青年，这青年既不能解释为什么他有一把手枪，又不能解释怎么会放了一枪。那时正是人心惶惶的时候，于是当局并不多加考虑，没有审理清楚就把这“危险青年”直接送到了雅库梯州。他对我们也说不清楚这神秘的一枪的来历。瓦西里耶夫开玩笑地说，哈保津之所以被流放，是因为他不善于对付裤子，使裤子里偶然出现了一把手枪；哈保津听了这话，只是撇着嘴阴沉地笑笑。看到他笨手笨脚、不干不净的样子和他那双穿得破烂不堪的毡靴，就觉得瓦西里耶夫的解释很可能是正确的。起初他被流放到契普恰尔冈新村。这新村离开阿姆加不过一俄里半，村上也像阿姆加一样居住着雅库梯化了的农民。这地方的居民把自己监视流放犯的职责看得很认真，甚至当哈保津走出帐篷去解溲的时候也有看守人陪伴着他。这情况一直继续下去，直到有一次居民代表中某人因为既怜惜这个危险青年又怜惜居民们，就替他设法调迁到了阿姆加。巴宾和瓦恩什坦接受他住在他们的帐篷里了，虽然这个青年人任何工作都不会做。

阿姆加政治流放犯中资格最老的是尼古拉·瓦西里耶维奇·瓦西里耶夫。他在六十年代的时候就因所谓星期学校案而被流放。这是一种启蒙运动，在这种运动的影响下，京城里和内地的某些地方开始有人创办起一些私立的星期学校来。参加这运动的是大学生、知识人士和社交界的女士们。起初政府对星期学校采取容忍的态度。

来就学的是一些手艺人、女裁缝和工人。卡拉科佐夫的枪声响出之后，反动势力开始采取初步的打击手段；这启蒙运动也免不了遭难。不久之后发现，启蒙运动中混合着一种幼稚的政治宣传活动。这种政治宣传活动在某些地方完全公开地进行着，毫无一点隐秘之处。政府并不多加调查，就封闭了所有的星期学校，把某几个参加宣传的人加以审判，流放出去服苦役。瓦西里耶夫当时还十足是一个年轻小伙子，他正是这样被判苦役刑的。他在涅尔琴斯克和车尔尼雪夫斯基一同服苦役。期满之后他被遣送到阿姆加来做移民。他来到这里的时候，新的浪潮还没有把政治流放犯往这里送。他起初只有一个人住在这里。但他性情活跃，又很能干，很快就学会了雅库梯语，和当地一个雅库梯化的农民的女儿结了婚，替自己置办了一份家当。他同当地居民的生活休戚相关到这样的程度，大伙儿竟推举他当了他们的司书，长官们对他的主张也毫不反对。

就是因为这缘故，除了酋长以外，村社办公室里有一个政治犯同伴来接待我。他对于新来的人都殷勤接待，当地居民看他的样，也殷勤地接待我们。当瓦恩什坦第一个来到阿姆加的时候，瓦西里耶夫替他安排了一个工作——给金矿地烤面包；而且他的妻子——一个出色的女人——第一个教会瓦恩什坦烤面包的方法。后来（一年之前）巴宾来了。他起初帮瓦恩什坦烤烤面包，但是后来改行务农了，而且说服瓦恩什坦也改行务农。他们花七十个卢布买了一座有院内附属建筑物的帐篷，置备了一份家当，从去年春天起就已从事正规的农业生产了。

这天晚上，我们五个人围着茶炊坐了很久，迎接了新年的来到[①]。我把从俄罗斯和雅库茨克带来的消息讲给他们听，他们则告诉我一

① 这里是柯罗连科记错了：他抵达阿姆加的时候不是年底，而是 1881 年 12 月 1 日。——原编者注

些当地的情况。终于在半夜过后很久，瓦西里耶夫回到离大村一俄里半光景的自己的庄屋里去了，同伴们也都就寝，而我照例点着蜡烛又在桌子边坐了很久，给母亲、两个妹妹、弟弟和格利果列夫写信。瞧，我终于来到了目的地，身体健康，精神饱满，在这里等待我的一切，显然将是非常有趣的。我的同伴都很好。

写好信之后，已经是深夜了，我又到室外去一次；北国的天空异常美好而清澄，简直使我吃惊。在我们帐篷的正前方闪耀着大熊星座。我觉得这星座比在我们那里略微显得高些，明亮些，大概是因为空气干燥明净之故。村子上空的烟柱照旧呈现出白色，笔直地上升，但是气势很萎靡，仿佛睡着了的样子。有时这些沉睡的帐篷里有人冻醒了，就起来添柴。这时候炉子的烟囱里猛然迸出一股火花来，于是烟气就精力充沛地直往上冒，过不多久重又赶上了其他的烟柱。在阿姆加河对岸很远的地方，传来一只北方狐狸频繁而尖锐的叫声。这时候村里的狗就用像号哭一样冗长的吠声来回答它。……

寒气刺痛了我的面颊；我这才知道，要在这里欣赏冬天星夜的美景，是不能不付出代价的。我走进帐篷，躺在冰窗下面的奥隆上了。我把蜡烛熄灭之后，有三点奇怪的磷光出现在黑暗的壁面上。我似乎觉得在它们后面又出现了那个星光闪耀的神奇的夜空。在我看来，一切都显得神幻而新奇，美不胜收。我回想着过去一年的情况，想到现在命运驱使我来到的这地方，想到遥远的克拉斯诺雅尔斯克，想到伊凡诺夫斯卡雅姊妹，想到远方的好朋友们——我想着想着，似乎又在黑暗中微笑了好一会。

次日早晨巴宾对我说，阿姆加还有一个政治流放犯，住在离开我们不远的地方。

这人原来就是阿哈特金，军官出身，在维什尼伏洛乔克政治犯监狱中曾与我同室，后来是第一批离开那里的。他为了同弗列罗夫斯基-别尔维的阿尔汉格尔斯克小组交往而被流放。他胸部显然有病，好像竟是肺病。我们的两个做医生的狱友格拉保夫斯基和达尼洛维奇曾预言说，如果阿哈特金被流放到雅库梯州，结局将是极悲惨的。然而当我向巴宾问起阿哈特金的健康情况时，他回答说：和众人的预料相反，他自己觉得身体很不错，虽然他的生活方式不顶卫生。除了公家的微薄的补助金（在物价最昂贵的时候一个月也不过九个卢布）之外，他靠糊烟嘴的收入略微补充些。这些烟嘴是卖给司祭们、商人们和两家小铺子的。他成天弯腰曲背地糊烟嘴，工作劲头十足，从早到夜不停息，但在一个月里有一两次纵情地放浪一下，完全不顾有害于自己的健康。他拿到钱以后，向鞑靼人买一两瓶烧酒，请一个有说有笑的谈伴来一起喝。他所请的大都是当地的一个教堂诵经员，这人以“酒量无敌”驰名。他们两人就喝一个通宵的酒。到了第二天早晨，他再喝一点酒解解宿醉，就重新开始糊烟嘴了。

他住的地方离开瓦恩什坦和巴宾这里很近，我决定就在当天早晨到他那里去。这一次我碰得不巧：阿哈特金刚刚结束他的通宵酒宴。我看见一个神态异常生动的人站在帐篷的台阶上，我立刻猜出他是那个诵经员。这人身材魁梧，长着一脸大胡子和一头浓密的灰白头发。他站在寒气里，身上穿着一件毛皮长褂，然而头上没有戴帽子。他用魁伟的胸脯贪婪地吸取着冷空气，显然是在那里享受着快感。

“阿哈特金是住在这里的吧……我可以去见他吗？”我问。

这位长老盯着我仔细看一眼，微微一笑，回答说：

“住倒住在这里，但是你要见他却枉费心机。……”

于是他的仪表优雅的脸上又一次泛现出微笑。他继续说：

“他正躲在苦闷的睡乡里。……不过，你还是进去吧。”

我走进去。但见阿哈特金躺在燃得很旺的炉子正对面的木炕上，面孔发黄而毫无血色。他穿着毡靴、短皮袄，戴着一顶皮帽子。我试着同他打个招呼，才知道这的确是枉费心机。照他躺在火炉对面的情况看来，显然是有一个人替他操过心；然而这份操心还欠周到，因为他的身体前面燃着熊熊烈火，而后面由于冰窗装得不好，吹进猛烈的风来。桌子上还剩着一点烧酒和几碟下酒的冷鱼。

“这些够他解酒了。”诵经员用内行的眼光打量一下吃剩的酒菜，这样说，“现在我该走了。再见吧。”

于是他端庄地走了出去。阿哈特金像一个婴儿一样睡着，然而他脸上显出痛苦而疲惫不堪的样子。

不过他后来离开雅库梯州的时候，毕竟要比来到这里时健康些。……

我回到朋友们那里，把我看到的情况讲给他们听了。巴宾和瓦恩什坦告诉我说，这个诵经员就其本身来说是一个卓越人物。他是按照地方主教的命令被流放到雅库梯州来的。以前他在俄罗斯中部某修道院里当诵经员。年轻时候以非凡的嗓音、出色的祈祷知识和不一般的优秀才能著称；但在神学校里的时候就已沉湎于酒。他没有念完神学校就被开除出去，于是他当了教堂诵经员，而上司恰好是他过去的一个同学。这人十分低能，然而工媚善谄，诡计多端。这位司祭不能原谅这旧同学在学校时对他的嘲笑，所以常常在做礼拜的时候当着教民们的面指出他的错误。他所指出的大部分是不恰当的。有一次做礼拜的时候司祭照例一再指责他，诵经员忍耐不住了，当场大声回答说：

“有内行人来指正倒也罢了，可是你……”

他在庄严的礼拜期间说出了神学校里的同学们为嘲笑这司祭而取的一个绰号。为了这件事，他起初被送到修道院里，但在那里也住不长。据说有一次，在修道院举行酒宴的时候，他把僧房里所有的圣像都摘下来装在雪橇上，运到了酒店里。那时候主教再也忍耐不住，就根据几条陈旧的教规下令把他转交给民政当局，流放到边远地区去。他就是这样来到了雅库梯州。

现在他年纪老了，行为稳重得多了。他一举一动都神气活现，颇像万军之主[①]所应有的样子。他有两个女儿，都已长大成人。据说现在他在醉醺醺的时候有时也还放肆唱几曲滑稽的甚至渎神的歌。修道士和上帝对话的那支歌更是他的拿手好戏。修道士躺在酒店里酒桶旁边，上帝正在教诲他。他俩争论起来；愉快的修道士在这场争论中始终是胜利者。这支歌他只有在特殊场合下才肯唱，例如在和阿哈特金举行通宵酒宴的时候，或者在他信任得过的听众面前。平时他态度十分审慎，喝醉了酒从不忘形失礼，在教堂上司和一般居民心目中享有卓越的声誉。

8
阿姆加大村及其居民

我在阿姆加住了三年。我不能说这是我生活中最幸福的一段时期。最幸福的时期是在流放结束而回去之后，那时候我们全家重又团圆，我和我所心爱的女子结了婚，进入了文学界。但如果说我和同伴们从事农作劳动的这段时期是我一生中最健全的一段时期，那倒是正确的。

我须得介绍读者认识一下我住了三年的这个地方的情况。

阿姆加的居民们称自己为“巴格奈”，以区别于雅库梯人；他们称雅库梯人为“扎库特”。“巴格奈”这名称源出于俄罗斯语的“庄

---

① “万军之主”是犹太教中上帝耶和华的称号之一。——译者注

稼人”，意思表示他们是农民出身。据说他们是由阿穆尔的穆拉维约夫[①]总督从阿穆尔迁送到这里来的，不过迁来得一定比较早，因为他们大体上已经失却俄罗斯民族的特征。男人们还用俄语说话，虽然带有显著的雅库梯口音。女人们只说雅库梯话；她们也听得懂俄语，而且略微会讲几句，但有时仿佛觉得讲俄语是可耻的。甚至连瓦西里耶夫的妻子也如此。有时她和我讲起俄语来，但一看见有外人在场就默不作声了。她自己也不能向我解释为什么她觉得讲俄语是可耻的。但每次她脸上总是罩着一层红晕，一有外人进来，甚至自己丈夫进来，她就停止说话。女人说俄语似乎是不体面的事。

以前的庄稼人保留着关于自己出身的回忆而以此为骄傲。其中有一个名叫查哈尔·崔库诺夫的（我曾根据此人描写我的马加尔[②]），后来在我获得回俄罗斯的许可之后，要求我给他寄一套俄罗斯农民穿的服装来。他打算在临死之前穿俄罗斯服装，以便到那个世界去的时候像一个俄罗斯“庄稼人”的样子。

在其他方面他们几乎没有一点与雅库梯人不同之处：他们经常上教堂去，但雅库梯人也是信奉东正教的，每逢礼拜日在教堂的围墙旁边总可以看到系着好几匹乘骑的马，上面装着高耸的雅库梯式马鞍。

阿姆加人对司祭的看法，是和雅库梯人一样的。他们认为司祭就是正教的巫师，但真正的巫师却要比司祭强些。阿姆加的居民们之所以下这样的结论，是因为他们看到：巫师在生病的时候从来不去请司祭来帮忙，而司祭有时却要去叫巫师来。在这种场合下巫师就召请异教中的亡魂来医治正教的司祭。他生起壁炉来，等到炉火

① 阿穆尔的穆拉维约夫（1809—1881）于1847—1861年间任东西伯利亚总督。——译者注

② 即短篇小说《马加尔的梦》（见俄文版《柯罗连科全集》第一卷）。——原编者注

烧完，屋内一片漆黑的时候，巫师就附上了鬼魂，大声呼喊起来，这时候屋子里充满了离奇古怪的声音，这些声音来自各个角落，有时在屋顶上面掠过。所有的巫师都掌握熟练的腹语技术。

除了庄稼人之外，村里几乎有一半居民是流放来的鞑靼人。其中主要是西伯利亚鞑靼人，他们有整整一村子人从南方某处迁移到此。还在旅途中，在到达雅库茨克之前，有人指出几个村子给我看，这里的居民常要沿路抢劫，所以省长瓦西尔契科夫公爵命令他们离开本村，迁居到别处去了。我经过这些村子的时候，有许多屋子都还空着。阿姆加的鞑靼人也是这样被迁送来的。后来除了最初一批移民之外，又从西南西伯利亚甚至乌菲姆省和奥连堡省迁移了几户人家来。这些鞑靼人相处得很和睦，他们组织了一个盗窃集团。行政当局命令阿姆加人分土地给他们，把一部分割草场划给他们。这些鞑靼人是干活的好手，然而他们还是不满足于单是干活，常常要去搞些偷窃的副业。在我的特写《马露西雅的新垦地》[1] 里，我十分准确地描写了雅库梯人和鞑靼人在这基础上形成的关系。鞑靼人每次干盗窃勾当都像从事社会事业一样：他们召集起“穆纳克”（群众大会）来，共同商讨规模较大的各种盗窃勾当。如果有一桩特出的盗窃案被发觉了，当局要挨户搜查鞑靼人家，那时候可能被找出许多以前盗窃的赃物来。所以必须开会商讨，以防万一。傍晚时候，有几辆鞑靼大车悄悄地经过我们院子旁边的大道，驶往森林里去。那时候我们知道：鞑靼人要干一次新的勾当了，现在正在把以前偷得的赃物隐藏起来。阿姆加人也知道这一点，但他们似乎不善于自卫，只是到了下一天才突然发觉已被盗窃。

对于我们，鞑靼人是不来触犯的。他们很喜欢巴宾。他是顿河哥萨克人出身。我们时常可以看到他在阿姆加那条笔直的街上同一

---

① 见俄文版《柯罗连科全集》第一卷。——原编者注

个鞑靼人赛马，这时候别的鞑靼人就用内行的眼光来欣赏他们的竞赛。有时经过某家鞑靼人的院子旁边，可以看到巴宾嘴里衔着烟斗，显出深思熟虑的样子，正在一伙鞑靼人中间品评一匹刚刚牵到的马的体态，这匹马大概是前一天夜里从雅库梯人那里偷来的。鞑靼人十分看重他对马的评价。大概全靠这种关系，他们规定不偷“国事犯”的东西。果然，我们有好几夜到瓦西里耶夫的庄屋里去而听凭自己的帐篷空无一人，但每次回来的时候，东西总是全部安然无恙。只有一次，鞑靼人通知我们说，在最近举行的一次穆纳克上，他们之间发生了争执。出现了一些跟大伙儿意见不合的“下贱坯”，向来的和睦气氛被破坏了。住在我们邻近的一个鞑靼人对我们说：现在你们也要戒备一下了，说不定也会来偷你们的东西。我们果然戒备起来，每天轮流值夜，有一个时期我甚至睡在我们的“夏屋”的平顶上。后来发生了一件可笑的事，这值夜时期就结束了。那时候是春天。太阳晒下来已经很暖和，屋顶上已相当干燥了。这一天我值了夜，早晨醒得很迟。不料我的同伴们决定考验我的警觉性。他们先把手枪从我枕头底下抽出来，后来看见我并未醒来，就把我从平屋顶上滚到了地上，把枕头和短袄从我头底下偷走了。直到这时，我方才醒过来。我醒来后看到这光景，觉得我这个看守人真太丢脸了。周围许多人都在笑我。同伴们笑我，邻近的阿姆加人也笑我，而最糟糕的是：邻近的鞑靼人也在笑我。

然而不久就有人来通知我们说：鞑靼人之间的不和睦状态结束了。于是我们又获得了保障，可以让帐篷一连空好几夜，单由一只名叫采尔贝的狗来看守它。这只狗经常坐在大门顶上，形似一座象征忠诚的雕像，看见我们回来，就用温柔的叫声来迎接。

有一次（好像是在我居住阿姆加大村的第二个冬天），瓦西里耶夫来对我们说：鞑靼人大概在发动什么大规模的盗窃事件了，因为阿姆加的农民们看见他们做准备工作，惊慌得要命，就来通知他。

他派人在自己的庄屋旁边守一个通宵。晚上我走出屋子，到自家院子的木栅边去倾听。听见村子里略有些动静，橇车的滑木发出吱吱的声音。这一天夜里很黑暗。朦胧之中出现了一个住在邻近的农民的身影。

“你在守夜吗，符拉季米尔?”他悄悄地问。

“是的，鞑靼人在发动什么……”

“嗯，我们也看出来了：他们已经有好几夜老是驾着车子到一个什么地方去。今天驾了三十辆大车去了。不过你还是去睡吧。今天夜里不会有什么事的。……他们到雅库梯人那里去了。……明天早晨可就有花样了。”

第二天早晨有整整一大队雅库梯人粗野地呐喊着飞奔到我们村里来。

原来鞑靼人在邻近的山村里盗窃了公共粮仓。这件事做得异常敏捷。鞑靼人不走一般通行的大道，而从山里走过去，他们为此而把一条还是叶卡捷琳娜时代的古道匆匆地修复起来。……所以村子里一到夜间就有响动，我们一连好几夜都听见这样的声音。雅库梯人是没有集中的村子的，他们的公共粮仓干脆设在林子里，因此鞑靼人可以毫无困难地把车子开近仓库，把门撬开，运走粮食。天色破晓以前，粮食已经运到阿姆加大村，而一到这里，就隐藏得影踪全无了。

雅库梯人像占领堡垒一样占领了阿姆加。他们整个队伍都驻扎在教堂附近的广场上，这广场就好比大本营一样，从那里出发去袭击村子，挨户搜查。我们打听到搜查是从村子的那一头开始的，他们已经搜查过磨坊主阿法纳西耶夫，现在正在搜查邮政局长鲍利辛科。

这位鲍利辛科是一个非常独特的人物。身体瘦削，面孔带有肝火旺的神色。他对于自己的称号、制服和佩剑感到无比的骄傲。他对待自己职务的态度，轻率到可惊的地步。例如寄给阉割派教徒的包裹，他往往老实不客气地打开来，把里面的金币换成纸币，然后同收件人讲价钱，有时竟一直讲到几星期之久。收件人向他要求钱或包裹，而鲍利辛科总是尽力把价钱讲得对自己更有利些。向他提出控诉是无济于事的。那时候雅库梯的官员们处理起案件来竟公然地互相庇护，正如俗语所谓"乌鸦不啄乌鸦的眼睛"。官员同人们冲突，尤其是同流放犯冲突，总是官员有理。有一次，他同样试图拆开寄给巴宾的包裹，但是遭到了巴宾强烈的反抗，使他不得不立刻把包裹交给了他，甚至没有通过警察检查的手续。

且说雅库梯人纷纷来到鲍利辛科家搜查，鲍利辛科穿着全套仪仗服装——又穿制服又佩宝剑，出来接见他们。他大声嚷着，说他们怎么胆敢搜查起官员来，他威吓他们说要去告他们的状；但是狂怒的雅库梯人熟知他对阉割派教徒们的偷窃勾当，因此觉得他的抗议越发令人怀疑了。不管怎样，他穿着制服、挥动着可笑的宝剑走来走去，是徒劳无益的。雅库梯人照旧阴郁地干着自己的工作，由他们的司书拉普契克带头。这位司书是宗教界出身，住在阿姆加，也是一个很滑稽的人物。他带领着整整一队狂怒的雅库梯人，一家一家地搜查，不屈服于任何抗议。他们甚至搜查了司祭的屋子。我们在自己的大门口等候着，轮到搜查的时候决定不提出反抗，因为我们认为雅库梯人确有权利及早搜寻自己的公共粮食。

瞧，他们终于走近我们的院子了。拉普契克走在前头，这人身材矮胖，此刻脸上显出大权在握的神气。走到我们院子面前，他突然站定了。他招呼几个雅库梯人走过去，同他们商量了一阵，然后亲切地向我们挥一挥手。

"索赫！（不！）"他喊道，"这些人不会隐藏赃物的。"

"国事犯不必搜！"有一个雅库梯人大声附和他的话，于是大队人马从我们院子面前走过去了。

这情况使鲍利辛科受到了更大的委屈，他在自己的诉状里特别强调指出：他身为官员，倒要被搜查；国事犯却反而不被搜查。

这件事当时不仅轰动了阿姆加大村及其附近一带，也轰动了雅库茨克。后来雅库梯人大概去向长官们作过解释，他们提出了许多论证，都是很有说服力的。然而不管怎么说，用三十二辆大车运来的粮食却无影无踪了。当然有警察从雅库茨克来突击搜查过全部鞑靼人的住宅，但什么也没有找到。

我在《马露西雅的新垦地》这篇特写里十分详细地描写了鞑靼人同包围阿姆加大村的雅库梯人之间的斗争。这篇特写里只有一个地方描写得不符合实际情况，那就是：这场斗争的中心人物不是我在特写里提到的那个人，而是一个住在阿姆加大村的俄罗斯人。除此以外，特写中正确地描写了斗争双方的关系。

在那篇特写里还描写了关于一对瞎眼的雅库梯老夫妻的插话。他们两人靠辛勤劳动（用手磨来磨谷子）赚得了过冬用的暖和的棉被。他们把这宝贝交给阿姆加大村的一个居民保管，鞑靼人盗窃这居民家时把棉被也偷了去。老夫妻两人手拉着手在阿姆加大村的街上走着，失明的眼睛里淌出泪水来，流在面颊上。我迎面碰到他们，鞑靼人也望着他们。我受到这情景的强烈的刺激，就走近一个鞑靼人去。这人是我们的邻居，记得名字叫做亚历山大。我指着这对老夫妻对他说：

"你瞧，亚历山大……你们鞑靼人这样做是对的吗？"

大概我的语调里有什么地方深深地刺激了他。

这位亚历山大的为人，对我说来是一个谜。他有一双美妙的眼睛，而且是浅蓝色的，完全不像鞑靼人的样子。我对他感到浓烈的兴趣，有时简直怀有好感。他也似乎自然而然地亲近我们，有时到我们这里来"坐上一会儿"。在这种时候他很少说话，大都是听我们说，仿佛在那里熟思我们谈话的内容。在他生活中也有很大的不幸。

大家都知道，他神魂颠倒地爱着他的妻子。他的妻子也一点不像鞑靼人的样子。她长得很漂亮，然而大家都知道她对丈夫是不贞的。阿姆加大村里有一种传闻，说亚历山大有一次半夜里去“远征”，回来的时候太急促了些，看见一个年纪很老而又十分丑陋的伊斯兰教士在自己家里。他把他打得个死去活来，但是对妻子却并不报复，照旧千依百顺地服从她。有时他喝醉了酒来到我们这里，嘴里喃喃地说着些话，显然情绪很苦闷。有一次他把双手搭在我的肩上，对我说：

“你们是什么样的人啊？……我不知道你们是什么样的人。……我却是这样的一个人：要不是因为我有妻子，我一定早就给自己挣来苦役刑了。”

显然他认为“挣来苦役刑”是一种象征着勇敢的品格。有一次人家当着他的面谈到一个家中人口很多的富裕的雅库梯人。鞑靼人早就在他身上打过主意，但老是失败。他家里有许多人；要撬开他家的粮仓，是一件很危险的事。亚历山大听了这些议论，眼睛突然炯炯发光。

“我倒知道该怎么办。……只要把他们的帐篷放一把火。……这时候雅库梯人一定都往门外跑，我们就派两个人手里拿着斧头站在门口。来一个，杀一个。”

说着，他的眼睛里就闪耀出发明家的兴奋之色。我没有把握断定他在适当的条件下不会去实行自己发明的这个办法。

在这人的幽暗的心灵中同时还存在着性质完全不同的另一面。我为了一对失明的老夫妇而向他指责鞑靼人之后，他的情绪显然有好几天受到这指责的影响。终于有一次，他带了一家从山乡里迁居到阿姆加来的鞑靼人来见我。由于鞑靼人和雅库梯人之间发生过斗争，雅库梯人怀恨在心，就不再给他们工作做，眼看着一家老老小小由于挨饿而身体衰弱下去，他们全不放在心上。这家人家没有办法，只得挣扎着来到阿姆加大村，到农会里去把家里的老老小小推给了他们。现在亚历山大带着这些不幸者之中的一人来见我，眼睛炯炯发光地问我：

“喂，符拉季米尔，……你说这样做是对的吗？……”

我当然不能说这样做是对的。我眼前清晰地呈现出这幕残酷的生活悲剧，生活用冷酷的经验教训把性格可爱的人变成了强盗。

当然，决不是所有的鞑靼人都是这样辉煌的人物。我们旁边有一个小帐篷里住着一个鞑靼人，叫做屠斐，大家常常称他为小屠。这人身体瘦削而虚弱，一双眼睛溜来溜去，像一个小偷。我们常常看见他半夜里悄悄地从我们院子旁边经过，把偷来的财物（也许竟不是他自己偷来的）运往森林里去。他的老婆像他一样瘦削而虚弱，孩子们一到夏天，就像小猛兽一般窜来窜去攫取偶然的获物。在这件事上，个人的责任心显然已经消失，而且发生了一个问题：叫他们怎么办呢？我们很可怜农民们和雅库梯人，可怜到这样的程度，有时自己也变得残酷无情起来，准备同他们一起斗争。……然而……我们也可怜某些鞑靼人。……这样，我们就不知不觉地想起了使我们流落到此的原因，即想起了社会制度的改革。……在这次斗争中，他们两方面都承认我们的权威。可以毫无疑问地说，当我流放在雅库梯州的期间，“国事犯”这名称——或者干脆“罪犯”这名称，是一个相当光荣的头衔。有一次我听见一个阿姆加居民同一个政治流放犯争吵起来，说他对他行为不端，那居民脸上流露出一种难以形容的责备的表情，对他说：

“你这种人还配叫做罪犯！……”

9

阿姆加的文化阶层

阿姆加有两家店铺。其中一家是塔佳娜·安德列耶夫娜·阿法纳西耶娃开的。不久之后我就通过同伴们的介绍同她认识了，我教她的孩子们念过书，直到现在我还和她家保持着友好关系[①]。

另一家店铺是波兰人魏连保甫斯基开设的。这是一个正直善良的人，因参加起义而被判苦役刑，也是在涅尔琴斯克和车尔尼雪夫斯基一道服苦役的。现在他身上似乎丝毫没有和以前青年时代的迷恋共同之点了。这是一个枯燥无味的人，个子矮矮的，长着一大片下垂的髭须。他经常穿着毡靴，看来似乎一心一意在为自己的买卖盘算着。然而大家都知道，魏连保甫斯基是一个十分正直的人，从不欺侮任何人；他说的话像石山一般可信。有时在他的古波兰式的髭须底下露出一个和善而略带讥讽的微笑。我常常感觉到，这微笑是作为魏连保甫斯基的处世态度而铭刻在他脸上的：他是一个头脑清醒而讲究实际的人，只因一度迷恋幻想，就此被抛到了这天涯海角。

还有一个商人，自己并没有店铺，而同原始林里来的通古斯人进行着交易。提起了这个人，我还得提到一个磨坊主。这磨坊主在村子的那一头有一个用畜力带动的木造磨坊。雅库梯人认为他具有特殊的才智，所以能够磨出数量多得出奇的面粉来。雅库梯人还处在把一切手艺都看作几近于巫术的那种文化阶段上。我在山乡里看见过两个铁匠。他们同时又被看作医生、巫师。

关于文化界的代表人物，我想只谈一谈司祭的情况。司祭有两个。一个是本地人，是我在《马加尔的梦》里提到过的教士伊凡的

---

① 在柯罗连科的档案里保存着几封信，是塔·安·阿法纳西耶娃和她的儿子尼古拉·叶果罗维奇写给他的。这儿子现在已经是雅库梯自治共和国的功勋教师。这些信是以后的一个时期内写的，那时候阿法纳西耶娃家已经不住在阿姆加，而住在雅库茨克了。1904 年，尼古拉·叶果罗维奇写信给柯罗连科说："我们喜欢阿姆加大村里所有的人，时常回想起他们；记得其中给我印象最深刻的便是您和奥西普·瓦西里耶维奇［·阿普捷克曼］。同这样的人会晤，是我们全家的命运中具有决定性意义的时刻：以后我们就一直和这圈子里的人交往了。"——原编者注

儿子。这位伊凡教士是一个心地十分善良的人；阿姆加人对他保留着极好的回忆。但他有一个缺点：是一个酒鬼。有一次他喝醉了酒，跌进火焰熊熊的壁炉里，给烧死了。他的儿子仪表异常优雅，人却异常愚蠢。据说住在雅库茨克附近修道院里的雅库梯主教认为自己有责任授予伊凡教士的儿子以司祭的职位。这位主教是一个身体异常肥胖而心地也同等善良的人[①]。他头脑里显然盘桓着一种主张。他向某几个司祭建议，要他们结识卡拉科佐夫分子斯特朗坚和尤拉索夫，说他们是聪明绝顶的人，可以向他们学到许多东西。有一次“求学”以十分奇特的方式结束了：一个司祭断言说，他比斯特朗坚更聪明，因为他在某一件承包工作上把他哄骗了。这位性格温良的主教在授予伊凡教士的仪表优雅的儿子以司祭职位的时候，在教堂里众人面前不止一次地扯起了喉咙伤心地高声喊叫：

“噢，主啊，主啊！你将责怪我不该叫这样一个蠢货（他说得还要生硬）来做牧师和向导。”

现在这位尼古拉神父已经在阿姆加当了好几年司祭，学会了一般的祈祷式，碰到特殊情况就靠诵经员帮助一下。居民们看在他父亲面上，对他很宽容；加之他的嗓子很好，做起祈祷来气魄很雄壮。

另一个司祭担任教堂的住持，这人身体瘦削，肝火很旺，有不健康之色。他的头发稀疏，而且据说他从前服务的那个教堂里有一个诵经员喝醉了酒同他打起架来，把他的头发拔掉了许多。司祭大怒，写了一份控诉书控告这诵经员，把一绺头发附在里面，一起呈送到主教那里。温良的主教把两个人都叫来，十分严肃地训诫了一番，劝他们“遵照福音的教导”和睦相处。

有时僧侣们遇到命名日之类，就在一个司祭的房间里开筵狂饮。

---

① 柯罗连科在一篇未完成、未发表的草稿《牧师》中描写了这个主教。——原编者注

我们也参加过这种庆宴。鞑靼烧酒很凶，加之浸过烟草，大家喝了很快就醉。住持本人往往醉得最快。他撩起自己的法衣的衣裾，跳起舞来，两条腿作出各种奇妙的姿态。年纪较轻的尼古拉司祭在这时候通常演奏小提琴，他那仪表优雅的脸上照旧保留着不动声色的表情；而我所已经熟悉的那位威严的诵经员，是完全受不到烧酒的影响的，他用责备的态度摇摇他白发苍苍的头，望着住持说：

“唉，阿爹，阿爹！……可惜你没了老婆。……要是她还活着，她准会揭起你的法衣，打你一顿屁股。……当牧师的跳这样不成体统的步子，成什么话?”

住持站定在他面前了，伤心惨痛地回答说：

“别提这个，诵经员，别提这个！我没了老婆，而且也不可能再有了，……”说着，他脸上掉下眼泪来。

这时候尼古拉神父继续吱吱格格地拉他的小提琴。一般说来，这种晚会总是使我们感到枯燥无味，一直要到唯一的一个生动而独特的精彩节目开始的时候为止。这时候来了刑事流放犯中的两个正式的演员。一个是深沉的男低音，一个是高亢的男高音。他们两个形影不离；在阿姆加的时候，他们总是一同来参加晚会。我就在那时给他们两人画过一幅素描①。那男低音头发异常散乱，体格很结实；男高音则身体瘦削，细细的颈子上长着一个很小的头。在他们的表演之中给人印象特别深刻的是一支古代劝谕性的浪漫曲。这曲子开头的词句是这样：

在游戏和娱乐之中，

在平安……平安……平安无事的日子里……

① 这幅素描保存在作者的档案中。关于阿姆加的这两位歌手，柯罗连科在他的未完成短篇小说《艺术家》里描写过，这篇小说的另一种改写本冠用《歌唱家》的题名。——原编者注

这开头两句由男高音用最高的音唱出。接着出现了深沉的男低音：

在富贵和荣耀之中，

叫人真心地欢……欢……欢喜……

“欢……欢……欢喜”这几个字像雷鸣一般响出，声音充满了整个屋子，在每个角落里发出回声。这以后，男高音又插进来，于是两个声音一齐响出，歌声闯出了僧侣住宅的范围，远远地传到严寒的空气中。司祭的房间仿佛变成了一只嘈杂的蜂箱。歌声传遍远方的草地，吸引着孤独的旅客的注意。僧侣住宅中所有的人都挤在客堂门口：仆役们呀，男女雇工呀。他们一个个伸长了脖子站在那里。……有时在他们之中出现了一个过路的雅库梯人，身穿一件袖子略微翘起的棉绒长袍，头上戴着一个尖顶帽。他也贪婪地倾听着这闻所未闻的歌声，脸上不免露出惊奇之色。雅库梯人不但不懂得合唱，甚至连二重唱我也没有听见他们唱过。他们只会一个人独唱，而且嗓音很不完善，喉头常常发出哽咽之声。不消说，这种二重唱——加之又是音响如雷的——吸引得雅库梯人心向神往了。有时这两个演员听说有雅库梯人举行婚礼或酒宴，竟自动去参加。于是那儿又响彻了“在游戏和娱乐之中”的歌声。这首歌曲大概是某一个宗教诗人所作。对于其中的诗意，雅库梯人当然是不懂得的；然而他们迷恋和谐的音调。在游戏和娱乐之后，发生了意外的波折：命运对人的威胁一步步紧逼拢来，男低音的歌声越来越威严、深沉，男高音则越唱越尖锐。眼看毫无慰藉的余地了。……可是这时候音调突然又缓和下来，男高音柔和而亲切地唱出最初的旋律：“在游戏和娱乐之中”。通过和谐的歌声，一场风暴渐渐平息下来，重又回复到游戏和娱乐的境地；所有的音都摆脱了绝望的深渊，重新升上了协调的高峰。

我已经说过，这两个歌手是正式的演员，而这是他们最爱唱的一支歌。他们自己对这歌曲显然也入了迷，同时又迷恋着听众。他们的名声远远地传播到阿姆加的范围之外。雅库茨克的主教合唱队也听到了他们的名声，那男低音不止一次受到这合唱队的邀请。但他忠实于友谊，不愿意单独去参加合唱队，一定要和男高音一起唱。然而真挚的友谊有时竟也会变节：有一天，男低音实在熬不过，撇下他的伙伴走了。他这一走，男高音陷入了极度的不幸，不幸的程度简直令人难以想象。这件事发生在复活节前后，他来到我这里，我的同伴们都不在家。我觉得他比以前更加瘦弱了。他一来就开口向我讨烧酒喝。……我竟拒绝了他，后来回想起来不免受到良心责备。我拿出复活节吃的种种食品来，叫他在桌子旁坐下，开始款待他。他坐下来，一心盼望着我会发慈悲，给他端烧酒来喝。可是我样样都听任他吃，单单不给他烧酒。我这样残酷地对待他，是由于什么缘故，现在记不起了。也许当时我的确没有烧酒，也许只是出于年轻人残酷的过分严肃。他用哀怨的眼光望着我，后来突然站起身来，跪倒在我脚边了。

“恩人，”他说着，用垂死的人暗淡无光而又极其痛楚的眼色看看我，“我现在一点也不需要吃东西。……给我烧酒，烧酒……哪怕只有一小杯……很小的一杯……”

我很想把我这种残酷态度说成是有正当理由的。记得那时候巴宾和瓦恩什坦都不在家。他们到不很远的地方去访友了。而我是从来不替自己买烧酒的。我很想把当时的情况设想成这样，否则我就不能饶恕自己这种残酷态度了。记得他后来还是站了起来，拒绝了我的款待，摇摇晃晃地走出帐篷去了。不久，他也离开了阿姆加。二重唱的声音从此消失；关于这两个演员，我也不再听到什么消息。

10
我独住的帐篷

然而我必须略微回过头去谈谈我初到阿姆加那几天的情况。

我决定和同伴们分开住。我们的帐篷很狭窄；而我又在阿姆加找到了教课的工作：起初是塔·安·阿法纳西耶娃打发她的小儿子来就学，后来又来了鳏居的司祭的男孩子，最后，那个没有店铺的商人的儿子成了我的第三个学生。此外，又因为我有时很希望一人独处，好写些笔记或在日记里记录些新的现象；因此我问同伴们，在他们附近能不能找到一个单独的帐篷。

不久就找到了这样的帐篷。这帐篷里没有人住，一个人住在里面相当宽敞。地点是在村子的尽头，离开同伴们的帐篷有半俄里。我向房东租这帐篷，一年花三个卢布的租金。房东是一个很可亲的本地农民，由于自己过去是“庄稼人”出身，还保留着口髭和须髯的痕迹，他仔细地用割草刀来修刮这些髭须。他自己不住在这帐篷里（他家人口众多），因此这帐篷有很久不修葺了。从同伴们所住的地方到这里，中间隔着两三户人家和一片空地。……

再过去是村庄外围的栅栏、长街尽头的旋门和草地中间的大道。这帐篷里竟有俄罗斯式的火炉和玻璃窗，——不过玻璃当然是很小的，装在桦树皮的框框里。没多久我就发觉还是装冰块好，因为玻璃上结满了霜，竟完全不能透光了。俄罗斯式的火炉也很不方便：这火炉的后部向下陷落，因此烟囱里出现一条裂缝。裂缝越来越大，就有烟冒出到帐篷里来，有时竟喷出火焰来。我往往不得不用黏土来涂抹它。还有，当我为了驱除冻结的屋角里的寒气而生炉子的次数多了些的时候，整个帐篷都下沉而豁裂，而那炉子时而像老太婆一样呼哧呼哧地喘息，时而发出另一些奇怪的声音，时而从里面撒下些什么东西来。到我这里来的人认为，住在这个帐篷里简直是危险的；但我以青年人的无忧无虑的态度来对付老太婆的呼哧声。我往往在她的窃窃私语声中入睡，如果我在白天生炉子，这种情况就更显著。但也不是每天如此。

早晨我通常是在同伴们那里度过的。后来回到自己这里，给男孩子们上完课，然后再到同伴们那里去吃午饭，此后往往要到晚上才回去。我至今还记得一人独自回到自己的空帐篷里去时的那种轻微的恐怖之感。我来到这村子里之后，这里散播开一种传说，说我很富有。这首先是因为我随身带来了一条蓬松的红色毛毯，其次是因为我一到这里就买了一匹马。好心的农民们把这种传闻告诉了我，于是我每次走进阴暗的前室里去时，就有一种想法不知不觉地在我心头掠过：在这静默而隐蔽的空屋里，会不会已经有一个人埋伏在那里等我了？……后来我开始生炉子，于是帐篷里明亮而热闹起来，恐怖的暗影全部消散了。生炉子的期间，我坐在桌旁写点东西；炉子生旺之后，我把烟门关好。要关烟门必须爬到平屋顶上去；这时候我总不肯牺牲欣赏一下北国天空的雄伟景象的乐趣。我的帐篷位在高地的边上，因此在我面前展现出一片辽阔的平原，平原那边是阿姆加河，再过去是一带陡峭的山岭在月色和星光下发出银闪闪的光辉。有时我不由自主地倾听起深夜间轻微的声息来。……雪橇的滑木吱吱地响，……大概有一个鞑靼人偷偷地出发到雅库梯人那里去偷东西了。还有深夜迟归的行路人在雪地上行走发出咯吱咯吱的声响——这是一个刑事流放犯从山乡回到大村里来。……狗在吠叫。

在这屋顶上，在微微地吹来的冷风里，我体会到了俄语中所谓“咔嚓有声的严寒”的真正的意义。有一次我站在那里欣赏夜色，听见一种咔嚓咔嚓的声音。我不由自主地转过身去。这时候咔嚓声也从另一个方向响出了。我这才明白：原来这是我呼出的气息在冻结的声音，真好像附近有人在那里翻动晒燥了的干草。

有时到了晚上就有同伴们或阿姆加人到我这里来闲聊。我最喜欢我的房东亚历山大来访。这是一个聪明而可亲的庄稼汉，他对于天气有异常灵敏的预感。有一次我向他借一个马鞍子。

“你什么时候出门呢？”他问。

“明天一早。”

“鞍子我一定借给你，可是下雨天你要上哪里去呀？”

这时候是夏天。天气炎热，空中一丝云彩也没有。我听了他的话就笑起来。岂料第二天中午时分果然下雨了，我淋得像一只落汤鸡。

“问问亚历山大，他知道的。”有时阿姆加人这样说。我很乐意同亚历山大聊天。我喜欢他的安详的风度，也喜欢听他的见解。

有一天晚上，我生起了自制的白铁茶炊——就是我早先款待过白桦屯人的那把。我们正坐在那里闲聊，突然我的帐篷格格一声响，响得很蹊跷，亚历山大竟跳将起来。

“你听我说，符拉季米尔，”他不安心地说，“最好还是让我设法去弄三个卢布来还给你。……这个帐篷要垮了。”

他仔细地倾听一下之后，坚持要我下一天就搬家。我知道亚历山大说话一向是有经验的，就听从了他。

我离开这帐篷，实在觉得可惜。我在这里住了三四个月，已经很习惯了。到了晚上，四周鸦雀无声，我独自坐在桌旁写作，觉得很愉快。每天上午我还在这帐篷里给男孩子们教课。

我说起过，我的学生一共有三个。第一个是塔·安·阿法纳西耶娃的儿子加尼亚。他母亲是俄罗斯人，父亲是雅库梯人；他本人相貌像雅库梯人，行动活泼得像一只猴子。他每天由一个雇工骑着马送来，他骑在雇工背后。到了这里，雇工照旧骑在马上，加尼亚敏捷地从马屁股上滑下来。这时候他往往老实不客气地在马的后腿上站一会，有时还十分滑稽地抓住马的尾巴。课毕之后，他也是这样爬上马去。雅库梯人一般说来都很机敏伶俐，他们在别的异族人中间充当商贩的角色。加尼亚回答问题的时候从来不假思索。不管回答得对不对，他总是立刻回答，一切都理解得非常快，在所有的新鲜花样中都担任主要角色。当鞑靼人和雅库梯人之间经常不断的斗争尖锐化起来的时候，他常常首先闯进我屋里来报导最新的消息。有时他报导这些消息采用很别致的方式，另外两个孩子纷纷向他提出种种独特的见解，使我听了就想立刻把他们的谈话记载下来。孩子们一致同情雅库梯人及其首领。有一次他们争先恐后地讲述上一夜发生的事件给我听：鞑靼人出发到最近的一个山村里去行事，雅库梯人暗中埋伏着，偷袭了他们留在一旁的马，抢走了其中的一匹。著名的鞑靼好汉亚历山大只得步行回家。这一切都被大村里的人知道了，于是孩子们津津有味地谈论着雅库梯人这次的成功。

“老师……”有一个孩子问，“您以为怎么样：是他教他们埋伏起来的吗?”

所谓他，是指住在阿姆加担任雅库梯人首领的一个俄罗斯人。

“是他，”加尼亚接嘴说，“一定是他。……他做得很对，老师您说是吗?”

雅库梯人的首领在这次斗争中引起了我这小小学校里的人真心的喜悦。以后接连有好几个夜晚，鞑靼人骑着马小心翼翼地走向雅库梯人的帐篷，从远处叫嚷着要他们交出马匹来。……

“他们不会交出去的，因为他们已经把它吃掉了。……”加尼亚断然地说，“他们在集会的时候宰了它，吃掉了。亚历山大这件事真糟糕极了！现在大家都在嘲笑他；可是他也算得是一条好汉。……您说是吗，老师？亚历山大也挺勇敢，算得是一条好汉，就像故事里所说的一样。”

俄罗斯恐怕未见得有哪个教师同这样的事打过交道。……斗争是开诚布公地进行的，勇敢和力量的问题遮掩了我努力灌输到他们视野中去的别的主题。

我迁出亚历山大的帐篷之后，起初孩子们到我同伴们的帐篷里来上课，以后我在查哈尔·崔库诺夫（后来我根据这人描写了我的马加尔）那里找到了一个比较舒适的住所。查哈尔是庄稼人，娶了一个雅库梯女人为妻。他们有一个小女儿。他们家的住所包括一个帐篷和一间平顶的俄罗斯式木屋。他们自己住在附带着霍东（即畜栏）的帐篷里[①]，把壁面垂直、窗子宽阔的俄罗斯式木屋租给我。查哈尔同他的雅库梯妻子之间的关系很特别。他们从来不打架，但有时要靠……歌曲的帮助来相骂。开头的往往是妻子。她有许多伤心的理由：查哈尔喝酒往往瞒着她，一直要等到那匹浅黄马驮着酩酊大醉的主人从鞑靼人那里回来的时候她方才知道。如果他偶尔带一瓶鞑靼烧酒回来款待她，她起初总是高高兴兴、和和气气的，但后来一想起以前受的气，就唱起歌来数落他的一切罪行。有时他们和睦地就寝，但等到即将入睡的时候，突然响起一声几近于歇斯底里的抽噎声，于是我在自己房间里听见那雅库梯女人哀怨而悠长地唱起歌来了。查哈尔试图照样用歌调来反驳她，但往往没多久就不得不屈服了。有一个这样的晚上给我特别深刻的印象。记得那是圣

---

① 柯罗连科在1883年12月26日写给小妹妹爱薇里娜·加拉克齐昂诺夫娜的信里，对查哈尔·崔库诺夫的住屋作这样的描写：“你在流放生活方面还没有见过‘世面’，恐怕难以想象这种生活是在怎样的环境中度过的。让我给你描写这帐篷：这是最蹩脚的帐篷之中的一个。这里没有玻璃窗，只有两片小小的冰块。帐篷旁边是霍东（即畜栏），霍东和帐篷之间的门从来不关好，因此主人住屋里有暖气流到母牛那里去，而畜栏里有臭气冲到主人这里来。炉子的烟门也从来不关好，所以夜间他们家的温度总是在零度以下。不论工作日或假日，他们都是在这寒冷、黑暗和臭气中过活的。”继柯罗连科之后住在阿姆加的政治流放犯们，后来给柯罗连科寄了两张照片来：一张是查哈尔·崔库诺夫的，一张是他的帐篷的（这两张照片都附在俄文版《柯罗连科全集》第一卷里）。他们还告诉查·崔库诺夫，说他以前的房客柯罗连科写了一篇关于他的短篇小说。查哈尔为此感到很骄傲，据尼·谢·丘特契夫和别人回忆，每逢有政治流放犯新到这里，他总是去向他们作自我介绍：“我就是《马加尔的梦》里那个人。”根据现有的资料，查哈尔·崔库诺夫死于1907年左右。——原编者注

诞节的前夜。查哈尔因节日将近，带了一瓶烧酒回来，夫妻两人十分和气地把它喝完了。后来又同样和气地就寝。但静默了一会儿之后，妻子抽噎起来，接着就滔滔不绝地唱出雅库梯的歌调。那时候我已经听得懂雅库梯话，我就好奇地倾听着。妻子唱着，说她悔不该嫁给庄稼汉，要是嫁给雅库梯人就好了。雅库梯人一定不会瞒着妻子喝酒，她一定过得比现在愉快。查哈尔也用歌曲来反驳她。他喘息哽咽地唱着，说也许他也可以找到比她好的妻子。但他的歌声里没有信心。的确，他的罪行大大地超过了他所能责难妻子的地方。除此以外，他的唱歌技巧也不及他的贤内助那样灵活自如。因此他的歌声越来越轻，而她的华彩经过句则相反，越来越尖锐响亮。那时候他就拿我来威胁她，说那个“纽契”（即俄罗斯人）在门外全都听见，他不会容许雅库梯女人欺侮庄稼人。……这一切仿佛全是梦境里的事。她闭着眼睛唱她的哀怨的歌调，他也闭着眼睛反驳她。但是在圣诞节前夜那一回，我的可怜的查哈尔的处境恶化到了极点，最后他终于出现在我门口了。他的一双眼睛哭得十分红肿。

“符拉季米尔，”他说，“你为什么听凭这雅库梯女人欺侮我？……她干脆把我从帐篷里赶出来了。你去说她几句吧。她怕你的。”

他的模样儿是那么可怜，我只得走到他家门口去替他说几句话，虽然语调是十分温和的：

“斗斗玛（别作声啦），露开丽亚，……你也叫丈夫委屈得够了。”

她立刻静下来，但这时候又响起了孩子的呜咽声。这回轮到她的小女儿在梦中唱歌了。雅库梯歌曲一般都给人哀怨的印象，但这个交织在双亲的歌曲相骂中的童声的歌调，我不知道该拿什么来比拟。

她唱些什么，我听不清楚。

11
山乡人

我们自己人之间用这名称来称呼那些散居在阿姆加附近或远处单独的雅库梯帐篷里的同伴们——即政治流放犯们。他们自然而然地都以阿姆加大村为中心，经常到我们这里来买东西，有时干脆到这里来谈心。

这些山乡人之中第一个到阿姆加来的是阿纳尼·谢苗诺维奇·奥尔洛夫，我在雅库茨克的监狱里遇见过他。我到阿姆加后没多久他就来了，我们见面的时候像熟人一样。这人中等身材，一张纯粹是俄罗斯风的脸，颧骨略微有些突出，一片大胡子遮住了整个胸膛，心地十分善良。他会写诗，然而老实说，写得极坏。他看见我们不承认他是诗人，很生气。他认为这是我们对他有偏见之故。他说，照我们的见解，诗人必须是“命里注定”的；在我们看来，他是一个普普通通的人。有一次，他要考验考验我们，就从最近一期杂志上抄下纳德松[1]作的一首诗来拿给我们看，假称是他自己作的。他料想我们必然会挑剔，因而预先感到高兴；岂知我不但断定这不是他作的，并且猜出了作者的姓氏，这就使得他十分惊奇。

这个人——柔和性格的真正化身——为什么被捕，我现在说不上来。他原先是一个电报员，是在一个小县城里被逮捕的；他有声有色地讲述自己被关在这县城的监狱里时的情形。在这监狱里看守他的是一个老头儿——尼古拉时代的兵士。这人心地善良，对待他就像立陶宛堡垒里的老年看守对待崔布尔斯基一样，采取保护而略带专横的态度。

---

① 纳德松（1862—1887），俄国诗人。——译者注

“我看得出你是一个好小伙子，可就是不安心于职务，你瞧，竟弄到进监狱的地步。……你这是怎么搞的？……”

奥尔洛夫试图说明他为什么入狱，他说：政府在迫害整个俄罗斯，而我们想要解放人民。

老头儿用宽容的态度微笑着听他讲，就像听小孩子胡说八道一样。

“这么说，你们是在反对沙皇。……哦，原来如此。……你们真是蠢货，什么也不懂。……要是沙皇派军队来打你们，又怎么办呢？……沙皇的军队可多呢！……”

奥尔洛夫就向他解释：军队也是人民，宣传工作也已经深入到军队里去了。说着他就举了几个例子。

“怎么？照你这么说，你们已经在那里煽动军队造反了！……好，既然这样，进囚室去吧。你玩儿得够了，就给我在铁窗里坐坐吧。……原来你是这么一个人：煽动军队造反！……给我坐监牢吧，坐监牢吧，不然你还要去耍花样呢。”

于是钥匙叮当地响了一阵，他嘴里咕哝着，把奥尔洛夫赶进了囚室。

除了这番真实生活的叙述之外，我再也没有听见过奥尔洛夫谈起他入狱的情由。我想，实际上也并没有什么严重的事件：政府对革命运动的态度，无非就是这位看守所说的一套哲学；所不同者，这是一个心地善良的人的哲学，而政府又在这上面加上了许多残酷措施。

在数月之内，奥尔洛夫到阿姆加来了好几趟，因为他就住在附近的山村里，离开阿姆加只有二十俄里光景。过了一个时期，他开始向我们提起，说他的帐篷里住着一对新婚夫妇，年纪轻得几乎像孩子一样。这是他房东的儿子小两口儿。这以后，我们开始注意到，奥尔洛夫写起雅库梯诗来了，这些诗是献给一个“理想人物”的。

大约过了四个月或许更多一些时间，有一次我们从瓦西里耶夫那里回来，一路刮着暴风雪，突然我的马前出现了一个人影。我勒住马一看，原来是奥尔洛夫。

“为什么你那么迟了还回去？你应该等我们的。”

“我一个人待在你们屋里，心里害怕。……尤其是因为我发现你们架子上有一把手枪。”他沮丧地回答。

我们回到家里，大家都发现奥尔洛夫真是所谓面无人色。他脸色苍白，形容憔悴之极。原来他的诗人的心深为那个年轻的雅库梯女人所动。他写雅库梯诗给她，但她一直无动于衷。这些他都能忍受得了，但是昨天夜里，丈夫不在家，屋子里传来种种声音。……诗人怀着醋意倾耳细听，才知道他的理想人物对丈夫不贞，正在和一个过路的雅库梯人要好。这变节的最后一幕特别刺痛了他的诗人的心。

“你们知道：我清楚地听见四个五戈比钱币发出叮当声。……”

可怜的人脸上显出极其痛苦的表情，简直使我害怕起来。

“这件事要好好地提防着点，”我对同伴们说，“看来情况很严重。你们瞧，这小伙子消瘦得厉害。”

“没关系，”我们新来的同伴罗马斯说，“我知道他的性格：决不会消瘦到致命的地步。你看他瘦了瘦了，到后来自会好起来的。”

果然，过了不多久，奥尔洛夫来到我们这里，样子愉快得多了。为了解释自己神彩焕发的原因，他掏出一本记事册来，给我看上面的一项记载：“给理想人物三个卢布。”

当我回到俄罗斯去的时候，途经雅库茨克，看见奥尔洛夫已经在那里了，他比我先离开流放地。他把自己的诗仔细誊写成两三个册子，交了给我，要求我一定把它们转交给随便哪家编辑部。我执行了他的要求，然而不幸这件事没有成功！我把我同编辑部的全部通信寄给了奥尔洛夫，好让他知道，我的“成见”并没有影响这个使作者伤心的答复。……在几家编辑部碰了两三次钉子之后，可怜的奥尔洛夫才死了这条心。……大约过了两三年之后，我怀着沉痛的心情听说阿纳尼·谢苗诺维奇·奥尔洛夫撇下妻子孩儿，在雅库茨克逝世了。最后一段时期，他是在雷赫林斯基那里供职的。……这人在我的生涯中一闪而过，在我的记忆中留下了善良、温柔、和气的印象，有一次我曾经痛悔不该过分轻率地对待他的一次告诫[①]。

12
巴甫洛夫的悲剧

不久，我们这批移民中又增加了两个同伴。这便是罗马斯[②]和巴甫洛夫[③]。罗马斯出生在西南区，就相貌和语言而论，是一个道地的乌克兰人。这人的性格十分独特。他没有受过任何教育，却给人以受过完善教育的人的印象，而且能够持久地同人作最复杂的知识分子谈话。他之所以有这一切成果，全靠自己努力读书。他样样都会，就是写字不会。他写的字乱七八糟，像一个目不识丁的人写的。这情况后来给他带来很大的害处。铁路局有许多行政长官在同

① 指关于亚·巴·巴甫洛夫之死，参见下一节。——译者注

② 米哈依尔·安东诺维奇·罗马斯（1859—1920），七十年代末在基辅铁路局当注油工。1879 年参加宣传小组。1880 年流放东西伯利亚。去西伯利亚的途中，在维什尼伏洛乔克监狱里拒绝向亚历山大三世宣誓，因此被流放到雅库梯州。1884 年回到基辅，后来卜居伏尔加河上的克拉斯诺维多沃村，为了进行宣传工作而在那里开设了一家小铺子。高尔基在他的回忆录《我的大学》里对于罗马斯这一段生活时期曾有鲜明的描写。1894 年，罗马斯被捕，重又流放东西伯利亚五年。1902 年回到中央俄罗斯。柯罗连科和罗马斯之间的关系几乎维持到了他们一生的最后时期。作为一个艺术家，柯罗连科对罗马斯的独特的个性颇感兴趣，在九十年代中期时他曾试图在短篇小说《美术家阿勒莫夫》中描绘他的形象，称他为“小市民罗马内奇”（见俄文版《柯罗连科全集》第三卷）。——原编者注

③ 亚历山大·巴甫洛维奇·巴甫洛夫（1856—1883），钳工，曾参加俄国北方工人协会。1880 年被捕，按行政命令流放西西伯利亚三年。在维什尼伏洛乔克转送监狱里拒绝向亚历山大三世宣誓，于是被流放到雅库梯州。——原编者注

他初次交谈之后，打算给他任何一种知识分子职位，但一看见他的笔迹，就大为踌躇了。我曾经多次建议他利用空闲时间把知识分子的笔迹也学一学，由我来协助他；但他坚决拒绝学习，事实上恐怕在他这年龄学起来也很困难了吧。

他的同伴巴甫洛夫是彼得堡的一个工人。他是哈尔土林的学生。哈尔土林就是假扮木匠到冬宫去安排爆炸的那个人。巴甫洛夫讲给我们听：这个恐怖主义者如何热泪盈眶地劝说他的工人学生要继续进行宣传工作，但无论如何不要走上恐怖主义的道路。他说："走上这条路就退不回来了。"事实确是如此，哈尔土林自己在敖德萨谋杀了军事检察官以后便是在绞架上结束生命的。

罗马斯和巴甫洛夫两人毫无相像之处，看来没有比他们更不相像的人了。巴甫洛夫出身于沃洛格达省的农家，是俄罗斯人；他身体很丰满，甚至可说是肥胖的，动作相当笨拙，举止方面保留着许多农家风度，虽然他并不喜欢农家工作，从来不同我们一起务农。罗马斯则相反，中等以上的身材，体格结实而瘦削，工作劲头十足。他们表示愿意住在一起，就住在离开我们二十五俄里的一个雅库梯帐篷里了；如果我没记错的话，那便是从我们的大村顺着阿姆加河南下的巴拉古尔山村。不久我就知道，他们在计划一同逃走：他们决定明年春天逃，这样可以让两三条冻结的山溪在他们逃过之后开始流冰，自己就能及时脱身。不久我也参加了他们的计划，我们就一同做起准备工作来。起初他们住在一个雅库梯人家的帐篷里。我就经常到他们那里去。彼得·达甫多维奇·巴洛德[1]也和我们一同拟订计划，关于此人我以后再谈。我们开始为鞋子的事操心起来。

---

① 彼得·达甫多维奇·巴洛德（1839—1918）于1862年和德·伊·皮萨烈夫等人因所谓"袖珍印刷厂"事件一同被捕，1864年被判十五年苦役刑。在亚历山大罗夫工厂城服苦役。出狱后被遣送到雅库梯州，在勒拿金矿公司的开采场工作。——原编者注

如果不能订购到矿工靴子的话，就归我来制作。订购矿工靴子的事我们可以托巴洛德设法。巴洛德还给我们指出了一条道路：以前有一家同西伯利亚通商的“北美公司”的通商大道横贯阿姆加大村。这条美国道路从雅库茨克开始，经过阿姆加大村，再往前伸展一千俄里，起伏在山峦之间。现在山里还保留着旧时的大道和支路的痕迹。我们想使当地居民特别是长官们对于我们一同进进出出不加注目。然后只要在流冰期即将开始之前越过两三条山溪，就可以在当地长官们还没有发觉之前有充分的时间赶路。……以后……

以后怎么样呢？我们打算在走了一千俄里左右的童秃峰（这一带地方的山峰的名称）之后偷偷地来到鄂霍次克海；到了那里，如果运气好的话，就乘上一只美国轮船去。但这只能碰机会。如果搭不到船，我们只得沿着鄂霍次克海而下，来到阿穆尔河的河口，然后沿河而上，走流浪者通常所走的道路。然而，可能性最大的恐怕还是被人追赶上来，于是一切希望落空，换来最枯燥无味的铁窗风味和继续流放。

但在这时候，从俄罗斯传来消息，说是要规定流放期限了。我们对自己这个计划不觉就冷淡起来；在阿穆尔河上艰难地步行，至少要费三年的时间。因此我和罗马斯不久就放弃了逃走的打算。只有巴甫洛夫一人还忠实于计划，竭力坚持要按计划行事。这时候，巴拉古尔山村决定为自己的流放犯在一条小河边的密林中间新建一所木屋。所选择的这个地点是阴森森的。

我还得提到一件事，这件事给这次悲剧涂上了阴暗的迷信色彩。有一次巴甫洛夫在森林里闲步，发现一辆木制的玩具雪橇，上面载着一个也是木制的乘客。他就把这当作好玩的东西带了回来。我们看了他拾来的这个东西，也觉得好玩，百般嘲笑那乘客的模样。这件事发生在罗马斯和巴甫洛夫还住在雅库梯帐篷里的时候。那时我经常到他们那里去，夜里就宿在那边，同他们很要好。拾到玩物的那天，我正好到他们家去。房东家有一个人不知为了什么事到俄罗斯人的帐篷里来了一下，看见这玩意儿，大吃一惊，他劝我们无论如何要把这雪橇和乘客立刻拿到森林里去放在原来的地方。他还怀疑我们这样做了之后是否定能免去灾难。原来这是病魔所附的偶像。雅库梯人得病后，总是请巫师来驱除病魔，让病魔附着在偶像上，把它送到森林里去。这么说来，巴甫洛夫带来的是有害的精灵。我们对于这种迷信说法，当然只是取笑而已。但我觉得巴甫洛夫很不自在，因为他们沃洛格达森林里的农民们也和异族巫师打交道的。

单独的木屋建成以后，巴甫洛夫和罗马斯就迁居进去。我又去看他们。那住屋的阴惨光景使我吃惊：旁边一点附属建筑物也没有，连拴马桩都没有一根。屋子紧靠着湍急的小河，崭新的木料显出在深暗的原始林的背景上。原始林稠密地高耸在屋子周围和对面岸上。从那里传来低钝的林啸声。

“好在不长久了，”巴甫洛夫说，“只要等到春天……”

但冬天就开始公布期限了。……这时候再要坚持逃走，简直可以称之谓狂妄了；但巴甫洛夫仍然执意坚持，其态度之激烈，使我们颇觉惊奇。就在这件事上，两个同伴之间开始出现了一些分歧的意见，他们的友好关系渐渐冷淡下来。巴甫洛夫仿佛预感到他的悲剧就要开始了。

罗马斯开始抱怨，说和巴甫洛夫同住在一起很不好受。罗马斯常常到我们村里来一连住上几星期。有时巴甫洛夫也来，但没有待多久就回到自己孤零零的屋子里去了。以前我们三个人边钓鱼边谈笑或者同雅库梯人聊天的那种情景已经一去不复返。……我至今一直不能原谅自己，为什么我当初没有充分的想象力，不能设身处地地替巴甫洛夫着想：他一个人住在阴森森的河流旁边也很阴森的树林中间的这所屋子里，是多么孤单啊！根据罗马斯的描述，巴甫洛夫的性格越来越古怪了。

这时候春天来到，我们要准备做田间和菜园里的工作了。这是一年里最愉快的一段时期。我们叫巴甫洛夫一同参加工作，但他看来不愿意来。他现在把罗马斯看作仇敌，大概他以为罗马斯唆使得连我们也反对他了。就在这时候，我们这里新来了一个同住者奥西普·瓦西里耶维奇·阿普捷克曼①（这人现在还住在彼得堡）。巴甫洛夫以前就认识他，托人送一张条子来，请他立刻到他那里去。这是一个不合情理的要求，因为阿普捷克曼刚刚从乌斯特马雅来到这里，身体疲倦得很。因此他写了一个回条，说他不能前去，但希望巴甫洛夫到阿姆加来。我也写了一封亲热的信，恳切地对巴甫洛夫说，我们大家都欢迎他来。我把信交给巴甫洛夫托带便条的那个移民送去。第二天，就是那个移民给我们带来一个悲惨的消息：就在上一天夜里，巴甫洛夫开枪自杀了。

直到现在，这个晦暗的日子和种种细节还历历地保留在我的记忆里：天上飘驰着春日的云彩，有时从云端里撒下毛毛雨来，有时倾泻下一阵寒冷的暴雨来。一切都充满朝气蓬勃的生趣。我在那移民的话里听得出责备的口气。他仿佛在说：你瞧，要是你们看见了那张便条就去，你们的朋友现在就活着了。我有更大的理由来责备自己。阿纳尼·谢苗诺维奇·奥尔洛夫对我说过，最近一次他到巴甫洛夫的阴森森的屋子里去，发觉巴甫洛夫的行径很古怪：他屋子里的天花板上画上了格子，有几个地方钉着几个大钉子，其中一个钉子上挂着一根绳。而且巴甫洛夫还同奥尔洛夫谈起自杀的事。这一天我在菜园里耕作了一整天，疲倦得很，对于奥尔洛夫这番告诫没有加以应有的注意。我觉得要自杀的人是不会预先把自杀的企图

① 奥西普·瓦西里耶维奇·阿普捷克曼（1849—1926）从1877年起是“土地与自由社”的成员，该社分裂后参加“黑分派”。1880年被捕，流放雅库梯州五年。1886年回到中央俄罗斯。1906年侨居国外，十月革命后回到俄国。曾和柯罗连科长期通信。——原编者注

告诉朋友的。而且阿普捷克曼的来到在我看来是一个很合适的借口，可以乘此机会叫巴甫洛夫到我们这里来。等他来了之后我们就可以劝服他了。想不到现在传来了这消息。……

我记得最近一个夜晚的情况。我在屋子里觉得室闷，就走到帐篷的平屋顶上去，从我们“夏屋”的斜屋顶底下眺望着天空。灰色的浮云在天空中移行，有时从云端里洒下雨滴来。这天夜里，有许多关于生死的念头在我脑海里掠过。

过了几天，一个医生和一个陪审员从雅库茨克前来验尸。我们接到通知，说验尸时要请我们也到场。我就决定和罗马斯一同到巴甫洛夫的屋子里去。这一天是标准的春日，充满着格外生气蓬勃的景象：鲜明的云彩在空中移行，春风阵阵吹来，森林发出低钝而特别清晰的啸声。自然界有时很奇怪地和人的心情相呼应，我和罗马斯似乎觉得，现在它正在清楚地数说着我们的过错。……“你们疏忽了，你们疏忽了。”我在风啸声中听到这样的话声。

当我们的车子驶近阴森森的小河旁边的新屋时，那里正在哗啦哗啦地下着又急又斜的大雨。医生和陪审员已经到场，窗子开着，里面传出那个我们已经熟悉的移民的声音。

“喂，朋友，翻过身子来！”我在他对死人说的这句话中听得出一种善意而粗俗的口气。

“进去吧。”我指着门对罗马斯说。

他摇摇头表示不愿意。尽管外面下着倾盆大雨，他却不走进去，一直站在墙脚边。……我提心吊胆地走了进去。……

巴甫洛夫的脸色很安详，毫无一丝痛苦的表情。……看来他全部原谅我们了。……我身旁有一个人操着雅库梯口音在轻声地说着什么。我回过头去，看见见证人中间站着那个上次见了巴甫洛夫拾着的东西大惊失色的雅库梯人。

“你们那时候还笑呢。”他用责备的口气对我说。我不觉回想起了白桦屯的森林之中另一个人的死亡，又回想起了巴甫洛夫听人说他带来了魔鬼时脸上的异样的表情。他也是一个农民。在他一生最后的时刻里，谁又知道夜神对他说了些什么呢！也许他在期待着朋友们的解救。“你们疏忽了，你们疏忽了。……”我心中还念念不忘奥尔洛夫的告诫。

尸体剖验过之后，把它装进一口草草钉就的棺材里，抬到阴森的小河边埋葬了。葬穴掘得很深，而在那一带地方，土地到了夏天也有一俄丈以上不解冻的。所以我想，直到现在，巴甫洛夫一定还照旧带着悲哀而总算平静了的表情躺在那里。

当我们走出屋子去的时候，罗马斯脸上还是显出同样的表情，冒着大雨站在原地方。

青年时代是无忧无虑而容易忘怀的。不久就产生了新的印象，有了新的操劳。现在我回想起这次死亡，觉得比一个月以前的体会深切得多了[①]。

13
彼得·达甫多维奇·巴洛德

彼得·达甫多维奇·巴洛德这人是整个阿姆加大村都闻名的，虽然他当时并不住在这村里。有一回，我经过魏连保甫斯基的小铺子，听见魏连保甫斯基敲敲窗子招呼我，我走进店去，看见他面带喜色。

“巴洛德来了。”他说。从他的表情可以看出，他是把这消息当

---

① 这一段回忆是 1921 年所写。同年 5 月 24 日，柯罗连科写信给奥·瓦·阿普捷克曼，向他打听一些关于巴甫洛夫的事，信上写道：“谢谢你告诉我关于巴甫洛夫的回忆。这是我的回忆录中最阴惨的篇幅之一。我们——他的朋友们，特别是我，对这年轻的生命疏忽大意了。在这件事上过失最大的是罗马斯，其次是我。”——原编者注

作一个重要的喜讯来报导的。

巴洛德同阿姆加大村的全部生活有直接的关系。瓦恩什坦和巴宾最初的工作便是靠他而谋得的：他们烤面包来供给他的在阿尔丹河上原始林里工作的金矿开采队。他还常常通过瓦西里耶夫给农民们找工作做；而每年到了冬季开始的时候，总有一大队货车从阿姆加出发到原始林去。全村的人都来观看这一列橇车怎样经过草地而从冰面上渡过河去，然后出现在对岸，形成一条狭长的带子，沿着陡峭的道路爬上岸坡去。到了道路拐弯的地方，车队消失了。这是阿姆加人给“巴洛德先生”送储粮去。阿姆加人随身带去的只有一车干草和人吃的粮食。他们的刻苦耐劳的马匹是靠牧草来喂养的，这只有雅库梯本地的马才做得到。行了一整天路以后，人们把马匹放到雪地上去，让它们去给自己找饲料。它们找饲料的方法很有趣：它们用一只脚在雪地里画一个圆圈，然后用力地打一个响鼻，使冻结在那里的轻柔的雪四下里消散了，就露出去年的草来。这些本地马可以像这样走几千俄里的路。可想而知，人走起这段路来也很艰苦：有遮蔽的住宿处根本找不到，只能在露天宿夜，只有好赚头才能激励人们来克服这些困难。……当阿姆加人运送完毕归来，第一批出现在对岸陡峭的道路上的时候，村里的人都欢天喜地起来。给他们带来这种欢喜的，又是那个彼得·达甫多维奇·巴洛德：原来阿姆加人从原始林里带来了收据，魏连保甫斯基就根据这些收据来付钱。巴洛德自己住在阿尔丹的原始林里。有时他的金矿开采队里有几个工人到我们这里来，他们谈出许多关于自己生活情况的有趣的话来，谈着谈着又谈到了巴洛德。在他们的谈话中充满了对彼得·达甫多维奇·巴洛德的赞叹和爱戴。

“彼得·达甫多维奇·巴洛德先生是不会出卖我们的。”他们这样说，指的是他在金矿开采公司面前对他们的保护。“他坚决地袒护我们。”

他们谈到他精力充沛、刻苦耐劳而善于观察地势的种种事例，使人听了简直吃惊。他有西伯利亚地图，但他不大相信这些地图，曾经举出好几个例子来，例如在两条河中间，照地图上所示，相距数百俄里，实际上只有数十俄里；还有相反的例子：从地图上看来，两条河流之间的距离应该是十分接近的，实际上却要在森林里走好几个星期。有时他让开采队和带路的通古斯人留下来，自己根据一种本能，独自翻山越岭而去，只在衣袋里装满了巧克力糖。

“有时总以为我们的彼得·达甫多维奇要完蛋了。甚至通古斯人都摇起头来。……可是瞧啊，过了几天，我们走到一条小河边，……咦，那儿燃着一堆火，火边站着我们的彼得·达甫多维奇，在那里等我们。”

有一次，他碰到了下面这样一桩真正叙事诗式的事件：一只货船载了开采队的全部财产顺着湍急的河流向下游驶去。突然来了一股急流，挟住货船，把它冲向河中的一个岩礁上去。眼看着开采队的财产要全部覆没了。这时候只有巴洛德一个人没有惊惶失措，他把缆索缠绕在一棵大松树的树干上，终于把货船拉住了。巴洛德建立了这样的功绩，却折断了一条腿。那地方离开起码的医疗机关所在地有数千里之遥。可是巴洛德也设法克服了困难：他指挥工人们制造了一些这种场合下所需要的夹板，亲自把腿绑扎起来，在森林里躺了一个时期，一方面继续给大伙儿布置工作。

总之，这是一个真正的勇士，无怪乎有人说：他才是车尔尼雪夫斯基所描写的拉赫美托夫[1]的原型。也许这话是正确的。他被捕

---

① 车尔尼雪夫斯基的小说《怎么办?》的主人公。——译者注

的经过情况也很奇特。据瓦西里耶夫说，他之所以被捕，是因为印刷六十年代著名的秘密传单“大俄罗斯人”——这种传单是很粗暴的[①]，就像通常那样号召人们去做自己都还不大清楚的事。但这被捕原因靠不住。巴洛德是一个性格温柔的人，——这是精力充沛的人所常有的情况，——他对“大俄罗斯人”采取否定的态度。他是因皮萨烈夫[②]的案件而被捕的。皮萨烈夫——那时候已经是一个著名的批评家——在要塞里关了三年。巴洛德读大学时和皮萨烈夫同学，同他称兄道弟。然而我觉察到巴洛德在评论皮萨烈夫的时候缺乏友谊，也许竟不怀好感。对于这种细致的表情，我直到现在读了《往事》杂志上关于皮萨烈夫案件的回忆文[③]才明白。巴洛德对我说，皮萨烈夫的观点太不一贯了。他一方面鼓吹感情自由，同时却在尼古拉车站上毒打一个军官，只因为一个姑娘认为这军官比皮萨烈夫好。当巴洛德和皮萨烈夫被逮捕时，他们都还年轻，两人都只有二十一岁。巴洛德劝皮萨烈夫写一篇关于在六十年代攻击赫尔岑的奴颜婢膝的作家舍多-费罗蒂的文章，答应他在袖珍印刷机上刊印。皮萨烈夫这篇文章语气很激烈，内中包含着对专制制度和亚历山大二世个人的许多抨击。由于偶然有人告密，巴洛德那里受到了搜查，于是出于皮萨烈夫手笔的这篇已经完成了

① 《大俄罗斯人》的传单（从 1861 年 7 月到 9 月共出三次）并不“粗暴”，其政治立场是很坚定的。《大俄罗斯人》对社会上立宪运动的力量估计过高了。据尼·谢·丘特契夫推测，是柯罗连科把《大俄罗斯人》的传单同《年轻的俄罗斯》的传单混淆起来了，后者曾在保守派和自由主义的人士中间引起惊慌。——原编者注

② 德米特利·伊凡诺维奇·皮萨烈夫（1840—1868），优秀的革命政论家和批评家。1862 年写了一篇文章反对沙皇政府的走狗费尔克斯男爵，因为这人用舍多-费罗蒂的笔名在国外出版了两本诽谤赫尔岑的小册子。皮萨烈夫在这篇文章里为赫尔岑辩护，发表了反对专制政体的见解。皮萨烈夫这篇文章在巴洛德的秘密印刷所被查封的时候给发现了。皮萨烈夫被捕，在彼得保罗要塞关了四年半。——原编者注

③ 指“德·伊·皮萨烈夫案件”一文，该文系列姆凯所作，登载在《往事》杂志 1906 年第二期上。——原编者注

的文章就落到宪兵手里。在这样的情况下，巴洛德认为没有理由可以否认这篇文章出自皮萨烈夫的手笔，因为皮萨烈夫的笔迹是众所周知的，一看就知道是他所写。但是皮萨烈夫不知为什么一直否认，于是巴洛德不得不同他当面对质而揭穿实情。这件事大概给巴洛德带来了相当大的痛苦，这一点我在他提到皮萨烈夫时可以觉察到。

总之，必须指出一种情况，即那时候被捕的人和我们现在被捕的人所采取的态度完全不同。大家都知道，有许多十二月党人在专制政体和沙皇本人面前卑躬屈节。大家都知道，彼得拉舍夫斯基分子也逃不了这种责难。总之，可以这样说：那时候被逮捕的俄罗斯人认为自己有义务回答当局所提出的一切问题，而且知道他的同志们也会采取同样的态度。我曾经举出一个幼稚的革命“玩好者”斯××夫作为例子，这人已是属于我们这时代的了。他认为每次被捕总是理所当然地要回答宪兵提出的一切问题而出卖同志。在我们的时代，这种类型的人已经是罕见的了，但在二十、四十和六十年代，专制政体的威力还很强大，我不能断定这位真正的拉赫美托夫当时没有作出坦白的供词。到了我们这时代才培养出来的对政权的轻蔑态度，甚至在六十年代也还没有。我们现在已经把上书请求饶赦看作不成体统的事；但在那时候，岂但是巴洛德，就是皮萨烈夫自己，虽然在关于舍多-费罗蒂的那篇尖锐的文章里轻蔑地斥责了专制政体及其代表者，却认为上书解释该文乃自己年幼无知的轻率表现，还是无伤于他的尊严的。时代不同，风尚也不同，不能用同样的尺寸去衡量不同时代的人。那时候专制政体还有威力，而到了我们的时代，这种威力完全消失了。请求饶赦被看作卑鄙的事，人们宁死不屈。……失败者对专制政体的这种态度，也许正是专制政体灭亡的良好征兆。……

在巴洛德来到阿姆加的日子里，晚上我常常和他一起聊天，现在回想起来很有趣。我和他有时在瓦西里耶夫家碰头，有时在魏连保甫斯基那里碰头——这时候魏连保甫斯基必定是喜气洋洋的；或者有的时候，巴洛德到我们的帐篷里来。在这里，如果他突然挺一挺身子，我们的低矮的天花板和他的魁梧的身躯之间就显得极其不协调。这几次谈话给我留下了十分愉快的印象。我们有时对他的看法提出激烈的反驳，这时候他总是采取泰然自若的态度，——这种态度和他的勇健的体力之间具有一种协调的感觉。当时我还是一个热烈的民粹主义者，巴洛德所谈的关于他在西伯利亚村社中的生活情况，充满了一个个人主义者的拉脱维亚人的观点，往往引起我的剧烈的反驳。这时候巴洛德就回击我的反驳，他的态度安详而尊严，使我永远不能忘记。

后来我在俄罗斯看到他。那时候他已经不住在雅库梯州，而到彼得堡来了。他到这里来，是为了同金矿开采公司打官司。原来公司方面看见巴洛德对人容易轻信，任人造谣中伤也不加以辩护，就利用他这一点来同他打官司，企图从中获利。那时候他照旧是勇士模样，据说新近结了婚。如果现在他还活着而能读到我这段文章，那么我要向他问候并致以最热诚的祝愿。

14

在早春某一个晴明的日子里，我爬到我们的屋顶上，看见契普恰尔冈方面的草地上有一辆橇车由两个骑马的人陪同着在行驶。起初我以为这是某长官出行。后来才知道是一些新朋友到我们这里来作客，我们以前还没有同这些人见过面呢。不久我们的帐篷就充满了愉快的喧嚣扰攘之声。

这是从楚腊朴查来的一群政治流放犯。我们早就听人说起过他们。这里首先要提到的是李涅夫[1]和丘特契夫[2]。他们两人几乎就在我离开雅库茨克的前一天被遣送到那里。当时和他们在一起的还有沙马林[3]和叶卡捷琳娜·康斯坦丁诺夫娜·勃列希科夫斯卡雅[4]。他们起初被流放到外贝加尔州的巴尔古津城，曾计划从那里逃走，然而没有成功。给他们领路的布里亚特人起初甘愿引导他们到中国边境去，但后来害怕起来，改变了主意，终于悄悄地溜走，把这一伙人抛弃在荒山幽谷中了。这地方风景如画，然而一小队人没有向导就寸步难行。

丘特契夫有声有色地讲给我听：有一次（领路的人已经不在了），他们费了九牛二虎之力爬到一块凹地里去，那坡十分陡峭，几乎是垂直的，马匹必须用绳索放下去。他们就在这凹地的底上安顿下来休息了。这些逃亡者明明知道他们现在的处境很困难，但这一时刻却给他们留下了富有诗趣的回忆。看来似乎只要一举目，就一

---

① 伊凡·洛根诺维奇·李涅夫（生于1842年左右，死于1885年或1886年）于1877年为“友谊会”事件被捕，1879年流放到雅库梯州，为期四年。——原编者注

② 尼古拉·谢尔盖耶维奇·丘特契夫（1856—1924）曾参加“土地与自由社”。1878年初被捕，按行政命令流放东西伯利亚。1881年从巴尔古津逃出，但又被缉获，流放雅库梯州五年。回到中央俄罗斯之后，于1894年重又被捕，流放西伯利亚八年。在丘特契夫所写的未出版的柯罗连科回忆录中，作者叙述了他和同伴们初次来到阿姆加大村同符拉季米尔·加拉克齐昂诺维奇相识的情况。据丘特契夫说，这是1882年秋天或者初冬的事：“在这里，我初次结识了符拉季米尔·加拉克齐昂诺维奇。那时候他和伊·伊·巴宁、奥·雅·瓦恩什坦两人一同住在一个有地板和玻璃窗的帐篷里，这帐篷给我们山乡人以安闲舒适、清洁整齐的感觉。……符拉季米尔·加拉克齐昂诺维奇那时正当盛年，精力充沛，——虽然已经长着一脸大胡子，这大胡子配合着他的一头浓密的波浪形头发，使他在别的阿姆加人中间显得威严而庄重。在这次初相识的时候，使我特别惊奇的是他的健全的幽默讽刺态度，他善于温和而毫无恶意地嘲笑我们这些‘野头野脑的山乡人’。”——原编者注

③ 康斯坦丁·雅科夫列维奇·沙马林（1854—1902）同柴科夫斯基小组有亲密交往。从1878至1885年被流放在东西伯利亚。——原编者注

④ 叶卡捷琳娜·康斯坦丁诺夫娜·勃列希科夫斯卡雅，即勃列希科-勃列希科夫斯卡雅（1844—1934）。在“一九三人案”中被判五年苦役刑，起初在卡拉服役，后来被遣送到巴尔古津。1896年回到欧洲俄罗斯，积极参加社会革命党的组织，属于该组织的极端右翼。十月革命后逃亡国外，是苏维埃政权的死敌。——原编者注

定会找到出路的。此刻他们暂且尽情享乐，把自己看成完全置身文明社会之外，不管怎么说，总是远离一切行政长官的。……突然……犹如青天霹雳一般，从他们刚才爬下来的那个陡崖的顶上传来一个年轻人的响亮的声音：

“尼古拉·谢尔盖——耶维奇！……”

有人在叫丘特契夫。原来当局派熟悉山路的布里亚特人来追缉了。布里亚特人对于政府和他们现在所追捕的人之间的斗争，自然抱着叙事诗般的冷漠态度。然而既然县警察局长命令他们来追捕，那他们总是惯于执行他的指令的。逃亡者被包围起来，于是只得投降。富有诗意的一页结束了：离开了无边无际的群山万壑之后，这一伙人重又被关进巴尔古津的监狱，然后被分别送往各地。沙马林、李涅夫和丘特契夫来到了雅库梯州。

现在他们住在楚腊朴查附近的地方，彼此相距不远，常常见面。他们的住处仿佛成了一个中心，当地有许多流放犯都群集在这中心周围。我不能担保他们没有再度计划逃走。这些人年纪很轻，性情活泼好动。李涅夫曾在美国受到正式的农业训练，因此他决定“在意图变更之前”把自己的知识应用到新的环境中去。丘特契夫和他合作。沙马林是这一伙人中年纪最轻的，性情活泼，行动积极。他也置备了产业，而且因为他在兽医学院（记得是在杰尔普特）待过，所以把医务工作也应用到自己业务上去，朋友们都笑他。丘特契夫不需要生活费，可以把赚来的钱供给同伴们。全靠他的关系，大伙儿才置备了乘马和猎枪。我从我们帐篷顶上望见的两个骑马人，是基泽[①]和陀勒[②]。这两

---

① 文采斯拉夫·爱德华多维奇·基泽（生于1860年左右）于1880—1881年是基辅“南俄工人协会”的会员，在协会的印刷厂里工作。1881年被捕，被判苦役刑，后来改为流放东西伯利亚十年。1890年作为外国国民被驱逐到国外，住在罗马尼亚。——原编者注

② 亚历山大·伊凡诺维奇·陀勒（1862—1893）加入“南俄工人协会”。1881年被捕，判二十年苦役刑，改为流放到西伯利亚做移民。——原编者注

位都是年纪很轻的彼得堡工人，而且是外国籍：一个是法国籍，另一个是德国籍。他们出生在俄国，除了俄语以外，任何别的语言都不会说；但这并没有妨碍他们提出抗议，反对行政当局迫害他们。过了不久，这抗议受到重视，于是其中一人被押解出国，他对这件事自然觉得十分遗憾。但这悲惨的一页还在后面呢。现在他们两位都住在楚腊朴查附近，替雅库梯人当铁匠或钳工。我相信：此刻基泽回想起自己这一段生活时期，一定觉得是最幸福的。法国人陀勒除了本行业务以外，又是一位打猎的好手。随着春天的来到，雅库梯一带地方飞来多得难以计数的野禽。这时候陀勒就不再露面，日日夜夜在森林里和湖面上盘桓了。他不愿意用霰弹来打这些野禽。他要等到两三只鸭子游成一行的时候，设法用一颗子弹来贯穿它们。……

这一伙青年人周围有一种特别愉快的气氛，现在也带到我们村子里来了。自从他们来到后，阿法纳西耶夫家每天晚上都有晚会，可惜我参加的次数最少。因为这群愉快活泼的青年人来到这里的时候，靴子往往已经穿得很破旧；为了使楚腊朴查这伙人能够在阿法纳西耶夫家里跳舞，我就脱下自己的靴子来给他们穿，自己坐在家里替他们修补靴子。同伴们都笑我，说这批“哥萨克人”一来到，我就注意他们的靴子。在楚腊朴查本地也有不少青年人：司祭的女儿、商人的女儿等等。在那里也经常举行游乐。结果基泽和陀勒都在楚腊朴查结了婚。

15
伊凡·洛根诺维奇·李涅夫的史诗

这一伙人之中最年长的是伊凡·洛根诺维奇·李涅夫。我们这些人都是阅世不深的青年。李涅夫则已经有过一段很长的生活经历了。他是科斯特罗马的一个以前相当富裕而后来破产了的地主的儿子，曾先后在戈雷-戈莱茨基学院和德国研究农业，又在美国身受了相当艰苦的经历。

在那个时期，美国特别吸引着俄国人。我们从马里科夫、柴科夫斯基和别的“神人”们的漂泊生涯中已经看到过这方面的例子。李涅夫在这时期也受到了吸引。他本来显然是一个性情愉快而酷爱饮酒的人，但这并不妨碍他十分严肃地对待生活。他做事有始有终。七十年代初，他和一个朋友一同侨居到美国，这朋友的姓氏我忘记了。

他谈起自己在美国的种种奇遇来，态度十分幽默。他们乘了侨民的轮船来到美国，就在当时一般侨民登岸的地方上了岸，到一个叫做城堡花园的机关里去。各农场主是到那里去雇佣工人的。我们俄罗斯人即使抱着最民主的思想方式，对于美国雇主们的手段也不由得会感到屈辱：他们竟毫不讲理地摸摸要来做工的人的肌肉，就像对付牲畜一样。虽然我们这些同胞体格显然很强壮，身体上没有什么特别的缺陷，并没有衰弱的迹象，然而他们还是经常被淘汰。后来行政当局有一个人劝他们在雇主面前声言自己懂得农业方面的专业知识。他们听从了这个劝告，果然被录用了。

最初一段时期事情进行得不很顺利。我们这两位侨民是有几个钱的，因此他们并不把自己的境况看得很急迫。加之美国人对待工人态度极其粗暴，喜欢运用拳术。新的老板不懂得俄国话，就采用起人人都懂的语言来。结果工人们把老板狠狠地揍了一顿；但因为他们在劳动的要求上没有缺点，所以没多久又找到了职业。只是他们决定，必须使自己处于不享受特别权利的地位。李涅夫不免带着幽默的口气讲给我们听：他们如何雇用了一支黑人乐队，带着他们从以前那个老板门口经过。……他说：让他知道知道。……他们大吃大喝把钱花光了之后，为饥饿所迫，不管什么工作都做，身体大大地消瘦了，然而要找按日计算的零工还是很容易。

那位朋友家里看来是很殷实的，不久就给他寄钱来，于是他放弃了这种实践。他劝李涅夫也照他的样去做，但李涅夫和他性格不同。他决定留下来，无论如何要达到目的。那位朋友离开他走了，他却留了下来。

此后他过了很久穷苦的日子，有时竟穷到困窘的地步。李涅夫是一个能言善道的人。每当晚上他讲自己过去的情况给我们听的时候，我们这小小的帐篷里总是肃静无声，大家全神贯注地倾听，他真是一个擅长讲话的人。有时我们劝他把这些叙述记录下来。我甚至试图自己来做这工作，但结果毫无所得。李涅夫讲话很慢，要记录下来是不难的。然而那种微妙的语气、抑扬顿挫的音调、炯炯发光的眼神和讽刺的口吻都无法表达出来，——而正是这些因素使他的语言简直像音乐一样动听，有时引起一阵阵难以遏止的愉快的笑声。

我还记得他所讲的一个精彩的场面。李涅夫消瘦得很厉害了，有一次他经过一个小城市。忽然他看见广场上停着一辆大车，样子像断头台，车前套着一对马，装着稀奇古怪的挽具。原来这是“西伯利亚医生”。但见有两个犹太人拦住了广场上的一辆板车，口口声声说他们有能医百病的良药。其实无非是一些北方熊的油脂。像这样的治疗法在美国竟绝不禁止。如果这两个西伯利亚医生穿的是像中世纪炼丹术士所穿的那种稀奇古怪的服装，戴着尖顶帽，举止十分放肆，那也就不难想象，他们一定是生意兴隆的了。李涅夫心中狂怒，顿时发作起来。

“忠厚的人老老实实地挣钱，却要饿死；五花八门的骗子手倒在这里欺骗无知无识的老百姓，……”他猜想犹太人会说俄语，所以自言自语地用俄语发起议论来。

群众站定了，开始听他这番听不懂的话。两个“医生”突然碰到这意料不到的障碍，认为他们今天的生意已经完蛋，就赶快收拾起来要走，还邀请这位萍水相逢的同胞一起去。

“喂，先生，你要干什么呢?”他们说，“各人凭各人的一套本领吃饭。要是你肚子饿，就跟了我们一同去吧。也许我们也会给你想出些花样来。”

这两个犹太人原来心地很善良，他们果然想出来了：他们现在需要一个西伯利亚马车夫。他们也将给李涅夫穿上稀奇古怪的服装，从此他们三个人就一块儿来来去去。这样很好，他们都可以吃饱了。而这对谁会有害处呢?

但这合伙的勾当没有成功，因为李涅夫不愿意，不过他也不再揭穿“西伯利亚医生”；他向两位乡亲探问了道路，在他们家宿了一夜之后，继续赶他的路去了。

李涅夫后来又遭受了许多苦难。……他从事过种种行业：在锯木厂里当过砍柴人和锯木工等。他的漂泊生涯中有一件事曾在文学界闻名。这事发生在七十年代初。这群流浪的俄国人偶然来到堪萨斯州，耽搁在塞内卡城附近。两个俄国人从一把坏了的手枪里退出弹药来，不小心开了一枪，其中一人就此丧命。

当时著名的作家马奇捷特①在不知是《星期报》还是《观察家》杂志上叙述了这件事。可惜马奇捷特的叙述带着这位作家所固有的夸大口气。我曾经听李涅夫直接谈起这件事，那可要简单而生动得多了。被打死的人姓什么，我记不起来。开枪的人叫做列契茨基。这一群俄国人全都感到束手无策：他们打死了一个同伴，而且这一带地方都是异邦人。人家可能会怀疑这件凶杀案是为了报私仇。幸

① 格利果利·亚历山大罗维奇·马奇捷特（1852—1901），小说家，民粹运动的参加者。从1872到1874年住在美国，后来回到俄国。1876年被捕，流放阿尔汉格尔斯克省，后来又流放西伯利亚。1885年回到中央俄罗斯。1875年进入文学界。柯罗连科所提到的是他的短篇小说《两个世界》，刊载在他所著的《历世记——美国生活特写》（1889年）里。——原编者注

而李涅夫那时候已经颇会说几句英语，加之这城里有一个来自加里西亚的犹太人略微懂得一点俄语。就在这一天举行了有陪审的审判，这案件很快就了结了。辩护人——就是那个犹太人——说了一番很动听的话。他把这群俄国人说成是在世间寻找真理的，他们在自己的祖国——说得更正确些：在自己的政府里——没有找到真理。于是他们到美国来寻找真理，就在这里遭逢了这不幸的意外事件。……美国人听了这番奉承话心花怒放。他们就宣布被告无罪，而且邀请这些俄国人去挨家挨户地款待了两天。这在这座小城市里算是一件大事情。后来流浪者们撇下了那个默默无闻的坟墓，又出发到别地方去了。

李涅夫不久就离开了这一伙人。因为他需要深入到美国生活中去，而别的人仅仅把这看作一个短暂的插曲。李涅夫运气很好。我不能一一叙述他以后的漂泊情况。我只记得他受了一个富裕的企业主的雇佣，这企业主在一座几乎没有采伐过的森林里建造了一个锯木厂。企业主的妻子是一个知识分子，这位年轻的俄国锯木工引起了她的注意。她同他攀谈起来，而且在丈夫面前提起这个人。好像就是从那时候起，企业主开始让他担任责任较重大的、也就是报酬较丰的工作。李涅夫积聚起了一小笔款子，给自己置备了一辆带篷的货车。他决定自己经营。这时候爆发了似乎是最近的一次同印第安人的战争。李涅夫跟随军队当了一个食品商贩。他买食品来贩卖给美国军队。后来他购置了一块土地，自己办了一个农场。

于是李涅夫成了道地的美国农场主，基础很稳固了。但这时候他怀念起祖国来。他的目的已经达到。现在须要把他在美国所获得的一切应用到祖国去。

这时候俄国的民粹运动搞得正激烈，政府的专横措施已经使这运动转到恐怖主义的道路上。在阿尔达托夫县出现了一个名叫费里普斯的美国人。这人有美国公民证、美国作风和一笔款子。他向寡妇西曼斯卡雅租了一座庄园，让各种“可疑分子”聚集在这庄园里。毫无疑问，这些人的确都是“可疑”的，后来在其中发现了像巴兰尼科夫和克维亚特科夫斯基那样的著名的恐怖主义者。但在当时这批人还只是民粹主义宣传者。尼日戈罗德的宪兵司令部注意到了这个神秘的美国人，突然来搜查他的屋子。担任搜查工作的是少校伏龙尼奇。这可怜的人办起事来显然很不聪明，加之化名费里普斯的李涅夫引起了少校对他的美国身分的莫大尊敬，因此从宪兵工作的观点看来他有好几个地方大大地失策了。在还没有弄清楚国籍之前，费里普斯还是被恭恭敬敬地逮捕起来，然而那一群“可疑分子”已经像突然受惊的麻雀一样四散飞走了。李涅夫遇到了我们这里惯常采用的纯粹俄罗斯式的诉讼程序：其中行政命令和法院手续是混合起来应用的。结果李涅夫被流放到“西伯利亚边远地区”，我就在这里遇见了他。

由于他在美国备尝艰苦，这时候他的健康情况已经大大地恶化。他实在需要彻底地休养一番。美国让他无拘无束地生活，却要求他付出紧张的劳力。丘特契夫告诉我：有一次，还是在外贝加尔州的时候，他和李涅夫一同在一个峡谷里冒着暴风雨赶几匹马。突然李涅夫坐倒在一条急流的正中央了。丘特契夫吃了一惊。那急流里的水越涨越高，眼看要把坐着的李涅夫淹没了。丘特契夫就用话来激他：

“你备尝艰苦，难道为的是要在这条溪水里淹死？”

“你们听听：他这是想要刺激我的自尊心呀，……这会儿可不行！我很清楚我自己的处境，可是我的两条腿突然瘫痪下来，好像有千斤重担往下压似的。是啊，我在美国挣钱的确是不容易的。……”

又有一次，我和李涅夫、丘特契夫三人坐一辆三套车。这时候照例由李涅夫驾车。时候已经是黄昏；这条道路相当宽阔。突然我们注意到李涅夫把三套车驾到桥旁边去了。我们好容易才把车子扭回到大道上，不然简直就有跌进溪谷里去的危险。原来李涅夫有夜盲症，常常发作，这显然也是以前疲劳过度所致。

似乎是在我回到俄罗斯后一年，我收到一封信，说是李涅夫也要回来了，但因为他犯的是刑事罪（用美国公民证住在俄国），不能像释放政治流放犯一样释放他，而要一路押解而来。我已经准备在下诺夫哥罗德拥抱他，但一直没有听见他来到的消息，后来才打听到李涅夫死在一个叫做基米尔捷的驿站上了。这驿站位于雅库茨克和克拉斯诺雅尔斯克之间。一八八七年的时候还有人能在墓地上指出他的坟墓。现在大概连影迹也找不到了。这辉煌的生命就此结束。

16
农　作

在我来到雅库茨克那一年，院士尤尔根斯[①]也来到这地方。他走勒拿河到北冰洋去研究气象。据雅库茨克来的人说，他把自己的温度表放在勒拿河上正对着雅库茨克城的地方，这些温度表一连几星期都在零下五十四度以下。

我们也有一只水银温度表，但已经冻住好几个星期了[②]。

终于有一天早晨巴宾欢天喜地地从院子里进来。

“兄弟们，春天来了，春天来了！今天大概不会冷到零下二十五度以下了。”

---

① 尼古拉·达尼洛维奇·尤尔根斯是俄罗斯地理协会的正式会员而不是院士。1881年被任命为地理协会所组织的勒拿河口考察团的团长，这考察团在勒拿河的三角洲上建造了一个磁性气象观察台，从1882年9月1日起到1884年7月1日止进行观察。——原编者注

② 水银温度表太冷了要冻结，酒精温度表则不然。尤尔根斯的那些显然是酒精温度表。——译者注

的确，温度不低于零下二十五度，我们就觉得有真正的春意了。这是可想而知的。最近几个星期来我们不得不放弃了近处的饮马场而把马匹赶到河边去，因为近处饮马场的水是静止的，一直到底都冻结了。既然胸中呼出的气息都会冻得咔嚓有声，既然在露天连五分钟都待不住，要冻坏耳朵或者指头，那么可想而知，零下二十五度的确可算是有春意了。

一旦春意萌动之后，气候就不断地转暖。白昼迅速地延长。冬天渐渐地退避。过渡阶段所占的时间很短。只有到了半夜里，冬神才在帐篷周围飞驰叫嚣。……那些马都感觉到这一点，它们睁着一对疯狂的眼睛，迎着风在院子周围奔来奔去，尾巴毛和长长的鬃毛都吹得松散了。这时候每一匹马各有不同的习性。我们一共有三匹马。最不安分守己的是巴宾那匹马。这是一匹灰色斑马，长得很漂亮，动不动就冒火发疯。春天刚刚开始，半夜里初出现冬天的回光反照现象时，它就披散了尾巴毛和长长的鬃毛（雅库梯马的鬃毛都很长），迎着风在院子周围奔来奔去。瓦恩什坦的马是白色的，体力很强壮，但略微有点笨拙。我的马是银灰色斑点的，鬃毛和尾巴都是白色的。我和瓦恩什坦的两匹马都斜着眼睛看巴宾的马发狂，仿佛对此很感兴趣，渐渐地自己也不安分守己起来了。春天的夜里，在暴风雪的呼啸声中，我们听见帐篷周围有急促的马蹄声。这就表示巴宾的马的疯狂症已经传染到其余两匹马身上了。我们的马是养在后院里的干草垛旁边的。有时巴宾的马设法跳过了第一道木栅，在我们帐篷周围驰骋。后来蹄声静息下去。这就表示巴宾的马决心去从事英勇的功绩了：第二天早晨，我们在木栅上发现一小束毛，有时还带有血迹。那匹马奔到牧场的盐沼地上去了；它到了那里，立刻担任起保护几匹母马的任务来，为了它们而同公马们展开斗争。早晨，我和巴宾骑上其余两匹马，出发到盐沼地去。到了那里，我们要费不少气力，才能套住这逃亡者，把它带回家来，直到又一个狂风咆哮的夜晚，又一次的逃亡。

在那一带地方，冬天还坚持自己权利的这段时期是并不长久的，到四月初为止。这期间风常常起变化。有时从大洋方面吹来彻骨的寒风，有时又出现比较温暖的解冻天气。这样在变化多端的情况下过了两三个星期。这期间泥土坚硬得像石头一样。由于白昼越来越长，空气中终于有了温暖的感觉。雪仿佛复生过来了：雪底下出现了潺潺的溪水，在坚硬如石的土地上奔流。此外还来了一种怪现象：冬季里出现了夏季。遍地都是雪，但气候完全像夏天一样暖和。我们住在帐篷里已经感到窒闷，我就到我们的平屋顶上去工作，只穿一件衬衫。……

我们这些人过惯了欧洲的冬天，对于西伯利亚冬天的意外现象竟难以想象。首先是这里的河流不像我们那里一样从上面冻起，而是从下面冻起的。有一个阳光灿烂的日子里，我的车子驶到雅库茨克附近的额尔齐斯河[①]边（这是后来的事了）。有一层浓密的雾简直像一道壁障似的屏挡着河面，我看了这情景，不胜惊奇之至。我们的车子不得不在暮色般的雾气中走了一段路，河水在这雾气下面汹涌澎湃。那时候天气已经严寒，河水却还在那里翻腾。由于滚滚不绝的关系，水的温度很快就达到了两度半，这么一来，冰比水重了，便往下沉。流水把河底上像稀饭一样的冰带着走，后来这稀饭在下面暖和起来，浮出到河面上，终于使河水凝结了。……西伯利亚的许多河流便是这样冻结的。

河流开冻的时候，又要演出一幕威严堂皇的戏剧。有一天早晨，我突然听见河面上传来一大片嘈杂声。我们有一个习惯：碰到这种情况，立刻装备起马来骑着去看。我就出发到阿姆加河边去。

我在这里看到的光景，气魄雄壮得使我吃惊。阿姆加河上的冰

① 这里是柯罗连科写错了，雅库茨克是位在安加拉河上的。——原编者注

起初开始移动了，后来突然又停留下来，造成了“壅塞”的现象。冰块一块块堆积起来，形成了一堵巨大的壁障，在这上面又有别的冰块和树林里倒下来的圆木不断地堆积上去，这就使得河水翻腾起来。旁边峡谷里流出来的一股股水源变成一条条小河，给这混乱景象添上了更多的杂乱感。我看了这光景，不胜惊讶，就站定下来。但听见有的地方水声嘈杂，忽而冲出一个决口，奔腾澎湃起来。有时在壅塞处仿佛有什么东西震颤了一下。……

当我骑在马上欣赏着的时候，突然听见高处的岸上有人拼命地在叫喊。这叫声是对我而发的：有一个朋友在向我挥动着手臂做什么手势。我领悟到自己站的是危险地方，就把浑身发抖的马掉过头来。我一拨转马头，马就旋风似的飞奔到高岸上去了。再过几分钟，壅塞的地方开始蠢动。有一大块冰和几根圆木摇晃起来，震颤一下，于是壅塞的地方哗然崩溃。杂乱无章的冰块和圆木全部随波逐流而去，发出轰隆轰隆的声音，仿佛地震一般。阿姆加河冲击着两岸，发出冗长的怒吼声。……我不得不再逃远些，这时候水一直在我的马后面追逐。过了一会儿，壅塞的冰块渐渐以较缓的速度顺着河水流去。冰块互相碰撞着，咔嚓咔嚓地碎裂开来；一整株一整株的树木杂乱地翘出在冰块之间——这一切发出轰隆声和爆裂声，顺着河水流下去，——起初流到阿尔丹河里，后来流入勒拿河和北冰洋。河的两岸一路发出劈劈啪啪的爆裂声。

但在河流向周围一带隆重宣布春天彻底胜利的那一天之前，春天早已在各地高唱凯歌了：牧场上已经草色青青，开放着五色缤纷的鸢尾花，到处出现明蓝色的湖泊。流冰期过去之后，河面上飞来难以计数的鸟禽。我们已经开始在菜园里工作了，有时鸭子在暮色苍茫中从我们身旁飞过，翅膀差点儿碰着我们。在比较小的湖泊即当地所谓“勒瓦”上面，黄昏时候由于群鸟乱鸣，简直形成一片隆隆之声。这里有鹤唳声，有磨齿似的声音，还有各种各样其他的声音，——一切生物都用叫声来表示生的狂喜。

但这时候北国的大自然又给我们展示了意料不到的景象。有一次巴宾走进帐篷来（他通常比我们都起得早）说：

“快爬到屋顶上去望望野外，……你们会看到意外的景象。……”

我走出去一看，果然出乎意料之外。在春天的这个时节，我们住屋周围有大大小小的许多湖泊，有的简直小得像水洼一样。这些湖泊里的冰早已融化，在深色的地面上十分美丽地反映出一块块青天来。但在这天早晨，有一个湖泊又变成白色的了，仿佛是在上一夜冻结起来的。

要解释这现象很容易。这些湖泊都是连底冻上的。解冻的时候从上面融化下去，底上的冰还要在水草茎上附着很久。最后水草茎周围也融化了，于是有一大片冰浮到水面上来，惊起了无数的鸭子，它们在这样的湖泊上面回翔很久，空中充满了惊惶的叫声。不过这情况不是每年都有的。有时冰块不知不觉地融化到底上去了，只是偶尔有一两个小“勒瓦”突然变成白色。这一回离开我们帐篷半俄里处的一个湖泊全部变成白色了。

真奇怪，鸟禽们能凭某种本能知道，今年夏天湖水会不会全部干枯。

“你瞧，符拉季米尔，”春天亚历山大对我说，“今年夏天一定很热。鸟禽都飞到河面上和大湖泊上去了。”

从四月半起，我们着手搞菜园工作。我对于这工作的开头部分感到极大的兴趣。担任领导的是巴宾。我们很早就开始工作。那时候土地还没有完全解冻，有时犁会从冻结的泥土里跳出来。当地居民是用笨拙的俄罗斯木犁来耕作的。我们也有这样一把木犁，但同伴们设法买来了一把双马犁（类似维亚特卡省那种）——好像是从阉割派教徒那里买来的。所以我们总是用这比较完善的工具来耕作。这样要容易得多了。最大的困难是我们那几匹马。整个冬天我们一直把它们喂养得很饱，而且娇惯得厉害：除了从秋天起到相距七俄里光景的树林里去运载木柴和载我们出门访友之外，我们一概不让它们担任别的工作。雅库梯的马大都很粗野。它们世世代代都没有养成从事艰苦的农事劳动的习惯。一不留神，它们就疯狂似的想把轻巧的犁拉着就跑。瓦恩什坦的马尤其常常发生这种情况。他像好些犹太人那样，在驾驭马匹方面总是没有充分的把握，这一点马立刻就觉察出来。因此瓦恩什坦出事的次数竟比我第一年还多。还在冬天的时候，只要瓦恩什坦一坐上自己的橇车，他的马就从街的一头拼命向另一头跑去，弄得他没有办法，只好把马赶到雪堆里去。当我们驾着马到耕地上去的时候，尤其是在最初一段时期里，那些马常常发抖，斜着眼睛看人，使我们不得不加倍地警惕起来。有一次瓦恩什坦驾驭的两匹马带着犁跑掉了，它们跑过木栅边的时候，我那匹白鬃马的身子在木栅的一根矗起的杆子上碰伤了。我只得招请好心的邻居们来作一次正式的会商。首先来了彼卡尔斯基——一个波兰农民，起义者，是我们的好朋友。这人的样子很奇特：身材并不高大，长着一脸大胡子，像契尔诺莫尔[①]一样。他娶了本村的一个半雅库梯女人。他有好几个孩子，全都是女儿，他为此很懊恼，在这件事上似乎不能原谅他的妻子——一个身体极其虚弱而生性很胆怯的女人。后来来了几个鞑靼人，都是巴宾的朋友。我们一齐出力把受伤的马的前腿捆起来，把它推翻在地上，开始诊断。伤势原来并不危险：我们把刺在皮肤里的很长的一段杆子取了出来之后，就用纯粹的土法来治疗。有一个鞑靼人在他的同族中算是一个有经验的马医，我们听了他的劝告，每天把我们的病马翻倒在地上，用……小便来浇它。后来富有经验的医生阿普捷克曼来到我们这里，他对我们大加指责，说我们不该听信这种愚昧的处方；但在那时候我们毫无别的办

① 俄罗斯神话中的恶妖精。——译者注

法，因为出主意的是内行人，而我们在这方面又是一窍不通的。我至今不能忘记当时那鞑靼人带着多么滑稽的严肃态度说：

“浇……呀，诸位，浇……呀，别偷懒。”

彼卡尔斯基也赞成这番权威的劝告。不久，马的伤势果然痊愈了。

雅库梯马一般说来比较适宜于乘骑。它们不像我们的马那样世世代代受到做劳工的训练，因此它们常常突然狂病发作。有一次在耙地的时候我们看到有一个鞑靼人的三匹马带着耙奔走了。这光景真是可怕：耙接触到不平整的地面，就跳跳蹦蹦起来，时常去碰伤本来就已发狂了的马。我们自己的马发疯似的斜着眼睛，拼命想跟着别的马冲出去，我们费了好大的力气才拉住它们。鞑靼人的马奔到村子里，在那里闹得天翻地覆：女人们好容易把孩子们从街上抢救过来。……

我在冬天的时候就学会了驾驭马匹的本领，不久耕地就成了我所喜爱的工作。不记得是在这第一年还是在下一年，我们打了个主意要开垦一片生荒地。查哈尔·崔库诺夫曾经清理了一块林地，但是自己对付不了它。他的工作太多了：冬天他要替我们运木材，还要替鞑靼人运（换烧酒喝）。因此他把早在十来年前就清理好的这块地让给我们了。这工作很艰巨，但是我和巴宾担当起来了。

巴宾整顿好了我们的犁，有一天早晨我就在这犁上套上我们的两匹马，出发到森林附近的地里去了。起初我和巴宾两个人一起干，但是干了一天，把两匹马弄得精疲力尽之后，我确信现在我一个人也可以对付了。我再说一遍：工作是很艰巨的。土里的树根清除得不够干净，有时我不得不停止耕作，动手来砍这些埋在土里的根。那犁要用尽平生之力才压得住，我的身体常常被它抛得东倒西歪。有时我疲倦了，趁马站定了喘息的当儿，索性躺倒在它们面前的犁沟里。

天气热得简直像热带的气候。夜晚只有两三小时光景，其实这也不过是黄昏而已。其余的时间，太阳虽然不是当空高照，却照射得很长久，斜斜的阳光灼热了大地，天气炎热得几乎像热带地方。加之空中飞舞着一团团各种各样的蚊子，其中有的蚊子毒得非凡，这种毒蚊在树林边和湖面上尤其多。有时我们在耕地旁边的上风头上燃起马粪堆来，这样多少可以驱除掉一些蚊子，虽然绝不能全部驱除掉。

将近中午的时候，巴宾骑着他那匹白马，载着碗盏和午饭用的食品到我这里来了。我看见了他，高兴之极，就卸下马匹，放它们到一个阴凉地方，自己躺在地上休息了。附近的一个湖泊发散出凉气来。湖面上浮着一些笨重的鸭子，它们看见我们在近旁，一点也不害怕。我躺在地上休息，巴宾就做起饭来。直到现在我回想起这些时刻还是觉得很甘美。我们的篝火熊熊燃烧着，我和巴宾有时在想望着冬天。

“你想想，伊凡·伊凡诺维奇，的确有过这么一段时期，那时候我们周围都是白雪。”

“啊，多么好啊!”他浑身是汗，一面赶着蚊子，一面回答说。……“现在能坐在雪橇上该多好啊！……”

可是周围炎热逼人。鸭子在湖面上游来游去，望过去好像许多黑斑点在移动。有时它们突然惊慌起来，笨重地飞到空中去了。这就表示罗马斯正在走近我们来。有两三只鸭子经常在湖面上盘旋，保卫着其余的鸭子的安宁。我们的宁符罗德[①]只要一出现，哪怕还在很远的地方，它们就会用惊慌的叫声把这个可怕的消息通知同伴们。但危险性实际上恐怕并不大。罗马斯一早就出门，他的枪声时时传到我们这里来。

“又有一只鸭子飞去找死啦。”巴宾笑着说。

这是我们经常听见那位固执的乌克兰人说的一句话。他耗费了无数火药，但从来没有（的的确确一次也没有）带一只鸭子回家来。

---

① 传说中的人物。古代的犹太人和阿拉伯人有许多关于酷爱打猎的宁符罗德的传说。——原编者注

我们耕地的工作终于结束了，巴宾就开始播种。播种这件事也相当艰巨：必须撒布得均匀，我常常欣赏巴宾的手有把握地挥动的样子。关于生荒地里的收获，我们这里流行着一种神话般的传说。离开我们村子不远的地方，有一个富裕的雅库梯人砍伐了一块林地，在这上面仔细耕耘，后来得意地告诉我们，说获得了四十倍于种籽的收成。他那块土地位在森林里面，有妥善的保护，因此可以不受到秋季的初寒的侵袭。而这初寒来得很早，六月底就开始了。如果庄稼经受得住这几天紧要关头的考验，那么就有可能保全，种籽就会坚实和稳固了。

六月底，我和巴宾、瓦恩什坦忧愁地骑着马站在我们这块田地旁边——这田地位在一个斜坡上，因此正好迎着冷风。此刻地上布满严霜。我们断定这块地已经完蛋了，在九月——即割草期结束——之前就不再去看它。突然有一次，巴宾来告诉我一个喜讯：

“骑上你的白尾巴马跟我走吧，我给你看一样稀罕事儿。”

我们赶紧来到森林边一看，原来我们的地复活了，现在已经长出秧苗来，虽然长得并不像早先期望的那么好，倒也能迎风摆舞。我们从这块地所得的收成是种籽的十八倍。这就是说，我这番开荒的劳力并没有白费。

17
割草季节

到了八月底，我们开始割草。阿姆加人得到上头的命令，要他们分出一块割草场给鞑靼人。这命令不知道是根据什么理由而来的，但阿姆加人同意了。只是他们提出一个条件，要鞑靼人把割草场分一部分给“国事犯”。鞑靼人毫不反对，于是我们就分得了一块割草地，这地就在鞑靼人的地段旁边，离开村子七俄里的阿姆加河上。去年同伴们就已参加分配，现在我们就来到去年分配好了的地段上。

河面上一片热闹景象。鞑靼人愉快地互相呼应着，又亲切地呼唤着我们。我们首先要做的工作是搭一个窝棚。这件事又归巴宾来安排。我们砍了好些粗大的柳树枝条，把它们插在地里，编织起来，在上面盖上刚刚割下来的干草。割草的好手又要推巴宾。他为了好玩，故意和鞑靼人中间第一把割草好手并列着割草，这样割了很久，一直不比他落后。

“伊凡·伊凡诺维奇，你真是个好样的！……可是你同阿赫美疆比，只怕不能持久吧。”有一个鞑靼人这样说。

我割草一点也不会，因此起初觉得很困难。第一天我割得喘不上气来，到了夜里，身体完全垮下来了。邻近的鞑靼人劝我不要用力过度。“你太性急了，”他们说，“这样下去，用不了多久，就会把身子彻底搞垮。”但我那时候体格很强壮，过了几天，就大有进步，不再成为同伴们的累赘了。我们对于割草这件事，的确是把它看作一件娱乐的，因此并不在这上头花费过多的气力。关于这时期的情况，我至今回想起来一直觉得很高兴①。

我还得学一件事。以前同伴们都免除我烤面包的义务。我有时

---

① 柯罗连科在 1882 年 12 月 10 日从阿姆加写给弟弟伊拉利昂的信里叙述着自己的生活情况：“冬天我缝靴子。夏天我们从事农作，今年工作进行得很顺利。我们的谷物够我们吃到新谷出来的时候。总之，我已经学会了耕地、耙地、刈草甚至割麦（这最后一桩工作做得不大好）。这一切做起来并不怎么困难。我们自己耕种的土地一共有 14 俄担（这里的土地是用俄担来计算的，每俄亩——3 200 平方俄丈——是 8 俄担〔1 俄担等于 16. 38 公斤；1 俄亩等于 1. 09 公顷或 2 400 平方俄丈（但这里每亩等于 3 200 俄丈）；1 俄丈等于 2. 134 米。又：所谓“用俄担计算”，是指每俄亩下多少俄担的种籽。——译者注〕）。从这些土地上——还有一部分是从租地和对分地上——收得了 100 俄担以上的种种谷物。干草也割得很多。我们割起干草来都不差，就连我这个新手也已经能够用自己的劳动力（割草）去和农民交换收割庄稼了（我替他们割一天草，他们替我收割一天半庄稼）。我有一匹马。……我学会了管马、套马、在大车上装干草，至于乘骑的本领，现在是再好也没有了。你可以想见，我在这里的生活是相当不错的。不过这只是指阿姆加而言。在各山乡里就不像我们这里那么开心了。我不是说笑话，我的确觉得生活很美好，这一点你一定可以设想到。干活——尤其在夏天干活——是有益于健康的。有时我们在五俄里以外河边割草场上的用草和柳枝搭成的窝棚里一连住上几星期。固然也有较艰苦的时候，但这算不了一回事。……”——原编者注

替他们补补靴子，教教课。现在这理由不存在了，我们便轮流从割草场骑着马回村子去烤面包和准备热腾腾的午饭。烤面包我还不会。因此当我第一次接受了这任务出发到村子里去的时候，同伴们详详细细地指导了我一番。

想不到这件事并不像我和同伴们意料中那么容易。他们的指导虽然很详细，但光是口头叮嘱是不够的；我第一次就出丑了。……我把他们的指导忘了个干净，第二天早晨搅拌发面桶时，忘记了应该再加些面粉在内。……我弄得束手无策，走出帐篷去，看见了彼卡尔斯基，连忙跑过去请他帮忙。但他一向不参与女人的事，因此这方面的知识很差。我们两人凑合起来搞，但烤出来的不是面包，却是一种稀烂的饼。下一天我就把他们的指导详细地记录下来，这一回烤出来的面包很像样。

我们的割草工作进行得十分顺利，其间只发生了一件小小的事故。鞑靼人告诫我们要看好马匹，因为河对岸是雅库梯人的割草场，只要我们的马一摆脱约束，泅过河去，就被看作鞑靼人的马而立刻落到雅库梯人的锅子里去。有一次一个鞑靼人跑来问我：

"一匹灰色斑点的马跑过草地去了，这是不是你们的马？……好像是巴宾的马。"

我连忙奔到巴宾系马的地方去一看，那马已经不在。事不宜迟，我立刻给自己的马加上勒，追踪而去。马蹄印把我引导到河边，就在这一刹那间，巴宾那匹精明强干的马正在爬上对岸去。……我不加迟疑，就从岸上跳下湍急的河水里去，刹那间就被冰冷的急流包围住了。不久我注意到，我的马吃不消这急流，它在水面上痛苦地呲牙咧嘴，眼看着要往下沉了。我就从马上翻身跳入波浪，同时不忘记抓住马笼头。我很会游水，但那只马受了惊吓，缠绕着我，又把我拖回到急流里。我领会了它的意思，就让它回到岸边，放开马笼头，把它赶到了岸上。然后，我奔到同伴们那里，靠他们的帮助，总算在那匹精明强干的马还没有跑进雅库梯人的割草场以前捉住了它。

“要不然它准得落到雅库梯人的锅子里去了。”几个熟悉情况的鞑靼人都这样说。

最后，割草的工作结束了；现在只要把干草堆成垛，在周围加一道木栅就行了。其实我们当时堆干草垛堆得很马虎，由于缺乏经验的关系，没有精确地计算。因此到了秋天，大概是被雨水湿透之故，有一部分干草受到了损失。却说那时候我们只剩下在干草垛周围筑木栅的工作了。这工作由我来担任，而且我一个人去。为了这点好胜心，我差点儿送了性命。

这一天老是刮风，很不安静。秋风在割草场上呼啸。人一个都没有了——鞑靼人完工得比我们早。我一早来到这里，已经砍好杆子，把我们的干草垛围起来了。这工作做得正及时。阿姆加人在割草期间总是把马放到森林里去，它们到了那里，性子完全变野了。如果在这时候经过森林里，往往可以碰见不少马群，都由一匹公马率领着，这公马老是斜着眼睛看人。有时这公马粗野地转动着眼睛，奔到丛林稠密的地方去了。于是整个马群都跟着它奔去，这时候但听见树林里一片马蹄声和树枝的折裂声。到了秋天，这些马群又回到村子里来，它们第一件事便是奔向割草场。新鲜的干草垛对它们说来是很大的诱惑，如果有干草垛没有围好栅栏，有时简直会被它们全部毁坏。

且说我及时地围好了木栅，已经套起马来了。那马很不安宁，风一阵阵吹来，它的耳朵一翘一翘地动。现在我只要坐上车子，就可以回家了。但在这时候狂风骤起，把我的单薄的长袍吹起来，刮到了马身上。马儿受了惊吓，疯狂病发作，拉着车子就向前冲，把我压倒在地下了。我觉得马蹄从我身上踩过，包铁皮的轮子在我脸上滚过。幸而我在这千钧一发的关头没有惊慌失措，没有放脱缰绳，终于设法把发狂的马赶到了稠密的柳丛中。马在那里卡住了，浑身打着哆嗦。

起初我觉得自己完全软弱无力了，就试着喊了几声，希望有像我一样工作迟归的人能听见。但回答我的只有空阒无人的柳丛中的凄惨的风啸声。当时我已经筋疲力尽，但是必须把马卸下来，把车子从柳丛中拉出去，然后重新套上马。起初我觉得身体虚弱不堪，已经打算在草地上过夜了。我想，到了明天早晨同伴们一定会来找我。但我那时候正当盛年，身强力壮，对我说来没有做不到的事。我在地上铺些干草，躺着休息了一会，就开始行动：起初把车子从柳丛中拖出来，然后重新套马。现在只要驾车到村子里去就行了，但一路上有好几个陡峭的溪谷。我决定先消耗一下马的精力，就爬到车子里的干草堆上，放任那匹马在平坦的草场上竭力驰骋。这样来回奔了好几转，方才动身回村子去。这时候马儿已经疲倦，危险的下坡路才得平安无事地经过。但我终于支持不了，到了家里，全靠同伴们把我从车子上扶下来，此后我又在我们的帐篷里直挺挺地躺了好几天。

我想，这次遇险在一定程度上是由于我疏忽大意的缘故。要是换了鞑靼人，或者即使是巴宾，就不至于发生这事故。多年阅历得来的经验是很宝贵的。我当时还没有这种工作经验，因此起初差点儿淹死在阿姆加河里，后来又险些儿死在草场上。

18

在阳马拉赫悬崖上[①]

在这悬崖下面我曾度过了极危险的几分钟，而在它的顶上，又曾体验了我生涯中某一个决定性时刻。

---

① 这一节是作者在1921年秋天寄到辛菲罗波尔给阿·鲍·杰尔曼在该地出文学集子用的，到了作者逝世之后方才刊印出来（辛菲罗波尔克里木出版社1922年出版的《南方文选》第一集）。柯罗连科在给杰尔曼的信里说：“这是谈到我成为作家的一个篇幅。在这以后我写了《马加尔的梦》。……这在一定程度上是我的profession de foi（法语，信念的宣示）。”——原编者注

那时候巴甫洛夫还活着，罗马斯和他住在一起，亲密的友谊把我们三个人联结起来。我常常到他们那里去。这一次我不记得是为什么事去的，只记得所骑的不是自己的马，而是向我前面提到过的那个农民亚历山大借来的马。我已经去过，现在动身回来了。

我不知道怎么会发生这样的事。……朋友们说是因为我的脑子里常常在考虑各种文学题材，所以有时要忽略应该记住的事，——不管怎么说，总之我所碰到的伤脑筋的事要比他们多些。这一天我一清早就动身，在朋友们那里待了几个钟点，就出发回阿姆加。那时候春天的气氛已经完全明确了。这是一个明媚和暖的日子。我骑着马在阿姆加河岸上走，一面欣赏着落日的美景。在有一处地方，阳马拉赫悬崖靠近河边了。这地方有几条溪水从地底下涌出，顺着倾斜的岸坡流下去。它们在这里显然受到强大的压力，因此一流出来立刻冻结，到了河边才解冻。记得我骑着马一面沉思一面走，但我脑子里还是隐约地考虑到：到了这地方必须下马步行。可是那匹马有点倔强，不立刻停步，一踏就踏进倾斜的冰流里去了。我还来不及看清楚，它早已跌翻在地。幸亏我叉开了两条腿，总算没有跌到它身子底下去。但这时发生了一件很糟糕的事：马立刻站了起来，我的一只脚却留在马镫里了。马高高地站着，我却躺在地上，一只脚插在马镫里。

幸而亚历山大的马相当驯良，但我的处境毕竟是很危险的。我的头倒挂着躺在那里，千方百计地设法站起来，使马受了惊吓。它睁大眼睛和张大鼻孔，有时跳上几跳。我料想它也许会拖着我在岩石嶙峋的河岸上奔跑，要是那样的话，我今天就无缘同读者共话当时的情景了。

这一时刻的景象永远铭记在我的脑海里，像照相一般确切。太阳正向着大村的一头沉下去。我可以看见整条河，一直到上游转弯的地方。我甚至还看得见村里的钟楼的轮廓。我上面的悬崖上挂下一株弯弯曲曲的树来，前面岩石嶙峋的河岸上可以望见大大小小的许多石块，是陆续从岩崖上落下来的。记得有一块石头的边缘很锋利。还记得我当时曾设想着：几分钟之后，我的马失去了忍耐力，将要拖着我的腿奔过这块石头旁边。我记得被夕阳照得通红的河水，特别清楚地记得那株弯弯曲曲的落叶松，它从岩崖上挂下来，呈现在我头顶碧蓝的天空中。

幸而我在这样的时刻并不惊慌失措。我料想马不会从人身上跑过，就把身子挪过去，一直躺到它的前腿跟前。我不打算描写我在这状态中所度过的几分钟了。我唯一的一点希望，便是设法让马用它的嘴脸把我吊起来。我是身强力壮、动作敏捷的人。我把马的嘴脸扳下来，突然从下面狠狠地打它一下。它把头猛烈向上一抬，我就趁机抓住它的长长的鬃毛。马疯狂地跳了几跳，我就坐定在鞍子上了。马载着我旋风似的飞奔而去；然而当我回到家里的时候，同伴们还是不免为了我脸色苍白而感到惊讶。几近于十二俄里的狂奔还没有驱散我的惊慌心情。

还有一次，我也是到罗马斯和巴甫洛夫那里去，但这回是步行。我给他们带一把锯子去。昨天我们工作了一整天，现在我步行回家来。我下方的河水又被阳光照得通红。一切都同那危险的时刻一样。我爬到了悬崖顶上，觉得很疲倦，就在草地上躺一躺，不料睡着了。正像一般常有的情况一样，我突然醒来，像有人推我一把似的，一醒来就想：我现在在哪里？是怎么一回事？

我的思想回溯到了最近的往事。首先，我现在是在阿姆加河边的阳马拉赫悬崖上。喏，这就是在那可纪念的危险时刻挂在我头顶的那株弯弯曲曲的落叶松。那时候我是从下面望上来看见它的。……然后我那似乎是命中注定不祥的处境清楚地出现在我面前了。

从彼得堡到莫斯科六百俄里，这一段路程是我和弟弟一起走的。从莫斯科到彼尔姆是一千五百俄里。这时候弟弟已经不和我在一起了。这段路所经过的是雄伟的伏尔加河和严峻而有时阴沉沉的卡马河。从彼尔姆走七千俄里到雅库茨克。……一路是宽阔的河流，有时远处望得见笼罩着白雪的山峰。从雅库茨克走了将近三千俄里，来到雅库茨克。……

宽阔的勒拿河，一阶一阶的石头岸坡，烟雾弥漫的峡谷，峭壁巉岩上低回的白云，两岸的通古斯荒漠，还有在这一带光秃秃的岩石上替俄罗斯国家当苦差使的驿车夫们的简陋的帐篷……

然后从雅库茨克出发，向东走二百七十五俄里光景。路很窄，一会儿穿森林，一会儿走阳马拉赫峡谷。……有时出现一所简陋的帐篷，顶上矗立着一条很长的烟，有时碰见一个骑马的人，戴着尖顶皮帽，坐在很高的马鞍子上，或者一个哥萨克人骑着马从城里飞奔而来或飞奔到城里去。……接着便是这个简陋的大村，里面住着雅库梯化了的移民。……邮车每两星期来一次，到这里为止，不再往前开。电报只能发到三千俄里之外；从俄罗斯来的消息要经过两个月光景才到达。三月一日的事件发生之后，这里还为亚历山大二世的健康祈祷了三个礼拜。

从大村出发再走六俄里的草地，然后涉过一条小河，再走三俄里光景，来到阳马拉赫悬崖。这里有一块光秃秃的岩石突出在河里，阻隔了道路。接着便是一坡高似一坡，一阶高似一阶，就来到了我此刻所在的阳马拉赫悬崖顶上，我便是在这里考虑着自己的生涯。

我不能断定这些思路当时确是像我所叙述的那样进行。但记得当时我经受到类似轻微的精神打击那样的一种冲动。我此刻在这里，……以后又怎么样呢?

我已经在前面提到过我的农林学院同学瓦西里·尼古拉耶维奇·格利果列夫对我的影响。当我在生活中遇到紧要关头的时候，我眼前往往就出现了他的坦白诚恳的脸，于是我想：如果他处在这样的境况中，不知会采取怎样的行动。不久前我接到他一封信，给我极深刻的印象。他差不多是和我同一个时候被捕的，监禁了将近一年，起初就关在我也关过的斯巴斯区警察局，后来关在拘押所里。后来他被释放了。刚刚释放出来，他没有征得任何人许可，立刻就投身到巴甫洛夫手工业区；等到行政当局发觉，他已经写出了一部出色的著作，现在文学界都在谈论这作品。我设想着他在搜集材料时的那张脸。那时候在知识分子中间以不可遏止的力量产生了一种要求，即希望熟悉一下我们为之效劳的那些人民。正是这种要求促使知识分子去从事地方自治会的统计工作，并且在这方面作出了巨大的成就。按说，我现在应该是和他在一起的。……

但我走上了另一条道路。为了追求什么呢？为了追求“人民的智慧”。……

我和格利果列夫常常谈到对自己的诚实。现在我回顾一下自己所走的道路。我对自己是否诚实呢？所谓人民的智慧，这东西究竟在哪里呢？它把我引到了什么地方？

瞧，我现在身在阳马拉赫悬崖上。我前面的下方有一个沙岛，有一些长腿鸟在沙地上走来走去，互相呼唤着。它们的呼唤声是不可理解的，正像人民的智慧一样不可理解。……在远方，左边望得见阿姆加大村和村里的钟楼，右边沙岛后面有河水在一座座的树林和一层层的岩石之间奔流。在这些树林后面住着我的同伴们，我将要和他们一起走一条漫长的、默默无闻地消失的道路。……

就为了追求这神秘而模糊的人民智慧，我放弃了文学，也许这就是放弃了我的真正的使命。这种模糊不清的“人民的智慧”曾经引导我走向兹拉托夫拉茨基[①]的迷雾中，现在又引导我走向我的直感愤慨地反对的方面，即走向温顺，走向服从。……

知识分子所痛恨而坚决反对的，却是人民所承认的。那么真理

---

① 兹拉托夫拉茨基（1845—1911），俄国民粹派作家。——译者注

究竟何在呢？

无论是我的直感或是我所反复考虑的一切，都清楚地告诉我说：真理在知识分子这边。兹拉托夫拉茨基所号召的温顺，只能引起我愤慨而已。如果有必要的话，简直要反对全体人民！我确信真理就在这里，而且仅仅在这里。如果我的心声那么清晰地说出来的话是正确的，那我也有武器来对付这一点，这武器便是文学。但是为了这声名狼藉的人民智慧，我有一个时期曾把这武器压制在心头。……

现在我面前有一条烟雾弥漫的漫长的道路，大概是我所不能摆脱的。……最后，对自己的诚实又要求我提出一个问题：我果真是革命家吗？请看，尤利·鲍格丹诺维奇叫我去从事革命事业，但我拒绝了。真正的革命家在这种情况下会拒绝吗？我认为真正的革命家处在我的地位上，一定已经牺牲过好几回，或者早已陷入比我糟糕得多的困境中去了。首先，当我还在维亚特卡省的时候，就有过这么一次值得我纪念的逃亡机会。那时候我的记忆中闪现出向卢卡·西道罗维奇报仇的念头；但我知道，即使在当时，我这念头也不是很剧烈的。闪现了一下就消失了。真正的革命家绝不会这样。……我当时为什么摒除了这念头呢？……是为了诱人的观察。我不是革命家，而是观察家。……后来在托博尔斯克又有一次这种机会。……我总觉得，虽然那时候一只狗妨碍了我，……但我当时所体验到的情绪，要是换了一个真正的革命家，一定更加强烈。

总之一句话，对自己的诚实迫使我承认：我不是革命家。……最后，我在勒拿河上还有过一番幻想。……要真是个革命家而不是幻想家，哪里会产生这种幻想呢？在我看来，被我称之为“狼”的那个假定人物对革命心理学所发表的见解，比我的一切论断贴切得多。

当我正在这样沉思的时候（我再说一遍：关于这些思想，我传达得很不精确，只是力求它们能正确地阐明我的大体的思索进程而已），在通达阳马拉赫悬崖的道路上传来一匹乘骑的马的马蹄声，接着在悬崖的边缘上就出现了一个雅库梯帽子的尖顶。我把身子挪动一下。……那雅库梯人立刻消失了。大概他以为悬崖上坐着一个鞑靼人；而在荒凉的悬崖上遇见鞑靼人，显然不是他所愿意的。因此他立刻隐避起来。

但这又不是我所愿意的了。我在这时候渴望同一个人谈谈话。因此我叫住了他。

“陀各尔（朋友）！”我喊道，“明·钮契·苏达尔斯科依。鞑靼人·曼纳·索赫（我是俄罗斯人，国事犯。这里没有鞑靼人）。”

在路的转折处又出现了那雅库梯人的脸，满脸欢喜的样子。他跨下马，把马系好了，就和我并坐在草地上。我们亲热地互相问候，接着立刻就聊起天来。原来这是一个和善而健谈的人。他住在河对岸的一个山村里，就在有长腿鸟响亮地叫着的那个岛子后面。我现在记不起这山村叫什么名字了。他讲了关于这山村的来历的一个传说给我听。这是一个关于爱情的传说。从前有兄弟两个。一个是好人，对家里人和外人都很和气；另一个竟是强盗。有一个姑娘爱上了好兄弟，答应嫁给他。但那强盗也爱上了这姑娘，他看见姑娘要嫁给好兄弟了，就决定去抢劫她。他带了一群像自己一样的强盗，把好兄弟和他的未婚妻包围起来。好兄弟连忙骑马逃走，到了岸边，他给诸神念了一篇祈祷文，就纵马跳过河去。族人们见此情状，深知神明在保佑好兄弟，他们就赶走了坏兄弟，推选好兄弟为这部族的酋长[①]。

讲过这传说之后，他又改变话题，谈到了比较接近当前的事件。

① 这里所提到的传说，柯罗连科当场就记录在他的一本雅库梯记事册里。这传说所涉及的那个山村，在记事册里被称为第二恰扣尔山村。——原编者注

他们不知道亚历山大二世为什么被杀死。大概是因为有一些俄罗斯人不赞成他做皇帝，而另一些俄罗斯人却赞成。但选举时必须求得一致的同意。赞成的人占大多数。我们这些人便是因此而从故乡被流放到这遥远的地方来的。因为当许多人不赞成的时候，沙皇不能戴帽子（在雅库梯话里，皇冠和帽子是用同一个词来称呼的）。沙皇只得经常不戴帽子。这自然很不方便。于是他就下令把不赞成的人流放掉。现在上头要求全国各地派代表去。也要求他们的山乡派代表（亚历山大三世举行加冕礼时的确曾要求各地派代表）。他们山乡里的人说："让沙皇去戴帽子吧。我们不反对。可是我们的山乡很穷，派代表到那么远的地方去不合算。"瞧吧，他补充说，现在沙皇得到大家的同意，就要戴帽子了。而你们这些人也就要被批准回故乡去了。可惜戴帽子的时候不会有我们的代表在场，要不然我们这些族人会对沙皇说："酋长，等你戴上了帽子，就把这些国事犯叫回去吧。我们看出他们都是好人，不是贼，也不是强盗，不像这班鞑靼人……"

这时候，太阳正在大村那边往金光灿烂的河里沉，我们该回去了。我很感激这位不相识的雅库梯人，他给我讲了关于两兄弟的天真的故事，还发表了更加天真的政治观点。人民的全部智慧恐怕正是这样天真的吧？不管怎的，我还是觉得他这番话使我有点回心转意了。爱这些人民——这岂不是我们的任务吗？而我在当时对人民确是怀着热爱的感情的。

我们走下悬崖之后，他握住我的手摇了很久，亲昵地凝视着我的眼睛。我也诚恳地同他握手，觉得这次谈话在我也有很大的收获。我们终于分手，他的黑沉沉的背影在阿姆加河边的草地上隐没了，而我带着我的锯子走上草地中间的大道，这时候月亮正在我面前爬上来，阿姆加大村这方面已经充满月光，教堂的钟楼以月亮为背景，显出一个深色的轮廓。

19
雅库梯诗歌。参加“欧塞赫”

我已经试过把我对于雅库梯歌曲的最初印象传达给读者。这是一种原始的、毫无旋律可言的东西。但雅库梯人有自己的诗歌。有一个朋友告诉我，说有一次黄昏时候，他和一个熟悉的雅库梯人一同驾着车经过森林里。雅库梯人照例唱着歌，歌声和森林的啸声融成一片。这首歌是押韵的。我那个朋友仔细倾听，辨别着歌词的含义。那雅库梯人唱道：

布·奥尔都克·蒂特·马斯·图尔杰，
布·奥尔都克·明·阿特·巴尔杰……

这意思就是说：

你看，这儿长着一株落叶松，
你看，我的马儿跑得快如风……

我的朋友仔细地往下听，这歌曲渐渐把他吸引住了。雅库梯人所唱的内容是这样：再过三俄里……森林里有一个湖。在那儿，幽暗的林木中间会出现他的帐篷的火光。他心爱的妻子将跑出来迎接他，还有孩子们。……他唱这一切的时候，几乎歇斯底里般地哽咽着。这所谓歌曲，和我们的歌曲含义不同，是没有旋律的。但这里有一种气氛，同此时此刻的情绪、原始林的冗长的啸声和梦寐般的黄昏是那么融洽，我的朋友竟完全被这歌曲吸引住了。……

有一次我们邀请几个姑娘和少妇到我们家来做客。有一个叫做林奇克的姑娘特别引人注意。她长得并不漂亮，甚至因为身体肥胖，有点滑稽可笑的样子。看看她就不由得要善意地笑出来。她自己常常用突然迸发的笑声来打断自己的话。在这点上颇有女性的妩媚之感。姑娘们表示愿意给我们唱一些关于我们的歌曲。这是一种富有诗意的即兴之作，我们当然要求她们唱。林奇克向我望了一眼，开始唱道：

堪察加半岛上有一棵银色的树（白桦树），
树的第二根枝条上停着一只黑琴鸡。
黑琴鸡展开尾巴，
尾巴上弯弯曲曲的羽毛真美丽。
你的胡子就像它尾巴上的羽毛一样美丽。

你运木柴从我院子边经过，
我走到柴堆上来看你……
可是你一眼也不睬我，我只得叹气。

她们照这样子轮流地给我们其他的同伴们各唱了一首。可惜我不能把这些歌全都记下来。譬如她们唱到哈保津的时候，用了许多粗俗的名称。她们称哈保津为“萨克萨勒”，意思就是瘸腿的鸭子。（他常常把毡靴踏破了底，穿着靴筒走路，这样子的确像瘸着腿。）这首歌很粗俗，唱着唱着，常常被年轻的歌手们银铃般的笑声所打断。

总之，雅库梯人是十分喜爱诗歌的，虽然这种诗歌和我们的诗歌含义不同。我已经说过，他们没有完整的旋律，但有另一种特色，那就是即兴而作。雅库梯人善于在自己的歌曲中流露出瞬息之间的情绪。我已经谈到过查哈尔·崔库诺夫同他的妻子唱着歌吵架的事。这种歌曲充满了真挚热烈的感情，这一点无论如何是不容否认的。雅库梯人常常坐在壁炉旁边，凝视着炉火，听唱这种很长的即兴歌曲，有时简直是整整的一篇长诗。……有的长诗可以一连唱好几夜，听众一直聚精会神地倾听着。记得有一篇长诗，专门描述一个人的经历，叫做《埃雷达赫-布雷达赫，埃尔·索果托赫》——这几个词翻译过来意思就是“孤身人的奇遇”。这种奇遇可以无尽止地唱下去。真有意思，这位埃雷达赫的奇遇花样百出。有时他来到一些地方，唱歌的人十分详细地加以描写。例如描写一个割草场。这时候竟描写到各种形状的土墩：圆头形土墩，尖头形土墩，每一种形状还有一个专门的名词。还有一点也使我感到惊奇，即这首歌里提到了苹果、橙子等水果，对于这些水果，雅库梯人显然连概念都不会有。这情况可以这样来解释：雅库梯的叙事诗是从南方输入到这冰天雪地的北国来的，歌手们不但沿用了这些名称，而且连它们的概念也仔细地照原样保留下来而不忘记。

有一次，一伙青年人去参加所谓“欧塞赫”。这是春季里的一个节日，在这一天要举行各种古老的仪式，使春天的马乳酒圣洁化。雅库梯人为此而建造一些“楚姆”（通古斯人的一种窝棚）作为纪念，表示他们以前有一个时期住过这样的楚姆。

我们和这群年轻人一同出发。有许多男男女女的雅库梯人聚集到阿姆加河的岸边来，有乘车的，有步行的。当我们的车子驶到渡口的时候，有一个喝醉了的雅库梯人带着三匹马回来（他显然刚刚载送一个长官过河去），他激烈反对“钮契”（俄罗斯人）也去参加“欧塞赫”。他认为这样做会破坏自古以来的惯例，是不成体统的。别的人并不反对我们参加，就都劝这醉汉。但这醉汉脾气急躁之极，竟卷起袖子来，显然准备和我们打架了。于是众人干脆把他和他的马匹驱逐上岸，不要他搭船，船径自开了。他便在岸上叫骂起来，说他这个萨哈勒（雅库梯人）被驱逐上岸，“钮契”倒反被载走了，又说不管怎的，他定要走到对岸去，哪怕淹死在水里也好，说着，他就走进水里去了。

“你们瞧，水已经齐我的膝盖，”他喊道，“瞧，齐我的腰了。我这个雅库梯人要淹死，不得参加‘欧塞赫’，俄罗斯人倒去参加了。让我把这件事说给我们整个山村里的人听听。还要说给整个山乡里的人听听，……看我们的族人是不是赞成。”

我们的船渡到对岸去的期间，那雅库梯人一直在向我们高声叫嚷，说着威胁的话，说什么水要齐他的颈子啦，他就要淹死啦。别的雅库梯人对于他的叫嚷都置之不理，但这时候走到渡口来的人把醉汉从水里拉了出来。“国事犯，”——我听见渡手们轻声地互相传述着这几个字，表示我们的在场。

上岸走半俄里路，我们一眼就望见一个通古斯式的楚姆按照古老的风习建造在那里。这是一个尖顶窝棚。窝棚里面已经在举行马乳酒圣洁化的仪式。窝棚前面站着一排排雅库梯人，正在唱着些什么。我请求一个熟悉的阿姆加人把这些歌曲翻译给我听。他就翻译起来，但看来连他自己也不完全懂得歌曲的内容。我掏出记事册来打算记录歌曲，这时候一群老年人里有一个德高望重、白发苍苍的老者看见了，就向我走过来。这使得雅库梯人十分注目，他们就用心听我们谈话。我以为他是来反对我记录的，岂知相反，他很高兴地给我解释当时所唱的歌曲。他俄语说得挺不错，况且还有几个熟悉的阿姆加人在一旁帮助我们，因此我把这些宗教歌曲的意义大致都弄懂了。雅库梯人在这些歌曲中祈求上帝，希望他“从七重天上”望一望这第一批春季祭品，仁慈地接受了它。我觉得这老者很明白道理，他向我解释，说所有的人只有一个上帝。雅库梯人起初不懂得这一点，但有一个聪明的司祭给他们解释清楚了。他还向他们解释，说俄罗斯人所崇拜的神灵在古老的雅库梯宗教里也有的：例如住在七重天的圣父，作为神与人之间的媒介的圣子，还有圣灵（神的呼吸），生儿子的圣母（雅库梯人对于圣母的概念似乎太唯物主义了），最后——这一点显然给雅库梯人特别强烈的印象——雅库梯人竟也有安琪儿。那老者称安琪儿为安琪，复数的时候叫做安琪勒，和俄语的发音很相近。

老者说话的时候态度神气而略带庄严之感。其余的人在一旁随声附和，点头称是，而且很关心我的笔记，希望我记得正确。

我走森林里回去的时候，脑子里留下了对于这次节日和老者的庄严解释的深刻的印象。当我们来到河边时，太阳已经在河对面熄灭下去，落日的余辉照彻了暮天。夜色降临了。

我心里想：基督教还没有失却其意义，它在联合人类这一点上还无法用别的东西来代替；天知道它这种作用要到什么时候才结束。

森林里传来赞美歌的回声，虽然是喘息哽咽、歇斯底里般的，却使我产生独特的印象。

在河岸边，那个反对我们参加“欧塞赫”的雅库梯人向我走来。他看见长老们刚才同我说过话，这时候就握住了我的手向我道歉。

总之，雅库梯诗歌中虽然缺乏旋律（它在这点上很像蒙古歌曲），却有一种我们所欠缺的东西——即十分直率的感情。雅库梯人一有所感立即倾吐出来，能毫无困难地为表达感情找到韵脚和独特的节奏；而这一点正是我们已经丧失了的。……

20
马尔克·安德列耶维奇·纳唐松和他的妻子

马尔克·安德列耶维奇·纳唐松①和他的妻子②从遥远的巴拉冈

① 马尔克·安德列耶维奇·纳唐松（1850—1919）曾先后当柴科夫斯基小组和“土地与自由社”的组织者。1878年流放雅库梯州，在那里住到了1887年。1894年重又流放东西伯利亚五年。流放回来后，参加社会革命党，侨居国外。1917年回到俄国，参加“左派”社会革命党的组织。——原编者注

② 瓦尔瓦拉·伊凡诺夫娜·纳唐松（亚历山大罗娃）（1852—1924）。1877年因“五十人案”被判五年苦役刑，改为流放到西伯利亚做移民。住在雅库茨克省的威尔霍连斯克。1882年随马·安·纳唐松来到雅库梯州的阿姆加大村。——原编者注

山乡被移解到我们这里来了。我不知道当局移解他们是出于什么动机，总之他们被迁移到距我们只有二十俄里的地方。在这里的一座森林里（似乎是属于仁昆山村），特地为他们建造起一所孤零零的屋子来。

我和纳唐松早在彼得农林学院时就见过面。有一天我们正在开会，来了一个年轻的犹太学生，这人戴着一副眼镜，相貌很聪明的样子。记得就在这初次见面的时候，他向我声称，说我们对分裂教派太不关心了，革命工作者应该去注意乌拉尔，那里有许多分裂派教徒中心区。他这番话说得很聪明，但我当时觉得这一切全是空洞的理论。

自此以后，纳唐松的名字常常出现，为革命人士所普遍闻名，就同他的前妻俄罗斯人奥尔加·纳唐松[1]一样。奥尔加·纳唐松已经死了，最近他又另娶了一个莫斯科商人的女儿，是赞同他的革命信念的。这女子在这以前不久来到雅库梯州他所住的地方，来了没多久就结了婚。纳唐松起初被移解到阿尔丹河上，后来又转解到离我们村子更近的地方。我和他在彼得农林学院相识的时候，他属于柴科夫斯基派——即马里科夫所参加的那个小组，但他从来没有当过"神人派"。他这人太讲究实际，对于这一派是不相宜的。

纳唐松夫妇在等待他们所要住的那间林中小屋完工的期间，暂时卜居在我们村子里，先在这里安排起自己的生活来。就在这时候，我们替他们物色了一个仆人。这是一个老资格的流浪汉，在各处牢狱里度过了一生。他名叫"三十八岁的伊凡"。其实他的年龄要比这大得多，但有一回这样登录了，从此他就正式固定在这年龄上。

这是一个很奇特的人。我们阿姆加的流放犯对他都怀着好感，

---

① 奥尔加·亚历山大罗夫娜·纳唐松（娘家姓施列斯涅尔）（1850—1881），柴科夫斯基小组组员。1876—1877 年间是"土地与自由社"的成员。1878 年被捕，监禁在彼得保罗要塞，1880 年被判六年苦役刑，改为流放出去做移民。——原编者注

曾屡次劝请他参加我们的农作。这对他显然是有好处的，但他不知为什么坚决拒绝。起初我好奇地观察这个流浪汉，力图探明他拒绝的原因。后来我觉得我已经理解他了。他少年时候是个农奴，在日常的农奴生活中犯了过错。……我觉得过去的历史对他有着一种不可战胜的权威。农奴制早已废除，但他仍然生活在农奴制时代。他希望由于坐牢而中断了的生活重新恢复起来。他希望有朝一日他能找到“真正的老爷太太”，那时候便可以恢复他从前的生活了。我们这些人在他看来不是真正的老爷。当我们的朋友们（例如彼卡尔斯基）同他谈起我们的时候，他对我们的评价很好，说我们都是好人，但他在言语之中终究对我们不大满意：在他看来，我们的作风太民主了。我们很少老爷气息。我们不是“真正的”老爷。

我给纳唐松说明了，我是怎样理解这个老农奴的心理状态的。纳唐松同意我的看法，于是“三十八岁的伊凡”的理想终于实现了。纳唐松夫妇把这流浪汉安置在一间狭小的穿堂里。每当“老爷”或“太太”经过他的住处的时候，他必定立刻跳将起来表示致敬，而且对这样做感到十分满意。他终于有了真正的“老爷太太”了。

除此以外，他又是一个门门在行的人。“因为流浪之故，我样样都自己动手做。”他说。因此，当我们即将出发到纳唐松家去而后轮子突然坏了的时候，他立刻就来修理，——虽然修理得并不怎么牢固：车子还没有到达目的地，在离开屋子不远的地方，这轮子又脱落了。但这时候流浪汉也有办法。他砍下一棵幼小的落叶松来配在上面，充当车轮。幸而这事故发生在离开纳唐松家不远的地方，我们总算勉强地到达了那里。但自此以后，每逢这种场合，我们就用上了那句口头语：“这是因为流浪之故。”

我套上了我们的两匹马，亲自驾车送纳唐松夫妇到他们的新居去。在这里我还得谈谈我的一次小小的疏忽。在这段时期里，我养成了每天在阿姆加河的冷水里洗澡的习惯。当我们的车子来到纳唐松家的时候，已经是暮色沉沉了。我卸下马匹，把它们拴好了，立刻出发到森林里去，料想那里一定有一条河。这河位在离开屋子不到半俄里的地方，不久我就听见了湍急的河水的嘈杂声。我跑到岸边，迅速地脱下衣服，略微向前跑几步，就纵身跃入冰凉的波浪里。老实说，我一跳下去就害怕起来。有一个漩涡立刻卷住我，把我带向下游去了。黑压压的树木一棵棵从我旁边疾驰过去，立刻就连成了模糊的一片，我一直往下漂呀，漂呀。加之前面又传来一片嘈杂声，好像有一个瀑布在那里似的。……我用尽平生之力，使自己的身子略微转了一个向，于是撞在被河水冲积起来的一堆堆枯枝上了。我费了好大的劲，爬到相当陡峭的岸上，在黑暗的森林里跑了半俄里光景，才来到放衣服的地方。在纳唐松的屋子里，“三十八岁的伊凡”生起的茶炊已经在沸腾着。纳唐松夫妇正在等我，渐渐有点担心了。那流浪汉高高兴兴地殷勤伺候着老爷太太。但纳唐松夫妇倒一杯茶给他，叫他不要在这里伺候；不过他们的态度表现得十分庄严，那流浪汉只得唯命是从。过了没多久，他已成了一个最最忠诚的仆人，——像这样的忠仆，当时即使在俄罗斯的旧式家庭里也已经绝迹了。……

从此以后，纳唐松夫妇就在森林的啸声中开始在这屋子里度日了。但他们也常常到我们这里来，在我们的村子里住上一星期，留“三十八岁的伊凡”一个人在那里管家。我们的春耕工作开始的时候，马尔克·纳唐松有时也来参加。当他在我们开垦的菜园里耙地的时候，那副可笑的样子我一直不能忘记。这不仅因为纳唐松是个犹太人。犹太人一般说来是不大擅长体力劳动的；但也不尽然：我们还有一个同伴瓦恩什坦也是犹太人，却颇能对付一切田间工作。后来奥西普·瓦西里耶维奇·阿普捷克曼参加到我们这里来，他虽然体力薄弱，对付起马匹来倒只嫌他太大胆了。所以原因全在于：纳唐松这个人在我们眼里是一个理论家，一向比较熟悉书本上的事和秘密的革命活动，而不大接触实际工作。在他的一举一动中都显示出他在这方面的无能。他把拿缰绳的手尽可能伸出去，然后通过眼镜战战兢兢地望着那匹马，那匹马也同样战战兢兢地望着他；瓦尔瓦拉·伊凡诺夫娜站在一旁，也不免担心地望着他们两个。

21
雅库梯行政当局的作风

我们邻居之中有一个生活穷困到赤贫程度的雅库梯人，决定到城里去当雇工，以求略微改善一下自己的生计。过了一个时期他走了运：我们听说他当上了警察局长家的雇工。可是又过了一个短短的时期之后，他重又在我们这一带出现了。我们问他为什么不干了，他起初支支吾吾，后来胆子大了些，给我们讲了这样的一件事：

有一天半夜里，雇工头子把他叫醒，命他和别的雇工一起整装出发去运干草。我们这位雅库梯人诧异起来：有谁在半夜里运干草的？但别的雇工都把这件事看作理所当然，仿佛这是老规矩。他们来到一个地方，工头就指挥他们该运哪一堆干草。

“可是这堆干草不是我们的呀。”雅库梯人说。

“傻瓜，要是自家的干草，又何必半夜里来运！”工头回答。别的雇工都笑起来。雅库梯人害怕极了，第二天立刻逃出他家，回到自己这里来了。

关于这位警察局长，城里还流传着更加耸人听闻的流言。据说他连偷马的事也做得出来。有一次他看中了某居民的一匹漂亮的骏马，就要向他买。那人很喜爱马匹，尤其喜爱这匹马，不愿意出让。但他知道警察局长的作风，所以预先采取了措施：他把马蹄铁取下来，在马蹄上烫了烙印为记。过了几天，马果然不见了；警察局长的马群里却多了一匹马，不过毛色是不相同的。

这居民原来是一个机灵而顽强的人。他正式宣称他失落了一匹马，而且他有充分的理由怀疑这匹马现在在警察局长的马群里。这件事简直闹大了。那居民是一个颇有权威的富商，他把这件事告诉了省长，——告诉了省长倒还不要紧，行政当局对省长是可以任意摆布的，最严重的是又告诉了爱管闲事的检察官。于是警察局长的马群受到了检查。那商人一眼认出了自己的马，——虽然毛色不同，但马主人可以证实这马是被染了颜色的。检察官认为自己有责任同地方当局的非法行为做斗争。于是吩咐取下马蹄铁，那烙印就显露出来；过了不多久，马毛的本色也显露出来了。这件事简直荒唐透顶，即使在雅库茨克当局看来也太不成话，于是警察局长只得丢掉饭碗。

这些详情细节是巴宾从城里听来的，他在那时候为了出售我们的一些储备品，到雅库茨克去过一趟。他还带来了另一个消息，也是相当耸人听闻的。雅库梯行政当局的作风在当时完全像果戈理所描写的那样。州法院里有一个法官，他有一个不知是妻子还是情妇，酷爱珍奇的鸟禽。秘书也有一个不知是妻子还是情妇，恰好养着一只珍奇的交趾支那鸡。法官替自己的夫人去要这只鸡，不知是秘书还是他的夫人执意不允。两下里争吵起来，后来法官把这只引起争论的鸡赶到了自己院子里，这一下双方竟在街上大叫大骂起来。秘书高声数落法官的罪行，法官也不示弱，反过来数落秘书的罪行。两相比较，法官的罪行比秘书多一点。而那个检察官就在这揭露丑事的现场附近，把这一切揭发都暗暗地记在心里了。

这大概是雅库梯官场中由来已久的传统作风：吵了一阵架，后来又和好了，仍旧做朋友，仿佛什么也没有发生过似的。但这一次不能那么顺利地过去。如前所述，那检察官是一个“爱管闲事”的人。他是法学院出身，他的相貌使人看了觉得奇怪：他怎么会流落到这边远的雅库梯州来。更奇怪的是：他不但来了，而且卡住在这里了。据说他在官场中态度高傲，爱管闲事，就像一只胡蜂出现在一群苍蝇中间。有一个时期他甚至宁愿同有危险思想的革命人士交往。却说这个爱管闲事的检察官把秘书叫了来，要他把揭露法官的全部事实写下来。那秘书正在气头上，就同意了。检察官把这份“密告”送到雅库茨克，于是那法官在案件审理之前就丢了饭碗。

官场中认为这件事太过分了。有一次有几个陪审员到我们这里来，我们用讥讽的语气同他们谈到这件事，他们（甚至其中最温厚的斯列普卓夫）装出冷冰冰的面孔，尽量把话头岔开去。我们看到：检察官的行为引起了官场一致的反对。这一点虽然没有明言（庇护人家盗马，哪怕是庇护警察局长，毕竟须要有很大的勇气），然而总可以感觉得出。……我们对于行政当局的这些风暴采取幽默的态度，我们觉得这种事很可笑；然而我们不知不觉地倾向于同情那个爱管闲事的检察官，一直到他这爱管闲事的脾气发作到我们身上来的时候为止。不过关于这件事容后再谈。

22

我到雅库茨克去。 波兰作家施曼斯基

我仿照巴宾的例子，也要求上头准许我到雅库茨克去一趟[①]。我并没有什么特定的事，但接受了一个朋友的委托：当我还在雅库茨克的时候，米·彼·萨仁要求我，如果我到雅库茨克去的话，替他向一个早在国外时认识的女友斯梅茨卡雅[②]问候。她曾参加他在日内瓦组织的反拉甫洛夫派小组——说得更正确些是巴枯宁派小组

---

① 据柯罗连科1883年2月11日递给雅库茨克县警察局长的呈文看来，他到雅库茨克去是这一年二月里的事。——原编者注

② 娜杰日达·尼古拉耶夫娜·斯梅茨卡雅（1850—1905）属于巴枯宁派的小组。1877年被捕，放逐到东西伯利亚。1879年逃亡，但被缉获，流放雅库梯州，在那里同亚·伊·施曼斯基结了婚。——原编者注

（当时巴枯宁还活着）。以前她是一个热心的政治家。她的脾气很急躁，有一回在街上打了一个著名的拉甫洛夫派分子的嘴巴，为的是那人撰文激烈反对巴枯宁，——这件事使她在侨民们中间出了名。

现在她和波兰人施曼斯基①结了婚，生下一个孩子，从此以后就显然安分守己起来。施曼斯基夫妇得知我要到雅库茨克去，而且受人委托要找施曼斯基夫人，便邀请我在他们家里住下。我来到他们那里，转达了萨仁的问候，他们就亲切地接待我。斯梅茨卡雅是一个相貌俊美而仪容高贵的女子。她的一双大眼睛有时还闪耀出以前的光辉来。

施曼斯基——后来是著名的波兰作家——在结婚以前极度纵酒作乐，而且乐意和爱管闲事的检察官做酒友，检察官那时候心情忧郁，时常借酒浇愁。据说斯梅茨卡雅嫁给施曼斯基，就是为了把这波兰人从狂饮病里救出来，因为她看出他具有杰出的才能。她的计划成功了。自从结婚以后，施曼斯基变得十分稳重，他抛弃了寻欢作乐的伙伴们，开始过纯粹的家庭生活。施曼斯基家的儿子那时候已经一岁多了。

当时雅库茨克几乎没有什么政治犯，全都被分送到各山乡去了。记得经常在晚上到施曼斯基家来的人中间有一个姓施略耶夫的，是死在施利色堡的施略耶夫的兄弟，还有一对夫妻，是莫斯科的相当富裕的商人，他们的姓氏我现在忘记了。

我在这一伙人中间朗读了我那时已经写成的《马加尔的梦》。我这篇小说对施曼斯基产生了特殊印象。我可以毫不怀疑地说：正是在这天晚上，他心中第一次产生了自己写作的念头。他在房间里来回走了很久，仿佛深有所感，正在考虑着什么。他竭力劝我不要丢

① 亚当·伊凡诺维奇·施曼斯基（1852—1916）因波兰爱国协会的事件于1879年被流放到雅库茨克。他在这里写下了第一批短篇小说（描写流放犯生活的），这些小说使他跻身于波兰名作家之列。——原编者注

掉写作，但我觉得他当时也在暗中劝他自己。果然，施曼斯基回到祖国之后，波兰文学界就出现了一个新的光辉的名字。施曼斯基的短篇小说中谈到在遥远的雅库梯边区和祖国同胞会面的情况。其中描写了对祖国的怀念，施曼斯基找到了真挚而深刻的笔调来表达这种怀念。这恰好是波兰人认为最容易发挥的主题，而施曼斯基又善于用鲜明的色彩来渲染它。有几篇小说被译成俄文。给我印象最深的是《祖国纪事》上译出来的一篇叫做《来自留巴尔托夫的斯鲁尔》的短篇小说，在这篇小说里，那个主题（即怀念祖国波兰）被巧妙地反映在一个犹太人的心灵中[①]。总之，施曼斯基的文学活动成了波兰文学界很惹人注目的现象。

施曼斯基是在不久以前才去世的，那已经是在一九一六年了；但他很久以前就病了。他的妻子比他死得早，两个人患的是同一种病：精神病。我觉得当她还没有显露出任何症状来的时候，我就已经看出他有点不正常了。有一天晚上，他告诉我们：住在他们家里的一个流浪汉如何企图谋害他们的生命。“这班流浪汉懂得用特殊方法打开锁上了的门。”施曼斯基对我们说，他的声音里听得出一种异样的语调。……有一天深夜他醒过来，再也睡不着了，头脑中就产生了各种各样的思想。他想到替他们当仆人的那个流浪汉。施曼斯基当时由于某些迹象而正在怀疑他。他似乎打算离开他们到什么地方去，但丝毫没有同他们谈起自己的意图。突然……他听见有人正在小心谨慎地从楼下走上来（他们住的是楼房）。扶梯上的门是关着的。但他想起了流浪汉们的种种手段。他就起床，走到门边，让蜡烛留在隔壁的房间里。

说到这里，这个瘦长而富有表情的施曼斯基就踮起脚尖，走到

---

① 亚当·施曼斯基的短篇小说《来自留巴尔托夫的斯鲁尔》刊载在1900年圣彼得堡出版的《犹太人面影》这集子里，后来又有另一个人的译文刊载在1905年第一期《教育》杂志上。——原编者注

门边，仿佛愣住在那里了。

“喏，就是这样……我听见……他在开门了。……我把手按住门闩。……一下……两下……三下……后来又是接连三下。……他看见门闩拔不动……就照旧这样……悄悄地……”

施曼斯基转过身来，照样踮起脚尖，装模作样地表演着流浪汉走下扶梯去的样子。

他是那么紧张地表演着这一切，他的叙述那么深深地吸引着全体在场的人，老实说，我当时觉得这是一种阴惨的幻想。

而且我似乎觉察到，施曼斯基的夫人怀着异常不安的心情望着他。

后来施曼斯基夫妇向我们发挥一套特殊的教育方法，他们打算把这套方法运用到自己儿子身上。她是俄罗斯人，他是波兰人。两种民族同样有权利来占有他的童心。……暂且让他有两个祖国。……因此他们流放回去之后，将要在俄国和波兰两地轮流居住。这样，可以让儿子轮流受到波兰和俄国的影响。等他长大之后，由他自己选择祖国。我不知道他们后来是如何实施这套方法的，我只知道两人都患了精神病。起初是她，后来是他。……

过了一段时期，我又见到他们，那时候我们已经来到俄罗斯了。这一回我发觉她已有精神病症状。记得我同她谈了一次话。我当时在《俄罗斯公报》上发表了一篇关于阿尔查马斯的“神屋”的小品文①。她对我说，现在轮到她了，这就是说，他们要住在俄国了。她选中的地点恰好是阿尔查马斯。可是现在我提出了一个纯粹民族性的问题，在这点上妨碍了她（《神屋》里谈到阿尔查马斯附近的一座山，山上全是小“神屋”——实际上是指被处死刑的射手们的坟

① 指1894年第215期《俄罗斯公报》上刊载的《神城（旅途手册中的草稿）》。——原编者注

墓）。我一直弄不明白是怎么一回事。等到弄明白之后，我的心郁结了：她说话时态度那么激烈，仿佛怀疑我和她丈夫暗中串通。总之，她身上已十分清楚地显露出精神失常的迹象。我回想起了施曼斯基讲流浪汉的那个晚上，当时我觉得她怀着不安的心情望着他。我心里想：哦，原来从那时候就开始了。如果我当时没有弄错的话，正是这不安的心情破坏了她的精神平衡。后来他们为了这难以解决的民族问题纠缠不清。施曼斯基毕竟比夫人坚强些，因此她比他早离人世。但后来他也走上这条致命的道路，跟随着她去了。

波兰批评家列·柯兹洛夫斯基在施曼斯基逝世后写了一篇关于他的文章，登载在《俄罗斯公报》上①，其中说：

"亚当·施曼斯基立刻以自己的别出心裁的描写迷住了读者，他既描写西伯利亚的自然景象，（我们知道，有多少波兰人死在那里啊！）又描写被放逐的波兰人的形象。……

"众所周知的波兰作家来到了莫斯科，而当地的波兰侨民区里竟没有一个人知道，这是怎么搞的？我弄不明白；但我确信，只有施曼斯基——波兰文学界的这位神秘而沉默的客人，才会发生这样的事。他进入波兰文学界完全是突如其来的，——带着他的已经成就了的天才，发出无比辉煌的光彩；后来又突如其来地长年退出波兰文学界。他一共只写过几篇短篇小说，却在文学界留下了不可磨灭的印象。后来又沉默了好几十年。"

我对那个爱管闲事的检察官很感兴趣，施曼斯基夫妇就劝我去看看他。他们担保说，他对革命人士颇有好感，甚至大体上赞同我们的宗旨。我不记得这一次施曼斯基因什么事而没有去看他，总之，

① 指列·柯兹洛夫斯基所写的《纪念亚当·施曼斯基》一文，载《俄罗斯公报》1916年3月29日第72期上。——原编者注

我独自去看他了。

检察官住在一所小巧玲珑的屋子里，屋内收拾得整整齐齐，虽然并没有什么特别讲究的布置。我当时的服装很奇怪。在白桦屯住过、在好几个监狱里关过、在阿姆加待过（在这里，我们的服装上增添了不少皮制品）之后，我可以说，我的服装变得稀奇古怪了。加之我又穿上了伊凡诺夫斯卡雅家的大姊给我寄来的一件短衫，样子也很稀奇古怪，袖子又长又宽，外加边上绣着一些花。而在我面前的却是一个二十八岁模样的青年人，虽然穿着家常衣服，但一举一动都很有风度，甚至梳着对分的发式（当时这发式正时髦）。

我现在记不得当时我们谈些什么了，我只记得当时在我看来，这位爱管闲事的检察官比后来他的某些行动所显示的要聪明得多。我之所以要这样说，是因为过了不多久，他对纳唐松要了一个很奇怪的把戏，使自己成了雅库梯行政当局全体人员的取笑对象。

这是我在雅库茨克的最后一次访晤。以后我就同施曼斯基夫妇亲切地告别，一对“居民马”又把我载向东方，后来进入阳马拉赫溪谷，向阿姆加去了。

23
爱管闲事的检察官的狂妄行为

现在我要讲一个小小的幽默故事，在这故事中担任主要角色的便是那个爱管闲事的检察官。……

冬天又来了。各种声音清楚而明晰地从远方传来。在寒冷的空气中，声音似乎一点也不会消失，一直凝滞在那里，发出回响，传向远方。有一天，波兰人彼卡尔斯基走进我们屋子里来。他常常讲一些新闻给我们听，讲的时候他那张聪明的脸上显出幽默的表情。

“你们出来，爬到自己帐篷上去看看。那边坐着马车来的大概是什么长官，来办重要公事的，——这样冷的天气都挡不住他。”

我们爬到帐篷上去。别的帐篷上也有几个鞑靼人由于利害关系而在那里瞭望。他们之中有的已经套起马车来，以防万一发生什么就可以运东西到森林里去。……只是有一点不方便：这天夜里亮得像白天一样，通向森林的路上看得清清楚楚的。

突然车铃声在离开村子一俄里半的地方停息了。后来铃又响起来，但这回显然已经系住，因为声音是短促的。村里的人更加警惕了。这显然是一个毫无经验的人所做的事。没有比这更好的方法，足以引起全村人的极度的好奇心了。

“这是怎么回事？”彼卡尔斯基问，“政治犯先生们，莫非是来对付你们的？没有错，准是来找你们的！或许是来找鞑靼人的？阿赫美特卡，阿赫美特卡，你听见吗？”

“听见的，我们全都听见的！……”

“你们打听到什么，就来告诉我们吧。”巴宾说。

“行！”

马蹄声从各处响起，年轻的鞑靼小伙子向村子的入口奔去了。从这时候起，我们得知了长官的每一个行动。

首先我们打听到，长官的车子果然来到了村社办事处门口。所谓长官，便是陪审员斯列普卓夫和检察官两人。第二个使者来报告，说除了长官之外还有一个……隐瞒身分的人，没有放他走进村社办事处去。……然而过了一会儿，他冻得吃不消了，要求到暖和的地方去，他们就放了他进去，这时候才知道这人是凯尔根涅赫的儿子。“凯尔根涅赫”照雅库梯话的意思是“多子女的”。我已经说过（还是在谈维亚特卡省时说过），政府对于犹太人问题竟也采用行政命令来解决。有道是伐木伤枝。倒霉的“凯尔根涅赫”便是这样的枝条之一。他有一个大儿子，起了一个虚荣的意图，想参加到革命人士中间来，也许还要叫家中的一员也来加入这特权阶层。他住在离开我们不远的地方。

纳唐松是一个绝顶聪明的人，但他有一个小小的缺点。即使是在法国这样一块完全自由的土地上，他也要保持秘密。最近几年来，已经是在战争的前夕了，我还看见他采用老办法：譬如他正在同某某人说话，忽而把这人拉到一旁，同他咬起耳朵来。这种偷偷摸摸的态度在他已经养成根深蒂固的习惯，有时在陌生的环境中，这种态度就会引起人家怀疑。我们知道他有这个特点，有时要嘲笑他。

这情况给凯尔根涅赫提供了一点希望。他认为他可以通过纳唐松进入革命人士中去，同时就可以获得这称号所应得的每月九个卢布。……于是他开始行动。起初他表示了自己对革命的同情，然后用心听取纳唐松的教训。纳唐松有一条规例：对于以后可能有用的人，他不放弃他们。他也不放弃凯尔根涅赫的儿子，就同他攀谈起来，把他看作一个“同情革命的青年人”。此后人们就经常看到这个年轻的犹太人同纳唐松在一起密谈。但那犹太人认为走这条路太慢了。必须指出：有许多刑事流放犯都希望转为政治犯，有一个人（姓什么我现在忘记了）甚至正式来向我讨教，他怎样才能成为政治犯。有的人竟也做到了。最可靠的方法是告密：只要一告密，就把自己也牵连在内，于是目的达到了。凯尔根涅赫的儿子所选择的正是这条道路。他诬告纳唐松，说他在森林里隐藏着一个甘油炸药库，企图炸毁州长的府邸和一些官衙。这告密捏造得太荒谬了，就是一般行政长官也难以相信。首先要问：当地的政治犯要炸毁遥远的雅库茨克的官衙，有什么益处呢？岂料竟有一个人相信了这种荒唐话。这人便是……我在雅库茨克相识的那个爱管闲事的检察官。

我不知道这件事应该怎样解释，总之，检察官开始庇护凯尔根涅赫的儿子，尽力劝别人相信他的诬告很可能是事实，于是……就在这明亮而寒冷的夜晚带了他来到阿姆加。……

从这时候起，我们获得了关于两个长官和凯尔根涅赫的儿子一举一动的详细情报。根据某些迹象可以看出，陪审员（斯列普卓夫）显然不相信凯尔根涅赫的儿子的诬告，但这件事不是由他作主，而是检察官作主的。因此过了不多久，车铃又响起来，一直响个不停，车子朝着纳唐松夫妇所住的森林方面开去了。车铃的最后一阵回声终于在冷空气里消失。我们派定了几个志愿守候的鞑靼人，自己就去睡觉了。

第二天早晨，我们打听到了这件荒唐事的下文。两个长官来到森林里纳唐松的屋前，进去搜查了一番。不幸而在他们那里搜出了一些图章（自然是伪造的）和制造逃亡用的假公民证的全套设备。纳唐松夫妇想要把这些东西全部投入壁炉，付之一炬，但图章是金属的，被抢了出来。只烧掉了一些文件。凯尔根涅赫的儿子胜利了。但随后他和检察官都陷入了困境。

在这森林里离开屋子不远的地方有一座小山。山上堆着某雅库梯人的一个干草垛。凯尔根涅赫的儿子告密说，这干草垛里藏着整整一个甘油炸药库。别的官员对这件事表示怀疑。但检察官相信了。我们的朋友们看见整整一组人员出得门来，向那小山走去；又看见哥萨克人爬上山头去。

“瞧见什么吗?”检察官问。

“什么也没有瞧见，大人。”干草垛里的声音回答。

“我早就对你说过了。”斯列普卓夫向他指出。

黎明时候，村子里又听见车铃声。他们把纳唐松夫妇解押进城去了。

瓦西里耶夫告诉我们，说凯尔根涅赫的儿子弄得很窘，但更窘的是检察官，因为行政当局本来就对他没有好感，经过这件事之后，他预料自己更将成为他们的笑柄了。

可是不管怎么说，纳唐松夫妇还是被解押到雅库茨克给关在监狱里了。后来夫人被释放，纳唐松本人又被监禁了几个月。

这期间纳唐松施展出他的全套手腕来了。他原是一个机灵俏皮的人，笨拙的检察官不是他的对手。纳唐松利用了一切可利用的机会。

这件事一时轰动全雅库茨克城，但在结束之前我早已离开那里，所以没有看到其结局。据说这件事又牵连了一个流浪汉，这是被纳唐松拉来参加秘密活动的一个十分轻率浮躁的人。还有法官和警察局长也被牵连在内，他们两人是作为“编外人员”在办公厅里供职的，站在谁的一边也就可想而知。他们忠心耿耿地为纳唐松服务。结果竟弄得连那些物证都不翼而飞了，于是纳唐松被释放，这件事就此告终（大家都知道物证在旧式的审判中起着多么大的作用）。政治流放犯获胜了。这时候我们就觉得检察官当上了大傻瓜。后来他脱离仕途，做了律师。如果最近传来的消息是可靠的话，那么据说他和流放犯们仍然保持着良好的关系。

后来纳唐松再度流落到西伯利亚，这一回是来到伊格纳捷夫伯爵的总督管辖区。伯爵后来当了基辅的总督。这位总督在任的期间，似乎可以划分为两个时期：在雅库茨克时是一个样子，这时候他的自由主义色彩要浓重得多；在基辅时又换了一个样子。这是由于受到纳唐松影响之故。

24

伊丽莎白·尼古拉耶夫娜·尤查科娃的悲剧

我在前面已经谈到过：伊丽莎白·尼古拉耶夫娜·尤查科娃跟一个叫做巴钦的工人一同从巴拉冈斯克逃出来，回去的时候怀了孕。后来她正式嫁给他了，他俩因逃亡而受到审判，在雅库茨克度过了判定的监禁期，后来被放逐到雅库梯州。他俩来到纳姆山乡的时候，好像已经是一八八二年了。这地方相当热闹。离他们不远住着一个卡拉科佐夫分子叶尔莫洛夫[①]，还有好些阉割派教徒的村子：大马尔哈村、小马尔哈村、巴甫洛夫村和其他一些更小的村子。巴钦是铁匠兼钳工，这里的环境给他很大的方便，所以他的工作有保障了。

我在前面已经描写过巴钦，这是一个性情暴躁而粗鲁的人。然而他并不推卸自己做父亲的责任，辛勤工作着来赡养他的妻子和女儿，虽然他对于她们——甚至对于他的小女儿，显然没有真正的爱。据传闻，尤查科娃和他住在一起，生活很痛苦，但这种痛苦生活是隐藏在帐篷的四壁之内的，我们只能根据不可靠的传闻约略地知道我在雅库茨克就已知道的一些消息：巴钦是一个难以共处的人，尤查科娃和她丈夫之间竟连一点普通的友谊都没有。

突然传来一个消息，说巴钦掐死了尤查科娃，自己服毒自尽了。我们听了这话，无不大吃一惊。起初这不可靠的传闻从一个山乡传到另一个山乡。后来方知是完全确凿可信的了。我从戈伏留兴[②]那里听到了这件事，而他几乎可说是这悲剧的目击者。

"我的生活在被捕以前就已支离破碎了，"可怜的尤查科娃在写给母亲的一封信里说，"所以我从来不考虑如何来安排自己的命运。我从来也不会爱上一个人并且为了想过幸福生活而嫁给他，因为我不能嫁给我爱了多年的那个人——关于这个人我永远也忘怀不了，除非我知道了监禁生活已经把我和他永远隔绝。……如果说还有什么能给我温暖的话，那便是这样的一种意识：即意识到我是那种没有出头希望的不幸者之中一人的支持和安慰。"她选定了敖德萨人米纳科夫。据她的意思，这人处在毫无希望的境地中，所以最值得怜悯。

---

① 彼得·德米特利耶维奇·叶尔莫洛夫（1845—1910）于 1866 年因卡拉科佐夫案件被捕，监禁在彼得保罗要塞。被判死刑，改为二十年苦役刑。1871 年出狱，到雅库梯州做移民。1884 年回到中央俄罗斯。——原编者注

② 亚历山大·费多罗维奇·戈伏留兴（生于 1859 年，卒于九十年代初）曾参加敖德萨宣传小组。被判苦役刑，改为流放到西伯利亚做移民。——原编者注

为改善政治苦役犯中某一人的命运而牺牲自己——这念头早已占据着她的想象。起初她告诉她的一个女友说：她受到判四年苦役刑的军官克利伏舍英[①]的这种性质的求婚。"我知道，如果他被批准结婚的话，境况一定要改善些。我不能下决心拒绝他，虽然我们结为夫妇很不相称。不过我还希望能够婉言劝阻他，况且他是能够替自己找到别的对象的。这里还有一批去服十五至二十年苦役的人。其中有一个叫做米纳科夫的，我很愿意嫁给他，在他的苦难境遇中给予他帮助。"在随后的一封信里，她通知女友说：克利伏舍英的问题已经安排好，现在只剩下米纳科夫了。父母亲同意他俩的婚姻，就设法在洛利斯-梅里科夫面前替他们斡旋。然而必须指出：这一次的选择也是十分失败的。米纳科夫为人轻率浮躁到极点，甚至碰到生命攸关的问题时也是这样。残酷的判决使他成了整个敖德萨集团的类似领导的人物，但这个公认的领导者很会钻营。尽管越狱的希望极少，但他总是千方百计地利用一切机会。他和尤查科娃结婚的计划丝毫不能改变他在这方面的行径。

戈伏留兴还给我讲述了他和米纳科夫被流放的最初原因。这件事也带有同样轻率浮躁的性质。在他们小组里有一个密探，叫做戈希托夫特。这件事被发觉后，米纳科夫和戈伏留兴决定要弄死他。有一天晚上，他们三人正在一片荒地上走，他俩拉住戈希托夫特，言明了他的过错，就宣告对他的判决。可是他们身上没有带一把像样点儿的短剑。米纳科夫所带的短剑完全不适用。戈伏留兴讲到这一段情节，叫人听了简直滑稽可笑之极。却说他们两人用短剑向密探刺去，可是竟连正式地刺伤他都不可能。那密探就向他们哀求。他保证说，他现在已经认识到革命党的全部力量，这革命党"会追

① 亚历山大·伊凡诺维奇·克利伏舍英（1859—1881）曾参加为谋杀梅甸采夫而张贴传单的工作。1879年被捕，判处四年苦役刑。1880年来到卡拉。——原编者注

寻他到天涯海角”；他答应以后决不再出卖革命党人。米纳科夫和戈伏留兴被他哀求得让了步，就决定这一回饶赦了密探。他们要他郑重地保证了一定离开敖德萨，然后……把他带到戈伏留兴的寓所里。米纳科夫出门办事去了（办理送戈希托夫特出敖德萨的事宜），戈伏留兴就和密探同榻而卧。戈伏留兴睡熟之后，密探立刻起身到警察局去。戈伏留兴醒来一看，自己已经给警察包围起来了。……

所谓“米纳科夫案件”，便是这么一回事。自不必说，如果我们这里的政治案件是由陪审员来审判的话，那么这两个假定的凶手应该只受到轻微的惩罚，因为他们这件事实在做得过于温情，幼稚轻率到极点了。但那时候我们这里所采用的是特别审判。米纳科夫被判为长期服苦役，在一定程度上成了一个“中心人物”。从这时候起，在他的案卷上就不断地出现有关同样幼稚的好几次“越狱”的记载，结果，正如我们在前面已经提到过的，使得梅希金和赫路肖夫那次经过周密考虑的越狱也遭到了失败。此后，米纳科夫被流放到施利色堡，在绞架上结束了生命。在米纳科夫这案件中，也许比其他案件更明显地反映出了当时政府的盲目的残暴行为，这政府完全不善于分析指使着它的敌手的那种动力。

就是这样的一个人，尤查科娃决定和他缔结白首之盟。不消说，对于这个为他牺牲的女子，米纳科夫也不能够采取严肃的态度。于是他们两人陷入了山穷水尽的地步：他死在绞架上了；她当了巴钦的妻子，和他一同在帐篷里度着落落寡欢的日子。

偏偏就会发生这么不幸的事：戈伏留兴访问了巴钦夫妇。他告诉我她一生最后这个晚上的情况，从他的叙述中可以想见，巴钦那时候几乎已经精神失常了。他精神失常的主要表现是过分的自尊心。在他对妻子和客人的乖常行为中可以看出他激愤到了极点。他显然是担心他的妻子要回忆亲近知识分子的那些年代，因而感到妒忌。妻子对知识分子的接近激怒着他，使他经常要做出些粗鲁行为来发泄一下。尤查科娃见了戈伏留兴，好像见了一个志同道合的老朋友似的（他们相互间称呼很亲热），这种态度显然使巴钦大受委屈。他不自然而神经质地冷笑着，嘲讽着他们的回忆。他对知识分子的仇恨在这里起着极大的作用。后来他走出帐篷去，留下尤查科娃和戈伏留兴单独在一起。戈伏留兴这个人，朋友们都称他为害人精。他有时会闯些祸事，要别人付出很大的代价。这一次，巴钦刚刚走出去，他就同尤查科娃谈起她丈夫的怪脾气来，他表示惊奇：尤查科娃怎么会同这样一个人住在一起。尤查科娃被这位老友一激励，就向他坦白说，她确已失去忍耐力，已经向雅库茨克当局提出申请，请求调迁她到另一个山乡去。她希望日内就能获得调迁的批准，好和巴钦分手。岂知巴钦就隐藏在墙脚边偷听，两人在帐篷里讲的话全被他听见了。他就回到帐篷里来，用十分粗暴的态度对待戈伏留兴，最后竟把他赶了出去；原来讲好留他在这里宿夜的，现在也不准许了。戈伏留兴就到叶尔莫洛夫那里去。……这天夜里帐篷里发生了什么事，不得而知，但是到了第二天早晨，人们发现尤查科娃死在地上。巴钦到乡公署去自首了，撇下一个惊慌号哭的小女儿伏在母亲的冷冰冰的胸前。

不久以后，我从一个早先在《新闻报》社共事的老朋友陀里宁那里收到一封信。这位朋友现在被流放在雅库梯州，曾经从那里逃走，被捉住了，现在坐在监牢里。他信中说："前天，他们突然把巴钦送进我的囚室里来。他一进门，就站定在囚室中央，说：'我昨天夜里就是用这双手来掐死尤查科娃的。掐死之后，我把三盒火柴溶解在水里，喝了这水。可是你瞧，到现在还活着。'"后来上头发觉事情不妙，就有几个狱卒来把他带到另一间囚室里。巴钦的话使陀里宁产生了装腔和虚伪的印象。他下结论说："我认为，这坏蛋在撒谎。"

在这件事刚发生后不久，他还写了同样的一封信给另一个朋友阿·阿·德罗贝希-德罗贝舍夫斯基[①]。那人在回信中谈到此事时，就莎士比亚的奥赛罗作了绝妙的分析，断言说：现在巴钦大概已经不在人间了。这猜测竟是正确的：当时巴钦情绪激动得很厉害，所以毒药没有立刻起作用。大家都以为巴钦是在说谎，况且在他的叙述中本来就有许多装模作样的地方。连医生都不相信他已经服毒。其实巴钦说的倒是真话。还不到一昼夜的工夫，毒药就开始起作用，力强无比，任何解毒药都无济于事，巴钦就此一命呜呼。

尤查科娃和巴钦的惊人的悲剧就这样结束了。后来我听人说，巴钦家的女儿由谢密夫斯基家抚养成人[②]，结婚成家。

25
涅恰耶夫和涅恰耶夫分子

已经是我逗留在雅库梯州的第三个年头了，有一回，我们邻近的一个山村里——好像就是纳唐松夫妇所住的那个仁昆山村——载来了第一个所谓涅恰耶夫分子[③]。我们立刻出发去访问这位新伙伴。

政府想出一个办法来，利用最靠北方的几个省分里的渔村居民来组成一支特别警卫队，用以看守彼得保罗要塞。这些人必须直接从渔村来到要塞里，在这里服满了役之后，仍旧回到原地。这样，可以使

---

① 阿列克塞·阿列克塞耶维奇·德罗贝希-德罗贝舍夫斯基（1856—1920）因“一三七人案”被捕，流放东西伯利亚。后来在伏尔加沿岸一带的几家定期刊物的编辑部工作（笔名阿·乌曼斯基），一度担任《下诺夫哥罗德小报》的编辑工作。曾和柯罗连科长期通信。——原编者注

② 根据尼·阿·维塔舍夫斯基的回忆，这小女孩起初由车尔涅夫斯基夫妇抚养。后来车尔涅夫斯基夫妇把这女孩子转交给她的外祖母。——原编者注

③ 柯罗连科这里所提到的涅恰耶夫分子，是指阿尔汉格尔斯克省农家出身的兵士蒂莫菲·叶菲莫维奇·库兹涅卓夫（1857—1914）。这人从 1879 至 1831 年间在彼得保罗要塞阿列克塞耶夫半月堡的警卫队里服务时，被谢·根·涅恰耶夫的宣传说服了，协助他与监狱外面的人联系。1882 年初被捕，流放雅库梯州，在离阿姆加三十五俄里的斯卡拉乌尔山村里做移民。——原编者注

他们完全与世隔绝，不受到任何宣传的影响而安然回家。

然而正是这一番打算几乎摧毁了政府所筹划的全部计谋。这时候要塞里监禁着涅恰耶夫。这是一个精力异常充沛的人。按照规定，是禁止囚犯们同警卫兵谈话的，警卫兵甚至不应该回答囚犯所提出的问题。可是涅恰耶夫以可惊的毅力打破了这些障碍。被载送到我们这边来的那个新伙伴告诉我们，涅恰耶夫是如何一步步地战胜了警卫兵们的愚钝的倔强。起初他只是问起家乡的情况。警卫兵们不回答他。他再三探问。终于有一个人忍耐不住，回答了他一个无关紧要的问题。涅恰耶夫再接再厉，扩大了问题的范围。他问他们可知道他们看守着的是些什么人。警卫兵又是默不作声。于是涅恰耶夫就讲述政府的迫害，讲述某一些人如何同这些迫害作斗争，现在正在为此而受苦。这样点点滴滴、日积月累地，终于收到了成效：起初涅恰耶夫受到了警卫兵的注意，后来更博得了他们的同情。又因为警卫兵时常更换，涅恰耶夫的囚室边有各种各样的人来站岗，所以他拥有较广泛的发展对象。

涅恰耶夫逐步逐步地、终于日甚一日地获得了自己这班警卫兵的注意和同情。必须补充说明一点：这些警卫兵来自遥远而十分闭塞的县分，在那里，文化知识竟是稀有之物（这正是宪兵所希望的），这些人连最粗浅的职责概念也搬不出来，所以无法反驳涅恰耶夫，在他面前简直完全束手无策。渐渐地，涅恰耶夫几乎控制了所有的警卫兵。他除了精力旺盛和忠实于自己的事业之外还有一个特点，即做事不择手段。过了不多久，他让警卫兵们知道，他们现在落在他的掌握之中了。这人的行径可想而知。他首先是一个厚颜无耻的人。

他欺瞒最亲近的同盟者并且嘲笑他们。他哄骗像巴枯宁和奥加辽夫[①]这样的著名革命活动家。不消说，这情况没多久就被揭穿，

---

① 尼古拉·普拉东诺维奇·奥加辽夫（1813—1877），著名的民主主义诗人、政论家、赫尔岑的朋友和战友。——原编者注

于是涅恰耶夫的策略破灭了。人人都知道他是一个对最亲近的同盟者都不顾惜的革命骗子手；当瑞士政府决定把他引渡给俄国政府时，侨民们虽然也曾提出抗议，但显然抗议得不够坚决。不过对于这件事还是呈递了抗议书，只因涅恰耶夫不曾引起任何人的同情，所以抗议书无济于事。俄国政府对他采取毫不客气的无耻手段。据说还行了贿。

不管怎么说，总之，他当时控制了全体警卫兵，毫无拘束地任意摆布他们。他同一些秘密寓所取得了联系，已经拟订好越狱的计划。但正当这时候，三月一日的事件在筹划起来了。涅恰耶夫接到了这通知，就坚决要求把他个人的事搁一搁。这件事是通过格尔曼·洛帕金来接洽的[①]。由于这人的一个疏忽，越狱的事被揭穿了。接着就来捕人。全体警卫兵都被逮捕起来，因为除了少数几个人例外，其他的人全都受了涅恰耶夫的影响。

在这次巧妙安排的越狱计划败露之后，就连这个心坚如铁的人也显然陷于绝望了。警卫兵们服满了刑期，被遣送到雅库梯州，其中的一人就定居在离开我们二十俄里的地方。

这个涅恰耶夫分子的姓氏我记不起来了。但记得我到他那里去过一次。我们这里他一次也没有来过。其原因是由于他立刻陷入了和阿纳尼·谢苗诺维奇·奥尔洛夫同样的境地。在他所住的帐篷里有一个可爱的雅库梯姑娘，她把我们这个涅恰耶夫分子完全给迷住了。必须指出：年轻的雅库梯女子具有一种魔力。而老妇人呢，就连雅库梯人自己也认为她们是“阿罢蒂”，即恶魔的意思。我们这位涅恰耶夫分子性情忧郁而意气消沉，是一个名副其实的北方人；我想，涅恰耶夫对付他，一定比对付别的人更容易

---

① 这里柯罗连科弄错了。格·洛帕金当时不在彼得堡，这件事是通过叶·阿·杜勃罗文、格·伊萨耶夫和阿·阿·菲里波夫来接洽的。——原编者注

些。他对涅恰耶夫颇有好评，虽然有时当他提到涅恰耶夫的狡猾行为时，语气中显然带着苦痛。这是可想而知的。他们感觉到自己受了他的愚弄。

那时候在俄罗斯有一种所谓“雅各宾党人”。我已经谈到过其中的一人，即住在奥廖尔的扎依奇涅夫斯基。他有一种理想：他打算在自己一组里逐步增收组员，范围越来越扩大，最后把俄国用一个秘密活动网笼罩起来；这些搞秘密活动的人互不知道，有朝一日，中央突然下一道命令，俄国就全部革命化，有现成的政府、现成的新制度了。这现象有点像蜕变。照他们的想法，俄国会出乎它自己意料之外地建立起新制度。

26
归　途

上头终于开始宣布期限了。第一个接到通知的是哈保津。我曾谈起过，这个年轻人罕有值得赞扬之处，所以他离开我们，没有引起任何人的惋惜和关怀。不妨这样说：他根本不是我们一伙里的人。他和我们一同吃喝，却不和我们一起劳动；他回到自己的雅罗斯拉夫尔省去之后，没有在我们的记忆中留下丝毫痕迹。

后来巴宾也接到了通知。对于他的离去，我们感到十分惋惜。这时候须得把财产略微分一下了。必须指出：我们的运气很好，三年来我们的收成一直是中等的，而这种情况在当地极为罕见。我们的庄稼从来没有冻死过一次，可是等到我们离去之后，一连五年歉收，居民们生活穷困不堪。却说当时我们以友爱的态度分配了财产：需要顾到的只是留在这里的一些人；至于离开这里的人，大家都认为是幸运儿，只分给他路上开销的钱。巴宾回到了他的故乡西西伯利亚。

继巴宾之后是瓦恩什坦，我们友爱地送别他。他后来进喀山大学，在那里修完了医科，以后我又有一段时间和他相会，那已是来到俄罗斯之后的事了。在饥馑的那年，他甚至到尼日戈罗德省来工作过，我和他常常会面。后来双方失去了联系。我知道他在彼得堡当过医生，而且成了家。

终于轮到我回去了。我很关心一个问题：他们会不会叫我宣誓？我决定不宣誓。必须指出，在我们来到雅库梯州后，曾发生过一件小小的事：有一次，我们决定到我们的流放同伴车尔涅夫斯基夫妇家去聚会，却被上头知道了。这件事的处理拖延了很久，直到我离去之后方才结束。我当时心里忐忑不安，怕只怕回去的事为此受到阻碍。后来我被判决下来了，好像判的是坐两星期监牢；这是流放同伴们写信告诉我的。但这案件就到此为止，不再有下文了。

我的期限终于也宣布下来了。在我流放西伯利亚之后，应该还有三年。我的弟弟一直留在维亚特卡省，现在他的期限也宣布得和我相同；我的妹夫洛希卡辽夫带着家眷住在米努辛斯克，期限也是一样。这样看来，上头并没有因为我擅离流放地而增加一点期限。

关于我——“国事犯柯罗连科”——的期限，早已听见陪审员斯列普卓夫、另一个陪审员安东诺维奇和县警察局长布比亚金在那里谈起了；但接替布比亚金的新任县警察局长比涅维奇却坚决不把这消息通知阿姆加的村社办公室。

这县警察局长根本是个很奇怪的人。首先大家都知道：他是不受贿赂的；后来又知道了另一个情况：他懒惰得无出其右，办事一点都办不出来。我们的信件一连几个星期、几个月地在他那里睡大觉，这情况引起了流放犯们极大的不满，我们打算向他提出控告。我更有理由为这件事而急躁。大家都知道，对于别的即将期满的流放犯，警察局也绝不发通知给各山乡。我到雅库茨克去的时候探悉到：我二妹从彼得堡寄给我的一个包裹已经在警察局里搁了几个星期了。我收到了包裹，打开一看，原来里面除了别的东西之外，还有一盒糖果。可是盒子里已经空空如也，有一个在警察局当差的俏皮人仿佛故意嘲笑我似的在盒内放了一个字条，上面写着："祝君健胃"。这张字条给我搞丢了，所以后来当我提出控告[1]而警察局要求看字条时我拿不出来。总之，比涅维奇所领导的机构的疏忽大意，使我们大家再也忍耐不住了。我深恐我这个人也要给他们耽误下来，就向阿姆加村长呈递了如下的一份申请书：

根据行政流放犯案件再审委员会对我宣布的判决，我的流放期到今天九月九日结束，从此以后，我不再受村社监视。正如警卫条例所示，要延长流放期限必须得到内务部部长先生的特别命令，而我从未接到这类命令，因此认为自己有权离开阿姆加。又因道路泥泞期即将开始，我必须利用最近的良好天气登程，所以尤其需要早日离开阿姆加。但不知何故，城里至今还未打发任何人来领我；如果阿姆加村长认为此事唐突而不愿派村社主任用居民马匹来送我，那我就不得不使用租赁的马匹离开这里。至于违反了最高委员会正式向我宣布的命令而对我加以拦阻，我认为无论是村长乃至警察局，都无此权力。

贵族符拉季米尔·柯罗连科

一八八四年九月九日

我向我们这个温厚的阿姆加酋长呈递了这份申请书，使得他大

---

① 这控告是以致雅库梯县警察局长的私人信件（1883 年 3 月 4 日）的方式提出的。——原编者注

伤脑筋。他向我声称，说他不接到县警察局长的公文是无权处理这件事的。但我坚决对他说：如果他没有别的措施安排下来，到了九月十日我就要骑上自己的马进城去了。如果他加以拦阻，我会抵抗。村长拟了一个公文，——说得正确点，是尼古拉·瓦西里耶维奇·瓦西里耶夫拟的，公文中作如下的说明：

"国事犯柯罗连科除此申请书之外，又作口头声明，谓村长若不设法派村社主任送彼出境，彼将不顾村长禁止，单骑前往雅库茨克城。本人曾劝其暂待，"酋长接下去说，"候城里派信差或送指令来此。柯罗连科坚决不同意，断然声称：九月十日定欲赴雅库茨克，决不再在阿姆加多住一小时。由于当前无陪审员在场，又因国事犯柯罗连科语气坚决，本人就不得不派阿姆加村社主任叶果尔·阿尔捷密耶夫陪送他前往。"[①] ……

这是我的坚决态度所促成的；于是，就在九月十日这天，在阳马拉赫溪谷的一棵挂满种种驱邪物的大树底下（雅库梯人要远行的时候，总是在树上挂一些零碎布片、从马尾巴上拔下来的毛以及诸如此类的媚神祭品），阿姆加及其近乡和我相识的人全都来给我举行送别会[②]。记得这里有阿法纳西耶夫全家、尼·谢·丘特契夫，还有阿姆加大村的几个同伴（奥尔洛夫早在我之前就离去了）。记得当时在这棵枝叶繁茂的大树底下举行送别会的时候，我们的心情中微微交织着快乐和悲哀。最后，送别会结束了，流放同伴们和朋友们把我和村社主任阿尔捷密耶夫送上马车，我就登

---

① 阿姆加村长于 1884 年 9 月 10 日呈给雅库梯警察局的报告，全文刊载在 1912 年第 24 期《西伯利亚问题》杂志上，报告的一边注着"机密"的字样。——原编者注

② 1904 年，塔·安·阿法纳西耶娃从雅库茨克写信给柯罗连科说，她曾请求 1903 年前来雅库梯州作科学考察的符·斯·潘克拉托娃（施利色堡的囚犯）"在阿姆加寻找以前送别柯罗连科时分手处的那棵树"。"可是，遗憾得很，"她写道，"这棵树没有找到。大概是被砍掉了，真可惜。他们还打算替它拍照的，但它已经不在了。"——原编者注

上了归途[①]。

在雅库茨克近郊，我们被暴风阻留了一昼夜以上。勒拿河像海一样汹涌澎湃起来。我问那个管摆渡的雅库梯人，是否可以送我渡过河去，他回答说（这句雅库梯话我至今犹念念不忘）：

“布·蒂兹卡·波契塔·达·凯尔雅巴特（这样大的风，连邮车也不通行呢）。”他扭回头去，重又在狂风巨浪声中睡着了。

没有办法，我只得眼睁睁地望着雅库茨克，在波涛汹涌的河岸上度过了几乎一个半昼夜。

这件事真令人着恼。天气晴朗。雅库茨克城了如指掌，却又可望而不可接。河水汹涌澎湃；波涛起伏，喧嚣万状。我不得不承认：要渡过河去的确是不可思议的事。好像正是在这时候，我们这些流放移民之中发生了一件悲惨事故。我在前面已经提到过，我们中间有一个勇敢的猎人叫做陀勒的。他不管暴风如此剧烈，定要渡过勒拿河去。同伴们和旁人百般劝说无效，他终于独个儿出发了；到了河中心，船就翻了，陀勒淹没在水里。不知道是这一次还是在另一次，总之，陀勒正是这样结束他的生命的。

次日，河水还没有完全平静，但我们终于渡了过去。他们对于村社主任，倒也并没有加以指摘。村社主任把我交到警察局里，我就和他亲切地道别，同时还托他代我向阿姆加全村人致意。警察局里的人告诉我说，从各山乡来到这里的人，通常都耽搁在苏

---

① 参加送别会的奥·瓦·阿普捷克曼在自己的回忆录里这样描写这次送别：“我们安顿在一片小草地上，塔·安·阿法纳西耶娃煮起茶来，准备了小吃的盆菜。要作最后一次道别了。我们大家站起来送别。塔·安·阿法纳西耶娃和孩子们嚎啕大哭。其余的人全都黯然销魂。我不知道自己当时是个什么样儿，但尼·谢·丘特契夫向我看了一眼，脱口说出：‘送别对于各人所产生的影响是多么不同啊。’大概我当时脸色很苍白吧，因为我自己觉得心头热血沸腾。符拉季米尔·加拉克齐昂诺维奇跳上马车，脱下帽来向我们全体致意。”——原编者注

勃利洛夫[①]那里，他们就把他的地址给了我。

我动身前去。苏勃利洛夫十分亲切地接待我。我和他以前已经有过一些往来。有一次，我们阿姆加的全体流放犯从他和跟他住在一起的鲍格丹诺维奇[②]教授那里收到一封奇怪的信。他告诉我们说：他和跟他住在一起的尔沃夫教授鲍格丹诺维奇一同去见雅库梯州长的时候，州长举出我们这批雅库梯移民来向他们示范，说我们都参加劳动，给当地居民做了好榜样。写信的人认为这对我们来说是极不体面的事。我们回信给他说：我们并不去迁就当局对我们的行为的看法；我们认为需要怎样做，就怎样做。我们之间的通信就到此为止，以后不再谈起这件事了。后来我们得到证实，原来这声明是由苏勃利洛夫首先提出的，鲍格丹诺维奇只是由于性格温柔软弱，才附和了他。现在鲍格丹诺维奇根据奥地利政府的要求，已经被送往雅库茨克，正在西伯利亚的这个都城里等候继续发放，我将要和他在那里相会，也许会和他同行。

苏勃利洛夫是我在彼得农林学院时一个同学的兄弟[③]，这个同学为人很好；所以我和苏勃利洛夫相见时，好像早就认识一般。我到了他的寓所里，发现罗马斯早在我之先已从巴拉古尔山乡来到这里，还有柯贝良斯基也来了，——这人就是我在前面提到过的我的

---

① 瓦西里·彼得罗维奇·苏勃利洛夫（1851—1917）于1879年，由于在农民中间进行宣传活动的案件，被判苦役刑四年。在卡拉服刑。1883年刑满，被遣送到雅库梯州做移民。——原编者注

② 弗洛利安·格利果利耶维奇·鲍格丹诺维奇（1845—1894），奥地利人。他于1876年担任尔沃夫大学副教授时，曾设法把国外的出版物运送到俄国来。1879年在基辅被判苦役刑六年，在卡拉服刑。1884年被送往奥地利。鲍格丹诺维奇在柯罗连科从雅库梯州回去的时候与他同行，这人的某些特点被柯罗连科描写在短篇小说《严寒》中伊格纳托维奇的形象里（见俄文版《柯罗连科全集》第一卷）。——原编者注

③ 这同学是米哈伊尔·彼得罗维奇·苏勃利洛夫。他和兄弟一同在米哈依洛夫斯卡雅驿站被捕，被牵连在同一个案件里，但经过审判后被宣告无罪。——原编者注

同乡柯贝良斯基兄弟中最小的一个[①]。苏勃利洛夫住在一个商人的寡妻家里一所木房子的狭小的阁楼上。这寡妻似乎在同通古斯人经商。我曾在阿姆加大村阿法纳西耶娃家里看见过她，那时候她正带着鹿运商队出外经商。除了我们三人之外，我们看见苏勃利洛夫的寓所里还有一个年轻的雅库梯姑娘。苏勃利洛夫难为情地向我们解释，说这个雅库梯姑娘是流放同伴们从山乡里送来请他“保护”的。原来是这么一回事：近来在流放犯们中间开始流行一种特殊方式的婚姻。流放犯只要付一笔聘礼给姑娘家里，把这姑娘买下来，就算是她的丈夫了。有许多人都觉得这种方式的婚姻是不道德的。新娘和她的父母亲认为这样做很可靠，可是对男方来说，这种婚姻是很容易被解除的。这一次便是某山乡里的流放犯们决定解除一桩婚姻，为了保护新娘的贞洁，就把她送到苏勃利洛夫这里来。这种特殊的信任方式（而且这年轻的姑娘不得不和这年轻的男人同居一室）使我们感到有点滑稽。但苏勃利洛夫对此态度十分严肃。他对我们说，他在顿河上有一个未婚妻名叫娜杰日达·伊凡诺夫娜，又说他接到来信，知道她不久就要到这里来。

一般说来，苏勃利洛夫这人不免有点怪脾气。他被捕的时候，表现得十分胆怯，作出了莫名其妙的供词。此后他曾企图自杀，同伴们研讨了前后的事件，原谅了他的胆怯，决定以后不再提到这件事。

整个寓所里充满了娜杰日达·伊凡诺夫娜的名字。柯贝良斯基这人一向口没遮拦，常常肆无忌惮地说出些极粗鲁的话来，有时使得房间里充满了猥亵的气氛，每逢这样的场合，苏勃利洛夫必然脸红，用严厉责备的眼光望着柯贝良斯基，好像娜杰日达·伊凡诺夫娜已经在这里似的。在这点上颇使人感动。此外大家又都知道：苏

① 指卡齐米尔·亚历山大罗维奇·柯贝良斯基。——原编者注

勃利洛夫在自杀未遂之后，上了吗啡瘾。他把保护雅库梯姑娘的贞洁的任务看得过分严肃。当他在这方面对我们有所请求的时候，我和罗马斯向他担保，说我们在这点上了解他的处境。

“你们想啊，”他说，“要是娜杰日达·伊凡诺夫娜来了，听到了什么谣言……”

喜欢说笑的罗马斯向他保证说：我们是没有问题的，只是我们不能担保柯贝良斯基也这样，所以最好夜间把柯贝良斯基的一条腿缚在桌子上（必须指出，其实这也是冤枉柯贝良斯基）。于是，有一天夜里，我们寓所里发出砰砰嘭嘭的响声。原来柯贝良斯基怀着最纯洁的动机起身，没有想到一条腿被缚住了，他一起身，桌子上的器皿就砰砰嘭嘭响起来。苏勃利洛夫从自己房间里奔出来，满脸是惊慌的神色。柯贝良斯基知道了是怎么回事之后，十分生气。

我还要说一件小小的事故，其实这在我们当时看来不能算一件小事。

有一天清晨，我们大家冷得要命，被冻醒了。柯贝良斯基坐在自己的地铺上，用毫无表情的眼神向前面望着，嘴里老是说着同一句话：

“怎么回事？怎么回事？……”

所有的门都被打开了，甚至外面通向扶梯的一扇门也开着，这扶梯装得很没道理，从外面直接通向我们的阁楼门。我们的全部物件，其中包括苏勃利洛夫的一架显微镜，都被拖到这扇门旁。我们都知道柯贝良斯基的枕头底下放着一条皮裤子，裤袋里有七十五个卢布，是他做钳工时辛勤劳动积聚下来的。现在这条裤子不见了。柯贝良斯基大吃一惊，跳起身来，向扶梯口奔去了。过了几秒钟，从那里传来他的欢呼声：“裤子在这里了！”罗马斯讽刺地冷笑一下，说：“可是裤子里的东西还在吗？”话刚说完，柯贝良斯基就在门口出现了。他双手拎着那条裤子，可怜巴巴地说：

“我真命苦，真命苦，运气不好！这一下我没有路费了。我为什么定要住到这寓所里来呢？如果照旧住在雅库梯人那里，钱就不会被偷走了。”

我和罗马斯安慰他，说我们把这次的不幸看作是我们大伙儿的事，把路费也看作是大伙儿的共同财产。而且事后得知，柯贝良斯基在迁到苏勃利洛夫这里来之前所住的那家雅库梯人家，昨夜也遭到了偷窃。这天白昼我们上街去经过勒拿河旁的时候，听见河面的船只上飘送来流浪汉们的愉快的歌声。这些船只每年在雅库茨克集市之后总要停留下来，流浪汉们在入冬以前就在这些船上栖身。

“把我的钱拿去大吃大喝，这些下流坯。”柯贝良斯基伤心地说。

我认为这件事告到警察局里去是无济于事的，可是柯贝良斯基还是去告了。结果我们这里来了警察局的一个官员鲍保霍夫，他劝我们向警察局提出，说我们怀疑是女房东偷的。但我们懂得他这套狡猾手段，坚决拒绝了。我们知道警察局有意要造出这种事来，如果说这样做会对谁有利的话，那只有对警察局自己有利。说起这警察局，那时候我正和它发生一些不快事件。

我在前面已提到过县警察局长比涅维奇的罕有的懒惰。同伴们要求我在和州长谈话时提出控诉。我果然提出了。这当儿县警察局长本人也在场，他见我这样做，大吃一惊，心中甚是不快。

我是一个性情温和的人，我和他谈话的时候，一般说来态度是很亲切的，但我认为自己有责任向州长说出我的同伴们对警察局的一切不满。比涅维奇的温文尔雅的脸仿佛立刻凶狠起来了。这么一来，加上州长具有我在前面已经提到过的那种特性，这件事无论对我或是对同伴们就都没有任何益处，倒反而给我、罗马斯和柯贝良斯基带来了很大的害处。我们已经有一纸公文，上面写明我们此番前行，不作被捕的囚犯看待，而是采用逐站遣送的方式。

勒拿河上逐站遣送的方式和所有其他地方都不相同。在勒拿河上，就连被解押到居住地去的普通流浪汉，通常也用马匹来遣送。这是可想而知的：照理，驿站人员也应该步行押送这种流浪汉，可是勒拿河的驿站上并不短少马匹。因此驿站人员自己宁愿早些把流浪汉一站一站送出去，但求摆脱这些需要喂养的讨厌的家伙。然而有时从雅库茨克来的喝酒喝穷了的行商伙计没有盘缠回去，在警察局里给自己谋得一纸公文，就也可以受到逐站遣送的待遇。居民们都熟悉警察局的这种作风，知道他们是认为没有必要拒绝为“好人”效微劳的。这个狡猾的乌克兰佬取去我们以前的公文而调换给我们的，正是这样的一张公文。

这给我们以后一路上带来了极大的不方便。驿站上的人把我们看作那种滥用同警察局的私交的喝酒喝穷了的行商伙计。

终于有一天，一辆铃声叮当的雄赳赳的三套车开到了苏勃利洛夫家门口[①]。我们走第一站路的时候，车铃声夹着话语声，非常热闹。以为以后一直是这样的（警察局里的人向我们保证过这一点）。岂知到了下一个站头，他们给我们套的不再是铃声叮当的三匹马，却是一对犍牛。我们起初想回到雅库茨克去换一张公文。我们明白了县警察局长的复仇计划。这张公文中只是含糊地说：今有某某人等须逐站遣送，交付到奥列克明斯克警察局。但这驿站上的人对我们说：在别的站头上犍牛恐怕要找都找不到呢，人家还是会用马匹来载送我们的，——既然这样，我们就决定这一站让犍牛来拖车。况且这一天气候虽然寒冷，天色倒也晴明。我们让车子运载着我们的东西，自己在一旁步行，同时愉快地嘲笑着比涅维奇的复仇。我写了一封很刻薄的挖苦信给县警察局长和州长，我在信中表示遗憾：像这样轻而易举的一件事——即根据既定办法遣送三个人——竟使

① 柯罗连科和他的同伴们于 1884 年 9 月 23 日从雅库茨克出发。从这时候起，他开始在记事册里写旅途日记，一直写到同年 11 月 18 日（即离开雅库茨克的那天）。——原编者注

局长大人费了这么多心血。县警察局长当然没有把这封信转交给州长，而把它归入了警察局的档案；直到革命以后，这封信方才被取出来刊登在一册西伯利亚杂志上[①]。

我们继续前进，没有料到前面还有很多困难。到了下一个站头，驿站长老头儿竟老实不客气地怀疑我们是好吃懒做的掌柜。加之我们自己又做错了一件事：竟答应了付一匹马的费用。这样一来，以后每到一个站上，总要发生一场大争执。驿车夫们要求我们付全部费用；这件事竟发展到这种地步：有一次，他们压根儿拒绝载送我们，于是我们只得饿着肚子在毫无饮食供应的驿站上坐等。我们这样坐了一昼夜。我曾把当时的印象描写在《皇上的驿车夫》这个短篇小说里。后来突然来了一班邮件，我们方才得救。我开始写一封信给州长，大概我当时的脸色非常激昂慷慨，所以驿车夫们答应了载送我们继续前进。此后直到奥列克马，我们就不再有什么阻碍了。

当我们和站方发生争执的时候，特别使我们感到不快的，是我们觉得自己处在十分虚伪的地位上。我从来没有碰见过像勒拿河上这些驿站人员那么境况艰难的人。记得有一次，从雅库茨克来了一个特别委员会，他们来了三年光景，目的是要确定驿马费的价格。这时候，委员会里的官员当然一心一意地要把价格尽可能定得便宜些。有些驿站人员日子过得比较好，例如有自己的田地或割草场，不赶驿车也能维持生活，——每逢官员们同这些人打交道的时候，向他们提出的条件就比较宽大。至于在既无田地又无割草场的地方，人们必须仰承驿吏们的鼻息，因此不得不接受各种各样的条件。有些驿站上，居民生活穷困到惊人的地步；在这些站上办交涉，在我

① 柯罗连科于1884年9月21日写给雅库梯州长盖·费·车尔涅耶夫的这封信刊登在1912年第二十四期《西伯利亚问题》杂志上。——原编者注

们看来真是一件苦事[①]。我就开始收集一些资料，打算把它们送到报刊上去发表。我每到一个驿站，就记录下当地住民、财产和国家薪金的数目。就这样积聚起了许多资料。

有一次我们从一个站头出发，勒拿河上骤然笼罩起一大片乌云。我们骑着马走，把行李装在马鞍两旁，像驮包一样。我们要经常留神，不使这些驮包里的东西落到岩石嶙峋的河岸上去。特别给我们带来困难的是柯贝良斯基这个人。他身体异常壮健，能够坐在马鞍上睡觉。他的马经常掉队，驿车夫时时用尖锐刺耳的声音呼喊：

“不要掉队，不要掉队!”我至今还听见他扯着嗓子高呼“不要掉队，不要掉队”的声音。

在暴风雪中，我们不提防柯贝良斯基已经不见了。我只得回去寻他，但见他在马鞍上安然睡着了。他的马站在河岸边，正在那里啃吃尚未枯黄的树叶；柯贝良斯基全身积满着雪。我唤醒了他，我们就一同前进。“不要掉队，不要掉队”的喊声还不时地从前面传来，不过因为暴风雪的关系，不大听得清楚。我那本记录着统计资料的册子是放在我口袋里的。当我们急急忙忙地赶路的时候，我没有注意到我的口袋已破，笔记本落在雪地上了。到了驿站上我才发觉，但是关于前去找寻的事，是谈都不必谈的，因为外面的暴风雪厉害得很。到了第二天，积雪深厚，已经是一片银白世界了。我的记录就此完蛋，到了次年春天，大概那册子被一块冰载送到北冰洋去了。

我们经过克列斯托夫驿站之后，遇到了寒潮。由于帐篷里气闷，

---

① 柯罗连科在流放回来多年之后所写的《皇上的驿车夫》这个短篇小说里写道：“我现在回想起当时的情况来，还不免有点惊心动魄：多么乏味而漫长的道路，一路上老是和驿站人员争吵个不休，——这些人的生活有时不幸到极点，难怪他们要猜疑我们蓄意侵犯他们的免费劳动。……啊，这真使人苦恼啊。……”——原编者注

我们一向喜欢在露天过夜。但在这驿站上，我们冷得实在熬不住了。勒拿河已经冻结。记得我的枕头周围都结上了霜，我冒着冻坏鼻子或耳朵的危险宿在外面。同伴们都宁愿宿在帐篷里。

27
奥列克马。夜访阉割派教徒

我们终于来到了奥列克马①。

到了这里，我们就可以摆脱雅库梯警察局发给我们的那张公文而另外得到一张去基连斯克的公文了。摆脱了那张公文，同时也就摆脱了和各驿站的车夫们之间经常不断的最不愉快的冲突。

当地的县警察局长是一个心地很善良的人。而且这里住着政治流放犯别雷②医生，这人原籍契尔尼戈夫省，是一个颇有名望的人。在来到奥列克马之前，记得他是住在维霍扬斯克的；人们常常谈到关于他的一些轶事。据说有一次他在玩纸牌时同县警察局长争吵起来。

“可以这样对待长官吗？”县警察局长开玩笑地说，“我要下令把你逮捕起来！”

“这么办好吗，”流放犯回答，“让我们吩咐你的软底毛靴军队排列起来，然后两个人一同走出去。你下令逮捕我，而我下令逮捕你。……你看你的军队会听谁的话？”

县警察局长搔搔头皮。

“大概会听你的话，”他半开玩笑地说，“这么说来我不上算了。”

---

① 按日记里记载，到达奥列克马（柯罗连科所谓奥列克马，是指奥列克明斯克）是在1884年10月4日，离开奥列克马是10月16日。——原编者注

② 雅科夫·莫伊塞耶维奇·别雷（1847—1922）于1879年因“政治思想上有极端危险性”而被捕，按行政命令流放雅库梯州五年。1885年回到中央俄罗斯。——原编者注

这位无忧无虑的医生同奥列克马县警察局长之间的关系大致也是这样，因此我们到了奥列克马以后再登程时，另外换了一个文件。

在这里，我认识了几个阉割派教徒，觉得很有意思。我在阿姆加的时候就认识过这种人。在阿姆加住着七十年代轰动一时的一桩莫斯科案件的一个代表人物。这是一个干瘪而瘦长的老头儿，是莫斯科一家有名的富商的同族。他显然是真正的阉割派教徒，从事绘画，常常画一些圣像；不过当地的大司祭曾指出，说他画的基督像一个阉割派教徒。

阿姆加还有一个地区住着一大批阉割派教徒。这群人中间最受人注意的是一个叫做姆-洛夫的人。他和两个女人住在一起。其中一个女人也是阉割派教徒，担任管家的职务。另一个女人没有受过阉割，不免要卖弄一下风情。有时村子里传开一个消息，说姆-洛夫放荡起来了。那时候他和他的情妇真是所谓面无人色了。只有那个女的阉割派教徒还是照常管理着家务，一点也没有可以引起人们议论的地方。这样继续了好几天。后来姆-洛夫不再放荡，这才一切都进入了常轨。

这批人虽然不和别的人住在一起，但偶尔也举办一些晚会，邀请别人到他们那里去。他们之中有一个人叫做普·阿尼西莫夫。这人性情凶恶，大家都知道他常常写告密信，尤其喜欢告发司祭们。

“一个阴险毒辣的人。”人家这样议论他。

我们在奥列克马所租赁的寓所的女主人也是一个阉割派教徒，但这个阉割派教徒很特别。

我从来也没有看见过比这女人更纯洁无瑕的人。

她这样叙述她被阉割的经过情形。有好几批流放犯乘着船在勒拿河上前进。她当时几乎还是一个孩子。他们刚刚从勒拿河上游动身的时候她就注意到：她这一批流放犯对她态度似乎有点特别。他们把她赶来赶去，称她为不干净的东西。终于开始威吓她，说要把她丢到勒拿河的岸上去。他们装作就要把她丢上荒凉的河岸去的样子。那里是光秃秃的山岩，冷酷无情的峭壁，绝对的孤独。他们只有在一个条件下才答应带她一起走，即她必须同意阉割。她还有什么办法呢？只好同意了。于是她被交到“感化者”手里。他们把她拖到船底上，在那里替她动了手术，并且称之为志愿的。她自己也不知道这次手术是怎样经受过来的。天气是那么冷，两岸峭壁森严，她处在残酷的人们手中，得不到真正的出路。……但在她谈论时，言语之中一直透露出一种温柔的态度，虽然有时为了一生受到摧残而不由得显出激愤之色。比这个阉割派教徒更柔和的人，我一生中只遇到一个，而且也是一个阉割派教徒，不过是男的（这件事发生在罗马尼亚[①]）。

可想而知：一个人既有决心忍受像阉割这样违背自然的事，那么看来就没有不能忍受的事了。但一般说来，阉割派教徒都很残酷。我知道在罗马尼亚有过这么一回事：有一个阉割派教徒把自己的亲生儿子诱骗到一个秘密集会上，不顾他的抗议，在那里把他阉割了。这儿子有一个未婚妻，而且他非常爱她。……阉割派教徒们居然把这件事平息下去了，虽然花了不少代价。总之，这是我所知道的教派中最残酷的一派；必须指出，甚至教徒们自己也对这教派非常憎恶。很少有阉割派教徒不痛悔自己不该走这条路。有许多年轻的阉割派教徒向我供认，说他们后悔得很，如果能挽回当初作出决定的那个时刻，他们该多么高兴，那他们决计不容许犯这个“错误”了。

在奥列克马，有一个阉割派教徒邀请我到他那里去玩。……有人劝我不要去（大概是开玩笑地说的），说常常有强迫阉割的情况发生。但我不相信这话。而且我们的女房东说：

“去吧，去吧，符拉季米尔·加拉克齐昂诺维奇，×××（她说

---

① 柯罗连科把这件事描写在《俄国的阉割派教徒在罗马尼亚》这篇小品文里（《俄罗斯公报》1903 年第二六四期，署名 W）。——原编者注

出了那位主人的名字）是一个好人，决不会做出这种事来。况且你到他家去是大家都看见的。”

我就去了。

这是一个美好的冬夜；当我走近那阉割派教徒的家门口时，时候已经很晚。我敲敲门，院子里发出钝重的回声。狗叫起来。里面有人开始走动，发出一些嘈杂的声音。……我后悔没有同他约定一个较准确的时间。我只得耐心地等候，等了很久，终于陆续地传来一些声音，越来越接近门口了。

“是谁？”一个女人的声音问。

“政治犯……应主人的邀请来的。”

但听见那女人轻声地说了些话。

“请吧。”接着就响起拔门闩的声音。

我走进去。主人在第二个房间里迎接我。这是一个性情愉快的老头儿，虽然经过阉割，行动还是很活泼。

“啊，我们知道是你。……给我们拿茶炊来，快一点！我先还以为你不会来呢。人家都怕来看我们，尤其怕在晚上来。”

屋子里静悄悄的。过了一会儿，那女人端进一把茶炊来。她进来后恭恭敬敬地鞠一个躬。这时候主人正在同我谈话。他给我看一幅印着达齐阿罗[①]商标的版画。这版画很有趣。上面画着一个沙皇，大概是尊荣的亚历山大，他躺在卧榻上，看来正打算坐起来。这一天天气晴朗，有一支军队站在那里准备迎接他。士兵一个个排列在有玻璃格子的墙边。有几个高级长官——可惜我一个名字都叫不出——表示竭诚欢迎的态度向沙皇这边跑来。

这显然是有关亚历山大一世之死所产生的大批传说之中的一个。亚历山大一世之死后来被反映在一个逝世于西伯利亚的长老的传说

---

① 彼得堡当时一家规模很大的画店的老板的姓氏。——原编者注

中，但略微有了改变。托尔斯泰有一个时期倒很重视这传说[①]。

“这是尊荣的亚历山大复活。”主人这样解释。

我认为没有必要向他解释：亚历山大一世从来没有复活过。我们谈话时声音很轻，大概主人为了防止发生什么意外，认为有必要这样做。我也就跟了他低声说话。可惜我当时认为没有必要一回家就把这场谈话的详情细节记录下来，我以为可以记在心里，岂知不行，忘掉了很多。有许多话颇饶风趣。阉割派教徒对最近全部历史的看法完全荒诞无稽。从普加乔夫开始（他们认为普加乔夫不是僭称王）继之以尊荣的亚历山大，——他们认为提到这些沙皇时有必要压低嗓门，说话的声调也总是很特别；而且语气中仿佛把你也设想为和他们一同相信这全部荒唐话。看来这有一部分是在模仿知识分子同文化程度比他们低的人说话时的那种特殊语调，即认为没有必要同对话者争论的那种宽容语调。……

要不是信念受到迫害的话，阉割派教徒和政治犯之间真正的关系究竟怎样，就很难说了。恐怕有许多误会争执都不存在了。那时候每一个阉割派教徒都将预先认定我们是他们的同盟者。尽管我们每一个人在心灵深处对这种行径感到憎恶，政府却使我们成为同盟者。

必须指出：阉割是一种特殊现象，我们之中没有一个人能对这种现象漠然置之。只要回想一下我们的女房东被阉割的情况便可想而知了。就在这奥列克马城里，也有一个很悲惨的阉割的事例。有一个青年爱上了一个少女，她也爱上了他。双方的爱情真挚而热烈，可是那青年受到了阉割之灾。关于他们的事，是我那个性情温柔的

① 大家知道，列·尼·托尔斯泰的未完成中篇小说《费多尔·库兹米奇长老遗作笔记》便是以这传说为基础的。柯罗连科当《俄罗斯财富》编辑时，为了发表这篇作品（1912 年第二期），被控告为“对最高政权横蛮无礼”而诉诸法院。这案件于 1912 年 11 月 27 日在彼得堡高等法院审理，结果作出了宣告无罪的判决。柯罗连科在法庭上说的一番话，被他引用在《〈俄罗斯财富〉编辑者案件》这篇文章里（见俄文版《柯罗连科全集》第八卷）。——原编者注

阉割派女教徒讲给我听的。当司祭的显然是一个能够体会深切悲痛的人，他为他们在这无法解决的困境中找到了一条出路。他给他们祝福，当然不是祝福他们结婚，而是祝福他们结合，结合之后可以让他们做他们所能做的事。这便是阉割派教徒的残酷行为。对于那些强迫别人阉割的人，是不能原谅的。

必须补充一点：我所访问的这位主人认为有时不妨说一些开玩笑的猥亵话。这些话是毫无恶意的，但毕竟使人产生憎恶的印象。

这一晚终于过去了，我就从这位阉割派教徒的殷勤好客的家里走出来。老实说，我一走到街上，便觉得心情舒畅，轻松地透了一口气。我不觉回头一望。凉爽的风沿着街道一路吹来，吹散了我从屋主人那里带出来的腐朽的印象，吹散了他那些穿插着阉割的猥亵话的叙述。当我在村子的街道上一路走着的时候，我眼前掠过种种印象，有时是听了那些幼稚的传说而来的印象，有时是对屋主人产生的印象，有时是一些被摧残了的妇女的形象。

28
基连斯克

在十一月初，我们来到了基连斯克①。

我在这里有几个相识的人，即查巴达利夫妇和崔崔安诺夫；他们邀请我到他们那里去住。我接受了他们的邀请，但后来后悔了，因为到了那里之后，起初完全同其他一切流放犯隔绝了。我向查巴达利和奥尔加·柳巴托维奇②问起别的流放犯们的情况，他们回答

① 到达基连斯克的日期在日记中未见记载，只记载着离开基连斯克是在1884年11月4日。——原编者注

② 奥尔加·柳巴托维奇·斯比利多诺夫娜（1854—1917），查巴达利的夫人。1879年加入民意党，担任执行委员会委员。1881年在莫斯科被捕，1883年流放到雅库茨克省基连斯克，在那里同流放犯移民伊·斯·查巴达利结了婚。——原编者注

我说：这班人不值得去注意他们，我要去同他们相识，毫无好处。可是我却听人说起，当地的流放犯中有许多很有意思而给人好感的人。我在雅库茨克监狱里同查巴达利相识时，觉得他是一个所谓直性子的人，是一个诚恳善良的同伴。别的狱友们对他的看法也是这样。奥尔加·柳巴托维奇属于另一种类型，她是一个性子急躁而要求严格的人，到处和伙伴们发生冲突。奥尔加·柳巴托维奇比丈夫厉害些，所以丈夫随着她改变了性格。查巴达利夫妇同别的流放犯们之间的关系由于查巴达利发动的一次逃亡而特别尖锐化起来，因为在这次逃亡中他俩毫无理由地要求其他的流放犯承认他们享有某些特权。这件事引起了一场争吵；这件事使得我在基连斯克流放犯中间处于孤立的境遇。

我很快就摆脱了这境遇，坚决声称我不愿脱离大伙儿，接着就去访问他们。罗马斯和柯贝良斯基早先就受到别人邀请而和我分开住了。我就到处去走访，毫无顾忌。

我认识了梁德[①]和他的妻子[②]，认识了他妻子的妹妹辽纳尔达·列凡多夫斯卡雅[③]，还认识了尼·维·阿隆斯基[④]以及其他许多人。

读者大概记得关于维什尼伏洛乔克政治监狱那一章。那里有一

① 斯坦尼斯拉夫·阿达莫维奇·梁德（朗多）（1855—1915）于1878年因在华沙进行宣传一案（“一三七人案”）受到审讯。1879年因参加监狱风潮并武装抵抗警卫兵而被判十二年苦役刑，改为流放西伯利亚边远地区。后来当了《东方评论》报和《西伯利亚汇编》杂志的编辑员。1905年以后住在莫斯科，在《处女地》杂志社工作。——原编者注

② 即菲里克西雅·尼古拉耶夫娜·列凡多夫斯卡雅（生于1853年左右）。1878年在敖德萨被捕。和李卓古勃、威登堡等人一同受审（“二十八人案”），1879年被判十五年苦役刑，改为流放西伯利亚边远地区。——原编者注

③ 辽纳尔达·尼古拉耶夫娜·列凡多夫斯卡雅（生于1863年左右）于1885年在基辅被捕，1887年按行政命令流放东西伯利亚三年。——原编者注

④ 尼古拉·维克托罗维奇·阿隆斯基（1860—1929）因民意党小组的案件于1881年在基辅被捕，按行政命令流放东西伯利亚五年。后来住在下诺夫哥罗德和波尔塔瓦，在那里常和柯罗连科见面。——原编者注

节提到工人施哈诺夫以及他对工人奥勃卢契夫的热烈称赞。奥勃卢契夫便是流放到基连斯克来的。他重演了陀思妥耶夫斯基作品中一个主角的行径：为了革命的目的，他不知是打死了还是企图打死一个有钱的老妇人。大伙儿知道了这件事，立刻和他断绝往来，他就此沉沦在平凡的囚犯群里了。关于“真正讲求实践的”工人奥勃卢契夫的这段插话便是这样结束的。

在其余的流放同伴之中最突出的是潘克拉齐耶夫①。可惜我后来才认识他。那时候他从当地一个衰败了的修道院出差到雅库茨克去了。后来他把他在修道院供职时的一些滑稽可笑的故事讲给我听。还讲到一件事，说这修道院里烧出来的鱼汤的味道吸引了他的注意。有一次他问厨子这种烧法的秘诀何在，厨子回答他说：“我们烧鱼汤是放肉的。”

这里还有斯维斯图诺夫②，米基将③，盖里斯④（政治苦役犯的兄弟），贝拉耶夫⑤——这人在监狱里被宣传所说服，现在已经以政治犯的身分被流放了。所有这些人都是半知识分子，唯一例外的是梁德的家庭。梁德是波兰犹太人，是一个优秀的爱国者。他的妻子娘家姓列凡多夫斯卡雅，也是一个十足的知识分子，又是一个颇为

---

① 瓦西里·阿勃拉莫维奇·潘克拉齐耶夫（生于1855年）于1878年被控告和尼·谢·丘特契夫一同谋杀警察爪牙别兰诺夫，受到逮捕和流放。1881年从基连斯克逃走。1882年在莫斯科被捕，重又流放到基连斯克。1886年回到中央俄罗斯。——原编者注

② 格利果利·瓦西里耶维奇·斯维斯图诺夫（生于1856年）因参加民粹派宣传运动，于1879年被捕，流放东西伯利亚。——原编者注

③ 伊凡·加甫利洛维奇·米基将（尼基津）（生于1850年左右），排字工人，在敖德萨叶·奥·扎斯拉夫斯基的印刷所里工作并参加他的小组。1878年被捕，流放东西伯利亚。——原编者注

④ 平库斯·扬凯列维奇·盖里斯（生于1858年）曾参加敖德萨青年小组，在敖德萨工人中间进行宣传。1880年被判苦役刑十年，改为流放出去做移民。被指定居住在基连斯克。——原编者注

⑤ 叶弗列姆·费多罗维奇·贝拉耶夫（生于1851年）在敖德萨监狱里被政治犯们的宣传所说服，执行他们的委托，后依靠他们的帮助在1878年越狱。就在这一年被捕，1879年流放东西伯利亚。——原编者注

出色的音乐家。我在这里结识了老激进派波波娃[1]。

这里还有一群所谓涅恰耶夫分子[2]。看来他们流放到雅库梯州要比我们迟些。阿隆斯基形容这班人，说他们是文明程度极低的人，和其他的流放犯格格不入。

在一八八二年到一八八三年间，基连斯克的流放犯人数有了增长。其中最杰出的是米·彼·萨仁（罗斯）、叶·尼·菲格涅尔[3]（后来是萨仁的妻子）、波兰作家施曼斯基（后来转移到雅库茨克）。我去访问萨仁，重新恢复了早在雅库茨克就开始的交谊，这交谊后来转变成为亲切的友爱关系。

在我离去之后，崔崔安诺夫又在流放犯们中间出现了。这是一件颇出人意外的事，因为他曾和查巴达利夫妇一样不惜采取各种敌视手段来反对大伙儿。……但流放犯们自然不加拒绝，照例收容了他，而且并不盘问他为什么离开了查巴达利夫妇。据猜测，大概是崔崔安诺夫——作为正在策划的逃亡的同路人——使查巴达利夫妇觉得碍手碍脚起来。但也许还有别的原因。可能是查巴达利夫妇早就注意到崔崔安诺夫开始有精神失常的症状，所以不愿意冒险和一个精神病患者同行。起初他照旧保持阴沉和孤僻的性情，后来渐渐显露出不正常的兴奋状态。他发表出一种理论来，说是让猫和狗交配，可以得出一种特殊的、介乎猫狗之间的品种。结果，崔崔安诺夫得了狂暴的精神病，进了疯人院，有一天突然死去。流放犯们要求侦查，但并未查出外表上有使用暴力的痕迹。

---

① 这大概是指克拉芙季雅·加甫利洛夫娜·波波娃（1849—1921），她在西伯利亚享有政治流放犯的知心朋友的名声。——原编者注

② 指彼得保罗要塞阿列克塞耶夫半月堡里被谢·根·涅恰耶夫的宣传说服的那些警卫兵。——原编者注

③ 叶甫盖尼雅·尼古拉耶夫娜·菲格涅尔（1858—1931）曾参加 1876 年 12 月 6 日喀山广场上的示威游行，并在农民中间进行民粹派宣传活动。1879 年因“十六人案”被交付法院，判处苦役刑，改为流放出去做移民。1881 年被指定居住在基连斯克。——原编者注

后来查巴达利逃走了。这件事发生在我经过当地之后很久。起初他说服了一个警察和他一同逃。但后来那警察后悔了，当查巴达利果真逃走了的时候，他赶上去追缉，在很远的地方追着了他，把他带了回来。这件事给查巴达利轻易地对付过去了。他说他心目中只是去和亲人会会面，三言两语的居然就使侦查机关当局相信了他。

不久我们就和基连斯克的一伙流放犯道别，继续前往威尔霍连斯克。我们离开基连斯克时天气晴朗，驿车夫是一个有说有笑的人，他给我们讲了许多关于基连斯克流放犯和长官们的独出心裁的故事，——当时的种种情况直到现在我还记得。

29
威尔霍连斯克

下一次停歇是在威尔霍连斯克①。这是一个衰落了的小城市，在我的回忆中只留下关于瑟将科逃亡的故事。

瑟将科是哈尔科夫一个教授的儿子。他和父亲一同受到审判。父亲被宣告无罪，儿子流放到了威尔霍连斯克。他计划从这里逃走；为此而结识了一个哥萨克人。这一段故事不妨称之为哥萨克的忠诚的故事。瑟将科本人是一个颇能给人好感的青年，那哥萨克人对他忠诚得简直连性命都不顾。……但瑟将科不久就看出来，对这位旅伴必须小心提防。

开头是这么一回事：瑟将科没有公民证，这件事给两位逃亡者带来不少麻烦。

有一次，勒拿河上出现了一只小舟。舟中乘着一个人，显然是

① 据柯罗连科旅途日记记载，到达威尔霍连斯克是1884年11月11日，离开威尔霍连斯克是11月14日。——原编者注

从金矿地回来的。那哥萨克人立刻想到这正是他们所需要的。瑟将科一转眼，采金砂的人已经被这神枪手瞄准。这件事总算被瑟将科阻止了，但哥萨克人对此表示十分惊奇：恰好需要一张公民证，那人自动送上门来吃枪弹，朋友却来阻止他。

又有一次，瑟将科被关进了驿站看押所；他行动不及哥萨克人机灵，所以容易让人捉住。瑟将科坐在驿站看押所里，突然听见驿站上骚乱起来。忠诚的朋友来了，从头武装到脚，甚至嘴里也衔着两把匕首。他把一把给了瑟将科，另一把自己拿了，叫瑟将科快去袭击警卫兵。那警卫兵显然没有提防。只要把匕首刺过去，一下，两下，就可获得自由了！可是瑟将科的道德观念和他朋友不同。他决定不去袭击，仍旧让警卫兵看守着他。而那时候驿站上已经跑拢许多人来，忠诚的朋友非得独自逃跑不可了，于是他逃走了。这段故事是瑟将科在威尔霍连斯克亲口讲给我听的，讲得十分幽默动听。

在威尔霍连斯克有一大批流放犯。我记得现在的科恩①（费里克斯·科恩②的妻子）也在其中。

我们在威尔霍连斯克没有待多久，不久就继续上路。

在这里，我还要谈到几段插话，否则旅途的描写就不够丰富多彩了。

---

① 赫丽斯蒂娜·格利果利耶夫娜·科恩（娘家姓格林贝格）（1857—1942）于1880年加入民意党。1882年被捕，1883年在“十七人案”中被判十五年苦役刑，改为流放出去做移民。1904年回到中央俄罗斯。——原编者注

② 费里克斯·雅科夫列维奇·科恩（1864—1941）于1884年因“无产阶级”党的第一个案件（“二十九人案”）被捕。被判死刑，由于犯人未成年而改为苦役刑。在卡拉服了八年苦役，然后被移解到雅库梯州做移民。在流放期间研究人类学、人种志学，并为各定期刊物撰稿。1904年回到华沙。加入波兰社会党，积极参加其左翼的组织工作。1918年起加入苏联共产党（布尔什维克）。是乌克兰共产党（布）中央委员会书记，全俄中央执行委员会委员。写过不少回忆录及其他有关革命运动史的著作。《纪念符·加·柯罗连科》一文是他所作（载《无产阶级革命》杂志1922年第五期）。1921年12月27日在莫斯科大剧院举行第九次苏维埃代表大会时，为纪念于12月25日逝世的柯罗连科发表了一篇演说。——原编者注

在有一个地方，我被驿车夫唤醒。……“有一头熊。”他用惊慌的语调说。同伴们之中有一个人带着手枪。但他们都睡着，要唤醒来是需要一点时间的。马拼命想往前走。那熊坐在山腰里，在明朗的天空衬托下清楚地显出一个侧影。熊要从上面走下来，显然是需要费一点气力的。它明明只是要吓唬一下马匹，使马匹狂奔起来；这时候可能损坏马车，也许会有人从车中跌出去。驿车夫看到用手枪对付费时较久，就振作起精神来，向马匹狂叫一声。那些马就是在等他下这号令。它们立刻开步走。岸上的卵石在雪橇底下结结轧轧地响起来，我们的车子从熊旁边飞驰而过。这岸很平坦，畅通无阻；那熊眼睁睁放获物过去了，觉得很可惜，它大声地咆哮起来。

“给我们侥幸脱身了。”当我们离开那熊有好一段距离之后，驿车夫这样说，“嘿，这坏家伙，瞧它在打什么主意啊。”

熊的侧影又在笔直的河道边明朗的天空中显露了好一会儿。

我们有好几次落到狼群里去。那时候驿车夫就拼命赶马，嘴里不住地呐喊着，呼啸着，长驱直入狼群中间，这样一来，危险显然要减少些。狼从旁边跑过，离开我们那么近，连身上的毛都碰得着，但我们未敢作这种危险的尝试。

30

我们经过了基连斯克和威尔霍连斯克，向雅库茨克前进。我们在斯科金斯卡雅驿站上宿了一夜。这里的人正在举行痛饮的酒宴。他们发起了一个“协助会”，请大伙儿把船只从大冰块里砍出来，这酒宴正是酬劳众人的。尤其使我吃惊的，是一个十岁模样的可爱的小姑娘，竟也喝得酩酊大醉。

“是谁带你来的？”一些年长的人问她。

“自己来的。”

"有九俄里路呢！你撒谎。"

"谁让你来喝酒的？"

"妈妈。"

"那么是谁端酒给你喝的？"

"谁端酒给我喝？也是妈妈呀！"

人家盘问她的时候，显然认为小姑娘喝醉酒算不得一回事。我们出面干预，责备他们不应该让小孩子喝酒，这样做是有害的。有几个人同意我们的看法，但大多数人都反对，他们说：做母亲的应该尽可能把最好的东西给亲生女儿吃，而比烧酒更好的东西是找不出来的了。

"我为什么不喝呢？反正是不要钱的吆！"小姑娘这样说，这句话显然是背得烂熟的了。

她的眼睛神色暗淡起来，罩上了一个黑圈，可爱的小圆脸瘦削下去了。

"我丢了一顶帽子。"一个脖子上长瘤的醉汉闯进屋里来说。

"什么样的帽子？"

"貂皮的。"

"噢，貂皮的，早就给我们换酒喝了。"

于是谈话的主题从小姑娘转到了貂皮帽子。

"瞧这班人。"脖子上长瘤的人说着，把灰白色的头探到正在刮暴风雪的门外，这样说。

当我们翻过了重重山岭而看见眼前展现出辽阔的地平线时，心中充满了狂烈的喜悦。笑得最多的是柯贝良斯基，最少的是罗马斯，我居中。

到了一个地方，驿车夫指给我看树木丛中的一个十字架。我对这纪念物发生了兴趣，便走出车厢来和驿车夫一同去看，听任那几匹温顺的马留在那里。驿车夫给我讲了下面的一件事。这地方有一个勇敢的驿车夫，他有好几次从强盗手里把乘客抢救出来。后来强盗设计埋伏，把他杀死了。地方当局和商人们（其中有不少都是靠他搭救的）凑拢钱来，替他建立了这个十字架。

夜色明亮如水，十字架上头低垂着树枝，月亮照在十字架上，发出闪闪的反光。这个纪念物和驿车夫的故事给我产生了特殊的印象，使我久久难以忘却[①]。

我们的车子终于从山岭上驶下来，转到了安加拉河边。这里的一个驿站是最接近雅库茨克的了。我们在这里遇到了给阿努钦送行的人，其中有许多长官。……据说阿努钦（前任总督）是由于引起人们极度不满而被赶走的。他批准了涅乌斯特罗耶夫[②]的死刑，为的是要报私仇，尽管亚历山大三世曾授予他赦免权，意思明明是希望他不要批准这判决。这件事的经过情形如下：涅乌斯特罗耶夫是一个年轻人，在雅库茨克当教师。有一次为了一件区区小事被捕。当总督来视察监狱的时候，他恰好坐在自己囚室里和政治犯们下象棋。总督走近囚室来，站在门口了，伸出一根手指向涅乌斯特罗耶夫招了一下。涅乌斯特罗耶夫起初不知道总督是在叫谁；据说他疑惑地回头一看。但总督又招了一下手指。涅乌斯特罗耶夫就走过去。“你同这帮恶汉厮混在一起，怎么不害臊?”（或许不是这样说的，但大致是这意思。）这两句话才说出口，就挨了一记响亮的耳光。涅乌斯特罗耶夫的案件就是这么一回事。他被处了死刑。雅库茨克的人，甚至官员们，也都对这次批准死刑的事产生了不良印象。人们编造了一个传说，送

---

① 柯罗连科在1885年为自己的短篇小说《凶手》付印而进行加工时，曾在一定程度上利用了这里所转述的驿车夫的故事。——原编者注

② 康斯坦丁·加甫利洛维奇·涅乌斯特罗耶夫（1859—1883）于1881年在雅库茨克当教师。同政治流放犯们保持着联系，曾协助柯瓦尔斯卡雅和鲍果莫列茨越狱。他通过一个刑事犯同监狱中的囚犯们秘密通信；1882年，由于这刑事犯的告密而被捕。文中所描述的他和阿努钦总督冲突一事，发生在1883年10月26日。涅乌斯特罗耶夫打了阿努钦一个嘴巴，为此被交付军事法庭，判处枪决罪，于1883年11月9日执行。——原编者注

走了这位总督。这次的判决不是在奉行公事，而是在报私仇。

我们终于来到雅库茨克[①]，下一步便是从这里出发。这座城市里还充满着阿努钦的遗风，各政府机关和它们的制度都是如此。

我们一同从雅库茨克来的同伴们，到了这里就散了伙。罗马斯在雅库茨克有要好的朋友。以后需要组织起一批新伙伴来了。在这批伙伴里参加了一个很有趣味的人进来，即尔沃夫的教授鲍格丹诺维奇。关于这个人，尔沃夫政府曾和雅库茨克进行谈判，这就使得他在别的许多转送流放犯之中占有特殊的地位。雅库茨克的波兰小组，包括雷赫林斯基在内，都对他表示极大的好感。我和他亲切地相会，并在他那里遇见了雅库梯的老友阿纳尼·谢苗诺维奇·奥尔洛夫。还在雅库梯州的时候，就听见人们传述着关于鲍格丹诺维奇的奇谈。我曾根据他的朋友苏勃利洛夫的叙述传达过这些奇谈，虽然传达得很简略。譬如有这么一种传闻，说是他买下了一匹打算在公众宴会上吃的马。事情是这样的：起初人们唱着歌把马洗干净了，后来有几个讨厌的老婆子开始嘲笑这马，描摹着它即将遭遇到的命运。鲍格丹诺维奇听懂了这支歌的意思，就自己出钱把这匹马买下来，把它带到自己的帐篷里；为了安置这匹马，他还得额外添付一笔房钱。这且不去说它，他竟还牵着这匹马出去散步，认为这样有益于它的健康。雅库梯人奉劝这个古怪人，说既然这匹马那么需要这种保健式的散步，那他满可以骑了它去蹓跶一两个小时（鲍格丹诺维奇是一个出色的骑手），又何必牵着它走呢？然而百般劝说都无效。鲍格丹诺维奇不同意这样做，他认为骑一匹有病的马是残酷的。雅库梯人看见他这种古怪行径，感到一种带有一半神秘色彩的惊奇，正像普通人看待神经不正常而又神秘莫测的人一样，这就是说，怀

---

① 柯罗连科于 1884 年 11 月 16 至 18 日逗留在雅库茨克。离开雅库茨克以后，柯罗连科就不再在旅途日记里作系统的旅途笔记。——原编者注

着极大的敬意。

只有一次，我听到了对鲍格丹诺维奇的满怀敌意的评语。这事发生在雅库茨克和雅库茨克之间的一个驿站上。我在同驿站长的谈话中看出，鲍格丹诺维奇是一个个性十分奇特的人。

“咳，就算是仇敌，我也不希望他有这样古怪的脾气。”他说出了自己的意见，就不愿再作进一步的解释。我对此事深感兴趣；后来当我和鲍格丹诺维奇一同赶路，并坐在驾车台上驿车夫旁边度过漫长的夜晚时，有一次我向他本人问起这件事。他微微一笑说：

“这大概是××驿站上的事。你可知道……这件事很特别。……我们两人谈起话来。他说：教授，你怎么甘愿和这班下贱人厮混在一起？……大概这是最后一次了，以后你总不致再受他们诱惑了吧？……我就对他说：你知道，我不是一个脾气暴躁的人。要是碰到一个脾气暴躁的人，就会在脸上侮辱你。”

很明显，虽然这里用了一种特殊的说法，而也许正是为了这种特殊的说法，驿站长不能原谅鲍格丹诺维奇“在脸上侮辱”这句话。我记得他那凶狠狠干巴巴的语调，完全显示出他将成为一个官僚主义的驿吏。

我们这一伙包括如下的几个人：首先是鲍格丹诺维奇教授，我，柯贝良斯基，哥萨克人阿尔达谢诺夫①，一个需要特别照料的病人（好像叫做魏尔青斯基），此外还有一个犹太人，大概是某办公厅受了贿赂暗中安排到我们这里来算是护送魏尔青斯基的。这位先生一上马车立刻居于特权地位，他挤开病人，占据了一个最好的位子。我提出抗议，但毫无用处。过了几个站头之后，我终于忍耐不住了。

---

① 阿列克塞·加甫利洛维奇·阿尔达谢诺夫（即阿尔达湘诺夫，又名阿达都罗夫）（生于1855年左右）于1875—1876年间，先后参加弗拉基高加索和莫斯科的民粹派宣传小组。1876年在莫斯科被捕，1879年放逐到雅库茨克省，后来转移到雅库梯州，在那里待了三年。——原编者注

我有一个极好的靠枕，我把它给病人用了。那个特权乘客要把它侵占过来给自己用。我看到这情况，第一件事是把靠枕收了回来，然后声明我是贵族，根据这理由，我也可以像任何一个商人一样做保证人，我向上头担保把这病人送到目的地；至于他，随他爱怎么办。如果驿车夫们要继续载着他走，那这是他们的事；但我们坚决声明这和我们毫不相干。出乎我意料之外，这番话竟起了作用，我们这位独裁者屈服了。虽然他照旧占据着最好的坐位，但我们并没有坚持要完全摆脱他。我们就这样继续前进：那特权乘客带着他的部分特权，我们也带着我们的部分胜利成果。

秋夜月色明朗。时而有狼群从我们车旁边跑过。记得有一个月色溶溶的清丽的夜晚，我们看见一头巨大的狼被一群狗包围起来。那狼站在中央号叫着，向其他的狼求救。……我们并没有看到这一场壮丽辉煌的情景的结局，车子就开过去了。

有一次，柯贝良斯基从我们驾车台上翻了下去，而且我们没有马上觉察到。要是这时候恰好有一群狼跑过，真不知道我们的柯贝良斯基会有什么样的下场。

31

我们将要经过著名的西伯利亚城市克拉斯诺雅尔斯克。马林斯克城就位在去这城市的路上①，我在那里有一个相识的人，叫做谢·波·施威佐夫。这人年轻时坐监牢的期间，有一次曾把大公米哈伊尔·尼古拉耶维奇从自己的囚室里赶了出去。马林斯克是一个工商业城市，他在这里找到了一个统计学方面的工作，这工作后来给他带来

① 柯罗连科记错了，托姆斯克省（今克麦罗沃省）的马林斯克城位在克拉斯诺雅尔斯克再过去的路上。——原编者注

了显著的名声。我和他见过面之后，就继续前往克拉斯诺雅尔斯克。

在克拉斯诺雅尔斯克，住着我的几个亲人（现在都已故世了）：母亲、大妹妹和妹夫。我在这里办了一件很棘手的事。读者大概记得薇拉·巴甫洛夫娜·罗加乔娃这个人。她曾经把孩子托付一个女人抚养，现在她和丈夫离婚后，委托我把孩子从这女人那里领来，带去交给她。可惜这件事并不像我起初所想的那么容易。这孩子生了好几次病，现在这位养母对他就像亲娘一样恋恋不舍。在克拉斯诺雅尔斯克时，我和鲍格丹诺维奇之间发生了好几次热烈的争论。他是一个真正的浪漫主义者，坚决主张任何人都无权干涉生身母亲的权利。我却认为：既然做母亲的自愿把一个需要悉心照料的病孩子让给别人管，那她同时也让出了做母亲的权利。那个养母和男孩子知道我受了怎样的委托，起初对我十分恐惧。后来我表明了自己的看法，他们这才改变了对我的态度。我同这两个人结成了知己，高高兴兴地分手。

从克拉斯诺雅尔斯克出发时，我妹夫的一个同事和我们同行。我眺望了一下克拉斯诺雅尔斯克的监狱，——我曾被监禁在这里，受到尔热夫斯基的管辖[①]。

我们渐渐接近托姆斯克，也就是接近文化区的边境了。在托姆斯克，那时候有两种自由主义报纸。一种是以前在伊·瓦·魏尔纳兹基的斯拉夫印刷所里工作的柯尔希发行的。他曾在这报纸上刊载扎苏里奇的一封信，引起了纷纷议论[②]。就是这个柯尔希，后来不自检点，犯下了盗用公款的罪，受到审判，流放到托姆斯克。他父亲继承了他的职业，于是，在托姆斯克就出现了一种新的自由主义报纸。另一种报纸也是自由主义性质的，由菲里克斯·瓦季莫维

① 作者写错了：克拉斯诺雅尔斯克监狱的典狱官是奥斯特罗夫斯基，而不是尔热夫斯基。——原编者注

② 关于此事，见本书第二卷第四章第十二节。——原编者注

奇·伏尔霍夫斯基[①]主办。

经过喀山的时候，我会见了安年斯基一家[②]。他们共有三人住在该地：尼古拉·费多罗维奇、夫人亚历山德拉·尼基齐奇娜以及他们的甥女。他们也在流放中度过了不少岁月。现在安年斯基担任着喀山统计局主任的职务（统计学在当时颇为流行）。后来导致他离开喀山的种种不快，在那时候已经发生。他还是那么乐天，他的夫人还是那么稳重端庄。我们相见之下，颇有亲切之感。

喀山还住着我的弟弟[③]和一群大学生，其中有一个格拉佐夫人叫做恰鲁希尼克。

安年斯基给我写了一封信，介绍我去见住在下诺夫哥罗德的加崔斯基[④]。我们在喀山只逗留了一天，便继续赶路，向伏尔加河上游前进。这天夜里，不断有朦胧的山峦从我们两旁掠过。……黎明时候，我看见我们的车子正停在一个入境处。……在齐河面的地方写着几个大字："请用缆索系住铁圈，小心栅栏，勿碰壁面！"……这里便是下诺夫哥罗德[⑤]。

我们的车子登上入境的坡路，在一座面向河流的庞大建筑物前面停下来。河面朦胧之色犹未消散，上面停着一些冻牢在这里过冬的平底船和轮船。那大建筑物原来是个旅馆，我们就在这里安歇下

---

① 菲里克斯·瓦季莫维奇·伏尔霍夫斯基（1846—1914）于1873年参加柴科夫斯基派，担任敖德萨和赫尔松两小组的组织者。1874年被捕，1878年在"一九三人案"中被判处流放托博尔省。1881年转解到托姆斯克。1889年逃往国外，住在伦敦，在那里编辑俄罗斯自由出版物基金会的杂志《自由俄罗斯》和《传单》。柯罗连科于1893年夏天旅行美国时经过该地和他相见。——原编者注

② 根据塔·亚·鲍格丹诺维奇（安年斯基夫人的甥女）的回忆，柯罗连科逗留在喀山的时期是1884年12月24日至26日。——原编者注

③ 伊拉利昂·加拉克齐昂诺维奇流放格拉佐夫回来，当时正在喀山。——原编者注

④ 亚历山大·绥拉菲莫维奇·加崔斯基（1838—1893），文学家、统计学家、下诺夫戈罗德地区的考察家、下诺夫哥罗德学术档案委员会的主席。——原编者注

⑤ 从喀山开始，柯罗连科和弟弟伊拉利昂·加拉克齐昂诺维奇同行。他们来到下诺夫戈罗德大概是在12月27日。——原编者注

来。这房子里几乎空无一人。河面上时时传来守卫人的吆喝声。

次日，我上街去观光一下这座城市。这城位在山地上，颇有特色。我们需要筹划接家属的事了，这件事决定由我去办[①]。

我一清早来到彼得堡[②]。人家劝我一出车站就直接到市长办公室去。我就去了。我在这里看到了一幕颇有特色的情景。有几个著名的犹太富商在向市长申请准许他们在彼得堡逗留几天。市长坚决不答应，而且我听见他在说："哼，想剥削市民!"我以为市长也会用这样生硬的态度来接待我，……岂知相反。他对我很客气。他同意我的一切要求，并准许我在彼得堡"随心所欲地"逗留多少日子。我思忖一下他这种转变，就记起了解决犹太问题的格拉佐夫方式。

我在当天就来到尼基青[③]（二妹夫的姓）家里。朋友们会集到这里来看我和妹夫，我们就讨论起动身的事来。

我们在数日之后动身，一昼夜就来到了莫斯科。阿芙朵佳·谢苗诺夫娜·伊凡诺夫斯卡雅和我们是旧交，特地到车站上来迎接。我们一同出发到往下诺夫哥罗德的车站去，但中途在花园街的一家旅馆里歇了歇足。旅馆的主人和茶房知道我们是流放归来的，招待

---

① 柯罗连科到彼得堡去，为的是把已经从克拉斯诺雅尔斯克流放地回到彼得堡的母亲、大妹妹及其一家接到下诺夫哥罗德来住。——原编者注

② 在这里，柯罗连科没有提到：他在去彼得堡的路上曾在莫斯科耽搁下来同叶·谢·伊凡诺夫斯卡雅会面，并将自己的短篇小说《马加尔的梦》的手稿交给《俄罗斯思想》编辑部。然后他来到特维尔。他在克拉斯诺雅尔斯克时所领到的通行证到这里为止，因为他自己指定这城市作为未来的居住地。柯罗连科到了特维尔就去见省长，要求准许他去彼得堡；省长拒绝这要求，其理由是：还未接到有关柯罗连科的公文，而单凭驿道旅行证是不足以证明身分的。于是柯罗连科向警察司呈递了一份申请书，要求准予到彼得堡去两个星期，以便安排一些家事。但他不等这申请书批下来，就在当天来到了彼得堡。警察司不但没有答应柯罗连科的申请，而且命令特维尔省长向他说明：他不仅没有权利住在都城，而且也没有权利住在其他一切戒严的城市。然而，从以后的叙述中可以看出，警察司的这个迟到的答复对柯罗连科并没有起实际的作用。——原编者注

③ 米哈伊尔·叶菲莫维奇·尼基青，柯罗连科的二妹爱薇里娜·加拉克齐昂诺夫娜的丈夫。有一个时期在参政院档案室供职，同时担任杰马科夫的印刷所的校对工作；后来在《彼得堡报》当校对员。1907年死在彼得堡。——原编者注

得十分殷勤，简直使我们吃惊。可见社会风气有了根本的变化。

我到《俄罗斯思想》杂志社的编辑部去了一趟，知道我的《马加尔的梦》已被采用。我在那里认识了编辑符科尔·米海洛维奇·拉甫洛夫①，这人显然是商界出身，心地善良，身体肥胖。第二编辑戈尔采夫②，一看就是一副调皮相，是一个心地狡猾的人。……编辑委员会里还有一个成员叫做雷密佐夫③。这人是书刊检查机关硬塞给拉甫洛夫的。书刊检查机关在批准拉甫洛夫当编辑时提出一个条件，要求他答应让他们的检查员雷密佐夫来当第三编辑。拉甫洛夫同意了。

我的文学事业就这样安排好了；在动身去车站时，我可以说是已经开始了文学生涯④。我们欢天喜地地出发到车站去，这时候虽然是冬季，却是一个明朗可喜的日子。阿芙朵佳·谢苗诺夫娜·伊凡诺夫斯卡雅陪我们乘火车走了两个站头，方才回莫斯科去。

第二天，下诺夫哥罗德的群山在望。所谓波赫瓦林斯基河坡也近在眼前了。我们渡过伏尔加河，欢天喜地地登上山坡去。我和母亲同一辆车。她仔细地观察着这个新的居住地。只有到了一个地方，她的脸色阴沉起来了。我们面前是笔直的瓦尔瓦尔卡街，街道尽头有一所监狱。

“又是监狱。”母亲说。

“不要紧。”我回答说。看来的确“不要紧”。我刚刚来到这新地方，不但违法乱纪的事没有做过，根本任何事都没有做过呢。

---

① 符科尔·米哈依洛维奇·拉甫洛夫（1852—1912），自由主义的新闻工作者和翻译家。从1880年起当了《俄罗斯思想》杂志的发行人。——原编者注

② 维克托尔·亚历山大罗维奇·戈尔采夫（1850—1906）在《俄罗斯思想》杂志社里担任每月一次的“政治评论”，从1885年开始成为该杂志的实际编辑。《俄罗斯思想》社出版了柯罗连科的最初几册特写及短篇小说集。——原编者注

③ 米特罗芳·尼洛维奇·雷密佐夫（1835—1901），作家；1888年以前在莫斯科担任外国报刊检查员。从1884年起，是《俄罗斯思想》杂志的编辑员和撰稿人。该杂志曾发表他的长篇小说（用姆·阿纽津的笔名）、短篇小说和历史特写。——原编者注

④ 从1885年起，柯罗连科除了《俄罗斯思想》杂志外，又为《北方通报》杂志和《伏尔加通报》《俄罗斯公报》两报纸撰稿。——原编者注

我们愉快地住进新租的寓所里[①]，——这寓所十分简朴，甚至到简陋的地步，一共只有一个房间，一隔为二，我们就在这里住下来，尽可能过着愉快的日子。不久立刻结识了一些朋友，不消说，都是些有危险思想的人；我们还常常跑公共图书馆，等等。

可是就在这时候，我的神秘的危险思想已经在作祟，其不良后果已经在酝酿中了。

在一个倒霉的日子里，黄昏时分，突然有几个警察来找我，……使得家里的人大受惊吓。

母亲对这件事深感诧异，我也是如此。警察把我拉进监狱里[②]，幸而就在离家不远的地方。监狱已经客满。不久前这里集市的时候爆发了反犹太风潮，打死了几个人。这是新近一次反犹太"政策"的结果，这次反犹太政策现今已以"贝里斯案件"告终[③]。

我一进监狱，就碰上了可怕的严寒。我对此提出抗议，因而同监狱的长官冲突起来。

过了不多久，我的囚室里搬进一个反犹太的恶徒来。我对这件事也提出了抗议。于是那恶徒就被送往冷室，而我被安排在暖室里了。

次日，我在放风时同他相会。这人心地很好，对我丝毫没有不

---

① 柯罗连科一家在1885年1月15日左右迁居到下诺夫哥罗德。这第一个寓所位在瓦尔瓦尔卡街三十五号。——原编者注

② 从"下诺夫哥罗德监狱第一号子政治犯日托米尔城贵族符拉季米尔·加拉克齐昂诺维奇·柯罗连科调查表"中可以看出，柯罗连科是"根据宪兵上尉卡萨特金的独立宪兵团应喀山省宪兵司令部司令的要求于1885年2月2日发出之命令而被捕"的。——原编者注

③ 犹太人贝里斯在基辅赞采夫的砖瓦工厂当职员，被控告以"宗教仪式"为名而杀害信奉基督的男孩安德烈·尤欣斯基。其实是一伙盗贼怕尤欣斯基告发而把他杀死的。贝里斯的案件于1913年9月至10月间在基辅的区法院审理，虽然案件主持者们采取各种手段，务求作出有罪的判决，但经过陪审员的审判，终于宣告贝里斯无罪。柯罗连科曾以记者身分到庭；他在法庭上写的评论文、通讯报导和电报，发表在《俄罗斯公报》《基辅思想》《波尔塔瓦日报》等报纸上。在《陪审员先生们》一文中，柯罗连科指出这些陪审员是预先经过挑选的；由于这篇文章，他被交付法院，受到监禁的威胁。但这案件本身拖延了很久，后来由于发生了1917年的二月革命，就不再审理。——原编者注

满的意思。他告诉我，说只有那些请得到“普拉浮卡”的人，才能获得无罪的宣判（所谓“普拉浮卡”，显然是普列瓦科[①]这姓氏之误）。他请不到“普拉浮卡”，所以要去服苦役。下一天，我写了一份很长的抗议书，要求见检察官，但没有发生效用[②]。于是我只得再和我的“普拉浮卡”在一起散步了两三天。

我终于被载回到莫斯科，接着又来到了彼得堡[③]。凡是可能提抗议的地方，我都提出了抗议，但他们不加理会，说：“反正你就要到达目的地了。”但我等不及到达目的地，我想念母亲，心情很焦急。我想起了不知是将军还是上校谢列达[④]以及他安慰我的那句话：“既然

---

① 普列瓦科（1843—1908），当时的名律师。——译者注

②《苦役和流放》杂志（1927 年第八期第 201—202 页）上登载着柯罗连科在下诺夫戈罗德监狱中所写的最后一份申请书的全文：

“贵族符拉季米尔·加拉克齐昂诺维奇·柯罗连科

致下诺夫哥罗德省长大人阁下

申请书

阁下谅必知道我被捕之事。在等候宪兵当局对此事作解释的期间，谨将有关我在此拘留之情况报告如下，敬请尊裁。此间因无单人囚室，故我被囚禁在与公共号廊相隔两重门的一座所谓塔楼中。对于此点我并无异议。但监狱中照惯例规定：进塔楼大都是为惩罚，故概不供给灯火。门外走廊内悬挂一灯，只有极微弱之光线通过门顶小格子气窗射进囚室中。漫长的冬夜中不供给灯火，原是惩戒的办法；而典狱官先生以此乃由来已久的惯例为借口，认为不可废除。因此我谨向阁下恳切要求，务请准许我使用灯火（其他囚室皆有灯火悬挂室内）。

更有第二个要求：请准许我使用文具。逮捕我的宪兵军官曾向我声称：对于此事，宪兵当局其实并不加以阻拦。他准许我使用纸张和墨水，但有一条件：凡我所写的，每页都须由典狱官先生送交宪兵司令部审阅。但典狱官先生以监狱总规章为借口，认为此事不能容许。因此之故，我一方面由于受宪兵当局逮捕而身受分外严重的监禁条件（即坐在受惩罚的刑事犯所坐的塔楼中，此塔楼直径仅三步半，加上二重锁），而另一方面，逮捕我的宪兵当局认为可容许之事，‘根据总规章’认为不可。因此我敢请阁下注意其中之矛盾，即逮捕制度本身与监狱总规章相矛盾，致使我身受双重压迫；又请注意另一情况，即我独处在双重锁闭之下，绝不可能非法地利用文具。

贵族符拉季米尔·柯罗连科

1885 年 2 月 6 日”

——原编者注

③ 柯罗连科从下诺夫哥罗德出发赴彼得堡，是在 1885 年 2 月 6 日，亦即他写申请书给下诺夫哥罗德省长的同一天。——原编者注

④ 莫斯科省宪兵司令。——原编者注

你没有犯罪，那么不久一切都会弄清楚的。”但我根据自己以往的经验知道，这“不久”实在很长久呢！因此我还是尽可能地到处提出抗议。

我终于被载到彼得堡，直接关进了拘押所。我又呈递了一份抗议书；大概是他们被我弄得厌烦了吧，案件进行得比以前快了些。

当我被带到拘押所的囚室里，门砰的一声在我身后关上之后，我在房间中央站定，向四壁环顾了一下。瞧，我作了一次几乎周游世界的旅行，现在又来到了老地方。这就表示：尽管有无数的人作了牺牲品，俄国在这一段时期内却一步也没有向前进。还是像以前一样的一些拘留所，还是像以前一样的一些宪兵司令部，……其结果将如何呢？……

而且，当我被载送到彼得堡，带进宪兵司令部去的时候，我在那里碰到了第一次逮捕我的那个宪兵上尉诺仁。我提醒了他这一点，他回答说：

“我记不起来了。”大概他听出我话中有讽刺的意味。

他们终于提出了我的罪状。这是一封信，这信很像是我的笔迹，因此我一时难以否认。我要求把信全部给我看，他们就给了我。

信里谈到一个青年的革命奇遇，这青年写信给一个相识的少女，说他周游了某某县的各个地区，使那些地方全都布满了秘密组织网，……此外又说了些别的话。署名是符·柯罗××。

“这不是你写的吗？”站在我后面的一个不相识的官员问[①]。

“不是我！”我怒气冲冲地回答。

“我早就知道，”他说，“而且对他们说过。”

“为什么你这样断定呢？”我听见这陌生人口气这样坚决，颇觉诧异，所以问他。

---

① 这是检察官柯特略列夫斯基。当他在基辅做副检察官的时候，1878 年曾有人企图杀死他。——原编者注

“你可知道，我读过你和格利果列夫的通信；至于这封信呢，你也承认，文笔很嫩弱。……”

“可是这并没有妨碍你们把我拖到拘留所来，并且搜查我的屋子，使我家里人受惊。”

诺仁发窘了，但并不立刻让步。他要求我正式地回答问题，说明这封信并非出于我的手笔①。……这件事现在已经真相大白，所以只要办理一些例行手续就行了。但在办例行手续之前，我重又被带回拘留所里②。这一回我走进拘留所去，心情和上次不同，甚至相当愉快了。

过了若干天，他们要我具结，保证决不离境，然后把我释放了。

后来我打听到，使我受到法律制裁的这封信，是布尔采夫③写的。他那时还是一个中学生，就这样开始了自己的革命事业。

我终于来到下诺夫哥罗德，在这里开始了我的下诺夫哥罗德生活。

---

① 柯罗连科是由于“与受侦讯的国事犯尤丽雅·波诺索娃有非法通信嫌疑”一案而被捕的（见《往事杂志》1918年第十三期所载《符·加·柯罗连科在警察监视下》一文）。——原编者注

② 在彼得堡的拘留所里，柯罗连科结束了在雅库梯州就写好初稿的中篇小说《在坏伙伴中》（见俄文版《柯罗连科全集》第二卷）。在他这时候所用的一本自制的记事册末尾，附记着如下的几行字：“2月1日在下诺夫哥罗德被捕”，“2月6日离开下诺夫哥罗德”，“8日进拘留所”，“第一次审问：9日（星期日），10至11日”。2月11日，柯罗连科离开拘留所。在这一天前夕，他还不知道明天要被释放，他写信给哥哥尤里安和嫂嫂说：“不知这封信是否会使你们吃惊，或许你们已经获悉我最近的遭遇，——不管怎样，我现在从施巴列尔纳雅街上向你们问候。我当然无法说出我被捕的原因来，——不管怎样，我总希望不久就能和你们相见，那时候我们可以一同来笑谈这次事件，——这实在很像一部荒唐而逗趣的通俗小说中引人入胜的一段；但现在我还笑不出，而且我想你们对于这个‘坏兄弟’也会感到一些怜惜吧，——你们的弟弟受到噩运的判决，似乎命里注定要经常从一个监狱转换到另一个监狱。”——原编者注

③ 符拉季米尔·尔沃维奇·布尔采夫（1862—1936）于1884年被捕，流放东西伯利亚。1888年逃亡到国外，在那里从事出版工作。接近社会革命党集团。1917年二月革命之后，在俄国出版《公共事业》报，在这报上大肆造谣，污蔑布尔什维克。十月革命后流亡到法国，在那里积极参加建立白党君主制组织的工作，反对苏维埃政权。——原编者注

俄文版编者说明

本书中收入《我的同时代人的故事》第三卷和第四卷。柯罗连科写第三卷经过两年的时日，从一九一八年十月到一九二〇年秋季，那时他住在波尔塔瓦。在国内战争的这几年间，乌克兰不断地变换临时政权：中央会议、盖特曼政权、德国人、彼特留拉匪帮、邓尼金分子。每次变换政权，总有一番对居民的暴行、蹂躏、劫掠，以及非法的死刑。波尔塔瓦和附近村子里的居民不断地向柯罗连科请求保护和帮助。一九二〇年四月间柯罗连科写信给谢·德·普罗托波波夫说："我的心疲乏之极。加之波尔塔瓦的执政者竟变换了十来次，我每次都得在某方面奔走斡旋，而且往往是有关生命的事。这就可想而知，我的心无法得到安宁，疲劳会越来越增加。"一九二〇年十二月，柯罗连科写信给瓦·尼·格利果列夫说："我不知道我能不能把我的同时代人一生的经历一直写到现今。这工作很繁重，但是只要精力够得上，我一定努力完成。"

一九二〇年年底，柯罗连科开始写第四卷，一直写到一九二一年十二月中旬。

柯罗连科写《我的同时代人的故事》第三卷和第四卷的时候，曾经把他从监狱和流放中寄给亲属们的信札重读一遍，并且参考他的旧笔记本和草稿，注意《往事》上发表的论文。然而作家的主要源泉还是他的记忆力；他的记忆中保留着与他所描写的时代和事件有关的许许多多事实、人名、日期、地名。一九二〇年三月二十九日他写信给伊·彼·别洛康斯基说："我那时候不作任何笔记，一切全凭记忆回想起来。我的记忆力真是老年人样子了：过去的事记得清清楚楚。"他写信给尼·谢·丘特契夫说："许多昔年老友和依稀往事，都鲜明地复活起来了。"

从一九二一年年初开始，柯罗连科的健康剧烈地恶化。然而即使在生涯的最后几个月中，他还是和许多人来来往往地通信，例如伊·彼·别洛康斯基、尼·谢·丘特契夫、奥·瓦·阿普捷克曼、米·彼·萨仁、阿·阿·德罗贝希-德罗贝舍夫斯基，以及其他的流放同伴们、死去的同伴们的亲属等等；他在通信中孜孜不倦地检验着自己的回忆并加以修正。

一九二一年三月，柯罗连科病重的消息传到莫斯科。列宁曾经写一封信给保健人民委员谢马希科，要求他采取措施，把柯罗连科送到德国去疗养。但是柯罗连科不愿意到外国去。他还是继续工作。《我的同时代人的故事》的最后几页，是他在十二月十六日即逝世前九天写成的。

《我的同时代人的故事》第三卷最初于一九二一年由"大家族"出版。第四卷的最初十七节由作者寄送《往昔之音》杂志，于作者逝世后发表在该杂志《一九二〇——一九二一》的一册上（没有注明第几期或几月号）。其余的几节刊登在一九二二年《往昔之音》第一期（六月）上。就在这一年内，第四卷全部由"大家族"出版。

现在出版的《我的同时代人的故事》第三卷和第四卷，根据"大家族"版刊印，而在第三卷中加入作者校阅时的修改，在第四卷中则加入作者在原稿上的修改。